ॐ नमो भगवते वासुदेवाय

国家十二五重点出版项目

中国社会科学院创新工程学术出版资助项目

博伽梵往世书

BHĀGAVATA PURĀṆA

第十卷 第七篇

维亚萨戴瓦 著

英文译著 A.C.巴克提韦丹塔·斯瓦米·帕布帕德

中文翻译 嘉娜娃

中国社会科学出版社

目　录

第 一 章　至尊主平等对待众生　1
第 二 章　魔王黑冉亚卡希普　59
第 三 章　黑冉亚卡希普设法永生不死　127
第 四 章　黑冉亚卡希普搅乱整个宇宙　165
第 五 章　黑冉亚卡希普圣洁的儿子——帕拉德王　209
第 六 章　帕拉德教导恶魔同学　289
第 七 章　帕拉德王在母腹中学到的内容　327
第 八 章　主尼尔星哈戴瓦杀死魔王　401
第 九 章　帕拉德靠祈祷平息主尼尔星哈戴瓦的怒火　463
第 十 章　帕拉德——最杰出的崇高奉献者　559
第十一章　完美的社会：社会四阶层　627
第十二章　完美的社会：灵性四阶段　663
第十三章　完美之人的行为　691
第十四章　理想的家庭生活　743
第十五章　给文明人类的教导　797

圣帕布帕德小传　895
圣帕布帕德著作一览表　897
对圣帕布帕德生前教导的汇编性书籍　899
参考书籍　901
词表　903
梵文发音指导　911
梵文诗句索引　915

第一章

至尊主平等对待众生

在这一章中，就帕瑞克西特王(Parīkṣit Mahārāja)提出的“至尊人格首神既然是众生的超灵、朋友和保护者，怎么会为了天帝因铎(Indra)而杀死恶魔(Daitya)”的问题，舒卡戴瓦·哥斯瓦米(Śuka-deva Gosvāmī)作出他的回答。在他的说明中，他彻底批驳了一般大众指控至尊人格首神偏心的说法。舒卡戴瓦·哥斯瓦米证实，受制约灵魂的躯体因为受物质自然三种属性的污染，所以产生了朋友与敌人及执著与超脱等相对性的概念。然而，对至尊人格首神来说，不存在这类相对性。就连永恒的时间都无法控制至尊主。永恒的时间由至尊主创造并在祂的控制下运作。因此，至尊人格首神始终超越在创造和毁灭中起作用的物质自然属性——祂的外在能量(Maya)的影响。所有被至尊主杀死的恶魔都立刻得到拯救。

帕瑞克西特王接下来提出的问题是：从小就对奎师那(Kṛṣṇa)怀恨在心、总是咒骂奎师那的锡舒帕勒(Śiśupāla)，怎么会在被奎师那杀死时得到“融入奎师那”的解脱。舒卡戴瓦·哥斯瓦米解释说，至尊主在外琨塔(Vaikuṇṭha)世界中的两个侍卫佳亚(Jaya)和维佳亚(Vijaya)，因为冒犯奉献者的莲花足而在萨提亚年代(Satya-yuga, 金器年代)中当了黑冉亚卡希普(Hiraṇyakaśipu)和黑冉亚克沙(Hiraṇyākṣa)；在下一个年代——特瑞塔年代(Tretā-yuga, 银器年代)中，当了茹阿瓦纳(Rāvaṇa)和昆巴卡尔纳(Kumbhakarṇa)；在杜瓦帕尔年代(Dvāpara-yuga, 铜器年代)结束时，当了锡舒帕勒和丹达瓦夸(Dantavakra)。佳亚和维佳亚为承担自己所作所为的后果，同意至尊主的提议——当祂的敌人。他们怀着对至尊主的敌意被杀死时，获得了“融入至尊主”的拯救。因此，就连怀着敌意去想至尊人格首神的人都能获得拯救，更不要说始终怀着爱、忠心耿耿地忙于为至尊主服务的奉献者了。

第 1 节

श्रीराजोवाच
समः प्रियः सुहृद् ब्रह्मन् भूतानां भगवान् स्वयम् ।
इन्द्रस्यार्थे कथं दैत्यानवधीद्विषमो यथा ॥ १ ॥

śrī-rājovāca
samaḥ priyaḥ suhṛd brahman
bhūtānāṁ bhagavān svayam
indrasyārthe kathaṁ daityān
avadhīd viṣamo yathā

śrī-rājā uvāca—帕瑞克西特王说 / samaḥ—平等的 / priyaḥ—钟爱的 / suhṛt—朋友 / brahman—布茹阿玛纳(舒卡戴瓦)啊！ / bhūtā-nām—对一切众生 / bhagavān—至尊主维施努 / svayam—祂自己 / indrasya—因铎的 / arthe—为了……的利益 / katham—如何 / daityān—恶魔 / avadhīt—杀死 / viṣamaḥ—偏袒的 / yathā—如同

译文 帕瑞克西特王询问道：亲爱的布茹阿玛纳，至尊人格首神维施努作为众生的祝愿者，平等对待众生，众生也很爱祂。既然这样，祂为何像普通人一样偏袒因铎，并为此杀死因铎的敌人？一个平等对待众生的人怎么能偏袒某些人，而不善待另一些人呢？

要旨 在《博伽梵歌》(Bhagavad-gītā)第9章的第29节诗中，至尊主说：我平等对待众生，不偏爱谁，也不敌视谁(samo 'haṁ sarva-bhūteṣu na me dveṣyo 'sti na priyaḥ)。可是，我们在前一篇中看到，至尊主为因铎的利益而杀死恶魔，支持了因铎(hata-putrā ditiḥ śakra-pārṣṇi-grāheṇa viṣṇunā)。因此很显然，至尊主虽然是众生心中的超灵，但却在偏袒因铎。灵魂是每一个生物体的最爱；同样，超灵也是众生的最爱。超灵的所作所为绝不可能有丝毫的错误。至尊主始终善待一切众生，不因生物体的外形和处境不同而有分别心，可祂却像个普通朋友般站在因铎一边。这就是帕瑞克西特王询问的内容。作为主奎师那的奉献者，帕瑞克西特王很清楚奎师那不可能偏袒任何人，但当他看到奎师那以恶魔的敌人的身份行事时，心中有些疑惑。为此，他向舒卡戴瓦·哥斯瓦米提出这个问题，以得到明确的答案。

奉献者无法认同“主维施努(Viṣṇu)有物质的品质”的说法。帕瑞克西特王十分清楚，超然的主维施努没有丝毫的物质品质，但为了证实自己的信念，他想要听权威人士舒卡戴瓦·哥斯瓦米的说法。圣维施瓦纳特·查夸瓦尔提·塔库尔(Viśvanātha Cakravartī Ṭhākura)说：既然至尊主平等对待众生，祂怎么会偏袒谁(samasya kathaṁ vaiṣamyam)？作为超灵的至尊主极受众生的爱戴，祂为什么对恶魔做出冷漠的举动？这怎么是不偏不倚(priyasya katham asureṣu prīty-abhāvaḥ)？既然至尊主说祂是一切众生的祝愿者(suhṛdaṁ sarvabhūtānām)，祂怎么能杀死恶魔、偏心行事(suhṛdaś ca kathaṁ teṣv asauhārdam)？帕瑞克西特王心中产生这些疑问，因此向舒卡戴瓦·哥斯瓦米询问。

第 2 节

न ह्यस्यार्थः सुरगणैः साक्षान्निःश्रेयसात्मनः ।
नैवासुरेभ्यो विद्वेषो नोद्वेगश्चागुणस्य हि ॥२॥

na hy asyārthaḥ sura-gaṇaiḥ
sākṣān niḥśreyasātmanaḥ
naivāsurebhyo vidveṣo
nodvegaś cāguṇasya hi

na—不 / hi—无疑地 / asya—祂的 / arthaḥ—好处、利益 / sura-gaṇaiḥ—与半神人 / sākṣāt—本人 / niḥśreyasa—极乐的 / ātmanaḥ—本性……的 / na—不 / eva—的确 / asurebhyaḥ—对恶魔 / vidveṣaḥ—恶意 / na—不 / udvegaḥ—害怕 / ca—和 / aguṇasya—不具有物质品质的 / hi—无疑地

译文 主维施努本人——至尊人格首神，是一切快乐的源泉。因此，支持半神人能使祂得到什么好处？既然至尊主是超然的，祂为什么要害怕恶魔？祂怎么能对他们怀有恶意？

要旨 我们应该始终记着物质与灵性的区别。物质的一切受物质属性的污染，但物质属性触碰不了灵性、超然的一切。奎师那是绝对的，无论祂身在物质世界还是灵性世界都不例外。由于祂外在能量的作用，我们才会认为奎师那有偏心。否则，祂的敌人怎么可能在被祂杀死后获得拯救？与至尊人格首神接触的人逐渐获得祂的品质。一个人的灵性意识层次越高，他就越少受物质相对性的影响。因此毫无疑问，至尊主必然没有这些物质的品质。祂的敌意和友谊都是由物质能量呈现的外在表征。祂永远是超然的。无论是杀戮，还是赐予恩惠，祂都是绝对的。

不完美的人才会产生敌意和友情。我们之所以害怕我们的敌人，是因为在物质世界里总是需要他人的帮助。然而，至尊主是阿特玛茹阿玛(ātmārāma)，所以不需要任何人的帮助。在《博伽梵歌》第9章的第26节诗中，至尊主说：

patraṁ puṣpaṁ phalaṁ toyaṁ
yo me bhaktyā prayacchati
tad ahaṁ bhakty-upahṛtam
aśnāmi prayatātmanaḥ

“人如果怀着奉爱之心给我供奉一片叶、一朵花、一个水果

或一些水，我将会接受。”至尊主为什么说这个？是祂依赖奉献者的供奉吗？事实上，祂并不依赖那些供奉，但喜欢依赖祂的奉献者。这是祂的仁慈。同样，祂也并不害怕恶魔(asura)。因此，根本不存在至尊人格首神偏心的问题。

第 3 节

इति नः सुमहाभाग नारायणगुणान् प्रति ।
संशयः सुमहाञ्जातस्तद्भवांश्छेत्तुमर्हति ॥ ३ ॥

iti naḥ sumahā-bhāga
nārāyaṇa-guṇān prati
saṁśayaḥ sumahāñ jātas
tad bhavāṁś chettum arhati

iti—如此 / naḥ—我们的 / sumahā-bhāga—光荣的人啊！ / nārāyaṇa-guṇān—纳茹阿亚纳的品质 / prati—对 / saṁśayaḥ—疑问 / sumahān—非常大的 / jātaḥ—出生 / tat—那 / bhavān—大人啊！ / chettum arhati—请驱除

译文 极为幸运和博学的布茹阿玛纳啊！纳茹阿亚纳是否偏心已成为一个很大的疑问。请仁慈地用确凿的证据驱除我的疑问，证明纳茹阿亚纳始终是中立且平等对待众生的。

要旨 由于主纳茹阿亚纳(Nārāyaṇa)是绝对的，祂超然的品质也被说成是绝对的。所以，祂的惩罚及祂给予的恩惠，都同样珍贵。从本质上说，祂的敌对行动并非是向祂所谓的敌人表示敌意，但在物质领域中，人们以为奎师那对奉献者友善，对非奉献者不好。当奎师那最终在《博伽梵歌》中教导说：抛弃一切宗教，只向我皈依(sarva-dharmān parityajya māṁ ekaṁ śaraṇaṁ vraja)时，那教导并非只给予阿尔诸纳(Arjuna)，而是给予这个宇宙中所有的生物体。

第 4—5 节

श्रीऋषिरुवाच
साधु पृष्टं महाराज हरेश्चरितमद्भुतम् ।
यद्भागवतमाहात्म्यं भगवद्भक्तिवर्धनम् ॥ ४ ॥

गीयते परमं पुण्यमृषिभिर्नारदादिभिः ।
नत्वा कृष्णाय मुनये कथयिष्ये हरेः कथाम् ॥ ५ ॥

śrī-ṛṣir uvāca
sādhu pṛṣṭaṁ mahārāja
hareś caritam adbhutam
yad bhāgavata-māhātmyaṁ
bhagavad-bhakti-vardhanam

gīyate paramaṁ puṇyam
ṛṣibhir nāradādibhiḥ
natvā kṛṣṇāya munaye
kathayiṣye hareḥ kathām

śrī-ṛṣiḥ uvāca—圣人舒卡戴瓦·哥斯瓦米说 / sādhu—出色的 / pṛṣṭam—询问 / mahārāja—伟大的君王啊！ / hareḥ—至尊主哈尔依的 / caritam—活动 / adbhutam—神奇的 / yat—从……的 / bhāgavata—至尊主的奉献者(帕拉德)的 / māhātmyam—荣耀 / bhagavat-bhakti—对至尊主的奉献 / vardhanam—增加着 / gīyate—被歌颂 / paramam—最重要的 / puṇyam—虔诚的 / ṛṣibhiḥ—被圣人 / nārada-ādibhiḥ—以圣纳茹阿达·牟尼为首 / natvā—在顶礼之后 / kṛṣṇāya—对奎师那·兑帕亚纳·维亚萨 / munaye—伟大的圣人 / kathayiṣye—我将讲述 / hareḥ—哈尔依的 / kathām—话题

译文 伟大的圣人舒卡戴瓦·哥斯瓦米说：我亲爱的君王，你向我提了一个出色的问题。至尊主的活动中也包括祂奉献者的光荣，讨论有关祂的活动令奉献者十分愉快。这类精彩的话题总是抵消物质主义生活方式导致的痛苦。因此，像纳茹阿达·牟尼那样伟大的圣人一直在讲述《圣典博伽瓦谭》，因为它为人们聆听和吟诵、吟唱至尊主的神奇活动提供便利。让我恭敬地顶拜圣维亚萨戴瓦，随后开始讲述与主哈尔依有关的活动。

要旨　在这节诗中，舒卡戴瓦·哥斯瓦米向奎师那·兑帕亚纳·维亚萨(Kṛṣṇa Dvaipāyana Vyāsa)致以虔敬的顶礼(kṛṣṇāya munaye)。人必须先向自己的灵性导师恭敬地顶礼。舒卡戴瓦·哥斯瓦米的灵性导师是他的父亲维亚萨戴瓦(Vyāsadeva)，所以他先向奎师那·兑帕亚纳·维亚萨致以虔敬的顶礼，然后才开始讲述有关主哈尔依(Hari)的话题。

无论何时，只要有机会聆听有关至尊主的超然活动，我们就必须抓住那机会。圣柴坦亚·玛哈帕布(Caitanya Mahāprabhu)忠告说：应该一直不断地吟诵、吟唱和谈论有关奎师那的话题(kṛṣṇa-kathā)，聆听有关祂的一切(kṛṣṇa-kathā)。这是有奎师那意识的人唯一做的事情。

第6节

निर्गुणोऽपि ह्यजोऽव्यक्तो भगवान् प्रकृतेः परः ।
स्वमायागुणमाविश्य बाध्यबाधकतां गतः ॥ ६ ॥

nirguṇo 'pi hy ajo 'vyakto
bhagavān prakṛteḥ paraḥ
sva-māyā-guṇam āviśya
bādhya-bādhakatāṁ gataḥ

nirguṇaḥ—没有物质属性／api—虽然／hi—无疑地／ajaḥ—不经出生就存在／avyaktaḥ—不展示／bhagavān—至尊主／prakṛteḥ—对物质自然／paraḥ—超然的／sva-māyā—祂自己的能量的／guṇam—物质属性／āviśya—进入／bādhya—义务／bādhakatām—被迫的状态／gataḥ—接受

译文 至尊人格首神维施努总是超越物质属性，所以被称为没有属性。祂不经出生就存在，所以没有受制于依恋和憎恨的物质躯体。至尊主虽然始终超越物质存在，但却透过祂的灵性力量显现，如普通人般行事，接受责任和义务，显得像是个受制约的灵魂。

要旨 所谓的执著、超脱和义务都与至尊人格首神发散出的物质自然有关，但至尊主无论何时降临，在这个物质世界里所从事的活动，都是在灵性的状态中完成的。祂的活动虽然从物质的角度看不一样，但在灵性上是绝对的，没有区别。因此，说至尊主对谁怀有敌意或对谁友好，都是强加给祂的说辞。

在《博伽梵歌》第9章的第11节诗中，至尊主清楚地说："当我以人的形象降临时，愚蠢的人轻视我(avajānanti māṁ mūḍhā mānuṣīṁ tanum āśritam)。"奎师那在丝毫不改变祂的灵性身体或灵性品质的情况下，显现在这个地球上或这个宇宙中。事实上，祂从不受物质品质的影响。但尽管如此，祂却显得像是受物质品质的影响在行事。这种看法被称为是强加的(āropita)。正因为如此，奎师那说祂所做的一切都永远是超然的，与物质品质无关(janma karma ca me divyam)；只有奉献者才能了解祂活动的真相(evaṁ yo vetti tattvataḥ)。真相是：奎师那从不偏袒任何人。祂始终平等对待众生，但物质属性的影响所造成的不完美的视力，使人将物质品质强加在奎师那身上。这样做的人是傻瓜(mudha)。当人可以正确地了解真相时，他就变得忠实于至尊主，不再有物质品质(nirguṇa)。仅仅了解奎师那的活动，就能使人变得超然；而人一旦超然了，就有资格被转入超然的世界。了解至尊主活动真相的人，在放弃其物质躯体后被转入灵性世界(tyaktvā dehaṁ punar janma naiti mām eti so 'rjuna)。

第 7 节

सत्त्वं रजस्तम इति प्रकृतेर्नात्मनो गुणाः ।
न तेषां युगपद्राजन् ह्रास उल्लास एव वा ॥ ७ ॥

sattvaṁ rajas tama iti
prakṛter nātmano guṇāḥ
na teṣāṁ yugapad rājan
hrāsa ullāsa eva vā

sattvam一善良属性 / rajaḥ一激情属性 / tamaḥ一愚昧属性 / iti一如此 / prakṛteḥ一物质自然的 / na一不 / ātmanaḥ一灵魂的 / guṇāḥ一属性 / na一不 / teṣām一他们的 / yugapat一同时地 / rājan一君王啊！ / hrāsaḥ一减少 / ullāsaḥ一突出 / eva一肯定地 / vā一或者

译文　我亲爱的帕瑞克西特王，善良、激情和愚昧这三种物质属性，都属物质世界所有，甚至接触不到至尊人格首神。这三种属性不可能以同时增加或减少的方式起作用。

要旨　至尊人格首神原本的状态永恒不变。祂没有受善良属性(sattva-guṇa)、激情属性(rujo-guṇa)和愚昧属性(tamo-guṇa)影响的问题，因为这些物质属性无法触碰到至尊主。为此，至尊主被称为至高无上的控制者(īśvara)。祂是至高无上的控制者(īśvaraḥ pa-ramaḥ kṛṣṇaḥ)。祂控制着物质属性(daivī hy eṣā guṇa-mayī mama mā-yā)；物质自然(prakṛti)按祂的命令工作(mayādhyakṣena prakṛtiḥ sūya-te)。既然这样，祂怎么会受物质自然属性的控制呢？奎师那从不受物质属性的影响。因此，根本就不存在至尊人格首神偏心的问题。

第 8 节

जयकाले तु सत्त्वस्य देवर्षीन् रजसोऽसुरान् ।
तमसो यक्षरक्षांसि तत्कालानुगुणोऽभजत् ॥ ८ ॥

jaya-kāle tu sattvasya
devarṣīn rajaso 'surān
tamaso yakṣa-rakṣāṁsi
tat-kālānuguṇo 'bhajat

jaya-kāle—在突出时 / tu—确实地 / sattvasya—善良的 / deva—半神人 / ṛṣīn—和圣人 / rajasaḥ—激情的 / asurān—恶魔的 / tamasaḥ—愚昧的 / yakṣa-rakṣāṁsi—食人魔和夜叉 / tat-kāla-anuguṇaḥ—根据特定的时候 / abhajat—促进

译文 当善良属性突出时，圣人和半神人便在那属性的帮助下变得强大有力，受到至尊主的鼓舞。当激情属性占上风时，恶魔得势；当愚昧属性占上风时，食人魔和夜叉变得强大。至尊人格首神在每一个生物体的心中，增强善良属性、激情属性和愚昧属性。

要旨 至尊人格首神不偏袒任何人。受制约的灵魂处在各种物质自然属性的影响下，而在物质自然背后的是至尊人格首神。尽管如此，一个人得胜或失败取决于善良、激情和愚昧这些物质自然属性相互作用的结果，并非至尊主偏心。圣吉瓦·哥斯瓦米在《论巴嘎瓦特》一书中明确地说：

sattvādayo na santīśe
yatra ca prākṛtā guṇāḥ
sa śuddhaḥ sarva-śuddhebhyaḥ
pumān ādhyaḥ prasīdatu

hlādinī sandhinī samvit
tvayy ekā sarva-saṁsthitau
hlāda-tāpa-karī miśrā
tvayi no guṇa-varjite

按照《论巴嘎瓦特》的这段说明，永远超越物质属性的至尊主，从不受这些属性的影响。生物也同样有“超然”这一特性，但由于他受制于物质自然，哪怕是至尊主展示的快乐能量，在受制约的灵魂看来都像是令人烦恼的。在物质世界里，受制约的灵魂所享受的“快乐”之后，总是紧紧跟随着许多痛苦的状况。例如：我们看到由激情属性和愚昧属性所导致的两次大战中，作战双方实际上都损失惨重。德国人为消灭英国人而向英国人宣战，但结果是双方的生灵惨遭涂炭。尽管大战中的同盟国看似赢得了胜利，至少是在纸上，但双方其实都没得胜。因此应该得出结论，至尊人格首神没有偏袒任何人。众生都在各种物质自然属性的影响下工作，当不同的属性占上风时，半神人或恶魔便在各种属性的影响下显得取得了胜利。

众生都在享受或承受自己从事的不同性质的活动结果。对此，《博伽梵歌》第14章的第11—13节诗证实说：

sarva-dvāreṣu dehe 'smin
　prakāśa upajāyate
jñānaṁ yadā tadā vidyād
　vivṛddhaṁ sattvam ity uta

lobhaḥ pravṛttir ārambhaḥ
　karmaṇām aśamaḥ spṛhā
rajasy etāni jāyante
　vivṛddhe bharatarṣabha

aprakāśo 'pravṛttiś ca
　pramādo moha eva ca
tamasy etāni jāyante
　vivṛddhe kuru-nandana

“当知识照亮躯体所有的门户时，人就能体会到善良属性的展示。巴茹阿特后裔中的魁首啊！当激情属性增强时，强烈的执著、极度的努力、从事功利性活动，以及无法控制欲望和渴望这些征象，就会变得显著。库茹的子孙啊！当愚昧属性增强时，无知、懒惰、疯狂和幻觉就得以展示。”在众生心中的至尊人格首神，只是给予不同属性增强时所产生的各种结果，但自己始终不偏不倚。祂监督着胜利与失败，但从不参与其中。

物质自然的各种属性并非一齐同时工作。这些属性之间的相互作用恰似季节变化，有时激情属性增强，有时愚昧属性增强，有时善良属性增强。半神人一般充满了善良属性，因此当恶魔与半神人作战时，半神人因为他们的善良属性占上风而取得胜利。这并非至尊主的偏心。

第9节

ज्योतिरादिरिवाभाति सङ्घातान्न विविच्यते ।
विदन्त्यात्मानमात्मस्थं मथित्वा कवयोऽन्ततः ॥ ९ ॥

jyotir-ādir ivābhāti
saṅghātān na vivicyate
vidanty ātmānam ātma-sthaṁ
mathitvā kavayo 'ntataḥ

jyotiḥ—火 / ādiḥ—和其他元素 / iva—正如 / ābhāti—出现 / saṅghātāt—从半神人及其他生物体身上 / na—不 / vivicyate—明显的 / vidanti—了解到 / ātmānam—超灵 / ātma-stham—处在心中 / mathitvā—借由辨别 / kavayaḥ—内行的思想家 / antataḥ—在……之内

译文 无所不在的至尊人格首神处在每一个生物体的心中，有经验的思想家可以感知到祂存在于那里的程度大小。正如可以了解木柴中可提供的火，水罐中可提供的水，或罐子中所具有的空间，人可以靠了解生物体致力于从事的活动，明白那生物体是恶魔还是半神人。细心的思想家可以通过看一个人的行为，了解他受到多少至尊主的优待。

要旨 正如《博伽梵歌》第10章的第41节诗记载，至尊主说：

yad yad vibhūtimat sattvaṁ
śrīmad ūrjitam eva vā
tat tad evāvagaccha tvaṁ
mama tejo-'ṁśa-sambhavam

“要知道，一切丰富、美丽和辉煌的创造，都不过是从我的光辉中跃起的一个火花而已。”我们具体看到过，一个人可以做很神奇的事，而另一个人却做不了同样的事，甚至无法做只需要一点点常识就能做的事。因此，从奉献者从事的活动中就可以看出那奉献者得到至尊人格首神多少的优待。《博伽梵歌》第10章的第10节诗记载，至尊主还说：

teṣāṁ satata-yuktānāṁ
bhajatāṁ prīti-pūrvakam
dadāmi buddhi-yogaṁ taṁ
yena mām upayānti te

“对一直以爱心侍奉我的人，我赐予他们理解力，使他们来到我这里。”这非常实际。如果学生有能力接受更多的教导，老师就会给予更多的教导。否则，尽管老师给予教导，但学生却无法理解、消化。这与偏心毫无关系。当奎师那说“对一直以爱心侍奉我的人，我赐予他们理解力”时，是在表明，奎师那准备将奉爱瑜伽(bhakti-yoga)给予所有的人，但人必须能够接受它。那是秘密之所在。因此，当一个人做出神奇的奉爱服务时，有思想的人明白，奎师那对这个奉献者更加优待。

尽管这并不难理解，但忌妒之人不承认，奎师那根据特定奉献者的进步状态赐予恩惠这一事实。这种愚蠢之人变得忌妒，企图贬低进步的奉献者所从事的活动。这不是外士纳瓦(Vaiṣṇava)的心态。真正的外士纳瓦欣赏其他的外士纳瓦为至尊主所做的服务。正因为如此，《圣典博伽瓦谭》(Śrīmad-Bhāgavatam)描述外士纳瓦是“从不忌妒其他外士纳瓦或其他任何人的人(nirmatsarāṇāṁ satām)”。

正如《博伽梵歌》告知，我们可以了解一个人体内究竟渗透了多少善良属性(sattva-guṇa)、激情属性(rajo-guṇa)或愚昧属性(tamo-guṇa)。例如：火代表善良属性。人可以通过火的大小了解承载木柴、汽油或其他易燃物的容器的大小。同样道理，水代表激情属性。小小的皮肤和浩瀚的大西洋都承载着水，但通过看水在一个容器中的量，就可以使人明白容器的大小。空间代表愚昧属性。空间既存在于小瓦罐中，也存在于外太空中。因此，靠正确的判断，人可以根据不同物种所含有的善良、激情和愚昧属性的量，明白谁是半神人(devatā)，谁是恶魔(asura)、夜叉(Yakṣa)或食人魔(Rākṣasa)。光靠看一个人无法判断他是半神人、恶魔还是食人魔，但明智之人可以通过这人从事的活动去判断他是什么。《莲花往世书》(Padma Purāṇa)中给予这种大体性的解释说：主维施努的奉献者是半神人，相反则是恶魔或食人魔(viṣṇu-bhaktaḥ smṛ-to daiva āsuras tad-viparyayaḥ)。恶魔不是主维施努的奉献者，但为了自己的感官享乐，他可以当半神人、鬼魂(bhūtas)和邪灵(pretas)等生物体的信奉者。因此，凭从事的活动，可以判断出谁是半神人，谁是食人魔，谁是恶魔。

这节诗中的梵文词ātmānam指的是至尊灵魂(paramātmānam)。超灵(paramātmā)处在众生的心中(antataḥ)。对此，《博伽梵歌》第18章的第61节诗证实说：阿尔诸纳啊！至尊主在众生的心中(īśva-raḥ sarva-bhūtānāṁ hṛd-deśe 'rjuna tiṣṭhati)。处在众生心中的至尊人格首神(īśvara)，根据每一个生物体接受指示的能力从心中给予指导。《博伽梵歌》的教导对每一个人都是公开的，但有些人正确地理解了它们，有些人却错误地理解它们，以致即使阅读记载奎师那话语的书籍，都无法相信奎师那的存在。尽管《博伽梵歌》中说的“圣巴嘎万说(śrī-bhagavān uvāca)”，是指奎师那在说，但那些人就是无法理解奎师那。之所以是这样，是因为激情和愚昧属性致使他们很不幸或无能。这些属性使他们甚至无法了解奎师那。但是，像阿尔诸纳那样的进步奉献者就能了解祂，并赞美祂说："您是至尊人格首神，终极的住所，至纯至粹者(paraṁ brahma paraṁ dhāma pavitraṁ paramaṁ bhavān)。"奎师那对众生敞开，但人需要有能力了解祂。

人无法靠外在的表现了解谁受到奎师那的优待，谁没有受到优待。按照一个人的态度，奎师那要么当那人的直接顾问，要么让那人完全无法了解祂。这并非奎师那偏心，而是祂根据生物体了解祂的能力所做出的回应。无论是半神人、恶魔、夜叉还是食人魔，奎师那的品质根据其接受能力相应地展现。智力欠佳的人将奎师那的这种相应展现的能力误解为是奎师那偏心，但事实并非如此。奎师那平等对待众生，众生都根据自己对奎师那给予的优待所能接受的能力提升其奎师那意识。就有关这一点，圣维施瓦纳特·查夸瓦尔提·塔库尔，举了个实际的例子，即：天空中有无数的发光体；夜晚，哪怕是在黑暗中，月亮都显得极其明亮，能直接被感知到。太阳也极其明亮。然而，在有云层遮挡时，这些发光体就不能被清楚地看到了。同样道理，在善良属性的层面上越进步的人，就越会在奉爱服务中表现出灵魂的闪光本质，但被激情和愚昧属性遮盖越多的人，就越少展示其灵魂的本质。一个人所展示的受物质自然属性影响的程度，并不是至尊人格首神的偏心所致，而取决于个体灵魂被各种属性覆盖的程度。有上述知识的人可以了解自己究竟受多少善良属性的影响，被激情和愚昧属性覆盖的程度又有多少。

第 10 节

यदा सिसृक्षुः पुर आत्मनः परो
रजः सृजत्येष पृथक्स्वमायया ।
सत्त्वं विचित्रासु रिरंसुरीश्वरः
शयिष्यमाणस्तम ईरयत्यसौ ॥१०॥

yadā sisṛkṣuḥ pura ātmanaḥ paro
rajaḥ sṛjaty eṣa pṛthak sva-māyayā
sattvaṁ vicitrāsu riraṁsur īśvaraḥ
śayiṣyamāṇas tama īrayaty asau

yadā—当……时 / sisṛkṣuḥ—想创造 / puraḥ—物质躯体 / ātmanaḥ—为生物 / paraḥ—至尊人格首神 / rajaḥ—激情属性 / sṛjati—展示 / eṣaḥ—祂 / pṛthak—分别地、显著地 / sva-māyayā—由祂自己的创造能量 / sattvam—善良属性 / vicitrāsu—在各种躯体中 / riraṁsuḥ—想活动 / īśvaraḥ—人格首神 / śayiṣyamāṇaḥ—将要结束 / tamaḥ—愚昧属性 / īrayati—导致产生 / asau—那位至尊者

译文 至尊人格首神在创造出各种躯体，并按每一个生物的特性及从事的功利性活动给予特定的躯体时，使善良、激情和愚昧等物质属性都恢复运作。随后，祂作为超灵进入每一个躯体，操作创造、维系和毁灭的属性，用善良属性维系，用激情属性创造，用愚昧属性毁灭。

要旨 物质自然虽然表现为善良、激情和愚昧这三种物质属性的运作，但本身并不是独立的。正如《博伽梵歌》第9章的第10节诗记载，至尊主说：

mayādhyakṣeṇa prakṛtiḥ
sūyate sa-carācaram
hetunānena kaunteya
jagad viparivartate

“琨缇的儿子啊！物质自然是我的一种能量，在我的指挥下活动，产生动与不动的一切。在物质自然的控制下，这个展示被再三地创造和毁灭。”物质世界里发生的各种变化是三种属性作用和反作用的结果，但在三种属性之上的，是它们的指挥者——至尊人格首神。在物质自然给予生物的各种类型的躯体中(yan-trārūḍhāni māyayā)，善良、激情和愚昧属性分别占上风。躯体是物质

自然按照至尊人格首神的指挥产生的。因此这节诗中说明，躯体无疑是由至尊主创造的(yadā sisṛkṣuḥ pura ātmanaḥ paraḥ)；在至尊主的监督下，不同的躯体按照生物的业报(karma)被准备出来(karmaṇā daiva-netreṇa)。无论躯体是善良型、激情型还是愚昧型，一切都是至尊主指挥外在能量做的(pṛthak sva-māyayā)。在不同种类的躯体中，至尊主(īśvara)作为超灵给予指示。最后，为了毁灭那躯体，祂运用愚昧属性。生物就是这样得到各种躯体的。

第 11 节

कालं चरन्तं सृजतीश आश्रयं
प्रधानपुम्भ्यां नरदेव सत्यकृत् ॥११॥

kālaṁ carantaṁ sṛjatīśa āśrayaṁ
pradhāna-pumbhyāṁ nara-deva satya-kṛt

kālam—时间 / carantam—移动 / sṛjati—创造 / īśaḥ—至尊人格首神 / āśrayam—庇护 / pradhāna—为物质能量 / pumbhyām—和生物 / nara-deva—人类的统治者啊！ / satya—真正的 / kṛt—创造者

译文　伟大的君王啊！至尊人格首神——物质和灵性能量的控制者，无疑是整个宇宙的创造者，创造了时间因素，以使物质能量和生物能在一定的时间内做事。因此，这位至尊的人物永不受时间因素的影响和物质能量的左右。

要旨　人不该以为至尊主受制于时间因素。实际上是祂创造了物质自然运作并使受制约的灵魂置于其控制下的情况。受制约的灵魂和物质自然都在时间因素的作用范围内活动，但至尊主不受时间作用与反作用的影响，因为时间是由祂创造的。为了让人更明确这一点，圣维施瓦纳特·查夸瓦尔提·塔库尔说：创造、维系和毁灭，都在至尊主至高无上的意愿控制下发生。

《博伽梵歌》第4章的第7节诗记载，至尊主说：

yadā yadā hi dharmasya
glānir bhavati bhārata
abhyutthānam adharmasya
tadātmānaṁ sṛjāmy aham

“巴茹阿特的后裔啊！无论何时何地，每当宗教衰退，反宗教盛行，我就会亲自降临。”既然至尊人格首神奎师那是一切的控制者，当祂出现时，祂当然不受物质世界的限制(janma karma ca me divyam)。这节诗文中的kālaṁ carantaṁ sṛjatīśa āśrayam一句是指，即使至尊主在时间的范围内活动，人也不该以为至尊主受时间的控制。时间受祂的控制，因为是祂创造了时间，并使其以特定的方式运作；祂并非在时间的控制下做事。物质世界的创造是至尊主的娱乐活动之一。一切都完全在祂的控制下。既然创造发生在激情属性占上风时，至尊主便创造了所需要用的时间，以给激情属性提供便利条件。祂同样也为维系和毁灭创造了所需要用的时间。因此，这节诗证实，至尊主不受时间的限制。

正如《布茹阿玛·萨密塔》(Brahma-saṁhitā)中说明，奎师那是至高无上的控制者(īśvaraḥ paramaḥ kṛṣṇaḥ)；祂拥有永恒、极乐且充满知识的灵性形体(sac-cid-ānanda-vigrahaḥ)。梵文ānandih的意思是，祂不从属于任何事物。正如至尊主在《博伽梵歌》第7章的第7节诗中证实说：“赢得财富的人啊！我是至高无上的真理(mattaḥ parataraṁ nānyat kiñcid asti dhanañjaya)。”奎师那是一切的控制者和创造者，因此没有什么高于奎师那。

假象宗哲学家(Māyāvādī)说，这个物质世界是虚假的(mithyā)，所以人不该关心这个虚假的创造(brahma satyaṁ jagan mithyā)。但这并不正确。这节诗文中说：至尊人格首神(satyaṁ param)创造的一切(satya-kṛt)，都不能被说成是虚假的。这个创造的原因是真实的(satya)，因此创造的结果怎么能是虚假的呢？梵文真正的创造者

(satya-kṛt)一词被用以证实，至尊主创造的一切都是真实的，从不是虚假的。这个创造也许短暂，但并非是假的。

第 12 节

य एष राजन्नपि काल ईशिता
　सत्त्वं सुरानीकमिवैधयत्यतः ।
तत्प्रत्यनीकानसुरान् सुरप्रियो
　रजस्तमस्कान् प्रमिणोत्युरुश्रवाः ॥१२॥

ya eṣa rājann api kāla īśitā
　sattvaṁ surānīkam ivaidhayaty ataḥ
tat-pratyanīkān asurān sura-priyo
　rajas-tamaskān pramiṇoty uruśravāḥ

yaḥ—……的 / eṣaḥ—这 / rājan—君王啊！ / api—甚至 / kālaḥ—时间 / īśitā—至尊主 / sattvam—善良属性 / sura-anīkam—众多的半神人 / iva—肯定地 / edhayati—使增加 / ataḥ—因此 / tat-pratyanīkān—敌视他们 / asurān—恶魔 / sura-priyaḥ—是半神人的朋友 / rajaḥ-tamaskān—被激情和愚昧属性遮蔽 / pramiṇoti—破坏 / uru-śravāḥ—光荣广为传诵的

译文　君王啊！这时间因素增强善良属性。正因为如此，至尊主虽是控制者，但却支持主要受善良属性影响的半神人。这使受愚昧属性影响的恶魔被毁灭。至尊主使时间因素以不同的方式运作，但从不偏心。相反，由于祂的活动很光荣，祂被称为乌茹刷瓦。

要旨　《博伽梵歌》第9章的第29节诗记载，至尊主说："我不忌妒谁，也不偏袒谁。我平等对待众生(samo'haṁ sarva-bhūteṣu na me dveṣyo 'sti na priyaḥ)。"至尊人格首神不可能偏心；祂永远平等对待众生。因此，当半神人受惠而恶魔被杀时，那并非祂偏心所致，而是时间因素的影响。就有关这一点有个很好的例子是：电器专家将加热器和制冷器都接在同一个电源上。电器专家按照自己的愿望对电能的操作是加热或制冷的原因，但电器专家其实并没有引起冷或热，与享受冷热或承受由冷热引起的痛苦结果也没关系。

纵观历史，曾经有许多至尊主杀死恶魔的事件发生，但被杀死的恶魔都靠至尊主的仁慈得到了更高的地位，其中菩坦娜(Pūtanā)就是一例。菩坦娜的目的是要杀死奎师那(aho bakī yaṁ stana-kāla-kūṭam)；她将毒药涂在她的乳房上，怀着要杀奎师那的目的去南达王(Nanda Mahārāja)的住宅。尽管如此，她却在被奎师那杀死后得到了最高的地位，获得奎师那母亲的身份。奎师那是如此仁慈和公正，只因为吮吸过菩坦娜的乳房，就立刻接受她为自己的母亲。杀死菩坦娜并不减弱至尊主的公正性。祂是众生的朋友(suhṛdaṁ sama-bhūtānām)。因此，“偏袒”并不是始终保持至尊控制者地位的至尊人格首神所具有的特性。至尊主将菩坦娜当做敌人杀死，但由于是至尊控制者，而使她获得了当祂母亲的崇高地位。对此，圣玛德瓦·牟尼(Śrīla Madhva Muni)评论说，（kāle kāla-viṣaye 'pīśitā. dehādi-kāraṇatvāt surānīkam iva sthitaṁ sattvam。）杀人犯一般都被绞死；《玛努法典》(Manu-saṁhitā)中说，君王通过杀死杀人犯赐予仁慈，以拯救杀人犯免遭各种痛苦。杀人犯因他所从事的罪恶活动而被君王仁慈地杀死。最高法官奎师那——至高无上的控制者，以同样的方式处理这些问题。因此结论是，至尊主永远不偏不倚，永远十分仁慈地对待一切众生。

第 13 节

अत्रैवोदाहृतः पूर्वमितिहासः सुरर्षिणा ।
प्रीत्या महाक्रतौ राजन् पृच्छतेऽजातशत्रवे ॥१३॥

atraivodāhṛtaḥ pūrvam
itihāsaḥ surarṣiṇā
prītyā mahā-kratau rājan
pṛcchate 'jāta-śatrave

atra一就有关这一点 / eva一肯定地 / udāhṛtaḥ一被讲述 / pūrvam一以前 / itihāsaḥ一一个故事 / sura-ṛṣiṇā一由大圣人纳茹阿达 / prītyā一喜悦地 / mahā-kratau一在盛大的皇家祭祀 / rājan一君王啊！ / pṛcchate一对所询问的 / ajāta-śatrave一没有敌人的尤帝士提尔王

译文　君王啊！以前在尤帝士提尔王举行皇家祭祀时，大圣人纳茹阿达应君王的请求讲述历史事实，以说明至尊人格首神永远不偏不倚，即使在杀恶魔时也不例外。就有关这一点，他举了个生动的例子。

要旨　这关系到至尊主如何展示祂的公正，即使是在尤帝士提尔王(Mahārāja Yudhiṣṭhira)举行皇家祭祀(Rājasūya yajña)的祭祀场上杀锡舒帕勒(Śiśupāla)时也不例外。

第14—15节

दृष्ट्वा महाद्भुतं राजा राजसूये महाक्रतौ ।
वासुदेवे भगवति सायुज्यं चेदिभूभुजः ॥१४॥

तत्रासीनं सुरऋषिं राजा पाण्डुसुतः क्रतौ ।
पप्रच्छ विस्मितमना मुनीनां शृण्वतामिदम् ॥१५॥

dṛṣṭvā mahādbhutaṁ rājā
rājasūye mahā-kratau
vāsudeve bhagavati
sāyujyaṁ cedibhū-bhujaḥ

tatrāsīnaṁ sura-ṛṣiṁ
rājā pāṇḍu-sutaḥ kratau

papraccha vismita-manā
munīnāṁ śṛṇvatām idam

dṛṣṭvā－在看到……后 / mahā-adbhutam－非常神奇的 / rājā－君王 / rājasūye－称为皇家的 / mahā-kratau－在盛大的祭祀上 / vāsu-deve－进入华苏戴瓦 / bhagavati－人格首神 / sāyujyam－融入 / cedi-bhū-bhujaḥ－切迪的君王锡舒帕勒的 / tatra－那里 / āsīnam－坐在 / sura-ṛṣim－纳茹阿达·牟尼 / rājā－君王 / pāṇḍu-sutaḥ－潘杜的儿子尤帝士提尔王 / kratau－在祭祀时 / papraccha－问 / vismita-manāḥ－惊讶地 / munīnām－在圣人面前 / śṛṇvatām－听到 / idam－这

译文 君王啊！在皇家祭祀上，潘杜的儿子尤帝士提尔王，亲眼看到锡舒帕勒融入至尊主奎师那体内。为此，他惊讶地向坐在那里的大圣人纳茹阿达询问其中的原由，当时在场的圣人们都听到他提的问题。

第 16 节

श्रीयुधिष्ठिर उवाच
अहो अत्यद्भुतं ह्येतद् दुर्लभैकान्तिनामपि ।
वासुदेवे परे तत्त्वे प्राप्तिश्चैद्यस्य विद्विषः ॥१६॥

śrī-yudhiṣṭhira uvāca
aho aty-adbhutaṁ hy etad
durlabhaikāntinām api
vāsudeve pare tattve
prāptiś caidyasya vidviṣaḥ

śrī-yudhiṣṭhiraḥ uvāca－尤帝士提尔王说 / aho－啊！ / ati-adbhutam－非常神奇的 / hi－无疑地 / etat－这 / durlabha－难以达到 / ekāntinām－对于超然主义者 / api－甚至连 / vāsudeve－在华苏戴瓦 / pare－至尊 / tattve－绝对真理 / prāptiḥ－成就 / caidyasya－锡舒帕勒 / vidviṣaḥ－妒嫉

译文　尤帝士提尔王询问道：锡舒帕勒魔格外妒嫉至尊人格首神，但却融入祂的身体，这真是太神奇了。就连伟大的超然主义者都无法获得这种融入至尊主身体的解脱，他作为至尊主的敌人怎么却获得了？

要旨　超然主义者有两类：知识思辨者(jñānī)和奉献者(bhakta)。奉献者不渴望融入至尊主的存在，但知识思辨者却希望如此。然而，锡舒帕勒既不是知识思辨者，也不是奉献者，却仅仅因为忌妒至尊主而达到融入至尊主身体的崇高状态。这无疑令人震惊。为此，尤帝士提尔王询问有关至尊主对锡舒帕勒施以令人难以理解之仁慈的原因。

第 17 节

एतद्वेदितुमिच्छामः सर्व एव वयं मुने ।
भगवन्निन्दया वेनो द्विजैस्तमसि पातितः ॥१७॥

etad veditum icchāmaḥ
sarva eva vayaṁ mune
bhagavan-nindayā veno
dvijais tamasi pātitaḥ

etat－这 / veditum－了解 / icchāmaḥ－渴望 / sarve－所有的 / eva－肯定地 / vayam－我们 / mune－伟大的圣人啊！ / bhagavat-nindayā－由于亵渎至尊主 / venaḥ－普瑞图王的父亲维纳 / dvijaiḥ－被布茹阿玛纳 / tamasi－入地狱 / pātitaḥ－被丢到

译文　伟大的圣人啊！我们都渴望了解至尊主给予这一仁慈的原因。我听说以前有位名叫维纳的君王曾亵渎至尊人格首神，这使当时所有的布茹阿玛纳都采取行动将他送进地狱。锡舒帕勒也应该被送进地狱。但他怎么却融入至尊主的存在了呢？

第 18 节

दमघोषसुतः पाप आरभ्य कलभाषणात् ।
सम्प्रत्यमर्षी गोविन्दे दन्तवक्रश्च दुर्मतिः ॥१८॥

damaghoṣa-sutaḥ pāpa
ārabhya kala-bhāṣaṇāt
sampraty amarṣī govinde
dantavakraś ca durmatiḥ

damaghoṣa-sutaḥ—达摩哥什的儿子锡舒帕勒 / pāpaḥ—罪恶的 / ārabhya—开始 / kala-bhāṣaṇāt—从孩子咿呀学语 / samprati—甚至直到现在 / amarṣī—忌妒 / govinde—对圣奎师那 / dantavakraḥ—丹达瓦夸 / ca—也 / durmatiḥ—心思邪恶的

译文 达摩哥什那罪大恶极的儿子锡舒帕勒，甚至还在咿呀学语的幼年期，就已经开始辱骂、诽谤至尊主，而且至死都在忌妒圣奎师那。同样，他的兄弟丹达瓦夸也一直有这样的习惯。

第 19 节

शपतोरसकृद्विष्णुं यद् ब्रह्म परमव्ययम् ।
श्वित्रो न जातो जिह्वायां नान्धं विविशतुस्तमः ॥१९॥

śapator asakṛd viṣṇuṁ
yad brahma param avyayam
śvitro na jāto jihvāyāṁ
nāndhaṁ viviśatus tamaḥ

śapatoḥ—在辱骂的锡舒帕勒和丹达瓦夸两人的 / asakṛt—一再 / viṣṇum—主奎师那 / yat—……的 / brahma param—至尊梵 / avyayam—没有减少 / śvitraḥ—白色麻风病 / na—没有 / jātaḥ—出现 / jihvāyām—在舌头上 / na—没有 / andham—黑暗的 / viviśatuḥ—他们进入 / tamaḥ—地狱

译文 锡舒帕勒和丹达瓦夸两人虽然一再辱骂、诽谤至尊人格首神——主维施努(奎师那)——至尊梵，但却相当健康。事实上，他们的舌头并没有遭到白色癞疯病的攻击，他们也没下到黑暗的地狱。对此，我们无疑感到十分惊讶。

要旨 在《博伽梵歌》第10章的第12节诗中，阿尔诸纳这样描述奎师那说："您是至尊人格首神，终极的住所，至纯至粹者(paraṁ brahma paraṁ dhāma pavitraṁ paramaṁ bhavān)。"对此，这节诗文给予了证实。至尊维施努是奎师那(viṣṇuṁ yad brahma param avyayam)。奎师那是维施努的来源，而不是相反。同样，梵(Brahman)不是奎师那的来源，奎师那是梵的来源。所以，奎师那是至尊梵(yad brahma param avyayam)。

第 20 节

कथं तस्मिन् भगवति दुरवग्राह्यधामनि ।
पश्यतां सर्वलोकानां लयमीयतुरञ्जसा ॥२०॥

kathaṁ tasmin bhagavati
duravagrāhya-dhāmani
paśyatāṁ sarva-lokānāṁ
layam īyatur añjasā

katham－如何 / tasmin－那 / bhagavati－在至尊人格首神中 / duravagrāhya－难以得到的 / dhāmani－本性……的 / paśyatām－观看 / sarva-lokānām－当所有的人 / layam īyatuḥ－融入 / añjasā－轻松地

译文 锡舒帕勒和丹达瓦夸怎么有可能当着众多崇高之人的面，那么轻而易举地进入了奎师那的身体，而奎师那本是极难得到的啊？

要旨 锡舒帕勒和丹达瓦夸以前是外琨塔(Vaikuṇṭha)的看门

人佳亚(Jaya)和维佳亚(Vijaya)。融入奎师那的身体并不是他们最终的结局。在一段时间内，他们处于与至尊主合一的状态，后来便得到了与至尊主有同样的身体(sārūpya)并与至尊主住在同一个星球(sālokya)的解脱。经典(śāstra)提出证据说，亵渎、诽谤至尊主的人所得到的惩罚是，在地狱承受比杀死许多布茹阿玛纳(brāhmaṇa, 婆罗门)要承受的苦还要长好几百万年的痛苦。然而，锡舒帕勒没进地狱，反而立刻轻易地得到了融入至尊主身体的解脱(sāyujya-mukti)。给予锡舒帕勒这种特殊的待遇并非只是个故事；在场的每一个人都看到了事情的发生，不存在缺乏证据的问题。尤帝士提尔王对事情为何是这样感到十分惊讶。

第 21 节

एतद् भ्राम्यति मे बुद्धिर्दीपार्चिरिव वायुना ।
ब्रूह्येतदद्भुततमं भगवान् ह्यत्र कारणम् ॥२१॥

etad bhrāmyati me buddhir
dīpārcir iva vāyunā
brūhy etad adbhutatamaṁ
bhagavān hy atra kāraṇam

etat一关于这 / bhrāmyati一闪烁不定 / me一我的 / buddhiḥ一心智 / dīpa-arciḥ一烛火 / iva一如同 / vāyunā一被风 / brūhi一请告诉 / etat一这 / adbhutatamam一最神奇的 / bhagavān一拥有一切知识 / hi一确实地 / atra一这里 / kāraṇam一原因

译文 这个问题无疑十分玄妙。事实上，我的心智变得紊乱，恰似风中的烛火。纳茹阿达·牟尼，您无所不知，无所不晓，所以请让我了解这神奇事件背后的原因吧。

要旨 经典的指示是，当生活中的困难问题使人感到困惑时，为要解决它们，必须去找一位像纳茹阿达(Nārada)那样的灵性导师或他传承中的代表(tad-vijñānārthaṁ sa gurum evābhigacchet)。因此，尤帝士提尔王请求纳茹阿达解释这一神奇事件的原因。

第 22 节

श्रीबादरायणिरुवाच
राज्ञस्तद्वच आकर्ण्य नारदो भगवानृषिः ।
तुष्टः प्राह तमाभाष्य शृण्वत्यास्तत्सदः कथाः ॥२२॥

śrī-bādarāyaṇir uvāca
rājñas tad vaca ākarṇya
nārado bhagavān ṛṣiḥ
tuṣṭaḥ prāha tam ābhāṣya
śṛṇvatyās tat-sadaḥ kathāḥ

śrī-bādarāyaṇiḥ uvāca—圣舒卡戴瓦·哥斯瓦米说 / rājñaḥ—君王(尤帝士提尔)的 / tat—那些 / vacaḥ—话语 / ākarṇya—听了之后 / nāradaḥ—纳茹阿达·牟尼 / bhagavān—强大有力的 / ṛṣiḥ—圣人 / tuṣṭaḥ—很满意 / prāha—说 / tam—他 / ābhāṣya—说话之后 / śṛṇvatyāḥ tat-sadaḥ—当着集会成员之前 / kathāḥ—话题

译文　圣舒卡戴瓦·哥斯瓦米说：听了尤帝士提尔王的询问后，最强大有力且知晓一切的灵性导师纳茹阿达·牟尼，感到十分高兴。因此，他当着参加祭祀的全体成员的面作出回答。

第 23 节

श्रीनारद उवाच
निन्दनस्तवसत्कारन्यक्कारार्थं कलेवरम् ।
प्रधानपरयो राजन्नविवेकेन कल्पितम् ॥२३॥

śrī-nārada uvāca
nindana-stava-satkāra-
nyakkārārthaṁ kalevaram

pradhāna-parayo rājann
avivekena kalpitam

śrī-nāradaḥ uvāca一圣纳茹阿达·牟尼说 / nindana一辱骂 / stava一赞美 / satkāra一荣誉 / nyakkāra一不荣誉 / artham一为了 / kalevaram一躯体 / pradhāna-parayoḥ一自然的和至尊人格首神 / rājan一君王啊！ / avivekena一没有辨别地 / kalpitam一创造

译文 伟大的圣人圣纳茹阿达说：君王啊！愚昧使人感受亵渎和赞美，指责与尊敬。受制约灵魂的躯体由至尊者设计，以使他于外在能量的控制下在物质世界里受苦。

要旨 《博伽梵歌》第18章的第61节诗说：

īśvaraḥ sarva-bhūtānāṁ
hṛd-deśe 'rjuna tiṣṭhati
bhrāmayan sarva-bhūtāni
yantrārūḍhāni māyayā

"阿尔诸纳啊！每个生物都坐在一台由物质能量制成的机器上，至尊主处在他们心中，指导他们周游四方。"物质躯体是外在能量按照至尊人格首神的指示制造的。受制约的灵魂坐在这台机器上，在宇宙四处游荡，他所持有的躯体化的生命概念唯有使他受苦而已。事实上，在持有物质化的生命概念时，人才感受到被诽谤的痛苦及被赞美的享受，才会接受令人愉快的欢迎，承受他人用尖刻话语作出的指责。然而，由于至尊人格首神的身体不是物质的，而是永恒、极乐且充满知识的(sac-cid-ānanda-vigraha)，祂不受侮辱或问候、诽谤或赞美的影响。由于永远不受影响、永远圆满，祂在奉献者献上优美的祈祷时感受不到格外的喜悦，尽管奉献者因为向至尊主敬献祈祷而得到利益。事实上，至尊主对祂所谓的敌人十分仁慈，因为我们看到，总是作为敌人想着人格首神的人也得到利益，尽管他的想是充满敌意的。一个受制约的灵魂无论是以敌人或朋友的身份想着至尊主，只要因此而变得离不开至尊主，就会得到巨大的利益。

第 24 节

हिंसा तदभिमानेन दण्डपारुष्ययोर्यथा ।
वैषम्यमिह भूतानां ममाहमिति पार्थिव ॥२४॥

hiṁsā tad-abhimānena
　daṇḍa-pāruṣyayor yathā
vaiṣamyam iha bhūtānāṁ
　mamāham iti pārthiva

hiṁsā—受苦 / tat—这个的 / abhimānena—被错误的概念 / daṇḍa-pāruṣyayoḥ—当受到惩罚和斥责时 / yathā—正如 / vaiṣamyam—错误的观念 / iha—这里(在这躯体内) / bhūtānām—生物的 / mama-aham—我的和我 / iti—如此 / pārthiva—地球之主啊！

译文　我亲爱的君王，受制约的灵魂持有的躯体化的生命概念，使他以为他的躯体就是自我，以为与躯体有关的一切就是他。他持有的这种错误的生命概念，使他受制于赞美和斥责。

要旨　只有当受制约的灵魂将他的躯体视为是自我时，他才会感受到斥责或赞美的影响，从而认定一个人是他的敌人，而另一个人是他的朋友。这都是躯体化生命概念的产物。

第 25 节

यन्निबद्धोऽभिमानोऽयं तद्वधात्प्राणिनां वधः ।
तथा न यस्य कैवल्यादभिमानोऽखिलात्मनः ।
परस्य दमकर्तुर्हि हिंसा केनास्य कल्प्यते ॥२५॥

yan-nibaddho 'bhimāno 'yaṁ
tad-vadhāt prāṇināṁ vadhaḥ
tathā na yasya kaivalyād
abhimāno 'khilātmanaḥ
parasya dama-kartur hi
hiṁsā kenāsya kalpyate

yat—在……内 / nibaddhaḥ—束缚 / abhimānaḥ—错误的概念 / ayam—这 / tat—那个(躯体)的 / vadhāt—从毁灭 / prāṇinām—生物的 / vadhaḥ—毁灭 / tathā—同样的 / na—不 / yasya—……的 / kaivalyāt—因为绝对、独一无二 / abhimānaḥ—错误的概念 / akhila-ātmanaḥ—众生的超灵 / parasya—至尊人格首神 / dama-kartuḥ—至尊控制者 / hi—无疑地 / hiṁsā—伤害 / kena—如何 / asya—祂的 / kalpyate—发生

译文 躯体化的生命概念使受制约的灵魂以为，躯体毁灭时生物也被毁灭。至尊人格首神主维施努是至高无上的控制者，是众生的超灵。祂因为没有物质躯体，所以没有“我和我的”这种错误的概念。认为祂“在得到赞美时感到高兴，在遭到辱骂时感到心痛”的想法是不正确的。这对祂来说是不可能的事。所以，祂既没敌人也没朋友。祂责惩恶魔时是为他们好，接受奉献者的祈祷时也是为他们好。祂既不受赞美的影响，也不受辱骂的影响。

要旨 由于被物质躯体包裹着，受制约的灵魂，甚至包括了不起的博学学者和受过错误教育的教授在内，都以为躯体一旦完结，一切就都结束了。这由他们持有的躯体化的生命概念造成。奎师那没有这种躯体化的概念，而且祂的身体与祂的自我也无不同。所以，既然奎师那没有躯体化的生命概念，祂怎么能受物质赞美和指责的影响呢？奎师那的身体因而被描述为是与祂本人没有差别(kaivalya)。既然每个人都有躯体化的物质概念，那么如果奎师那也有这种概念的话，祂与受制约的灵魂有什么区别？

奎师那在《博伽梵歌》中的教导之所以被公认为是最高的指示，是因为祂没有物质躯体。人一旦有物质躯体就会有四种缺陷，但奎师那因为没有物质躯体，所以没有缺陷。祂永远在最高的灵性层面上意识到一切，永远极其幸福和快乐。祂的形象是永恒、极乐且充满知识的(īśvaraḥ paramaḥ kṛṣṇaḥ sac-cid-ānanda-vigrahaḥ)。梵文“祂具有永恒、知识和极乐的灵性形象(sac-cid-ānanda-vigrahaḥ)”与“充满灵性极乐的地方(ānanda-cinmaya-rasa)”和“因为绝对而独一无二(kaivalya)”说的都是同一个意思。

奎师那可以扩展自己，作为超灵处在每一个生物体的心中。对此，《博伽梵歌》第13章的第3节诗中证实：至尊主是所有个体灵魂的超灵或超自我(kṣetrajñaṁ cāpi māṁ viddhi sama-kṣetreṣu bhāra-ta)。所以我们必然能得出的结论是：祂没有残缺不全的躯体化概念。祂虽然处在每一个生物体的体内，但却没有躯体化的生命概念。祂永远没有这种概念，所以不可能被与个体灵魂(jīva)的物质躯体有关的一切所影响。

《博伽梵歌》第16章的第19节诗记载，奎师那说：

tān ahaṁ dviṣataḥ krūrān
saṁsāreṣu narādhamān
kṣipāmy ajasram aśubhān
āsurīṣv eva yoniṣu

“我把忌妒、爱捣鬼、最下贱的人永远抛进物质存在的海洋，抛进各种各样邪恶的物种中。”然而，每当至尊主惩罚像恶魔那样的人时，这种惩罚都是为受制约的灵魂好。受制约的灵魂嫉妒至尊人格首神，也许咒骂祂说“奎师那很坏，奎师那是个贼”等等，但奎师那仁慈地对待一切众生，根本不考虑这类责骂。相反，祂考虑受制约的灵魂说了“奎师那、奎师那”那么多次。祂有时通过把这类恶魔放进低等物种中度过一生作为对他们的惩罚，但接着，当他们不再咒骂祂时，他们就因为曾经一直不断地说奎师那的名字而在下一生得到解脱。咒骂、诽谤至尊主或祂的奉献者，对受制约的灵魂毫无益处；但奎师那十分仁慈，为他从事的这种罪恶活动而在他的一生中给予惩罚，随后便将他带回家园，带回到祂身边。维陀魔(Vṛtrāsura)就是有关这一点的一个生动的例子。维陀魔前生是伟大的奉献者祺陀凯图王(Citraketu Mahārāja)，因为嘲笑了最优秀的奉献者——主希瓦(Śiva)，而接受了一个名叫维陀的恶魔之躯，但接着就被带回到首神身边。因此，当奎师那惩罚一个恶魔或受制约的灵魂时，祂中止那个灵魂所具有的诽谤祂的习惯。当那个灵魂变得完全净化时，至尊主就将那个灵魂带回到祂身边。

第 26 节

तस्माद्वैरानुबन्धेन निर्वैरेण भयेन वा ।
स्नेहात्कामेन वा युञ्ज्यात्कथञ्चिन्नेक्षते पृथक् ॥२६॥

tasmād vairānubandhena
nirvaireṇa bhayena vā
snehāt kāmena vā yuñjyāt
kathañcin nekṣate pṛthak

tasmāt—为此 / vaira-anubandhena—透过持续的敌意 / nirvaireṇa—透过奉爱之情 / bhayena—透过恐惧 / vā—或者 / snehāt—由于喜爱 / kāmena—透过色欲 / vā—或者 / yuñjyāt—人应该全神贯注 / kathañcit—以某种方式 / na—不 / īkṣate—看见 / pṛthak—其他东西

译文 为此，无论是透过敌意、奉爱服务、恐惧、喜爱，还是透过色欲，受制约的灵魂只要以这一切或其中的一种方式，全神贯注于至尊主，结果就是一样的；因为至尊主极乐的状态使祂永远不受敌意或友情的影响。

要旨 我们不该从这节诗文的内容得出结论说，因为奎师那不受赞美或辱骂的影响，所以人就可以辱骂、诽谤至尊主了。这不是规定。奉爱瑜伽(Bhakti-yoga)的意思是：人应该怀着善意为奎师那服务(anukulyena krsnanusilanam)。这才是真正的训喻。这节诗文说，即使敌人怀着恶意想奎师那，主奎师那也不受这种“非奉爱性服务”的影响。祂就这样甚至给锡舒帕勒和其他心怀敌意的受制约的灵魂以祝福。然而，这并不意味着人该对奎师那心怀敌意。重点强调的是怀着善意做奉爱服务，而不是有意辱骂、诽谤至尊主。经典中说：

nindāṁ bhagavataḥ śṛṇvaṁs
tat-parasya janasya vā
tato nāpaiti yaḥ so ’pi
yāty adhaḥ sukṛtāc cyutaḥ

谁听到有人辱骂、诽谤至尊人格首神或祂的奉献者，谁就该立刻采取行动或马上离开，否则就会被永久地放进地狱。就有关这一点，有许多类似的教导。因此，人不该对至尊主心怀恶意，而应该永远心怀善意；这是原则。

锡舒帕勒得到“融入至尊主”的成就这一事件情况不同，因为佳亚和维佳亚是被至尊主命令开始他们的物质存在的；至尊主命令他们当祂的敌人三世，然后返回家园，回到首神身边。佳亚和维佳亚内心清楚奎师那是至尊人格首神，但却故意当祂的敌人，以便被拯救出物质生活。他们每次都从一出生开始就把主奎师那视为敌人，即使辱骂、诽谤主奎师那，也怀着敌意一直不断地说着奎师那的圣名。由于他们说出奎师那的圣名，所以得到了净化。要明白的是：就连谩骂者都能因为说出至尊主的圣名而摆脱罪恶活动。因此毫无疑问，对始终善意地为至尊主服务的奉献者来说，获得自由是必然的。下一节诗将明确这一点。靠全神贯注于奎师那，人得到净化，从而获得拯救，脱离物质生活。

圣维施瓦纳特·查夸瓦尔提·塔库尔很精确地解释了梵文

“透过恐惧(bhayena)”一词。当牧牛姑娘们(gopīs)在寂静的深夜去到奎师那身边时，她们无疑很害怕被她们的丈夫、兄弟和父亲等家人责骂；但尽管如此，她们还是不管不顾地去找奎师那。她们无疑很害怕，但这恐惧并不能阻止她们为奎师那做奉爱服务。

我们不该误以为必须要像锡舒帕勒那样怀着敌意崇拜主奎师那。经典的训示是：人应该停止从事不利于做奉爱服务的活动，只接受有利于奉爱服务的情况(ānukūlyasya grahaṇaṁ prātikūlyasya varjanam)。辱骂、诽谤至尊人格首神的人通常都会受到惩罚。正如《博伽梵歌》第16章的第19节诗记载，至尊主说：

tān ahaṁ dviṣataḥ krūrān
saṁsāreṣu narādhamān
kṣipāmy ajasram aśubhān
āsurīṣv eva yoniṣu

“我把忌妒、爱捣鬼、最下贱的人永远地抛进物质存在的海洋，抛进各种各样邪恶的物种中。”这样的训示有很多。人不该尝试以不友好的态度崇拜奎师那，否则必会受到惩罚，至少一生的时间是这样，以便被净化。正如人不该因为尝试拥抱敌人、老虎或蛇而被杀，人不该辱骂、诽谤至尊人格首神，当祂的敌人，从而被放进地狱。

这节诗文旨在强调，就连至尊主的敌人都能得到拯救，更不要说祂的朋友了。圣玛德瓦查尔亚也说，人不该透过心、言语或行动亵渎主维施努，因为亵渎、诽谤神的人，将与其祖先一起去过地狱生活。

karmaṇā manasā vācā
yo dviṣyād viṣṇum avyayam
majjanti pitaras tasya
narake śāśvatīḥ samāḥ

《博伽梵歌》第16章的第19—20节诗记载，至尊主说：

tān ahaṁ dviṣataḥ krūrān
　saṁsāreṣu narādhamān
kṣipāmy ajasram aśubhān
　āsurīṣv eva yoniṣu

āsurīṁ yonim āpannā
　mūḍhā janmani janmani
mām aprāpyaiva kaunteya
　tato yānty adhamāṁ gatim

"我把忌妒、爱捣鬼、最下贱的人永远地抛进物质存在的海洋，抛进各种各样邪恶的物种中。琨缇的儿子啊！这类人在邪恶的物种中反复投生，永远接近不了我。逐渐地，他们坠入最令人憎恶的生存状态中。"亵渎、诽谤至尊主的人被放进恶魔的家庭，在那里随时有机会忘记为至尊主服务。《博伽梵歌》第9章的第11—12节诗记载，主奎师那进一步说明：

avajānanti māṁ mūḍhā
　mānuṣīṁ tanum āśritam
paraṁ bhāvam ajānanto
　mama bhūta-maheśvaram

"当我以人的形象降临时，愚蠢的人轻视我。他们不知道我作为万事万物的至尊主所具有的超然性。"无赖(mūḍha)因为至尊主看上去跟人一模一样，就亵渎、诽谤祂。他们不知道至尊人格首神的无限富裕。

moghāśā mogha-karmāṇo
　mogha-jñānā vicetasaḥ
rākṣasīm āsurīṁ caiva
　prakṛtiṁ mohinīṁ śritāḥ

"如此迷惑的人被邪恶的无神论观点所吸引。在受蒙蔽的状态下，他们对解脱的希望会落空，他们的功利性活动会失败，他们培养的知识毫无用处。"心怀敌意的人所做的一切都会遭阻碍(moghāśāḥ)。这些敌人如果尝试解脱或融入梵光(Brahman)存在，或者想要像功利性活动者(karmī)一样被提升到高等星系，甚至想要回归家园，回到首神身边，就必会遭到阻碍。

至于黑冉亚卡希普(Hiraṇyakaśipu)，他虽然对至尊人格首神怀着刻骨的仇恨，但却总想着他那个是非凡奉献者的儿子。因此，靠儿子帕拉德王(Prahlāda Mahārāja)的恩典，黑冉亚卡希普也得到了至尊人格首神的拯救。

hiraṇyakaśipuś cāpi
bhagavan-nindayā tamaḥ
vivakṣur atyagāt sūnoḥ
prahlādasyānubhāvataḥ

结论是：人不该放弃纯粹的奉爱服务。为了自己的利益，人不该模仿黑冉亚卡希普或锡舒帕勒。这不是获得成功的方式。

第 27 节

यथा वैरानुबन्धेन मर्त्यस्तन्मयतामियात् ।
न तथा भक्तियोगेन इति मे निश्चिता मतिः ॥२७॥

yathā vairānubandhena
martyas tan-mayatām iyāt
na tathā bhakti-yogena
iti me niścitā matiḥ

yathā—正如 / vaira-anubandhena—因持续的敌意 / martyaḥ——个人 / tat-mayatām—全神贯注于祂 / iyāt—可以达到 / na—不 / tathā—同样地 / bhakti-yogena—借由奉爱服务 / iti—如此 / me—我的 / niścitā—明确的 / matiḥ—看法

译文 纳茹阿达·牟尼继续说：我个人的看法是，靠为至尊人格首神做奉爱服务，无法达到通过恨祂所能达到的这么全神贯注地想着祂的程度。

要旨 最纯粹的奉献者圣纳茹阿达·牟尼之所以称赞像锡舒帕勒这样的至尊主的敌人，是因为他们的注意力始终集中在奎师那身上。事实上，纳茹阿达·牟尼觉得自己缺乏充满感情地全神贯注于为奎师那做奉爱服务这种热情。然而，这并不意味着奎师那的敌人比奎师那的纯粹奉献者更进步。《永恒的柴坦亚经》(Caitanya-caritāmṛta)首篇第5章的第205节诗文中记载，奎师那达斯·卡维茹阿佳·哥斯瓦米(Kṛṣṇadāsa Kavirāja Gosvāmī)也这样谦卑地想自己：

jagāi mādhāi haite muñi se pāpiṣṭha
purīṣera kīṭa haite muñi se laghiṣṭha

“我是比佳盖(Jagāi)和玛戴(Mādhāi)更坏的罪犯，我甚至比粪便里的蠕虫还低贱。”纯粹奉献者总是认为自己比其他所有的人都更不足。如果有一个奉献者为了给奎师那做些服务而去找圣茹阿妲茹阿妮(Śrīmatī Rādhārāṇī)，连圣茹阿妲茹阿妮都会想那奉献者比她自己还伟大。因此，纳茹阿达·牟尼说，按他的看法，奎师那的敌人处境更好，因为他们为了要杀奎师那而全神贯注地想着祂，就像一个好色之徒总想着女人及他与女人之间的交往一样。

就有关这一点的实质是：人应该一天二十四小时全神贯注、一心一意地想着奎师那。有许多奉献者怀着对首神自发的爱在做奉爱服务 (rāga-mārga)，这种服务状态展现在温达文(Vṛndāvana)。在那里，无论奎师那与奉献者的关系是主仆关系(dāsya-rasa)、朋友关系(sakhya-rasa)、父母与孩子的关系(vātsalya-rasa)，还是情侣关系(mādhurya-rasa)，奎师那的奉献者们都总是一刻不停地想着奎师那。每当奎师那离开温达文，赶着乳牛去森林时，与奎师那有着情侣关系(mādhurya-rasa)的牧牛姑娘们，就总是全神贯注地想着奎师那是如何在森林中行走的。祂的脚底是如此柔软，以致牧牛姑娘们甚至不敢将祂的莲花足放在自己的胸脯上。事实上，她们认为她们的胸脯对奎师那的莲花足来说太硬了，但这双莲花足却走在长满荆棘的森林中。牧牛姑娘们就这样在家里全神贯注地想着奎师那，尽管奎师那已经离开了她们。同样，当奎师那与祂的小朋友们一起玩耍时，雅首达(Yaśodā)妈妈却因为想奎师那而心中很乱，认为奎师那总在玩耍，都不好好吃饭，身体一定虚弱了。这些都是温达文的奉献者展现出的为奎师那服务而感受到的崇高的心醉神迷状态。纳茹阿达·牟尼在这节诗中间接地赞扬了这种服务状态。尤其针对受制约的灵魂，纳茹阿达·牟尼建议，人要千方百计地使自己全神贯注于想奎师那，因为那将把人从物质存在的一切危险中拯救出来。一心一意地想着奎师那，是奉爱瑜伽的最高境界。

第28—29节

कीटः पेशस्कृता रुद्धः कुड्यायां तमनुस्मरन् ।
संरम्भभययोगेन विन्दते तत्स्वरूपताम् ॥२८॥

एवं कृष्णे भगवति मायामनुज ईश्वरे ।
वैरेण पूतपाप्मानस्तमापुरनुचिन्तया ॥२९॥

kīṭaḥ peśaskṛtā ruddhaḥ
kuḍyāyāṁ tam anusmaran
saṁrambha-bhaya-yogena
vindate tat-svarūpatām

evaṁ kṛṣṇe bhagavati
māyā-manuja īśvare
vaireṇa pūta-pāpmānas
tam āpur anucintayā

kīṭaḥ－虫子 / peśaskṛtā－被一只蜜蜂 / ruddhaḥ－困于 / kuḍyāyām－在墙上的一个洞里 / tam－那(蜜蜂) / anusmaran－想到 / saṁrambha-bhaya-yogena－透过强烈的恐惧和敌意 / vindate－达

到 / tat—那蜜蜂的 / sva-rūpatām—同样的形象 / evam—如此 / kṛṣṇe—于奎师那 / bhagavati—人格首神 / māyā-manuje—凭祂自己的能量以祂永恒的人类形象显现的 / īśvare—至尊者 / vaireṇa—透过敌意 / pūta-pāpmānaḥ—那些洗清罪恶的 / tam—祂 / āpuḥ—得到 / anucintayā—靠想着

译文　躲在墙洞里逃避蜜蜂攻击的一只虫子，由于总是满怀恐惧和敌意地想着蜜蜂而因这种记忆随后变成一只蜜蜂。同样，如果受制约的灵魂以某种方式想着奎师那充满知识和快乐的永恒形象，他们就不再有罪。无论是将至尊主作为他们可崇拜的对象想着祂，还是将祂视为敌人想着祂，他们都将重获他们的灵性身体。

要旨　《博伽梵歌》第4章的第10节诗记载，至尊主说：

vīta-rāga-bhaya-krodhā
　man-mayā mām upāśritāḥ
bahavo jñāna-tapasā
　pūtā mad-bhāvam āgatāḥ

“过去有许许多多人因为摆脱了执著、愤怒和恐惧，全神贯注于我、托庇于我而得到有关我的知识，以致被净化，对我产生了超然的爱。”有两种方式可以一直不断地想着奎师那，即：作为奉献者想着祂，或者作为敌人想着祂。当然，奉献者靠他的知识和苦修(tapasya)摆脱恐惧及愤怒，成为纯粹的奉献者。同样，作为奎师那的敌人，因为一直不断怀着敌意想奎师那，也得到净化。对此，至尊主在《博伽梵歌》第9章的第30节诗中也证实说：

api cet sudurācāro
　bhajate mām ananya-bhāk
sādhur eva sa mantavyaḥ
　samyag vyavasito hi saḥ

“一个人即使从事过最令人憎恶的活动，但如果做奉爱服务，也就被认为是圣洁的，因为他下的决心是正确的。”奉献者坚信不移、全神贯注地崇拜至尊主。同样，如果一个与奎师那为敌的人(sudurācāraḥ)总是想着奎师那，也会成为一个被净化的奉献者。这节诗里举了个关于虫子因为一直不断地想着将它逼进一个洞中的蜜蜂而成为蜂类的例子。通过始终恐惧不安地想着蜜蜂，毛虫就会变成蜜蜂。这是个实际的例子。主奎师那为了两个目的在这物质世界里显现，那就是：保护奉献者并消灭恶魔(paritrāṇāya sādhūnāṁ vināśāya ca duṣkṛtām)。圣洁之人(sādhu)和奉献者无疑总是想着至尊主，但像康萨(Kaṁsa)和锡舒帕勒那样的恶魔为了杀死奎师那也想着祂。想着奎师那使恶魔和奉献者都获得解放，摆脱物质错觉能量玛亚(māyā)的钳制。

这节诗中用了“凭自己的能量以祂永恒的人类形象显现的(māyā-manuje)”一句。当至尊人格首神奎师那以祂原本的灵性力量显现(sambhavāmy ātma-māyayā)时，祂并没有被迫接受一个由物质自然制成的形体。为此，至尊主被称为错觉能量玛亚的控制者(īśvara)。祂不受玛亚的控制。当恶魔因为对奎师那满怀敌意而一直不断地想着奎师那时，那恶魔无疑就会摆脱他罪恶生活的恶报。任何人以任何一种方式想着奎师那，想着祂的名字、形象、品质、随行人员及随身用品等有关祂的一切，都有好处。人格首神圣奎师那会把渴望聆听祂信息的奉献者心中的感官享乐欲望清除掉，正确地聆听和歌唱祂的信息是虔诚活动(śṛṇvatāṁ sva-kathāḥ kṛṣṇaḥ puṇya-śravaṇa-kīrtanaḥ)。想着奎师那，聆听奎师那的圣名或娱乐活动，都将使人变得纯洁，随后成为奉献者。正因为如此，我们的奎师那意识运动千方百计地让人听到奎师那的圣名，品尝到奎师那的帕萨达。这将使人逐渐成为奉献者，获得人生的成功。

第 30 节

कामाद् द्वेषाद्भयात्स्नेहाद्यथा भक्त्येश्वरे मनः ।
आवेश्य तदघं हित्वा बहवस्तद्गतिं गताः ॥३०॥

kāmād dveṣād bhayāt snehād
yathā bhaktyeśvare manaḥ
āveśya tad-aghaṁ hitvā
bahavas tad-gatiṁ gatāḥ

kāmāt－由色欲 / dveṣāt－由憎恨 / bhayāt－由恐惧 / snehāt－由爱慕 / yathā－还有 / bhaktyā－借着奉爱服务 / īśvare－于至尊者 / manaḥ āveśya－全神贯注于 / tat－那个的 / agham－罪恶 / hitvā－停止 / bahavaḥ－许多 / tat－那个的 / gatim－解脱之途 / gatāḥ－得到

译文　许许多多人都通过全神贯注地想着奎师那及停止从事罪恶活动而得到解脱。这种全神贯注也许由色欲所致，也许由敌意、恐惧、爱慕或奉爱服务引起。我现在就要解释，人如何能只靠全神贯注地想着奎师那得到祂的仁慈。

要旨　正如《圣典博伽瓦谭》(Śrīmad-Bhāgavatam)第10篇第33章的第39节诗说明：

vikrīḍitaṁ vraja-vadhūbhir idaṁ ca viṣṇoḥ
śraddhānvito 'nuśṛṇuyād atha varṇayed yaḥ
bhaktiṁ parāṁ bhagavati pratilabhya kāmaṁ
hṛd-rogam āśv apahinoty acireṇa dhīraḥ

真诚的聆听者如果聆听到奎师那与牧牛姑娘们之间从事的看似好色的娱乐活动，那么造成受制约灵魂内心疾病的色欲就会被征服，他就会成为至尊主最崇高的奉献者。谁聆听到牧牛姑娘对奎师那表现出的好色行为，谁就摆脱了色欲；毫无疑问，靠近奎师那的牧牛姑娘都去除了所有这类欲望。同样，锡舒帕勒和其他十分忌妒奎师那并一直不断地想着祂的人，都去除了忌妒之心。

南达王(Nanda Mahārāja)和雅首达母亲出于对奎师那的深情而完全专注于对奎师那的想念中。当思绪以某种方式全神贯注于奎师那时，物质的部分很快被战胜，而灵性的部分——被奎师那吸引的征象便展现出来。这间接地证明，哪怕人忌妒地想着奎师那，那么仅仅由于想着奎师那，他就能摆脱一切恶报，从而成为纯洁的奉献者。下面的诗文将举出有关这方面的例子。

第 31 节

गोप्यः कामाद्भयात्कंसो द्वेषाच्चैद्यादयो नृपाः ।
सम्बन्धाद् वृष्णयः स्नेहाद्यूयं भक्त्या वयं विभो ॥३१॥

gopyaḥ kāmād bhayāt kaṁso
dveṣāc caidyādayo nṛpāḥ
sambandhād vṛṣṇayaḥ snehād
yūyaṁ bhaktyā vayaṁ vibho

gopyaḥ—牧牛姑娘们 / kāmāt—出于色欲 / bhayāt—出于恐惧 / kaṁsaḥ—康萨王 / dveṣāt—出于妒嫉 / caidya-ādayaḥ—锡舒帕勒和其他的 / nṛpāḥ—君王们 / sambandhāt—因为亲属关系 / vṛṣṇayaḥ—维施尼或雅达瓦们 / snehāt—出于深情 / yūyam—你们(潘达瓦) / bhaktyā—通过做奉爱服务 / vayam—我们 / vibho—伟大的君王啊！

译文 我亲爱的尤帝士提尔王，牧牛姑娘们透过她们对奎师那的色欲，康萨经由他对奎师那的恐惧，锡舒帕勒和其他君王以他们对奎师那的妒嫉，雅杜王朝的成员靠他们与奎师那的亲属关系，你们潘达瓦五兄弟借由你们对奎师那的深情，我们这些一般的奉献者通过做奉爱服务，都得到了奎师那的仁慈。

要旨 不同的人根据他们自己怀有的强烈愿望(bhāva)，得到不同种类的解脱(mukti)。这些解脱分别是：融入梵光的解脱(sāyujya)，与至尊主住在一个星球上并享受同样生活设施的解脱(sālokya)，获得与至尊主有相同身体特征的解脱(sārūpya)，与至尊主平等交往的解脱(sāmīpya)和拥有与至尊主同等财富的解脱(sārṣṭi)。因此，这节诗文中描述说，牧牛姑娘凭她们基于对奎师那强烈的爱而产生的色欲，成为至尊主最心爱的奉献者。温达文的牧牛姑娘虽然在与奎师那的情侣关系(parakīya-rasa)中表达了她们的色欲，但实际上并没有色欲。这是灵性高度进步的表现。她们的欲望看似色欲，但其实她们并没有物质的色欲。《永恒的柴坦亚经》中将灵性世界的愿望比作是金子，将物质世界的欲望比作是铁。金子和铁都是金属，但价值却有天壤之别。牧牛姑娘对奎师那的色欲被比作是金子，而物质的色欲被比作是铁。

康萨和其他与奎师那敌对的人融入梵(Brahman)的存在，奎师那的朋友和奉献者为何要得到同样的地位？奎师那的奉献者获得的是，作为祂的永恒同伴与祂在一起，要么住在温达文，要么住在外琨塔星球上。同样，尽管纳茹阿达·牟尼在三个世界中漫游，但却对纳茹阿亚纳(aiśvaryamān)怀有崇高的奉爱之情。维施尼(Vṛṣṇis)和雅杜(Yadu)王朝的成员，以及奎师那在温达文的父母，都与奎师那有家人关系；但奎师那在温达文的养父和养母的地位，比瓦苏戴瓦(Vasudeva)和黛瓦克伊(Devakī)的地位更崇高。

第 32 节

कतमोऽपि न वेनः स्यात्पञ्चानां पुरुषं प्रति ।
तस्मात्केनाप्युपायेन मनः कृष्णे निवेशयेत् ॥३२॥

katamo 'pi na venaḥ syāt
pañcānāṁ puruṣaṁ prati
tasmāt kenāpy upāyena
manaḥ kṛṣṇe niveśayet

katamaḥ api—任何人 / na—不 / venaḥ—无神论者维纳王 / syāt—会采用 / pañcānām—(前面提及的)五种的 / puruṣam—至尊人

格首神 / prati—关于 / tasmāt—因此 / kenāpi—靠任何 / upāyena—方式 / manaḥ—心 / kṛṣṇe—在奎师那中 / niveśayet—人应该固定

译文 人必须以某种形式很认真地细想奎师那的形象。这样，靠前面谈到的五种形式，人就可以回归家园，回到首神身边。然而，像维纳王那样的无神论者，因为无法以这五种形式中的任何一种想着奎师那的形象，所以得不到拯救。因此，无论是友好地想还是满怀敌意地想，人必须以某种方式想着奎师那。

要旨 非人格神主义者和无神论者总是试图回避奎师那。如今的大政治家和哲学家甚至企图将奎师那从《博伽梵歌》中剔除掉，因此不可能获得拯救。敌人看着奎师那心想："这里是我的敌人奎师那。我必须杀死祂。"他们想着奎师那的真正形象，所以得到拯救。正因为如此，一直不断地想着奎师那的形象的奉献者，毫无疑问获得解放。假象宗的无神论者唯一做的事情是，让奎师那显得没有形象，结果自己因为对奎师那莲花足的这种严重冒犯而无法得到拯救。就有关这一点，圣维施瓦纳特·查夸瓦尔提·塔库尔说：除了锡舒帕勒，那些违反规定原则的人无法得到拯救，注定过地狱般的生活(tena śiśupālādi-bhinnaḥ pratikūla-bhāvaṁ didhīṣur yena iva narakaṁ yātīti bhāvaḥ)。规定原则是：无论是作为奎师那的朋友还是敌人，人必须永远想着奎师那。

第33节

मातृष्वस्रेयो वश्चैद्यो दन्तवक्रश्च पाण्डव ।
पार्षदप्रवरौ विष्णोर्विप्रशापात्पदच्युतौ ॥३३॥

mātṛ-ṣvasreyo vaś caidyo
dantavakraś ca pāṇḍava
pārṣada-pravarau viṣṇor
vipra-śāpāt pada-cyutau

mātṛ-svasreyaḥ—舅妈的儿子(锡舒帕勒) / vaḥ—你的 / caidyaḥ—锡舒帕勒王 / dantavakraḥ—丹达瓦夸 / ca—和 / pāṇḍava—潘达瓦啊！ / pārṣada-pravarau—两个崇高的侍者 / viṣṇoḥ—维施努的 / vipra—被布茹阿玛纳 / śāpāt—因一个诅咒 / pada—从外琨塔星球的位置上 / cyutau—坠落

译文　纳茹阿达·牟尼继续道：潘达瓦中最优秀的人啊！你姨妈的两个儿子，也就是你的两个表兄弟锡舒帕勒和丹达瓦夸，以前都曾是主维施努的同伴，但由于受到布茹阿玛纳的诅咒而从灵性世界外琨塔坠入物质世界。

要旨　锡舒帕勒和丹达瓦夸并非普通的恶魔；他们以前曾经是主维施努的侍从。他们表面上看是坠入这个物质世界，但实际上是来协助至尊人格首神，丰富祂在这个世界里的娱乐活动。

第 34 节

श्रीयुधिष्ठिर उवाच
कीदृशः कस्य वा शापो हरिदासाभिमर्शनः ।
अश्रद्धेय इवाभाति हरेरेकान्तिनां भवः ॥३४॥

śrī-yudhiṣṭhira uvāca
kīdṛśaḥ kasya vā śāpo
　hari-dāsābhimarśanaḥ
aśraddheya ivābhāti
　harer ekāntināṁ bhavaḥ

śrī-yudhiṣṭhiraḥ uvāca—尤帝士提尔王说 / kīdṛśaḥ—什么样的 / kasya—……的 / vā—或 / śāpaḥ—诅咒 / hari-dāsa—哈尔依的仆人 / abhimarśanaḥ—战胜 / aśraddheyaḥ—难以置信的 / iva—如同 / ābhāti—出现 / hareḥ—哈尔依的 / ekāntinām—作为崇高的侍者忠心奉献的 / bhavaḥ—出生

译文 尤帝士提尔王询问道：是什么非凡的诅咒能甚至对解脱了的外琨塔奉献者产生影响啊？又是什么样的人甚至能够诅咒至尊主的同伴？因为至尊主坚定的奉献者没可能再坠入这个物质世界。我无法相信这件事。

要旨 《博伽梵歌》第8章的第16节诗记载，至尊主明确说明：清除物质污染后返回家园、回到首神身边的人，永不返回这个物质世界(mām upetya tu kaunteya punar janma na vidyate)。《博伽梵歌》第4章的第9节诗也记载，奎师那说：

janma karma ca me divyam
evaṁ yo vetti tattvataḥ
tyaktvā dehaṁ punar janma
naiti mām eti so 'rjuna

“阿尔诸纳啊！谁能了解我显现和活动的超然本质，谁就在离开躯体后到达我永恒的住所，不再投生于这个物质世界。”正因为如此，尤帝士提尔王对纯粹的奉献者能返回这个物质世界这一点感到惊讶。这无疑是一个很重要的问题。

第35节

देहेन्द्रियासुहीनानां वैकुण्ठपुरवासिनाम् ।
देहसम्बन्धसम्बद्धमेतदाख्यातुमर्हसि ॥३५॥

dehendriyāsu-hīnānāṁ
vaikuṇṭha-pura-vāsinām
deha-sambandha-sambaddham
etad ākhyātum arhasi

deha—一个物质躯体的 / indriya—物质感官 / asu—生命之气 / hīnānām—那些没有的 / vaikuṇṭha-pura—外琨塔的 / vāsinām—居民的 / deha-sambandha—在一个物质躯体内 / sambaddham—束缚 / etat—这个 / ākhyātum arhasi—请描述

国际奎师那意识协会创办人、一代宗师

圣恩 A.C.巴克提韦丹塔·斯瓦米·帕布帕德

当外琨塔的守门人佳亚和维佳亚禁止布茹阿玛的四个圣人儿子进入外琨塔时，圣人们诅咒他们在物质世界中投生为恶魔。（见第49—50页）

黑冉亚卡希普从事的艰巨苦行使他头上冒出了火，这冲天的大火及其夹带着的浓烟遍布天空，笼罩了高等和低等星球，并使所有的星球都变得奇热无比。（见第130—132页）

主布茹阿玛一旦将水罐中的水洒到黑冉亚卡希普身上，黑冉亚卡希普那被蚂蚁几乎吃光的身体立刻复原，而且手臂强壮，甚至能承受霹雳的击打。（见第 146—147 页）

黑冉亚卡希普的仆人——晋魔们，凶狠地嚎叫着，“把他剁碎了！把他剁碎了！”然后开始猛砍沉默地坐着冥想至尊人格首神的帕拉德。（见第273页）

黑冉亚卡希普的仆人们将帕拉德从山顶上猛力掷下，试图以此方式杀死他。但至尊主如祂始终做的一样，再次保护他免受伤害。（见第 275 页）

当天帝因铎逮捕帕拉德的母亲时，纳茹阿达·牟尼出现并说道：“因铎啊！这个女人是无辜的。你应该立刻放了她。（见第 332 页。）

帕拉德趁他那些邪恶的老师不在时，教导他的同班朋友以吟诵、吟唱圣名为开始的奎师那意识科学。男孩们欣然接受他的教导，拒绝他们老师的说教。（见第 403 页）

主尼尔星哈戴瓦抓住黑冉亚卡希普放到自己的大腿上，就在聚会厅的门廊上，用祂的手指甲轻松地将恶魔撕成碎片。（见第 433 页）

黑冉亚卡希普的士兵成千上万地涌来与至尊主作战，但主尼尔星哈戴瓦只是用祂的指甲尖便将他们全都杀死。（见第 434 页）

主尼尔星哈戴瓦的手一旦触碰到帕拉德王的头，便彻底清除了帕拉德王的一切物质污染和欲望。他开始敬献祈祷。（见第 471 页）

受到主希瓦发射的金箭的攻击，恶魔纷纷丧命。具有非凡神通的玛亚·达纳瓦于是将恶魔放进他造的甘露井中，使他们起死回生。（见第 617—618 页）

被主奎师那用强大的武器武装起来的主希瓦，搭弓射箭、点燃了恶魔们所有的三个住所。（见第 621—623 页）

就有关人的理想行为、社会组织和家庭生活问题，人类社会最高的灵性导师纳茹阿达·牟尼给予尤帝士提尔王教导。（见第633页）

每个生物都坐在一台由物质能量制成的机器上，至尊主处在他们心中，指导他们周游四方。（见第 788 页）

宇宙的生物体祖先们诅咒乌帕巴尔汉说，“你的冒犯行为使你立刻变成一个长相不美的庶铎。”（见第 884 页）

译文　外琨塔居民的身体完全是灵性的，与物质的躯体、感官和生命之气毫无关系。因此请解释，人格首神的同伴怎么会像普通人一样被诅咒坠入物质躯体。

要旨　普通人很难回答这个十分重要的问题，但纳茹阿达·牟尼作为一个专家、权威，却能够给予回答。因此，尤帝士提尔王向他询问说："只有您能解释其中的原因(etad ākhyātum arhasi)"。从权威的来源处可以明白，主维施努的同伴实际上并没有坠落，而是从外琨塔上降临下来。他们怀着要满足至尊主的愿望的目的到来，他们像至尊主一样降临到这个物质世界。至尊主透过祂的内在力量的代理来到这个物质世界；同样，奉献者或至尊主的同伴降临这个物质世界时，也是通过灵性能量的作用。至尊人格首神从事的任何娱乐活动，都由内在错觉能量尤嘎玛亚(yogamāyā)做出安排，而不是由外在错觉能量玛哈玛亚(mahāmāyā)作安排。因此要了解，当佳亚和维佳亚降临这个物质世界时，他们是因为必须要为至尊人格首神做些事才来的。否则，事实是没人从外琨塔掉下来。

当然，想要得到融入梵光解脱(sāyujya-mukti)的生物，留在奎师那的身体放射出的梵光中(brahmaṇo hi pratiṣṭhāham)。这种托庇于梵光的非人格神主义者，无疑必会坠落。对此，经典《圣典博伽瓦谭》第10篇第2章的第32节诗中说明：

ye 'nye 'ravindākṣa vimukta-māninas
　tvayy asta-bhāvād aviśuddha-buddhayaḥ
āruhya kṛcchreṇa paraṁ padaṁ tataḥ
　patanty adho 'nādṛta-yuṣmad-aṅghrayaḥ

"至尊主啊！那些认为自己已解脱但却毫无奉爱之情的人不纯洁。由于不托庇于您的莲花足，他们即使靠从事艰巨的苦行和苦修获得解脱，还是会再次坠入物质存在。"非人格神主义者无法到达外琨塔星球，成为至尊主的同伴，所以奎师那按他们的意愿赐予他们融入梵光的解脱。然而，既然融入梵光的解脱只是部分解脱，他们就必然会再次坠入这个物质世界。当说到个体灵魂从布茹阿玛星球(Brahmaloka)坠下时，这种情况也适用于非人格神主义者。

从可靠、权威的来源处可以了解，佳亚和维佳亚被派到这个物质世界来满足至尊主想要打仗的愿望。至尊主有时也想要打仗，但除了至尊主信赖的奉献者之外，谁能与至尊主打呢？佳亚和维佳亚为满足至尊主的愿望降临这个世界。所以在他们的三次投生中，至尊主都亲自杀死了他们。他们的三次投生分别为：第一次当黑冉亚克沙和黑冉亚卡希普；第二次当茹阿瓦纳和；第三次当锡舒帕勒和丹达瓦夸。换句话说，至尊主的这两个同伴——佳亚和维佳亚，降临物质世界，通过满足至尊主打仗的愿望为祂服务。否则，正如尤帝士提尔王所说，“至尊主的仆人可以从外琨塔星球掉下来”的说法似乎站不住脚(aśraddheya ivābhāti)。佳亚和维佳亚究竟是如何来到物质世界的，纳茹阿达·牟尼做了如下的解释。

第 36 节

श्रीनारद उवाच
एकदा ब्रह्मणः पुत्रा विष्णुलोकं यदृच्छया ।
सनन्दनादयो जग्मुश्चरन्तो भुवनत्रयम् ॥३६॥

śrī-nārada uvāca
ekadā brahmaṇaḥ putrā
viṣṇu-lokaṁ yadṛcchayā
sanandanādayo jagmuś
caranto bhuvana-trayam

śrī-nāradaḥ uvāca一圣纳茹阿达·牟尼说 / ekadā一从前 / brahmaṇaḥ一主布茹阿玛的 / putrāḥ一儿子们 / viṣṇu一主维施努的 /

lokam—星球 / yadṛcchayā—偶然 / sanandana-ādayaḥ—萨南丹和其他的 / jagmuḥ—去 / carantaḥ—四处旅游 / bhuvana-trayam—三个世界

译文　伟大的圣人纳茹阿达说：主布茹阿玛的四个儿子萨纳卡、萨南丹、萨纳坦和萨纳特·库玛尔，有一次在三个世界各地漫游时偶然来到了外琨塔。

第 37 节

पञ्चषड्ढायनार्भाभाः पूर्वेषामपि पूर्वजाः ।
दिग्वाससः शिशून्मत्वा द्वाःस्थौ तान् प्रत्यषेधताम् ॥३७॥

pañca-ṣaḍḍhāyanārbhābhāḥ
pūrveṣām api pūrvajāḥ
dig-vāsasaḥ śiśūn matvā
dvāḥ-sthau tān pratyaṣedhatām

pañca-ṣaṭ-dhā—五到六岁 / āyana—接近 / arbha-ābhāḥ—像小男孩 / pūrveṣām—宇宙的年长者(玛瑞祺和其他人) / api—虽然 / pūrva-jāḥ—在……之前出生 / dik-vāsasaḥ—裸体的 / śiśūn—孩子们 / matvā—认为 / dvāḥ-sthau—两个看门人佳亚和维佳亚 / tān—他们 / pratyaṣedhatām—禁止

译文　这四位非凡的圣人虽然比玛瑞祺等布茹阿玛的其他儿子还年长，但却显得像是只有五到六岁的裸体小幼儿。佳亚和维佳亚这两位看门人看到他们试图进入外琨塔星球时，还以为他们是普通的孩子，于是禁止他们进入。

要旨　就有关这一点，圣玛德瓦查尔亚在他的《坦陀·萨茹阿》(Tantra-sāra)中说：

dvāḥ-sthāv ity anenādhikāra-sthatvam uktam

adhikāra-sthitāś caiva
vimuktāś ca dvidhā janāḥ

viṣṇu-loka-sthitās teṣāṁ
vara-śāpādi-yoginaḥ

adhikāra-sthitāṁ muktiṁ
niyataṁ prāpnuvanti ca
vimukty-anantaraṁ teṣāṁ
vara-śāpādayo nanu

dehendriyāsu-yuktaś ca
pūrvaṁ paścān na tair yutāḥ
apy abhimānibhis teṣāṁ
devaiḥ svātmottamair yutāḥ

要点是：主维施努在外琨塔星球中的私人同伴，都是永恒解脱的灵魂。即便有时遭诅咒或有时得到祝福，他们仍然永恒是解脱的，从不受物质自然属性的污染。在他们被提升到外琨塔星球之前，他们有物质的身躯，可一旦到了外琨塔，他们就不再有物质身躯。因此，即使主维施努的同伴有时像是遭诅咒而降临，他们也永远是解脱的。

第 38 节

अशपन् कुपिता एवं युवां वासं न चार्हथः ।
रजस्तमोभ्यां रहिते पादमूले मधुद्विषः ।
पापिष्ठामासुरीं योनिं बालिशौ यातमाश्वतः ॥३८॥

aśapan kupitā evaṁ
yuvāṁ vāsaṁ na cārhathaḥ
rajas-tamobhyāṁ rahite
pāda-mūle madhudviṣaḥ
pāpiṣṭhām āsurīṁ yoniṁ
bāliśau yātam āśv ataḥ

aśapan－诅咒 / kupitāḥ－盛怒 / evam－因此 / yuvām－你们两个 / vāsam－居住 / na－不 / ca－和 / arhathaḥ－值得 / rajaḥ-tamobhyām－从激情和愚昧属性 / rahite－不受……影响的 / pāda-mūle－

在莲花足旁 / madhu-dviṣaḥ—维施努(杀死玛杜魔的人)的 / pāpiṣṭhām—罪大恶极的 / āsurīm—恶魔的 / yonim—进入……的子宫 / bāliśau—你们两个傻瓜啊！ / yātam—去 / āśu—随后很快地 / ataḥ—因此

译文　这样被佳亚和维佳亚拦在门外后，萨南达等大圣人十分愤怒地诅咒了他们。他们说："你们这两个愚蠢的看门人，受到物质激情和愚昧属性刺激的你们，不配在玛杜兑沙莲花足的庇护旁生活，它们没有这些属性。你们最好立刻去物质世界，投生到一个罪大恶极的恶魔家里。"

第39节

एवं शप्तौ स्वभवनात्पतन्तौ तौ कृपालुभिः ।
प्रोक्तौ पुनर्जन्मभिर्वां त्रिभिर्लोकाय कल्पताम् ॥३९॥

evaṁ śaptau sva-bhavanāt
patantau tau kṛpālubhiḥ
proktau punar janmabhir vāṁ
tribhir lokāya kalpatām

evam—如此 / śaptau—被诅咒 / sva-bhavanāt—从他们的住所外琨塔 / patantau—坠入 / tau—那两人(佳亚和维佳亚) / kṛpālubhiḥ—被仁慈的圣人(萨南丹等) / proktau—对……说 / punaḥ—再次 / janmabhiḥ—以出生 / vām—你们的 / tribhiḥ—三个 / lokāya—为了岗位 / kalpatām—让……成为可能

译文　就在受到圣人诅咒的佳亚和维佳亚这样坠入物质世界时，诅咒他们的圣人们又很仁慈地对他们说："看门人啊！经历三世后，你们就能回到你们在外琨塔中的岗位，因为到那时，诅咒的期限就结束了。"

第 40 节

जज्ञाते तौ दितेः पुत्रौ दैत्यदानववन्दितौ ।
हिरण्यकशिपुर्ज्येष्ठो हिरण्याक्षोऽनुजस्ततः ॥४०॥

jajñāte tau diteḥ putrau
daitya-dānava-vanditau
hiraṇyakaśipur jyeṣṭho
hiraṇyākṣo 'nujas tataḥ

jajñāte—投生 / tau—两个 / diteḥ—迪缇的 / putrau—儿子们 / daitya-dānava—被所有的恶魔 / vanditau—被崇拜 / hiraṇyakaśipuḥ—黑冉亚卡希普 / jyeṣṭhaḥ—年长的 / hiraṇyākṣaḥ—黑冉亚克沙 / anujaḥ—年轻的 / tataḥ—之后

译文 至尊主的这两个同伴——佳亚和维佳亚，后来降到物质世界，投生为迪缇的两个儿子，哥哥是黑冉亚卡希普，弟弟是黑冉亚克沙。他们受到(恶魔物种中的)戴提亚和达纳瓦们的崇敬。

第 41 节

हतो हिरण्यकशिपुर्हरिणा सिंहरूपिणा ।
हिरण्याक्षो धरोद्धारे बिभ्रता शौकरं वपुः ॥४१॥

hato hiraṇyakaśipur
hariṇā siṁha-rūpiṇā
hiraṇyākṣo dharoddhāre
bibhratā śaukaraṁ vapuḥ

hataḥ—杀死 / hiraṇyakaśipuḥ—黑冉亚卡希普 / hariṇā—被哈尔依——维施努 / siṁha-rūpiṇā—以狮子的形象(主尼尔星哈) / hiraṇyākṣaḥ—黑冉亚克沙 / dharā-uddhāre—举起地球 / bibhratā—采用 / śaukaram—雄猪般的 / vapuḥ—形象

译文　至尊人格首神圣哈尔依显现为尼尔星哈戴瓦，杀了黑冉亚卡希普。当至尊主拯救坠入嘎尔博达卡汪洋中的地球星球时，黑冉亚克沙企图阻挡祂，至尊主于是以瓦茹阿哈的形象杀死了黑冉亚克沙。

第 42 节

हिरण्यकशिपुः पुत्रं प्रह्लादं केशवप्रियम् ।
जिघांसुरकरोन्नाना यातना मृत्युहेतवे ॥४२॥

hiraṇyakaśipuḥ putraṁ
　prahlādaṁ keśava-priyam
jighāṁsur akaron nānā
　yātanā mṛtyu-hetave

hiraṇyakaśipuḥ—黑冉亚卡希普 / putram—儿子 / prahlādam—帕拉德王 / keśava-priyam—凯沙瓦钟爱的奉献者 / jighāṁsuḥ—想要杀死 / akarot—用了 / nānā—多种的 / yātanāḥ—折磨 / mṛtyu—死 / hetave—造成

译文　黑冉亚卡希普想要杀死他那个当了主维施努优秀奉献者的儿子帕拉德，以多种方式折磨他。

第 43 节

तं सर्वभूतात्मभूतं प्रशान्तं समदर्शनम् ।
भगवत्तेजसा स्पृष्टं नाशक्नोद्धन्तुमुद्यमैः ॥४३॥

taṁ sarva-bhūtātma-bhūtaṁ
　praśāntaṁ sama-darśanam
bhagavat-tejasā spṛṣṭaṁ
　nāśaknod dhantum udyamaiḥ

tam—祂 / sarva-bhūta-ātma-bhūtam—众生的灵魂 / praśāntam—平静无怨恨的 / sama-darśanam—平等对待众生 / bhagavat-tejasā—以

至尊人格首神的力量 / spṛṣṭam－保护 / na－不 / aśaknot－能够 / hantum－杀死 / udyamaiḥ－竭尽全力和利用各种武器

译文 至尊主——众生的超灵，持重、平静且平等对待众生。由于杰出的奉献者帕拉德受到至尊主力量的保护，黑冉亚卡希普即使用尽种种伎俩，也无法杀死他。

要旨 这节诗中的“众生的灵魂(sarva-bhūtātma-bhūtam)”一句十分重要。“至尊主处在众生心中(īśvaraḥ sarva-bhūtānāṁ hṛd-deśe 'rjuna tiṣṭhati)”，因此不可能对有的生物怀有敌意，对有的生物特别友好；对祂来说，众生平等。尽管祂有时看起来是惩罚了某人，但这完全就像父亲为孩子好而惩罚孩子。至尊主的惩罚也是至尊主平等对待众生的展示。因此，至尊主被描述为是“平静无怨恨的、平等对待众生(praśāntaṁ sama-darśanam)”。至尊主虽然必须以恰当的方式实现祂的意愿，但却始终保持平静。祂平等对待众生。

第 44 节

ततस्तौ राक्षसौ जातौ केशिन्यां विश्रवःसुतौ ।
रावणः कुम्भकर्णश्च सर्वलोकोपतापनौ ॥४४॥

tatas tau rākṣasau jātau
keśinyāṁ viśravaḥ-sutau
rāvaṇaḥ kumbhakarṇaś ca
sarva-lokopatāpanau

tataḥ－那以后 / tau－两个看门人(佳亚和维佳亚) / rākṣasau－恶魔 / jātau－出生 / keśinyām－在凯悉妮的子宫内 / viśravaḥ-sutau－维刷瓦的儿子 / rāvaṇaḥ－茹阿瓦纳 / kumbhakarṇaḥ－昆巴卡尔纳 / ca－和 / sarva-loka－对所有的人类 / upatāpanau－造成不幸

译文 那以后，主维施努的两个看门人佳亚和维佳亚，又投生为茹阿瓦纳及昆巴卡尔纳，由维刷瓦经由凯悉妮的子宫生下。他们给宇宙中所有的人都造成极大的不幸。

第 45 节

तत्रापि राघवो भूत्वा न्यहनच्छापमुक्तये ।
रामवीर्यं श्रोष्यसि त्वं मार्कण्डेयमुखात्प्रभो ॥४५॥

tatrāpi rāghavo bhūtvā
nyahanac chāpa-muktaye
rāma-vīryaṁ śroṣyasi tvaṁ
mārkaṇḍeya-mukhāt prabho

tatra api一因此 / rāghavaḥ一以主茹阿玛禅铎 / bhūtvā一展示 / nyahanat一杀死 / śāpa-muktaye一摆脱诅咒 / rāma-vīryam一主茹阿玛非凡的本领 / śroṣyasi一将聆听 / tvam一你 / mārkaṇḍeya-mukhāt一从圣人玛尔康戴亚的嘴中 / prabho一阁下啊！

译文 纳茹阿达·牟尼继续道：我亲爱的君王！为了使佳亚和维佳亚摆脱布茹阿玛纳的诅咒，主茹阿玛禅铎显现，以杀死茹阿瓦纳和昆巴卡尔纳。你最好能听玛尔康戴亚讲述主茹阿玛禅铎的事迹。

第 46 节

तावत्र क्षत्रियौ जातौ मातृष्वस्रात्मजौ तव ।
अधुना शापनिर्मुक्तौ कृष्णचक्रहतांहसौ ॥४६॥

tāv atra kṣatriyau jātau
mātṛ-ṣvasrātmajau tava
adhunā śāpa-nirmuktau
kṛṣṇa-cakra-hatāṁhasau

tau一两个 / atra一这次(第三世) / kṣatriyau一查锤亚或君王 /

jātau 一 出 生 / mātṛ-svasṛ-ātma-jau 一 舅 妈 的 儿 子 / tava 一 你 们 的 / adhunā 一 现 在 / śāpa-nirmuktau 一 从 诅 咒 中 解 脱 / kṛṣṇa-cakra 一 被 奎 师 那 的 飞 轮 / hata 一 销 毁 / aṁhasau 一 罪 恶 …… 的

译文 佳亚和维佳亚在他们的第三世中，作为你们的表兄弟——你们姨妈的儿子，出生在一个查锤亚家中。由于主奎师那用祂的飞轮打击他们，他们的罪恶反应全部被销毁；他们现在从诅咒中解脱了出来。

要旨 在他们最后的一次投生中，佳亚和维佳亚没有当恶魔或食人魔(Rākṣasa)。相反，他们投生在与奎师那家族有关的十分高贵的查锤亚家庭中。他们当了主奎师那的表兄弟，与祂地位相当。主奎师那通过用自己的飞轮亲手杀死他们，摧毁了他们因为遭到布茹阿玛纳诅咒而剩下的恶报。纳茹阿达·牟尼向尤帝士提尔解释说，锡舒帕勒靠进入奎师那的身体，作为至尊主的同伴重新进入外琨塔星球。在场所有的人都看到了这件事。

第 47 节

वैरानुबन्धतीव्रेण ध्यानेनाच्युतसात्मताम् ।
नीतौ पुनर्हरेः पार्श्वं जग्मतुर्विष्णुपार्षदौ ॥४७॥

vairānubandha-tīvreṇa
dhyānenācyuta-sātmatām
nītau punar hareḥ pārśvaṁ
jagmatur viṣṇu-pārṣadau

vaira-anubandha 一 怨 恨 的 束 缚 / tīvreṇa 一 由 激 烈 的 …… 组 成 / dhyānena 一 以 冥 想 / acyuta-sātmatām 一 对 绝 对 正 确 的 至 尊 主 的 光 辉 / nītau 一 获 得 / punaḥ 一 重 新 / hareḥ 一 哈 尔 依 的 / pārśvam 一 邻 近 / jagmatuḥ 一 他 们 达 到 / viṣṇu-pārṣadau 一 维 施 努 的 看 门 人

译文　主维施努的这两个同伴——佳亚和维佳亚，很长时间都对主奎师那心存敌意。始终以这种方式想着奎师那，使他们重新获得至尊主的庇护，回归家园，回到首神身边。

要旨　佳亚和维佳亚在物质世界里时无论处于什么状态，都总是想着奎师那。因此，在“雅杜王朝毁灭”的娱乐活动(mausala-līlā)结束时，这两个至尊主的同伴返回到奎师那身边。奎师那的身体与纳茹阿亚纳的身体没有区别。所以，他们虽然在众目睽睽之下进入奎师那的身体，但实际上却重新进入外琨塔星球，回到主维施努的看门人的岗位上。他们通过主奎师那的身体回到外琨塔，尽管看上去好像是得到了融入奎师那身体的解脱(sāyujya-mukti)。

第 48 节

श्रीयुधिष्ठिर उवाच
विद्वेषो दयिते पुत्रे कथमासीन्महात्मनि ।
ब्रूहि मे भगवन् येन प्रह्लादस्याच्युतात्मता ॥४८॥

śrī-yudhiṣṭhira uvāca
vidveṣo dayite putre
katham āsīn mahātmani
brūhi me bhagavan yena
prahlādasyācyutātmatā

śrī-yudhiṣṭhiraḥ uvāca一尤帝士提尔王说 / vidveṣaḥ一恨 / dayite一对他自己亲爱的 / putre一儿子 / katham一如何 / āsīt一有 / mahā-ātmani一伟大的灵魂帕拉德 / brūhi一请告诉 / me一对我 / bhagavan一崇高的圣人啊！ / yena一被……的 / prahlādasya一帕拉德王的 / acyuta一对阿秋塔 / ātmatā一非凡的情感

译文　尤帝士提尔王询问道：啊！我的导师，纳茹阿达·牟尼！黑冉亚卡希普为什么那么恨他的儿子帕拉德？帕拉德王是如何成为主奎师那如此非凡的奉献者的？请为我解释这一切。

要旨 主奎师那的全体奉献者都被称为“对阿秋塔满怀深情的人(acyutātmā)”，因为他们都是帕拉德王的追随者。梵文“阿秋塔(Acyuta)”是指绝对可靠、永不犯错的主维施努。奉献者们因为依恋永不犯错的至尊主，所以被称为对阿秋塔满怀深情的人。

到此为止，结束了巴克提韦丹达对《圣典博伽瓦谭》第7篇第1章——“至尊主平等对待众生”所作的阐释。

第二章

魔王黑冉亚卡希普

正如这一章中所描述的，黑冉亚克沙(Hiraṇyākṣa)被杀后，黑冉亚克沙的儿子和哥哥黑冉亚卡希普(Hiraṇyakaśipu)都感到悲愤不平。黑冉亚卡希普企图靠削弱人民大众的宗教活动做出十分罪恶的反抗。但同时，他为了减轻他侄子的悲痛，给他们讲了一个相关的史实。

至尊人格首神以雄猪的形象显现并杀死黑冉亚卡希普的弟弟黑冉亚克沙之后，黑冉亚卡希普悲愤交加。他愤怒地指控至尊人格首神偏袒祂的奉献者，并嘲笑至尊主为杀他弟弟而显现为雄猪瓦茹阿哈(Varāha)。他开始煽动所有的恶魔和食人魔(Rākṣasa)，去干扰平静的圣人所举行的宗教仪式，骚扰其他地球居民。由于缺乏祭祀(yajña)举行，半神人们开始隐身在地球巡游。

在结束为弟弟举行的葬礼后，黑冉亚卡希普引述经典(śāstra)中就有关生命真相的阐述，向他的侄子们训话。为了安慰他们，他这样说道："我亲爱的侄子们，对英雄们来说，死在敌人面前是光荣的事。在这个物质世界里，生物按照他们从事的不同的功利性活动聚到一起，随后在自然法律的控制下再次分开。但是，我们应该始终明白，不同于物质躯体的灵性灵魂是永恒、不可改变、纯洁、无所不在且了解一切的。在受物质能量束缚时，灵魂根据不同的交往接触投生在高等或低等的生命物种中，以此方式接受各种类型的躯体，在其中受苦或享乐。物质存在的各种情况所导致的影响是快乐和痛苦的根源，除此之外别无其他原因。所以，人在看到业报(karma)的表象活动时，不该感到悲伤。"

接着，黑冉亚卡希普讲述了一个与乌西纳尔国(Uśīnara)的国王苏雅格亚(Suyajña)有关的历史事件。当这位君王被杀死时，他的王后们都悲痛万分。后来，她们得到了黑冉亚卡希普引述给他侄子们听的教导。黑冉亚卡希普讲述了一个关于一只麻雀(kuliṅga)在悲哭遭猎人射杀的妻子之际，也被猎人一箭射穿的故事。通过讲述这些故事，黑冉亚卡希普安慰了他的侄子及其他亲属，解除了他们的悲痛。黑冉亚卡希普的母亲迪缇和弟媳妇茹莎芭努(Ruṣābhānu)得到安抚后，致力于对灵性生活的了解。

第 1 节

श्रीनारद उवाच
भ्रातर्येवं विनिहते हरिणा क्रोडमूर्तिना ।
हिरण्यकशिपू राजन् पर्यतप्यद्रुषा शुचा ॥१॥

śrī-nārada uvāca
bhrātary evaṁ vinihate
harinạ̄ kroḍa-mūrtinā
hiraṇyakaśipū rājan
paryatapyad ruṣā śucā

śrī-nāradaḥ uvāca－圣纳茹阿达·牟尼说 / bhrātari－当弟弟(黑冉亚克沙) / evam－如此 / vinihate－被杀 / hariṇā－被哈尔依 / kroḍa-mūrtinā－以雄猪瓦茹阿哈的形象 / hiraṇyakaśipuḥ－黑冉亚卡希普 / rājan－君王啊！/ paryatapyat－受……影响 / ruṣā－被愤怒 / śucā－被悲伤

译文 圣纳茹阿达说：我亲爱的尤帝士提尔王，主维施努以雄猪瓦茹阿哈的形象杀死黑冉亚克沙时，黑冉亚克沙的哥哥黑冉亚卡希普愤怒至极，不禁悲从中来。

要旨 尤帝士提尔(Yudhiṣṭhira)询问纳茹阿达·牟尼(Nārada Muni)，黑冉亚卡希普为什么那么嫉恨他的亲生儿子帕拉德，纳茹阿达于是从讲述黑冉亚卡希普是如何成为主维施努(Viṣṇu)的死敌开始作解释。

第 2 节

आह चेदं रुषा पूर्णः सन्दष्टदशनच्छदः ।
कोपोज्ज्वलद्भ्यां चक्षुर्भ्यां निरीक्षन्धूम्रमम्बरम् ॥ २ ॥

āha cedaṁ ruṣā pūrṇaḥ
sandaṣṭa-daśana-cchadaḥ
kopojjvaladbhyāṁ cakṣurbhyāṁ
nirīkṣan dhūmram ambaram

āha—说 / ca—和 / idam—这个 / ruṣā—愤怒地 / pūrṇaḥ—充满 / sandaṣṭa—咬 / daśana-chadaḥ—嘴唇……的 / kopa-ujjvaladbhyām—怒火中烧 / cakṣurbhyām—用眼睛 / nirīkṣan—凝视 / dhūmram—浓烟的 / ambaram—天空

译文 黑冉亚卡希普满腔愤怒，紧咬嘴唇，用燃烧着怒火的双眼凝视着天空，使整个天空冒出了浓烟。他就这样开口说话。

要旨 通常，恶魔都忌妒至尊人格首神，对祂怀有敌意。诗文中描述了黑冉亚卡希普在考虑如何杀死主维施努并摧毁祂的王国外琨塔星球时，身体外在的表现。

第 3 节

करालदंष्ट्रोग्रदृष्ट्या दुष्प्रेक्ष्यभ्रुकुटीमुखः ।
शूलमुद्यम्य सदसि दानवानिदमब्रवीत् ॥ ३ ॥

karāla-daṁṣṭrogra-dṛṣṭyā
duṣprekṣya-bhrukuṭī-mukhaḥ
śūlam udyamya sadasi
dānavān idam abravīt

karāla-daṁṣṭra－用恐怖的牙齿 / ugra-dṛṣṭyā－和凶狠的眼神 / duṣprekṣya－看上去十分可怕 / bhru-kuṭī－紧皱双眉 / mukhaḥ－脸……的 / śūlam－三叉戟 / udyamya－拿起 / sadasi－在集会中 / dānavān－对恶魔们 / idam－这 / abravīt－说

译文 他龇出令人恐怖的牙齿，眼露凶光，紧皱双眉，看上去十分可怕。他拿起他的武器——一根三叉戟，开始对他的同伴——聚在那里的恶魔们下达命令。

第4—5节

भो भो दानवदैतेया द्विमूर्धंस्त्र्यक्ष शम्बर ।
शतबाहो हयग्रीव नमुचे पाक इल्वल ॥ ४ ॥

विप्रचित्ते मम वचः पुलोमन् शकुनादयः ।
शृणुतानन्तरं सर्वे क्रियतामाशु मा चिरम् ॥ ५ ॥

bho bho dānava-daiteyā
dvimūrdhaṁs tryakṣa śambara
śatabāho hayagrīva
namuce pāka ilvala

vipracitte mama vacaḥ
puloman śakunādayaḥ
śṛṇutānantaraṁ sarve
kriyatām āśu mā ciram

bhoḥ－噢！/ bhoḥ－噢！/ dānava-daiteyāḥ－达纳瓦们和戴提亚们 / dvi-mūrdhan－兑穆尔达(两个头的) / tri-akṣa－特瑞亚克沙(三只眼的) / śambara－商巴尔 / śata-bāho－沙塔巴胡(一百只手臂的) / hayagrīva－哈亚贵瓦(马头的) / namuce－纳穆祺 / pāka－帕卡 / ilvala－伊勒瓦拉 / vipracitte－维帕祺提 / mama－我的 / vacaḥ－话 / puloman－菩珞曼 / śakuna－沙库纳 / ādayaḥ－和其他的 / śṛṇuta－听

着 / anantaram－那之后 / sarve－所有的 / kriyatām－使之完成 / āśu－尽快地 / mā－不要 / ciram－拖延

译文　噢，达纳瓦和戴提亚！噢，兑穆尔达、特瑞亚克沙、商巴尔和沙塔巴胡！噢，哈亚贵瓦、纳穆祺、帕卡和伊勒瓦拉！噢，维帕祺提、菩珞曼、沙库纳和其他恶魔们！你们大家请仔细听我说话，随后照着去做，刻不容缓。

第 6 节

सपत्नैर्घातितः क्षुद्रैर्भ्राता मे दयितः सुहृत् ।
पार्ष्णिग्राहेण हरिणा समेनाप्युपधावनैः ॥ ६ ॥

sapatnair ghātitaḥ kṣudrair
bhrātā me dayitaḥ suhṛt
pārṣṇi-grāheṇa hariṇā
samenāpy upadhāvanaiḥ

sapatnaiḥ－被敌人恶魔和半神人都明白至尊人格首神是至尊主人，但半神人听从主人的命令，恶魔却向祂挑战。因此，恶魔和半神人被比喻为是一个丈夫的两个妻子，所以这里用了梵文sapatnaiḥ一词。/ ghātitaḥ－杀死 / kṣudraiḥ－力量微不足道的 / bhrātā－弟弟 / me－我的 / dayitaḥ－非常亲爱的 / suhṛt－良好祝愿者 / pārṣṇi-grāheṇa－从背后攻击 / hariṇā－被至尊人格首神 / samena－平等对待众生(半神人和恶魔) / api－虽然 / upadhāvanaiḥ－被崇拜者——半神人

译文　我那些微不足道的敌人——半神人，联合起来杀死了我心爱的弟弟——恭顺的良好祝愿者黑冉亚克沙。至尊主维施努虽然始终平等对待半神人和我们恶魔，但这一次由于受到半神人的虔诚崇拜，祂偏向他们并帮他们杀死了黑冉亚克沙。

要旨 正如《博伽梵歌》(Bhagavad-gītā)第9章的第29节诗所述：至尊主平等对待众生(samo 'haṁ sarva-bhūteṣu)。半神人和恶魔都是生物体，至尊主怎么可能偏爱一类生物体，反对另一类生物体呢？事实上，至尊主不可能偏心。尽管如此，由于半神人——奉献者，始终严格遵从至尊主的命令，而恶魔虽然知道至尊主是维施努，但却不听祂的指示，真诚的半神人便战胜了恶魔。恶魔因为一直不断地想着至尊人格首神维施努，所以一般在死后得到融入梵光的解脱(sāyujya-mukti)。恶魔黑冉亚卡希普指控至尊主因为半神人崇拜祂就偏袒半神人；但事实上，至尊主如同政府一样毫不偏袒。政府不偏袒任何国民，但国民如果是奉公守法的公民，就会得到国家法律所给予的大量好机会，可以平静地生活，实现自己的心愿，得到真正的利益。

第7—8节

तस्य त्यक्तस्वभावस्य घृणेर्मायावनौकसः ।
भजन्तं भजमानस्य बालस्येवास्थिरात्मनः ॥ ७ ॥

मच्छूलभिन्नग्रीवस्य भूरिणा रुधिरेण वै ।
असृक्प्रियं तर्पयिष्ये भ्रातरं मे गतव्यथः ॥ ८ ॥

tasya tyakta-svabhāvasya
  ghṛṇer māyā-vanaukasaḥ
bhajantaṁ bhajamānasya
  bālasyevāsthirātmanaḥ

mac-chūla-bhinna-grīvasya
  bhūriṇā rudhireṇa vai
asṛk-priyaṁ tarpayiṣye
  bhrātaraṁ me gata-vyathaḥ

tasya—祂(至尊人格首神)的 / tyakta-svabhāvasya—已经不再保持祂（平等对待众生的)原本状态 / ghṛṇeḥ—最可恶的 / māyā—在错觉能量的影响下 / vana-okasaḥ—行为简直如同丛林中的动物 / bhajantam－向做奉爱服务的奉献者 / bhajamānasya－被崇拜着 / bālasya－一个孩子 / iva－如同 / asthira-ātmanaḥ－一直焦躁不安的 / mat－我的 / śūla－被三叉戟 / bhinna－分开 / grīvasya－脖子……的 / bhūriṇā－大量的 / rudhireṇa－被血 / vai－确实地 / asṛk-priyam－嗜血的 / tarpayiṣye－我将取悦 / bhrātaram－弟弟 / me－我的 / gata-vyathaḥ－我自己变得平静

译文　至尊人格首神不再保持祂平等对待恶魔和半神人的本色。祂虽是至尊人，但现在却在错觉能量玛亚的影响下像个焦躁不安的孩子要依靠人一样，为取悦祂的奉献者——半神人而采用一头雄猪的形象。为此，我要用我的三叉戟将主维施努的头砍下来，用从祂体内喷出的鲜血取悦我弟弟黑冉亚克沙，我弟弟太喜欢喝鲜血了。这样做也将使我获得平静。

要旨　这节诗文清晰地反映出恶魔心态的缺陷。黑冉亚卡希普认为，维施努也像个心不定的孩子一样变得偏心。他认为至尊主随时会改变想法，所以说出的话和从事的活动也如同孩子一样。事实上，恶魔因为是普通生物，而他们的心一直在变，他们受物质束缚，所以就认为至尊人格首神也受制约。正如《博伽梵歌》第9章的第11节诗记载，至尊主说："当我以人的形象降临时，愚蠢的人轻视我(avajānanti māṁ mūḍhā mānuṣīṁ tanum āśritam)。"

恶魔总是以为可以杀死维施努，因此便为了杀祂而全神贯注地想着祂；尽管是恶意地，但他们有机会一直想着维施努。他们虽然不是奉献者，但想着祂却是有效果的，所以通常会得到融入梵光的解脱(sāyujya-mukti)。由于恶魔将至尊主视为是普通人，他们便以为可以像杀普通人一样杀死祂。这节诗文中揭示的另一个事实是，恶魔很喜欢喝血。事实上，他们都是肉食者及吸血的生物体。

黑冉亚卡希普指责至尊主像个给些蛋糕和甜品(lāḍḍu)就能被引诱做任何事的小孩子般内心躁动不安。这当然也间接地说出了至尊人格首神的某种真实情况。《博伽梵歌》第9章的第26节诗记载，至尊人格首神说：

patraṁ puṣpaṁ phalaṁ toyaṁ
yo me bhaktyā prayacchati
tad ahaṁ bhakty-upahṛtam
aśnāmi prayatātmanaḥ

“人如果怀着奉爱之心给我供奉一片叶、一朵花、一个水果或一些水，我将会接受。”至尊主之所以接受奉献者的供奉，是因为他们对祂有超然的爱。他们因为爱至尊主，所以在没有先给至尊主供奉的情况下，他们什么都不吃。至尊主并不是渴望得到一小片叶子或一朵小花；祂有充足的东西可以吃。事实上，是祂在喂养所有的生物体。尽管如此，祂非常仁慈，而且很喜爱奉献者(bhakta-vatsala)，所以当然会吃他们怀着奉爱之情供奉给祂的一切。人们不该将这种品质误解为是孩子般的幼稚。至尊主最优秀的品质是，祂很喜爱奉献者(bhakta-vatsala)；换句话说，祂总是对奉献者感到很满意。至于梵文“玛亚(māyā)”一词，当被用来指与至尊人格首神和祂的奉献者的交往时，其意思就是“深情”。至尊主对祂奉献者的照顾是祂自然深情的流露，而非缺乏资格。

至于主维施努的鲜血(rudhira)，由于根本没有可能使主维施努身首分家，所以也就不存在流血的问题。但装饰主维施努身体的花环红得就像鲜血。当恶魔得到融入至尊主身体放射出的梵光的解脱，停止一切罪恶活动时，他们得到主维施努佩戴的那条如鲜血般红艳的花环的祝福。得到融入梵光的解脱后，恶魔有时被提升到外琨塔星球，在那里得到至尊主的赏赐——被赐予至尊主用过的花环(prasāda)。

第 9 节

तस्मिन् कूटेऽहिते नष्टे कृत्तमूले वनस्पतौ ।
विटपा इव शुष्यन्ति विष्णुप्राणा दिवौकसः ॥ ९ ॥

tasmin kūṭe 'hite naṣṭe
kṛtta-mūle vanas-patau
viṭapā iva śuṣyanti
viṣṇu-prāṇā divaukasaḥ

tasmin－当祂……时 / kūṭe－最会骗人的 / ahite－敌人 / naṣṭe－被毁灭 / kṛtta-mūle－根被砍断 / vanas-patau－一棵树 / viṭapāḥ－枝干和树叶 / iva－如同 / śuṣyanti－干枯 / viṣṇu-prāṇāḥ－生命是维施努…… / diva-okasaḥ－半神人们

译文　当树根被砍断，整棵树倒下时，树的枝干自然就会枯死。同样，我一旦杀死这圆滑的维施努，将主维施努视为是生命之魂的半神人就会失去他们的生命源泉，随之消亡。

要旨　这里解释了半神人与恶魔之间的区别。半神人始终遵循至尊人格首神的指令，而恶魔朝思暮想的只是如何骚扰祂或杀死祂。尽管如此，恶魔有时很欣赏半神人完全依靠至尊主的仁慈这一点。这节诗的内容是恶魔对半神人的间接赞美。

第 10 节

तावद्यात भुवं यूयं ब्रह्मक्षत्रसमेधिताम् ।
सूदयध्वं तपोयज्ञस्वाध्यायव्रतदानिनः ॥१०॥

tāvad yāta bhuvaṁ yūyaṁ
brahma-kṣatra-samedhitām
sūdayadhvaṁ tapo-yajña-
svādhyāya-vrata-dāninaḥ

tāvat－只要(我忙于杀维施努这件事) / yāta－去 / bhuvam－到地

球 / yūyam－你们全部 / brahma-kṣatra－布茹阿玛纳和查锺亚的 / samedhitām－因为(布茹阿玛纳文化和查锺亚政府)变得繁荣 / sūdayadhvam－消灭 / tapaḥ－苦修之人 / yajña－祭祀 / svādhyāya－韦达知识的研习 / vrata－誓言 / dāninaḥ－还有那些布施的

译文 在我忙着杀主维施努时，你们下到地球星球去，那里因为有布茹阿玛纳文化和查锺亚政府而正蓬勃发展。人们从事苦修，举行祭祀，学习韦达经，遵守誓言且慷慨布施。去消灭他们！

要旨 黑冉亚卡希普的主要目的是骚扰半神人。他的计划是先杀主维施努，以使半神人因为主维施努的死亡而自然而然变得虚弱并死去。他的另一个计划是骚扰住在地球星球上的居民。地球及所有其他星球上居民生活的平静与繁荣，都依靠布茹阿玛纳(brāhmaṇa, 婆罗门)和查锺亚(kṣatriya, 刹帝利)的维护。《博伽梵歌》第4章的第13节诗记载，至尊主说："根据物质自然三种属性和与它们有关的不同活动，我把人类社会划分为四个阶层(cātur-varṇyaṁ mayā sṛṣṭaṁ guṇa-karma-vibhāgaśaḥ)。"所有的星球都住着不同种类的居民，但至尊主建议，尤其是针对有人类居住的地球星球，要把社会划分为四个阶层，即：布茹阿玛纳、查锺亚、外夏(vaiśya)和庶铎(śūdra)。看来，主奎师那降临这个地球前，地球由布茹阿玛纳和查锺亚管理。布茹阿玛纳的职责是培养平静(śamaḥ)、自制(damaḥ)、忍受(titikṣā)、诚实(satyam)、清洁(śaucam)和淳朴(ārjavam)，并忠告查锺亚君王如何统治国家或星球。查锺亚应该听从布茹阿玛纳的指示，让大众从事苦修、举行祭祀、学习韦达经和遵守韦达文献制定的规范原则。他们还应该安排给布茹阿玛纳、进入弃绝阶层之人(sannyāsī)及神庙布施。这是布茹阿玛纳文化的神圣安排。

人们之所以有供奉祭祀的倾向，是因为只有举行祭祀才能得到足量的雨水(yajñād bhavati parjanyaḥ)，否则就会影响农业生产(parjanyād anna-sambhavaḥ)。因此，查锤亚政府应该推广布茹阿玛纳文化，安排国民举行祭祀、学习韦达经(Vedas)并给予布施。这样做将使人民很容易得到他们生活所需的一切，社会将不会有动乱。就有关这一点，《博伽梵歌》第3章的第12节诗记载，主奎师那说：

iṣṭān bhogān hi vo devā
dāsyante yajña-bhāvitāḥ
tair dattān apradāyaibhyo
yo bhuṅkte stena eva saḥ

"举行祭祀使掌管各种生活必需品的半神人感到满足后，他们就会为你们提供一切所需。然而，谁享用这些礼物，但却不把它们回赠给半神人，谁就无疑是贼。"

半神人是代表至尊人格首神维施努行事的被授权的供应代理。因此，必须用举行规定祭祀(yajña)的方式满足他们。韦达经中规定了为不同的半神人所举行的不同祭祀，但一切祭祀最终都供奉给至尊人格首神。对于还不能了解什么是人格首神的人，经典推荐他们将祭祀供奉给半神人。根据人们所受的不同属性的影响，韦达经中推荐不同种类的祭祀。崇拜不同的半神人也基于同样的原则——按照属性划分。例如：肉食者被推荐要崇拜卡莉女神(Kālī)——物质自然的可怕形象，要在女神面前献祭动物。但对于受善良属性影响的人，则推荐要崇拜超然的主维施努。最终，所有的祭祀都是为了使人逐渐提升到超然的层面。对普通人来说，至少需要举行被统称为五大祭祀(pañca-mahāyajña)的五种祭祀。

然而，应该知道，人类社会所需要的一切生活必需品，都由至尊主的半神人代理提供。没人能真正制造什么。例如：人类可以吃的食物包括受善良属性影响的人可吃的谷物、水果、蔬菜、牛奶和糖，以及非素食的人可吃的肉，其中没有一样是人类自己能制造出来的。又比如：热、光、水和空气，也都是生存所必需的，但没有一样是人类社会能自己制造的。没有至尊主就没有大量的阳光、月光、降雨或微风，而没有这些，就没人能活下去。显然，我们的生活依靠至尊主提供的一切。即使是我们的制造业也不例外，我们需要金属、硫、汞、锰等那么多必不可少的天然原料。所有这一切都由至尊主的代理们提供，目的是让我们恰当地运用它们，保持自身的健康，以便从事为觉悟自我所需要从事的活动，争取达到人生的最高目标——从物质存在的苦苦挣扎中解脱出去。人生的这一目的要靠举行祭祀才能达到。如果我们忘了人生的目的，只是为感官享乐而从至尊主的代理那里获取供给，我们就会越来越受物质存在的束缚；而这违背创造的目的，结果将使我们成为盗贼，受到物质自然法律的惩罚。盗贼的社会不可能有快乐，因为盗贼们没有人生目标。十足的物质主义者这类盗贼，没有人生的最高目标。他们只沉溺于感官享乐，根本没有该如何举行祭祀的知识。然而，主柴坦亚(Caitanya)开创了最简易的举行祭祀的方法，即：集体歌唱神的圣名祭祀(saṅkīrtana-yajña)。全世界接受奎师那意识原则的人都能举行这种祭祀。

黑冉亚卡希普计划消灭地球上的人类，以阻止祭祀的举行，使受到打扰的半神人在祭祀的主人(yajñeśvara)主维施努被杀死后自然消亡。这些就是黑冉亚卡希普的邪恶的计划，他很擅长从事这类活动。

第 11 节

विष्णुर्द्विजक्रियामूलो यज्ञो धर्ममयः पुमान् ।
देवर्षिपितृभूतानां धर्मस्य च परायणम् ॥११॥

viṣṇur dvija-kriyā-mūlo
yajño dharmamayaḥ pumān

devarṣi-pitṛ-bhūtānāṁ
dharmasya ca parāyaṇam

viṣṇuḥ－主维施努——至尊人格首神 / dvija－布茹阿玛纳和查锤亚的 / kriyā-mūlaḥ－根是韦达经中谈到的祭祀和仪式性典礼的举行……的 / yajñaḥ－祭祀的人格化身(被称为雅格亚·菩茹沙的主维施努) / dharma-mayaḥ－充满宗教原则的 / pumān－至尊人 / deva-ṛṣi－半神人及维亚萨戴瓦和纳茹阿达等伟大圣人的 / pitṛ－祖先的 / bhūtānām－和所有其他生物体的 / dharmasya－宗教原则的 / ca－还有 / parāyaṇam－庇护

译文　布茹阿玛纳文化的基本原则，是要让祭祀和仪式的人格化体现主维施努感到满意。主维施努是一切宗教原则的人格化体现的源头，是全体半神人、伟大的祖先及普通大众的庇护者。当布茹阿玛纳被斩尽杀绝时，就没人鼓励查锤亚举行祭祀了。这样，得不到祭祀供养的半神人自然就会死去。

要旨　既然维施努是布茹阿玛纳文化的核心，黑冉亚卡希普便计划杀死维施努，因为维施努一旦被杀死，布茹阿玛纳文化也就自然消失了。随着布茹阿玛纳文化的消失，人们就不再举行祭祀；而缺乏祭祀，就会停止有规律的降雨(yajñād bhavati parjanyaḥ)。这样，全世界就会动荡不安，半神人自然也就被打败了。这节诗文的内容使我们清楚，当韦达雅利安(Āryan)文明被扼杀，布茹阿玛纳停止举行韦达祭祀时，人类社会是如何被搅乱的。由于现代社会的人口主要是由庶铎构成(kalau śūdra-sambhavaḥ)，布茹阿玛纳文化如今已经丧失，很难以寻常的方法使其恢复。为此，主柴坦亚推荐了歌唱至尊主圣名的方法；这将使布茹阿玛纳文化很容易就得以恢复。

harer nāma harer nāma
harer nāmaiva kevalam

kalau nāsty eva nāsty eva
nāsty eva gatir anyathā

由于邪恶人口量的增加，不仅布茹阿玛纳文化丧失殆尽，也没有了查锤亚政府。取而代之的是所谓的民主政府，在这种民主制度中，任何庶铎都可以被投票选上政府主要职位，赢得统治权。经典中说：喀历年代(Kali-yuga)的毒化效应将使政府采用掠夺政策(dasyu-prāyeṣu rājasu,《圣典博伽瓦谭》12.2.13)。结果是，人类社会将没有布茹阿玛纳作指导，即使有布茹阿玛纳的指导，也没有能够遵从那些指导的查锤亚统治者。除了萨提亚年代(Satya-yuga, 黄金年代)，甚至在很久以前，当恶魔势力强大时，黑冉亚卡希普就计划要毁灭布茹阿玛纳文化和查锤亚政府，从而在全世界制造混乱。这种计划虽然在萨提亚年代很难执行，但在充满了庶铎和恶魔的喀历年代中就太容易执行了。如今，布茹阿玛纳文化已经消失，唯有靠吟诵、吟唱玛哈·曼陀(mahā-mantra)才能恢复。正因为如此，我们开创了奎师那意识运动或称哈瑞·奎师那运动，以便很容易地恢复布茹阿玛纳文化，使人们在今生变得快乐和平静，同时为来生的提升做好准备。就有关这一点，圣玛德瓦查尔亚(Madhvācārya)从《布茹阿曼达往世书》(Brahmāṇḍa Purāṇa)中引述一节诗说：

vipra-yajñādi-mūlaṁ tu
harir ity āsuraṁ matam
harir eva hi sarvasya
mūlaṁ samyaṅ mato nṛpa

“君王啊！恶魔以为哈尔依(Hari)——主维施努，因为有布茹阿玛纳和祭祀才得以存在；但事实上，哈尔依是包括布茹阿玛纳和祭祀在内的一切的源头。”所以，推广集体歌唱神的圣名运动(hari-kīrtana或saṅkīrtana)，将使布茹阿玛纳文化和查锤亚政府自动得以恢复，人们将变得格外快乐。

第 12 节

यत्र यत्र द्विजा गावो वेदा वर्णाश्रमक्रियाः ।
तं तं जनपदं यात सन्दीपयत वृश्चत ॥१२॥

yatra yatra dvijā gāvo
veda varṇāśrama-kriyāḥ
taṁ taṁ janapadaṁ yāta
sandīpayata vṛścata

yatra yatra－无论何处 / dvijāḥ－布茹阿玛纳 / gāvaḥ－被保护的乳牛 / vedāḥ－韦达文化 / varṇa-āśrama－社会四阶层和灵性四阶段的雅利安文明的 / kriyāḥ－活动 / tam tam－那 / jana-padam－到城市或乡镇 / yāta－去 / sandīpayata－纵火 / vṛścata－砍断(所有的树木)

译文　立刻去那些乳牛和布茹阿玛纳得到良好保护的地方，那些按照社会四阶层和灵性四阶段制度学习韦达经的地方。到那些地方去纵火，去砍断那些作为生命之源的树根。

要旨　这节诗文中间接描绘了正确的人类文明的画面。在完美的人类文明中，必须有得到全面训练的完美的布茹阿玛纳这一阶层的人。同样，必须有查锤亚按照经典的教导很好地统治国家，必须有能保护乳牛的外夏。梵文“被保护的乳牛(gāvaḥ)”一词表明，乳牛应该受到保护。如今，由于韦达文明丧失殆尽，乳牛得不到保护，而是在屠宰场里被不分青红皂白地杀死。这是恶魔的行径。因此现代文明是邪恶的文明。这节诗文中谈到的社会四阶层和灵性四阶段制度(varṇāśrama-dharma)，是人类文明必不可少的。除非有布茹阿玛纳的指导，有查锤亚完美的统治，有完美的外夏保护粮食和乳牛，否则人们怎么可能有平静的生活？那是不可能的。

另一个重点是，树木也应该得到保护。树木在其一生中不该被砍伐用于工业生产。在喀历年代中，人们不加区分、毫无必要地砍伐树木，将其用于工业生产，尤其是纸浆的生产，以大量制造纸张，供出版邪恶的宣传刊物、荒谬的文学作品、成堆的报纸和其他纸类产品之用。这是邪恶文明的表征。除非是为主维施努服务，否则砍伐树木是被禁止的。经典中说："应该把活动当祭祀奉献给维施努，否则活动就会把人捆绑在物质世界里(yajñārthāt karmaṇo 'nyatra loko 'yaṁ karma-bandhanaḥ)。"但如果停止纸浆的生产，我们也许就会争论说，那我们国际奎师那意识协会的文献怎么出版呢？回答是：应该只为出版国际奎师那意识协会的文献而用纸浆生产纸张，因为出版国际奎师那意识协会的文献是在为主维施努做服务。这文献阐明我们与主维施努的关系，所以出版国际奎师那意识协会的书是在举行祭祀。"应该把活动当祭祀奉献给维施努，否则活动就会把人捆绑在物质世界里(yajñārthāt karmaṇo 'nyatra loko 'yaṁ karma-bandhanaḥ)。"正如更高的权威所指明的，必须举行祭祀。仅仅是为了出版要不得的文献而造纸，是罪大恶极的活动。

第 13 节

इति ते भर्तृनिर्देशमादाय शिरसादृताः ।
तथा प्रजानां कदनं विदधुः कदनप्रियाः ॥१३॥

iti te bhartṛ-nirdeśam
ādāya śirasādṛtāḥ
tathā prajānāṁ kadanaṁ
vidadhuḥ kadana-priyāḥ

iti－如此 / te－他们 / bhartṛ－主人的 / nirdeśam－指示 / ādāya－接受 / śirasā－用他们的头 / ādṛtāḥ－恭敬的 / tathā－接着 / prajānām－所有居民的 / kadanam－迫害 / vidadhuḥ－执行 / kadana-priyāḥ－善于迫害他人的

译文　如此，喜欢从事毁灭性活动的恶魔们恭恭敬敬地接受了黑冉亚卡希普给他们下达的命令，向他敬礼。他们按照他的指示从事直接恶意伤害众生的活动。

要旨　正如这里的描述，遵循邪恶原则的人忌妒所有的众生。如今所谓的科技进步，就是这种忌妒、心怀敌意的典型。核能的发现对大众来说是劫难，因为全世界的恶魔都用它来制造核武器。就有关这一点，诗文中"善于迫害他人的(kadana-priyāḥ)"一句十分重要。想要消灭韦达文化的邪恶之人，对弱小的居民充满敌意，他们行事的方式将使他们发现的一切都对众生造成不幸(jagato 'hitāḥ)。《博伽梵歌》第十六章，全面地解释了恶魔是如何为毁灭人民而从事罪恶活动的。

第 14 节

पुरग्रामव्रजोद्यानक्षेत्रारामाश्रमाकरान् ।
खेटखर्वटघोषांश्च ददहुः पत्तनानि च ॥१४॥

pura-grāma-vrajodyāna-
kṣetrārāmāśramākarān
kheṭa-kharvaṭa-ghoṣāṁś ca
dadahuḥ pattanāni ca

pura－城市和市镇 / grāma－村庄 / vraja－牧场 / udyāna－花果园 / kṣetra－农田 / ārāma－自然森林 / āśrama－圣洁之人居住的草屋 / ākarān－和矿山(出产能维系布茹阿玛纳文化的贵重金属) / kheṭa－农村 / kharvaṭa－山村 / ghoṣān－牧牛者的小村舍 / ca－及 / dadahuḥ－他们焚烧 / pattanāni－首都 / ca－还有

译文　恶魔们纵火焚烧城市、乡村、牧场、牛栏、花果园、农田和自然森林。他们烧毁圣洁之人居住的草屋，产出贵重金属的矿山，以及农舍、山村、保护乳牛之人的村舍和保护乳牛的人，还焚烧政府所在的首都。

要旨 诗中梵文“花果园(udyāna)”是指，只种植盛产水果和鲜花之树木的园林。这对人类文明来说极其重要。《博伽梵歌》第9章的第26节诗记载，奎师那说：

patraṁ puṣpaṁ phalaṁ toyaṁ
yo me bhaktyā prayacchati
tad ahaṁ bhakty-upahṛtam
aśnāmi prayatātmanaḥ

“人如果怀着奉爱之心给我供奉一片叶、一朵花、一个水果或一些水，我将会接受。”至尊主很喜爱水果和鲜花。人若想要取悦至尊人格首神，就只要向至尊主供奉水果和鲜花，至尊主就会很高兴地接受它们。我们唯一的职责是取悦至尊首神(saṁsiddhir hari-toṣaṇam)。我们无论做什么、从事什么职业，我们的主要目的都该是要取悦至尊主。这节诗文中提到的一切，都专门是为让至尊主满意而有的，并非是为自己的感官满足。政府，事实上是整个社会结构，应该是能够让每一个人都受到训练，学习如何取悦至尊人格首神。但很不幸，尤其是这个年代，人们不知道人生最高的目标是取悦主维施努(na te viduḥ svārtha-gatiṁ hi viṣṇum)。相反，他们像恶魔一样一心只想着如何杀死维施努，以便纵情作乐。

第15节

केचित्खनित्रैर्बिभिदुः सेतुप्राकारगोपुरान् ।
आजीव्यांश्चिच्छिदुर्वृक्षान् केचित्परशुपाणयः ।
प्रादहञ्शरणान्येके प्रजानां ज्वलितोल्मुकैः ॥१५॥

kecit khanitrair bibhiduḥ
setu-prākāra-gopurān
ājīvyāṁś cicchidur vṛkṣān
kecit paraśu-pāṇayaḥ
prādahañ śaraṇāny eke
prajānāṁ jvalitolmukaiḥ

kecit—有些恶魔 / khanitraiḥ—用挖掘的工具 / bibhiduḥ—打碎 / setu—桥梁 / prākāra—护城围墙 / gopurān—城市大门 / ājīvyān—生活的来源 / cicchiduḥ—砍倒 / vṛkṣān—树木 / kecit—一些 / paraśu-pāṇayaḥ—手持斧头 / prādahan—烧毁 / śaraṇāni—住所 / eke—其他恶魔 / prajānām—居民的 / jvalita—燃烧的 / ulmukaiḥ—用火把

译文 有些恶魔拿着挖掘用的工具，打掉桥梁及城市的围墙和大门；有些拿着斧头，砍倒产出芒果、菠萝蜜和其他作为食物来源的重要树木。有些恶魔拿着火把，点燃居民的住房。

要旨 砍伐树木一般是被禁止的，尤其是产出能维持人体健康的水果的果树，更不该砍伐。不同的国家生长不同类型的水果树。印度主要盛产芒果树、菠萝蜜树，其他地方则有芒果树、菠萝蜜树、椰子树和浆果树。根本不该砍伐产出能维持人体健康之甜美水果的果树。这是经典的训喻。

第 16 节

एवं विप्रकृते लोके दैत्येन्द्रानुचरैर्मुहुः ।
दिवं देवाः परित्यज्य भुवि चेरुरलक्षिताः ॥१६॥

evaṁ viprakṛte loke
daityendrānucarair muhuḥ
divaṁ devāḥ parityajya
bhuvi cerur alakṣitāḥ

evam—如此 / viprakṛte—不安的 / loke—当所有的人 / daitya-indra-anucaraiḥ—被戴提亚之王黑冉亚卡希普的追随者们 / muhuḥ—一再 / divam—天堂星球 / devāḥ—半神人 / parityajya—放弃 / bhuvi—在地球上 / ceruḥ—四处查看(查看骚动的程度) / alakṣitāḥ—不让恶魔看见

译文 黑冉亚卡希普的追随者们就样再三引发非自然的灾难，迫使所有的人都不得不停止从事韦达文化活动。在得不到祭祀供品的情况下，半神人们也变得不安起来。他们离开他们天堂中的住所，在不让恶魔看到的情况下到地球星球四处查看灾情。

要旨 正如《博伽梵歌》中所说，祭祀的举行使人类和半神人双方互惠互利。当祭祀的举行因恶魔的骚扰而被迫停止时，半神人自然就得不到祭祀结果，而这妨碍他们履行各自的职责。为此，他们下到地球星球，查看人类受到打扰的情况，以便考虑该如何解决问题。

第 17 节

हिरण्यकशिपुर्भ्रातुः सम्परेतस्य दुःखितः ।
कृत्वा कटोदकादीनि भ्रातृपुत्रानसान्त्वयत् ॥१७॥

hiraṇyakaśipur bhrātuḥ
samparetasya duḥkhitaḥ
kṛtvā kaṭodakādīni
bhrātṛ-putrān asāntvayat

hiraṇyakaśipuḥ－黑冉亚卡希普 / bhrātuḥ－弟弟的 / samparetasya－死亡 / duḥkhitaḥ－极度悲伤的 / kṛtvā－举行 / kaṭodaka-ādīni－葬礼 / bhrātṛ-putrān－弟弟的儿子们 / asāntvayat－安抚

译文 黑冉亚卡希普在给他弟弟举行葬礼后，极度不快，但却努力安抚他的侄子们。

第 18－19 节

शकुनिं शम्बरं धृष्टिं भूतसन्तापनं वृकम् ।
कालनाभं महानाभं हरिश्मश्रुमथोत्कचम् ॥१८॥

तन्मातरं रुषाभानुं दितिं च जननीं गिरा ।
श्लक्ष्णया देशकालज्ञ इदमाह जनेश्वर ॥१९॥

śakuniṁ śambaraṁ dhṛṣṭiṁ
bhūtasantāpanaṁ vṛkam
kālanābhaṁ mahānābhaṁ
hariśmaśrum athotkacam

tan-mātaraṁ ruṣābhānuṁ
ditiṁ ca jananīṁ girā
ślakṣṇayā deśa-kāla-jña
idam āha janeśvara

śakunim－沙库尼 / śambaram－商巴尔 / dhṛṣṭim－兑士提 / bhūtasantāpanam－布塔桑塔帕纳 / vṛkam－维卡 / kālanābham－卡拉纳巴 / mahānābham－玛哈纳巴 / hariśmaśrum－哈瑞施玛施茹 / atha－以及 / utkacam－乌特卡查 / tat-mātaram－他们的母亲 / ruṣā-bhānum－茹沙巴努 / ditim－迪缇 / ca－和 / jananīm－他自己的母亲 / girā－用话语 / ślakṣṇayā－很甜美的 / deśa-kāla-jñaḥ－精通根据时间和具体的情况如何行事 / idam－这样 / āha－说 / jana-īśvara－君王啊！

译文　君王啊！黑冉亚卡希普虽然满腔怒火，但因为是杰出的政治家，所以知道要根据时间和具体的情况行事。他开始用甜蜜的话语安抚他的侄子们，他的侄子分别名叫沙库尼、商巴尔、兑士提、布塔桑塔帕纳、维卡、卡拉纳巴、玛哈纳巴、哈瑞施玛施茹和乌特卡查。他还安慰他们的母亲，也就是他的弟媳茹莎巴努，以及自己的母亲迪缇，对他们全体说了如下一番话。

第 20 节

श्रीहिरण्यकशिपुरुवाच
अम्बाम्ब हे वधूः पुत्रा वीरं मार्हथ शोचितुम् ।
रिपोरभिमुखे श्लाघ्यः शूराणां वध ईप्सितः ॥२०॥

śrī-hiraṇyakaśipur uvāca
ambāmba he vadhūḥ putrā
vīraṁ mārhatha śocitum
ripor abhimukhe ślāghyaḥ
śūrāṇāṁ vadha īpsitaḥ

śrī-hiraṇyakaśipuḥ uvāca—黑冉亚卡希普说 / amba amba—我的母亲，我的母亲 / he—啊！ / vadhūḥ—我的弟媳 / putrāḥ—我的侄子们啊！ / vīram—英雄 / mā—不 / arhatha—你们应该 / śocitum—因……而悲伤 / ripoḥ—敌人的 / abhimukhe—面前 / ślāghyaḥ—光荣的 / śūrāṇām—那些实际上很伟大的 / vadhaḥ—杀死 / īpsitaḥ—值得的

译文 黑冉亚卡希普说：我亲爱的母亲、弟媳和侄子，你们不该为大英雄的死而悲伤，因为对大英雄来说，死在自己敌人面前是光荣且值得的。

第 21 节

भूतानामिह संवासः प्रपायामिव सुव्रते ।
दैवेनैकत्र नीतानामुन्नीतानां स्वकर्मभिः ॥२१॥

bhūtānām iha saṁvāsaḥ
prapāyām iva suvrate
daivenaikatra nītānām
unnītānāṁ sva-karmabhiḥ

bhūtānām—众生的 / iha—在这物质世界里 / saṁvāsaḥ—聚在一起的 / prapāyām—在一个喝水的地方 / iva—如同 / su-vrate—我亲爱的母亲啊！ / daivena—凭更高权威的安排 / ekatra—在一个地方 / nītānām—那些被带到……的 / unnītānām—那些各奔东西的 / sva-karmabhiḥ—因他们自己的业报

译文　我亲爱的母亲，在一个餐厅或喝水的地方，许多旅客聚在一起，等喝过水后又各奔前程。同样，生物聚到一个家庭中，稍后又因自己的活动结果而各奔东西。

要旨　《博伽梵歌》第3章的第27节诗说：

prakṛteḥ kriyamāṇāni
　guṇaiḥ karmāṇi sarvaśaḥ
ahaṅkāra-vimūḍhātmā
　kartāham iti manyate

“灵魂受假我的迷惑，以为是自己在活动，却不知道，其实是物质自然三种属性在活动。”在物质世界中，我们完全在更高力量的控制下，所以众生完全按照物质自然(prakṛti)的指挥活动。这个物质世界里的一切众生之所以到这里来，是因为他们想要与奎师那平等享受，于是便被送到这里来受物质自然不同程度的制约。在物质世界里，所谓的家庭只不过是几个人聚在一个家中过完被关押的期限而已。正如罪犯在服刑期结束被释放后便各奔东西，我们所有短暂相聚在一个家庭中的成员，今后都将继续朝我们各自的目的地迈进。可以举的另一个例子是：家庭成员恰似在河水中随波逐流的稻草；这些稻草有时在漩涡中聚到一起，过后又被同样的浪涛冲散，各自在水中漂流。

黑冉亚卡希普虽然是恶魔，但熟悉韦达知识，所以给予他弟媳妇、母亲和侄子的忠告相当正确。具有高度的知识，但却不用自己的良好智力为至尊主服务的人，被称为恶魔。然而，半神人却为取悦至尊人格首神而很有智慧地做事。对此，《圣典博伽瓦谭》(Śrīmad-Bhāgavatam)第1篇第2章的第13节诗文这样证实说：

ataḥ pumbhir dvija-śreṣṭhā
　varṇāśrama-vibhāgaśaḥ
svanuṣṭhitasya dharmasya
　saṁsiddhir hari-toṣaṇam

“再生者中最优秀的人啊！结论是，履行按社会阶层和灵性阶段制度(达尔玛)规定给自己的职责，所能得到的最高完美成就，就是取悦人格首神。”要成为半神人或神圣的人，就必须通过履行自己的职责使至尊人格首神满意。

第22节

नित्य आत्माव्ययः शुद्धः सर्वगः सर्ववित्परः ।
धत्तेऽसावात्मनो लिङ्गं मायया विसृजन् गुणान् ॥२२॥

nitya ātmāvyayaḥ śuddhaḥ
sarvagaḥ sarva-vit paraḥ
dhatte 'sāv ātmano liṅgaṁ
māyayā visṛjan guṇān

nityaḥ－永恒的 / ātmā－灵性的灵魂 / avyayaḥ－不朽的 / śuddhaḥ－没有物质的性质 / sarva-gaḥ－有资格去物质和灵性世界的任何地方 / sarva-vit－充满知识 / paraḥ－超越物质状态 / dhatte－接受 / asau－那个灵性的灵魂或说生物 / ātmanaḥ－自己的 / liṅgam－身体 / māyayā－被物质能量 / visṛjan－创造 / guṇān－各种物质属性

译文 灵性的灵魂——生物，因为是永恒不朽的，所以没有死亡。由于不受物质的污染，他可以去物质世界或灵性世界里的任何地方。他充满知识，完全不同于物质躯体。然而，由于他滥用他微小的独立性而被误导，他被迫接受由物质能量制成的精微躯体和粗糙躯体，受制于所谓的物质快乐和痛苦。因此，没人该为灵性的灵魂从躯体经过而悲伤。

要旨 黑冉亚卡希普很有智慧地讲述了灵魂的状态。灵魂从不是躯体，但总是与不同的躯体相伴。灵魂因为永恒且从不疲倦，所以没有死亡，但当这纯洁的灵魂想要独自享受物质世界时，他就被置于物质自然的制约中，因而必须接受某种类型的躯体，受苦或享乐。对此，《博伽梵歌》第13章的第22节诗记载，奎师那也描述说：生物之所以在不同的家庭或物种中出生，是物种自然属性的影响使然(kāraṇaṁ guṇa-saṅgo 'sya sad-asad-yoni janmasu)。生物受到物质自然的制约时，就必须接受物质自然按照至尊主的指导所提供的某种类型的躯体。

īśvaraḥ sarva-bhūtānāṁ
hṛd-deśe 'rjuna tiṣṭhati
bhrāmayan sarva-bhūtāni
yantrārūḍhāni māyayā

“阿尔诸纳啊！每个生物都坐在一台由物质能量制成的机器上，至尊主处在他们心中，指导他们周游四方。”(《博伽梵歌》18.61)躯体恰似一台机器，生物根据其业报得到某类机器，在物质自然的控制下四处游荡。这种状态一直持续到生物投靠至尊人格首神为止(mām eva ye prapadyante māyām etāṁ taranti te)。在投靠至尊人格首神之前，受制约的灵魂在物质自然的安排下从一种生命形式中被带到另一种生命形式中。

第23节

यथाम्भसा प्रचलता तरवोऽपि चला इव ।
चक्षुषा भ्राम्यमाणेन दृश्यते चलतीव भूः ॥२३॥

yathāmbhasā pracalatā
taravo 'pi calā iva
cakṣuṣā bhrāmyamāṇena
dṛśyate calatīva bhūḥ

yathā—正如 / ambhasā—借由水 / pracalatā—移动 / taravaḥ—树木(河岸上) / api—也 / calāḥ—动 / iva—恰似 / cakṣuṣā—借由眼睛 / bhrāmyamāṇena—动 / dṛśyate—被看 / calatī—移动 / iva—恰似 / bhūḥ—大地

译文 水的流动使河岸上的树木在水中的投影看似在动。同样，由于心理的某种紊乱而导致的眼睛的转动，使大地看起来也在转动。

要旨 心理狂乱有时会导致人看大地似乎都在动。例如：酒醉之人或有心脏病的人，有时感到大地在动。同样，在流动的河水水面上，树的倒影看似也在动。这些都是错觉能量玛亚所起的作用。生物事实上并没有动(sthāṇur acalo 'yam)。生物不生不死，但因为所寄居的精微躯体和粗糙躯体是短暂的，所以显得是从一个地方迁移到另一个地方，或者说是死亡、永远地走了。正如伟大的孟加拉诗人佳嘎达南达·潘迪特(Jagadānanda Paṇḍita)所说：

piśācī pāile yena mati-cchanna haya
māyā-grasta jīvera haya se bhāva udaya

按照《对神的爱所引发的转变》(Prema-vivarta)中的这段说明，生物受物质自然制约时，恰似一个被鬼魂附体的人。因此，人应该明白灵性的灵魂原有的地位和状态，以及他是如何在悲伤和渴求的驱使下被物质自然的浪涛带向各种不同的躯体和处境的。人一旦了解自我的原本地位和状态，不受物质自然制造的情况打扰(prakṛteḥ kriyamāṇāni guṇaiḥ karmāṇi sarvaśaḥ)，就获得人生的成功。

第 24 节

एवं गुणैर्भ्राम्यमाणे मनस्यविकलः पुमान् ।
याति तत्साम्यतां भद्रे ह्यलिङ्गो लिङ्गवानिव ॥२४॥

evaṁ guṇair bhrāmyamāṇe
manasy avikalaḥ pumān
yāti tat-sāmyatāṁ bhadre
hy aliṅgo liṅgavān iva

evam－这样 / guṇaiḥ－借由物质自然属性 / bhrāmyamāṇe－当……刺激时 / manasi－心 / avikalaḥ－不变的 / pumān－生物 / yāti－接近 / tat-sāmyatām－如心一样混乱的情况 / bhadre－我温和的母亲啊！ / hi－确实地 / aliṅgaḥ－没有一个精微或粗糙之躯 / liṅga-vān－具有一个物质躯体 / iva－如同

译文　同样道理，我温和的母亲啊！当物质自然属性的运作刺激到内心时，生物虽然与精微躯体和粗糙躯体的各个阶段并不相干，但还是会以为自己从一种情况改变为另一种情况。

要旨　正如《圣典博伽瓦谭》第10篇第84章的第13节诗说明：

yasyātma-buddhiḥ kuṇape tri-dhātuke
sva-dhīḥ kalatrādiṣu bhauma-ijya-dhīḥ
yat-tīrtha-buddhiḥ salile na karhicij
janeṣv abhijñeṣu sa eva go-kharaḥ

“谁将由三种元素制成的躯体视为是自我，以为躯体的副产品是自己的亲人，认为自己的出生地值得崇拜，或者去朝圣地只是为了沐浴，而不是为遇到有超然知识的人，谁就被视为是如同一头母牛或驴。”黑冉亚卡希普虽然是一个大恶魔，但却不像现代世界中的人一样愚蠢。他对灵魂及精微和粗糙躯体有着十分清楚的认识，但我们现代人却是如此堕落，所有的人，甚至包括科学家、哲学家和其他领袖在内，都只持有遭到经典谴责的躯体化的生命概念。这样的人只不过是母牛和驴而已(sa eva go-kharaḥ)。

黑冉亚卡希普劝他的家人说，尽管他弟弟黑冉亚克沙的粗糙身体死了，他们为此而感到难过，但他们不该为黑冉亚克沙已经达到的他下一个目的地即伟大灵魂而感到悲伤。灵性的灵魂——阿特玛(ātmā)，永远不变(avikalaḥ pumān)。我们是灵性的灵魂，但在被心理活动影响(manodharma)时，我们就受物质的受制约生活的苦。这一般发生在非奉献者身上。非奉献者也许拥有高贵的物质品质，但因为愚蠢而没有优良的资格(harāv abhaktasya kuto mahad-guṇāḥ)。物质世界里的受制约灵魂所具有的称号，都是对没有生命的躯体的装饰。受制约的灵魂对灵魂及其超越物质环境的崇高存在一无所知。

第25—26节

एष आत्मविपर्यासो ह्यलिङ्गे लिङ्गभावना ।
एष प्रियाप्रियैर्योगो वियोगः कर्मसंसृतिः ॥२५॥

सम्भवश्च विनाशश्च शोकश्च विविधः स्मृतः ।
अविवेकश्च चिन्ता च विवेकास्मृतिरेव च ॥२६॥

eṣa ātma-viparyāso
hy aliṅge liṅga-bhāvanā
eṣa priyāpriyair yogo
viyogaḥ karma-saṁsṛtiḥ

sambhavaś ca vināśaś ca
śokaś ca vividhaḥ smṛtaḥ
avivekaś ca cintā ca
vivekāsmṛtir eva ca

eṣaḥ－这个 / ātma-viparyāsaḥ－生物的迷惑 / hi－确实地 / aliṅge－在不具有物质躯体的 / liṅga-bhāvanā－将物质躯体当做自我 / eṣaḥ－这 / priya－与那些非常亲近的 / apriyaiḥ－以及与那些不亲近的(敌人、不是亲人的那些人等) / yogaḥ－联结 / viyogaḥ－分离 / karma－活动的后果 / saṁsṛtiḥ－生命的物质状态 / sambhavaḥ－接受出生 / ca－和 / vināśaḥ－接受死亡 / ca－和 / śokaḥ－悲伤 / ca－和 / vividhaḥ－各式各样的 / smṛtaḥ－经典中提及的 / avivekaḥ－缺乏判断力 / ca－和 / cintā－焦虑 / ca－还有 / viveka－适当判断的 / asmṛtiḥ－遗忘 / eva－确实地 / ca－也

译文　生物在迷惑的状态中把躯体和心念当做是自我，认为一些人是自己的家人，而另一些人是外人。这种错误的概念使他受苦。事实上，是对这种杜撰的物质概念的积累，导致生物在物质世界里感到痛苦和所谓的快乐。情况如此的受制约灵魂，必然在不同的物种中投生，以各种意识状态活动，从而为自己制造新的躯体。这种持续的物质生活被称为生死轮回。出生、死亡、悲伤、愚蠢和焦虑，都源于这种物质考量。正因为如此，我们对生命有时得出正确的结论，有时再次失败，得出错误的概念。

第 27 节

अत्राप्युदाहरन्तीममितिहासं पुरातनम् ।
यमस्य प्रेतबन्धूनां संवादं तं निबोधत ॥२७॥

atrāpy udāharantīmam
itihāsaṁ purātanam
yamasya preta-bandhūnāṁ
saṁvādaṁ taṁ nibodhata

atra－有关这一点 / api－确实地 / udāharanti－他们引用 / imam－这 / itihāsam－历史 / purātanam－非常古老的 / yamasya－负责死后审判的地狱主管——阎罗王的 / preta-bandhūnām－死去之人的朋友 / saṁvādam－讨论 / tam－那 / nibodhata－努力了解

译文　就有关这一点，可以以一个古老的史实为例。这牵涉到阎罗王和一个死去之人的朋友之间的谈话。请仔细聆听。

要旨　梵文 itihāsaṁ purātanam 的意思是“一个古老的史实”。往世书(Purāṇas)并非按时间的先后顺序编排，但其中谈到的事件都是过去年代真实的历史。《圣典博伽瓦谭》是《大往世书》(Mahā-Purāṇa)，是所有往世书的精华。假象宗学者不接受往世书，但圣玛德瓦查尔亚和所有其他权威人士，都将往世书视为是权威的世界史。

第 28 节

उशीनरेष्वभूद्राजा सुयज्ञ इति विश्रुतः ।
सपत्नैर्निहतो युद्धे ज्ञातयस्तमुपासत ॥२८॥

uśīnareṣv abhūd rājā
suyajña iti viśrutaḥ
sapatnair nihato yuddhe
jñātayas tam upāsata

uśīnareṣu－在一个名叫乌西纳尔的国家里 / abhūt－有 / rājā－一位君王 / suyajñaḥ－苏雅格亚 / iti－如此 / viśrutaḥ－著名的 / sapatnaiḥ－被敌人 / nihataḥ－杀死 / yuddhe－在战场上 / jñātayaḥ－家人 / tam－他 / upāsata－围坐

译文 在一个名叫乌西纳尔的国家里有位著名的君王，他叫苏雅格亚。这位君王在战场上被敌人杀死后，他的家人都围坐在他的尸体旁，为他们死去的朋友而悲伤。

第 29－31 节

विशीर्णरत्नकवचं विभ्रष्टाभरणस्रजम् ।
शरनिर्भिन्नहृदयं शयानमसृगाविलम् ॥२९॥

प्रकीर्णकेशं ध्वस्ताक्षं रभसा दष्टदच्छदम् ।
रजःकुण्ठमुखाम्भोजं छिन्नायुधभुजं मृधे ॥३०॥

उशीनरेन्द्रं विधिना तथा कृतं
पतिं महिष्यः प्रसमीक्ष्य दुःखिताः ।

हताः स्म नाथेति करैरुरो भृशं
घ्नन्त्यो मुहुस्तत्पदयोरुपापतन् ॥३१॥

viśīrṇa-ratna-kavacaṁ
vibhraṣṭābharaṇa-srajam
śara-nirbhinna-hṛdayaṁ
śayānam asṛg-āvilam

prakīrṇa-keśaṁ dhvastākṣaṁ
rabhasā daṣṭa-dacchadam
rajaḥ-kuṇṭha-mukhāmbhojaṁ
chinnāyudha-bhujaṁ mṛdhe

uśīnarendraṁ vidhinā tathā kṛtaṁ
patiṁ mahiṣyaḥ prasamīkṣya duḥkhitāḥ
hatāḥ sma nātheti karair uro bhṛśaṁ
ghnantyo muhus tat-padayor upāpatan

viśīrṇa—四处散落 / ratna—用宝石做的 / kavacam—保护性铠甲 / vibhraṣṭa—散落 / ābharaṇa—饰品 / srajam—花环 / śara-nirbhinna—被箭刺穿 / hṛdayam—心脏 / śayānam—躺下 / asṛk-āvilam—沾满了鲜血 / prakīrṇa-keśam—他的头发散乱 / dhvasta-akṣam—他的眼神黯淡无光 / rabhasā—愤怒地 / daṣṭa—咬 / dacchadam—他的嘴唇 / rajaḥ-kuṇṭha—蒙盖了灰尘 / mukha-ambhojam—他先前如莲花般的脸庞 / chinna—砍断 / āyudha-bhujam—他的手臂和武器 / mṛdhe—在战场上 / uśīnara-indram—乌西纳尔国的君主 / vidhinā—被命运 / tathā—如此 / kṛtam—迫于这种处境 / patim—丈夫 / mahiṣyaḥ—王后们 / prasamīkṣya—看见 / duḥkhitāḥ—悲痛异常 / hatāḥ—杀死 / sma—无疑地 / nātha—夫君啊！ / iti—如此 / karaiḥ—用手 / uraḥ—胸脯 / bhṛśam—不断地 / ghnantyaḥ—撞击 / muhuḥ—再三 / tat-padayoḥ—在君王的脚边 / upāpatan—倒下

译文 他镶嵌着宝石的黄金铠甲被捣破，佩戴的饰品和花环散落一地；他的头发散乱，眼睛失去了光芒。被杀死的君王就这样躺在战场上，整个身体沾满鲜血，敌人的利箭刺穿了他的心脏。他在死亡时想要表现他的英勇，于是用牙紧咬嘴唇，他的牙至死都保持着那种状态。他莲花般美丽的脸庞此刻是黑色的，上面覆盖着战场上的灰尘。他紧握着宝刀和其他武器的手臂被砍断。当乌西纳尔国君王的王后看到她们的丈夫就那样躺着时，不禁哭喊道：“夫君啊！现在你被杀死，我们也就被杀死了。”她们再三重复这些话，用双手捶胸，随后倒在死去君王的双足旁。

要旨 这节诗文中描述，死去君王曾在发怒的情况下作战，紧咬嘴唇表示他的勇猛(rabhasā daṣṭa-dacchadam)。尽管如此，他还是因天意(vidhinā)而被杀死。这证明我们受更高权威的控制；我们个人的力量和努力并非至高无上。所以，我们必须接受至尊主为我们安排的情况。

第 32 节

रुदत्य उच्चैर्दयिताङ्घ्रिपङ्कजं
सिञ्चन्त्य अस्रैः कुचकुङ्कुमारुणैः ।
विस्रस्तकेशाभरणाः शुचं नृणां
सृजन्त्य आक्रन्दनया विलेपिरे ॥३२॥

rudatya uccair dayitāṅghri-paṅkajaṁ
siñcantya asraiḥ kuca-kuṅkumāruṇaiḥ
visrasta-keśābharaṇāḥ śucaṁ nṛṇāṁ
sṛjantya ākrandanayā vilepire

rudatyaḥ—哭喊 / uccaiḥ—很大声地 / dayita—他们挚爱的丈夫的 / aṅghri-paṅkajam—莲花足 / siñcantyaḥ—沾湿 / asraiḥ—用眼泪 / kuca-kuṅkuma-aruṇaiḥ—由于她们胸脯的朱砂粉而变成红色的 / visrasta—散落 / keśa—头发 / ābharaṇāḥ—和首饰 / śucam—悲伤 / nṛṇām—一般人的 / sṛjantyaḥ—引起 / ākrandanayā—以哭得令人同情 / vilepire—开始悲哭

译文　王后们这样大声哭喊时，眼泪向下流到她们的胸脯，混合着朱砂粉变成红色，滴落在她们夫君的莲花足上。王后们披头散发，首饰掉落，以令人同情的方式悲哭她们丈夫的死。

第 33 节

अहो विधात्राकरुणेन नः प्रभो
भवान् प्रणीतो दृगगोचरां दशाम् ।
उशीनराणामसि वृत्तिदः पुरा
कृतोऽधुना येन शुचां विवर्धनः ॥३३॥

aho vidhātrākaruṇena naḥ prabho
bhavān praṇīto dṛg-agocarāṁ daśām
uśīnarāṇām asi vṛttidaḥ purā
kṛto 'dhunā yena śucāṁ vivardhanaḥ

aho－唉！ / vidhātrā－被命运 / akaruṇena－无情的 / naḥ－我们的 / prabho－夫君啊！ / bhavān－夫君您 / praṇītaḥ－带走 / dṛk－视线的 / agocarām－在范围之外 / daśām－去一个国度 / uśīnarāṇām－对乌西纳尔国的居民 / asi－你曾经是 / vṛtti-daḥ－赐予生计 / purā－之前 / kṛtaḥ－结束 / adhunā－现在 / yena－被……的 / śucām－悲伤的 / vivardhanaḥ－增加

译文　夫君啊！如今你被残酷的命运转移到我们看不见的地方。你以前保障乌西纳尔国居民的生计，让他们感到快乐，但你现在的状况却使他们感到悲伤。

第 34 节

त्वया कृतज्ञेन वयं महीपते
कथं विना स्याम सुहृत्तमेन ते ।
तत्रानुयानं तव वीर पादयोः
शुश्रूषतीनां दिश यत्र यास्यसि ॥३४॥

tvayā kṛtajñena vayaṁ mahī-pate
  kathaṁ vinā syāma suhṛttamena te
tatrānuyānaṁ tava vīra pādayoḥ
  śuśrūṣatīnāṁ diśa yatra yāsyasi

tvayā－你 / kṛtajñena－最懂得感恩的人 / vayam－我们 / mahī-pate－君王啊！ / katham－如何 / vinā－没有 / syāma－将存在 / suhṛt-tamena－我们最好的朋友 / te－你的 / tatra－那里 / anuyānam－跟随 / tava－你的 / vīra－英雄啊！ / pādayoḥ－莲花足的 / śuśrūṣatīnām－那些服务……的 / diśa－请吩咐 / yatra－……的地方 / yāsyasi－你将去

译文 啊，君王，英雄！你曾是最懂得感恩的丈夫和我们最真诚的朋友。在没有你的情况下，我们现在该如何生存呢？英雄啊！无论你去了哪里，请指引我们，好让我们跟随你，再次去侍奉你。让我们与你同行！

要旨 从前，一个查锤亚君王一般都会娶许多妻子；君王死后，尤其是战死沙场后，所有的王后都会同意跟随作为她们生命的丈夫一同赴死(saha-māraṇa)。当潘达瓦五兄弟(Pāṇḍavas)的父亲潘杜(Pāṇḍu Mahārāja)王死亡时，他的两个妻子，也就是尤帝士提尔、彼玛(Bhīma)和阿尔诸纳的母亲，以及纳库拉(Nakula)和萨哈戴瓦(Sahadeva)的母亲，都准备随她们丈夫的尸体一起进入火中。后来，按照折中的安排，琨缇(Kuntī)留下照顾小孩子，另一个妻子玛德瑞(Mādrī)被允许随她丈夫一起死。随丈夫一同死(saha-māraṇa)的这个传统，在印度一直延续到英国统治时期，但后来便被阻止，因为随着喀历年代(Kali-yuga)的进程，做妻子的态度逐渐改变了。现在这个传统实际上已经被禁止。尽管如此，在过去的五十年中，我还是看到有一个医生的妻子在她丈夫死亡时，立刻自愿接受死亡；丈夫和妻子都在前往葬礼的马车上。这种贞节妻子强烈地爱着丈夫的事例，是特殊的事例。

第 35 节

एवं विलपतीनां वै परिगृह्य मृतं पतिम् ।
अनिच्छतीनां निर्हारमर्कोऽस्तं सन्न्यवर्तत ॥३५॥

evaṁ vilapatīnāṁ vai
parigṛhya mṛtaṁ patim
anicchatīnāṁ nirhāram
arko 'staṁ sannyavartata

evam－如此 / vilapatīnām－悲伤的王后们的 / vai－确实地 / parigṛhya－放在她们的腿上 / mṛtam－死去的 / patim－丈夫 / anicchatīnām－不想要 / nirhāram－将尸体抬往葬礼场 / arkaḥ－太阳 / astam－下山的位置 / sannyavartata－过去了

译文 适合焚烧尸体的时刻到了，但王后们不允许将它抬走，而是继续为那具被她们放在自己腿上的死尸而悲伤。在此期间，太阳从西边落山了。

要旨 按照韦达系统，无论是火葬还是土葬，在白天死去的人要在太阳落山前举行葬礼，夜晚死去的人必须在第二天太阳升起前完成葬礼。显然，王后们在继续为死尸——一团物质而悲伤，不允许其他人将它带走火化。在把躯体当自我的愚蠢之人当中，总能看到这种被错觉牢牢控制住的表现。妇女一般被认为智力欠佳。仅仅因为愚昧，王后们便把死尸当做是她们的丈夫，甚至认为只要留住尸体，她们的丈夫就会继续与她们在一起。这种对自我的概念，无疑只有母牛和驴(go-khara)才有。我们实际看到，有时在小牛犊死去后，挤奶人还让它看牠的小牛犊的死尸，以此方式欺骗它。这样不让挤奶的乳牛就会去舔牛犊的死尸，让人给它挤奶。这证明经典的说法，即：持有躯体化的生命概念的愚蠢之人就像母牛一样。不仅愚蠢之人和女人将躯体视为自我，我们甚至看到一个所谓瑜伽师(yogī)的死尸竟然被他的门徒保留了好几天，他们认为他们的上师处在入定(samādhi)的状态中。当那尸体开始腐烂，不幸发出臭味，盖过“瑜伽师的力量”时，他的门徒才允许焚烧那个所谓瑜伽师的尸体。就这样，被比喻为是母牛和驴的愚蠢之人，具有强烈的躯体化的生命概念。如今，大科学家们试图冷冻死尸，以便今后让这些被冰冻起来的尸体重新恢复生命。黑冉亚卡希普讲述的史实，应该是好几百万年之前的事了，因为生活在几百万年之前的黑冉亚卡希普，甚至在引述历史。所以，那事件必发生在黑冉亚卡希普出生之前。同一种愚蠢的躯体化的概念盛行至今，不仅普通人持有这种概念，就连以为自己能让被冰冻的死尸恢复生命的科学家也持有这种概念。

看来，王后们不想交出死尸，让它被火化，也是因为她们害怕随她们丈夫的尸体一同去死。

第36节

तत्र ह प्रेतबन्धूनामाश्रुत्य परिदेवितम् ।
आह तान् बालको भूत्वा यमः स्वयमुपागतः ॥३६॥

tatra ha preta-bandhūnām
āśrutya paridevitam
āha tān bālako bhūtvā
yamaḥ svayam upāgataḥ

tatra－那里 / ha－无疑地 / preta-bandhūnām－过世君王的亲友们的 / āśrutya－听到 / paridevitam－大声悲哭(甚至阎罗王的星球也能听到) / āha－说 / tān－向他们(悲伤的王后们) / bālakaḥ－一个男孩 / bhūtvā－变成 / yamaḥ－掌管地狱的阎罗王 / svayam－亲自 / upāgataḥ－来了之后

译文 在王后们为君王死去的躯体悲哭时，她们的大声哭叫甚至传到了阎罗王的住所。阎罗王本人化身为一个小男孩，去找死尸的家属们，这样劝告她们。

要旨　根据阎罗王(Yamarāja)的审判，生物有时被迫放弃已有的躯体，进入另一个躯体。然而，对受制约的灵魂来说，除非现有的死尸通过火化或其他方法被毁灭，否则很难进入另一个躯体。生物依恋现有的躯体，不想进入另一个躯体，因此在从一个躯体出来，还没进入另一个躯体之前，都一直是一个鬼魂。如果一个已经离开自己躯体的生物是虔诚的，那么阎罗王为了让他解脱痛苦，就会马上给他另一个躯体让他投生。由于在君王躯体中的那个生物对他的躯体还有某种依恋，他一直作为鬼魂在他的躯体边徘徊。正因为如此，阎罗王出于特殊的考虑，去找他那些正在悲伤的亲人，亲自教导她们。阎罗王以一个孩子的形象出现，去找她们，因为孩子不受限制，被允许进入任何地方，甚至君王的宫殿。除此之外，那孩子讲哲学。当孩子讲哲学时，人们很有兴趣听。

第 37 节

श्रीयम उवाच
अहो अमीषां वयसाधिकानां
विपश्यतां लोकविधिं विमोहः ।
यत्रागतस्तत्र गतं मनुष्यं
स्वयं सधर्मा अपि शोचन्त्यपार्थम् ॥३७॥

śrī-yama uvāca
aho amīṣāṁ vayasādhikānāṁ
vipaśyatāṁ loka-vidhiṁ vimohaḥ
yatrāgatas tatra gataṁ manuṣyaṁ
svayaṁ sadharmā api śocanty apārtham

śrī-yamaḥ uvāca－圣阎罗王说 / aho－唉！ / amīṣām－这些的 / vayasā－以年龄 / adhikānām－那些年长的 / vipaśyatām－每天看到 / loka-vidhim－自然的定律(每个人终将会死) / vimohaḥ－迷惑 /

yatra－从哪里 / āgataḥ－来 / tatra－那里 / gatam－回去 / manuṣyam－人 / svayam－他们自己 / sa-dharmāḥ－本质上相近(会死亡) / api－虽然 / śocanti－他们哀伤 / apārtham－不必要地

译文 圣阎罗王说：唉，真是太令人惊讶了！成千上万的生物出生和死亡，这些比我年长的人对此有充分的体验。所以她们应该明白，她们终有一天也会死；但她们还是被迷惑。受制约的灵魂从一个不为人知的地方来，死后回到那同样不为人知的地方。由物质自然制定的这一规律从无例外。既然知道这一事实，她们为何还是不必要地哀伤？

要旨 《博伽梵歌》第2章的第28节诗中记载，至尊主说：

avyaktādīni bhūtāni
vyakta-madhyāni bhārata
avyakta-nidhanāny eva
tatra kā paridevanā

"被创造的芸芸众生在他们的初期不展示，中期展示，毁灭后又不展示。因此，有什么需要悲伤的？"

世上有两类哲学家，一类相信灵魂的存在，另一类不相信灵魂的存在。无论是哪种情况都没有理由悲伤。不相信灵魂存在的人，被信奉韦达智慧的人称为无神论者。即使为了辩论的缘故，我们接受无神论，也没有理由悲伤。除了与灵魂分开存在外，物质元素在创造前保持不展示的状态。展示的一切是从不展示的这个精微阶段而来的，正如气从空间产生出来，火从气产生出来；接着，水从火中产生，土从水展示出来。从土元素，丰富多彩的多种展示展现了。例如：高楼大厦是从土展示出的。当它被拆毁时，展示便再次归于不展示，保持在原子的最终状态。能量守恒定律不变，但万物随着时间的推移展示和不展示；这就是区别。因此，无论是展示或不展示，有什么理由悲伤呢？甚至在不展示的阶段，万物也没有失去。在开始和结束阶段，所有的元素都保持不展示的状态，这从物质的角度看，并没有什么真正的区别。

如果我们接受《博伽梵歌》中说明的韦达结论，即：这些物质躯体随着时间的推移易腐烂(antavanta ime dehāḥ)，但灵魂是永恒的(nityasyoktāḥ śarīriṇaḥ)；那我们就必须永远记住物质躯体如同一件衣服，所以为什么要为换衣服而悲伤呢？与永恒的灵魂相关的物质躯体并非真实存在；它就像是一场梦。在梦中，我们也许以为正飞在空中，或作为君王正坐在宝座上，可一旦醒来，就可以看到我们既不在空中也没坐在宝座上。韦达智慧鼓励人在“物质躯体不存在”的基础上认识自我。因此，无论人相信灵魂存在还是相信灵魂不存在，都没有理由为失去躯体而悲伤。

《玛哈巴茹阿特》(Mahābhārata)中说，从不被看见的状态展示出来，然后再回到不被看见的状态(adarśanād ihāyātaḥ punaś cādarśanaṁ gataḥ)。这一说明可以支持无神论科学家的理论，即：母亲子宫中的胎儿只不过是一团物质，并没有生命。遵循这一理论，如果通过外科手术使一团物质流产的话，就并不牵涉到杀生；胎儿的身体就像一个肿瘤一样，如果把一个肿瘤割下扔掉的话，是无罪的。就有关君王和王后，我们可以提出同样的论点。君王的躯体从一个不展示的源头展示出来，之后再次从展示变为不展示。既然展示只存在于中间——前后两端不展示之间，为什么人要为处在中间阶段的展示了躯体而哭泣呢？

第38节

अहो वयं धन्यतमा यदत्र
त्यक्ताः पितृभ्यां न विचिन्तयामः ।
अभक्ष्यमाणा अबला वृकादिभिः
स रक्षिता रक्षति यो हि गर्भे ॥३८॥

aho vayaṁ dhanyatamā yad atra
tyaktāḥ pitṛbhyāṁ na vicintayāmaḥ
abhakṣyamāṇā abalā vṛkādibhiḥ
sa rakṣitā rakṣati yo hi garbhe

aho—唉！ / vayam—我们 / dhanya-tamāḥ—最幸运的 / yat—因为 / atra—目前 / tyaktāḥ—被遗弃，得不到保护 / pitṛbhyām—被父母两人 / na—不 / vicintayāmaḥ—担心 / abhakṣyamāṇāḥ—没被……吃掉 / abalāḥ—非常脆弱 / vṛka-ādibhiḥ—被老虎和其他凶猛的动物 / saḥ—祂(至尊人格首神) / rakṣitā—将保护 / rakṣati—曾经保护过 / yaḥ—……的 / hi—的确 / garbhe—在子宫中

译文 令人惊奇的是，这些年长的女士对生命更高意义的了解并不比我们深。事实上，我们最幸运，因为尽管我们是孩童，被遗弃在物质生活中苦苦挣扎，得不到父母的保护，尽管我们很脆弱，但却没被凶猛的野兽征服或吃掉。这使我们坚信，甚至在我们母亲子宫中就已经在保护我们的至尊人格首神，在任何地方都会保护我们。

要旨 正如《博伽梵歌》第18章的第61节诗说：至尊主在每一个生物体的心中(īśvaraḥ sarva-bhūtānāṁ hṛd-deśe 'rjuna tiṣṭhati)。因此，至尊主保护着每一个生物体，并给予生物想要享受的不同种类的躯体。一切都在至尊人格首神的命令下安排妥当。因此，人不该为已经由至尊主安排好的生物体的生与死而悲伤。《博伽梵歌》第15章的第15节诗记载，主奎师那说：“我在众生的心中。记忆、知识和遗忘都来自我(sarvasya cāhaṁ hṛdi sanniviṣṭo mattaḥ smṛtir jñānam apohanaṁ ca)。”人必须按照处在我们心中的至尊主的指导行事，但由于受制约的灵魂想要独立行事，至尊主就为他提供活动及体验结果的便利条件。至尊主说：放弃一切其他的责任，只投靠、服从我(sarva-dharmān parityajya mām ekaṁ śaraṇaṁ vraja)。不

遵守至尊人格首神命令的人，被赐予享受这个物质世界的便利条件。至尊主给予受制约灵魂享受的机会，而不是限制他，以使他在经历了许许多多次的出生后(bahūnāṁ janmanām ante)，得到成熟的经验，终有一天明白过来，原来投靠至尊主华苏戴瓦的莲花足才是众生唯一的责任。

第 39 节

य इच्छयेशः सृजतीदमव्ययो
　य एव रक्षत्यवलुम्पते च यः ।
तस्याबलाः क्रीडनमाहुरीशितु-
　श्चराचरं निग्रहसङ्ग्रहे प्रभुः ॥३९॥

ya icchayeśaḥ sṛjatīdam avyayo
　ya eva rakṣaty avalumpate ca yaḥ
tasyābalāḥ krīḍanam āhur īśituś
　carācaraṁ nigraha-saṅgrahe prabhuḥ

yaḥ—……的 / icchayā—凭祂的意志(不被任何人强迫) / īśaḥ—至高的控制者 / sṛjati—创造 / idam—这(物质世界) / avyayaḥ—保持祂的原状(不会因为创造了这么多的物质展示而失去祂自身的存在) / yaḥ—……的 / eva—确实地 / rakṣati—维系 / avalumpate—毁灭 / ca—也 / yaḥ—……的 / tasya—祂的 / abalāḥ—脆弱的女士们啊！ / krīḍanam—玩物 / āhuḥ—他们说 / īśituḥ—至尊人格首神的 / cara-acaram—动与不动的 / nigraha—在毁灭中 / saṅgrahe—或者在保护中 / prabhuḥ—完全能够

译文　男孩对那些女士说：脆弱的女士们啊！整个世界仅仅是凭力量永不被削弱的至尊人格首神的意愿，才得以创造、维系和毁灭。这是韦达知识的定论。这个包含有动与不动的一切的物质创造，恰似祂的玩物。作为至尊主，祂完全有能力毁灭它和保护它。

要旨 就有关这一点，王后们也许争辩说："如果我们的丈夫自从在子宫中就得到至尊人格首神的保护，那他现在为什么得不到保护了呢？"对于这个问题的回答是：整个世界仅仅是凭力量永不被削弱的至尊人格首神的意愿，才得以创造、维系和毁灭(ya icchayeśaḥ sṛjatīdam avyayo ya eva rakṣaty avalumpate ca yaḥ)。人无法就至尊人格首神的活动进行争论。至尊主永远是自由的，所以既可以给予保护，也可以毁灭。祂不需要执行我们的命令，祂想做什么就做什么。所以，祂是至尊主。这个物质世界并非是至尊主按某人的要求创造的，因此祂也可以仅仅凭祂的意愿就毁灭一切。那是祂至高无上的权力。如果有人争辩说："祂为什么要这样做事？"回答是：祂可以这样做，因为祂是至尊者。没人可以去质问祂的活动。如果祂需要针对祂为何做什么、为何不做什么向我们汇报，那祂的最高权力就打折扣了。

第40节

पथि च्युतं तिष्ठति दिष्टरक्षितं
गृहे स्थितं तद्विहतं विनश्यति ।
जीवत्यनाथोऽपि तदीक्षितो वने
गृहेऽभिगुप्तोऽस्य हतो न जीवति ॥४०॥

pathi cyutaṁ tiṣṭhati diṣṭa-rakṣitaṁ
gṛhe sthitaṁ tad-vihataṁ vinaśyati
jīvaty anātho 'pi tad-īkṣito vane
gṛhe 'bhigupto 'sya hato na jīvati

pathi—在大街上 / cyutam—一些财物掉落 / tiṣṭhati—它维持 / diṣṭa-rakṣitam—被命运所保护 / gṛhe—在家中 / sthitam—虽然处在 / tat-vihatam—遭到至尊意愿的打击 / vinaśyati—它不见了 / jīvati—活着 / anāthaḥ api—虽然没有一个保护者 / tat-īkṣitaḥ—被至尊主保护

着 / vane－在森林中 / gṛhe－在家中 / abhiguptaḥ－隐藏并保护良好地 / asya－这个的 / hataḥ－打击 / na－不 / jīvati－活着

译文　有时，一个人在大街上掉了钱，可尽管每个人都有可能看到它，他的钱却在命运的保护下没被别人发现，结果钱又失而复得。但是，如果至尊主没有给予保护，那么即使把钱藏在家里最隐秘的地方都会失去它。至尊主如果保护谁，那人即使没人保护，即使在丛林中，都会继续活下去；相反，有时一个人哪怕由亲属和其他人在家中精心地保护着也会死，没人能够保护他。

要旨　这些是至尊主有着至上权力的例子。我们为保护或毁灭所制定的计划不起作用，但祂想做的一切都会实际发生。就有关这一点，诗文中所给予的例子非常实际。每个人都有这种实际的体验。其他显而易见的例子也很多。例如：帕拉德王(Prahlāda Mahārāja)说，孩子无疑依靠父母，但尽管父母就在身边，孩子还是受到各种各样的烦扰。有时，尽管有最好的药和经验丰富的医生，但还是救不活病人。因此，既然一切都有赖于至尊人格首神的自由意愿，我们唯一该做的就是投靠、服从祂，寻求祂的保护。

第 41 节

भूतानि तैस्तैर्निजयोनिकर्मभि-
भवन्ति काले न भवन्ति सर्वशः ।
न तत्र हात्मा प्रकृतावपि स्थित-
स्तस्या गुणैरन्यतमो हि बध्यते ॥४१॥

bhūtāni tais tair nija-yoni-karmabhir
bhavanti kāle na bhavanti sarvaśaḥ
na tatra hātmā prakṛtāv api sthitas
tasyā guṇair anyatamo hi badhyate

bhūtāni－生物所有的躯体 / taiḥ taiḥ－他们各自 / nija-yoni－造成他们自己的躯体 / karmabhiḥ－因为过去的活动 / bhavanti－出现 / kāle－在一定的时间内 / na bhavanti－消失 / sarvaśaḥ－在所有方面 / na－不 / tatra－那里 / ha－事实上 / ātmā－灵魂 / prakṛtau－在这个物质世界内 / api－虽然 / sthitaḥ－处于 / tasyāḥ－她(物质能量)的 / guṇaiḥ－因为不同的属性 / anya-tamaḥ－最大的区别 / hi－事实上 / badhyate－被捆绑

译文 每一个受制约的灵魂都根据自己的所作所为得到不同种类的躯体，当该做的事情做完后，躯体就完结。灵性的灵魂虽然在不同种类的物种中处在粗糙和精微的躯体中，但却不受那些躯体的捆绑，因为他始终完全不同于展示了的躯体。

要旨 这节诗文十分清楚地解释说，神不为生物接受不同种类的躯体负责。人必须按照自然法律及自己的业报接受躯体。为此，韦达训喻是，从事物质活动的人应该得到指导，以便能有智慧地用其活动侍奉至尊主，从而摆脱重复生死的物质束缚(sva-karmaṇā tam abhyarcya siddhiṁ vindati mānavaḥ)。至尊主总是准备给予指导。事实上，祂在《博伽梵歌》中给予了详细的指导。我们如若善用这些教导，就将不再受物质自然法律的束缚，而是变得自由，恢复我们原本的状态(mām eva ye prapadyante māyām etāṁ taranti te)。我们应该坚信至尊主是至高无上的，因此我们投靠、服从祂，祂就会照顾我们，为我们指明道路，教导我们如何才能摆脱物质的生活，回归家园，回到首神身边。没有这样的投靠和服从，人就被迫按自己的业报接受某种类型的躯体，有时当动物，有时当半神人，等等。尽管随着时间的进程，灵性的灵魂得到物质躯体又失去，但实际上却从不与躯体混合，而是因为从事罪恶活动而受制于不同的物质自然属性。灵性的教育改变人的意识状态，使得人只要执行至尊主的命令，就可以摆脱物质自然属性的影响。

第 42 节

इदं शरीरं पुरुषस्य मोहजं
　यथा पृथग्भौतिकमीयते गृहम् ।
यथौदकैः पार्थिवतैजसैर्जनः
　कालेन जातो विकृतो विनश्यति ॥४२॥

idaṁ śarīraṁ puruṣasya mohajaṁ
　yathā pṛthag bhautikam īyate gṛham
yathaudakaiḥ pārthiva-taijasair janaḥ
　kālena jāto vikṛto vinaśyati

idam－这 / śarīram－躯体 / puruṣasya－受制约的灵魂 / mohajam－出生于愚昧 / yathā－正如 / pṛthak－分开的 / bhautikam－物质的 / īyate－被视为 / gṛham－一栋房子 / yathā－正如 / udakaiḥ－用水 / pārthiva－用土 / taijasaiḥ－和用火 / janaḥ－受制约的灵魂 / kālena－在一段时间内 / jātaḥ－出生 / vikṛtaḥ－变化成 / vinaśyati－毁坏

译文　正如一个居士虽然不同于他的房子，但却认为自己与房子完全一样，受制约的灵魂因为愚昧而把躯体视为是自我，尽管躯体其实不同于灵魂。生物体得到的这个躯体由部分的土、水和火组成，当土、水和火随着时间的推移转变时，躯体就毁坏了。灵魂与躯体的制造及瓦解毫无关系。

要旨　我们从一个躯体移居到另一个躯体，而这些躯体是我们具有的各种错觉的结果；但作为灵性的灵魂，我们总是以与物质的、受制约的生活分开的方式存在。这节诗文中所举的例子是，一所房子或一辆车与拥有它的人永远不同，但受制约的灵魂因为依恋它，而以为它与自己一样。一辆车或一所房子其实是用物质元素制成；只要把物质元素适当地结合在一起，它们就成了车或房子，当那些元素瓦解时，房子或车也就瓦解了。然而，灵性的灵魂永远保持他原本的状态。

第 43 节

यथानलो दारुषु भिन्न ईयते
यथानिलो देहगतः पृथक्स्थितः ।
यथा नभः सर्वगतं न सज्जते
तथा पुमान् सर्वगुणाश्रयः परः ॥४३॥

yathānalo dāruṣu bhinna īyate
yathānilo deha-gataḥ pṛthak sthitaḥ
yathā nabhaḥ sarva-gataṁ na sajjate
tathā pumān sarva-guṇāśrayaḥ paraḥ

yathā－正如 / analaḥ－火 / dāruṣu－在木头中 / bhinnaḥ－分离的 / īyate－被感知 / yathā－如同 / anilaḥ－空气 / deha-gataḥ－在躯体中 / pṛthak－分开的 / sthitaḥ－位于 / yathā－如同 / nabhaḥ－空间 / sarva-gatam－无所不在的 / na－不 / sajjate－混合 / tathā－同样地 / pumān－生物 / sarva-guṇa-āśrayaḥ－虽然现在在物质自然属性的控制下 / paraḥ－超越物质污染的

译文 火虽然存在于木柴中，但却可以被感知到不同于木柴；空气虽存在于口腔和鼻孔内，但却可以被感知到是呈分离的状态；空间无所不在，从不与任何事物混合。同样道理，生物现在虽被囚禁在他招致来的物质躯体中，但却与它是分开的。

要旨 《博伽梵歌》中记载，至尊人格首神解释，物质能量和灵性能量都从祂那里发散出。物质能量被描述为是至尊主分离出的八种元素(me bhinnā prakṛtir aṣṭadhā)。但虽然土、水、火、气、空间、心、智力和错误的自我意识这八种粗糙及精微的物质元素，被说明是至尊主分离出的能量，但事实上它们并没有与至尊主分开。正如火显得像是与木柴分开，在鼻孔和身体的孔洞中流动的气显得像是与躯体分开，至尊人格首神的超灵形象显得像是与生物分开，但事实上，他们同时既是分开的，可又没有分开。这是圣柴坦亚·玛哈帕布(Caitanya Mahāprabhu)提出的“既是一体同时又是分开的(acintya-bhedābheda-tattva)”哲学。按照活动(karma)的反作用，生物显得像是与至尊人格首神分开的，但事实上却与至尊主很紧密地连在一起。因此，我们现在看似被至尊主忽视，但祂实际上始终关注着我们的活动。所以，在所有的情况下，我们都该只是依靠至尊人格首神的最高权力，从而恢复我们与祂的亲密关系。我们必须依靠至尊人格首神的权利和管理。

第 44 节

सुयज्ञो नन्वयं शेते मूढा यमनुशोचथ ।
यः श्रोता योऽनुवक्तेह स न दृश्येत कर्हिचित् ॥४४॥

suyajño nanv ayaṁ śete
mūḍhā yam anuśocatha
yaḥ śrotā yo ’nuvakteha
sa na dṛśyeta karhicit

suyajñaḥ－名叫苏雅格亚的君王 / nanu－事实上 / ayam－这个 / śete－躺着 / mūḍhāḥ－愚蠢的人们啊！ / yam－……的 / anuśocatha－你们为……而哭 / yaḥ－……的他 / śrotā－聆听者 / yaḥ－……的他 / anuvaktā－说话者 / iha－在这个世界里 / saḥ－他 / na－不 / dṛśyeta－可以看见的 / karhicit－在任何时候

译文 阎罗王继续说道：悲伤的人啊，你们都是傻瓜！

你们所为之悲伤的名叫苏雅格亚的人，还躺在你们面前，并没有去什么地方。既然这样，你们为何要悲伤？他以前听见你们说话并给予回答，但现在，你们找不到他就哀叹了。这是自相矛盾的做法，而之所以这样，是因为你们事实上从没见过那个在这躯体中听你们说话并回答你们的人。你们根本就不必悲伤，因为你们一直以来看到的身体正躺在这里。

要旨 阎罗王以小男孩的形象所给予的这一教导，就连普通人都能明白。以为躯体就是自我的普通人，无疑可以被称为动物(yasyātma-buddhiḥ kuṇape tri-dhātuke...sa eva go-kharaḥ)。但就连普通人都能明白，人死后是“走了”。尽管躯体还在，但死者的亲人所为之悲伤的那个人已经离去，普通人能看到躯体，但看不到其中的灵魂。正如《博伽梵歌》中描述：拥有躯体的灵魂在躯体中(dehino 'smin yathā dehe)。当一个人停止呼吸、死亡后，他人可以明白，那个曾经在躯体中聆听和回答的人现在走了。因此事实上，普通人得出结论，灵性的灵魂其实不同于躯体，而现在已经走了。这时，就连普通人都清醒过来，能明白自己从未见过曾在那躯体中聆听并作答的真正的人。对自己从未见过的人，有什么需要悲伤的？

第45节

न श्रोता नानुवक्तायं मुख्योऽप्यत्र महानसुः ।
यस्त्विहेन्द्रियवानात्मा स चान्यः प्राणदेहयोः ॥४५॥

na śrotā nānuvaktāyaṁ
mukhyo 'py atra mahān asuḥ
yas tv ihendriyavān ātmā
sa cānyaḥ prāṇa-dehayoḥ

na—不 / śrotā—听者 / na—不 / anuvaktā—言者 / ayam—这 / mukhyaḥ—主要的 / api—虽然 / atra—在这躯体中 / mahān—大的 /

asuḥ－生命之气 / yaḥ－……的他 / tu－但是 / iha－在这躯体内 / indriya-vān－拥有一切感官 / ātmā－灵魂 / saḥ－他 / ca－和 / anyaḥ－不同于 / prāṇa-dehayoḥ－从生命之气和物质躯体

译文　躯体中最重要的元素是生命之气，但那也既非听者又非讲话者。就连高于生命之气的灵魂自己也无法做任何事，因为在与个体灵魂合作的过程中，超灵其实是指导者。超灵指导着躯体的活动，不同于躯体和生命之气。

要旨　正如《博伽梵歌》第15章的第15节诗记载，至尊人格首神明确地说："我处在众人的心中，记忆、知识和遗忘都来自我(sarvasya cāhaṁ hṛdi sanniviṣṭo mattaḥ smṛtir jñānam apohanaṁ ca)。"尽管每一个躯体中都有一个灵魂——阿特玛(dehino 'smin yathā dehe)，但他不是那个真正透过感官和心等做事的主要人物。灵魂可以仅仅靠与超灵的合作做事，因为是超灵在指导他做事或不做(mattaḥ smṛtir jñānam apohanaṁ ca)。在没有超灵允许的情况下，人无法做事，因为超灵既是见证者(upadraṣṭā)，又是批准者(anumantā)。在真正的灵性导师的指导下认真学习的人，能明白真正的知识，即：至尊人格首神既是个体灵魂所从事的一切活动的真正指导者，又是活动结果的控制者。个体灵魂虽然有感官(indriyas)，但却不是感官真正的拥有者，真正的拥有者是超灵。因此，超灵被称为慧希凯施(Hṛṣīkeśa)，祂指导劝告个体灵魂投靠、服从祂，从而变得快乐(sama-dharmān parityajya māṁ ekaṁ śaraṇaṁ vraja)。这将使他能够恢复永恒的状态，转入灵性王国，在那里过上永恒、极乐且充满知识的生活，达到最高的成就。综上所述，个体灵魂不同于躯体、感官、生命力和体内的气体，在他之上的是为他提供一切便利条件的超灵。用一切报答超灵的个体灵魂，就会很快乐地在躯体中生活。

第46节

भूतेन्द्रियमनोलिङ्गान्देहानुच्चावचान् विभुः ।
भजत्युत्सृजति ह्यन्यस्तच्चापि स्वेन तेजसा ॥४६॥

bhūtendriya-mano-liṅgān
dehān uccāvacān vibhuḥ
bhajaty utsṛjati hy anyas
tac cāpi svena tejasā

bhūta－借由五种物质元素 / indriya－十个感官 / manaḥ－和心 / liṅgān－以……为特性 / dehān－粗糙的物质躯体 / ucca-avacān－高等和低等 / vibhuḥ－躯体和感官的主宰——个体灵魂 / bhajati－达到 / utsṛjati－放弃 / hi－事实上 / anyaḥ－不同的 / tat－那 / ca－也 / api－确实地 / svena－凭他自己的 / tejasā－更高知识的力量

译文 五种物质元素、十个感官和心组合在一起，构成粗糙和精微躯体的不同部位。生物与他的高级或低级的物质躯体接触，后来又凭自己的力量放弃它们。从生物凭个人的力量拥有不同种类的躯体这一点，就能感知到这力量。

要旨 受制约的灵魂有知识，如果他想要充分善用粗糙和精微的躯体，以便在人生中取得真正的进步，他就可以做到。正因为如此，这节诗文中说，靠他更高的智慧(svena tejasā)，以及从正确的源头——灵性导师那里得到的高级知识所具有的高等力量，他能够离弃他在物质躯体中所过的受制约的生活，回归家园，回到首神身边。然而，如果他想要让自己停留在这个物质世界的黑暗中，他就可以这样做。对此，《博伽梵歌》第9章的第25节诗记载，至尊主这样确认说：

yānti deva-vratā devān
pitṝn yānti pitṛ-vratāḥ

bhūtāni yānti bhūtejyā
yānti mad-yājino 'pi mām

“崇拜半神人的人，将在半神人中投生；崇拜祖先的人，到祖先那里去；崇拜鬼魂和精灵的人，在那些生物体中投生；崇拜我的人，将与我生活在一起。”

人体生命是珍贵的。人既可以用这个躯体到更高的星系，到祖先星球(Pitṛloka)去，也可以留在这个低等一些的星系；但如果努力，他还可以回归家园，回到首神身边。至尊人格首神作为超灵给了生物这种能力。正因为如此，至尊主说：“记忆、知识和遗忘都来自我(mattaḥ smṛtir jñānam apohanaṁ ca)。”人若想要从至尊人格首神那里得到真正的知识，就可以摆脱再三接受物质躯体所导致的束缚。人若想要为至尊主做奉爱服务，投靠、服从祂，至尊主就准备给予这样的人以指导，使其能够回归家园、回到首神身边。然而，人若愚蠢地想要让自己留在黑暗中，就可以继续在物质存在中过活。

第 47 节

यावल्लिङ्गान्वितो ह्यात्मा तावत्कर्मनिबन्धनम् ।
ततो विपर्ययः क्लेशो मायायोगोऽनुवर्तते ॥४७॥

yāval liṅgānvito hy ātmā
tāvat karma-nibandhanam
tato viparyayaḥ kleśo
māyā-yogo 'nuvartate

yāvat－只要 / liṅga-anvitaḥ－由精微的躯体覆盖 / hi－事实上 / ātmā－灵魂 / tāvat－那么长 / karma－功利性活动的 / nibandhanam－束缚 / tataḥ－从那 / viparyayaḥ－颠倒(错误地将躯体视为自我) / kleśaḥ－苦 / māyā-yogaḥ－与外在、错觉能量的牢固关系 / anuvartate－跟随

译文 灵性的灵魂只要还被由心、智力和假我构成的精微躯体包裹着，就受他从事功利性活动所产生结果的束缚。这种覆盖使灵性的灵魂与物质能量接触，必然会一生复一生不断相应地受物质情况和逆境之苦。

要旨 生物被由心、智力和错误的自我意识构成的精微躯体所束缚。因此，死亡之后，内心的状况决定下一个躯体。正如《博伽梵歌》第8章的第6节诗证实，死亡之际，内心固有的状态将灵性的灵魂带到另一个种类的躯体中(yaṁ yaṁ vāpi smaran bhāvaṁ tyajaty ante kalevaram)。如果生物拒绝听心念的唠叨，而是让心专注于为至尊主做爱心服务，心就无法使生物堕落。因此，每一个人的责任都是让心始终专注于至尊主的莲花足(sa vai manaḥ kṛṣṇa-padāravindayoḥ)。当心专注于主奎师那的莲花足时，智力便得到净化，接着才能从超灵那里得到启示(dadāmi buddhi-yogaṁ tam)。这样，生物便取得进步，挣脱物质的束缚。个体灵魂容易受制于功利性活动的法律，但超灵(Paramātmā)不受个体灵魂从事的功利性活动的影响。正如韦达奥义书(Vedic Upaniṣad)证实：超灵(Paramātmā)和个体灵魂(jīvātmā)就像坐在身体之树内的两只鸟儿；个体灵魂啄食躯体活动的甜蜜果实或苦果，而不受这类限制的超灵则见证个体灵魂的活动，并按照个体灵魂的愿望批准其活动。

第48节

वितथाभिनिवेशोऽयं यद्गुणेष्वर्थदृग्वचः ।
यथा मनोरथः स्वप्नः सर्वमैन्द्रियकं मृषा ॥४८॥

vitathābhiniveśo 'yaṁ
yad guṇeṣv artha-dṛg-vacaḥ
yathā manorathaḥ svapnaḥ
sarvam aindriyakaṁ mṛṣā

vitatha－毫无用处 / abhiniveśaḥ－观念 / ayam－这 / yat－……的 / guṇeṣu－在物质自然属性中 / artha－作为事实 / dṛk-vacaḥ－所见和所谈及的 / yathā－正如 / manorathaḥ－心智杜撰(白日梦) / sva-pnaḥ－一个梦 / sarvam－一切 / aindriyakam－由感官生产出 / mṛṣā－虚假的

译文　把物质自然属性及它们所导致的所谓的苦乐，当做是真实去看或谈论毫无用处。无论人的内心在白天思绪纷飞，开始想自己极为重要，还是在夜晚做梦时看到自己正与一个美女享乐，都只不过是梦想而已。同样，应该明白，由物质感官所导致的苦乐毫无意义。

要旨　由物质感官的活动引起的苦乐并非真正的苦乐。《博伽梵歌》讲述了超越物质生活概念的快乐(sukham ātyantikaṁ yat tad buddhi-grāhyam atīndriyam)。当我们的感官清除了物质污染时，它们便成为超然的感官(atīndriya)，当超然的感官被用于为感官的主人慧希凯施(Hṛṣīkeśa)服务时，人就能从中得到超然的满足。透过我们精微的内心杜撰出的快乐和痛苦并不是真实的，只不过是心智杜撰而已。所以，人不该透过心智杜撰想象所谓的快乐。相反，最好是用心侍奉主慧希凯施，从而感受到真正极其快乐的生活。

就有关这个概念，有一句韦达诗文说：我们喝了月露后变得永生不死，于是与天堂舞女共享欢乐(apāma-somam amṛtā abhūma apsarobhir viharāma)。一个人想要去天堂星球与那里的年轻女子一同享受，喝饮名叫索玛的甘露(soma-rasa)。但这样的想象毫无价值。正如《博伽梵歌》第7章的第23节诗文证实："智力欠佳的人崇拜半神人，他们得到的成果有限而短暂(antavat tu phalaṁ teṣāṁ tad bhavaty alpa-medhasām)。"一个人即使靠从事功利性活动或崇拜半神人上升到高等星系，在那里进行感官享乐，他的处境还是被《博伽梵歌》谴责为是短暂的(antavat)。以此方式享受快乐的人恰似在梦中拥抱一个年轻女子的人，也许有短暂的高兴，但其实基础已经错了。内心杜撰出的这个物质世界里的苦乐，因为都是假的，所以都被比作是一场梦。所有要靠利用物质感官得到快乐的想法因为基础是错的，所以都毫无意义。

第49节

अथ नित्यमनित्यं वा नेह शोचन्ति तद्विदः ।
नान्यथा शक्यते कर्तुं स्वभावः शोचतामिति ॥४९॥

atha nityam anityaṁ vā
neha śocanti tad-vidaḥ
nānyathā śakyate kartuṁ
sva-bhāvaḥ śocatām iti

atha—因此 / nityam—永恒的灵魂 / anityam—短暂的物质躯体 / vā—或者 / na—不 / iha—这个世界里 / śocanti—他们为……而悲伤 / tat-vidaḥ—那些对躯体和灵魂有深入了解的人 / na—不 / anyathā—否则 / śakyate—能够 / kartum—做 / sva-bhāvaḥ—本性 / śocatām—那些倾向于悲伤的 / iti—如此

译文 拥有觉悟自我的完整知识并很清楚灵魂永恒而躯体易腐烂的人，不被悲伤所压倒。但缺乏自我觉悟知识的人必然会悲伤，因此要教育处在错觉中的人很困难。

要旨 按照功利性活动论(mīmāṁsā)的哲学，一切都是永恒的(nitya)；按照数论哲学(Sāṅkhya)，一切都是短暂的(mithyā或anitya)。尽管如此，在不真正了解灵魂(ātma)的情况下，这类哲学家必然会感到困惑，必然会继续像庶铎一样悲伤。为此，圣舒卡戴瓦·哥斯瓦米(Śukadeva Gosvāmī)对帕瑞克西特王说：

śrotavyādīni rājendra
nṛṇāṁ santi sahasraśaḥ
apaśyatām ātma-tattvaṁ
gṛheṣu gṛha-medhinām

“皇帝陛下啊！忙于物质事务的人，对最高真理一无所知，所以才会去听人类社会中的许多话题。”(《圣典博伽瓦谭》2.1.2)对忙于从事物质活动的普通人来说，由于不了解自我，所以世上有许多其他事情要了解。因此，人必须受到觉悟自我的教育，以便无论遇到什么情况，都能坚守自己的誓言。

第 50 节

लुब्धको विपिने कश्चित्पक्षिणां निर्मितोऽन्तकः ।
वितत्य जालं विदधे तत्र तत्र प्रलोभयन् ॥५०॥

lubdhako vipine kaścit
pakṣiṇāṁ nirmito 'ntakaḥ
vitatya jālaṁ vidadhe
tatra tatra pralobhayan

lubdhakaḥ－猎人 / vipine－在森林中 / kaścit－一些 / pakṣiṇām－鸟的 / nirmitaḥ－被指定 / antakaḥ－屠杀者 / vitatya－张开 / jālam－一张网 / vidadhe－捕获 / tatra tatra－四处 / pralobhayan－用食物引诱

译文　从前有个猎人用食物引诱鸟儿们，然后张开罗网将它们一网打尽。他如同被死亡的人格化身所指定的鸟儿的屠杀者一样活着。

要旨　这是历史上的另一个事件。

第 51 节

कुलिङ्गमिथुनं तत्र विचरत्समदृश्यत ।
तयोः कुलिङ्गी सहसा लुब्धकेन प्रलोभिता ॥५१॥

kuliṅga-mithunaṁ tatra
vicarat samadṛśyata
tayoḥ kuliṅgī sahasā
lubdhakena pralobhitā

kuliṅga-mithunam—一对(雄的和雌的)名叫麻雀的鸟 / tatra—那里(猎人打猎的地方) / vicarat—游荡 / samadṛśyata—他看见 / tayoḥ—一对的 / kuliṅgī—雌鸟 / sahasā—突然间 / lubdhakena—被猎人 / pralobhitā—引诱

译文 那猎人在森林中游荡时看到一对麻雀，于是引诱它们并捕获了其中的雌鸟。

第 52 节

सासज्जत सिचस्तन्त्र्यां महिष्यः कालयन्त्रिता ।
कुलिङ्गस्तां तथापन्नां निरीक्ष्य भृशदुःखितः ।
स्नेहादकल्पः कृपणः कृपणां पर्यदेवयत् ॥५२॥

sāsajjata sicas tantryāṁ
mahiṣyaḥ kāla-yantritā
kuliṅgas tāṁ tathāpannāṁ
nirīkṣya bhṛśa-duḥkhitaḥ
snehād akalpaḥ kṛpaṇaḥ
kṛpaṇāṁ paryadevayat

sā—雌鸟 / asajjata—受困 / sicaḥ—网子的 / tantryām—于绳子 / mahiṣyaḥ—王后们啊！ / kāla-yantritā—被时间强迫 / kuliṅgaḥ—雄麻雀 / tām—她 / tathā—在那种情况下 / āpannām—被捕获 / nirīkṣya—看见 / bhṛśa-duḥkhitaḥ—很伤心 / snehāt—出于深情 / akalpaḥ—无能为力 / kṛpaṇaḥ—可怜的鸟儿 / kṛpaṇām—可怜的妻子 / paryadevayat—开始为……而悲哭

译文 苏雅格亚的王后们啊！看到自己的妻子被置于天意控制下的最危险的处境中，雄鸟变得很抑郁。那可怜的雄鸟没能力营救妻子，于是情深意切地开始为她而悲哭。

第 53 节

अहो अकरुणो देवः स्त्रियाकरुणया विभुः ।
कृपणं मामनुशोचन्त्या दीनया किं करिष्यति ॥५३॥

aho akaruṇo devaḥ
striyākaruṇayā vibhuḥ
kṛpaṇaṁ mām anuśocantyā
dīnayā kiṁ kariṣyati

aho—唉！/ akaruṇaḥ—最无情的 / devaḥ—老天爷 / striyā—跟我的妻子 / ākaruṇayā—觉得同情的 / vibhuḥ—至尊主 / kṛpaṇam—可怜的 / mām—我 / anuśocantyā—为……而悲伤 / dīnayā—可怜 / kim—什么 / kariṣyati—将做

译文　唉，老天是多么的无情啊！我妻子得不到任何人的帮助，处境危险，还在为我而悲伤。带走这可怜的鸟儿，能让那老天爷得到什么呀？会有什么好处呢？

第 54 节

कामं नयतु मां देवः किमर्धेनात्मनो हि मे ।
दीनेन जीवता दुःखमनेन विधुरायुषा ॥५४॥

kāmaṁ nayatu māṁ devaḥ
kim ardhenātmano hi me
dīnena jīvatā duḥkham
anena vidhurāyuṣā

kāmam—如祂所愿 / nayatu—让祂带走 / mām—我 / devaḥ—至尊主 / kim—有什么用 / ardhena—一半 / ātmanaḥ—身体的 / hi—事实上 / me—我的 / dīnena—可怜的 / jīvatā—活着 / duḥkham—在受苦 / anena—这 / vidhura-āyuṣā—充满痛苦的生活

译文 无情的老天既然带走作为我身体另一半的我妻子，为什么不也带走我呢？作为失去妻子的丧亲之人，只有一半身体的我，活着有什么用？这将使我得到什么？

第 55 节

कथं त्वजातपक्षांस्तान्मातृहीनान् बिभर्म्यहम् ।
मन्दभाग्याः प्रतीक्षन्ते नीडे मे मातरं प्रजाः ॥५५॥

kathaṁ tv ajāta-pakṣāṁs tān
mātṛ-hīnān bibharmy aham
manda-bhāgyāḥ pratīkṣante
nīḍe me mātaraṁ prajāḥ

katham－如何 / tu－但是 / ajāta-pakṣān－尚未长出可以飞翔的翅膀的 / tān－牠们 / mātṛ-hīnān－失去了母亲的 / bibharmi－将养活 / aham－我 / manda-bhāgyāḥ－很不幸 / pratīkṣante－他们等待 / nīḍe－在巢中 / me－我的 / mātaram－牠们的母亲 / prajāḥ－雏鸟

译文 失去母亲的不幸的雏鸟们，正在巢穴中等她去喂食。它们还很小，翅膀都还没长出来呢！我将如何养活它们呀？

要旨 那鸟儿为它孩子的母亲而悲伤，因为母亲负责养育和照顾孩子们。然而，化为小男孩样子的阎罗王已经解释过，虽然他母亲离他而去，没再照顾他，而他在森林中游荡，但老虎等凶猛的野兽并没有吃掉他。事实真相是，如果至尊人格首神保护一个人，那个人哪怕没有了父母，也能在至尊主的良好祝愿下维持自己的生命。相反，如果至尊主不保护一个人，那么那个人即使父母都健在也必受苦。另一个例子是：有时，即使有优秀的医生和良好的医疗条件，被医治的病人还是会死。因此，如果没有至尊主的保护，那么无论父母是否还健在，都没有人能活下去。

这节诗文中的另一个要点是：父母都有要保护孩子的意愿，

就连飞禽和走兽的世界都不例外，更不要说人类社会了。然而，喀历年代(Kali-yuga)的情况是如此堕落退化，做父母的竟然借口说科学知识证明子宫中的孩子没有生命而杀死自己正怀着的孩子。受到尊重的开业医生竟然同意做这种手术，帮助如今的父母将自己的孩子杀死在子宫中。人类社会变得多么堕落啊！他们的科技知识如此进步，竟使他们以为在蛋和胚胎中没有生命。如今这些所谓的科学家因为化学进化理论的进步而得到诺贝尔奖。但如果化学组合是生命的根源，科学家们为什么不通过化学手段制造出一个鸡蛋，然后将它放到孵化器内，使一只鸡破壳而出呢？对此，他们的回答是什么？他们用他们的科技知识甚至无法造出一个鸡蛋。这种科学家在《博伽梵歌》中被描述为是，“真正的知识被拿走了的傻瓜(māyayāpahṛta jñānāḥ)”。他们不是有知识的人；尽管他们用他们所谓的理论知识无法产出具体的结果，但却摆出一副科学家和哲学家的样子。

第56节

एवं कुलिङ्गं विलपन्तमारात्
　　प्रियावियोगातुरमश्रुकण्ठम् ।
स एव तं शाकुनिकः शरेण
　　विव्याध कालप्रहितो विलीनः ॥५६॥

evaṁ kuliṅgaṁ vilapantam ārāt
　priyā-viyogāturam aśru-kaṇṭham
sa eva taṁ śākunikaḥ śareṇa
　vivyādha kāla-prahito vilīnaḥ

evam—因此 / kuliṅgam—鸟 / vilapantam—在悲伤的时候 / ārāt—从不远处 / priyā-viyoga—因为失去妻子 / āturam—悲痛异常 / aśru-kaṇṭham—眼中含泪 / saḥ—他(那猎人) / eva—其实 / tam—牠(雄鸟) / śākunikaḥ—甚至能杀死兀鹰的 / śareṇa—被一箭 / vivyādha—刺

穿 / kāla-prahitaḥ－受到时间的命令 / vilīnaḥ－隐藏

译文 雄麻雀因为失去妻子而悲伤，眼里流着泪。就在这时，小心翼翼地躲藏在附近的猎人，在以时间为代表的天意指挥下，射箭刺穿雄麻雀的身体，杀死了它。

第 57 节

एवं यूयमपश्यन्त्य आत्मापायमबुद्धयः ।
नैनं प्राप्स्यथ शोचन्त्यः पतिं वर्षशतैरपि ॥५७॥

evaṁ yūyam apaśyantya
ātmāpāyam abuddhayaḥ
nainaṁ prāpsyatha śocantyaḥ
patiṁ varṣa-śatair api

evam－如此 / yūyam－你们 / apaśyantyaḥ－看不到 / ātma-apāyam－自己的死亡 / abuddhayaḥ－无知的人们啊！ / na－不 / enam－他 / prāpsyatha－你们将得到 / śocantyaḥ－为……而悲伤 / patim－你们的丈夫 / varṣa-śataiḥ－一百年的时间 / api－甚至

译文 化身为一个小男孩的阎罗王告诉王后们：你们都太愚蠢，以致只顾悲哭却看不到自己的死亡。在无知的摧残下，你们不知道，哪怕你们为你们死去的丈夫悲哭上好几百年，也不能使他活回来，而你们的生命就在此期间结束了。

要旨 阎罗王有一次问尤帝士提尔王说：“这个世界里最奇妙的事情是什么？”尤帝士提尔王回答说：

ahany ahani bhūtāni
gacchantīha yamālayam
śeṣāḥ sthāvaram icchanti
kim āścaryam ataḥ param

（《玛哈巴茹阿特》森林篇313.116）

尽管每一刻都有成千上万的生物体面对死亡，但愚蠢的生物体却认为自己不会死，也不为死亡做准备。这就是这个世界里最奇妙的事。每一个生物体都完全受物质自然的控制，所以都不得不死，但每一个生物体都以为自己是独立的，可以随心所欲地行事，而且会永生不死。所谓的科学家制定各种可以使人今后永生不死的计划，但就在他们为此而追求这类科学知识之际，阎罗王等时间一到，就从他们正在进行的所谓的研究中将他们带走。

第 58 节

श्रीहिरण्यकशिपुरुवाच
बाल एवं प्रवदति सर्वे विस्मितचेतसः ।
ज्ञातयो मेनिरे सर्वमनित्यमयथोत्थितम् ॥५८॥

śrī-hiraṇyakaśipur uvāca
bāla evaṁ pravadati
sarve vismita-cetasaḥ
jñātayo menire sarvam
anityam ayathotthitam

śrī-hiraṇyakaśipuḥ uvāca－圣黑冉亚卡希普说 / bāle－当化身为一个男孩的阎罗王……时 / evam－如此 / pravadati－说得非常有哲理 / sarve－所有的 / vismita－惊呆了 / cetasaḥ－他们的心 / jñātayaḥ－亲属 / menire－他们想 / sarvam－一切物质性的 / anityam－短暂的 / ayathā-utthitam－从短暂的现象中产生

译文 黑冉亚卡希普说：当化身为小男孩的阎罗王这样教导所有围绕在苏雅格亚尸体旁的他的家属时，所有的人都被他的一番哲学话语惊呆了。他们能明白，物质的一切都是短暂的，不会一直存在下去。

要旨 对此，《博伽梵歌》第2章的第18节诗中证实说：物质躯体容易腐烂，但其中的灵魂是不灭的(antavanta ime dehā nityasyoktāḥ śarīriṇaḥ)。正因为如此，人类社会中那些有进步知识的人的责任是研究不朽的灵魂的原本状态，而不要将宝贵的时间都浪费在维护身体上，不思考人生的真正责任是什么。每一个人都该努力了解如何能使灵魂快乐，从而过上永恒、极乐且充满知识的生活。人类的责任是研究这些内容，而不是专注于照顾短暂且必会变化的躯体。没人知道自己是否能再次得到人体；这是没有保证的，因为一个人从事的活动有可能使其得到从半神人到狗的任何一种躯体。就有关这一点，圣玛德瓦查尔亚评论说：

ahaṁ mamābhimānādi-
tva-yathottham anityakam
mahadādi yathotthaṁ ca
nityā cāpi yathotthitā

asvatantraiva prakṛtiḥ
sva-tantro nitya eva ca
yathārtha-bhūtaś ca para
eka eva janārdanaḥ

只有至尊人格首神佳纳尔丹(Janārdana)永恒存在，但祂创造的物质世界是短暂的。因此，谁被物质能量迷惑，一门心思地去想“我是这个躯体，属于这个躯体的一切都是我的”，谁就是生活在错觉中。人应该只想：自己是佳纳尔丹的一部分，而人在这个物质世界里的努力目标，尤其是在这个人体中的努力目标，应该是回归家园，回到首神身边，得到佳纳尔丹的联谊。

第59节

यम एतदुपाख्याय तत्रैवान्तरधीयत ।
ज्ञातयो हि सुयज्ञस्य चक्रुर्यत्साम्परायिकम् ॥५९॥

yama etad upākhyāya
tatraivāntaradhīyata

jñātayo hi suyajñasya
cakrur yat sāmparāyikam

yamaḥ－化身为小男孩的阎罗王 / etat－这 / upākhyāya－教导 / tatra－那里 / eva－肯定地 / antaradhīyata－消失 / jñātayaḥ－亲戚 / hi－事实上 / suyajñasya－苏雅格亚王的 / cakruḥ－举行 / yat－……的 / sāmparāyikam－葬礼

译文 化身为小男孩的阎罗王，教导苏雅格亚全体愚蠢的亲人后，便从大家的视野中消失了。那之后，苏雅格亚王的亲属们举行了葬礼。

第 60 节

अतः शोचत मा यूयं परं चात्मानमेव वा ।
क आत्मा कः परो वात्र स्वीयः पारक्य एव वा ।
स्वपराभिनिवेशेन विनाज्ञानेन देहिनाम् ॥६०॥

ataḥ śocata mā yūyaṁ
paraṁ cātmānam eva vā
ka ātmā kaḥ paro vātra
svīyaḥ pārakya eva vā
sva-parābhiniveśena
vinājñānena dehinām

ataḥ－因此 / śocata－为……而悲伤 / mā－不要 / yūyam－你们大家 / param－另一个 / ca－和 / ātmānam－你们自己 / eva－确实地 / vā－或者 / kaḥ－谁 / ātmā－自己 / kaḥ－谁 / paraḥ－其他 / vā－或者 / atra－在这物质世界里 / svīyaḥ－自己的 / pārakyaḥ－为其他的 / eva－事实上 / vā－或者 / sva-para-abhiniveśena－专注于躯体化的生命概念并区分自己和他人 / vinā－除此之外 / ajñānena－无知 / dehinām－一切有物质躯体的生物的

译文 因此，你们大家都不该为失去自己的躯体或他人的躯体而难过。只有无知的人才对躯体加以区分并去想“我是谁！其他人是谁？什么是我的？什么是给他人的？”

要旨 在这个物质世界里，自卫本能的概念是大自然的首要定律。按照这一概念，人会先关心自身的安全，然后才关心社会、友谊、爱、国家和团体等由躯体化的生命概念及对灵性的灵魂缺乏知识所衍生出的一切。这称为无知(ajñāna)。人类社会只要还处在愚昧的黑暗中，人们就会继续怀着躯体化的生命概念做大量的安排。这被帕拉德王描述为是“虚假的负担或责任(bharam)”。由于持有物质化的概念，现代文明做庞大的计划，兴建宽广的马路、高大的住宅和工厂，而这就是人们对文明进步的看法。但人们不知道，他们自己随时都有被踢出现场的可能，从而被迫接受与那些豪宅、宫殿、公路和汽车无关的躯体。正因为如此，当阿尔诸纳(Arjuna)从他的躯体的角度考虑与他有关的亲人时，奎师那立刻教训他说：“只有没有进步知识的非阿尔延人(anāryas)，才持有这种躯体化的生命概念(kutas tvā kaśmalam idaṁ viṣame samupasthitam anārya juṣṭam)。”阿尔延(雅利安)文明是具有进步灵性知识的文明。并非给自己贴上雅利安人的标签，自己就真成为雅利安人了。对灵性知识一无所知，使自己深陷在无知的黑暗中，但同时声称自己是雅利安人：这就是那些非雅利安人的状况。就有关这一点，圣玛德瓦查尔亚引述《布茹阿玛·外瓦尔塔往世书》(Brahma-vaivarta Purāṇa)说：

ka ātmā kaḥ para iti dehādy-apekṣayā

na hi dehādir ātmā syān
na ca śatrur udīritaḥ
ato daihika-vṛddhau vā
kṣaye vā kiṁ prayojanam

yas tu deha-gato jīvaḥ
sa hi nāśaṁ na gacchati

tataḥ śatru-vivṛddhau ca
sva-nāśe śocanaṁ kutaḥ

dehādi-vyatiriktau tu
jīveśau pratijānatā
ata ātma-vivṛddhis tu
vāsudeve ratiḥ sthirā
śatru-nāśas tathājñāna-
nāśo nānyaḥ kathañcana

要义是：只要我们还在这个人体中，我们的责任就是要了解在躯体中的灵魂。躯体不是自我；我们不同于躯体，所以根本不存在朋友、敌人或履行与躯体化概念有关的责任的问题。人不该太担心躯体从儿童到少年，从少年到老年，最后看似毁灭的变化。相反，人应该很认真地关心躯体中的灵魂，以及如何让灵魂摆脱物质的钳制。躯体中的生物——灵魂，永不毁灭；所以，人应该明确地知道，无论一个人有多少朋友或敌人，朋友帮不了他，而敌人也伤害不了他。人应该知道自己是灵性的灵魂(ahaṁ brahmāsmi)，灵魂的原本状态和地位并不受躯体变化的影响。在所有的情况下，每一个生物体作为灵性的灵魂，必须是主维施努的奉献者，而不该考虑从躯体角度判定的朋友或敌人等关系。应该知道，无论是我们自己，还是从躯体角度判定的我们的敌人，都永远不会被杀死。

第 61 节

श्रीनारद उवाच
इति दैत्यपतेर्वाक्यं दितिराकर्ण्य सस्नुषा ।
पुत्रशोकं क्षणात्त्यक्त्वा तत्त्वे चित्तमधारयत् ॥६१॥

śrī-nārada uvāca
iti daitya-pater vākyaṁ
ditir ākarṇya sasnuṣā
putra-śokaṁ kṣaṇāt tyaktvā
tattve cittam adhārayat

śrī-nāradaḥ uvāca－圣纳茹阿达·牟尼说 / iti－如此 / daitya-pateḥ－恶魔之主 / vākyam－一番话 / ditiḥ－黑冉亚卡希普和黑冉亚克沙的母亲迪缇 / ākarṇya－听 / sa-snuṣā－与黑冉亚克沙的妻子 / putra-śokam－痛失她的儿子黑冉亚克沙 / kṣaṇāt－立刻 / tyaktvā－放弃 / tattve－生命的真正哲学 / cittam－心 / adhārayat－用于

译文 圣纳茹阿达·牟尼继续说：黑冉亚卡希普和黑冉亚克沙两人的母亲迪缇，以及黑冉亚克沙的妻子——迪缇的儿媳妇茹莎芭努，都听了黑冉亚卡希普对她们的教导。那以后，迪缇不再为她儿子的死悲伤，而是集中注意力用心去了解生命的真正哲学。

要旨 当自己的亲属死亡时，人自然就变得对哲学很感兴趣，可一旦葬礼结束，人就再次关心起物质享乐来。就连被称为戴提亚(Daitya)的十足的物质主义者，有时在自己的亲人面临死亡之际都会思考哲学道理。梵文用“墓地或火葬场内的不执著(śma-śāna-vairāgya)”描述物质主义者的这种态度。正如《博伽梵歌》中证实，世上有四种获得对灵性生活和神的了解的人，他们分别是：痛苦之人(ārta)、好奇爱问的人(jijñāsu)、欲求物质所得的人(arthārthī)，以及寻求知识的人(jñānī)。尤其在物质情况使一个人十分痛苦时，那人就会对神产生兴趣。正因为如此，琨缇王后(Kuntīdevī)在向主奎师那祈祷时说：相比较生活中的愉快时光来说，她更愿意迎接痛苦。在物质世界里，没有遇到困难的人忘记主奎师那的存在；但有时，一个真正虔诚但却深陷痛苦的人，却能想起奎师那。为此，琨缇王后更愿意迎接痛苦，因为痛苦为人提供想起主奎师那的机会。当奎师那将要离开琨缇女神前往祂自己所在的国家时，琨缇女神遗憾地说：由于奎师那一直与他们在一起，她的痛苦处境反而是更好的处境；但从今往后，潘达瓦五兄弟(Pāṇḍavas)虽然还住在他们的王国中，奎师那却要走了。对奉献者来说，痛苦为人提供一直不断地想起至尊人格首神的机会。

到此为止，结束了巴克提韦丹塔对《圣典博伽瓦谭》第7篇第2章——“魔王黑冉亚卡希普”所作的阐释。

第三章

黑冉亚卡希普设法永生不死

这一章讲述的是黑冉亚卡希普(Hiraṇyakaśipu)如何为得到物质利益而从事一种艰巨的苦行，结果给整个宇宙造成巨大的危难。就连整个宇宙内的首要人物主布茹阿玛(Brahmā)都受到打扰，于是亲自前去查看黑冉亚卡希普为什么要从事这种艰巨的苦行。

黑冉亚卡希普想要长生不死。他不想被任何人所征服，不想受老年和疾病的攻击，也不想受任何对手的骚扰。他想要成为整个宇宙的最高统治者，于是怀着这种欲望进入曼达尔(Mandara)山的山谷，开始从事一种艰巨的苦行和冥想。看到黑冉亚卡希普从事这种苦行，半神人们都回到他们各自的住所，但就在黑冉亚卡希普这样做的时候，他的头上开始冒出一种强烈的火焰，侵扰到整个宇宙和包括飞禽、走兽及半神人在内的宇宙居民。当所有高等和低等星球都热到不能再继续住下去时，备受打扰的半神人离开他们在高等星球的家园，去晋见主布茹阿玛，祈求他去除这不正常的灼热。半神人向主布茹阿玛揭发黑冉亚卡希普的野心，说他想要战胜他的短寿，从而变得永生不死，还想要成为甚至包括北极星(Dhruvaloka)在内的所有星系的主人。

听了黑冉亚卡希普从事艰巨冥想所要达到的目的后，主布茹阿玛在大圣人布瑞古(Bhṛgu)及达克沙(Dakṣa)等非凡人物的陪同下，去看黑冉亚卡希普。他随后把他携带的一种水壶(kamaṇḍalu)中的水洒在黑冉亚卡希普的头上。

戴提亚(Daitya)的君王黑冉亚卡希普，向这个宇宙的创造者主布茹阿玛顶礼，再三致敬并献上祈祷。当主布茹阿玛同意给予他祝福时，他祈求不被任何生物体所杀，不在室内或露天被杀，不在白天或黑夜死，不被任何武器所杀，不在天空或地上被杀，也不被人类、动物、半神人或其他任何动与不动的生物体所杀。他又进一步祈求得到控制整个宇宙的最高权力，以及得到可以变得比粒子还小(aṇimā)、比鸿毛还轻(laghimā)等八种瑜伽神通。

第 1 节

श्रीनारद उवाच
हिरण्यकशिपू राजन्नजेयमजरामरम् ।
आत्मानमप्रतिद्वन्द्वमेकराजं व्यधित्सत ॥ १ ॥

śrī-nārada uvāca
hiraṇyakaśipū rājann
ajeyam ajarāmaram
ātmānam apratidvandvam
eka-rājaṁ vyadhitsata

śrī-nāradaḥ uvāca—纳茹阿达·牟尼说 / hiraṇyakaśipuḥ—邪恶的君王黑冉亚卡希普 / rājan—尤帝士提尔王啊！ / ajeyam—无法被任何敌人征服 / ajara—不变老或没病痛 / amaram—永生不死的 / ātmānam—他自己 / apratidvandvam—没有任何对手 / eka-rājam—宇宙内唯一的君主 / vyadhitsata—想要成为

译文 纳茹阿达·牟尼对尤帝士提尔王说：邪恶的君王黑冉亚卡希普想要不被征服，不变老，身体功能从不减退。他想要得到可以变得比粒子还小、比鸿毛还轻等所有的瑜伽神通，想要永生不死，想要成为包括布茹阿玛星球在内的全宇宙中唯一的君主。

要旨 上述这些都是恶魔从事苦行所要达到的目的。黑冉亚卡希普想要从主布茹阿玛那里得到一个祝福，从而使他以后能够攻克主布茹阿玛的住所。同样，另一个恶魔从主希瓦那里得到一个祝福，但后来就想用那个祝福杀死主希瓦(Śiva)。这种自私自利的人想要通过邪恶的苦行，杀死甚至是祝福他们的人。与他们恰恰相反，至尊主的奉献者——外士纳瓦(Vaiṣṇava)，想要永远当至尊主的仆人，永远都不想去占有至尊主的职位。融入梵光的解脱(sāyujya-mukti)通常是恶魔才会想要的；生物通过获得这种解脱，融入至尊主的存在。然而，人即时有时能达到这种一元论的目标，也还会再次坠落，在物质存在中苦苦挣扎。

第2节

स तेपे मन्दरद्रोण्यां तपः परमदारुणम् ।
ऊर्ध्वबाहुर्नभोदृष्टिः पादाङ्गुष्ठाश्रितावनिः ॥ २ ॥

sa tepe mandara-droṇyāṁ
tapaḥ parama-dāruṇam
ūrdhva-bāhur nabho-dṛṣṭiḥ
pādāṅguṣṭhāśritāvaniḥ

saḥ－他(黑冉亚卡希普) / tepe－做 / mandara-droṇyām－在曼达尔山的山谷中 / tapaḥ－苦行 / parama－最 / dāruṇam－困难的 / ūrdhva－举起 / bāhuḥ－手臂 / nabhaḥ－朝向天空 / dṛṣṭiḥ－他的视线 / pāda-aṅguṣṭha－用他的大脚趾 / āśrita－依靠 / avaniḥ－地上

译文　在曼达尔山的山谷中，黑冉亚卡希普只用双脚大脚趾点地站立着，手臂高举，看着天空，以此方式开始苦行。这个姿势极度困难，但他把它当做是达到目的的手段。

第3节

जटादीधितिभी रेजे संवर्तार्क इवांशुभिः ।
तस्मिंस्तपस्तप्यमाने देवाः स्थानानि भेजिरे ॥ ३ ॥

jaṭā-dīdhitibhī reje
saṁvartārka ivāṁśubhiḥ

tasmiṁs tapas tapyamāne
devāḥ sthānāni bhejire

jaṭā-dīdhitibhiḥ—借由他头发的光芒 / reje—闪耀着 / saṁvarta-arkaḥ—毁灭时的阳光 / iva—如同 / aṁśubhiḥ—借由光芒 / tasmin—当他(黑冉亚卡希普)……时 / tapaḥ—苦行 / tapyamāne—从事 / devāḥ—为看到黑冉亚卡希普邪恶的活动所有在宇宙各处旅行的半神人 / sthānāni—到他们各自的住所 / bhejire—返回

译文 黑冉亚卡希普的头发放射出耀眼无比的光芒，那光芒恰似毁灭时的阳光般强烈、令人无法忍受。看到有人从事如此艰巨的苦行，在不同星球旅行的半神人都赶快回到各自的家。

第4节

तस्य मूर्ध्नः समुद्भूतः सधूमोऽग्निस्तपोमयः ।
तीर्यगूर्ध्वमधो लोकान् प्रातपद्विष्वगीरितः ॥ ४ ॥

tasya mūrdhnaḥ samudbhūtaḥ
sadhūmo 'gnis tapomayaḥ
tīryag ūrdhvam adho lokān
prātapad viṣvag īritaḥ

tasya—他的 / mūrdhnaḥ—从头 / samudbhūtaḥ—产生 / sa-dhūmaḥ—烟 / agniḥ—火 / tapaḥ-mayaḥ—因为艰巨的苦行 / tīryak—横的 / ūrdhvam—往上 / adhaḥ—往下 / lokān—所有的星球 / prātapat—热起来 / viṣvak—四面八方 / īritaḥ—弥漫

译文 黑冉亚卡希普从事的艰巨苦行使他头上冒出火，这冲天的大火及其夹带着的浓烟遍布天空，笼罩了高等和低等星球，并使所有的星球都变得奇热无比。

第5节

चुक्षुभुर्नद्युदन्वन्तः सद्वीपाद्रिश्चचाल भूः ।
निपेतुः सग्रहास्तारा जज्वलुश्च दिशो दश ॥५॥

cukṣubhur nady-udanvantaḥ
sadvīpādriś cacāla bhūḥ
nipetuḥ sagrahās tārā
jajvaluś ca diśo daśa

cukṣubhuḥ一变得汹涌澎湃 / nadī-udanvantaḥ一河流和海洋 / sa-dvīpa一与岛屿 / adriḥ一和山脉 / cacāla一震颤 / bhūḥ一地球表面 / nipetuḥ一陨落 / sa-grahāḥ一与星球 / tārāḥ一星星 / jajvaluḥ一烧着 / ca一还有 / diśaḥ daśa一十个方向

译文　他从事艰巨苦行获得的力量使所有的河流及海洋汹涌澎湃，地球表面及坐落其上的山脉和岛屿都开始震颤，恒星及行星纷纷陨落，四面八方都燃烧着熊熊烈火。

第6节

तेन तप्ता दिवं त्यक्त्वा ब्रह्मलोकं ययुः सुराः ।
धात्रे विज्ञापयामासुर्देवदेव जगत्पते ।
दैत्येन्द्रतपसा तप्ता दिवि स्थातुं न शक्नुमः ॥६॥

tena taptā divaṁ tyaktvā
brahmalokaṁ yayuḥ surāḥ
dhātre vijñāpayām āsur
deva-deva jagat-pate
daityendra-tapasā taptā
divi sthātuṁ na śaknumaḥ

tena一借由那(苦修之火) / taptāḥ一烧烤 / divam一他们在高等星球的住所 / tyaktvā一放弃 / brahma-lokam一到主布茹阿玛住的星球 / yayuḥ一去 / surāḥ一半神人 / dhātre一向这个宇宙的领袖——主布茹阿玛 / vijñāpayām āsuḥ一呈交 / deva-deva一半神人的首领啊！ /

jagat-pate－宇宙的主人啊！ / daitya-indra-tapasā－由于戴提亚君王黑冉亚卡希普所从事的艰巨苦行 / taptāḥ－烘烤 / divi－在天堂星球上 / sthātum－留在 / na－不 / śaknumaḥ－我们能够

译文 受到黑冉亚卡希普从事的艰巨苦行的严重打扰，并被烤得炙热难耐的全体半神人，都离开他们居住的星球，去到主布茹阿玛的星球，向这位创造者报告说：啊，半神人的统治者，宇宙的主人！因黑冉亚卡希普从事艰巨苦行而从他头上冒出的火，使我们备受打扰，以致无法留在自己的住所，不得不到您这里来。

第 7 节

तस्य चोपशमं भूमन् विधेहि यदि मन्यसे ।
लोका न यावन्नङ्क्ष्यन्ति बलिहारास्तवाभिभूः ॥ ७ ॥

tasya copaśamaṁ bhūman
vidhehi yadi manyase
lokā na yāvan naṅkṣyanti
bali-hārās tavābhibhūḥ

tasya－这个的 / ca－确实地 / upaśamam－阻止 / bhūman－非凡的人啊！ / vidhehi－请执行 / yadi－如果 / manyase－您认为是对的 / lokāḥ－在各个星球的全体居民 / na－不 / yāvat－只要 / naṅ-kṣyanti－将被消灭 / bali-hārāḥ－服从地崇拜 / tava－您的 / abhi-bhūḥ－宇宙的领袖啊！

译文 啊，非凡的人，宇宙的领袖！如果您认为合适，就请在您的属下全部被消灭前阻止这意在毁灭一切的打扰。

第 8 节

तस्यायं किल सङ्कल्पश्चरतो दुश्चरं तपः ।
श्रूयतां किं न विदितस्तवाथापि निवेदितम् ॥ ८ ॥

tasyāyaṁ kila saṅkalpaś
  carato duścaraṁ tapaḥ
śrūyatāṁ kiṁ na viditas
  tavāthāpi niveditam

tasya－他的／ayam－这个／kila－确实地／saṅkalpaḥ－决心／carataḥ－正在实行的／duścaram－艰巨的／tapaḥ－苦行／śrūyatām－请听／kim－什么／na－不／viditaḥ－知道／tava－您的／athāpi－仍然／niveditam－呈上

译文　黑冉亚卡希普在从事最艰巨的苦行。您不知道他的计划，但请听我们告诉您他的意图。

第9－10节

सृष्ट्वा चराचरमिदं तपोयोगसमाधिना ।
अध्यास्ते सर्वधिष्ण्येभ्यः परमेष्ठी निजासनम् ॥ ९ ॥

तदहं वर्धमानेन तपोयोगसमाधिना ।
कालात्मनोश्च नित्यत्वात्साधयिष्ये तथात्मनः ॥१०॥

sṛṣṭvā carācaram idaṁ
  tapo-yoga-samādhinā
adhyāste sarva-dhiṣṇyebhyaḥ
  parameṣṭhī nijāsanam

tad ahaṁ vardhamānena
  tapo-yoga-samādhinā
kālātmanoś ca nityatvāt
  sādhayiṣye tathātmanaḥ

sṛṣṭvā－创造／cara－动／acaram－和不动／idam－这／tapaḥ－苦行的／yoga－和神秘力量／samādhinā－借由全神贯注地冥想／adhyāste－被置于／sarva-dhiṣṇyebhyaḥ－比包括天堂星球在内的所有的星球／parameṣṭhī－主布茹阿玛／nija-āsanam－他自己的王位／

tat—因此 / aham—我 / vardhamānena—借由增加 / tapaḥ—苦行 / yoga—神秘力量 / samādhinā—和全神贯注地冥想 / kāla—时间的 / ātmanoḥ—和灵魂的 / ca—和 / nityatvāt—从……的永恒性 / sādhayi-ṣye—将达到 / tathā—这么多 / ātmanaḥ—为了我本人

译文 这宇宙中的至尊人——主布茹阿玛，靠艰巨的苦行、神秘力量和全神贯注地冥想状态，得到他的崇高地位。正因为如此，在创造宇宙后，他成为其中最值得崇拜的半神人。既然我是永恒的，时间是永恒的，我应该努力从事这种苦行，得到这些神秘力量，保持这种全神贯注的冥想状态许多生世，以占据主布茹阿玛的职位。

要旨 黑冉亚卡希普决心占据主布茹阿玛的职位，但这根本就不可能，因为主布茹阿玛的寿命很长。正如《博伽梵歌》第8章的第17节诗证实，一千个年代之和等于布茹阿玛的一个白天(sahasra-yuga-paryantam ahar yad brahmaṇo viduḥ)。布茹阿玛的寿命极长，所以黑冉亚卡希普根本没可能占据那职位。尽管如此，他还是决定，既然自我(ātmā)和时间都是永恒的，那么即便他不能在这一生占据那职位，他就要生生世世地连续从事苦行，直到有一天能做到这一点。

第11节

अन्यथेदं विधास्येऽहमयथा पूर्वमोजसा ।
किमन्यैः कालनिर्धूतैः कल्पान्ते वैष्णवादिभिः ॥११॥

anyathedaṁ vidhāsye 'ham
ayathā pūrvam ojasā
kim anyaiḥ kāla-nirdhūtaiḥ
kalpānte vaiṣṇavādibhiḥ

anyathā—恰恰相反 / idam—这宇宙 / vidhāsye—将做 / aham—我 / ayathā—不适当的 / pūrvam—像以前一样 / ojasā—借由我苦行

的力量 / kim－什么用 / anyaiḥ－与其他 / kāla-nirdhūtaiḥ－在一段时间后消失 / kalpa-ante－在一千个年代循环结束时 / vaiṣṇava-ādi-bhiḥ－与像北极星或外琨塔星球那样的星球

译文　我要凭我从事艰巨苦行得到的力量，转变虔诚和不虔诚活动的结果。我要推翻这世上已确立的所有的秩序。就连北极星(杜茹瓦尔星球)都会在一千个年代循环结束时被毁灭，因此要它有什么用？我会更喜欢布茹阿玛的位置。

要旨　半神人们向主布茹阿玛解释黑冉亚卡希普邪恶的决心。他们告诉他，黑冉亚卡希普想要推翻所有已经建立的原则。这个物质世界里的人在从事艰巨的苦修后，就会被提升到天堂星球，但黑冉亚卡希普出于对半神人的怨恨，想要让他们甚至在天堂星球都受苦、不快乐。事实上，他想要把全世界都搅乱。人们也许会问，既然宇宙秩序自无法追溯的时候起就已经被确定下来，他的想法怎么可能实现？但黑冉亚卡希普却骄傲地声称，他将能够靠他苦行(tapasya)的力量做到这一点。他甚至想威胁外士纳瓦的安全。这些都是邪恶决心的一些表现。

第 12 节

इति शुश्रुम निर्बन्धं तपः परममास्थितः ।
विधत्स्वानन्तरं युक्तं स्वयं त्रिभुवनेश्वर ॥१२॥

iti śuśruma nirbandhaṁ
tapaḥ paramam āsthitaḥ
vidhatsvānantaraṁ yuktaṁ
svayaṁ tri-bhuvaneśvara

iti－这样子 / śuśruma－我们听说 / nirbandham－坚定的决心 / tapaḥ－苦行 / paramam－非常严格的 / āsthitaḥ－处于 / vidhatsva－

请采取行动 / anantaram－尽快 / yuktam－适当的 / svayam－您自己 / tri-bhuvana-īśvara－三个世界的主人啊！

译文 主人啊！我们得到可靠的消息说，黑冉亚卡希普为得到您的职位，正在从事艰巨的苦行。您是三个世界的主人。请尽快采取您认为是正确的一切措施。

要旨 在这个物质世界里，尽管主人为仆人提供生活费用，但仆人还总是策划如何才能占领主人的职位。这种事情在历史上屡见不鲜。尤其在印度受伊斯兰政府统治时期，许多仆人都通过策划并采取手段，夺取他们主人的职位。从柴坦亚(Caitanya)文献中得知，一个名叫苏布迪·茹阿亚的印度大地主，雇用一个伊斯兰教的年轻人当仆人。当然，他就像对待自己的孩子一样对待那年轻人，有时，当那年轻人偷东西时，他的主人就会用一根藤条抽打他，以此惩罚他。这惩罚给那年轻人的背上留下了一条印记。后来，那年轻人利用不正当的手段当上了孟加拉的行政长官胡善·沙(Hussain Shah)。一天，他妻子看到他背上的那条印记，便询问他印记的由来。那位行政长官回答道：在他少年时，他曾经当过苏布迪·茹阿亚的仆人，苏布迪·茹阿亚因为他的胡作非为惩罚了他。听到这，行政长官的妻子立刻激动起来，要求她丈夫杀死苏布迪·茹阿亚。行政长官胡善·沙当然很感激苏布迪·茹阿亚，所以拒绝杀他，但当胡善·沙的妻子要求他将苏布迪·茹阿亚转为伊斯兰教徒时，这位行政长官答应了。他从他的水罐中取出些水洒在苏布迪·茹阿亚的头上，声称苏布迪·茹阿亚现在是伊斯兰教徒了。关键是，这位行政长官以前曾是苏布迪·茹阿亚的一个做粗活的仆人，但却以某种方式占据了孟加拉行政长官的职位。这就是物质世界。每个人都是自己感官的仆人，但却都试图用各种手段成为主人。就这样，生物体虽然是自己感官的仆人，但却想成为整个宇宙的主人。黑冉亚卡希普就是这方面的一个典型的例子，半神人告知主布茹阿玛他的意图是什么。

第 13 节

तवासनं द्विजगवां पारमेष्ठ्यं जगत्पते ।
भवाय श्रेयसे भूत्यै क्षेमाय विजयाय च ॥१३॥

tavāsanaṁ dvija-gavāṁ
pārameṣṭhyaṁ jagat-pate
bhavāya śreyase bhūtyai
kṣemāya vijayāya ca

tava－您的 / āsanam－王位 / dvija－布茹阿玛纳文化或布茹阿玛纳的 / gavām－乳牛的 / pārameṣṭhyam－至尊的 / jagat-pate－整个宇宙的主人啊！ / bhavāya－为了改进 / śreyase－为了终极的幸福 / bhūtyai－为了增加财富 / kṣemāya－为了维系和好运 / vijayāya－为了胜利和名声 / ca－和

译文 主布茹阿玛啊！您在这个宇宙中的职位对每一个生物体来说都无疑是最吉祥的，尤其对乳牛和布茹阿玛纳来讲更是如此。它有利于不断加强对布茹阿玛纳文化和保护乳牛的赞美，而这将使所有种类的物质快乐、财富和好运得以增加。但不幸的是，黑冉亚卡希普一旦占据您的职位，一切就都将失去。

要旨 这节诗文中的dvija-gavāṁ pārameṣṭhyam一句，是指布茹阿玛纳、布茹阿玛纳文化和乳牛最崇高的地位。韦达文化极其重视乳牛的健康及布茹阿玛纳的幸福。不对发展布茹阿玛纳文化和保护乳牛做出安排，所有的管理都将以失败而告终。全体半神人都害怕黑冉亚卡希普将占领布茹阿玛的职位，心中极度不安。黑冉亚卡希普是个著名的恶魔；半神人们知道，如果恶魔和食人魔

(Rākṣasas)占据最高的职位，布茹阿玛纳文化和对乳牛的保护就会结束。正如《博伽梵歌》第5章的第29节诗所说，一切最原初的拥有者是主奎师那(bhoktāraṁ yajña-tapasāṁ sarva-loka-maheśvaram)。所以，至尊主很清楚该如何发展这个物质世界里的生物的物质处境。正如《圣典博伽瓦谭》(Śrīmad-Bhāgavatam)中证实，每一个宇宙中都有一个布茹阿玛代表主奎师那在做事(tene brahma hṛdaya ādi-kavaye)。每一个宇宙中的主要创造者是布茹阿玛，他将韦达知识传授给他的门徒和儿子们。在每一个星球上，君王或最高的统治者都必须是布茹阿玛的代表。因此，如果一个食人魔或恶魔占据了布茹阿玛的职位，那么宇宙的整个安排，尤其是对布茹阿玛纳文化和乳牛的保护，就会被废止。全体半神人预感到这种危险，所以去要求主布茹阿玛立刻采取措施，阻止黑冉亚卡希普的计划的实施。

在创造的一开始，主布茹阿玛受到玛杜(Madhu)和凯塔巴(Kaiṭabha)这两个恶魔的攻击，但主奎师那救了他。正因为如此，主奎师那又被称为杀死玛杜和凯塔巴魔的人(madhu-kaiṭabha-hantṛ)。现在，黑冉亚卡希普又试图取代布茹阿玛。物质世界就是这样，就连主布茹阿玛有时都处在危险中，更不用说普通生物体了。尽管如此，直到黑冉亚卡希普出现之前，没人试图取代主布茹阿玛。但黑冉亚卡希普是那么大的一个恶魔，他有这样的野心。

梵文bhūtyai的意思是“为了增加财富”，śreyase是指最终回归家园，回到首神身边。在灵性进步的过程中，随着一个人的解脱之途变得越来越清晰，以及逐渐挣脱物质束缚，其物质状况也随之改善。一个人在进步的过程中如果处在富有的状态中，他的财富永远都不会减少。正因为如此，这种灵性祝福被称为布提(bhūti)或维布提(vibhūti)。《博伽梵歌》第10章的第41节诗记载，主奎师那证实说：一个奉献者如果提升灵性意识，就会在物质上也变得富有；这种状况是至尊主给予的礼物(yad yad vibhūtimat sattvaṁ…mama tejo-'ṁśa-sambhavam)。这样的富有永远都不该被视为是物质的。如今，尤其在这个地球星球上，主布茹阿玛的影响力大幅度减弱，而黑冉亚卡希普的代表——恶魔和食人魔们，掌握了权力。因此，如今已经没有对布茹阿玛纳文化和乳牛的保护，而这些是获得一切好运的先决条件。这个年代十分危险，因为整个社会由恶魔和食人魔在掌管。

第 14 节

इति विज्ञापितो देवैर्भगवानात्मभूर्नृप ।
परितो भृगुदक्षाद्यैर्ययौ दैत्येश्वराश्रमम् ॥१४॥

iti vijñāpito devair
　bhagavān ātmabhūr nṛpa
parito bhṛgu-dakṣādyair
　yayau daityeśvarāśramam

iti—如此 / vijñāpitaḥ—告知 / devaiḥ—被全体半神人 / bhagavān—最强大的 / ātma-bhūḥ—从莲花中诞生的主布茹阿玛 / nṛpa—君王啊！ / paritaḥ—被围绕着 / bhṛgu—由布瑞古 / dakṣa—达克沙 / ādyaiḥ—和其他的 / yayau—去 / daitya-īśvara—戴提亚的君王黑冉亚卡希普的 / āśramam—到苦行的地方

译文　君王啊！听了半神人的这番话，最强大的主布茹阿玛便由布瑞古、达克沙和其他非凡的圣人陪伴着，立刻起程前往黑冉亚卡希普从事苦行的地方。

要旨　主布茹阿玛在等待黑冉亚卡希普从事的苦行达到成熟阶段，以便可以去按照黑冉亚卡希普的意愿给予祝福。现在，布茹阿玛抓住机会，由全体半神人和伟大的圣洁之人陪同着，前去那里，给予黑冉亚卡希普他想要的祝福。

第 15—16 节

न ददर्श प्रतिच्छन्नं वल्मीकतृणकीचकैः ।
पिपीलिकाभिराचीर्णं मेदस्त्वङ्मांसशोणितम् ॥१५॥

तपन्तं तपसा लोकान् यथाभ्रापिहितं रविम् ।
विलक्ष्य विस्मितः प्राह हसंस्तं हंसवाहनः ॥१६॥

na dadarśa praticchannaṁ
valmīka-tṛṇa-kīcakaiḥ
pipīlikābhir ācīrṇaṁ
medas-tvaṅ-māṁsa-śoṇitam

tapantaṁ tapasā lokān
yathābhrāpihitaṁ ravim
vilakṣya vismitaḥ prāha
hasaṁs taṁ haṁsa-vāhanaḥ

na—不 / dadarśa—看见 / praticchannam—遮盖 / valmīka—被一个蚁丘 / tṛṇa—草 / kīcakaiḥ—和竹子 / pipīlikābhiḥ—被蚂蚁 / ācīrṇam—全吃了 / medaḥ—……的脂肪 / tvak—皮肤 / māṁsa—肌肉 / śoṇitam—和血 / tapantam—烧灼 / tapasā—被一种艰巨的苦行 / lokān—整个三界 / yathā—正如 / abhra—被云 / apihitam—遮住 / ravim—太阳 / vilakṣya—看见 / vismitaḥ—感到错愕 / prāha—说 / hasan—微笑着 / tam—对他 / haṁsa-vāhanaḥ—乘坐在一架天鹅飞机上的主布茹阿玛

译文 乘坐在一架天鹅飞机上的主布茹阿玛，起初无法看到黑冉亚卡希普所在的位置，因为黑冉亚卡希普的身体已经被一个蚁丘及草和竹子遮住了。由于黑冉亚卡希普已经在那里很长时间，蚂蚁吞吃了他的皮肤、脂肪、肌肉和血液。后来，主布茹阿玛与半神人发现了他，他正恰似一个被云遮住的太阳，用他的苦行烧灼整个世界。主布茹阿玛感到错愕，开始微笑起来，随后对黑冉亚卡希普说了如下一番话。

要旨　生物可以仅仅靠自己的力量活下去，而不用借助于皮肤、骨髓、骨头和血液等的帮助，因为经典中说，生物与物质的覆盖毫无关系(asaṅgo'yaṁ puruṣaḥ)。黑冉亚卡希普从事艰巨的苦行(tapasya)许许多多年。事实上，据说他苦行了一百天堂年。由于半神人的一天相当于我们的六个月，一百天堂年无疑是很长的时间。大自然自己的行事方式，使得黑冉亚卡希普的身体几乎被蚯蚓、蚂蚁和其他寄生虫吃光了，因此就连布茹阿玛一开始都无法看到他。但后来，布茹阿玛找到了黑冉亚卡希普所在的地方，惊讶地看到黑冉亚卡希普从事苦行的非凡力量。他的身体被蚁丘、草丛和竹子所覆盖，任何人看到这种情形都会认为他死了，但这个宇宙中最高的生物体主布茹阿玛能够明白，黑冉亚卡希普还活着，只是被物质元素遮盖了。

还应该注意的是，尽管黑冉亚卡希普从事这种苦行很长很长时间，但仍然被认作是戴提亚和食人魔。从下面的诗文中可以看到，就连伟大的圣洁之人都无法从事这么艰巨的苦行。那他为什么还被称为食人魔和戴提亚呢？因为他所做的一切都是为了自己的感官享乐。他的儿子帕拉德王(Prahlāda Mahārāja)只是一个五岁的孩子，他能做什么呢？尽管帕拉德只是按纳茹阿达·牟尼的教导做了一点点奉爱服务，但使得至尊主是那么喜爱他，竟然亲自来救他。相反，黑冉亚卡希普虽然从事了那么多苦行，还是被杀死了。这就是奉爱服务与其他帮助人达到完美的方法之间的区别。为感官享乐而从事艰巨的苦行对整个世界是威胁。但奉献者哪怕是做一点点奉爱服务，都对众生是有帮助的，所以是众生的朋友(suhṛdaṁ sarva-bhūtānām)。至尊主是众生的祝愿者，而奉献者展现出至尊主所具有的品质，因此奉献者通过做奉爱服务增进众生的好运。所以，黑冉亚卡希普虽然从事这种艰巨的苦行，可还是恶魔和食人魔。相反，帕拉德王虽然由这个恶魔父亲生出，但却成为至尊主最崇高的奉献者，得到至尊主亲自给予的保护。正因为如此，奉爱(bhakti)被说成是奉献者摆脱了所有的物质称号(sarvo-pādhi-vinirmuktam)，完全处在超然的状态中，免于一切物质欲望(anyābhilāṣitā-śūnyam)。

第 17 节

श्रीब्रह्मोवाच
उत्तिष्ठोत्तिष्ठ भद्रं ते तपःसिद्धोऽसि काश्यप ।
वरदोऽहमनुप्राप्तो व्रियतामीप्सितो वरः ॥१७॥

śrī-brahmovāca
uttiṣṭhottiṣṭha bhadraṁ te
tapaḥ-siddho 'si kāśyapa
varado 'ham anuprāpto
vriyatām īpsito varaḥ

śrī-brahmā uvāca—主布茹阿玛说 / uttiṣṭha—请起身 / uttiṣṭha—起身 / bhadram—好运 / te—对你 / tapaḥ-siddhaḥ—修习苦行的完美境界 / asi—你是 / kāśyapa—喀夏帕的儿子啊！ / vara-daḥ—祝福的赐予者 / aham—我 / anuprāptaḥ—到达 / vriyatām—请选择 / īpsitaḥ—想 / varaḥ—祝福

译文 主布茹阿玛说：喀夏帕·牟尼的儿子啊！请起身，请起身。祝你有所有的好运。你现已达到苦行的完美境界，因此我可以给你一个祝福。你现在可以向我要求你想得到的一切，我将尝试满足你的愿望。

要旨 圣玛德瓦查尔亚(Madhvācārya)引述《斯康达往世书》(Skanda Purāṇa)说：黑冉亚卡希普成为以黑冉亚嘎尔巴(Hiraṇyagar-bha)著称的主布茹阿玛的信奉者，为取悦他而从事了艰巨的苦行，因此也被称为黑冉亚卡(Hiraṇyaka)。食人魔及恶魔崇拜主布茹阿玛和主希瓦等半神人，目的是为了夺取这些半神人的职位。我们在前几节诗文中已经解释了这一点。

第 18 节

अद्राक्षमहमेतं ते हृत्सारं महदद्भुतम् ।
दंशभक्षितदेहस्य प्राणा ह्यस्थिषु शेरते ॥१८॥

adrākṣam aham etaṁ te
hṛt-sāraṁ mahad-adbhutam
daṁśa-bhakṣita-dehasya
prāṇā hy asthiṣu śerate

adrākṣam－已经亲眼看到 / aham－我 / etam－这 / te－你的 / hṛt-sāram－忍耐力 / mahat－很大的 / adbhutam－非比寻常的 / daṁśa-bhakṣita－被虫子和蚂蚁啃咬 / dehasya－身躯……的 / prāṇāḥ－生命之气 / hi－事实上 / asthiṣu－在骨头内 / śerate－托庇于

译文 看到你的忍耐力，我感到很惊讶。尽管有各种虫子和蚂蚁在啃吃你，但你却能始终让你的生命之气在骨头内循环运行。这无疑很令人惊讶。

要旨 黑冉亚卡希普的例子使我们看到，灵魂似乎甚至可以存在于骨头内。当伟大的瑜伽师(yogī)进入全神贯注(samadhi)的状态时，哪怕他们的身体被掩埋，他们的皮肤、骨髓、血液等都被吃掉，只要他们的骨头还在，他们就能存在于超然的状态中。最近有位考古学家公布了一项发现，即：耶稣基督被埋葬后又被挖出，随后去了克什米尔。世上还有许多瑜伽师在全神贯注的出神状态中被活埋，几个小时后仍情况良好的例子。瑜伽师可以使自己在被土埋起来的状况下于超然的状态中活着，不仅是几天，甚至是好几年都没有问题。

第 19 节

नैतत्पूर्वर्षयश्चक्रुर्न करिष्यन्ति चापरे ।
निरम्बुर्धारयेत्प्राणान् को वै दिव्यसमाः शतम् ॥१९॥

naitat pūrvarṣayaś cakrur
na kariṣyanti cāpare
nirambur dhārayet prāṇān
ko vai divya-samāḥ śatam

na—不 / etat—这 / pūrva-ṛṣayaḥ—布瑞古等在你之前的圣人 / cakruḥ—从事 / na—也不 / kariṣyanti—将从事 / ca—也 / apare—其他的 / nirambuḥ—没喝水 / dhārayet—可以维持 / prāṇān—生命之气 / kaḥ—谁 / vai—事实上 / divya-samāḥ—天堂年 / śatam——百年

译文 就连布瑞古等在你之前出生的圣人都从事不了如此艰巨的苦行，今后也不会有任何人能这样做。在这三界中，有谁甚至连续一百天堂年不喝水还能维持自己的生命呢？

要旨 看起来瑜伽师可以在滴水未进的情况下，靠瑜伽力量活上许许多多年，哪怕他的肉身被蚂蚁和飞蛾啃吃了都没关系。

第 20 节

व्यवसायेन तेऽनेन दुष्करेण मनस्विनाम् ।
तपोनिष्ठेन भवता जितोऽहं दितिनन्दन ॥२०॥

vyavasāyena te 'nena
duṣkareṇa manasvinām
tapo-niṣṭhena bhavatā
jito 'haṁ diti-nandana

vyavasāyena—决心地 / te—你的 / anena—这 / duṣkareṇa—难以做到 / manasvinām—甚至连伟大、圣洁的圣人 / tapaḥ-niṣṭhena—目标在于从事苦行 / bhavatā—被你 / jitaḥ—被征服 / aham—我 / diti-nandana—迪缇之子啊！

译文　我亲爱的迪缇之子，你用你巨大的决心和苦行做出就连杰出的圣人都无法做到的事，因此我自然被你征服了。

要旨　就有关梵文“被征服(jitaḥ)”一词，圣玛德瓦·牟尼引述了《沙博达·尼尔纳亚》(Śabda-nirṇaya)中的一句话，即：“如果一个人被其他人控制或打败，他就被称为被征服者(parābhūtaṁ vaśa-sthaṁ ca jitabhid ucyate budhaiḥ)。”黑冉亚卡希普所从事的苦行是如此非凡、神奇，就连主布茹阿玛都同意被他所征服。

第 21 节

ततस्त आशिषः सर्वा ददाम्यसुरपुङ्गव ।
मर्तस्य ते ह्यमर्तस्य दर्शनं नाफलं मम ॥२१॥

tatas ta āśiṣaḥ sarvā
　dadāmy asura-puṅgava
martasya te hy amartasya
　darśanaṁ nāphalaṁ mama

tataḥ—为此 / te—向你 / āśiṣaḥ—祝福 / sarvāḥ—所有的 / dadāmi—我将赐予 / asura-puṅgava—最杰出的恶魔啊！ / martasya—一个注定将死之人的 / te—像你 / hi—事实上 / amartasya—一个不死之人的 / darśanam—观众 / na—不 / aphalam—没有结果 / mama—我的

译文　最杰出的恶魔啊！为此，无论你要什么祝福，我都准备给你。我属于半神人所居住的天堂世界，而半神人不像人类那样会死。因此，尽管你受制于死亡，但你所听到的我的话语却永不落空。

要旨　看起来人类和恶魔都受死亡的控制，而半神人不是。与主布茹阿玛一起住在萨提亚星球(Satyaloka)的半神人，在宇宙瓦解时以他们现有的身体到外琨塔星球(Vaikuṇṭhaloka)去。因此，尽管黑冉亚卡希普经历了艰巨的苦行，但主布茹阿玛预言他不得不死；他无法变得永生不死，或甚至得到与半神人一样的地位。他虽然从事非同寻常的苦行那么多年，但却不能保护他免于一死。这就是主布茹阿玛的预言。

第22节

श्रीनारद उवाच
इत्युक्त्वादिभवो देवो भक्षिताङ्गं पिपीलिकैः ।
कमण्डलुजलेनौक्षद्दिव्येनामोघराधसा ॥२२॥

śrī-nārada uvāca
ity uktvādi-bhavo devo
bhakṣitāṅgaṁ pipīlikaiḥ
kamaṇḍalu-jalenaukṣad
divyenāmogha-rādhasā

śrī-nāradaḥ uvāca－圣纳茹阿达·牟尼说 / iti－如此 / uktvā－说 / ādi-bhavaḥ－这个宇宙中的第一个生物体——主布茹阿玛 / devaḥ－首要的半神人 / bhakṣita-aṅgam－几乎完全被啃食殆尽的黑冉亚卡希普的躯体 / pipīlikaiḥ－被蚂蚁 / kamaṇḍalu－从主布茹阿玛手中特别的水罐 / jalena－借由水 / aukṣat－洒到 / divyena－是非凡灵性的 / amogha－不会失灵的 / rādhasā－力量……的

译文 圣纳茹阿达·牟尼继续道：这个宇宙中的第一个生物体——极其强大有力的主布茹阿玛，对黑冉亚卡希普说完这番话后，从他的仙水罐中取出超然的、永不变质的灵性之水，洒到黑冉亚卡希普那被蚂蚁和虫子啃吃殆尽的身体上，使黑冉亚卡希普重新恢复了活力。

要旨 主布茹阿玛是这个宇宙中第一个被创造出的生物体，得到至尊主的授权进行创造。至尊人格首神亲自以心传的方式教导这第一个生物体(tene brahma hṛdā ya ādi-kavaye)。当时没人教导布茹阿玛，但由于至尊主处在布茹阿玛的心中，祂便亲自教导布茹阿玛。主布茹阿玛被特殊赋予了力量，无论想要做什么都不会失败。这就是梵文“不会失灵的力量(amogha rādhasā)”一句的意思。他想要修复黑冉亚卡希普原有的躯体，通过从他的水罐中洒出超然之水，他就立刻做到了这一点。

第23节

स तत्कीचकवल्मीकात्सहओजोबलान्वितः ।
सर्वावयवसम्पन्नो वज्रसंहननो युवा ।
उत्थितस्तप्तहेमाभो विभावसुरिवैधसः ॥२३॥

sa tat kīcaka-valmīkāt
saha-ojo-balānvitaḥ
sarvāvayava-sampanno
vajra-saṁhanano yuvā
utthitas tapta-hemābho
vibhāvasur ivaidhasaḥ

saḥ一黑冉亚卡希普 / tat一那 / kīcaka-valmīkāt一从蚁丘和竹林 / sahaḥ一心智力量 / ojaḥ一感官力量 / bala一以及足够的身体力量 / anvitaḥ一具有 / sarva一所有的 / avayava一身体四肢 / sampannaḥ一完全恢复 / vajra-saṁhananaḥ一拥有如霹雳般强壮的躯体 / yuvā一年轻的 / utthitaḥ一产生 / tapta-hema-ābhaḥ一身体色泽犹如熔金色……的 / vibhāvasuḥ一火 / iva一如同 / edhasaḥ一从木柴

译文　主布茹阿玛一旦将水罐中的水洒到黑冉亚卡希普身上，黑冉亚卡希普的身体立刻复原，而且手臂如此强壮，甚至能承受霹雳的击打。如同从木柴中燃起的火焰，从蚁丘中现身的他完全是一个年轻人的样子，有着强壮的身体和恰似熔金的肤色。

要旨 黑冉亚卡希普被赋予了如此全新的活力，以致他的身体甚至能承受雷电的击打。他现在是有着强壮身体的年轻人，身体的色泽如熔金般美丽。黑冉亚卡希普从事的艰巨苦行使他返老还童、活力倍增。

第24节

स निरीक्ष्याम्बरे देवं हंसवाहमुपस्थितम् ।
ननाम शिरसा भूमौ तद्दर्शनमहोत्सवः ॥२४॥

sa nirīkṣyāmbare devaṁ
haṁsa-vāham upasthitam
nanāma śirasā bhūmau
tad-darśana-mahotsavaḥ

saḥ—他(黑冉亚卡希普) / nirīkṣya—看见 / ambare—在空中 / devam—最高的半神人 / haṁsa-vāham—乘坐天鹅飞机的 / upasthitam—在他面前 / nanāma—献上顶礼 / śirasā—用头 / bhūmau—在地上 / tat-darśana—因为看到主布茹阿玛 / mahā-utsavaḥ—万分高兴的

译文 看到主布茹阿玛乘坐着他的天鹅飞机就在自己面前，黑冉亚卡希普高兴万分。他立刻直挺挺地扑倒在地，开始向这位神明表达自己的感激之情。

要旨 正如《博伽梵歌》第9章的第23—24节诗记载，主奎师那说：

ye 'py anya-devatā-bhaktā
yajante śraddhayānvitāḥ
te 'pi mām eva kaunteya
yajanty avidhi-pūrvakam

ahaṁ hi sarva-yajñānāṁ
bhoktā ca prabhur eva ca
na tu mām abhijānanti
tattvenātaś cyavanti te

“琨缇的儿子啊！半神人的奉献者怀着信心崇拜半神人，但实际上崇拜的只是我，然而他们崇拜的方式错了。我是一切祭祀唯一的享受者和主人。因此，认识不到我的真正超然性的人坠落。”

事实上，奎师那说：“致力于崇拜半神人的人不是很有智慧，尽管这样的崇拜间接地献给了我。”这就像一个人将水洒在一棵树的枝叶上，而不是往树根浇水。这是缺乏知识或不遵守规则的做法。给树木浇水的正确做法是往树根部浇水。同样道理，要滋养身体的各个部位的做法是给胃提供食物。半神人可以说是至尊主政府中的各级官员和部门主管。国民必须遵守政府制定的法律，而不是官员和主管们自己制定的规则。同样，每一个人应该只把崇拜献给至尊主。那将使至尊主属下的各级官员和部门主管自然而然感到满意。官员和部门主管们作为政府的各级代表处理事务，贿赂他们是违法的。这在《博伽梵歌》中被说成是“违反规定的(avidhi-pūrvakam)。”换句话说，奎师那不赞成没必要地崇拜半神人。

《博伽梵歌》中明确地说：韦达文献中推荐了各种举行祭祀(yajña)的方法，但所有种类的祭祀都是为使至尊主满意而设的。雅格亚(yajña, 祭祀)的意思是维施努(Viṣṇu)。《博伽梵歌》第3章中明确地说，人应该只为取悦雅格亚——维施努而工作。被称为瓦尔纳刷玛·达玛(varṇāśrama-dharma)的社会四阶层和灵性四阶段制度，是人类文明的完美形式。这制度是专为使维施努满意而设的。正因为如此，奎师那说：“我是至高无上的主人，所以是一切祭祀的享受者。”然而，不了解这真相的智力欠佳之人，为得到短暂的利益而崇拜半神人。这使他们坠入物质存在，达不到生命的最高目标。如果有人想要满足什么物质欲望，最好是向至尊主祈求(尽管那不是纯粹的奉爱)；那将使他得到他渴望的结果。

黑冉亚卡希普虽然向主布茹阿玛献上敬礼，但却对主维施努满怀仇恨。这就是恶魔(asura)的表现。恶魔在撇开至尊主的情况下崇拜半神人，不知道全体半神人之所以有力量，是因为他们在当至尊主的仆人。如果至尊主收回半神人的力量，半神人就不能再给崇拜他们的人以祝福了。奉献者和非奉献者或说恶魔之间的区别是：奉献者知道主维施努是至尊人格首神，众生的力量都来自祂。奉献者不会为得到某种力量去崇拜半神人。他崇拜主维施努，知道如果自己想要得到某种力量，就能在为主维施努做奉爱服务的过程中得到那力量。正因为如此，《圣典博伽瓦谭》第2篇第3章的第10节诗推荐：

akāmaḥ sarva-kāmo vā
  mokṣa-kāma udāra-dhīḥ
tīvreṇa bhakti-yogena
  yajeta puruṣaṁ param

“有高度智慧的人，无论内心是充满各种物质欲望，是根本没有物质欲望，还是想要得到解脱，都必须用尽所有的方法崇拜至尊的整体——人格首神。”有物质欲望的人，与其崇拜半神人，不如向至尊主祈祷，以便与至尊主建立起关系，从而得救，不使自己成为恶魔或非奉献者。就有关这一点，圣玛德瓦查尔亚引述《布茹阿玛·塔尔卡》(Brahma-tarka)中的诗文说：

eka-sthānaika-kāryatvād
  viṣṇoḥ prādhānyatas tathā
jīvasya tad-adhīnatvān
  na bhinnādhikṛtaṁ vacaḥ

由于维施努是至尊者，所以崇拜维施努的人能够实现自己所有的愿望。根本没必要把注意力转移到任何半神人身上。

第25节

उत्थाय प्राञ्जलिः प्रह्व ईक्षमाणो दृशा विभुम् ।
हर्षाश्रुपुलकोद्भेदो गिरा गद्गदयागृणात् ॥२५॥

utthāya prāñjaliḥ prahva
　īkṣamāṇo dṛśā vibhum
harṣāśru-pulakodbhedo
　girā gadgadayāgṛṇāt

utthāya－起身 / prāñjaliḥ－双手合十 / prahvaḥ－态度谦逊 / īkṣamāṇaḥ－看见 / dṛśā－用他的眼睛 / vibhum－这宇宙中的至尊人 / harṣa－喜悦的 / aśru－泪水 / pulaka－毛发直竖 / udbhedaḥ－高兴的 / girā－用言语 / gadgadayā－哽咽 / agṛṇāt－祈祷

译文　接着，这位恶魔的首领从地上起身，看到主布茹阿玛就在自己面前，感到满心欢喜。他眼含泪水，整个身体颤抖着，心态谦卑、双手合十、声音哽咽地开始祈祷，以此取悦主布茹阿玛。

第 26－27 节

श्रीहिरण्यकशिपुरुवाच
कल्पान्ते कालसृष्टेन योऽन्धेन तमसावृतम् ।
अभिव्यनग्जगदिदं स्वयञ्ज्योतिः स्वरोचिषा ॥२६॥

आत्मना त्रिवृता चेदं सृजत्यवति लुम्पति ।
रजःसत्त्वतमोधाम्ने पराय महते नमः ॥२७॥

śrī-hiraṇyakaśipur uvāca
kalpānte kāla-sṛṣṭena
　yo 'ndhena tamasāvṛtam
abhivyanag jagad idaṁ
　svayañjyotiḥ sva-rociṣā

ātmanā tri-vṛtā cedaṁ
　sṛjaty avati lumpati
rajaḥ-sattva-tamo-dhāmne
　parāya mahate namaḥ

śrī-hiraṇyakaśipuḥ uvāca－黑冉亚卡希普说 / kalpa-ante－主布茹

阿玛的每一天结束时 / kāla-sṛṣṭena—由时间因素创造 / yaḥ—……的他 / andhena—被浓密的黑暗 / tamasā—被愚昧 / āvṛtam—覆盖 / abhivyanak—展示 / jagat—宇宙展示 / idam—这 / svayam-jyotiḥ—自身发光的 / sva-rociṣā—被他身体的光芒 / ātmanā—被他自己 / tri-vṛtā—由物质自然三种属性控制 / ca—还有 / idam—这物质世界 / sṛjati—创造 / avati—维系 / lumpati—毁灭 / rajaḥ—激情属性的 / sattva—善良属性的 / tamaḥ—愚昧属性的 / dhāmne—向至尊主 / parāya—向至尊者 / mahate—向伟大者 / namaḥ—我虔敬的顶礼

译文 让我向这个宇宙中的至尊神明恭敬地敬礼。在他生命中的每一天结束时，整个宇宙便在时间的影响下被浓密的黑暗所笼罩。接着，在第二天的白天期间，那位自身发光的神明凭他放射的光芒，透过由物质自然三种属性构成的物质能量，展出、维系和毁灭整个宇宙展示。他——主布茹阿玛，是善良属性、激情属性和愚昧属性的庇护所。

要旨 梵文“这展示了的宇宙展示(abhivyanag jagad idam)”一句是指，创造了这个宇宙展示的他。最初的创造者是至尊人格首神奎师那(janmādy asya yataḥ)；主布茹阿玛是第二阶段的创造者。当主奎师那授权主布茹阿玛作为工程师创造现象世界时，他成为这个宇宙中最有力量的人。物质能量整体由奎师那创造，主布茹阿玛后来利用已经被创造出的需要用的原材料，建造了整个现象宇宙。在主布茹阿玛的一天结束时，斯瓦尔嘎星球(Svargaloka)以下的一切都被淹没在水中；第二天清晨，当宇宙还笼罩在黑暗中时，布茹阿玛再次将现象世界展示出来。正因为如此，这节诗文中说他展示了这个宇宙。

主布茹阿玛运用物质自然三种属性(trīn guṇān vṛṇoti)。物质自然(prakṛti)，在此被说成是物质自然三种属性的来源(tri-vṛtā)。对此，圣玛德瓦查尔亚评论说：物质自然三种属性的来源(tri-vṛtā)是指物质自然(prakṛtyā)。所以，主奎师那是最初的创造者，主布茹阿玛是第一位工程师。

第 28 节

नम आद्याय बीजाय ज्ञानविज्ञानमूर्तये ।
प्राणेन्द्रियमनोबुद्धिविकारैर्व्यक्तिमीयुषे ॥२८॥

nama ādyāya bījāya
jñāna-vijñāna-mūrtaye
prāṇendriya-mano-buddhi-
vikārair vyaktim īyuṣe

namaḥ—我致上我虔敬的顶礼 / ādyāya—向最初的生物体 / bījāya—宇宙展示的种子 / jñāna—知识的 / vijñāna—和实际应用的 / mūrtaye—向神明或形象 / prāṇa—生命之气的 / indriya—感官的 / manaḥ—心的 / buddhi—智慧的 / vikāraiḥ—借由转化 / vyaktim—展示 / īyuṣe—已经获得的

译文　我顶拜这个宇宙中的第一位人物——主布茹阿玛，他有知识，能够将他的心和觉悟了的智慧用于创造这个宇宙展示。他从事的活动使宇宙中的万物变得可见。所以，他是一切展示的原因。

要旨　《韦丹塔经》(Vedānta-sūtra,《吠檀陀经》)在一开篇就声明，绝对的人是一切创造的起源(janmādy asya yataḥ)。人们也许会问，主布茹阿玛是不是至尊绝对的人。不是。至尊绝对的人是奎师那。布茹阿玛从奎师那得到他的心智和原料等一切，从而成为第二阶段的创造者、这个宇宙的工程师。就有关这一点，我们也许注意到，创造并非因一团物质爆炸后偶然发生。学习韦达知识的人不接受这种无稽之谈。第一位被创造的生物体是布茹阿玛，至尊主赋予他完美的知识和智慧。正如《圣典博伽瓦谭》所说：布茹阿玛虽然是第一位被造生物体，但他并非是独立的，因为他从心中得到至尊人格首神给予他的帮助(tene brahma hṛdā ya ādikavaye)。创造之时，宇宙中除了布茹阿玛没有其他人，因此他从心中得到至尊主给予他的智慧。《圣典博伽瓦谭》一开篇就谈到了这一点。

在这节诗文中，主布茹阿玛被说成是宇宙展示的根源，这种说法适用于他在这个物质宇宙中的地位。物质世界里有许许多多这样的控制者，都是由至尊主维施努创造的。《永恒的柴坦亚经》(Caitanya-caritāmṛta)中描述的一个事件说明了这一点。当这个宇宙的布茹阿玛收到奎师那的邀请前往杜瓦尔卡，他以为他是唯一的布茹阿玛。所以，当奎师那问祂的仆人，在门口等着晋见的布茹阿玛是哪一个布茹阿玛时，这个宇宙的主布茹阿玛感到很惊讶。他回答说，当然是主布茹阿玛——库玛尔(Kumāra)四兄弟的父亲等在门口啦！后来，当主布茹阿玛询问奎师那为何要问是哪位布茹阿玛来了时，他被告知，世上有好几百万个宇宙，所以有好几百万个布茹阿玛。奎师那接着召唤所有的布茹阿玛，他们都立刻来见祂。这个宇宙中长着四个头的布茹阿玛(catur-mukha Brahmā)，以为自己是十分重要的生物体，但没想到去现场的有那么多长着众多头颅的布茹阿玛。所以，尽管每一个宇宙中都有一个身为工程师的布茹阿玛，但奎师那是全体布茹阿玛的来源。

第 29 节

त्वमीशिषे जगतस्तस्थुषश्च
प्राणेन मुख्येन पतिः प्रजानाम् ।
चित्तस्य चित्तैर्मनइन्द्रियाणां
पतिर्महान् भूतगुणाशयेशः ॥२९॥

tvam īśiṣe jagatas tasthuṣaś ca
prāṇena mukhyena patiḥ prajānām

cittasya cittair mana-indriyāṇāṁ
　patir mahān bhūta-guṇāśayeśaḥ

tvam－您 / īśiṣe－实际控制 / jagataḥ－动的生物体的 / tasthuṣaḥ－固定在一处的生物体的 / ca－和 / prāṇena－借由生命力 / mukhyena－一切活动的起源 / patiḥ－主人 / prajānām－一切生物的 / cittasya－心的 / cittaiḥ－借由意识 / manaḥ－心的 / indriyāṇām－两种感官(活动和获取知识)的 / patiḥ－主人 / mahān－伟大的 / bhūta－物质元素的 / guṇa－和物质元素的品质 / āśaya－欲望的 / īśaḥ－至尊主人

译文　您大人作为这个物质世界生命的起源，是动与不动的生物体的主人和控制者，是您赋予他们意识。您维系着他们的心，以及他们的活动感官和获取知识的感官。正因为如此，您是一切物质元素及其属性的非凡控制者，是一切欲望的控制者。

要旨　这节诗文明确表明，生命是一切的根源。布茹阿玛得到至尊生命奎师那的教导。奎师那是至高无上的活生生的生物(nityo nityānāṁ cetanaś cetanānām)，布茹阿玛也是生物，但布茹阿玛的来源是奎师那。因此，《博伽梵歌》第7章的第7节诗记载，奎师那说："阿尔诸纳啊！我是至高无上的真理(mattaḥ parataraṁ nānyat kiñcid asti dhanañjaya)。"奎师那是布茹阿玛的来源，布茹阿玛是这个宇宙内一切现象的起源。布茹阿玛是奎师那的代表，因此也展现出奎师那的所有品质和活动。

第 30 节

त्वं सप्ततन्तून् वितनोषि तन्वा
　त्रय्या चतुर्होत्रकविद्यया च ।
त्वमेक आत्मात्मवतामनादि-
　रनन्तपारः कविरन्तरात्मा ॥३०॥

tvaṁ sapta-tantūn vitanoṣi tanvā
trayyā catur-hotraka-vidyayā ca
tvam eka ātmātmavatām anādir
ananta-pāraḥ kavir antarātmā

tvam一您 / sapta-tantūn一以阿格尼施头玛为首的七种韦达祭祀仪式 / vitanoṣi一广泛传授 / tanvā一借由您的身体 / trayyā一三种韦达 / catuḥ-hotraka一被称为厚塔、阿德瓦尔尤、布茹阿玛和乌德嘎塔的四种韦达祭司的 / vidyayā一借由必要的知识 / ca一也 / tvam一您 / ekaḥ一一个 / ātmā一超灵 / ātma-vatām一众生的 / anādiḥ一无始 / ananta-pāraḥ一无终 / kaviḥ一至高的启发者 / antaḥ-ātmā一内心的超灵

译文 我亲爱的主人，凭借您作为韦达经人格化身的形象，透过与全体举行祭祀的布茹阿玛纳的活动有关的知识，您广泛传授以阿格尼施头玛为首的七种祭祀的韦达仪式。事实上，您启发举行祭祀的布茹阿玛纳去做三部韦达经中谈到的仪式。作为至尊灵魂、众生的超灵，您无始无终、无所不知，超越时间和空间的限制。

要旨 韦达仪式，以及有关方面的知识和同意举行那些仪式的人，都是由至尊灵魂传授和赋予灵感的。正如《博伽梵歌》所说：记忆、知识和遗忘都来自至尊主(mattaḥ smṛtir jñānam apohanaṁ ca)。超灵处在每一个生物体的心中(sarvasya cāhaṁ hṛdi sanniviṣṭaḥ, īśvaraḥ sarva-bhūtānāṁ hṛd-deśe 'rjuna tiṣṭhati)，当有人想要增加韦达知识时，超灵便给予指导。至尊主以超灵的身份行事，给合适的人以灵感，启发他举行韦达仪式性典礼。就有关这一点，需要有被称为瑞特维克(ṛtvik)的四种祭司。这四种祭司分别被称为厚塔(hotā)、阿德瓦尔尤(adhvaryu)、布茹阿玛(brahma)和乌德嘎塔(udgātā)。

第31节

त्वमेव कालोऽनिमिषो जनाना-
मायुर्लवाद्यवयवैः क्षिणोषि ।
कूटस्थ आत्मा परमेष्ठ्यजो महां-
स्त्वं जीवलोकस्य च जीव आत्मा ॥३१॥

tvam eva kālo 'nimiṣo janānām
āyur lavādy-avayavaiḥ kṣiṇoṣi
kūṭa-stha ātmā parameṣṭhy ajo mahāṁs
tvaṁ jīva-lokasya ca jīva ātmā

tvam—您 / eva—事实上 / kālaḥ—无限的时间 / animiṣaḥ—永不眨眼 / janānām—众生的 / āyuḥ—寿命 / lava-ādi—由秒、片刻、分钟和小时组成 / avayavaiḥ—借由不同的部分 / kṣiṇoṣi—缩短 / kūṭa-sthaḥ—不受任何事物的影响 / ātmā—超灵 / parameṣṭhī—至尊主 / ajaḥ—不经出生就存在 / mahān—伟大的 / tvam—您 / jīva-lokasya—这物质世界的 / ca—还有 / jīvaḥ—生命的源泉 / ātmā—超灵

译文 我的主人啊！您圣上永恒清醒，明了一切的发生。作为永恒的时间，您透过瞬间、秒、分钟和小时等不同的时间长度缩短众生的寿命。尽管如此，您本人却从不变化，作为超灵、见证者、至尊主、不经出生就存在者及众生生命源泉的无所不在的控制者，处在一个地方。

要旨 这节诗文中的“不受任何事物的影响(kūṭa-stha)”一句十分重要。至尊人格首神虽然无所不在，但却是不变的中心。至尊主处在众生的心中(īśvaraḥ sarva-bhūtānāṁ hṛd-deśe 'rjuna tiṣṭha-ti)。正如众多奥义书(Upaniṣads)中用梵文ekatvam一词所表明的：尽管世上有千百万的生物体，但至尊主作为超灵处在他们每一个的体内。祂是一个个体，但在众多事物中展示自己。又如《布茹阿玛-萨密塔》(Brahma-saṁhitā)中说明：祂虽然有许多形象，但那些

形象都是一体，而且不变(advaitam acyutam anādim ananta-rūpam)。由于至尊主无所不在，祂也处在永恒的时间内。生物被描述为是至尊主不可缺少的一部分，因为祂是全体众生的生命之魂，作为超灵(antaryāmī)处在众生的心中。正如不可思议的“既是一体又有区别”的哲学(acintya-bhedābheda)所明确说明：由于生物是神所属的一部分，他们在质上与至尊主一样，但却不同于祂。给众生以活动灵感的超灵，既是一体又不变化。尽管有各种各样的主体、客体和活动，但至尊主是不变的一体。

第 32 节

त्वत्तः परं नापरमप्यनेज-
देजच्च किञ्चिद्व्यतिरिक्तमस्ति ।
विद्याः कलास्ते तनवश्च सर्वा
हिरण्यगर्भोऽसि बृहत्त्रिपृष्ठः ॥३२॥

tvattaḥ paraṁ nāparam apy anejad
ejac ca kiñcid vyatiriktam asti
vidyāḥ kalās te tanavaś ca sarvā
hiraṇyagarbho 'si bṛhat tri-pṛṣṭhaḥ

tvattaḥ－从您 / param－较高级 / na－不 / aparam－较低级 / api－甚至 / anejat－不动的 / ejat－动的 / ca－和 / kiñcit－任何东西 / vyatiriktam－分开的 / asti－有 / vidyāḥ－知识 / kalāḥ－它的部分 / te－您的 / tanavaḥ－身体特征 / ca－和 / sarvāḥ－所有的 / hiraṇya-garbhaḥ－一个将宇宙置于其腹部的人 / asi－您是 / bṛhat－比最伟大的还要伟大 / tri-pṛṣṭhaḥ－超越物质自然三种属性

译文 无论是较高级或较低级的，还是动与不动的一切，没什么是与您分开的。来自奥义书等韦达文献及来自原本的韦达知识的所属部分知识，构成您的外在身体。您虽是宇宙的储藏体——黑冉亚嘎尔巴，但作为至尊控制者，却超越由物质自然三种属性所构成的物质世界。

要旨 梵文param一词的意思是“至高无上的原因”，aparam的意思是“结果”。至高无上的原因是至尊人格首神，结果是物质自然。动与不动的生物体因为躯体都是至尊人格首神外在能量的扩展，所以都受到以艺术和科学方式呈现的韦达教导的控制，而至尊人格首神作为超灵是一切的中心。宇宙(brahmāṇḍa)存在于至尊主的一个呼吸间(yasyaika-niśvasita-kālam athāvalambya jīvanti lomavilajā jagad-aṇḍa-nāthāḥ)，所以它们也在至尊人格首神玛哈·维施努(MahāViṣṇu)的腹腔内。因此，没有什么是与至尊主分开的。这就是“同时既是一体又有区别(acintya-bhedābheda-tattva)”的哲学。

第33节

व्यक्तं विभो स्थूलमिदं शरीरं
येनेन्द्रियप्राणमनोगुणांस्त्वम् ।
भुङ्क्षे स्थितो धामनि पारमेष्ठ्ये
अव्यक्त आत्मा पुरुषः पुराणः ॥३३॥

vyaktaṁ vibho sthūlam idaṁ śarīraṁ
yenendriya-prāṇa-mano-guṇāṁs tvam
bhuṅkṣe sthito dhāmani pārameṣṭhye
avyakta ātmā puruṣaḥ purāṇaḥ

vyaktam—展示／vibho—我的主人啊！／sthūlam—宇宙展示／idam—这／śarīram—外在的身体／yena—借由……的／indriya—感官／prāṇa—生命之气／manaḥ—心／guṇān—超然的品质／tvam—您／bhuṅkṣe—享有／sthitaḥ—处在／dhāmani—于您自己的住所／pārameṣṭhye—至尊的／avyaktaḥ—并非透过普通的知识展示出／ātmā—灵魂／puruṣaḥ—至尊人／purāṇaḥ—最年长的

译文 我的主人啊！您虽然始终没有变化地处在您自己的住所，但却在这个宇宙展示中扩展出您的宇宙形象，以此看似在品味物质世界。您是梵、超灵、最年长者、人格首神。

要旨 经典中说，绝对真理以三种形式出现，分别是：不具人格特征的梵(Brahman)，处在局部区域的超灵，以及最终的至尊人格首神奎师那。宇宙展示是至尊人格首神的粗糙物质躯体，祂通过扩展出祂不可缺少的一部分——在质上与祂一样的众多生物，品尝物质的甘美滋味。然而，至尊人格首神本人住在外琨塔(Vaikuṇṭha)星球，在那里享受灵性的甘美滋味。就这样，一位绝对真理——至尊人格首神巴嘎万(Bhagavān)，透过祂的物质宇宙展示、灵性的梵光和祂作为至尊主本人的存在，遍布各处。

第 34 节

अनन्ताव्यक्तरूपेण येनेदमखिलं ततम् ।
चिदचिच्छक्तियुक्ताय तस्मै भगवते नमः ॥३४॥

anantāvyakta-rūpeṇa
yenedam akhilaṁ tatam
cid-acic-chakti-yuktāya
tasmai bhagavate namaḥ

ananta-avyakta-rūpeṇa一以无限、不展示的形象 / yena一借由……的 / idam一这 / akhilam一总体 / tatam一扩展 / cit一与灵性的 / acit一和物质的 / śakti一力量 / yuktāya一向具有……的祂 / tasmai一向祂 / bhagavate一向至尊人格首神 / namaḥ一我致以敬礼

译文 让我向以无限、不展示的形象扩展出宇宙展示——宇宙总体形象的至尊者，恭敬地致以敬礼。祂拥有外在和内在能量，以及包含了所有生物、被称为边缘能量的混合能量。

要旨　至尊主具有无限的能量和力量(parāsya śaktir vividhaiva śrūyate)，总体分为三类，即：外在能量、内在能量和边缘能量。外在能量展示这个物质世界，内在能量展示灵性世界，而边缘能量展示为可以与内在能量和外在能量混合的生物。生物体作为至尊梵(Parabrahman)不可缺少的一部分，其实是内在能量，但由于与外在能量接触，而成为物质能量和灵性能量的共同展示。至尊人格首神超越物质能量，一直在从事灵性的娱乐活动。物质能量只不过是祂娱乐活动的一个外在展示而已。

第 35 节

यदि दास्यस्यभिमतान् वरान्मे वरदोत्तम ।
भूतेभ्यस्त्वद्विसृष्टेभ्यो मृत्युर्मा भून्मम प्रभो ॥३५॥

yadi dāsyasy abhimatān
varān me varadottama
bhūtebhyas tvad-visṛṣṭebhyo
mṛtyur mā bhūn mama prabho

yadi—如果 / dāsyasi—您将赐予 / abhimatān—想要的 / varān—祝福 / me—向我 / varada-uttama—最卓越的给予祝福者啊！ / bhūte-bhyaḥ—从生物体 / tvat—由您 / visṛṣṭebhyaḥ—被创造的 / mṛtyuḥ—死亡 / mā—不 / bhūt—但愿 / mama—我的 / prabho—我的主啊！

译文　啊，我的主人、最卓越的祝福赐予者！如果您仁慈地同意将我想要的祝福赐给我，那就请您让我不遭遇您创造的任何生物体所导致的死亡。

要旨　这个宇宙中的第一位被创造的生物体——主布茹阿玛，自从由嘎尔博达卡沙依·维施努(Garbhodakaśāyī Viṣṇu)的肚脐被创造出来后，创造出许多其他各种类型的生物体，住在这个宇宙中。因此，自从创造的一开始，生物体就产自更高级的生物。

最终，奎师那是至高无上的生物，是一切其他生物的父亲。祂是众生那播种的父亲(ahaṁ bīja-pradaḥ pitā)。

到目前为止，黑冉亚卡希普一直将主布茹阿玛当做至尊人格首神加以崇拜，并期望靠主布茹阿玛的祝福变得永生不朽。但他这时开始明白，就连主布茹阿玛都不是永生的，因为在年代循环最终结束后，主布茹阿玛也会死。所以，他很谨慎地要求主布茹阿玛给他一个几乎等同于可以不死的祝福。他的第一个要求是，不被由主布茹阿玛在这个物质世界里创造的任何种类的生物体杀死。

第36节

नान्तर्बहिर्दिवा नक्तमन्यस्मादपि चायुधैः ।
न भूमौ नाम्बरे मृत्युर्न नरैर्न मृगैरपि ॥३६॥

nāntar bahir divā naktam
anyasmād api cāyudhaiḥ
na bhūmau nāmbare mṛtyur
na narair na mṛgair api

na一不 / antaḥ一内部(皇宫或家) / bahiḥ一户外 / divā一白天 / naktam一黑夜 / anyasmāt一从任何在主布茹阿玛之外的 / api一甚至 / ca一也 / ayudhaiḥ一被这物质世界使用的任何武器 / na一也不 / bhūmau一在地上 / na一不 / ambare一在天空 / mṛtyuḥ一死亡 / na一不 / naraiḥ一被任何人 / na一也不 / mṛgaiḥ一被任何动物 / api一也

译文 请使我不死于任何住所内和住所外，不死于白天或黑夜，不死在地上或天空。请让我既不死于您所创造的任何生物体所导致的死亡，也不死于任何武器，不被人类或动物杀死。

要旨　黑冉亚卡希普很害怕维施努化身为一个动物杀死他，因为他的弟弟就是被主维施努化身为一头雄猪杀死的。为此，他十分害怕地提防所有种类的动物。但主维施努即使不化身为动物，也能靠投掷祂的苏达尔珊飞轮(Sudarśana cakra)杀死黑冉亚卡希普，苏达尔珊飞轮可以在至尊主不在场的情况下去任何地方。鉴于此，黑冉亚卡希普害怕地慎防所有种类的武器。他预防所有种类的时间、空间和地区，因为害怕被其他人在什么地方杀死。宇宙中有许许多多高等或低等星球，因此他祈求不被任何星球上的任何居民所杀死的祝福。宇宙中有三位最初的神明，他们是：布茹阿玛、维施努和玛黑施瓦尔(Maheśvara)。黑冉亚卡希普知道布茹阿玛不会杀他，但也不想被主维施努或主希瓦杀死。他为此而祈求这样的祝福。这样，黑冉亚卡希普以为自己很安全地被保护了起来，不会经受由这个宇宙中的任何生物体导致的各种死亡。他还谨慎地避免自然死亡，那也许会发生在他的家中或家外。

第 37—38 节

व्यसुभिर्वासुमद्भिर्वा सुरासुरमहोरगैः ।
अप्रतिद्वन्द्वतां युद्धे ऐकपत्यं च देहिनाम् ॥३७॥

सर्वेषां लोकपालानां महिमानं यथात्मनः ।
तपोयोगप्रभावाणां यन्न रिष्यति कर्हिचित् ॥३८॥

vyasubhir vāsumadbhir vā
surāsura-mahoragaiḥ
apratidvandvatāṁ yuddhe
aika-patyaṁ ca dehinām

sarveṣāṁ loka-pālānāṁ
mahimānaṁ yathātmanaḥ
tapo-yoga-prabhāvāṇāṁ
yan na riṣyati karhicit

vyasubhiḥ－被没有生命的东西 / vā－或者 / asumadbhiḥ－被有生命的生物体 / vā－或者 / sura－被半神人 / asura－恶魔 / mahā-uragaiḥ－被住在低等星球的巨蛇 / apratidvandvatām－没有对手 / yuddhe－在战场上 / aika-patyam－最高权力 / ca－和 / dehinām－在那些拥有物质躯体的生物之上 / sarveṣām－一切的 / loka-pālānām－所有星球的主宰神明 / mahimānam－荣耀 / yathā－正如 / ātmanaḥ－您自己的 / tapaḥ-yoga-prabhāvāṇām－其力量是借由苦行和练神秘瑜伽得来的那些的 / yat－……的 / na－永不 / riṣyati－被破坏 / karhicit－在任何时候

译文 请不要让我遭遇有生命或无生命的一切所导致的死亡。不仅如此，请不要让我被任何半神人、恶魔或来自低等星球的巨蛇所杀。没人能在战场上杀死您，所以您没有对手。为此，请赐予我祝福，让我也打遍天下无敌手。给予我权利，让我独自控制所有的生物体和主管神明，再给予我由那个地位所带来的一切荣耀。除此之外，赐予我靠长时间的苦行和练瑜伽所能得到的一切神秘力量，因为这些在任何时候都不会失去。

要旨 主布茹阿玛凭借长时间的苦行及练神秘瑜伽和冥想等方式，获得他的至高地位。黑冉亚卡希普想要得到类似的地位。靠练神秘瑜伽、苦行和其他方式所获得的普通力量有时还会被战胜，但靠至尊主的仁慈获得的力量永不被战胜。为此，黑冉亚卡希普想要一个永不被战胜的祝福。

到此为止，结束了巴克提韦丹塔对《圣典博伽瓦谭》第7篇第3章——“黑冉亚卡希普设法永生不死”所作的阐释。

第四章

黑冉亚卡希普搅乱整个宇宙

这一章完整地解释了黑冉亚卡希普(Hiraṇyakaśipu)是如何从主布茹阿玛(Brahmā)那里得到力量，并误用它骚扰这个宇宙中的众生的。

黑冉亚卡希普靠从事艰巨的苦行让主布茹阿玛感到满意，从而得到他想要得到的祝福。他得到这些恩赐后，他那几乎被整个耗损光的躯体重新恢复其十足的健美状态，发射出如同金子般的光芒。尽管如此，他依旧对主维施努满怀恨意，无法原谅主维施努杀死了他弟弟。黑冉亚卡希普征服了上中下三界及十个方向内的众生，将半神人和恶魔都置于他的控制之下。他成为世界各地，包括被他赶走的天帝因铎(Indra)的住所在内的主人，开始享受骄奢淫逸的生活，从而变得疯狂。除了主维施努(Viṣṇu)、布茹阿玛和希瓦(Śiva)，所有其他的半神人都受到他的控制，开始侍奉他。但他因为总是狂妄自大，所以虽然拥有一切物质力量，但却并不满足，竟然狂妄地违反韦达规定。所有的布茹阿玛纳都对他不满，决定诅咒他。最后，宇宙的众生由半神人和圣人代表向至尊主祈祷，要求结束黑冉亚卡希普的统治。

主维施努告知半神人，他们和其他生物体将会被解救出由黑冉亚卡希普制造的恐怖处境。由于对全体半神人、韦达经的遵循者、乳牛、布茹阿玛纳，以及虔诚、圣洁的宗教人士来说，黑冉亚卡希普是暴君，由于他对至尊主心怀恨意，他自然很快就会被杀死。黑冉亚卡希普最后采取的行动是，折磨他的亲生儿子帕拉德——伟大的奉献者(mahā-bhāgavata) ——崇高的外士纳瓦(Vaiṣṇa-va)。那时，他的生命就走到了终点。当至尊人格首神给予半神人们保证后，大家都感到满意，知道由黑冉亚卡希普加诸在他们身上的折磨即将结束。

最后，纳茹阿达·牟尼(Nārada Muni)描述黑冉亚卡希普的儿子帕拉德王的特点；描述他父亲是如何对自己亲生的、有资格的儿子心怀敌意。这一章就此结束。

第1节

श्रीनारद उवाच
एवं वृतः शतधृतिर्हिरण्यकशिपोरथ ।
प्रादात्तत्तपसा प्रीतो वरांस्तस्य सुदुर्लभान् ॥१॥

śrī-nārada uvāca
evaṁ vṛtaḥ śata-dhṛtir
hiraṇyakaśipor atha
prādāt tat-tapasā prīto
varāṁs tasya sudurlabhān

śrī-nāradaḥ uvāca—圣纳茹阿达·牟尼说 / evam—如此 / vṛtaḥ—恳求 / śata-dhṛtiḥ—主布茹阿玛 / hiraṇyakaśipoḥ—黑冉亚卡希普的 / atha—那时 / prādāt—赐予 / tat—这 / tapasā—借由艰难的苦行 / prītaḥ—被取悦 / varān—赐福 / tasya—对黑冉亚卡希普 / su-durlabhān—很难得到的

译文 纳茹阿达·牟尼继续说：黑冉亚卡希普从事的艰巨苦行，使主布茹阿玛很满意。因此，当黑冉亚卡希普恳求给予那些赐福时，主布茹阿玛答应了，尽管要得到它们原比登天还难。

第2节

श्रीब्रह्मोवाच
तातेमे दुर्लभाः पुंसां यान् वृणीषे वरान्मम ।
तथापि वितराम्यङ्ग वरान् यद्यपि दुर्लभान् ॥२॥

śrī-brahmovāca
tāteme durlabhāḥ puṁsāṁ
yān vṛṇīṣe varān mama
tathāpi vitarāmy aṅga
varān yadyapi durlabhān

śrī-brahmā uvāca—主布茹阿玛说 / tāta—亲爱的儿子啊！ / ime—所有这些 / durlabhāḥ—很难得到 / puṁsām—被人 / yān—那些……的 / vṛṇīṣe—你要求 / varān—赐福 / mama—从我 / tathāpi—仍然 / vitarāmi—我将赐予 / aṅga—黑冉亚卡希普啊！ / varān—赐福 / yadyapi—虽然 / durlabhān—通常没能得到

译文　主布茹阿玛说：黑冉亚卡希普啊！对绝大多数人来说，你所要求的这些赐福很难得到。即便如此，我的孩子啊！我将会把这些都赐予你，尽管通常没人能得到它们。

要旨　严格地说，物质祝福不总是值得被称为赐福。人如果拥有得越来越多，那么赐福就有可能成为诅咒，因为正如要得到这个物质世界里的财富需要花费巨大的精力和努力，维系它也需要巨大的努力。主布茹阿玛告诉黑冉亚卡希普，自己虽然准备给予他想要的一切，但那结果将是很难维持下去的。尽管如此，布茹阿玛既然答应了，就会给予黑冉亚卡希普想要的祝福。梵文“很难得到(durlabhān)”一词表示，人不该接受使自己无法平静享受的赐福。

第3节

ततो जगाम भगवानमोघानुग्रहो विभुः ।
पूजितोऽसुरवर्येण स्तूयमानः प्रजेश्वरैः ॥ ३ ॥

tato jagāma bhagavān
amoghānugraho vibhuḥ
pūjito 'sura-varyeṇa
stūyamānaḥ prajeśvaraiḥ

tataḥ一那以后 / jagāma一离开 / bhagavān一最强大有力的主布茹阿玛 / amogha一不会失败的 / anugrahaḥ一赐福……的 / vibhuḥ一在这宇宙内的至尊者 / pūjitaḥ一被崇拜 / asura-varyeṇa一被最大的恶魔(黑冉亚卡希普) / stūyamānaḥ一被赞美 / prajā-īśvaraiḥ一被许多负责掌管不同区域的半神人

译文 主布茹阿玛赐予不会落空的祝福后，便在最大的恶魔黑冉亚卡希普崇拜他时，以及大圣人和圣洁之人的赞美声中离开了。

第4节

एवं लब्धवरो दैत्यो बिभ्रद्धेममयं वपुः ।
भगवत्यकरोद् द्वेषं भ्रातुर्वधमनुस्मरन् ॥ ४ ॥

evaṁ labdha-varo daityo
bibhrad dhemamayaṁ vapuḥ
bhagavaty akarod dveṣaṁ
bhrātur vadham anusmaran

evam一如此 / labdha-varaḥ一得到了他想要的恩惠 / daityaḥ一黑冉亚卡希普 / bibhrat一获得 / hema-mayam一拥有金色的光泽 / vapuḥ一一个身体 / bhagavati一对至尊人格首神主维施努 / akarot一保持 / dveṣam一恨意 / bhrātuḥ vadham一杀死他弟弟的人 / anusmaran一总是想到

译文 恶魔黑冉亚卡希普这样得到主布茹阿玛的祝福并获得一个泛着金色光泽的身体后，仍记着他弟弟的死，因此对主维施努满怀恨意。

要旨 邪恶之人即使得到在这个宇宙中能得到的一切财富，还是会忌妒至尊人格首神。

第 5—7 节

स विजित्य दिशः सर्वा लोकांश्च त्रीन्महासुरः ।
देवासुरमनुष्येन्द्रगन्धर्वगरुडोरगान् ॥ ५ ॥

सिद्धचारणविद्याध्रानृषीन् पितृपतीन्मनून् ।
यक्षरक्षःपिशाचेशान् प्रेतभूतपतीनपि ॥ ६ ॥

सर्वसत्त्वपतीञ्जित्वा वशमानीय विश्वजित् ।
जहार लोकपालानां स्थानानि सह तेजसा ॥ ७ ॥

sa vijitya diśaḥ sarvā
lokāṁś ca trīn mahāsuraḥ
devāsura-manuṣyendra-
gandharva-garuḍoragān

siddha-cāraṇa-vidyādhrān
ṛṣīn pitṛ-patīn manūn
yakṣa-rakṣaḥ-piśāceśān
preta-bhūta-patīn api

sarva-sattva-patīñ jitvā
vaśam ānīya viśva-jit
jahāra loka-pālānāṁ
sthānāni saha tejasā

saḥ一他(黑冉亚卡希普) / vijitya一征服 / diśaḥ一方向 / sarvāḥ一所有的 / lokān一星系 / ca一和 / trīn一三个(上、中和下) / mahā-asuraḥ一大恶魔 / deva一半神人 / asura一恶魔 / manuṣya一人类的 / indra一君王 / gandharva一歌仙 / garuḍa一嘎茹达鸟 / uragān一巨蛇 / siddha一神秘仙 / cāraṇa一查冉纳 / vidyādhrān一维迪亚达尔 / ṛṣīn一大圣人和圣洁之人 / pitṛ-patīn一阎罗王及其他祖先们的领袖 / manūn一所有不同的玛努 / yakṣa一夜叉 / rakṣaḥ一食人魔 / piśā-ca-īśān一妖怪星球的领袖们 / preta一鬼魂的 / bhūta一和精灵的 / pa-tīn一领袖 / api一也 / sarva-sattva-patīn一所有不同星球的领袖 / jitvā一征服 / vaśam ānīya一置于控制之下 / viśva-jit一整个宇宙的控制者 / jahāra一夺取 / loka-pālānām一掌管宇宙事务的半神人的 / sthānāni一地方 / saha一和 / tejasā一他们所有的力量

译文 黑冉亚卡希普征服了整个宇宙。事实上，那个大恶魔征服了上、中、下三个世界里所有的星球，其中包括人类、歌仙、巨鸟、巨蛇、神秘仙、查冉纳、维迪亚达尔、伟大的圣人、阎罗王、玛努、夜叉、食人魔、妖怪，以及鬼魂和精灵居住的星球。他打败了有生物体居住的所有其他星球的统治者，将他们置于自己的控制下。征服所有的星球后，他夺取统治者们的权力并去除他们的影响力。

要旨 这节诗文中的梵文“巨鸟(garuḍa)”一词说明，宇宙中有像嘎茹达(Garuḍa)那样的巨鸟居住的星球。同样，梵文“巨蛇(uraga)”一词表明，有巨大的蛇居住的星球。对宇宙的各种星球的描述，对那些认为“除了地球之外，所有其他的星球都空无居民”的现代科学家来说，也许是个挑战。这些科学家声称他们进行了登月旅行，在那里没发现有任何生物体，却只有充满灰烬和石头的活火山口，尽管事实上月亮是如此明亮，如太阳般照亮了整个宇宙。当然，用韦达文献中有关宇宙的知识，不可能说服现代科学家。但我们对科学家所说的“除了地球上充满生物体，其他星球都是空的”论调不以为然。

第 8 节

देवोद्यानश्रिया जुष्टमध्यास्ते स्म त्रिपिष्टपम् ।
महेन्द्रभवनं साक्षान्निर्मितं विश्वकर्मणा ।
त्रैलोक्यलक्ष्म्यायतनमध्युवासाखिलर्द्धिमत् ॥ ८ ॥

devodyāna-śriyā juṣṭam
adhyāste sma tri-piṣṭapam

mahendra-bhavanaṁ sākṣān
nirmitaṁ viśvakarmaṇā
trailokya-lakṣmy-āyatanam
adhyuvāsākhilarddhimat

deva-udyāna—半神人的著名花园的 / śriyā—借由财富 / juṣṭam—富丽的 / adhyāste sma—留在 / tri-piṣṭapam—各种半神人居住的高等星系 / mahendra-bhavanam—天帝因铎的宫殿 / sākṣāt—直接地 / nirmitam—建造 / viśvakarmaṇā—由半神人著名的建筑师维施瓦卡尔玛 / trailokya—所有三个世界的 / lakṣmī-āyatanam—幸运女神的住所 / adhyuvāsa—住在 / akhila-ṛddhi-mat—拥有了整个宇宙的财富

译文 拥有了一切财富的黑冉亚卡希普，开始驻扎在原本是由半神人们享受的有著名的南达纳花园的天堂。事实上，他住进天帝因铎那最富丽的宫殿中。那宫殿由天堂建筑师维施瓦卡尔玛亲自建造，其华丽程度恰似整个宇宙的幸运女神就居住在其中一样。

要旨 从这段描述看，高等星系中所有的天堂星球，都比我们所居住的低等星系要富裕成千上万倍。著名的天堂建筑师维施瓦卡尔玛(Viśvakarmā)，因为在高等星球中盖了许多神奇的建筑而闻名于世。高等星球中不仅有美丽的建筑物，而且还有许多半神人享受的富丽的花园及公园(nandana-devodyāna)。从韦达文献等权威灵性典籍的描述中，我们能了解到高等星系的富裕。科学家们所有的望远镜和其他不完美的工具，不足以用来观测高等星系。尽管所谓的科学家们因为不完美而想要用到这类工具，但这些工具本身也不完美。正因为如此，不完美的人无法用不完美的人造工具观测到高等星球上的情况。然而，从韦达文献直接得到的信息是完美的。所以我们不能接受“除了这个地球，其他星球上没有富有的住所”的说法。

第 9－12 节

यत्र विद्रुमसोपाना महामारकता भुवः ।
यत्र स्फाटिककुड्यानि वैदूर्यस्तम्भपङ्क्तयः ॥ ९ ॥

यत्र चित्रवितानानि पद्मरागासनानि च ।
पयःफेननिभाः शय्या मुक्तादामपरिच्छदाः ॥१०॥

कूजद्भिर्नूपुरैर्देव्यः शब्दयन्त्य इतस्ततः ।
रत्नस्थलीषु पश्यन्ति सुदतीः सुन्दरं मुखम् ॥११॥

तस्मिन्महेन्द्रभवने महाबलो
महामना निर्जितलोक एकराट ।
रेमेऽभिवन्द्याङ्घ्रियुगः सुरादिभिः
प्रतापितैरूर्जितचण्डशासनः ॥१२॥

yatra vidruma-sopānā
mahā-mārakatā bhuvaḥ
yatra sphāṭika-kuḍyāni
vaidūrya-stambha-paṅktayaḥ

yatra citra-vitānāni
padmarāgāsanāni ca
payaḥ-phena-nibhāḥ śayyā
muktādāma-paricchadāḥ

kūjadbhir nūpurair devyaḥ
śabda-yantya itas tataḥ
ratna-sthalīṣu paśyanti
sudatīḥ sundaraṁ mukham

tasmin mahendra-bhavane mahā-balo
mahā-manā nirjita-loka eka-rāṭ
reme 'bhivandyāṅghri-yugaḥ surādibhiḥ
pratāpitair ūrjita-caṇḍa-śāsanaḥ

yatra－那里(因铎王的居所) / vidruma-sopānāḥ－由珊瑚做成的

台阶 / mahā-mārakatāḥ—祖母绿 / bhuvaḥ—地板 / yatra—那里 / sphāṭika—水晶 / kuḍyāni—墙 / vaidūrya—猫眼石的 / stambha—圆柱的 / paṅktayaḥ—线 / yatra—那里 / citra—华丽的 / vitānāni—天蓬、华盖 / padmarāga—用红宝石点缀 / āsanāni—座椅 / ca—还有 / payaḥ—牛奶的 / phena—泡沫 / nibhāḥ—就像 / śayyāḥ—床 / muktādāma—珍珠的 / paricchadāḥ—有滚边 / kūjadbhiḥ—发出叮当声 / nūpuraiḥ—与脚铃 / devyaḥ—天女 / śabda-yantyaḥ—发出悦耳的声音 / itaḥ tataḥ—到处 / ratna-sthalīṣu—以珠宝珍品点缀的地方 / paśyanti—看见 / sudatīḥ—有美齿 / sundaram—非常美丽的 / mukham—脸庞 / tasmin—在那 / mahendra-bhavane—天帝的居所 / mahā-balaḥ—最强大的 / ma-hā-manāḥ—有高度思想的 / nirjita-lokaḥ—将每个人都置于他的控制下 / eka-rāṭ—强大的独裁者 / reme—享受 / abhivandya—崇拜 / aṅghri-yugaḥ—双脚……的 / sura-ādibhiḥ—被半神人 / pratāpitaiḥ—被打扰 / ūrjita—出乎意料之外的 / caṇḍa—严酷地 / śāsanaḥ—统治……的

译文　因铎王住所的台阶由珊瑚砌成，地板镶嵌着珍贵的祖母绿，墙是水晶墙，圆柱则由猫眼石制成。天蓬装饰美丽，座位上镶嵌着红宝石，如泡沫般洁白的丝绸寝具上用珍珠作点缀。拥有美丽牙齿和最令人惊艳的美丽面庞的宫女们，在宫殿中往来穿梭。她们能在宝石的光滑面上看到自己美丽的影像，她们佩戴的脚铃发出悠扬的叮叮声。然而，半神人现在却极受压迫，不得不在黑冉亚卡希普的脚旁向他顶礼，而他则动不动就毫无缘由地对他们严加训斥。黑冉亚卡希普就这样住在宫殿中，严酷地统治着大家。

要旨　黑冉亚卡希普在天堂星系中是如此强大有力，以致除了主布茹阿玛、主希瓦和主维施努外，所有其他的半神人都被迫侍奉他。事实上，他们害怕如果不服从他，就会受到他严厉的惩

罚。圣维施瓦纳特·查夸瓦尔提(Śrīla Viśvanātha Cakravartī)将黑冉亚卡希普比作同样是无神论者且蔑视韦达经(Vedas)中谈到的祭祀的维纳王(Mahārāja Vena)。然而，维纳王还害怕布瑞古(Bhṛgu)等一些伟大的圣人，但黑冉亚卡希普的统治方式却使除了主维施努、布茹阿玛和希瓦之外的半神人都害怕他。黑冉亚卡希普是如此警惕不要被布瑞古等大圣人的愤怒烧成灰烬，所以靠苦行超过了他们的力量，甚至将他们置于他的控制下。看来，就连由那些靠虔诚活动提升到高等星系的人，也会被黑冉亚卡希普那样的恶魔(asura)所打扰。三个世界中无人能在不受打扰的情况下平静、顺利地生活。

第 13 节

तमङ्ग मत्तं मधुनोरुगन्धिना
विवृत्तताम्राक्षमशेषधिष्ण्यपाः ।
उपासतोपायनपाणिभिर्विना
त्रिभिस्तपोयोगबलौजसां पदम् ॥१३॥

tam aṅga mattaṁ madhunoru-gandhinā
vivṛtta-tāmrākṣam aśeṣa-dhiṣṇya-pāḥ
upāsatopāyana-pāṇibhir vinā
tribhis tapo-yoga-balaujasāṁ padam

tam—他(黑冉亚卡希普) / aṅga—亲爱的君王啊！ / mattam—喝醉的 / madhunā—借由酒 / uru-gandhinā—强烈的气味 / vivṛtta—滚动 / tāmra-akṣam—像铜的眼睛 / aśeṣa-dhiṣṇya-pāḥ—所有星球的首要人物 / upāsata—崇拜 / upāyana—装满随身用品 / pāṇibhiḥ—借由他们自己的手 / vinā—没有 / tribhiḥ—三个主要的神明(主维施努、主布茹阿玛和主希瓦) / tapaḥ—苦行的 / yoga—神秘力量 / bala—体力 / ojasām—和感官的力量 / padam—居所

译文　我亲爱的君王啊！黑冉亚卡希普总是喝散发着强烈气味的葡萄酒和烈酒，所以他那铜色的眼球一直在滚动。尽管他令人憎恶，但由于他强有力地执行了神秘瑜伽中的巨大苦行，除了主布茹阿玛、主希瓦和主维施努这三位首要的半神人外，所有其他的半神人都要亲自崇拜他，亲手给他送上各种礼物，以此方式让他感到满意。

要旨　《斯康达往世书》(Skanda Purāṇa)中有这样的描述：黑冉亚卡希普是如此强大有力，以致除了主布茹阿玛、主希瓦和主维施努这三位主要的半神人之外的每一个人都在为他做服务(upāyanaṁ daduḥ sarve vinā devān hiraṇyakaḥ)。玛德瓦查尔亚(Madhvācā-rya)说：半神人分阿迪提亚(Ādityas)、瓦苏(Vasus)和茹铎(Rudras)三类(ādityā vasavo rudrās tri-vidhā hi surā yataḥ)，他们之下是玛茹特(Maruts)和萨迪亚(Sādhyas)等其他半神人(marutaś caiva viśve ca sādhyāś caiva ca tad-gatāḥ)。因此，所有的半神人都被称为tri-piṣṭapa，同样的梵文“三(tri)”适用于主布茹阿玛、主希瓦和主维施努。

第 14 节

जगुर्महेन्द्रासनमोजसा स्थितं
विश्वावसुस्तुम्बुरुरस्मदादयः ।
गन्धर्वसिद्धा ऋषयोऽस्तुवन्मुहु-
र्विद्याधराश्चाप्सरसश्च पाण्डव ॥१४॥

jagur mahendrāsanam ojasā sthitaṁ
viśvāvasus tumburur asmad-ādayaḥ
gandharva-siddhā ṛṣayo 'stuvan muhur
vidyādharāś cāpsarasaś ca pāṇḍava

jaguḥ—歌颂荣耀 / mahendra-āsanam—天帝因铎的王座 / ojasā—借由个人的力量 / sthitam—位于 / viśvāvasuḥ—歌仙的主唱 / tumburuḥ—另一位歌仙 / asmat-ādayaḥ—包括我们自己(纳茹阿达和其他人

也称颂黑冉亚卡希普）/ gandharva一歌仙星球的居民 / siddhāḥ一神秘仙星球的居民 / ṛṣayaḥ一大圣人和圣洁之人 / astuvan一献上祈祷 / muhuḥ一一再 / vidyādharāḥ一维迪亚达尔星球的居民 / ca一和 / apsarasaḥ一天堂舞女星球的居民 / ca一和 / pāṇḍava一潘杜的后裔啊！

译文 啊，尤帝士提尔王，潘杜的后裔！黑冉亚卡希普凭他自己的力量坐上天帝因铎的宝座，控制所有其他星球上的居民们。维施瓦瓦苏和屯布茹两位歌仙，以及我本人、维迪亚达尔、天堂舞女和圣人们，都一再向他献上祈祷，赞美他。

要旨 恶魔(asura)有时变得如此强大有力，甚至可以让纳茹阿达·牟尼等奉献者为他们服务。这并不意味着纳茹阿达从属于黑冉亚卡希普。但在这个物质世界里事情有时就是这样，伟大的人物，甚至伟大的奉献者，也会被恶魔所控制。

第 15 节

स एव वर्णाश्रमिभिः क्रतुभिर्भूरिदक्षिणैः ।
इज्यमानो हविर्भागानग्रहीत्स्वेन तेजसा ॥१५॥

sa eva varṇāśramibhiḥ
kratubhir bhūri-dakṣiṇaiḥ
ijyamāno havir-bhāgān
agrahīt svena tejasā

saḥ一他（黑冉亚卡希普）/ eva一确实地 / varṇa-āśramibhiḥ一被严格遵循社会四阶层和灵性四阶段制度之原则的人 / kratubhiḥ一以祭祀仪式 / bhūri一大量的 / dakṣiṇaiḥ一献上礼物 / ijyamānaḥ一被崇拜着 / haviḥ-bhāgān一祭祀品的部分 / agrahīt一夺取 / svena一被他自己 / tejasā一非凡的能力

译文　当严格遵循社会四阶层和灵性四阶段制度之原则的人举行大量敬献礼物的祭祀，以此崇拜黑冉亚卡希普时，黑冉亚卡希普不是将祭品与半神人们分享，而是全部独吞下来。

第 16 节

अकृष्टपच्या तस्यासीत्सप्तद्वीपवती मही ।
तथा कामदुघा गावो नानाश्चर्यपदं नभः ॥१६॥

akṛṣṭa-pacyā tasyāsīt
sapta-dvīpavatī mahī
tathā kāma-dughā gāvo
nānāścarya-padaṁ nabhaḥ

akṛṣṭa-pacyā—没耕作或犁田就产出粮食 / tasya—黑冉亚卡希普的 / āsīt—是 / sapta-dvīpa-vatī—由七座岛组成 / mahī—地球 / tathā—同样地 / kāma-dughāḥ—可以产出人想要的奶量的 / gāvaḥ—牛 / nā-nā—各式各样的 / āścarya-padam—神奇的事物 / nabhaḥ—天空

译文　出于对黑冉亚卡希普的恐惧，由七大岛屿组成的地球星球在没耕种的情况下就产出粮食，恰似灵性世界的苏茹阿碧乳牛或天堂星球的能满足一切愿望的乳牛。当时，地球产出足够的粮食，乳牛提供大量的牛奶，外太空由神奇的景色装饰得美轮美奂。

第 17 节

रत्नाकराश्च रत्नौघांस्तत्पत्न्यश्चोहुरूर्मिभिः ।
क्षारसीधुघृतक्षौद्रदधिक्षीरामृतोदकाः ॥१७॥

ratnākarāś ca ratnaughāṁs
tat-patnyaś cohur ūrmibhiḥ
kṣāra-sīdhu-ghṛta-kṣaudra-
dadhi-kṣīrāmṛtodakāḥ

ratnākarāḥ－大海和汪洋／ca－和／ratna-oghān－各种宝物和有价值的石头／tat-patnyaḥ－汪洋和海的妻子们——河流／ca－还有／ūhuḥ－被运载的／ūrmibhiḥ－被它们的波涛／kṣāra－咸水海洋／sīdhu－酒的汪洋／ghṛta－纯酥油汪洋／kṣaudra－甘蔗汁汪洋／dadhi－酸奶(优酪乳)汪洋／kṣīra－牛奶汪洋／amṛta－和甜水汪洋／udakāḥ－水

译文 宇宙中的各种汪洋与它们那些被比作是其妻子的支流——河流，借由浪涛将各种珍珠和玉石等宝石献给黑冉亚卡希普，供他使用。这些汪洋分别是：咸水海洋、甘蔗汁汪洋、酒的汪洋、纯酥油汪洋、牛奶汪洋、酸奶(优酪乳)汪洋和甜水汪洋。

要旨 我们在这个星球上看到的汪洋大海是咸水海洋，但这个宇宙中的其他星球上有甘蔗汁、酒、纯酥油、牛奶和甜水的汪洋。河流之所以被比喻为是汪洋大海的妻子，是因为它们作为支流，如同妻子依恋丈夫般流入汪洋大海。现代科学家试图到其他星球去旅行，但却连宇宙中有多少种类的汪洋大海都不知道。按照他们的看法，月亮上充满尘土，但这并不能解释它为何会从几百万英里的地方给我们提供慰藉人的月光。至于我们，我们听从维亚萨戴瓦(Vyāsadeva)和舒卡戴瓦·哥斯瓦米(Śukadeva Gosvāmī)这些权威人士的话，他们按韦达文献解释了宇宙的状况。这些权威人士不同于现代科学家。现代科学家透过他们不完美的感官经验得出结论说，只有这个星球才有生物体居住，其他星球上要么是空的，要么满是灰尘。

第 18 节

शैला द्रोणीभिराक्रीडं सर्वर्तुषु गुणान्द्रुमाः ।
दधार लोकपालानामेक एव पृथग्गुणान् ॥१८॥

śailā droṇībhir ākrīḍaṁ
sarvartuṣu guṇān drumāḥ
dadhāra loka-pālānām
eka eva pṛthag guṇān

śailāḥ—丘陵和山脉 / droṇībhiḥ—与在他们之间的山谷 / ākrīḍam—黑冉亚卡希普的游乐场 / sarva—所有的 / ṛtuṣu—在一年的各个季节中 / guṇān—各种(水果和花) / drumāḥ—植物和树木 / dadhāra—实行 / loka-pālānām—掌管宇宙活动的不同部门的其他半神人的 / ekaḥ—独自 / eva—确实地 / pṛthak—不同的 / guṇān—属性

译文　山脉间的众多山谷成了黑冉亚卡希普的游乐场，他的影响使所有的树木和植物都在所有的季节中盛产水果及鲜花。原本由天帝因铎、风神瓦尤和火神阿格尼这三个宇宙部门主管所掌管的降雨、干旱和燃烧，那时都归黑冉亚卡希普独自指挥，没有半神人的协助。

要旨　《圣典博伽瓦谭》(Śrīmad-Bhāgavatam)开篇就说，这个物质世界由火、水和土等元素组成并展现出不同的形状(tejo-vāri-mṛdāṁ yathā vinimayaḥ)。这节诗文中谈到了物质自然的三种属性(pṛthag guṇān)在各种半神人的指挥下运作。例如：天帝因铎(Indra)掌管降雨、风神瓦尤(Vāyu)控制气流并将水风干，而火神则负责焚烧一切。但黑冉亚卡希普靠他练神秘瑜伽(yoga)的苦行变得强大有力，甚至在没有半神人协助的情况下，独自一人就掌管了这一切。

第 19 节

स इत्थं निर्जितककुबेकराड्विषयान् प्रियान् ।
यथोपजोषं भुञ्जानो नातृप्यदजितेन्द्रियः ॥१९॥

sa itthaṁ nirjita-kakub
eka-rāḍ viṣayān priyān

yathopajoṣaṁ bhuñjāno
nātṛpyad ajitendriyaḥ

saḥ—他(黑冉亚卡希普)/ ittham—如此 / nirjita—征服 / ka-kup—宇宙的四面八方 / eka-rāṭ—整个宇宙的帝王 / viṣayān—物质感官对象 / priyān—令人很享受的 / yathā-upajoṣam—尽最大限度地 / bhuñjānaḥ—享受 / na—不 / atṛpyat—满足 / ajita-indriyaḥ—因不能控制感官

译文 然而,黑冉亚卡希普虽然获得控制所有范围的权力,虽然尽最大限度地享受着一切种类的感官享乐,但还是不满足,因为他不控制他的感官,而是始终当感官的仆人。

要旨 这是典型的恶魔式的生活。无神论者们可以在物质上很进步,为感官享乐创造极其舒适的情况,但因为受他们感官的控制而无法感到满足。这是现代文明造成的结果。物质主义者很懂得享受金钱和女人,但人类社会并没有就此得到满足,因为没有奎师那意识,人类社会就无法快乐和平静。谈到物质的感官享乐,物质主义者也许可以按照他们的想象不断增加享乐的程度和花样,但因为在这种物质情况下都是感官的仆人,所以无法感到满足。黑冉亚卡希普就是这种不满足之人的活生生的例子。

第20节

एवमैश्वर्यमत्तस्य दृप्तस्योच्छास्त्रवर्तिनः ।
कालो महान् व्यतीयाय ब्रह्मशापमुपेयुषः ॥२०॥

evam aiśvarya-mattasya
dṛptasyocchāstra-vartinaḥ
kālo mahān vyatīyāya
brahma-śāpam upeyuṣaḥ

evam—如此 / aiśvarya-mattasya—沉醉于财富的 / dṛptasya—狂妄

自大的 / ut-śāstra-vartinaḥ一违反典籍中谈到的规定原则 / kālaḥ一一段时间 / mahān一很长的 / vyatīyāya一度过 / brahma-śāpam一非凡的布茹阿玛纳的诅咒 / upeyuṣaḥ一得到

译文　就这样，在很长一段时间里，黑冉亚卡希普都因为拥有的财富而狂妄自大，违反权威典籍中谈到的各项法律及规定。为此，他遭到非凡的布茹阿玛纳——库玛尔四兄弟的诅咒。

要旨　恶魔获得物质财富后变得狂妄自大，以致无法无天地违反权威典籍中给出的法律和规定的实例有很多。黑冉亚卡希普就是这样行事的。正如《博伽梵歌》(Bhagavad-gītā)第16章的第23节诗说：

yaḥ śāstra-vidhim utsṛjya
vartate kāma-kārataḥ
na sa siddhim avāpnoti
na sukhaṁ na parāṁ gatim

“不顾经典指示而随心所欲行事的人，既不能变得完美、快乐，也达不到至高无上的目的地。”梵文“经典(śāstra)”是指控制我们活动的规范守则。我们不能违反经典中给出的法律和规范原则。就有关这一点，《博伽梵歌》证实说：

tasmāc chāstraṁ pramāṇaṁ te
kāryākārya-vyavasthitau
jñātvā śāstra-vidhānoktaṁ
karma kartum ihārhasi

“因此，应该根据经典的规定理解什么是职责，什么不是职责。知道这些规范守则后，就应该为逐渐提升自己而活动。”(《博伽梵歌》16.24)人应该根据经典的指导生活，但物质能量是如此强大，以致人一旦在物质上富有，就开始违反经典给出的法律。人一旦违反经典给出的法律，就立刻踏上自我毁灭的路途。

第21节

तस्योग्रदण्डसंविग्नाः सर्वे लोकाः सपालकाः ।
अन्यत्रालब्धशरणाः शरणं ययुरच्युतम् ॥२१॥

tasyogra-daṇḍa-saṁvignāḥ
sarve lokāḥ sapālakāḥ
anyatrālabdha-śaraṇāḥ
śaraṇaṁ yayur acyutam

tasya－他(黑冉亚卡希普)的 / ugra-daṇḍa－被非常严厉的惩罚 / saṁvignāḥ－扰乱 / sarve－所有的 / lokāḥ－星球 / sa-pālakāḥ－与他们主要的统治者 / anyatra－其他任何地方 / alabdha－没有得到 / śaraṇāḥ－庇护 / śaraṇam－为庇护 / yayuḥ－接近 / acyutam－至尊人格首神

译文 黑冉亚卡希普所施加的严厉惩罚，使包括不同星球的统治者在内的每一个生物体都感到极度痛苦。在恐惧、不安、找不到其他保护者的情况下，他们最终去投靠至尊人格首神维施努。

要旨 《博伽梵歌》第5章的第29节诗记载，主奎师那说：

bhoktāraṁ yajña-tapasāṁ
sarva-loka-maheśvaram
suhṛdaṁ sarva-bhūtānāṁ
jñātvā māṁ śāntim ṛcchati

“完全意识到我的人知道我是一切祭祀和苦行的最终受益者，是一切星球和半神人的至尊主，是众生的恩人和祝愿者，因此获得平静，不再受物质痛苦的折磨。”至尊人格首神奎师那其实是众生最好的朋友。在痛苦的情况下，人就想要寻求作为祝愿者的朋友的庇护。最完美的祝愿者朋友是圣主奎师那。为此，不同星球上的全体居民因为找不到其他的庇护者，所以不得不去寻求至尊朋友的庇护。如果我们一开始就去找至尊朋友保护我们，我们就不会遇到危险。据说，如果一个人想要靠抓住在水中游泳的狗的尾巴横渡汪洋，那他无疑是个傻瓜。同样，人如果在痛苦的状态中去寻求半神人的庇护，他就是傻瓜，因为他的努力将付诸东流。无论遇到什么样的情况，人都该寻求至尊人格首神的庇护。这样，在任何情况下都不会有危险。

第22—23节

तस्यै नमोऽस्तु काष्ठायै यत्रात्मा हरिरीश्वरः ।
यद्गत्वा न निवर्तन्ते शान्ताः सन्न्यासिनोऽमलाः ॥२२॥

इति ते संयतात्मानः समाहितधियोऽमलाः ।
उपतस्थुर्हृषीकेशं विनिद्रा वायुभोजनाः ॥२३॥

tasyai namo 'stu kāṣṭhāyai
yatrātmā harir īśvaraḥ
yad gatvā na nivartante
śāntāḥ sannyāsino 'malāḥ

iti te saṁyatātmānaḥ
samāhita-dhiyo 'malāḥ
upatasthur hṛṣīkeśaṁ
vinidrā vāyu-bhojanāḥ

tasyai—向那 / namaḥ—我们虔敬的顶礼 / astu—但愿 / kāṣṭhāyai—方向 / yatra—在……的 / ātmā—超灵 / hariḥ—至尊人格首神 / īśvaraḥ—至尊控制者 / yat—……的 / gatvā—接近 / na—永不 / nivartante—回去 / śāntāḥ—平静的 / sannyāsinaḥ—过弃绝生活的圣洁之人 / amalāḥ—纯洁的 / iti—如此 / te—他们 / saṁyata-ātmānaḥ—已经控制住心的 / samāhita—坚定 / dhiyaḥ—智慧 / amalāḥ—被净化的 / upatasthuḥ—崇拜着 / hṛṣīkeśam—感官的主人 / vinidrāḥ—没有睡觉 / vāyu-bhojanāḥ—只吃空气

译文 “让我们恭敬地顶拜至尊人格首神所在的方向，那些靠过弃绝生活得到净化的灵魂及伟大圣洁的人都去那里，而且永不返回。”各个星球的主管神明们都在不睡觉，完全控制住自己的心念且只靠呼吸活着的状态中，开始冥想崇拜慧希凯施。

要旨 这节诗文中的“向那(tasyai)”和“方向(kāṣṭhāyai)”两个梵文词十分重要。在所有的地方，包括每一个方向、每一颗心中和每一个原子中，至尊人格首神都以祂的梵(Brahman)和超灵(Paramātmā)的形象临在。那么，说“在哈尔依(Hari)所在的那个方向(tasyai kāṣṭhāyai)”一句有什么意思呢？在黑冉亚卡希普统治时期，他的影响虽然无所不在，但他却无法使他的影响渗透进至尊人格首神从事他娱乐活动的地方。例如：这个地球上有温达文(Vṛndāvana)和阿尤迪亚(Ayodhyā)这些被称为圣地(dhāma)的地方。圣地中没有喀历年代和恶魔的影响。人如果托庇于这样的一个圣地，就变得很容易崇拜至尊主，很快取得灵性的进步。在印度，人们事实上至今还可以去温达文和类似的地方，以得到快速的灵性进步。

第24节

तेषामाविरभूद्वाणी अरूपा मेघनिःस्वना ।
सन्नादयन्ती ककुभः साधूनामभयङ्करी ॥२४॥

teṣām āvirabhūd vāṇī
arūpā megha-niḥsvanā
sannādayantī kakubhaḥ
sādhūnām abhayaṅkarī

teṣām—在他们大家面前 / āvirabhūt—发出 / vāṇī—声音 / arūpā—没有形象 / megha-niḥsvanā—发出如云朵中的声音 / sannādayantī—引起震动 / kakubhaḥ—四面八方 / sādhūnām—圣洁之人的 / abhayaṅkarī—驱除恐惧的情况

译文　接着，从一个用物质眼睛看不到的人物那里发出的超然声音震荡，在他们面前响起。那声音如云中之声一样低沉，十分鼓舞人心，驱除一切恐惧。

第 25—26 节

मा भैष्ट विबुधश्रेष्ठाः सर्वेषां भद्रमस्तु वः ।
मद्दर्शनं हि भूतानां सर्वश्रेयोपपत्तये ॥२५॥

ज्ञातमेतस्य दौरात्म्यं दैतेयापसदस्य यत् ।
तस्य शान्तिं करिष्यामि कालं तावत्प्रतीक्षत ॥२६॥

mā bhaiṣṭa vibudha-śreṣṭhāḥ
sarveṣāṁ bhadram astu vaḥ
mad-darśanaṁ hi bhūtānāṁ
sarva-śreyopapattaye

jñātam etasya daurātmyaṁ
daiteyāpasadasya yat
tasya śāntiṁ kariṣyāmi
kālaṁ tāvat pratīkṣata

mā—不要／bhaiṣṭa—害怕／vibudha-śreṣṭhāḥ—最优秀的博学之人啊！／sarveṣām—所有的／bhadram—鸿运／astu—但愿／vaḥ—向你们／mat-darśanam—看我(或对我敬献祈祷或聆听我，这一切都是绝对的)／hi—事实上／bhūtānām—众生的／sarva-śreya—所有好运的／upapattaye—为了到达／jñātam—被……知道／etasya—这个的／daurātmyam—穷凶极恶的活动／daiteya-apasadasya—大恶魔黑冉亚卡希普的／yat—……的／tasya—这个的／śāntim—停止／kariṣyāmi—我将做／kālam—时候／tāvat—直到那／pratīkṣata—就等着

译文　至尊主发出的声音这样说：最优秀的博学之人啊！不要害怕。我祝你们鸿运当头。通过聆听和歌唱有关我

并向我祈祷成为我的奉献者，因为这样做无疑将带给众生所有的利益。我知道黑冉亚卡希普所做的一切，所以必会很快制止这一切。请耐心等待那个时刻的到来。

要旨 人们有时很急切地要看神。考虑到这节诗文中谈到的梵文“看我(mad-darśanam)”一句，我们应该注意《博伽梵歌》中记载至尊主说：“通过做奉爱服务，人可以了解我(bhaktyā mām abhijānāti)。”换句话说，了解至尊人格首神的能力，或者看或与祂交谈的能力，都取决于人在做奉爱服务(bhakti)中所取得的进步程度。奉爱服务有九种不同的活动，它们分别是：聆听并歌唱主维施努超然的圣名、形象、品质、随身用品、随行人员及娱乐活动；铭记它们；侍奉祂的莲花足；用十六种用品恭敬地崇拜至尊主；向至尊主祈祷；成为祂的仆人；将至尊主视为是自己最好的朋友；把一切都献给祂(śravaṇaṁ kīrtanaṁ viṣṇoḥ smaraṇaṁ pāda-sevanam/arcanaṁ vandanaṁ dāsyaṁ sakhyam ātma-nivedanam)。所有这些奉爱服务因为都是绝对的，所以在庙里崇拜神像与看祂或吟诵、吟唱祂的荣耀之间并没有太大的区别。事实上，这一切都是看祂的方法，因为怀着奉爱之情所做的一切服务，都可以使人与至尊主直接联系上。至尊主的声音在全体在场的奉献者耳边响起，尽管发出声音的人没被看到，但奉献者们还是遇到或说看到了至尊主，因为他们当时在敬献祈祷，而至尊主的声音出现了。与物质世界的规律正好相反，看至尊主、向至尊主祈祷和聆听超然的声音震荡之间没有区别。因此，纯粹的奉献者靠赞美至尊主就能得到彻底的满足。梵文术语称这种赞美是克伊尔坦(kīrtana)。举行克伊尔坦并聆听哈瑞·奎师那(Hare Kṛṣṇa)的声音震荡，其实就是在看至尊人格首神。我们必须了解这种情况，随后将能明白至尊主所从事的活动的绝对本性。

第 27 节

यदा देवेषु वेदेषु गोषु विप्रेषु साधुषु ।
धर्मे मयि च विद्वेषः स वा आशु विनश्यति ॥२७॥

yadā deveṣu vedeṣu
goṣu vipreṣu sādhuṣu
dharme mayi ca vidveṣaḥ
sa vā āśu vinaśyati

yadā－当……时 / deveṣu－对半神人 / vedeṣu－对韦达文献 / goṣu－对乳牛 / vipreṣu－对布茹阿玛纳 / sādhuṣu－对圣洁之人 / dharme－对宗教原则 / mayi－对我——至尊人格首神 / ca－和 / vidveṣaḥ－忌妒 / saḥ－这种人 / vai－事实上 / āśu－立刻 / vinaśyati－被击败

译文　谁一旦忌妒代表至尊人格首神的半神人、给予一切知识的韦达经，以及乳牛、布茹阿玛纳、外士纳瓦和宗教原则，最终是我——至尊人格首神，他和他的文明就会很快被击败。

第 28 节

निर्वैराय प्रशान्ताय स्वसुताय महात्मने ।
प्रह्लादाय यदा द्रुह्येद्धनिष्येऽपि वरोर्जितम् ॥२८॥

nirvairāya praśāntāya
sva-sutāya mahātmane
prahrādāya yadā druhyed
dhaniṣye 'pi varorjitam

nirvairāya－没有敌人的 / praśāntāya－非常冷静平和的 / sva-sutāya－对他自己的儿子 / mahā-ātmane－是伟大的奉献者的 / prahrādāya－帕拉德王 / yadā－当……时 / druhyet－将施加暴力 / haniṣye－我将杀死 / api－虽然 / vara-ūrjitam－受主布茹阿玛的赐福

译文　尽管布茹阿玛给黑冉亚卡希普以祝福，但当黑冉亚卡希普折磨他自己的儿子——那个平和冷静且不与任何人为敌的优秀奉献者帕拉德时，我就会立刻杀死他。

要旨　在所有的罪恶活动中，对纯粹奉献者外士纳瓦的冒犯最严重。冒犯外士纳瓦(Vaiṣṇava)的莲花足是如此具有毁灭性，以致圣柴坦亚·玛哈帕布(Caitanya Mahāprabhu)将它比喻为是进入花园的疯狂的大象，将许多植物和树木连根拔起，使花园一片狼藉。冒犯布茹阿玛纳(brāhmaṇa)或外士纳瓦莲花足的人，所作出的冒犯将使其从事的一切吉祥活动的结果付诸东流。所以，人应该十分谨慎不要冒犯外士纳瓦的莲花足(vaiṣṇava-aparādha)。至尊主在此明确地说，黑冉亚卡希普虽然从主布茹阿玛那里得到祝福，但只要他冒犯他自己的儿子帕拉德王的莲花足，这些祝福就失效了。这节诗文中说帕拉德王“没有敌人(nirvaira)”。《圣典博伽瓦谭》第3篇第25章的第21节诗说：奉献者没有敌人，他平静、遵守经典的教导，他所有的品质都令人赞叹(ajāta-śatravaḥ śāntāḥ sādhavaḥ sādhu-bhūṣaṇāḥ)。奉献者不与任何人为敌，但如果有人成为他的敌人，那么即使那人从其他源头处得到什么祝福，至尊人格首神也会消灭那个人。黑冉亚卡希普无疑正在享受他靠苦行得到的功利性结果，但至尊主在此说，他一旦冒犯帕拉德王的莲花足，就会遭到灭顶之宰。人的长寿、富有、美貌、教育和因为从事虔诚活动而得到的一切，都无法保护冒犯了外士纳瓦莲花足的人。无论一个人拥有什么，只要他冒犯外士纳瓦的莲花足，他就会被打败。

第29节

श्रीनारद उवाच

इत्युक्ता लोकगुरुणा तं प्रणम्य दिवौकसः ।

न्यवर्तन्त गतोद्वेगा मेनिरे चासुरं हतम् ॥२९॥

śrī-nārada uvāca
ity uktā loka-guruṇā
taṁ praṇamya divaukasaḥ
nyavartanta gatodvegā
menire cāsuraṁ hatam

śrī-nāradaḥ uvāca—伟大的圣人纳茹阿达·牟尼说 / iti—如此 / uktāḥ—向……说 / loka-guruṇā—由众生的至尊灵性导师 / tam—向祂 / praṇamya—致以顶礼 / divaukasaḥ—全体半神人 / nyavartanta—返回 / gata-udvegāḥ—减轻一切焦虑 / menire—他们认为 / ca—也 / asuram—恶魔(黑冉亚卡希普) / hatam—杀死

译文　伟大的圣人纳茹阿达·牟尼继续说：至尊人格首神、众生的灵性导师，使住在天堂星球的半神人安心后，半神人们向祂恭敬地顶礼，随即返回各自的住所，心中坚信，恶魔黑冉亚卡希普离死不远了。

要旨　总是忙于崇拜半神人的智力欠佳之人应该注意：半神人在遭到恶魔骚扰时，就去找至尊人格首神给予解救。既然半神人都求助于至尊人格首神，崇拜半神人的人为何不去找至尊主祈求他们想要的祝福呢？《圣典博伽瓦谭》第2篇第3章的第10节诗说：

akāmaḥ sarva-kāmo vā
mokṣa-kāma udāra-dhīḥ
tīvreṇa bhakti-yogena
yajeta puruṣaṁ param

“有高度智慧的人，无论内心是充满各种物质欲望，是根本没有物质欲望，还是想要得到解脱，都必须用尽所有的方法崇拜至尊的整体——人格首神。”无论一个人是功利性活动者(karmī)、是知识思辨者(jñānī)，还是瑜伽师(yogī)，只要他想得到某种祝福，哪怕是物质性的，都该去找至尊主，向至尊主祈求，这样就会实现他的愿望。根本没必要为实现什么愿望而去找半神人。

第 30 节

तस्य दैत्यपतेः पुत्राश्चत्वारः परमाद्भुताः ।
प्रह्रादोऽभून्महांस्तेषां गुणैर्महदुपासकः ॥३०॥

tasya daitya-pateḥ putrāś
catvāraḥ paramādbhutāḥ
prahrādo 'bhūn mahāṁs teṣāṁ
guṇair mahad-upāsakaḥ

tasya—他(黑冉亚卡希普)的 / daitya-pateḥ—戴提亚的君王 / putrāḥ—儿子 / catvāraḥ—四个 / parama-adbhutāḥ—非常杰出、素质良好的儿子 / prahrādaḥ—名叫帕拉德的 / abhūt—是 / mahān—最优秀的 / teṣām—他们其中 / guṇaiḥ—有着与超然的品质 / mahat-upāsakaḥ—作为至尊人格首神的纯粹奉献者

译文 黑冉亚卡希普有四个杰出、素质良好的儿子，其中名叫帕拉德的儿子最优秀。事实上，帕拉德因为是至尊人格首神的纯粹奉献者，所以集一切超然品质于一身。

要旨 yasyāsti bhaktir bhagavaty akiñcanā
sarvair guṇais tatra samāsate surāḥ

“培养出对至尊人格首神华苏戴瓦纯粹奉爱之心的人，身上将展现出全体半神人所具有的宗教、知识和弃绝等崇高品质。”(《圣典博伽瓦谭》5.18.12)这节诗文中赞美帕拉德王因为崇拜至尊人格首神而具有所有美好的品质。因此，不怀个人动机做服务的纯粹奉献者，具有一切物质和灵性的美好品质。一个人如果在灵性上进步，当了至尊主忠诚且心胸开阔的奉献者，他的身上就会展现出所有的美好品质。相反，如果一个人不是奉献者，那么哪怕他具有某些物质性的好品质，它们也没有价值(harāv abhaktasya kuto mahad-guṇāḥ)。这是韦达经(Vedas)的裁定。

第 31—32 节

ब्रह्मण्यः शीलसम्पन्नः सत्यसन्धो जितेन्द्रियः ।
आत्मवत्सर्वभूतानामेकप्रियसुहृत्तमः ॥३१॥

दासवत्सन्नतार्याङ्घ्रिः पितृवद्दीनवत्सलः ।
भ्रातृवत्सदृशे स्निग्धो गुरुष्वीश्वरभावनः ।
विद्यार्थरूपजन्माढ्यो मानस्तम्भविवर्जितः ॥३२॥

brahmaṇyaḥ śīla-sampannaḥ
satya-sandho jitendriyaḥ
ātmavat sarva-bhūtānām
eka-priya-suhṛttamaḥ

dāsavat sannatāryāṅghriḥ
pitṛvad dīna-vatsalaḥ
bhrātṛvat sadṛśe snigdho
guruṣv īśvara-bhāvanaḥ
vidyārtha-rūpa-janmāḍhyo
māna-stambha-vivarjitaḥ

brahmaṇyaḥ—被训练成一名优秀的布茹阿玛纳 / śīla-sampannaḥ—具有一切良好的品质 / satya-sandhaḥ—决心要了解绝对真理 / jita-indriyaḥ—完全控制住感官和心 / ātma-vat—像超灵一样 / sarva-bhūtānām—一切生物体的 / eka-priya—被钟爱的 / suhṛt-tamaḥ—最好的朋友 / dāsa-vat—像个卑微的仆人 / sannata—一直是恭顺的 / ārya-aṅghriḥ—在伟人的莲花足前 / pitṛ-vat—恰似一位父亲 / dīna-vatsalaḥ—对穷人仁慈 / bhrātṛ-vat—恰似兄弟一样 / sadṛśe—对与他同等的人 / snigdhaḥ—非常温柔亲切的 / guruṣu—对灵性导师 / īśvara-bhāvanaḥ—视为是至尊人格首神 / vidyā—教育 / artha—有钱人 / rū-pa—美丽 / janma—贵族阶级 / āḍhyaḥ—与生俱来 / māna—骄傲 / stambha—傲慢 / vivarjitaḥ—彻底免于

译文 如下是对黑冉亚卡希普之子帕拉德王的品质的

描述：他被完全训练成一名有资格的布茹阿玛纳，品德优秀，决心要了解绝对真理。他完全控制住了自己的感官和心念。他像超灵一样善待每一个生物体，是众生最好的朋友。对值得尊敬的人，他就像卑下的仆人般做事；对可怜之人，他恰似父亲；对与他同等的人，他像是情同手足的兄弟一样喜爱他们。他将老师、灵性导师和比他年长的灵性兄弟视为是至尊人格首神。他完全没有因为受到良好的教育、富有、美丽及出身高贵等而产生骄傲心。

要旨 上述这些都是外士纳瓦展现出的部分品质。外士纳瓦具有布茹阿玛纳所有的美好品质，因此自然就是布茹阿玛纳。

śamo damas tapaḥ śaucaṁ
kṣāntir ārjavam eva ca
jñānaṁ vijñānam āstikyaṁ
brahma-karma svabhāva-jam

“布茹阿玛纳本性平静，自制，苦行，纯洁，宽容，诚实，有学问，明智，虔诚。他们以这种本性从事活动。”(《博伽梵歌》18.42)这些品质都展现在外士纳瓦身上，所以正如这节诗文中用“被训练成一名具有所有良好品质的优秀的布茹阿玛纳(brahmaṇyaḥ śīla-sampannaḥ)”一句所表明的，完美的外士纳瓦也是布茹阿玛纳。外士纳瓦总是决心要了解绝对真理，而要了解绝对真理，就需要人完全控制住自己的感官和心。帕拉德王拥有所有这些品质。外士纳瓦永远是众生的祝愿者。例如：六位哥斯瓦米(Gosvāmī)就被描述为是“在绅士和恶棍中都很受欢迎的人(dhīrādhīra jana-priyau)”。外士纳瓦应该平等对待众生，而不去考虑每一个生物体的地位如何。梵文“像超灵一样(ātmavat)”一词是说，外士纳瓦应该像超灵(paramātmā)一样。超灵不恨任何人；事实上，祂既在布茹阿玛纳的心中，也甚至在一头猪的心中(īśvaraḥ sarva-bhūtānāṁ hṛd-deśe 'rjuna tiṣṭhati)。正如月亮从不拒绝将它怡人的光芒甚至洒到吃狗肉者(caṇḍāla)的家中，外士纳瓦从不拒绝为众生谋福利。因此，外士纳瓦总是服从灵性导师(ārya)的命令。梵文“阿尔亚(ārya, 雅利安)”是指有高度灵性知识的人。知识不足的人不能被称为阿尔亚(雅利安人)。然而不幸的是，阿尔亚(雅利安人)这个词现在被用在不信神的人身上。这是喀历年代(Kali-yuga)的不幸处境。

正如圣维施瓦纳特·查夸瓦尔提·塔库尔(Viśvanātha Cakravartī Ṭhākura)说明，梵文guru一词是指启迪自己的门徒，使其在有关奎师那的科学——奎师那意识中取得进步的灵性导师(śrī-bhagavan-mantropadeśake gurāv ity arthaḥ)。

第 33 节

नोद्विग्नचित्तो व्यसनेषु निःस्पृहः
श्रुतेषु दृष्टेषु गुणेष्ववस्तुदृक् ।
दान्तेन्द्रियप्राणशरीरधीः सदा
प्रशान्तकामो रहितासुरोऽसुरः ॥३३॥

nodvigna-citto vyasaneṣu niḥspṛhaḥ
śruteṣu dṛṣṭeṣu guṇeṣv avastu-dṛk
dāntendriya-prāṇa-śarīra-dhīḥ sadā
praśānta-kāmo rahitāsuro 'suraḥ

na一不 / udvigna一受干扰 / cittaḥ一……的意识 / vyasaneṣu一在危险的情况下 / niḥspṛhaḥ一无欲 / śruteṣu一对听到的事(尤其是因为虔诚活动而升到天堂星球) / dṛṣṭeṣu一和所见短暂的事物一样 / guṇeṣu一在物质自然属性控制下的感官享乐对象 / avastu-dṛk一认为……是毫无实质的 / dānta一控制 / indriya一感官 / prāṇa一生命力 / śarīra一躯体 / dhīḥ一和智慧 / sadā一总是 / praśānta一使……平静下来 / kāmaḥ一……的物质欲望 / rahita一完全缺乏 / asuraḥ一恶魔的本性 / asuraḥ一虽然出生在恶魔的家庭

译文 帕拉德王虽然出生在恶魔的家庭中，但却并非恶魔，相反是主维施努卓越的奉献者。与其他恶魔不同，他从不忌妒外士纳瓦。在被置于险境时，他始终镇定自若。他对韦达经中描述的功利性活动，及直接看到或间接听到的感官对象毫无兴趣。事实上，他认为物质的一切都毫无用途，因此根本没有物质欲望。他总是控制自己的感官和生命之气，智慧稳定，决心坚定，清除了一切物质享乐的欲望。

要旨 从这节诗文中我们认识到，并不是出生就能决定一个人是否有资格。帕拉德王出生在恶魔家庭，但却拥有完美的布茹阿玛纳所具有的一切美好品格(brahmaṇyaḥ śīla-sampannaḥ)。在灵性导师的指导下，任何人都能变成完全具有资格的布茹阿玛纳。就有关如何看待灵性导师，平静地接受他的指导这一点，帕拉德王为我们树立了生动的榜样。

第 34 节

यस्मिन्महद्गुणा राजन् गृह्यन्ते कविभिर्मुहुः ।
न तेऽधुना पिधीयन्ते यथा भगवतीश्वरे ॥३४॥

yasmin mahad-guṇā rājan
gṛhyante kavibhir muhuḥ
na te 'dhunā pidhīyante
yathā bhagavatīśvare

yasmin—在……的 / mahat-guṇāḥ—优秀的超然品质 / rājan—君王啊！ / gṛhyante—被颂扬 / kavibhiḥ—被有思想且博学的人 / muhuḥ—总是 / na—不 / te—这些 / adhunā—今天 / pidhīyante—被遮掩的 / yathā—正如 / bhagavati—在至尊人格首神中 / īśvare—至尊的控制者

译文 君王啊！帕拉德王的美好品质至今仍受到博学的圣人和外士纳瓦们的颂扬。正如在至尊人格首神身上始终能看到所有的美好品质，这些品质在祂的奉献者帕拉德身上也永远存在。

要旨 从权威的典籍中我们了解到，帕拉德王至今仍居住在外琨塔星球(Vaikuṇṭhaloka)，以及这个物质世界里的苏塔拉(Sutala)星球上。这种同时存在于不同地方的超然品质，是至尊人格首神的另一个品质。经典中说，至尊主出现在每一个生物体的心中，但也住在祂自己的星球哥珞卡·温达文(Goloka Vṛndāvana)。奉献者靠做纯粹的奉爱服务得到与至尊主几乎是同样的那些品质。普通生物无法如此有资格，但奉献者可以部分地具有像至尊人格首神一样的资格。

第 35 节

यं साधुगाथासदसि रिपवोऽपि सुरा नृप ।
प्रतिमानं प्रकुर्वन्ति किमुतान्ये भवादृशाः ॥३५॥

yaṁ sādhu-gāthā-sadasi
ripavo 'pi surā nṛpa
pratimānaṁ prakurvanti
kim utānye bhavādṛśāḥ

yam—……的 / sādhu-gāthā-sadasi—圣洁之人集合或讨论崇高品质的聚会 / ripavaḥ—本该是帕拉德王的敌人的(就连帕拉德王这样的奉献者都有人与之为敌，包括他的亲生父亲) / api—甚至 / surāḥ—半神人(半神人是恶魔的敌人，而因为帕拉德王出生于恶魔之家，半神人本来应该是他的敌人) / nṛpa—尤帝士提尔王啊！ / pratimānam—奉献者中最杰出的一个实例 / prakurvanti—他们做 / kim uta—更不要说 / anye—其他的 / bhavādṛśāḥ—像你这样杰出的人

译文 尤帝士提尔王啊！在任何一个有谈论圣人和奉献者的聚会上，不要说你们了，就连恶魔的敌人——半神人，都会将帕拉德王当做是杰出奉献者的一个典范来谈论。

第 36 节

गुणैरलमसङ्ख्येयैर्माहात्म्यं तस्य सूच्यते ।
वासुदेवे भगवति यस्य नैसर्गिकी रतिः ॥३६॥

guṇair alam asaṅkhyeyair
māhātmyaṁ tasya sūcyate
vāsudeve bhagavati
yasya naisargikī ratiḥ

guṇaiḥ—与灵性的品质 / alam—有什么用 / asaṅkhyeyaiḥ—无数的 / māhātmyam—伟大 / tasya—他(帕拉德王)的 / sūcyate—被指出 / vāsudeve—对瓦苏戴瓦的儿子主奎师那 / bhagavati—至尊人格首神 / yasya—……的 / naisargikī—自然的 / ratiḥ—依恋

译文 谁能列举帕拉德王拥有的无数超然品质呢？对华苏戴瓦——主奎师那(瓦苏戴瓦的儿子)，他具有坚定的信心和纯粹的奉爱之情。他以前做过的奉爱服务，使他对主奎师那有着自然而然的依恋。他的美好品质数不胜数，证明他是个伟大的灵魂。

要旨 佳亚戴瓦·哥斯瓦米(Jayadeva Gosvāmī)在他向至尊主的十个化身祈祷时说：帕拉德王是主尼尔星哈(Nṛsiṁha)的奉献者，而主尼尔星哈是凯沙瓦(Keśava)——奎师那本人(keśava dhṛta-narahari-rūpa jaya jagad-īśa hare)。所以，这节诗文中说“至尊人格首神华苏戴瓦(vāsudeve bhagavati)”时，我们应该明白：帕拉德王对尼尔星哈戴瓦的依恋，就是对瓦苏戴瓦之子华苏戴瓦——奎师那的依恋。正因为如此，帕拉德王被说成是伟大的灵魂(mahātmā)。正如《博伽梵歌》第7章的第19节诗记载，至尊主证实说：

bahūnāṁ janmanāṁ ante
jñānavān māṁ prapadyate
vāsudevaḥ sarvam iti
sa mahātmā sudurlabhaḥ

“经过许许多多生死后，真正处在知识层面上的人就会皈依我，知道我是一切原因的起因，是一切。这样的灵魂伟大而又罕见。”瓦苏戴瓦之子奎师那的伟大奉献者，是极其罕见的伟大灵魂。下一节诗将解释帕拉德王对主奎师那的依恋说，帕拉德王的心中总是充满对奎师那的思念(kṛṣṇa-graha-gṛhītātmā)。正因为如此，帕拉德王是具有奎师那意识的理想奉献者。

第 37 节

न्यस्तक्रीडनको बालो जडवत्तन्मनस्तया ।
कृष्णग्रहगृहीतात्मा न वेद जगदीदृशम् ॥३७॥

nyasta-krīḍanako bālo
jaḍavat tan-manastayā
kṛṣṇa-graha-gṛhītātmā
na veda jagad īdṛśam

nyasta—放弃了 / krīḍanakaḥ—孩子玩耍或游戏的倾向 / bālaḥ—一个男孩 / jaḍavat—像是不活跃的、迟钝的 / tat-manastayā—借由全神贯注于奎师那 / kṛṣṇa-graha—被如同强烈影响力的奎师那(像星球的影响力) / gṛhīta-ātmā—心完全被……吸引的 / na—不 / veda—明白 / jagat—整个物质世界 / īdṛśam—这样

译文　帕拉德王从他孩提时代的一开始，就对孩子的游戏不感兴趣。事实上，他根本不玩那些游戏，而是静止不动、保持沉默，全神贯注于奎师那意识。由于他的内心始终受奎师那意识的影响，他无法明白世人怎么会一直不断地全神贯注于感官享乐的活动。

要旨　帕拉德王是全神贯注于奎师那意识的伟大人物的生动典范。《永恒的柴坦亚经》(Caitanya-caritāmṛta)中篇第8章的第274节诗说：

sthāvara-jaṅgama dekhe, nā dekhe tāra mūrti
sarvatra haya nija iṣṭa-deva-sphūrti

完全具有奎师那意识的人虽然身在这个物质世界，但却在任何地方都只看到奎师那而看不到别的。这是伟大的奉献者(mahā-bhāgavata)的特征。伟大的奉献者因为对奎师那怀有纯粹的爱，所以随处都能看到奎师那。正如《布茹阿玛·萨密塔》(Brahma-saṁhi-tā)第5章的第38节诗证实说：

premāñjana-cchurita-bhakti-vilocanena
santaḥ sadaiva hṛdayeṣu vilokayanti
yaṁ śyāmasundaram acintya-guṇa-svarūpaṁ
govindam ādi-puruṣaṁ tam ahaṁ bhajāmi

“我崇拜存在中的第一位至尊主哥文达(Govinda)，眼睛上涂了爱膏的奉献者始终能看到祂。祂被看到的形象是处在奉献者心中的夏玛孙达尔的永恒形象。”罕见的崇高奉献者——玛哈特玛(mahātmā)，始终全然意识到奎师那的存在，一直在内心深处看到至尊主。据说，当人受到土星、茹阿胡(Rāhu)或凯图(Ketu)等邪恶星球的影响时，就无法在未来的活动中取得进步。恰恰相反，帕拉德王受至高无上的星球奎师那的影响，所以无法对物质世界加以思考，无法在没有奎师那意识的情况下生活。这是崇高的奉献者(mahā-bhāgavata)的特征。崇高的奉献者甚至看到，就连奎师那的敌人都在为奎师那做服务。另一个现实的例子是，患黄疸病的人看一切都是黄颜色的。同样道理，在伟大的奉献者看来，除了自己，别人都在为奎师那做服务。

帕拉德王是公认的最崇高的奉献者。前面的诗文中说，他自然而然就依恋至尊主(naisargikī ratiḥ)。这节诗中描述了这种对奎师那的自然而然的依恋。帕拉德王只不过是一个小男孩，但却对玩耍毫无兴趣。《圣典博伽瓦谭》第11篇第2章的第42节诗说明：完美的奎师那意识的表现是，人失去了对一切物质活动的兴趣(viraktir anyatra ca)。要一个小男孩停止玩耍是不可能的事，但帕拉德王因为一直在做一流的奉爱服务，所以始终处在全神贯注于奎师那意识的出神状态中。正如物质主义者始终全神贯注于想着物质的所得，像帕拉德王那样的伟大奉献者，始终全神贯注地想着奎师那。

第38节

आसीनः पर्यटन्नश्नन् शयानः प्रपिबन् ब्रुवन् ।
नानुसन्धत्त एतानि गोविन्दपरिरम्भितः ॥३८॥

āsīnaḥ paryaṭann aśnan
śayānaḥ prapiban bruvan
nānusandhatta etāni
govinda-parirambhitaḥ

āsīnaḥ—坐着时 / paryaṭan—走路时 / aśnan—吃东西时 / śayānaḥ—躺着时 / prapiban—饮水时 / bruvan—谈话时 / na—不 / anusandhatte—知道 / etāni—这一切活动 / govinda—使感官充满活力的至尊人格首神 / parirambhitaḥ—被拥抱

译文　帕拉德王总是全神贯注地想着奎师那。由于始终在至尊主的怀抱中，他根本不知道他的躯体有行走坐卧、吃喝和谈话的需求，那一切都在他不自觉的情况下自动进行着。

要旨　婴幼儿在被母亲照料期间，不知道躯体对吃、睡、躺下、撒尿和排便的需要是如何被满足的，而只是满足于待在母亲的大腿上。同样，帕拉德王完全像个婴幼儿般受到至尊主哥文达的照料。他身体的必不可少的活动都在不知不觉的情况下做了。就像父母照顾自己的孩子一样，哥文达照顾着始终在全神贯注想着祂的帕拉德王。这就是奎师那意识。帕拉德王是奎师那意识达到完美境界的生动典范。

第 39 节

क्वचिद्रुदति वैकुण्ठचिन्ताशबलचेतनः ।
क्वचिद्धसति तच्चिन्ताह्लाद उद्गायति क्वचित् ॥३९॥

kvacid rudati vaikuṇṭha-
cintā-śabala-cetanaḥ
kvacid dhasati tac-cintā-
hlāda udgāyati kvacit

kvacit－有时 / rudati－哭泣 / vaikuṇṭha-cintā－由于想念奎师那 / śabala-cetanaḥ－心被迷惑的…… / kvacit－有时 / hasati－大笑 / tat-cintā－由于想念祂 / āhlādaḥ－因为喜气洋洋 / udgāyati－高声歌唱 / kvacit－有时

译文 他所具有的高度的奎师那意识，使他有时哭泣，有时大笑，有时表达喜悦之情，有时高声歌唱。

要旨 这节诗文进一步说明一个奉献者就类似一个孩子。如果母亲把她的婴幼儿留在小床或摇篮内，离开去处理一些家务事，孩子就会立刻明白母亲离开了，于是为此而哭泣。但母亲一旦回来照顾孩子，孩子就会笑出来，变得喜气洋洋。同样，帕拉德王因为总是全神贯注地想奎师那，有时感到与至尊主的分离之情，心想："奎师那在哪里？"对此，圣柴坦亚·玛哈帕布给予解释说：当崇高的奉献者感到奎师那不见了、离开了时，就会因离别之情而哭泣(śūnyāyitaṁ jagat sarvaṁ govinda-viraheṇa me)；有时当他看到奎师那回来照顾他时，他就会笑出来。正如小孩子明白母亲在照料他时，有时就会笑出来一样。这些情感的表现都被称为巴瓦(bhāva)。《奉爱的甘露》中充分描述了奉献者处在心醉神迷的状态中所表现出的各种情感(bhāvas)。在完美的奉献者的活动中可以看到这些情感表现。

第 40 节

नदति क्वचिदुत्कण्ठो विलज्जो नृत्यति क्वचित् ।
क्वचित्तद्भावनायुक्तस्तन्मयोऽनुचकार ह ॥४०॥

nadati kvacid utkaṇṭho
vilajjo nṛtyati kvacit
kvacit tad-bhāvanā-yuktas
tanmayo ’nucakāra ha

nadati—大声喊叫(对至尊主说："奎师那啊！")／kvacit—有时／utkaṇṭhaḥ—因焦急／vilajjaḥ—不害羞／nṛtyati—他跳舞／kvacit—有时／kvacit—有时／tat-bhāvanā—怀着对奎师那的思念／yuktaḥ—因全神贯注／tat-mayaḥ—想象他仿佛已变成奎师那／anucakāra—模仿／ha—事实上

译文　帕拉德王有时会看着至尊人格首神焦急地大声喊叫；有时高兴地忘了害羞，开始心醉神迷地跳起舞来；有时因为全神贯注地想着奎师那而感到与祂一样，于是模仿起至尊主的娱乐活动。

要旨　帕拉德王有时感到至尊主离自己远去，于是大声呼唤祂。当看到至尊主就在自己面前时，他就会兴高采烈。有时，他以为自己就是至尊者，便模仿至尊主的娱乐活动；因为感到与至尊主的分离，有时就会展现出疯狂的征象。非人格神主义者不明白奉献者的这些感受。人必须在灵性理解的路途上不断进步。最先有的灵性认识是对不具人格特征的梵(Brahman)的认识，但还应该进一步认识到超灵(Paramātmā)，并最终觉悟到至尊人格首神。奉献者在与至尊人格首神具有的中性关系(śānta)、主仆关系(dāsya)、朋友关系(sakhya)、父母子女的关系(vātsalya)及情侣关系(mādhurya)中怀着超然的情感崇拜祂。这节诗文中描述的帕拉德王的情感，是在父母子女的关系中所体验到的子女对父母的爱和情感。正如小孩子在母亲离开时会哭泣，帕拉德王感受到至尊主离开他时就开始哭泣(nadati)。再次重申，像帕拉德那样的奉献者有时看到至尊主从远处来安慰自己，如同母亲回应孩子说，“我亲爱的孩子，别哭。我来了。”那时，奉献者就会不顾自己所处的环境和周围的情况，不害羞地开始跳舞，心想：“这是我的至尊主！我的至尊主来了！”奉献者就这样完全处在如痴如醉的状态中，有时模仿至尊主的娱乐活动，就好像牧牛童曾经模仿丛林动物的神态举止一样。但他并不真正变成至尊主。帕拉德王凭借他高度的灵性理解，达到这节诗文中所描述的灵性的心醉神迷状态。

第 41 节

क्वचिदुत्पुलकस्तूष्णीमास्ते संस्पर्शनिर्वृतः ।
अस्पन्दप्रणयानन्दसलिलामीलितेक्षणः ॥४१॥

kvacid utpulakas tūṣṇīm
āste saṁsparśa-nirvṛtaḥ
aspanda-praṇayānanda-
salilāmīliteksạṇaḥ

kvacit—有时 / utpulakaḥ—浑身毛发直竖 / tūṣṇīm—完全沉默 / āste—保持 / saṁsparśa-nirvṛtaḥ—因为与至尊主接触而感到无比的喜悦 / aspanda—不动 / praṇaya-ānanda—因为爱的关系而体验到的超然极乐 / salila—满是泪水 / āmīlita—半闭 / īkṣaṇaḥ—眼睛……的

译文 有时，他感到至尊主莲花足的触碰，因而沉浸在灵性的喜悦中，一直沉默不语，浑身毛发直立；出于对至尊主的爱，泪水从半闭的眼里静静地往下流淌不停。

要旨 奉献者感到与至尊主的分离时，就会急切地想要看至尊主在哪里；有时在感到离别的痛苦时，眼泪就会不停地从半闭的眼里不停地涌流出来。正如圣柴坦亚·玛哈帕布在祂的“八训规(Śikṣāṣṭaka)中说：“啊，哥文达！感受与您的分离，对我来说一刻更甚一纪，我泪如滂沱大雨(yugāyitaṁ nimeṣeṇa cakṣuṣā prāvṛṣāyitam)。”梵文“从眼里落下如倾盆大雨般的泪水(cakṣuṣā prāvṛṣāyitam)”说明，眼泪不停地从奉献者眼里涌出。在纯粹奉爱的心醉神迷状态中所表现出的这些特征，都展现在帕拉德王身上。

第 42 节

स उत्तमश्लोकपदारविन्दयो-
निषेवयाकिञ्चनसङ्गलब्धया ।
तन्वन् परां निर्वृतिमात्मनो मुहु-
र्दुःसङ्गदीनस्य मनः शमं व्यधात् ॥४२॥

sa uttama-śloka-padāravindayor
niṣevayākiñcana-saṅga-labdhayā
tanvan parāṁ nirvṛtim ātmano muhur
duḥsaṅga-dīnasya manaḥ śamaṁ vyadhāt

saḥ—他(帕拉德王) / uttama-śloka-pada-aravindayoḥ—向经由超然的祈祷所崇拜的至尊人格首神的莲花足 / niṣevayā—借由不间断的服务 / akiñcana—与物质世界无关的奉献者的 / saṅga—联谊 / labdhayā—获得 / tanvan—扩展 / parām—最高的 / nirvṛtim—极乐 / ātmanaḥ—灵魂的 / muhuḥ—不断地 / duḥsaṅga-dīnasya—因为不良联谊而缺乏灵性理解的人的 / manaḥ—心 / śamam—平静的 / vyadhāt—使得

译文　由于与从不从事物质活动的纯粹完美的奉献者联谊，帕拉德王一直不断地忙着侍奉至尊主的莲花足。仅仅靠看他处在完美的心醉神迷状态中的身体表征，缺乏灵性理解的人就会得到净化。换句话说，帕拉德王将超然的极乐赐给了他们。

要旨　很显然，帕拉德王被置于一直受他父亲折磨的环境中。在这种物质情况中，人的心无法不受打扰。然而，由于奉爱(bhakti)是不受制约的(ahaituky apratihatā)，帕拉德王从不受黑冉亚卡希普的各种折磨的打扰。相反，他因为对至尊人格首神怀有心醉神迷的爱而展现出的身体特征，改变了他那些出生在恶魔家庭中的小朋友的思想。帕拉德不但不被他父亲对他的折磨所打扰，反而影响他的那些朋友，净化了他们的心。奉献者从不受物质处境的污染，但受物质情况控制的人可以因为看到纯粹奉献者的所作所为而取得灵性的进步，变得幸福、快乐。

第 43 节

तस्मिन्महाभागवते महाभागे महात्मनि ।
हिरण्यकशिपू राजन्नकरोदघमात्मजे ॥४३॥

tasmin mahā-bhāgavate
mahā-bhāge mahātmani
hiraṇyakaśipū rājann
akarod agham ātmaje

tasmin一向他 / mahā-bhāgavate一至尊主杰出的奉献者 / mahā-bhāge一最幸运的 / mahā-ātmani一……的心胸开阔 / hiraṇyakaśipuḥ一恶魔黑冉亚卡希普 / rājan一君王啊！ / akarot一从事 / agham一罪孽深重 / ātma-je一对他自己的儿子

译文　我亲爱的尤帝士提尔王，尽管帕拉德王是恶魔黑冉亚卡希普的亲生儿子，但黑冉亚卡希普却折磨这位崇高、幸运的奉献者。

要旨　像黑冉亚卡希普那样的恶魔一旦不顾自己凭从事艰巨苦行得到的高位开始嘲弄奉献者，就开始坠落，他苦行的结果也随之减损。压迫、折磨纯粹奉献者的人，失去他苦行、苦修和从事虔诚活动的一切结果。黑冉亚卡希普因为现在想要惩罚他最崇高的奉献者儿子帕拉德，他的财富开始减损。

第44节

श्रीयुधिष्ठिर उवाच
देवर्ष एतदिच्छामो वेदितुं तव सुव्रत ।
यदात्मजाय शुद्धाय पितादात्साधवे ह्यघम् ॥४४॥

śrī-yudhiṣṭhira uvāca
devarṣa etad icchāmo
veditum̐ tava suvrata
yad ātmajāya śuddhāya
pitādāt sādhave hy agham

śrī-yudhiṣṭhiraḥ uvāca—尤帝士提尔王询问 / deva-ṛṣe—半神人中最优秀的圣人啊 / etat—这 / icchāmaḥ—我们希望 / veditum—知道 / tava—从您 / su-vrata—下决心取得灵性进步 / yat—因为 / ātmajāya—对他自己的儿子 / śuddhāya—是纯洁和杰出的 / pitā—父亲黑冉亚卡希普 / adāt—给了 / sādhave—一位伟大的圣洁之人 / hi—的确 / agham—麻烦

译文　尤帝士提尔王说：啊，半神人中最优秀的圣人，最优秀的灵性领袖！既然圣洁的帕拉德王是黑冉亚卡希普的亲生儿子，黑冉亚卡希普怎么会给他制造那么多麻烦？

要旨　要了解至尊人格首神，以及祂纯粹奉献者的特质，人必须向半神人中的圣人纳茹阿达那样的权威人士发出询问(Devarṣi Nārada)。人无法从外行人那里了解超然的主题。正如《圣典博伽瓦谭》第3篇第25章的第25节诗中说明，只有通过与奉献者联谊，人才能如实地了解至尊主和祂的奉献者的地位及状态(satām prasaṅgān mama vīrya-saṁvido bhavanti hṛt-karṇa-rasāyanāḥ kathāḥ)。像纳茹阿达·牟尼那样的奉献者被说成是“下决心取得灵性进步(suvrata)”，梵文su的意思是“良好的”，vrata的意思是“誓言”，而“下决心取得灵性进步(suvrata)”一词是指与这个总是糟糕的物质世界没关系的人。从因为有学术知识而骄傲自大的物质主义学者那里，人无法了解任何灵性的知识。正如《博伽梵歌》第18章的第55节诗所说，人必须靠做奉爱服务并透过奉献者的努力了解奎师那(bhaktyā mām abhijānāti)。因此，为进一步了解帕拉德王，尤帝士提尔王(Mahārāja Yudhiṣṭhira)向纳茹阿达·牟尼询问是相当正确的。

第45节

पुत्रान् विप्रतिकूलान् स्वान् पितरः पुत्रवत्सलाः ।
उपालभन्ते शिक्षार्थं नैवाघमपरो यथा ॥४५॥

putrān vipratikūlān svān
pitaraḥ putra-vatsalāḥ
upālabhante śikṣārthaṁ
naivāgham aparo yathā

putrān－儿子 / vipratikūlān－违抗父亲意愿的 / svān－他们自己的 / pitaraḥ－父亲 / putra-vatsalāḥ－深爱着孩子 / upālabhante－训斥 / śikṣa-artham－教导他们课题 / na－不 / eva－事实上 / agham－惩罚 / aparaḥ－敌人 / yathā－像

译文 父母总是深爱着自己的孩子。当孩子不听话时，父母即使训斥他也并非出于敌意，而是为孩子的利益着想教育他。黑冉亚卡希普——帕拉德王的父亲，是如何训斥这样一个高贵的儿子的呢？我渴望了解这一点？

第 46 节

किमुतानुवशान् साधूंस्तादृशान् गुरुदेवतान् ।
एतत्कौतूहलं ब्रह्मन्नस्माकं विधम प्रभो ।
पितुः पुत्राय यद् द्वेषो मरणाय प्रयोजितः ॥४६॥

kim utānuvaśān sādhūṁs
tādṛśān guru-devatān
etat kautūhalaṁ brahmann
asmākaṁ vidhama prabho
pituḥ putrāya yad dveṣo
maraṇāya prayojitaḥ

kim uta一少得多 / anuvaśān一对孝顺和完美的儿子 / sādhūn一伟大的奉献者 / tādṛśān一那种的 / guru-devatān一如同尊敬至尊人格首神般尊敬父亲 / etat一这 / kautūhalam一疑惑 / brahman一布茹阿玛纳啊！ / asmākam一我们的 / vidhama一驱除 / prabho一我的导师啊！ / pituḥ一父亲的 / putrāya一对儿子 / yat一……的 / dveṣaḥ一敌意 / maraṇāya一为了杀死 / prayojitaḥ一应用的

译文　尤帝士提尔王进一步询问道：一个父亲怎么能对孝顺、行为举止良好且尊敬父亲的高贵儿子如此残暴呢？布茹阿玛纳，导师啊！我从没听过有这么矛盾的事，一个慈爱的父亲竟带着杀死儿子的意图惩罚自己那高贵的儿子。请去除我们的这一疑惑。

要旨　在人类社会的历史上，很少看到慈爱的父亲惩罚崇高且忠诚的儿子的事情。所以，尤帝士提尔王想请纳茹阿达·牟尼清除他心中的疑云。

到此为止，结束了巴克提韦丹塔对《圣典博伽瓦谭》第7篇第4章——“黑冉亚卡希普搅乱整个宇宙”所作的阐释。

第五章

黑冉亚卡希普圣洁的儿子——帕拉德王

帕拉德王(Prahlāda Mahārāja)因为始终忙于崇拜主维施努(Viṣṇu)，所以不执行他老师的命令。正如这一章所讲述的，黑冉亚卡希普(Hiraṇyakaśipu)试图杀死帕拉德，甚至让蛇咬他，将他置于大象的脚下，但都不成功。

黑冉亚卡希普的灵性导师舒夸查尔亚(Śukrācārya)，有商达(Ṣaṇḍa)和阿玛尔卡(Amarka)两个儿子，受命负责教育帕拉德王。这两个老师虽然努力教男孩帕拉德有关政治、经济和其他物质活动，但帕拉德根本不在乎他们的教导和想法，继续当纯粹的奉献者。帕拉德王从不喜欢区分敌友的想法。他处在灵性的超然状态中，平等看待众生。

一次，黑冉亚卡希普问他儿子，从老师那里学到的最好的内容是什么。帕拉德王回答说：全神贯注于物质的相对性观念的人，会想“这是我的，那属于我的敌人”；这种人应该停止过居士生活，到森林去崇拜至尊主。

黑冉亚卡希普听到他儿子谈论有关奉爱服务时，确定这小男孩是在学校里受到了某个朋友的坏影响，于是告诫老师要照顾好这孩子，以免他成为奎师那的奉献者。然而，当老师问帕拉德王他为什么要违抗他们的教导时，帕拉德王教导他的老师们说，认为自己拥有什么的心态是错误的，因此他努力成为主维施努的纯粹奉献者。他的老师对他的回答十分生气，以各种可怕的方式责骂并威胁这孩子。他们尽全力教导他之后，把他带到他父亲面前。黑冉亚卡希普深情地将他的儿子帕拉德抱到腿上，然后询问他，从老师那里学到的最好的内容是什么。像往常一样，帕拉德王开始赞美聆听(śravaṇam)和吟诵、吟唱(kīrtanam)等九种奉爱服务。这使魔王黑冉亚卡希普格外生气，怒斥商达和阿玛尔卡两位老师错误地训练了帕拉德王。所谓的老师们告诉君王说，帕拉德王是自己成为奉献者的，并非听了他们的教导。当他们证明自己的清白时，黑冉亚卡希普问帕拉德是从哪里学到为维施努做奉爱服务的(viṣṇu-bhakti)。帕拉德王回答说：依恋家庭生活的人，无论是个人还是集体，都不培养奎师那意识，而是在这个物质世界里承受重复生死的痛苦，继续咀嚼已经咀嚼过的东西。帕拉德解释说：每一个人的责任都是托庇于一位纯粹的奉献者，从而变得有资格了解奎师那意识。

这回答使黑冉亚卡希普暴跳如雷，将帕拉德王从他腿上扔到地上。既然帕拉德是个叛徒，一定要当那个杀死他叔叔黑冉亚克沙(Hiraṇyākṣa)的维施努的奉献者，黑冉亚卡希普便要求他的助手们杀死帕拉德。黑冉亚卡希普的助手们用尖利的武器殴打帕拉德，把他扔到大象脚下，让他承受地狱般的处境，将他从山顶上向下扔，绞尽脑汁地试图以各种方式杀死他，但都没有成功。这使黑冉亚卡希普更加害怕自己的儿子帕拉德王，于是将他拘禁起来。黑冉亚卡希普的灵性导师舒夸查尔亚的儿子们，开始以他们自己的方式教帕拉德，但帕拉德王不接受他们的教导。当老师们不在教室时，帕拉德王就开始在学校里传播有关奎师那意识的知识。听了他的教导后，他班里的小朋友——恶魔的儿子们，都成为像他一样的奉献者。

第 1 节

श्रीनारद उवाच
पौरोहित्याय भगवान् वृतः काव्यः किलासुरैः ।
षण्डामर्कौ सुतौ तस्य दैत्यराजगृहान्तिके ॥१॥

śrī-nārada uvāca
paurohityāya bhagavān
vṛtaḥ kāvyaḥ kilāsuraiḥ
ṣaṇḍāmarkau sutau tasya
daitya-rāja-gṛhāntike

śrī-nāradaḥ uvāca—伟大的圣人纳茹阿达说 / paurohityāya—作为祭司 / bhagavān—最强有力的 / vṛtaḥ—被选择 / kāvyaḥ—舒夸查尔亚 / kila—确实地 / asuraiḥ—被恶魔 / ṣaṇḍa-amarkau—商达和阿玛尔卡 / sutau—儿子们 / tasya—他的 / daitya-rāja—恶魔之王黑冉亚卡希普的 / gṛha-antike—住所附近

译文 伟大的圣人纳茹阿达·牟尼说：以黑冉亚卡希普为首的恶魔们请舒夸查尔亚当他们的祭司，负责主持仪式性典礼。舒夸查尔亚的两个儿子商达和阿玛尔卡，就住在黑冉亚卡希普的王宫的附近。

要旨 帕拉德传记的开端就记载在下面的诗文中。舒夸查尔亚当了无神论者，尤其是黑冉亚卡希普的祭司，所以他的两个儿子——商达和阿玛尔卡，就住在黑冉亚卡希普的住宅的附近。舒夸查尔亚不该当黑冉亚卡希普的祭司，因为黑冉亚卡希普和他的追随者全都是不信神者。布茹阿玛纳应该当那些对灵性文化的进步感兴趣之人的祭司。然而，舒夸查尔亚这个梵文名字，指的就是只致力于为儿孙争取物质利益而不管钱从哪里来的人。真正的布茹阿玛纳绝不会让不信神者当祭司。

第 2 节

तौ राज्ञा प्रापितं बालं प्रह्लादं नयकोविदम् ।
पाठयामासतुः पाठ्यानन्यांश्चासुरबालकान् ॥ २ ॥

tau rājñā prāpitaṁ bālaṁ
prahlādaṁ naya-kovidam

pāṭhayām āsatuḥ pāṭhyān
anyāṁś cāsura-bālakān

tau—那两个(商达和阿玛尔卡) / rājñā—被君王 / prāpitam—送 / bālam—男孩 / prahlādam—叫做帕拉德 / naya-kovidam—了解道德原则的 / pāṭhayām āsatuḥ—教导 / pāṭhyān—物质知识的书籍 / anyān—其他 / ca—也 / asura-bālakān—恶魔的儿子

译文 帕拉德王已经受过奉爱生活的教育，但当他父亲送他去舒夸查尔亚的两个儿子那里受教育时，他们把他与其他恶魔的儿子一起收进他们办的学校。

第3节

यत्तत्र गुरुणा प्रोक्तं शुश्रुवेऽनुपपाठ च ।
न साधु मनसा मेने स्वपरासद्ग्रहाश्रयम् ॥ ३ ॥

yat tatra guruṇā proktaṁ
śuśruve 'nupapāṭha ca
na sādhu manasā mene
sva-parāsad-grahāśrayam

yat—……的 / tatra—那里(在学校) / guruṇā—被老师 / proktam—教导 / śuśruve—听到 / anupapāṭha—讲述 / ca—和 / na—不 / sādhu—良好的 / manasā—借由心 / mene—认为 / sva—自己的 / para—和其他的 / asat-graha—被不好的哲学 / āśrayam—被……支持

译文 帕拉德听过也重复过老师们教的政治和经济课程，但因为明白政治哲理牵涉到将某些人视为朋友，将另一些人视为敌人，所以并不喜欢它。

要旨 政治牵涉到将一群人视为敌人，将另一群人视为朋友。政治领域中的一切都以这种哲学为基础；整个世界，尤其是在现在，都专注于这种哲学。大众关心的都是友好国家和友好团体，或者敌对国家或敌对团体。但《博伽梵歌》(Bhagavad-gītā)中说，有学问的人不分敌友；奉献者尤其如此。奉献者看一切众生都是主奎师那不可缺少的一部分(mamaivāṁśo jīva-bhūtaḥ)。所以，奉献者以教导所谓的敌人或朋友有关奎师那意识知识的方式，平等对待敌友。当然，无神论者不但不听纯粹奉献者的教导，反而将奉献者视为是他们的敌人。可奉献者从不制造友好或敌对的情况。帕拉德王虽然被迫听商达和阿玛尔卡的教导，但却不喜欢这种以区分敌友为基本哲学的政治。他对这种哲学丝毫不感兴趣。

第4节

एकदासुरराट पुत्रमङ्कमारोप्य पाण्डव ।
पप्रच्छ कथ्यतां वत्स मन्यते साधु यद्भवान् ॥ ४ ॥

ekadāsura-rāṭ putram
aṅkam āropya pāṇḍava
papraccha kathyatāṁ vatsa
manyate sādhu yad bhavān

ekadā—一次 / asura-rāṭ—恶魔之王 / putram—他的儿子 / aṅkam—在腿上 / āropya—放 / pāṇḍava—尤帝士提尔王啊！ / papraccha—询问 / kathyatām—请说 / vatsa—我亲爱的儿子 / manyate—认为 / sādhu—最好 / yat—那 / bhavān—您

译文 我亲爱的尤帝士提尔王，一次，魔王黑冉亚卡希普将他儿子帕拉德抱到自己的腿上，很慈爱地询问道：我的爱儿，请告诉我，在你跟老师学的所有学科中，你认为哪一门学科最棒？

要旨 黑冉亚卡希普没问他的小儿子什么让他难以回答的问题，而是给这小男孩一个机会，可以简单地说明他认为最好的内容是什么。当然，作为完美的奉献者，帕拉德王知道一切，能够说出生活的最重要的内容是什么。韦达经(Vedas)中说，正确地了解了神的人，能清楚地了解任何学科的内容(yasmin vijñāte samam evaṁ vijñātaṁ bhavati)。我们有时不得不向大科学家和哲学家提出挑战，但凭借主奎师那的恩典，我们像是成功了。普通人要向被视为是有真知灼见的科学家和哲学家挑战，几乎是不可能的，但奉献者可以向他们挑战，因为凭奎师那的恩典，奉献者了解一切的精华。正如《博伽梵歌》第十章的第11节诗所证实：

teṣām evānukampārtham
aham ajñāna-jaṁ tamaḥ
nāśayāmy ātma-bhāva-stho
jñāna-dīpena bhāsvatā

“居住在他们心中的我，为向他们表示特殊的仁慈，便以知识的明灯驱散来自愚昧的黑暗。”以超灵的形式处在众生心中的奎师那，去除奉献者心中的一切愚昧无知。作为特殊的恩惠，至尊主用知识的火炬照亮奉献者眼前的一切。正因为如此，帕拉德王知道最好的知识，所以当父亲询问他时，他把那知识给予父亲。帕拉德王具有高度的奎师那意识，因此能够解决最困难的问题。于是，他给予如下的回答。

第5节

श्रीप्रह्लाद उवाच
तत्साधु मन्येऽसुरवर्य देहिनां
सदा समुद्विग्नधियामसद्ग्रहात् ।
हित्वात्मपातं गृहमन्धकूपं
वनं गतो यद्धरिमाश्रयेत ॥५॥

śrī-prahlāda uvāca
tat sādhu manye 'sura-varya dehināṁ
sadā samudvigna-dhiyām asad-grahāt
hitvātma-pātaṁ gṛham andha-kūpaṁ
vanaṁ gato yad dharim āśrayeta

śrī-prahlādaḥ uvāca－帕拉德王回答说 / tat－那 / sādhu－非常好，或者生命中最好的部分 / manye－我想 / asura-varya－恶魔的君王啊！ / dehinām－有了物质躯体的人的 / sadā－总是 / samudvigna－深陷焦虑 / dhiyām－智慧……的 / asat-grahāt－由于把短暂的躯体或躯体化的关系当真(认为“我是这个躯体，以及任何属于这个躯体的东西都是我的”) / hitvā－放弃 / ātma-pātam－灵性文化或自我觉悟停止的地方 / gṛham－躯体化的生命概念或居士生活 / andha-kūpam－只不过是一口黑井的(那黑井中没有水，但有人仍是在找水) / vanam－到森林 / gataḥ－去 / yat－……的 / harim－至尊人格首神 / āśrayeta－应该托庇于

译文　帕拉德王回答说：最大的恶魔，恶魔的君王啊！我从我灵性导师那里学到的内容是，接受短暂的躯体及居士生活的人，因为坠入一个没有水而只有痛苦的黑井中，无疑会深陷焦虑。人应该停止这种状态，到森林去。更清楚地说，应该去只盛行奎师那意识的温达文森林，应该就此托庇于至尊人格首神。

要旨　黑冉亚卡希普认为帕拉德只不过是个没经验的小孩子而已，所以给予的回答也许只会让人听了高兴，但没什么实际内容。可是，帕拉德王作为崇高的奉献者，获得了受过良好教育后会展现的一切品质。

yasyāsti bhaktir bhagavaty akiñcanā
sarvair guṇais tatra samāsate surāḥ
harāv abhaktasya kuto mahad-guṇā
manorathenāsati dhāvato bahiḥ

“培养出对至尊人格首神奎师那纯粹奉爱之心的人，身上将展示出全体半神人所具有的宗教、知识和弃绝等崇高品质。相反，不做奉爱服务却从事物质活动的人，不具备好品质。哪怕他

精于练神秘瑜伽，或者努力诚实地维护他的家庭、供养他的亲属，他都必然会受他主观臆测的驱使，忙于侍奉至尊主的外在能量。这种人怎么可能有什么好品质？”(《圣典博伽瓦谭》5.18.12)所谓的受过教育、只是用他们的头脑想问题的哲学家和科学家，无法区分什么是真正的永恒(sat)，什么是短暂(asat)。韦达训喻是：每个人都该放弃短暂的存在层面，升上永恒存在的层面(asato mā jyotir gama)。灵魂是永恒的，谈论有关永恒灵魂的主题才是真正的知识。韦达文献的另一个地方说：执著于躯体化的生命概念并坚持过居家生活的人(gṛhastha)，处在物质感官享乐的层面上，无法看到永恒灵魂的利益(apaśyatām ātma-tattvaṁ gṛheṣu gṛha-medhi-nām)。对此，帕拉德王证实说：“若有人想要获得人生的成功，就该立刻从正确的源头那里了解什么是自我真正的利益，而且该如何过一种培养灵性意识的生活。”人应该了解自己是奎师那不可缺少的一部分，从而全心全意地托庇于祂的莲花足，以确保自己获得灵性生活的成功。物质世界里持有躯体化概念的众生，生生世世为生存而苦苦挣扎。因此，帕拉德王劝告，要终止这种重复生死的物质情况，人应该去森林(vana)。

在社会四阶层和灵性四阶段(varṇāśrama)体制中，人首先是当贞守生(brahmacārī)，然后是居士(gṛhastha)、退出家庭生活的人(vā-naprastha)，最后是进入弃绝阶层的人(sannyāsī)。去森林意味着过退出家庭的生活；这阶段介于居士和进入弃绝阶层之间。正如《维施努往世书》(Viṣṇu Purāṇa)第3篇第8章的第9节诗证实说：接受社会四阶层和灵性四阶段制度的训喻，可以使人很容易提升到崇拜至尊人格首神维施努的层面上(varṇāśramācāravatā puruṣeṇa paraḥ pumān viṣṇur ārādhyate)。否则，人如果继续持有躯体化的概念，就必然腐烂在这个物质世界里，其生命就是失败的。社会必须划分为布茹阿玛纳(brāhmaṇa, 婆罗门)、查锤亚(kṣatriya, 刹帝利)、外夏(vaiśya, 吠陀)和庶铎(śūdra, 首陀罗)。为了取得灵性进步，人必须逐一地走过贞守生、居士、退出家庭生活和进入弃绝阶层的阶段。帕拉德王劝父亲进入退出家庭生活的阶段，因为作为居士，他出于对自己躯体的依恋，变得越来越邪恶。帕拉德劝他父亲说，进入退出家庭生活的阶段，好过作为居士越来越深地陷入家庭生活的黑井中(gṛham andha-kūpam)。正因为如此，在我们奎师那意识运动中，我们邀请世上所有年长的人来到温达文(Vṛndāvana)，留在这里过退休生活，提升灵性意识——奎师那意识。

第 6 节

श्रीनारद उवाच
श्रुत्वा पुत्रगिरो दैत्यः परपक्षसमाहिताः ।
जहास बुद्धिर्बालानां भिद्यते परबुद्धिभिः ॥ ६ ॥

śrī-nārada uvāca
śrutvā putra-giro daityaḥ
para-pakṣa-samāhitāḥ
jahāsa buddhir bālānāṁ
bhidyate para-buddhibhiḥ

śrī-nāradaḥ uvāca－纳茹阿达·牟尼说 / śrutvā－听到 / putra-giraḥ－他儿子有启发性的话语 / daityaḥ－黑冉亚卡希普 / para-pakṣa－在敌方 / samāhitāḥ－充满信心 / jahāsa－大笑 / buddhiḥ－智力 / bālānām－小男孩们的 / bhidyate－被污染的 / para-buddhibhiḥ－被敌营的教导

译文 纳茹阿达·牟尼继续道：当帕拉德王谈论有关在做奉爱服务的过程中认清自我的途径，从而表现出对他父亲的敌对方的忠诚时，听了帕拉德王一番话的魔王黑冉亚卡希普大笑着说，“这是孩子的智力被敌人的话语损坏后说出的话。”

要旨 作为恶魔，黑冉亚卡希普始终把主维施努和祂的奉献者视为是敌人。正因为如此，这节诗文中用了梵文“在敌对的一方(para-pakṣa)”一句。黑冉亚卡希普从不同意维施努——奎师那(Kṛṣṇa)所说的话，而是对外士纳瓦(Vaiṣṇava)所展示出的智慧感到生气。主维施努(主奎师那)说：“抛弃一切种类的宗教，只向我皈依(sarva-dharmān parityajya mām ekaṁ śaraṇaṁ vraja)。但像黑冉亚卡希普那样的恶魔从不同意这一点。为此，奎师那说：

na māṁ duṣkṛtino mūḍhāḥ
prapadyante narādhamāḥ
māyayāpahṛta-jñānā
āsuraṁ bhāvam āśritāḥ

“邪恶之徒不皈依我。他们分别是：粗俗的愚氓、最低贱的人，被错觉窃取了知识的人，以及有不信神的恶魔本性的人。”(《博伽梵歌》7.15)恶魔本性(asura-bhāva) ——无神论者的本性，由黑冉亚卡希普直接表现出来。这种人作为愚氓(mūḍha)和最低贱的人(narādhama)，从不接受维施努是至尊者，也不皈依祂。黑冉亚卡希普的儿子帕拉德受到敌对阵营的影响，这自然使他越来越生气。为此，他不允许像纳茹阿达(Nārada)那样的圣洁之人进入他儿子的住宅，否则他怕帕拉德会被外士纳瓦的教导进一步毁了。

第 7 节

सम्यग्विधार्यतां बालो गुरुगेहे द्विजातिभिः ।
विष्णुपक्षैः प्रतिच्छन्नैर्न भिद्येतास्य धीर्यथा ॥ ७॥

samyag vidhāryatāṁ bālo
guru-gehe dvi-jātibhiḥ
viṣṇu-pakṣaiḥ praticchannair
na bhidyetāsya dhīr yathā

samyak－完全地 / vidhāryatām－保护他 / bālaḥ－这年幼的男孩 / guru-gehe－在将孩子送去给灵性老师教导的地方——古茹·库拉 / dvi-jātibhiḥ－被布茹阿玛纳 / viṣṇu-pakṣaiḥ－站在维施努这一方的 / praticchannaiḥ－以不同装扮伪装 / na bhidyeta－不被影响 / asya－他的 / dhīḥ－智力 / yathā－以便

译文　黑冉亚卡希普对他的助手们说：我亲爱的恶魔们，要在这孩子受教育的那所学校对他严加保护，以便他的智力不再受到有可能去那里误导他的外士纳瓦的影响。

要旨　在我们奎师那意识运动中，让自己的穿着像普通物质主义者一样是需要的，因为在邪恶王国中的人都反对外士纳瓦(Vaiṣṇava)的教导。现代的恶魔们一点儿都不喜欢奎师那意识。他们一旦看到有外士纳瓦穿着橙黄色衣服，颈戴珠链，前额画着提拉克(tilaka)，就立刻气恼起来。他们通过以讽刺的口吻说哈瑞·奎师那，来批评外士纳瓦，但有些人也认真地吟唱哈瑞·奎师那。由于哈瑞·奎师那是绝对的，所以无论人是以玩笑的口吻说出它，还是认真地吟唱它，它都会起作用。当恶魔说出哈瑞·奎师那时，外士纳瓦感到高兴，因为这表明哈瑞·奎师那运动占领了阵地。像黑冉亚卡希普那样的大恶魔，随时准备惩罚外士纳瓦；他们做出种种安排，使得外士纳瓦们不能来卖他们超然的书籍，不能传播奎师那意识。就这样，黑冉亚卡希普在很久很久以前做的事，现代恶魔仍在做。恶魔或物质主义者一点儿都不喜欢奎师那意识的扩展，总试图以多种方式加以阻挠。尽管如此，奎师那意识的传播者们必须努力，为传播知识的目的而穿着外士纳瓦的服装，或是其他衣服。查纳克亚·潘迪特(Cāṇakya Paṇḍita)说："如果一个诚实的人与一个大骗子打交道，就需要自己也变成骗子；不是为了欺骗，而是为了成功地传播知识。"

第 8 节

गृहमानीतमाहूय प्रह्रादं दैत्ययाजकाः ।
प्रशस्य श्लक्ष्णया वाचा समपृच्छन्त सामभिः ॥८॥

gṛham ānītam āhūya
prahrādaṁ daitya-yājakāḥ
praśasya ślakṣṇayā vācā
samapṛcchanta sāmabhiḥ

gṛham—到老师们(商达和阿玛尔卡)所在之处 / ānītam—带 / āhūya—叫 / prahrādam—帕拉德 / daitya-yājakāḥ—恶魔黑冉亚卡希普的祭司 / praśasya—借由安抚 / ślakṣṇayā—用非常温和的 / vācā—嗓音 / samapṛcchanta—他们询问 / sāmabhiḥ—用非常好听的话语

译文 当黑冉亚卡希普的仆人们将男孩帕拉德带回他老师开的学校时，恶魔的祭司商达和阿玛尔卡安抚他，并用温和的嗓音及慈爱的话语这样询问他。

要旨 恶魔的祭司商达和阿玛尔卡很想知道是哪些外士纳瓦来教导帕拉德王有关奎师那意识的知识的。他们的目的是了解这些外士纳瓦的名字。他们一开始并没有威胁男孩，因为怕他受到威胁后不肯说出是谁教导了他。为此，他们很温和、平静地询问如下。

第 9 节

वत्स प्रह्राद भद्रं ते सत्यं कथय मा मृषा ।
बालानति कुतस्तुभ्यमेष बुद्धिविपर्ययः ॥९॥

vatsa prahrāda bhadraṁ te
satyaṁ kathaya mā mṛṣā
bālān ati kutas tubhyam
eṣa buddhi-viparyayaḥ

vatsa－亲爱的儿子啊！ / prahrāda－帕拉德 / bhadram te－祝你一切好运 / satyam－实话 / kathaya－说 / mā－不要 / mṛṣā－谎言 / bālān ati－没有影响其他恶魔男孩的 / kutaḥ－从……之处 / tubhyam－向你 / eṣaḥ－这 / buddhi－智力的 / viparyayaḥ－污染

译文　亲爱的儿子帕拉德，祝你平静并具有一切好运。请不要对我们说谎，实话实说就好。你看，这些男孩可不像你，因为他们不说离经叛道的话。你是怎么学到这些教导的？你的智力是怎么受到这种损害的？

要旨　帕拉德王还是个男孩，因此他的教师心想，如果他们安抚这孩子，他就会立刻说实话，解开外士纳瓦们是如何来这里教他奉爱服务的。这无疑太令人惊讶了，同一所学校里的其他戴提亚恶魔的男孩竟没受到污染，只有帕拉德王让人意外地被外士纳瓦的教导所污染。这两个教师的主要责任是，询问来教导帕拉德、损坏了他的智力的外士纳瓦是谁。

第 10 节

बुद्धिभेदः परकृत उताहो ते स्वतोऽभवत् ।
भण्यतां श्रोतुकामानां गुरूणां कुलनन्दन ॥१०॥

buddhi-bhedaḥ para-kṛta
utāho te svato 'bhavat
bhaṇyatāṁ śrotu-kāmānāṁ
gurūṇāṁ kula-nandana

buddhi-bhedaḥ－智力的污染 / para-kṛtaḥ－由敌人做 / utāho－或 / te－你的 / svataḥ－被你自己 / abhavat－是 / bhaṇyatām－请说 / śrotu-kāmānām－对想听这一点的我们 / gurūṇām－你所有的老师 / kula-nandana－你们家族中最优秀的人啊！

译文 你们家族中最优秀的人啊！你的智力是被你自己还是被敌人所污染？我们都是你的老师，所以很想听你告诉我们这一点。请对我们说实话。

要旨 帕拉德王的老师很惊讶这个小男孩能讲出如此崇高的外士纳瓦哲学。为此，他们询问是谁暗地里教导了他这门学问，以便帕拉德的父亲黑冉亚卡希普可以拘捕并杀死那些外士纳瓦。

第 11 节

श्रीप्रह्लाद उवाच
परः स्वश्चेत्यसद्ग्राहः पुंसां यन्मायया कृतः ।
विमोहितधियां दृष्टस्तस्मै भगवते नमः ॥११॥

śrī-prahrāda uvāca
paraḥ svaś cety asad-grāhaḥ
puṁsāṁ yan-māyayā kṛtaḥ
vimohita-dhiyāṁ dṛṣṭas
tasmai bhagavate namaḥ

śrī-prahrādaḥ uvāca一帕拉德王回答道 / paraḥ一敌人 / svaḥ一亲人或朋友 / ca一还有 / iti一如此 / asat-grāhaḥ一生命的物质概念 / puṁsām一人的 / yat一……的 / māyayā一被外在能量 / kṛtaḥ一创造 / vimohita一迷惑 / dhiyām一那些智力……的人的 / dṛṣṭaḥ一实际体会 / tasmai一向祂 / bhagavate一至尊人格首神 / namaḥ一我虔敬的顶礼

译文 帕拉德王回答道：让我虔敬地向至尊人格首神顶礼，祂的外在能量透过迷惑人们的智力制造出“我的朋友”和“我的敌人”的区别。事实上，尽管我以前听权威人士这样说过，但此刻才真正体验到这一点。

要旨 正如《博伽梵歌》第5章的第18节诗中说明：

vidyā-vinaya-sampanne
brāhmaṇe gavi hastini
śuni caiva śvapāke ca
paṇḍitāḥ sama-darśinaḥ

“谦卑的圣人凭真正的知识，用平等的眼光看待乳牛、大象、狗和吃狗肉的人(不属于四个社会阶层的人)，以及博学、温和的布茹阿玛纳。”梵文“潘迪特(paṇḍitāḥ)”说明，那些对一切有充分了解且平等对待一切的进步奉献者——真正博学的人，不对其他生物做敌友之分。相反，正如圣柴坦亚·玛哈帕布(Caitanya Mahāprabhu)所证实，他们心胸开阔、眼光远大，看每一个生物都是奎师那的一部分(jīvera ‘svarūpa’ haya—kṛṣṇera ‘nitya-dāsa’)。作为至尊主的一部分，每一个生物的职责都是侍奉至尊主，正如身体的各个部分要为整个身体服务一样。

作为至尊主的仆人，众生都是一样的，但外士纳瓦因为本性谦恭，所以将其他所有的生物都称为帕布(prabhu)——主人。外士纳瓦看其他仆人都那么进步，他有太多的东西要向他们学习了。正因为如此，他将至尊主所有其他的奉献者都接受为是主人。尽管每一个生物都是至尊主的仆人，但外士纳瓦仆人由于谦逊而将至尊主其他的仆人视为是自己的主人。对主人这一概念的了解始于对灵性导师的理解。

yasya prasādād bhagavat-prasādo
yasyāprasādān na gatiḥ kuto ’pi

“凭借灵性导师的仁慈，我们得到奎师那的祝福。没有灵性导师的恩赐，我们无法取得任何进步。”

sākṣād-dharitvena samasta-śāstrair
uktas tathā bhāvyata eva sadbhiḥ
kintu prabhor yaḥ priya eva tasya
vande guroḥ śrī-caraṇāravindam**

“灵性导师是至尊主最信赖的仆人，因此要像尊敬至尊主一样尊敬他。这一点得到所有启示经典的确认，及所有权威人士的遵循。我向这样的灵性导师的莲花足致以虔敬的顶礼，他是圣哈尔依(奎师那)真正的代表。”灵性导师——神的仆人，致力于为至尊主做最机密的服务，拯救所有受制约的灵魂摆脱错觉能量玛亚(māyā)的钳制。受错觉能量玛亚钳制的人心想“这人是我的敌人，那人是我的朋友”。事实上，至尊人格首神才是众生的朋友，而所有的生物都是至尊主永恒的仆人。一体性只有透过这样的理解才有可能实现，而不是透过异想天开地认为“我们每一个人都是神或与神平等”。真正的理解是：神才是至高无上的主人，我们大家都是至尊主的仆人，所以我们是平等的。帕拉德王的灵性导师纳茹阿达已经教导过帕拉德这一点，但帕拉德还是惊讶地看到，被迷惑的灵魂是如何区分敌友的。

我们应该明白，一个人只要还执著于相对性的哲学概念，认为这人是朋友而那人是敌人，就是还在受错觉能量玛亚的钳制。假象宗(Māyāvādī)哲学家认为“众生都是神，因此是一体”的概念，也是错误的。没人与神平等。仆人不可能与主人平等。按照外士纳瓦哲学，主人是一个个体，仆人也是一个个体，但主人和仆人之间是有区别的，哪怕解脱后也不例外。在受制约的阶段，我们认为有些生物体是我们的朋友，而另一些是我们的敌人，就这样陷在相对性中。然而，在解脱阶段的概念是：神是主人，所有的生物都是神的仆人，两者是一个整体。

第 12 节

स यदानुव्रतः पुंसां पशुबुद्धिर्विभिद्यते ।
अन्य एष तथान्योऽहमिति भेदगतासती ॥१२॥

sa yadānuvrataḥ puṁsāṁ
paśu-buddhir vibhidyate

anya eṣa tathānyo 'ham
iti bheda-gatāsatī

saḥ－那至尊人格首神 / yadā－当 / anuvrataḥ－对……感到满足 / puṁsām－受制约的灵魂的 / paśu-buddhiḥ－动物般的生命概念（我是至尊，而每一个人都是神）/ vibhidyate－被毁坏 / anyaḥ－另一个 / eṣaḥ－这 / tathā－以及 / anyaḥ－另一个 / aham－我 / iti－如此 / bheda－区别 / gata－有 / asatī－是悲惨的

译文　生物靠做奉爱服务取悦了至尊人格首神时，就会成为真正的学者，不再区分敌人、朋友和自己。他这样有智慧地思考到，"我们大家都是神永恒的仆人，所以彼此没有区别。"

要旨　当帕拉德王的老师和邪恶的父亲询问他，他的智力是怎么被污染的，帕拉德王说："谈到我，我的智力并没有被污染。相反，靠我灵性导师的仁慈和我的主奎师那的恩典，我现在懂得，没人是我的敌人，没人是我的朋友。我们其实都是奎师那永恒的仆人，但在至尊主外在能量的影响下，我们以为我们彼此作为朋友和敌人独立于至尊主而存在。这种错误的概念现在被纠正了，因此，不像普通人那样，我不再认为我是神，而其他生物体是我的敌人或朋友。我现在正确地想，所有的生物都是神永恒的仆人，我们的责任是为至尊主人服务。因为我们都是仆人，所以在同一个层面上。"

恶魔把人们分为朋友或敌人，但外士纳瓦说，众生都是至尊主的仆人，所以都在同一个层面上。因此，外士纳瓦从不把其他生物当做朋友或敌人，而是努力传播奎师那意识，教导大家：我们作为至尊主的仆人是一个整体，但现在却在以创造国家、团体及其他的朋友和敌人的方式浪费我们宝贵的时间。每一个人都应该上升到奎师那意识的层面，从而作为至尊主的仆人感知到与至

尊主的一体性。尽管世上有八百四十万种生命形式，但外士纳瓦感知到这种一体性。《至尊奥义书》忠告：应该看到所有的生物作为灵魂，在质上与至尊主一样(ekatvam anupaśyataḥ)。奉献者应该看到至尊人格首神处在每一个生物体的心中，也应该看到每一个生物都是至尊主永恒的仆人。这种视野被称为一体性(ekatvam)。尽管有主人和仆人的关系，但主人和仆人是一体，因为他们都是灵性的。这也是一体性(ekatvam)。因此，外士纳瓦的一体性概念，不同于假象宗人士的概念。

黑冉亚卡希普问帕拉德王他为何会反对自己的家庭。当一个家庭成员被敌人杀死时，家里所有的人自然都会对凶手充满敌意，但黑冉亚卡希普看到帕拉德却成为凶手的朋友。因此他询问道："是谁使你的智力变成这样？你是自己发展出这种意识的吗？既然你只是个小男孩，一定是有人诱导你这么想的。"帕拉德王想要回答：只有当至尊主赐予某人恩典时，那人才能生出对主维施努的欣赏态度(sa yadānuvrataḥ)。正如《博伽梵歌》中所说，奎师那是众生的朋友(suhṛdaṁ sama-bhūtānāṁ jñātvā māṁ śāntim ṛcchati)。至尊主永远都不是千百万生物中的任何一个生物的敌人，相反永远是大家的朋友。这是对真相的了解。人若把至尊主当敌人，他的智力就是动物般的智力(paśu-buddhi)。他错误地想"我不同于我的敌人，我的敌人与我不同。敌人做了这件事，因此我的责任是杀死他"。这节诗文中将这种误解描述为是"灾难性的分别(bheda-gatāsatī)"。正如《永恒的柴坦亚经》中记载，圣柴坦亚·玛哈帕布证实事实真相说，众生都是奎师那永恒的仆人(jīvera 'svarūpa' haya—kṛṣṇera 'nitya-dāsa')。作为至尊主的仆人，我们是一体，根本不存在仇恨或友情的问题。如果真正明白我们大家都是至尊主的仆人，哪里有敌人或朋友之说呢？

人应该为了侍奉至尊主而和睦相处。每一个人都该赞扬他人为至尊主所做的服务，而不为自己做的服务感到骄傲。这是外士纳瓦想问题的方式，是外琨塔(Vaikuṇṭha)居民的思考方式。仆人们在做服务时也许有比赛和表面上的竞争，但在外琨塔星球中，仆人们都彼此赞赏他人做的服务，而不是责难。这是外琨塔中的竞争。仆人们之间没有彼此敌视的问题。每一个人都被允许尽自己的能力为至尊主做服务，每一个人都应该欣赏他人的服务。这是外琨塔中的活动。既然大家都是仆人，都处在同一个层面上，就都被允许按照自己的能力为至尊主做服务。正如《博伽梵歌》第15章的第15节诗证实，至尊主处在每一个生物体的心中，根据仆人的心态给予指导(sarvasya cāhaṁ hṛdi sanniviṣṭo mattaḥ smṛtir jñānam apohanaṁ ca)。然而，至尊主对非奉献者和奉献者的指导不同。非奉献者挑战至尊主的权威，至尊主于是就以让非奉献者生生世世忘记为祂服务并承受自然法律制裁的方式给予指示。但当奉献者十分认真地想要为至尊主做服务时，至尊主就以不同的方式发出指令。正如《博伽梵歌》第10章的第10节诗记载，至尊主说：

teṣāṁ satata-yuktānāṁ
bhajatāṁ prīti-pūrvakam
dadāmi buddhi-yogaṁ taṁ
yena māṁ upayānti te

“对一直以爱心侍奉我的人，我赐予他们理解力，使他们来到我这里。”众生其实都是仆人，没有敌友之分。众生都按照至尊主给予的不同指示工作，至尊主按照每一个生物的心态给予指导。

第 13 节

स एष आत्मा स्वपरेत्यबुद्धिभि-
दुरत्ययानुक्रमणो निरूप्यते ।
मुह्यन्ति यद्वर्त्मनि वेदवादिनो
ब्रह्मादयो ह्येष भिनत्ति मे मतिम् ॥१३॥

sa eṣa ātmā sva-parety abuddhibhir
duratyayānukramaṇo nirūpyate
muhyanti yad-vartmani veda-vādino
brahmādayo hy eṣa bhinatti me matim

saḥ一祂 / eṣaḥ一这 / ātmā一处在每个人心中的超灵 / sva-para一这是我的事，而那是别人的事 / iti一如此 / abuddhibhiḥ一被那些智力欠缺之人 / duratyaya一非常难以遵循 / anukramaṇaḥ一奉爱服务……的 / nirūpyate一是清楚的(借由经典或灵性导师的教导) / muhyanti一困惑的 / yat一……的 / vartmani一在道上 / veda-vādinaḥ一韦达指导的遵循者 / brahma-ādayaḥ一始自布茹阿玛的半神人 / hi一确实地 / eṣaḥ一这个 / bhinatti一改变 / me一我的 / matim一智力

译文 总是以“敌人”和“朋友”的概念想问题的人，无法发现他们内在的超灵。不要说他们了，就连精通韦达文献的主布茹阿玛等崇高的人物，有时都会在遵循奉爱服务原则的过程中产生困惑。是制造这种情况的同一位至尊人格首神给予我智慧，让我站到你们所谓的敌人一边的。

要旨 帕拉德王坦率地承认：“我亲爱的老师们，你们错误地以为主维施努是你们的敌人，但由于祂令我喜爱，我了解祂是众生的朋友。你们也许认为我站到了你们敌人的一边，但事实上是祂给予我巨大的恩惠。”

第14节

यथा भ्राम्यत्ययो ब्रह्मन् स्वयमाकर्षसन्निधौ ।
तथा मे भिद्यते चेतश्चक्रपाणेर्यदृच्छया ॥१४॥

yathā bhrāmyaty ayo brahman
svayam ākarṣa-sannidhau
tathā me bhidyate cetaś
cakra-pāṇer yadṛcchayā

yathā－正如 / bhrāmyati－移动 / ayaḥ－铁 / brahman－布茹阿玛纳啊！ / svayam－自己 / ākarṣa－磁铁的 / sannidhau－在邻近 / tathā－同样地 / me－我的 / bhidyate－被改变 / cetaḥ－意识 / cakrapāṇeḥ－手持飞轮的主维施努的 / yadṛcchayā－仅靠着……的意愿

译文　布茹阿玛纳(老师们)啊！正如铁受到吸铁石的吸引自动朝吸铁石的方向移动，我的意识被至尊主的意愿所改变，受到手持飞轮的主维施努的吸引，因此不再独立。

要旨　铁自然受吸铁石的吸引。同样，对众生来说，受奎师那的吸引是自然而然的事。正因为如此，至尊主真正的名字叫奎师那，意思是祂吸引众生和一切。在温达文可以看到这种吸引力的典型例子；在那里，一切和每一个生物都受奎师那的吸引。南达王(Nanda Mahārāja)和雅首达女神(Yaśodādevī)等长者，施瑞达玛(Śrīdāmā)、苏达玛(Sudāmā)和其他牧牛童朋友，圣茹阿妲茹阿妮和她的同伴等牧牛姑娘，甚至飞鸟、走兽、乳牛和牛犊，都被奎师那所吸引。花果园中的鲜花和水果受祂吸引，雅沐娜(Yamunā)河水中的浪涛受祂吸引，大地、天空、树木、植物、动物和所有其他生物体都受到奎师那的吸引。这是温达文中的一切的自然状况。

物质世界与温达文中的一切事务恰恰相反，那里没谁受奎师那的吸引，大家都受错觉能量玛亚的吸引。这是灵性世界与物质世界之间的区别。在物质世界中的黑冉亚卡希普，受女人和金钱的吸引。但帕拉德王因为处在他原本自然的状态中而受到奎师那的吸引。为回答黑冉亚卡希普询问帕拉德为什么有不正常的看法，帕拉德说他的看法并没有不正常，因为受奎师那的吸引是每一个生物的自然状态。帕拉德说，黑冉亚卡希普之所以感觉这种看法不正常，是因为他很不正常地不受奎师那的吸引。因此，黑冉亚卡希普需要得到净化。

人一旦清除了物质污染，就受到奎师那的吸引(sarvopādhivi-nirmuktaṁ tat-paratvena nirmalam)。在物质世界里，众生都受到感官享乐污垢的污染，根据各种称号活动，有时当人，有时当野兽，有时当半神人或树木等。我们必须清除所有这些称号，之后才会自然而然受到奎师那的吸引。奉爱(bhakti)的程序将清除生物所受到的所有反常的吸引。得到净化的人受奎师那的吸引，开始为奎师那做服务，而不是侍奉错觉能量玛亚。这是他的自然状态。奉献者受奎师那的吸引，而非奉献者因为被物质享乐的污垢污染，所以不受吸引。对此，《博伽梵歌》第7章的第28节诗记载，至尊主证实说：

yeṣāṁ tv anta-gataṁ pāpaṁ
janānāṁ puṇya-karmaṇām
te dvandva-moha-nirmuktā
bhajante māṁ dṛḍha-vratāḥ

“在前生和今世行善并彻底消除了恶报的人，摆脱由错觉产生的相对性，坚定地为我做服务。”人必须去除一切物质存在的罪恶污垢。这个物质世界里的众生都受物质欲望的污染。人除非去除一切物质欲望(anyābhilāṣitā-śūnyam)，否则无法受奎师那的吸引。

第 15 节

श्रीनारद उवाच
एतावद् ब्राह्मणायोक्त्वा विरराम महामतिः ।
तं सन्निभर्त्स्य कुपितः सुदीनो राजसेवकः ॥१५॥

śrī-nārada uvāca
etāvad brāhmaṇāyoktvā
virarāma mahā-matiḥ
taṁ sannibhartsya kupitaḥ
sudīno rāja-sevakaḥ

śrī-nāradaḥ uvāca—纳茹阿达·牟尼说 / etāvat—这么多 / brāhmaṇāya—向布茹阿玛纳们——舒夸查尔亚的儿子们 / uktvā—说 / virarāma—变得沉默 / mahā-matiḥ—有高深智慧的帕拉德王 / tam—他(帕拉德王) / sannibhartsya—严厉地惩罚 / kupitaḥ—很生气 / su-dīnaḥ—思想贫乏，或非常愤愤不平的 / rāja-sevakaḥ—黑冉亚卡希普王的仆人

译文　伟大的圣人纳茹阿达·牟尼继续道：对自己的老师——舒夸查尔亚的亲生子商达和阿玛尔卡说完这番话，伟大的灵魂帕拉德王便沉默了。这使那两个所谓的布茹阿玛纳很生气。他们是黑冉亚卡希普的仆人，所以感到很难过。为惩戒帕拉德王，他们说了如下一番话。

要旨　梵文śukra的意思是“精液”。舒卡查尔亚的儿子们是世袭布茹阿玛纳，但真正的布茹阿玛纳是拥有布茹阿玛纳品质的人。商达和阿玛尔卡这两个布茹阿玛纳是经由舒卡查尔亚的精液诞生的儿子，不真正拥有布茹阿玛纳的资格，因为他们致力于当黑冉亚卡希普的仆人。真正的布茹阿玛纳看到每一个人，尤其是自己的门徒成为主奎师那的仆人，就会感到十分满意。这样的布茹阿玛纳毕生取悦至尊主人。布茹阿玛纳严禁成为其他人的仆人，因为那是狗和庶铎做的事。狗必须让自己的主人感到满意，但布茹阿玛纳主要让奎师那满意就可以了，而不需要让其他人满意(ānukūlyena kṛṣṇānuśīlanam)。这是布茹阿玛纳的真正资格。商达和阿玛尔卡因为靠出身当上布茹阿玛纳，而且又当了黑冉亚卡希普的仆人，所以毫无必要地斥责帕拉德王。

第 16 节

आनीयतामरे वेत्रमस्माकमयशस्करः ।
कुलाङ्गारस्य दुर्बुद्धेश्चतुर्थोऽस्योदितो दमः ॥१६॥

ānīyatām are vetram
asmākam ayaśaskaraḥ
kulāṅgārasya durbuddheś
caturtho 'syodito damaḥ

ānīyatām—拿……来 / are—嘿！ / vetram—棍子 / asmākam—我们的 / ayaśaskaraḥ—毁坏我们名誉的 / kula-aṅgārasya—王朝的败家子的他的 / durbuddheḥ—邪恶、愚蠢、毁坏了的智力 / caturthaḥ—第四种 / asya—为他 / uditaḥ—宣称 / damaḥ—惩罚(诉诸武力)

译文 嘿，请给我拿根棍子来！这个帕拉德正在毁坏我们的名誉和声望。他毁坏了的智力使他成为恶魔王朝的一个败家子。他现在需要受到四种政治外交手段中的第四种的训练。

要旨 在政治事务中，当有人反抗政府时，就会用到法律命令、谈和、许以职位或最后武力镇压这四种压制法。当不再有其他方法(论据)让他服从时，就对他动武。在逻辑学中，这称为恐吓论据(又称诉诸武力)。当商达和阿玛尔卡这两个凭出身当上布茹阿玛纳的人，没能从帕拉德王口中套出他与他父亲看法相左的原因时，他们就叫人拿棍棒来责打他，以便让他们的主人黑冉亚卡希普感到满意。由于帕拉德王当了奉献者，他们认为他受损坏了的智力的影响，是恶魔家庭中的败类。俗话说，愚昧甚嚣尘上的地方，愚蠢就成了智慧。在整个社会或全家成员都是恶魔的情况下，其中若有谁成为奉献者，必被视为是白痴而使自己身陷险境。帕拉德王之所以被指责为是智力受损，是因为他身陷在恶魔群中，就连他的老师，表面上是布茹阿玛纳的人都不例外地是恶魔。

我们奎师那意识运动的成员，处在与帕拉德王类似的境地。整个世界百分之九十九的人口都是不敬神的恶魔，因此我们这些以帕拉德为榜样传播奎师那意识的人，总是受到许多障碍的阻挠。美国这些献出一切传扬奎师那意识的年轻人，因为犯了当奉献者这项错误而被控告为是中央情报局的成员。此外，印度那些声称只有出生在布茹阿玛纳家庭中的人才能成为布茹阿玛纳的世袭布茹阿玛纳，指控我们破坏印度教的传统。当然，事实上，人凭资格当布茹阿玛纳。由于我们训练欧洲人和美国人变得有资格，并授予他们布茹阿玛纳的地位，我们被指控破坏印度的宗教。尽管如此，我们必须勇敢地面对各种困难，像帕拉德王学习，下定决心拓展奎师那意识运动。帕拉德虽然是黑冉亚卡希普的儿子，但从不惧怕邪恶父亲生下的“布茹阿玛纳”儿子的惩罚。

第 17 节

दैतेयचन्दनवने जातोऽयं कण्टकद्रुमः ।
यन्मूलोन्मूलपरशोर्विष्णोर्नालायितोऽर्भकः ॥१७॥

daiteya-candana-vane
jāto 'yaṁ kaṇṭaka-drumaḥ
yan-mūlonmūla-paraśor
viṣṇor nālāyito 'rbhakaḥ

daiteya－恶魔家族的 / candana-vane－在檀香树森林中 / jātaḥ－出生 / ayam－这 / kaṇṭaka-drumaḥ－荆棘树 / yat－……的 / mūla－根的 / unmūla－在砍伐中 / paraśoḥ－像一把釜头的 / viṣṇoḥ－主维施努的 / nālāyitaḥ－手柄 / arbhakaḥ－男孩

译文 这个混账帕拉德表现得就像檀香树森林中的一棵荆棘树。要砍伐檀香树，就需要一把斧头，荆棘树的木材倒很适合做这种斧头的手柄。主维施努是砍伐恶魔家族这一檀香树森林的斧头，这个帕拉德是那斧头上的手柄。

要旨 荆棘树一般都生长在沙漠地带，而不是长在檀香树的森林中；但世袭布茹阿玛纳商达和阿玛尔卡将黑冉亚卡希普的恶魔(Daitya)王朝比作是檀香树森林，将帕拉德比喻为是可以用来制作斧头手把的坚硬的荆棘树。他们将主维施努比喻为是斧头本身。斧头独自无法砍伐荆棘树，而需要安上用荆棘树的木材制作的手柄。因此，可以用维施努·巴克提(viṣṇu-bhakti)——对主奎师那做奉爱服务的这把斧头，砍伐邪恶文明的荆棘树。像帕拉德王那样出生在邪恶文明中的一些成员，也许可以成为斧头的手柄，协助主维施努将邪恶文明的整个森林砍成碎片。

第 18 节

इति तं विविधोपायैर्भीषयंस्तर्जनादिभिः ।
प्रह्लादं ग्राहयामास त्रिवर्गस्योपपादनम् ॥१८॥

iti taṁ vividhopāyair
bhīṣayaṁs tarjanādibhiḥ
prahrādaṁ grāhayām āsa
tri-vargasyopapādanam

iti—这样 / tam—他(帕拉德王) / vividha-upāyaiḥ—用各种方式 / bhīṣayan—威胁 / tarjana-ādibhiḥ—借由惩罚、威胁等 / prahrādam—对帕拉德王 / grāhayām āsa—教导 / tri-vargasya—生命的三个目标(宗教、经济发展和感官享乐的途径) / upapādanam—呈现……的文献

译文 帕拉德王的老师——商达和阿玛尔卡，用各种方式惩罚并威胁他们的学生，随后开始教他有关宗教、经济发展和感官享乐的途径。这就是他们教导他的方式。

要旨 在这节诗文中，梵文prahrādaṁ grāhayām āsa一句十分重

要。梵文grāhayām āsa直译的意思是“他们试图劝导帕拉德王接受笃信宗教(dharma)、发展经济(artha)和感官享乐(kāma)之途”。人们通常都专注于这三项内容，对解脱之途不感兴趣。帕拉德王的父亲黑冉亚卡希普，只对黄金和感官享乐感兴趣。梵文“黑冉亚(hiraṇya)”的意思是“金子”，“卡希普(kaśipu)”是指人们在其上进行感官享乐的柔软的软垫和睡床。但“帕拉德(prahlāda)”一词是指，“始终沉浸在对梵的了解之快乐中的人(brahma-bhūtaḥ prasannātmā)”，而这个词本身的意思是“永远快乐、喜悦(prasannātmā)”。帕拉德始终沉浸在崇拜至尊主所感受到的快乐和喜悦中，但听从黑冉亚卡希普命令的老师们，接受指示要教导他有关物质事务的内容。物质主义者认为走宗教之途是为了改善他们的物质状况。物质主义者到庙里去崇拜许多不同的半神人，目的只是要得到些祝福，以改善他们的物质生活。他们去找所谓的圣人(sādhu)或斯瓦米(svāmī)，希望利用一种简单的方法获得物质财富。所谓的圣人打着宗教的幌子，试图通过给他们指引获得物质财富的捷径，满足他们的感官。他们有时给人护身符、驱邪物或祝福，有时通过变出金子的方式吸引物质主义者。接着，他们就宣称自己是神，而愚蠢的物质主义者为了发财就受他们的吸引。这种欺骗所导致的后果是：他们劝大众为物质进步而努力，结果使其他人不再愿意接受宗教程序。这种事情在全世界都在发生；不仅是现在，而是从无法追溯的时候起，就没人对解脱(mokṣa)感兴趣。人类有四种主要活动，即笃信宗教(dharma)、发展经济(artha)、感官享乐(kāma)和解脱(mokṣa)。人们为了在物质上变得富有而信宗教。那么，人为什么要追求物质的富裕呢？为了感官享乐。因此，人们更喜欢这三种物质主义的生活途径(mārgas)。没人对解脱感兴趣，而为至尊主做奉爱服务(bhagavad-bhakti)甚至高于解脱。正因为如此，做奉爱服务的程序——培养奎师那意识，极难被理解。就有关这一点，帕拉德王后面就会给予解释。商达和阿玛尔卡这两个老师试图劝导帕拉德王接受物质主义的生活方式，但事实是，他们的努力失败了。

第 19 节

तत एनं गुरुर्ज्ञात्वा ज्ञातज्ञेयचतुष्टयम् ।
दैत्येन्द्रं दर्शयामास मातृमृष्टमलङ्कृतम् ॥१९॥

tata enaṁ gurur jñātvā
jñāta-jñeya-catuṣṭayam
daityendraṁ darśayām āsa
mātṛ-mṛṣṭam alaṅkṛtam

tataḥ—随后 / enam—他(帕拉德王) / guruḥ—他的老师们 / jñātvā—知道 / jñāta—被知道 / jñeya—该了解的 / catuṣṭayam—四种外交原则(安抚；布施钱财；分而治之和惩罚) / daitya-indram—向戴提亚之王黑冉亚卡希普 / darśayām āsa—带到 / mātṛ-mṛṣṭam—被他母亲沐浴后 / alaṅkṛtam—用首饰装饰

译文 过了一段时间，商达和阿玛尔卡这两个老师认为，就如何安抚大众领袖，如何通过给予他们有利可图的职位，如何对他们分而治之并在他们不服从时惩罚他们等外交手段，帕拉德王已经得到了足够的教育。于是有一天，在帕拉德的母亲亲自给这孩子沐浴并穿戴上漂亮的衣饰后，他们将他带到他父亲的面前。

要旨 将要成为统治者或君王的学生，必须学习四种外交原则。君王和他的臣民之间始终会有对抗的情绪。因此，当有国民煽动大众反抗君王时，君王的职责是召见他，试图用听了令人高兴的话语安抚他说：“你对这个国家来说十分重要。为什么要用一种新的刺激人的理由打扰人民大众呢？”如果这个国民还不感到满意，君王就该给他提供一个类似地方长官或部长、大臣那样有钱可赚、可以领到高薪的官位，以使他也许能够欣然接受。如果敌人还是继续煽动大众，君王就该尝试在敌人的阵营中制造纷争。但如果那人仍坚持下去，君王就该诉诸武力——通过把他投进监狱或执行死刑严惩他。由黑冉亚卡希普指定的老师们，教帕拉德王如何当一个有手腕的人，以便他今后能有效地统治国民。

第20节

पादयोः पतितं बालं प्रतिनन्द्याशिषासुरः ।
परिष्वज्य चिरं दोर्भ्यां परमामाप निर्वृतिम् ॥२०॥

pādayoḥ patitaṁ bālaṁ
pratinandyāśiṣāsuraḥ
pariṣvajya ciraṁ dorbhyāṁ
paramām āpa nirvṛtim

pādayoḥ－在脚边 / patitam－仆倒 / bālam－男孩(帕拉德王) / pratinandya－鼓励 / āśiṣā－以祝福(我亲爱的孩子，愿你长寿快乐等等) / asuraḥ－恶魔黑冉亚卡希普 / pariṣvajya－拥抱 / ciram－因为钟爱而长时间 / dorbhyām－用他的双臂 / paramām－很大的 / āpa－获得 / nirvṛtim－欢喜

译文 黑冉亚卡希普看到自己的孩子仆倒在自己的脚边，向自己顶礼时，不禁出于父爱立刻向这孩子表示祝福，并张开双臂拥抱他。当父亲的在拥抱儿子时自然感到幸福，因此黑冉亚卡希普感到很幸福。

第21节

आरोप्याङ्कमवघ्राय मूर्धन्यश्रुकलाम्बुभिः ।
आसिञ्चन् विकसद्वक्त्रमिदमाह युधिष्ठिर ॥२१॥

āropyāṅkam avaghrāya
mūrdhany aśru-kalāmbubhiḥ

āsiñcan vikasad-vaktram
idam āha yudhiṣṭhira

āropya－放置 / aṅkam－在腿上 / avaghrāya mūrdhani－嗅孩子的头 / aśru－眼泪的 / kalā-ambubhiḥ－以水滴 / āsiñcan－打湿 / vikasat-vaktram－他微笑的脸 / idam－这 / āha－说 / yudhiṣṭhira－尤帝士提尔王啊！

译文 纳茹阿达·牟尼接着说：我亲爱的尤帝士提尔王，黑冉亚卡希普让帕拉德坐到自己的腿上并开始嗅孩子的头。对孩子的爱使他眼里流下泪水，打湿了孩子微笑着的脸庞。他对孩子说了如下一番话。

要旨 如果孩子或门徒给父亲或灵性导师顶礼，长辈便以嗅晚辈头的方式给予回应。

第 22 节

हिरण्यकशिपुरुवाच
प्रह्लादानूच्यतां तात स्वधीतं किञ्चिदुत्तमम् ।
कालेनैतावतायुष्मन् यदशिक्षद्गुरोर्भवान् ॥२२॥

hiraṇyakaśipur uvāca
prahrādānūcyatāṁ tāta
svadhītaṁ kiñcid uttamam
kālenaitāvatāyuṣman
yad aśikṣad guror bhavān

hiraṇyakaśipuḥ uvāca－黑冉亚卡希普说 / prahrāda－我亲爱的帕拉德 / anūcyatām－请说 / tāta－我亲爱的儿子 / svadhītam－博学的 / kiñcit－什么 / uttamam－非常好 / kālena etāvatā－那么长时间以来 / āyuṣman－长寿的人啊！ / yat－……的 / aśikṣat－学了 / guroḥ－从你的老师 / bhavān－你自己

译文　黑冉亚卡希普说：我亲爱的帕拉德，我亲爱的儿子，长寿的人啊！这么长时间以来，你从你老师那里听了许多东西。现在请给我重复你认为是最好的知识。

要旨　这节诗文讲的是，黑冉亚卡希普问他儿子从老师(guru)那里学到了什么。帕拉德王的老师有两种，一种是由他父亲指定的教师——舒卡查尔亚的世袭传承中的儿子商达和阿玛尔卡，另一个灵性导师就是当帕拉德还在母亲子宫中时就教导了他的崇高的纳茹阿达·牟尼(Nārada Muni)。帕拉德用他从灵性导师纳茹阿达那里得到的教导回答他父亲的提问。帕拉德王因为想要讲述他从灵性导师那里学到的最好的知识，而黑冉亚卡希普期望听帕拉德谈他从商达和阿玛尔卡那里学到的有关政治及外交的内容，所以显得再次与父亲有不同的看法。现在，当帕拉德王开始讲他从灵性导师纳茹阿达·牟尼那里学到的知识时，他们父子间的冲突更加剧了。

第23—24节

श्रीप्रह्राद उवाच
श्रवणं कीर्तनं विष्णोः स्मरणं पादसेवनम् ।
अर्चनं वन्दनं दास्यं सख्यमात्मनिवेदनम् ॥२३॥

इति पुंसार्पिता विष्णौ भक्तिश्चेन्नवलक्षणा ।
क्रियेत भगवत्यद्धा तन्मन्येऽधीतमुत्तमम् ॥२४॥

śrī-prahrāda uvāca
śravaṇaṁ kīrtanaṁ viṣṇoḥ
smaraṇaṁ pāda-sevanam
arcanaṁ vandanaṁ dāsyaṁ
sakhyam ātma-nivedanam

iti puṁsārpitā viṣṇau
bhaktiś cen nava-lakṣaṇā

kriyeta bhagavaty addhā
tan manye 'dhītam uttamam

śrī-prahrādaḥ uvāca—帕拉德王说 / śravaṇam—听到 / kīrtanam—歌唱 / viṣṇoḥ—主维施努(非其他任何人)的 / smaraṇam—铭记 / pāda-sevanam—侍奉双足 / arcanam—献上崇拜(用十六种用品) / vandanam—献上祈祷 / dāsyam—变成仆人 / sakhyam—变成最好的朋友 / ātma-nivedanam—献上一个人拥有的所有的东西 / iti—如此 / puṁsā arpitā—由奉献者献上 / viṣṇau—向主维施努(非其他任何人) / bhaktiḥ—奉爱服务 / cet—如果 / nava-lakṣaṇā—用九种不同的方式 / kriyeta—一个人应该做 / bhagavati—对至尊人格首神 / addhā—直接地或完全地 / tat—那 / manye—我认为 / adhītam—学习 / uttamam—至高无上的

译文 帕拉德王说：聆听并歌唱主维施努超然的圣名、形象、品质、随身用品、随行人员及娱乐活动，铭记它们，侍奉祂的莲花足，用十六种用品恭敬地崇拜至尊主，向至尊主祈祷，成为祂的仆人，将至尊主视为是自己最好的朋友，把一切都献给祂(换句话说，用身、心和话语侍奉祂)。这九种奉爱服务被视为是纯粹的奉爱服务。献出一生以这九种方式为奎师那做服务的人，应该被视为是最有学问的人，因为他获得了完整的知识。

要旨 当帕拉德王被他父亲问及他的所学时，他认为他从灵性导师那里学到的一切都是最好的，而从他的物质主义教师商达和阿玛尔卡那里学到的处世之道则毫无用处。这是奉爱服务的特征。纯粹的奉献者只对做奉爱服务感兴趣，而没兴趣从事物质事务(bhaktiḥ pareśānubhavo viraktir anyatra ca,《圣典博伽瓦谭》11.2.42)。要想做奉爱服务，人就该一直不断地聆听和吟诵、吟唱有关奎师那——主维施努。梵文称庙宇崇拜的程序是阿尔查纳(arcana)。这里将解释如何进行庙宇崇拜。人应该对奎师那所说的话充满信心；

而奎师那说：祂是众生最友好的祝福者(suhṛdaṁ sarva-bhūtānām)。奉献者只把奎师那视为是自己的朋友。这称为友谊(sa-khyam)。诗文中说，“由奉献者向主维施努献上(puṁsārpitā viṣ-ṇau)”，其中梵文puṁsā的意思是“由众生”。经典并没有说只有男人或只有布茹阿玛纳才能为至尊主做奉爱服务。大家都可以做。正如《博伽梵歌》第9章的第32节诗证实说：女人、外夏和庶铎虽然都被认为是智力欠佳的人，但也可以成为奉献者，回归家园，回到首神身边(striyo vaiśyās tathā śūdrās te 'pi yānti parāṁ gatim)。

从事功利性活动的人，有时在举行祭祀后会将结果献给主维施努。但这节诗文中说：人必须把一切直接献给维施努(bhagavaty addhā)。这称为弃绝(sannyāsa)，而不仅仅是“放弃(nyāsa)”。手持三根棒(daṇḍa)的进入弃绝阶层的人(tridaṇḍi-sannyāsī)，献上自己的身、心和话语，为至尊主做服务(kaya-mano-vākya)。应该将这一切都献给维施努，然后才能开始做奉爱服务。功利性活动者首先从事某些虔诚的活动，然后正式地将结果献给维施努。但真正的奉献者将自己的身、心和话语都献给奎师那，然后再按照奎师那的意愿，用身、心和话语为奎师那做服务。

圣巴克提希丹塔·萨茹阿斯瓦缇·塔库尔(Bhaktisiddhānta Sarasvatī Ṭhākura)在他的评论中这样解释说：梵文“聆听(śravaṇa)”是指将听觉感官献给圣名，以及《圣典博伽瓦谭》、《博伽梵歌》和类似的权威典籍中对至尊主的形象、品质、随行人员和娱乐活动的描述。当通过耳朵接受到这类信息后，人应该熟记这些声音振荡并重复它们(kīrtanam)。铭记(smaraṇam)的意思是尽力越来越多地了解有关至尊主的一切。侍奉至尊主的莲花足(pāda-sevanam)的意思是，按照时间和情况为至尊主的莲花足做服务。崇拜至尊主(arcanam)的意思是，像在庙里做的一样崇拜主维施努。向至尊主祈祷(vandanam)的意思是恭恭敬敬地献上敬意。《博伽梵歌》中说：永远想着我，崇拜我，向我致敬，成为我的奉献者(man-manā bhava mad-bhakto mad-yājī māṁ namaskuru)。梵文vandanam的意思是致敬或献上祈祷(namaskuru)。想着自己是奎师那永恒的仆人(nitya-kṛṣṇa-dāsa)，梵文术语是“成为至尊主的仆人(dā-syam)”；而“将至尊主视为是最好的朋友(sakhyam)”的意思是，当奎师那的祝福者。奎师那想要众生都投靠、服从祂，因为众生原本就是祂的仆人。因此，作为奎师那真诚的朋友，人应该传播这一哲学，要求大家都投靠、服从祂。“把一切献给至尊主(ātma-nivedanam)”的意思是向奎师那献出一切，包括自己的身、心、智力和所拥有的一切。

真诚地努力做这九种奉爱服务，梵文术语称为“巴克缇(bhakti)”——奉爱。梵文addhā的意思是“直接”。人不该像功利性活动者(karmīs)一样，先从事虔诚的活动，然后将结果正式献给奎师那。那是功利性活动的内容(karma-kāṇḍa)。人不该渴望得到自己从事虔诚活动的结果，而应该完全献出自己，然后虔诚行事。换句话说，人应该为使主维施努感到满意去活动，而不是为满足自己的感官去活动。那就是梵文“直接(addhā)”的意思。

anyābhilāṣitā-śūnyaṁ
jñāna-karmādy-anāvṛtam
ānukūlyena kṛṣṇānu-
śīlanaṁ bhaktir uttamā

“人应该善意地为至尊主奎师那做超然的爱心服务，不带丝毫想要靠从事功利性活动或哲学思辨得到物质利益的欲望。那称为纯粹的奉爱服务。”应该只设法取悦主奎师那，而不受功利性知识或活动的影响。

《哥帕拉·塔帕尼奥义书》(Gopāla-tāpanī Upaniṣad)说：梵文“奉爱(bhakti)”一词的意思是：致力于为至尊人格首神做奉爱服务，而不是为其他人做。这部奥义书描述说，奉爱是将奉爱服务献给至尊人格首神。要做奉爱服务，就该去除躯体化的生命概念，以及想要靠升上高等星系获得快乐的强烈愿望。换句话说，仅仅为取悦至尊主而做事，没有丝毫获取物质利益的欲望，被称为奉爱——巴克缇。奉爱又被说成是免于功利性活动的结果(niṣkarma)。奉爱和免于功利性活动的结果同属一个层面，尽管奉爱服务和功利性活动表面看来几乎是一样的。

帕拉德王从纳茹阿达·牟尼那里学来并明确说明的九种奉爱服务的方法，并不一定需要全部一起做；倘若奉献者只做其中的一项服务，他也能得到至尊人格首神的仁慈。有时可以看到，当人做九种奉爱服务中的一种服务时，也混有其他服务的内容。那对奉献者来说并非不适当。奉献者做九种奉爱服务(nava-lakṣaṇā)中的任何一种，都已经足够了，其他八种自然都包括在内。现在让我们来讨论这九种不同的服务。

(一)聆听(śravaṇam)

聆听至尊主的圣名(śravaṇam)是奉爱服务的开始。尽管九种奉爱服务中的任何一种都已经足矣，但按照先后顺序，聆听至尊主的圣名是开端。事实上，它是必不可少的。正如圣主柴坦亚·玛哈帕布所明确说明的：吟诵、吟唱至尊主的圣名，使人清除由物质自然的肮脏属性引起的物质化的生命概念(ceto-darpaṇa-mārjanam)。当污垢从一个人的心中被清除后，人就能认识到至尊人格首神的形象——永恒、知识且充满快乐的形象(īśvaraḥ paramaḥ kṛṣṇaḥ sac-cid-ānanda-vigrahaḥ)。这样，人就靠聆听至尊主的圣名上升到了了解至尊主本人的形象的层面。认识到至尊主的形象后，人可以认识到至尊主的超然品质；而那以后，人就可以了解至尊主的同伴们。随着奉献者越来越清晰地觉悟到至尊主的圣名、超然的形象和品质，以及祂的随身用品、随行人员和与祂有关的一切，奉献者也就越来越进步，直到对至尊主有了完整的了解。因此，按先后顺序是先聆听和吟诵、吟唱至尊主的圣名(śravaṇaṁ kīrtanaṁ viṣṇoḥ)。上述对至尊主的逐渐了解，靠吟诵、吟唱和记忆也能达到。当人听到从纯粹奉献者口中吟诵、吟唱出的至尊主的圣名、形象、品质和随身用品及随员时，那聆听和吟诵、吟唱就令人十分喜悦。圣萨纳坦·哥斯瓦米(Sanātana Gosvāmī)禁止我们去听假奉献者或非奉献者的吟诵、吟唱。

聆听《圣典博伽瓦谭》这部经典，被视为是最重要的聆听程序。《圣典博伽瓦谭》中充满了对至尊主圣名的超然咏唱，所以吟诵并聆听《圣典博伽瓦谭》充满了超然的甜美滋味。至尊主超然的圣名按照奉献者受吸引的程度被咏唱和聆听。一位奉献者有可能吟诵、吟唱主奎师那的圣名，而另一位奉献者就有可能吟诵、吟唱主茹阿玛(Rāma)或主尼尔星哈戴瓦(Nṛsiṁhadeva)的圣名(rāmādi-mūrtiṣu kalā-niyamena tiṣṭhan)。至尊主有数不胜数的形象和名字，奉献者可以冥想某个形象，并按照自己受到的吸引吟诵、吟唱圣名。最好的做法是，从一位与自己一样受到至尊主特定形象吸引的纯粹奉献者那里聆听至尊主的圣名和形象等。换句话说，被奎师那所吸引的人，应该聆听也受到主奎师那吸引的纯粹奉献者的吟诵和吟唱。同样的原则也适用于受到主茹阿玛、主尼尔星哈和至尊主的其他形象吸引的奉献者。由于奎师那的形象是至尊主最初的形象(kṛṣṇas tu bhagavān svayam)，最好是从一位受到主奎师那的形象吸引且觉悟了的奉献者那里，聆听有关主奎师那的名字、形象和娱乐活动。在《圣典博伽瓦谭》中，像舒卡戴瓦·哥斯瓦米(Śukadeva Gosvāmī)那样的卓越奉献者，专门描述主奎师那的圣名、形象和品质。人除非聆听有关至尊主的圣名、形象和品质，否则无法清楚地了解奉爱服务的其他程序。正因为如此，圣柴坦亚·玛哈帕布推荐人要吟诵、吟唱奎师那的圣名(paraṁ vijayate śrī-kṛṣṇa-saṅkīrtanam)。人如果足够幸运地从觉悟了的奉献者那里聆听到至尊主的圣名，就很容易在奉爱服务之途上获得成功。所以，聆听至尊主的圣名、形象和品质，是必不可少的。

《圣典博伽瓦谭》第1篇第5章的第11节诗说：

tad-vāg-visargo janatāgha-viplavo
yasmin prati-ślokam abaddhavaty api
nāmāny anantasya yaśo-'ṅkitāni yat
śṛṇvanti gāyanti gṛṇanti sādhavaḥ

诗的大意是：这部充满对无限的至尊主的名字、形象和品质之描述的超然文献，能够战胜整个世界所有的罪恶反应。因此，即使这种超然的文献，也许在写作技巧上还存在着不足，但却被极为真诚的奉献者作为真正权威的文献加以聆听和讲述。就这一点，施瑞达尔·斯瓦米(Śrīdhara Svāmī)评论道：一位纯粹奉献者通过努力聆听另一位纯粹奉献者吟诵(吟唱)至尊主的圣名、形象和品质获益；如果没有这样的机会，他就独自吟诵、吟唱和聆听至尊主的圣名。

(二)吟诵吟唱至尊主的圣名(kīrtanam)

上面谈了聆听圣名。现在让我们了解一连串奉爱服务中的第二项服务——吟诵、吟唱圣名。经典推荐说：这样的吟诵、吟唱声音要大。在《圣典博伽瓦谭》中，纳茹阿达·牟尼说：他开始毫不害羞地在全世界旅行，吟唱至尊主的圣名。圣柴坦亚·玛哈帕布忠告说：

tṛṇād api sunīcena
taror api sahiṣṇunā
amāninā mānadena
kīrtanīyaḥ sadā hariḥ

奉献者如果如一根小草般谦卑，如一棵树般忍受，尊敬所有的人，而且不期待任何人的尊敬，就可以十分平静地吟诵、吟唱至尊主的圣名。这样的品德使人容易吟诵、吟唱至尊主的圣名。任何人都能很容易地采用超然吟诵、吟唱的方法。即使从躯体的角度看不适宜，所处的社会地位比他人低，没有物质资格，或者没有从事很多虔诚活动，吟诵、吟唱圣名也能使人受益。要在灵性生活中取得进步，并不需要有贵族出身、高等教育、美丽的外貌和富有等所有虔诚活动的结果，因为仅仅吟诵、吟唱神的圣名就能使人轻易地取得进步。从韦达文献的可靠源头我们了解到，尤其在这个喀历年代中，人们通常都短寿、习性极差，具有接受并非是真正奉爱服务方法的倾向。不仅如此，他们总是受物质情况的打扰，总是很不幸。在这种情况下，根本没有可能采用举行祭祀(yajña)、布施(dāna)和苦行(tapaḥ)等其他方法(kriyā)。为此，经典推荐说：

harer nāma harer nāma
harer nāmaiva kevalam
kalau nāsty eva nāsty eva
nāsty evagatir anyathā

"在这个虚伪、纷争的年代里，获救的唯一方法是吟诵、吟唱至尊主的圣名。没有其他方法。没有其他方法。没有其他方法。"仅仅靠吟诵、吟唱至尊主的圣名，人就在灵性生活中取得完美的进步。这是生命中取得成功的最佳方法。在其他年代中，吟诵、吟唱圣名也一样强大有力，但尤其在这个喀历年代里，它最强大有力。仅仅靠吟诵、吟唱奎师那的圣名，人就获得解脱，回归家园，回到首神身边(kīrtanād eva kṛṣṇasya mukta-saṅgaḥ paraṁ vrajet)。因此，人即使有能力做其他项奉爱服务，也必须把吟诵、吟唱圣名的方法当做是在灵性生活中取得进步的最重要的方法加以采用。具有敏锐智慧的人应该采用这吟诵、吟唱至尊主圣名的方法(yajñaiḥ saṅkīrtana-prāyair yajanti hi sumedhasaḥ)。但要注意的是，我们不该自创不同的吟诵、吟唱法。应该认真按照经典中的推荐吟诵、吟唱圣名，即哈瑞·奎师那 哈瑞·奎师那 奎师那·奎师那 哈瑞·哈瑞/哈瑞·茹阿玛 哈瑞·茹阿玛 茹阿玛·茹阿玛 哈瑞·哈瑞(Hare Kṛṣṇa, Hare Kṛṣṇa, Kṛṣṇa Kṛṣṇa, Hare Hare/ Hare Rāma, Hare Rāma, Rāma Rāma, Hare Hare)。

在吟诵、吟唱至尊主的圣名时，人应该谨慎地避免十项冒犯。萨纳特·库玛尔(Sanat-kumāra)使我们明白，就连以多种方式犯下重罪的人，只要托庇于至尊主的圣名，都能摆脱令人厌恶的生活。事实上，就连禽兽不如的人，如果托庇于至尊主的圣名，都将得到解脱。因此，人应该十分小心地不冒犯至尊主圣名的莲花足。冒犯的种类有：(1)亵渎、中伤奉献者，尤其是致力于传播圣名荣耀的奉献者；(2)认为主希瓦或其他半神人的名字，与至尊人格首神的圣名一样强大有力(没人与至尊人格首神平等，也没人高于祂)；(3)不服从灵性导师的训令；(4)亵渎韦达文献和按韦达文献的原则撰写的文献；(5)评论说至尊主圣名的荣耀是夸大其词；(6)以不正确的方式对圣名加以解释；(7)借由吟诵、吟唱圣名的力量行恶；(8)将吟诵、吟唱圣名比作是虔诚活动；(9)告诉一个完全不了解吟诵、吟唱圣名的人有关圣名的荣耀；(10)即使听了所有这些经典的指示，还是不唤醒对吟诵、吟唱圣名的超然依恋。

冒犯了圣名的莲花足的人没有别的赎罪机会，只有一天二十四小时一直不断地吟诵、吟唱圣名，才有可能终有一天洗清冒犯的结果，随后逐渐提升到能够不冒犯地吟诵、吟唱圣名的超然层面，从而成为爱至尊人格首神的人。经典忠告说，哪怕一个人冒犯了圣名，也应该坚持不懈地吟诵、吟唱圣名。换句话说，吟诵、吟唱圣名使人变得不再冒犯。《纳玛·考牟迪》(Nāma-kaumudī)一书中建议，冒犯了外士纳瓦莲花足的人，应该服从所冒犯的那位外士纳瓦，以获得原谅。同样，冒犯了圣名的人，应该一直吟诵、吟唱并聆听圣名，以此清除冒犯的恶果。就有关这一点，生物体祖先达克沙(Dakṣa)曾经对主希瓦说明道："我不知道您的荣耀，所以在公开的聚会中冒犯了您的莲花足。但您是如此仁慈，不接受我的冒犯。相反，当我因为指责您而坠落时，您用您仁慈的瞥视拯救了我。您最伟大。请原谅我，请对您自己的崇高品质感到满意。"

人应该十分谦卑和顺从地将自己的愿望及祈祷与圣名的荣耀

结合起来，例如经典中记载有这样的祈祷说：至尊主受到解脱之人的崇拜(ayi mukta-kulair upāsya mānam)；有谁愿意停止聆听由清除了物质欲望的人对至尊主的赞颂(nivṛtta-tarṣair upagīyamānād)。人应该吟诵这样的祈祷，以避免冒犯圣名的莲花足。

(三)铭记(smaraṇam)

当人做到有规律地聆听和吟诵、吟唱这两项服务，使自己的心变得纯净后，就推荐要做铭记(smaraṇam)这项奉爱服务了。《圣典博伽瓦谭》第2篇第1章的第11节诗记载，舒卡戴瓦·哥斯瓦米告诉帕瑞克西特王说：

etan nirvidyamānānām
icchatām akuto-bhayam
yogināṁ nṛpa nirṇītaṁ
harer nāmānukīrtanam

"君王啊！无论是摆脱了一切物质欲望的人，想要进行所有的物质享乐的人，还是因为有超然的知识而内心感到满足的人，总之对所有的人来说，按伟大的权威所推荐的方式一直不断地吟诵、吟唱至尊主的圣名，是没有疑问、没有恐惧的成功之路。"与至尊人格首神的关系不同，就会吟诵、吟唱不同的圣名(nāmānukīrtanam)。按照不同的关系和爱心交流，记忆也分五种，它们分别是：(1)将调查、研究导向对至尊主的某个形象的崇拜；(2)将内心的思考、感情和意愿从其他所有的对象上拉回，使注意力完全集中在一个对象上；(3)全神贯注于至尊主的一个特定形象上(这称为冥想)；(4)一直不断地专注于至尊主的形象(这称为完美的冥想，dhruvānusmṛti)；(5) 变得喜欢全神贯注地想至尊主的某个特定的形象(这称为萨玛迪——全神贯注的出神状态)。全神贯注地想至尊主在某个特定环境中所从事的某些娱乐活动，也被称为铭记。因此，全神贯注的出神状态——萨玛迪(samādhi)，从一个人与至尊主的关系的角度而言，也可以有五种。奉献者与至尊主的关系如果是中性的关系，那么在那个阶段所保持的全神贯注的状态，被称为精神集中。

(四)侍奉至尊主的莲花足(pāda-sevanam)

根据人对聆听、吟诵(吟唱)和记忆的喜爱强度，人接下来也许会做侍奉至尊主的莲花足这项奉爱服务。当人一直不停地想至尊主的莲花足时便达到铭记的完美境界。强烈的依恋对至尊主莲花足的想念，被称为侍奉至尊主的莲花足(pāda-sevanam)。当人特别依恋侍奉至尊主的莲花足这一程序时，这程序就逐渐包含了其他的程序，例如：看至尊主的形象；触碰至尊主的形象；绕拜至尊主的形象或神庙；到佳嘎纳特·普瑞(Jagannātha Purī)、杜瓦尔卡(Dvārakā)和玛图茹阿(Mathurā)等地朝圣，去看至尊主的形象，在恒河(Ganges)或雅沐娜(Yamunā)河沐浴。在恒河沐浴及侍奉纯粹的奉献者(tadīya-upāsanam)，也是在侍奉至尊主的莲花足(pāda-sevanam)。梵文tadīya一词的意思是“在与至尊主的关系中”。侍奉外士纳瓦、图拉西植物(Tulasī)、恒河及雅沐娜河，都属于侍奉至尊主的莲花足。所有这些侍奉至尊主莲花足的方法，帮助人在灵性生活中很快取得进步。

(五)崇拜至尊主的神像(arcanam)

继侍奉至尊主的莲花足之后，就是崇拜神像的服务。有志于做崇拜神像服务的人，必须积极地寻求真正的灵性导师的庇护，从他那里学习这一程序。有许多介绍崇拜神像的书，尤其是《纳茹阿达·潘查茹阿陀》(Nārada-pañcarātra)。这个年代中尤其推荐以潘查茹阿陀系统崇拜神像。崇拜神像有两套系统，即巴嘎瓦特(bhā-gavata)系统及潘查茹阿陀系统(pāñcarātrikī)。《圣典博伽瓦谭》中没有推荐用潘查茹阿陀系统崇拜神像，因为在这个喀历年代里，即使不崇拜神像，也可以仅仅靠聆听、吟诵(吟唱)、铭记和崇拜至尊主的莲花足等完美地崇拜至尊主。茹帕·哥斯瓦米(Rūpa Gos-vāmī)说明：

śrī-viṣṇoḥ śravaṇe parīkṣid abhavad vaiyāsakiḥ kīrtane
prahlādaḥ smaraṇe tad-aṅghri-bhajane lakṣmīḥ pṛthuḥ pūjane
akrūras tv abhivandane kapi-patir dāsye 'tha sakhye 'rjunaḥ
sarvasvātma-nivedane balir abhūt kṛṣṇāptir eṣāṁ param

"帕瑞克西特王仅仅靠聆听获得拯救，舒卡戴瓦·哥斯瓦米仅仅靠吟诵、吟唱得到拯救。帕拉德王靠铭记至尊主得到拯救。幸运女神拉珂施蜜(Lakṣmīdevī)靠崇拜至尊主的莲花足达到完美。普瑞图王(Pṛthu Mahārāja)靠崇拜至尊主的神像获得拯救。阿库茹阿靠献上祈祷得到救赎。哈努曼通过做服务，阿尔诸纳靠与至尊主交朋友，巴利王靠把一切都献给至尊主，也都达到了完美境界。"所有这些伟大的奉献者都按照九种奉爱服务中的一个特定程序为至尊主服务，但都获得了拯救，变得有资格回归家园，回到首神身边。《圣典博伽瓦谭》对此给予了解释。

正因为如此，才推荐得到启迪的奉献者通过崇拜庙里的神像遵守纳茹阿达·潘查茹阿陀(Nārada-pañcarātra)的原则。尤其是物质上富有的居士奉献者，更要强调走崇拜神像之途了。富有的居士奉献者如果不用辛苦赚来的钱侍奉至尊主，就被称为吝啬鬼。人不该花钱雇用以崇拜神像为职业赚钱的布茹阿玛纳来崇拜神像。人如果不亲自崇拜神像，而是花钱请人崇拜，就被视为是懒惰；而他所谓的对神像的崇拜，被称为是不真诚的。富有的居士可以收集华贵的用品用于神像崇拜，崇拜神像是居士必须做的服务。在我们奎师那意识运动中有贞守生(brahmacārī)、居士(gṛhastha)、退出家庭生活的人(vānaprastha)和进入弃绝阶层的萨尼亚希(sannyāsī)，但居士尤其应该负责庙里的神像崇拜。贞守生可以与萨尼亚希一起去传教，退出家庭生活的人应该准备自己进入另一个阶段——弃绝阶段(sannyāsa)。但居士奉献者一般都在从事物质活动，所以如果再不崇拜神像，就极有可能会堕落。神像崇拜意味着准确地遵守规范原则。那将使人在做奉爱服务的过程中变得越来越稳定。居士一般都有孩子，那么居士的妻子就该负责照顾孩子，就像在幼儿园里那些照顾孩子们的女教师所做的一样。居士奉献者必须根据灵性导师给予的指导和适当的安排崇拜神像(arcana-vidhi)。针对那些不能在庙里崇拜神像的居士，《火神往世书》(Agni Purāṇa)中这样指示说：由于情况不允许而无法崇拜神像的居士奉献者，必须至少观看神像崇拜，使自己也可能因此而获得成功。神像崇拜的特殊目的是使人永远保持纯净和清洁。居士奉献者应该是清洁的真正典范。

神像崇拜应该与聆听和吟诵、吟唱结合起来。每一个曼陀(mantra)都以“纳玛哈(namaḥ)”为开端，而所有的曼陀都含有特殊的力量，居士奉献者们必须加以善用。但尽管如此，人如果吟诵、吟唱至尊主的圣名，就得到吟诵“纳玛哈(namaḥ)”多次的效果。吟诵、吟唱至尊主的圣名，能使人达到爱首神的层面。有人也许会问，那还需要启迪做什么？回答是：尽管吟诵、吟唱圣名足以使人能够在灵性生活中取得进步，达到爱首神的层面，但人还是会因为有物质躯体而可能受到污染，所以要强调神像崇拜。因此，人应该均衡地采用巴嘎瓦特(bhāgavata)程序和潘查茹阿陀程序(pāñcarātrikī)。

崇拜神像的情况分两种，一种是纯粹崇拜，另一种混有功利性活动。对稳定的奉献者来说，崇拜神像是必须做的服务。此外，欢庆奎师那的显现日(Śrī Janmāṣṭamī)、茹阿玛的显现日(Rāma-navamī)和尼尔星哈的显现日(Nṛsiṁha-caturdaśī)等各种节日，也是神像崇拜的内容。换句话说，居士奉献者必须庆祝这些节日。

现在让我们来谈论在崇拜神像时会有的冒犯。冒犯共有三十二种：(1)穿鞋或坐着轿子进庙；(2)不庆祝规定的节日；(3)在神像面前不顶礼；(4)在不洁净的状态下向神像祈祷，进食后不洗手；(5)用单手敬礼或顶礼时一只手着地；(6)在神像面前绕拜其他人物；(7)在神像面前摊开腿；(8)在神像面前坐着时用手握住自己的脚踝；(9)在神像面前躺着；(10)在神像面前吃东西；(11)在神像面前说谎；(12)在神像面前对他人大声说话；(13)在神像面前胡说八道；(14)在神像面前哭；(15)在神像面前争论；(16)在神像面前训斥他人；(17)在神像面前对某人表示喜爱；(18)在神像面前说尖酸刻薄、严厉的话语；(19)在神像面前披毛毯；(20)在神像面前亵渎、中伤某人；(21)在神像面前崇拜其他人；(22)在神像面前说粗话；(23)在神像面前放屁；(24)尽管完全有能力，但却避免以富足的方式崇拜神像；(25)吃没给神像供奉过的食物；(26)不给神像供奉当季的新鲜水果；(27)给神像供奉已经给过他人或被他人用过的食物(换句话说，不该把没给神像供奉过的食物分发给他人)；(28)背对神像而坐；(29)在神像面前向其他人顶礼；(30)给灵性导师顶礼时不吟诵正确的祈祷文；(31)在神像面前表扬自己；(32)亵渎半神人。总之，在崇拜神像时应该避免这三十二项冒犯。

在《瓦茹阿哈往世书》(Varāha Purāṇa)中谈到有如下冒犯：(1)在富人家中进食；(2)在黑暗中进入神像房；(3)不按照规范原则崇拜神像；(4)在进入庙时不敲门或摇铃；(5)取用被狗看过的食物；(6)在崇拜神像时打破沉默；(7)在崇拜神像期间上厕所；(8)在没有供奉鲜花的情况下供奉熏香；(9)用禁用的鲜花崇拜神像；(10)在没刷过牙的情况下开始崇拜；(11)过完性生活后开始崇拜；(12)触碰过灯、死尸后崇拜神像，女人来例假期间崇拜神像，或者穿着红色、蓝色、没洗过的脏衣服、他人的衣服崇拜神像。

看到死尸后崇拜神像，在神像面前放屁、展示愤怒，以及从火葬场回来后立刻崇拜神像，等等，都是对神像的冒犯。进食后直到食物消化后才能崇拜神像。在进食过藏红花油或阿魏(hing，一种调味料)后，不该触碰或崇拜神像。

其他经典中还列举了如下的冒犯：(1)反对韦达文献中的训示，或表面遵守启示经典的原则，但心中却不尊重《圣典博伽瓦谭》；(2)介绍不同的经典(śāstra)；(3)在神像面前嚼槟榔；(4)将要崇拜用的鲜花放在蓖麻油植物的叶子上；(5)下午崇拜神像；(6)坐在神坛上或在没有坐垫的情况下坐在地板上崇拜神像；(7)在给神像沐浴时用左手触碰神像；(8)用不新鲜的或用过的花崇拜神像；(9)在崇拜神像时吐痰；(10)在崇拜神像时宣扬自己的光荣；(11)将提拉克画成弯曲状；(12)没洗脚就进入庙中；(13)将未经启迪的人烹煮的食物供奉给神像；(14)在未经启迪的人或非奉献者面前崇拜神像和给神像供奉食物；(15)在没有崇拜灵性世界外琨塔的甘内什等神明的情况下崇拜神像；(16)一边流汗一边崇拜神像；(17)拒绝接受给神像供奉过的鲜花；(18)用至尊主的圣名发誓。

做出上述任何冒犯的人，都必须至少阅读一章《博伽梵歌》。对此，《斯康达往世书》(Skanda-Purāṇa)阿万提之部(Avantī-khaṇḍa)给予了证实。同样，有另一条训示说明，读一千遍维施努(Viṣṇu)的名字能够清除所有冒犯的恶果。在同一部《斯康达往世书》的瑞瓦之部(Revā-khaṇḍa)中说，向图拉西(tulasī)祈祷或播散图拉西种子也可以摆脱一切冒犯的恶果。还有，崇拜沙拉挂么·希拉(śālagrāma-śilā)也能使人清除冒犯的恶果。《布茹阿曼达往世书》(Brahmaṇḍa Purāṇa)中说：崇拜四只手中分别持有海螺、飞轮、莲花和大头棒的主维施努的人，可以清除上述冒犯的恶果。《阿迪·瓦茹阿哈往世书》(Ādi-varāha Purāṇa)中说，在崇拜过程中做出冒犯的人可以在名叫绍卡茹阿瓦(Śaukarava)的圣地断食一天，然后到恒河中沐浴。

经典在教导崇拜神像的程序时，有时也给予训示说，可以在心中崇拜神像。《莲花往世书》(Padma Purāṇa)乌塔茹阿之部(Uttara-khaṇḍa)中说：“所有的人都可以在心中崇拜神像。”《高塔弥亚·坦陀》说明：“经典中推荐没有家的弃绝阶层之人在心中崇拜神像。”主纳茹阿亚纳在《纳茹阿达·潘查茹阿陀》中说明，在心中崇拜神像被称为玛纳萨·普佳(mānasa-pūjā)，人可以靠这种方式消除四种痛苦。人有时可以只在心中崇拜神像。正如《圣典博伽瓦谭》中谈到的，按照作为瑞沙巴戴瓦的九位圣人儿子(nava-yogendras)之一的阿维尔厚陀·牟尼(Avirhotra Muni)的教导，人可以靠吟诵所有的曼陀崇拜神像。就有关神像，经典(śāstra)中谈到了八种，心中的神像也是其中一种。对此，《布茹阿玛·外瓦尔塔往世书》(Brahma-vaivarta Purāṇa)给予如下的描述说：

很久很久以前，在帕提斯塔纳城(Pratiṣṭhāna-pura)中住着一位布茹阿玛纳。他非常贫穷，但却并没有不满足。一天，他在一场布茹阿玛纳的聚谈中听到，大家都关心如何在庙里崇拜神像的问题。在那次聚会中，他还听说，可以在心中崇拜神像。这之后，那位布茹阿玛纳到高达娃瑞(Godāvarī)河中沐浴后，便开始在心中崇拜神像。他在心中清洗神庙，随后想象自己用金制和银制的水罐带来所有圣河的水，再收集起各种珍贵的崇拜用品，以华美的方式崇拜神像。崇拜过程始于给神像沐浴，最后是供奉阿尔提(ārati)。这使他感受到巨大的快乐。好几年的时间就这样过去了。一天，他在心中想象要用纯酥油煮甜奶饭供奉给神像。他将甜奶饭盛放在一个金盘子里供奉给主奎师那，但想到那甜奶饭有可能太烫了，于是就伸出手指去碰那甜奶饭以测试温度。他立刻感到手指被甜奶饭烫到了。这使他很难过。就在那位布茹阿玛纳感到疼痛时，在外琨塔中的主维施努开始微笑了。幸运女神问至尊主为何微笑，主维施努接着命令祂的同伴去把那位布茹阿玛纳带到外琨塔来。那位布茹阿玛纳就这样获得了“与至尊主同住一个星球的解脱(sāmīpya)”。

(六)向至尊主祈祷(vandanam)

尽管祈祷是神像崇拜的一部分，但可以将它与聆听和吟诵、吟唱等其他服务一样分别看待，所以在此单独给予说明。至尊主有无数超然的品质和财富，感受到至尊主在各种活动中展现出的品质所具有的影响力的人，向至尊主敬献祈祷，以此方式获得生命的成功。就有关这方面要避免的冒犯是：(1)顶礼时用一只手着地；(2)在遮盖身体的情况下顶礼；(3)背对神像；(4)在神像的左侧向神像顶礼；(5)在离神像很近的地方向神像致敬。

(七)成为至尊主的仆人(dāsyam)

就有关作为至尊主的仆人协助至尊主这一点，经典这样说明到，成千上万生世后，终于明白自己是奎师那永恒的仆人的人，可以拯救他人脱离这个宇宙。一直不断地想着自己是奎师那永恒仆人的人，哪怕不做其他的奉爱服务，都能获得全面的成功，因为仅仅是这种感觉，就能促使人做所有的九项奉爱服务。

(八)将至尊主视为是最好的朋友(sakhyam)

就有关将奎师那作为朋友崇拜这一点，正如《阿嘎斯提亚·萨密塔》(Agastya-saṁhitā)中说，以聆听和吟诵、吟唱的方式做奉爱服务的奉献者，有时想要看到至尊主本人，并为此住在庙里。在其他地方还这样说明道："我的主啊！至高无上的人物、永恒的朋友，您虽然充满极乐和知识，但却当温达文居民的朋友。这些奉献者多幸运啊！"在这一说明中，"朋友"一词专门用来指强烈的爱。因此，怀着友谊的心态侍奉至尊主，比单纯的仆人心态要强。在与至尊主只是单纯的主仆关系(dāsya-rasa)的阶段之上，奉献者将至尊人格首神视为朋友。这一点都不令人惊讶，因为随着奉献者内心变得越来越纯净，对人格首神的爱就越来越自然，对神像崇拜的华丽程度开始减弱。就有关这一点，施瑞达尔·斯瓦米(Śrīdhara Svāmī)在《施瑞达玛·维帕》(Śrīdāma Vipra)中谈道，施瑞达玛表达自己的义务感时心想："让我一世复一世地怀着这种友情与奎师那保持联系。"

(九)把一切献给至尊主(ātma-nivedanam)

"把一切献给至尊主(ātma-nivedanam)"是指，一个人处在"除了献出一切为至尊主服务没其他动机，只为取悦至尊人格首神而活动”的阶段。这样的奉献者恰似由主人照管的乳牛。乳牛在得到主人的照料时，根本不会为自己的维生问题而操心。处在这种状态中的乳牛对自己的主人总是忠心耿耿，只是为了主人的利益而活动，从不独立行事。因此，有些奉献者认为把躯体献给至尊主就是“把一切献给至尊主”，但正如《巴克提·维瓦卡》(Bhakti-viveka)一书中说明，把灵魂献给至尊主有时被称为“把一切献给至尊主”。把一切献给至尊主的最佳典范是巴利王(Bali Mahārāja)和安巴瑞施王(Ambarīṣa Mahārāja)。从茹珂蜜妮女神(Rukmiṇī-devī)在杜瓦尔卡(Dvārakā)的作为中，有时也可以看到把一切都献给至尊主的做法。

第 25 节

निशम्यैतत्सुतवचो हिरण्यकशिपुस्तदा ।
गुरुपुत्रमुवाचेदं रुषा प्रस्फुरिताधरः ॥२५॥

niśamyaitat suta-vaco
hiraṇyakaśipus tadā
guru-putram uvācedaṁ
ruṣā prasphuritādharaḥ

niśamya—听了 / etat—这 / suta-vacaḥ—从他儿子说出的言论 / hiraṇyakaśipuḥ—黑冉亚卡希普 / tadā—那时 / guru-putram—他灵性导师舒夸查尔亚的儿子 / uvāca—说 / idam—这 / ruṣā—愤怒地 / prasphurita—颤抖 / adharaḥ—嘴唇……的

译文 听了从儿子帕拉德嘴里讲出的这些有关奉爱服务的话语，黑冉亚卡希普愤怒至极。他嘴唇颤抖着对他灵性导师舒夸查尔亚的儿子商达说了如下一番话。

第 26 节

ब्रह्मबन्धो किमेतत्ते विपक्षं श्रयतासता ।
असारं ग्राहितो बालो मामनादृत्य दुर्मते ॥२६॥

brahma-bandho kiṁ etat te
　vipakṣaṁ śrayatāsatā
asāraṁ grāhito bālo
　mām anādṛtya durmate

brahma-bandho—布茹阿玛纳没有资格的儿子啊！ / kiṁ etat—这是什么 / te—被你 / vipakṣam—我敌人的阵营 / śrayatā—托庇于 / asatā—最邪恶的 / asāram—胡言乱语 / grāhitaḥ—教导 / bālaḥ—男孩 / mām—我 / anādṛtya—不在乎 / durmate—愚蠢的老师啊！

译文　噢，没资格的人，布茹阿玛纳最可恨的儿子！你违反我的命令，托庇于我敌人的阵营。你竟然教我这可怜的儿子有关奉爱服务的内容！这都是些什么胡言乱语啊？

要旨　这节诗文中的“没有实质(asāram)”一词十分重要。对恶魔来说，奉爱服务没有实质；但对奉献者来说，奉爱服务是生命中必不可少的实质。黑冉亚卡希普因为不喜欢生命的实质——奉爱服务，所以尖刻地责骂帕拉德王的教师。

第 27 节

सन्ति ह्यसाधवो लोके दुर्मैत्राश्छद्मवेषिणः ।
तेषामुदेत्यघं काले रोगः पातकिनामिव ॥२७॥

santi hy asādhavo loke
　durmaitrāś chadma-veṣiṇaḥ
teṣām udety aghaṁ kāle
　rogaḥ pātakinām iva

santi—是 / hi—确实的 / asādhavaḥ—不诚实的人 / loke—在这世界 / durmaitrāḥ—欺骗朋友 / chadma-veṣiṇaḥ—穿上虚假的外衣 / teṣām—他们所有的 / udeti—出现 / agham—罪恶生活的报应 / kāle—在适当的时间里 / rogaḥ—疾病 / pātakinām—罪恶之人的 / iva—像

译文　在适当的时间里，各种疾病都会出现在罪恶之人的身上。同样，这个世界里有许多披着朋友外衣的假朋友；但最终，他们的虚假作为将使他们真正的敌意暴露无遗。

要旨　黑冉亚卡希普因为担忧他孩子帕拉德的教育问题，所以很不满意。帕拉德一旦开始教导有关奉爱服务的内容，黑冉亚卡希普就立刻将帕拉德的老师视为装作是朋友的敌人。这节诗文中的rogaḥ pātakinām iva一句指的是最罪恶、最痛苦的物质生活状态这一疾病(janma-mṛtyu jarā-vyādhi)。疾病是有罪之人所表现出的症状。韦达文献(smṛti-śāstra)中说：

brahma-hā kṣaya-rogī syāt
　surāpaḥ śyāvadantakaḥ
svarṇa-hārī tu kunakhī
　duścarmā guru-talpagaḥ

谋害布茹阿玛纳的人，以后会受肺结核的折磨；酒鬼变得没有牙齿；偷窃金子的人受指甲疾病的折磨；与长者之妻偷情的人受麻风病及类似皮肤疾病的折磨。

第28节

श्रीगुरुपुत्र उवाच
न मत्प्रणीतं न परप्रणीतं
　सुतो वदत्येष तवेन्द्रशत्रो ।
नैसर्गिकीयं मतिरस्य राजन्
　नियच्छ मन्युं कददाः स्म मा नः ॥२८॥

śrī-guru-putra uvāca
na mat-praṇītaṁ na para-praṇītaṁ
　suto vadaty eṣa tavendra-śatro
naisargikīyaṁ matir asya rājan
　niyaccha manyuṁ kad adāḥ sma mā naḥ

śrī-guru-putraḥ uvāca－黑冉亚卡希普的灵性导师舒夸查尔亚的儿子说 / na－不 / mat-praṇītam－由我教导 / na－也不 / para-praṇītam－被任何其他人教导 / sutaḥ－儿子(帕拉德) / vadati－说 / eṣaḥ－这 / tava－你的 / indra-śatro－因铎王的敌人啊！ / naisargikī－自然的 / iyam－这 / matiḥ－倾向 / asya－他的 / rājan－君王啊！ / niyaccha－放弃 / manyum－你的忿怒 / kat－错 / adāḥ－归因于 / sma－确实的 / mā－不要 / naḥ－对我们

译文　黑冉亚卡希普灵性导师舒夸查尔亚的儿子说：啊，因铎王的敌人，君王啊！你儿子帕拉德所说的一切都不是由我或任何其他人教的。他那自发的奉爱之情从他心中自然而然发展出来。因此，请不要生气，不要毫无必要地指责我们。这样侮辱一个布茹阿玛纳没有好处。

第 29 节

श्रीनारद उवाच
गुरुणैवं प्रतिप्रोक्तो भूय आहासुरः सुतम् ।
न चेद्गुरुमुखीयं ते कुतोऽभद्रासती मतिः ॥२९॥

śrī-nārada uvāca
guruṇaivaṁ pratiprokto
bhūya āhāsuraḥ sutam
na ced guru-mukhīyaṁ te
kuto 'bhadrāsatī matiḥ

śrī-nāradaḥ uvāca－纳茹阿达 · 牟尼说 / guruṇā－由老师 / evam－如此 / pratiproktaḥ－被回答 / bhūyaḥ－再次 / āha－说 / asuraḥ－大魔王黑冉亚卡希普 / sutam－对他的儿子 / na－不 / cet－如果 / guru-mukhī－从你老师的口中说出 / iyam－这 / te－你的 / kutaḥ－从哪里 / abhadra－最不祥的人啊！ / asatī－非常坏的 / matiḥ－倾向

译文 圣纳茹阿达·牟尼继续道：黑冉亚卡希普听了教师的这一回答，再次对他儿子帕拉德说，你这混蛋，我们家最堕落的人，既然你并非从你老师那里受到这种教育，那你是从哪儿听到这些的？

要旨 圣维施瓦纳特·查夸瓦尔提·塔库尔(Śrīla Viśvanātha Cakravartī Ṭhākura)解释道：奉爱服务其实是吉祥的、好的(bhadrā satī)，而不是像黑冉亚卡希普所说的，是不吉祥的、不好的(abhadra asatī)。换句话说，奉爱服务的知识既非不吉祥，也并非与礼节相抵触。学习奉爱服务是每一个人的责任。因此，帕拉德王所表现出的不由自主的奉爱情感，被权威人士视为是吉祥的和完美的。

第 30 节

श्रीप्रह्राद उवाच
मतिर्न कृष्णे परतः स्वतो वा
मिथोऽभिपद्येत गृहव्रतानाम् ।
अदान्तगोभिर्विशतां तमिस्रं
पुनः पुनश्चर्वितचर्वणानाम् ॥३०॥

śrī-prahrāda uvāca
matir na kṛṣṇe parataḥ svato vā
mitho 'bhipadyeta gṛha-vratānām
adānta-gobhir viśatāṁ tamisraṁ
punaḥ punaś carvita-carvaṇānām

śrī-prahrādaḥ uvāca—帕拉德王说 / matiḥ—倾向 / na—永不 / kṛṣṇe—对主奎师那 / parataḥ—从其他人的教导 / svataḥ—从他们自己的理解 / vā—或者 / mithaḥ—从两者的结合 / abhipadyeta—被发展 / gṛha-vratānām—对物质化、躯体化的生命概念太执著之人的 / adānta—不能控制的 / gobhiḥ—被感官 / viśatām—进入 / tamisram—

地狱般的生活 / punaḥ－再次 / punaḥ－再次 / carvita－一直被咀嚼的东西 / carvaṇānām－再咀嚼的

译文　帕拉德王回答道：对物质主义生活太过上瘾的人，因感官不受控制而不断向地狱般的处境迈进，再三咀嚼已咀嚼过的东西。无论是靠他人的教导，是靠自己的努力，还是两者的结合，都永远无法使他们产生对奎师那的喜爱。

要旨　这节诗中的matir na kṛṣṇe一句是指为奎师那所做的奉爱服务。所谓的政治家、博学的学者和哲学家，阅读《博伽梵歌》是为了从中曲解出一些符合他们要达到物质目的的内容，但他们对奎师那的误解不会使他们得到任何利益。这类政治家、哲学家和学者因为只喜欢将《博伽梵歌》当做从物质的角度调整情况的工具，所以要让他们一直不断地想着奎师那——保持奎师那意识，是不可能的事(matir na kṛṣṇe)。正如《博伽梵歌》第18章的第55节诗中说明：只有做奉爱服务，才能使人如实地了解奎师那(bhaktyā mām abhijānāti)。所谓的政治家和学者认为奎师那是虚构出来的。一个政治家说，他的奎师那与《博伽梵歌》中描述的奎师那不一样。他虽然将奎师那(Kṛṣṇa)和茹阿玛(Rāma)视为是至尊者，但却认为茹阿玛和奎师那不具人格特征，所以完全不懂得要为奎师那服务。因此，他唯一做的事就是再三咀嚼已经咀嚼过的东西(punaḥ punaś carvita-carvaṇānām)。这种政治家学者的目的，是用他们的身体感官享受这个物质世界。正因为如此，这节诗中明确地说，那些唯一的目标是在这个物质世界里让身体过得舒舒服服的人(gṛha-vrata)，无法了解奎师那。对gṛha-vrata和carvita-carvaṇānām的解释表明，物质主义者生生世世以不同的形体努力进行感官享乐，但还是得不到满足。这种人以强调人性为名，借由各种各样的“主义”，一直坚持物质主义的生活方式。正如《博伽梵歌》第2章的第44节诗说明：

bhogaiśvarya-prasaktānāṁ
tayāpahṛta-cetasām
vyavasāyātmikā buddhiḥ
samādhau na vidhīyate

“对感官享乐和物质财富过分执著并被其迷惑的人，不会下决心为至尊主做奉爱服务。”依恋物质享乐的人无法稳定地为至尊主做奉爱服务。他们无法理解至尊人格首神(Bhagavān)奎师那，或者祂的教导——《博伽梵歌》。他们走的路实际上是通向地狱的(adānta-gobhir viśatāṁ tamisram)。

正如瑞沙巴戴瓦(Ṛṣabhadeva)证实说：人必须靠为奉献者服务努力了解奎师那(mahat-sevāṁ dvāram āhur vimukteḥ)。其中梵文“伟大的(mahat)”一词是指奉献者。

mahātmānas tu māṁ pārtha
daivīṁ prakṛtim āśritāḥ
bhajanty ananya-manaso
jñātvā bhūtādim avyayam

“普瑞塔的儿子啊！不受蒙蔽的伟大灵魂，受神性自然的保护。他们因为知道我是至尊人格首神，是存在中的第一位生物，是无穷无尽的，所以全身心投入地做奉爱服务。”(《博伽梵歌》9.13)一天二十四小时一直不断做奉爱服务的人，是伟大的灵魂(mahātmā)——奉献者。正如下面的诗文所描述的，除非依靠这种伟大的人物，否则无法了解奎师那。黑冉亚卡希普想要知道帕拉德是从哪里得到这奎师那意识的，是谁教导了他？帕拉德辛辣地回答道：“我亲爱的父亲，向你这样的人永远都无法了解奎师那。只有靠为伟大的灵魂服务，才能了解奎师那。总是试图调整物质状况的人，被说成是在咀嚼已经咀嚼过的东西。没人能够调整物质情况，但生生世世，一代又一代的人，不断努力，再三失败。人除非受到伟大的灵魂(mahātmā)——至尊主纯粹的奉献者的正确训练，否则无法了解奎师那和为祂所做的奉爱服务。”

第 31 节

न ते विदुः स्वार्थगतिं हि विष्णुं
दुराशया ये बहिरर्थमानिनः ।
अन्धा यथान्धैरुपनीयमाना-
स्तेऽपीशतन्त्र्यामुरुदाम्नि बद्धाः ॥३१॥

na te viduḥ svārtha-gatiṁ hi viṣṇuṁ
durāśayā ye bahir-artha-māninaḥ
andhā yathāndhair upanīyamānās
te 'pīśa-tantryām uru-dāmni baddhāḥ

na－不 / te－他们 / viduḥ－知道 / sva-artha-gatim－生命最终的目标，或他们自己真正的利益 / hi－确实地 / viṣṇum－主维施努和祂的住所 / durāśayāḥ－汲汲营营去享受这物质世界 / ye－谁 / bahiḥ－外在感官对象 / artha-māninaḥ－认为有价值 / andhāḥ－瞎眼之人 / yathā－正如 / andhaiḥ－被其他瞎眼之人 / upanīyamānāḥ－被带领 / te－他们 / api－虽然 / īśa-tantryām－对物质自然之绳(律法) / uru－有非常粗壮的 / dāmni－绳索 / baddhāḥ－捆绑

译文　谁深陷“享受物质生活”这一意识状态，并因此而将也受外在感官对象吸引的瞎眼之人接受为是自己的领袖或灵性导师，谁就无法明白生命的目的是回归家园，回到首神身边，从而为主维施努做服务。正如一个盲人由另一个盲人领着走错路掉进沟里，依恋物质生活的人被另一个依恋物质生活的人引领着，被由粗壮的功利性活动制成的绳索捆绑着，再三重复过物质主义生活，承受由三种苦带来的痛苦。

要旨　既然恶魔和奉献者的看法永远不同，黑冉亚卡希普在受到儿子帕拉德王批评时，就不该为帕拉德王与他的生活方式不同而感到惊讶。黑冉亚卡希普极度愤怒并指责他儿子嘲笑自己的老师，或说出生在伟大的舒夸查尔亚灵性导师家中的布茹阿玛

纳。梵文śukra的意思是“精子”，ācārya是指一个老师或灵性导师(guru)。从无法追溯的时代起，各地的人们就有在接受世袭的灵性导师，但帕拉德王拒绝接受这种透过精液产生的灵性导师，不愿接受这种导师的教导。透过师徒传承(paramparā)聆听或接受了完美知识的人(śrotriya)，才是真正的灵性导师。因此，帕拉德王不承认透过精液产生的灵性导师。这种灵性导师对主维施努丝毫不感兴趣。事实上，他们只期望得到物质上的成功(bahir-artha-māninaḥ)。梵文bahiḥ的意思是“表面的、外表的”，artha的意思是“利益”，而mānina的意思是“很认真地对待”。一般地说，几乎没人知道灵性世界。物质主义者的知识被局限在这个处在创造黑暗地带中的物质世界的四十亿英里内。他们不知道在物质世界之上有灵性世界。人除非是至尊主的奉献者，否则无法了解灵性世界的存在。这节诗中将只对这个物质世界感兴趣的老师或灵性导师描述为是“瞎眼的(andha)”。这种盲人也许会引领许多对物质情况不真正了解的盲目的追随者，但却不被像帕拉德那样的奉献者所接受。这种只对表象物质世界感兴趣的盲目的教师，始终被物质自然强有力的绳索捆绑着。

第32节

नैषां मतिस्तावदुरुक्रमाङ्घ्रिं
　　स्पृशत्यनर्थापगमो यदर्थः ।
महीयसां पादरजोऽभिषेकं
　　निष्किञ्चनानां न वृणीत यावत् ॥३२॥

naiṣāṁ matis tāvad urukramāṅghriṁ
　spṛśaty anarthāpagamo yad-arthaḥ
mahīyasāṁ pāda-rajo-'bhiṣekaṁ
　niṣkiñcanānāṁ na vṛṇīta yāvat

na—不 / eṣām—这些的 / matiḥ—意识 / tāvat—只要 / urukrama-aṅghrim—以从事非凡活动闻名的至尊人格首神的莲花足 / spṛśati—确实触碰 / anartha—要不得的 / apagamaḥ—消失 / yat—……的 / arthaḥ—目的 / mahīyasām—伟大的灵魂(奉献者)的 / pāda-rajaḥ—借由莲花足的尘土 / abhiṣekam—神圣化 / niṣkiñcanānām—与这物质世界无关的奉献者的 / na—不 / vṛṇīta—可能接受 / yāvat—只要

译文　太喜欢物质主义生活方式的人除非将完全不受物质污染的外士纳瓦莲花足上的尘土抹在自己身上，否则无法依恋因从事非凡活动而备受颂扬的至尊主的莲花足。惟有变得具有奎师那意识，以此方式托庇于至尊主的莲花足，人才能清除物质的污染。

要旨　变得具有奎师那意识，消除一切我们没必要承受的痛苦状况(anartha-apagamaḥ)。物质躯体是这些不必要的痛苦状况的根源。整个韦达文明就是要使人从这些不必要的痛苦中解脱出来，但受自然法律捆绑的人不知道生命的目的。正如前一节诗所描述的，他们被物质自然的三种强有力的属性所制约(īśa-tantryām urudāmni baddhāḥ)。使受制约的灵魂生生世世受制约的教育，被称为物质主义的教育。圣巴克提维诺德·塔库尔(Bhaktivinoda Ṭhākura)解释说，物质主义的教育扩大错觉能量玛亚(māyā)的影响。这样的教育导致受制约的灵魂越来越依恋物质主义生活，越来越远离摆脱不必要之痛苦的途径。

人们也许会问，受过高等教育的人为何不培养奎师那意识，这节诗解释了其中的原因。人除非托庇于充满奎师那意识的真正的灵性导师，否则没机会了解奎师那。受到千百万人崇拜的教育工作者、学者和大政治领袖们，因为不接受真正的灵性导师和韦达经(Vedas)，所以无法了解生命的目标，无法培养奎师那意识。正因为如此，《蒙达卡奥义书》(Muṇḍaka Upaniṣad)第3篇第2章的

第3节诗中说，人无法仅仅靠受到学术教育、以博学多才的方式讲课(pravacanena labhyaḥ)或发现了许多神奇事物的聪明科学家来认识自我(nāyam ātmā pravacanena labhyo na medhayā na bahunā śrutena)。人除非得到至尊人格首神的恩泽，否则无法了解奎师那。只有投靠奎师那的纯粹奉献者，得到他莲花足上的尘土，才能了解奎师那。人首先必须了解如何摆脱错觉能量玛亚的钳制，而唯一的方法是变得具有奎师那意识。变得具有奎师那意识十分容易，就是必须托庇于觉悟了自我的灵魂——伟大的灵魂(mahat或mahātmā)。这些伟大灵魂唯一的兴趣是为至尊主服务。正如《博伽梵歌》第9章的第13节诗所记载，至尊主说：

mahātmānas tu māṁ pārtha
daivīṁ prakṛtim āśritāḥ
bhajanty ananya-manaso
jñātvā bhūtādim avyayam

“普瑞塔的儿子啊！不受蒙蔽的伟大灵魂，受神性自然的保护。他们因为知道我是至尊人格首神，是存在中的第一位生物，是无穷无尽的，所以全身心投入地做奉爱服务。”因此，要结束不必要的痛苦生活，人必须成为一名奉献者。

yasyāsti bhaktir bhagavaty akiñcanā
sarvair guṇais tatra samāsate surāḥ

“对奎师那有坚定不移的奉爱信心的人，一直不断地展示出奎师那和半神人所具有的一切美好品质。”(《圣典博伽瓦谭》5.18.12)

yasya deva parā bhaktir
yathā deve tathā gurau
tasyaite kathitā hy arthāḥ
prakāśante mahātmanaḥ

“韦达知识的意义只向那些对至尊主和灵性导师有绝对信心

的人自动揭示出来。”(《水塔刷塔尔奥义书》Śvetāśvatara Upaniṣad 6.23)

yam evaiṣa vṛṇute tena labhyas
tasyaiṣa ātmā vivṛṇute tanūṁ svām

“只有被至尊主亲自选中的人才得到至尊主。祂对这样的人展示祂自己的形象。”(《《蒙达卡奥义书》3.2.3)

上述这些都是韦达训示。人必须托庇于觉悟了自我的灵性导师，而不是受到物质主义教育的学者和政治家。人必须寻求致力于做奉爱服务并免于物质污染的人(niṣkiñcana)的庇护。那是回归家园，回到首神身边的路。

第 33 节

इत्युक्त्वोपरतं पुत्रं हिरण्यकशिपू रुषा ।
अन्धीकृतात्मा स्वोत्सङ्गान्निरस्यत महीतले ॥३३॥

ity uktvoparataṁ putraṁ
hiraṇyakaśipū ruṣā
andhīkṛtātmā svotsaṅgān
nirasyata mahī-tale

iti—如此 / uktvā—说 / uparatam—停止 / putram—儿子 / hiraṇyakaśipuḥ—黑冉亚卡希普 / ruṣā—震怒 / andhīkṛta-ātmā—在觉悟自我上盲目的 / sva-utsaṅgāt—从他的腿上 / nirasyata—扔 / mahī-tale—到地上

译文　帕拉德王说完这番话就沉默了，因愤怒而失去理智的黑冉亚卡希普将他从自己的腿上扔到地上。

第 34 节

आहामर्षरुषाविष्टः कषायीभूतलोचनः ।
वध्यतामाश्वयं वध्यो निःसारयत नैर्ऋताः ॥३४॥

āhāmarṣa-ruṣāviṣṭaḥ
kaṣāyī-bhūta-locanaḥ
vadhyatām āśv ayaṁ vadhyo
niḥsārayata nairṛtāḥ

āha—他说 / amarṣa—愤怒 / ruṣā—和因为恼怒 / āviṣṭaḥ—充满 / kaṣāyī-bhūta—完全变得像火红的铜 / locanaḥ—眼睛……的 / vadhyatām—把他杀了 / āśu—马上 / ayam—这 / vadhyaḥ—要被杀的 / niḥsārayata—带走 / nairṛtāḥ—恶魔们啊

译文 愤怒和恼恨使黑冉亚卡希普的眼睛红得如同熔化的铜，他对他的仆人们说：恶魔们啊，把这男孩从我这里带走！他应该被杀死。尽快把他杀了！

第 35 节

अयं मे भ्रातृहा सोऽयं हित्वा स्वान् सुहृदोऽधमः ।
पितृव्यहन्तुः पादौ यो विष्णोर्दासवदर्चति ॥३५॥

ayaṁ me bhrātṛ-hā so 'yaṁ
hitvā svān suhṛdo 'dhamaḥ
pitṛvya-hantuḥ pādau yo
viṣṇor dāsavad arcati

ayam—这 / me—我的 / bhrātṛ-hā—杀死弟弟的人 / saḥ—他 / ayam—这 / hitvā—背弃 / svān—自己的 / suhṛdaḥ—祝愿者 / adhamaḥ—非常低贱 / pitṛvya-hantuḥ—杀死他叔叔黑冉亚克沙的祂的 / pādau—在双足边 / yaḥ—……的他 / viṣṇoḥ—主维施努的 / dāsavat—像一个仆人 / arcati—服务

译文 这个男孩帕拉德是杀死我弟弟的人，因为他背弃自己的家庭，像个卑贱的仆人般忙着为我们的敌人主维施努做奉爱服务。

要旨　黑冉亚卡希普认为，自己的儿子帕拉德王因为致力于为主维施努做奉爱服务，所以是杀死弟弟的凶手。换句话说，帕拉德王将会被提升，获得与至尊主具有同样身体的解脱(sārūpya)，从那个意义上说，他就像主维施努一样。为此，黑冉亚卡希普准备杀死帕拉德。奉献者——外士纳瓦，将获得与至尊主具有同样的身体(sārūpya)、与至尊主同住一个星球(sālokya)、与至尊主有同样财富(sārṣṭi)和成为至尊主的同伴(sāmīpya)的解脱；相反，假象宗人士(Māyāvādī)则可望获得融入梵光的解脱(sāyujya)。然而，融入梵光的解脱(sāyujya-mukti)并非十分安全，但与至尊主具有同样身体的解脱(sārūpya-mukti)、与至尊主同住一个星球的解脱(sālokya-mukti)、与至尊主有同样财富的解脱(sārṣṭi-mukti) 成为至尊主的同伴的解脱(sāmīpya-mukti)是最安全的。尽管在外琨塔星球中的主维施努(纳茹阿亚纳)的仆人们，都与至尊主平等相处，但那里的奉献者们很清楚：至尊主是主人，他们是仆人。

第 36 节

विष्णोर्वा साध्वसौ किं नु करिष्यत्यसमञ्जसः ।
सौहृदं दुस्त्यजं पित्रोरहाद्यः पञ्चहायनः ॥३६॥

viṣṇor vā sādhv asau kiṁ nu
karişyaty asamañjasaḥ
sauhṛdaṁ dustyajaṁ pitror
ahād yaḥ pañca-hāyanaḥ

viṣṇoḥ—向维施努 / vā—也不 / sādhu—好 / asau—这 / kim—无论 / nu—确实地 / kariṣyati—将做 / asamañjasaḥ—不值得信任 / sauhṛdam—深厚感情 / dustyajam—难以放开 / pitroḥ—他的父母的 / ahāt—抛弃 / yaḥ—……的他 / pañca-hāyanaḥ—只有五岁

译文　帕拉德虽然只有五岁，但在这么小的时候就已抛弃他与父母的深厚感情，因此无疑不值得信任。事实上，毋庸置疑，他对维施努也不会好。

第37节

परोऽप्यपत्यं हितकृद्यथौषधं
स्वदेहजोऽप्यामयवत्सुतोऽहितः ।
छिन्द्यात्तदङ्गं यदुतात्मनोऽहितं
शेषं सुखं जीवति यद्विवर्जनात् ॥३७॥

paro 'py apatyaṁ hita-kṛd yathauṣadhaṁ
sva-dehajo 'py āmayavat suto 'hitaḥ
chindyāt tad aṅgaṁ yad utātmano 'hitaṁ
śeṣaṁ sukhaṁ jīvati yad-vivarjanāt

paraḥ—不属于同一族群或家庭 / api—虽然 / apatyam—一个孩子 / hita-kṛt—对……有益的 / yathā—正如 / auṣadham—草药 / sva-deha-jaḥ—产自自己的身体 / api—虽然 / āmaya-vat—像疾病 / sutaḥ—一个儿子 / ahitaḥ—怀有敌意的 / chindyāt—一个人应该切除 / tat—那 / aṅgam—身体的部分 / yat—……的 / uta—确实地 / ātmanaḥ—为了身体 / ahitam—不好的 / śeṣam—平衡 / sukham—高兴地 / jīvati—生存 / yat—……的 / vivarjanāt—靠切除

译文 尽管生长在森林中的草药与人类并非同一个物种，但如果有效就该小心存放。同样道理，如果一个并非家人的人起好作用，那就该像保护儿子般地保护他。相反，如果身上的一个肢体因生病而变得有害于整个身体，那就必须截肢，以使身体的其他部分能健康生存。所以，哪怕是自己的亲生儿子，如果怀有敌意，就必须除去。

要旨 圣柴坦亚·玛哈帕布教导至尊主所有的奉献者要比小草还要谦卑，要比树木还要能忍受，否则在做奉爱服务时就总是会受到打扰。这里就有奉献者如何备受非奉献者打扰的一个实例，尽管那个非奉献者是充满深情的父亲。物质世界是个能使非奉献者的父亲成为奉献者儿子的敌人的地方。黑冉亚卡希普下定决心甚至要杀死自己的儿子，所以举了个身体的一部分病变并伤害到身体其他部分，因此要切除的例子。当然，同样的例子也适用于非奉献者。查纳克亚·潘迪特(Cāṇakya Paṇḍita)忠告说：真正认真要取得灵性进步的人，应该停止与非奉献者为伍，始终与奉献者作伴(tyaja durjana-saṁsargaṁ bhaja sādhu-samāgamam)。物质存在短暂而痛苦，所以太依恋物质存在是愚昧。因此，决心通过苦修(tapasya)认识自我，决心提升灵性意识的奉献者，必须停止与持无神论的非奉献者为伍。帕拉德王对他父亲黑冉亚卡希普的哲学虽然一直保持不认同的态度，但却谦虚、忍受。然而，黑冉亚卡希普作为非奉献者是如此的龌龊，甚至准备杀死自己的儿子。对此，他试图用“做截肢手术”为例，使自己的行为合理化。

第38节

सर्वैरुपायैर्हन्तव्यः सम्भोजशयनासनैः ।
सुहृल्लिङ्गधरः शत्रुर्मुनेर्दुष्टमिवेन्द्रियम् ॥३८॥

sarvair upāyair hantavyaḥ
sambhoja-śayanāsanaiḥ
suhṛl-liṅga-dharaḥ śatrur
muner duṣṭam ivendriyam

sarvaiḥ upāyaiḥ—想方设法 / hantavyaḥ——定要被杀 / sambhoja—借由饮食 / śayana—卧 / āsanaiḥ—借由坐 / suhṛt-liṅga-dharaḥ—假装是朋友的 / śatruḥ—敌人 / muneḥ—大圣人的 / duṣṭam—控制不了的 / iva—像 / indriyam—感官

译文　正如不受控制的感官是致力于在灵修生活中取得进步的瑜伽师的敌人，这个表面看似朋友的帕拉德其实是敌人，因为我控制不了他。所以，无论这个敌人是在进食、坐着，还是在睡觉，都必须想尽一切办法杀死他。

要旨 黑冉亚卡希普计划一场杀死帕拉德王的战役。他要在儿子帕拉德王的食物中下毒，要让他坐进沸腾的油中，或者在他躺下时将他置于大象的脚下，以种种方式杀死他。就这样，仅仅因为帕拉德王成为至尊主的奉献者，黑冉亚卡希普就决定要杀死这个只有五岁的无辜男孩。这就是非奉献者对待奉献者的态度。

第 39—40 节

नैर्ऋतास्ते समादिष्टा भर्त्रा वै शूलपाणयः ।
तिग्मदंष्ट्रकरालास्यास्ताम्रश्मश्रुशिरोरुहाः ॥३९॥

नदन्तो भैरवं नादं छिन्धि भिन्धीति वादिनः ।
आसीनं चाहनञ्शूलैः प्रह्लादं सर्वमर्मसु ॥४०॥

nairṛtās te samādiṣṭā
bhartrā vai śūla-pāṇayaḥ
tigma-daṁṣṭra-karālāsyās
tāmra-śmaśru-śiroruhāḥ

nadanto bhairavaṁ nādaṁ
chindhi bhindhīti vādinaḥ
āsīnaṁ cāhanañ śūlaiḥ
prahrādaṁ sarva-marmasu

nairṛtāḥ—恶魔 / te—他们 / samādiṣṭāḥ—得到明确的指示 / bhartrā—被他们的主人 / vai—确实地 / śūla-pāṇayaḥ—手持三叉戟 / tigma—非常尖锐 / daṁṣṭra—牙齿 / karāla—和可怕的 / āsyāḥ—脸 / tāmra-śmaśru—铜色的胡子 / śiroruhāḥ—和头发 / nadantaḥ—发出 / bhairavam—可怕的 / nādam—声音 / chindhi—剁 / bhindhi—粉碎 / iti—如此 / vādinaḥ—说 / āsīnam—沉默地坐着的 / ca—和 / ahanan—攻击 / śūlaiḥ—用他们的三叉戟 / prahrādam—帕拉德王 / sarva-marmasu—在身体柔软的部位

译文　黑冉亚卡希普的仆人——恶魔们，于是开始用他们的三叉戟去刺帕拉德身体的柔软部位。恶魔们都长着青面獠牙，红色和紫铜色的胡子及毛发，看上去狰狞可怕。他们凶狠地嚎叫着："把他剁碎了！把他剁碎了！"然后开始猛砍沉默地坐着冥想至尊人格首神的帕拉德。

第 41 节

परे ब्रह्मण्यनिर्देश्ये भगवत्यखिलात्मनि ।
युक्तात्मन्यफला आसन्नपुण्यस्येव सत्क्रियाः ॥४१॥

pare brahmaṇy anirdeśye
bhagavaty akhilātmani
yuktātmany aphalā āsann
apuṇyasyeva sat-kriyāḥ

pare一在至尊 / brahmaṇi一绝对真理中 / anirdeśye一不能用感官察觉的 / bhagavati一至尊人格首神 / akhila-ātmani一每个人的超灵 / yukta-ātmani一心专注于……的他(帕拉德) / aphalāḥ一没有影响 / āsan一是 / apuṇyasya一没有从事虔诚活动而积累功德的人的 / iva一像 / sat-kriyāḥ一功德(像举行祭祀或从事苦行)

译文　没因从事虔诚活动而积累功德的人，即使做些善行也不会有结果。但帕拉德王是全心全意侍奉至尊人格首神且不受物质情况打扰的奉献者，而至尊人格首神则不可改变、无法用物质的感官去认知，且是整个宇宙的灵魂，所以恶魔们的武器根本伤害不了帕拉德王。

要旨　帕拉德王一直不断全心全意地想着至尊人格首神。正如经典所说：帕拉德王始终在冥想，所以受到主哥文达(Govinda)的保护(govinda-parirambhitaḥ)。正如被父母抱在腿上的小孩子得到父母的全面呵护，奉献者在所有的情况下都受到至尊主的保护。

这是否意味着当帕拉德王受到恶魔和食人魔攻击时，主哥文达也受到恶魔的攻击呢？那是不可能的。至尊人格首神永远是超然的，所以尽管有许多恶魔试图伤害或杀死祂，但任何物质的手段都无法伤害祂。正因为如此，这节诗中用了“在超然的至尊绝对者中(pare brahmaṇi)”一句。恶魔、食人魔虽然肤浅地以为他们用物质武器在攻打至尊主超然的身体，但其实既看不到也触碰不到至尊主。至尊人格首神在这节诗中被描述为是“用感官所无法感知到的人(anirdeśye)”。我们不能说祂处在某个具体的地方，因为祂无所不在。不仅如此，祂是“一切的有效要素(akhilātmā)”，甚至是物质武器的有效要素。无法了解至尊主的地位的人十分不幸。他们可以以为他们能杀死至尊人格首神和祂的奉献者，但他们的一切企图都将以失败告终。至尊主知道该如何对付他们。

第 42 节

प्रयासेऽपहते तस्मिन्दैत्येन्द्रः परिशङ्कितः ।
चकार तद्वधोपायान्निर्बन्धेन युधिष्ठिर ॥४२॥

prayāse 'pahate tasmin
daityendraḥ pariśaṅkitaḥ
cakāra tad-vadhopāyān
nirbandhena yudhiṣṭhira

prayāse－当努力 / apahate－无用的 / tasmin－那 / daitya-indraḥ－魔王黑冉亚卡希普 / pariśaṅkitaḥ－害怕至极(寻思这男孩如何被保护) / cakāra－实行 / tat-vadha-upāyān－各种杀他的方式 / nirbandhena－决心地 / yudhiṣṭhira－尤帝士提尔王啊！

译文 我亲爱的尤帝士提尔王，当恶魔们用尽各种方法都杀不死帕拉德王时，魔王黑冉亚卡希普因为害怕至极而另作图谋。

第 43—44 节

दिग्गजैर्दन्दशूकेन्द्रैरभिचारावपातनैः ।
मायाभिः सन्निरोधैश्च गरदानैरभोजनैः ॥४३॥

हिमवाय्वग्निसलिलैः पर्वताक्रमणैरपि ।
न शशाक यदा हन्तुमपापमसुरः सुतम् ।
चिन्तां दीर्घतमां प्राप्तस्तत्कर्तुं नाभ्यपद्यत ॥४४॥

dig-gajair dandaśūkendrair
abhicārāvapātanaiḥ
māyābhiḥ sannirodhaiś ca
gara-dānair abhojanaiḥ

hima-vāyv-agni-salilaiḥ
parvatākramaṇair api
na śaśāka yadā hantum
apāpam asuraḥ sutam
cintāṁ dīrghatamāṁ prāptas
tat-kartuṁ nābhyapadyata

dik-gajaiḥ—被训练来踩烂脚底下所有东西的大象 / danda-śūka-indraiḥ—被君王的毒蛇所咬 / abhicāra—被害人的符咒 / avapāta-naiḥ—被从山顶上推落 / māyābhiḥ—被施以魔法 / sannirodhaiḥ—被关 / ca—还有 / gara-dānaiḥ—被下毒 / abhojanaiḥ—被饥饿 / hima—被寒冷 / vāyu—风 / agni—火 / salilaiḥ—和水 / parvata-ākramaṇaiḥ—被大石头和山丘砸 / api—以及 / na śaśāka—不能够 / yadā—当 / hantum—杀死 / apāpam—完全无罪的 / asuraḥ—恶魔(黑冉亚卡希普) / sutam—他的儿子 / cintām—焦虑 / dīrgha-tamām—持续已久 / prāptaḥ—得到 / tat-kartum—做那 / na—不 / abhyapadyata—达到

译文　黑冉亚卡希普将这个儿子扔到许多巨象的脚下，扔进巨大、可怕的毒蛇群中；对他使用害人的符咒；将他从山顶上猛力掷下；用魔术制造幻像骗他；给他下毒；饿着他；使他裸露在严寒中，让强风吹他；用火烧烤他；用水淹他或用大石头砸他。当黑冉亚卡希普发现用所有这些方法都伤害不了绝对无罪的帕拉德时，不禁焦虑万分，不知下一步该如何做。

第 45 节

एष मे बह्वसाधूक्तो वधोपायाश्च निर्मिताः ।
तैस्तैर्द्रोहैरसद्धर्मैर्मुक्तः स्वेनैव तेजसा ॥४५॥

eṣa me bahv-asādhūkto
vadhopāyāś ca nirmitāḥ
tais tair drohair asad-dharmair
muktaḥ svenaiva tejasā

eṣaḥ一这 / me一我的 / bahu一许多 / asādhu-uktaḥ一恶名 / vadha-upāyāḥ一各种杀死他的方法 / ca一和 / nirmitāḥ一设计 / taiḥ一借这些 / taiḥ一借这些 / drohaiḥ一背叛行为 / asat-dharmaiḥ一可恶行为 / muktaḥ一释放 / svena一他自己的 / eva一确实地 / tejasā一靠着非凡的能力

译文 黑冉亚卡希普心想：我用了许多恶名辱骂这个男孩帕拉德，千方百计地要杀死他，但费尽力气也杀不死他。事实上，他靠他自己的力量救了自己，而丝毫不受我翻脸无情的做法及可恶行径的影响。

第 46 节

वर्तमानोऽविदूरे वै बालोऽप्यजडधीरयम् ।
न विस्मरति मेऽनार्यं शुनः शेप इव प्रभुः ॥४६॥

vartamāno 'vidūre vai
bālo 'py ajaḍa-dhīr ayam
na vismarati me 'nāryaṁ
śunaḥ śepa iva prabhuḥ

vartamānaḥ－处于 / avidūre－附近 / vai－确实地 / bālaḥ－仅仅是个孩子 / api－虽然 / ajaḍa-dhīḥ－完全无惧 / ayam－这 / na－不 / vismarati－忘记 / me－我的 / anāryam－错误的行为 / śunaḥ śepaḥ－一条狗弯曲的尾巴 / iva－就像 / prabhuḥ－能够

译文　他虽然离我很近并还是个孩子，但却完全无惧无畏。由于他永远都无法忘记我的错误行为，而且跟他的主人一直联系着，他就像一条尾巴弯曲永远都无法被弄直的狗。

要旨　这里用“狗的(śunaḥ)”和“尾巴(śepa)”两个梵文词，举了个很普通的例子。然而，人也许试图拉直狗的尾巴，但狗的尾巴总是弯曲着，直不了。阿吉嘎尔塔的第二个儿子的名字也叫“狗尾巴(śuṇaḥ śepa)”。他被卖给哈瑞施昌铎(Hariścandra)，但后来托庇于哈瑞施昌铎的敌人维施瓦弥陀(Viśvāmitra)，从不离开他的左右。

第 47 节

अप्रमेयानुभावोऽयमकुतश्चिद्भयोऽमरः ।
नूनमेतद्विरोधेन मृत्युर्मे भविता न वा ॥४७॥

apprameyānubhāvo 'yam
akutaścid-bhayo 'maraḥ
nūnam etad-virodhena
mṛtyur me bhavitā na vā

aprameya－无穷无尽 / anubhāvaḥ－荣耀 / ayam－这 / akutaścit-bhayaḥ－无畏的 / amaraḥ－不朽的 / nūnam－确定地 / etat-virodhena－由于与他为敌 / mṛtyuḥ－死 / me－我的 / bhavitā－或许 / na－不 / vā－或者

译文　我可以看出这孩子的力量无穷无尽，因为他根本不怕我施加的任何惩罚。他看来是不朽的，因此由于我对他的敌意，我就会死。或许，也不会发生这样的事。

第 48 节

इति तच्चिन्तया किञ्चिन्म्लानश्रियमधोमुखम् ।
शण्डामर्कावौशनसौ विविक्त इति होचतुः ॥४८॥

iti tac-cintayā kiñcin
mlāna-śriyam adho-mukham
śaṇḍāmarkāv auśanasau
vivikta iti hocatuḥ

iti－如此 / tat-cintayā－因为帕拉德王的状态而充满焦虑 / kiñ-cit－稍微 / mlāna－失去 / śriyam－身体的光泽 / adhaḥ-mukham－他拉长了脸 / śaṇḍa-amarkau－商达和阿玛尔卡 / auśanasau－舒夸查尔亚的儿子 / vivikte－在秘密之处 / iti－如此 / ha－确实地 / ūcatuḥ－说

译文 这样想着，戴提亚的君王感到很郁闷，身体失去光泽，拉长着脸沉默不语。接着，舒夸查尔亚的两个儿子商达和阿玛尔卡悄悄地对他说了一番话。

第 49 节

जितं त्वयैकेन जगत्त्रयं भ्रुवो-
र्विजृम्भणत्रस्तसमस्तधिष्ण्यपम् ।
न तस्य चिन्त्यं तव नाथ चक्ष्वहे
न वै शिशूनां गुणदोषयोः पदम् ॥४९॥

jitaṁ tvayaikena jagat-trayaṁ bhruvor
vijṛmbhaṇa-trasta-samasta-dhiṣṇyapam
na tasya cintyaṁ tava nātha cakṣvahe
na vai śiśūnāṁ guṇa-doṣayoḥ padam

jitam－征服 / tvayā－被您 / ekena－独自 / jagat-trayam－三个世界 / bhruvoḥ－眉毛的 / vijṛmbhaṇa－借由扩展 / trasta－感到害怕 / samasta－所有的 / dhiṣṇyapam－每一个星球上的首领 / na－不 / ta-sya－从他 / cintyam－很焦虑 / tava－您的 / nātha－主人啊！ / cakṣvahe—我们发现 / na—也不 / vai—确实地 / śiśūnām—孩子们的 / guṇa-doṣayoḥ—好或坏的品质的 / padam—题材

译文　主人啊！我们知道，您只要动一动眉毛，各个星球上的将领们就胆颤心惊。在没有任何人协助的情况下，您就征服了三个世界。因此，我们看不出您有什么理由要感到郁闷且内心充满焦虑。至于帕拉德，他只不过是个孩子，根本不够成焦虑的原因。毕竟，他的品质好坏还没什么价值。

第 50 节

इमं तु पाशैर्वरुणस्य बद्ध्वा
निधेहि भीतो न पलायते यथा ।
बुद्धिश्च पुंसो वयसार्यसेवया
यावद्गुरुर्भार्गव आगमिष्यति ॥५०॥

imaṁ tu pāśair varuṇasya baddhvā
nidhehi bhīto na palāyate yathā
buddhiś ca puṁso vayasārya-sevayā
yāvad gurur bhārgava āgamiṣyati

imam—这 / tu—但是 / pāśaiḥ—用绳子 / varuṇasya—叫做瓦茹纳的半神人的 / baddhvā—绑住 / nidhehi—把(他) / bhītaḥ—害怕 / na—不 / palāyate—逃走 / yathā—以致 / buddhiḥ—智力 / ca—还有 / puṁsaḥ—人的 / vayasā—借由年纪的增长 / ārya—有经验、进步之人的 / sevayā—借由服务 / yāvat—直到 / guruḥ—我们的灵性导师 / bhārgavaḥ—舒夸查尔亚 / āgamiṣyati—将来到

译文　等我们的灵性导师舒夸查尔亚回来，用瓦茹纳的绳子绑住他，以使他不致因害怕而逃走。无论如何，等他再长大一些，他就会吸收我们给他的教导或为我们的灵性导师服务，他的智力就会因而转变。所以，不必焦虑。

第51节

तथेति गुरुपुत्रोक्तमनुज्ञायेदमब्रवीत् ।
धर्मो ह्यस्योपदेष्टव्यो राज्ञां यो गृहमेधिनाम् ॥५१॥

tatheti guru-putroktam
anujñāyedam abravīt
dharmo hy asyopadeṣṭavyo
rājñāṁ yo gṛha-medhinām

tathā—这样 / iti—如此 / guru-putra-uktam—受舒夸查尔亚的儿子商达和阿玛尔卡的指教 / anujñāya—接受 / idam—这 / abravīt—说 / dharmaḥ—职责 / hi—确实地 / asya—对帕拉德 / upadeṣṭavyaḥ—被教导 / rājñām—君王的 / yaḥ—……的 / gṛha-medhinām—对居士生活感兴趣的

译文 听了灵性导师之子商达和阿玛尔卡的这些指教，黑冉亚卡希普表示同意，并要求他们教导帕拉德有关王室居士该遵循的履行职责的制度。

要旨 黑冉亚卡希普想要帕拉德王被训练成为一名圆滑的君王，以便今后可以统治王国、国家或整个世界，而不是被告知要弃绝或过弃绝阶层的生活。这节诗文中的梵文“达尔玛(dharma)”一词并非是指某种宗教信仰。正如经典明确说明：黑冉亚卡希普命令商达和阿玛尔卡，教导帕拉德有关王室居士该履行的职责(dharmo hy asyopadeṣṭavyo rājñāṁ yo gṛha-medhinām)。世上有两种王室家族，一种王室家族的成员只是依恋居士生活，而另一种则由那些善用统治力量管理但却如大圣人一般的明君组成。帕拉德王想要成为圣洁的君王(rājarṣi)，但黑冉亚卡希普想要他成为一个依恋感官享乐的君王(gṛha-medhinām)。因此，在雅利安(阿尔延，Āryan)体制中有社会四阶层和灵性四阶段制度(varṇāśrama-dharma)，每个人都该透过这一制度按自己的社会地位(布茹阿玛纳、查锤亚、外夏及庶铎)和灵性阶段(贞守生、居士、退出家庭生活的人及进入弃绝生活之人)受到教育。

通过做奉爱服务得到净化的奉献者，总是处在超然的状态中，超越世俗品质。因此，帕拉德王与黑冉亚卡希普之间的区别就在于：黑冉亚卡希普想要使帕拉德保持对尘世的依恋，但帕拉德超越物质自然属性。人只要还处在物质自然的控制之下，他的规定职责就不同于不受这种控制的人的职责。《圣典博伽瓦谭》对一个人真正的规定职责(达尔玛)下了定义(dharmaṁ tu sākṣād bhagavat-praṇītam)。正如阎罗王(Yamarāja或Dharmarāja)的命令执行官们所说，生物是灵性的，因此其职责也是灵性的。真正的达尔玛就如《博伽梵歌》中所忠告的是：抛弃一切种类的宗教，只向我皈依(sarva-dharmān parityajya mām ekaṁ śaraṇaṁ vraja)。正如人必须放弃自己的物质躯体一样，人必须停止履行物质的规定职责。无论规定职责是什么，哪怕是按照社会四阶层和灵性四阶段规定的职责，都必须放弃，从而致力于从事灵性的活动。柴坦亚·玛哈帕布解释人的真正职责(dharma)说：每一个生物都是奎师那的永恒仆人(jīvera 'svarūpa' haya—kṛṣṇera 'nitya-dāsa')。那是我们的真正职责。

第 52 节

धर्ममर्थं च कामं च नितरां चानुपूर्वशः ।
प्रह्रादायोचतू राजन् प्रश्रितावनताय च ॥५२॥

dharmam arthaṁ ca kāmaṁ ca
nitarāṁ cānupūrvaśaḥ
prahrādāyocatū rājan
praśritāvanatāya ca

dharmam—世俗的职责 / artham—经济发展 / ca—和 / kāmam—感官享乐 / ca—和 / nitarām—总是 / ca—和 / anupūrvaśaḥ—按照顺

序，或从头到尾 / prahrādāya－对帕拉德王 / ūcatuḥ－他们说 / rājan－君王啊！ / praśrita－谦逊的 / avanatāya－和恭顺的 / ca－也

译文 那以后，商达和阿玛尔卡系统而连续地教导恭顺谦逊的帕拉德有关尘世宗教、经济发展和感官享乐的内容。

要旨 人类社会有四项主要活动，即笃信宗教(dharma)、发展经济(artha)、感官享乐(kāma)和解脱(mokṣa)，其中最高的是解脱。人类社会必须按照宗教程序取得进步，并以宗教为基础努力发展经济，使自己可以以符合宗教规范原则的方式进行感官享乐。那将使人容易摆脱物质的束缚。这就是韦达程序。人超越笃信宗教、发展经济、感官享乐和解脱的阶段后，就成为奉献者。接着，他就处在能保证他不再坠入物质存在的层面(yad gatvā na nivartante)。正如《博伽梵歌》中建议说，人如果超越这四项活动，真正得到解脱，就会忙于做奉爱服务。那以后，他保证不再坠入物质的存在。

第53节

यथा त्रिवर्गं गुरुभिरात्मने उपशिक्षितम् ।
न साधु मेने तच्छिक्षां द्वन्द्वारामोपवर्णिताम् ॥५३॥

yathā tri-vargaṁ gurubhir
ātmane upaśikṣitam
na sādhu mene tac-chikṣāṁ
dvandvārāmopavarṇitām

yathā－在……时 / tri-vargam－三种内容(宗教、经济发展和感官享乐) / gurubhiḥ－靠老师 / ātmane－对他自己(帕拉德王) / upaśikṣitam－教导 / na－不 / sādhu－真正好的 / mene－他认为 / tat-śikṣām－那方面的教育 / dvandva-ārāma－借由在相对性(物质性的敌对和友好关系)中寻乐之人 / upavarṇitām－被讲述的

译文　商达和阿玛尔卡老师教帕拉德王宗教、经济发展和感官享乐这三种物质进步的内容。然而，超越这些教导的帕拉德不喜欢这些内容，因为它们都以尘世事务的相对性为基础，使人卷入以生老病死为表现形式的物质主义生活方式。

要旨　整个世界都对物质主义的生活方式感兴趣。事实上，三个世界中几乎有百分之九十九点九的人口，都对解脱或受灵性教育漠不关心。只有以帕拉德王和纳茹阿达·牟尼为首的伟大人物们，才对真正的灵性生活教育有兴趣。处在物质层面上的人无法了解宗教原则。因此，人必须向这些伟大的人物学习。正如《圣典博伽瓦谭》第6篇第3章的第20节诗文说：

svayambhūr nāradaḥ śambhuḥ
kumāraḥ kapilo manuḥ
prahlādo janako bhīṣmo
balir vaiyāsakir vayam

人必须追随主布茹阿玛、纳茹阿达、主希瓦、库玛尔四兄弟(Kumāras)、主卡皮拉(Kapila)、玛努(Manu)、帕拉德王、彼士玛(Bhīṣma)、佳纳卡(Janaka)、巴利王(Bali Mahārāja)、舒卡戴瓦·哥斯瓦米(Śukadeva Gosvāmī)和阎罗王(Yamarāja)。对灵性生活感兴趣的人，应该向帕拉德学习，只对灵性教育感兴趣，但拒绝接受笃信宗教、发展经济和感官享乐方面的教育。帕拉德王不喜欢他老师给予他的任何物质主义教育，奎师那意识运动就是以他为榜样而在全世界传播开来。

第54节

यदाचार्यः परावृत्तो गृहमेधीयकर्मसु ।
वयस्यैर्बालकैस्तत्र सोपहूतः कृतक्षणैः ॥५४॥

yadācāryaḥ parāvṛtto
gṛhamedhīya-karmasu

vayasyair bālakais tatra
sopahūtaḥ kṛta-kṣaṇaiḥ

yadā—当 / ācāryaḥ—老师 / parāvṛttaḥ—履行 / gṛha-medhīya—居士生活的 / karmasu—职责 / vayasyaiḥ—被他同龄的朋友 / bālakaiḥ—男孩们 / tatra—那里 / saḥ—他(帕拉德王) / apahūtaḥ—叫 / kṛta-kṣaṇaiḥ—趁机

译文 当老师回家去处理他们的居士事务时，与帕拉德同龄的学生们就叫他趁空闲的几个小时跟他们一起玩游戏。

要旨 在吃午餐的几个小时内，学生们趁老师不在来叫帕拉德王跟他们一起玩耍。但从下面的诗文中我们会看到，帕拉德王对玩耍并不感兴趣。相反，他想把每一刻都用来增强奎师那意识。所以正如这节诗用“抓住机会(kṛta-kṣaṇaiḥ)”一句说明，帕拉德王以下面诗文描述的方式，充分利用这个可以传播奎师那意识的恰当时机。

第55节

अथ ताञ्श्लक्ष्णया वाचा प्रत्याहूय महाबुधः ।
उवाच विद्वांस्तन्निष्ठां कृपया प्रहसन्निव ॥५५॥

atha tāñ ślakṣṇayā vācā
pratyāhūya mahā-budhaḥ
uvāca vidvāṁs tan-niṣṭhāṁ
kṛpayā prahasann iva

atha—然后 / tān—同学 / ślakṣṇayā—用非常甜美的 / vācā—话语 / pratyāhūya—对……说话 / mahā-budhaḥ—博学且在灵性意识上进步的帕拉德王 / uvāca—说 / vidvān—非常博学的 / tat-niṣṭhām—觉悟神的路途 / kṛpayā—非常仁慈的 / prahasan—微笑着 / iva—像

译文　真正是最有学问的帕拉德王，于是便用十分甜美的话语对他课堂上的朋友说话。他微笑着开始告诉他们，物质主义生活方式毫无益处。由于对他们十分仁慈，他以如下的内容教导他们。

要旨　帕拉德王的微笑意义重大。其他学生都很善于透过宗教、经济发展和感官享乐去享受物质主义的生活，但帕拉德王知道这不是真正的快乐，因为真正的快乐存在于增强奎师那意识的过程中，所以他笑他们。追随帕拉德王的人的责任是：教导整个世界如何具有奎师那意识，从而变得真正快乐起来。物质主义者信奉所谓的宗教，以得到某类祝福，使他们能够改善经济状况，通过感官享乐享受物质世界。但像帕拉德王那样的奉献者嘲笑那些对灵魂从一个躯体移居到另一个躯体一无所知，却忙于短暂生活的人有多么愚蠢。物质主义者致力于为短暂的利益而奋斗，但帕拉德等具有高度灵性知识的人则对物质主义的生活方式毫无兴趣。相反，他们想要得到提升，过一种充满知识和极乐的永恒生活。因此，正如奎师那总是对坠落了的灵魂充满怜悯之心，祂的仆人——主奎师那的奉献者们，也致力于教导全世界的人培养奎师那意识。奉献者们了解物质生活的错误，所以对它发出微笑，认为它毫无价值。这样的奉献者出于怜悯，在全世界传播《博伽梵歌》的福音。

第 56—57 节

ते तु तद्गौरवात्सर्वे त्यक्तक्रीडापरिच्छदाः ।
बाला अदूषितधियो द्वन्द्वारामेरितेहितैः ॥५६॥

पर्युपासत राजेन्द्र तन्न्यस्तहृदयेक्षणाः ।
तानाह करुणो मैत्रो महाभागवतोऽसुरः ॥५७॥

te tu tad-gauravāt sarve
tyakta-krīḍā-paricchadāḥ
bālā adūṣita-dhiyo
dvandvārāmeritehitaiḥ

paryupāsata rājendra
tan-nyasta-hṛdayekṣaṇāḥ
tān āha karuṇo maitro
mahā-bhāgavato 'suraḥ

te—他们 / tu—确实地 / tat-gauravāt—非常尊重帕拉德王(由于他是个奉献者)所说的话 / sarve—所有的他们 / tyakta—放下来 / krīḍā-paricchadāḥ—玩具 / bālāḥ—男孩们 / adūṣita-dhiyaḥ—智力(像他们的父亲一样)……尚未被污染的 / dvandva—在相对中 / ārāma—享乐的人(叫做商达和阿玛尔卡老师) / īrita—被……的教导 / īhitaiḥ—和行为 / paryupāsata—围坐在 / rāja-indra—尤帝士提尔王啊! / tat—向他 / nyasta—停止 / hṛdaya-īkṣaṇāḥ—他们的心和眼睛 / tān—向他们 / āha—说 / karuṇaḥ—非常仁慈的 / maitraḥ—真正的朋友 / mahābhāgavataḥ—最杰出的奉献者 / asuraḥ—帕拉德王虽然出生在恶魔的家庭

译文 我亲爱的尤帝士提尔王，所有的孩子都喜爱并尊重帕拉德王，而且他们因为年龄幼小，所以还没被他们那些执著于受到谴责的相对性及躯体舒适的老师们的教导及行为污染得太严重。因此，男孩们停止他们的游戏，围在帕拉德王的身边坐下听他讲话。他们极其认真地用心听他讲话，眼睛凝视着他。帕拉德王虽然出生在恶魔的家庭，但却是一位崇高的奉献者，想要他们幸福快乐。为此，他开始告诉他们物质主义生活是如何的毫无益处。

要旨 梵文“智力尚未被严重污染的男孩们(bālā adūṣita-dhiyaḥ)”一句表明，这些孩子们因为年龄幼小而还没受到像他们父亲那样的严重污染。所以，帕拉德王利用他的同班朋友的天真，开始教导他们灵性生活的重要性，以及物质生活的毫无意义。尽管商达和阿玛尔卡老师教所有的男孩与物质生活有关的宗教、经济发展和感官享乐，男孩们并没有受到太多的污染。因此，他们极其专心地想要听帕拉德王讲述有关奎师那意识的知识。在我们的奎师那意识运动中，灵性导师开的学校(guru-kula)在我们的活动中扮演着极其重要的角色，因为在这样的学校中，男孩们从一开始就受到有关奎师那意识的教导。这些知识在他们的心中扎根，等他们长大后，物质自然属性就很少有可能征服他们了。

到此为止，结束了巴克提韦丹塔对《圣典博伽瓦谭》第7篇第5章——“黑冉亚卡希普圣洁的儿子——帕拉德王”所作的阐释。

第六章

帕拉德教导恶魔同学

这一章讲述的是帕拉德王(Prahlāda Mahārāja)教导他班上的朋友们。帕拉德王的朋友都是恶魔们的儿子，他在对他们说话时强调，众生，尤其是人类，必须从生命的一开始就对灵性觉悟感兴趣，而且应该从小受到教育，了解至尊人格首神是值得众生崇拜的神。由于生物体的寿命很短，人不该对物质享乐太感兴趣，相反该满足于能容易得到的物质收益；应该利用分分秒秒争取灵性的进步。人也许会错误地以为“让我们先用人生的大好时光享受物质便利条件，等年老时再培养奎师那意识”。这种物质主义的思维方式永远都帮不了我们，因为人在老年时无法受训练过灵修生活。因此，我们应该从人生的一开始就做奉爱服务(śravaṇaṁ kīrtanaṁ viṣṇoḥ)。这是众生的责任。物质教育受到物质自然三种属性的污染，但人类社会极需要的灵性教育则是超然的。帕拉德王揭示了他得到纳茹阿达·牟尼(Nārada Muni)教导的秘密。接受在师徒传承中的帕拉德王的莲花足，将使人能够理解灵性生活的方式。这样做不需要有物质的资格。

帕拉德王的同班朋友听了帕拉德王的一番话后，询问他是如何变得这么有学问、这么进步的，以此结束这一章的内容。

第 1 节

श्रीप्रह्लाद उवाच
कौमार आचरेत्प्राज्ञो धर्मान् भागवतानिह ।
दुर्लभं मानुषं जन्म तदप्यध्रुवमर्थदम् ॥१॥

śrī-prahrāda uvāca
kaumāra ācaret prājño
dharmān bhāgavatān iha
durlabhaṁ mānuṣaṁ janma
tad apy adhruvam arthadam

śrī-prahrādaḥ uvāca－帕拉德王说 / kaumāraḥ－在幼小的孩提时期 / ācaret－应该练习 / prājñaḥ－有智慧的人 / dharmān－规定职责 / bhāgavatān－对至尊人格首神的奉爱服务 / iha－在此生 / durlabham－很难获得 / mānuṣam－人类 / janma－出生 / tat－那 / api－甚至 / adhruvam－非永久、短暂的 / artha-dam－充满意义的

译文 帕拉德王说：有足够智慧的人应该运用人体形式，在人生的最初阶段——幼小的孩提时代，就开始练习做奉爱服务，停止从事所有与奉爱服务无关的其他活动。人体最难得到，尽管如其他躯体一样短暂，但却因为在人生中能做奉爱服务而很有意义。哪怕是真诚地做一点点奉爱服务，都能使人达到十足的完美。

要旨 韦达文明和阅读韦达经(Vedas)的全部目的，是要在人体生命形式中达到做奉爱服务的完美阶段。因此，按照韦达体系，从人生的最初阶段，也即五岁的孩提时代开始，就要受到当贞守生(brahmacārī)的训练，以便修正人生的活动，使自己可以完美地做奉爱服务。正如《博伽梵歌》(Bhagavad-gītā)第2章的第40节诗说："在这条路上哪怕前进一点点，也能使人得到保护，从而免于最可怕的危险(svalpam apy asya dharmasya trāyate mahato bhayāt)。"现代文明不参考韦达文献的意见，对人类社会的成员是如此冷酷，以致不教导孩子成为贞守生，而是打着控制人口增长的旗号，教人如何杀死自己那还在子宫中的孩子。如果孩子侥幸没送命，就被教育成只知道感官享乐的人。逐渐地，整个人类社会中的成员都失去了对追求完美生活的兴趣。事实上，人就像猫和

狗一样生活，通过准备自己再次轮回到八百四十万种生命形式中的低等物种中浪费自己的人体生命。奎师那意识运动渴望通过教导人们做奉爱服务造福人类社会，这样可以拯救人再次降级过动物生活。正如帕拉德王已经说明的，为至尊主做奉爱服务的科学(bhāgavata-dharma)内容分别是：聆听并歌唱主维施努超然的圣名、形象、品质、随身用品、随行人员及娱乐活动，铭记它们，侍奉祂的莲花足，用十六种用品恭敬地崇拜至尊主，向至尊主祈祷，成为祂的仆人，将至尊主视为是自己最好的朋友，把一切都献给祂(śravaṇaṁ kīrtanaṁ viṣṇoḥ smaraṇaṁ pāda-sevanam/ arcanaṁ vanda-naṁ dāsyaṁ sakhyam ātma-nivedanam)。在所有的学校、学院和大学中，以及在家里，所有的孩子和年轻人，都该被教导聆听有关至尊人格首神的一切。换句话说，他们应该被教导聆听《博伽梵歌》中的知识，并在生活中实践这些知识，从而在做奉爱服务的过程中变得坚强，不再害怕被降级过动物生活。在这个喀历(Kali)年代中，做奉爱服务的方法已经被极度地简易化。经典(śāstra)中说：

harer nāma harer nāma
harer nāmaiva kevalam
kalau nāsty eva nāsty eva
nāsty eva gatir anyathā

人唯一需要做的是，吟诵、吟唱哈瑞·奎师那(Hare Kṛṣṇa)这首伟大的曼陀(mahā-mantra)。致力于练习吟诵、吟唱哈瑞·奎师那这首伟大曼陀的人，内心将被完全净化，从生死轮回中得到拯救。

第2节

यथा हि पुरुषस्येह विष्णोः पादोपसर्पणम् ।
यदेष सर्वभूतानां प्रिय आत्मेश्वरः सुहृत् ॥ २ ॥

yathā hi puruṣasyeha
viṣṇoḥ pādopasarpaṇam

yad eṣa sarva-bhūtānāṁ
priya ātmeśvaraḥ suhṛt

yathā－为了 / hi－事实上 / puruṣasya－生物体的 / iha－这里 / viṣṇoḥ－至尊人格首神主维施努的 / pāda-upasarpaṇam－接近莲花足 / yat－因为 / eṣaḥ－这 / sarva-bhūtānām－众生的 / priyaḥ－心爱的人 / ātma-īśvaraḥ－灵魂的主人——超灵 / suhṛt－最好的祝愿者和朋友

译文 人体生命形式为生物提供一个回归家园、回到首神身边的机会。因此，每一个生物，尤其是在人体生命形式中的，必须致力于为主维施努的莲花足做奉爱服务。做这奉爱服务是很自然的事，因为至尊人格首神主维施努是灵魂最心爱的人、主人，以及全体生物的祝愿者。

要旨 《博伽梵歌》第5章的第29节诗记载，至尊主说：

bhoktāraṁ yajña-tapasāṁ
sarva-loka-maheśvaram
suhṛdaṁ sarva-bhūtānāṁ
jñātvā māṁ śāntim ṛcchati

“完全意识到我的人知道我是一切祭祀和苦行的最终受益者，是一切星球和半神人的至尊主，是众生的恩人和祝愿者，因此获得平静，不再受物质痛苦的折磨。”至尊主维施努是整个创造的拥有者，是一切生物最好的祝愿者、朋友，是一切的至尊享受者：仅仅了解这三个事实，就能使人变得平静和快乐。为了追寻这超然的快乐，生物在整个宇宙中不同的星系及各种生命形式中四处游荡，但由于遗忘了自己与主维施努的亲密关系，他只不过是一生复一生地在受苦。为此，人类中的教育体系应该是那么完美，使人能够了解自己与至尊神维施努的亲密关系。每一个生物都与神有一个亲密的关系。因此，人应该以与神的中性关系(śānta-rasa)，或者与主维施努的主仆关系(dāsya-rasa)、朋友关系(sakhya-rasa)、父母子女关系(vātsalya-rasa)或情侣关系(mādhurya-rasa)中的一种关系荣耀祂。这些关系都建立在爱的基础上。维施努是每一个生物爱的核心，因此为至尊主做爱心服务是每一个人的责任。正如《圣典博伽瓦谭》第3篇第25章的第38节诗记载，至尊人格首神声明：奉献者把我当做他们的朋友、亲人、儿子、指导者、恩人和至尊神明(yeṣām ahaṁ priya ātmā sutaś ca sakhā guruḥ suhṛdo daivam iṣṭam)。在任何一种生命形式中，我们都与主维施努有联系，祂是我们最心爱的人、超灵、儿子、朋友和灵性导师(guru)。我们与神的永恒的关系，可以在人体生命形式中得以揭示，而这应该是教育的目的。事实上，这才是生命的完美、教育的完美。

第 3 节

सुखमैन्द्रियकं दैत्या देहयोगेन देहिनाम् ।
सर्वत्र लभ्यते दैवाद्यथा दुःखमयत्नतः ॥ ३ ॥

sukham aindriyakaṁ daityā
deha-yogena dehinām
sarvatra labhyate daivād
yathā duḥkham ayatnataḥ

sukham—快乐 / aindriyakam—与物质感官有关的 / daityāḥ—出生在恶魔家的我亲爱的朋友们啊！ / deha-yogena—因为拥有特定的一类物质躯体 / dehinām—全体有物质躯体的生物的 / sarvatra—任何地方(在任何一种生命形式中) / labhyate—能够得到的 / daivāt—由更高力量的安排 / yathā—正如 / duḥkham—不快乐 / ayatnataḥ—没有努力

译文　帕拉德王继续说：出生在恶魔家的我亲爱的朋友们，与躯体有关的感官对象给人带来的快乐感，根据从事过的功利性活动，在任何生命形式中都能得到。正如痛苦不请自来，这样的快乐也在不需努力的情况下自动到来。

要旨 在物质世界里的任何生命形式中，都有所谓的快乐与痛苦。没人为了受苦而去邀请痛苦到来，但它还是不请自来。同样，哪怕我们不为得到物质快乐而努力，那些快乐也会自动到来。这类快乐与痛苦在任何生命形式中都可以不需努力就得到。因此根本没必要浪费时间和精力去对抗痛苦，或者为获得快乐而辛苦工作。我们在人体生命形式中唯一要做的是恢复我们与至尊人格首神的关系，从而变得有资格回归家园，回到首神身边。我们一旦接受一个物质躯体，无论形象如何，苦乐就随之而来。在任何情况下，我们都无法回避这种苦乐。所以，对人生最佳的善用是，努力恢复与至尊主维施努的关系。

第4节

तत्प्रयासो न कर्तव्यो यत आयुर्व्ययः परम् ।
न तथा विन्दते क्षेमं मुकुन्दचरणाम्बुजम् ॥ ४ ॥

tat-prayāso na kartavyo
yata āyur-vyayaḥ param
na tathā vindate kṣemaṁ
mukunda-caraṇāmbujam

tat－为了(感官享乐和经济发展) / prayāsaḥ－努力 / na－不 / kartavyaḥ－该做 / yataḥ－从……的 / āyuḥ-vyayaḥ－虚度光阴 / param－唯一或最终的 / na－也不 / tathā－以那种方式 / vindate－享乐 / kṣemam－生命的最高目标 / mukunda－可以将人从物质钳制中救出的至尊人格首神的 / caraṇa-ambujam－莲花足

译文 不该仅仅为感官享乐而努力，或靠经济发展获得物质快乐，因为其结果只是在虚度光阴和浪费精力，没有丝毫真正的利益可言。如果人的一切努力都为增强奎师那意识，那么人无疑就会升上觉悟自我的灵性层面。致力于经济发展并不能使人得到这种利益。

要旨　我们看到物质主义者夜以继日地为发展经济而忙碌，努力增加他们的物质财富。然而，他们即使靠这种努力得到某种利益，也解决不了他们生存中的真正问题，甚至不知道这些问题是什么。这是缺乏灵性教育所导致的结果。尤其是在现今，所有的人都处在愚昧无知的黑暗中，都只有生命的躯体化概念，对灵性的灵魂及其所需一无所知。人们被社会上那些盲目的领袖们所误导，认为躯体就是一切，因此终日为使躯体感到舒适而忙碌。这种文明因为不引导人类了解生命的真正目标而受到谴责。生活在这种文明中的人，只不过是在浪费时间和人体这一宝贵的礼物，因为不培养灵性知识而在最终像猫狗一样死去的人，在来生会被降级。这种人从人体生命中被置于连续不断的生死轮回圈中，就这样失去人生的真正利益——培养奎师那意识并最终解决生命的问题。

第 5 节

ततो यतेत कुशलः क्षेमाय भवमाश्रितः ।
शरीरं पौरुषं यावन्न विपद्येत पुष्कलम् ॥५॥

tato yateta kuśalaḥ
　kṣemāya bhavam āśritaḥ
śarīraṁ pauruṣaṁ yāvan
　na vipadyeta puṣkalam

tataḥ－因此 / yateta－应该努力 / kuśalaḥ－对生命最高目标感兴趣的智者 / kṣemāya－为了生命真正的利益或为了摆脱物质束缚 / bhavam āśritaḥ－在物质存在中的人 / śarīram－躯体 / pauru-ṣam－人 / yāvat－只要 / na－不 / vipadyeta－衰退 / puṣkalam－结实及强壮

译文　正因为如此，完全能辨别对错的人，在物质存在期间，必须努力趁躯体还强壮、结实、机能尚未衰退时，努力达成生命的最高目标。

要旨 正如帕拉德王在这一章的一开始所说，“有智慧的人应该从小就练习(kaumāra ācaret prājñaḥ)”，其中梵文prājña是指有经验并能判断是非的人。这种人不该浪费自己的精力和宝贵的人体时间去像猫狗一样地工作，以改善自己的经济状况。

尽管诗文中的bhavam āśritaḥ一句有两种读法，即：也可以读成bhayam āśritaḥ，但接受两者的意思都使人得到同一个结论。Bhayam āśritaḥ是指物质主义的生活方式因为每一步充满危机，所以总是很可怕。物质主义的生活充满焦虑和恐惧(bhayam)。同样，在接受bhavam āśritaḥ的读法时，梵文bhavam一词是指不必要的麻烦和问题。没有奎师那意识的人深陷麻烦和问题中(bhavam)，永远要面对生老病死的困境。正因为如此，人们必然总是满心焦虑。

人类社会应该被分为布茹阿玛纳(brāhmaṇas)、查锤亚(kṣatriyas)、外夏(vaiśyas)和庶铎(śūdras)这四个阶层，但每一个人都可以做奉爱服务。毫无疑问，想要在不做奉爱服务的情况下生活的人，其所谓的布茹阿玛纳、查锤亚、外夏或庶铎的身份毫无意义。经典中说：没有奎师那意识的人无论身处高等社会阶层还是低等社会阶层，都必将坠落(sthānād bhraṣṭāḥ patanty adhaḥ)。头脑清醒的人总是害怕从自己的地位上坠落下来。我们应该对此始终保持警惕。人不该从他崇高的地位上坠落。人在身体还结实、强壮时，比较容易通过努力达到生命的最高目标。正因为如此，我们应该以能够保持我们的心智强健的方式生活，以便能从充满问题的生活中辨别出生命的目标。善于思考的人必须这样行事，学习辨别是非，从而达到生命的目标。

第6节

पुंसो वर्षशतं ह्यायुस्तदर्धं चाजितात्मनः ।
निष्फलं यदसौ रात्र्यां शेतेऽन्धं प्रापितस्तमः ॥ ६ ॥

puṁso varṣa-śataṁ hy āyus
　tad-ardhaṁ cājitātmanaḥ
niṣphalaṁ yad asau rātryāṁ
　śete 'ndhaṁ prāpitas tamaḥ

puṁsaḥ—每个人的 / varṣa-śatam——百年 / hi—的确 / āyuḥ—寿命 / tat—那个的 / ardham——半 / ca—和 / ajita-ātmanaḥ—是自己感官仆人的人的 / niṣphalam—没有益处、没有意义 / yat—因为 / asau—那人 / rātryām—在夜晚 / śete—睡觉 / andham—愚昧(忘记他的躯体和灵魂) / prāpitaḥ—充满 / tamaḥ—黑暗

译文　每个人最多只能活到一百岁，对不能控制自己感官的人而言，由于夜晚睡觉十二个小时被愚昧所覆盖，寿命的一半已经失去。这种人的寿命因此只有五十岁。

要旨　主布茹阿玛(Brahmā)、人类和小蚂蚁的寿命都是一百岁，但他们的一百岁彼此各不相同。这个世界是相对的世界，对时间长短的感觉也相对不同。因此，布茹阿玛的一百年不同于人类的一百年。从《博伽梵歌》中看到，人类的一千个年代之和等于布茹阿玛的一个白天(sahasra-yuga-paryantam ahar yad brahmaṇo viduḥ)。所以，按照不同的时间、物种和环境，一百年(varṣa-śatam)的长度相对不同。至于人类，这节诗文中所做的计算适合一般大众。尽管一个人最多能活一百年，但睡觉已经让人失去了五十年。吃、睡、性生活和担忧是躯体的四项需求，但想要用毕生提升自己的灵性意识的人，必须减少这些活动，以使自己有机会充分利用自己的寿命。

第 7 节

मुग्धस्य बाल्ये कैशोरे क्रीडतो याति विंशतिः ।
जरया ग्रस्तदेहस्य यात्यकल्पस्य विंशतिः ॥७॥

mugdhasya bālye kaiśore
krīḍato yāti viṁśatiḥ
jarayā grasta-dehasya
yāty akalpasya viṁśatiḥ

mugdhasya—困惑或没有完美知识的人的 / bālye—在童年期 / kaiśore—在少年期 / krīḍataḥ—玩耍 / yāti—度过 / viṁśatiḥ—二十年 / jarayā—年迈带来的体弱多病 / grasta-dehasya—被……征服的人的 / yāti—度过 / akalpasya—没有决心就甚至无法从事物质活动 / viṁśatiḥ—另一个二十年

译文 在幼童期，人懵懵懂懂地度过十年。在少年期，人在忙着运动和玩耍中又度过另一个十年。就这样，二十年的光阴虚度了。同样，到老年时，人在生病，甚至无法从事俗世活动的情况下，极不划算地度过另外的二十年。

要旨 没有奎师那意识的人，浪费自己二十年的童年和青少年时期，并在老年无法从事任何物质活动，焦虑该为儿孙做些什么，该如何保护自己的财产时，虚度另外的二十年；其中有一半的时间用于睡觉。四十年的时间就这样度过。剩下的六十年中又有三十年浪费在晚上睡觉。因此，不了解生命目标及如何善用人体的人，将一百年中的七十年白白浪费掉了。

第 8 节

दुरापूरेण कामेन मोहेन च बलीयसा ।
शेषं गृहेषु सक्तस्य प्रमत्तस्यापयाति हि ॥८॥

durāpūreṇa kāmena
mohena ca balīyasā
śeṣaṁ gṛheṣu saktasya
pramattasyāpayāti hi

durāpūreṇa—永远无法被满足的 / kāmena—由享受物质世界的强烈欲望 / mohena—被迷惑 / ca—还有 / balīyasā—强烈且难以克服

的 / śeṣam－生命剩下的岁月 / gṛheṣu－对家庭生活 / saktasya－太依恋……的人的 / pramattasya－疯狂 / apayāti－完全浪费掉 / hi－确实

译文　不控制心和感官的人因为纵欲无度且错觉强烈而越来越依恋家庭生活。在这种疯狂之人的一生中，剩余之年也全部被浪费掉，因为即使在剩下的岁月里，他也无法让自己做奉爱服务。

要旨　这是对一百年的寿命算的一笔账。尽管在这个年代里，一百年的寿命一般已经是不可能的事，但即使有一百年，算下来有五十年浪费在睡眠上，二十年青少年期和二十年的老而无用期(jarā-vyādhi)，结果就只剩下几年的光景。而由于太依恋居士生活，剩下的几年光景也被毫无目的、毫无神意识地浪费掉。所以，人应该受到训练，在人生的一开始当一名完美的贞守生(brahmacārī)，使自己在成为居士后能完全控制住感官，遵守规范原则。结束居士生活时，人被命令应该进入退出家庭生活的阶段(vānaprastha)，去森林，然后进入弃绝阶层(sannyāsa)。那是完美的生活。但是，正如我们所看到的，在西方国家，那些无法控制自己感官的人(ajitendriya)，从人生的一开始就只受到感官享乐的教育；因此，即使活到一百年，一生的寿命也被浪费和误用，最后在死亡时移居到另一个有可能不是人体的躯体中。没有善用人体从事苦修(tapasya)的人，一百年后必将再次进入猫、狗或猪等躯体中。所以，满足色欲、进行感官享乐的一生，是极度危险的一生。

第9节

को गृहेषु पुमान् सक्तमात्मानमजितेन्द्रियः ।
स्नेहपाशैर्दृढैर्बद्धमुत्सहेत विमोचितुम् ॥ ९ ॥

ko gṛheṣu pumān saktam
ātmānam ajitendriyaḥ
sneha-pāśair dṛḍhair baddham
utsaheta vimocitum

kaḥ－什么 / gṛheṣu－居家生活 / pumān－人 / saktam－非常依恋 / ātmānam－他的自我——灵魂 / ajita-indriyaḥ－未征服感官的人 / sneha-pāśaiḥ－被情感的绳索 / dṛḍhaiḥ－十分粗壮的 / baddham－捆住手脚 / utsaheta－能够 / vimocitum－从物质束缚中解脱

译文 由于无法控制自己的感官而太依恋居家生活的人，有谁能使自己获得解脱呢？依恋居家生活的人被他对家人(妻子、孩子和其他亲属)情感的粗壮绳索紧紧捆绑着。

要旨 帕拉德王的第一个建议是：有足够智慧的人应该从生命的一开始就善用人体；换句话说，从幼年起就练习从事做奉爱服务的活动，停止从事其他活动(kaumāra ācaret prājño dharmān bhāgavatān iha)。梵文dharmān bhāgavatān是指，恢复我们与至尊人格首神关系的宗教原则。为此，奎师那亲自忠告说："放弃一切其他的责任，只皈依我(sarva-dharmān parityajya mām ekaṁ śaraṇaṁ vraja)"。我们在物质世界存在期间，打着那么多"主义"的旗号编造出许多职责，但我们真正的责任是使自己摆脱生老病死的循环。为了达到这一目的，人必须首先摆脱物质束缚，尤其是居士生活的束缚。居士生活事实上是对依恋物质生活之人能在规范守则的约束下享受感官享乐的一种许可，否则根本不需要进入居士生活。

在进入居士生活之前，人应该受训当贞守生，在灵性导师(guru)的照顾下生活；灵性导师的地方被称为古茹·库拉(guru-kula)。从人生的一开始，贞守生要受训为满足灵性导师献出自己的一切(brahmacārī guru-kule vasan dānto guror hitam)。贞守生被建议要挨门挨户地去乞讨布施，将所有的女人视为母亲，将乞讨来的一切都用于满足灵性导师。他以这种方式学习如何控制自己的感官，为灵性导师而献出一切。他受到完整的训练后，如果愿意，就被允许结婚。所以，他不是只知道如何满足自己感官的普通居士(gṛhastha)。受过训练的居士能逐渐放弃居士生活，去森林增加灵性生活的启发，最终进入弃绝阶层(sannyāsa)。帕拉德王向他父亲解释：要摆脱一切物质焦虑，人应该去森林。人应该放弃使自己步入物质存在黑暗地带的居士生活(hitvātma-pātaṁ gṛham andha-kūpam)。因此忠告是：人必须放弃居士生活(gṛham andha-kūpam)。但是，如果人因为无法控制的感官而宁愿留在居士生活的黑井中，那他就会被对他妻子、孩子、仆人、房子和金钱等的情感之绳越来越紧地捆绑住。这种人无法从物质束缚中解脱出来。所以，应该从一开始就教育孩子成为一流的贞守生。那将使他们能够在今后放弃居士生活。

要想回归家园，回到首神身边，人必须彻底去除物质执著。要做到这一点，就要借助于奉爱瑜伽(bhakti-yoga)，因为奉爱瑜伽可以帮助人尽快地厌倦物质享乐(vairāgya-vidyā)。经典中说：

vāsudeve bhagavati
bhakti-yogaḥ prayojitaḥ
janayaty āśu vairāgyaṁ
jñānaṁ ca yad ahaitukam

“通过为人格首神圣奎师那做奉爱服务，人立刻不明原因地获得知识，不再依恋这个世界。”(《圣典博伽瓦谭》1.2.7)如果从人生初期就开始做奉爱服务，就很容易变得厌倦物质享乐(vairāgya-vidyā)或不执著(asakti)，成为能控制住自己感官的人(jitendriya)。正因为如此，全身心投入地做奉爱服务的人，被称为哥斯瓦米(gosvāmī)或斯瓦米(svāmī)——感官的主人。人除非成为感官的主人，否则不该接受弃绝阶层的生活(sannyāsa)。想要进行感官享乐的强烈倾向，是生物得到物质躯体的原因。在没有完整知识的情况下，人无法不依恋物质享乐，而只要人还没有厌倦物质享乐，就不适合回归家园，回到首神身边。

第 10 节

को न्वर्थतृष्णां विसृजेत्प्राणेभ्योऽपि य ईप्सितः ।
यं क्रीणात्यसुभिः प्रेष्ठैस्तस्करः सेवको वणिक् ॥१०॥

ko nv artha-tṛṣṇāṁ visṛjet
prāṇebhyo 'pi ya īpsitaḥ
yaṁ krīṇāty asubhiḥ preṣṭhais
taskaraḥ sevako vaṇik

kaḥ—谁 / nu—事实上 / artha-tṛṣṇām—想赚钱的强烈欲望 / visṛjet—能放弃 / prāṇebhyaḥ—比生命 / api—事实上 / yaḥ—……的 / īpsitaḥ—更令人想要的 / yam—……的 / krīṇāti—试图得到 / asubhiḥ—用自己的生命 / preṣṭhaiḥ—非常珍爱的 / taskaraḥ—盗贼 / sevakaḥ—职业仆人 / vaṇik—商人

译文 人是如此爱钱，以致认为钱比蜂蜜还甜。因此，有谁，尤其是过居家生活的人，能放弃累积金钱的欲望？盗贼、雇佣兵和商人，都试图赚钱，甚至不惜冒失去他们十分珍爱的生命的风险。

要旨 这节诗文中指出人们是如何要钱不要命的。盗贼冒着赔上性命的风险到富人家去偷窃金钱。由于是非法闯入私宅，他们有可能被枪射杀，或遭到看门狗的攻击。尽管如此，他们还是要犯入室行窃的罪。他们为什么要冒生命危险？只是为了得到一些钱。同样，职业军人被招聘进军队，而他之所以接受这样的服务，甘愿冒死在战场的风险，也是因为想要赚钱。商人冒着生命危险坐船从一个国家到另一个国家，或潜入海水中去采集珍珠和珍贵的宝石，无非也是为了赚钱。因此，事实证明，所有的人都会承认，金钱比蜂蜜还甜美。为了赚钱，人可以冒一切风险，太依恋居士生活的富人尤其如此。当然，以前高等阶层的成员——布茹阿玛纳、查锤亚和外夏(除了庶铎之外的人)，都在灵性导师开的学校受到训练，通过练习独身禁欲和神秘瑜伽，坚持过弃绝的生活，控制感官。随后，他们才被允许进入居士生活。正因为如此，历史上有许多伟大的君王和帝王放弃居士生活的事例。他们虽然极其富有，是一国之君，但却因为早期受过贞守生的训练而可以放弃一切拥有。所以，帕拉德王的忠告十分恰当。

kaumāra ācaret prājño
dharmān bhāgavatān iha
durlabhaṁ mānuṣaṁ janma
tad apy adhruvam arthadam

“有足够智慧的人应该运用人体形式，在人生的最初阶段——幼小的孩提时代，就开始练习做奉爱服务，停止从事所有与奉爱服务无关的其他活动。人体最难得到，尽管如其他躯体一样短暂，但却因为在人生中能做奉爱服务而很有意义。哪怕是真诚地做一点点奉爱服务，都能使人达到十足的完美。”人类社会应该善用这一教导。

第 11—13 节

कथं प्रियाया अनुकम्पितायाः
सङ्गं रहस्यं रुचिरांश्च मन्त्रान् ।
सुहृत्सु तत्स्नेहसितः शिशूनां
कलाक्षराणामनुरक्तचित्तः ॥११॥

पुत्रान् स्मरंस्ता दुहितॄर्हृदय्या
भ्रातॄन् स्वसॄर्वा पितरौ च दीनौ ।

गृहान्मनोज्ञोरुपरिच्छदांश्च
　　वृत्तीश्च कुल्याः पशुभृत्यवर्गान् ॥१२॥

त्यजेत कोशस्कृदिवेहमानः
　　कर्माणि लोभादवितृप्तकामः ।
औपस्थ्यजैह्वं बहुमन्यमानः
　　कथं विरज्येत दुरन्तमोहः ॥१३॥

katham priyāyā anukampitāyāḥ
　　saṅgaṁ rahasyaṁ rucirāṁś ca mantrān
suhṛtsu tat-sneha-sitaḥ śiśūnāṁ
　　kalākṣarāṇām anurakta-cittaḥ

putrān smaraṁs tā duhitṝr hṛdayyā
　　bhrātṝn svasṝr vā pitarau ca dīnau
gṛhān manojñoru-paricchadāṁś ca
　　vṛttīś ca kulyāḥ paśu-bhṛtya-vargān

tyajeta kośas-kṛd ivehamānaḥ
　　karmāṇi lobhād avitṛpta-kāmaḥ
aupasthya-jaihvaṁ bahu-manyamānaḥ
　　kathaṁ virajyeta duranta-mohaḥ

katham－如何 / priyāyāḥ－最亲爱的妻子的 / anukampitāyāḥ－总是柔情似水和富有同情心 / saṅgam－交往 / rahasyam－僻静 / rucirān－非常讨人喜欢且令人满意的 / ca－和 / mantrān－教导 / suhṛtsu－对妻子和孩子 / tat-sneha-sitaḥ－被他们的情感所束缚 / śiśūnām－对幼小的孩子 / kala-akṣarāṇām－咿呀学语 / anurakta-cittaḥ－心被吸引的人的 / putrān－儿子们 / smaran－想到 / tāḥ－他们 / duhitṝḥ－女儿们(已婚并住在夫家的) / hṛdayyāḥ－总是在内心深处 / bhrātṝn－兄弟 / svasṝḥ vā－或姐妹 / pitarau－父母 / ca－和 / dīnau－大多体弱多病的年迈之人 / gṛhān－居家事务 / manojña－很有吸引力的 / uru－多么 / paricchadān－家具 / ca－和 / vṛttīḥ－收入的大笔来源(工业、生意) / ca－和 / kulyāḥ－与家庭相关 / paśu－动物

(牛、大象和其他家畜)的 / bhṛtya－男仆和女仆 / vargān－一群群 / tyajeta－可以放弃 / kośaḥ-kṛt－蚕 / iva－如同 / īhamānaḥ－做 / karmāṇi－不同的活动 / lobhāt－由于永不满足的欲望 / avitṛpta-kāmaḥ－逐渐增强的欲望不被满足的 / aupasthya－来自生殖器的快感 / jaihvam－以及舌头 / bahu-manyamānaḥ－认为非常重要 / katham－如何 / virajyeta－能够放弃 / duranta-mohaḥ－在强大的错觉影响下

译文　深爱自己的家人，内心始终被家人的影像所填满的人，如何能离弃他们的陪伴？尤其当妻子总是柔情似水、富有同情心，总是在僻静处取悦丈夫时，有谁能离弃这样一位可爱且充满深情的妻子的陪伴？小孩子的咿呀学语十分动听，当父亲的总是想着他们的甜蜜话语，他怎能离弃他们的陪伴？年迈的父母及亲生儿女也十分可爱。当父亲的尤其疼爱女儿，当女儿住在夫家时，父亲就总想着女儿。谁能离弃那样的陪伴？除此之外，在家庭事务中，有家具等许多居家的点缀物，以及家畜、宠物和仆人等。有谁能放弃这样的舒适？恋家的居士恰似作茧自缚的桑蚕，自己无法脱身而出。同样，仅仅为满足生殖器和舌头这两个主要的感官，人便被物质情况所束缚。如何能逃脱？

要旨　在居士生活中，首要的吸引来自美丽和令人愉悦的妻子，她使居士生活越来越有吸引力。人用舌头和生殖器这两个主要的感官享受妻子。妻子说话十分甜美，这无疑很有吸引力。接着是她会准备美味可口的食物满足丈夫的舌头；舌头满足时，人的其他器官，尤其是生殖器官，便得到力量。那时，妻子就在性生活中给予满足。居家生活意味着性生活(yan maithunādi-gṛhamedhi-sukhaṁ hi tuccham)，而这受到舌头的鼓励。接下来就有了孩子。小婴儿咿呀学语时说的甜蜜话语令人愉快，随着儿女的长大，家长参与他们

的教育和婚姻大事。不仅如此，人还有自己的父母要照顾，也许还要关心社会环境，还要让自己的兄弟姐妹满意。就这样，人越来越紧地被束缚在家居事务中，以致几乎不可能离开那一切。家庭就此成为男人坠入其中的黑井(gṛham andha-kūpam)。对这种男人来说，要从中出来极其困难，除非得到强有力之人的帮助。这强有力的人，就是用灵性教导的强大绳索帮助坠入黑井之人的灵性导师。坠入井中的人应该抓住这根绳索；这样，灵性导师或至尊人格首神奎师那，就会将他拉出那黑井。

第 14 节

कुटुम्बपोषाय वियन्निजायु-
　र्न बुध्यतेऽर्थं विहतं प्रमत्तः ।
सर्वत्र तापत्रयदुःखितात्मा
　निर्विद्यते न स्वकुटुम्बरामः ॥१४॥

kuṭumba-poṣāya viyan nijāyur
　na budhyate 'rthaṁ vihataṁ pramattaḥ
sarvatra tāpa-traya-duḥkhitātmā
　nirvidyate na sva-kuṭumba-rāmaḥ

kuṭumba－家庭成员的 / poṣāya－为了维持 / viyat－衰落 / nija-āyuḥ－他的寿命 / na－不 / budhyate－明白 / artham－生命的利益或目的 / vihatam－被毁坏 / pramattaḥ－在物质处境中变得疯狂 / sarvatra－到处 / tāpa-traya－被三种苦(自己的身心、其他生物体和自然造成的痛苦) / duḥkhita－受苦的 / ātmā－他自己 / nirvidyate－感到后悔 / na－不 / sva-kuṭumba-rāmaḥ－靠养家而感到愉快

译文　太恋家的人无法明白，自己正在为养家而浪费宝贵的人生。他也无法明白，人体生命正适合觉悟绝对真理，而这一目的就在不知不觉中落空了。但他却聪明、谨小慎微地监督着不让哪怕一分钱因错误的管里而失去。就这样，过

于恋家的人虽然一直在物质存在中受三种苦，但对物质生存方式却从不感到厌倦。

要旨 愚蠢之人既不了解人生的价值，也不明白自己是如何只为养自己的家人而浪费自己的宝贵生命的。他很精于计算损失了多少英镑、先令和便士，但却愚蠢到不知道甚至按物质的考量他究竟损失了多少。查纳克亚·潘迪特(Cāṇakya Paṇḍita)举例说，千百万元的金钱都买不到一刻的生命。然而，愚蠢之人浪费这么宝贵的生命，却不知道即使按照货币计算，自己究竟损失了多少。物质主义者虽然精于计算价格、做买卖，但却认识不到自己因为缺乏知识而误用了昂贵的生命。这种物质主义者虽然总是在受三种苦，但却没有足够的智慧停止按照物质主义的方式生活。

第 15 节

वित्तेषु नित्याभिनिविष्टचेता
विद्वांश्च दोषं परवित्तहर्तुः ।
प्रेत्येह वाथाप्यजितेन्द्रियस्त-
दशान्तकामो हरते कुटुम्बी ॥१५॥

vitteṣu nityābhiniviṣṭa-cetā
vidvāṁś ca doṣaṁ para-vitta-hartuḥ
pretyeha vāthāpy ajitendriyas tad
aśānta-kāmo harate kuṭumbī

vitteṣu－在物质财富中／nitya-abhiniviṣṭa-cetāḥ－心总是专注于……的／vidvān－已经学习／ca－也／doṣam－错误／para-vitta-hartuḥ－借由欺骗或黑市交易来窃取他人钱财的人的／pretya－死之后／iha－在这物质世界里／vā－或／athāpi－仍然／ajita-in-dri-yaḥ－因为不能控制感官／tat－那／aśānta-kāmaḥ－欲壑难填的／harate－窃取／kuṭumbī－太依恋他的家庭

译文 太依恋养家这一责任的人，无法控制自己的感官，他心中充满如何累积金钱的想法。他虽然知道巧取豪夺他人的钱财将受到政府法令的制裁，并在死后承受阎罗王法律的处罚，但还是继续为获取金钱而行骗。

要旨 尤其是如今，人们根本不相信有来生或阎罗王(Yamarāja)的法庭，以及对罪人的各种惩罚。然而，人们至少应该知道，欺骗他人以获取金钱将受到政府法律的制裁。尽管如此，人们既不在乎这一生中的法律，也不在意掌管来生的法律。无论有什么知识，只要不能控制自己的感官，就无法阻止人停止从事罪恶活动。

第 16 节

विद्वानपीत्थं दनुजाः कुटुम्बं
पुष्णन् स्वलोकाय न कल्पते वै ।
यः स्वीयपारक्यविभिन्नभाव-
स्तमः प्रपद्येत यथा विमूढः ॥१६॥

vidvān apīttham danujāḥ kuṭumbaṁ
puṣṇan sva-lokāya na kalpate vai
yaḥ svīya-pārakya-vibhinna-bhāvas
tamaḥ prapadyeta yathā vimūḍhaḥ

vidvān—知道(物质存在的不便，尤其在居家生活中) / api—虽然 / ittham—如此 / danu-jāḥ—恶魔的儿子们啊 / kuṭumbam—家人或扩展出的家庭成员(例如社区、社会、国家或联邦) / puṣṇan—供给一切生活所需 / sva-lokāya—对自我的了解上 / na—不 / kalpate—有能力的 / vai—事实上 / yaḥ—……的他 / svīya—我自己 / pā-rakya—属于其他人 / vibhinna—分开的 / bhāvaḥ—持有……的生命概念 / tamaḥ—只不过是黑暗 / prapadyeta—进入 / yathā—正如 / vi-mūḍhaḥ—未受过教育或如同动物的人

译文　我的朋友，恶魔的儿子们啊！在这个物质世界里，就连那些表面看来受过高等教育的人都总是在想，“这是我的，那是其他人的”。他们就这样像没受过教育的猫和狗一样，怀着狭隘的家庭生活概念，一直不断地为他们的家人提供生活所需。他们无法接受灵性知识，而是被愚昧无知所迷惑，所征服。

要旨　人类社会中有对人进行教育的尝试，但动物社会中就没有这种体制，而且动物也无法接受教育。正因为如此，动物和没有智慧的人都被称为愚昧无知、被迷惑的(vimūḍha)，而受过教育的人被称为有知识的人(vidvān)。真正有知识的人是努力了解自己在这个物质世界里的状态的人。例如：当萨纳坦·哥斯瓦米(Sanātana Gosvāmī)投靠圣柴坦亚·玛哈帕布的莲花足时，他提出的第一个问题就是：“我究竟是谁？为什么三种苦总在折磨我('ke āmi', 'kene āmāya jāre tāpa-traya')？”换句话说，他想要知道他的原本地位和状态，以及自己为何受物质存在的三种苦。这是教育程序。人如果不问我是谁？我生命的目标是什么？而只是像猫和狗一样按照同样的动物习性行事，那么他所受的教育有什么用？正如在前面的诗文中所讨论的，恰似桑蚕作茧自缚，人被他所从事的功利性活动所束缚。愚蠢之人因为要享受这个物质世界的强烈欲望而被他们的功利性行为(karma)所囚禁。这样受到吸引的人卷入社会、团体和国家事务，浪费自己的时间，得不到他获得人体所应该得到的利益。尤其是在这个喀历年代中，伟大的领袖人物、政治家、哲学家和科学家们，都忙着从事愚蠢的活动，心中想着：“这是我的，那是你的。”科学家们发明了核武器，与大领袖们合作保护自己国家或社会的利益。然而这节诗文中明确地说，他们虽然有所谓进步的知识，但其实与猫和狗的心态一样。正如猫、狗和其他动物不知道自己生命的真正利益，越来越陷入更深的愚昧状态中；不知道自我利益或生命真正目标的所谓受过教育的人，越来越深地陷入物质主义。为此，帕拉德王忠告每一个人都要遵守社会四阶层和灵性四阶段制度(varṇāśrama-dharma)，尤其必须在某一个时刻放弃家庭生活，过弃绝阶层的生活，以培养灵性知识，为争取解脱而努力。下面的诗文将进一步讨论这一点。

第 17—18 节

यतो न कश्चित्क्व च कुत्रचिद्वा
दीनः स्वमात्मानमलं समर्थः ।
विमोचितुं कामदृशां विहार-
क्रीडामृगो यन्निगडो विसर्गः ॥१७॥

ततो विदूरात्परिहृत्य दैत्या
दैत्येषु सङ्गं विषयात्मकेषु ।
उपेत नारायणमादिदेवं
स मुक्तसङ्गैरिषितोऽपवर्गः ॥१८॥

yato na kaścit kva ca kutracid vā
dīnaḥ svam ātmānam alaṁ samarthaḥ
vimocituṁ kāma-dṛśāṁ vihāra-
krīḍā-mṛgo yan-nigaḍo visargaḥ

tato vidūrāt parihṛtya daityā
daityeṣu saṅgaṁ viṣayātmakeṣu
upeta nārāyaṇam ādi-devaṁ
sa mukta-saṅgair iṣito 'pavargaḥ

yataḥ—因为 / na—永不 / kaścit—任何人 / kva—在任何地方 / ca—也 / kutracit—在任何时候 / vā—或 / dīnaḥ—知识贫乏 / svam—自己的 / ātmānam—自我 / alam—极度地 / samarthaḥ—能够 / vimocitum—解脱 / kāma-dṛśām—贪图物质享乐的女人的 / vihāra—在性享乐中 / krīḍā-mṛgaḥ—玩物 / yat—在……人之中 / nigaḍaḥ—是物质

束缚之镣铐的 / visargaḥ 一家庭关系的延伸 / tataḥ 一在这种情况下 / vidūrāt 一从远处 / parihṛtya 一放弃 / daityāḥ 一我的朋友们，恶魔的儿子啊 / daityeṣu 一在恶魔中 / saṅgam 一交往 / viṣaya-ātmakeṣu 一太沉溺于感官享乐的 / upeta 一人应该接近 / nārāyaṇam 一至尊人格首神主纳茹阿亚纳 / ādi-devam 一全体半神人的源头 / saḥ 一祂 / mukta-saṅgaiḥ 一靠与解脱之人的联谊 / iṣitaḥ 一想要 / apavargaḥ 一解脱之途

译文　我亲爱的朋友们，恶魔的儿子啊！毫无疑问，缺乏有关至尊人格首神知识的人，无论何时何地都无法使自己挣脱物质束缚，相反始终受物质法律的捆绑。他们实际上沉溺于感官享乐，女人是他们追求的目标。事实上，他们是女人的掌上玩物。作为这种生命概念的牺牲者，他们由儿子辈、孙子辈和重孙子辈的孩子团团围住，就这样被物质的捆绑所束缚。那些对这种生活上瘾的人，被称为恶魔。你们虽然是恶魔的儿子，但请远离这种人，请托庇于至尊人格首神纳茹阿亚纳——全体半神人的源头。纳茹阿亚纳奉献者的最终目标，是摆脱物质存在的束缚。

要旨　帕拉德王一直秉持的哲学观点是，人应该离弃家庭生活的黑井，到森林去托庇于至尊人格首神莲花足的庇护(hitvātma-pātaṁ gṛham andha-kūpaṁ vanaṁ gato yad dharim āśrayeta)。他在这节诗文内也强调同一个观点。在人类生活的历史中，无论何时何地，都从没听说有太依恋自己家庭的人获得过解脱。就连那些表面看很有教养的人，都同样地依恋家庭。由于依恋感官享乐，他们无法不与自己的家人在一起，哪怕是到老而无用的年龄时也不例外。正如我们好几次谈论过，所谓的居士只是依恋性享乐(maithunādi-gṛha-medhi-sukhaṁ hi tuccham)。为此，他们不仅使自己留在家庭生活的锁链捆绑中，还想要他们的孩子以同样的方式被束缚住。他们在女人的手中扮演花花公子的角色，逐渐滑向物质存在的最黑暗的

区域。由于他们无法控制自己的感官，他们继续过那种咀嚼已经咀嚼过的东西的生活，从而坠入最黑暗的物质区域(adānta-gobhir viśatāṁ tamisraṁ punaḥ punaś carvita-carvaṇānām)。人应该停止与这种恶魔交往、联谊，应该坚持与奉献者交往、联谊。这样做可以使人挣脱物质的束缚。

第 19 节

न ह्यच्युतं प्रीणयतो बह्वायासोऽसुरात्मजाः ।
आत्मत्वात्सर्वभूतानां सिद्धत्वादिह सर्वतः ॥१९॥

na hy acyutaṁ prīṇayato
bahv-āyāso 'surātmajāḥ
ātmatvāt sarva-bhūtānāṁ
siddhatvād iha sarvataḥ

na一不 / hi一事实上 / acyutam一永不犯错、绝对可靠的至尊人格首神 / prīṇayataḥ一取悦 / bahu一很大地 / āyāsaḥ一努力 / asura-ātma-jāḥ一恶魔的儿子们啊！ / ātmatvāt一由于作为超灵而亲密联系 / sarva-bhūtānām一众生的 / siddhatvāt一因为被建立 / iha一在这个世界里 / sarvataḥ一在所有的方向、所有的时间中，以及从所有的角度看

译文 我亲爱的恶魔之子啊！至尊人格首神纳茹阿亚纳是原初的超灵，是众生的父亲。因此，无论老少，在任何情况下取悦祂或崇拜祂都不该有障碍。个体生物与至尊人格首神之间的关系永远是一个事实，所以取悦至尊主没有困难。

要旨 人们也许会问：“人无疑很依恋家庭生活，但如果放弃家庭生活而依恋为至尊主做服务的话，必定经历同样的努力和麻烦，那么为至尊主做服务有什么好处？”这不是一个正当的反对理由。《博伽梵歌》第14章的第4节诗记载，至尊主宣称：

sarva-yoniṣu kaunteya
　mūrtayaḥ sambhavanti yāḥ
tāsāṁ brahma mahad yonir
　ahaṁ bīja-pradaḥ pitā

“琨缇的儿子啊！应该理解：各种生物体之所以能在这个物质自然中出生，是因为有我这个播种的父亲。”至尊主纳茹阿亚纳(Nārāyaṇa)是使众生得以出生的那位播种的父亲，众生都是祂不可缺少的一部分(mamaivāṁśo...jīva-bhūtaḥ)。正如父子之间建立亲密的关系不是一件难事，至尊主纳茹阿亚纳和生物之间重建原本亲密的关系也没有困难。人哪怕做一点点奉爱服务，主纳茹阿亚纳都随时准备将其从最危险的状态中拯救出来(svalpam apy asya dharmasya trāyate mahato bhayāt)。阿佳弥勒(Ajāmila)的例子就是个确凿的证据。阿佳弥勒从事许许多多罪恶活动，使自己与至尊人格首神分离开来，结果被阎罗王(Yamarāja)宣告有罪并要施予严厉的惩罚。但由于他在死亡之际喊出纳茹阿亚纳的名字，虽然只是在叫他儿子的名字，并非是呼唤主纳茹阿亚纳，却还是从阎罗王的手中被拯救出来。所以，要取悦主纳茹阿亚纳并不需要付出取悦家庭、团体和国家所需要的那么多的努力。我们看到过有重要的政治领袖仅仅因为言行稍有差异就被杀死的事情。因此，要取悦社会、家庭、团体和国家极其困难。然而，取悦主纳茹阿亚纳却很容易，一点都不困难。

一个人的责任是恢复自己与至尊主纳茹阿亚纳的关系。朝这个方向稍做努力的人，将取得巨大的成功；相反，试图取悦所谓的家庭、社会和国家的人，哪怕到了牺牲自己的程度，都永远获得不了成功。

只要努力做包括聆听和吟诵(吟唱)至尊主圣名(śravaṇaṁ kīrtanaṁ viṣṇoḥ)在内的奉爱服务，就能使人成功地取悦至尊人格首神。为此，圣柴坦亚·玛哈帕布通过说“一切荣耀归于集体歌唱圣奎师那的圣名运动(paraṁ vijayate śrī-kṛṣṇa-saṅkīrtanam)”，将祂的祝福给予大众。人要想从这个人体中得到真正的利益，就必须吟诵、吟唱至尊主的圣名。

第 20－23 节

परावरेषु भूतेषु ब्रह्मान्तस्थावरादिषु ।
भौतिकेषु विकारेषु भूतेष्वथ महत्सु च ॥२०॥

गुणेषु गुणसाम्ये च गुणव्यतिकरे तथा ।
एक एव परो ह्यात्मा भगवानीश्वरोऽव्ययः ॥२१॥

प्रत्यगात्मस्वरूपेण दृश्यरूपेण च स्वयम् ।
व्याप्यव्यापकनिर्देश्यो ह्यनिर्देश्योऽविकल्पितः ॥२२॥

केवलानुभवानन्दस्वरूपः परमेश्वरः ।
माययान्तर्हितैश्वर्य ईयते गुणसर्गया ॥२३॥

parāvareṣu bhūteṣu
brahmānta-sthāvarādiṣu
bhautikeṣu vikāreṣu
bhūteṣv atha mahatsu ca

guṇeṣu guṇa-sāmye ca
guṇa-vyatikare tathā
eka eva paro hy ātmā
bhagavān īśvaro 'vyayaḥ

pratyag-ātma-svarūpeṇa
dṛśya-rūpeṇa ca svayam
vyāpya-vyāpaka-nirdeśyo
hy anirdeśyo 'vikalpitaḥ

kevalānubhavānanda-
svarūpaḥ parameśvaraḥ
māyayāntarhitaiśvarya
īyate guṇa-sargayā

para-avareṣu－在生命的崇高或糟糕处境中 / bhūteṣu－在生物体中 / brahma-anta－以主布茹阿玛为最高 / sthāvara-ādiṣu－以树木和植物为开始的不动的生命形式 / bhautikeṣu－物质元素的 / vikāreṣu－在转化中 / bhūteṣu－在物质自然的五种粗糙的元素中 / atha－此外 / mahatsu－在物质能量总体(mahat-tattva)中 / ca－也 / guṇeṣu－物质自然属性中 / guṇa-sāmye－在物质属性的平衡状态中 / ca－和 / guṇa-vyatikare－在物质自然属性的不平衡的展示中 / tathā－还有 / ekaḥ－一 / eva－只有 / paraḥ－超然的 / hi－事实上 / ātmā－最初根源 / bhagavān－至尊人格首神 / īśvaraḥ－控制者 / avyayaḥ－没有变坏或衰退 / pratyak－内在 / ātma-svarūpeṇa－凭祂作为超灵的最初原本地位 / dṛśya-rūpeṇa－靠祂可见的形象 / ca－也 / svayam－亲自 / vyāpya－遍及 / vyāpaka－无所不在 / nirdeśyaḥ－被描述 / hi－无疑 / anirdeśyaḥ－不被描述(因为精微的存在) / avikalpitaḥ－没有区别 / kevala－只有 / anubhava-ānanda-svarūpaḥ－其形象喜乐且充满知识 / parama-īśvaraḥ－至尊人格首神——至高无上的统治者 / māyayā－被错觉能量玛亚 / antarhita－遮盖 / aiśvaryaḥ－其无限的财富 / īyate－被误认为是 / guṇa-sargayā－物质自然属性的相互作用

译文　至尊人格首神——永不犯错且从不疲倦的至尊控制者，出现在每一种生命形式中，从植物等不移动的生物体，到首要的被造生物体布茹阿玛。祂也存在于物质创造物、物质元素、整体物质能量、物质自然三种属性，以及未展示的物质自然和错误的自我意识中。祂虽然是一个个体，但却无所不在。祂还是超然的超灵，一切原因的起因，作为观察者处在众生的心中。他虽然被说明是遍布一切的超灵，但事实上谁也无法说明祂。祂不变，不分裂开来。祂的形象至尊永恒、充满知识和快乐。祂用外在能量的帷幕遮住自己，使无神论者看来像是不存在一样。

要旨 至尊人格首神不仅作为超灵存在于众生的心中，同时也遍布整个创造中的一切。祂存在于一切情况和时空中。祂存在于主布茹阿玛的心中，也存在于猪、狗、树木、植物等生物体的心中。祂无所不在，遍布各处。祂不仅存在于生物体的心中，而且也存在于物体中，甚至包括科学家们发现的原子、质子和电子中。

至尊主以三种表现形式存在，即梵(Brahman)、超灵(Paramātmā)和至尊人格首神(Bhagavān)。由于祂无所不在，祂被描述为是“凭祂放射出的梵光遍布一切(sarvaṁ khalv idaṁ brahma)。维施努存在于梵光之外。对此，《博伽梵歌》中证实，奎师那凭祂的梵的特征无所不在(mayā tatam idaṁ sarvam)，但梵依靠奎师那而存在(brahmaṇo hi pratiṣṭhāham)。没有奎师那，就不可能有梵或超灵的存在。所以，对绝对真理的最高认识，是认识到至尊人格首神巴嘎万(Bhagavān)。祂虽然以超灵的形式存在于每一个生物体的心中，但无论是个体还是作为无所不在的梵，祂都是同一个人。

至高无上的原因是奎师那，皈依至尊人格首神的奉献者们能觉悟到祂，认识到祂存在于宇宙和原子内(aṇḍāntara-stha-paramāṇu-cayāntara-stham)。这一点只有完全投靠至尊主莲花足的奉献者才有可能认识到，其他人则不能。对此，《博伽梵歌》第7章的第14节诗证实说：

daivī hy eṣā guṇamayī
mama māyā duratyayā
mām eva ye prapadyante
māyām etāṁ taranti te

“我这由物质自然三种属性组成的神性能量难以克服。但是，皈依我的人却能轻易地跨越它。”幸运的生物满怀奉爱之心投靠至尊主。生物在众多星系的多种生命形式中游荡后，凭借奉献者的恩典对绝对真理有了真正的了解时，就会如《博伽梵歌》中所确认的那样，投靠至尊人格首神(bahūnāṁ janmanām ante jñānavān māṁ prapadyate)。

帕拉德王的同班朋友都出生在戴提亚(Daitya)恶魔种族的家庭中，都认为要觉悟绝对者是极其困难的。我们其实听许许多多人都这样说过。但事实并非如此。绝对者——至尊人格首神，与众生最紧密地连接在一起。因此，人如果明白了解释有关神是如何无所不在且在各处行事的外士纳瓦(Vaiṣṇava)哲学，崇拜至尊主或觉悟到祂就一点儿都不困难了。然而，人只有在与奉献者联谊的情况下才能对至尊主有所认识。为此，圣柴坦亚·玛哈帕布在教导茹帕·哥斯瓦米(Rūpa Gosvāmī)时说：

brahmāṇḍa bhramite kona bhāgyavān jīva
guru-kṛṣṇa-prasāde pāya bhakti-latā-bīja

(《永恒的柴坦亚经》中篇19.151)

生物在物质环境内的众多种生命形式和境况中游荡，但如果他与纯粹的奉献者接触上，并有足够的智慧接受纯粹奉献者就有关奉爱服务程序的教导，他就能毫无困难地明白梵与超灵的源头——至尊人格首神。对此，圣玛德瓦查尔亚(Madhvācārya)说：

antaryāmī pratyag-ātmā
vyāptaḥ kālo hariḥ smṛtaḥ
prakṛtyā tamasāvṛtatvāt
harer aiśvaryaṁ na jñāyate

至尊主作为超灵(antaryāmī)处在每一个生物体的心中，是被物质躯体所包裹的个体灵魂所能看见的。事实上，祂在任何情况下都时时刻刻地无所不在，但由于祂用物质能量遮挡自己，在普通人看来便没有神。

第 24 节

तस्मात्सर्वेषु भूतेषु दयां कुरुत सौहृदम् ।
भावमासुरमुन्मुच्य यया तुष्यत्यधोक्षजः ॥२४॥

tasmāt sarveṣu bhūteṣu
　dayāṁ kuruta sauhṛdam
bhāvam āsuram unmucya
　yayā tuṣyaty adhokṣajaḥ

tasmāt－因此 / sarveṣu－对所有的 / bhūteṣu－生物 / dayām－仁慈 / kuruta－展示 / sauhṛdam－友善 / bhāvam－态度 / āsuram－(区分敌友的)恶魔的 / unmucya－放弃 / yayā－被……的 / tuṣyati－被满足 / adhokṣajaḥ－超越感官所能感知的范围的至尊主

译文 因此，出生在恶魔家中的我亲爱的小朋友们，请以能让超越物质概念的至尊主满意的方式行事。去除你们邪恶的本性，在不怀敌意或不持相对概念的情况下做事。通过启发众生做奉爱服务向他们展示仁慈，以此成为他们的祝愿者。

要旨 《博伽梵歌》第18章的第55节诗记载，至尊主说："只有做奉爱服务，才能如实地了解作为至尊人格首神的我(bhaktyā mām abhijānāti yāvān yaś cāsmi tattvataḥ)。"帕拉德王最后教导他的同班朋友——恶魔的儿子们，要通过向大众传播奎师那意识的科学做奉爱服务。传播与培养奎师那意识有关的知识，是为至尊主所做的最好的服务。对以传播奎师那意识的方式做服务的人，至尊主会立刻感到极其满意。就有关这一点，《博伽梵歌》第18章的第69节诗记载，至尊主本人确认说："在这个世界上，没有一个仆人比他更让我珍爱，将来也不会有(na ca tasmān manuṣyeṣu kaścin me priya-kṛttamaḥ)。"人如果真诚地尽自己所能地通过宣传至尊主的荣耀和至尊地位传播奎师那意识，哪怕他没得到过完美的教育，他都能成为至尊人格首神最爱的仆人。这就是奉爱。当人不分敌友地为全人类做这种服务时，至尊主就会感到很满意，这个人就完成了自己的人生使命。正因为如此，圣柴坦亚·玛哈帕布建议每一个人都要成为奉献者灵性导师(guru-devotee)，去传播奎师那意识(yāre dekha, tāre kaha 'kṛṣṇa'-upadeśa)。这是觉悟至尊人格首神的最简单的方法。靠这样传播知识，传播者本身感到满足，接受知识的人也感到满足。这就是带给整个世界和平与平静的方式。经典中说：

bhoktāraṁ yajña-tapasāṁ
　sarva-loka-maheśvaram
suhṛdaṁ sarva-bhūtānāṁ
　jñātvā māṁ śāntim ṛcchati

“完全意识到我的人，知道我是一切祭祀和苦行的最终受益者，是一切星球和半神人的至尊主，是众生的恩人和祝愿者，因此获得平静，不再受物质痛苦的折磨。”传播这知识的人应该自己明白这些真相，同时将它们告诉给每一个人。这样，整个世界就会有和平与平静。

这节诗文中的“友善(sauhṛdam)”一词十分重要。人们一般都不知道奎师那意识，因此要成为他们的祝愿者，人应该不怀分别心地教导每一个人有关奎师那意识。由于至尊主维施努就处在每一个生物体的心中，每一个躯体便都是维施努的神庙。人不该以这种理解为借口，错误地编造出“贫穷的纳茹阿亚纳(daridra-nārāyaṇa)”等一类说法。如果纳茹阿亚纳住在一个穷人(daridra)家中，那并不意味着祂自己就变穷了。祂无所不在，既在穷人家中，也在富人家中，但无论环境如何变化，祂始终都是至尊主纳茹阿亚纳；认为祂变穷或变富，都是物质的考量。祂在所有的情况下都永远充满了六种财富(ṣaḍ-aiśvarya-pūrṇa)。

第25节

तुष्टे च तत्र किमलभ्यमनन्त आद्ये
　किं तैर्गुणव्यतिकरादिह ये स्वसिद्धाः ।
धर्मादयः किमगुणेन च काङ्क्षितेन
　सारं जुषां चरणयोरुपगायतां नः ॥२५॥

tuṣṭe ca tatra kim alabhyam ananta ādye
kiṁ tair guṇa-vyatikarād iha ye sva-siddhāḥ
dharmādayaḥ kim aguṇena ca kāṅkṣitena
sāraṁ juṣāṁ caraṇayor upagāyatāṁ naḥ

tuṣṭe—当满足时 / ca—也 / tatra—那 / kim—什么 / alabhyam—难以获得的 / anante—至尊人格首神 / ādye—万物最初的源头、一切原因的起因 / kim—有什么用 / taiḥ—与他们 / guṇa-vyatikarāt—由于物质自然属性的活动 / iha—在这个世界中 / ye—……的 / sva-siddhāḥ—自然就得到 / dharma-ādayaḥ—笃信宗教、经济发展和感官享乐这三项物质进步的主要范畴 / kim—有什么用 / aguṇena—与融入至尊者的解脱 / ca—和 / kāṅkṣitena—想得到的 / sāram—本质 / juṣām—享受到 / caraṇayoḥ—至尊主的两只莲花足的 / upagāyatām—赞美至尊主的品质的人 / naḥ—我们的

译文 至尊人格首神是一切原因的起因、万事万物最初的源头，对取悦了至尊人格首神的奉献者来说，没有什么是难以得到的。至尊主集无限灵性品质于一身。在自然属性的影响下，人自然会得到笃信宗教、发展经济、感官享乐和解脱的结果，因此对超越物质自然属性的奉献者来说，遵守这些原则有什么用。我们奉献者总是赞美至尊主的莲花足，所以不需要去求笃信宗教、发展经济、感官享乐和解脱的结果。

要旨 在进步的文明中，人们渴望有宗教信仰、良好的经济状况、最大限度地满足感官，以及最后能获得解脱。然而，不应该宣传这些是值得要的。事实上，对奉献者来说，这些都很容易得到。毕尔瓦蒙嘎拉·塔库尔(Bilvamaṅgala Ṭhākura)说：解脱总是站在奉献者的门旁，准备执行他的命令(muktiḥ svayaṁ mukulitāñjali sevate 'smān dharmārtha-kāma-gatayaḥ samaya-pratīkṣāḥ)。宗教、经济发展、感官享乐和解脱等物质进步，只不过是在等待有机会侍奉奉献者。奉献者已经处在超然的状态中，根本不需要为解脱而争取

进一步的资格。正如《博伽梵歌》第14章的第26节诗所证实的，奉献者因为处在梵的层面上而超越物质自然三种属性的作用与反作用(sa guṇān samatītyaitān brahma-bhūyāya kalpate)。帕拉德王说：为至尊主的莲花足做超然爱心服务的人，不需要从事笃信宗教(dharma)、经济发展(artha)、感官享乐(kāma)和解脱(mokṣa)这四项活动中的任何一项活动(aguṇena ca kāṅkṣitena)。正因为如此，《圣典博伽瓦谭》这部超然的文献一开篇就说：它剔除了所有怀着物质动机从事的宗教活动(dharmaḥ projjhita-kaitavo 'tra)。笃信宗教、经济发展、感官享乐和解脱这些活动都不真实，不是必须从事的。完全超越物质活动的纯洁之人(nirmatsarāṇām)不区分“我的”和“你的”，而是为至尊主做奉爱服务。这样的人真正有资格接受绝对真理(dharmān bhagavatān iha)。由于他们心中百分之百地纯洁、不忌妒任何人，他们想要使他人成为奉献者，哪怕是敌视他们的人。就这一点，圣玛德瓦查尔亚评论说，奉献者不渴望得到任何物质性的快乐，包括来自解脱的快乐(kāṅkṣate mokṣa-gam api sukhaṁ nākāṅkṣato yathā)。这被说成是“不带想获得物质利益、靠从事功利性活动获利或进行哲学思辨的欲望，一心一意只为至尊主奎师那做超然的爱心服务(anyābhilāṣitā-śūnyaṁ jñāna-karmādy-anāvṛtam)”。功利性活动者(karmīs)想要得到物质性的快乐，知识思辨者(jñānīs)想要获得解脱。然而，奉献者别无所求，而只是满足于在至尊主的莲花足下做超然的爱心服务，并靠传播有关祂的知识赞美祂。这是奉献者的生命之魂。

第26节

धर्मार्थकाम इति योऽभिहितस्त्रिवर्ग
　ईक्षा त्रयी नयदमौ विविधा च वार्ता ।
मन्ये तदेतदखिलं निगमस्य सत्यं
　स्वात्मार्पणं स्वसुहृदः परमस्य पुंसः ॥२६॥

dharmārtha-kāma iti yo 'bhihitas tri-varga
īkṣā trayī naya-damau vividhā ca vārtā
manye tad etad akhilaṁ nigamasya satyaṁ
svātmārpaṇaṁ sva-suhṛdaḥ paramasya puṁsaḥ

dharma—宗教 / artha—经济发展 / kāmaḥ—受到约束的感官享乐 / iti—如此 / yaḥ—……的 / abhihitaḥ—规定 / tri-vargaḥ—三个为一组 / īkṣā—自我觉悟 / trayī—韦达祭祀仪式 / naya—逻辑 / da-mau—以及法学 / vividhā—各种各样的 / ca—还有 / vārtā—规定职责或一个人的生计 / manye—我认为 / tat—他们 / etat—这些 / akhilam—所有的 / nigamasya—韦达的 / satyam—真理 / svaātma-arpaṇam—全心献出自我 / sva-suhṛdaḥ—向至尊朋友 / paramasya—最终的 / puṁsaḥ—人格

译文 韦达经中将笃信宗教、发展经济和感官享乐，描述为是获得救赎的三个途径。这三个范畴内包含了教育和对自我的认识，以及按照韦达指示所举行的仪式、逻辑学、法学和赚钱维生的各种方式。这些都是韦达经中研究的表面性的内容，因此我认为投靠主维施努的莲花足是超然的。

要旨 帕拉德王的这些教导，强调了奉爱服务的超然地位。正如《博伽梵歌》第14章的第26节诗所证实：

māṁ ca yo 'vyabhicāreṇa
bhakti-yogena sevate
sa guṇān samatītyaitān
brahma-bhūyāya kalpate

“在任何情况下都全心全意地做奉爱服务，就能立刻超越物质自然属性，达到梵的层面。”全心全意地做奉爱服务的人，立刻升上超然的层面——觉悟自我的层面(brahma-bhūta)。不处在觉悟自我层面上的任何教育和活动，都被视为是物质的。而帕拉德王说，任何物质的事物都不可能是绝对真理，因为绝对真理在灵性的层面上。《博伽梵歌》第2章的第45节诗记载，主奎师那对此也证实说："韦达经论述的主要是物质自然的三种属性。阿尔诸纳啊！超越这三种属性吧(traiguṇya-viṣayā vedā nistraiguṇyo bhavārjuna)！"在物质的层面上活动，哪怕所从事的活动得到韦达经的许可，都不是生命的最高目标。生命的最高目标是处在灵性的层面上，全心投靠至尊人(parama-puruṣa)。这是人生的使命。总之，我们不该忽视韦达训示和仪式；它们是使人提升到灵性层面的方法。但如果人不上升到灵性层面，那么举行韦达典礼就只不过是在浪费时间而已。对此，《圣典博伽瓦谭》第1篇第2章的第8节诗说：

dharmaḥ svanuṣṭhitaḥ puṁsāṁ
viṣvaksena-kathāsu yaḥ
notpādayed yadi ratiṁ
śrama eva hi kevalam

"如果人们按各自的状况所从事的职业活动并没有使它们受人格首神信息的吸引，那么从事这些活动就是徒劳无益的。"一个人如果严格履行各项宗教责任，但最终却不上升到投靠至尊主的层面上，那他为获得解脱或提升所用的各种方法，就只不过是在浪费他的时间和精力而已。

第 27 节

ज्ञानं तदेतदमलं दुरवापमाह
नारायणो नरसखः किल नारदाय ।
एकान्तिनां भगवतस्तदकिञ्चनानां
पादारविन्दरजसाप्लुतदेहिनां स्यात् ॥२७॥

jñānaṁ tad etad amalaṁ duravāpam āha
nārāyaṇo nara-sakhaḥ kila nāradāya
ekāntināṁ bhagavatas tad akiñcanānāṁ
pādāravinda-rajasāpluta-dehināṁ syāt

jñānam－知识 / tat－那 / etat－这 / amalam－没有物质污染 / duravāpam－难以了解(如果没有奉献者的仁慈) / āha－解释 / nārāyaṇaḥ－至尊人格首神纳茹阿亚纳 / nara-sakhaḥ－众生(尤其是人)的朋友 / kila－无疑地 / nāradāya－向伟大的圣人纳茹阿达 / ekāntinām－那些全心投靠至尊人格首神的 / bhagavataḥ－至尊人格首神的 / tat－那(知识) / akiñcanānām－不声称拥有任何物质财产的 / pāda-aravinda－至尊主的莲花足的 / rajasā－被尘土 / āpluta－沐浴 / dehinām－躯体……的 / syāt－是可能的

译文 至尊人格首神纳茹阿亚纳——众生的祝愿者和朋友，以前曾将这超然的知识解释给伟大的圣人纳茹阿达听。没有像纳茹阿达那样的圣人所赐予的仁慈，要理解这知识极其困难。但托庇于纳茹阿达师徒传承的人，就能理解这机密的知识。

要旨 这节诗文中说明，机密的知识极难理解，但人如果托庇于纯粹奉献者，就很容易理解它。至尊主在《博伽梵歌》结尾的部分也谈到这机密的知识说：“抛弃一切种类的宗教，只向我皈依(sarva-dharmān parityajya mām ekaṁ śaraṇaṁ vraja)。”这知识是极度机密的，但人如果经由纳茹阿达师徒传承中的真正代表——灵性导师，接近至尊人格首神，就能理解它。帕拉德王想要让恶魔们的儿子铭记，尽管只有像纳茹阿达那样圣洁的人才能理解这种知识，但他们不该失望，因为人如果托庇于纳茹阿达而不是物质主义的教师，就有可能理解这知识。是否能理解这知识，并不取决于出身。生物在灵性的层面上无疑是纯洁的，因此靠灵性导师的恩典达到灵性层面的人，也能够理解这机密的知识。

第 28 节

श्रुतमेतन्मया पूर्वं ज्ञानं विज्ञानसंयुतम् ।
धर्मं भागवतं शुद्धं नारदाद्देवदर्शनात् ॥२८॥

śrutam etan mayā pūrvaṁ
　jñānaṁ vijñāna-saṁyutam
dharmaṁ bhāgavataṁ śuddhaṁ
　nāradād deva-darśanāt

śrutam—听到 / etat—这 / mayā—被我 / pūrvam—以前 / jñānam—机密的知识 / vijñāna-saṁyutam—与其实用性 / dharmam—超然的宗教 / bhāgavatam—与至尊人格首神的关系 / śuddham—与物质活动无关 / nāradāt—从伟大的圣人纳茹阿达那里 / deva—至尊主 / darśanāt—总是看到……的

译文　帕拉德王继续说：我是从总在做奉爱服务的大圣人纳茹阿达·牟尼那里接受的这知识。这被称为巴嘎瓦特·达尔玛的知识，绝对科学。它以逻辑和哲学为基础，免于一切物质污染。

第29—30节

श्रीदैत्यपुत्रा ऊचुः
प्रह्लाद त्वं वयं चापि नर्तेऽन्यं विद्महे गुरुम् ।
एताभ्यां गुरुपुत्राभ्यां बालानामपि हीश्वरौ ॥२९॥

बालस्यान्तःपुरस्थस्य महत्सङ्गो दुरन्वयः ।
छिन्धि नः संशयं सौम्य स्याच्चेद्विस्रम्भकारणम् ॥३०॥

śrī-daitya-putrā ūcuḥ
prahrāda tvaṁ vayaṁ cāpi
　narte 'nyaṁ vidmahe gurum
etābhyāṁ guru-putrābhyāṁ
　bālānām api hīśvarau

bālasyāntaḥpura-sthasya
　mahat-saṅgo duranvayaḥ
chindhi naḥ saṁśayaṁ saumya
　syāc ced visrambha-kāraṇam

śrī-daitya-putrāḥ ūcuḥ－恶魔的儿子们说 / prahrāda－亲爱的朋友帕拉德啊 / tvam－你 / vayam－我们 / ca－和 / api－还有 / na－不 / ṛte－除了 / anyam－任何其他 / vidmahe－知道 / gurum－灵性导师 / etābhyām－那两个 / guru-putrābhyām－舒夸查尔亚的儿子 / bālānām－小孩子的 / api－虽然 / hi－事实上 / īśvarau－两个控制者 / bālasya－一个孩子的 / antaḥpura-sthasya－留在家中或宫殿里 / mahat-saṅgaḥ－与纳茹阿达那样的伟人联谊 / duranvayaḥ－十分困难 / chindhi－请去除 / naḥ－我们的 / saṁśayam－疑问 / saumya－温文儒雅的人啊 / syāt－有可能 / cet－如果 / visrambha-kāraṇam－使……相信(你说的话)

译文 恶魔的儿子们回答道：亲爱的帕拉德，你和我们除了舒夸查尔亚的儿子商达及阿玛尔卡外，并不认识其他的老师或灵性导师。我们毕竟是小孩子，而他们是管我们的人。尤其是你，你总是在宫殿里，很难与伟大的人物交往。亲爱的朋友，最温文儒雅的人，你能给我们解释一下，你是怎么有可能听纳茹阿达说话的？请去除我们有关这一点的疑问。

到此为止，结束了巴克提韦丹塔对《圣典博伽瓦谭》第7篇第6章——“帕拉德教导恶魔同学”所作的阐释。

第七章

帕拉德王在母腹中学到的内容

在这一章中，为驱散他同班朋友——恶魔之子们心中的疑云，帕拉德王解释他如何在母亲的子宫中聆听了纳茹阿达·牟尼亲口对他讲述的为至尊主做奉爱服务的科学(bhāgavata-dharma)。

当黑冉亚卡希普离开他的王国去曼达茹阿查拉山(Mandarācala)从事艰巨的苦行时，所有的恶魔都四下散去。黑冉亚卡希普的妻子卡雅杜(Kayādhu)那时正在怀孕，半神人们误认为她怀的是另一个恶魔，于是便逮捕了她。他们的计划是，一旦孩子出生就杀死他。他们在将卡雅杜带往天堂星球时，遇到了纳茹阿达·牟尼。纳茹阿达·牟尼阻止他们带走她，而是把她带回到自己的灵修所(āśrama)，直到黑冉亚卡希普返回家中。在纳茹阿达·牟尼的灵修所中，卡雅杜祈求纳茹阿达保护她子宫中的孩子，纳茹阿达·牟尼消除她的恐惧，并给予她有关灵性知识的教导。帕拉德王虽然还是在子宫中的胎儿，但却非常仔细地聆听、吸收那些知识。灵性的灵魂与物质躯体永远是脱离的。生物的灵性形象不会改变。超越生命的躯体化概念的人是纯洁的，能够接受超然的知识。这超然的知识就是奉爱服务。帕拉德王住在他母亲的子宫中时，从纳茹阿达·牟尼那里接受了有关奉爱服务的教导。在真正的灵性导师的教导下为至尊主做服务的人，立刻得到解救，摆脱错觉能量玛亚(māyā)的钳制，去除一切愚昧和物质欲望。每个人的责任都是托庇于至尊主，从而摆脱一切物质欲望。人无论身处什么样的物质境况，都可以达到这种完美。奉爱服务并不依靠赎罪苦行、苦修、练神秘瑜伽和行善等物质活动。即使没有这些背景的人，也能靠纯粹奉献者的仁慈获得做奉爱服务的机会。

第 1 节

श्रीनारद उवाच
एवं दैत्यसुतैः पृष्टो महाभागवतोऽसुरः ।
उवाच तान् स्मयमानः स्मरन्मदनुभाषितम् ॥ १ ॥

śrī-nārada uvāca
evaṁ daitya-sutaiḥ pṛṣṭo
mahā-bhāgavato 'suraḥ
uvāca tān smayamānaḥ
smaran mad-anubhāṣitam

śrī-nāradaḥ uvāca一伟大的圣人纳茹阿达·牟尼说 / evam一如此 / daitya-sutaiḥ一被恶魔的儿子们 / pṛṣṭaḥ一被询问 / mahā-bhāgavataḥ一至尊主优秀的奉献者 / asuraḥ一出生在恶魔家中 / uvāca一说 / tān一对他们(恶魔之子们) / smayamānaḥ一微笑 / smaran一记着 / mat-anubhāṣitam一我所说的话

译文 纳茹阿达·牟尼说：帕拉德王虽出生在恶魔家中，但却是最优秀的奉献者。当他班里的朋友——恶魔的儿子们向他询问时，他牢记着我对他说过的话，这样回答他的朋友们。

要旨 帕拉德王还在母亲的子宫中时，就聆听了纳茹阿达·牟尼的话语。人无法想象一个胎儿怎么能听到纳茹阿达的话，但这就是灵性生活；任何物质的处境都无法阻碍人在灵性生活方面取得进步(ahaituky apratihatā)。物质情况永远都无法阻碍灵性知识的传达。因此，帕拉德王在还是小孩子时，就对他的同班朋友讲述灵性知识；那无疑让人印象深刻，尽管对象都是小孩子。

第 2 节

श्रीप्रह्लाद उवाच
पितरि प्रस्थितेऽस्माकं तपसे मन्दराचलम् ।
युद्धोद्यमं परं चक्रुर्विबुधा दानवान् प्रति ॥ २ ॥

śrī-prahrāda uvāca
pitari prasthite 'smākaṁ
tapase mandarācalam
yuddhodyamaṁ paraṁ cakrur
vibudhā dānavān prati

śrī-prahrādaḥ uvāca—帕拉德王说 / pitari—当恶魔父亲黑冉亚卡希普 / prasthite—前往 / asmākam—我们的 / tapase—去苦行 / mandara-acalam—名叫曼达茹阿查拉的山 / yuddha-udyamam—发动战争 / param—大规模的 / cakruḥ—实行 / vibudhāḥ—以天帝因铎为首的半神人 / dānavān—恶魔 / prati—向

译文　帕拉德王说：当我们的父亲黑冉亚卡希普到曼达茹阿查拉山去从事艰巨的苦行时，以因铎为首的半神人趁他不在时发动大规模的战争，试图征服所有的恶魔。

第 3 节

पिपीलिकैरहिरिव दिष्ट्या लोकोपतापनः ।
पापेन पापोऽभक्षीति वदन्तो वासवादयः ॥ ३ ॥

pipīlikair ahir iva
diṣṭyā lokopatāpanaḥ
pāpena pāpo 'bhakṣīti
vadanto vāsavādayaḥ

pipīlikaiḥ—被小蚂蚁 / ahiḥ—一条蛇 / iva—恰似 / diṣṭyā—感谢老天 / loka-upatāpanaḥ—一直压迫大家 / pāpena—被他自己罪恶的活动 / pāpaḥ—罪恶的黑冉亚卡希普 / abhakṣi—已被吞吃 / iti—如此 / vadantaḥ—说着 / vāsava-ādayaḥ—以因铎为首的半神人们

译文　“哈哈，恰似蛇被小蚂蚁吃掉，总是给各种人制造麻烦、令人头痛的黑冉亚卡希普，现在被他自己的恶报打败了。”以因铎为首的半神人这样说着，便安排去打恶魔。

第 4—5 节

तेषामतिबलोद्योगं निशम्यासुरयूथपाः ।
वध्यमानाः सुरैर्भीता दुद्रुवुः सर्वतो दिशम् ॥ ४ ॥

कलत्रपुत्रवित्ताप्तान् गृहान् पशुपरिच्छदान् ।
नावेक्ष्यमाणास्त्वरिताः सर्वे प्राणपरीप्सवः ॥ ५ ॥

teṣām atibalodyogaṁ
niśamyāsura-yūthapāḥ
vadhyamānāḥ surair bhītā
dudruvuḥ sarvato diśam

kalatra-putra-vittāptān
gṛhān paśu-paricchadān
nāvekṣyamāṇās tvaritāḥ
sarve prāṇa-parīpsavaḥ

teṣām—以因铎为首的半神人们的 / atibala-udyogam—极大的努力和力量 / niśamya—听到 / asura-yūthapāḥ—恶魔的高级将领 / vadhyamānāḥ—逐一地被杀死 / suraiḥ—被半神人 / bhītāḥ—害怕 / dudruvuḥ—逃走 / sarvataḥ—往所有的 / diśam—方向 / kalatra—妻子 / putra-vitta—孩子和财产 / āptān—亲戚 / gṛhān—家 / paśu-paricchadān—家畜及家中的各种用品 / na—不 / avekṣyamāṇāḥ—照料 / tvaritāḥ—匆匆忙忙 / sarve—他们所有人 / prāṇa-parīpsavaḥ—逃命

译文 恶魔的高级将领逐一地被杀死，剩下的将领看到半神人以前所未有的奋勇精神作战，都不禁感到害怕，开始四处逃窜。为保住自己的性命，他们顾不上家园、妻子、孩子、家畜及家中的各种用品，撇下一切只顾逃命去了。

第 6 节

व्यलुम्पन् राजशिबिरममरा जयकाङ्क्षिणः ।
इन्द्रस्तु राजमहिषीं मातरं मम चाग्रहीत् ॥ ६ ॥

vyalumpan rāja-śibiram
　amarā jaya-kāṅkṣiṇaḥ
indras tu rāja-mahiṣīṁ
　mātaraṁ mama cāgrahīt

vyalumpan—抢劫 / rāja-śibiram—我父亲黑冉亚卡希普的宫殿 / amarāḥ—半神人 / jaya-kāṅkṣiṇaḥ—想要获胜 / indraḥ—半神人的领袖天帝因铎 / tu—但是 / rāja-mahiṣīm—王后 / mātaram—母亲 / mama—我的 / ca—也 / agrahīt—逮捕

译文　取得胜利的半神人抢劫了魔王黑冉亚卡希普的宫殿，并摧毁其中的一切。接着，天帝因铎逮捕了作为王后的我母亲。

第 7 节

नीयमानां भयोद्विग्नां रुदतीं कुररीमिव ।
यदृच्छयागतस्तत्र देवर्षिर्ददृशे पथि ॥ ७ ॥

nīyamānāṁ bhayodvignāṁ
　rudatīṁ kurarīm iva
yadṛcchayāgatas tatra
　devarṣir dadṛśe pathi

nīyamānām—被带走时 / bhaya-udvignām—满心惊恐不安 / rudatīm—尖叫 / kurarīm iva—像只鱼鹰 / yadṛcchayā—恰巧 / āgataḥ—到达 / tatra—在现场 / deva-ṛṣiḥ—伟大的圣人纳茹阿达 / dadṛśe—他看见 / pathi—在路上

译文　当她如同鱼鹰被老鹰抓到后恐惧地尖叫着被带走时，伟大的圣人纳茹阿达恰巧出现在现场，看到她当时的遭遇。

第 8 节

प्राह नैनां सुरपते नेतुमर्हस्यनागसम् ।
मुञ्च मुञ्च महाभाग सतीं परपरिग्रहम् ॥ ८ ॥

prāha naināṁ sura-pate
netum arhasy anāgasam
muñca muñca mahā-bhāga
satīṁ para-parigraham

prāha－他说 / na－不 / enām－这 / sura-pate－半神人的君王啊！ / netum－拖走 / arhasi－你应该 / anāgasam－完全无罪的 / muñca muñca－放开，放开 / mahā-bhāga－鸿运当头的人啊！ / satīm－贞洁的 / para-parigraham－另一个人的妻子

译文 纳茹阿达·牟尼说：半神人的君王因铎啊！这个女人无疑是无辜的。你不该以这种残酷的方式把她拖走。鸿运当头的人啊！这贞洁的女子是另一个人的妻子。你必须立刻释放她。

第9节

श्रीइन्द्र उवाच
आस्तेऽस्या जठरे वीर्यमविषह्यं सुरद्विषः ।
आस्यतां यावत्प्रसवं मोक्ष्येऽर्थपदवीं गतः ॥ ९ ॥

śrī-indra uvāca
āste 'syā jaṭhare vīryam
aviṣahyaṁ sura-dviṣaḥ
āsyatāṁ yāvat prasavaṁ
mokṣye 'rtha-padavīṁ gataḥ

śrī-indraḥ uvāca－因铎王说 / āste－有 / asyāḥ－她的 / jaṭhare－在腹中 / vīryam－种子 / aviṣahyam－无法容忍的 / sura-dviṣaḥ－半神人的敌人的 / āsyatām－让她待在(我们的监牢中) / yāvat－直到 / prasavam－孩子出生 / mokṣye－我将释放 / artha-padavīm－我的目标的途径 / gataḥ－获得

译文 因铎王说：这女人是恶魔黑冉亚卡希普的妻子，在她的子宫中有那大恶魔的种。为此，我们要将她监管起来，直到她生下那孩子，再把她放了。

要旨　天帝因铎(Indra)之所以决定逮捕帕拉德的母亲，是因为他以为在那女人的子宫中怀着另一个恶魔——另一个黑冉亚卡希普。因铎认为最好的做法是，孩子一旦出生就杀死他，然后放走那女人。

第 10 节

श्रीनारद उवाच
अयं निष्किल्बिषः साक्षान्महाभागवतो महान् ।
त्वया न प्राप्स्यते संस्थामनन्तानुचरो बली ॥१०॥

śrī-nārada uvāca
ayaṁ niṣkilbiṣaḥ sākṣān
mahā-bhāgavato mahān
tvayā na prāpsyate saṁsthām
anantānucaro balī

śrī-nāradaḥ uvāca—伟大的圣人纳茹阿达·牟尼说 / ayam—这个(子宫中的孩子) / niṣkilbiṣaḥ—完全是无辜的 / sākṣāt—直接地 / mahā-bhāgavataḥ——个圣洁的奉献者 / mahān—十分伟大的 / tvayā—被你 / na—不 / prāpsyate—将得到 / saṁsthām—他的死亡 / ananta—至尊人格首神的 / anucaraḥ—仆人 / balī—极其强大有力的

译文　纳茹阿达·牟尼说：在这女人子宫中的孩子纯洁无瑕、清白无辜。事实上，他是一位伟大的奉献者，是至尊人格首神强有力的仆人。所以，你根本就杀不死他。

要旨　历史上有很多恶魔或非奉献者试图杀死奉献者的事例，但他们从没能杀死至尊人格首神的奉献者。《博伽梵歌》(Bhagavad-gītā)第9章的第31节诗记载，至尊主承诺说：“琨缇的儿子啊！你勇敢地宣布，我的奉献者永不毁灭(kaunteya pratijānīhi na me bhaktaḥ praṇaśyati)。”恶魔无法杀死衪的奉献者。这是至尊人格首神的声明。帕拉德王的例子，就证明了这个承诺的真实性。纳茹阿达·牟尼告诉天帝说："你不可能杀死这孩子，哪怕你是半神人也没用，更不要说其他人了。"

第 11 节

इत्युक्तस्तां विहायेन्द्रो देवर्षेर्मानयन् वचः ।
अनन्तप्रियभक्त्यैनां परिक्रम्य दिवं ययौ ॥११॥

ity uktas tāṁ vihāyendro
devarṣer mānayan vacaḥ
ananta-priya-bhaktyaināṁ
parikramya divaṁ yayau

iti—如此 / uktaḥ—说 / tām—她 / vihāya—释放 / indraḥ—天帝 / deva-ṛṣeḥ—圣人纳茹阿达·牟尼的 / mānayan—敬重的 / vacaḥ—话语 / ananta-priya—对至尊人格首神非常珍爱的人 / bhaktyā—怀着奉爱 / enām—这个(女人) / parikramya—绕拜着 / divam—到天堂星球 / yayau—返回

译文 听伟大的圣人纳茹阿达·牟尼这样说，十分尊重纳茹阿达教导的因铎王，便立刻释放了我母亲。由于我是至尊主的奉献者，全体半神人都绕拜她。那之后，他们返回他们的天堂王国。

要旨 天帝因铎和其他半神人虽然地位崇高，但却对纳茹阿达·牟尼那么服从，天帝因铎甚至立刻接受了纳茹阿达·牟尼对帕拉德王的评价。这称为透过师徒传承(paramparā)了解知识。因铎和半神人不知道黑冉亚卡希普之妻卡雅杜的子宫中怀着一位伟大的奉献者，但却接受纳茹阿达·牟尼的权威说明，立刻通过绕拜正怀着奉献者的女人，向她肚子里的奉献者献上敬意。透过师徒传承了解神和祂的奉献者，是得到知识的程序，根本不需要对神和祂的奉献者进行推测思辨。我们应该接受真正的奉献者的说明，以此方式努力理解。

第 12 节

ततो मे मातरमृषिः समानीय निजाश्रमे ।
आश्वास्येहोष्यतां वत्से यावत्ते भर्तुरागमः ॥१२॥

tato me mātaram ṛṣiḥ
samānīya nijāśrame
āśvāsyehoṣyatāṁ vatse
yāvat te bhartur āgamaḥ

tataḥ－此后 / me－我的 / mātaram－母亲 / ṛṣiḥ－伟大的圣洁之人纳茹阿达 / samānīya－带 / nija-āśrame－到他的灵修所 / āśvāsya－向她保证 / iha－这里 / uṣyatām－留下 / vatse－我亲爱的孩子 / yāvat－直到 / te－你的 / bhartuḥ－丈夫的 / āgamaḥ－到来

译文　帕拉德王继续说：伟大的圣洁之人纳茹阿达·牟尼，将我母亲带到他的灵修所，向她保证会给予她所有的保护说，“亲爱的孩子，请留在我这灵修所内，直到你丈夫来这里。”

第 13 节

तथेत्यवात्सीद्देवर्षेरन्तिके साकुतोभया ।
यावद्दैत्यपतिर्घोरात्तपसो न न्यवर्तत ॥१३॥

tathety avātsīd devarṣer
antike sākuto-bhayā
yāvad daitya-patir ghorāt
tapaso na nyavartata

tathā－就这样 / iti－如此 / avātsīt－住在 / deva-ṛṣeḥ－半神人中的圣人纳茹阿达 / antike－附近 / sā－她（我母亲）/ akuto-bhayā－各

方面都没有恐惧 / yāvat－只要 / daitya-patiḥ－我父亲——魔王黑冉亚卡希普 / ghorāt－从十分艰难的 / tapasaḥ－苦行 / na－不 / nyavartata－结束

译文 我母亲听半神人中的圣人纳茹阿达所给予的指示后留下，直到我父亲——戴提亚的君王结束其艰巨的苦行之前，都由纳茹阿达照管，从此不再有任何恐惧。

第 14 节

ऋषिं पर्यचरत्तत्र भक्त्या परमया सती ।
अन्तर्वत्नी स्वगर्भस्य क्षेमायेच्छाप्रसूतये ॥१४॥

ṛṣiṁ paryacarat tatra
bhaktyā paramayā satī
antarvatnī sva-garbhasya
kṣemāyecchā-prasūtaye

ṛṣim－向纳茹阿达·牟尼 / paryacarat－侍奉 / tatra－那里(在纳茹阿达·牟尼的灵修所内) / bhaktyā－用奉爱之情和信心 / paramayā－巨大的 / satī－忠贞的女人 / antarvatnī－怀孕的 / sva-garbhasya－她的胎儿的 / kṣemāya－为了……的幸福 / icchā－按照愿望 / prasūtaye－为了孩子的出生

译文 我那怀孕的母亲想要保证她胎儿的安全，想要等她丈夫到来后再生下孩子。为此，她留在纳茹阿达·牟尼的灵修所内，满怀奉爱之情侍奉纳茹阿达。

要旨 《圣典博伽瓦谭》(Śrīmad-Bhāgavatam)第9篇第19章的第17节诗说明：

mātrā svasrā duhitrā vā
nāviviktāsano bhavet
balavān indriya-grāmo
vidvāṁsam api karṣati

人不该与一个女人一起留在隐蔽的地方，哪怕是自己的母亲、姐妹或女儿都不行。然而，尽管经典严禁与女人在僻静地独处，纳茹阿达·牟尼却给予帕拉德王的年轻母亲以庇护，而他母亲也怀着极大的奉爱之情和信心侍奉纳茹阿达。这是否意味着纳茹阿达·牟尼违反了韦达教导？他当然没有。这样的教导是针对世俗之人的，但纳茹阿达·牟尼超越世俗的范畴。纳茹阿达·牟尼是伟大的圣洁之人，处在超然的状态中，因此虽是个年轻人，但却能给予一个年轻女人以庇护，并接受她的服务。哈瑞达斯·塔库尔(Haridāsa Ṭhākura)也曾对一个年轻的妓女说话，而且是在半夜三更的时候，但那女人却无法使他分心。恰恰相反，她后来凭借哈瑞达斯·塔库尔的祝福成为一名纯粹的奉献者——外士纳薇(Vaiṣṇavī)。可是，普通人不该模仿这种具有高度灵性意识的奉献者。普通人必须严格遵守规范原则，不要与女人接触。没人该模仿纳茹阿达·牟尼或哈瑞达斯·塔库尔。经典中说：就连很有学问的人，也无法理解外士纳瓦的行为(vaiṣṇavera kriyā-mudrā vijñe nā bujhaya)。任何人都可以毫不惧怕地托庇于纯粹的外士纳瓦(Vaiṣṇava)。正因为如此，前面的诗文中明确地说，帕拉德王的母亲卡雅杜在任何方面都毫无惧怕地留在纳茹阿达·牟尼的保护下(devarṣer antike sākuto-bhayā)。同样，处在超然状态中的纳茹阿达·牟尼，也不惧怕与那位年轻女子独处。纳茹阿达·牟尼、哈瑞达斯·塔库尔等被授权传播至尊主荣耀的灵性导师们(ācāryas)，不可能被拖到物质层面上。因此，经典严禁我们认为灵性导师是普通人(guruṣu nara-matiḥ)。

第 15 节

ऋषिः कारुणिकस्तस्याः प्रादादुभयमीश्वरः ।
धर्मस्य तत्त्वं ज्ञानं च मामप्युद्दिश्य निर्मलम् ॥१५॥

ṛṣiḥ kāruṇikas tasyāḥ
prādād ubhayam īśvaraḥ
dharmasya tattvaṁ jñānaṁ ca
mām apy uddiśya nirmalam

ṛṣiḥ一伟大的圣人纳茹阿达·牟尼 / kāruṇikaḥ一对堕落的灵魂自然很亲切或很仁慈 / tasyāḥ一对她 / prādāt一教导 / ubhayam一两者 / īśvaraḥ一无所不能的强有力的控制者(纳茹阿达·牟尼) / dharmasya一宗教的 / tattvam一真理 / jñānam一知识 / ca一和 / mām一我 / api一尤其 / uddiśya一指出 / nirmalam一没有物质污染

译文 纳茹阿达·牟尼向还在母亲子宫中的我及为他做服务的我母亲，讲述他的教导。由于他对堕落的灵魂自然就很仁慈，处在超然状态中的他便教导有关宗教和超然的知识。这些教导免于一切物质污染。

要旨 这节诗文中说：纳茹阿达教导的有关宗教和超然的知识，免于一切物质污染(dharmasya tattvaṁ jñānaṁ ca...nirmalam)，其中梵文“没有污染(nirmalam)”是指纯洁无瑕的宗教(dharma)——为至尊主做纯粹奉爱服务的科学(bhāgavata-dharma)。普通的仪式性活动构成被污染的宗教，靠信奉这种宗教，人们得到增加物质财富和繁荣的利益。然而，不受污染的纯洁宗教，由对自我与神之关系的了解及按那种关系行事构成，这宗教使人实现生命最高的使命，回归家园，回到首神身边。帕拉德王忠告人们，要从人生的一开始就努力使自己提升到为至尊神做奉爱服务的标准层面上(kaumāra ācaret prājño dharmān bhāgavatān iha)。《博伽梵歌》第18章的第66节诗记载，至尊主本人也讲述纯洁、不受污染的宗教说：“放弃一切种类的宗教，只皈依我(sarva-dharmān parityajya mām ekaṁ śaraṇaṁ vraja)。”人必须了解自己与神的关系，随后按照那种关系行事。这就是为至尊主做奉爱服务的科学(bhāgavata-dharma)，也就是奉爱瑜伽(bhakti-yoga)。

vāsudeve bhagavati
　bhakti-yogaḥ prayojitaḥ
janayaty āśu vairāgyaṁ
　jñānaṁ ca yad ahaitukam

“通过为人格首神圣奎师那做奉爱服务，人立刻不明原因地获得知识，不再依恋这个世界。”(《圣典博伽瓦谭》1.2.7)要想处在纯洁宗教的层面上，人就该练与主奎师那——华苏戴瓦(Vāsudeva)相连的奉爱瑜伽。

第 16 节

तत्तु कालस्य दीर्घत्वात्स्त्रीत्वान्मातुस्तिरोदधे ।
ऋषिणानुगृहीतं मां नाधुनाप्यजहात्स्मृतिः ॥१६॥

tat tu kālasya dīrghatvāt
　strītvān mātus tirodadhe
ṛṣiṇānugṛhītaṁ māṁ
　nādhunāpy ajahāt smṛtiḥ

tat—那(对宗教知识的教导) / tu—事实上 / kālasya—时间的 / dīrghatvāt—由于久远 / strītvāt—因为是女人 / mātuḥ—我母亲的 / tirodadhe—消失 / ṛṣiṇā—被圣人 / anugṛhītam—被祝福 / mām—我 / na—不 / adhunā—今天 / api—甚至 / ajahāt—离开 / smṛtiḥ—(纳茹阿达·牟尼教导的)记忆

译文　由于过了很长时间，也由于女人的智慧欠佳，我母亲已经忘记听到的所有的教导。然而，大圣人纳茹阿达祝福了我，因此我不会忘记它们。

要旨　《博伽梵歌》第9章的第32节诗记载，至尊主说：

māṁ hi pārtha vyapāśritya
　ye 'pi syuḥ pāpa-yonayaḥ
striyo vaiśyās tathā śūdrās
　te 'pi yānti parāṁ gatim

“普瑞塔的儿子啊！托庇于我的人，即使是妇女、外夏(商人)、庶铎(劳工)或出身低贱的人，也能到达至高无上的目的地。”诗中的梵文pāpa-yoni是指那些出身比庶铎还低等的人，但女人即使不是pāpa-yoni，由于缺乏智慧，有时还是会忘记有关奉爱服务的教导。然而，对灵性上足够坚定的女性来说，就不存在忘记的问题。女人一般都很依恋物质享乐，这种倾向使她们有时忘记有关奉爱服务的教导。但至尊主本人说，哪怕是女人，只要她按照规范守则严格练习做奉爱服务，就能回到首神身边(te 'pi yānti paraṁ gatim)。这丝毫不令人惊讶。人必须托庇于至尊主，严格遵守规范原则。只要这样做，任何人都将回归家园，回到首神身边。帕拉德王的母亲更多考虑的是肚子里的孩子，盼望着丈夫早日归来，所以对纳茹阿达·牟尼的非凡教导并没有加以很认真地思考。

第 17 节

भवतामपि भूयान्मे यदि श्रद्दधते वचः ।
वैशारदी धीः श्रद्धातः स्त्रीबालानां च मे यथा ॥१७॥

bhavatām api bhūyān me
yadi śraddadhate vacaḥ
vaiśāradī dhīḥ śraddhātaḥ
strī-bālānāṁ ca me yathā

bhavatām—你们自己的／api—也／bhūyāt—倘若／me—我的／yadi—如果／śraddadhate—你们相信／vacaḥ—话语／vaiśāradī—最精通的，或与至尊主的关系的／dhīḥ—智慧／śraddhātaḥ—由于坚定的信心／strī—女人的／bālānām—小男孩的／ca—还有／me—我的／yathā—正如

译文 帕拉德王继续道：亲爱的朋友们，尽管你们是小孩儿，但倘若你们相信我的话，那么仅仅凭那份信任，就能

使你们像我一样也可以理解超然的知识。同样，女人也能明白超然的知识，了解什么是灵魂，什么是物质。

要旨　就有关透过师徒传承传递知识而言，帕拉德王的这些话语十分重要。帕拉德王甚至还是母亲子宫中的胎儿时，就因为听了纳茹阿达强有力的教导，并了解如何靠练奉爱瑜伽达到生命的完美境界，而对至尊力量的存在深信不疑。这些都是了解灵性知识的最重要的因素。

yasya deve parā bhaktir
　yathā deve tathā gurau
tasyaite kathitā hy arthāḥ
　prakāśante mahātmanaḥ

“对那些对至尊主和灵性导师有绝对信心的伟大的灵魂来说，韦达(Vedic)知识的重点都自动揭示出来。”(《水塔刷塔尔奥义书》6.23)

ataḥ śrī-kṛṣṇa-nāmādi
　na bhaved grāhyam indriyaiḥ
sevonmukhe hi jihvādau
　svayam eva sphuraty adaḥ

“没人能靠迟钝的物质感官如实地了解奎师那。但奎师那因为对奉献者为祂所做的超然爱心服务感到高兴，便把自己揭示给祂的奉献者。”(《奉爱服务的纯粹甘露之洋》1.2.234)

bhaktyā mām abhijānāti
　yāvān yaś cāsmi tattvataḥ
tato māṁ tattvato jñātvā
　viśate tad-anantaram

“只有做奉爱服务，才能如实地了解作为至尊人格首神的我。当人充满奉爱之情地全然意识到我时，他就能进入神的王国。”(《博伽梵歌》18.55)

这些都是韦达教导。人必须对灵性导师的话语充满信心，对至尊人格首神充满信心。那样，有关自我(ātmā)和超灵(Paramātmā)的真正知识，以及物质与灵性的区别等认知，才会自动揭示出来。奉献者只要托庇于帕拉德王那样的伟大人物(mahājana)，这灵性的知识(ātma-tattva)就会在他们心中揭示出来。

这节诗中的bhūyāt一词可以理解为是“倘若”。帕拉德祝福他的同班朋友们说：“希望你们也变得像我一样充满信心，成为真正的奉献者。”至尊主的奉献者希望每一个人都培养奎师那意识。但不幸的是，人们有时对来自师徒传承的灵性导师的话语没信心，而这使他们无法理解超然的知识。灵性导师必须来自经授权的师徒传承，例如：帕拉德王是从纳茹阿达那里接受知识的。帕拉德王的同班朋友——恶魔的儿子们，如果从帕拉德那里接受知识，那么无疑也可以完全理解超然的知识。

梵文“vaiśāradī dhīḥ”是指，精明强干的至尊人格首神的智慧。至尊主用祂的专家知识创造了神奇的宇宙。人除非极其内行，否则无法了解至尊专家的经验丰富的管理。但人如果有幸遇到一位来自主布茹阿玛(Lord Brahmā)、主希瓦(Lord Śiva)、幸运女神拉珂施蜜(Lakṣmī)母亲或库玛尔四兄弟(Kumāras)这些师徒传承中的真正的灵性导师，就能了解至尊专家。这四个传递知识和超然存在真相的师徒传承(sampradāya)，分别称为布茹阿玛传承(Brahma-sampradāya)、茹铎传承(Rudra-sampradāya)、施瑞传承(Śrī-sampradāya)和库玛尔传承(Kumāra-sampradāya)。不跟随这四个公认的师徒传承的人，所吟诵、吟唱的曼陀(mantra)或得到的启迪都没有用(sampradāya-vihīnā ye mantrās te niṣphalā matāḥ)。从这其中的一个师徒传承接受有关至尊者的知识，就能给人以启明。不走师徒传承之途的人，没有可能了解至尊人格首神。人如果在师徒传承中通过满怀信心地做奉爱服务了解至尊主，就会不断进步，唤醒自己原本就有的对神的爱，从而确保人生的成功。

第 18 节

जन्माद्याः षडिमे भावा दृष्टा देहस्य नात्मनः ।
फलानामिव वृक्षस्य कालेनेश्वरमूर्तिना ॥१८॥

janmādyāḥ ṣaḍ ime bhāvā
dṛṣṭā dehasya nātmanaḥ
phalānām iva vṛkṣasya
kāleneśvara-mūrtinā

janma-ādyāḥ—以出生为开始 / ṣaṭ—六个(出生、存在、成长、转化、衰败和最后的死亡) / ime—所有这些 / bhāvāḥ—躯体不同的状况 / dṛṣṭāḥ—看见 / dehasya—躯体的 / na—不 / ātmanaḥ—灵魂的 / phalānām—果实的 / iva—如同 / vṛkṣasya——棵树的 / kālena—在一段时间内 / īśvara-mūrtinā—能引起躯体的变化或控制躯体的

译文 正如一棵树上的果实和鲜花，在一段时间内经历出生、存在、成长、转化、衰败和随后的死亡，灵性的灵魂在各种情况下得到的物质躯体经历同样的变化。然而，灵性的灵魂不经历这类变化。

要旨 对理解灵性的灵魂和物质躯体来说，这节诗极其重要。正如《博伽梵歌》第2章的第20节诗声明，灵魂是永恒的：

na jāyate mriyate vā kadācin
nāyaṁ bhūtvā bhavitā vā na bhūyaḥ
ajo nityaḥ śāśvato 'yaṁ purāṇo
na hanyate hanyamāne śarīre

"灵魂任何时候都不生不死。他过去存在，现在存在，将来也存在，永远没有从无到有的过程。他原始、永恒、长存，不经出生就存在。当躯体被杀时，他不被杀。"灵性的灵魂是永恒的，没有耗损和改变的问题，这些问题都发生在物质躯体上。树木和树上的果实及鲜花的例子简单、明了。树木站立很多很多年，但随着季节的变化，其上的水果和鲜花经历六种改变。现代

化学家杜撰出愚蠢的理论说，化学品的相互作用可以生产出生命。但我们不能将这接受为是事实真相。尽管卵子和精子的结合使人的物质躯体得以诞生，但纵观生育史，即使人们过性生活后卵子和精子结合，也未必就能使人怀孕。除非在结合的过程中灵魂进入，否则不可能怀孕，只有当灵魂进入精子和卵子结合后的躯体时，躯体才有出生、存在、成长、转化、衰败和最终毁灭等一系列的变化发生。一棵树上的水果和鲜花随着季节的变化来来去去，但树木一直站立在原地。同样道理，不断轮回的灵魂接受各种经历六种变化的物质躯体，但自己始终保持不变(ajo nityaḥ śāśvato 'yaṁ purāṇo na hanyate hanyamāne śarīre)。灵魂永恒存在，变化的是灵魂所接受的物质躯体。

灵魂有两种，分别是至尊灵魂(人格首神)和个体灵魂(普通生物)。正如个体灵魂所接受的各种物质躯体不断变化，至尊灵魂的创造有各种不同的年代变化。就有关这一点，玛德瓦查尔亚(Madhvācārya)说：

ṣaḍ vikārāḥ śarīrasya
na viṣṇos tad-gatasya
ca tad-adhīnaṁ śarīraṁ ca
jñātvā tan mamatāṁ tyajet

物质躯体是灵魂存在的外在表现，灵魂本身并不依赖物质躯体而存在；相反物质躯体依赖灵魂而存在。了解这一真相的人，不该太操心维护其躯体的问题。要永久维护躯体是不可能的。《博伽梵歌》第2章的第18节诗中说明，灵魂永存，但物质躯体却肯定会毁灭(atavanta ime dehā nityasyoktāḥ śarīriṇaḥ)。物质躯体是容易腐烂的(antavat)，但躯体里的灵魂是永恒的(nityasyoktāḥ śarīriṇaḥ)。主维施努(Viṣṇu)和作为祂不可缺少的一部分的个体灵魂，都是永恒的(nityo nityānāṁ cetanaś cetanānām)。主维施努是至高无上的生物，而个体生物是主维施努的一部分。所有不同等级的躯体，从巨大的宇宙体到小蚂蚁的身体，都是可毁灭的，但超灵和普通灵魂在质上一样，都是永恒存在的。下面的诗文将对此作出进一步的解释。

第 19—20 节

आत्मा नित्योऽव्ययः शुद्ध एकः क्षेत्रज्ञ आश्रयः ।
अविक्रियः स्वदृग्हेतुर्व्यापकोऽसङ्ग्यनावृतः ॥१९॥

एतैर्द्वादशभिर्विद्वानात्मनो लक्षणैः परैः ।
अहं ममेत्यसद्भावं देहादौ मोहजं त्यजेत् ॥२०॥

ātmā nityo 'vyayaḥ śuddha
ekaḥ kṣetra-jña āśrayaḥ
avikriyaḥ sva-dṛg hetur
vyāpako 'saṅgy anāvṛtaḥ

etair dvādaśabhir vidvān
ātmano lakṣaṇaiḥ paraiḥ
ahaṁ mamety asad-bhāvaṁ
dehādau mohajaṁ tyajet

ātmā—灵魂(至尊人格首神的一部分) / nityaḥ—没有出生或死亡 / avyayaḥ—没可能减损 / śuddhaḥ—免于执著与不执著的物质污染 / ekaḥ—个体的 / kṣetra-jñaḥ—知道并因而不同于物质躯体 / āśrayaḥ—最初的基础① / avikriyaḥ—没有像躯体般经历变化② / sva-dṛk—自明的③ / hetuḥ—一切原因的起因 / vyāpakaḥ—以意识形式贯穿全身 / asaṅgī—不依靠躯体(能自由的从一个躯体到另一个躯体

---

① 没有灵魂进入，物质躯体无法存在。

② 正如解释过的，水果和鲜花按照季节的变化诞生、存在、成长、变化、枯萎和死亡，但尽管有这些变化，树木仍保持它原本的状态。同样道理，个体灵魂从不变化。

③ 人没有必要使灵魂显著、凸出，灵魂本身就是显著、凸出的。人可以很容易了解，在有生命力的躯体中，存在着灵性的灵魂。

转生)/anāvṛtaḥ—不被物质污染所覆盖/etaiḥ—借由所有这些/dvādaśabhiḥ—十二/vidvān—不愚昧且了解事情真相的人/ātmanaḥ—灵魂的/lakṣaṇaiḥ—特征/paraiḥ—超然的/aham—我(“我是这个躯体”)/mama—我的(“任何与这个躯体有关的一切都是我的”)/iti—如此/asat-bhāvam—对生命的错误概念/deha-ādau—将自我与物质躯体认同并进而与妻子、孩子、家庭、团体和国家等认同/moha-jam—产自错觉性认识/tyajet—必须摒弃

译文 “阿特玛(ātmā)”一词是指至尊主或普通个体生物。他们两者都是灵性的,无生无死,免于退化及物质污染。他们都是个体,都是外在躯体的知悉者,是一切的基础或掩体。他们没有物质的变化,是自明的,是一切原因的起因,无所不在。他们与物质躯体毫无关系,所以永远不被遮蔽。由于有这些超然的品质,真正有知识的人必须摒弃对生命的错觉性认识,有这种认识的人以为“我是这个物质躯体,与这躯体有关的一切都是我的。”

要旨 《博伽梵歌》第15章的第7节诗记载,主奎师那明确地说:“所有的生物都是我的碎片部分(mamaivāṁśo jīva-loke jīva-bhūtaḥ)。”因此,生物在质上与至尊人格首神一样。至尊人格首神是领袖,在全体生物中是至尊者。韦达经(Vedas)中说:至尊主是至高无上的个体灵魂,是下级生物的领袖(nityo nityānāṁ cetanaś cetanānām)。由于生物是神的一部分或样本,他们在质上与至尊主没有区别。正如一滴海水的化学成分与汪洋大海的化学成分一样,生物与至尊主具有同样的品质,因此他们在质上一样,但在量上不同。神的所有的品质都以极微小的量存在于生物身上,所以人可以通过了解作为神的样本的生物了解至尊人格首神。神与普通生物之间有一样的地方,但神伟大而普通生物极其渺小。普通生物比原子还小,但神比最大的还大(aṇor aṇīyān mahato mahīyān

《喀塔奥义书》1.2.20)。我们有可能因为以为天空无限的大而用它代表我们的大的概念，但神比天空还要大。同样道理，我们现在知道生物比原子还要小，是头发尖的十万分之一大小。尽管如此，一切原因的最高原因这一特点，既存在于生物中，也存在于至尊人格首神中。事实上，是因为有生物的临在，才有躯体的存在与变化。同样，是因为有至尊主在这个宇宙中，宇宙才按照物质定律发生变化。

梵文“个体的(ekaḥ)”一词十分重要。正如《博伽梵歌》第9章的第4节诗解释说，众生都在我之中，我却不在他们中(mat-sthāni sarva-bhūtāni na cāhaṁ teṣv avasthitaḥ)。物质和灵性的一切，包括土、水、气、火、天空和生物体，都以灵性的灵魂为基础存在。尽管一切都从至尊人格首神那里发散出来，但我们不该以为至尊主有赖于祂之外的一切。

神与个体生物都是全知的。作为个体生物，我们知道我们躯体的存在。同样，至尊主知道巨大宇宙的展示。就有关这一点，韦达经中给予确认说：天堂、地球和天空都在祂之中(yasmin dyauḥ pṛthivī cāntarīkṣam)；人尤其要了解知悉者(vijñātāram adhikena vijānīyāt)；梵是独一无二的(ekam evādvitīyam)；灵魂之光至高无上(ātmajyotiḥ samrāḍ ihovāca)；祂创造了这些世界(sa imān lokān asṛjata)；梵是无限的真理和知识(satyaṁ jñānam anantam)；生物永远不与物质接触(asaṅgo hy ayaṁ puruṣaḥ)；祂是完整的整体，所以虽然发散出众多完整的单元，但仍保持完整的状态(pūrṇasya pūrṇam ādāya pūrṇam evāvaśiṣyate)。所有这些韦达训令都证明，至尊人格首神和微小的灵魂都是个体。一个伟大，另外的渺小，但都是一切原因的起因，即一个是有限的物质躯体的起因，另一个是无限的宇宙体的起因。

我们应该始终铭记，尽管我们在质上与至尊人格首神一样，但在量上永远都跟祂不一样。智力欠佳的人发现自己在质上与神一样后，便愚蠢地以为自己在量上也与祂一样。他们的智力被称为是没有磨光的或污染的智力(aviśuddha-buddhayaḥ)。这种人在许许多多生世为生存而艰苦努力后才了解至尊的原因，最终真正了解奎师那(Kṛṣṇa)——华苏戴瓦(Vāsudeva)，于是皈依祂(vāsudevaḥ sarvam iti sa mahātmā sudurlabhaḥ)，从而成为完美的灵魂(mahātmā)。人如果有幸了解到自己与神之间的关系，知道神伟大(vibhu)而普通生物渺小(aṇu)，就具有了完美的知识。普通个体灵魂认为自己是物质躯体，与物质躯体有关的一切都属于他时，便生活在愚昧的黑暗中。这被说成是以"我和我的"为基础思考问题(janasya moho 'yam ahaṁ mameti)。这是错觉。人必须摒弃这种错觉性的概念，从而完全了解真相。

第21节

स्वर्णं यथा ग्रावसु हेमकारः
क्षेत्रेषु योगैस्तदभिज्ञ आप्नुयात् ।
क्षेत्रेषु देहेषु तथात्मयोगै-
रध्यात्मविद् ब्रह्मगतिं लभेत ॥२१॥

svarṇaṁ yathā grāvasu hema-kāraḥ
kṣetreṣu yogais tad-abhijña āpnuyāt
kṣetreṣu deheṣu tathātma-yogair
adhyātma-vid brahma-gatiṁ labheta

svarṇam－金子 / yathā－正如 / grāvasu－在金矿石中 / hema-kāraḥ－了解金子的专家 / kṣetreṣu－在金矿中 / yogaiḥ－用各种方法 / tat-abhijñaḥ－了解金子在哪里的专家 / āpnuyāt－很容易获得 / kṣetreṣu－在物质范畴内 / deheṣu－人类躯体及所有八百四十万种不同的躯体形式 / tathā－相似地 / ātma-yogaiḥ－借由灵性程序 / adhyātma-vit－深入了解灵性与物质之间的区别的人 / brahma-gatim－灵性生活中的完美 / labheta－可以获得

译文　经验丰富的地质学家能了解哪里有金子，并用各种方法从金矿石中将其分离出来。同样道理，灵性上高度进步的人能明白灵性粒子如何存在于体内，因而靠培养灵性知识使自己能在灵性生活中达到完美的境界。然而，正如不熟悉地质的人不了解哪里有金子，没培养灵性知识的愚蠢之人，无法了解灵魂如何存在于体内。

要旨　这节诗文中就有关灵性理解举了个很好的例子。愚蠢的无赖们，包括所谓的知识思辨者(jñānī)、哲学家和科学家，都因为没有灵性知识而无法了解躯体内灵魂的存在。韦达经告诉我们：要了解灵性知识，人必须找一位真正的灵性导师(tad-vijñānārthaṁ sa gurum evābhigacchet)。人除非受过地质学的训练，否则无法在石头中找到金子。同样，人除非受到灵性导师的训练，否则无法了解什么是灵性、什么是物质。这节诗文中说：了解金子在何处的专家运用各种方法(yogais tad-abhijñaḥ)。这说明，与灵性知识联系上的人，能了解物质躯体中有灵性的灵魂。但如动物般理解生命且没有灵性文化的人无法了解。正如经验丰富的矿物学者或地质学家能明白哪里有金子，并能投资金钱去开采，然后用化学方式将金子从矿石中分离出来；经验丰富的灵性主义者，能够明白灵魂存在于物质的什么地方。没受过训练的人无法区分金子与石头。同样，蠢人及没就有关什么是灵魂什么是物质的问题受教于经验丰富的灵性导师的无赖们，无法了解灵魂在物质躯体中的存在。要了解这样的知识，人必须受到神秘瑜伽的训练，最终受奉爱瑜伽(bhakti-yoga)的训练。正如《博伽梵歌》第18章第55节诗所说：只有做纯粹的奉爱服务，才能如实地了解我(bhaktyā mām abhijānāti)。人除非寻求奉爱瑜伽程序的保护，否则无法了解灵魂存在于物质躯体内的事实。正因为如此，《博伽梵歌》一开始的教导就是：

dehino ’smin yathā dehe
kaumāraṁ yauvanaṁ jarā
tathā dehāntara-prāptir
dhīras tatra na muhyati

“就像灵魂在这个物质躯体中经历童年、青年和老年的变化一样，当这个躯体死亡时，其中的灵魂便进入另一个躯体。清醒的人不会为这种变化所迷惑。”(《博伽梵歌》2.13)所以，第一条教导就是，人应该了解灵魂存在于物质躯体内，而且从一个躯体移居到另一个躯体中。这是灵性知识的开始。正如《圣典博伽瓦谭》中所证实的，不精通这门科学的人或不想要了解它的人，继续持有躯体化的生命概念或说如动物般理解生命(yasyātma-buddhiḥ kuṇape tri-dhātuke…sa eva go-kharaḥ)。人类社会中的每一个成员，都该清楚地了解《博伽梵歌》的教导，因为只有这样，人才能在灵性上提升，自动放弃“我是这个躯体，属于这个躯体的一切都是我的”这种错觉性的错误知识。应该立刻排斥这种如狗一般的理解。我们应该做好准备，了解灵魂及与个体灵魂永恒相连的至尊灵魂——神。这样，我们才有可能回归家园，回到首神身边，彻底解决生命中的一切问题。

第 22 节

अष्टौ प्रकृतयः प्रोक्तास्त्रय एव हि तद्गुणाः ।
विकाराः षोडशाचार्यैः पुमानेकः समन्वयात् ॥२२॥

aṣṭau prakṛtayaḥ proktās
traya eva hi tad-guṇāḥ
vikārāḥ ṣoḍaśācāryaiḥ
pumān ekaḥ samanvayāt

aṣṭau－八种 / prakṛtayaḥ－物质能量 / proktāḥ－据说 / trayaḥ－三种 / eva－无疑地 / hi－事实上 / tat-guṇāḥ－物质能量属性 / vikārāḥ—变化物 / ṣoḍaśa—十六种 / ācāryaiḥ—被权威们 / pumān—生物体 / ekaḥ—一个 / samanvayāt—从结合

译文 至尊主分离出八种物质能量、三种物质自然属性及十六种变化物(十一个感官及土、水等五种粗糙的物质元素)。在这一切当中，有灵性的灵魂作为观察者存在着。为此，所有伟大的灵性导师都下结论说，个体灵魂受到这些物质元素的制约。

要旨 正如前一节诗所解释的：“灵性上高度进步的人能明白灵性粒子如何存在于体内，因而靠培养灵性知识使自己能在灵性生活中达到完美境界(kṣetreṣu deheṣu tathātma-yogair adhyātma-vid brahma-gatiṁ labheta)。”精通在躯体中找到自我的智者，必定了解八种外在能量。《博伽梵歌》第7章的第4节诗罗列这八种外在能量说：

bhūmir āpo 'nalo vāyuḥ
khaṁ mano buddhir eva ca
ahaṅkāra itīyaṁ me
bhinnā prakṛtir aṣṭadhā

“土、水、火、气、空间、心念、智力和假我这八种元素，组成我分离出的物质能量。”土(bhūmi)包含有形象(rūpa)、滋味(rasa)、气味(gandha)、声音(śabda)和触碰对象(sparśa)所有这些感官知觉的对象。土中有玫瑰的香味、水果的甜味，以及我们要的一切。正如《圣典博伽瓦谭》第1篇第10章的第4节诗说：土中包含了我们需要的一切(sarva-kāma-dughā mahī)。因此，感官知觉对象都在土中。粗糙的物质元素和精微的物质元素(心、智力和错误的自我意识)组成了总体物质能量。

在总体物质能量中有物质自然三种属性。这些属性，无论是善良属性(sattva-guṇa)、激情属性(rajo-guṇa)还是愚昧属性(tamo-guṇa)，都不属于灵魂，而归物质能量所有。由于这三种物质自然属性的相互作用，五种收集知识的感官、五种工作感官和控制它们的心展现出来。随后，按照这些属性的此起彼伏的变化，生物得到带着不同种类的知识、思想、感觉和意愿从事各种类型的活动(karma)的机会。躯体这台机器就是这样运作的。

就有关这一切，伟大的灵性导师(ācārya)，尤其是至尊人格首神奎师那的化身——黛娃瑚缇的儿子卡皮拉(devahūti-putra kapila)，在数论瑜伽(sāṅkhya-yoga)中给予了十分恰当的分析。这节诗中用梵文“被权威们(ācāryaiḥ)”一词说明这一点。我们不应该听从未被授权的人士所说的话。人只有在托庇于经验丰富的灵性导师时，才能全面地了解真相(ācāryavān puruṣo veda)。

生物是单个的，但物质躯体则由许多物质元素组成。这一点被生物一旦离开这个物质元素的组合，它就只剩下一团物质这一事实所证实。物质元素虽然有很多种，但都属于物质能量这一范畴；同样，灵性的灵魂在质上与至尊者一样。至尊者是一个人，普通的个体灵魂也是一个人，但个体灵魂被认为是由物质能量构成的某个特定躯体的主人，而至尊主是总体物质能量的控制者。生物是他特定躯体的主人，按照其活动承受各种苦、享受各类乐。然而，至尊人(Paramātmā)虽然也是一个人，但却作为个体出现在所有不同的躯体中。

物质能量实际上分为二十四种元素。个体灵魂——单个躯体的拥有者，是第二十五种元素，而在一切之上的是作为至尊控制者的主维施努。祂是第二十六种元素。人一旦明白这二十六种元素时，就成为精通物质与灵性之区别的人(adhyātma-vit)。正如《博伽梵歌》第13章的第3节诗中说明：对躯体的构成(kṣetra)、个体灵魂和超灵的了解，组成真正的知识(kṣetra-kṣetrajñayor jñānam)。人除非最终了解至尊主永恒地与个体灵魂相连的事实，否则其知识是不完美的。对此，《博伽梵歌》第7章的第19节诗确认说：

bahūnāṁ janmanām ante
jñānavān māṁ prapadyate
vāsudevaḥ sarvam iti
sa mahātmā sudurlabhaḥ

“经过许许多多次生死后，真正处在知识层面上的人就会皈依我，找到我是一切原因的起因，是一切。这样的灵魂伟大而又罕见。”物质和灵性的一切，都由主华苏戴瓦的能量组成，而至尊主的灵性部分——个体灵魂，从属于主华苏戴瓦(Vāsudeva)。了解这一完美知识的人，投靠、服从至尊人格首神(vāsudevaḥ sarvam iti sa mahātmā sudurlabhaḥ)。

第 23 节

देहस्तु सर्वसङ्घातो जगत्तस्थुरिति द्विधा ।
अत्रैव मृग्यः पुरुषो नेति नेतीत्यतत्त्यजन् ॥२३॥

dehas tu sarva-saṅghāto
jagat tasthur iti dvidhā
atraiva mṛgyaḥ puruṣo
neti netīty atat tyajan

dehaḥ—躯体 / tu—但是 / sarva-saṅghātaḥ—所有二十四种元素的组合 / jagat—被看到在动 / tasthuḥ—及站在一处 / iti—如此 / dvidhā—两种 / atra eva—有关这方面 / mṛgyaḥ—被寻找 / puruṣaḥ—生物(灵魂) / na—不 / iti—如此 / na—不 / iti—如此 / iti—就这样 / atat—非灵性的 / tyajan—放弃

译文 每一个个体灵魂都有两个躯体：一个由五种粗糙的物质元素制成的粗糙躯体，以及一个由三种精微的物质元素制成的精微躯体。但在这些躯体中的是灵性的灵魂。人必须通过分析说“这不是他。这不是他”最终找到灵魂。因此，人必须分清灵魂与物质。

要旨 正如前面说明的：经验丰富的地质学家能了解哪里有金子，并用各种方法从金矿砂中将其分离出来(svarṇaṁ yathā grāvasu hema-kāraḥ kṣetreṣu yogais tad-abhijña āpnuyāt)。精通研究土壤的人能找到哪里有金子，挖掘后再分析石头，用硝酸测试金子。同样，人必须分析整个躯体，以找出在躯体内的灵性的灵魂。在研究自己的躯体时，人必须问自己，这个头是自我吗？这个手指是自我吗？这个手是自我吗？等等。就这样，人必须逐一地排除所有的物质元素，及体内的物质元素组合。接着，人如果听从灵性导师的话语，成了专家，就能了解自己是生活在体内的灵性灵魂。《博伽梵歌》中记载，最伟大的灵性导师奎师那，开始祂的教导说：

dehino 'smin yathā dehe
kaumāraṁ yauvanaṁ jarā
tathā dehāntara-prāptir
dhīras tatra na muhyati

"就像灵魂在这个物质躯体中经历童年、青年和老年的变化一样，当这个躯体死亡时，其中的灵魂便进入另一个躯体。清醒的人不会为这种变化所迷惑。"(《博伽梵歌》2.13)灵性的灵魂拥有躯体，住在躯体中。这是真正的分析。灵魂从不与躯体元素混在一起。灵魂虽然在躯体中，但却处在分离的状态下，且永远是纯洁的。我们必须分析和了解自我。这就是自我觉悟。梵文neti neti指的是"否认物质"的分析程序。靠熟练地进行这种分析，人可以了解灵魂的所在地。但不是专家的人既不能分辨土与金子，也分不清躯体与灵魂。

第 24 节

अन्वयव्यतिरेकेण विवेकेनोशतात्मना ।
स्वर्गस्थानसमाम्नायैर्विमृशद्भिरसत्वरैः ॥२४॥

anvaya-vyatirekeṇa
vivekenośatātmanā
svarga-sthāna-samāmnāyair
vimṛśadbhir asatvaraiḥ

anvaya—直接地 / vyatirekeṇa—和间接地 / vivekena—深思熟虑地辨别 / uśatā—净化了的 / ātmanā—心 / svarga—创造 / sthāna—维系 / samāmnāyaiḥ—和毁灭 / vimṛśadbhiḥ—由那些进行严肃分析的人 / asat-varaiḥ—十分清醒的

译文　清醒审慎且富有经验的人，应该通过分析性研究，根据灵魂与经历创造、维系和毁灭的一切事物的联系及区别，用靠这种研究净化了的心智找到灵性的灵魂。

要旨　清醒之人可以研究自我，靠分析性研究辨别灵魂与躯体的区别。例如：人在考虑自己的躯体——自己的头和双手等时，无疑能了解灵性的灵魂与物质躯体之间的区别。没人说“我头”，所有的人都说“我的头”。因此，有两个实体——头和我。他们不一样，尽管看起来是一团混合体。

人也许争论说：“当我们分析身体时，我们找到头、手、腿、肚子、血液、骨头、尿液和粪便等，但考虑完这一切后，灵魂存在于何处呢？”然而，清醒之人从以下这段韦达教导中获取知识：

yato vā imāni bhūtāni jāyante yena jātāni jīvanti yat prayanty abhisaṁviśanti tad vijijñāsasva tad brahmeti

（《泰缇瑞亚奥义书》3.1.1）

大意是：万事万物都由梵(布茹阿曼)创造，创造之后的一切都由梵维系，毁灭之后一切都保存在梵体内。这使他能够了解，他的头、手、腿，事实上是整个身体，都是在灵魂存在的基础上生长起来的。如果灵魂在体内，包括头、手和腿在内的整个躯体就生长，否则不然。死去的孩子不再生长，因为灵魂不在了。如果在仔细地分析躯体后，人还不能找到灵魂的存在，那么就是他的愚昧在作祟。一心一意从事物质活动的粗俗之人，怎么能了解只有头发尖的十万分之一大小的灵性微粒——灵魂呢？这种人愚蠢地以为物质躯体是由化学物组合生成的，尽管他并不能证明这一点。然而，韦达经告诉我们，化学组合无法构成生命力；灵魂(ātmā)和至尊灵魂(Paramātmā)是生命力，躯体以这生命力为基础生长。一棵树的水果因为树木的临在而生长并经历六种变化。没有树就不可能有水果的生长及成熟。因此，超越躯体存在的是躯体内的个体灵魂和超灵。这就是《博伽梵歌》中解释的对灵性知识的最初了解(dehino 'smin yathā dehe)。躯体因为至尊主及作为至尊主一部分的个体灵魂的临在而存在。就有关这一点，《博伽梵歌》第9章的第4节诗记载，至尊主本人进一步解释说：

mayā tatam idaṁ sarvaṁ
jagad avyakta-mūrtinā
mat-sthāni sarva-bhūtāni
na cāhaṁ teṣv avasthitaḥ

“我以不展示的形象遍布整个宇宙。众生都在我之中，我却不在他们中。”至尊灵魂存在于各处。韦达经中说：一切都是梵(布茹阿曼)或梵的能量的扩展(samaṁ khalv idaṁ brahma)；一切都依靠至尊主而存在，恰似用一根线串在一起的珍珠(sūtre maṇi-gaṇā iva)。那条线就是至尊梵。祂是至高无上的原因，是一切都停留在其上的至尊主(mattaḥ parataraṁ nānyat)。因此，我们必须研究个体灵魂(ātmā)，以及整个物质宇宙展示都停留在其上的超灵(Paramātmā)。韦达文献解释这一点说：万事万物都由梵(布茹阿曼)创造，创造后一切由梵维系，毁灭后一切保存在梵体内(yato vā imāni bhūtāni jāyante. yena jātāni jīvanti)。

第25节

बुद्धेर्जागरणं स्वप्नः सुषुप्तिरिति वृत्तयः ।
ता येनैवानुभूयन्ते सोऽध्यक्षः पुरुषः परः ॥२५॥

buddher jāgaraṇaṁ svapnaḥ
suṣuptir iti vṛttayaḥ
tā yenaivānubhūyante
so 'dhyakṣaḥ puruṣaḥ paraḥ

buddheḥ－智力的 / jāgaraṇam－粗糙感官的清醒或活动的状态 / svapnaḥ－睡梦(感官没有粗糙躯体时的活动) / suṣuptiḥ－深层睡眠或一切活动的停止(尽管生物是观看者) / iti－如此 / vṛttayaḥ－各种变化 / tāḥ－他们 / yena－被…… / eva－事实上 / anubhūyante－被感知到 / saḥ－那 / adhyakṣaḥ－(不同于活动的)监督者 / puruṣaḥ－享受者 / paraḥ－超然的

译文　智力可以在醒着、做梦和沉睡这三种活动中被感知到。完全觉察到这三种状态的人，被视为是第一位主人、统治者、至尊人格首神。

要旨　没有智力，人就无法了解感官的直接活动，也无法明白做梦或沉睡(粗糙及精微躯体停止活动)。观看者和控制者是至尊人格首神——至尊灵魂，个体灵魂在祂的指导下可以明白自己何时是醒着的，何时是在睡觉，何时完全处在沉睡的状态中。《博伽梵歌》第15章的第15节诗记载，至尊主说：“我在众生心中。记忆、知识和遗忘都来自我(sarvasya cāhaṁ hṛdi sanniviṣṭo mattaḥ smṛtir jñānam apohanaṁ ca)。”生物透过他们的智力完全专注于清醒、做梦和深度睡眠这三种状态中，这智力由作为朋友陪伴着个体灵魂的至尊人格首神提供。圣玛德瓦查尔亚说：当生物用其智力直接感知上述活动的苦乐时，有时就会被称为具有辨别能力的生物(sattva-buddhi)。生物体在做梦状态中所具有的理解力来自至尊人格首神(mattaḥ smṛtir jñānam apohanaṁ ca)。至尊人格首神——超灵，是至高无上的控制者，个体生物是在祂指导下的辅助控制者。人必须用自己的智力了解至尊人格首神。

第26节

एभिस्त्रिवर्णैः पर्यस्तैर्बुद्धिभेदैः क्रियोद्भवैः ।
स्वरूपमात्मनो बुध्येद्गन्धैर्वायुमिवान्वयात् ॥२६॥

ebhis tri-varṇaiḥ paryastair
buddhi-bhedaiḥ kriyodbhavaiḥ
svarūpam ātmano budhyed
gandhair vāyum ivānvayāt

ebhiḥ－通过这些 / tri-varṇaiḥ－由物质自然三种属性组成 / paryastaiḥ－(因为没有接触生命力)被完全排斥 / buddhi－智力的 / bhedaiḥ－差别 / kriyā-udbhavaiḥ－从不同的活动产生 / svarūpam－原本的状态 / ātmanaḥ－自我的 / budhyet－人应该明白 / gandhaiḥ－借由芳香 / vāyum－空气 / iva－完全就像 / anvayāt－从密切的联系

译文 正如人可以透过空气携带的芳香明白空气的存在，在至尊人格首神的指导下，人可以透过智力在这三种不同状态中的作用，了解有生命的灵魂。但这三种差别并非灵魂本身；它们产自活动，由三种属性构成。

要旨 正如已经解释过的，我们的存在分清醒、做梦和沉睡这三种状态。在这三种状态中我们有不同的体验，所以说灵魂是这三种状态的观察者。事实上，躯体的活动并非灵魂的活动。灵魂不同于躯体。正如香气与携带香气的传播媒介不同，灵魂与物质活动并不连在一起。全心投靠至尊主莲花足的人能仔细做这样的分析。对此，韦达教导证实说，能了解至尊人格首神的人，自然而然就了解其他的一切(yasmin vijñāte sarvam evaṁ vijñātaṁ bhavati)。由于不托庇于至尊主的莲花足，就连大学者、大科学家、大哲学家和宗教人士都总是被迷惑。对此，《圣典博伽瓦谭》第10篇第2章的第32节诗确认说：

ye 'nye 'ravindākṣa vimukta-māninas
tvayy asta-bhāvād aviśuddha-buddhayaḥ

就连自认为自己已经清除物质污染的人，如果不托庇于至尊主的莲花足，其智力都会被污染。正如《博伽梵歌》第3章的第42节诗所言：

indriyāṇi parāṇy āhur
indriyebhyaḥ paraṁ manaḥ
manasas tu parā buddhir
yo buddheḥ paratas tu saḥ

诗中说，心高于感官，智力高于心，而在智力之上的是灵魂。人通过做奉爱服务净化智力后，就处在智慧瑜伽(buddhi-yoga)的层面上。对此，《博伽梵歌》也作出解释说：对一直以爱心侍奉我的人，我赐予他们理解力，使他们来到我这里(dadāmi buddhiyogaṁ taṁ yena mām upayānti te)。随着做奉爱服务，人的智力得到净化，人就可以用其智力回归家园，回到首神身边。

第 27 节

एतद् द्वारो हि संसारो गुणकर्मनिबन्धनः ।
अज्ञानमूलोऽपार्थोऽपि पुंसः स्वप्न इवार्प्यते ॥२७॥

etad dvāro hi saṁsāro
guṇa-karma-nibandhanaḥ
ajñāna-mūlo 'pārtho 'pi
puṁsaḥ svapna ivārpyate

etat—这 / dvāraḥ—……的门 / hi—的确 / saṁsāraḥ—人在其中承受三种苦的物质存在 / guṇa-karma-nibandhanaḥ—被物质自然三种

属性迷惑 / ajñāna-mūlaḥ—根是愚昧的…… / apārthaḥ—没有真正的意义 / api—甚至 / puṁsaḥ—生物的 / svapnaḥ—梦 / iva—如同 / arpyate—被置于

译文 正如人在梦中承受非真实的痛苦，被污染的心智使人成为物质自然属性控制的对象，从而受到物质存在的制约。必须要将由愚昧无知造成的物质存在视为是要不得且短暂的。

要旨 短暂生活这一要不得的状态，被称为愚昧状态。人很容易就能了解物质躯体是短暂的，因为它在某一天被生产出来，随后在经历了出生、成长、维系、变化和衰退后，在某一天死去。永恒的灵魂之所以处在这种状态中，是他的愚昧所致。这种状态虽然短暂，但却要不得。由于愚昧，生物被放进一个又一个的短暂的躯体里。然而，灵性的灵魂根本不需要进入这类短暂的躯体。是他的愚昧或对主奎师那的遗忘，将他置于这种境地。因此，生物应该趁自己在人体生命形式中具有高度发展的智力时，努力了解奎师那，改变自己的意识，从而能够获得解脱。对此，《博伽梵歌》第4章的第9节诗记载，至尊主证实说：

janma karma ca me divyam
evaṁ yo vetti tattvataḥ
tyaktvā dehaṁ punar janma
naiti mām eti so 'rjuna

"阿尔诸纳啊！谁能了解我显现和活动的超然本质，谁就在离开躯体后到达我永恒的住所，不再投生于这个物质世界。"人除非了解奎师那，具有了奎师那意识，否则必然继续被捆绑在物质世界中。要想结束这种受制约的生活，人就必须投靠至尊人格首神。事实上，这是至尊主本人的要求。祂说：抛弃一切种类的宗教，只向我皈依(sarva-dharmān parityajya mām ekaṁ śaraṇaṁ vraja)。

正如瑞沙巴戴瓦王(Mahārāja Ṛṣabhadeva)所忠告的：有智慧的人不该让自己再次卷入感官享乐的物质活动，致使自己不断地得到一个又一个物质躯体(na sādhu manye yata ātmano 'yam asann api kleśada āsa dehaḥ)。人必须具有足够的智慧了解：尽管物质躯体短暂，不会持续很长时间，但只要有物质躯体，就必定经历物质存在的痛苦。所以，人如果靠良好的联谊和真正的灵性导师的教导培养了奎师那意识，就可以结束物质存在受制约的生活，恢复自己原本的意识——奎师那意识。人具有奎师那意识时，就能认识到，物质存在，无论是醒着或做梦的状态，都只不过是一场梦而已；没有真正的价值。只有靠至尊主的恩典，人才可能有这种觉悟。而至尊主的恩典也以《博伽梵歌》教导的形式存在于世。正因为如此，圣柴坦亚·玛哈帕布的使命，是让每一个人都致力于从事唤醒愚蠢的生物体，尤其是人的这种福利活动，使其能上升到培养奎师那意识的层面，通过摆脱受制约的生活受益。就有关这一点，圣玛德瓦查尔亚引用如下的诗文说：

duḥkha-rūpo 'pi saṁsāro
　buddhi-pūrvam avāpyate
yathā svapne śiraś chedaṁ
　svayaṁ kṛtvātmano vaśaḥ

tato duḥkham avāpyeta
　tathā jāgarito 'pi tu
jānann apy ātmano duḥkham
　avaśas tu pravartate

人必须认识到受制约的物质生活充满痛苦，而只有被净化的智力才能使人做到这一点。当人的智力被净化后，他就能明白，要不得、短暂的物质生活就仿佛一场梦。正如人做梦感受到头被砍下的痛苦，愚昧之人不仅在梦中感到痛苦，醒着时也在受苦。没有至尊人格首神的仁慈，生物就继续愚昧下去，从而遭受各种形式的物质痛苦。

第 28 节

तस्माद्भवद्भिः कर्तव्यं कर्मणां त्रिगुणात्मनाम् ।
बीजनिर्हरणं योगः प्रवाहोपरमो धियः ॥२८॥

tasmād bhavadbhiḥ kartavyaṁ
karmaṇāṁ tri-guṇātmanām
bīja-nirharaṇaṁ yogaḥ
pravāhoparamo dhiyaḥ

tasmāt—因此 / bhavadbhiḥ—被你们 / kartavyam—该做 / karmaṇām——切物质活动的 / tri-guṇa-ātmanām—受到物质自然三种属性的制约 / bīja-nirharaṇam—烧毁种子 / yogaḥ—可以使人与至尊者相连的程序 / pravāha—以清醒、做梦和沉睡状态连续不断的 / uparamaḥ—终止 / dhiyaḥ—智力的

译文 因此，我亲爱的朋友，恶魔的儿子们啊！你们的责任是培养奎师那意识，它可以烧毁由物质自然属性导致的违反灵魂本性的功利性活动的种子，终止智力持续流动于醒着、做梦和沉睡的状态。换句话说，人一旦培养奎师那意识，他的愚昧就立刻消散。

要旨 就有关这一点，《博伽梵歌》第14章的第26节诗确认说：

mām ca yo 'vyabhicāreṇa
bhakti-yogena sevate
sa guṇān samatītyaitān
brahma-bhūyāya kalpate

“在任何情况下都全心全意地做奉爱服务，就能立刻超越物质自然属性，达到梵的层面。”靠练奉爱瑜伽，人立刻上升到灵性的层面，超越物质自然三种属性的作用与反作用。物质意识是愚昧的根源，必须用灵性的意识——奎师那意识去消灭。梵文“烧毁种子(bīja-nirharaṇam)”是指将物质生活的根源烧成灰烬。

在《梵文词典》(Medinī)中，瑜伽(yoga)一词是用它产生的结果来解释的，即瑜伽的定义是，超自然、成就、结合、冥想及方法(yoge 'pūrvārtha-samprāptau saṅgati-dhyāna-yuktiṣu)。当人因为愚昧而被置于棘手的处境时，能使人摆脱这种束缚的程序被称为瑜伽。这也称为解脱。解脱——穆克提(mukti)的意思是：去除人处在愚昧或错觉中的状态，这种状态使人以违反他原本状态的方式思考。恢复自己的原本状态被称为解脱(muktir hitvānyathā-rūpaṁ svarūpeṇa vyavasthitiḥ)，使人做到这一点的程序被称为瑜伽。因此，瑜伽高于功利性活动(karma)、知识思辨(jñāna)和数论哲学(sāṅkhya)。事实上，瑜伽是生活的最终目的。正因为如此，奎师那劝阿尔诸纳(Arjuna)当瑜伽师(tasmād yogī bhavārjuna)。《博伽梵歌》中记载，主奎师那进一步说：达到做奉爱服务层面的人，是一流的瑜伽师(yogī)。

yogināṁ api sarveṣāṁ
mad-gatenāntarātmanā
śraddhāvān bhajate yo māṁ
sa me yuktatamo mataḥ

“在所有的瑜伽师中，谁信心坚定地总在内心想着我，为我做奉爱服务，谁就通过瑜伽与我最紧密地连在一起，就是最高级的瑜伽师。这就是我的看法。”(《博伽梵歌》6.47)所以，总在内心深处想着主奎师那的人，是最优秀的瑜伽师。练奉爱瑜伽这一最好的瑜伽，将使人摆脱物质处境。

第 29 节

तत्रोपायसहस्राणामयं भगवतोदितः ।
यदीश्वरे भगवति यथा यैरञ्जसा रतिः ॥२९॥

tatropāya-sahasrāṇām
ayaṁ bhagavatoditaḥ

yad īśvare bhagavati
yathā yair añjasā ratiḥ

tatra—关于这方面(摆脱物质制约束缚) / upāya—程序的 / sahasrāṇām—数千的 / ayam—这 / bhagavatā uditaḥ—由至尊人格首神给予 / yat—……的 / īśvare—对至尊主 / bhagavati—至尊人格首神 / yathā—正如 / yaiḥ—借由……的 / añjasā—迅速地 / ratiḥ—怀着爱和深情的依恋

译文 在受推荐的各种摆脱物质生活束缚的程序中，应该将由至尊人格首神本人解释并接受的程序视为是绝对完美的。那程序是，通过履行责任发展出对至尊主的爱。

要旨 在所有使人提升，从而摆脱物质束缚、清除物质污染的连接程序中，应该将至尊人格首神推荐的那个程序接受为是最佳的。至尊主在《博伽梵歌》中明确地解释那个程序说："放弃一切种类的宗教，只向我皈依(sarva-dharmān parityajya mām ekaṁ śaraṇaṁ vraja)。"这个程序之所以最好，是因为至尊主保证说："我将把你从所有的恶报中解救出来。不必害怕(ahaṁ tvāṁ sarva-pāpebhyo mokṣayiṣyāmi mā śucaḥ)！"根本没必要害怕，因为至尊主本人保证说，祂将会照顾祂的奉献者，使其摆脱恶报。物质束缚就是从事罪恶活动的结果。因此，既然至尊主保证祂将消除功利性物质活动的结果，奉献者就不必害怕了。正因为如此，这个使人了解自己是灵魂，继而使自己致力于做奉爱服务的程序自然是最好的。整个韦达程序都基础于这一原则，透过韦达经的推荐，人可以明白这一点：

yasya deve parā bhaktir
yathā deve tathā gurau
tasyaite kathitā hy arthāḥ
prakāśante mahātmanaḥ

“所有韦达知识的重点都自动向那些对至尊主和灵性导师绝对有信心的伟大灵魂揭示出来。”(《水塔刷塔尔奥义书》6.23)人必须把神的代表——纯粹奉献者接受为自己的灵性导师(guru)，向他致以能向至尊人格首神所致以的一切敬意。这是成功的秘密。完美的程序向采用这一方法的人揭示出来。在这节诗中，梵文yair añjasā ratiḥ一句是指，靠投靠灵性导师并为其做服务，人被提升到做奉爱服务的层面上；靠做奉爱服务，人逐渐变得依恋至尊人格首神。对至尊主的这种依恋，使人能够了解至尊主。换句话说，人可以了解至尊主的地位、我们自己的地位，以及我们与至尊主的关系。而所有这一切靠奉爱瑜伽这一简单的方法就可以轻易地了解。人一旦处在练奉爱瑜伽的层面上，使人痛苦和受物质束缚的根源就被摧毁。就有关这一点，下一节讲述“成功之奥秘”的诗文中给予了清晰的解释。

第 30—31 节

गुरुशुश्रूषया भक्त्या सर्वलब्धार्पणेन च ।
सङ्गेन साधुभक्तानामीश्वराराधनेन च ॥३०॥

श्रद्धया तत्कथायां च कीर्तनैर्गुणकर्मणाम् ।
तत्पादाम्बुरुहध्यानात्तल्लिङ्गेक्षार्हणादिभिः ॥३१॥

guru-śuśrūṣayā bhaktyā
sarva-labdhārpaṇena ca
saṅgena sādhu-bhaktānām
īśvarārādhanena ca

śraddhayā tat-kathāyāṁ ca
kīrtanair guṇa-karmaṇām
tat-pādāmburuha-dhyānāt
tal-liṅgekṣārhaṇādibhiḥ

guru-śuśrūṣayā－通过为真正的灵性导师做服务 / bhaktyā－怀着

信心和奉爱之情 / sarva－所有的 / labdha－物质所得的 / arpaṇena－借由(向灵性导师或透过灵性导师向奎师那)献上 / ca－和 / saṅgena－靠联谊 / sādhu-bhaktānām－奉献者和圣人的 / īśvara－至尊人格首神的 / ārādhanena－通过崇拜 / ca－和 / śraddhayā－满怀信心 / tat-kathāyām－谈论至尊主 / ca－和 / kīrtanaiḥ－通过赞美 / guṇa-karmaṇām－至尊主超然的品质和活动的 / tat－祂的 / pāda-amburuha－莲花足 / dhyānāt－靠冥想 / tat－祂的 / liṅga－形象(神像) / īkṣa－观看 / arhaṇa-ādibhiḥ－以及通过崇拜

译文 人必须拜真正的灵性导师为师，怀着巨大的奉爱之情和信心为他服务。人应该把自己有的一切都献给灵性导师，应该借由与圣洁之人和奉献者的联谊，崇拜至尊主，满怀信心地聆听至尊主的荣耀，赞美至尊主的超然品质和活动，始终冥想至尊主的莲花足，严格按照经典和灵性导师的指示崇拜至尊主的神像。

要旨 前面的诗文说：能使人立刻增强对至尊人格首神的爱和深情的程序，是成百上千种使人摆脱物质存在束缚的方法中最佳的方法。经典还说：宗教原则的实际真相是极秘密的(dharmasya tattvaṁ nihitaṁ guhāyām)。尽管如此，只要人真正遵守宗教原则，就可以很容易了解它。正如《圣典博伽瓦谭》中说：至尊主是至高无上的权威，宗教原则是由祂讲出的(dharmaṁ tu sākṣād bhagavat-praṇītam)。对此，前一节诗中的“由至尊人格首神给予(bhagavatoditaḥ)”一词作出了证实。至尊主的命令和指导都绝对正确，保证使人受益。按照这节诗文中解释的祂的指导，宗教的完美形式就是奉爱瑜伽(bhakti-yoga)。

要练奉爱瑜伽的人，首先必须接受一位真正的灵性导师。圣茹帕·哥斯瓦米(Rūpa Gosvāmī)在他撰写的《奉爱服务的纯粹甘露之洋》第1篇第2章的第74—75节诗中建议说：

guru-pādāśrayas tasmāt
　kṛṣṇa-dīkṣādi-śikṣaṇam
viśrambheṇa guroḥ sevā
　sādhu-vartmānuvartanam

sad-dharma-pṛcchā bhogādi-
　tyāgaḥ kṛṣṇasya hetave

人的首要责任是接受一位真正的灵性导师。学生或门徒应该十分好奇爱问；应该急切地想知道有关永恒宗教(sanātana-dharma)的全部真相。这节诗文中的“借由为真正的灵性导师做服务(guru-śuśrūṣayā)”一句的意思是：人应该亲自侍奉灵性导师，使他的身体感到舒适，帮他沐浴、穿衣，协助他睡觉和进食等。这称为“借由为真正的灵性导师做服务”。门徒应该作为卑微的仆人为灵性导师服务，并将拥有的一切献给灵性导师。每个人都有自己的生活、钱财、智力和话语(prāṇair arthair dhiyā vācā)，应该经由灵性导师这一媒介将它们献给至尊人格首神。应该把“将一切献给灵性导师”当做一种责任，但这么做时应该诚心诚意，而不是为得到物质收益做表面功夫。这样的奉献被称为阿尔帕纳(arpaṇa)。此外，人应该与奉献者、圣洁之人生活在一起，学习奉爱服务的礼仪和正确行为。就有关这一点，圣维施瓦纳特·查夸瓦尔提·塔库尔(Viśvanātha Cakravartī Ṭhākura)评论说：为灵性导师所作出的奉献，应该是怀着真正的爱和深情做的，而不是得到他人的仰慕。同样，经典建议要与奉献者联谊，但必须分辨是非。事实上，一位圣洁之人(sādhu)，必须行为圣洁(sādhavaḥ sad-ācārāḥ)。人的行为除非符合标准，否则就不是完美的圣洁之人。因此，外士纳瓦——圣洁之人(sādhu)，其行为必须完全符合标准。圣维施瓦纳特·查夸瓦尔提·塔库尔说：一位外士纳瓦——得到外士纳瓦教育启迪的人，应该受到符合外士纳瓦礼仪的尊敬，也就是说应该为他们做服务，向他们献上祈祷。我们不应该与不符合外士纳瓦标准的人交往、联谊。

第32节

हरिः सर्वेषु भूतेषु भगवानास्त ईश्वरः ।
इति भूतानि मनसा कामैस्तैः साधु मानयेत् ॥३२॥

harih sarveṣu bhūteṣu
bhagavān āsta īśvaraḥ
iti bhūtāni manasā
kāmais taiḥ sādhu mānayet

hariḥ—至尊人格首神 / sarveṣu—在一切 / bhūteṣu—生物体中 / bhagavān—至尊人 / āste—处于 / īśvaraḥ—至尊控制者 / iti—如此 / bhūtāni—众生 / manasā—靠这种认识 / kāmaiḥ—经由愿望 / taiḥ—那些 / sādhu mānayet—人应该高度尊重

译文 人应该始终铭记以超灵这一局部区域代表的形式处在众生心中的至尊人格首神。为此，人应该按照不同生物的状态或展示，相应地向每一个生物体致以敬意。

要旨 “在众生体内的至尊人格首神(hariḥ sarveṣu bhūteṣu)”这一说明，有时被肆无忌惮的人们错误地得出结论说：哈尔依(Hari)——至尊人格首神，处在众生体内，因此每一个生物体都是哈尔依。这种愚蠢之人不区分处在每一个身体内的个体灵魂(ātmā)和超灵(Paramātmā)。灵魂是普通生物，超灵是至尊人格首神。普通灵魂不同于超灵——至尊主。因此，“在众生体内的至尊人格首神”的意思是，哈尔依作为超灵处之，而不是普通灵魂，尽管普通灵魂是超灵的一部分。向众生致敬的意思是向处在众生体内的超灵致敬。人不该误以为每一个生物都是超灵。肆无忌惮的人有时将不同的普通生物体称为“贫穷的纳茹阿亚纳(daridra-nārāyaṇa)”、“斯瓦米·纳茹阿亚纳”……这个纳茹阿亚纳(Nārāyaṇa)或那个纳茹阿亚纳。应该很清楚，尽管纳茹阿亚纳处在每一个生物体的心中，但生物本身永远都变不成纳茹阿亚纳。

第 33 节

एवं निर्जितषड्वर्गैः क्रियते भक्तिरीश्वरे ।
वासुदेवे भगवति यया संलभ्यते रतिः ॥३३॥

evaṁ nirjita-ṣaḍ-vargaiḥ
kriyate bhaktir īśvare
vāsudeve bhagavati
yayā saṁlabhyate ratiḥ

evam—如此 / nirjita—抑制 / ṣaṭ-vargaiḥ—透过感官的六个表征(贪图物质享乐的欲望、愤怒、贪婪、错觉、疯狂和妒嫉) / kriyate—做 / bhaktiḥ—奉爱服务 / īśvare—向至尊控制者 / vāsudeve—对主华苏戴瓦 / bhagavati—至尊人格首神 / yayā—被……的 / saṁlabhyate—得到 / ratiḥ—依恋之情

译文 从事这些活动(上述活动)，使人能削弱贪图物质享乐的欲望、愤怒、贪婪、错觉、疯狂和妒嫉等敌人施加的影响，而只有处在这种状态时，人才能够为至尊主做服务。这种方式确保人升上为至尊人格首神做爱心服务的层面。

要旨 正如第30—31节诗所提到的，人的首要责任是接近至尊人格首神的代表——灵性导师，开始为他做服务。帕拉德王提议：小孩子从小开始(kaumāra ācaret prājñaḥ)，就该在灵性导师开的学校(guru-kula)居住期间，受到侍奉灵性导师的训练(brahmacārī guru-kule vasan dānto guror hitam.《圣典博伽瓦谭》7.12.1)。这是灵性生活的开始。通过遵守灵性导师和经典的指示，门徒达到做奉爱服务的阶段，变得不再依恋物质拥有(guru-pādāśrayaḥ, sādhu-vartmānuvartanam, sad-dharma-pṛcchā)。他将拥有的一切都献给让他致力于做聆听、吟唱和记忆神的圣名等奉爱服务的灵性导师。正如圣茹帕·哥斯瓦米所确认的：门徒严格遵守灵性导师的指令，以此方式学习如何控制自己的感官。接着，靠用他被净化的智力，逐渐

成为爱至尊人格首神的人(ādau śraddhā tataḥ sādhu-saṅgaḥ)。这使人生变得完美，对奎师那的依恋完全展现出来。那时，他就会像下一节诗所解释的那样，完全处在如痴如醉的狂喜状态中，体验巴瓦(bhāva)和阿努巴瓦(anubhāva)等爱神的超然感受。

第 34 节

निशम्य कर्माणि गुणानतुल्यान्
वीर्याणि लीलातनुभिः कृतानि ।
यदातिहर्षोत्पुलकाश्रुगद्गदं
प्रोत्कण्ठ उद्गायति रौति नृत्यति ॥३४॥

niśamya karmāṇi guṇān atulyān
vīryāṇi līlā-tanubhiḥ kṛtāni
yadātiharṣotpulakāśru-gadgadaṁ
protkaṇṭha udgāyati rauti nṛtyati

niśamya—聆听 / karmāṇi—超然的活动 / guṇān—灵性品质 / atulyān—非凡的(在普通人身上看不到的) / vīryāṇi—很强有力的 / līlā-tanubhiḥ—通过不同的娱乐活动形象 / kṛtāni—举行 / yadā—当……时 / atiharṣa—由于极大的喜悦 / utpulaka—毛发直竖 / aśru—眼泪 / gadgadam—颤抖的声音 / protkaṇṭhaḥ—大声 / udgāyati—大声地歌唱 / rauti—呼喊 / nṛtyati—跳舞

译文 稳定地做奉爱服务的人，无疑是他感官的控制者，因而是解脱之人。这种解脱之人——纯粹的奉献者，一旦听到至尊主的化身们为从事各种娱乐活动而展示的超然品质和活动，就立刻毛发直竖、泪水涌流，因灵性的体悟而声音颤抖。他有时在大庭广众之中跳舞，有时呼喊，这样表达他的超然喜悦。

要旨 至尊主的活动非凡无比。例如，当祂以主茹阿玛禅铎

(Rāmacandra)的身份显现时，祂从事了在海洋上架桥的非凡活动。同样，主奎师那显现时，在只有七岁的时候举起了哥瓦尔丹山(Govardhana)。这些都是非凡无比的活动。没有处在超然状态中的蠢人和无赖们，认为至尊主从事的这些非凡活动都是虚构的神话，但纯粹的奉献者——解脱之人，听到至尊主从事的这些非凡活动时，就会立刻变得如痴如醉，展现出歌唱、跳舞、大声呼喊和喜悦等征象。这是奉献者和非奉献者之间的区别。

第 35 节

यदा ग्रहग्रस्त इव क्वचिद्धस-
　त्याक्रन्दते ध्यायति वन्दते जनम् ।
मुहुः श्वसन् वक्ति हरे जगत्पते
　नारायणेत्यात्ममतिर्गतत्रपः ॥३५॥

yadā graha-grasta iva kvacid dhasaty
　ākrandate dhyāyati vandate janam
muhuḥ śvasan vakti hare jagat-pate
　nārāyaṇety ātma-matir gata-trapaḥ

yadā—当……时 / graha-grastaḥ—被鬼魂附体 / iva—如同 / kvacit—有时 / hasati—笑 / ākrandate—(记起至尊主超然时的品质)大声哭泣 / dhyāyati—冥想 / vandate—献上敬意 / janam—对众生(认为他们都在为至尊主服务) / muhuḥ—持续地 / śvasan—呼吸沉重 / vakti—他说 / hare—我的主啊！ / jagat-pate—整个世界的主人啊！ / nārāyaṇa—主纳茹阿亚纳啊！ / iti—如此 / ātma-matiḥ—全神贯注地想着至尊主 / gata-trapaḥ—不怕丢脸

译文　当一个奉献者变得像被鬼魂附体之人时，他会大笑，高声歌唱至尊主的品质。他有时打坐冥想，将所有的生物体都视为是至尊主的奉献者，向众生献上他的敬意。最后，他变得呼吸沉重，不在乎社会礼仪，如同疯子般大声吟唱道："哈瑞·奎师那，哈瑞·奎师那！啊，我的至尊主，宇宙的主人啊！"

要旨 当人如痴如醉地吟唱至尊主的圣名，不在乎社会习俗时，就该明白他在"全神贯注地想着至尊主(ātma-mati)"。换句话说，他所有的注意力都专向了至尊人格首神。

第36节

तदा पुमान्मुक्तसमस्तबन्धन-
स्तद्भावभावानुकृताशयाकृतिः ।
निर्दग्धबीजानुशयो महीयसा
भक्तिप्रयोगेण समेत्यधोक्षजम् ॥३६॥

tadā pumān mukta-samasta-bandhanas
tad-bhāva-bhāvānukṛtāśayākṛtiḥ
nirdagdha-bījānuśayo mahīyasā
bhakti-prayogeṇa samety adhokṣajam

tadā—那时 / pumān—生物体 / mukta—解脱 / samasta-bandhanaḥ—从奉爱服务之途上的一切物质障碍 / tat-bhāva—至尊主活动的本质的 / bhāva—经由想着 / anukṛta—使相似 / āśaya-ākṛtiḥ—身心……的 / nirdagdha—烧成灰烬 / bīja—物质存在的种子或根本原因 / anuśayaḥ—欲望 / mahīyasā—非常强大的 / bhakti—奉爱服务的 / prayogeṇa—通过运用 / sameti—达到 / adhokṣajam—超越物质心智和知识范围所能感知到的至尊人格首神

译文 由于一直不断地想着至尊主的娱乐活动，由于身心的品质从物质转化为灵性，那奉献者不再有丝毫的物质污染。他怀着强烈的奉爱之情所做的服务，将他的愚昧无知、物质意识及一切种类的物质欲望全部烧成灰烬。到达这一阶段，人就会得到至尊主莲花足的庇护。

要旨　奉献者完全被净化时就变得“毫无物质欲望(anyābhi-lāṣitā-śūnya)”。换句话说，他所有的物质欲望都被烧成了灰烬；他作为至尊主的仆人、朋友、父亲、母亲或恋人而存在。由于人一直不断地以这种方式思考，其物质的身心全部被灵性化，物质躯体的需求不复存在。把一根铁棒放进火中，那铁棒就会变得越来越热，直到变得通红时，就不再是铁，而是火了。同样道理，奉献者一直不断地做奉爱服务，怀着原本的奎师那意识想至尊主时，就不再从事任何物质活动，因为他的身体已经灵性化了。奎师那意识的提高有十分强大的力量，因此哪怕是在这一生，这样的奉献者都能得到至尊主莲花足的庇护。圣柴坦亚·玛哈帕布就全面展现了奉献者的这种超然狂喜的存在状态。对此，圣玛德瓦查尔亚这样写道：

tad-bhāva-bhāvaḥ tad yathā svarūpaṁ bhaktiḥ
kecid bhaktā vinṛtyanti gāyanti ca yathepsitam
kecit tuṣṇīṁ japanty eva kecit śobhaya-kāriṇaḥ

圣柴坦亚·玛哈帕布完全展现了奉爱服务的心醉神迷状态；祂有时跳舞，有时哭喊，有时歌唱，有时保持沉默，有时吟唱至尊主的圣名。那是完美的灵性存在。

第 37 节

अधोक्षजालम्भमिहाशुभात्मनः
शरीरिणः संसृतिचक्रशातनम् ।
तद् ब्रह्मनिर्वाणसुखं विदुर्बुधा-
स्ततो भजध्वं हृदये हृदीश्वरम् ॥३७॥

adhokṣajālambham ihāśubhātmanaḥ
śarīriṇaḥ saṁsṛti-cakra-śātanam
tad brahma-nirvāṇa-sukhaṁ vidur budhās
tato bhajadhvaṁ hṛdaye hṛd-īśvaram

adhokṣaja一与超越物质心智和经验知识的至尊人格首神 / ālambham一不断地接触 / iha一在个这物质世界里 / aśubha-ātmanaḥ一心受物质污染……的 / śarīriṇaḥ一接受了物质躯体的生物的 / saṁsṛti一物质存在的 / cakra一轮 / śātanam一完全停止 / tat一那 / brahma-nirvāṇa一与绝对真理至尊梵联结 / sukham一超然的快乐 / viduḥ一了解 / budhāḥ一灵性进步之人 / tataḥ一因此 / bhajadhvam一做奉爱服务 / hṛdaye一在内心深处 / hṛt-īśvaram一对至尊人格首神——内心的超灵

译文 生命真正的问题是生死轮回，那就像不停重复滚动的轮子。然而，人一旦与至尊人格首神接触，这生死轮回的轮子便停止转动。换句话说，一直不断地做奉爱服务所体悟到的超然极乐，使人彻底摆脱物质存在。所有博学的人都知道这一点。因此，我亲爱的朋友们，恶魔的儿子啊！立刻开始冥想和崇拜处在众生心中的超灵吧。

要旨 一般的了解是，靠融入绝对真理不具人格特征——梵(Brahman)的存在，人将变得十分快乐。梵文brahma-nirvāṇa的意思是“与绝对真理至尊梵连结”，而绝对真理可以透过梵光、超灵和至尊人格首神本人这三种特征加以认识(brahmeti paramātmeti bhagavān iti śabdyate)。人之所以可以通过融入不具人格特征的梵感受到灵性的快乐(brahma-sukha)，是因为梵光(brahmajyoti)是至尊人格首神放射出的光芒。经典中说，不具人格特征的梵，由奎师那的超然身体放射出的光芒构成(yasya prabhā prabhavato jagadaṇḍa-koṭi)。因此，融入梵光所感受到的超然极乐是因为与奎师那产生了接触。与奎师那有交往是完美的灵性极乐(brahma-sukha)。当人的心与不具人格特征的梵接触时，人就会感到满足。但必须更进一步——为至尊人格首神做服务，因为灵魂不保证总能停留在梵光中。正如经典所说：灵魂也许有机会融入绝对真理的梵光中，但因为不了解主阿窦克沙佳(Adhokṣaja)——华苏戴瓦(Vāsudeva)，所以还有机会坠落(āruhya kṛcchreṇa paraṁ padaṁ tataḥ patanty adho 'nādṛ-ta-yuṣmad-aṅghrayaḥ)。当然，这种灵性的快乐无疑会使人忘记物质的快乐，但当人透过不具人格特征的梵光和处在局部区域的超灵更进一步，以仆人、朋友、父母或恋人等身份去接近至尊人格首神时，人就具有了完整的快乐。接着，仿佛人看到月光就变得快乐，人自然而然感到超然的极乐。看到月亮自然使人感到快乐，但能看到至尊人格首神时，会感到成百上千倍不断增强的超然快乐。人只要很亲密地与至尊人格首神接触上，一切物质污染就必然被清除。有物质躯体的生物感受到超然的快乐(yā nirvṛtis tanu-bhṛtām)，所有物质快乐的这种中断被称为完全的极乐(nirvṛti)或涅槃(nirvāṇa)。在《奉爱服务的纯粹甘露之洋》第1篇第1章的第38节诗中，圣茹帕·哥斯瓦米说：

brahmānando bhaved eṣa
cet parārdha-guṇīkṛtaḥ
naiti bhakti-sukhāmbhodheḥ
paramāṇu-tulām api

“融入梵光的极乐(brahmānanda)乘以一百兆，都无法等同于做奉爱服务感受到的超然极乐海洋中一个原子碎片的快乐。”

brahma-bhūtaḥ prasannātmā
na śocati na kāṅkṣati
samaḥ sarveṣu bhūteṣu
mad-bhaktiṁ labhate parām

“这样处在超然境界中的人，立刻觉悟至尊梵，变得充满喜悦。他永不悲伤，不再想得到什么。他平等对待众生。在这种状态下，他达到为我做奉爱服务的境界。”(《博伽梵歌》18.54)人如果从“与绝对真理至尊梵联结(brahma-nirvāṇa)”的阶段更进一步，就会进入做奉爱服务的阶段(mad-bhaktiṁ labhate parām)。梵文

“与超越物质心智和经验知识的至尊人格首神不断接触(adhokṣajā-lambham)”一句是指，始终心系着超越心念和物质推测的绝对真理。内心始终专注于奎师那的莲花足(sa vai manaḥ kṛṣṇa-padāravindayoḥ)。这是崇拜神像的结果。靠一直不断地为至尊主做服务，想着祂的莲花足，人自然而然就清除了一切物质污染。因此，梵文“与绝对真理至尊梵相连的超然快乐(brahma-nirvāṇa-sukham)”一句是指，人一旦与绝对真理接触，物质感官享乐就立刻变得索然无味。

第38节

कोऽतिप्रयासोऽसुरबालका हरे-
रुपासने स्वे हृदि छिद्रवत्सतः ।
स्वस्यात्मनः सख्युरशेषदेहिनां
सामान्यतः किं विषयोपपादनैः ॥३८॥

ko 'ti-prayāso 'sura-bālakā harer
upāsane sve hṛdi chidravat sataḥ
svasyātmanaḥ sakhyur aśeṣa-dehināṁ
sāmānyataḥ kiṁ viṣayopapādanaiḥ

kaḥ—什么 / ati-prayāsaḥ—困难 / asura-bālakāḥ—恶魔的儿子们啊！ / hareḥ—至尊人格首神的 / upāsane—在做奉爱服务时 / sve—在自己的 / hṛdi—内心 / chidra-vat—恰似天空 / sataḥ—永远存在的…… / svasya—人或生物自己的 / ātmanaḥ—超灵的 / sakhyuḥ—给予祝福的密友 / aśeṣa—无限的 / dehinām—有物质躯体的灵魂的 / sāmānyataḥ—通常 / kim—有什么用 / viṣaya-upapādanaiḥ—感官享乐的活动

译文 啊，我的朋友，恶魔的儿子们！至尊人格首神始终以祂超灵的形象处在每个生物体的心中。事实上，祂是每一个生物的祝愿者和朋友。崇拜至尊主毫无困难。既然这样，人们为什么还不为祂做服务呢？为什么还对不必要地生产供感官享乐用的人造用品如此上瘾呢？

要旨　由于人格首神至高无上，没人与祂平等，也没人比祂伟大。尽管如此，对至尊人格首神的奉献者来说，至尊主很容易得到。至尊主之所以被比作是天空，是因为天空虽然广阔，但却是不仅人类，甚至就连动物在内的一切众生都能触及到的。至尊主作为最好的祝愿者和朋友，以祂的超灵形象存在。正如韦达经所证实说：至尊主始终以祂的超灵形象，作为最好的朋友和祝愿者(sayujau sakhāyau)与生物一起处在心中。至尊主对生物是如此友好，甚至始终在生物体的心中，以便生物能毫无困难地永远与祂交往。而生物要想与至尊主交往，只要做奉爱服务就可以(śravaṇaṁ kīrtanaṁ viṣṇoḥ smaranaṁ pāda-sevanam)。人一旦聆听与至尊人格首神的话题(kṛṣṇa-kīrtana)，就立刻与至尊主接触上。奉献者是通过做以下的一种或所有种类的奉爱服务，立刻与至尊主接触上的：

śravaṇaṁ kīrtanaṁ viṣṇoḥ
smaraṇaṁ pāda-sevanam
arcanaṁ vandanaṁ dāsyaṁ
sakhyam ātma-nivedanam

诗中描述了九种奉爱服务，它们分别是：聆听并歌唱主维施努超然的圣名、形象、品质、随身用品、随行人员及娱乐活动，铭记它们，侍奉至尊主的莲花足，用十六种用品恭敬地崇拜至尊主，向至尊主祈祷，成为祂的仆人，将至尊主视为是自己最好的朋友，把一切都献给祂。因此，要与至尊主交往并不困难(ko 'ti-prayāsaḥ)。相反，去地狱需要付出极大的努力。人要想通过非法性生活、食肉、赌博和麻醉自我去地狱，就必须具备许许多多的条件。要想有非法性生活，人就必须有足够去妓院的金钱。要想食肉，人必须开设许许多多屠宰场。要想赌博，人必须兴建赌场和饭店。而要想喝酒麻醉自我，就必须盖许多酿酒厂。所以很清楚，想要去地狱的人必须非常努力；而想要回归家园，回到首神身边，则没有困难。想要回到首神身边的人，可以在任何地方、任何情况下独自生活，只要坐下冥想超灵，吟诵、吟唱并聆听有关至尊主即可。因此，要接近至尊主根本就没有困难。由于没有能力控制感官，人必须费尽九牛二虎之力去地狱(adānta-gobhir viśatāṁ tamisram)。然而，明智之人可以很容易就得到至尊人格首神的恩惠，因为至尊主始终在他心中。借由聆听和吟诵、吟唱主维施努的一切(śravaṇaṁ kīrtanaṁ viṣṇoḥ)的简单方法，就能取悦至尊主。事实上，至尊主说：

patraṁ puṣpaṁ phalaṁ toyaṁ
yo me bhaktyā prayacchati
tad ahaṁ bhakty-upahṛtam
aśnāmi prayatātmanaḥ

“人如果怀着奉爱之心给我供奉一片叶、一朵花、一个水果或一些水，我将会接受。”(《博伽梵歌》9.26)我们可以在任何地方冥想至尊主。正因为如此，帕拉德王告诉他的朋友——恶魔的儿子们，走这条回归家园、回到首神身边的路毫无困难。

第 39 节

रायः कलत्रं पशवः सुतादयो
गृहा मही कुञ्जरकोशभूतयः ।
सर्वेऽर्थकामाः क्षणभङ्गुरायुषः
कुर्वन्ति मर्त्यस्य कियत्प्रियं चलाः ॥३९॥

rāyaḥ kalatraṁ paśavaḥ sutādayo
gṛhā mahī kuñjara-kośa-bhūtayaḥ
sarve 'rtha-kāmāḥ kṣaṇa-bhaṅgurāyuṣaḥ
kurvanti martyasya kiyat priyaṁ calāḥ

rāyaḥ－钱财 / kalatram－妻子和女朋友 / paśavaḥ－牛、马、驴子、猫和狗等家养的动物 / suta-ādayaḥ－孩子等 / gṛhāḥ－大建筑物和住宅 / mahī－土地 / kuñjara－大象 / kośa－金库 / bhūtayaḥ－以及供感官享乐和物质享乐的其他奢侈品 / sarve－所有的 / artha－经济发展 / kāmāḥ－以及感官享乐 / kṣaṇa-bhaṅgura－稍纵即逝 / āyuṣaḥ－寿命……的人的 / kurvanti－影响或带来 / martyasya－注定会死之人的 / kiyat－多少 / priyam－愉悦 / calāḥ－飘忽不定且短暂的

译文　人的钱财、美妻、女朋友、儿女和住宅，以及乳牛、大象、马匹等家畜，加上财宝、经济发展和感官享乐，事实上甚至就连可以让我们享受这一切物质财富的寿命，都无疑既短暂又不稳定。既然人体生命这一机会短暂易逝，这些物质财富能给了解自己是“永恒的”清醒之人何种利益？

要旨　这节诗文讲述发展经济的主张是如何被自然法律所挫败的。正如前一节诗询问的：所谓的经济发展有什么真正的利益(kiṁ viṣayopapādanaiḥ)？世界历史实际证明：试图通过提高物质文明，为躯体的舒适增长经济，对生老病死这些不可避免的痛苦没有任何帮助。大家都知道世界历史上的各大帝国，其中包括罗马帝国、莫卧儿帝国、大英帝国等，但所有这些帝国致力于发展经济的努力(sarve 'rtha-kāmāḥ)，都被自然法律通过定期发生战争、瘟疫和饥荒等形式所挫败。所有这些努力都短暂易逝。正因为如此，这节诗文中说，人们也许为拥有一个疆土辽阔的帝国而感到自豪，但这种帝国是短暂的(kurvanti martyasya kiyat priyaṁ calāḥ)；一两百年后，一切都将结束。所有这类经济繁荣发展的状况虽然是经过巨大的努力，克服重重困难后得到的，但很快就垮掉了。所以，它们被描述为是“飘忽不定且短暂的(calāḥ)”。明智之人应该得出结论，即物质的经济发展根本不能令人满意。《博

伽梵歌》中描述整个世界是痛苦、短暂的(duḥkhālayam aśāśvatam)。经济发展也许在一段时间内令人愉快，但无法持久。正因为如此，大商人们如今都闷闷不乐，因为政府用各种手段所进行的掠夺使他们疲累不堪。总而言之，经济发展既不持久，又不使灵魂快乐，人为什么要为所谓的经济发展浪费自己的时间呢？

另外，我们与至尊人格首神奎师那的关系是永恒的。纯净的灵魂永恒地爱着奎师那(nitya-siddha kṛṣṇa-prema)。这种作为仆人、朋友、父母或恋人的永恒的爱，一点都不难恢复。尤其在这个年代中，我们得到的特权是，仅仅靠吟诵、吟唱哈瑞·奎师那·曼陀(harer nāma harer nāma harer nāmaiva kevalam)，就可以恢复与神原本就有的关系，从而变得那么快乐，以致根本不想要与物质有关的一切。正如圣柴坦亚·玛哈帕布所明确说明的：有高度奎师那意识的十分进步的奉献者，不想追求钱财、追随者或个人拥有(na dhanaṁ na janaṁ na sundarīṁ kavitāṁ vā jagad-īśa kāmaye)。拥有物质财富所具有的满足感，虽然程度不同，但即使在无法使自己恢复与奎师那的永恒关系的猪狗生命形式中都能得到。然而在人体生命形式中，沉睡着的我们与奎师那的永恒关系，就有可能恢复。正因为如此，帕拉德王描述这一生是“极其珍贵的(arthadam)。所以，与其浪费时间去发展无法给我们带来任何快乐的经济，不如一心努力恢复与奎师那的永恒关系。这将是我们对人生的正确利用。

第 40 节

एवं हि लोकाः क्रतुभिः कृता अमी
क्षयिष्णवः सातिशया न निर्मलाः ।
तस्माददृष्टश्रुतदूषणं परं
भक्त्योक्तयेशं भजतात्मलब्धये ॥४०॥

evaṁ hi lokāḥ kratubhiḥ kṛtā amī
kṣayiṣṇavaḥ sātiśayā na nirmalāḥ
tasmād adṛṣṭa-śruta-dūṣaṇaṁ paraṁ
bhaktyoktayeśaṁ bhajatātma-labdhaye

evam—同样地(如同地球上的财富和财产是短暂的) / hi—事实上 / lokāḥ—像天堂、月亮、太阳和布茹阿玛星球这样的高等星系 / kratubhiḥ—靠举行盛大的祭祀 / kṛtāḥ—达到 / amī—所有的 / kṣayiṣṇavaḥ—易毁坏的、短暂的 / sātiśayāḥ—尽管更舒适、更令人愉快 / na—不 / nirmalāḥ—纯洁的(免于烦恼) / tasmāt—因此 / adṛṣṭa-śruta—从没被看到或听到 / dūṣaṇam—错误……的 / param—至尊者 / bhaktyā—怀着巨大的奉爱之情 / uktayā—如韦达文献中所讲述(不掺杂知识思辨或功利性活动) / īśam—至尊主 / bhajata—崇拜 / ātma-labdhaye—为觉悟自我

译文　从韦达文献中得知，举行盛大的祭祀可以使人升上天堂星球。然而，尽管天堂星球的生活舒适程度比地球高千百倍，但天堂星球并不纯净，也就是说并没有免于物质存在的污染。天堂星球也是短暂的，因此并非生命的最终目的。可至尊人格首神从没有被看到或听说有什么缺陷。因此，为了你们自己的利益和对自我的认识，你们必须按照启示经典的教导，满怀奉爱之情崇拜至尊主。

要旨　正如《博伽梵歌》所说，人在天堂星球中耗尽自己虔诚活动的结果后，重新回到这个终有一死的星球来(kṣīṇe puṇye martya-lokaṁ viśanti)。我们即使靠举行伴随有献祭动物这类罪恶活动的盛大祭祀升上高等星系，享受斯瓦尔嘎星球(Svargaloka)上的高水准快乐，也还是没有免于困扰。就连天帝因铎(Indra)也会为生存而奋斗。所以，升上天堂星球并没有实际的利益。事实上，生物在耗尽从事虔诚活动的结果后，必须从天堂星球返回地球。韦达经中说：正如我们在这个世界里靠辛苦工作得到的物质地位

过一段时间就会失去，生物在天堂星球内的居留时间最终也会结束(tad yatheha karma jito lokaḥ kṣīyate evam evāmutra puṇya jito lokaḥ kṣīyata)。人根据从事的不同程度的虔诚活动，得到不同标准的生活，但这些生活没有一种是永恒的，因此都不纯粹。所以，人不该为升上天堂星系而努力，因为结局只是返回地球或降到更低等的地狱星球。要停止这种上上下下的循环，人必须培养奎师那意识。为此，圣柴坦亚·玛哈帕布说：

brahmāṇḍa bhramite kona bhāgyavān jīva
guru-kṛṣṇa-prasāde pāya bhakti-latā-bīja

(《永恒的柴坦亚经》中篇19.151)

生物在生死轮回圈中旋转，有时上到高等星球，有时下到低等星球，但那不是解决生命问题的方法。如果靠奎师那的恩典，人有幸能遇到一位灵性导师(guru)——奎师那的代表，就能认清自我，回归家园，回到首神身边。这才是我们应该渴望的。我们必须为觉悟自我而培养奎师那意识(bhajatātma-labdhaye)。

第41节

यदर्थ इह कर्माणि विद्वन्मान्यसकृन्नरः ।
करोत्यतो विपर्यासममोघं विन्दते फलम् ॥४१॥

yad-artha iha karmāṇi
  vidvan-māny asakṛn naraḥ
karoty ato viparyāsam
  amoghaṁ vindate phalam

yat—……的 / arthe—为了……的目的 / iha—在这个物质世界里 / karmāṇi—许多活动(工厂、工业和投机买卖等) / vidvat—很有学问 / mānī—认为自己 / asakṛt—再三 / naraḥ—一个人 / karoti—从事 / ataḥ—从这 / viparyāsam—相反 / amogham—无可避免的 / vindate—得到 / phalam—结果

译文　物质主义者认为自己具有高等智慧，不断地为发展经济而努力。但正如韦达经中阐明，他无论在今生或来世，都再三不断地被物质活动所击败。事实上，物质主义者无可避免地总是得到事与愿违的结果。

要旨　从没有人从物质活动中得到自己想要的结果。恰恰相反，所有的人都再三遭到失败。因此，我们在今生或来世都不该为感官享乐而将时间浪费在这种物质活动中。有那么多爱国人士、经济学家和其他有抱负的人都为了寻求快乐而独自或集体奋斗过，但历史证明，他们都失败了。在近代史中，我们看到有许多政治领袖都为个人或集体的利益而艰苦努力地发展经济，但都失败了。这就是在下一节诗中明确解释的自然法律。

第 42 节

सुखाय दुःखमोक्षाय सङ्कल्प इह कर्मिणः ।
सदाप्नोतीहया दुःखमनीहायाः सुखावृतः ॥४२॥

sukhāya duḥkha-mokṣāya
saṅkalpa iha karmiṇaḥ
sadāpnotīhayā duḥkham
anīhāyāḥ sukhāvṛtaḥ

sukhāya－为了获得所谓的高级生活的快乐 / duḥkha-mokṣāya－为了摆脱痛苦 / saṅkalpaḥ－决心 / iha－在这个世界里 / karmiṇaḥ－努力发展经济的生物的 / sadā－总是 / āpnoti－获得 / īhayā－靠活动或抱负 / duḥkham－只有不快乐 / anīhāyāḥ－以及从不想发展经济 / sukha－经由快乐 / āvṛtaḥ－覆盖

译文　在这个物质世界里，所有的物质主义者都想要获得快乐，减轻痛苦，以此作为行动的准则。然而，人一旦停止追求快乐，他就是快乐的；一旦开始追求快乐，他的痛苦也就开始了。

要旨 正如《博伽梵歌》中的描述，全体受制约的灵魂都受物质自然法律的束缚(prakṛteḥ kriyamāṇāni guṇaiḥ karmāṇi sarvaśaḥ)。每一个生物都得到物质自然按照至尊人格首神的命令所给予的某种类型的躯体。

īśvaraḥ sarva-bhūtānāṁ
hṛd-deśe 'rjuna tiṣṭhati
bhrāmayan sarva-bhūtāni
yantrārūḍhāni māyayā

“阿尔诸纳啊！每个生物都坐在一台由物质能量制成的机器上，至尊主处在他们心中，指导他们周游四方。”(《博伽梵歌》18.61)至尊人格首神——超灵，处在每一个生物体的心中；至尊主按照生物体的愿望提供便利条件，让生物可以在不同等级的躯体中按照自己的愿望工作。躯体就像是一个工具，生物怀着得到虚幻快乐的欲望利用它，结果在不同水平的生活中遭受生老病死痛苦的折磨。每个人都带着某种计划和抱负开始从事活动，但事实上，从始至终都没有得到快乐。恰恰相反，人一旦按照自己的计划开始行事，其苦恼生活就开始了。因此，人不该有要消除生活中不快乐情况的野心，因为实际上根本无法做到这一点。灵魂受假我的迷惑，以为是自己在活动(ahaṅkāra-vimūḍhātmā kartāham iti manyate)。人抱着错误的野心行事，以为自己可以靠自己的活动改善物质状况。韦达经指示说，人不该试图增加快乐或减少痛苦，因为这根本就没有用(tasyaiva hetoḥ prayateta kovidaḥ)。我们应该为觉悟自我而努力，而不是为发展无法改善的经济而努力。人在不需要努力的情况下就能得到命中注定的一定量的快乐和痛苦，这一点是无法改变的。因此，最好是用自己的时间在培养奎师那意识的灵性生活中争取进步。我们不该浪费自己宝贵的人生。最好是用这一生培养奎师那意识，而不是渴望得到所谓的快乐。

第 43 节

कामान् कामयते काम्यैर्यदर्थमिह पूरुषः ।
स वै देहस्तु पारक्यो भङ्गुरो यात्युपैति च ॥४३॥

kāmān kāmayate kāmyair
yad-artham iha pūruṣaḥ
sa vai dehas tu pārakyo
bhaṅguro yāty upaiti ca

kāmān－供感官享乐的东西 / kāmayate－想要 / kāmyaiḥ－靠值得从事的各种活动 / yat－……的 / artham－为了 / iha－在这个物质世界里 / pūruṣaḥ－生物 / saḥ－那 / vai－事实上 / dehaḥ－躯体 / tu－但是 / pārakyaḥ－属于其他的(狗、秃鹰等) / bhaṅguraḥ－易毁坏的 / yāti－离开 / upaiti－包裹灵魂 / ca－和

译文 生物想要让自己的身体感到舒适并为此而制定许多计划，但身体其实是他人的财产。事实上，易毁坏的躯体包裹生物，然后把他撇在一边。

要旨 每一个人都想要自己的身体感到舒适，并努力为此创造相应的条件，但却忘了躯体最终要被狗、豺狼或蛾吃掉，从而转化为无用的粪便、灰烬或泥土。生物为使一个接一个的躯体感到舒适而浪费自己的时间，为获取物质拥有做无用的努力。

第 44 节

किमु व्यवहितापत्यदारागारधनादयः ।
राज्यकोशगजामात्यभृत्याप्ता ममतास्पदाः ॥४४॥

kim u vyavahitāpatya-
dārāgāra-dhanādayaḥ
rājya-kośa-gajāmātya-
bhṛtyāptā mamatāspadāḥ

kim u—更不要说 / vyavahita—分离 / apatya—孩子 / dāra—妻子 / agāra—住所 / dhana—财富 / ādayaḥ—等等 / rājya—王国 / kośa—宝库 / gaja—大象和马匹 / amātya—大臣 / bhṛtya—仆人 / āptāḥ—亲戚 / mamatā-āspadāḥ—“我的”这一错误概念的对象所在的地点和住所

译文 既然躯体本身最终要变成粪便或泥土，那么妻子、住宅、钱财、孩子、亲戚、仆人、朋友、王国、宝库、家畜和大臣这些与躯体有关的人事物有什么意义呢？他们也是短暂的。对此还能说什么？

第 45 节

किमेतैरात्मनस्तुच्छैः सह देहेन नश्वरैः ।
अनर्थैरर्थसङ्काशैर्नित्यानन्दरसोदधेः ॥४५॥

kim etair ātmanas tucchaiḥ
saha dehena naśvaraiḥ
anarthair artha-saṅkāśair
nityānanda-rasodadheḥ

kim—有什么用 / etaiḥ—与所有这些 / ātmanaḥ—对真正的自我 / tucchaiḥ—最没有意义的 / saha—与 / dehena—躯体 / naśvaraiḥ—会毁坏的 / anarthaiḥ—不值得要的 / artha-saṅkāśaiḥ—看似需要 / nitya-ānanda—永恒快乐的 / rasa—甘露的 / udadheḥ—对海洋

译文 只有当躯体还在时，这些人事物才很亲近；可躯体一旦毁灭，与躯体有关的一切就都结束。因此，生物与那一切其实无关，只是出于愚昧无知，才会认为他们很珍贵。与永恒快乐的海洋相比，那一切所带来的快乐极其微不足道。那种微不足道的关系对永恒的生物来说有什么用？

要旨 奎师那意识——为主奎师那所做的奉爱服务，是永恒极乐的海洋。与这永恒的极乐相比，所谓的社会、友谊和爱所给予的所谓快乐毫无用处且微不足道。因此，人不该依恋短暂的事物，而应该发展奎师那意识，变得永恒的快乐。

第 46 节

निरूप्यतामिह स्वार्थः कियान्देहभृतोऽसुराः ।
निषेकादिष्ववस्थासु क्लिश्यमानस्य कर्मभिः ॥४६॥

nirūpyatām iha svārthaḥ
kiyān deha-bhṛto 'surāḥ
niṣekādiṣv avasthāsu
kliśyamānasya karmabhiḥ

nirūpyatām－让我们弄清楚 / iha－在这个世界里 / sva-arthaḥ－个人利益 / kiyān－多少 / deha-bhṛtaḥ－有物质躯体的生物的 / asurāḥ－恶魔的儿子们啊！ / niṣeka-ādiṣu－以性享乐为开始 / avasthāsu－在短暂的情况下 / kliśyamānasya－正遭受艰难困苦折磨的人的 / karmabhiḥ－因为他以前从事的物质活动

译文　我亲爱的朋友，恶魔的儿子们啊！生物过去从事功利性活动的结果使其接受不同种类的躯体。正因为如此，可以看到，他自从被注入子宫，就开始因某个躯体在一生所有的情况中受苦。所以，请在全面思考后告诉我，生物从事招致艰辛和痛苦结果的功利性活动，能得到什么真正的利益？

要旨　经典中说，在至尊主的监督下，生物——灵魂，按照他从事的功利性活动，接受一个特定的躯体(karmaṇā daiva-netreṇa jantur dehopapattaye)。在物质世界里从某个躯体得到的物质快乐，都以性享乐为基础(yan maithunādi-gṛhamedhi-sukhaṁ hi tuccham)。全世界的生物体那么辛苦地工作，就是为了得到性享乐。要享受性乐趣并维持物质生活的现状，人就必须十分辛苦地工作，而从事这种活动的结果是，使人为自己准备下一个物质躯体。帕拉德王向他的恶魔朋友们提出这个问题，让他们考虑。恶魔一般都无法明白，性享乐及物质生活的乐趣，其实都要依靠极度辛苦的工作。

第 47 节

कर्माण्यारभते देही देहेनात्मानुवर्तिना ।
कर्मभिस्तनुते देहमुभयं त्वविवेकतः ॥४७॥

karmāṇy ārabhate dehī
dehenātmānuvartinā
karmabhis tanute deham
ubhayaṁ tv avivekataḥ

karmāṇi－物质的功利性活动 / ārabhate－开始 / dehī－接受了某种躯体的生物 / dehena－用那躯体 / ātma-anuvartinā－按他的欲望和过去从事的活动得到的 / karmabhiḥ－通过这种物质活动 / tanute－他延伸 / deham－另一个躯体 / ubhayam－两者 / tu－事实上 / avivekataḥ－因为愚昧

译文 因为过去从事的功利性活动而得到现有躯体的生物，有可能在今生承受完他过去从事活动的结果，但这并不意味着他摆脱了物质躯体的束缚。生物接受一种躯体，通过用那个躯体从事活动又制造另一个躯体。他就这样从一个躯体转移到另一个躯体中，因十足的愚昧而重复经历生死。

要旨 除了人体之外，生物透过各种躯体所经历的进化，都是在自然法律的控制下自动发生的。换句话说，按自然法律的规定(prakṛteḥ kriyamāṇāni)，生物从低等生命形式进化到人体生命形式。但由于他在人体中具有发达的意识，他必须明白自己作为灵魂的原本地位和状态，了解自己为什么不得不接受了一个物质躯体。这机会由物质自然提供给他，但他如果仍如动物般行事，那他的人生有何利益可言？在这一次的人体生命形式中，他必须选择人生的目标，为实现那目标而行事。要想从灵性导师和经典(śāstra)得到指示，人必须有足够的智慧。在人体生命形式中，人不该保持愚昧无知的状态，而必须询问与自己的原本地位和状态有关的一切。这称为“询问绝对真理的时刻到了(athāto brahma jijñāsā)”。会提出很多问题是人的心理特点，各种哲学家于是在主观推测的基础上用各种类型的哲学加以思考并给予回答。但这并非解脱之途。韦达教导说：要想解决生命问题，人必须接受一位灵性导师(tad-vijñānārthaṁ sa gurum evābhigacchet)；人倘若认真想要询问有关解决物质存在的问题，就必须接近一位真正的灵性导师(tasmād guruṁ prapadyeta jijñāsuḥ śreya uttamam)。经典中还说：

tad viddhi praṇipātena
paripraśnena sevayā
upadekṣyanti te jñānaṁ
jñāninas tattva-darśinaḥ

“为理解真理而向一位灵性导师皈依，以服从的态度向他请教，为他服务。觉悟了自我的灵魂看到了真理，因此可以把知识传授给你。”(《博伽梵歌》4.34)我们必须通过投靠一位真正的灵性导师(praṇipātena)并为他做服务去接近他。有智慧的人必须向灵性导师询问有关人生的目标。真正的灵性导师能够回答所有这类问题，因为他看到了真理和真相。就连在从事普通活动时，我们都会先考虑得失，然后在行动。同样道理，有智慧的人必须在思考物质存在的整个过程后，按照真正的灵性导师的指导，有智慧地做事。

第 48 节

तस्मादर्थाश्च कामाश्च धर्माश्च यदपाश्रयाः ।
भजतानीहयात्मानमनीहं हरिमीश्वरम् ॥४८॥

tasmād arthāś ca kāmāś ca
  dharmāś ca yad-apāśrayāḥ
bhajatānīhayātmānam
  anīhaṁ harim īśvaram

tasmāt—因此 / arthāḥ—发展经济的抱负 / ca—和 / kāmāḥ—要进行感官享乐的野心 / ca—还有 / dharmāḥ—宗教责任 / ca—和 / yat—向…… / apāśrayāḥ—依靠的 / bhajata—崇拜 / anīhayā—对它们没有欲望 / ātmānam—超灵 / anīham—漠不关心 / harim—至尊人格首神 / īśvaram—至尊主

译文 笃信宗教、经济发展、感官享乐和解脱这四项使人取得灵性进步的活动，都取决于至尊人格首神的安排。因此，我亲爱的朋友们，请跟随奉献者的步伐，没有个人的欲望，完全依靠至尊主的安排，通过做奉爱服务崇拜祂——超灵。

要旨 这些话语充满了智慧。每一个人都该知道，我们生活中的每一个阶段都依靠至尊人格首神。因此，我们应该接受帕拉德王所推荐的宗教——达尔玛(dharma)，也就是为至尊主做奉爱服务的科学(bhāgavata-dharma)。这是奎师那的教导，即抛弃一切种类的宗教，只向我皈依(sarva-dharmān parityajya mām ekaṁ śaraṇaṁ vraja)。托庇于奎师那的莲花足，意味着按照奉爱服务(bhāgavata-dharma)的规范守则行事。至于经济发展，我们应该履行我们的职责，而结果则完全依靠至尊主的莲花足。至尊主说："你有权利履行你的规定职责，但无权享受活动的结果(karmaṇy evādhikāras te mā phaleṣu kadācana)。"人应该按照自己的地位履行职责，至于结果则完全依靠主奎师那。纳若塔玛·达斯·塔库尔(Narottama dāsa Ṭhākura)歌唱道，我们唯一的愿望应该是履行培养奎师那意识的责任。我们不该被功利性活动论的哲学(karma-mīmāṁsā)所误导，那种哲学的结论是：我们只要认真工作，结果就会自动到来。这不是事实。最终的结果都取决于至尊人格首神的意愿。所以，在做奉爱服务的过程中，奉献者完全依靠至尊主，诚实地履行自己的规定职责。正因为如此，帕拉德王忠告他的朋友们要完全依靠奎师那，通过做奉爱服务崇拜祂。

第 49 节

सर्वेषामपि भूतानां हरिरात्मेश्वरः प्रियः ।
भूतैर्महद्भिः स्वकृतैः कृतानां जीवसंज्ञितः ॥४९॥

sarveṣām api bhūtānāṁ
harir ātmeśvaraḥ priyaḥ
bhūtair mahadbhiḥ sva-kṛtaiḥ
kṛtānāṁ jīva-saṁjñitaḥ

sarveṣām－所有的 / api－无疑 / bhūtānām－生物体 / hariḥ－减轻众生痛苦的至尊主 / ātmā－生命最初的源头 / īśvaraḥ－一切的控制者 / priyaḥ－可亲的人 / bhūtaiḥ－由五种物质元素组成的分离能量 / mahadbhiḥ－从总体物质能量(mahat-tattva)发出的 / sva-kṛtaiḥ－由祂本人展示的 / kṛtānām－创造 / jīva-saṁjñitaḥ－因生物是其边缘能量的扩展而也被称为生物的

译文　至尊人格首神哈尔依是众生的灵魂和超灵。每一个由充满活力的灵魂及物质躯体组合成的生物体，都是祂能量的展现。因此，至尊主是最可亲的人，是至高无上的控制者。

要旨　至尊人格首神分别展示出物质能量、灵性能量和边缘能量等不同的能量。祂是物质世界里众生的来源，是处在每一个生物体心中的超灵。尽管生物本身是他所接受的各类躯体的原因，但躯体由物质自然按照至尊主的命令给予。

īśvaraḥ sarva-bhūtānāṁ
hṛd-deśe 'rjuna tiṣṭhati

bhrāmayan sarva-bhūtāni
yantrārūḍhāni māyayā

“阿尔诸纳啊！每个生物都坐在一台由物质能量制成的机器上，至尊主处在他们心中，指导他们周游四方。”（《博伽梵歌》18.61)躯体就如同允许生物坐在里面并按照自己的愿望操作的一台机器、一辆车。至尊主是物质躯体和灵魂的来源，灵魂是祂边缘能量的扩展。至尊主是众生最可亲的对象。帕拉德王劝告他的同班朋友——恶魔的儿子们，要再次托庇于至尊人格首神。

第 50 节

देवोऽसुरो मनुष्यो वा यक्षो गन्धर्व एव वा ।
भजन्मुकुन्दचरणं स्वस्तिमान् स्याद्यथा वयम् ॥५०॥

devo 'suro manuṣyo vā
yakṣo gandharva eva vā
bhajan mukunda-caraṇaṁ
svastimān syād yathā vayam

devaḥ－半神人 / asuraḥ－恶魔 / manuṣyaḥ－人 / vā－或者 / yakṣaḥ－夜叉(恶魔物种中的一类) / gandharvaḥ－音乐仙和歌仙 / eva－事实上 / vā－或者 / bhajan－做服务 / mukunda-caraṇam－可以赐予解脱的主奎师那(穆昆达)的莲花足 / svasti-mān－充满一切吉祥 / syāt－变得 / yathā－正如 / vayam－我们(帕拉德王)

译文 这个宇宙中的半神人、恶魔、人、夜叉和歌仙等生物体，如果能够侍奉可以赐予人解脱的穆昆达的莲花足，就会像我们(以帕拉德为首的奉爱服务的伟大权威人士)一样真正处在了生命最吉祥的状态中。

要旨 帕拉德王言传身教地要求他的朋友们致力于做奉爱服务。无论身处半神人的社会、恶魔种族、人类社会，还是歌仙、音乐仙的社会中，每一个生物都该托庇于穆琨达(Mukunda)的莲花足，从而在各方面都变得绝对地吉祥、好运。

第 51—52 节

नालं द्विजत्वं देवत्वमृषित्वं वासुरात्मजाः ।
प्रीणनाय मुकुन्दस्य न वृत्तं न बहुज्ञता ॥५१॥

न दानं न तपो नेज्या न शौचं न व्रतानि च ।
प्रीयतेऽमलया भक्त्या हरिरन्यद्विडम्बनम् ॥५२॥

nālaṁ dvijatvaṁ devatvam
ṛṣitvaṁ vāsurātmajāḥ
prīṇanāya mukundasya
na vṛttaṁ na bahu-jñatā

na dānaṁ na tapo nejyā
na śaucaṁ na vratāni ca
prīyate 'malayā bhaktyā
harir anyad viḍambanam

na—不 / alam—充足的 / dvijatvam—当一个完美的、具有高度资格的布茹阿玛纳 / devatvam—当半神人 / ṛṣitvam—当圣洁之人 / vā—或者 / asura-ātma-jāḥ—恶魔的后裔啊！ / prīṇanāya—为了取悦 / mukundasya—至尊人格首神穆昆达的 / na vṛttam—不良行为 / na—不 / bahu-jñatā—博学 / na—不 / dānam—布施 / na tapaḥ—没有苦行 / na—也不 / ijyā—崇拜 / na—不 / śaucam—清洁 / na vratāni—不遵守誓言 / ca—也 / prīyate—满足 / amalayā—由无瑕的 / bhaktyā—奉爱服务 / hariḥ—至尊主 / anyat—其他事物 / viḍamba-nam—只是表演

译文　我亲爱的朋友，恶魔的儿子们啊！成为完美的布茹阿玛纳、半神人、伟大的圣人，或者变得具有完好的礼节、学识渊博，都无法使你们取悦至尊人格首神。所有这些

资格都无法让至尊主感到高兴；布施、苦修、祭祀、清洁或遵守誓言也不可能让至尊主感到满意。只有对至尊主怀有忠贞不渝的纯真奉爱之情，才能取悦至尊主。没有真诚地做奉爱服务，一切都只不过是表演而已。

要旨 帕拉德王总结说：人可以靠真诚地用所有的方法为至尊主服务变得完美。当布茹阿玛纳、半神人和圣人等这些生命中的物质地位提升，并不能使人发展出对首神的爱；但人如果真诚地为至尊主做服务，就会有完整的奎师那意识。对此，《博伽梵歌》第9章的第30节诗证实说：

api cet sudurācāro
bhajate mām ananya-bhāk
sādhur eva sa mantavyaḥ
samyag vyavasito hi saḥ

“一个人即使从事过最令人憎恶的活动，但如果做奉爱服务，也就被认为是圣洁的，因为他下的决心是正确的。”发展出对奎师那纯洁无瑕的爱，是生命的完美境界。其他的程序也许有用，但如果不使人培养对奎师那的爱，就只不过是在浪费时间。

dharmaḥ svanuṣhitaḥ puṁsāṁ
viṣvaksena-kathāsu yaḥ
notpādayed yadi ratiṁ
śrama eva hi kevalam

“如果人们按各自的状况所从事的职业活动并没有使他们受人格首神信息的吸引，那么从事这些活动就是徒劳无益的。”(《圣典博伽瓦谭》1.2.8)对完美的检测是：人是否对至尊主有纯洁无瑕的奉爱之情。

第53节

ततो हरौ भगवति भक्तिं कुरुत दानवाः ।
आत्मौपम्येन सर्वत्र सर्वभूतात्मनीश्वरे ॥५३॥

tato harau bhagavati
bhaktiṁ kuruta dānavāḥ
ātmaupamyena sarvatra
sarva-bhūtātmanīśvare

tataḥ－因此 / harau－向主哈尔依 / bhagavati－至尊人格首神 / bhaktim－奉爱服务 / kuruta－执行 / dānavāḥ－啊，我亲爱的朋友，恶魔的儿子们！ / ātma-aupamyena－正如自我 / sarvatra－到处 / sarva-bhūta-ātmani－作为众生的灵魂和超灵处之的 / īśvare－向控制者——至尊主

译文 我亲爱的朋友，恶魔的儿子们啊！用与看待和照顾自己同样的友好方式，为取悦作为众生的超灵而无所不在的至尊人格首神做奉爱服务吧。

要旨 梵文“正如自我(ātmaupamyena)”一词是指，像想自己一样想其他人。我们可以很明智地得出结论：没有奉爱服务，没有培养奎师那意识，人不可能快乐。因此，全体奉献者的责任是在全世界各地传播奎师那意识，因为没有奎师那意识的众生正在受物质存在痛苦的折磨。传播奎师那意识是最佳的福利活动。事实上，圣柴坦亚·玛哈帕布描述它是，为他人的真正利益而工作(para-upakāra)。这种为他人利益而工作的活动，被特别委托给在印度大地投生为人的那些生物。

bhārata-bhūmite haila manuṣya-janma yāra
janma sārthaka kari 'kara para-upakāra

(《永恒的柴坦亚经》首篇9.41)

整个世界都因为缺乏奎师那意识而在受苦。正因为如此，圣柴坦亚·玛哈帕布劝告所有出生在印度的人，要依靠奎师那意识使自己的生命达到完美，然后在全世界传播奎师那意识的福音，以使他人能通过培养奎师那意识而变得快乐。

第 54 节

दैतेया यक्षरक्षांसि स्त्रियः शूद्रा व्रजौकसः ।
खगा मृगाः पापजीवाः सन्ति ह्यच्युततां गताः ॥५४॥

daiteyā yakṣa-rakṣāṁsi
striyaḥ śūdrā vrajaukasaḥ
khagā mṛgāḥ pāpa-jīvāḥ
santi hy acyutatāṁ gatāḥ

daiteyāḥ—恶魔啊！/ yakṣa-rakṣāṁsi—被称为夜叉和食人魔的生物体 / striyaḥ—女人 / śūdrāḥ—劳工阶层 / vraja-okasaḥ—村中的牧牛人 / khagāḥ—飞禽 / mṛgāḥ—走兽 / pāpa-jīvāḥ—罪恶的生物体 / santi—可以变成 / hi—无疑 / acyutatām—至尊主阿秋塔的品质 / gatāḥ—得到

译文 啊，我的朋友，恶魔的儿子们！每一个生物体，包括你们(夜叉和食人魔)、缺乏智慧的女人、庶铎和牧牛人，以及飞禽、低等动物和罪恶的生物体，只要按奉爱瑜伽的原理实践，就都能恢复其原本、永恒的灵性生活和永恒存在的状态。

要旨 奉献者属于至尊人格首神王朝中的成员(acyuta-gotra)。正如《博伽梵歌》指明的，至尊主被称为永不犯错、绝对可靠的人(senayor ubhayor madhye rathaṁ sthāpaya me 'cyuta)。之所以这么说，是因为祂是至高无上的人。同样，个体灵魂(jīva)作为至尊主不可缺少的一部分，也可以变得不犯错误。帕拉德的母亲虽然处在受制约的状态，而且是恶魔的妻子，但就连夜叉、食人魔、女人、庶铎，甚至飞鸟和其他低等生物体，都能被提升到至尊人格首神的家庭中(acyuta-gotra)。那是最高的完美。正如奎师那永不坠落，当我们恢复我们灵性的意识——奎师那意识时，我们永不再坠落回物质存在。我们应该了解至尊主阿秋塔(Acyuta)——

奎师那(Kṛṣṇa)的地位。《博伽梵歌》第4章的第9节诗记载，祂本人说：

janma karma ca me divyam
evaṁ yo vetti tattvataḥ
tyaktvā dehaṁ punar janma
naiti mām eti so ’rjuna

“阿尔诸纳啊！谁能了解我显现和活动的超然本质，谁就在离开躯体后到达我永恒的住所，不再投生于这个物质世界。”我们应该了解至高无上的绝对可靠者阿秋塔，以及我们是如何与祂联系在一起的。不仅如此，我们应该为至尊主做服务。这是生命的完美境界。圣玛德瓦阿查尔亚(Madhvācārya)说：acyutatāṁ cyuti-varjanam，其中acyutatām是指：永不坠入这个物质世界，永远留在外琨塔世界里，全心全意地为至尊主做奉爱服务。

第 55 节

एतावानेव लोकेऽस्मिन् पुंसः स्वार्थः परः स्मृतः ।
एकान्तभक्तिर्गोविन्दे यत्सर्वत्र तदीक्षणम् ॥५५॥

etāvān eva loke ’smin
puṁsaḥ svārthaḥ paraḥ smṛtaḥ
ekānta-bhaktir govinde
yat sarvatra tad-īkṣaṇam

etāvān－这么多 / eva－无疑地 / loke asmin－在这个物质世界里 / puṁsaḥ－生物的 / sva-arthaḥ－真正的自我利益 / paraḥ－超然的 / smṛtaḥ－被认为 / ekānta-bhaktiḥ－纯粹的奉爱服务 / govinde－向哥文达 / yat－……的 / sarvatra－随处 / tat-īkṣaṇam－看到与哥文达(奎师那)的关系

译文　在这个物质世界里，侍奉一切原因的起因哥文达的莲花足，看到祂无所不在，是生命的唯一目标：正如所有的启示经典解释的，这才是人生的最高目标。

要旨 在这节诗中，梵文“看到至尊主无所不在(sarvatra tadīkṣaṇam)”一句，描述了奉爱服务的最高完美境界。在那种境界中，人看到一切都与哥文达的活动有关。高度进步的奉献者从不会看到有什么是与哥文达没关系的。

sthāvara-jaṅgama dekhe, nā dekhe tāra mūrti
sarvatra haya nija iṣṭa-deva-sphūrti

“高级奉献者(mahā-bhāgavata)无疑看得到动与不动的一切，但没有很注意他们的外形。相反，他所到之处都立刻看到至尊主形象的展现。”(《永恒的柴坦亚经》中篇8.274) 即使是在这个物质世界里，奉献者都不看事物的物质性展示，而是随处都看到哥文达。奉献者在看到一棵树或一个人时，就会看到他们与哥文达的联系。哥文达是一切的源头(Govindam ādi-puruṣam)：

īśvaraḥ paramaḥ kṛṣṇaḥ
sac-cid-ānanda-vigrahaḥ
anādir ādir govindaḥ
sarva-kāraṇa-kāraṇam

“被称为哥文达的奎师那，是至高无上的控制者。祂有一个永恒、极乐的灵性身体。祂是一切的来源。祂没有其他来源，因为祂是一切原因的最初起因。”(《布茹阿玛·萨密塔》5.1)对完美的奉献者的检测是：看他是否在这个宇宙各处，甚至每一个原子中，都能看到哥文达(aṇḍa-ntara-stha-paramāṇu-cayāntara-stham)。这是奉献者完美的视野。因此说：

nārāyaṇam ayaṁ dhīrāḥ
paśyanti paramārthinaḥ
jagad dhanamayaṁ lubdhāḥ
kāmukāḥ kāminīmayam

奉献者看所有的生物体和一切都与纳茹阿亚纳有关(nārāyaṇam ayam)。一切都是纳茹阿亚纳的能量的扩展。就像那些看所有的一切都可以赚钱的贪婪之人，以及看一切都与“性”有关系的好色之徒一样，最完美的奉献者帕拉德王，甚至在一根石柱中都看到纳茹阿亚纳的存在。但这并不意味着，我们必须接受有些肆无忌惮的人所杜撰的“贫穷的纳茹阿亚纳(daridra-nārāyaṇa)”这类词。真正了解纳茹阿亚纳无所不在的人，不做贫富之分。挑选出“贫穷的纳茹阿亚纳(daridra-nārāyaṇas)”，从而拒绝“富有的纳茹阿亚纳(dhani-nārāyaṇa)”；这并非奉献者的看法，而是物质主义者的有缺陷的看法。

到此为止，结束了巴克提韦丹塔对《圣典博伽瓦谭》第7篇第7章——“帕拉德王在母腹中学到的内容”所作的阐释。

第八章
主尼尔星哈戴瓦杀死魔王

这一章讲述黑冉亚卡希普(Hiraṇyakaśipu)准备杀死自己的儿子帕拉德王(Prahlāda Mahārāja)，但至尊人格首神以半人半狮圣尼尔凯沙瑞(Nṛkeśarī)的形象出现在恶魔面前，并杀死了他。

恶魔的儿子们听了帕拉德王的教导后，都变得依恋至尊人格首神主维施努。当这种依恋之情变得十分显著时，他们的教师商达(Ṣaṇḍa)和阿玛尔卡(Amarka)十分害怕男孩们会对至尊主越来越忠诚。在绝望的情况下，他们去找黑冉亚卡希普，向他详细汇报帕拉德传播知识的结果。听了汇报后，黑冉亚卡希普决定杀死自己的儿子帕拉德。黑冉亚卡希普怒火冲天，帕拉德王扑倒在他的脚旁，说了许多安慰他的话，但都无法使他的恶魔父亲感到满意。作为典型的恶魔，黑冉亚卡希普开始宣称自己比至尊人格首神还要伟大，但帕拉德王说他并非神，并开始赞美至尊人格首神，声明至尊主无所不在，一切都在祂的控制下，没人与祂平等或比祂伟大。帕拉德王继而要求他父亲服从全能的至尊主。

帕拉德王越赞美至尊人格首神，恶魔黑冉亚卡希普就越愤怒和不安。他问他的外士纳瓦儿子，那神是否在宫殿的柱子里，帕拉德王立刻回答说，至尊主既然无所不在，也必然在柱子中。黑冉亚卡希普听到他幼小的儿子讲述这种哲学时，一边嘲笑这男孩说话很幼稚，一边凶狠地挥拳砸向柱子。

黑冉亚卡希普的拳头一砸到柱子，柱子里便发出一声狂暴的吼声。魔王黑冉亚卡希普除了柱子什么都看不到，但为了证明帕拉德王的说明，至尊主以祂半人半狮的神奇化身形象从柱子里出来。黑冉亚卡希普立刻明白至尊主这个非凡的神奇形象无疑是来杀他的，于是准备与这个半人半狮的形象作战。至尊主先是与恶魔对打一段时间，以此作为娱乐。随后，在白天和夜晚交接的傍晚时分，至尊主抓住恶魔，将其置于自己的大腿上，用指甲刺穿他的肚子，杀死了他。至尊主不仅杀死了魔王黑冉亚卡希普，而且还杀死了他的众多随从。当不再有作战对象时，至尊主便愤怒地大声吼叫着，坐在了黑冉亚卡希普的王座上。

整个宇宙就此摆脱了黑冉亚卡希普的统治，大家都喜气洋洋，沉浸在超然的极乐中。从那以后，以主布茹阿玛(Brahmā)为首的全体半神人接近至尊主，其中包括伟大的圣人、祖先(Pitās)、神秘仙(Siddhas)、维迪亚达尔(Vidyādharas,)、巨蛇(Nāgas)、玛努(Manus)、生物体祖先(prajāpatis)、歌仙(Gandharvas)、查冉纳(Cāraṇas)、夜叉(Yakṣas)、克音菩茹沙(Kimpuruṣas)、外塔利卡(Vaitālikas)、克音纳尔(Kinnaras)，以及许多其他种类的人形生物体。他们都站在至尊人格首神附近，向坐在王座上、放射着灿烂光芒的至尊主献上祈祷。

第1节

श्रीनारद उवाच
अथ दैत्यसुताः सर्वे श्रुत्वा तदनुवर्णितम् ।
जगृहुर्निरवद्यत्वान्नैव गुर्वनुशिक्षितम् ॥१॥

śrī-nārada uvāca
atha daitya-sutāḥ sarve
śrutvā tad-anuvarṇitam
jagṛhur niravadyatvān
naiva gurv-anuśikṣitam

śrī-nāradaḥ uvāca－圣纳茹阿达·牟尼说 / atha－接着 / daitya-sutāḥ－恶魔的儿子们(帕拉德王的同班朋友) / sarve－全体 / śrutvā－聆听 / tat－由他(帕拉德) / anuvarṇitam－有关奉爱生活的说明 /

jagṛhuḥ－接受了 / niravadyatvāt－由于那教导的至高无上功用 / na－不 / eva－事实上 / guru-anuśikṣitam－由他们老师所教的内容

译文　纳茹阿达・牟尼继续说：恶魔之子们都欣赏帕拉德王所给予的超然教导，并很认真地加以接受。他们拒绝他们的教师商达和阿玛尔卡所给予的物质主义教育。

要旨　这就是帕拉德王那样的纯粹奉献者传播知识的结果。奉献者如果真诚、严肃地培养奎师那意识，如果遵守真正的灵性导师的教导，像帕拉德王传播从纳茹阿达・牟尼(Nārada Muni)那里接受的教导时所做的一样，那他就具有资格，能有效地传播知识。正如《圣典博伽瓦谭》(Śrīmad-Bhāgavatam)第3篇第25章的第25节诗所说：

satāṁ prasaṅgān mama vīrya-saṁvido
bhavanti hṛt-karṇa-rasāyanāḥ kathāḥ

"在与纯粹奉献者联谊的过程中谈论至尊人格首神的娱乐时光和活动，能使耳朵及心感到极为快乐与满足。"因此，人如果有雄心要培养奎师那意识，如果毕生实践，无疑就会成功地回归家园，回到首神身边。凭帕拉德王的恩典，他的同班朋友——恶魔的儿子们，都变成了外士纳瓦。他们不再愿意听他们所谓的老师商达和阿玛尔卡给予的教导，因为这两个老师只教他们外交、政治和经济发展等一类只与感官享乐有关的内容。

第2节

अथाचार्यसुतस्तेषां बुद्धिमेकान्तसंस्थिताम् ।
आलक्ष्य भीतस्त्वरितो राज्ञ आवेदयद्यथा ॥ २ ॥

athācārya-sutas teṣāṁ
　buddhim ekānta-saṁsthitām
ālakṣya bhītas tvarito
　rājña āvedayad yathā

atha—接着 / ācārya-sutaḥ—舒夸查尔亚的儿子 / teṣām—他们(恶魔们的儿子)的 / buddhim—智慧 / ekānta-saṁsthitām—专注于一个主题内容——奉爱服务 / ālakṣya—实际觉悟到或看到 / bhītaḥ—因为害怕 / tvaritaḥ—尽可能快地 / rājñe—向君王(黑冉亚卡希普) / āvedayat—提交 / yathā—合适地

译文 舒夸查尔亚的儿子商达和阿玛尔卡，发现所有的学生——恶魔们的儿子，都因为与帕拉德王联谊而增强了奎师那意识，于是感到十分害怕。他们去找魔王，向他报告情况。

要旨 梵文“专注于奉爱服务这一主题内容的智慧”一句是指，作为帕拉德王传播知识的结果，听了他的教导的学生们都专注于一个结论，即培养奎师那意识是人生的唯一目标。事实是，与纯粹奉献者联谊并听从其教导专注地培养奎师那意识的人，不再受物质意识的打扰。恶魔之子的老师们观察到学生们的这一变化后感到很害怕，因为这些学生逐渐具有了奎师那意识。

第3—4节

कोपावेशचलद्गात्रः पुत्रं हन्तुं मनो दधे ।
क्षिप्त्वा परुषया वाचा प्रह्लादमतदर्हणम् ॥ ३ ॥

आहेक्षमाणः पापेन तिरश्चीनेन चक्षुषा ।
प्रश्रयावनतं दान्तं बद्धाञ्जलिमवस्थितम् ।
सर्पः पदाहत इव श्वसन् प्रकृतिदारुणः ॥ ४ ॥

kopāveśa-calad-gātraḥ
  putraṁ hantuṁ mano dadhe
kṣiptvā paruṣayā vācā
  prahrādam atad-arhaṇam

āhekṣamāṇaḥ pāpena
  tiraścīnena cakṣuṣā

praśrayāvanataṁ dāntaṁ
baddhāñjalim avasthitam
sarpaḥ padāhata iva
śvasan prakṛti-dāruṇaḥ

kopa-āveśa－怒火万分 / calat－颤抖 / gātraḥ－整个身体 / putram－他的儿子 / hantum－杀 / manaḥ－心念 / dadhe－固定的 / kṣiptvā－责难 / paruṣayā－用十分刺耳的 / vācā－言语 / prahrādam－帕拉德王 / a-tat-arhaṇam－(因他崇高的品质和幼小的年龄)不该被惩罚 / āha－说 / īkṣamāṇaḥ－愤怒地看着他 / pāpena－因他的罪行 / tiraścīnena－弯曲的 / cakṣuṣā－用眼睛 / praśraya-avanatam－非常温和、儒雅 / dāntam－十分克制的 / baddha-añjalim－双手合十 / avasthitam－处在 / sarpaḥ－蛇 / pada-āhataḥ－被用脚践踏 / iva－如同 / śvasan－发出嘶嘶声 / prakṛti－本性使然 / dāruṇaḥ－十分邪恶

译文　黑冉亚卡希普全面了解情况后火冒三丈，甚至连身体都颤抖起来。这使他最终决定要杀死自己的儿子帕拉德。黑冉亚卡希普本性残忍，在感到被羞辱后像一条被踩到的蛇一样开始发出嘶嘶声。他的儿子帕拉德平静、温和、儒雅，控制住自己的感官，双手合十地站在黑冉亚卡希普的面前。按照帕拉德的年龄和举止，他根本不该受到惩罚。但黑冉亚卡希普还是用看似带钩的眼睛凝视着他，用刺耳的话语指责他。

要旨　对具有高度威信的奉献者粗暴、无礼的人，会受到自然法律的惩罚。他的寿命会被缩短，他将失去前辈、长者和上级的祝福，以及虔诚活动的结果。例如黑冉亚卡希普虽然在物质世界里获得了如此强大的力量，甚至可以征服包括天堂星球(Svargaloka)在内的宇宙中几乎所有的星系；但现在，虐待帕拉德王这样的外士纳瓦使他苦行(tapasya)得到的结果全部减损。正如《圣典博伽瓦谭》第10篇第4章的第46节诗所说：

āyuḥ śriyaṁ yaśo dharmaṁ
lokān āśiṣa eva ca
hanti śreyāṁsi sarvāṇi
puṁso mahad-atikramaḥ

“虐待伟大灵魂的人，其寿命、财富、名声、宗教、拥有的财产和好运全部遭到毁灭。”

第5节

श्रीहिरण्यकशिपुरुवाच
हे दुर्विनीत मन्दात्मन् कुलभेदकराधम ।
स्तब्धं मच्छासनोद्वृत्तं नेष्ये त्वाद्य यमक्षयम् ॥ ५ ॥

śrī-hiraṇyakaśipur uvāca
he durvinīta mandātman
kula-bheda-karādhama
stabdhaṁ mac-chāsanodvṛttaṁ
neṣye tvādya yama-kṣayam

śrī-hiraṇyakaśipuḥ uvāca一圣黑冉亚卡希普说 / he一啊 / durvinīta一最粗鲁无礼的 / manda-ātman一愚蠢的傻瓜 / kula-bheda-kara一破坏家庭的 / adhama一最低贱的人啊 / stabdham一最顽固的 / mat-śāsana一我的统治 / udvṛttam一违抗 / neṣye一我应该带 / tvā一你 / adya一今天 / yama-kṣayam一到死亡的掌管者阎罗王的地方

译文 黑冉亚卡希普说：啊，最卑鄙、最没智慧的家庭破坏者！最低贱的人啊！你违抗我对你的管教，所以是个顽固的白痴。今天我要送你去阎罗王那里。

要旨 黑冉亚卡希普指控他的外士纳瓦儿子帕拉德不高尚、不文明或没礼貌(durvinīta)。但圣维施瓦纳特·查夸瓦尔提·塔库尔(Viśvanātha Cakravartī Ṭhākura)，凭借学问女神萨茹阿斯瓦缇(Sarasvatī)的仁慈，从另一个角度解释这节诗文的意思。他说：duḥ是指这个物质世界。对此，主奎师那在透过《博伽梵歌》给予的教导中证实说，这个物质世界充满了物质的状况(duḥkhālayam)。Vi的意思是“具体的(viśeṣa)”，nīta的意思是“带入”。凭借至尊主的仁慈，帕拉德王被特别带到这个物质世界，教导人们如何摆脱物质状况。主奎师那说：当全部人口或其中的一部分忘记履行自己的责任时，祂就会前来(yadā yadā hi dharmasya glānir bhavati bhārata)。当奎师那没来而祂的奉献者来临时，使命是一样的，即使可怜、受制约的灵魂摆脱正在严惩他们的错觉能量玛亚(māyā)的钳制。

圣维施瓦纳特·查夸瓦尔提·塔库尔进一步解释说：梵文“愚蠢的傻瓜(mandātman)”一词中的manda的意思是，“非常坏或在灵性觉悟方面很迟钝”。正如《圣典博伽瓦谭》第1篇第1章的第10节诗所说：他们懒惰、喜欢争斗、被误导、不幸(mandāḥ sumanda-matayo manda-bhāgyā)。帕拉德王是所有受错觉能量玛亚影响的不良生物的指导者。他甚至是这个物质世界里的迟钝和不良生物体的祝福者。诗文中的“给家庭带来坏名声的最低贱的人(kula-bheda-karādhama)”一句是指，帕拉德王的所作所为，使建立了庞大家庭的大人物看起来无足轻重。所有的人都致力于建立自己的家庭，使自己的家族或王朝声名远扬，但帕拉德王是如此心胸开阔，平等看待生物，根本不对他们作区分。正因为如此，他比建立了自己的家族或王朝的生物体祖先还要伟大。梵文stabdham的意思是“顽固”。奉献者根本不在乎恶魔(asura)的教导。当恶魔给予指示时，奉献者保持沉默。奉献者在乎主奎师那给予的教导，而不是恶魔或非奉献者的指示。他根本不尊敬恶魔，哪怕那恶魔是自己的父亲。帕拉德王不服从他那邪恶父亲的命令(mac-chāsanodvṛttam)。圣维施瓦纳特·查夸瓦尔提·塔库尔对“死神阎罗王的地方(yama-kṣayam)”的解释是：所有受制约的灵魂都受阎罗王(Yamarāja)的控制，但黑冉亚卡希普说他认为帕拉德王是他的拯救者，因为帕拉德中止黑冉亚卡希普的生死轮回。由于帕拉德王作为伟大的奉献者比任何瑜伽师都优秀，黑冉亚卡希普被带到奉爱瑜伽师的团体中。就这样，圣维施瓦纳特·查夸瓦尔提·塔库尔按照学问女神萨茹阿斯瓦缇母亲的说明，以很有趣的方式解释了上述这些梵文诗句。

第6节

क्रुद्धस्य यस्य कम्पन्ते त्रयो लोकाः सहेश्वराः ।
तस्य मेऽभीतवन्मूढ शासनं किं बलोऽत्यगाः ॥ ६ ॥

kruddhasya yasya kampante
trayo lokāḥ saheśvarāḥ
tasya me 'bhītavan mūḍha
śāsanaṁ kiṁ balo 'tyagāḥ

kruddhasya—在燃起怒火时 / yasya—……的他 / kampante—颤抖 / trayaḥ lokāḥ—三个世界 / saha-īśvarāḥ—与他们的领袖们 / tasya—……的 / me—我(黑冉亚卡希普)的 / abhīta-vat—不惧怕 / mūḍha—混账 / śāsanam—统治 / kim—什么 / balaḥ—力量 / atyagāḥ—逾越

译文 我的儿子帕拉德，你这个混账东西，你知道在我生气时，三个世界所有的星球连同它们的统治者都颤抖不已。像你这样一个混账靠了谁的力量变得如此放肆，以致显得毫不惧怕，逾越我管你的权利？

要旨 纯粹奉献者和至尊人格首神之间的关系格外甜美。奉献者从不声称自己很有力量，而是完全投靠主奎师那的莲花足，坚信在任何危险的情况下，主奎师那都会保护祂的奉献者。《博伽梵歌》第9章的第31节诗记载，奎师那本人说：“琨缇的儿子啊！你勇敢地宣布，我的奉献者永不毁灭(kaunteya pratijānīhi na me bhaktaḥ praṇaśyati)。”至尊主之所以要求阿尔诸纳(Arjuna)宣布而不是祂自己宣布这声明，是因为奎师那有时改变祂的想法，所以人们也许不相信祂。为此，奎师那要求阿尔诸纳宣布——至尊主的奉献者永不被征服。

黑冉亚卡希普对他五岁的儿子“怎么能具有如此大无畏的精神，甚至不在乎他这非常伟大且强有力的父亲的命令”这一点感到困惑。奉献者除了执行至尊人格首神的命令外，不执行任何其他人的命令。这就是奉献者的地位和状态。黑冉亚卡希普能明白：这男孩一定很强大有力，因为他根本不听从他父亲的命令。黑冉亚卡希普问他儿子说：“你怎么胆敢不服从我的命令？你是依靠谁的力量做到这一点的(kiṁ balaḥ)？”

第 7 节

श्रीप्रह्राद उवाच
न केवलं मे भवतश्च राजन्
स वै बलं बलिनां चापरेषाम् ।
परेऽवरेऽमी स्थिरजङ्गमा ये
ब्रह्मादयो येन वशं प्रणीताः ॥ ७ ॥

śrī-prahrāda uvāca
na kevalaṁ me bhavataś ca rājan
sa vai balaṁ balināṁ cāpareṣāṁ
pare 'vare 'mī sthira-jaṅgamā ye
brahmādayo yena vaśaṁ praṇītāḥ

śrī-prahrādaḥ uvāca—帕拉德王回答道 / na—不 / kevalam—只有 / me—我的 / bhavataḥ—你自己的 / ca—和 / rājan—伟大的君王啊 / saḥ—他 / vai—事实上 / balam—力量 / balinām—强壮者的 / ca—和 / apareṣām—他人的 / pare—崇高的 / avare—下属的 / amī—那些 / sthira-jaṅgamāḥ—动与不动的生物体 / ye—谁 / brahma-ādayaḥ—从主布茹阿玛开始 / yena—由谁 / vaśam—控制下 / praṇītāḥ—带到

译文 帕拉德王说：我亲爱的君王，您所询问的我的力量源头，也正是您的力量源头。事实上，一切种类的力量最终都来自同一个源头。祂不仅是您的力量或我的力量，也是每一个生物唯一的力量。没有祂，没人能得到任何力量。生物体，无论动与不动，高等或低等，包括主布茹阿玛在内，都受至尊人格首神力量的控制。

要旨 《博伽梵歌》第10章的第41节诗记载，主奎师那说：

yad yad vibhūtimat sattvaṁ
śrīmad ūrjitam eva vā
tat tad evāvagaccha tvaṁ
mama tejo-'ṁśa-sambhavam

“要知道，一切丰富、美丽和辉煌的创造，都不过是从我的光辉中跃起的一个火花而已。”对此，帕拉德王证实说：人在任何地方所看到的非凡力量，都来自至尊人格首神。举例说，火燃烧的程度有强有弱，但都来自太阳的光和热。同样道理，众生，无论形体大小，都要依靠至尊人格首神的仁慈。生物的唯一责任是投靠、服从，因为作为仆人，生物不可能在没有依靠的情况下得到当主人的位置。人只有在依靠主人的仁慈的情况下，才能得到当主人的位置，而不是独自能得到的。人除非明白这一哲学，否则就还是个没有智慧的穆达(mūḍha)。梵文“穆达”的意思是，没有这种智慧，无法投靠至尊人格首神的蠢驴。

要了解生物的从属地位和状态，需花上百万生世的时间，但真正明智的人投靠至尊人格首神。《博伽梵歌》第7章的第19节诗记载，至尊主说：

bahūnāṁ janmanām ante
jñānavān māṁ prapadyate

vāsudevaḥ sarvam iti
sa mahātmā sudurlabhaḥ

“经过许许多多次生死后，真正处在知识层面上的人就会皈依我，知道我是一切原因的起因，是一切。这样的灵魂伟大而又罕见。”帕拉德王是伟大的灵魂，因此全心全意地投靠至尊主的莲花足。他坚信，奎师那在所有的情况下都会保护他。

第 8 节

स ईश्वरः काल उरुक्रमोऽसा-
वोजः सहः सत्त्वबलेन्द्रियात्मा ।
स एव विश्वं परमः स्वशक्तिभिः
सृजत्यवत्यत्ति गुणत्रयेशः ॥ ८ ॥

sa īśvaraḥ kāla urukramo ’sāv
ojaḥ sahaḥ sattva-balendriyātmā
sa eva viśvaṁ paramaḥ sva-śaktibhiḥ
sṛjaty avaty atti guṇa-trayeśaḥ

saḥ—祂(至尊人格首神) / īśvaraḥ—至尊控制者 / kālaḥ—时间因素 / urukramaḥ—总是以非凡的方式行事的至尊主 / asau—那一个 / ojaḥ—感官的力量 / sahaḥ—心的力量 / sattva—稳定性 / bala—身体力量 / indriya—与感官本身的 / ātmā—自我本身 / saḥ—祂 / eva—事实上 / viśvam—整个宇宙 / paramaḥ—至尊者 / sva-śaktibhiḥ—靠祂多种超然的力量 / sṛjati—创造 / avati—维系 / atti—使结束 / guṇa-traya-īśaḥ—物质属性的主人

译文 作为至尊控制者和时间的至尊人格首神，是感官、心智和身体的力量，以及感官的生命力。祂的影响力无限。祂是众生中的最卓越者，是物质自然三种属性的控制者。祂凭自己的力量创造了这个宇宙展示，并维系和毁灭它。

要旨 物质世界由物质自然三种属性所操控，而至尊主是物质自然三种属性的主人，所以至尊主可以创造、维系和毁灭这个物质世界。

第9节

जह्यासुरं भावमिमं त्वमात्मनः
समं मनो धत्स्व न सन्ति विद्विषः ।
ऋतेऽजितादात्मन उत्पथे स्थितात्
तद्धि ह्यनन्तस्य महत्समर्हणम् ॥ ९ ॥

jahy āsuraṁ bhāvam imaṁ tvam ātmanaḥ
samaṁ mano dhatsva na santi vidviṣaḥ
ṛte 'jitād ātmana utpathe sthitāt
tad dhi hy anantasya mahat samarhaṇam

jahi—放弃吧 / āsuram—邪恶的 / bhāvam—本性 / imam—这 / tvam—您(我亲爱的父亲) / ātmanaḥ—您自己的 / samam—平等 / manaḥ—内心 / dhatsva—使得 / na—不 / santi—是 / vidviṣaḥ—敌人 / ṛte—除了 / ajitāt—不受控制的 / ātmanaḥ—心念 / utpathe—在要不得之倾向的错误路途上 / sthitāt—因处在 / tat hi—那(心态) / hi—事实上 / anantasya—无限的至尊主的 / mahat—最佳 / samarhaṇam—崇拜的方式

译文 帕拉德王继续道：我亲爱的父亲，请放弃您那邪恶的心态。不要在您心中作敌友之分；让您的心平等对待众生。除了没受控制并被误导了的内心，这世上没别的敌人。只有在平等看待众生时，人才达到完美地崇拜至尊主的状态。

要旨 人除非能够全神贯注于至尊主的莲花足，否则无法控制住内心。正如《博伽梵歌》第6章的第34节诗记载，阿尔诸纳说：

cañcalaṁ hi manaḥ kṛṣṇa
pramāthi balavad dṛḍham
tasyāhaṁ nigrahaṁ manye
vāyor iva suduṣkaram

“奎师那啊！由于心念多变、纷乱、难以控制、异常强大，我觉得征服它比控制风还要难。”控制内心的唯一真正的方法是，专注地用心为至尊主做服务。我们按照内心发出的指令制造敌人与朋友，但事实上根本没有敌人与朋友。有知识的人平等看待一切(paṇḍitāḥ sama-darśinaḥ)。他平等对待众生；在这种状态下，他达到为我做奉爱服务的境界(samaḥ sarveṣu bhūteṣu mad-bhaktiṁ labhate parām)。了解这一真相，是进入奉爱服务王国的最初条件。

第 10 节

दस्यून् पुरा षण्न विजित्य लुम्पतो
मन्यन्त एके स्वजिता दिशो दश ।
जितात्मनो ज्ञस्य समस्य देहिनां
साधोः स्वमोहप्रभवाः कुतः परे ॥१०॥

dasyūn purā ṣaṇ na vijitya lumpato
manyanta eke sva-jitā diśo daśa
jitātmano jñasya samasya dehināṁ
sādhoḥ sva-moha-prabhavāḥ kutaḥ pare

dasyūn—掠夺者 / purā—开始时 / ṣaṭ—六个 / na—不 / vijitya—征服 / lumpataḥ—偷走一个人拥有的一切 / manyante—考虑 / eke—某个 / sva-jitāḥ—征服 / diśaḥ daśa—十个方向 / jita-ātmanaḥ—征服了感官的人 / jñasya—博学的 / samasya—平衡的 / dehinām—向所有的生物体 / sādhoḥ—这样一个圣洁之人的 / sva-moha-prabhavāḥ—由自己的错觉编造出的 / kutaḥ—哪里 / pare—敌人或对手

译文　以前曾有许多像您一样愚蠢的人，不去征服偷走身体财富的六个敌人。这些蠢人骄傲自大地心想，“我已经征服了十方内所有的敌人。”然而，只有征服了六个敌人且平等对待众生的人，才没有敌人。所谓的敌人只不过是处在愚昧状态中的人想象出来的。

要旨 在这个物质世界里，人人想着征服自己的敌人，不明白自己的敌人其实就是自己那不受控制的心和五个感官(manaḥ ṣaṣṭhānīndriyāṇi prakṛti-sthāni karṣati)。在这个物质世界里，人人都成为感官的仆人。生物原本是主奎师那的仆人，但在愚昧的状态中，生物忘记了这一点，于是透过贪图享乐的物质欲望、愤怒、贪婪、错觉、疯狂和忌妒，忙着为错觉能量玛亚服务。其实，人人都受制于物质法律的反作用，但却仍然认为自己是独立的，以为自己已经征服了四面八方。总之，以为自己有许多敌人的人是愚昧无知的人，而具有奎师那意识的人知道，除了自己不受控制的心和感官之外，根本没有其他的敌人。

第 11 节

श्रीहिरण्यकशिपुरुवाच
व्यक्तं त्वं मर्तुकामोऽसि योऽतिमात्रं विकत्थसे ।
मुमूर्षूणां हि मन्दात्मन्ननु स्युर्विक्लवा गिरः ॥११॥

śrī-hiraṇyakaśipur uvāca
vyaktaṁ tvaṁ martu-kāmo 'si
yo 'timātraṁ vikatthase
mumūrṣūṇāṁ hi mandātman
nanu syur viklavā giraḥ

śrī-hiraṇyakaśipuḥ uvāca—圣黑冉亚卡希普说 / vyaktam—显然 / tvam—你 / martu-kāmaḥ—想死 / asi—是 / yaḥ—……的人 / atimātram—没有限制 / vikatthase—自吹自擂(就好像你征服了你的感官而你父亲却做不到) / mumūrṣūṇām—将死之人的 / hi—事实上 / manda-ātman—愚蠢的混账啊 / nanu—无疑 / syuḥ—成为 / viklavāḥ—迷乱的 / giraḥ—话语

译文　黑冉亚卡希普回答道：你这无赖，你试图贬低我的价值，就好像你比我更能控制感官似的。这叫聪明反被聪明误。这让我知道，你是想死在我手上，因为只有将死之人才喜欢这类胡言乱语。

要旨　《益世嘉言》(Hitopadeśa)中说：对蠢人良言相劝，蠢人不但听不进，反而会更加愤怒(upadeśo hi mūrkhāṇāṁ prokopāya na śāntaye)。黑冉亚卡希普并没有把他儿子帕拉德王给予的经权威认可的教导当做真理，反而对他那位身为纯粹奉献者的非凡儿子更加生气。奉献者在向黑冉亚卡希普那样只对金钱和女人感兴趣的人传播奎师那意识时，总是会遇到这类困难(梵文hiraṇya的意思是“金子”，kaśipu是指软垫或优质寝具)。此外，父亲一般不喜欢听儿子的教导，尤其当父亲是恶魔时更为如此。帕拉德王宣讲外士纳瓦哲学，对他邪恶的父亲有间接的影响，因为黑冉亚卡希普十分忌妒主奎师那和祂的奉献者，所以很快招来尼尔星哈戴瓦(Nṛsiṁhadeva)杀死自己。所以，帕拉德王加快了至尊主本人来杀黑冉亚卡希普的进度。黑冉亚卡希普虽然是恶魔，但这节诗文却在他的名字前加上梵文“圣(śrī)”一字来描述他，这是为什么？回答是：他幸运地有帕拉德王这样一位伟大的奉献者做儿子。因此尽管他是恶魔，但却即将得到拯救，回归家园，回到首神身边。

第 12 节

यस्त्वया मन्दभाग्योक्तो मदन्यो जगदीश्वरः ।
क्वासौ यदि स सर्वत्र कस्मात्स्तम्भे न दृश्यते ॥१२॥

yas tvayā manda-bhāgyokto
mad-anyo jagad-īśvaraḥ

kvāsau yadi sa sarvatra
kasmāt stambhe na dṛśyate

yaḥ—……的人 / tvayā—由你 / manda-bhāgya—不幸的人啊 / uktaḥ—描述 / mat-anyaḥ—除了我之外 / jagat-īśvaraḥ—宇宙的至尊控制者 / kva—哪里 / asau—那一个 / yadi—如果 / saḥ—祂 / sarvatra—到处(遍布一切) / kasmāt—为什么 / stambhe—在我面前的柱子里 / na dṛśyate—看不见

译文 最不幸的帕拉德啊！你总是描述说，除我之外有个至尊生物，一个超越一切的至尊者；说祂是一切的控制者，是无所不在的。但祂在哪儿？既然祂无所不在，祂为什么不在我面前的这根柱子里？

要旨 恶魔有时会对奉献者表明，由于他们看不到神，他们无法承认神的存在。但恶魔不知道《博伽梵歌》第7章的第25节诗记载，至尊主本人说："我永不向愚蠢、无知的人展示自己。对他们，我用我的内在能量遮住自己(nāhaṁ prakāśaḥ sarvasya yogamāyā-samāvṛtaḥ)。"至尊主开放自己让奉献者看到，但非奉献者却无法看到祂。《布茹阿玛·萨密塔》(Brahma-saṁhitā)第5章的第38节诗中，声明看神所需要具备的资格说：发展出对奎师那真正的爱的奉献者始终可以随处看到祂(premāñjana-cchurita-bhakti-vilocanena santaḥ sadaiva hṛdayeṣu vilokayanti)。然而，恶魔因为对至尊主没有清晰的了解，所以看不到祂。当黑冉亚卡希普威胁要杀死帕拉德王时，帕拉德无疑看到了在他和他父亲面前的柱子；他看到至尊主就在他面前的柱子里，鼓励他不要害怕父亲说的话。至尊主前来保护他。黑冉亚卡希普注意到帕拉德的观察并问他说："你的神在哪里？"帕拉德王回答道："祂无所不在。"黑冉亚卡希普接着问："祂为什么没在我面前的柱子里？"就这样，奉献者在所有的情况下都总是能看到至尊主，但非奉献者却不能。

这节诗中记载，帕拉德王被他父亲称为“最不幸的人”。黑冉亚卡希普认为自己因为拥有宇宙的资产，所以极其幸运。他的有法定继承权的儿子帕拉德王，本可以继承这巨大的财产，但却因为无礼放肆而将被他亲手杀死。为此，邪恶的父亲认为帕拉德是最不幸的，因为帕拉德将不能继承他的财产。黑冉亚卡希普不知道帕拉德王是三个世界中最幸运的人，因为他有至尊人格首神保护他。这就是恶魔们的误解。他们不知道奉献者在所有的情况下都有至尊主在给予保护(kaunteya pratijānīhi na me bhaktaḥ praṇaśya-ti)。

第 13 节

सोऽहं विकत्थमानस्य शिरः कायाद्धरामि ते ।
गोपायेत हरिस्त्वाद्य यस्ते शरणमीप्सितम् ॥१३॥

so 'haṁ vikatthamānasya
śiraḥ kāyād dharāmi te
gopāyeta haris tvādya
yas te śaraṇam īpsitam

saḥ—他 / aham—我 / vikatthamānasya—这样胡说八道的人 / śiraḥ—首级 / kāyāt—从身体 / harāmi—我将拿走 / te—你的 / gopāyeta—让祂保护 / hariḥ—至尊人格首神 / tvā—你 / adya—现在 / yaḥ—……的祂 / te—你的 / śaraṇam—保护者 / īpsitam—渴望的

译文　由于你胡扯了那么多，我现在就要让你身首分家。我要看你最崇拜的神来保护你。我要看那场面。

要旨　恶魔总以为奉献者们所爱的神是虚构的。他们以为没有神，而所谓对神的奉爱宗教情感，只不过是一种催眠、一种错觉，就像吸毒(LSD和鸦片)所产生的幻觉一样。当帕拉德说至尊主无所不在时，黑冉亚卡希普并不相信他的话。由于黑冉亚卡希普作为典型的恶魔坚信没有神，没人能保护帕拉德，所以感觉受到鼓励要杀死自己的儿子。他向“奉献者始终受到至尊主保护”的概念发出挑战。

第 14 节

एवं दुरुक्तैर्मुहुरर्दयन् रुषा
सुतं महाभागवतं महासुरः ।
खड्गं प्रगृह्योत्पतितो वरासनात्
स्तम्भं तताडातिबलः स्वमुष्टिना ॥१४॥

evaṁ duruktair muhur ardayan ruṣā
sutaṁ mahā-bhāgavataṁ mahāsuraḥ
khaḍgaṁ pragṛhyotpatito varāsanāt
stambhaṁ tatāḍātibalaḥ sva-muṣṭinā

evam—就这样 / duruktaiḥ—用刻薄的语言 / muhuḥ——直不断地 / ardayan—责骂 / ruṣā—怀着不必要的愤怒 / sutam—他儿子 / mahā-bhāgavatam—是最崇高的奉献者的 / mahā-asuraḥ—大恶魔黑冉亚卡希普 / khaḍgam—宝刀 / pragṛhya—拿起 / utpatitaḥ—起身 / varaāsanāt—从他高贵的宝座上 / stambham—圆柱 / tatāḍa—击打 / atibalaḥ—十分用力地 / sva-muṣṭinā—用他的拳头

译文 愤怒使有着非凡身体力量的黑冉亚卡希普鬼迷心窍，于是用刻毒的话语责骂他那崇高的奉献者儿子帕拉德。黑冉亚卡希普一边不断地诅咒帕拉德，一边拿起他的宝刀从王座上起身，满腔怒火地用拳头击打面前的那根圆柱。

第 15 节

तदैव तस्मिन्निनदोऽतिभीषणो
बभूव येनाण्डकटाहमस्फुटत् ।

यं वै स्वधिष्ण्योपगतं त्वजादयः
श्रुत्वा स्वधामात्ययमङ्ग मेनिरे ॥१५॥

tadaiva tasmin ninado 'tibhīṣaṇo
babhūva yenāṇḍa-kaṭāham asphuṭat
yaṁ vai sva-dhiṣṇyopagataṁ tv ajādayaḥ
śrutvā sva-dhāmātyayam aṅga menire

tadā—那是 / eva—恰好 / tasmin—(柱子)内部 / ninadaḥ—一个声音 / ati-bhīṣaṇaḥ—十分可怕 / babhūva—有 / yena—被那 / aṇḍa-kaṭāham—宇宙之壳 / asphuṭat—像是爆裂开来 / yam—……的 / vai—事实上 / sva-dhiṣṇya-upagatam—达到他们各自的住所 / tu—但是 / aja-ādayaḥ—以主布茹阿玛为首的半神人们 / śrutvā—听到 / sva-dhāma-atyayam—他们住所的毁灭 / aṅga—我亲爱的尤帝士提尔 / menire—心想

译文　紧接着，从那根柱子里传出一声可怕的声音，听起来像是宇宙之壳爆裂开来。我亲爱的尤帝士提尔，这声音甚至传到了主布茹阿玛等半神人的住所。半神人们听到那声音时心想，“哇噢，我们的星球现在要被毁灭了！”

要旨　正如我们有时很害怕打雷的声音，有可能会想我们的房子要被毁了一样，主布茹阿玛等伟大的半神人都惧怕从黑冉亚卡希普面前的柱子里发出的霹雷般的声音。

第 16 节

स विक्रमन् पुत्रवधेप्सुरोजसा
निशम्य निर्ह्रादमपूर्वमद्भुतम् ।
अन्तःसभायां न ददर्श तत्पदं
वितत्रसुर्येन सुरारियूथपाः ॥१६॥

sa vikraman putra-vadhepsur ojasā
niśamya nirhrādam apūrvam adbhutam
antaḥ-sabhāyāṁ na dadarśa tat-padaṁ
vitatrasur yena surāri-yūtha-pāḥ

saḥ—他(黑冉亚卡希普) / vikraman—展示他的力量 / putra-vadha-īpsuḥ—想要杀死他自己的儿子 / ojasā—用很大的力气 / niśamya—听到 / nirhrādam—暴烈的声音 / apūrvam—以前从未听过 / adbhutam—十分神奇 / antaḥ-sabhāyām—在大聚会厅内 / na—没有 / dadarśa—看到 / tat-padam—那狂暴的声音的来源 / vitatrasuḥ—变得害怕 / yena—被那声音 / sura-ari-yūtha-pāḥ—恶魔们的其他领袖(不仅黑冉亚卡希普)

译文 想要杀死亲生儿子的黑冉亚卡希普，在展示他非凡的力量时听到了那从未听过的神奇、暴烈的声音。听到那声音后，其他恶魔首领都吓坏了。他们谁都找不出那声音是从聚会厅的什么地方发出的。

要旨 《博伽梵歌》第7章的第8节诗记载，主奎师那解释祂自己说：

raso 'ham apsu kaunteya
prabhāsmi śaśi sūryayoḥ
praṇavaḥ sarva-vedeṣu
śabdaḥ khe pauruṣaṁ nṛṣu

“琨缇的儿子啊！我是水的滋味，日月的光华，韦达经中的音节欧么；我是空间里的声音，人的能力。”这节诗文记载，至尊主用空中狂暴的声音(śabdaḥ khe)表明祂的无所不在。剧烈的霹雷声证明了至尊主的存在。黑冉亚卡希普那样的恶魔现在可以领略到至尊主至高无上的统治力量了，因而变得十分害怕。人无论有多么强健有力，也总是害怕霹雷声。同样，黑冉亚卡希普和与他在一起的全体恶魔，都极度害怕至尊主以声音形式的出现，尽管他们查不出声音的来源。

第 17 节

सत्यं विधातुं निजभृत्यभाषितं
व्याप्तिं च भूतेष्वखिलेषु चात्मनः ।
अदृश्यतात्यद्भुतरूपमुद्वहन्
स्तम्भे सभायां न मृगं न मानुषम् ॥१७॥

satyaṁ vidhātuṁ nija-bhṛtya-bhāṣitaṁ
vyāptiṁ ca bhūteṣv akhileṣu cātmanaḥ
adṛśyatātyadbhuta-rūpam udvahan
stambhe sabhāyāṁ na mṛgaṁ na mānuṣam

satyam—真实的 / vidhātum—证明 / nija-bhṛtya-bhāṣitam—祂自己的仆人(说他主人无所不在的帕拉德王)的话语 / vyāptim—遍及 / ca—和 / bhūteṣu—在生物体和元素之间 / akhileṣu—所有的 / ca—也 / ātmanaḥ—祂自己的 / adṛśyata—被看到过 / ati—十分 / adbhuta—神奇的 / rūpam—形象 / udvahan—采用 / stambhe—在柱子中 / sabhāyām—在聚会厅中 / na—不是 / mṛgam—动物 / na—也不是 / mānuṣam—人类

译文　为证实奉献者帕拉德的说明真实无误，也就是说为证实至尊主无所不在，甚至在一个聚会厅的柱子里，至尊人格首神哈尔依展示了一个从未有人见过的神奇形象。那形象既不是一个人也不是头狮子。就这样，至尊主以祂神奇的形象出现在聚会厅中。

要旨　当黑冉亚卡希普质问帕拉德王“你的至尊主在哪里？祂在这根柱子中吗？”时，帕拉德王勇敢地回答说：“是的，我的至尊主无所不在。”因此，为了使黑冉亚卡希普相信帕拉德王的说明是真实无误的，至尊主从柱子中显现。至尊主显现为半人半狮的形象，使黑冉亚卡希普无法了解这巨大的形象究竟是狮子还是人。为了证实帕拉德的说明，至尊主现身证明祂在《博伽梵歌》中宣布的，祂的奉献者永不被击败(kaunteya pratijānīhi na me bhaktaḥ praṇaśyati)。帕拉德王邪恶的父亲一再威胁要杀死帕拉德，但帕拉德坚信，他既然得到至尊主的保护，就不会被杀死。至尊主通过从柱子中显现，用实际行动鼓励祂的奉献者说：“不要担心。我就在这儿。”通过展示尼尔星哈戴瓦的形象，至尊主还维护了主布茹阿玛给黑冉亚卡希普“不会被任何人或动物杀死”的承诺的真实性。至尊主显现的形象不能完全说是个人或是头狮子。

第 18 节

स सत्त्वमेनं परितो विपश्यन्
स्तम्भस्य मध्यादनुनिर्जिहानम् ।
नायं मृगो नापि नरो विचित्र-
महो किमेतन्नृमृगेन्द्ररूपम् ॥१८॥

sa sattvam enaṁ parito vipaśyan
stambhasya madhyād anunirjihānam
nāyaṁ mṛgo nāpi naro vicitram
aho kim etan nṛ-mṛgendra-rūpam

saḥ—他(戴提亚的君王黑冉亚卡希普) / sattvam—生物 / enam—那 / paritaḥ—四周围 / vipaśyan—看 / stambhasya—柱子的 / madhyāt—从当中 / anunirjihānam—出来 / na—不 / ayam—这 / mṛgaḥ—动物 / na—不 / api—事实上 / naraḥ—人 / vicitram—十分神奇 / aho—哎呀 / kim—什么 / etat—这 / nṛ-mṛga-indra-rūpam—人和兽中之王狮子的混合形象

译文 就在黑冉亚卡希普环顾四周，要找到那声音的来源时，至尊主那说不清是人还是狮子的奇妙形象，从柱子中显现出来。黑冉亚卡希普惊讶地左思右想道，“这个半人半狮的创造物是什么呀？”

要旨　恶魔无法估量至尊主无限的力量。正如韦达经(Vedas)中说：至尊主不同的力量总是作为祂知识的自动展现在运作(parāsya śaktir vividhaiva śrūyate svābhāvikī jñāna-bala-kriyā ca)。对恶魔来说，一个狮子和一个人的形象可以结合起来无疑是很奇妙的，因为恶魔对至尊主那被称为“全能的”不可思议的力量没有体验。恶魔无法明白至尊主的全能。他们总是以己度人，把至尊主与他们自己作比较(avajānanti māṁ mūḍhā mānuṣīṁ tanum āśritam)。无赖们(Mūḍhas)以为奎师那是为了其他人的利益而出现的一个普通人。蠢人、无赖和恶魔无法了解至尊主至高无上的力量(paraṁ bhāvam ajānantaḥ)，不知道祂其实无所不能，可以按祂的喜好做一切。黑冉亚卡希普在从主布茹阿玛那里得到祝福时，以为自己有了“不会被动物或人杀死”的祝福就安全了。他从没想到至尊主会将动物和人的形象组合起来，以迷惑像他那样的恶魔。这就是至尊人格首神全能的意思。

第 19—22 节

मीमांसमानस्य समुत्थितोऽग्रतो
नृसिंहरूपस्तदलं भयानकम् ॥१९॥

प्रतप्तचामीकरचण्डलोचनं
स्फुरत्सटाकेशरजृम्भिताननम् ।
करालदंष्ट्रं करवालचञ्चल-
क्षुरान्तजिह्वं भ्रुकुटीमुखोल्बणम् ॥२०॥

स्तब्धोर्ध्वकर्णं गिरिकन्दराद्भुत-
व्यात्तास्यनासं हनुभेदभीषणम् ।
दिविस्पृशत्कायमदीर्घपीवर-
ग्रीवोरुवक्षःस्थलमल्पमध्यमम् ॥२१॥

चन्द्रांशुगौरैश्छुरितं तनूरुहै-
विष्वग्भुजानीकशतं नखायुधम् ।
दुरासदं सर्वनिजेतरायुध-
प्रवेकविद्रावितदैत्यदानवम् ॥२२॥

mīmāṁsamānasya samutthito 'grato
nṛsiṁha-rūpas tad alaṁ bhayānakam

pratapta-cāmīkara-caṇḍa-locanaṁ
sphurat saṭā-keśara-jṛmbhitānanam
karāla-daṁṣṭraṁ karavāla-cañcala-
kṣurānta-jihvaṁ bhrukuṭī-mukholbaṇam

stabdhordhva-karṇaṁ giri-kandarādbhuta-
vyāttāsya-nāsaṁ hanu-bheda-bhīṣaṇam
divi-spṛśat kāyam adīrgha-pīvara-
grīvoru-vakṣaḥ-sthalam alpa-madhyamam

candrāṁśu-gauraiś churitaṁ tanūruhair
viṣvag bhujānīka-śataṁ nakhāyudham
durāsadaṁ sarva-nijetarāyudha-
praveka-vidrāvita-daitya-dānavam

mīmāṁsamānasya一正在仔细考虑至尊主神奇形象的黑冉亚卡希普的 / samutthitaḥ一显现 / agrataḥ一在前面 / nṛsiṁha-rūpaḥ一尼尔星哈戴瓦(半狮半人)的形象 / tat一那 / alam一格外地 / bhayānakam一十分可怕 / pratapta一像熔化的 / cāmīkara一金子 / caṇḍa-locanam一有着凶猛的眼睛 / sphurat一闪光的 / saṭā-keśara一因祂的鬃毛 / jṛmbhita-ānanam一脸扩张……的 / karāla一致命的 / daṁṣṭram一牙齿 / karavāla-cañcala一如一把锋利的宝剑般移动 / kṣura-anta一和像剃刀一样锋利 / jihvam一舌头……的 / bhrukuṭī-mukha一因祂皱着的脸 / ulbaṇam一令人畏惧的 / stabdha一静止不动的 / ūrdhva一向上伸展 / karṇam一耳朵……的 / giri-kandara一像山洞 / adbhuta一十分神奇 / vyāttāsya一用张开的大嘴 / nāsam一和鼻孔 / hanu-bheda-bhīṣaṇam一分

开的颚使人恐惧 / divi-spṛśat — 触碰天空 / kāyam — 身体……的 / adīrgha — 短的 / pīvara — 粗壮的 / grīva — 脖子 / uru — 宽阔的 / vakṣaḥsthalam — 胸膛 / alpa — 小的 / madhyamam — 身体的中段 / candraaṁśu — 如同月亮的光线 / gauraiḥ — 发白的 / churitam — 遮盖住 / tanūruhaiḥ — 毛发 / viṣvak — 在所有的方向 / bhuja — 众多手臂的 / anīkaśatam — 一排排的阵容 / nakha — 指甲 / āyudham — 像致命的武器一样 / durāsadam — 很难征服 / sarva — 全部 / nija — 个人的 / itara — 和其他 / āyudha — 武器的 / praveka — 通过用最好的 / vidrāvita — 使奔跑 / daitya — 恶魔被……的 / dānavam — 以及恶棍(无神论者)

译文　黑冉亚卡希普研究至尊主的形象，试图弄清站在他面前的尼尔星哈戴瓦形象究竟是谁。至尊主那愤怒地瞪着的恰似熔金的眼睛、让可怕的脸庞看上去更加硕大的闪亮鬃毛、致命的牙齿、如决斗用宝剑般犀利的移动着的舌头，使祂的形象看上去极其恐怖。祂的耳朵一动不动地直竖着，鼻孔和张开的大嘴恰似山洞。祂的上下颚恐怖地分开着，整个身体触碰到了天空。祂的脖子又短又粗，长着阔胸细腰，身上的毛发如同月光般洁白。祂的手臂仿佛军阵的侧翼，在用祂的海螺、飞轮、大头棒、莲花和其他自然武器杀恶魔、无赖及无神论者时扩展至四面八方。

第 23 节

प्रायेण मेऽयं हरिणोरुमायिना
　　वधः स्मृतोऽनेन समुद्यतेन किम् ।
एवं ब्रुवंस्त्वभ्यपतद्गदायुधो
　　नदन्नृसिंहं प्रति दैत्यकुञ्जरः ॥२३॥

prāyeṇa me 'yaṁ hariṇorumāyinā
　　vadhaḥ smṛto 'nena samudyatena kim
evaṁ bruvaṁs tv abhyapatad gadāyudho
　　nadan nṛsiṁhaṁ prati daitya-kuñjaraḥ

prāyeṇa－或许 / me－我的 / ayam－这 / hariṇā－由至尊主 / urumāyinā－拥有巨大的神秘力量的人 / vadhaḥ－死亡 / smṛtaḥ－有计划的 / anena－与这 / samudyatena－努力 / kim－什么用 / evam－以此方式 / bruvan－喃喃自语 / tu－事实上 / abhyapatat－攻击 / gadā-āyudhaḥ－拿起他的武器——大头棒 / nadan－大声吼叫 / nṛ-siṁham－显现为半人半狮形象的至尊主 / prati－朝向 / daitya-kuñjaraḥ－如同大象一般的黑冉亚卡希普

译文 黑冉亚卡希普喃喃自语道："拥有非凡神秘力量的主维施努想用这种方式杀死我，但这种努力有什么用呢？有谁能跟我对打？"这样想着，黑冉亚卡希普抄起他的大头棒，像头大象一样向至尊主发起进攻。

要旨 密林中有时会发生狮子和大象的争战。这节诗文描述，至尊主显得如同一头狮子，而不惧怕至尊主的黑冉亚卡希普如同一头大象般攻击至尊主。大象一般会被狮子打败，所以这节诗文所作的比喻很恰当。

第24节

अलक्षितोऽग्नौ पतितः पतङ्गमो
यथा नृसिंहौजसि सोऽसुरस्तदा ।
न तद्विचित्रं खलु सत्त्वधामनि
स्वतेजसा यो नु पुरापिबत्तमः ॥२४॥

alakṣito 'gnau patitaḥ pataṅgamo
yathā nṛsiṁhaujasi so 'suras tadā
na tad vicitraṁ khalu sattva-dhāmani
sva-tejasā yo nu purāpibat tamaḥ

alakṣitaḥ－看不见的 / agnau－在火中 / patitaḥ－掉到 / pataṅga-maḥ－一只昆虫 / yathā－恰似 / nṛsiṁha－主尼尔星哈戴瓦的 / ojasi一在光芒中 / saḥ一他 / asuraḥ一黑冉亚卡希普 / tadā一那时 / na一不 / tat一那 / vicitram一神奇的 / khalu一事实上 / sattva-dhāmani一身处纯粹善良属性的至尊人格首神中 / sva-tejasā一凭祂自己的光芒 / yaḥ一……的祂(至尊主) / nu一事实上 / purā一以前 / apibat一吞没 / tamaḥ一物质创造中的黑暗

译文　正如一个微小的昆虫冲进一堆大火便不见了，黑冉亚卡希普一旦攻击光芒万丈的至尊主就失去了踪迹。这一点儿都不令人惊讶，因为至尊主始终处在纯粹的善良属性中。以前在创造期间，祂进入黑暗的宇宙，用自己的灵性光芒照亮它。

要旨　至尊主超然地处在纯粹善良属性中。物质世界一般受愚昧属性(tamo-guṇa)的控制，但灵性世界因为有至尊主的临在和祂放射出的光芒，所以免于愚昧、激情或被污染的善良属性等污染。物质世界里虽然有与布茹阿玛纳品质有关的一点善良属性的色彩，但这种品质有时也会因为激情和愚昧属性的泛滥而变得踪影皆无。至尊主则不然，由于祂始终超然处之，物质自然的激情和愚昧属性无法触碰到祂。有至尊主在的地方，就不可能有愚昧属性的黑暗。《永恒的柴坦亚经》(Caitanya-caritāmṛta)中篇第22章的第31节诗中说明：

kṛṣṇa——sūrya-sama, māyā haya andhakāra
yāhāṅ kṛṣṇa, tāhāṅ nāhi māyāra adhikāra

“首神是光明。无知是黑暗。有首神的地方没有黑暗。”这个物质世界充满了黑暗和对灵性生活的愚昧无知，但奉爱瑜伽(bhakti-yoga)可以驱除这愚昧。至尊主之所以显现，是因为帕拉德王所做的奉爱服务；而至尊主一旦显现，黑冉亚卡希普的激情和愚昧属性的影响就被至尊主的纯粹善良属性——梵光所抑制，变得不再显著。在那强烈的光辉中，黑冉亚卡希普变得不见了踪影，他的影响力变得微不足道。经典中举了个例子，说明物质世界的黑暗是如何被驱散的。布茹阿玛从嘎尔博达卡沙依·维施努(Garbhodakaśāyī Viṣṇu)的腹部长出的莲花上被创造出来时，看到的是一片黑暗，但从至尊人格首神那里得到知识后，一切就变得清晰可见，仿佛阳光驱散了夜晚的黑暗。重点是：只要我们还身处物质自然属性中，我们就永远都停留在黑暗里。至尊人格首神不出现，就无法驱散黑暗。只有奉爱瑜伽能召唤至尊主到来，奉爱瑜伽创造没有丝毫物质污染的超然环境。

第 25 节

ततोऽभिपद्याभ्यहनन्महासुरो
रुषा नृसिंहं गदयोरुवेगया ।
तं विक्रमन्तं सगदं गदाधरो
महोरगं तार्क्ष्यसुतो यथाग्रहीत् ॥२५॥

tato 'bhipadyābhyahanan mahāsuro
ruṣā nṛsiṁhaṁ gadayoruvegayā
taṁ vikramantaṁ sagadaṁ gadādharo
mahoragaṁ tārkṣya-suto yathāgrahīt

tataḥ—之后 / abhipadya—攻击 / abhyahanat—击打 / mahā-asuraḥ—大恶魔(黑冉亚卡希普) / ruṣā—满怀愤怒 / nṛsiṁham—主尼尔星哈戴瓦 / gadayā—用他的大头棒 / uru-vegayā—大力冲向 / tam—他(黑冉亚卡希普) / vikramantam—展现他的勇猛 / sa-gadam—用他的大头棒 / gadā-dharaḥ—也手持大头棒的主尼尔星哈戴瓦 / mahā-uragam—巨蛇 / tārkṣya-sutaḥ—塔尔克夏的儿子嘎茹达 / yathā—正如 / agrahīt—抓住

译文 那以后，极度愤怒的大恶魔黑冉亚卡希普，拿着他的大头棒飞速冲向尼尔星哈戴瓦，开始殴打祂。然而，就像嘎茹达抓住巨蛇一样，主尼尔星哈戴瓦抓住了那个大恶魔和他的大头棒。

第 26 节

स तस्य हस्तोत्कलितस्तदासुरो
विक्रीडतो यद्वदहिर्गरुत्मतः ।
असाध्वमन्यन्त हृतौकसोऽमरा
घनच्छदा भारत सर्वधिष्ण्यपाः ॥२६॥

sa tasya hastotkalitas tadāsuro
vikrīḍato yadvad ahir garutmataḥ
asādhv amanyanta hṛtaukaso 'marā
ghana-cchadā bhārata sarva-dhiṣṇya-pāḥ

saḥ—他(黑冉亚卡希普) / tasya—祂(主尼尔星哈戴瓦)的 / hasta—从手 / utkalitaḥ—挣脱 / tadā—那时 / asuraḥ—魔王黑冉亚卡希普 / vikrīḍataḥ—玩耍 / yadvat—完全就像 / ahiḥ—一条蛇 / garutmataḥ—嘎茹达的 / asādhu—不很好 / amanyanta—考虑 / hṛta-okasaḥ—住所被黑冉亚卡希普占领的 / amarāḥ—半神人们 / ghana-cchadāḥ—躲在云层后 / bhārata—巴茹阿特伟大的子孙啊 / sarva-dhiṣṇya-pāḥ—天堂星球的统治者们

译文　啊，尤帝士提尔，巴茹阿特杰出的子孙！如同嘎茹达有时玩弄一条蛇，让它从鹰嘴中逃脱，主尼尔星哈戴瓦当时给了黑冉亚卡希普一个从祂手中逃走的机会；这使失去自己的家园、因害怕恶魔而躲在云朵后面的半神人大惊失色，惶恐不安，认为那很不利。

要旨　主尼尔星哈戴瓦在杀黑冉亚卡希普的过程中，给了那恶魔一个从祂的钳制中逃脱的机会。半神人们因为极度惧怕黑冉亚卡希普而不是很能欣赏这件事。他们知道：黑冉亚卡希普如果从尼尔星哈戴瓦手中逃脱，看到半神人正怀着巨大的喜悦之情盼望他死，就会狠狠地报复他们。半神人为此十分恐惧。

第 27 节

तं मन्यमानो निजवीर्यशङ्कितं
यद्धस्तमुक्तो नृहरिं महासुरः ।
पुनस्तमासज्जत खड्गचर्मणी
प्रगृह्य वेगेन गतश्रमो मृधे ॥२७॥

taṁ manyamāno nija-vīrya-śaṅkitaṁ
yad dhasta-mukto nṛhariṁ mahāsuraḥ
punas tam āsajjata khaḍga-carmaṇī
pragṛhya vegena gata-śramo mṛdhe

tam—祂(主尼尔星哈戴瓦) / manyamānaḥ—想 / nija-vīrya-śaṅkitam—害怕他的英勇 / yat—因为 / hasta-muktaḥ—摆脱至尊主的钳制 / nṛ-harim—主尼尔星哈戴瓦 / mahā-asuraḥ—大恶魔 / punaḥ—再次 / tam—祂 / āsajjata—攻击 / khaḍga-carmaṇī—他的宝刀和盾牌 / pragṛhya—拿起 / vegena—猛力地 / gata-śramaḥ—他的疲劳消失 / mṛdhe—在战场上

译文 黑冉亚卡希普从尼尔星哈戴瓦的手中逃脱后，错误地以为至尊主是在害怕他的本领，于是在稍事休息后，便拿起他的宝刀和盾牌，再次向至尊主发起凶猛的进攻。

要旨 罪恶之人享受物质便利条件时，愚蠢的人有时会想：“这个罪恶之人在享受，但虔诚的人却在受苦，这是怎么回事？”至尊者的意愿使罪恶之人有时得到享受物质世界的机会，就仿佛他不受物质自然的钳制一样，但这只是在愚弄他。行为处世违反自然法律的罪恶之人虽然必受到惩罚，可有时会获得一个玩耍的机会，就像黑冉亚卡希普从尼尔星哈戴瓦的手中逃脱一样。黑冉亚卡希普最终必会被尼尔星哈戴瓦杀死，但至尊主为了好玩，给他一个从自己手中逃脱的机会。

第28节

तं श्येनवेगं शतचन्द्रवर्त्मभि-
श्चरन्तमच्छिद्रमुपर्यधो हरिः ।
कृत्वाट्टहासं खरमुत्स्वनोल्बणं
निमीलिताक्षं जगृहे महाजवः ॥२८॥

taṁ śyena-vegaṁ śata-candra-vartmabhiś
carantam acchidram upary-adho hariḥ
kṛtvāṭṭa-hāsaṁ kharam utsvanolbaṇaṁ
nimīlitākṣaṁ jagṛhe mahā-javaḥ

tam—他(黑冉亚卡希普) / śyena-vegam—拥有鹰的速度 / śata-candra-vartmabhiḥ—靠挥舞他的宝刀及有一百个月亮般的斑点的盾牌 / carantam—移动 / acchidram—没有任何漏洞 / upari-adhaḥ—上上下下 / hariḥ—至尊人格首神 / kṛtvā—发出 / aṭṭa-hāsam—大笑 / kharam—极其刺耳的 / utsvana-ulbaṇam—因那巨大的声音而十分害怕 / nimīlita—闭上 / akṣam—眼睛 / jagṛhe—俘获 / mahā-javaḥ—极其强大有力的至尊主

译文 强大无比的至尊人格首神纳茹阿亚纳，发出一声尖锐的大笑，去抓用宝刀和盾牌将自己严密保护起来的黑冉亚卡希普。黑冉亚卡希普用鹰一样的速度有时蹿上天空，有时跳到地上，他因为害怕尼尔星哈戴瓦的笑声而紧闭双眼。

第29节

विष्वक्स्फुरन्तं ग्रहणातुरं हरि-
र्व्यालो यथाखुं कुलिशाक्षतत्वचम् ।

द्वार्यूरुमापत्य ददार लीलया
नखैर्यथाहिं गरुडो महाविषम् ॥२९॥

viṣvak sphurantaṁ grahaṇāturaṁ harir
vyālo yathākhuṁ kuliśākṣata-tvacam
dvāry ūrum āpatya dadāra līlayā
nakhair yathāhiṁ garuḍo mahā-viṣam

viṣvak－四周围 / sphurantam－挥舞他的手臂 / grahaṇa-āturam－因为被俘获而感到痛苦 / hariḥ－至尊人格首神尼尔星哈戴瓦 / vyālaḥ－蛇 / yathā－正如 / ākhum－老鼠 / kuliśa-akṣata－哪怕因铎用霹雳都砍不了 / tvacam－皮肤……的 / dvāri－在门槛上 / ūrum－在祂的大腿上 / āpatya－放置 / dadāra－刺穿 / līlayā－轻而易举地 / nakhaiḥ－用指甲 / yathā－恰似 / ahim－蛇 / garuḍaḥ－主维施努的坐骑嘎茹达 / mahā-viṣam－有剧毒的

译文 主尼尔星哈戴瓦像一条蛇俘获老鼠或嘎茹达抓一条毒蛇般，抓住了就连天帝因铎的霹雳都无法刺穿的黑冉亚卡希普。主尼尔星哈戴瓦把因为被擒获而挥舞着手脚痛苦挣扎的恶魔放到自己的大腿上，就在聚会厅的门廊上，用祂的手指甲轻松地将恶魔撕成碎片。

要旨 黑冉亚卡希普从主布茹阿玛那里得到的祝福是：他不会死在地上或空中。因此，为保持主布茹阿玛的承诺不被打破，尼尔星哈戴瓦将黑冉亚卡希普的身体放在自己的大腿上，而那既不是大地，也不是天空。黑冉亚卡希普得到的祝福是：他不会在白天死，也不会在夜晚死。所以，为维护布茹阿玛的这个诺言，至尊主在白天结束和夜晚刚开始的傍晚时分杀死黑冉亚卡希普；那时既不是白天，也不是夜晚。黑冉亚卡希普从主布茹阿玛那里得到的祝福是：他不会被任何武器所杀，也不会被任何死去或活着的生物体所杀。为了维护主布茹阿玛的承诺，主尼尔星哈戴瓦用自己的指甲将黑冉亚卡希普的身体刺穿，而指甲既不是武器，也不是死的或活的。事实上，指甲既可以说是死的，同时也可以说是活的。为了不损坏主布茹阿玛的祝福，主尼尔星哈戴瓦轻松而又出人意料地杀死了大恶魔黑冉亚卡希普。

第 30 节

संरम्भदुष्प्रेक्ष्यकराललोचनो
　व्यात्ताननान्तं विलिहन् स्वजिह्वया ।
असृग्लवाक्तारुणकेशराननो
　यथान्त्रमाली द्विपहत्यया हरिः ॥३०॥

saṁrambha-duṣprekṣya-karāla-locano
　vyāttānanāntaṁ vilihan sva-jihvayā
asṛg-lavāktāruṇa-keśarānano
　yathāntra-mālī dvipa-hatyayā hariḥ

saṁrambha—因为盛怒 / duṣprekṣya—很难去看 / karāla—十分可怕 / locanaḥ—眼睛 / vyātta—扩张 / ānana-antam—嘴边 / vilihan—舔 / sva-jihvayā—用祂的舌头 / asṛk-lava—与鲜血的斑点 / ākta—血迹斑斑 / aruṇa—红色 / keśara—鬃毛 / ānanaḥ—和脸庞 / yathā—恰似 / antra-mālī—用肠子的花环装饰着 / dvipa-hatyayā—通过杀一头大象 / hariḥ—狮子

译文　主尼尔星哈戴瓦的嘴和鬃毛上点缀着被喷溅上的血滴，凶猛的眼睛里喷射出怒火，让人不敢去看。至尊人格首神尼尔星哈戴瓦用祂的舌头舔着自己的嘴边，身上挂着从黑冉亚卡希普的肚子里扯出的肠子，看似一个刚杀死一头大象的狮子。

要旨　喷溅上血滴的主尼尔星哈戴瓦脸上的毛发是红色的，看上去十分美。主尼尔星哈戴瓦用自己的指甲刺穿黑冉亚卡希普的腹部，将恶魔的肠子扯出来，像戴花环一样把它们挂在自己的肩上，而那更增加了祂的美。这使至尊主看上去十分可怕，恰似一头狮子在忙着与大象作战。

第 31 节

नखाङ्कुरोत्पाटितहृत्सरोरुहं
विसृज्य तस्यानुचराननुदायुधान् ।
अहन् समस्तान्नखशस्त्रपाणिभि-
र्दोर्दण्डयूथोऽनुपथान् सहस्रशः ॥३१॥

nakhāṅkurotpāṭita-hṛt-saroruhaṁ
visṛjya tasyānucarān udāyudhān
ahan samastān nakha-śastra-pāṇibhir
dordaṇḍa-yūtho 'nupathān sahasraśaḥ

nakha-aṅkura一用尖锐的指甲 / utpāṭita一撕出 / hṛt-saroruham一心如莲花般的 / visṛjya一丢到一旁 / tasya一他的 / anucarān一随从(士兵和卫士) / udāyudhān一举起武器 / ahan一祂杀死 / samastān一全部 / nakha-śastra-pāṇibhiḥ一用祂的指甲和其他武器 / dordaṇḍa-yūthaḥ一有无数的手臂 / anupathān一黑冉亚卡希普的随从 / sahasraśaḥ一由数千的

译文 有着许多手臂的至尊人格首神，先挖出黑冉亚卡希普的心脏，随后将他丢到一旁，转身朝向恶魔士兵。这些对黑冉亚卡希普忠心耿耿的士兵高举着武器，成千上万地涌来与至尊主作战，但主尼尔星哈戴瓦只是用祂的指甲尖就将他们全都杀死。

要旨 自从物质世界被创造出来，就存在着两种人：半神人(deva)和恶魔(asura)。半神人始终忠实于至尊人格首神，而恶魔则永远是反抗至尊主至高权力的无神论者。如今整个世界充满了无神论者。他们试图证明没有神，发生的一切都是由物质元素排列和组合造成的。这使物质世界变得越来越不敬神，结果一切都处在混乱的状态中。这种情况如果继续下去，至尊人格首神无疑就会像对待黑冉亚卡希普那样采取行动。只一瞬间的工夫，黑冉亚卡希普和他的追随者就被统统杀死；同样，如果不敬神的文明再继续下去，就会因为至尊人格首神轻挑一下手指而在瞬间被毁灭。因此，恶魔应该小心，尽快结束他们的不信神的文明。他们应该善用奎师那意识运动，转而忠实于至尊人格首神，否则他们难逃一死。正如黑冉亚卡希普在瞬间就被杀死，无神论的不敬神文明随时都有可能毁于一旦。

第 32 节

सटावधूता जलदाः परापतन्
ग्रहाश्च तद्दृष्टिविमुष्टरोचिषः ।
अम्भोधयः श्वासहता विचुक्षुभु-
र्निर्ह्रादभीता दिगिभा विचुक्रुशुः ॥३२॥

saṭāvadhūtā jaladāḥ parāpatan
grahāś ca tad-dṛṣṭi-vimuṣṭa-rociṣaḥ
ambhodhayaḥ śvāsa-hatā vicukṣubhur
nirhrāda-bhītā digibhā vicukruśuḥ

saṭā－被主尼尔星哈戴瓦的头发 / avadhūtāḥ－撼动 / jaladāḥ－云朵 / parāpatan－驱散 / grahāḥ－发光的星球 / ca－和 / tat-dṛṣṭi－被祂闪亮的目光 / vimuṣṭa－拿走 / rociṣaḥ－光芒……的 / ambhodhayaḥ－汪洋大海中的水 / śvāsa-hatāḥ－被主尼尔星哈戴瓦的呼吸拍打 / vicukṣubhuḥ－变得动荡 / nirhrāda-bhītāḥ－被尼尔星哈戴瓦的吼叫吓到 / digibhāḥ－所有护卫住所的大象 / vicukruśuḥ－哭叫

译文　尼尔星哈戴瓦头上的毛发撼动了云朵，将它们驱散开来。祂闪亮的眼睛夺去天空中发光体的光芒；祂的呼吸激荡了汪洋大海。祂的咆哮使世上所有的大象都害怕得哭叫起来。

要旨 《博伽梵歌》第10章的第41节诗记载，至尊主说：

yad yad vibhūtimat sattvaṁ
śrīmad ūrjitam eva vā
tat tad evāvagaccha tvaṁ
mama tejo-'ṁśa-sambhavam

“要知道：一切丰富、美丽和辉煌的创造，都不过是从我的光辉中跃起的一个火花而已。”天空中日月星辰放射出的光芒，只不过是至尊主放射出的光芒的部分展示。不同的生物体有许多奇妙的品质，但世上存在的一切非凡的事物，都只不过是至尊主的非凡光辉(tejas)的一部分而已。当有至尊主以祂的化身——特殊的外形出现在这个物质世界里时，汪洋大海中的波涛及至尊人格首神创造中的其他奇观，就都变得微不足道。与至尊主无与伦比的超然品质相比，一切都微不足道。

第 33 节

द्यौस्तत्सटोत्क्षिप्तविमानसङ्कुला
प्रोत्सर्पत क्ष्मा च पदाभिपीडिता ।
शैलाः समुत्पेतुरमुष्य रंहसा
तत्तेजसा खं ककुभो न रेजिरे ॥३३॥

dyaus tat-saṭotkṣipta-vimāna-saṅkulā
protsarpata kṣmā ca padābhipīḍitā
śailāḥ samutpetur amuṣya raṁhasā
tat-tejasā khaṁ kakubho na rejire

dyauḥ－外太空 / tat-saṭā－用祂的头发 / utkṣipta－甩上 / vimānasaṅkulā－满是飞机 / protsarpata－滑脱出 / kṣmā－地球 / ca－也 / pada-abhipīḍitā－至尊主莲花足沉重的重量造成的压力 / śailāḥ－山脉和丘陵 / samutpetuḥ－跳起 / amuṣya－那一个(至尊主)的 / raṁhasā－由于无法承受的力量 / tat-tejasā－用祂的光芒 / kham－天空 / kakubhaḥ－十个方向 / na rejire－不发光

译文　尼尔星哈戴瓦头上的毛发将众多的飞机甩进外太空和高等星球。至尊主莲花足踩踏的压力，使地球看上去从它的位置上滑脱；祂那令人无法承受的力量在大地上挤压出丘陵和山脉。祂身体放射出的光芒，使天空和所有方向原有的光明都黯然失色。

要旨　从这节诗中可以了解，在很久很久以前，空中就有飞机在飞行。《圣典博伽瓦谭》于五千年前讲述，而这节诗文证明，高度文明的表现甚至那时就已存在于高等星系和低等星系中。现代科学家和哲学家愚蠢地解释说，三千年前没有文明，但这节诗的说明证实他们这种异想天开的判断纯属无稽之谈。韦达文明早在千百万年前就已存在。它存在于这个宇宙创造之时，包括了全宇宙所有的现代便利设施，甚至更多。

第 34 节

ततः सभायामुपविष्टमुत्तमे
　नृपासने सम्भृततेजसं विभुम् ।
अलक्षितद्वैरथमत्यमर्षणं
　प्रचण्डवक्त्रं न बभाज कश्चन ॥३४॥

tataḥ sabhāyām upaviṣṭam uttame
　nṛpāsane sambhṛta-tejasaṁ vibhum
alakṣita-dvairatham atyamarṣaṇaṁ
　pracaṇḍa-vaktraṁ na babhāja kaścana

tataḥ—那之后 / sabhāyām—在聚会厅中 / upaviṣṭam—坐着 / uttame—在最好的之上 / nṛpa-āsane—(黑冉亚卡希普经常坐的)宝座 / sambhṛta-tejasam—万丈光芒 / vibhum—至尊主 / alakṣita-dvairatham—没有挑战者或敌人的人 / ati—十分 / amarṣaṇam—(因愤怒)令人生畏 / pracaṇḍa—可怕的 / vaktram—面庞 / na—不 / babhāja—崇拜 / kaścana—任何人

译文 放射出强烈光芒并展示出令人生畏的面容的主尼尔星哈戴瓦，怒火万丈、找不到能面对祂的力量及财富的竞争对手，于是在聚会厅里崇高的王座上坐下。由于害怕和敬畏，没人敢直接上前去侍奉至尊主。

要旨 至尊主坐在黑冉亚卡希普的宝座上时，没人抗议反对，也没敌人前来代表黑冉亚卡希普与至尊主作战。这意味着恶魔们立刻接受了至尊主的至高地位。另一个要点是：黑冉亚卡希普虽然把至尊主当做是他最仇恨的敌人，但其实却是至尊主在外琨塔星球(Vaikuṇṭha)上忠实的仆人。正因为如此，至尊主毫不犹豫地坐上黑冉亚卡希普历尽艰辛打造的宝座上。就有关这一点，圣维施瓦纳特·查夸瓦尔提·塔库尔评论说：伟大、圣洁的人物和圣人们，有时极其小心谨慎地用韦达·曼陀(mantra)和坦陀(tan-tra)献上珍贵的座位，但至尊主并不去坐那些宝座。然而，前世是外琨塔大门守门人佳亚(Jaya)的黑冉亚卡希普，虽然因为布茹阿玛纳(brāhmaṇa, 婆罗门)的诅咒坠落，得到恶魔的天性，虽然作为黑冉亚卡希普从没向至尊主供奉过任何祭品，至尊主还是对祂的奉献者和仆人充满深情，高兴地坐上黑冉亚卡希普打造的宝座上。就有关这一点，我们要明白，奉献者在生活的任何情况下都是幸运的。

第 35 节

निशाम्य लोकत्रयमस्तकज्वरं
तमादिदैत्यं हरिणा हतं मृधे ।
प्रहर्षवेगोत्कलितानना मुहुः
प्रसूनवर्षैर्ववृषुः सुरस्त्रियः ॥३५॥

niśāmya loka-traya-mastaka-jvaraṁ
tam ādi-daityaṁ hariṇā hataṁ mṛdhe
praharṣa-vegotkalitānanā muhuḥ
prasūna-varṣair vavṛṣuḥ sura-striyaḥ

niśāmya—听到 / loka-traya—三个世界 / mastaka-jvaram—头痛 / tam—他 / ādi—最初的 / daityam—恶魔 / hariṇā—被至尊人格首神 / hatam—杀死了 / mṛdhe—在战斗中 / praharṣa-vega—因狂喜的爆发 / utkalita-ānanāḥ—满脸喜悦 / muhuḥ—再三 / prasūna-varṣaiḥ—撒下花雨 / vavṛṣuḥ—下雨 / sura-striyaḥ—半神人的妻子

译文　黑冉亚卡希普恰似三个世界的头脑因患脑膜炎而发的高热，所以当天堂星球半神人的妻子们看到那大恶魔被至尊人格首神亲手杀死时，脸上都展现出巨大的喜悦神情。半神人的妻子们不断地从天堂向主尼尔星哈戴瓦撒下花雨。

第 36 节

तदा विमानावलिभिर्नभस्तलं
　दिदृक्षतां सङ्कुलमास नाकिनाम् ।
सुरानका दुन्दुभयोऽथ जघ्निरे
　गन्धर्वमुख्या ननृतुर्जगुः स्त्रियः ॥३६॥

tadā vimānāvalibhir nabhastalaṁ
　didṛkṣatāṁ saṅkulam āsa nākināṁ
surānakā dundubhayo 'tha jaghnire
　gandharva-mukhyā nanṛtur jaguḥ striyaḥ

tadā—在那时 / vimāna-āvalibhiḥ—与各种类型的飞机 / nabhastalam—天空 / didṛkṣatām—看的愿望 / saṅkulam—挤满的 / āsa—成为 / nākinām—半神人的 / sura-ānakāḥ—半神人的鼓 / dundubhayaḥ—定音鼓 / atha—以及 / jaghnire—被打响 / gandharva-mukhyāḥ—歌仙和音乐仙的首领们 / nanṛtuḥ—起舞 / jaguḥ—歌唱 / striyaḥ—天堂社交女郎

译文　那时，想要看至尊主纳茹阿亚纳活动的半神人，都乘坐飞机云集在空中。他们开始敲锣打鼓，仙女们闻声翩翩起舞，歌仙的领袖们则放开甜美的歌喉纵情歌唱。

第 37—39 节

तत्रोपव्रज्य विबुधा ब्रह्मेन्द्रगिरिशादयः ।
ऋषयः पितरः सिद्धा विद्याधरमहोरगाः ॥३७॥

मनवः प्रजानां पतयो गन्धर्वाप्सरचारणाः ।
यक्षाः किम्पुरुषास्तात वेतालाः सहकिन्नराः ॥३८॥

ते विष्णुपार्षदाः सर्वे सुनन्दकुमुदादयः ।
मूर्ध्नि बद्धाञ्जलिपुटा आसीनं तीव्रतेजसम् ।
ईडिरे नरशार्दुलं नातिदूरचराः पृथक् ॥३९॥

tatropavrajya vibudhā
brahmendra-giriśādayaḥ
ṛṣayaḥ pitaraḥ siddhā
vidyādhara-mahoragāḥ

manavaḥ prajānāṁ patayo
gandharvāpsara-cāraṇāḥ
yakṣāḥ kimpuruṣās tāta
vetālāḥ saha-kinnarāḥ

te viṣṇu-pārṣadāḥ sarve
sunanda-kumudādayaḥ
mūrdhni baddhāñjali-puṭā
āsīnaṁ tīvra-tejasam
īḍire nara-śārdulaṁ
nātidūracarāḥ pṛthak

tatra—那里(天空中) / upavrajya—到来(乘坐他们各自的飞机) / vibudhāḥ—所有不同半神人 / brahma-indra-giriśa-ādayaḥ—以主布茹阿玛、天帝因铎和主希瓦为首 / ṛṣayaḥ—伟大、圣洁的圣人们 / pitaraḥ—祖先星球的居民 / siddhāḥ—神秘仙星球的居民 / vidyādhara—维迪亚达尔星球的居民 / mahā-uragāḥ—巨蛇居住的星球 / manavaḥ—玛努们 / prajānām—(不同星球上)生物体的 / patayaḥ—领袖

们 / gandharva—歌仙和音乐仙星球上的居民 / apsara—天使星球上的居民 / cāraṇāḥ—查冉纳星球上的居民 / yakṣāḥ—夜叉们 / kimpuruṣāḥ—克音菩茹沙们 / tāta—亲爱的 / vetālāḥ—维塔拉们 / saha-kinna-rāḥ—与克音纳尔们一起 / te—他们 / viṣṇu-pārṣadāḥ—主维施努(在外琨塔星球上)的个人同伴 / sarve—全体 / sunanda-kumuda-ādayaḥ—以苏南达和库穆达为首 / mūrdhni—在他们的头上 / baddha-añjali-puṭāḥ—双手合十 / āsīnam—坐在宝座上的人 / tīvra-tejasam—放射出祂非凡的灵性光芒 / īḍire—献上尊敬的崇拜 / nara-śārdulam—向以半人半狮形象显现的至尊主 / na ati-dūracarāḥ—靠近 / pṛthak—分别地

译文　我亲爱的尤帝士提尔王，随后，以主布茹阿玛、天帝因铎和主希瓦为首的半神人开始向至尊主靠近。这些半神人包括伟大的圣洁之人，祖先星球、神秘仙星球、韦迪亚达尔星球和蛇星球上的居民。接近祂的还有玛努们、各种其他星球的领袖，天堂舞者、歌仙、音乐仙、查冉纳、食人魔、克音纳尔星球的居民、维塔拉、克音菩茹沙星球的居民，以及苏南达和库穆达等主维施努的随身仆人。他们都来到放射出强光的至尊主近旁，分别向祂致以敬意，献上祈祷，双手合十举过头顶。

第 40 节

श्रीब्रह्मोवाच
नतोऽस्म्यनन्ताय दुरन्तशक्तये
विचित्रवीर्याय पवित्रकर्मणे ।
विश्वस्य सर्गस्थितिसंयमान् गुणैः
स्वलीलया सन्दधतेऽव्ययात्मने ॥४०॥

śrī-brahmovāca
nato 'smy anantāya duranta-śaktaye
vicitra-vīryāya pavitra-karmaṇe

viśvasya sarga-sthiti-saṁyamān guṇaiḥ
sva-līlayā sandadhate 'vyayātmane

śrī-brahmā uvāca—主布茹阿玛说 / nataḥ—鞠躬 / asmi—我是 / anantāya—向无限的至尊主 / duranta—很难找到尽头 / śaktaye—拥有各种能量的人 / vicitra-vīryāya—有各种非凡的能力 / pavitra-karmaṇe—活动没有反作用(即使做自相矛盾的事也始终不受物质属性污染)的人 / viśvasya—宇宙的 / sarga—创造 / sthiti—维系 / saṁyamān—和毁灭 / guṇaiḥ—由物质属性 / sva-līlayā—很容易 / sandadhate—从事 / avyaya-ātmane—永不衰退的人

译文 主布茹阿玛祈祷说：我的至尊主，您无穷无尽、不受限制，您拥有无限的力量。没人能估量或计算您的才能及神奇的影响力，因为您的活动从不受物质能量的污染。您透过物质属性轻而易举地创造、维系宇宙并再次毁灭它，自己却保持不变，毫不减损。因此，我虔敬地顶拜您。

要旨 至尊主的活动永远神奇。祂个人的仆人佳亚和维佳亚(Vijaya)是祂信任的朋友，但还是遭到诅咒，接受了恶魔的躯体。此外，帕拉德则被安排投生在这样一个恶魔的家庭中，展示崇高奉献者的行为。随后，至尊主以尼尔星哈戴瓦的形象出现，杀死了这个因至尊主本人的意愿而投生为恶魔家庭中的恶魔。因此，有谁能理解至尊主超然的活动？不要说理解至尊主的超然活动了，连祂仆人的活动甚至都没人能够理解。《永恒的柴坦亚经》中篇第23章的第39节诗说："没人能理解至尊主的仆人的活动(tāṅra vākya, kriyā, mudrā vijñeha nā bhujhaya)。"所以，更何况至尊主的活动呢？有谁能了解至尊主奎师那是如何使整个世界受益的？至尊主之所以被描述为"有无穷无尽的力量(duranta-śakti)"，是因为没人能了解祂的力量和祂是如何行事的。

第 41 节

श्रीरुद्र उवाच
कोपकालो युगान्तस्ते हतोऽयमसुरोऽल्पकः ।
तत्सुतं पाह्युपसृतं भक्तं ते भक्तवत्सल ॥४१॥

śrī-rudra uvāca
kopa-kālo yugāntas te
hato 'yam asuro 'lpakaḥ
tat-sutaṁ pāhy upasṛtaṁ
bhaktaṁ te bhakta-vatsala

śrī-rudraḥ uvāca—主希瓦献上他的祈祷 / kopa-kālaḥ—您(为毁灭宇宙)展示愤怒的准确时间 / yuga-antaḥ—一千个年代循环结束时 / te—由您 / hataḥ—杀死 / ayam—这 / asuraḥ—大恶魔 / alpakaḥ—极不重要 / tat-sutam—他的儿子(帕拉德王) / pāhi—请保护 / upasṛtam—投靠并站在近旁的人 / bhaktam—奉献者 / te—您圣上的 / bhakta-vatsala—深爱您奉献者的我的至尊主啊

译文　主希瓦说：一千个年代循环之末是您愤怒之时。自然深爱着奉献者的我的至尊主啊！这个微不足道的恶魔黑冉亚卡希普已被杀死，现在请您仁慈地保护他的儿子帕拉德王，他正作为全心投靠您的奉献者站在近旁。

要旨　至尊人格首神是物质世界的创造者。创造中有三个步骤，即创造、维系和最终的毁灭。在每一个一千个年代循环结束后的毁灭期间，至尊主就会变得愤怒，而那愤怒由主希瓦(Śiva)展示，希瓦因此又被称为茹铎(Rudra)。当至尊主看上去像是怒火冲天地杀黑冉亚卡希普时，大家都极其害怕至尊主的态度。但主希瓦很清楚，至尊主的愤怒也是祂的娱乐活动(līlā)，所以并不害怕。主希瓦知道他将会替至尊主展示愤怒。梵文“卡拉(Kāla)”的意思是主希瓦(Bhairava)，“考帕(kopa)”是指至尊主的愤怒。这两个词结合起来是“考帕·卡拉(kopa-kāla)”，是指每一个一千个年代循环的结束。事实上，至尊主总是对祂的奉献者充满深情，哪怕表面上看起来很愤怒。由于祂永不坠落，是不朽的(avyayātmā)，祂哪怕愤怒时都对祂的奉献者充满深情。为此，主希瓦提醒至尊主要像一位温柔亲切的父亲那样对待帕拉德王，帕拉德王那时正作为一名全心投靠的崇高奉献者站在至尊主身边。

第 42 节

श्रीइन्द्र उवाच
प्रत्यानीताः परम भवता त्रायता नः स्वभागा
दैत्याक्रान्तं हृदयकमलं तद्गृहं प्रत्यबोधि ।
कालग्रस्तं कियदिदमहो नाथ शुश्रूषतां ते
मुक्तिस्तेषां न हि बहुमता नारसिंहापरैः किम् ॥४२॥

śrī-indra uvāca
pratyānītāḥ parama bhavatā trāyatā naḥ sva-bhāgā
daityākrāntaṁ hṛdaya-kamalaṁ tad-gṛhaṁ pratyabodhi
kāla-grastaṁ kiyad idam aho nātha śuśrūṣatāṁ te
muktis teṣāṁ na hi bahumatā nārasiṁhāparaiḥ kim

śrī-indraḥ uvāca－天帝因铎说 / pratyānītāḥ－恢复 / parama－至尊者啊 / bhavatā－靠您圣上 / trāyatā－保护……的 / naḥ－我们 / svabhāgāḥ－祭祀中分享的份额 / daitya-ākrāntam－被恶魔折磨 / hṛdayakamalam－我们如莲花般的内心 / tat-gṛham－其实是您的住所的…… / pratyabodhi－被照亮 / kāla-grastam－被时间吞没 / kiyat－微不足道的 / idam－这个(世界) / aho－唉 / nātha－至尊主啊 / śuśrūṣatām－对那些总是侍奉 / te－您的 / muktiḥ－摆脱物质束缚 / teṣām－他们(纯粹奉献者)的 / na－不 / hi－事实上 / bahumatā－认为非常重要 / nāra-siṁha－主尼尔星哈戴瓦——半人半狮的生物啊 / aparaiḥ kim－那其他拥有物有什么用

译文　因铎王说：至尊主啊！您是我们的救星和保护者。我们分享祭祀的权利，被您从恶魔那里夺了回来。当然，那祭祀实际是供奉给您的。由于魔王黑冉亚卡希普是天下最可怕的，我们那作为您永恒住所的心，都遭到他的攻击。现在，您的出现驱散了我们心中的忧郁和黑暗。至尊主啊！为您做服务比解脱更崇高，对那些始终为您服务的人来说，一切物质财富都微不足道。他们就连解脱都不在乎，更不要说感官享乐、经济发展和笃信宗教了。

要旨　这个物质世界里有两类人，即半神人(devatā)和恶魔(asura)。半神人虽然依恋物质享乐，但却是至尊主那些按韦达训示的规定做事的奉献者。在黑冉亚卡希普统治期间，所有的人都在履行韦达文明中的责任时受到打扰。黑冉亚卡希普被杀时，始终受到黑冉亚卡希普打扰的全体半神人，感到自己被解放，又可以过正常的生活了。

由于喀历年代(Kali-yuga)里的政府中充满了恶魔，奉献者的生活始终受到打扰。奉献者无法举行祭祀(yajña)，因此无法分享在崇拜主维施努(Viṣṇu)的祭祀中供奉过的食物。半神人的心中一直充满对恶魔的恐惧，所以无法想到至尊人格首神。半神人要做的是始终在内心深处想着至尊主。《博伽梵歌》第6章的第47节诗记载，至尊主说：

yoginām api sarveṣāṁ
mad gatenāntarātmanā
śraddhāvān bhajate yo māṁ
sa me yuktatamo mataḥ

“在所有的瑜伽师中，谁信心坚定地总在内心想着我，为我做超然的爱心服务，谁就通过瑜伽与我最紧密地连在一起，就是最高级的瑜伽师。这就是我的看法。”半神人为成为完美的瑜伽师(yogī)，想要全神贯注地冥想至尊人格首神，但恶魔的出现使他们心中想起的都是恶魔从事的活动。因此，他们那本该是至尊主住所的内心，几乎都被恶魔占据了。当黑冉亚卡希普被杀死时，全体半神人都感到松了口气，知道从今往后他们可以容易地想起至尊主了。他们还可以得到祭祀的结果，甚至在物质世界里就变得快乐起来。

第43节

श्रीऋषय ऊचुः
त्वं नस्तपः परममात्थ यदात्मतेजो
येनेदमादिपुरुषात्मगतं ससर्क्थ ।
तद्विप्रलुप्तममुनाद्य शरण्यपाल
रक्षागृहीतवपुषा पुनरन्वमंस्थाः ॥४३॥

śrī-ṛṣaya ūcuḥ
tvaṁ nas tapaḥ paramam āttha yad ātma-tejo
yenedam ādi-puruṣātma-gataṁ sasarktha
tad vipraluptam amunādya śaraṇya-pāla
rakṣā-gṛhīta-vapuṣā punar anvamaṁsthāḥ

śrī-ṛṣayaḥ ūcuḥ一伟大的圣人们说 / tvam一您 / naḥ一我们的 / tapaḥ一苦修 / paramam一最高级的 / āttha一教导 / yat一……的 / ātma-tejaḥ一您的灵性力量 / yena一借由…… / idam一这个(物质世界) / ādi-puruṣa一第一位至尊人格首神啊 / ātma-gatam一与您本人合一 / sasarktha一(您)创造了 / tat一赎罪苦行和苦修的程序 / vipraluptam一偷 / amunā一被恶魔(黑冉亚卡希普) / adya一现在 / śaraṇya-pāla一需要被保护的那些人的至尊维护者啊 / rakṣā-gṛhīta-vapuṣā一透过您接受来给予保护的身体 / punaḥ一再次 / anvamaṁsthāḥ一您证明了

译文 全体圣洁之人这样献上他们的祈祷说：啊，至尊主，托庇于您莲花足之人的至尊维护者！第一位人格首神啊！您以前教导我们的苦修法，是您本人的灵性力量。您透过苦修创造出沉睡在您体内的物质世界。这种苦修几乎被这恶魔的活动所阻止，但现在，您通过为保护我们而以尼尔星哈戴瓦的形象显现并杀死这恶魔，再次确认了苦修这一方法。

要旨　生物在八百四十万种生命形式中游荡，在人体生命形式中得到觉悟自我的机会，逐渐提升到半神人、克音纳尔(Kinnara)、查冉纳(Cāraṇa)及下面谈到的更高级的生命形式中。在以人体生命形式为开始的更高级的生命形式中，生物主要的责任是苦修(tapasya)。正如瑞沙巴戴瓦(Ṛṣabhadeva)劝告祂的儿子们说：要矫正我们的物质存在状况，就绝对需要苦修(tapo divyaṁ putrakā yena sattvaṁ śuddhyet)。然而，普通大众在受到恶魔或邪恶统治势力的控制时，就忘了苦修这一程序，逐渐变得也邪恶起来。习惯于苦修的全体圣洁之人，在黑冉亚卡希普被至尊主的尼尔星哈戴瓦化身杀死时，都感到悬着的心放了下来。他们认识到，至尊主在杀死黑冉亚卡希普时再次确认了关于人类生活的最初指示，即：要为觉悟自我而苦修。

第 44 节

श्रीपितर ऊचुः
श्राद्धानि नोऽधिबुभुजे प्रसभं तनूजै-
र्दत्तानि तीर्थसमयेऽप्यपिबत्तिलाम्बु ।
तस्योदरान्नखविदीर्णवपाद्य आर्च्छत्
तस्मै नमो नृहरयेऽखिलधर्मगोप्त्रे ॥४४॥

śrī-pitara ūcuḥ
śrāddhāni no 'dhibubhuje prasabhaṁ tanūjair
dattāni tīrtha-samaye 'py apibat tilāmbu
tasyodarān nakha-vidīrṇa-vapād ya ārcchat
tasmai namo nṛharaye 'khila-dharma-goptre

śrī-pitaraḥ ūcuḥ—祖先星球上的居民们说 / śrāddhāni—刷达仪式

(通过特定的程序给祖先供奉谷物)的举行 / naḥ—我们的 / adhibubhuje—享受 / prasabham—被力量 / tanūjaiḥ—由我们的子孙 / dattāni—供奉过 / tīrtha-samaye—在圣地沐浴时 / api—甚至 / apibat—喝过 / tila-ambu—供奉有芝麻种子的水 / tasya—恶魔的 / udarāt—从肚子 / nakha-vidīrṇa—用指甲刺穿 / vapāt—肠黏膜……的 / yaḥ—……的祂(人格首神) / ārcchat—得到 / tasmai—向祂(至尊人格首神) / namaḥ—尊敬的顶礼 / nṛharaye—显现为半人半狮(尼尔哈瑞)的…… / akhila—宇宙的 / dharma—宗教原则 / goptre—维护……的

译文 祖先星球上的居民祈祷说：让我们虔敬地顶拜主尼尔星哈戴瓦——宇宙宗教原则的维护者。祂杀死了黑冉亚卡希普，这恶魔靠武力享受我们的子孙每年在我们的忌辰举行刷达仪式时供奉的祭品，还喝饮供奉给圣地的放了芝麻的水。至尊主啊！通过杀死这恶魔，用您的指甲刺穿他的腹部，您将他偷取的这一切拿了回来。为此，我们要恭敬地顶拜您。

要旨 向所有去世的祖先供奉有谷物的食物是全体居士的责任，但黑冉亚卡希普在他统治期间停止了这一程序；当时没人恭恭敬敬地在刷达仪式(śrāddha)上向祖先供奉有谷物的食物。就这样，在邪恶之人掌管统治权时，与韦达原则有关的一切都被颠覆，所有的宗教祭祀仪式都被停止，举行祭祀所需用的资源被邪恶的政府拿走，一切变得杂乱无序，最后整个世界成为地狱。主尼尔星哈戴瓦出现并杀死恶魔黑冉亚卡希普后，住在不同星球上的居民们都感到舒畅、快乐。

第45节

श्रीसिद्धा ऊचुः
यो नो गतिं योगसिद्धामसाधु-

रहार्षीद्योगतपोबलेन ।
नाना दर्पं तं नखैर्विददार
तस्मै तुभ्यं प्रणताः स्मो नृसिंह ॥४५॥

śrī-siddhā ūcuḥ
yo no gatiṁ yoga-siddhām asādhur
ahārṣīd yoga-tapo-balena
nānā darpaṁ taṁ nakhair vidadāra
tasmai tubhyaṁ praṇatāḥ smo nṛsiṁha

śrī-siddhāḥ ūcuḥ—神秘仙星球的居民们说 / yaḥ—……的人 / naḥ—我们的 / gatim—完美 / yoga-siddhām—借由神秘瑜伽达到 / asādhuḥ—最不文明及不诚实的 / ahārṣīt—偷走 / yoga—神秘主义的 / tapaḥ—与苦修 / balena—靠力量 / nānā darpam—因钱财、财富和力量而骄傲 / tam—他 / nakhaiḥ—用指甲 / vidadāra—刺穿 / tasmai—向他 / tubhyam—向您 / praṇatāḥ—鞠躬 / smaḥ—我们是 / nṛsiṁha—主尼尔星哈戴瓦啊

译文　神秘仙星球的居民们祈祷说：主尼尔星哈戴瓦啊！我们因为就住在神秘仙星球上，所以自然有八种神通。但黑冉亚卡希普是那么奸诈狡猾，竟然靠他的力量和苦行夺走了我们的力量。这令他对自己拥有的神秘力量备感骄傲。您现在用指甲杀死了这无赖，我们向您致以虔敬的顶礼。

要旨　地球上有许多瑜伽师(yogī)可以像变魔术一样变出一块金子，以此展示自己拥有的一点点神秘力量。但其实，住在被称为希达的神秘仙星球上的居民，却有着极其强大的神秘力量。他们不需要乘坐飞机，就可以从一个星球飞到另一个星球上。这称为轻功(laghimā-siddhi)。他们可以变得很轻盈，飞在空中。然而，黑冉亚卡希普靠从事艰巨的苦行获得比神秘仙星球上的全体居民更大的神通，接着便去骚扰他们。黑冉亚卡希普用他的力量

打败了神秘仙星球上的居民。现在，看到至尊主杀死了黑冉亚卡希普，神秘仙星球上的居民们感到安心了。

第 46 节

श्रीविद्याधरा ऊचुः
विद्यां पृथग्धारणयानुराद्धां
न्यषेधदज्ञो बलवीर्यदृप्तः ।
स येन सङ्ख्ये पशुवद्धतस्तं
मायानृसिंहं प्रणताः स्म नित्यम् ॥४६॥

śrī-vidyādharā ūcuḥ
vidyāṁ pṛthag dhāraṇayānurāddhāṁ
nyaṣedhad ajño bala-vīrya-dṛptaḥ
sa yena saṅkhye paśuvad dhatas taṁ
māyā-nṛsiṁhaṁ praṇatāḥ sma nityam

śrī-vidyādharāḥ ūcuḥ一维迪亚达尔星球的居民们祈祷道 / vidyām一(可使人现身和隐身的)神秘方法 / pṛthak一分别地 / dhāraṇayā一靠心中的各种冥想 / anurāddhām一得到 / nyaṣedhat一停止了 / ajñaḥ一这个傻瓜 / bala-vīrya-dṛptaḥ一因身体的力量和征服任何人的能力而骄傲 / saḥ一他(黑冉亚卡希普) / yena一被……的 / saṅkhye一在战斗中 / paśuvat一就像一个动物 / hataḥ一杀死 / tam一向祂 / māyā-nṛsiṁham一凭祂自己的能量的影响显现为主尼尔星哈戴瓦 / praṇatāḥ一坠落 / sma一无疑地 / nityam一永恒地

译文 维迪亚达尔星球的居民祈祷说：愚蠢的黑冉亚卡希普因为对自己拥有的更强大的体力和征服他人的能力感到骄傲，所以禁止我们运用我们获得的按不同冥想现身和隐身的力量。现在，至尊人格首神像杀死一个动物般杀死了他。对这个从事娱乐活动的主尼尔星哈戴瓦的至尊形象，我们要永远致以我们虔诚的敬意。

第 47 节

श्रीनागा ऊचुः
येन पापेन रत्नानि स्त्रीरत्नानि हृतानि नः ।
तद्वक्षःपाटनेनासां दत्तानन्द नमोऽस्तु ते ॥४७॥

śrī-nāgā ūcuḥ
yena pāpena ratnāni
strī-ratnāni hṛtāni naḥ
tad-vakṣaḥ-pāṭanenāsāṁ
dattānanda namo 'stu te

śrī-nāgāḥ ūcuḥ—蛇星球上的居民们说 / yena—被……的人 / pāpena—罪大恶极的(黑冉亚卡希普) / ratnāni—我们头上的珠宝 / strī-ratnāni—美丽的妻子们 / hṛtāni—夺走 / naḥ—我们的 / tat—他 / vakṣaḥ-pāṭanena—通过刺穿胸膛 / āsām—全体(被绑架的)女人的 / datta-ānanda—至尊主啊，您是快乐的泉源 / namaḥ—我们恭敬的顶礼 / astu—愿…… / te—向您

译文　蛇星球的居民说：罪大恶极的黑冉亚卡希普不仅从我们头上抢走了所有的珠宝，还抢走了我们所有美丽的妻子。现在，既然他的胸膛被您的指甲刺穿，您就是我们妻子的一切快乐的来源。为此，我们一起向您致以我们虔敬的顶礼。

要旨　被夺走钱财和妻子的人不会感到平静。处在地球星系下方的蛇星球(Nāgaloka)上的全体居民，因为财富被黑冉亚卡希普偷走、妻子被他绑架而内心焦虑万分。现在，黑冉亚卡希普被杀死，他们重新得回自己的财富和妻子，于是感到心满意足。各个星球的居民因为至尊主杀死黑冉亚卡希普而分别向至尊主致敬。如今，邪恶政府的统治在全世界造成了类似黑冉亚卡希普制造的混乱。正如《圣典博伽瓦谭》第12篇中的预言说明：喀历年代中

的政府成员不比流氓和盗贼好，因此世人将一方面受到粮荒的打扰，另一方面还要受政府苛捐杂税的骚扰。换句话说，在这个年代中，世上大多数地区的人们都受到黑冉亚卡希普统治政策的迫害。

第 48 节

श्रीमनव ऊचुः
मनवो वयं तव निदेशकारिणो
दितिजेन देव परिभूतसेतवः ।
भवता खलः स उपसंहृतः प्रभो
करवाम ते किमनुशाधि किङ्करान् ॥४८॥

śrī-manava ūcuḥ
manavo vayaṁ tava nideśa-kāriṇo
ditijena deva paribhūta-setavaḥ
bhavatā khalaḥ sa upasaṁhṛtaḥ prabho
karavāma te kim anuśādhi kiṅkarān

śrī-manavaḥ ūcuḥ一全体玛努献上他们的敬意说 / manavaḥ一(专门负责教导人类如何在至尊人格首神的保护下合法地生活的)宇宙事务的领袖们 / vayam一我们 / tava一您圣上的 / nideśa-kāriṇaḥ一命令的执行者 / ditijena一由迪缇的儿子黑冉亚卡希普 / deva一至尊主啊 / paribhūta一不理会 / setavaḥ一社会四阶层和灵性四阶段的道德准则……的 / bhavatā一由您圣上 / khalaḥ一最忌妒的无赖 / saḥ一他 / upasaṁhṛtaḥ一杀死 / prabho一至尊主啊 / karavāma一我们该做 / te一您的 / kim一什么 / anuśādhi一请指导 / kiṅkarān一您永恒的仆人们

译文 全体玛努这样献上他们的祈祷说：至尊主啊！作为您的命令执行者，我们——玛努，是人类社会法律的制定者，但黑冉亚卡希普这个大恶魔的短暂霸权，却破坏了我们为维护社会四阶层和灵性四阶段制定的法律。至尊主啊！您现在除掉这个大恶魔，使我们又恢复了我们的正常状态。请给我们这些您永恒的仆人下命令，告诉我们现在该做什么。

要旨　《博伽梵歌》中有许多地方记载，至尊主奎师那谈到了社会四阶层和灵性四阶段制度(varṇāśrama-dharma)。祂教导人们有关这一制度，以便整个人类社会能够在遵守社会四阶层(varṇa)和灵性四阶段(āśrama)原则的情况下平静生活，培养灵性知识。玛努们编制了《玛努法典》(Manu-saṁhitā,《玛努·萨密塔》)。梵文“萨密塔(saṁhitā)”的意思是韦达知识，而“玛努(manu)”指的是，这知识由玛努给予。有的玛努是至尊主的化身，而有的玛努是被授权的生物。在很久很久以前，主奎师那教导过太阳神，而玛努们一般都是太阳神的儿子。正因为如此，奎师那在对阿尔诸纳(Arjuna)讲述《博伽梵歌》的重要性时说：我给太阳神维瓦斯万讲授了这门不朽的瑜伽科学，他把这知识传授给他儿子玛努(imaṁ vivasvate yogaṁ proktavān aham avyayam vivasvān manave prāha)。玛努给予人类被称为《玛努法典》的法律，其中充满了以社会四阶层和灵性四阶段为基础教人如何做人的指导。那些都是十分科学的生活方式，但在黑冉亚卡希普一类恶魔的统治下，人类社会违反了所有那些法律，逐渐变得越来越堕落。正因为如此，整个世界没有和平可言。结论是：我们倘若想要人类社会有真正的和平与秩序，就必须遵守《玛努法典》中记载并由至尊人格首神确认了的那些原则。

第49节

श्रीप्रजापतय ऊचुः
प्रजेशा वयं ते परेशाभिसृष्टा
न येन प्रजा वै सृजामो निषिद्धाः ।

स एष त्वया भिन्नवक्षा नु शेते
जगन्मङ्गलं सत्त्वमूर्तेऽवतारः ॥४९॥

śrī-prajāpataya ūcuḥ
prajeśā vayaṁ te pareśābhisṛṣṭā
na yena prajā vai sṛjāmo niṣiddhāḥ
sa eṣa tvayā bhinna-vakṣā nu śete
jagan-maṅgalaṁ sattva-mūrte 'vatāraḥ

śrī-prajāpatayaḥ ūcuḥ—创造了各种生物体的伟大人物献上他们的祈祷说 / prajā-īśāḥ—由布茹阿玛创造出的生物体祖先(他们创造出一代代的生物体) / vayam—我们 / te—您的 / paraīśa—至尊主啊 / abhisṛṣ-ṭāḥ—出生的 / na—不 / yena—被……(黑冉亚卡希普) / prajāḥ—生物体 / vai—事实上 / sṛjāmaḥ—我们创造 / niṣiddhāḥ—被禁止的 / saḥ—他(黑冉亚卡希普) / eṣaḥ—这个 / tvayā—被您 / bhinna-vakṣāḥ—胸膛被撕开的 / nu—事实上 / śete—躺下 / jagat-maṅgalam—为了整个世界的吉祥 / sattva-mūrte—以这个纯粹善良型的超然形象 / avatāraḥ—这个化身

译文 生物体的祖先献上他们的祈祷说：啊！至尊主，甚至是布茹阿玛和希瓦的主人！您创造出我们这些生物体祖先，是为使您的命令得到贯彻执行，但黑冉亚卡希普禁止我们生育更多良好的宇宙生物体。这恶魔现在横尸在我们面前，他的胸膛被您刺穿。因此，让我们向您致以恭敬的顶礼；您为了整个宇宙的福利，化身出这个纯善良属性的形象。

第 50 节

श्रीगन्धर्वा ऊचुः
वयं विभो ते नटनाट्यगायका
येनात्मसाद्वीर्यबलौजसा कृताः ।

स एष नीतो भवता दशामिमां
　　किमुत्पथस्थः कुशलाय कल्पते ॥५०॥

śrī-gandharvā ūcuḥ
vayaṁ vibho te naṭa-nāṭya-gāyakā
　yenātmasād vīrya-balaujasā kṛtāḥ
sa eṣa nīto bhavatā daśām imām
　kim utpathasthaḥ kuśalāya kalpate

śrī-gandharvāḥ ūcuḥ—甘达尔瓦星球上的居民们(通常是天堂星球的音乐家)说 / vayam—我们 / vibho—至尊主啊 / te—您的 / naṭa-nāṭya-gāyakāḥ—戏剧表演中的舞者和歌手 / yena—被……人 / ātmasāt—征服之下 / vīrya—他的勇猛的 / bala—及身体力量 / ojasā—通过……影响 / kṛtāḥ—使 / saḥ—他(黑冉亚卡希普) / eṣaḥ—这个 / nītaḥ—带来 / bhavatā—由您圣上 / daśām imām—到这种情况 / kim—是否 / utpathasthaḥ—是暴发户的人 / kuśalāya—为了吉祥 / kalpate—能

译文　音乐、歌舞仙星球上的居民们祈祷说：您圣上，我们总是在音乐的伴奏下唱歌、跳舞，以此方式为您服务；但这个黑冉亚卡希普，利用他的体力和刚勇所产生的影响控制了我们。现在，您圣上使他得到这种结局。像黑冉亚卡希普这样一个暴发户所从事的活动，能有什么好结果？

要旨　当至尊主的十分顺从的仆人，将使人具有强大的影响力、身体力量并放射出灿烂的光芒。相反，邪恶的暴发户的下场则是最终如黑冉亚卡希普般自取灭亡。黑冉亚卡希普和像他一样的人，也许一时很强大有力，但半神人等服从至尊人格首神的仆人们始终强大有力。凭借至尊主的恩典，他们将战胜黑冉亚卡希普的影响力。

第 51 节

श्रीचारणा ऊचुः
हरे तवाङ्घ्रिपङ्कजं भवापवर्गमाश्रिताः ।
यदेष साधुहृच्छयस्त्वयासुरः समापितः ॥५१॥

śrī-cāraṇā ūcuḥ
hare tavāṅghri-paṅkajaṁ
bhavāpavargam āśritāḥ
yad eṣa sādhu-hṛc-chayas
tvayāsuraḥ samāpitaḥ

śrī-cāraṇāḥ ūcuḥ一查冉纳星球的居民们说 / hare一至尊主啊 / tava一您的 / aṅghri-paṅkajam一莲花足 / bhava-apavargam一使人免于物质存在污染的唯一庇护 / āśritāḥ一托庇在 / yat一因为 / eṣaḥ一这个 / sādhu-hṛt-śayaḥ一全体诚实之人心中的一根刺 / tvayā一由您圣上 / asuraḥ一恶魔(黑冉亚卡希普) / samāpitaḥ一结束了

译文 查冉纳星球的居民说：至尊主啊！黑冉亚卡希普一直是全体诚实之人心中的一根刺；现在，您消灭了这恶魔，我们都倍感慰藉。您的莲花足使受制约的灵魂摆脱物质主义的污染，我们永远托庇于您的莲花足。

要旨 至尊人格首神的纳茹阿哈瑞(Narahari)——尼尔星哈戴瓦的超然形象，时刻准备杀死给诚实奉献者的内心造成打扰的恶魔。为了拓展奎师那意识运动，奉献者必须在全世界面对许多危险和障碍，但怀着对至尊主巨大的奉爱之情在传播这知识的忠诚仆人必须了解，主尼尔星哈戴瓦始终是他的保护者。

第 52 节

श्रीयक्षा ऊचुः
वयमनुचरमुख्याः कर्मभिस्ते मनोज्ञै-

स्त इह दितिसुतेन प्रापिता वाहकत्वम् ।
स तु जनपरितापं तत्कृतं जानता ते
नरहर उपनीतः पञ्चतां पञ्चविंश ॥५२॥

śrī-yakṣā ūcuḥ
vayam an-ucara-mukhyāḥ karmabhis te mano-jñais
ta iha diti-sutena prāpitā vāhakatvam
sa tu jana-paritāpaṁ tat-kṛtaṁ jānatā te
narahara upanītaḥ pañcatāṁ pañca-viṁśa

śrī-yakṣāḥ ūcuḥ—夜叉星球上的居民们祈祷 / vayam—我们 / anu-cara-mukhyāḥ—您众多仆人中的领袖 / karmabhiḥ—通过服务 / te—令您 / mano-jñaiḥ—十分愉快 / te—他们 / iha—在此刻 / diti-sutena—由迪缇的儿子黑冉亚卡希普 / prāpitāḥ—被迫当 / vāhakatvam—轿夫 / saḥ—他 / tu—但是 / jana-paritāpam—每一个人的痛苦状况 / tat-kṛ-tam—由他造成 / jānatā—知道 / te—由您 / nara-hara—以尼尔星哈戴瓦的形象显现的至尊主啊 / upanītaḥ—被置于 / pañcatām—死亡 / pañca-viṁśa—第二十五项元素(其他二十四项元素的控制者)啊

译文　夜叉星球上的居民说：二十四种元素的控制者啊！我们因为做服务取悦您而被视为是最优秀的仆人，但却被迪缇的儿子黑冉亚卡希普命令去为他抬轿子。以尼尔星哈戴瓦的形象出现的至尊主啊！您知道这恶魔是怎么打扰大家的，但现在您杀了他，使他的身体与五种物质元素混在一起。

要旨　至尊主是十个感官、五种物质元素、五个感官对象，以及心、智力、假我和灵魂的控制者。正因为如此，祂被称为二十五种元素(pañca-viṁśa)。夜叉(Yakṣa)星球上的居民们是最优秀的仆人，但黑冉亚卡希普却让他们当轿夫。黑冉亚卡希普使整个宇宙处于困境中；但现在，黑冉亚卡希普的身体与土、水、火、气和空间这五种物质元素混合在一起，大家都感到宽慰。黑冉亚卡希普的死，使夜叉们可以重新恢复原本为至尊人格首神做服务的状态。为此，他们感激至尊主，于是献上他们的祈祷。

第53节

श्रीकिम्पुरुषा ऊचुः
वयं किम्पुरुषास्त्वं तु महापुरुष ईश्वरः ।
अयं कुपुरुषो नष्टो धिक्कृतः साधुभिर्यदा ॥५३॥

śrī-kimpuruṣā ūcuḥ
vayaṁ kimpuruṣās tvaṁ tu
mahā-puruṣa īśvaraḥ
ayaṁ kupuruṣo naṣṭo
dhik-kṛtaḥ sādhubhir yadā

śrī-kimpuruṣāḥ ūcuḥ－克音菩茹沙星球的居民们说 / vayam－我们 / kimpuruṣāḥ－克音菩茹沙星球的居民们——微不足道的生物体 / tvam－您圣上 / tu－然而 / mahā-puruṣaḥ－至尊人格首神 / īśvaraḥ－至尊控制者 / ayam－这个 / kupuruṣaḥ－罪大恶极的人黑冉亚卡希普 / naṣṭaḥ－杀死 / dhik-kṛtaḥ－遭到谴责 / sādhubhiḥ－被圣洁的人们 / yadā－当……时

译文　克音菩茹沙星球上的居民说：我们是微不足道的生物体，而您是至尊人格首神——至高无上的控制者。所以，我们怎么有能力向您献上合适的祈祷呢？当这恶魔遭到奉献者们厌恶地谴责时，您便杀了他。

要旨　就有关至尊主显现在这个地球的原因，《博伽梵歌》第4章的第7—8节诗记载，至尊主本人说：

yadā yadā hi dharmasya
　glānir bhavati bhārata
abhyutthānam adharmasya
　tadātmānaṁ sṛjāmy aham

paritrāṇāya sādhūnāṁ
　vināśāya ca duṣkṛtām
dharma-saṁsthāpanārthāya
　sambhavāmi yuge yuge

“巴茹阿特的后裔啊！无论何时何地，每当宗教衰落，反宗教盛行，我就会亲自降临。一个年代复一个年代，我亲自降临，以拯救虔诚的人，彻底消灭邪恶之徒，重建宗教原则。”至尊主为从事两种活动而显现，即消灭恶魔和保护奉献者。当奉献者们太受恶魔打扰时，至尊主无疑就会以不同的化身显现，前来保护奉献者。以帕拉德王为榜样的奉献者，不该受非奉献者从事的邪恶活动的打扰，而应该坚持自己当至尊主真诚仆人的原则，坚信那些反对他们的邪恶活动不会得逞，无法阻止他们做奉爱服务。

第 54 节

श्रीवैतालिका ऊचुः
सभासु सत्रेषु तवामलं यशो
　गीत्वा सपर्यां महतीं लभामहे ।
यस्तामनैषीद्वशमेष दुर्जनो
　द्विष्ट्या हतस्ते भगवन् यथामयः ॥५४॥

śrī-vaitālikā ūcuḥ
sabhāsu satreṣu tavāmalaṁ yaśo
　gītvā saparyāṁ mahatīṁ labhāmahe
yas tām anaiṣīd vaśam eṣa durjano
　dviṣṭyā hatas te bhagavan yathāmayaḥ

śrī-vaitālikāḥ ūcuḥ—外塔利卡星球的居民们说 / sabhāsu—在盛大

的聚会中 / satreṣu—在祭祀场所中 / tava—您的 / amalam—没有任何物质污染的斑点 / yaśaḥ—名声 / gītvā—歌唱 / saparyām—受尊敬的地位 / mahatīm—伟大的 / labhāmahe—我们达到 / yaḥ—……的他 / tām—那(受尊敬的地位) / anaiṣīt—带到 / vaśam—他的控制之下 / eṣaḥ—这 / durjanaḥ—坏人 / dviṣṭyā—幸运地 / hataḥ—杀死 / te—由您 / bhagavan—至尊主啊 / yathā—完全就像 / āmayaḥ—疾病

译文 外塔利卡星球的居民说：亲爱的至尊者，由于在盛大的集会和祭祀场所中吟唱您无瑕的荣耀，我们习惯了大家给予我们的高度尊敬。但这恶魔却强占了那位置。我们现在鸿运当头，这个大恶魔被您杀死了；这就像一个人治愈了他的痼疾一样。

第 55 节

श्रीकिन्नरा ऊचुः
वयमीश किन्नरगणास्तवानुगा
दितिजेन विष्टिममुनानुकारिताः ।
भवता हरे स वृजिनोऽवसादितो
नरसिंह नाथ विभवाय नो भव ॥५५॥

śrī-kinnarā ūcuḥ
vayam īśa kinnara-gaṇās tavānugā
ditijena viṣṭim amunānukāritāḥ
bhavatā hare sa vṛjino 'vasādito
narasiṁha nātha vibhavāya no bhava

śrī-kinnarāḥ ūcuḥ—克音纳尔星球的居民们说 / vayam—我们 / īśa—至尊主啊 / kinnara-gaṇāḥ—克音纳尔星球的居民们 / tava—您的 / anugāḥ—忠实的仆人 / diti-jena—被迪缇的儿子 / viṣṭim—没有报酬的服务 / amunā—被那 / anukāritāḥ—使从事 / bhavatā—被您 / hare—至尊主啊 / saḥ—他 / vṛjinaḥ—罪大恶极的 / avasāditaḥ—毁坏

了 / narasiṁha－主尼尔星哈戴瓦啊 / nātha－主人啊 / vibhavāya－为了快乐和富有 / naḥ－我们的 / bhava－请您

译文 克音纳尔星球的居民们说：至高无上的控制者啊！我们作为您圣上的仆人而永恒存在，但这恶魔却让我们一直无偿地为他服务，使我们无法为您服务。这个罪大恶极的人如今被您杀死。因此，主尼尔星哈戴瓦啊！我们的主人！我们向您致以我们虔敬的顶礼。请继续支持我们。

第 56 节

श्रीविष्णुपार्षदा ऊचुः
अद्यैतद्धरिनररूपमद्भुतं ते
दृष्टं नः शरणद सर्वलोकशर्म ।
सोऽयं ते विधिकर ईश विप्रशप्त-
स्तस्येदं निधनमनुग्रहाय विद्मः ॥५६॥

śrī-viṣṇu-pārṣadā ūcuḥ
adyaitad dhari-nara-rūpam adbhutaṁ te
dṛṣṭaṁ naḥ śaraṇada sarva-loka-śarma
so 'yaṁ te vidhikara īśa vipra-śaptas
tasyedaṁ nidhanam anugrahāya vidmaḥ

śrī-viṣṇu-pārṣadāḥ ūcuḥ－主维施努在外琨塔星球中的同伴们说 / adya－今天 / etat－这 / hari-nara－半人半狮的 / rūpam－形象 / adbhutam－十分神奇的 / te－您的 / dṛṣṭam－看到 / naḥ－我们的 / śaraṇa-da－永远给予庇护的人 / sarva-loka-śarma－给所有不同的星球带来好运的…… / saḥ－他 / ayam－这个 / te－您圣上的 / vidhikaraḥ－命令执行者(仆人) / īśa－主啊 / vipra-śaptaḥ－被布茹阿玛纳诅咒 / tasya－他的 / idam－这 / nidhanam－杀 / anugrahāya－为了特殊的恩惠 / vidmaḥ－我们明白

译文 主维施努在外琨塔的同伴们献上他们的祈祷说：啊，至尊主，给予我们保护的至尊者！今天，我们看到您为全世界的好运而显现的主尼尔星哈戴瓦的神奇形象。至尊主啊！我们明白，黑冉亚卡希普曾是那个为您做服务的佳亚，但因为被布茹阿玛纳诅咒而接受了一个恶魔的身体。我们明白，他现在的被杀是您对他施与的特殊仁慈。

要旨 黑冉亚卡希普来到这个地球并以至尊主敌人的身份行事，是事先安排好的。佳亚(Jaya)和维佳亚(Vijaya)因为阻止库玛尔四兄弟(Kumāras)进入外琨塔，而受到萨纳卡(Sanaka)、萨纳特-库玛尔(Sanat-kumāra)、萨南丹(Sanandana)和萨纳坦(Sanātana)这四位布茹阿玛纳兄弟的诅咒。至尊主接受对祂的仆人的这一诅咒，同意让他们去物质世界，并在承受这诅咒后返回外琨塔(Vaikuṇṭha)。佳亚和维佳亚十分不安，但至尊主劝他们以祂敌人的身份行事，因为这样他们只需要经历三次出生就可以返回；否则他们得经历七次出生才能返回。在被赋予这一权利后，佳亚和维佳亚就充当了至尊主的敌人，而由他们扮演的这两个恶魔现在都被杀死。全体外琨塔居民明白，至尊主杀死黑冉亚卡希普是给予他们特殊的仁慈。

到此为止，结束了巴克提韦丹塔对《圣典博伽瓦谭》第7篇第8章——“主尼尔星哈戴瓦杀死魔王”所作的阐释。

第九章

帕拉德靠祈祷平息主尼尔星哈戴瓦的怒火

这一章讲述的是，在至尊主杀死黑冉亚卡希普后仍感到极为愤怒时，帕拉德王(Prahlāda Mahārāja)遵照主布茹阿玛(Brahmā)的命令使至尊主平静下来。

至尊主在杀死黑冉亚卡希普后仍怒气冲天，以主布茹阿玛为首的半神人无法使祂平静下来，就连纳茹阿亚纳(Nārāyaṇa)的永恒伴侣——幸运女神拉珂施蜜(Lakṣmī)都不敢到主尼尔星哈戴瓦(Nṛ-siṁhadeva)面前去。于是，主布茹阿玛要求帕拉德王上前去平息至尊主的愤怒。帕拉德王因为确信他的主人尼尔星哈戴瓦深爱着他，所以一点都不害怕。他很沉着地到至尊主的莲花足前，向祂恭敬地顶礼。主尼尔星哈戴瓦因为深爱着帕拉德王，便将自己的手放到帕拉德的头上，而由于被至尊主本人亲自触碰到，帕拉德王立刻获得了灵性知识(brahma-jñāna)，所以用完整的灵性知识向至尊主献上祈祷，心中充满了奉爱的狂喜。帕拉德王以祈祷的形式所给予的教导如下。

帕拉德说他并不为能够向至尊人格首神献上祈祷而感到骄傲。他只是托庇于至尊主的仁慈，因为没有奉爱之情，没人能让至尊主满意。没人能仅仅靠高贵的门第或巨大的财富、大量的学问、非凡的苦行或神秘力量取悦至尊人格首神。事实上，这些永远都取悦不了至尊主，因为除了纯粹的奉爱服务之外，没有什么能取悦祂。非奉献哪怕是一位具有十二项布茹阿玛纳品质的布茹阿玛纳，也无法得到至尊主对他的疼爱；相反，一个奉献者哪怕是出生在吃狗肉的家庭中，至尊主也会接受他的祈祷。至尊主不需要任何人的祈祷，但如果奉献者向至尊主祈祷，就会得到巨大的利益。因此，就连出生在低等家庭中的无知之人，如果可以真心诚意地向至尊主献上祈祷，至尊主也会接受。人一旦向至尊主献上祈祷，就立刻处在梵(Brahman)的层面上。

主尼尔星哈戴瓦并非为了帕拉德的个人利益显现，而是为了全体人类的利益显现。主尼尔星哈戴瓦的凶猛形象对非奉献者来说也许是最可怕的，但对奉献者来说，至尊主的这个形象就像其他形象一样永远温柔亲切、充满深情。物质世界里的受制约生活其实极其可怕；事实上，奉献者什么都不怕。是错误的自我意识使人害怕物质存在。所以，每一个生物的生命最终目标，都是能够当上至尊主仆人的仆人。物质世界里的生物的痛苦处境，只有靠至尊主的仁慈才能被去除。人如果被至尊人格首神所忽视，那么即使有向主布茹阿玛和其他半神人给予的所谓物质保护，也无法做任何事。可是，完全托庇于至尊主莲花足的人，却能从物质自然的猛攻中得到拯救。正因为如此，众生不该依恋所谓的物质快乐，而应该想尽一切办法寻求至尊主的保护。那是人生的使命。受感官享乐的吸引只不过是愚蠢。一个人是至尊主的奉献者还是非奉献者，并不取决于出生在高等家庭中还是低等家庭中。就连主布茹阿玛和幸运女神，都无法得到至尊主全部的恩宠，但奉献者却能轻易地得到这种奉爱服务。至尊主不分高低贵贱，平等地将仁慈赐予每一个生物。帕拉德王因为得到纳茹阿达·牟尼(Nārada Muni)的祝福而成为伟大的奉献者。至尊主总是拯救奉献者免受非人格神主义和虚无主义的影响。至尊主作为超灵处在每一个生物体的心中，给予保护和一切利益。为此，至尊主有时扮演杀戮者的角色，有时当保护者。我们不该指责至尊主有缺陷。让我们看到这个物质世界里的丰富多彩的生命形式，是至尊主的计划。一切最终都是至尊主的仁慈。

尽管整个无限的展示并没有差别，但物质世界还是不同于灵性世界。只有靠至尊主的仁慈，我们才能明白物质自然的运作有多么神奇。例如，主布茹阿玛虽然从嘎尔博达卡沙依·维施努(Garbhodakaśāyī Viṣṇu)的腹部长出的莲花座上出现，但却不明白他的出现有什么意义。他受到玛杜(Madhu)和凯塔巴(Kaiṭabha)这两个恶魔的攻击，他们抢走韦达知识，但至尊主杀死他们，把韦达知识交托给他。就这样，至尊主每一个年代都在人类、动物、圣人和水生物的社会中显现。所有这些化身都是为了保护奉献者和杀恶魔，但这些杀戮和保护都不说明至尊主偏心。受制约的灵魂总是受外在能量的吸引。因此，他受制于贪图物质享乐的欲望和贪婪，在物质自然的制约下受苦。至尊主对祂奉献者没有缘故的仁慈，是使人脱离物质存在的唯一方法。致力于赞美至尊主活动的人永远都不害怕这个物质世界，但无法这样赞美至尊主的人就会受制于一切悲伤和痛苦。

喜欢在一个偏僻的地方沉默地崇拜至尊主的人，也许有资格使自己得到解脱。但纯粹奉献者看到他人受苦时总感到很难过，所以根本不在乎自己是否解脱，而始终致力于传播至尊主的荣耀。正因为如此，帕拉德王努力靠传播知识拯救他的同班朋友，而从不保持沉默。尽管保持沉默、苦修、学习韦达文献、参加仪式性典礼、住在僻静之地、吟诵曼陀和进行超然的冥想，都是被公认的解脱法，但那些方法是为非奉献者或想要靠他人的供养生活的骗子们所准备的。不从事这类虚伪活动的纯粹奉献者，能面对面地看到至尊主。

有关宇宙展示构成的原子论并不反映事实真相。至尊主是一切的源头，因此也是这个创造的源头。所以，人应该始终致力于做奉爱服务，而奉爱服务的内容包括：恭敬地向至尊主顶礼，献上祈祷，为至尊主工作，到庙里崇拜至尊主的神像，永远铭记至尊主，始终聆听有关祂的超然活动。没从事这六种活动的人，无法达到做奉爱服务的层面。

正因为如此，帕拉德王向至尊主献上祈祷，祈求祂随时赐予仁慈。主尼尔星哈戴瓦听了帕拉德王的祈祷后平息了怒火，于是想要给予帕拉德使其能够获得一切物质便利条件的祝福。但帕拉德并不被物质的便利条件所诱惑，而是想要永远当至尊主仆人的仆人。

第 1 节

श्रीनारद उवाच
एवं सुरादयः सर्वे ब्रह्मरुद्रपुरः सराः ।
नोपैतुमशकन्मन्युसंरम्भं सुदुरासदम् ॥१॥

śrī-nārada uvāca
evaṁ surādayaḥ sarve
brahma-rudra-puraḥ sarāḥ
nopaitum aśakan manyu-
saṁrambhaṁ sudurāsadam

śrī-nārada uvāca—伟大圣洁的圣人纳茹阿达·牟尼说 / evam—就这样 / sura-ādayaḥ—众多的半神人 / sarve—全部 / brahma-rudra-puraḥ sarāḥ—由主布茹阿玛和主希瓦代表 / na—不 / upaitum—去到至尊主面前 / aśakan—能够 / manyu-saṁrambham—怒火万分 / su-durāsadam—很难接近(主尼尔星哈戴瓦)

译文 伟大的圣洁之人纳茹阿达·牟尼继续说：以主布茹阿玛、主希瓦和其他杰出的半神人为首的半神人们，都不敢在至尊主极度愤怒时到祂面前去。

要旨 圣纳若塔玛·达斯·塔库尔(Narottama dāsa Ṭhākura)在他的《奉爱的月光》(prema-bhakti-candrikā)歌集中写道：应该将愤怒用于惩罚忌妒、仇视奉献者的恶魔('krodha' bhakta-dveṣi jane)。在为至尊人格首神和祂的奉献者做服务的过程中，色欲(kāma)、愤怒(krodha)、贪婪(lobha)、错觉(moha)、骄傲(mada)和忌妒(mātsarya)

都有它们适当的用处。至尊主的奉献者无法容忍对至尊主或祂其他奉献者的亵渎，至尊主本身也无法忍受对祂奉献者的亵渎。正因为如此，主尼尔星哈戴瓦当时是那么愤怒，以致布茹阿玛和希瓦(Śiva)那样伟大的半神人，甚至就连至尊主的永恒伴侣——幸运女神，哪怕是向祂献上赞美的祈祷后，都无法使祂平静下来。当时没人能够在至尊主愤怒时平息祂的怒火，但由于至尊主乐意向帕拉德展示祂的爱，全体半神人和在场的其他人便将帕拉德王推到至尊主的面前，以平息祂的怒火。

第 2 节

साक्षात्श्रीः प्रेषिता देवैर्दृष्ट्वा तं महदद्भुतम् ।
अदृष्टाश्रुतपूर्वत्वात्सा नोपेयाय शङ्किता ॥ २ ॥

sākṣāt śrīḥ preṣitā devair
　dṛṣṭvā taṁ mahad adbhutam
adṛṣṭāśruta-pūrvatvāt
　sā nopeyāya śaṅkitā

sākṣāt一直接地 / śrīḥ一幸运女神 / preṣitā一被要求到至尊主面前去 / devaiḥ一被(以主布茹阿玛和主希瓦为首的)全体半神人 / dṛṣṭvā一看了之后 / tam一祂(主尼尔星哈戴瓦) / mahat一很大 / adbhutam一神奇的 / adṛṣṭa一从未看过 / aśruta一从未听过 / pūrvatvāt一由于以前 / sā一幸运女神拉珂施蜜 / na一不 / upeyāya一去到至尊主面前 / śaṅkitā一因为十分害怕

译文　全体在场的半神人请求幸运女神拉珂施蜜去到至尊主面前，但她也因为害怕而不敢去。她甚至从未看过至尊主的这一神奇、非凡的形象，所以无法靠近祂。

要旨　至尊主有无数的形象和身体特征(advaitam acyutam anādim ananta-rūpam)。尽管这些形象都存在于外琨塔内，但受娱乐活动能量(līlā-śakti)迷惑的幸运女神拉玎施蜜，无法欣赏以前从未见过的至尊主的这个形象。就有关这一点，圣玛德瓦查尔亚(Madhvācārya)朗诵《布茹阿曼达往世书》(Brahmāṇḍa Purāṇa)中的诗文如下：

adṛṣṭāśruta-pūrvatvād
anyaiḥ sādhāraṇair janaiḥ
nṛsiṁhaṁ śaṅkiteva śrīr
loka-mohāyano yayau

prahrāde caiva vātsalya-
darśanāya harer api
jñātvā manas tathā brahmā
prahrādaṁ preṣayat tadā

ekatraikasya vātsalyaṁ
viśeṣād darśayed dhariḥ
avarasyāpi mohāya
krameṇaivāpi vatsalaḥ

换句话说，对普通人来说，至尊主的尼尔星哈戴瓦形象无疑是从未见过的神奇形象，但对帕拉德那样的奉献者来说，至尊主的这一可怕的形象一点都不特别。凭借至尊主的恩典，奉献者可以很容易就了解，至尊主是如何可以随心所欲地展示任何形象的。所以，奉献者从不害怕这样的形象。由于至尊主对帕拉德王特别喜爱，因此在全体半神人，甚至幸运女神拉玎施蜜都害怕至尊主的这一形象时，帕拉德王对祂没有感到丝毫的恐惧，始终保持沉默。奉献者全神贯注地为至尊人格首神纳茹阿亚纳做奉爱服务，从不害怕生活中发生的任何情况(nārāyaṇa-parāḥ sarve na kutaścana bibhyati《圣典博伽瓦谭》6.17.28)。像帕拉德王那样的主纳茹阿亚纳的纯粹奉献者，不但不惧怕物质生活中的任何危险状况，甚至当至尊主为保护奉献者以可怕的形象显现时，奉献者也不惧怕。

第 3 节

प्रह्लादं प्रेषयामास ब्रह्मावस्थितमन्तिके ।
तात प्रशमयोपेहि स्वपित्रे कुपितं प्रभुम् ॥ ३ ॥

prahrādaṁ preṣayām āsa
brahmāvasthitam antike
tāta praśamayopehi
sva-pitre kupitaṁ prabhum

prahrādam—帕拉德王 / preṣayām āsa—请求 / brahmā—主布茹阿玛 / avasthitam—因为处于 / antike—很近 / tāta—我亲爱的孩子 / praśamaya—努力平息 / upehi—去到跟前 / sva-pitre—由于你父亲的邪恶活动 / kupitam—极其愤怒 / prabhum—至尊主

译文　鉴于此，主布茹阿玛要求站在他身边的帕拉德王说，我亲爱的孩子，主尼尔星哈戴瓦对你那邪恶的父亲异常愤怒。请到至尊主面前去。

第 4 节

तथेति शनकै राजन्महाभागवतोऽर्भकः ।
उपेत्य भुवि कायेन ननाम विधृताञ्जलिः ॥ ४ ॥

tatheti śanakai rājan
mahā-bhāgavato 'rbhakaḥ
upetya bhuvi kāyena
nanāma vidhṛtāñjaliḥ

tathā—所以就这样 / iti—接受了主布茹阿玛的话语 / śanakaiḥ—十分缓慢地 / rājan—君王(尤帝士提尔)啊 / mahā-bhāgavataḥ—伟大、崇高的奉献者(帕拉德王) / arbhakaḥ—尽管只是个小男孩 / upetya—逐渐靠近 / bhuvi—在地上 / kāyena—用他的身体 / nanāma—致以恭敬的顶礼 / vidhṛta-añjaliḥ—双手合十

译文 纳茹阿达·牟尼继续道：君王啊！崇高的奉献者帕拉德王虽然只是个小孩子，但却听从主布茹阿玛的话语。他慢慢靠近主尼尔星哈戴瓦，扑倒在地、双手合十地向祂致以虔敬的顶礼。

第5节

स्वपादमूले पतितं तमर्भकं
विलोक्य देवः कृपया परिप्लुतः ।
उत्थाप्य तच्छीर्ष्ण्यदधात्कराम्बुजं
कालाहिवित्रस्तधियां कृताभयम् ॥ ५॥

sva-pāda-mūle patitaṁ tam arbhakaṁ
vilokya devaḥ kṛpayā pariplutaḥ
utthāpya tac-chīrṣṇy adadhāt karāmbujaṁ
kālāhi-vitrasta-dhiyāṁ kṛtābhayam

sva-pāda-mūle－在祂的莲花足旁 / patitam－倒下 / tam－他(帕拉德王) / arbhakam－只是个小男孩 / vilokya－看 / devaḥ－主尼尔星哈戴瓦 / kṛpayā－出于祂没有缘故的仁慈 / pariplutaḥ－沉浸(在狂喜中) / utthāpya－扶起 / tat-śīrṣṇi－在他头上 / adadhāt－放置 / kara-ambujam－祂的莲花手 / kāla-ahi－(可以使人马上死去的)时间这一死亡之蛇的 / vitrasta－害怕 / dhiyām－对所有那些内心……的人 / kṛta-abhayam－使人无畏的

译文 主尼尔星哈戴瓦一旦看到小男孩帕拉德王拜倒在祂的莲花足下，便立刻沉浸在对祂奉献者深爱的心醉神迷状态中。至尊主将帕拉德扶起来，继而把莲花手放在这男孩的头上；祂的手总是让祂的全体奉献者心中产生大无畏的精神。

要旨 物质世界中的需求有四种，即吃(āhāra)、睡(ni-drā)、防卫(bhaya)和交配(maithuna)。在这个物质世界里，众生的内心都充满了恐惧(sadā samudvigna-dhiyām)，只有奎师那意识能使人变得不再害怕。当主尼尔星哈戴瓦显现时，全体奉献者都变得没有恐惧。吟诵、吟唱主尼尔星哈戴瓦的圣名，可以使奉献者变得不再害怕。我们无论去什么地方，都必须始终想着主尼尔星哈戴瓦(yato yato yāmi tato nṛsiṁhaḥ)。这样，至尊主的奉献者就不会害怕了。

第 6 节

स तत्करस्पर्शधुताखिलाशुभः
　　सपद्यभिव्यक्तपरात्मदर्शनः ।
तत्पादपद्मं हृदि निर्वृतो दधौ
　　हृष्यत्तनुः क्लिन्नहृदश्रुलोचनः ॥ ६ ॥

sa tat-kara-sparśa-dhutākhilāśubhaḥ
　sapady abhivyakta-parātma-darśanaḥ
tat-pāda-padmaṁ hṛdi nirvṛto dadhau
　hṛṣyat-tanuḥ klinna-hṛd-aśru-locanaḥ

saḥ—他(帕拉德王) / tat-kara-sparśa—因为被尼尔星哈戴瓦的莲花手在头上触碰过 / dhuta—被净化 / akhila—全部 / aśubhaḥ—不吉祥或物质的欲望 / sapadi—立即 / abhivyakta—展示了 / para-ātma-darśanaḥ—对至尊灵魂的觉悟(灵性知识) / tat-pāda-padmam—主尼尔星哈戴瓦的莲花足 / hṛdi—在内心深处 / nirvṛtaḥ—充满了超然的极乐 / dadhau—俘获 / hṛṣyat-tanuḥ—身体展现出超然的心醉神迷的极乐征象 / klinna-hṛt—因为超然的狂喜而内心变得柔软的 / aśru-locanaḥ—眼里满是泪水的

译文　主尼尔星哈戴瓦的手一旦触碰到帕拉德王的头，便彻底清除了帕拉德王的一切物质污染和欲望，使他像是被通身清洗了一遍。帕拉德因此而变得超然处之，身体展现出所有心醉神迷的征象。他的心中充满了爱，眼里满是泪水，从此完全能在内心深处紧紧地抓住至尊主的莲花足。

要旨 正如《博伽梵歌》(Bhagavad-gītā)第14章的第26节诗中说明：

māṁ ca yo 'vyabhicāreṇa
bhakti-yogena sevate
sa guṇān samatītyaitān
brahma-bhūyāya kalpate

"在任何情况下都全心全意地做奉爱服务，就能立刻超越物质自然属性，达到梵的层面。"《博伽梵歌》第9章的第32节诗记载，至尊主说：

māṁ hi pārtha vyapāśritya
ye 'pi syuḥ pāpa-yonayaḥ
striyo vaiśyās tathā śūdrās
te 'pi yānti parāṁ gatim

"普瑞塔的儿子啊！托庇于我的人，即使是妇女、外夏(商人)、庶铎(劳工)或出身低贱的人，也能到达至高无上的目的地。"

《博伽梵歌》的这些诗文证明，帕拉德王虽然出生在一个恶魔的家庭中，虽然体内其实流淌着恶魔的血液，但作为奉献者的这一崇高状态清除了一切物质躯体的污染。换句话说，在灵性路途上的这类障碍，根本无法阻止他的进步，因为至尊人格首神直接触碰了他。身体和内心都受到无神论污染的人，无法处在超然的层面上。然而，人一旦去除物质污染，就立刻适合做奉爱服务。

第7节

अस्तौषीद्धरिमेकाग्रमनसा सुसमाहितः ।
प्रेमगद्गदया वाचा तन्न्यस्तहृदयेक्षणः ॥ ७ ॥

astauṣīd dharim ekāgra-
manasā susamāhitaḥ
prema-gadgadayā vācā
tan-nyasta-hṛdayekṣaṇaḥ

astauṣīt－他开始献上祈祷 / harim－向至尊人格首神 / ekāgra-manasā－全神贯注于至尊主的莲花足 / su-samāhitaḥ－十分专注(不分心到其他对象上) / prema-gadgadayā－因为感受到超然的极乐而声音颤抖 / vācā－嗓音 / tat-nyasta－因为完全献给祂(主尼尔星哈戴瓦) / hṛdaya-īkṣaṇaḥ－用心和视力

译文　帕拉德王在全神贯注的出神状态中，将心和目光集中在主尼尔星哈戴瓦的身上。他精神高度集中地怀着奉爱之情，嗓音颤抖地开口献上祈祷。

要旨　梵文susamāhitaḥ的意思是“注意力非常集中”或“完全专注”。这样全神贯注的能力，来自瑜伽的神秘完美境界(yoga-siddhi)。正如《圣典博伽瓦谭》(Śrīmad-Bhāgavatam)第12篇第13章的第1节诗说：人一旦停止把注意力转向物质事物，内心始终集中在至尊主的莲花足上，就达到了瑜伽的完美境界(dhyānāvasthita-tad-gatena manasā paśyanti yaṁ yoginaḥ)。这称为全神贯注——萨玛迪(samādhi)。帕拉德王达到了超越感官的阶段。由于他致力于做服务，他感受到超然的存在状态，他的思想和注意力自然都被超然的存在所渗透。在那种情况下，他献上如下的祈祷。

第8节

श्रीप्रह्लाद उवाच
ब्रह्मादयः सुरगणा मुनयोऽथ सिद्धाः
सत्त्वैकतानगतयो वचसां प्रवाहैः ।
नाराधितुं पुरुगुणैरधुनापि पिप्रुः
किं तोष्टुमर्हति स मे हरिरुग्रजातेः ॥८॥

śrī-prahrāda uvāca
brahmādayaḥ sura-gaṇā munayo 'tha siddhāḥ
sattvaikatāna-gatayo vacasāṁ pravāhaiḥ

nārādhituṁ puru-guṇair adhunāpi pipruḥ
kiṁ toṣṭum arhati sa me harir ugra-jāteḥ

śrī-prahrādaḥ uvāca—帕拉德王祈祷 / brahma-ādayaḥ—以主布茹阿玛为首 / sura-gaṇāḥ—上等星系的居民们 / munayaḥ—伟大、圣洁的人 / atha—以及(如库玛尔四兄弟和其他人) / siddhāḥ—达到完美或得到全部知识的人 / sattva—到灵性的存在 / ekatāna-gatayaḥ—不分散注意力去从事任何物质活动的人 / vacasām—描述或话语的 / pravāhaiḥ—一连串的 / na—不 / ārādhitum—满足 / puru-guṇaiḥ—尽管完全有资格 / adhunā—直到现在 / api—甚至 / pipruḥ—能够 / kim—是否 / toṣṭum—变得满足 / arhati—能够 / saḥ—祂(至尊主) / me—我的 / hariḥ—至尊人格首神 / ugra-jāteḥ—出生在恶魔家庭中的我

译文 帕拉德王祈祷说：我这个出生在恶魔家中的人，怎么有可能献上让至尊人格首神满意的恰当的祈祷啊？甚至直到现在，以主布茹阿玛为首的那些因处在善良属性层面上而十分有资格的全体半神人和全体圣洁之人，都无法靠用一连串精选的话语使祂满意呢。更何况我了？我根本没有资格。

要旨 完全有资格为至尊主服务的外士纳瓦(Vaiṣṇava)，在向至尊主献上祈祷时，仍会认为自己极为低下。例如，《永恒的柴坦亚经》(Caitanya-caritāmṛta)的作者奎师那达斯·喀维茹阿佳·哥斯瓦米(Kṛṣṇadāsa Kavirāja Gosvāmī)说：

jagāi mādhāi haite muñi se pāpiṣṭha
purīṣera kīṭa haite muñi se laghiṣṭha

(《永恒的柴坦亚经》首篇5.205)

他就这样认为自己没有资格，比粪便中的虫子还要低级，比佳盖(Jagāi)和玛戴(Mādhāi)还要罪恶。纯粹的外士纳瓦其实就是这

样想自己的。同样，帕拉德王虽然是一位纯粹、崇高的外士纳瓦，但却认为自己最没有资格向至尊主献上祈祷。必须向公认的灵性权威人士学习(mahājano yena gataḥ sa panthāḥ)。每一位纯粹的外士纳瓦都该这样想。人不该骄傲地认为自己具有外士纳瓦的资格。正因为如此，圣柴坦亚·玛哈帕布教导我们说：

tṛṇād api sunīcena
　taror iva sahiṣṇunā
amāninā mānadena
　kīrtanīyaḥ sadā hariḥ

“人应该怀着谦卑的心态吟诵、吟唱至尊主的圣名，认为自己比路上的一根稻草还要卑微；人应该比一棵树还要宽容、忍受，没有丝毫的虚荣感，随时准备向他人致以所有的敬意。怀着这样的心态，人可以不断地吟诵、吟唱至尊主的圣名。”我们除非温顺、谦虚，否则要在灵性生活中取得进步极其困难。

第9节

मन्ये धनाभिजनरूपतपःश्रुतौज-
　स्तेजःप्रभावबलपौरुषबुद्धियोगाः ।
नाराधनाय हि भवन्ति परस्य पुंसो
　भक्त्या तुतोष भगवान् गजयूथपाय ॥ ९ ॥

manye dhanābhijana-rūpa-tapaḥ-śrutaujas-
　tejaḥ-prabhāva-bala-pauruṣa-buddhi-yogāḥ
nārādhanāya hi bhavanti parasya puṁso
　bhaktyā tutoṣa bhagavān gaja-yūtha-pāya

manye—我认为 / dhana—富有 / abhijana—高贵的家庭 / rūpa—个人的美丽 / tapaḥ—苦行 / śruta—研究韦达经得到的知识 / ojaḥ—非凡的感知能力 / tejaḥ—身体光芒 / prabhāva—影响 / bala—身体力量 / pauruṣa—勤奋 / buddhi—智力 / yogāḥ—神秘力量 / na—不 /

ārādhanāya－为满足 / hi－事实上 / bhavanti－是 / parasya－超然的 / puṁsaḥ－至尊人格首神 / bhaktyā－仅仅靠奉爱服务 / tutoṣa－被满足 / bhagavān－至尊人格首神 / gaja-yūtha-pāya－对象王(嘎臻铎)

译文 帕拉德王继续道：一个人也许有钱、出身高贵、长相美丽、从事过苦行、受过教育、感官强健、身体放光、有影响力、有力气、勤奋、聪明、有瑜伽神通；但我认为，即使有这一切资格，都无法使人取悦至尊人格首神。然而，仅仅靠做奉爱服务就可以取悦至尊主。像王嘎臻铎就这样做过，结果使至尊主对他很满意。

要旨 没有什么物质资格可以让至尊人格首神满意。正如《博伽梵歌》中说明的，只有靠做奉爱服务才能了解至尊主(bhaktyā mām abhijānāti)。奉献者除非靠做服务取悦了至尊主，否则至尊主不揭示祂自己(nāhaṁ prakāśaḥ sarvasya yoga-māyā-samāvṛtaḥ)。这是所有经典(śāstra)的定论。主观推测和物质资格都无法使人了解或接近至尊人格首神。

第 10 节

विप्राद् द्विषड्गुणयुतादरविन्दनाभ-
पादारविन्दविमुखात्श्वपचं वरिष्ठम् ।
मन्ये तदर्पितमनोवचनेहितार्थ-
प्राणं पुनाति स कुलं न तु भूरिमानः ॥१०॥

viprād dvi-ṣaḍ-guṇa-yutād aravinda-nābha-
pādāravinda-vimukhāt śvapacaṁ variṣṭham
manye tad-arpita-mano-vacanehitārtha-
prāṇaṁ punāti sa kulaṁ na tu bhūrimānaḥ

viprāt－比一位布茹阿玛纳 / dvi-ṣaṭ-guṇa-yutāt－因具有十二项布茹阿玛纳品质而有资格 / aravinda-nābha－从肚脐长出一朵莲花的主

维施努 / pāda-aravinda－向至尊主的莲花足 / vimukhāt－对奉爱服务不感兴趣 / śvapacam－出生在低等家庭中的人或是吃狗肉者 / variṣṭham－更光荣 / manye－我认为 / tat-arpita－投靠至尊主的莲花足 / manaḥ－他的心 / vacana－话语 / īhita－每一个努力 / artha－财富 / prāṇam－和生命 / punāti－净化 / saḥ－他(奉献者) / kulam－他的家庭 / na－不 / tu－但是 / bhūrimānaḥ－错误地以为自己是很有威信的人

译文　毫无疑问，一个布茹阿玛纳即使拥有所有十二项布茹阿玛纳品格，但如果不是奉献者，不喜欢至尊主的莲花足，就不如一个吃狗肉但却将心、话语、活动、钱财和生命等一切都献给至尊主的奉献者。这样一位奉献者比那种布茹阿玛纳强，因为他可以净化他的整个家庭，但那具有虚假声望的布茹阿玛纳就连自己都净化不了。

要旨　在这节诗文里，作为奉爱传承中十二位权威人士之一的帕拉德王，对奉献者和精通韦达仪式典礼(karma-kāṇḍa)的布茹阿玛纳之间的区别作出说明。世上有社会四阶层和灵性四阶段制度，对人类社会进行了划分，但核心原则是要人成为一流的纯粹奉献者。《对主哈尔依的奉爱甘露》(Hari-bhakti-sudhodaya)中说：

bhagavad-bhakti-hīnasya
　jātiḥ śāstraṁ japas tapaḥ
aprāṇasyaiva dehasya
　maṇḍanaṁ loka-rañjanam

“谁如果出生在布茹阿玛纳(brāhmaṇa)、查锤亚(kṣatriya)或外夏(vaiśya)等高等家庭中，但却不是至尊主的奉献者，那么他作为布茹阿玛纳、查锤亚或外夏的所有美好品质都毫无作用。事实上，它们被视为是尸体上的装饰物。”

在这节诗文中，帕拉德王谈到博学的布茹阿玛纳(vipra)。博学的布茹阿玛纳被视为是布茹阿玛纳、查锤亚、外夏和庶铎(śū-dra)阶层中最优秀的人，但奉献者即使出生在低等的吃狗肉的家庭中，都比这种布茹阿玛纳强，更不要说查锤亚、外夏和其他人了。奉献者比任何人都优秀，因为他在梵(Brahman)的层面上处在超然的状态中。

māṁ ca yo vyabhicāreṇa
bhakti-yogena sevate
sa guṇān samatītyaitān
brahma-bhūyāya kalpate

"在任何情况下都全心全意地做奉爱服务，就能立刻超越物质自然属性，达到梵的层面。"(《博伽梵歌》14.26)正如《萨纳特·苏佳塔》(Sanat-sujāta)一书中说明的，一流的布茹阿玛纳具备如下十二种品质：

jñānaṁ ca satyaṁ ca damaḥ śrutaṁ ca
hy amātsaryaṁ hrīs titikṣānasūyā
yajñaś ca dānaṁ ca dhṛtiḥ śamaś ca
mahā-vratā dvādaśa brāhmaṇasya

即遵守宗教原则，说真话，通过苦行和苦修控制自己的感官，不忌妒，谦卑，忍受，不树敌，举行祭祀，布施，稳定，精通韦达知识，遵守誓言。

奎师那意识运动中的欧洲和美国奉献者有时被接受为是布茹阿玛纳，但所谓的世袭布茹阿玛纳们却十分妒忌他们。为了回应这种忌妒，帕拉德王说，谁出生在布茹阿玛纳家庭但却错误地对自己有名望的地位感到骄傲，谁就无法甚至净化自己，更不要说他的家庭了；相反，如果一个出生在低下的吃狗肉家庭中的人是奉献者，全心全意地投靠至尊主的莲花足，那他就能净化他的全家。对此，我们有实际体验，亲眼看到美国人和欧洲人是如何因为自己充满奎师那意识而净化了他们的全家人，以致一位奉献者的母亲在她临终时询问有关奎师那。因此，无论是理论还是事实都证明：奉献者能够为自己的家人、团体、社会和国家提供最好的服务。愚蠢之人指责奉献者逃避现实，但事实真相是：奉献者才是真正能够提升自己家庭的人。奉献者用一切为至尊主服务，所以永远是高尚的人。

第 11 节

नैवात्मनः प्रभुरयं निजलाभपूर्णो
मानं जनादविदुषः करुणो वृणीते ।
यद्यज्जनो भगवते विदधीत मानं
तच्चात्मने प्रतिमुखस्य यथा मुखश्रीः ॥११॥

naivātmanaḥ prabhur ayaṁ nija-lābha-pūrṇo
mānaṁ janād aviduṣaḥ karuṇo vṛṇīte
yad yaj jano bhagavate vidadhīta mānaṁ
tac cātmane prati-mukhasya yathā mukha-śrīḥ

na—也不 / eva—无疑地 / ātmanaḥ—为了祂自己的利益 / prabhuḥ—至尊主 / ayam—这 / nija-lābha-pūrṇaḥ—总是在祂的自我中感到满足(祂不需要靠其他人的服务获得满足) / mānam—尊敬 / janāt—从一个人 / aviduṣaḥ—不知道生命的目的是为了取悦至尊主的人 / karuṇaḥ—对这个愚蠢、无知的人是如此仁慈的人(至尊人格首神) / vṛṇīte—接受 / yat yat—无论什么 / janaḥ——个人 / bhagava-te—向至尊人格首神 / vidadhīta—供奉 / mānam—崇拜 / tat—那 / ca—事实上 / ātmane—为了他自己的利益 / prati-mukhasya—镜子里反射出的脸的影像的 / yathā—正如 / mukha-śrīḥ—脸上的装饰

译文　至尊主——至尊人格首神，总是在祂的自我中感到心满意足。因此，当给祂献供时，凭至尊主的仁慈，那供奉是对这样做的奉献者本人有好处，因为至尊主并不需要任何人做的服务。这就好比一个人的脸如果化过妆，就可以看到镜子照出来的脸也化过妆。

要旨 奉爱瑜伽(bhakti-yoga)中推荐奉献者遵循九项原则，即聆听并歌唱主维施努超然的圣名、形象、品质、随身用品、随行人员及娱乐活动；铭记他们；侍奉祂的莲花足；用十六种用品恭敬地崇拜至尊主；向至尊主祈祷；成为祂的仆人；将至尊主视为是自己最好的朋友；把一切都献给祂(śravaṇaṁ kīrtanaṁ viṣṇoḥ smaraṇaṁ pāda-sevanam/arcanam vandanaṁ dāsyaṁ sakhyam ātma-nivedanam)。当然，推荐奉献者从事上述这些奉爱服务，并非是为了至尊主的利益，而是为了奉献者本身的利益。至尊主永远是光荣的，无论奉献者是赞美祂，还是不赞美祂；但致力于赞美至尊主的奉献者本人，将会自然而然变得光荣。歌唱主奎师那圣名的运动清除人心中经年堆积的灰尘，从而熄灭受制约生命的火焰——生死轮回的火焰(ceto-darpaṇa-mārjanaṁ bhava-mahā-dāvāgni-nirvāpaṇam)。靠一直不断地赞美至尊主，生物体的内心得到净化，从而能明白自己不属于物质世界；明白自己是灵性的灵魂，灵魂真正的活动应该是增强奎师那意识，从而挣脱物质的钳制。这样做，物质存在的熊熊烈火就会立刻熄灭(bhava-mahā-dāvāgni-nirvāpaṇam)。对主奎师那的“放弃一切种类的宗教活动，只皈依我(sarva-dharmān parityajya mām ekaṁ śaraṇaṁ vraja)”这一命令，愚蠢之人感到吃惊。有些愚蠢的学者甚至说，这要求太过分了。但这一要求并非为了至尊人格首神的利益，而是为了人类社会的利益。如果人们自己或集体一起在充满奎师那意识的情况下将一切献给至尊人格首神，整个人类社会就会受益。不将一切献给至尊主的人，在这节诗文中被描述为是无赖(aviduṣa)。《博伽梵歌》第7章的第15节诗记载，至尊主本人也说：

na māṁ duṣkṛtino mūḍhāḥ
　prapadyante narādhamāḥ
māyayāpahṛta-jñānā
　āsuraṁ bhāvam āśritāḥ

“邪恶之徒不皈依我。他们分别是：粗俗的愚氓，最低贱的人，被错觉窃取了知识的人，以及有不信神的恶魔本性的人。”由于愚昧和不幸，无神论者和最低贱的人(narādhama)，都不投靠、服从至尊人格首神。为此，尽管至尊人格首神自我完满，但祂却在不同的年代(yuga)显现，要求受制约的灵魂皈依祂，以使他们摆脱物质的钳制，从而受益。总之，我们越致力于培养奎师那意识，为至尊主做服务，就得到越多的利益。奎师那自己并不需要我们为祂做服务。

第 12 节

तस्मादहं विगतविक्लव ईश्वरस्य
सर्वात्मना महि गृणामि यथा मनीषम् ।
नीचोऽजया गुणविसर्गमनुप्रविष्टः
पूयेत येन हि पुमाननुवर्णितेन ॥१२॥

tasmād ahaṁ vigata-viklava īśvarasya
sarvātmanā mahi gṛṇāmi yathā manīṣam
nīco 'jayā guṇa-visargam anupraviṣṭaḥ
pūyeta yena hi pumān anuvarṇitena

tasmāt－因此 / aham－我 / vigata-viklavaḥ－不再考虑不合格的问题 / īśvarasya－至尊人格首神的 / sarva-ātmanā－在全心投靠的状态中 / mahi－光荣 / gṛṇāmi－我该歌唱或讲述 / yathā manīṣam－按我的才智 / nīcaḥ－尽管出身低下(我父亲是个大恶魔，缺乏所有的美好品质) / ajayā－由于愚昧 / guṇa-visargam－(生物按照被物质自然属性污染的情况投生的)物质世界 / anupraviṣṭaḥ－进入 / pūyeta－能得到净化 / yena－经由……(对至尊主的赞美) / hi－事实上 / pumān－一个人 / anuvarṇitena－被歌唱或朗诵

译文　所以，我虽然出生在一个恶魔的家庭中，但无疑可以尽我的智力所能向至尊主献上祈祷。向至尊主献上祈祷

并聆听至尊主的荣耀，使所有因愚昧所致进入物质世界过物质生活的生物都得到净化。

要旨 很清楚，当奉献者不需要出身高贵、很富有或很漂亮。所有这些品质并不会使人致力于做奉爱服务。人应该怀着奉爱之情想到："神很伟大，而我很渺小。所以我的责任是向至尊主献上我的祈祷。"只有在这样的基础上，人才能了解至尊主，并为祂做服务。正如《博伽梵歌》第18章的第55节诗记载，至尊主说：

bhaktyā mām abhijānāti
yāvān yaś cāsmi tattvataḥ
tato māṁ tattvato jñātvā
viśate tad-anantaram

"只有做奉爱服务，才能如实地了解作为至尊人格首神的我。当人充满奉爱之情地全然意识到我时，他就能进入神的王国。"正因为如此，帕拉德王决定尽他最大的努力向至尊主献上最好的祈祷，而不考虑自己的物质状态和地位。

第13节

सर्वे ह्यमी विधिकरास्तव सत्त्वधाम्नो
ब्रह्मादयो वयमिवेश न चोद्विजन्तः ।
क्षेमाय भूतय उतात्मसुखाय चास्य
विक्रीडितं भगवतो रुचिरावतारैः ॥१३॥

sarve hy amī vidhi-karās tava sattva-dhāmno
brahmādayo vayam iveśa na codvijantaḥ
kṣemāya bhūtaya utātma-sukhāya cāsya
vikrīḍitaṁ bhagavato rucirāvatāraiḥ

sarve—全部 / hi—确定地 / amī—这些 / vidhi-karāḥ—命令的执行者 / tava—您的 / sattva-dhāmnaḥ—永远处在超然的世界里 / brahma-ādayaḥ—以主布茹阿玛为首的半神人们 / vayam—我们 / iva—就

像 / īśa－我的至尊主啊 / na－不 / ca－和 / udvijantaḥ－害怕(您可怕的外貌)的 / kṣemāya－为了保护 / bhūtaye－为了增加 / uta－据说 / ātma-sukhāya－为了感受到这样的娱乐活动带来的个人的满足 / ca－也 / asya－这个(物质世界)的 / vikrīḍitam－展示了 / bhagavataḥ－您圣上的 / rucira－十分高兴 / avatāraiḥ－由您的化身

译文　我的至尊主啊！以主布茹阿玛为首的半神人，都是处在超然状态中的您圣上的真诚仆人，因此与我们(帕拉德和他的父亲黑冉亚卡希普魔)不同。您以这可怕的形象出现，是为您自己高兴而从事的娱乐活动。保护和改善宇宙，自始至终都是这样一位化身显现的目的。

要旨　帕拉德王想说明：他父亲和家中的其他成员因为邪恶而很不幸，但至尊主的奉献者因为随时准备听从至尊主的命令，所以永远是幸运的。当至尊主以祂的各种化身显现在这个物质世界中时，祂从事两种活动，即拯救奉献者和消灭恶魔(paritrāṇāya sādhūnāṁ vināśāya ca duṣkṛtām)。例如，主尼尔星哈戴瓦显现，就是为了保护祂的奉献者。尼尔星哈戴瓦所从事的这些娱乐活动，当然并非是为了给奉献者制造恐慌，但奉献者们因为很单纯和忠心耿耿而害怕至尊主的凶猛化身。正因为如此，帕拉德王在接下来的祈祷中要求至尊主停止祂的愤怒。

第 14 节

तद्यच्छ मन्युमसुरश्च हतस्त्वयाद्य
मोदेत साधुरपि वृश्चिकसर्पहत्या ।
लोकाश्च निर्वृतिमिताः प्रतियन्ति सर्वे
रूपं नृसिंह विभयाय जनाः स्मरन्ति ॥१४॥

tad yaccha manyum asuraś ca hatas tvayādya
modeta sādhur api vṛścika-sarpa-hatyā

lokāś ca nirvṛtim itāḥ pratiyanti sarve
rūpaṁ nṛsiṁha vibhayāya janāḥ smaranti

tat－因此 / yaccha－仁慈地放弃 / manyum－您的愤怒 / asuraḥ－我父亲黑冉亚卡希普——大恶魔 / ca－也 / hataḥ－杀死 / tvayā－被您 / adya－今天 / modeta－感到高兴 / sādhuḥ api－就连圣洁的人 / vṛścika-sarpa-hatyā－通过杀死一条蛇或一只蝎子 / lokāḥ－所有的星球 / ca－事实上 / nirvṛtim－高兴 / itāḥ－获得了 / pratiyanti－在等待(为了平息您的愤怒) / sarve－他们全体 / rūpam－这个形象 / nṛsiṁha－主尼尔星哈戴瓦啊 / vibhayāya－为了减轻他们的恐惧 / janāḥ－宇宙中所有的人 / smaranti－将铭记

译文 因此，我的主尼尔星哈戴瓦，现在请停止您的愤怒，因为我父亲——大恶魔黑冉亚卡希普已被杀死。既然就连圣洁之人都会因为杀死一只蝎子或一条蛇而感到高兴，那么这个恶魔的死必定使全世界都获得极大的满足。他们现在对他们的快乐充满信心，所以必将为免于恐惧而永远铭记您这个吉祥的化身。

要旨 这节诗文最关键的重点是：圣洁之人虽然从不想要杀任何生物体，但却很高兴看到毒蛇和蝎子等心怀忌妒和敌意的生物体被杀。黑冉亚卡希普之所以被杀，是因为他比一条毒蛇或一只蝎子更不如，所以人人都很高兴他被杀。现在没有什么需要至尊主再愤怒的了。奉献者在身陷危险的处境时总能记起尼尔星哈戴瓦，因此尼尔星哈戴瓦的显现很吉祥。至尊主显现的形象永远值得崇拜，对全体圣洁之人和奉献者来说永远是吉祥的。

第 15 节

नाहं बिभेम्यजित तेऽतिभयानकास्य-
जिह्वार्कनेत्रभ्रुकुटीरभसोग्रदंष्ट्रात् ।

आन्त्रस्रजःक्षतजकेशरशङ्कुकर्णान्
निर्ह्रादभीतदिगिभादरिभिन्नखाग्रात् ॥१५॥

nāhaṁ bibhemy ajita te 'tibhayānakāsya-
jihvārka-netra-bhrukuṭī-rabhasogra-daṁṣṭrāt
āntra-srajaḥ-kṣataja-keśara-śaṅku-karṇān
nirhrāda-bhīta-digibhād ari-bhin-nakhāgrāt

na一不 / aham一我 / bibhemi一是害怕 / ajita一至高无上、永不被任何人征服的胜利者啊 / te一您的 / ati一非常 / bhayānaka一可怕 / āsya一嘴 / jihvā一舌头 / arka-netra一目光如太阳 / bhrukuṭī一皱眉 / rabhasa一强有力的 / ugra-daṁṣṭrāt一凶残的牙齿 / āntra-srajaḥ一用肠子环绕挂着 / kṣataja一血污的 / keśara一鬃毛 / śaṅku-karṇāt一呈楔形的耳朵 / nirhrāda一被(您发出的)吼叫声 / bhīta一害怕的 / digibhāt一就连庞大的大象都……的 / ari-bhit一刺穿敌人 / nakhaagrāt一……的指尖

译文　无人能征服的至尊主，我无疑并不害怕您那凶猛的嘴和舌头，以及您那如太阳般闪亮的眼睛或您紧皱的眉头。我既不怕您尖锐的牙齿、环挂在身上的肠子、沾满了鲜血的鬃毛或高高竖起呈楔形的耳朵，也不怕您那令大象听后远远逃开的凶猛叫声，或您用来杀死敌人的指甲。

要旨　主尼尔星哈戴瓦可怕的外形，对非奉献者来说无疑是最危险的，但对帕拉德王来说，这种可怕的外形根本不会打扰他。其他动物都很怕大狮子，但狮子的幼仔却并不怕它。汪洋大海中的水对陆地上的生物体来说无疑十分可怕，但对海洋中的甚至是一条小鱼来说都并不可怕。为什么？因为小鱼托庇于汪洋大海。经典中说，洪水虽然可以冲走大象，但水中的小鱼却逆流而行。所以，尽管至尊主有时以凶猛的形象出现来消灭邪恶之徒(duṣkṛtī)，但奉献者们却崇拜祂。啊，凯沙瓦！宇宙之主！啊，化身为半人半狮的

主哈尔依！一切荣耀归于您(keśava dhṛta-nara-hari-rūpa jaya jagadīśa hare)！奉献者总是很高兴崇拜并赞美至尊主的任何一个形象，无论那形象看上去是令人愉快的还是凶猛都不例外。

第16节

त्रस्तोऽस्म्यहं कृपणवत्सल दुःसहोग्र-
संसारचक्रकदनाद्ग्रसतां प्रणीतः ।
बद्धः स्वकर्मभिरुशत्तम तेऽङ्घ्रिमूलं
प्रीतोऽपवर्गशरणं ह्वयसे कदा नु ॥१६॥

trasto 'smy ahaṁ kṛpaṇa-vatsala duḥsahogra-
saṁsāra-cakra-kadanād grasatāṁ praṇītaḥ
baddhaḥ sva-karmabhir uśattama te 'ṅghri-mūlaṁ
prīto 'pavarga-śaraṇaṁ hvayase kadā nu

trastaḥ—害怕的 / asmi aham—我是 / kṛpaṇa-vatsala—对(没有灵性知识的)堕落灵魂是如此仁慈的我的至尊主啊 / duḥsaha—无法忍受的 / ugra—凶猛的 / saṁsāra-cakra—生死轮回的 / kadanāt—从这种痛苦的处境 / grasatām—在互相倾吞的其他受制约的灵魂当中 / praṇītaḥ—被扔 / baddhaḥ—被捆绑的 / sva-karmabhiḥ—由我自己的活动的反作用引起 / uśattama—伟大的、不可超越的啊 / te—您的 / aṅghri-mūlam—向独一无二的莲花足底 / prītaḥ—(对我)满意 / apavargaśaraṇam—是专为从物质存在这一可怕的处境中解脱的庇护 / hvayase—您将召唤(我) / kadā—当……时 / nu—事实上

译文 最强大有力、不可超越、善待堕落灵魂的至尊主啊！我从事过的活动使我被置于与恶魔联谊的处境中，这让我很害怕自己在这个物质世界里所过的受制约的生活。托庇于您的莲花足是摆脱受制约生活的最终目的，您何时才会召唤我托庇于您的莲花足呢？

要旨 置身于物质世界中当然是痛苦的，但当人被迫与无神论者(asura)交往时，那无疑是令人无法忍受的。有人也许会问，生物为什么被置于物质世界中。事实上，愚蠢之人有时讽刺至尊主把他们放进这个物质世界。但其实，每一个生物都根据他的业报而被置于受制约的生活中。正因为如此，帕拉德王代表所有其他受制约的灵魂承认，他是因为自己从事活动的结果而被置于恶魔群中的。至尊主被称为对堕落灵魂极其仁慈的至尊主(kṛpaṇavatsala)。《博伽梵歌》中说明，每当宗教原则没有得到贯彻执行，至尊主就会显现(yadā yadā hi dharmasya glānir bhavati bhārata...tadātmānaṁ sṛjāmy aham)。至尊主极其渴望拯救受制约的灵魂，所以才会教导我们大家回归家园、回到首神身边(sarva-dharmān pari-tyajya mām ekaṁ śaraṇaṁ vraja)。正因为如此，帕拉德王期望至尊主仁慈地召唤他再次托庇于祂的莲花足。换句话说，每一个人都该渴望得到充分的训练，发展奎师那意识，从而能够回归家园，回到首神身边，托庇至尊主的莲花足。

第 17 节

यस्मात्प्रियाप्रियवियोगसंयोगजन्म-
शोकाग्निना सकलयोनिषु दह्यमानः ।
दुःखौषधं तदपि दुःखमतद्धियाहं
भूमन् भ्रमामि वद मे तव दास्ययोगम् ॥१७॥

yasmāt priyāpriya-viyoga-saṁyoga-janma-
śokāgninā sakala-yoniṣu dahyamānaḥ
duḥkhauṣadhaṁ tad api duḥkham atad-dhiyāhaṁ
bhūman bhramāmi vada me tava dāsya-yogam

yasmāt—由于……(因为存在于物质世界中) / priya—令人愉快的 / apriya—令人不快的 / viyoga—通过分离 / saṁyoga—及组合 /

janma－出生……的 / śoka-agninā－被悲伤之火 / sakala-yoniṣu－在任何类型的躯体中 / dahyamānaḥ－被烧灼 / duḥkha-auṣadham－痛苦生活的补救方法 / tat－那 / api－也 / duḥkham－痛苦 / a-tat-dhiyā－通过将躯体接受为是自我 / aham－我 / bhūman－伟大的人啊 / bhramāmi－正游荡(在生死轮回圈中) / vada－仁慈地教导 / me－对我 / tava－您的 / dāsya-yogam－服务的活动

译文 啊，伟大的人，至尊主！身在物质世界使我生生世世经历与朋友的离别、被迫离开令人愉快的处境，以及遇到敌人或遭遇不幸等情况，始终感受悲伤之火的烧灼。尽管有很多使人摆脱痛苦生活的补救方法，但在这个物质世界里的任何补救方法都比痛苦本身更痛苦。所以我认为，唯一的纠正方法是致力于为您做服务。请教导我做这样的服务。

要旨 帕拉德王渴望侍奉至尊主的莲花足。帕拉德王在他那位物质上极其富有的父亲死后，本可以继承他父亲遍布全世界的财产，但他却没有意愿接受这类物质财富，因为无论是在天堂还是地狱，无论是当富人的儿子还是穷人的儿子，物质的情况随处都在，因此物质世界中没有任何一种情况是令人快乐的。想要过上不受污染的极乐生活的人，必须致力于为至尊主做超然的爱心服务。物质财富也许令人感到些许暂时的愉快，但为了得到那短暂的愉快，人必须极其辛苦地工作。当穷人变得富有时，他的处境也许好过些，但为了达到那种状态，他必须先经历许多痛苦。事实上，在物质生活中，苦乐这两种情况都是痛苦不幸。人要真想过上幸福、极乐的生活，就必须变得具有奎师那意识，一直不断地为至尊主做超然的爱心服务。这是真正的纠正情况的方法。整个世界都误以为，靠用物质文明的进步抵消受制约生活的痛苦，将会使人快乐。然而，这种努力永远都不会成功。人们必须受到训练，致力于为至尊主做超然的爱心服务。那就是奎师那意识运动要达到的目的。改变物质状况并不能使人快乐，因为物质世界中随处都有困难和痛苦。

第 18 节

सोऽहं प्रियस्य सुहृदः परदेवताया
　लीलाकथास्तव नृसिंह विरिञ्चगीताः ।
अञ्जस्तितर्म्यनुगृणन् गुणविप्रमुक्तो
　दुर्गाणि ते पदयुगालयहंससङ्गः ॥१८॥

so 'haṁ priyasya suhṛdaḥ paradevatāyā
　līlā-kathās tava nṛsiṁha viriñca-gītāḥ
añjas titarmy anugṛṇan guṇa-vipramukto
　durgāṇi te pada-yugālaya-haṁsa-saṅgaḥ

saḥ—那 / aham—我(帕拉德王) / priyasya—最亲爱的 / suhṛdaḥ—祝福者 / paradevatāyāḥ—至尊人格首神的 / līlā-kathāḥ—对娱乐活动的讲述 / tava—您的 / nṛsiṁha—我的主尼尔星哈戴瓦啊 / viriñca-gītāḥ—由主布茹阿玛透过师徒传承给予的 / añjaḥ—轻易地 / titarmi—我将跨越 / anugṛṇan—一直不断地描述 / guṇa—被物质自然属性 / vipramuktaḥ—尤其不受污染 / durgāṇi—生活中一切痛苦的境况 / te—您的 / pada-yuga-ālaya—全神贯注于莲花足 / haṁsa-saṅgaḥ—得到(与物质活动没有关系的)解脱之人的联谊

译文　我的主尼尔星哈戴瓦啊！靠与那些是解脱灵魂的奉献者在一起为您做超然的爱心服务，我将彻底清除与物质自然三种属性接触受到的污染，从而能吟诵、吟唱我珍爱的您圣上所具有的荣耀。我将吟诵、吟唱您的光荣，紧紧跟随主布茹阿玛和他的师徒传承。这样做无疑将使我跨越无知的汪洋。

要旨　这节诗文中清楚地解释了奉献者的生活和责任。毫无疑问，奉献者一旦能吟诵、吟唱至尊主的圣名和荣耀，就达到了解脱的状态。通过聆听和吟诵、吟唱至尊主的圣名与活动依恋对至尊主的赞美(śravaṇaṁ kīrtanaṁ viṣṇoḥ)，必将把人带到没有物质污染的状态。我们应该吟诵、吟唱经师徒传承授权传递下来的歌。《博伽梵歌》中说，遵循师徒传承的教导，吟诵、吟唱就会强大有力(evaṁ paramparā-prāptam imaṁ rājarṣayo viduḥ)。自创许多吟诵、吟唱法，将永远都不会有效果；但吟诵、吟唱前辈灵性导师传下的叙述或歌则十分有效(mahājano yena gataḥ sa panthāḥ)，而这个程序十分容易。正因为如此，帕拉德王在这节诗文中用了梵文“轻易(añjaḥ)”一词。透过师徒传承接受崇高权威人士的思想，无疑比试图靠主观臆测发明一些了解绝对真理的方法要容易得多。最佳的做法是接受前辈灵性导师(ācārya)的教导，按照那些教导去做。这样，对神的认识及对自我的觉悟就会变得十分容易。靠遵循这个容易的方法，人就能摆脱物质自然属性的污染，从而可以轻易地跨越其中充满痛苦状况的无知汪洋。跟随伟大的灵性导师的步伐，使人能够与完全免于物质污染的至尊天鹅们(haṁsa或paramahaṁsa)交往、联谊。事实上，听从灵性导师的教导，使人永远免于一切物质污染，人生因达到生命的目标而获得成功。这个物质世界痛苦、不幸，无论人的生活水平如何都不例外。试图靠物质手段减轻物质存在的痛苦永远不会成功。人必须靠发展奎师那意识变得真正快乐，否则是不可能快乐的。人们也许会说，要想在灵性生活中取得进步，就需要自愿接受某些不便之处(tapasya)。但这类麻烦并不像靠物质的努力减轻各种痛苦那么危险。

第 19 节

बालस्य नेह शरणं पितरौ नृसिंह
नार्तस्य चागदमुदन्वति मज्जतो नौः ।
तप्तस्य तत्प्रतिविधिर्य इहाञ्जसेष्ट-
स्तावद्विभो तनुभृतां त्वदुपेक्षितानाम् ॥१९॥

bālasya neha śaraṇaṁ pitarau nṛsiṁha
nārtasya cāgadam udanvati majjato nauḥ
taptasya tat-pratividhir ya ihāñjaseṣṭas
tāvad vibho tanu-bhṛtāṁ tvad-upekṣitānām

bālasya－小孩子的 / na－不 / iha－这个世界中 / śaraṇam－庇护(保护) / pitarau－父亲和母亲 / nṛsiṁha－我的主尼尔星哈戴瓦啊 / na－也不 / ārtasya－受某种疾病之苦的人的 / ca－也 / agadam－医药 / udanvati－汪洋之水中 / majjataḥ－溺水之人的 / nauḥ－船只 / taptasya－受物质痛苦处境折磨的人的 / tat-pratividhiḥ－(为停止物质存在之苦发明的)抵消方法 / yaḥ－那……的 / iha－在这个物质世界中 / añjasā－非常容易 / iṣṭaḥ－被接受为(一种补救方法) / tāvat－同样地 / vibho－我的主、至尊者啊 / tanu-bhṛtām－接受了物质躯体的生物的 / tvat-upekṣitānām－被您忽视且不被您接受的人

译文　我的主尼尔星哈戴瓦，至尊者啊！有躯体的灵魂因为持有躯体化的生命概念而得不到您的重视。这样的灵魂无法做出任何可以使自己得到改善的事。他们所采用的任何补救措施，即使有短暂的利益，也无疑不是长久之计。这就像父母并不能保护他们的孩子，医生和医药并不能减轻病人的痛苦，汪洋中的一条小船并不能保护一个溺水之人一样。

要旨　世上始终有为减轻物质世界里的各种痛苦而做出的努力，其中包括父母亲给予照顾，努力医疗各种疾病，或在水上、陆地上和空中设置各种保护措施等，但它们都不保证真正可以保护人。它们也许可以给予人短暂的利益，但并不提供永恒的利益。即使有父母在，也不能保护孩子免于意外死亡、疾病和各种其他的痛苦。没人能帮助我们，包括我们的父母。最终，至尊主才是保护人，托庇于至尊主的人得到保护。这是有保证的。正如《博伽梵歌》第9章的第31节诗记载，至尊主说："琨缇的儿子啊！你勇敢地宣布，我的奉献者永不毁灭(kaunteya pratijānīhi na me bhaktaḥ praṇaśyati)。”所以，人除非得到至尊主仁慈的保护，否则没有任何补救措施能起作用。正因为如此，人应该完全依靠至尊主没有缘故的仁慈。尽管按照一般责任，人无疑必须采取其他的补救方法，但没人能保护被至尊人格首神忽略了的人。在这个物质世界里，众生都试图对抗物质自然的攻击，但最终都完全被物质自然所控制。因此，即使所谓的哲学家和科学家都试图战胜物质自然的猛攻，但却从未成功。《博伽梵歌》第13章的第9节诗记载，奎师那说：物质世界真正的痛苦有四种，那就是生老病死的痛苦(janma-mṛtyu jarā-vyādhi)。纵观世界历史，还没谁成功地征服过这些由物质自然强加的痛苦呢！经典中说，其实是物质自然的三种属性在活动(prakṛteḥ kriyamāṇāni guṇaiḥ karmāṇi sarvaśaḥ)。物质自然(prakṛti)是如此强大有力，没人能战胜她严格的法律。为此，所谓的科学家、哲学家、宗教人士和政治家应该得出结论，即他们无法给人民大众提供便利条件。他们应该作出强有力的宣传，以唤醒人民大众，将他们提升到奎师那意识的层面。我们为在全世界推广奎师那意识运动所做出的卑微努力，是能带给人类平静与快乐生活的唯一补救方法。没有至尊主的仁慈(tvad-upekṣitānām)，我们永远都不可能快乐。倘若我们继续让我们至尊的父亲不高兴，我们在这个物质世界里就永远都不会有快乐，无论身在高等星系还是低等星系都不例外。

第20节

यस्मिन् यतो यर्हि येन च यस्य यस्माद्
यस्मै यथा यदुत यस्त्वपरः परो वा ।
भावः करोति विकरोति पृथक्स्वभावः
सञ्चोदितस्तदखिलं भवतः स्वरूपम् ॥२०॥

yasmin yato yarhi yena ca yasya yasmād
yasmai yathā yad uta yas tv aparaḥ paro vā

bhāvaḥ karoti vikaroti pṛthak svabhāvaḥ
sañcoditas tad akhilaṁ bhavataḥ svarūpam

yasmin－在任何生活状态中 / yataḥ－因任何事物 / yarhi－在任何时候(过去、现在和未来) / yena－被某事物 / ca－也 / yasya－在与任何人的关系中 / yasmāt－由于任何原因 / yasmai－向任何人(不对时间、地点和人做任何区分) / yathā－以任何方法 / yat－无论什么 / uta－无疑地 / yaḥ－……的任何人 / tu－但是 / aparaḥ－其他人 / paraḥ－至尊者 / vā－或者 / bhāvaḥ－存在 / karoti－做 / vikaroti－改变 / pṛthak－分离 / svabhāvaḥ－性质(在各种物质自然属性的影响下) / sañcoditaḥ－被影响 / tat－那 / akhilam－全部 / bhavataḥ－您圣上的 / svarūpam－从您不同的能量散发出

译文　我亲爱的至尊主，这个物质世界里的众生都受物质自然属性的控制，受善良、激情和愚昧的影响。从最伟大的人物主布茹阿玛，下到小蚂蚁，每一个生物体都在这些属性的影响下工作。因此，这个物质世界里的众生都受您能量的影响。促使他们工作的原因，他们工作的地点、时间和方式，以及他们所认定的生活目标、达到那目标的方法，都不是别的，只是您能量的展示而已。事实上，能量和能量的拥有者是一体，都不过是您的展示而已。

要旨　人们可能认为自己是被父母、政府、某个地方或是某种原因所保护，但其实一切都是至尊人格首神多种能量的作用结果。在高等、中等或低等星系中发生的一切，都由至尊主所监督、控制。因此经典中说，在至尊主的监督下，生物——灵魂，接受一个特定的躯体(karmaṇā-daiva-netreṇa jantur dehopapattaye)。至尊人格首神——在每一个生物体心中的超灵，启发生物按照自己的心态做事。所有这些心态都不过是奎师那为生物活动所提供的便利。正因为如此，《博伽梵歌》说：众生都按超灵给予的启示工作(mattaḥ smṛtir jñānam apohanaṁ ca)。由于每个生物都有各自的

生命目标，所以在至尊人格首神的指导下，活动也各不相同。

这节诗文中的第一句梵文yasmin yato yarhi yena ca yasya yasmāt是指所有的活动；无论有可能是什么活动，都只不过是至尊人格首神不同的表现。它们都由生物引起，凭借至尊主的仁慈得以实现。尽管所有这类活动都与至尊主没有区别，至尊主还是指导说："放弃所有其他的责任，只皈依我(sarva-dharmān parityajya mām ekaṁ śara-ṇaṁ vraja)。"我们一旦接受至尊主的这一指导，就能真正变得快乐。只要我们还根据我们物质感官的需求工作，我们就置身于物质生活中；相反，只要我们按照至尊主的真正超然的指导行事，我们的状态就是灵性的。奉爱服务(bhakti)的活动，直接由至尊人格首神掌管。《纳茹阿达·潘查茹阿陀》(Nārada-pañcarātra)中说：

sarvopādhi-vinirmuktaṁ
tat-paratvena nirmalam
hṛṣīkeṇa hṛṣīkeśa-
sevanaṁ bhaktir ucyate

人一旦不再理会一切物质的称号，而在至尊人格首神的指导下工作，其灵性生活就恢复了。这被描述为是"处在自我原本的状态中(svarūpena avasthiti)"。这是对解脱(mukti)的真正说明。

第 21 节

माया मनः सृजति कर्ममयं बलीयः
कालेन चोदितगुणानुमतेन पुंसः ।
छन्दोमयं यदजयार्पितषोडशारं
संसारचक्रमज कोऽतितरेत्त्वदन्यः ॥२१॥

māyā manaḥ sṛjati karmamayaṁ balīyaḥ
kālena codita-guṇānumatena puṁsaḥ
chandomayaṁ yad ajayārpita-ṣoḍaśāraṁ
saṁsāra-cakram aja ko 'titaret tvad-anyaḥ

māyā－至尊人格首神的外在能量 / manaḥ－内心* / sṛjati－创造 / karma-mayam－产出成千上万的欲望并照着行事 / balīyaḥ－极其强大有力、不可超越的 / kālena－被时间 / codita-guṇa－物质自然三种属性被激发……的 / anumatena－被（时间）瞥视的仁慈所允许 / puṁsaḥ－主奎师那的扩展——主维施努的完整扩展的 / chandaḥ-mayam－受到韦达经中的指导的主要影响 / yat－……的 / ajayā－由于黑暗的愚昧 / arpita－供奉 / ṣoḍaśa－十六 / aram－轮辐 / saṁsāra-cakram－在不同的生命种族中重复生死的轮 / aja－不经出生就存在的至尊主啊 / kaḥ－谁（在那里） / atitaret－能够出去 / tvat-anyaḥ－不投靠在您的莲花足旁

译文　啊，至尊主，至尊永恒者！您靠扩展您的完整部分，透过您那受到时间刺激的外在能量，创造了生物的精微躯体。就这样，心用形形色色无尽的欲望诱惑生物，使其深受十六种元素的束缚，而这些欲望要在韦达经“功利性活动之部”的指导下才能实现。除非托庇于您的莲花足，否则有谁能挣脱这种罗网啊？

要旨　如果至尊人格首神的手无处不在，那么哪里有摆脱物质牢笼，过上灵性极乐生活的问题呢？事实真相正如《博伽梵歌》记载的至尊主本人所说，奎师那是一切的源头（ahaṁ sarvasya prabhavaḥ）。灵性世界和物质世界里的一切活动，无疑都是由至尊人格首神下达命令，再透过祂的灵性自然或物质自然加以实施。正如《博伽梵歌》第9章的第10节诗进一步证实说：没有至尊主的指导，物质自然无法做任何事；物质自然无法独自行事（mayādhyakṣeṇa prakṛtiḥ sūyate sacarācaram）。因此，是生物一开始想要享受物质

* 内心总是计划着如何留在物质世界中为生存而苦苦奋争。它是由心智和假我构成的精微躯体的首要部分。

能量，而为了给生物提供所有的便利条件，至尊人格首神奎师那创造了这个物质世界，给生物提供透过内心杜撰出各种想法和计划的便利条件。至尊主给生物提供的这些便利条件构成了十六种“非正常的支持”，即获取知识的感官、工作感官、心和五种粗糙的物质元素。至尊人格首神制造了生死轮回的转轮，但也透过韦达经的各种指示(chandomayam)，指导被迷惑的生物按照不同的进步阶段逐渐朝解脱迈进。想要被提升到高等星系的人，可以遵循韦达指导。正如《博伽梵歌》第9章的第25节诗记载，至尊主说：

yānti deva-vratā devān
pitṝn yānti pitṛ-vratāḥ
bhūtāni yānti bhūtejyā
yānti mad-yājino 'pi mām

“崇拜半神人的人，将在半神人中投生；崇拜祖先的人，到祖先那里去；崇拜鬼魂和精灵的人，在那些生物体中投生；崇拜我的人，将与我生活在一起。”韦达经的真正目的是指导人回归家园，回到首神身边，但不了解自己生命的真正目标的生物，想要到处游荡，做各种各样的事情。他就这样在整个宇宙中到处游荡，被监禁在各种物种中，从事使自己必受业报之苦的各种活动。因此，圣柴坦亚·玛哈帕布说：

brahmāṇḍa bhramite kona bhāgyavān jīva
guru-kṛṣṇa-prasāde pāya bhakti-latā-bīja

(《永恒的柴坦亚经》中篇19.151)

堕落、受制约的生物被外在能量所制约，在物质世界中游荡，但如果运气好，他就会遇到给予他奉爱服务种子的至尊主真正的代表，而如果他善用遇到这样一位神的代表——灵性导师的机会，他就能得到奉爱服务的种子(bhakti-latā-bīja)。如果他正确地培养奎师那意识，他就会逐渐被升上灵性世界。最终的结论是：人必须遵从奉爱瑜伽(bhakti-yoga)的原则，因为那将使人逐渐得以解脱。其他方法根本不可能使人摆脱在物质世界里苦苦挣扎的处境。

第22节

स त्वं हि नित्यविजितात्मगुणः स्वधाम्ना
कालो वशीकृतविसृज्यविसर्गशक्तिः ।
चक्रे विसृष्टमजयेश्वर षोडशारे
निष्पीड्यमानमुपकर्ष विभो प्रपन्नम् ॥२२॥

sa tvaṁ hi nitya-vijitātma-guṇaḥ sva-dhāmnā
kālo vaśī-kṛta-visṛjya-visarga-śaktiḥ
cakre visṛṣṭam ajayeśvara ṣoḍaśāre
niṣpīḍyamānam upakarṣa vibho prapannam

saḥ—那个人(至尊、独立的人，祂透过祂的外在能量创造了导致这个物质世界中一切痛苦的物质之心) / tvam—您(是) / hi—事实上 / nitya—永恒地 / vijita-ātma—征服了 / guṇaḥ—智力的特性……的 / sva-dhāmnā—凭您个人的灵性能量 / kālaḥ—(创造和毁灭的)时间因素 / vaśī-kṛta—带到您的控制下 / visṛjya—通过……一切结果 / visarga—和原因 / śaktiḥ—能量 / cakre—在时间之轮(生死轮回) / visṛṣṭam—被扔 / ajayā—被您的外在能量——愚昧属性 / īśvara—至尊控制者啊 / ṣoḍaśaare—十六个轮辐(五种物质元素、十个感官和感官之首——心) / niṣpīḍyamānam—(在轮子下)被碾碎 / upakarṣa—请接受我(到您莲花足的庇护) / vibho—至高无上的伟大啊 / prapannam—全心投靠您的

译文　我亲爱的至尊主，至尊的大人物啊！您创造了这个由十六种元素构成的物质世界，但自己却超越它们的物质

品质。换句话说，这些物质品质完全在您的控制下，您从不被它们所征服。时间因素是您的代表。我的主，至尊者啊！谁都无法征服您。至于我，我只不过是被时间之轮碾压的人。为此，我全心投靠您。现在，请将我带到您莲花足的保护下。

要旨 物质痛苦之轮也是由至尊人格首神制造的，但祂本人却不受物质能量的控制。相反，祂是物质能量的控制者，而我们——生物，则受物质能量的控制。在我们放弃我们的原本地位(jīvera 'svarūpa' haya—kṛṣṇera 'nitya-dāsa')时，至尊主创造了这个物质能量，以及她对受制约灵魂的影响力。因此，祂是至尊主，只有祂可以将受制约的灵魂拯救出物质自然的猛攻(mām eva ye prapadyante māyām etāṁ taranti te)。外在能量——玛亚(Māyā)，一直不断地将这个物质世界里的三种苦强加在受制约的灵魂身上。所以，在前面的诗文中，帕拉德王向至尊主祈祷说："除了您圣上，没人能拯救我。"帕拉德王还解释：无论是小孩子的保护者——其父母，还是药物和医生，都无法将孩子救出生与死的攻击；同样道理，一条船或类似的保护措施，也无法拯救溺水之人，因为一切都在至尊人格首神的控制之下。正因为如此，受苦的人必须投靠奎师那。正如《博伽梵歌》第18章的第66节诗记载，奎师那本人在祂给予的最后的教导中要求说：

sarva-dharmān parityajya
mām ekaṁ śaraṇaṁ vraja
ahaṁ tvāṁ sarva-pāpebhyo
mokṣayiṣyāmi mā śucaḥ

"抛弃一切种类的宗教，只向我皈依。我将把你从所有的恶报中解救出来。不必害怕！"全体人类社会都必须善用这一提议，好让奎师那把我们从这被过去、现在和将来的时间之轮碾压的危险中拯救出去。

梵文“被碾压的(niṣpīḍyamānam)”一词十分重要。在物质环境中的每一个生物实际上都一再被碾压；要想从这种情况中得到拯救，我们必须托庇于至尊人格首神。只有这样，我们才会快乐。梵文“全心投靠您的(prapannam)”一词也十分重要，因为人除非全心全意地投靠至尊主，否则无法从被碾压的危险中被拯救出来。罪犯被政府放进监狱并受到惩罚，但同一个政府只要愿意，就可以将罪犯从监狱中放出。同样，我们必须明确地知道，我们受苦的物质处境是由至尊人格首神给我们安排的，我们若是想要从这受苦的状况中获得拯救，就必须向这位控制者恳求。这样，我们才能从这种物质处境中被拯救出去。

第23节

दृष्टा मया दिवि विभोऽखिलधिष्ण्यपाना-
मायुः श्रियो विभव इच्छति याञ्जनोऽयम् ।
येऽस्मत्पितुः कुपितहासविजृम्भितभ्रू-
विस्फूर्जितेन लुलिताः स तु ते निरस्तः ॥२३॥

dṛṣṭā mayā divi vibho ’khila-dhiṣṇya-pānām
āyuḥ śriyo vibhava icchati yāñ jano ’yam
ye ’smat pituḥ kupita-hāsa-vijṛmbhita-bhrū-
visphūrjitena lulitāḥ sa tu te nirastaḥ

dṛṣṭāḥ－实际被看到 / mayā－被我 / divi－在高等星系中 / vibho－我的至尊主啊 / akhila－全部 / dhiṣṇya-pānām－不同球星的领袖的 / āyuḥ－寿命 / śriyaḥ－财富 / vibhavaḥ－荣誉、影响 / icchati－愿望 / yān－全部……的 / janaḥ ayam－一般大众 / ye－全部的……(寿命和财富等) / asmat pituḥ－我们的父亲黑冉亚卡希普的 / kupitahāsa－怒极而笑 / vijṛmbhita－被扩张 / bhrū－眉毛的 / visphūrjitena－只是被特征 / lulitāḥ－拉下或结束 / saḥ－他(我父亲) / tu－但是 / te－被您 / nirastaḥ－彻底击败

译文 我亲爱的至尊主，人们一般都想被提升到更高的星球去，以得到很长的寿命及大量的财富和享受，但我通过我父亲的活动看到所有这一切。当我父亲愤怒并大声嘲笑半神人时，他们只看到他眉毛的挑动就立刻吓坏了。然而，我那如此强大的父亲，现在却在瞬间就被您所击败。

要旨 在这个物质世界里，人应该透过实际观察而对物质富有、长寿和影响的价值有所了悟。我们的实际经验是：就连这个星球上也有拿破仑、希特勒、苏巴施·昌铎·博塞和甘地等许多伟大的政治家和军事指挥官，但他们的生命一旦结束，他们的声望、影响和一切也就随之完结。帕拉德王以前通过观看他伟大的父亲黑冉亚卡希普的活动，也有同样的觉悟。正因为如此，帕拉德王一点都不重视这个物质世界的一切。没人能永远保有自己的物质躯体和物质所得。外士纳瓦能明白，这个物质世界里的一切，哪怕再强大有力、富有或有影响力，都不是持久的。这类事物在任何时候都有可能被击败。而谁能击败它们呢？至尊人格首神。因此，人应该明确地知道，没人比至高无上的伟大者更伟大。既然至尊的伟大者要求说，“抛弃一切种类的宗教，只向我皈依(sarva-dharmān parityajya mām ekaṁ śaraṇaṁ vraja)”，那么每一个有智慧的人就必须同意这提议。要想从这重复生老病死的巨轮中得救，我们就必须投靠至尊主。

第 24 节

तस्मादमूस्तनुभृतामहमाशिषोऽज्ञ
आयुः श्रियं विभवमैन्द्रियमाविरिञ्च्यात् ।
नेच्छामि ते विलुलितानुरुविक्रमेण
कालात्मनोपनय मां निजभृत्यपार्श्वम् ॥२४॥

tasmād amūs tanu-bhṛtām aham āśiṣo 'jña
āyuḥ śriyaṁ vibhavam aindriyam āviriñcyāt

necchāmi te vilulitān uruvikrameṇa
kālātmanopanaya māṁ nija-bhṛtya-pārśvam

tasmāt—因此 / amūḥ—所有那些(财富) / tanu-bhṛtām—与生物拥有物质躯体有关 / aham—我 / āśiṣaḥ ajñaḥ—很清楚这种祝福的结果 / āyuḥ—长寿 / śriyam—物质富有 / vibhavam—影响力和光荣 / aindriyam—都是为了感官享乐 / āviriñcyāt—从主布茹阿玛开始(下到小蚂蚁) / na—不 / icchāmi—我要 / te—被您 / vilulitān—将会被摧毁 / uru-vikrameṇa—极其强大有力的人 / kāla-ātmanā—作为时间因素的主人 / upanaya—仁慈地被……带到 / mām—我 / nija-bhṛtya-pārśvam—您忠实的仆人——您的奉献者的联谊

译文　亲爱的至尊主啊！我完全体会了从主布茹阿玛下到小蚂蚁等众生都享受的世俗财富、神秘力量、长寿和其他物质享乐。作为强大的时间，您摧毁所有这一切。我的体会使我不想要拥有它们。亲爱的至尊主，我请求您将我放在可以跟您的纯粹奉献者接触的地方，让我能作为一个真诚的仆人侍奉他。

要旨　靠学习《圣典博伽瓦谭》，每一个有智慧的人都能透过这部承载着灵性知识的伟大文献所谈到的历史事件得到经验。跟随帕拉德王步伐的人将彻底体验到，物质财富时刻会被毁灭。就连这个我们试图从中获取那么多感官满足的躯体，都随时会毁灭。然而，灵魂是永恒的。灵魂永远不死，即使躯体毁灭时也不例外(na hanyate hanyamāne śarīre)。因此，智者应该关心灵魂的快乐，而不是躯体的。哪怕灵魂得到一个像主布茹阿玛和其他伟大的半神人那样长寿的身体，那躯体也会被消灭；所以，智者应该关心不灭的灵性灵魂。

为了拯救自我，人必须托庇于纯粹的奉献者。因此，纳若塔玛·达斯·塔库尔(Narottama dāsa Ṭhākura)说：人除非侍奉纯粹的奉献者，否则无法在灵性生活中取得进步(chāḍiyā vaiṣṇava-sevā nistāra pāyeche kebā)。我们若想要拯救自己免于因为有物质躯体而导致的物质自然的攻击，就必须变得具有奎师那意识，努力了解奎师那。正如《博伽梵歌》第4章的第9节诗所说：

谁能了解我显现和活动的超然本质，谁就在离开躯体后到达我永恒的住所(janma karma ca me divyam evaṁ yo vetti tattvataḥ)。我们应该如实地了解奎师那，而只有靠侍奉纯粹的奉献者才能做到这一点。为此，帕拉德王祈求主尼尔星哈戴瓦，与其赐予他物质财富，不如将他放在能与纯粹奉献者接触的地方。这个物质世界里的每一位智者都必须向帕拉德王学习(mahājano yena gataḥ sa panthāḥ)。帕拉德王不想享受他父亲留下的遗产，而想成为至尊主仆人的仆人。他和严格追随他步伐的人，都拒绝虚幻的人类文明，这种文明使人为获得快乐而不得不一直不断地努力争取物质进步。

物质财富分不同的种类，梵文术语分别是布克提(bhukti)、穆克提(mukti)和希迪(siddhi)。“布克提”是指像半神人在高等星系中一样，处在情况十分良好的处境中，在那里享受最大限度的物质感官享乐。“穆克提”是指厌恶了物质进步，从而想要与至尊者合而为一。“希迪”是指像瑜伽师(yogī)所做的那样，从事艰难的打坐冥想，以获得八种瑜伽神通(变得比最小的还小、比最轻的还轻、比最重的还重等)。所有想要透过布克提、穆克提或希迪获取物质进步的人，在适当的时候都会受到惩罚，重新从事物质活动。帕拉德王拒绝这一切；他只想做一个学徒，接受纯粹奉献者的指导。

第25节

कुत्राशिषः श्रुतिसुखा मृगतृष्णिरूपाः
क्वेदं कलेवरमशेषरुजां विरोहः ।

निर्विद्यते न तु जनो यदपीति विद्वान्
कामानलं मधुलवैः शमयन्दुरापैः ॥२५॥

kutrāśiṣaḥ śruti-sukhā mṛgatṛṣṇi-rūpāḥ
kvedaṁ kalevaram aśeṣa-rujāṁ virohaḥ
nirvidyate na tu jano yad apīti vidvān
kāmānalaṁ madhu-lavaiḥ śamayan durāpaiḥ

kutra—……的地方 / āśiṣaḥ—祝福 / śruti-sukhāḥ—听起来令人愉快 / mṛgatṛṣṇi-rūpāḥ—恰似沙漠中的海市蜃楼 / kva—……的地方 / idam—这个 / kalevaram—躯体 / aśeṣa—无数的 / rujām—疾病的 / virohaḥ—生产之地 / nirvidyate—变得饱足 / na—不 / tu—但是 / janaḥ—大众 / yat api—尽管 / iti—就此 / vidvān—所谓博学的哲学家、科学家和政治家 / kāma-analam—贪图物质享乐欲望的熊熊烈火 / madhu-lavaiḥ—以几滴蜂蜜(快乐) / śamayan—控制 / durāpaiḥ—很难得到

译文　在这个物质世界里，所有的生物都向往得到某种快乐，而那种快乐就如同海市蜃楼。沙漠里哪里有水，或换句话说，这个物质世界里哪里有快乐？至于说这个躯体，它有什么价值？它只不过是各种疾病的来源而已。所谓的哲学家、科学家和政治家虽然很清楚这一点，但却还是渴望短暂的快乐。快乐很难得到，但他们因为无法控制自己的感官，便追求物质世界的所谓快乐，结果永远得不出正确的结论。

要旨　孟加拉文中有一首歌说明：“我为了获得快乐而盖了这所房子，但不幸的是，房子起火，一切都被烧成了灰烬。”这就是物质快乐的虚幻本质。尽管大家都知道这一点，但还是想要听或想象某些很令人愉快的事情。不幸的是，在适当的时候，人所制定的一切计划都会被彻底击败。世上有许多政治家计划建立帝国、霸权，试图控制整个世界，但在适当的时候，他们所有的

计划和帝国，甚至政治家自己，都被彻底击败。我们应该向帕拉德王学习，了解用身体获取感官享乐这种短暂的所谓快乐毫无意义。我们大家都一再地制定计划，尽管所有这些计划再三地被挫败。因此，人应该停止制定这类计划。

正如人无法靠一直不断地往熊熊烈火上泼酥油而将烈火扑灭，人也无法靠为感官享乐而不断制定计划使自我得到满足。熊熊烈火是指物质存在的森林大火(bhava-mahā-dāvāgni)。这森林大火在没有外力的作用下自动燃起。我们想要快乐地生活在物质世界里，但那永远不可能；唯一的结果是欲望之火越烧越烈。我们的欲望无法靠不实际的想法和计划得到满足；相反，我们必须听从主奎师那的指示，即放弃一切其他责任，只向我皈依(sarva-dharmān parityajya mām ekaṁ śaraṇaṁ vraja)。那样我们就会快乐。否则，我们将在快乐的名义下继续承受痛苦的折磨。

第 26 节

क्वाहं रजःप्रभव ईश तमोऽधिकेऽस्मिन्
जातः सुरेतरकुले क्व तवानुकम्पा ।
न ब्रह्मणो न तु भवस्य न वै रमाया
यन्मेऽर्पितः शिरसि पद्मकरः प्रसादः ॥२६॥

kvāhaṁ rajaḥ-prabhava īśa tamo 'dhike 'smin
jātaḥ suretara-kule kva tavānukampā
na brahmaṇo na tu bhavasya na vai ramāyā
yan me 'rpitaḥ śirasi padma-karaḥ prasādaḥ

kva一……的地方 / aham一我(是) / rajaḥ-prabhavaḥ一出生在一个充满了激情属性的躯体中 / īśa一我的至尊主啊 / tamaḥ一愚昧属性 / adhike一胜过 / asmin一在这个中 / jātaḥ一出生 / sura-itara-kule一在(反对奉献者的)无神论者或恶魔的家庭中 / kva一……的地方 /

tava—您的 / anukampā—没有缘故的仁慈 / na—不 / brahmaṇaḥ—主布茹阿玛的 / na—不 / tu—但是 / bhavasya—主希瓦的 / na—也不 / vai—甚至 / ramāyāḥ—幸运女神的 / yat—……的 / me—我的 / arpitaḥ—给予 / śirasi—在头上 / padma-karaḥ—莲花手 / prasādaḥ—仁慈的征象

译文　啊，我的主，至尊者！我出生在一个充满了可憎的物质激情和愚昧属性的家庭中，所以有何地位可言？更不要说得到您那甚至从未给过主布茹阿玛、主希瓦或幸运女神的没有缘故的仁慈了？您从未将您的莲花手放到他们头上，但却将它放在了我头上。

要旨　帕拉德王很惊讶至尊主所给予他的没有缘故的仁慈，因为尽管他出生在恶魔的家庭中，但主尼尔星哈戴瓦却把祂那从未放在过布茹阿玛、希瓦或祂的永恒伴侣幸运女神头上的手，放在了他头上。这就是没有缘故的仁慈的意思。至尊人格首神有可能把祂没有缘故的仁慈赐予任何人，无论那人在物质世界里的地位如何。众生无论其物质地位如何，都有资格崇拜至尊主。对此，《博伽梵歌》第14章的第26节诗证实说：

mām̐ ca yo 'vyabhicāreṇa
　bhakti yogena sevate
sa guṇān samatītyaitān
　brahma-bhūyāya kalpate

“在任何情况下都全心全意地做奉爱服务，就能立刻超越物质自然属性，达到梵的层面。”致力于一直不断地做奉爱服务的人，处在灵性世界中，与物质属性毫无关系(sattva-guṇa, rajo-guṇa, tamo-guṇa)。

帕拉德王处在灵性的层面上，因此与他那出生在激情和愚昧属性中的躯体毫无关系。《圣典博伽瓦谭》第1篇第2章的第19节诗中描述，贪图物质享乐的欲望和渴望是激情和愚昧属性的表征(tadā rajas tamo-bhāvāḥ kāma-lobhādayaś ca ye)。作为伟大的奉献者，帕拉德王虽然身体由他父亲给予，出生在激情和愚昧属性中，但因为全心全意地为至尊主做奉爱服务，所以那身体就并不属于物质世界了。纯粹外士纳瓦(Vaiṣṇava)的身体甚至在这一生中就被灵性化。这就好比铁被放进火中变得又红又烫后，便不再是铁而是火了。同样，全心全意地为至尊主做奉爱服务的奉献者的所谓物质躯体，因为一直处在灵性生活之火中，所以不再与物质有关，而是被灵性化了。

圣玛德瓦查尔亚(Madhvācārya)评论说，幸运女神——宇宙的母亲，无法得到帕拉德得到的那种仁慈，因为尽管幸运女神永远是至尊主的伴侣，但至尊主更喜欢祂的奉献者。换句话说，奉爱服务是如此非凡，哪怕是那些出身在低等家庭中的人献上的，至尊主都视它为比幸运女神所做的服务更珍贵。主布茹阿玛、天帝因铎和住在高等星球中的其他半神人，意识层面各不相同，所以有时受到恶魔的骚扰，但奉献者即使处在低等星球内，都会在任何情况下享受具有奎师那意识的生活。他在做事情、接受他人的教导或从事他的尘世活动时，都在享受生活的方方面面。就有关这一点，玛德瓦查尔亚引述《布茹阿玛·塔尔卡》(Brahma-tarka)中记载的几节诗文加以说明：

śrī-brahma-brāhmīvīndrādi-
tri-katat strī-puru-ṣṭutāḥ
tad anye ca kramādeva
sadā muktau smṛtāv api

hari-bhaktau ca taj-jñāne
sukhe ca niyamena tu
parataḥ svataḥ karmato vā
na kathañcit tad anyathā

第 27 节

नैषा परावरमतिर्भवतो ननु स्या-
　ज्जन्तोर्यथात्मसुहृदो जगतस्तथापि ।
संसेवया सुरतरोरिव ते प्रसादः
　सेवानुरूपमुदयो न परावरत्वम् ॥२७॥

naiṣā parāvara-matir bhavato nanu syāj
　jantor yathātma-suhṛdo jagatas tathāpi
saṁsevayā surataror iva te prasādaḥ
　sevānurūpam udayo na parāvaratvam

na－不 / eṣā－这个 / para-avara－高等或低等的 / matiḥ－这样的区分 / bhavataḥ－您圣上的 / nanu－事实上 / syāt－能有 / jantoḥ－普通生物的 / yathā－就像 / ātma-suhṛdaḥ－是朋友的人的 / jagataḥ－整个物质世界的 / tathāpi－但仍然(有亲密关系或分别心) / saṁsevayā－按照奉献者所做的服务的程度 / surataroḥ iva－就像(按照奉献者的愿望提供果实的)外琨塔星球中的如愿树 / te－您的 / prasādaḥ－祝福 / sevā-anurūpam－按照一个人为至尊主所做的服务种类 / udayaḥ－展示 / na－不 / para-avaratvam－对高等或低等水平的区分

译文　我的至尊主，与普通生物不同，您不作敌友或利弊之分，因为对您来说，根本不存在高或低的概念。尽管如此，您还是像如愿树按个人的愿望给予果实，不做高低之分一样，根据一个人服务的水平赐予您的祝福。

要旨　《博伽梵歌》第4章的第11节诗记载，至尊主明确地说："我根据每个人对我皈依的情况回报他们(ye yathā māṁ prapadyante tāṁs tathaiva bhajāmy aham)。"正如圣柴坦亚·玛哈帕布所说：所有的生物都是奎师那永恒的仆人(jīvera 'svarūpa' haya—kṛṣṇera 'nitya-dāsa')。生物所做的服务，使他自然而然得到奎师那所给予的赐福。奎师那不会怀着分别心思量："这个人跟我有亲密的关系，那个人我不喜欢。”奎师那忠告所有的人都要投靠祂(sarva-dharmān parityajya mām ekaṁ śaraṇaṁ vraja)。人与至尊主的关系与他对至尊主的皈依程度和为至尊主所做的服务成正比。因此，整个世界中生物所具有的高等或低等地位，都是生物自己选择的。想要向至尊主提出要求的人，将按自己的意愿得到祝福。想要升上高等星系、天堂星球的人，就会被提升到想去的地方；想要留在地球上当猪的人，至尊主也会满足那愿望。所以，生物的地位取决于他的愿望；至尊主不对我们的高等或低等存在状态负责。《博伽梵歌》第9章的第25节诗记载，至尊主本人对这一点作出更进一步的明确解释说：

yānti deva-vratā devān
pitṝn yānti pitṛ-vratāḥ
bhūtāni yānti bhūtejyā
yānti mad-yājino 'pi mām

“崇拜半神人的人，将在半神人中投生；崇拜祖先的人，到祖先那里去；崇拜鬼魂和精灵的人，在那些生物体中投生；崇拜我的人，将与我生活在一起。”有些人想要被提升到天堂星球去，有些人想要被升上祖先星球(Pitṛloka)，有些人想要留在地球上。但如果有人致力于回归家园，回到首神身边，那他也可以被提升到灵性世界去。至尊主按照具体奉献者的具体要求，仁慈地赐予结果。至尊主不会分辩说：“这个人对我友好，那个人对我不友好。”相反，祂满足每一个人的愿望。正因为如此，经典(śāstra)命令说：

akāmaḥ sarva-kāmo vā
mokṣa-kāma udāra-dhīḥ
tīvreṇa bhakti-yogena
yajeta puruṣaṁ param

“一个人无论是无欲(奉献者的状况)，是想要得到功利性活动的结果，还是追求解脱，都该尽全力崇拜至尊人格首神，以达到具有奎师那意识的最高完美境界。”（《圣典博伽瓦谭》2.3.10）无论一个人是奉献者、功利性活动者(karmī)还是知识思辨者(jñānī)，只要全心全意地为至尊主服务，就能得到自己想要得到的一切。

第28节

एवं जनं निपतितं प्रभवाहिकूपे
　कामाभिकाममनु यः प्रपतन् प्रसङ्गात् ।
कृत्वात्मसात्सुरर्षिणा भगवन् गृहीतः
　सोऽहं कथं नु विसृजे तव भृत्यसेवाम् ॥२८॥

evaṁ janaṁ nipatitaṁ prabhavāhi-kūpe
　kāmābhikāmam anu yaḥ prapatan prasaṅgāt
kṛtvātmasāt surarṣiṇā bhagavan gṛhītaḥ
　so 'haṁ kathaṁ nu visṛje tava bhṛtya-sevām

evam一因此 / janam一人民大众 / nipatitam一堕落 / prabhava一物质存在的 / ahi-kūpe一在充满毒蛇的黑井中 / kāma-abhikāmam一想得到感官对象 / anu一跟随 / yaḥ一……的人 / prapatan一坠落(在这种情况中) / prasaṅgāt一由于不良联谊或与物质欲望接触的增多 / kṛtvā ātmasāt一使我(获得圣纳茹阿达本人所具有的那种灵性品质) / sura-ṛṣiṇā一由伟大圣洁的人(纳茹阿达) / bhagavan一我的至尊主啊 / gṛhītaḥ一接受 / saḥ一那个人 / aham一我 / katham一如何 / nu一事实上 / visṛje一可以放弃 / tava一您的 / bhṛtya-sevām一您纯粹的奉献者的服务

译文　亲爱的至尊主，至尊人格首神啊！我因为与物质欲望逐一地接触而随波逐流，逐渐坠入充满毒蛇的黑井中。但您的仆人纳茹阿达·牟尼仁慈地接受我为他的门徒，教导我如何达到这超然的境界。因此，我的首要职责是为他服务。我怎能不为他做服务？

要旨 正如我们在下面诗文中将看到的，至尊人格首神虽然准备直接赐予帕拉德王他所想得到的祝福，但帕拉德王拒绝至尊主的这种给予。相反，他请求至尊主允许他侍奉祂的仆人纳茹阿达·牟尼(Nārada Muni)。这是纯粹奉献者的表现。人应该首先侍奉灵性导师，而不该想跨越灵性导师去直接侍奉至尊主。这不是外士纳瓦的原则。纳若塔玛·达斯·塔库尔(Narottama dāsa Ṭhākura)说：

tāṅdera caraṇa sevi bhakta-sane vāsa
janame janame haya, ei abhilāṣa

人不该急于直接为至尊主做服务。圣柴坦亚·玛哈帕布忠告说，人应该成为至尊主仆人的仆人的仆人(gopī-bhartuḥ pada-kamala-yor dāsa-dāsānudāsaḥ)。这是接近至尊主的程序。人应该首先为灵性导师服务，以便能够依靠他的仁慈接近至尊人格首神，为祂做服务。在教导茹帕·哥斯瓦米(Rūpa Gosvāmī)的时候，圣柴坦亚·玛哈帕布说：凭借灵性导师的仁慈，人可以得到奉爱服务的种子，从而得到奎师那的仁慈(guru-kṛṣṇa-prasāde pāya bhakti-latā-bīja)。这是成功的奥秘。人首先努力取悦灵性导师，然后尝试取悦至尊人格首神。维施瓦纳特·查夸瓦尔提·塔库尔(Viśvanātha Cakravartī Ṭhākura)也说：凭借灵性导师的仁慈，我们得到奎师那的祝福(yasya prasādād bhagavat-prasādo)。我们不该靠自己编的方法去试图取悦至尊人格首神。人必须先准备侍奉灵性导师，等具备了资格后，就会自然而然地被提升到直接为至尊主做奉爱服务的层面。正因为如此，帕拉德王提出要为纳茹阿达·牟尼做服务。他从没有提出要直接侍奉至尊主。这才是正确的结论。因此他说：“我的灵性导师给予我的帮助，使我现在能够面对面地看到您，因此我怎能停止为我的灵性导师做服务？”帕拉德王向至尊主祈祷，请至尊主允许他继续侍奉他的灵性导师纳茹阿达·牟尼。

第 29 节

मत्प्राणरक्षणमनन्त पितुर्वधश्च
मन्ये स्वभृत्यऋषिवाक्यमृतं विधातुम् ।
खड्गं प्रगृह्य यदवोचदसद्विधित्सु-
स्त्वामीश्वरो मदपरोऽवतु कं हरामि ॥२९॥

mat-prāṇa-rakṣaṇam ananta pitur vadhaś ca
manye sva-bhṛtya-ṛṣi-vākyam ṛtaṁ vidhātum
khaḍgaṁ pragṛhya yad avocad asad-vidhitsus
tvām īśvaro mad-aparo 'vatu kaṁ harāmi

mat-prāṇa-rakṣaṇam—救我的性命 / ananta—啊，无限者、无数超然品质的宝库 / pituḥ—我父亲的 / vadhaḥ ca—以及杀死 / manye—我考虑 / sva-bhṛtya—您纯洁无瑕的仆人 / ṛṣi-vākyam—和伟大、圣洁的纳茹阿达的话语 / ṛtam—真实的 / vidhātum—证明 / khaḍgam—宝刀 / pragṛhya—拿在手中 / yat—自从 / avocat—我父亲说 / asat-vidhitsuḥ—想要作恶 / tvām—您 / īśvaraḥ—任何一个至尊控制者 / mat-aparaḥ—除了我 / avatu—让他拯救 / kam—你的头 / harāmi—我现在要分开

译文　我的至尊主，具有无限的超然品质的宝库啊！您杀死了我的父亲黑冉亚卡希普，将我从他的宝刀下救出。他曾十分愤怒地说，“如果有任何一个比我更高级的控制者，让他来拯救你。我现在就要让你身首分家。”所以我认为，您拯救我和杀死他，是为证实您奉献者话语的真实性，除此之外没其他原因。

要旨　《博伽梵歌》第9章的第29节诗记载，至尊主说：

samo 'haṁ sarva-bhūteṣu
na me dveṣyo 'sti na priyaḥ
ye bhajanti tu māṁ bhaktyā
mayi te teṣu cāpy aham

“我不忌妒谁，也不偏袒谁。我平等对待众生。但是，为我做奉爱服务的人是我的朋友，在我之中，而我也是他的朋友。”毫无疑问，至尊人格首神平等对待众生。祂不分敌友，但只要有人想从至尊主那里得到祝福，至尊主就会很高兴地把祝福赐给他们。不同的生物之所以地位高低不同，是他们的愿望使然，平等对待众生的至尊主只是在满足每一个生物的愿望。杀死黑冉亚卡希普和拯救帕拉德王，也是在严格遵循至尊控制者活动的这一原则。帕拉德的母亲——黑冉亚卡希普的妻子卡雅杜(Kayādhu)在接受纳茹阿达的保护时，曾祈祷她的儿子能受到保护，免遭敌人的攻击。纳茹阿达·牟尼保证帕拉德永远都是安全的，不会遭到敌人的伤害。正因为如此，当黑冉亚卡希普准备杀帕拉德王时，至尊主救了帕拉德，证实纳茹阿达话语的真实性，实现了祂在《博伽梵歌》中所作出的承诺，即琨缇的儿子啊！你勇敢地宣布，我的奉献者永不毁灭(kaunteya pratijānīhi na me bhaktaḥ praṇaśyati)。至尊主做一件事能同时实现许多目的。因此，杀黑冉亚卡希普和拯救帕拉德同时进行，既证明至尊主的奉献者所说的话是千真万确的，也证明至尊主本人实现了祂的诺言。至尊主仅仅是为了满足祂奉献者的愿望而行事，否则根本不需要做什么。正如韦达文献中所证实的，至尊主本人没有什么需要做的事(na tasya kāryaṁ karaṇaṁ ca vidyate)，因为一切都透过祂不同的能量做好了(parāsya śaktir vividhaiva śrūyate)。至尊主有多种能量，透过那些能量，一切都做妥了。因此，当祂亲自做事时，目的只是为了满足祂的奉献者。至尊主十分宠爱祂那些忠心耿耿的奉献者，所以被称为巴克塔·瓦特萨拉(bhakta-vatsala)。

第30节

एकस्त्वमेव जगदेतममुष्य यत्त्व-
माद्यन्तयोः पृथगवस्यसि मध्यतश्च ।

सृष्ट्वा गुणव्यतिकरं निजमाययेदं
नानेव तैरवसितस्तदनुप्रविष्टः ॥३०॥

ekas tvam eva jagad etam amuṣya yat tvam
ādy-antayoḥ pṛthag avasyasi madhyataś ca
sṛṣṭvā guṇa-vyatikaraṁ nija-māyayedaṁ
nāneva tair avasitas tad anupraviṣṭaḥ

ekaḥ—一个 / tvam—您 / eva—只有 / jagat—宇宙展示 / etam—这个 / amuṣya—那个(整个宇宙)的 / yat—自从 / tvam—您 / ādi—在开始时 / antayoḥ—结束时 / pṛthak—分别地 / avasyasi—(作为原因)存在 / madhyataḥ ca—也在中间(开始和结束之间的时间) / sṛṣṭvā—创造 / guṇa-vyatikaram—物质自然三种属性的转化 / nija-māyayā—被您自己的外在能量 / idam—这个 / nānā iva—像许多种类 / taiḥ—被它们(属性) / avasitaḥ—体验 / tat—那 / anupraviṣṭaḥ—进入

译文 我亲爱的至尊主，您独自将自己展示为整个宇宙，因为您存在于创造之前，毁灭之后，而且是开始和结束之间的维系者。所有这一切都由您的外在能量通过物质自然三种属性的作用与反作用完成。因此，存在的一切，无论是外在的还是内在的，都不过是您独自一人而已。

要旨 《布茹阿玛·萨密塔》(Brahma-saṁhitā)第5章的第35节诗说：

eko 'py asau racayituṁ jagad-aṇḍa-koṭiṁ
yac-chaktir asti jagad-aṇḍa-cayā yad-antaḥ
aṇḍāntara-stha-paramāṇu-cayāntara-sthaṁ
govindam ādi-puruṣaṁ tam ahaṁ bhajāmi

“我崇拜至尊人格首神哥文达。祂透过祂的完整扩展之一，进入每一个宇宙存在，每一个原子微粒，最终在整个创造中展示祂无限的能量。”为创造这个宇宙展示，至尊人格首神哥文达(Govinda)扩展祂的外在能量，进而进入宇宙中的一切，包括原子微粒。祂就这样存在于整个宇宙展示中。因此，至尊人格首神为维护祂的奉献者所从事的活动都是超然的，而不是物质性的。祂虽然作为原因和结果存在于万事万物中，但却又与一切分开，存在于这个宇宙展示之外。对此，《博伽梵歌》第9章的第4节诗也证实说：

mayā tatam idaṁ sarvaṁ
jagad avyakta-mūrtinā
mat-sthāni sarva-bhūtāni
na cāhaṁ teṣv avasthitaḥ

“我以不展示的形象遍布整个宇宙。众生都在我之中，我却不在他们中。”整个宇宙展示只不过是至尊主能量的扩展；尽管一切都栖息在祂体内，但祂却身处创造、维系和毁灭之外。创造的多样化都是由祂的外在能量制造出的。由于能量和拥有能量者是一体，所以一切都是一体(sarvaṁ khalv idaṁ brahma)。因此，没有奎师那——至尊梵(Parabrahman)，一切都不可能存在。物质世界与灵性世界的区别是：至尊主的外在能量在物质世界中展示，而祂的灵性能量存在于灵性世界中。然而，两种能量都属于至尊主，所以从更高的意义上说，并没有物质能量的展示，因为一切都是灵性能量。至尊主无所不在的能量在不被真正认识时被说成是物质的，否则一切都是灵性的。正因为如此，帕拉德祈祷说：“您就是一切(ekas tvam eva jagad etam)。”

第 31 节

त्वं वा इदं सदसदीश भवांस्ततोऽन्यो
माया यदात्मपरबुद्धिरियं ह्यपार्था ।
यद्यस्य जन्म निधनं स्थितिरीक्षणं च
तद्वैतदेव वसुकालवदष्टितर्वोः ॥३१॥

tvaṁ vā idaṁ sadasad īśa bhavāṁs tato 'nyo
māyā yad ātma-para-buddhir iyaṁ hy apārthā

yad yasya janma nidhanaṁ sthitir īkṣaṇaṁ ca
tad vaitad eva vasukālavad aṣṭi-tarvoḥ

tvam—您 / vā—或者 / idam—整个宇宙 / sat-asat—由原因和结果构成的(您是原因，您的能量是结果) / īśa—啊，我的至尊主，至尊控制者 / bhavān—您本人 / tataḥ—从宇宙 / anyaḥ—分别处之(创造由至尊主进行，但祂保持与创造分开的状态) / māyā—看似是分开存在的能量 / yat—……的 / ātma-para-buddhiḥ—对“我的”和“他人的”的概念 / iyam—这 / hi—事实上 / apārthā—没有意义(一切都是您圣上，因此要了解“我的”和“你的”这两个概念是没有希望) / yat—从……的实质 / yasya—……的 / janma—创造 / nidhanam—毁灭 / sthitiḥ—维系 / īkṣaṇam—展示 / ca—和 / tat—那 / vā—或者 / etat—这 / eva—无疑地 / vasukāla-vat—就像作为土的特质，以及在那之上土的精微元素(味道) / aṣṭi-tarvoḥ—种子(原因)和树木(原因的结果)

译文　我亲爱的至尊主，至尊人格首神啊！整个宇宙创造由您引起，整个宇宙展示是您能量的一个作用结果。尽管整个宇宙只不过是您独自一人而已，但您却使自己远离它。毫无疑问，“我的和你的”这种概念是一种错觉，因为一切都来自于您，所以与您并无不同。事实上，宇宙展示与您没有区别，而毁灭也是由您引起。您圣上和宇宙之间的这种关系，可以用种子与大树或精微原因及粗糙展示为例加以说明。

要旨　《博伽梵歌》第7章的第10节诗记载，至尊主说：

bījaṁ māṁ sarva-bhūtānāṁ
viddhi pārtha sanātanam

“帕尔塔的儿子啊！要知道，我是一切展示最初的种子。”韦达文献中说：万事万物由至尊主控制和拥有(īśāvāsyam idaṁ sarvam)；一切来自梵(yato vā imāni bhūtāni jāyante)；一切都是梵(sarvaṁ khalv idaṁ brahma)。所有这些韦达资讯表明，世上只有一位神，除祂之外没有别的。假象宗(Māyāvādī)哲学人士以他们自己的方式解释这一点，但至尊人格首神说明真相道：祂既是一切，但却又与一切分开存在。这是圣柴坦亚·玛哈帕布的“既是一体又有区别(acintya-bhedābheda-tattva)”的哲学。一切都是一个整体——至尊主，但一切又都与祂分开存在。这就是对“既是一体又有区别”的理解。

就有关这一点，诗中举了一个非常容易理解的例子，即种子与大树，或精微的原因及粗糙的展示(vasukālavad asti-tarvoḥ)。一切都存在于时间的长河中，但时间分现在、过去和将来这些不同的时段；现在、过去和将来都属于时间这一整体。我们每天都能体验到早晨、中午和傍晚的时间因素，尽管早晨的时间不同于中午，也不同于傍晚，但它们加在一起是总的一天。时间因素是至尊人格首神的能量，但至尊主与时间因素是分开的。一切都在一定的时间内被创造、维系和毁灭，但至尊主——人格首神，既没有开始存在的时候，也没有结束存在的时候。祂永恒存在(nityaḥ śāśvataḥ)。一切都经历现在、过去和将来等时间的不同阶段，但至尊主永远不变。因此毫无疑问，至尊主和宇宙展示之间虽然有区别，但其实又没有区别。以为他们彼此不同，是愚昧的表现(avidyā)。

然而，真正的一体与假象宗 (Māyāvādī) 人士的概念不同。真正的理解是：区别由至尊人格首神的能量所展示。种子展示为一棵有树干、树枝、叶子、鲜花和水果等多样化呈现的树木。因此，圣巴克提维诺德·塔库尔(Bhaktivinoda Ṭhākura)歌唱道：“我亲爱的至尊主，您的创造充满了多样化(keśava tuyā jagata vicitra)。”这多样化既是一体，同时又有区别。这就是“既是一体又有区别”的哲学。就有关这一点，《布茹阿玛·萨密塔》中这样总结说：

īśvaraḥ paramaḥ kṛṣṇaḥ
sac-cid-ānanda-vigrahaḥ
anādir ādir govindaḥ
sarva-kāraṇa-kāraṇam

“又称为哥文达的奎师那是至尊控制者。祂有一个永恒、极乐的灵性身体。祂是一切的起源。祂没有任何源头，因为祂是一切原因的起因。”由于至尊主是至高无上的起因，一切都与祂是一体，但当我们考虑多样化时，我们发现一件事物与另一件事物是不同的。

为此，我们也许得出结论说，一件事物与另一件事物彼此没有不同，但在多样化中是有区别的。就有关这一点，玛德瓦查尔亚举了个有关一棵树和火中的一棵树的例子。两棵树是一样的，但时间因素使它们看上去不同。时间因素受至尊主的控制，所以至尊主不同于时间。正因为如此，进步的奉献者不对苦乐作区分。正如《圣典博伽瓦谭》第10篇第14章的第8节诗说明：

tat te 'nukampāṁ susamīkṣamāṇo
bhuñjāna evātma-kṛtaṁ vipākam

奉献者在所谓的痛苦处境中时，认为那是至尊人格首神给予的礼物或祝福。当奉献者总是这样具有奎师那意识时，他被描述为是回归家园、回到首神身边的完美的候选人(mukti-pade sa dāya-bhāk)。梵文dāya-bhāk的意思是“继承权”。儿子继承父亲的财产。同样，完全处在奎师那意识的层面上，不受相对性打扰的奉献者，就像人有权继承自己父亲的财产一样，必将回归家园，回到首神身边。

第 32 节

न्यस्येदमात्मनि जगद्विलयाम्बुमध्ये
शेषेत्मना निजसुखानुभवो निरीहः ।

योगेन मीलितदृगात्मनिपीतनिद्र-
स्तुर्ये स्थितो न तु तमो न गुणांश्च युङ्क्षे ॥३२॥

nyasyedam ātmani jagad vilayāmbu-madhye
śeṣetmanā nija-sukhānubhavo nirīhaḥ
yogena mīlita-dṛg-ātma-nipīta-nidras
turye sthito na tu tamo na guṇāṁś ca yuṅkṣe

nyasya—抛掷 / idam—这个 / ātmani—在您自我中 / jagat—您创造的宇宙展示 / vilaya-ambu-madhye—(在其中一切以储备能量保存着的状态存在着的)原因之洋中 / śeṣe—您看似睡着了 / ātmanā—靠您自己 / nija—您个人的 / sukha-anubhavaḥ—感受灵性极乐的状态 / nirīhaḥ—看似什么都不做 / yogena—靠神秘力量 / mīlita-dṛk—眼睛看似闭上了 / ātma—由您自己的一个展示 / nipīta—妨碍 / nidraḥ—睡眠……的 / turye—在超然的状态中 / sthitaḥ—保持(您自己) / na—不 / tu—但是 / tamaḥ—物质的睡眠状态 / na—也不 / guṇān—物质属性 / ca—和 / yuṅkṣe—不使自己陷入

译文 啊，我的至尊主，至尊人格首神！毁灭后，创造能量被保存于看似半闭双眼在睡觉的您体内。但事实上，您并没像普通人那样在睡觉，因为您始终处在超然的状态中，超越物质世界的创造，一直感受着超然的喜乐。您作为卡冉诺达卡沙依·维施努，就这样保持您超然的状态，不接触物质对象。尽管您看似在睡觉，但那睡眠不同于处在愚昧状态中的睡眠。

要旨 正如《布茹阿玛·萨密塔》第5章第47节诗明确解释的：

yaḥ kāraṇārṇava-jale bhajati sma yoga-
nidrām ananta-jagad-aṇḍa-sa-roma-kūpaḥ

ādhāra-śaktim avalambya parāṁ sva-mūrtiṁ
govindam ādi-puruṣaṁ tam ahaṁ bhajāmi

“我崇拜最原初的主哥文达，祂扩展出的完整扩展玛哈·维施努躺在原因之洋中，所有的宇宙从祂超然身体的毛孔中产出。祂永恒地处在神秘瑜伽的睡眠状态中。”存在中的最初的至尊人格首神哥文达——奎师那(ādi-puruṣa)，扩展出玛哈·维施努。在这个宇宙展示毁灭后，祂使自己保持在超然的极乐状态中。梵文“瑜伽睡眠状态(yoga-nidrām)”是用来形容至尊人格首神的。我们要明白，这种睡眠(nidrā)不同于我们在愚昧属性影响下的睡眠。至尊主总是处在超然的存在中。祂是永恒地极乐(sac-cid-ānanda)，所以不像普通人类一样受睡眠的打扰。应该了解，至尊人格首神在所有的阶段都处在超然极乐的状态中。圣玛德瓦查尔亚简明地说：至尊主永远处在超然的存在状态中(turya-sthitaḥ)。超然存在中没有清醒、睡眠和沉睡这些状态(jāgaraṇa-nidrā-suṣupti)。

瑜伽练习类似于玛哈·维施努的瑜伽睡眠(Mahā-Viṣṇu)。瑜伽师受到忠告要保持他们的眼睛半闭，但这种状态根本不是睡眠。尽管那些假瑜伽师，尤其是现代的假瑜伽师，以睡觉的方式表明他们在练所谓的瑜伽，但那不是瑜伽。经典中将瑜伽描述为是全神贯注冥想的状态(dhyānāvasthita)，冥想的对象是至尊人格首神。经典中说，应该让心始终萦系在至尊主的莲花足上(dhyānāvasthita-tadgatena manasā)。瑜伽练习不是睡觉，内心应该始终活跃地专注在至尊主的莲花足上。这样练瑜伽才会获得成功。

第 33 节

तस्यैव ते वपुरिदं निजकालशक्त्या
सञ्चोदितप्रकृतिधर्मण आत्मगूढम् ।
अम्भस्यनन्तशयनाद्विरमत्समाधे-
र्नाभेरभूत्स्वकणिकावटवन्महाब्जम् ॥३३॥

tasyaiva te vapur idaṁ nija-kāla-śaktyā
sañcodita-prakṛti-dharmaṇa ātma-gūḍham
ambhasy ananta-śayanād viramat-samādher
nābher abhūt sva-kaṇikā-vaṭavan-mahābjam

tasya一至尊人格首神的 / eva一无疑地 / te一您的 / vapuḥ一宇宙躯体 / idam一这个(宇宙) / nija-kāla-śaktyā一被强有力的时间因素 / sañcodita一刺激 / prakṛti-dharmaṇaḥ一物质自然三种属性被……的祂的 / ātma-gūḍham一静止地存在于您体内 / ambhasi一在被称为原因之洋的水中 / ananta-śayanāt一从被称为阿南塔(您本人的另一个特征)的床 / viramat-samādheḥ一从瑜伽全神贯注的状态(萨玛迪)中醒来 / nābheḥ一从肚脐 / abhūt一出现了 / sva-kaṇikā一从种子 / vaṭavat一如巨大的榕树 / mahā-abjam一世界的巨莲(同样地生长)

译文 这个宇宙展示——物质世界，也是您的身体。这个物质总体被您那称为时间能量(卡拉·沙克缇)的强大能量刺激后，展示出物质自然三种属性。您从阿南塔蛇床上醒来，从您的肚脐生出一粒超然的小种子。恰似一粒小种子长成一棵榕树，从这粒种子展示出巨大的宇宙莲花。

要旨 玛哈·维施努有三个不同的形象，分别称为：卡冉诺达卡沙依·维施努(Kāraṇodakaśāyī Viṣṇu)、嘎尔博达卡沙依·维施努(Garbhodakaśāyī Viṣṇu)和祺柔达卡沙依·维施努(Kṣīrodakaśāyī Viṣ-ṇu)。对祂们这些创造和维系的源头所进行的逐一描述是：从玛哈·维施努产出嘎尔博达卡沙依·维施努，从嘎尔博达卡沙依·维施努扩展出祺柔达卡沙依·维施努。因此，玛哈·维施努是嘎尔博达卡沙依·维施努的来源，从嘎尔博达卡沙依·维施努的肚脐长出一朵莲花，而主布茹阿玛就从那朵莲花上展现出来。由此看，一切的最初原因是维施努，所以宇宙展示与维施努没有区别。对此，《博伽梵歌》第10章的第8节诗记载，主奎师那说：

“我是灵性世界和物质世界的源头，一切都来自我(ahaṁ sarvasya prabhavo mattaḥ sarvaṁ pra-vartate)。”嘎尔博达卡沙依·维施努是卡冉诺达卡沙依·维施努的一个扩展，而卡冉诺达卡沙依·维施努是桑卡尔珊(Saṅkarṣaṇa)的扩展。就这样，奎师那是一切原因的最初起因(sarva-kāraṇa-kāra-ṇam)。结论是：物质世界和灵性世界都被视为是至尊主的身体。我们能了解，物质躯体由灵性身体引发出来，所以是灵性身体的扩展。因此当人从事灵性活动时，其整个物质躯体就被灵性化了。同样，在这个物质世界里，当奎师那意识运动扩展开来时，整个物质世界就会被灵性化。只要我们认识不到这一点，我们就生活在物质世界中，但当我们完全具有奎师那意识时，我们就不是生活在物质世界里，而是生活在灵性世界中。

第 34 节

तत्सम्भवः कविरतोऽन्यदपश्यमान-
　स्त्वां बीजमात्मनि ततं स बहिर्विचिन्त्य ।
नाविन्ददब्दशतमप्सु निमज्जमानो
　जातेऽङ्कुरे कथमुहोपलभेत बीजम् ॥३४॥

tat-sambhavaḥ kavir ato 'nyad apaśyamānas
　tvāṁ bījam ātmani tataṁ sa bahir vicintya
nāvindad abda-śatam apsu nimajjamāno
　jāte 'ṅkure katham uhopalabheta bījam

tat-sambhavaḥ—从那朵莲花诞生的人 / kaviḥ—能了解创造的精微原因的他(主布茹阿玛) / ataḥ—从那(莲花) / anyat—别的东西 / apaśyamānaḥ—没能力看 / tvām—您圣上 / bījam—莲花的原因 / ātma-ni—在他自己之中 / tatam—扩展 / saḥ—他(主布茹阿玛) / bahiḥ vi-cintya—考虑是外在的 / na—不 / avindat—了解(您) / abda-śatam—按

照半神人的时间是一百年[*] / apsu－在水中 / nimajjamānaḥ－潜入 / jāte aṅkure－当种子发芽并长成一根匍匐植物 / katham－如何 / uha－我的至尊主啊 / upalabheta－人可以感知到 / bījam－已经结出果实的种子

译文 从那朵巨大的莲花，布茹阿玛诞生了。但布茹阿玛除了莲花外，无疑什么都看不到。主布茹阿玛就此认为您在外面，于是便潜入水中，用了一百年的时间试图找到莲花的来源。然而，他找不到您的踪迹，因为当一粒种子结出果实时，原本的种子就不见了。

要旨 这是对宇宙展示的描述。宇宙展示的发展就像一粒种子结成果实。当棉花转变成棉线时，棉花就不见了。当棉线被织成布时，再看到的就不是棉线了。同样，千真万确的事实是：当种子从嘎尔博达卡沙依·维施努的肚脐生出，展示为宇宙创造时，人就看不到宇宙展示的原因何在了。现代科学家用大爆炸理论解释创造的起源，但没人能解释一大团物质怎么能爆炸。然而，韦达文献明确地解释说，是至尊主的扫视使物质自然三种属性刺激了总体物质能量。换句话说，就大爆炸理论而言，一大团物质的爆炸是由至尊人格首神引起的。为此，我们必须将至尊原因——主维施努，接受为是一切原因的起因。

第 35 节

स त्वात्मयोनिरतिविस्मित आश्रितोऽब्जं
कालेन तीव्रतपसा परिशुद्धभावः ।

[*] 半神人的一天等于地球上的六个月。

त्वामात्मनीश भुवि गन्धमिवातिसूक्ष्मं
भूतेन्द्रियाशयमये विततं ददर्श ॥३५॥

sa tv ātma-yonir ativismita āśrito 'bjaṁ
kālena tīvra-tapasā pariśuddha-bhāvaḥ
tvām ātmanīśa bhuvi gandham ivātisūkṣmaṁ
bhūtendriyāśayamaye vitataṁ dadarśa

saḥ—他(主布茹阿玛) / tu—但是 / ātma-yoniḥ—在没母亲的情况下出生的(直接由父亲——主维施努生出) / ati-vismitaḥ—十分惊讶(没找到他出生的源头) / āśritaḥ—处在……上 / abjam—莲花 / kālena—在适当的时间 / tīvra-tapasā—靠艰难的苦修 / pariśuddha-bhāvaḥ—被完全净化 / tvām—您 / ātmani—在他体内和存在 / īśa—我的至尊主啊 / bhuvi—在土中 / gandham—芳香 / iva—就像 / ati-sūkṣmam—十分精微 / bhūta-indriya—由元素和感官构成的 / āśaya-maye—和那充满了欲望(内心) / vitatam—延伸 / dadarśa—发现

译文 以不经母体出生而闻名于世的主布茹阿玛惊奇不已，于是托庇于那朵莲花。当他用好几百年的时间从事艰巨的苦修被净化后，他能够看到，一切原因的起因——至尊人格首神，遍布他的身体和感官，恰似香气虽很精微，但却遍布在土壤中。

要旨 这节诗文中解释了“自我觉悟(ahaṁ brahmāsmi)”一句的真正意思，假象宗哲学将它诠释为“我是至尊主”。《圣典博伽瓦谭》和《博伽梵歌》等经典中都说：至尊主是一切最初的种子(janmādy asya yataḥ和ahaṁ sarvasya prabhavo mattaḥ sarvaṁ pravar-tate)。所以，至尊主扩展至各处，甚至遍布在我们的躯体中。我们的躯体由物质能量制成，而物质能量是至尊主分离出的。我们应该认识到：既然至尊主遍布我们的躯体，既然个体灵魂是至尊主的一部分，那么一切都是梵(sarvaṁ khalv idaṁ brahma)。主布茹阿玛在被净化后得到这一觉悟，每一个人也都可以认识到这一点。

当人完全了解“我是梵(ahaṁ brahmāsmi)”的意思时就会想：“我是至尊主的一部分，我的身体由祂的能量构成，因此我的存在并没有与祂分开。然而，至尊主虽然遍布各处，但却与我不同。”这就是“同是一体又有区别(acintya-bhedābheda-tattva)”的哲学。就有关这一点所举的例子是，土中的气味。土中有不同的气味和颜色，但我们无法看到它们。我们事实上发现，当花从土里长出时，它们展现出不同的颜色和香气，而这些无疑是从土里收集来的，尽管我们在土里看不到它们。同样道理，尽管我们看不到至尊主，但至尊主透过祂不同的能量遍布生物体的躯体和灵魂。然而，智者可以看到至尊主无所不在。至尊主透过祂不同的能量遍布在宇宙和原子中(aṇḍāntara-stha-paramāṇu-cayāntara-stham)。这是智者对至尊主的真正看法。第一位被创造出的生物体布茹阿玛，靠苦修成为最有智慧的人，从而得到这种认识。所以我们必须向通过苦修变得完美的布茹阿玛学习所有的知识。

第 36 节

एवं सहस्रवदनाङ्घ्रिशिरःकरोरु-
नासाद्यकर्णनयनाभरणायुधाढ्यम् ।
मायामयं सदुपलक्षितसन्निवेशं
दृष्ट्वा महापुरुषमाप मुदं विरिञ्चः ॥३६॥

evaṁ sahasra-vadanāṅghri-śiraḥ-karoru-
nāsādya-karṇa-nayanābharaṇāyudhāḍhyam
māyāmayaṁ sad-upalakṣita-sanniveśaṁ
dṛṣṭvā mahā-puruṣam āpa mudaṁ viriñcaḥ

evam—以此方式 / sahasra—成千上万 / vadana—脸 / aṅghri—足 / śiraḥ—头 / kara—手 / uru—大腿 / nāsa-ādya—鼻子等 / karṇa—耳朵 / nayana—眼睛 / ābharaṇa—各种装饰品 / āyudha—各种武器 / āḍhyam—具有…… / māyāmayam—靠无限的力量展示出 / satupalakṣita－具有不同的征象 / sanniveśam－结合在一起 / dṛṣṭvā－看 / mahā-puruṣam－至尊人格首神 / āpa－获得 / mudam－超然的极乐 / viriñcaḥ－主布茹阿玛

译文 接着，主布茹阿玛看到您拥有成千上万的脸、脚、头、手、大腿、鼻子、耳朵和眼睛。您穿着漂亮，有各种饰品和武器作修饰。看到您的主维施努形象、您超然的特征和形象，以及您从低等星球一直向上伸展的腿，主布茹阿玛感受到超然的极乐。

要旨 主布茹阿玛因为十分纯洁，所以能看到至尊主作为维施努有着成千上万面孔和形象的原本形象。这程序被称为对自我的认识。对自我的真正认识并非仅仅是感受到至尊主不具人格特征的光芒，而是还能亲眼看到至尊主的超然形象。正如这节诗中明确地说，主布茹阿玛看到至尊主的至尊人格首神(mahā-puruṣa)形象。阿尔诸纳也同样看到了奎师那，因此他对至尊主说：“您是至尊人格首神，终极的住所，至纯至粹者，绝对真理(paraṁ brahma paraṁ dhāma pavitraṁ paramaṁ bhavān puruṣaṁ śāśvataṁ divyam)。”至尊主是最高的形象(parama-puruṣa)。祂永远是至高无上的享乐者(puruṣaṁ śāśvatam)。并非是不具人格特征的梵(Brahman)采用了一个形象；恰恰相反，不具人格特征的梵光是从至尊主的至高形象放射出来的。被净化后的布茹阿玛，能够看到至尊主的至高形象。不具人格特征的梵不可能有头、鼻子、耳朵、手和腿。这是不可能的，因为这些都是至尊主的形象特征。

对此，玛德瓦查尔亚作出解释说，梵文māyāmayam的意思是“灵性知识”(māyāmayaṁ jñāna-svarūpam)。我们不该认为描述至尊主形象的māyāmayam一词的意思是“错觉”。相反，至尊主的形象是真实的，看到这个形象是具有完美的灵性知识的结果。对此，《博伽梵歌》证实说：经过许许多多次生死后，真正处在知识层面上的人就会皈依我(bahūnāṁ janmanām ante jñānavān māṁ prapadyate)。其中梵文jñānavān一词是指，完美地处在知识层面上的人。这样的一个人能看到人格首神，因而投靠、服从至尊主。至尊主所具有的脸庞、鼻子和耳朵等特征，都是永恒的。没有这样一种形象的人，不可能是极乐的。然而，正如经典说明，至尊主具有永恒、知识和极乐的形象(īśvaraḥ paramaḥ kṛṣṇaḥ sac-cid-ānanda-vigrahaḥ)。当人处在完美的超然极乐状态中时，他就能看到至尊主的最高形象(vigraha)。就有关这一点，圣玛德瓦查尔亚说：

gandhākhyā devatā yadvat
pṛthivīṁ vyāpya tiṣṭhati
evaṁ vyāptaṁ jagad viṣṇuṁ
brahmātma-sthaṁ dadarśa ha

主布茹阿玛看到：正如气味和颜色遍布土壤，至尊人格首神以精微的形象遍布整个宇宙展示。

第 37 节

तस्मै भवान् हयशिरस्तनुवं हि बिभ्रद्
वेदद्रुहावतिबलौ मधुकैटभाख्यौ ।
हत्वानयच्छ्रुतिगणांश्च रजस्तमश्च
सत्त्वं तव प्रियतमां तनुमामनन्ति ॥३७॥

tasmai bhavān haya-śiras tanuvaṁ hi bibhrad
veda-druhāv atibalau madhu-kaiṭabhākhyau
hatvānayac chruti-gaṇāṁś ca rajas tamaś ca
sattvaṁ tava priyatamāṁ tanum āmananti

tasmai—向主布茹阿玛 / bhavān—您圣上 / haya-śiraḥ—有着马的头和脖子 / tanuvam—化身 / hi—事实上 / bibhrat—接受 / veda-druhau—两个反对韦达原则的恶魔 / ati-balau—极其强大有力 / madhukaiṭabha-ākhyau—被称为玛杜和凯塔巴 / hatvā—杀死 / anayat—拯救 / śruti-gaṇān—所有不同的韦达经(萨玛、亚诸尔、瑞

歌和阿塔尔瓦) / ca—和 / rajaḥ tamaḥ ca—因为代表激情和愚昧属性 / sattvam—纯粹超然的善良属性 / tava—您的 / priya-tamām—最亲爱的 / tanum—形象(作为哈亚贵瓦) / āmananti—他们尊敬

译文　我亲爱的至尊主，当您显现为长着马头的哈亚贵瓦时，您杀死了充满激情和愚昧属性的两个恶魔，他们分别名叫玛杜和凯塔巴。接着，您将韦达知识转交给主布茹阿玛。为此，全体伟大的圣洁之人都公认，您的形象超然，丝毫不受物质属性的沾染。

要旨　至尊人格首神以祂的超然形象出现时，总是准备保护祂的奉献者。正如这节诗中所谈到的，至尊主以祂的哈亚贵瓦(Hayagrīva)形象显现时，杀死了名叫玛杜(Madhu)和凯塔巴(Kaiṭabha)的两个恶魔，当时这两个恶魔正在攻击主布茹阿玛。现代恶魔们以为：创造初始没有生命，但学习《圣典博伽瓦谭》使我们明白，至尊人格首神创造出的第一个生物体是主布茹阿玛，他对韦达知识具有充分的了解。不幸的是，那些被委托传播韦达知识的人——致力于传播奎师那意识的奉献者，有时会遭到恶魔们的攻击。但他们必须坚信，恶魔的攻击无法伤害他们，因为至尊主随时准备保护他们。韦达经提供的知识使我们能够了解至尊人格首神(vedaiś ca sarvair aham eva vedyaḥ)。至尊主的奉献者随时准备传播能使人透过奎师那意识了解至尊主的知识，但恶魔们因为无法了解至尊主，所以完全被愚昧和激情属性所控制。正因为如此，形象超然的至尊主，随时准备消灭恶魔。培养善良属性可以使人了解至尊主的超然地位，知道至尊主如何随时准备移除了解祂的路途上的一切障碍。

总之，至尊主无论何时化身前来，都是以祂原本的超然形象显现。正如《博伽梵歌》第4章的第7节诗记载，至尊主说：

yadā yadā hi dharmasya
glānir bhavati bhārata
abhyutthānam adharmasya
tadātmānaṁ sṛjāmy aham

“巴茹阿特的后裔啊！无论何时何地，每当宗教衰退，反宗教盛行，我就会亲自降临。”以为至尊主原本不具人格特征，但在以一个人的化身显现时接受了一个物质躯体的想法，是愚蠢的想法。至尊主无论何时显现，都以祂原本的超然形象显现，那些形象都是灵性和极乐的。然而，像假象宗人士那种缺乏智慧的人，无法了解至尊主的超然形象。为此，至尊主谴责他们说：“当我以人的形象降临时，愚蠢的人轻视我(avajānanti māṁ mūḍhā mānuṣīṁ tanum āśritam)。”我们应该了解，至尊主无论何时显现，无论是以鱼、乌龟、雄猪或其他形象显现，都始终保持祂的超然地位；而祂唯一要做的事情正如这节诗文中所说：是消灭恶魔(hatvā)。至尊主显现是为了保护奉献者，消灭恶魔(paritrāṇāya sādhūnāṁ vināśāya ca duṣkṛtām)。恶魔因为总是反对韦达文明，所以必然会招致至尊主以超然的形象显现来消灭他们。

第 38 节

इत्थं नृतिर्यगृषिदेवझषावतारै-
लोकान् विभावयसि हंसि जगत्प्रतीपान् ।
धर्मं महापुरुष पासि युगानुवृत्तं
छन्नः कलौ यदभवस्त्रियुगोऽथ स त्वम् ॥३८॥

itthaṁ nṛ-tiryag-ṛṣi-deva-jhaṣāvatārair
lokān vibhāvayasi haṁsi jagat pratīpān
dharmaṁ mahā-puruṣa pāsi yugānuvṛttaṁ
channaḥ kalau yad abhavas tri-yugo 'tha sa tvam

ittham—以这种方式 / nṛ—像人类(如主奎师那和主茹阿玛禅铎) / tiryak—像动物(如雄猪) / ṛṣi—作为伟大的圣人(帕茹阿舒茹阿

玛)/deva—作为半神人/jhaṣa—作为水生物(如鱼和乌龟)/avatāraiḥ—透过这些不同的化身/lokān—所有不同的星系/vibhāvayasi—您保护/haṁsi—您(有时)杀/jagat pratīpān—在这个世界中制造了麻烦的人/dharmam—宗教原则/mahā-puruṣa—伟大的人物啊/pāsi—您保护/yuga-anuvṛttam—按照不同的年代/channaḥ—隐藏着/kalau—在喀历年代中/yat—自从/abhavaḥ—已经(或未来)/tri-yugaḥ—名叫“显现在三个年代者”/atha—因此/saḥ—同样的人物/tvam—您

译文 就这样，我的至尊主，您以人、动物、大圣人、半神人、鱼和乌龟等各种化身显现，以此在不同的星系中维持整个创造，铲除邪恶。我的至尊主啊！您根据不同年代的情况，相应地保护宗教原则。但在喀历年代中，您不宣称自己是至尊人格首神。正因为如此，您被称为在三个年代中显现的至尊主。

要旨 正如至尊主显现是为了保护主布茹阿玛免遭玛杜和凯塔巴这两个恶魔的攻击，祂显现也保护伟大的奉献者帕拉德王。同样，主柴坦亚显现是为了保护喀历年代(Kali-yuga)里堕落的灵魂。地球上有四个年代(yuga)，分别被称为萨提亚(Satya)、特瑞塔(Tretā)、杜瓦帕尔(Dvāpara)和喀历(Kali)。除了喀历年代，至尊主在所有其他年代中都以各种化身显现，表明祂本人是至尊人格首神。但在喀历年代中，尽管主柴坦亚·玛哈帕布就是至尊人格首神本人，但却从不宣称祂自己是。相反，每当有谁说圣柴坦亚·玛哈帕布就是奎师那本人时，祂就会用双手堵住自己的耳朵，否认自己是奎师那。这原因是，祂正在扮演至尊主奉献者的角色。主柴坦亚知道，在喀历年代中会有许多自称是神的假化身，所以祂避免说明自己是至尊人格首神。然而，许多韦达文献中都公认主柴坦亚·玛哈帕布是至尊人格首神，尤其是《圣典博伽瓦谭》第11篇第5章的第32节诗说：

kṛṣṇa-varṇaṁ tviṣākṛṣṇaṁ
sāṅgopāṅgāstra-pārṣadam
yajñaiḥ saṅkīrtana-prāyair
yajanti hi sumedhasaḥ

在喀历年代中，智者崇拜以圣柴坦亚·玛哈帕布的形象显现的至尊人格首神，祂总是由尼提阿南达(Nityānanda)、阿兑塔(Advaita)、嘎达达尔(Gadādhara)和施瑞瓦萨(Śrīvāsa)等祂的同伴陪伴着。整个奎师那意识运动就以由圣柴坦亚·玛哈帕布开创的集体歌唱神的圣名运动(saṅkīrtana)为基础。因此，努力透过集体歌唱神的圣名运动这一媒介了解至尊人格首神的人，完美地知道一切，是有高度智慧的人(sumedhas)。

第39节

नैतन्मनस्तव कथासु विकुण्ठनाथ
सम्प्रीयते दुरितदुष्टमसाधु तीव्रम् ।
कामातुरं हर्षशोकभयैषणार्तं
तस्मिन् कथं तव गतिं विमृशामि दीनः ॥३९॥

naitan manas tava kathāsu vikuṇṭha-nātha
samprīyate durita-duṣṭam asādhu tīvram
kāmāturaṁ harṣa-śoka-bhayaiṣaṇārtaṁ
tasmin kathaṁ tava gatiṁ vimṛśāmi dīnaḥ

na—绝不 / etat—这 / manaḥ—心 / tava—您的 / kathāsu—超然的话题 / vikuṇṭha-nātha—其中没有忧虑的外琨塔的至尊主啊 / samprīyate—被抚慰或……有兴趣 / durita—通过罪恶活动 / duṣṭam—受污染的 / asādhu—不诚实的 / tīvram—很难控制 / kāma-āturam—总是充满各种欲望和贪图物质享乐的倾向 / harṣa-śoka—有时欢乐，有时痛苦 / bhaya—及有时恐惧 / eṣaṇā—和欲望 / ārtam—痛苦

的 / tasmin－在那种心态中 / katham－如何 / tava－您的 / gatim－超然的活动 / vimṛśāmi－我该考虑和试图理解 / dīnaḥ－最堕落和可怜的我

译文　亲爱的无忧星球外琨塔的主人啊！我的心极度罪恶且贪图物质享乐，有时感到所谓的快乐，有时感到所谓的苦恼。我的心充满了悲伤和恐惧，总是渴望得到更多的金钱。它为此而污浊不堪，从不会因为谈论有关您而感到满足。所以，我最堕落、最可怜。在这种生活状态中，我怎样才能够谈论您的活动呢？

要旨　帕拉德王虽然与这个物质世界毫无关系，但却在这节诗文中把自己说成是一个普通的世俗之人。帕拉德总是活在灵性世界的外琨塔星球上；他是在为坠落的灵魂询问，当他的心总是受到物质事物打扰时，他如何才能谈论至尊主的超然状态。我们的心之所以变得罪恶，是因为我们总是在从事罪恶活动。应该了解，与奎师那意识无关的一切都是罪恶的。事实上，《博伽梵歌》第18章的第66节诗记载，主奎师那要求说：

sarva-dharmān parityajya
　māṁ ekaṁ śaraṇaṁ vraja
ahaṁ tvāṁ sarva-pāpebhyo
　mokṣayiṣyāmi mā śucaḥ

“抛弃一切种类的宗教，只向我皈依。我将把你从所有的恶报中解救出来。不必害怕！”人一旦投靠、服从至尊人格首神奎师那，奎师那就会立刻解除他罪恶活动的反作用。因此应该知道，不投靠至尊主莲花足的人是罪恶、愚蠢、堕落的，并且因为不敬神的倾向而根本没有真正的知识。对此，《博伽梵歌》第7章的第15节诗中证实说：

na māṁ duṣkṛtino mūḍhāḥ
prapadyante narādhamāḥ
māyayāpahṛta-jñānā
āsuraṁ bhāvam āśritāḥ

“邪恶之徒不皈依我。他们分别是：粗俗的愚氓，最低贱的人，被错觉窃取了知识的人，以及有不信神的恶魔本性的人。”所以，尤其是在这个喀历年代中，我们必须净化心灵，而只有吟诵、吟唱哈瑞·奎师那(Hare Kṛṣṇa)这首伟大的曼陀(mahā-mantra)，才能做到这一点。经典中说，要清洗心灵这面镜子(ceto-darpaṇa-mārjanam)。在这个年代中，吟诵、吟唱哈瑞·奎师那这一伟大曼陀的方法，是唯一能清洗罪恶思想的方法。当内心彻底清除了一切罪恶反应时，人就能明白自己在人体生命形式中的责任了。奎师那意识运动是为了教化罪恶之人，使他们可以仅仅靠吟诵、吟唱哈瑞·奎师那曼陀变得虔诚。

harer nāma harer nāma
harer nāmaiva kevalam
kalau nāsty eva nāsty eva
nāsty eva gatir anyathā

要净化内心，使自己在这个喀历年代中变得清醒和明智，除了吟诵、吟唱哈瑞·奎师那这首伟大的曼陀，没有别的方法是实用的。在前面的诗文中，帕拉德王证实了这一方法的实用性。帕拉德进一步证实说：如果一个人始终专注地用心想着奎师那，这一品质将不仅使他得到净化，而且将使他永远保持纯净的状态(tvadvīrya-gāyana-mahāmṛta-magna-cittaḥ)。要了解至尊主和祂的活动，人就必须使自己的内心免于物质世界的一切污染，而仅仅靠吟诵、吟唱至尊主的圣名就能使人做到这一点。这将使人摆脱一切物质束缚。

第 40 节

जिह्वैकतोऽच्युत विकर्षति मावितृप्ता
शिश्नोऽन्यतस्त्वगुदरं श्रवणं कुतश्चित् ।
घ्राणोऽन्यतश्चपलदृक्क्व च कर्मशक्ति-
र्बह्व्यः सपत्न्य इव गेहपतिं लुनन्ति ॥४०॥

jihvaikato 'cyuta vikarṣati māvitṛptā
śiśno 'nyatas tvag-udaraṁ śravaṇaṁ kutaścit
ghrāṇo 'nyataś capala-dṛk kva ca karma-śaktir
bahvyaḥ sapatnya iva geha-patiṁ lunanti

jihvā—舌头 / ekataḥ—对一方面 / acyuta—我绝对正确的至尊主啊 / vikarṣati—吸引 / mā—我 / avitṛptā—不满足 / śiśnaḥ—生殖器 / anyataḥ—对另一方面 / tvak—(为触碰柔软的东西的)皮肤 / udaram—肚子(为装各种类型的食物) / śravaṇam—耳朵(为听一些美妙的音乐) / kutaścit—对其他一些方面 / ghrāṇaḥ—鼻子(为嗅闻) / anyataḥ—还对另一个方面 / capala-dṛk—不安分的视力 / kva ca—某个地方 / karma-śaktiḥ—许多 / bahvyaḥ—妻妾 / sa-patnyaḥ—如同 / iva—就像 / geha-patim—居士 / lunanti—消灭

译文 我亲爱的至尊主，绝对可靠的人啊！我的状态就像一个人有许多妻子，而这些妻子都想方设法地吸引他。例如，舌头受美味佳肴的吸引，生殖器受与有魅力的女子发生性关系的吸引，触觉感官要接触柔软的东西。肚子即使饱了，却还要多吃；不尝试聆听有关您的信息的耳朵，总是受世俗歌曲的吸引。嗅觉感官被拉向另一个方向，不安分的眼睛受感官享乐情景的吸引，活动感官受其他事物的吸引。处在这种情况中的我，无疑十分狼狈。

要旨 人体生命是专为觉悟神而设的，觉悟神的程序以聆听和吟诵、吟唱至尊主的圣名(śravaṇaṁ kīrtanaṁ viṣṇoḥ)为开始，但只要我们的感官还受物质的吸引，我们在按这程序做时就会受打扰。为此，可以靠做奉爱服务净化感官。在受制约的阶段，我们的感官被物质感官享乐所覆盖，人只要没受到净化感官的训练，就无法成为奉献者。所以，在我们的奎师那意识运动中，我们从一开始就忠告大家要约束感官的活动，尤其是被圣巴克提维诺德·塔库尔(Bhaktivinoda Ṭhākura)描述为是最贪婪、最难征服的舌头。经典忠告人们，要使舌头不再受到诱惑，就不仅不要再吃肉等不能吃的东西，还不要允许舌头渴望喝酒或抽烟。哪怕是茶和咖啡都是不该喝的。同样，必须约束生殖器，不让其从事非法性活动。不这样约束感官，就无法在培养奎师那意识的过程中取得进步。控制感官的唯一方法，是吟诵、吟唱和聆听至尊主的圣名；否则，人就会永远受到打扰，就像一个有众多妻子的居士被想要进行感官享乐的妻子们东拉西扯一样。

第 41 节

एवं स्वकर्मपतितं भववैतरण्या-
मन्योन्यजन्ममरणाशनभीतभीतम् ।
पश्यञ्जनं स्वपरविग्रहवैरमैत्रं
हन्तेति पारचर पीपृहि मूढमद्य ॥४१॥

evaṁ sva-karma-patitaṁ bhava-vaitaraṇyām
anyonya-janma-maraṇāśana-bhīta-bhītam
paśyañ janaṁ sva-para-vigraha-vaira-maitraṁ
hanteti pāracara pīpṛhi mūḍham adya

evam—就这样 / sva-karma-patitam—因为自己的物质活动的报应而堕落 / bhava—被形容为无知的世界(生老病死) / vaitaraṇyām—(在死亡监督者阎罗王的门前流淌的)名叫外塔茹阿妮的河中 / anyaḥ anya—一个接一个 / janma—出生 / maraṇa—死亡 / āśana—吃的各种类型 / bhīta-bhītam—极度害怕 / paśyan—看 / janam—生物体 / sva—自己 / para—他人的 / vigraha—在躯体中 / vaira-maitram—考虑友情

和敌意 / hanta－唉 / iti－就这样 / pāracara－在死亡之河的另一边的您啊 / pīpṛhi－请拯救我们全体(免于这危险的情况) / mūḍham－我们都很愚蠢，缺乏灵性知识 / adya－今天(由于您亲自在此)

译文　我亲爱的至尊主，您总是超然地处在死亡之河的彼岸，但我们却因为自己的活动报应而在这一边受苦。事实上，我们坠入这河中，反复承受出生、死亡及吃令人恐怖的东西的痛苦。现在，请眷顾我们，不仅是我，还有其他所有受苦的人；凭您没有缘故的仁慈和同情，拯救我们，保护我们。

要旨　纯粹的外士纳瓦(Vaiṣṇava)——帕拉德，不仅为自己，也为受苦的众生而向至尊主祈祷。外士纳瓦分两类：一类是只为个人受益而崇拜至尊主的奉献者(bhajanānandī)；另一类是努力提升所有其他人的奎师那意识，使他们能从而得救的奉献者(goṣṭhyānandī)。无法察觉生死和其他物质生活痛苦的蠢人，不知道他们的下一生会发生什么。事实上，这些被物质污染的愚蠢的无赖们，编出一套根本不考虑来生的不负责任的生活方式。他们不知道，生物根据自己的活动，将接受从八百四十万种生命形式中被挑选出来的一个躯体。《博伽梵歌》说这些人是愚蠢的无赖(duṣkṛtino mūḍhāḥ)。没有奎师那意识的非奉献者们，必然从事罪恶活动，所以是蠢人和无赖(mūḍha)。他们是那么愚蠢，以致不知道他们的来生会发生什么。他们虽然看到不同的生物体在吃着令人恶心的东西，猪在吃粪便，鳄鱼在吃各种肉，等等，但却认识不到自己因为这一生几乎什么乱七八糟的东西都吃，下一生就注定会吃最恶心的东西。外士纳瓦总是害怕过这种令人恶心的生活，所以会为了避免这种可怕的处境而致力于为至尊主做奉爱服务。至尊主很同情他们，因此为了他们的利益而显现。

yadā yadā hi dharmasya
glānir bhavati bhārata
abhyutthānam adharmasya
tadātmānaṁ sṛjāmy aham

“巴茹阿特的后裔啊！无论何时何地，每当宗教衰退，反宗教盛行，我就会亲自降临。”(《博伽梵歌》4.7)至尊主随时准备帮助堕落的灵魂，但他们因为是蠢人和无赖，所以并不培养奎师那意识，不遵守奎师那所给予的教导。因此，尽管圣柴坦亚·玛哈帕布是至尊主奎师那本人，但祂却以奉献者的身份降临，传播奎师那意识运动。为此，人应该成为主奎师那真诚的仆人，应该成为灵性导师，靠宣传《博伽梵歌》的教导，在全世界传播奎师那意识(yāre dekha, tāre kaha ‘kṛṣṇa’-upadeśa/āmāra ājñāya guru hañā tāra’ ei deśa,《永恒的柴坦亚经》中篇7.128)。

第42节

को न्वत्र तेऽखिलगुरो भगवन् प्रयास
उत्तारणेऽस्य भवसम्भवलोपहेतोः ।
मूढेषु वै महदनुग्रह आर्तबन्धो
किं तेन ते प्रियजनाननुसेवतां नः ॥४२॥

ko nv atra te ’khila-guro bhagavan prayāsa
uttāraṇe ’sya bhava-sambhava-lopa-hetoḥ
mūḍheṣu vai mahad-anugraha ārta-bandho
kiṁ tena te priya-janān anusevatāṁ naḥ

kaḥ—有什么 / nu—事实上 / atra—有关这件事 / te—您圣上的 / akhila-guro—整个创造的至尊灵性导师啊 / bhagavan—至尊主啊，人格首神啊 / prayāsaḥ—努力 / uttāraṇe—为了拯救这些堕落的灵魂 / asya—这个的 / bhava-sambhava—创造和维系的 / lopa—及毁灭的 / hetoḥ—原因的 / mūḍheṣu—向在这个无知世界里腐烂的愚蠢的人 / vai—事实上 / mahat-anugrahaḥ—被至尊者同情 / ārta-bandho—

受苦众生的朋友啊 / kim—有什么困难 / tena—这样 / te—您圣上的 / priya-janān—所爱的人(奉献者) / anusevatām—那些始终致力于服务的 / naḥ—像我们(这样忙着的)

译文　啊，我的至尊主，至尊人格首神！整个世界的第一位灵性导师！对安排宇宙事务的您来说，要拯救坠落的灵魂，让他们为您做奉爱服务有什么困难的？您是苦难深重的人类的朋友，而伟大的人物有必要向愚蠢之人表示仁慈。因此，我想您将会向我们这些为您做服务的人展示您没有缘故的仁慈。

要旨　这节诗文中的priya janān anusevatāṁ naḥ一句是指，至尊主——至尊人格首神，对那些按照祂纯粹奉献者的教导去做的奉献者们十分喜爱。换句话说，人应该成为至尊主的仆人的仆人的仆人。人如果想要直接成为至尊主的仆人，就不会像致力于侍奉至尊主的仆人那样成功。这是圣柴坦亚·玛哈帕布的指示，祂以身作则给我们看该如何成为主奎师那仆人的仆人的仆人(gopī-bhartuḥ pada-kamalayor dāsa-dāsānudāsaḥ)。我们不该骄傲地要直接成为至尊人格首神的仆人；相反，必须寻找一位纯粹的奉献者——至尊主的仆人，致力于为这样一位仆人做服务。人越当仆人的仆人，在奉爱服务中就会变得越完美。这也是《博伽梵歌》中的教导，即这门至高无上的科学就这样通过师徒传承世代相传，神圣的君王都经这渠道了解它(evaṁ paramparā-prāptam imaṁ rājarṣayo viduḥ)。只有通过师徒传承(paramparā)，人才能了解有关至尊人格首神的科学。就有关这一点，圣纳若塔玛·达斯·塔库尔说："让我侍奉至尊主的奉献者的莲花足(tāṅdera caraṇa sevi bhakta-sane vāsa)；让我与奉献者生活在一起。"我们应该向纳若塔玛·达斯·塔库尔学习，渴望生生世世当至尊主仆人的仆人(janame jana-me haya, ei abhi-lāṣa)。

圣巴克提维诺德·塔库尔也歌唱道："啊，我的主人！啊，外士纳瓦！请把我当做您的一条狗(tumi ta' ṭhākura, tomāra kukura, baliyā jānaha more)。"人必须成为纯粹奉献者的狗，因为纯粹奉献者可以毫不费力地将奎师那交付给这样的人。奎师那是祂纯粹奉献者的财产(kṛṣṇa se tomāra, kṛṣṇa dite pāra)。如果我们托庇于纯粹的奉献者，他就能很容易地将奎师那交付给我们。帕拉德想要为奉献者服务，于是向奎师那祈祷说："我亲爱的至尊主，请将您最珍爱的奉献者的庇护赐给我，以使我能为他服务，以此方式取悦您。"至尊主说："致力于为我的奉献者服务，好过试图为我做奉爱服务(mad-bhakta-pūjābhyadhikā,《圣典博伽瓦谭》11.19.21)。"

这节诗中的另一个重点是，帕拉德王并不想靠做奉爱服务独自受益。相反，他向至尊主祈祷，希望我们这个物质世界里所有堕落的灵魂，都能凭借至尊主的恩典，为祂的仆人服务，从而获得拯救。对至尊主来说，赐予恩典并非难事；因此，帕拉德王想要靠传播奎师那意识拯救全世界。

第 43 节

नैवोद्विजे पर दुरत्ययवैतरण्या-
स्त्वद्वीर्यगायनमहामृतमग्नचित्तः ।
शोचे ततो विमुखचेतस इन्द्रियार्थ-
मायासुखाय भरमुद्वहतो विमूढान् ॥४३॥

naivodvije para duratyaya-vaitaraṇyās
tvad-vīrya-gāyana-mahāmṛta-magna-cittaḥ
śoce tato vimukha-cetasa indriyārtha-
māyā-sukhāya bharam udvahato vimūḍhān

na—不 / eva—无疑地 / udvije—我受打扰或害怕 / para—至尊者啊 / duratyaya—无法超越的或十分困难跨越的 / vaitaraṇyāḥ—物质世界的河流外塔茹阿妮的 / tvat-vīrya—您圣上的光荣和活动的 /

gāyana—从歌唱和分发 / mahā-amṛta—在浩瀚的灵性极乐的甘露汪洋中 / magna-cittaḥ—意识完全专注的 / śoce—我只是悲伤 / tataḥ—从那 / vimukha-cetasaḥ—缺乏奎师那意识的傻瓜和无赖 / indriya-artha—在感官享乐中 / māyā-sukhāya—为短暂、错觉性的快乐 / bharam—(维护家庭、社会和国家及为了达到那目的而煞费苦心地安排的)虚假的负担或责任 / udvahataḥ—(通过为这样的安排制定宏大的计划)背负的人 / vimūḍhān—尽管他们都只不过是蠢人和无赖(我还是想到他们)

译文　伟大人物中最伟大的人啊！我根本不惧怕物质存在，因为我无论在哪里都全神贯注地想着您的荣耀和活动。我唯一关心的是那些为获得物质快乐和维系他们的家庭、社会及国家而制定精密计划的蠢人和无赖。我只是出于爱而关心他们。

要旨　无论过去、现在和将来，全世界的人都一直在制定宏大的计划，以试图改变物质世界里的痛苦状况。然而，尽管他们精心制定政治、社会和文化计划，他们在这节诗文中还是被说成是蠢人(vimūḍha)。《博伽梵歌》中描述物质世界是痛苦、短暂的场所(duḥkhālayam aśāśvatam)，但这些傻瓜在不知道一切是如何在物质自然以她自己的方式安排运作的情况下，却试图将物质世界转变为一个快乐的地方(sukhālayam)。

prakṛteḥ kriyamāṇāni
　guṇaiḥ karmāṇi sarvaśaḥ
ahaṅkāra-vimūḍhātmā
　kartāham iti manyate

“灵魂受假我迷惑，以为是自己在活动，却不知道，其实是物质自然的三种属性在活动。”(《博伽梵歌》3.27)

物质自然本人被称为杜尔嘎(Durgā)，她有一套惩罚恶魔的计划。尽管不信神的恶魔们为生存而苦苦挣扎，但他们受到杜尔嘎女神的直接攻击；她的十只手中持有各种惩罚恶魔的武器。她的坐骑是狮子——愚昧和激情属性。人们都在与激情和愚昧属性奋力作战，想要征服物质自然，但最终都被自然法律所征服。

在物质世界和灵性世界之间有一条被称为外塔茹阿妮(Vaitaraṇī)的河，人必须跨过这条河到达彼岸——灵性世界。这项任务极其艰巨。正如《博伽梵歌》第7章的第14节诗记载，至尊主说：

“我这由物质自然三种属性组成的神性能量难以克服(daivī hy eṣā guṇa-mayī mama māyā duratyayā)。”这节诗文中用了同一个梵文词“非常困难(duratyaya)”。因此，除非凭借至尊主的仁慈，否则我们无法战胜物质自然的严格法律。然而，尽管所有的物质主义者制定的计划都一再受挫，但他们还是再三试图在这个物质世界里变得快乐。正因为如此，他们被说成是头号大傻瓜(vimūḍha)。至于帕拉德王，他一点都没有不快乐，因为他虽然身在物质世界，但却充满奎师那意识。那些满怀奎师那意识在努力侍奉至尊主的人都很快乐；相反，没有丝毫奎师那意识并为生存而苦苦挣扎的人，不仅愚蠢，而且极不快乐。帕拉德王同时既快乐又不快乐。他因为具有奎师那意识而感到快乐和超然的极乐，但同时又因为那些为在这个物质世界里变得快乐而制定各种复杂计划的傻瓜和无赖们感到极其难过。

第 44 节

प्रायेण देव मुनयः स्वविमुक्तिकामा
मौनं चरन्ति विजने न परार्थनिष्ठाः ।
नैतान् विहाय कृपणान् विमुमुक्ष एको
नान्यं त्वदस्य शरणं भ्रमतोऽनुपश्ये ॥४४॥

prāyeṇa deva munayaḥ sva-vimukti-kāmā
maunaṁ caranti vijane na parārtha-niṣṭhāḥ

naitān vihāya kṛpaṇān vimumukṣa eko
nānyaṁ tvad asya śaraṇaṁ bhramato 'nupaśye

prāyeṇa—通常在几乎所有的情况下 / deva—我的至尊主啊 / munayaḥ—伟大、圣洁的人 / sva—个人、自己的 / vimukti-kāmāḥ—要从这个物质世界挣脱出去的雄心 / maunam—沉默地 / caranti—他们漫游(在喜马拉雅森林等地，不参与物质主义者的活动) / vijane—在人迹罕至的地方 / na—不 / para-artha-niṣṭhāḥ—有志于以给他人奎师那意识运动的利益、启发人们培养奎师那意识的方式为他人工作 / na—不 / etān—这些 / vihāya—放在一旁 / kṛpaṇān—(不知道人体生命形式的利益而忙于物质主义活动的)傻瓜和无赖 / vimumu-kṣe—我想要解脱并回归家园，回到首神身边 / ekaḥ—独自 / na—不 / anyam—其他 / tvat—但为了您 / asya—这个的 / śaraṇam—庇护 / bhramataḥ—在物质宇宙各地腐烂和游荡的生物的 / anupaśye—我看到

译文　亲爱的主尼尔星哈戴瓦，我确实看到有许多圣洁的人，但他们只关心自己的救赎。他们不在乎大城市和乡镇，而是到喜马拉雅山或森林去冥想并发誓要沉默不语。他们对拯救他人不感兴趣。但至于我，我不想要独自解脱，撇下所有这些可怜的傻瓜和无赖不管。我知道没有奎师那意识、不托庇于您莲花足的人无法快乐。所以，我想把他们带回您的莲花足旁得到庇护。

要旨　这是至尊主的纯粹奉献者——外士纳瓦，所作出的决定。对他自己而言，由于他唯一要做的是保持奎师那意识，所以即使身处这个物质世界也没问题。有奎师那意识的人即使在地狱也会快乐。正因为如此，帕拉德王说："伟大人物中最卓越的人啊！我一点儿都不惧怕物质存在(naivodvije para duratyaya-vaitaraṇyāḥ)。"纯粹的奉献者在生活的任何情况中都始终快乐。对此，《圣典博伽瓦谭》第6篇第17章的第28节诗证实说：

nārāyaṇa-parāḥ sarve
na kutaścana bibhyati
svargāpavarga-narakeṣv
api tulyārtha-darśinaḥ

“奉献者全神贯注地为至尊人格首神纳茹阿亚纳做奉爱服务，从不害怕生活中发生的任何情况。对他们来说，天堂星球、解脱和地狱星球都一样，因为这样的奉献者只关心为至尊主做服务。”

对奉献者来说，身处天堂星球和地狱星球都一样，只要与奎师那在一起就是生活在灵性世界，而不是天堂或地狱中。功利性活动者(karmī)和知识思辨者(jñānī)无法理解奉献者成功的秘诀。为此，功利性活动者试图靠进行物质调节得到快乐，知识思辨者努力通过与至尊者合一变得快乐。但奉献者没有这种兴致。奉献者对到喜马拉雅山或森林中进行所谓的冥想没兴趣，而是致力于到世界最繁忙的地方，在那里向人们宣传奎师那意识。奎师那意识运动就是为此目的而开创的。至于在一个僻静地方冥想，也就是虽然同时还从事各种愚蠢的活动，但却对自己所谓的超然冥想倍感骄傲，让人看自己有多进步的那种冥想，并不是我们所教授的内容。像帕拉德王那样的奉献者对这种虚张声势的灵性进步不感兴趣。恰恰相反，他所感兴趣的是启发人们培养奎师那意识，因为那是使人变得快乐的唯一方法。帕拉德王明确地说：“我知道，没有奎师那意识，没有您莲花足的庇护，人无法快乐(nānyaṁ tvad asya śaraṇaṁ bhramato'nupaśye)。”生物在宇宙中一生复一生地游荡，但凭借圣柴坦亚·玛哈帕布的仆人——奉献者的恩典，人可以得到奎师那意识的启示，从此不仅在这个世界里变得快乐，还可以回归家园，回到首神身边。那是生命的真正目的。奎师那意识运动的成员，不仅对在喜马拉雅山或森林中表演所谓的打坐冥想毫无兴趣，而且对开设许多瑜伽(yoga)学校和在城市里冥想也不感兴趣。相反，奎师那意识运动中所有的成员都致力于努力挨门挨户地说服人们有关《博伽梵歌原意》的教导，以及主柴坦亚的教导。那是哈瑞·奎师那运动的目的所在。奎师那意识运动的成员必须坚信：没有奎师那，人不可能快乐。为此，有奎师那意识的人避免与冒充灵修人士、超然主义者和冥想者的人，以及一元论者、所谓的哲学家和慈善家打交道。

第45节

यन्मैथुनादिगृहमेधिसुखं हि तुच्छं
कण्डूयनेन करयोरिव दुःखदुःखम् ।
तृप्यन्ति नेह कृपणा बहुदुःखभाजः
कण्डूतिवन्मनसिजं विषहेत धीरः ॥४५॥

yan maithunādi-gṛhamedhi-sukhaṁ hi tucchaṁ
kaṇḍūyanena karayor iva duḥkha-duḥkham
tṛpyanti neha kṛpaṇā bahu-duḥkha-bhājaḥ
kaṇḍūtivan manasijaṁ viṣaheta dhīraḥ

yat一那（是为了物质感官享乐）/ maithuna-ādi一(在家中或俱乐部等外面的地方）以谈论性、阅读描写性的文字或享受性生活为表现 / gṛhamedhi-sukham一以依恋家庭、社会、友情等为基础的所有种类的物质快乐 / hi一事实上 / tuccham一无价值的 / kaṇḍūyanena一瘙痒的 / karayoḥ一两只手的(以缓解瘙痒) / iva一如同 / duḥkha-duḥkham一(感受这种瘙痒般的感官享乐后被置于的)各种不快乐 / tṛpyanti一变得满足 / na一永不 / iha一在物质感官享乐中 / kṛpaṇāḥ一愚蠢的人 / bahu-duḥkha-bhājaḥ一受制于各种物质痛苦 / kaṇḍūti-vat一如果人可以从这种瘙痒感学习到 / manasi-jam一只不过是内心杜撰的(事实上没有快乐) / viṣaheta一而且忍受(这样的瘙痒感) / dhīraḥ一(他可以成为)最完美、冷静的人

译文　性生活被比喻为是两手摩擦以缓解瘙痒的感觉。

尽管它是痛苦的根源，但没有灵性知识的所谓居士(贵哈梅迪)，以为那是最高的快乐。与布茹阿玛纳完全相反的蠢人(奎帕纳)，对一再重复的感官享乐从不感到满足。然而，清醒并忍受这种瘙痒感的人(迪茹阿)，不遭受蠢人和无赖们承受的痛苦。

要旨 物质主义者认为，放纵性生活是这个物质世界里最大的快乐，并因此而制定详尽的计划，以满足他们的感官，尤其是生殖器。这种情况随处可见，尤其是在西方世界，那里有以各种方式满足性生活的各种安排。但事实上，这并没有使任何人感到快乐。就连那些放弃了父辈和祖父辈享受的物质快乐的嬉皮士们，都无法放弃性生活的感官享乐。这种人在此被描述为是吝啬鬼(kṛpaṇas)。人体生命是巨大的资产，因为生物在人体生命中可以实现存在的目的。然而不幸的是，由于缺乏教育和文化，人们成为虚假的性生活快乐的牺牲品。正因为如此，帕拉德王忠告人不要被这种感官享乐，尤其是性生活的文明所误导。相反，人应该清醒、冷静，回避感官享乐，使自己具有奎师那意识。被比喻为是愚蠢的吝啬鬼的好色之人，永远都无法靠感官享乐得到快乐。物质自然的影响很难超越，但正如《博伽梵歌》第7章的第14节诗记载，主奎师那说：自愿投靠奎师那莲花足的人能轻易得救(mām eva ye prapadyante, māyām etāṁ taranti te)。

就有关性生活这种低等享乐，雅沐纳查尔亚(Yāmunācārya)说道：

yadāvadhi mama cetaḥ kṛṣṇa-padāravinde
nava-nava-rasa-dhāmanudyata rantum āsīt
tadāvadhi bata nārī-saṅgame smaryamāne
bhavati mukha-vikāraḥ suṣṭu niṣṭhīvanaṁ ca

“自从我为奎师那做超然的爱心服务，认识到来自祂的永远更新的快乐后，每当我想到性享乐，我就会向那想法吐口水，就会厌恶地撇嘴。”雅沐纳查尔亚以前是个以各种方式享受性快乐的君王，但自从他后来致力于为至尊主做服务，享受到灵性的极乐，他就痛恨有关性生活的念头了。一旦他的脑海中浮现性享乐的念头，他就会厌恶地唾弃它。

第 46 节

मौनव्रतश्रुततपोऽध्ययनस्वधर्म-
व्याख्यारहोजपसमाधय आपवर्ग्याः ।
प्रायः परं पुरुष ते त्वजितेन्द्रियाणां
वार्ता भवन्त्युत न वात्र तु दाम्भिकानाम् ॥४६॥

mauna-vrata-śruta-tapo-'dhyayana-sva-dharma-
vyākhyā-raho-japa-samādhaya āpavargyāḥ
prāyaḥ paraṁ puruṣa te tv ajitendriyāṇām
vārtā bhavanty uta na vātra tu dāmbhikānām

mauna－沉默 / vrata－誓言 / śruta－韦达知识 / tapaḥ－苦行 / adhyayana－学习经典 / sva-dharma－遵循社会四阶层和灵性四阶段制度 / vyākhyā－解释经典 / rahaḥ－住在人迹罕至的地方 / japa－吟诵曼陀 / samādhayaḥ－保持全神贯注的状态 / āpavargyāḥ－这些是在解脱路途上取得进步的十种活动 / prāyaḥ－一般 / param－唯一的方法 / puruṣa－我的至尊主啊 / te－他们全体 / tu－但是 / ajita-indriyāṇām－无法控制自己的感官的人的 / vārtāḥ－生存的方法 / bhavanti－是 / uta－据说 / na－不 / vā－或者 / atra－有关这方面 / tu－但是 / dāmbhikānām－错误骄傲自大的人的

译文　至尊人格首神啊！据描述，走上解脱之途有十种方法，即保持沉默，遵守誓言，积累所有种类的韦达知识，经历苦行，学习韦达经及其他韦达文献，履行社会四阶层和灵性四阶段制度的职责，解释启示经典，在一个僻静的地方独处，默念曼陀，以及处在全神贯注的出神状态。这些使人解脱的不同方法，一般只是一门专业，是那些还没有控制住感官的人的谋生方式。由于这种人错误地骄傲自大，这些方法并不能使其获得成功。

要旨　正如《圣典博伽瓦谭》第6篇第1章的第15节诗说明的：

kecit kevalayā bhaktyā
vāsudeva-parāyaṇāḥ
aghaṁ dhunvanti kārtsnyena
nīhāram iva bhāskaraḥ

"只有愿意全心全意地为奎师那做纯粹奉爱服务的罕见之人，才能根除罪恶活动的杂草，使它们没可能重新生长。只有做奉爱服务才能做到这一点，正如太阳的光芒可以立刻驱散雾气一样。"人生的真正目的是摆脱物质束缚。这种解脱也许可以经由许多方法获得(tapasā brahmacaryeṇa śamena ca damena ca)，但它们都或多或少地有赖于以独身禁欲为开始的苦修(tapasya)。舒卡戴瓦·哥斯瓦米(Śukadeva Gosvāmī)说：那些全心投靠主华苏戴瓦(Vāsudeva)——奎师那的莲花足的人(vāsudeva-parāyaṇa)，仅仅靠做奉爱服务，就自然而然获得沉默(mauna)和遵守誓言(vrata)等其他类似的方法所获得的结果。换句话说，那些方法都不是很有力量。做奉爱服务的人很容易遵守那些规定。

例如，沉默(mauna)并不意味着人应该只是简单地停止说话。舌头是为说话而有的，尽管有时一个人为了表现自己而保持沉默。社会上有许多练习一个星期沉默几天的训练班。然而，外士纳瓦并不去做这样的沉默。沉默意味着不说废话。人们在集会、讨论会和一般会议上通常都像癞蛤蟆一样愚蠢地说话。圣茹帕·哥斯瓦米描述这是"说话的冲动(vāco vegam)"。想要说些什么以表明自己是大演讲家的人，与其不断地说废话，不如保持沉默。因此，沉默这一方法是推荐给那些很喜欢说废话的人的。不是奉献者的人必然会说废话，因为他没有力量谈论有关奎师那的荣耀。因此，无论他说什么，都受到错觉能量的影响，被比作是青蛙的呱呱叫声。可是，谈论有关至尊主荣耀的人，不需要沉默。柴坦亚·玛哈帕布推荐说：人应该二十四小时一直不断地吟诵、吟唱至尊主的荣耀(kīrtanīyaḥ sadā hariḥ)。根本不存在沉默的问题。

解脱或在解脱之途上进步的十种程序，不为奉献者所用。人只要为至尊主做奉爱服务，就自然而然执行了解脱的十种程序(kevalayā bhaktyā)。帕拉德王说，那些程序是推荐给无法征服自己感官的人的(ajitendriya)。但奉献者已经征服了他们的感官。奉献者已经去除了物质污染(sarvopādhi-vinirmuktaṁ tat-paratvena nirmalam)。为此，圣巴克提希丹塔·萨茹阿斯瓦提·塔库尔(Bhaktisiddhānta Sarasvatī Ṭhākura)说：

duṣṭa mana! tumi kisera vaiṣṇava? pratiṣṭhāra tare, nirjanera
ghare, tava harināma kevala kaitava

有许多人喜欢独自沉默地吟诵哈瑞·奎师那曼陀，但如果对传播知识没兴趣，而是一直不断地与非奉献者谈话，那就很难超越物质自然属性的影响。正因为如此，人除非具有十分高度的奎师那意识，否则不要效仿哈瑞达斯·塔库尔(Haridāsa Ṭhākura)；他除了一天二十四小时一直不断地吟诵神的圣名外，不做别的。帕拉德王并没说这方法不好，而是承认它。但如果不积极地为至尊主做服务，仅仅靠这样的程序，一般人是无法获得解脱的。人无法靠虚假的荣誉获得解脱。

第 47 节

रूपे इमे सदसती तव वेदसृष्टे
बीजाङ्कुराविव न चान्यदरूपकस्य ।
युक्ताः समक्षमुभयत्र विचक्षन्ते त्वां
योगेन वह्निमिव दारुषु नान्यतः स्यात् ॥४७॥

rūpe ime sad-asatī tava veda-sṛṣṭe
bījāṅkurāv iva na cānyad arūpakasya
yuktāḥ samakṣam ubhayatra vicakṣante tvāṁ
yogena vahnim iva dāruṣu nānyataḥ syāt

rūpe一以……形象 / ime一这两种 / sat-asatī一原因和结果 / tava一您的 / veda-sṛṣṭe一韦达经所解释的 / bīja-aṅkurau一种子和发芽 / iva一如同 / na一从不 / ca一也 / anyat一任何其他 / arūpakasya一没有物质形象的您的 / yuktāḥ一那些致力于为您做奉爱服务的人 / samakṣam一就在眼前 / ubhayatra一以两种方式(灵性的和物质的) / vicakṣante一确实能看到 / tvām一您 / yogena一仅仅靠奉爱服务的方法 / vahnim一火 / iva一如同 / dāruṣu一在木柴中 / na一不 / anyataḥ一从任何其他方法 / syāt一有可能

译文 人可以透过权威的韦达知识看清楚，由于宇宙展示是至尊主的能量，宇宙展示中的因果属于至尊人格首神。原因和结果不是别的，只不过是至尊主的能量而已。因此，我的至尊主啊！正如明智之人靠思考因果就能看清火元素是如何遍布木柴中的，做奉爱服务的人明白您既是原因，又是结果。

要旨 正如前面的诗文所讲述的，许多所谓的灵修学生遵循上一节诗介绍的十种程序(mauna-vrata-śruta-tapo-'dhyayana-sva-dharma-vyākhyā-raho japa-samādhayaḥ)。这些方法也许很有吸引力，但人们无法靠遵循这些程序实际了解原因和结果，以及一切的起因(janmādy asya yataḥ)。一切的最初起因是至尊人格首神本人(sarva-kāraṇa-kāraṇam)。这一切的最初源头就是奎师那——至尊控制者，祂具有永恒的灵性形象(īśvaraḥ paramaḥ kṛṣṇaḥ sac-cid-ānanda-vigrahaḥ)。事实上，祂是一切的根本(bījaṁ māṁ sarva-bhūtānām)。

世上所展示的一切存在，都是由至尊人格首神引起的。靠所谓的沉默或杂乱组合在一起的其他方法，无法使人了解这一真相。只要靠做奉爱服务才能了解至高无上的起因。正如《博伽梵歌》中说明：只有做奉爱服务，才能如实地了解作为至尊人格首神的我(bhaktyā mām abhijānāti)。《圣典博伽瓦谭》第11篇第14章的第21节诗记载，至尊人格首神说：只有奉爱服务才能使人了解一切原因的最初起因，而不是靠假装灵修的表演。

第 48 节

त्वं वायुरग्निरवनिर्वियदम्बु मात्राः
　प्राणेन्द्रियाणि हृदयं चिदनुग्रहश्च ।
सर्वं त्वमेव सगुणो विगुणश्च भूमन्
　नान्यत्त्वदस्त्यपि मनोवचसा निरुक्तम् ॥४८॥

tvaṁ vāyur agnir avanir viyad ambu mātrāḥ
　prāṇendriyāṇi hṛdayaṁ cid anugrahaś ca
sarvaṁ tvam eva saguṇo viguṇaś ca bhūman
　nānyat tvad asty api mano-vacasā niruktam

tvam一您(是) / vāyuḥ一气 / agniḥ一火 / avaniḥ一土 / viyat一空间 / ambu一水 / mātrāḥ一感官对象 / prāṇa一生命之气 / indriyāṇi一感官 / hṛdayam一心 / cit一意识 / anugrahaḥ ca一及假我和半神人 / sarvam一一切 / tvam一您 / eva一唯一的 / sa-guṇaḥ一有三种属性的物质自然 / viguṇaḥ一超越物质自然的灵性火花和超灵 / ca一以及 / bhūman一我非凡的至尊主啊 / na一不 / anyat一其他 / tvat一比您 / asti一是 / api一虽然 / manaḥ-vacasā一透过心和话语 / niruktam一展示了的一切

译文　至尊主啊！您其实是气、土、火、空间和水。您是感官知觉的对象、生命之气、五个感官、心智、意识和假我。事实上，您是精微和粗糙的一切。物质元素及用话语或思想所表达的一切，都不是别的，而是您。

要旨 这是在谈至尊人格首神无所不在的概念，其中解释了祂是如何遍布各处的。一切都是梵(Brahman)——至尊梵奎师那(sarvaṁ khalv idaṁ brahma)。没有任何事物能在没有祂的情况下存在。正如《博伽梵歌》第9章第4节诗记载，至尊主说：

mayā tatam idaṁ sarvaṁ
jagad avyakta-mūrtinā
mat-sthāni sarva-bhūtāni
na cāhaṁ teṣv avasthitaḥ

“我以不展示的形象遍布整个宇宙。众生都在我之中，我却不在他们中。”只有透过奉爱服务才能看到至尊主。至尊主只留在祂的奉献者吟诵、吟唱祂荣耀的地方(tatra tiṣṭhāmi nārada yatra gāyanti mad-bhaktāḥ)。

第 49 节

नैते गुणा न गुणिनो महदादयो ये
सर्वे मनः प्रभृतयः सहदेवमर्त्याः ।
आद्यन्तवन्त उरुगाय विदन्ति हि त्वा-
मेवं विमृश्य सुधियो विरमन्ति शब्दात् ॥४९॥

naite guṇā na guṇino mahad-ādayo ye
sarve manaḥ prabhṛtayaḥ sahadeva-martyāḥ
ādy-antavanta urugāya vidanti hi tvām
evaṁ vimṛśya sudhiyo viramanti śabdāt

na一两者都不 / ete一这一切 / guṇāḥ一物质自然三种属性 / na一也不 / guṇinaḥ一掌管物质自然三种属性的神明(主布茹阿玛负责掌管激情属性，主希瓦负责掌管愚昧属性) / mahat-ādayaḥ一五种元素、感官和感官对象 / ye一那些……的 / sarve一全部 / manaḥ一

心 / prabhṛtayaḥ－等等 / saha-deva-martyāḥ－与半神人和终有一死的人类 / ādi-anta-vantaḥ－有开始和结束的 / urugāya－受到全体圣洁之人颂扬的至尊主啊 / vidanti－理解 / hi－事实上 / tvām－您圣上 / evam－因此 / vimṛśya－考虑 / sudhiyaḥ－全体有智慧的人 / viramanti－停止 / śabdāt－从学习或理解韦达经

译文　无论是物质自然三种属性、控制这三种属性的神明、五种粗糙的元素、心、半神人还是人类，都无法了解您圣上，因为他们都受制于诞生与毁灭。考虑到这一点，灵性进步之人便采用做奉爱服务的方法。这种明智之人不屑费力去研究韦达经，而是致力于实际地做奉爱服务。

要旨　正如好几个地方所说的，只有靠做奉爱服务才能了解至尊主(bhaktyā mām abhijānāti)。智者——奉献者，不会自找麻烦去做第46节诗中所谈到的那些练习(mauna-vrata-śruta-tapo-'dhyayana-sva-dharma)。通过做奉爱服务了解至尊主后，这样的奉献者不再对研究韦达经感兴趣。事实上，就连韦达经中都证实了这一点。韦达经说研究那么多韦达文献有什么用？用不同的方式解释它们有什么用(kim arthā vayam adhyeṣyāmahe kim arthā vayam vakṣyāmahe)？没人再需要研究韦达文献，也没人需要用哲学思辨的方式叙述它们。《博伽梵歌》第2章的第52节诗也说：

yadā te moha-kalilaṁ
buddhir vyatitariṣyati
tadā gantāsi nirvedaṁ
śrotavyasya śrutasya ca

“当你的智力穿出错觉的密林时，你就不会再关心过去听过的一切或今后听说的一切。”人一旦靠做奉爱服务了解了至尊人格首神，就停止研究韦达文献。《博伽梵歌》的另一个地方说：

人如果能了解至尊人格首神，为祂做服务，就不再需要从事艰巨的苦行和苦修等活动了(ārādhito yadi haris tapasā tataḥ kim)。然而，如果从事艰巨的苦行和苦修后，人仍无法了解至尊人格首神，那么这样的实践就毫无用处。

第 50 节

तत्तेऽर्हत्तम नमः स्तुतिकर्मपूजाः
कर्म स्मृतिश्चरणयोः श्रवणं कथायाम् ।
संसेवया त्वयि विनेति षडङ्गया किं
भक्तिं जनः परमहंसगतौ लभेत ॥५०॥

tat te 'rhattama namaḥ stuti-karma-pūjāḥ
karma smṛtiś caraṇayoḥ śravaṇaṁ kathāyām
saṁsevayā tvayi vineti ṣaḍ-aṅgayā kiṁ
bhaktiṁ janaḥ paramahaṁsa-gatau labheta

tat—因此 / te—向您 / arhat-tama—全体值得崇拜的人中最尊贵的人啊 / namaḥ—恭敬的顶礼 / stuti-karma-pūjāḥ—通过敬献祈祷及其他奉爱活动崇拜您圣上 / karma—献给您的活动 / smṛtiḥ——一直不断地铭记 / caraṇayoḥ—您的莲花足的 / śravaṇam—总是聆听 / kathāyām—在(有关您的)话题中 / saṁsevayā—这样的奉爱服务 / tvayi—向您 / vinā—没有 / iti—因此 / ṣaṭ-aṅgayā—有六个不同的部分 / kim—如何 / bhaktim—奉爱服务 / janaḥ——一个人 / paramahaṁsa-gatau—至尊天鹅们可以得到 / labheta—能获得

译文 正因为如此，至尊人格首神啊，受到最多赞扬的人！我向您致以虔敬的顶礼，因为不为您做敬献祈祷、献出一切活动结果、崇拜您、代表您工作、始终铭记您的莲花足和聆听有关您的荣耀这六项奉爱服务，有谁能得到只有至尊天鹅们才能得到的一切呢？

要旨　韦达经嘱咐说：人无法只靠研究韦达经和敬献祈祷了解至尊人格首神(nāyam ātmā pravacanena labhyo na medhayā na bahunā śrutena)。只有靠至尊主的恩典，人才能了解祂。因此，奉爱服务(bhakti)是了解至尊主的方法。在不做奉爱服务的情况下，光靠遵循韦达训喻并不帮助人了解绝对真理。接受一切之精华的至尊天鹅(paramahaṁsa)了解奉爱服务的程序。只有至尊天鹅才能享受到奉爱服务的结果——培养出对至尊主的奉爱之情；除了奉爱服务，其他的韦达程序都无法使人达到这一阶段。知识思辨和瑜伽等其他程序，只有在加上奉爱服务的成分后才能成功。当我们说知识思辨瑜伽(jñāna-yoga)、活动瑜伽(karma-yoga)和冥想瑜伽(dhyāna-yoga)时时，梵文瑜伽(yoga)一词是指奉爱(bhakti)。在充满知识的情况下运用智慧所练的奉爱瑜伽(bhakti-yoga)——智慧瑜伽(buddhi-yoga)，是唯一能够成功地使人回归家园、回到首神身边的方法。想要摆脱物质存在痛苦的人，应该为快速达到这一目标而采用做奉爱服务的方法。

第51节

श्रीनारद उवाच
एतावद्वर्णितगुणो भक्त्या भक्तेन निर्गुणः ।
प्रह्रादं प्रणतं प्रीतो यतमन्युरभाषत ॥५१॥

śrī-nārada uvāca
etāvad varṇita-guṇo
bhaktyā bhaktena nirguṇaḥ
prahrādaṁ praṇataṁ prīto
yata-manyur abhāṣata

śrī-nāradaḥ uvāca—圣纳茹阿达·牟尼说 / etāvat—到此为止 / varṇita—描述了 / guṇaḥ—超然的品质 / bhaktyā—以奉爱之情 / bhaktena—由奉献者(帕拉德王) / nirguṇaḥ—超然的至尊主 /

prahrādam—向帕拉德王 / praṇatam—投靠在至尊主莲花足旁的人 / prītaḥ—被取悦 / yata-manyuḥ—控制愤怒 / abhāṣata—开始说话

译文 伟大的圣人纳茹阿达·牟尼说：就这样，奉献者帕拉德王在超然的状态中所敬献的祈祷，使主尼尔星哈戴瓦平静下来。至尊主停止愤怒，对正拜倒在地向祂顶礼的帕拉德十分亲切地说了如下一番话。

要旨 梵文“没有物质属性(nirguṇa)”一词十分重要。假象宗哲学家承认绝对真理是超然的(nirguṇa或nirākāra)。充满了灵性属性的至尊主，停止祂的一切愤怒，开口对帕拉德说话。

第52节

श्रीभगवानुवाच
प्रह्राद भद्र भद्रं ते प्रीतोऽहं तेऽसुरोत्तम ।
वरं वृणीष्वाभिमतं कामपूरोऽस्म्यहं नृणाम् ॥५२॥

śrī-bhagavān uvāca
prahrāda bhadra bhadraṁ te
prīto 'haṁ te 'surottama
varaṁ vṛṇīṣvābhimataṁ
kāma-pūro 'smy ahaṁ nṛṇām

śrī-bhagavān uvāca—至尊人格首神说 / prahrāda—我亲爱的帕拉德啊 / bhadra—你是如此温文儒雅 / bhadram—所有的好运 / te—向你 / prītaḥ—满意了 / aham—我 / te—向你 / asura-uttama—恶魔(无神论者)家庭中最优秀的奉献者啊 / varam—祝福 / vṛṇīṣva—请说 / abhimatam—想要的 / kāma-pūraḥ—满足众生的愿望的人 / asmi—是 / aham—我 / nṛṇām—所有人的

译文 至尊人格首神说：我亲爱的帕拉德，最温文儒雅的人，恶魔家族中的最优者，一切好运归于你。我对你十分满意。满足众生的心愿是我的娱乐活动，所以你无论有什么想要实现的愿望，都可以向我要求祝福。

要旨　至尊人格首神被称为“非常爱祂奉献者的至尊人物(bhakta-vatsala)”。至尊主把所有的祝福给予祂的奉献者并非是很不寻常的事。至尊人格首神实际上在说：“我满足众生的愿望。既然你是我的奉献者，无论你为自己要什么，我自然都会给你，但如果你为他人祈祷，那祈求也会得以实现。”因此，如果我们接近至尊主或祂的奉献者，或者如果得到奉献者的祝福，我们自然就会得到至尊主的赐福。凭借灵性导师的仁慈，我们得到奎师那的祝福(yasya prasādād bhagavat-prasādaḥ)。圣维施瓦纳特·查夸瓦尔提·塔库尔(Viśvanātha Cakravartī Ṭhākura)说：取悦了外士纳瓦灵性导师的人，所有的愿望都将得以实现。

第53节

मामप्रीणत आयुष्मन्दर्शनं दुर्लभं हि मे ।
दृष्ट्वा मां न पुनर्जन्तुरात्मानं तप्तुमर्हति ॥५३॥

mām aprīṇata āyuṣman
darśanaṁ durlabhaṁ hi me
dṛṣṭvā māṁ na punar jantur
ātmānaṁ taptum arhati

mām－令我 / aprīṇataḥ－不高兴 / āyuṣman－长寿的帕拉德啊 / darśanam－看 / durlabham－十分罕见 / hi－事实上 / me－我的 / dṛṣṭvā－看到后 / mām－我 / na－不 / punaḥ－再次 / jantuḥ－生物 / ātmānam－为他自己 / taptum－悲伤 / arhati－应得

译文　我亲爱的帕拉德，愿你长寿。没人能在不让我高兴的情况下欣赏到我或了解我，但看到或取悦了我的人便再也没有为他个人的满足而需要悲伤的事了。

要旨 人除非取悦至尊人格首神，否则在任何情况下都不可能快乐；但学会如何取悦至尊人格首神的人，就不再需要为其物质处境而悲伤了。

第 54 节

प्रीणन्ति ह्यथ मां धीराः सर्वभावेन साधवः ।
श्रेयस्कामा महाभाग सर्वासामाशिषां पतिम् ॥५४॥

prīṇanti hy atha māṁ dhīrāḥ
sarva-bhāvena sādhavaḥ
śreyas-kāmā mahā-bhāga
sarvāsām āśiṣāṁ patim

prīṇanti一努力取悦 / hi一事实上 / atha一由于这 / mām一我 / dhīrāḥ一那些清醒且最有智慧的人 / sarva-bhāvena一在所有的方面，以不同的奉爱服务的方法 / sādhavaḥ一行为十分良好(在所有的方面都完美)的人 / śreyas-kāmāḥ一想要在生活中得到最佳利益 / mahā-bhāga一如此幸运的你啊 / sarvāsām一全部的 / āśiṣām一各种祝福 / patim一主人(我)

译文 我亲爱的帕拉德，你非常幸运。请听我说，那些十分明智且受过高等教育的人，都努力以各种美好的情感取悦我，因为我是唯一能满足每个人一切心愿的那个人。

要旨 梵文dhīrāḥ sarva-bhāvena一句的意思并非是“以你喜欢的任何方式”。巴瓦(bhāva)是爱首神的初级阶段。

athāsaktis tato bhāvas
tataḥ premābhyudañcati
sādhakānām ayaṁ premṇaḥ
prādurbhāve bhavet kramaḥ

(《奉爱服务的纯粹甘露之洋》1.4.16)

巴瓦是人在达到爱首神之前的最后一个灵修阶段。梵文sarva-bhāva的意思是，人可以怀着各种不同的超然情感爱至尊人格首神，它们分别是仆人对主人的情感(dāsya)、朋友的情感(sakhya)、父母的情感(vātsalya)和伴侣的情感(mādhurya)。在中性(śānta)的阶段，人处在为至尊主做爱心服务的边界上。对首神纯粹的爱，始于仆人对主人的爱，接着发展为朋友之爱、父母之爱，然后是伴侣之爱。尽管有这些划分，但灵魂可以怀着这五种情感中的任何一种情感为至尊主做爱心服务。既然我们主要该做的是爱至尊人格首神，我们就可以在上述的任何一个爱的层面上为祂做服务。

第 55 节

श्रीनारद उवाच
एवं प्रलोभ्यमानोऽपि वरैर्लोकप्रलोभनैः ।
एकान्तित्वाद्भगवति नैच्छत्तानसुरोत्तमः ॥५५॥

śrī-nārada uvāca
evaṁ pralobhyamāno 'pi
varair loka-pralobhanaiḥ
ekāntitvād bhagavati
naicchat tān asurottamaḥ

śrī-nāradaḥ uvāca—伟大的圣人纳茹阿达说／evam—就这样／pralobhyamānaḥ—被诱惑的／api—虽然／varaiḥ—用祝福／loka—世界的／pralobhanaiḥ—用各种诱惑／ekāntitvāt—因为仅仅投靠／bhagavati—向至尊人格首神／na aicchat—不要／tān—那些祝福／asura-uttamaḥ—恶魔家庭中最优秀的人帕拉德王

译文　纳茹阿达·牟尼说：帕拉德王是始终向往物质快乐的恶魔家族中最优秀的人。尽管至尊人格首神要给予他使他获得物质快乐的一切祝福，以此诱惑他，但他却因为有纯粹的奎师那意识而不想接受使人得到感官享乐的物质性祝福。

要旨 像帕拉德王和杜茹瓦王(Dhruva Mahārāja)那样纯粹的奉献者，在奉爱服务的任何阶段都不渴望得到物质利益。当至尊主出现在杜茹瓦王的面前时，杜茹瓦并没有想向至尊主要求物质的利益(svāmin kṛtārtho 'smi varaṁ na yāce)。作为纯粹的奉献者，他不会向至尊主要求任何物质利益。就有关这一点，圣柴坦亚·玛哈帕布教导我们说：

na dhanaṁ na janaṁ na sundarīṁ
kavitāṁ vā jagad-īśa kāmaye
mama janmani janmanīśvare
bhavatād bhaktir ahaitukī tvayi

“全能的主佳嘎迪施啊！我无意累积财富，不想要漂亮的女人，也不想要任何追随者。我只想一世复一世地为您做奉爱服务。”

到此为止，结束了巴克提韦丹塔对《圣典博伽瓦谭》第7篇第9章——“帕拉德靠祈祷平息主尼尔星哈戴瓦的怒火”所作的阐释。

第十章

帕拉德——最杰出的崇高奉献者

这一章描述了至尊人格首神尼尔星哈戴瓦(Nṛsiṁhadeva)在让帕拉德王感到高兴后隐迹，也描述了主希瓦(Śiva)给予的一个祝福。

主尼尔星哈戴瓦想要一个接一个地给帕拉德王(Prahlāda Mahārāja)以祝福，但帕拉德王认为它们都是灵性成长路途上的障碍，因此一个都不接受，而是全心全意地投靠至尊主的莲花足。他说："为至尊主做奉爱服务但却祈求个人感官享乐的人，不能被称为是纯粹的奉献者或甚至是奉献者。他也许只能被称为是一个做交易的商人。同样，想在接受仆人的服务后取悦仆人的主人也不是真正的主人。"为此，帕拉德没有向至尊人格首神提出任何要求，而是说：如果至尊主想要给他一个祝福，那他就希望至尊主确保他永远不受"为满足物质欲望而接受祝福"的诱惑。人们通常都想通过做奉爱服务，换取实现物质享乐欲望的便利条件。贪图物质享乐的欲望一旦升起，人的感官、内心、人生、灵魂、宗教原则、耐心、智力、害羞、美丽、力量、记忆和诚实等就都被那些欲望所征服。只有心中没有物质欲望的人，才能为至尊主做纯粹的奉爱服务。

至尊人格首神对帕拉德王所具有的纯粹奉爱之情感到极为满意，但还是给了他一个物质祝福，即他不仅会在这个世界里感到十分快乐，下一生还会生活在灵性世界外琨塔中。至尊主祝福他，直到曼万塔尔(manvantara)的千年统治期结束，他都会是这个物质世界的君王；他将有条件聆听至尊主的荣耀，完全依靠至尊主，透过不受污染的奉爱瑜伽(bhakti-yoga)程序做奉爱服务。至尊主忠告帕拉德要通过奉爱瑜伽举行祭祀，因为这是一个君王的责任。

帕拉德王接受至尊主给予他的一切，并祈求至尊主拯救他父亲。为回应这一祈求，至尊主向他保证，像他这样纯洁的奉献者，家中的成员不仅是他父亲，就连包括他祖父在内的二十一代成员都会得到拯救。至尊主还要求帕拉德为他父亲举行适当的葬礼。

接着，同时也在场的主布茹阿玛(Brahmā)向至尊主献上许多祈祷，表达他对至尊主给予帕拉德王祝福的感激之情。至尊主忠告主布茹阿玛不要再向他对黑冉亚卡希普(Hiraṇyakaśipu)所做的那样，给恶魔(asura)以祝福，因为这种祝福会使他们更加放纵。说完，主尼尔星哈戴瓦便失去踪迹。就在当天，主布茹阿玛和舒夸查尔亚(Śukrācārya)让帕拉德王登基，坐上了世界的王座。

这样，纳茹阿达·牟尼(Nārada Muni)先给尤帝士提尔王(Yudhiṣṭhira Mahārāja)描述了帕拉德王的品格；接着又讲述了主茹阿玛禅铎(Rāmacandra)杀死茹阿瓦纳(Rāvaṇa)，以及锡舒帕勒(Śiśupāla)和丹塔瓦夸(Dantavakra)在杜瓦帕尔年代(Dvāpara-yuga)被杀死的情况。当然，锡舒帕勒融入至尊主体内，从而获得了融入梵光的解脱(sāyujya-mukti)。纳茹阿达·牟尼赞扬尤帝士提尔王，因为至尊主奎师那是潘达瓦(Pāṇḍavas)五兄弟的最好的朋友和祝愿者，几乎总是留在他们的家中。所以，潘达瓦五兄弟比帕拉德王更幸运。

随后，纳茹阿达·牟尼讲述，玛雅·达纳瓦(Maya Dānava)魔为恶魔们建造了三个住所(Tripura)，使他们变得十分强大，打败了半神人。因为被打败，主茹铎(Rudra)——希瓦，摧毁了恶魔们的三个住所，从此以歼灭恶魔的三个住所之人著称(Tripurāri)。对此，茹铎受到半神人的欣赏和崇拜。这段描述出现在这一章的结束部分。

第 1 节

श्रीनारद उवाच
भक्तियोगस्य तत्सर्वमन्तरायतयार्भकः ।
मन्यमानो हृषीकेशं स्मयमान उवाच ह ॥१॥

śrī-nārada uvāca
bhakti-yogasya tat sarvam
antarāyatayārbhakaḥ
manyamāno hṛṣīkeśaṁ
smayamāna uvāca ha

śrī-nāradaḥ uvāca－纳茹阿达·牟尼说 / bhakti-yogasya－奉爱服务的原则的 / tat－那些(主尼尔星哈戴瓦所给予的嘱咐) / sarvam－每一个 / antarāyatayā－由于是(奉爱瑜伽路途上的)障碍 / arbhakaḥ－帕拉德王，虽然只是个男孩 / manyamānaḥ－考虑到 / hṛṣīkeśam－向主尼尔星哈戴瓦 / sma yamānaḥ－微笑 / uvāca－说 / ha－在过去

译文 神圣的纳茹阿达·牟尼继续说：帕拉德王虽然还只是个男孩，可一旦听到主尼尔星哈戴瓦要给他的祝福时，便认为那些都是奉爱服务之途上的障碍，于是十分温和地微笑着说了如下一番话。

要旨 物质所得并非奉爱服务的最高目标。奉爱服务的最高目标是爱首神。因此，尽管帕拉德王、杜茹瓦王(Dhruva Mahārāja)、安巴瑞施王(Ambarīṣa Mahārāja)、尤帝士提尔王和许多君王奉献者在物质上都很富有，但他们接受物质财富是为了用以为至尊主做奉爱服务，而不是为他们个人的感官享乐。当然，拥有物质财富总是危险的事，因为物质财富容易使人被误导而停止做奉爱服务。尽管如此，纯粹奉献者从不被物质财富所误导(anyābhilāṣitā-śūnyam)。相反，他无论拥有什么，都把一切百分之百地用于为至尊主做服务。当人受到物质拥有的诱惑时，那些诱惑被视为是玛

亚(māyā)给予的，但当人将物质拥有全部用于为至尊主做服务时，物质拥有就被视为神的礼物，或说是奎师那为加强一个人的奉爱服务而提供的便利条件。

第 2 节

श्रीप्रह्लाद उवाच
मा मां प्रलोभयोत्पत्त्या सक्तं कामेषु तैर्वरैः ।
तत्सङ्गभीतो निर्विण्णो मुमुक्षुस्त्वामुपाश्रितः ॥२॥

śrī-prahrāda uvāca
mā māṁ pralobhayotpattyā
saktaṁ kāmeṣu tair varaiḥ
tat-saṅga-bhīto nirviṇṇo
mumukṣus tvām upāśritaḥ

śrī-prahrādaḥ uvāca—(向至尊人格首神)帕拉德王说 / mā—请不要 / mām—我 / pralobhaya—诱惑 / utpattyā—由于我的出身(在一个恶魔家中) / saktam—(我已经)依恋了 / kāmeṣu—物质享乐 / taiḥ—被所有那些 / varaiḥ—物质拥有的祝福 / tat-saṅga-bhītaḥ—因为害怕这种物质接触 / nirviṇṇaḥ—完全超脱物质欲望 / mumukṣuḥ—想要摆脱物质生存处境的愿望 / tvām—向您的莲花足 / upāśritaḥ—我托庇于

译文 帕拉德王说：我亲爱的至尊主，至尊人格首神啊！我出生在一个无神论者的家中，自然很依恋物质享乐。所以，请不要诱惑我。我十分害怕物质处境，想要摆脱物质化的生活。正因为如此，我才托庇于您的莲花足。

要旨 物质主义生活意味着依恋躯体，以及与躯体有关的一切。这种依恋以贪图感官享乐的物质欲念，尤其是性享乐为基础。太依恋物质享乐的人，缺乏知识(kāmais tais tair hṛta-jñānāḥ)。正如《博伽梵歌》(Bhagavad-gītā)中所言，太依恋物质享乐的人，大都喜欢崇拜半神人，以设法得到各种物质财富。他们尤其喜欢崇拜杜尔嘎(Durgā)女神和主希瓦，因为这对超然的伴侣可以给他们的信奉者提供所有的物质财富。但是，帕拉德王丝毫不依恋物质享乐。他为此托庇于主尼尔星哈戴瓦的莲花足，而不是投靠在半神人的脚下。要明白的是：我们如果真正想要摆脱物质世界，以及三重苦和生老病死的痛苦(janma-mṛtyu jarā-vyādhi)，就必须托庇于至尊人格首神，因为没有至尊人格首神的仁慈，没人能摆脱物质主义生活。无神论者十分依恋物质享乐，所以一旦有机会得到越来越多的物质享乐，就会加以利用。然而，帕拉德王对此十分谨慎。他虽然有一个物质主义的生身父亲，但因为是奉献者而没有丝毫的物质欲望(anyābhilāṣitā-śūnyam)。

第 3 节

भृत्यलक्षणजिज्ञासुर्भक्तं कामेष्वचोदयत् ।
भवान् संसारबीजेषु हृदयग्रन्थिषु प्रभो ॥ ३ ॥

bhṛtya-lakṣaṇa-jijñāsur
　bhaktaṁ kāmeṣv acodayat
bhavān saṁsāra-bījeṣu
　hṛdaya-granthiṣu prabho

bhṛtya-lakṣaṇa-jijñāsuḥ—想要展示纯粹奉献者的征象 / bhaktam—奉献者 / kāmeṣu—在贪图物质享乐的欲望占主导地位的物质世界里 / acodayat—送走 / bhavān—您圣上 / saṁsāra-bījeṣu—生存在这个物质世界里的根源 / hṛdaya-granthiṣu—在全体受制约灵魂心中(物质享乐欲望)的…… / prabho—我值得崇拜的至尊主啊

译文　我崇拜的至尊主啊！贪图物质享乐的欲望种子是物质存在的根源，由于这种子存在于每一个生物体的心中，您派我到这个物质世界来展示纯粹奉献者的表征。

要旨 《奉爱服务的纯粹甘露之洋》(Bhakti-rasāmṛta-sin-dhu)用相当大的篇幅谈论了有关尼提亚·希达(nitya-siddha)奉献者和萨达纳·希达(sādhana-siddha)奉献者。尼提亚·希达奉献者从灵性世界外琨塔(Vaikuṇṭha)来到这个物质世界，以身作则教导人如何成为一名奉献者。这个物质世界里的生物可以从这样的奉献者学习，从而变得想要回归家园，回到首神身边。尼提亚·希达奉献者按照至尊人格首神的命令从外琨塔下到物质世界，以身作则教导人如何成为一名纯粹的奉献者(anyābhilāṣitā-śūnyam)。尽管来到这个物质世界，尼提亚·希达奉献者永远都不受物质享乐诱惑的吸引。帕拉德王就是这样一个完美的典范；他是尼提亚·希塔奉献者，是伟大的奉献者(mahā-bhāgavata)。他虽然出生在无神论者黑冉亚卡希普家中，但却从不依恋任何形式的物质享乐。为要让人们看到纯粹奉献者的表征，至尊主引诱帕拉德王接受物质祝福，但帕拉德王并不接受它们。相反，他展现出一个纯粹奉献者的表征。换句话说，若不是为了拯救物质世界里堕落的灵魂并让人们看到纯粹奉献者的光荣，至尊主并不想派祂的纯粹奉献者来到这个物质世界，而奉献者来此也没有任何物质目的。当至尊主亲自化身出现在这个物质世界里时，祂既不受物质环境的诱惑，也与物质活动毫无关系，但还是以身作则教导普通人如何成为奉献者。同样，执行至尊主命令来到这里的奉献者，也用自己的实际行动示范如何成为纯粹的奉献者。因此，纯粹的奉献者是包括主布茹阿玛在内的一切众生应该学习的实际典范。

第4节

नान्यथा तेऽखिलगुरो घटेत करुणात्मनः ।
यस्त आशिष आशास्ते न स भृत्यः स वै वणिक् ॥४॥

nānyathā te 'khila-guro
ghaṭeta karuṇātmanaḥ

yas ta āśiṣa āśāste
na sa bhṛtyaḥ sa vai vaṇik

na—不 / anyathā—否则 / te—您的 / akhila-guro—整个创造的至尊教导者啊 / ghaṭeta—这样一件事情可以发生 / karuṇā-ātmanaḥ—对自己的奉献者极其仁慈的至尊人 / yaḥ—任何……的人 / te—从你 / āśiṣaḥ—物质利益 / āśāste—想要(靠为您服务做交换) / na—不 / saḥ—这样一个人 / bhṛtyaḥ—仆人 / saḥ—这样一个人 / vai—事实上 / vaṇik—(想要从生意中得到物质利益的)商人

译文 否则，我的至尊主！整个世界的指导者啊！对您的奉献者是如此仁慈的您，绝不会引诱您的奉献者做一些对他没有益处的事。另外，想靠做奉爱服务换取物质利益的人，不可能是您纯粹的奉献者。事实上，他不比一个用服务换取利润的商人强。

要旨 我们有时看到，有些人来找奉献者或到至尊主的庙来，只是为得到一些物质利益。这节诗文描述这种人是商人。《博伽梵歌》中谈到痛苦之人、好奇爱问的人和追求物质财富的人(ārto jijñāsur arthārthī)，其中梵文ārta是指痛苦之人，而arthārthī是指想要钱的人。这种人为了靠至尊主的祝福减轻他们的痛苦或赚些钱而被迫接近至尊人格首神。他们被描述为是虔诚的(sukṛtī)，因为他们在痛苦中或需要钱的时候，至少去找至尊主。人除非是虔诚的，否则不可能接近至尊人格首神。然而，尽管虔诚的人也许得到某些物质利益，但关心物质利益的人不可能是纯粹的奉献者。纯粹的奉献者得到物质财富时，并不是因为他从事了虔诚的活动，而是因为他为至尊主做服务。致力于做奉爱服务的人自然是虔诚的。因此，纯粹奉献者没有丝毫的物质欲望(anyābhilāṣitā-śūnyam)。他对物质利益丝毫不感兴趣，至尊主也不引诱他去谋取物质利益。当奉献者需要什么时，至尊人格首神就会为他们提供(yoga-kṣemaṁ vahāmy aham)。

物质主义者有时去庙里给至尊主供奉鲜花和水果，因为他们从《博伽梵歌》中得知，如果奉献者供奉一些鲜花和水果，至尊主就会接受。《博伽梵歌》第9章的第26节诗记载，至尊主说：

patraṁ puṣpaṁ phalaṁ toyaṁ
yo me bhaktyā prayacchati
tad ahaṁ bhakty-upahṛtam
aśnāmi prayatātmanaḥ

"人如果怀着奉爱之心给我供奉一片叶、一朵花、一个水果或一些水，我将会接受。"为此，具有商人心态的人就会想，如果他能够靠仅仅供奉一点点水果和鲜花，就得到一大笔钱等物质利益，那可是很好的交易。这种人不被接受为是纯粹奉献者。由于他们的愿望不纯净，他们仍旧是商人，即使他们去庙里表现自己是奉献者也不例外。只有彻底免于物质欲望的人才得到净化，也只有在净化的状态下，人才能侍奉至尊主(sarvopādhi-vinirmuktaṁ tat-paratvena nirmalam)。用自己的感官为感官的主人慧希凯施做服务是奉爱服务(hṛṣīkeṇa hṛṣīkeśa-sevanaṁ bhaktir ucyate)。这是纯粹奉爱的层面。

第5节

आशासानो न वै भृत्यः स्वामिन्याशिष आत्मनः ।
न स्वामी भृत्यतः स्वाम्यमिच्छन् यो राति चाशिषः ॥५॥

āśāsāno na vai bhṛtyaḥ
svāminy āśiṣa ātmanaḥ
na svāmī bhṛtyataḥ svāmyam
icchan yo rāti cāśiṣaḥ

āśāsānaḥ—想要(通过做服务交换)的人 / na—不 / vai—事实上 / bhṛtyaḥ—至尊主有资格的仆人或纯粹的奉献者 / svāmini—从主人 / āśiṣaḥ—物质利益 / ātmanaḥ—为了个人的感官享乐 / na—也不 / svāmī—主人 / bhṛtyataḥ—从仆人 / svāmyam—作为主人的有名望的

地位 / icchan－愿望 / yaḥ－任何这样……的主人 / rāti－把……给予 / ca－也 / āśiṣaḥ－物质利益

译文　想要从自己的主人那里得到物质利益的仆人，无疑不是有资格的仆人或纯粹奉献者。同样，为保住当主人的名位而给仆人以好处的主人，也不是心地纯正的主人。

要旨　正如《博伽梵歌》第7章的第20节诗所说："被物质欲望偷去智力的人皈依半神人(kāmais tais tair hṛta jñānāḥ prapa-dyante 'nya-devatāḥ)。"半神人无法成为主人，因为真正的主人是至尊人格首神。半神人为了保持他们受尊敬的地位，就按照崇拜他们的人的愿望赐予他们想要的一切。例如有一次，一个恶魔从主希瓦那里得到他想要的祝福，也就是使自己有能力只要用手碰谁的头就能杀死谁。这样的祝福是可以从半神人那里得到的。然而，人如果崇拜至尊人格首神，至尊主永远都不会给崇拜者以这种遭到谴责的祝福。相反，在《圣典博伽瓦谭》(Śrīmad-Bhāgavatam)第10篇第88章的第8节诗中说：人如果太物质化，但同时又想当至尊主的仆人，那么至尊主就会出于祂对那种奉献者的最大的同情，拿走他所有的物质财富，迫使他成为至尊主的纯粹奉献者(yasyāham anugṛhnāmi hariṣye tad-dhanaṁ śanaiḥ)。帕拉德王对纯粹奉献者和纯粹的主人作了区分。至尊主是纯洁的主人、至高无上的主人，而没有丝毫物质动机的纯粹奉献者是纯洁的仆人。怀有物质动机的人无法成为仆人，为维持自己受尊敬的地位而不必要地赐给仆人以祝福的人，不是真正的主人。

第6节

अहं त्वकामस्त्वद्भक्तस्त्वं च स्वाम्यनपाश्रयः ।
नान्यथेहावयोरर्थो राजसेवकयोरिव ॥ ६ ॥

aham tv akāmas tvad-bhaktas
tvaṁ ca svāmy anapāśrayaḥ
nānyathehāvayor artho
rāja-sevakayor iva

aham－至于我 / tu－事实上 / akāmaḥ－没有物质欲望 / tvat-bhaktaḥ－没有任何动机地全心依恋您 / tvam ca－您圣上也 / svāmī－真正的主人 / anapāśrayaḥ－没有动机(您并非怀着动机成为主人) / na－不 / anyathā－没有这种作为主人和仆人的关系 / iha－这里 / āvayoḥ－我们的 / arthaḥ－任何动机(至尊主是纯粹的主人，帕拉德王是没有物质动机的纯粹奉献者) / rāja－君王的 / sevakayoḥ－和仆人 / iva－就像(正如君王为了仆人的利益而征税或臣民为君王的利益而缴税)

译文 我的至尊主啊！我是您没有动机的仆人，您是我永恒的主人。除了主仆的关系外不需要有其他内容。您原本就是我的主人，而我原本就是您的仆人。我们没有其他关系。

要旨 圣柴坦亚·玛哈帕布(Śrī Caitanya Mahāprabhu)说：所有的生物都是至尊主奎师那永恒的仆人(jīvera 'svarūpa' haya—kṛṣṇera 'nitya-dāsa')。《博伽梵歌》第5章的第29节诗记载，主奎师那说："我是所有星球的拥有者，我是至高无上的享受者(bhoktāraṁ yajña-tapasāṁ sarva-loka-maheśvaram)。"这是至尊主自然的地位，投靠祂是生物自然的状态(sarva-dharmān parityajya mām ekaṁ śaraṇaṁ vraja)。如果这种关系持续不断，那么真正的快乐就永恒地存在于主人和仆人之间。不幸的是，当这种永恒的关系被打破，生物就想要在没有至尊主的情况下享受快乐，并以为主人是他的供应商。这样不可能有快乐。主人也不该迎合仆人的愿望。如果他这么做，他就不是真正的主人。真正的主人命令说"你必须做这件事"，而真正的仆人就会立刻服从那命令。至尊主和从属于祂的生物之间除非建立这种关系，否则生物不可能有真正的快乐。生物永远是下属(āśraya)，至尊人格首神则是至尊对象——生命的目标(viṣaya)。陷在这个物质世界里的不幸的人们，不知道这一点。这个物质世界里的众生被物质能量所迷惑，不知道生命的唯一目的是接近主维施努(na te viduḥ svārtha-gatiṁ hi viṣṇum)。

ārādhanānāṁ sarveṣāṁ
　viṣṇor ārādhanaṁ param
tasmāt parataraṁ devi
　tadīyānāṁ samarcanam

在《莲花往世书》(Padma Purāṇa)中，主希瓦对他妻子帕尔娃缇(Parvatī)——杜尔嘎女神解释说：生命的最高目标是取悦主维施努，而只有当祂的仆人被满足后，祂才会感到满意。正因为如此，圣柴坦亚·玛哈帕布说：人必须成为至尊主的仆人的仆人(gopī-bhartuḥ pada-kamalayor dāsa-dāsānudāsaḥ)。帕拉德王也向主尼尔星哈戴瓦祈祷，允许他当至尊主仆人的仆人。这是奉爱服务的规定方法。只要奉献者想让至尊人格首神当他的供应商，至尊主就会立刻拒绝当这种有物质动机的奉献者的主人。《博伽梵歌》第4章的第11节诗记载，至尊主说："我根据每个人对我皈依的情况回报他们(ye yathā māṁ prapadyante tāṁs tathaiva bhajāmy aham)。"物质主义者一般都想得到物质利益。人只要还继续处在这种被污染的状态中，就得不到回归家园，回到首神身边的祝福。

第7节

यदि दास्यसि मे कामान् वरांस्त्वं वरदर्षभ ।
कामानां हृद्यसंरोहं भवतस्तु वृणे वरम् ॥ ७ ॥

yadi dāsyasi me kāmān
　varāṁs tvaṁ varadarṣabha
kāmānāṁ hṛdy asaṁroham
　bhavatas tu vṛṇe varam

yadi—如果 / dāsyasi—想要给予 / me—我 / kāmān—任何值得要的事物 / varān—作为您的祝福 / tvam—您 / varada-ṛṣabha—可以给予任何祝福的至尊人格首神啊 / kāmānām—为得到物质快乐的一切欲望的 / hṛdi—在我内心深处 / asaṁroham—没有成长 / bhava taḥ—从您 / tu—那么 / vṛṇe—祈求 / varam—这样一个祝福

译文 啊！我的至尊主，最卓越的赐福者！如果您一定要赐予我一个值得要的祝福，那我就祈求您圣上，让我内心没有物质欲望。

要旨 圣主柴坦亚·玛哈帕布教导我们该如何向至尊主祈求祝福说：

na dhanaṁ na janaṁ na sundarīṁ
kavitāṁ vā jagad-īśa kāmaye
mama janmani janmanīśvare
bhavatād bhaktir ahaitukī tvayi

“全能的主啊！我无意累积财富，不想要美丽的妻子，也不想要任何追随者。因为那些都是物质欲望。但如果我必须向您要求任何祝福，我就祈求无论我出生在什么样的环境中，无论生命形式如何，都不要让我失去为您做超然的奉爱服务的机会。”相比较想把一切都变得没有人格特征或空无的假象宗人士(Māyāvādī)来说，奉献者永远处在积极的层面上。人无法保持空无的状态(śūnyavādī)，相反必须拥有些什么。因此，奉献者从积极的方面想要拥有些什么；而这种拥有被帕拉德王生动地描述说：“如果我必须从您那里得到某种祝福，我祈求让我的内心深处没有物质欲望。”但想为至尊人格首神做服务的愿望绝对不是物质的。

第 8 节

इन्द्रियाणि मनः प्राण आत्मा धर्मो धृतिर्मतिः ।
ह्रीः श्रीस्तेजः स्मृतिः सत्यं यस्य नश्यन्ति जन्मना ॥ ८ ॥

indriyāṇi manaḥ prāṇa
ātmā dharmo dhṛtir matiḥ
hrīḥ śrīs tejaḥ smṛtiḥ satyaṁ
yasya naśyanti janmanā

indriyāṇi－感官 / manaḥ－心 / prāṇaḥ－生命之气 / ātmā－躯体 / dharmaḥ－宗教 / dhṛtiḥ－耐心 / matiḥ－智力 / hrīḥ－害羞 / śrīḥ－富有 / tejaḥ－力量 / smṛtiḥ－记忆 / satyam－诚实 / yasya－物质享乐欲望的 / naśyanti－被克服 / janmanā－从一出生开始

译文 我的至尊主啊！与生俱来的贪图物质享乐的欲望，把一个人的感官、内心、生活、身体、宗教、耐心、智慧、羞涩、财富、力量、记忆和诚实全都毁了。

要旨 正如《圣典博伽瓦谭》所言，物质化的生活意味着人受到被称为“贪图物质享乐欲望”的可怕疾病的折磨(kāmaṁ hṛd-rogam)。解脱意味着免于贪图物质享乐的欲望，因为正是这种欲望使人必须重复生死。生物的物质享乐欲望只要还没被满足，就必须一生复一生地投生来满足它们。因此，是物质欲望使人从事各种活动，并接受各种类型的躯体，以便尝试满足那些永远都满足不了的欲望。唯一的矫正法是做奉爱服务，而真正的奉爱服务始于人不再有物质欲望。经典中说要没有物质欲望(anyābhilāṣitā-śūnyam)，其中梵文anya-abhilāṣitā的意思是“物质欲望”，śūnyam的意思是“摆脱”。灵性的灵魂有灵性的活动和欲望，正如圣柴坦亚·玛哈帕布描述说：我只想一世复一世无求地为您做奉爱服务(mama janmani janmanīśvare bhavatād bhaktir ahaitukī tvayi)。怀着纯粹的奉爱之情为至尊主服务，是唯一的灵性愿望。然而，要想实现这一灵性的愿望，人必须去除所有的物质欲望。“无欲”的意思是没有物质欲望。圣茹帕·哥斯瓦米(Rūpa Gosvāmī)称这是没有物质欲望(anyābhilāṣitā-śūnyam)。人只要还有物质欲望，就失去其灵性身份。接下来，人一生的随身设施，包括人的感官、身体、宗教、耐心和智力，就都脱离人原本的奎师那意识的轨道。人只要还有物质欲望，就无法正确地运用其感官和心智等去取悦至尊人格首神。假象宗哲学家想要变得不具人格特性，没有感觉和思想，但那是不可能的。人必须生活，总是怀着愿望、雄心等而存在。但这些都该被净化，以便人可以具有不受物质污染的灵性愿望和雄心。所有的生物都有这样的倾向，因为他是充满生气的生物。然而，生物一旦受到物质污染，就被置于物质痛苦的钳制中(janma-mṛtyu jarā-vyādhi)。若想停止生死轮回，就必须采用为至尊主做奉爱服务的方法。

sarvopādhi-vinirmuktaṁ
tat-paratvena nirmalam
hṛṣīkeṇa hṛṣīkeśa-
sevanaṁ bhaktir ucyate

“奉爱服务(Bhakti)，意味着用我们所有的感官侍奉至尊人格首神——一切感官的主人。当灵性的灵魂为至尊者做奉爱服务时，就会有两种附加效果：一是摆脱所有的物质称号；二是仅仅靠用感官为至尊主服务，所有的感官就都得到净化。”

第9节

विमुञ्चति यदा कामान्मानवो मनसि स्थितान् ।
तर्ह्येव पुण्डरीकाक्ष भगवत्त्वाय कल्पते ॥ ९ ॥

vimuñcati yadā kāmān
mānavo manasi sthitān
tarhy eva puṇḍarīkākṣa
bhagavattvāya kalpate

vimuñcati－放弃 / yadā－每当 / kāmān－所有的物质欲望 / mānavaḥ－人类社会 / manasi－在内心中 / sthitān－处在 / tarhi－只

有在那时 / eva－事实上 / puṇḍarīka-akṣa－我的莲花眼的至尊主啊 / bhagavattvāya－与至尊主一样富有 / kalpate－变得有资格

译文　我的至尊主啊！人一旦能去除心中的一切物质欲望，就能拥有像您一样的财富和富有。

要旨　不信神的人有时批评奉献者说："既然你们不想从至尊主那里得到任何祝福，既然至尊主的仆人像至尊主本人一样富有，那你们为什么要祈求当至尊主的仆人这一祝福呢？"施瑞达尔·斯瓦米(Śrīdhara Svāmī)评论说，bhagavattva的意思是具有与神一样的力量(bhagavattvāya bhagavat-samān aiśvaryāya)。这并不意味着与至尊主合一或与祂平等，尽管在灵性世界中，仆人与主人一样富有。至尊主的仆人以仆人、朋友、父母或爱侣的身份侍奉至尊主，他们都与至尊主一样富有。这就是"既是一样又有区别(acintyabhedābheda-tattva)"的原理；也就是说，主人和仆人既有区别，又同样富有。这就是"与至尊主既不一样，同时又一样"的意思。

第 10 节

ॐ नमो भगवते तुभ्यं पुरुषाय महात्मने ।
हरयेऽद्भुतसिंहाय ब्रह्मणे परमात्मने ॥१०॥

oṁ namo bhagavate tubhyaṁ
puruṣāya mahātmane
haraye 'dbhuta-siṁhāya
brahmaṇe paramātmane

oṁ－我的至尊主啊，至尊人格首神啊 / namaḥ－我献上虔敬的顶礼 / bhagavate－向至尊人 / tubhyam－向您 / puruṣāya－向至尊人 / mahā-ātmane－向至尊灵魂——超灵 / haraye－向消除奉献者全部痛苦的至尊主 / adbhuta-siṁhāya－向您神奇的狮子般的尼尔星哈

戴瓦形象 / brahmaṇe—向至尊梵(布茹阿曼) / parama-ātmane—向至尊灵魂

译文 啊，绝对拥有六种财富的至尊主！至高无上的人！至尊灵魂！消灭痛苦的人！以神奇的半人半狮形象出现的至尊人！让我向您致以虔敬的顶礼。

要旨 帕拉德王在前一节诗中解释说，奉献者可以与至尊人同在一个层面上(bhagavattva)，但这并不意味着奉献者失去自己做仆人的地位。至尊主纯洁的仆人像至尊主一样富有，但还是通过服务向至尊主致以敬意。帕拉德王当时在忙着安抚至尊主，所以根本没想到自己与至尊主是平等的。他将自己地位确定为是仆人，并向至尊主致以敬意。

第 11 节

श्रीभगवानुवाच
नैकान्तिनो मे मयि जात्विहाशिष
आशासतेऽमुत्र च ये भवद्विधाः ।
तथापि मन्वन्तरमेतदत्र
दैत्येश्वराणामनुभुङ्क्ष्व भोगान् ॥११॥

śrī-bhagavān uvāca
naikāntino me mayi jātv ihāśiṣa
āśāsate 'mutra ca ye bhavad-vidhāḥ
tathāpi manvantaram etad atra
daityeśvarāṇām anubhuṅkṣva bhogān

śrī-bhagavān uvāca—至尊人格首神说 / na—不 / ekāntinaḥ—纯粹的，除了做奉爱服务这一欲望外没有其他愿望 / me—从我 / mayi—向我 / jātu—任何时候 / iha—在这个物质世界里 / āśiṣaḥ—祝福 / āśāsate—热切的愿望 / amutra—在下一生中 / ca—和 / ye—所有……的

奉献者 / bhavat-vidhāḥ－像你一样 / tathāpi－仍然 / manvantaram－直到一个玛努结束其一生的这段时间内 / etat－这 / atra－在这个物质世界里 / daitya-īśvarāṇām－物质主义者的富有的 / anubhuṅkṣva－你可以享受 / bhogān－所有的物质财富

译文　至尊人格首神说：我亲爱的帕拉德，向你这样的奉献者，无论是今生或是来世，都从不想要任何种类的物质财富。尽管如此，我还是命令你在这个物质世界里享受恶魔的财富，到玛努的执政期结束时一直担当恶魔的君王，以那身份行事。

要旨　一位玛努(Manu)的寿命相当于七十一次年代循环的时间长度，而一次年代循环的时间长度是四百三十万年。无神论者们虽然喜欢享受物质财富，但却花巨大的能量去兴建大豪宅、公路、城市和工厂；不幸的是，他们最多也就能活上八九十年或顶多一百年。物质主义者虽然用如此多的精力建造一个幻想王国，但却享受不了几年。然而，由于帕拉德王是奉献者，至尊主便允许他作为物质主义者的君王享受物质财富。帕拉德王出生在极端的物质主义者黑冉亚卡希普的家中，所以既然他是他父亲的合法继承人，至尊主便允许他享受由他父亲历经物质主义者无法计算出的时间所建立的王国。奉献者不必想得到物质财富，只要他是纯粹的奉献者，就有大量的机会可以让他在不经个人努力的情况下也享受到物质快乐。正因为如此，经典推荐人们在任何情况下都该采用做奉爱服务这一方法。想要得到物质财富的人也可以当纯粹奉献者，这样他的愿望就会得以实现。《圣典博伽瓦谭》第2篇第3章的第10节诗中说：

akāmaḥ sarva-kāmo vā
　moksa-kāma udāra-dhīḥ
tīvreṇa bhakti-yogena
　yajeta puruṣaṁ param

“有高度智慧的人，无论内心是充满各种物质欲望，是根本没有物质欲望，还是想要得到解脱，都必须用尽所有的方法崇拜至尊的整体——人格首神。”

第 12 节

कथा मदीया जुषमाणः प्रियास्त्व-
　　मावेश्य मामात्मनि सन्तमेकम् ।
सर्वेषु भूतेष्वधियज्ञमीशं
　　यजस्व योगेन च कर्म हिन्वन् ॥१२॥

kathā madīyā juṣamāṇaḥ priyās tvam
āveśya mām ātmani santam ekam
sarveṣu bhūteṣv adhiyajñam īśaṁ
yajasva yogena ca karma hinvan

kathāḥ－信息或教导 / madīyāḥ－由我给予 / juṣamāṇaḥ－总是聆听或冥思苦想 / priyāḥ－极其愉快 / tvam－你自己 / āveśya－因全神贯注于 / mām－我 / ātmani－在你内心深处 / santam－现存的 / ekam－一(同样的至尊灵魂) / sarveṣu－在所有……中 / bhūteṣu－生物 / adhiyajñam－一切仪式典礼的享受者 / īśam－至尊主 / yajasva－崇拜 / yogena－通过奉爱瑜伽——奉爱服务 / ca－也 / karma－功利性活动 / hinvan－放弃

译文　不用担心你在这个物质世界里。你该始终不断地聆听我所给予的指导和训示，始终全神贯注地想着我，因为我是处在每一个生物体心中的超灵。因此，戒除功利性活动，只崇拜我。

要旨　奉献者变得在物质上十分富有时，不该认为自己正在享受功利性活动的结果。在这个物质世界里的奉献者用所有的物质财富为至尊主服务，总是按照至尊主本人的忠告，计划如何用这些财富侍奉至尊主。奉献者无论拥有什么物质财富，就都用来扩大对至尊主的赞美和服务。奉献者从不为享受功利性活动的结果而举行功利性或仪式性的典礼。相反，奉献者很清楚那些功利性活动的内容都是为智力欠佳的人而设的。纳若塔玛·达斯·塔库尔(Narottama dāsa Ṭhākura)在他的《奉爱的月光》(prema-bhakti-candrikā)中说，功利性活动和对至尊主进行思辨，就如同一罐一罐的毒药(karma-kāṇḍa, jñāna-kāṇḍa, kevala viṣera bhāṇḍa)。执著于从事功利性活动和思辨活动的人，毁坏自己作为人的存在。因此，奉献者对功利性活动和思辨活动从不感兴趣，而只是致力于怀着爱心为至尊主服务(ānukūlyena kṛṣṇānuśīlanam)；或者说，只从事做奉爱服务这一灵性活动。

第 13 节

भोगेन पुण्यं कुशलेन पापं
कलेवरं कालजवेन हित्वा ।
कीर्तिं विशुद्धां सुरलोकगीतां
विताय मामेष्यसि मुक्तबन्धः ॥१३॥

bhogena puṇyaṁ kuśalena pāpaṁ
kalevaraṁ kāla-javena hitvā
kīrtiṁ viśuddhāṁ sura-loka-gītāṁ
vitāya mām eṣyasi mukta-bandhaḥ

bhogena－透过物质快乐的感觉 / puṇyam－虔诚活动或它们的结果 / kuśalena－通过虔诚地活动(奉爱服务是最虔诚的活动) / pāpam－不虔诚活动的各种反应 / kalevaram－物质躯体 / kāla-javena－通过最强有力的时间因素 / hitvā－放弃 / kīrtim－声望 / viśuddhām－超然的或完全被净化的 / sura-loka-gītām－甚至在天堂星球中都受到赞扬 / vitāya－传遍全宇宙 / mām－向我 / eṣyasi－你将回来 / mukta-bandhaḥ－摆脱一切束缚

译文 我亲爱的帕拉德，你在这个物质世界期间将通过感到快乐消耗掉所有虔诚活动的结果，将通过虔诚作为抵消不虔诚的活动。强大的时间因素将令你放弃你的躯体，但高等星系中将歌颂你活动的荣耀；而由于你彻底摆脱了一切束缚，您将回归家园，回到首神身边。

要旨 圣维施瓦纳特·查夸瓦尔提·塔库尔(Śrīla Viśvanātha Cakravartī Ṭhākura)说：帕拉德像纳茹阿达·牟尼一样既是萨达纳·希达，又是尼提亚·希达(nitya-siddha)。奉献者分两类，一类是萨达纳·希达(sādhana-siddha)，另一类是尼提亚·希达(nitya-siddha)。帕拉德王是混合型的奉献者，也就是说：他一半的完美来自做奉爱服务，另一半的完美源自永恒的完美。为此，他被比作是像纳茹阿达一样的奉献者。以前，纳茹阿达曾经是一个女仆的儿子，他因为做奉爱服务在来生达到了完美(sādhana-siddhi)。然而，他因为从不忘记至尊人格首神，所以也是尼提亚·希达。

梵文“通过虔诚地活动(kuśalena)”一句十分重要。人在物质世界里生活应该十分有经验。物质世界被称为是相对性的世界，因为人在其中有时不得不以不虔诚的方式活动，有时则不得不虔诚地活动。尽管人不想要以不虔诚的方式活动，但始终有危险是物质世界的本质(padaṁ padaṁ yad vipadām)。所以甚至在做奉爱服务的过程中，奉献者都迫不得已地会树立很多敌人。帕拉德王对此很有体会，因为就连他父亲都成了他的敌人。奉献者应该熟练地设法总是想着至尊主，以便痛苦的反应触碰不到他。这是熟练地对待虔诚活动和非虔诚活动(pāpa-puṇya)的方式。像帕拉德王那样的崇高奉献者，甚至在今生还有物质躯体时就已经解脱了(jīvanmukta)。

第 14 节

य एतत्कीर्तयेन्मह्यं त्वया गीतमिदं नरः ।
त्वां च मां च स्मरन् काले कर्मबन्धात्प्रमुच्यते ॥१४॥

ya etat kīrtayen mahyaṁ
tvayā gītam idaṁ naraḥ
tvāṁ ca māṁ ca smaran kāle
karma-bandhāt pramucyate

yaḥ—……的人 / etat—这种活动 / kīrtayet—歌唱 / mahyam—向我 / tvayā—由你 / gītam—献上的祈祷文 / idam—这 / naraḥ—人 / tvām—你 / ca—不但……而且 / mām ca—我也 / smaran—铭记 / kāle—在适当的时候 / karma-bandhāt—从物质活动的束缚中 / pramucyate—变得自由

译文　谁永远铭记你的活动和我的活动，吟诵你刚才敬献的祈祷，谁迟早就会摆脱物质活动的反应。

要旨　这节诗说明，谁吟诵、吟唱和聆听帕拉德王的活动，以及与帕拉德王有关的活动、主尼尔星哈戴瓦的活动，谁就逐渐不再受功利性活动的束缚。《博伽梵歌》第2章的第15节诗和第56节诗说明：

yaṁ hi na vyathayanty ete
puruṣaṁ puruṣarṣabha
sama-duḥkha-sukhaṁ dhīraṁ
so 'mṛtatvāya kalpate

“最优秀的人(阿尔诸纳)啊！不受苦乐打扰而始终保持稳定的人，肯定有资格获得解脱。”

duḥkheṣv anudvigna-manāḥ
sukheṣu vigata-spṛhaḥ
vīta-rāga-bhaya-krodhaḥ
sthita-dhīr munir ucyate

“谁受三种苦时不心烦意乱，有快乐时不兴高采烈，摆脱了执著、恐惧和愤怒，谁就是内心稳定的智者。”奉献者不该在处境困难时感到愤愤不平，在物质上变得富有时感到格外的高兴。

这才是成熟对待物质生活的方式。由于奉献者知道如何对待生活，他被称为是“在此生就已经解脱了的人(jīvan-mukta)”。正如茹帕·哥斯瓦米(Rūpa Gosvāmī)在《奉爱服务的纯粹甘露之洋》中所解释的：

īhā yasya harer dāsye
karmaṇā manasā girā
nikhilāsv apy avasthāsu
jīvan-muktaḥ sa ucyate

“怀着奎师那意识(或说侍奉奎师那)用自己的身体、心智和话语做事的人，尽管有可能看起来在从事许多所谓的物质活动，但其实甚至在这个物质世界里就已经解脱了。”奉献者因为在生活的任何处境中都一直不断地在做奉爱服务，所以免于一切物质束缚。

bhaktiḥ punāti man-niṣṭhā
śva-pākān api sambhavāt

“人哪怕是出生在吃肉者的家庭，如果致力于做奉爱服务，也就得到了净化。”(《圣典博伽瓦谭》11.14.21)圣吉瓦·哥斯瓦米(Jīva Gosvāmī)引用这节诗证明，吟诵、吟唱有关帕拉德王的纯洁生活和活动的人，免于物质活动的反作用。

第 15—17 节

श्रीप्रह्राद उवाच
वरं वरय एतत्ते वरदेशान्महेश्वर ।
यदनिन्दत्पिता मे त्वामविद्वांस्तेज ऐश्वरम् ॥१५॥

विद्धामर्षाशयः साक्षात्सर्वलोकगुरुं प्रभुम् ।
भ्रातृहेति मृषादृष्टिस्त्वद्भक्ते मयि चाघवान् ॥१६॥

तस्मात्पिता मे पूयेत दुरन्ताद् दुस्तरादघात् ।
पूतस्तेऽपाङ्गसन्दृष्टस्तदा कृपणवत्सल ॥१७॥

śrī-prahrāda uvāca
varaṁ varaya etat te
　varadeśān maheśvara
yad anindat pitā me
　tvām avidvāṁs teja aiśvaram

viddhāmarṣāśayaḥ sākṣāt
　sarva-loka-guruṁ prabhum
bhrātṛ-heti mṛṣā-dṛṣṭis
　tvad-bhakte mayi cāghavān

tasmāt pitā me pūyeta
　durantād dustarād aghāt
pūtas te 'pāṅga-sandṛṣṭas
　tadā kṛpaṇa-vatsala

śrī-prahrādaḥ uvāca－帕拉德王说 / varam－祝福 / varaye－我祈祷 / etat－这 / te－从您 / varada-īśāt－甚至把祝福赐予布茹阿玛和希瓦这样崇高的半神人的至尊人格首神 / mahā-īśvara－我的至尊主啊 / yat－那 / anindat－诽谤 / pitā－父亲 / me－我的 / tvām－您 / avidvān－没有……的知识 / tejaḥ－力量 / aiśvaram－至高无上的地位 / viddha－被污染 / amarṣa－怀着愤怒 / āśayaḥ－在心中 / sākṣāt－直接地 / sarva-loka-gurum－向众生至高无上的灵性导师 / prabhum－向至高无上的主人 / bhrātṛhā－杀死他兄弟的凶手 / iti－如此 / mṛṣādṛṣṭiḥ－因一个错误的概念而错误地心怀恶意 / tvat-bhakte－向您的奉献者 / mayi－向我 / ca－和 / aghavān－犯下重罪的人 / tasmāt－从那 / pitā－父亲 / me－我的 / pūyeta－能被净化 / durantāt－非常 / dustarāt－不可征服的 / aghāt－从所有的罪恶活动 / pūtaḥ－(尽管他)被净化 / te－您的 / apāṅga－因为瞥视他 / sandṛṣṭaḥ－被看 / tadā－那时 / kṛpaṇa-vatsala－对物质主义者仁慈的您啊

译文　帕拉德王说：至尊主啊！由于您对堕落的灵魂那么仁慈，我就请求您只给我一个祝福。我知道我父亲在死时已经因为您瞥视他而得到了净化，但他因为不了解您美妙的力量和至高的地位而毫无必要地对您愤怒，错误地认为是您杀死了他弟弟。为此，他直接亵渎您圣上——众生的灵性导师，并从事了直接迫害我——您的奉献者这一罪孽深重的活动。我希望您原谅他的这些罪行。

要旨 尽管黑冉亚卡希普一旦接触到至尊主的大腿和看向他的目光就立刻得到了净化，但帕拉德王还是想要听至尊主本人亲口说出，他父亲已经靠至尊主没有缘故的仁慈得到了净化。帕拉德王为了他父亲的缘故献上这祈祷。作为一名外士纳瓦(Vaiṣṇa-va)，尽管帕拉德王的父亲处处刁难他，但他还是不忘他父亲对他的情感。

第18节

श्रीभगवानुवाच
त्रिःसप्तभिः पिता पूतः पितृभिः सह तेऽनघ ।
यत्साधोऽस्य कुले जातो भवान् वै कुलपावनः ॥१८॥

śrī-bhagavān uvāca
triḥ-saptabhiḥ pitā pūtaḥ
pitṛbhiḥ saha te 'nagha
yat sādho 'sya kule jāto
bhavān vai kula-pāvanaḥ

śrī-bhagavān uvāca—至尊人格首神说 / triḥ-saptabhiḥ—七乘以三(即二十一) / pitā—父亲 / pūtaḥ—净化 / pitṛbhiḥ—与你的祖先 / saha——起 / te—你的 / anagha—最清白的人(帕拉德王)啊 / yat—因为 / sādho—伟大、圣洁的人啊 / asya—这个人的 / kule—在王朝中 / jātaḥ—投生 / bhavān—你 / vai—事实上 / kula-pāvanaḥ—整个王朝的净化者

译文 至尊人格首神说：我亲爱的帕拉德，最纯洁者！非凡圣洁的人啊！你父亲与二十一代祖先都已经得到了净

化。由于你出生在这个家庭中，整个王朝都得到了净化。

要旨　梵文triḥ-saptabhiḥ的意思是七乘以三。人可以按顺序计算出自己家族的四到五代人口，也就是曾祖父或甚至曾祖父的父亲，但既然至尊主谈到二十一代祖先，这就表明祝福甚至也扩展到了其他家庭。人在投生于现有的这个家庭之前，必定也在其他家庭中投生过。正因为如此，当一名外士纳瓦投生在一个家庭中时，凭借至尊主的仁慈，这名外士纳瓦不仅净化那个家庭，而且还净化他以前投生过的许多家庭。

第19节

यत्र यत्र च मद्भक्ताः प्रशान्ताः समदर्शिनः ।
साधवः समुदाचारास्ते पूयन्तेऽपि कीकटाः ॥१९॥

yatra yatra ca mad-bhaktāḥ
praśāntāḥ sama-darśinaḥ
sādhavaḥ samudācārās
te pūyante 'pi kīkaṭāḥ

yatra yatra一无论何时何地 / ca一也 / mat-bhaktāḥ一我的奉献者们 / praśāntāḥ一极其平静 / sama-darśinaḥ一平等看待 / sādhavaḥ一由所有美好的品质所装饰 / samudācārāḥ一同样地宽宏大量 / te一他们全部 / pūyante一被净化 / api一甚至 / kīkaṭāḥ一堕落的国家或这样一个地方的居民

译文　无论何时何地，只要有平静、平稳、举止良好且具备所有优秀品质的奉献者，那地方和那里的王朝哪怕是受到谴责，都得到净化。

要旨　崇高的奉献者无论在何处停留，不仅他们自己、他们的家族，就连整个国家都得到净化。

第 20 节

सर्वात्मना न हिंसन्ति भूतग्रामेषु किञ्चन ।
उच्चावचेषु दैत्येन्द्र मद्भावविगतस्पृहाः ॥२०॥

sarvātmanā na hiṁsanti
bhūta-grāmeṣu kiñcana
uccāvaceṣu daityendra
mad-bhāva-vigata-spṛhāḥ

sarva-ātmanā－在所有的方面，甚至以愤怒和忌妒的方式 / na－永不 / hiṁsanti－他们忌妒 / bhūta-grāmeṣu－在所有的生命物种间 / kiñcana－向他们中的任何一个 / ucca-avaceṣu－高等和低等生物体 / daitya-indra－我亲爱的帕拉德——戴提亚德君王啊 / mat-bhāva－由于为我做的奉爱服务 / vigata－放弃 / spṛhāḥ－各种物质性的愤怒和贪婪

译文　我亲爱的帕拉德，戴缇亚的君王，我的奉献者因为依恋为我做奉爱服务而不对生物作高低之分。他在各方面都从不忌妒他人。

第 21 节

भवन्ति पुरुषा लोके मद्भक्तास्त्वामनुव्रताः ।
भवान्मे खलु भक्तानां सर्वेषां प्रतिरूपधृक् ॥२१॥

bhavanti puruṣā loke
mad-bhaktās tvām anuvratāḥ
bhavān me khalu bhaktānāṁ
sarveṣāṁ pratirūpa-dhṛk

bhavanti－变成 / puruṣāḥ－人们 / loke－在这个世界里 / mat-bhaktāḥ－我的纯粹的奉献者 / tvām－你 / anuvratāḥ－跟随您的步伐 / bhavān－你 / me－我的 / khalu－事实上 / bhaktānām－全体奉献者的 / sarveṣām－以不同的情感 / pratirūpa-dhṛk－实际的例子

译文　以你为榜样的人将自然成为我的纯粹奉献者。您是我最优秀的奉献者楷模，其他人都该向你学习。

要旨　就有关这一点，圣玛德瓦查尔亚(Madhvācārya)引述《斯康达往世书》(Skanda Purāṇa)中的一节诗说：

ṛte tu tāttvikān devān
nāradādīṁs tathaiva ca
prahrādād uttamaḥ ko nu
viṣṇu-bhaktau jagat-traye

至尊人格首神有许许多多奉献者，《圣典博伽瓦谭》第6篇第3章的第20节诗列举如下：

svayambhūr nāradaḥ śambhuḥ
kumāraḥ kapilo manuḥ
prahlādo janako bhīṣmo
balir vaiyāsakir vayam

在主布茹阿玛、纳茹阿达、主希瓦、卡皮拉、玛努等上述这十二位被权威认可的奉献者中，帕拉德王被视为是最优秀的典范。

第22节

कुरु त्वं प्रेतकृत्यानि पितुः पूतस्य सर्वशः ।
मदङ्गस्पर्शनेनाङ्ग लोकान् यास्यति सुप्रजाः ॥२२॥

kuru tvaṁ preta-kṛtyāni
pituḥ pūtasya sarvaśaḥ
mad-aṅga-sparśanenāṅga
lokān yāsyati suprajāḥ

kuru—执行 / tvam—你 / preta-kṛtyāni—人死后举行的仪式性典礼 / pituḥ—你父亲的 / pūtasya—已经净化 / sarvaśaḥ—在所有的方面 / mat-aṅga—我的身体 / sparśanena—通过触碰 / aṅga—我亲爱的

孩子 / lokān—星球 / yāsyati—他将被提升 / suprajāḥ—成为一名奉献者居民

译文 我亲爱的孩子，你父亲仅仅因为在死亡时被我的身体触碰到而已经被净化。尽管如此，在父亲死后举行刷达仪式，以使父亲有可能升上一个有机会当好居民和好奉献者的星系，是儿子该履行的责任。

要旨 就有关这一点，圣维施瓦纳特·查夸瓦尔提·塔库尔说：黑冉亚卡希普虽然已经被净化，但还得在高等星系中投生，以便再次成为一名奉献者。帕拉德王被告知，作为礼仪，应该举行仪式性典礼，因为至尊人格首神在任何情况下都不希望人停止遵守规定原则。玛德瓦·牟尼(Madhva Muni)也教导说：

madhu-kaiṭabhau bhakty-abhāvā
　dūrau bhagavato mṛtau
tama eva kramād āptau
　bhaktyā ced yo hariṁ yayau

当至尊人格首神杀死玛杜(Madhu)和凯塔巴(Kaiṭabha)时，他们的亲人也举行了仪式性典礼，以使这些恶魔能够回归家园，回到首神身边。

第23节

पित्र्यं च स्थानमातिष्ठ यथोक्तं ब्रह्मवादिभिः ।
मय्यावेश्य मनस्तात कुरु कर्माणि मत्परः ॥२३॥

pitryaṁ ca sthānam ātiṣṭha
　yathoktaṁ brahmavādibhiḥ
mayy āveśya manas tāta
　kuru karmāṇi mat-paraḥ

pitryam—父亲的 / ca—也 / sthānam—地方、宝座 / ātiṣṭha—坐

上 / yathā-uktam－正如所描述 / brahmavādibhiḥ－由韦达文明的追随者 / mayi－向我 / āveśya－因为全神贯注 / manaḥ－心 / tāta－我亲爱的男孩 / kuru－执行吧 / karmāṇi－规定职责 / mat-paraḥ－只是为了我工作

译文　举行仪式性典礼后，你要负责掌管你父亲的王国。坐在王座上，不要受物质性活动的干扰。请把你的注意力集中在我身上。作为例行公事，在不违反韦达经训谕的情况下，履行你的特定职责。

要旨　人一旦成为奉献者，就不再有责任履行韦达传统中的规定原则。作人要履行许多责任，但如果人变得全心全意地爱至尊主，他就不再有任何尘世的义务和责任了。正如《圣典博伽瓦谭》第11篇第5章的第41节诗所说：

devarṣi-bhūtāpta-nṛṇāṁ pitṝṇāṁ
na kiṅkaro nāyam ṛṇī ca rājan
sarvātmanā yaḥ śaraṇaṁ śaraṇyaṁ
gato mukundaṁ parihṛtya kartam

全心投靠至尊主莲花足的人，不再欠自己的祖先、伟大的圣人、人类社会、他人或其他任何生物体的债。

由于帕拉德王将要登上君王的王位，而其他人将会以他为榜样，至尊人格首神便忠告帕拉德王遵守规定原则。就这样，主尼尔星哈戴瓦忠告帕拉德王履行他的政治责任，以使大众能成为至尊主的奉献者。

yad yad ācarati śreṣṭhas
tad tad evetaro janaḥ
sa yat pramāṇaṁ kurute
lokas tad anuvartate

“无论伟人做什么，普通人都会跟着做；无论伟人以模范行为建立什么标准，整个世界都会遵从。”（《博伽梵歌》3.21)人不该执著于任何物质性的活动，但奉献者也许会从事类似的活动，以便为普通人树立榜样，教导人们不要违背韦达训喻。

第24节

श्रीनारद उवाच
प्रह्लादोऽपि तथा चक्रे पितुर्यत्साम्परायिकम् ।
यथाह भगवान् राजन्नभिषिक्तो द्विजातिभिः ॥२४॥

śrī-nārada uvāca
prahrādo 'pi tathā cakre
pitur yat sāmparāyikam
yathāha bhagavān rājann
abhiṣikto dvijātibhiḥ

śrī-nāradaḥ uvāca一纳茹阿达·牟尼说 / prahrādaḥ一帕拉德王 / api一也 / tathā一以那种方式 / cakre一执行 / pituḥ一他父亲的 / yat一任何……的事物 / sāmparāyikam一死后举行的仪式性典礼 / yathā一甚至 / āha一命令 / bhagavān一至尊人格首神 / rājan一尤帝士提尔王啊 / abhiṣiktaḥ一他被立为国王 / dvijātibhiḥ一由布茹阿玛纳

译文 圣纳茹阿达·牟尼继续道：就这样，帕拉德王按照至尊人格首神的命令，为他父亲举行了仪式性典礼。尤帝士提尔王啊！接着，在布茹阿玛纳的指导下，他登上了黑冉亚卡希普王国中的王位。

要旨 重点是：人类社会被分为布茹阿玛纳(brāhmaṇas)、查锤亚(kṣatriyas)、外夏(vaiśyas)和庶铎(śūdras)四个阶层。我们在这节诗中看到，帕拉德王虽然在各方面都很完美，但还是听从举行韦达仪式的布茹阿玛纳的指示。因此，在人类社会中必须要有一个很有智慧的领导阶层，这个阶层的人要精通韦达知识，可以引导全社会的人遵守韦达原则，从而逐渐变得十分完美，有资格回归家园，回到首神身边。

第 25 节

प्रसादसुमुखं दृष्ट्वा ब्रह्मा नरहरिं हरिम् ।
स्तुत्वा वाग्भिः पवित्राभिः प्राह देवादिभिर्वृतः ॥२५॥

prasāda-sumukhaṁ dṛṣṭvā
brahmā narahariṁ harim
stutvā vāgbhiḥ pavitrābhiḥ
prāha devādibhir vṛtaḥ

prasāda-sumukham－因取悦至尊主而容光焕发的 / dṛṣṭvā－看着这一情况 / brahmā－主布茹阿玛 / naraharim－向主尼尔星哈戴瓦 / harim－至尊人格首神 / stutvā－献上祈祷 / vāgbhiḥ－用超然的话语 / pavitrābhiḥ－没有任何物质污染 / prāha－对(至尊主)说 / deva-ādibhiḥ－被其他半神人 / vṛtaḥ－围绕着

译文 至尊主高兴了，由其他半神人围绕着的主布茹阿玛脸上也因而展露出欢快的神情。他于是用超然的话语向至尊主敬献祈祷。

第 26 节

श्रीब्रह्मोवाच
देवदेवाखिलाध्यक्ष भूतभावन पूर्वज ।
दिष्ट्या ते निहतः पापो लोकसन्तापनोऽसुरः ॥२६॥

śrī-brahmovāca
deva-devākhilādhyakṣa
bhūta-bhāvana pūrvaja
diṣṭyā te nihataḥ pāpo
loka-santāpano 'suraḥ

śrī-brahmā uvāca－主布茹阿玛说 / deva-deva－我的至尊主——全体半神人之主 / akhila-adhyakṣa－整个宇宙的拥有者 / bhūta-bhāva-na－众生的原因啊 / pūrvaja－存在中的第一位人格首神啊 / diṣṭyā－

靠您树立的榜样或我们的好运 / te－被您 / nihataḥ－杀死 / pāpaḥ－罪大恶极的 / loka-santāpanaḥ－给整个宇宙制造麻烦 / asuraḥ－恶魔黑冉亚卡希普

译文 主布茹阿玛说：啊，全体神明的至尊主！整个宇宙的拥有者！啊，众生的赐福者，存在中的第一人！我们真是好运，您现在杀了这个骚扰整个宇宙的邪恶魔王。

要旨 《博伽梵歌》第10章的第8节诗中讲述梵文“存在中的第一位人格首神(pūrvaja)”一词说：至尊主是灵性世界和物质世界的源头；一切都来自祂(ahaṁ sarvasya prabhavo mattaḥ sarvaṁ pravartate)。包括主布茹阿玛在内的全体半神人，都从至尊人格首神那里展示而来。因此，最初的人(ādi-puruṣam)——一切原因的起因，就是哥文达(Govinda)。

第 27 节

योऽसौ लब्धवरो मत्तो न वध्यो मम सृष्टिभिः ।
तपोयोगबलोन्नद्धः समस्तनिगमानहन् ॥२७॥

yo 'sau labdha-varo matto
na vadhyo mama sṛṣṭibhiḥ
tapo-yoga-balonnaddhaḥ
samasta-nigamān ahan

yaḥ－……的人 / asau－他(黑冉亚卡希普) / labdha-varaḥ－被给予非凡的祝福 / mattaḥ－从我 / na vadhyaḥ－不被杀 / mama sṛṣṭi-bhiḥ－由我所创造的任何生物体 / tapaḥ-yoga-bala－靠苦行、神通和力量 / unnaddhaḥ－因此十分骄傲 / samasta－全部 / nigamān－韦达训喻 / ahan－不理会、违反

译文 这恶魔——黑冉亚卡希普，从我这里得到“不会被我创造中的任何生物体杀死”的赐福。仗着这一保证，以

及他苦行得到的力量和神通，他变得狂妄自大、忘乎所以，违反了所有的韦达训谕。

第 28 节

दिष्ट्या तत्तनयः साधुर्महाभागवतोऽर्भकः ।
त्वया विमोचितो मृत्योर्दिष्ट्या त्वां समितोऽधुना ॥२८॥

diṣṭyā tat-tanayaḥ sādhur
mahā-bhāgavato 'rbhakaḥ
tvayā vimocito mṛtyor
diṣṭyā tvāṁ samito 'dhunā

diṣṭyā－幸运地 / tat-tanayaḥ－他儿子 / sādhuḥ－是伟大、圣洁的人 / mahā-bhāgavataḥ－伟大、崇高的奉献者 / arbhakaḥ－虽然是个孩子 / tvayā－被您圣上 / vimocitaḥ－解放了 / mṛtyoḥ－从死亡的钳制中 / diṣṭyā－也由于极其幸运 / tvām samitaḥ－完全在您的保护下 / adhunā－现在

译文 现在，黑冉亚卡希普的儿子帕拉德极幸运地从死亡线上被救下来。这原因在于，他虽是个孩子，但却是崇高的奉献者。他现在完全在您莲花足的保护下。

第 29 节

एतद्वपुस्ते भगवन्ध्यायतः परमात्मनः ।
सर्वतो गोप्तृ सन्त्रासान्मृत्योरपि जिघांसतः ॥२९॥

etad vapus te bhagavan
dhyāyataḥ paramātmanaḥ
sarvato goptṛ santrāsān
mṛtyor api jighāṁsataḥ

etat－这 / vapuḥ－身体 / te－您的 / bhagavan－至尊人格首神啊 / dhyāyataḥ－冥想……的那些 / parama-ātmanaḥ－至尊人的 / sarvataḥ－从四面八方 / goptṛ－保护者 / santrāsāt－从所有种类的恐惧 / mṛtyoḥ api－甚至从对死亡的恐惧 / jighāṁsataḥ－如果一个人遭到敌人的妒忌

译文 我亲爱的至尊主，至尊人格首神啊！您是至尊灵魂。如果有人冥想您超然的身体，您自然就会保护他免于所有的恐惧，甚至是迫在眉睫的死亡威胁。

要旨 每一个生物体都必然会死，因为没人能逃过死亡之手，而这死亡之手是至尊人格首神表现出的一个特征(mṛtyuḥ sarvaharaś cāham)。然而，成为奉献者的人就不会按照寿命的限制死亡了。每一个生物体都有特定的寿命期限，但奉献者的寿命可以凭借至尊主的仁慈得以延长，至尊主可以使一个人的业报(karma)变得无效。《布茹阿玛·萨密塔》第5章的第54节诗中说明道：奉献者不受业报法律的控制(karmāṇi nirdahati kintu ca bhakti-bhājāṁ)。所以，至尊主没有缘故的仁慈甚至可以取消奉献者预期的死亡。神甚至保护奉献者免于最危险的死亡。

第30节

श्रीभगवानुवाच
मैवं विभोऽसुराणां ते प्रदेयः पद्मसम्भव ।
वरः क्रूरनिसर्गाणामहीनाममृतं यथा ॥३०॥

śrī-bhagavān uvāca
maivaṁ vibho 'surāṇāṁ te
pradeyaḥ padma-sambhava
varaḥ krūra-nisargāṇām
ahīnām amṛtaṁ yathā

śrī-bhagavān uvāca－至尊人格首神回答(布茹阿玛) / mā－不 / evam－因此 / vibho－伟大的人啊 / asurāṇām－向恶魔 / te－被你 / pradeyaḥ－赐予祝福 / padma-sambhava－从莲花出生的布茹阿玛啊 /

varaḥ—祝福 / krūra-nisargāṇām—本性十分冷酷和忌妒的人 / ahī-nām—对蛇 / amṛtam—甘露或牛奶 / yathā—正如

译文　人格首神回答道：我亲爱的主布茹阿玛，诞生自莲花的伟大神明啊！正如给毒蛇喂牛奶十分危险，给本性凶残、忌妒的恶魔以祝福也很危险。我警告你再不要给任何恶魔这类祝福了。

第 31 节

श्रीनारद उवाच
इत्युक्त्वा भगवान् राजंस्ततश्चान्तर्दधे हरिः ।
अदृश्यः सर्वभूतानां पूजितः परमेष्ठिना ॥३१॥

śrī-nārada uvāca
ity uktvā bhagavān rājaṁs
tataś cāntardadhe hariḥ
adṛśyaḥ sarva-bhūtānāṁ
pūjitaḥ parameṣṭhinā

śrī-nāradaḥ uvāca—纳茹阿达·牟尼说 / iti uktvā—说这 / bhaga-vān—至尊人格首神 / rājan—尤帝士提尔王啊 / tataḥ—从那地方 / ca—也 / antardadhe—消失了 / hariḥ—至尊主 / adṛśyaḥ—不被看见 / sarva-bhūtānām—被所有种类的生物体 / pūjitaḥ—被崇拜 / parameṣṭhinā—被主布茹阿玛

译文　纳茹阿达·牟尼继续说：尤帝士提尔王啊！普通人无法看到的至尊人格首神，就是这样说话并教导主布茹阿玛的。接着，至尊主在布茹阿玛崇拜祂时从那地方消失了。

第 32 节

ततः सम्पूज्य शिरसा ववन्दे परमेष्ठिनम् ।
भवं प्रजापतीन्देवान् प्रह्लादो भगवत्कलाः ॥३२॥

tataḥ sampūjya śirasā
vavande parameṣṭhinam
bhavaṁ prajāpatīn devān
prahrādo bhagavat-kalāḥ

tataḥ—之后 / sampūjya—崇拜 / śirasā—通过低下头 / vavande—献上祈祷 / parameṣṭhinam—向主布茹阿玛 / bhavam—向主希瓦 / prajāpatīn—向被委托增加人口的伟大的半神人 / devān—向全体伟大的半神人 / prahrādaḥ—帕拉德王 / bhagavat-kalāḥ—至尊主有影响的部分

译文 帕拉德王随后崇拜作为至尊主各个部分的布茹阿玛、希瓦和生物体祖先们，并向他们献上祈祷。

第 33 节

ततः काव्यादिभिः सार्धं मुनिभिः कमलासनः ।
दैत्यानां दानवानां च प्रह्लादमकरोत्पतिम् ॥३३॥

tataḥ kāvyādibhiḥ sārdhaṁ
munibhiḥ kamalāsanaḥ
daityānāṁ dānavānāṁ ca
prahrādam akarot patim

tataḥ—之后 / kāvya-ādibhiḥ—与舒夸查尔亚和其他人 / sārdham—以及 / munibhiḥ—伟大圣洁的人 / kamala-āsanaḥ—主布茹阿玛 / daityānām—全体恶魔的 / dānavānām—全体巨人的 / ca—和 / prahrādam—帕拉德王 / akarot—创造 / patim—主人或君王

译文 那之后，座位在莲花上的主布茹阿玛，与舒夸查尔亚和其他伟大的圣人们一起，让帕拉德当上了宇宙中所有恶魔及巨大生物体的君王。

要旨 凭借主尼尔星哈戴瓦的恩典，帕拉德王当上了比他父亲黑冉亚卡希普还要伟大的君王。主布茹阿玛和在场的其他圣洁之人及半神人，举行了帕拉德的登基典礼。

第 34 节

प्रतिनन्द्य ततो देवाः प्रयुज्य परमाशिषः ।
स्वधामानि ययू राजन् ब्रह्माद्याः प्रतिपूजिताः ॥३४॥

pratinandya tato devāḥ
prayujya paramāśiṣaḥ
sva-dhāmāni yayū rājan
brahmādyāḥ pratipūjitāḥ

pratinandya－祝贺 / tataḥ－以后 / devāḥ－全体半神人 / prayujya－给予 / parama-āśiṣaḥ－崇高的祝福 / sva-dhāmāni－向他们各自的住所 / yayuḥ－返回 / rājan－尤帝士提尔王啊 / brahma-ādyāḥ－以主布茹阿玛为首的全体半神人 / pratipūjitāḥ－被(帕拉德王)认真仔细地崇拜

译文 尤帝士提尔王啊！以主布茹阿玛为首的全体半神人在得到帕拉德王符合礼仪的崇拜后，都将自己权限范围内所能给予的最高祝福赐予帕拉德，随后返回各自的住所。

第 35 节

एवं च पार्षदौ विष्णोः पुत्रत्वं प्रापितौ दितेः ।
हृदि स्थितेन हरिणा वैरभावेन तौ हतौ ॥३५॥

evaṁ ca pārṣadau viṣṇoḥ
putratvaṁ prāpitau diteḥ
hṛdi sthitena hariṇā
vaira-bhāvena tau hatau

evam－就这样 / ca－也 / pārṣadau－两个私人同伴 / viṣṇoḥ－主维施努的 / putratvam－成为儿子 / prāpitau－获得了 / diteḥ－迪缇

的 / hṛdi一内心深处 / sthitena一处在 / hariṇā一由至尊主 / vaira-bhāvena一通过想象为敌人 / tau一他们两者 / hatau一被杀

译文 就这样，主维施努的两个同伴——去当了迪缇儿子的黑冉亚克沙及黑冉亚卡希普，都被杀死。错觉能量使他们认为处在众生心中的至尊主是他们的敌人。

要旨 有关主尼尔星哈戴瓦和帕拉德王的谈话，始于尤帝士提尔王询问纳茹阿达“锡舒帕勒怎么会融入奎师那的身体”。锡舒帕勒(Śiśupāla)和丹塔瓦夸(Dantavakra)就是黑冉亚克沙和黑冉亚卡希普。纳茹阿达·牟尼在此讲述，主维施努的同伴在三次不同的出生中被主维施努本人杀死的情况。他们的第一次出生是当恶魔黑冉亚克沙和黑冉亚卡希普。

第 36 节

पुनश्च विप्रशापेन राक्षसौ तौ बभूवतुः ।
कुम्भकर्णदशग्रीवौ हतौ तौ रामविक्रमैः ॥३६॥

punaś ca vipra-śāpena
rākṣasau tau babhūvatuḥ
kumbhakarṇa-daśa-grīvau
hatau tau rāma-vikramaiḥ

punaḥ一再次 / ca一也 / vipra-śāpena一被布茹阿玛纳所诅咒 / rākṣasau一两个食人魔 / tau一他们两人 / babhūvatuḥ一化身为 / kumbhakarṇa-daśa-grīvau一(在他们的来生)被称为昆巴卡尔纳和十个头的茹阿瓦纳 / hatau一他们也被杀 / tau一他们两人 / rāma-vikramaiḥ一被主茹阿玛禅铎非凡的力量

译文 因为受到布茹阿玛纳的诅咒，主维施努的这两个同伴再次投生为昆巴卡尔纳和有十个头的茹阿瓦纳。这两个食人魔被主茹阿玛禅铎的非凡力量所杀。

第 37 节

शयानौ युधि निर्भिन्नहृदयौ रामशायकैः ।
तच्चित्तौ जहतुर्देहं यथा प्राक्तनजन्मनि ॥३७॥

śayānau yudhi nirbhinna-
hṛdayau rāma-śāyakaiḥ
tac-cittau jahatur dehaṁ
yathā prāktana-janmani

śayānau－倒地 / yudhi－在战场上 / nirbhinna－被刺穿 / hṛdayau－在内心深处 / rāma-śāyakaiḥ－被主茹阿玛禅铎的利箭 / tat-cittau－想着主茹阿玛禅铎 / jahatuḥ－放弃 / deham－躯体 / yathā－正如 / prāktana-janmani－在他们的前生中

译文　昆巴卡尔纳和茹阿瓦纳被主茹阿玛禅铎的利箭刺穿，倒地离开了他们的躯体，像他们前世当黑冉亚克沙和黑冉亚卡希普时一样，死亡之际全神贯注地想着至尊主。

第 38 节

ताविहाथ पुनर्जातौ शिशुपालकरूषजौ ।
हरौ वैरानुबन्धेन पश्यतस्ते समीयतुः ॥३८॥

tāv ihātha punar jātau
śiśupāla-karūṣa-jau
harau vairānubandhena
paśyatas te samīyatuḥ

tau－他们两人 / iha－在这个人类社会 / atha－就这样 / punaḥ－再次 / jātau－投生 / śiśupāla－锡舒帕勒 / karūṣa-jau－丹塔瓦夸 / harau－向至尊人格首神 / vaira-anubandhena－被将至尊主视为敌人的束缚 / paśyataḥ－正在看 / te－当你……时 / samīyatuḥ－融入或进入至尊主的莲花足

译文 他们俩再次投生，在人类社会中当了锡舒帕勒和丹塔瓦夸，继续对至尊主心怀同样的敌意。在你面前融入至尊主体内的就是他们。

要旨 以至尊主敌人的身份行事对生物也有好处(Vairānubandhena)。圣茹帕·哥斯瓦米推荐说，无论是对至尊主怀有色欲、愤怒、恐惧还是忌妒之情(kāmād dveṣād bhayāt snehād)，人只要想方设法以某种形式(tasmāt kenāpy upāyena)变得依恋至尊人格首神，就可以最终达到回归家园、回到首神身边的目的。当然，就更不要说作为仆人、朋友、父亲、母亲或爱侣与至尊人格首神有关系了。

第39节

एनः पूर्वकृतं यत्तद्राजानः कृष्णवैरिणः ।
जहुस्तेऽन्ते तदात्मानः कीटः पेशस्कृतो यथा ॥३९॥

enaḥ pūrva-kṛtaṁ yat tad
rājānaḥ kṛṣṇa-vairiṇaḥ
jahus te 'nte tad-ātmānaḥ
kīṭaḥ peśaskṛto yathā

enaḥ—这(亵渎至尊主的)罪恶活动 / pūrva-kṛtam—在几世中做过 / yat—……的 / tat—那 / rājānaḥ—君王们 / kṛṣṇa-vairiṇaḥ—总是当奎师那的敌人 / jahuḥ—放弃 / te—他们全体 / ante—在死亡时 / tat-ātmānaḥ—得到同样的灵性身体和形象 / kīṭaḥ—蠕虫 / peśaskṛtaḥ—被一个黑色雄蜂(所俘获) / yathā—正如

译文 不仅锡舒帕勒和丹塔瓦夸，就连其他与奎师那敌对的君王也在死亡时得到了救赎。由于他们想着至尊主死去，他们得到与至尊主一样的灵性身体和形象，就像被黑色雄蜂俘获的蠕虫得到雄蜂类的躯体一样。

要旨　这节诗文解释了瑜伽冥想的奥秘。真正的瑜伽师总是在自己的心中冥想主维施努的形象。结果是，他们在死亡时想着维施努的形象离开自己的躯体，从而升上维施努星球——外琨塔星球，在那里得到与至尊主有一样特征的身体。我们在第六篇中已经了解到，当维施努的命令执行官(Viṣṇudūta)从灵性世界外琨塔来拯救阿佳弥勒(Ajāmila)时，他们看上去完全就像维施努，有着四条手臂及其他与维施努一样的特征。所以，我们可以得出结论，人如果练习想着维施努，在死亡时全神贯注想着祂，就可以回归家园，回到首神身边。就连像康萨(Kaṁsa)王那样的奎师那的敌人，都因为一直怀着恐惧之心(bhaya)想着奎师那，而在死后恢复灵性身份时，得到了与至尊主类似的身体。

第 40 节

यथा यथा भगवतो भक्त्या परमयाभिदा ।
नृपाश्चैद्यादयः सात्म्यं हरेस्तच्चिन्तया ययुः ॥४०॥

yathā yathā bhagavato
bhaktyā paramayābhidā
nṛpāś caidyādayaḥ sātmyaṁ
hares tac-cintayā yayuḥ

yathā yathā－正如 / bhagavataḥ－至尊人格首神 / bhaktyā－通过奉爱服务 / paramayā－至尊 / abhidā－不停地想着这样的活动 / nṛ-pāḥ－君王们 / caidya-ādayaḥ－锡舒帕勒、丹塔瓦夸和其他人 / sāt-myam－同样的形象 / hareḥ－至尊人格首神的 / tat-cintayā－靠一直不断地想着祂 / yayuḥ－回归家园，回到首神身边

译文　靠做奉爱服务不间断地想着至尊人格首神的纯粹奉献者，得到与祂类似的身体。这称为得到与至尊主同样身体的解脱——萨茹琵亚·穆克缇。锡舒帕勒、丹塔瓦夸和其

他君王虽然作为敌人想着奎师那，但也得到了同样的结果。

要旨 《永恒的柴坦亚经》(Caitanya-caritāmṛta)中记载，主柴坦亚在教导萨纳坦·哥斯瓦米(Sanātana Gosvāmī)时解释说：奉献者应该每天有规律地做常规的奉爱服务，但在内心始终想着使其依恋为至尊主做服务的特定的甜美关系。对至尊主的这种一直不断地想念，使奉献者有资格回归家园，回到首神身边。正如《博伽梵歌》第4章的第9节诗中说：奉献者在离开物质躯体后不再接受另一个物质躯体，而是回到首神身边，得到一个与其所追随的至尊主的那些永恒同伴类似的灵性躯体(tyaktvā dehaṁ punar janma naiti mām eti)。奉献者无论有多喜欢为至尊主服务，都该一直想着至尊主的同伴，也就是那些牧牛童、牧牛姑娘(gopī)、至尊主的父母、祂的仆人，以及树木、大地、动物、植物和至尊主住所中的水。一直不断地想着这一切，使人最终得到一个超然的身份。锡舒帕勒、丹塔瓦夸、康萨、彭铎卡(Pauṇḍraka)、纳茹阿卡恶魔(Narakāsura)和沙勒瓦(Śālva)等君王，都得到了类似的拯救。对此，玛德瓦查尔亚(Madhvācārya)证实说：

pauṇḍrake narake caiva
   śālve kaṁse ca rukmiṇi
āviṣṭās tu harer bhaktās
   tad-bhaktyā harim āpire

大意是：彭铎卡、纳茹阿卡恶魔、沙勒瓦和康萨都对至尊人格首神怀有敌意，但由于这些君王一直不断地想着祂，结果都获得了同样的解脱，即得到与至尊主有同样身体的解脱(sārūpya-mukti)。走知识思辨之途的奉献者(jñāna-bhakta)也达到同样的目标。如果就连至尊主的敌人都能因为一直不断地想着至尊主而获得解脱，那还用说总是致力于为至尊主服务，且在每一项活动中除了想至尊主别无它想的纯粹奉献者吗？

第 41 节

आख्यातं सर्वमेतत्ते यन्मां त्वं परिपृष्टवान् ।
दमघोषसुतादीनां हरेः सात्म्यमपि द्विषाम् ॥४१॥

ākhyātaṁ sarvam etat te
yan māṁ tvaṁ paripṛṣṭavān
damaghoṣa-sutādīnāṁ
hareḥ sātmyam api dviṣām

ākhyātam—描述 / sarvam—一切 / etat—这个 / te—向你 / yat—什么 / mām—向我 / tvam—你 / paripṛṣṭavān—询问 / damaghoṣa-suta-ādīnām—达摩哥什(锡舒帕勒)的儿子和其他人 / hareḥ—至尊主的 / sātmyam—同样的身体特征 / api—甚至 / dviṣām—尽管他们怀有敌意

译文 你问我有关锡舒帕勒和其他人虽然对至尊主怀有敌意但却得到救赎的事，我给你作了解释。

第 42 节

एषा ब्रह्मण्यदेवस्य कृष्णस्य च महात्मनः ।
अवतारकथा पुण्या वधो यत्रादिदैत्ययोः ॥४२॥

eṣā brahmaṇya-devasya
kṛṣṇasya ca mahātmanaḥ
avatāra-kathā puṇyā
vadho yatrādi-daityayoḥ

eṣā—所有这个 / brahmaṇya-devasya—被全体布茹阿玛纳崇拜的至尊人格首神的 / kṛṣṇasya—最初的至尊人格首神奎师那的 / ca—也 / mahā-ātmanaḥ—超灵 / avatāra-kathā—讲述有关祂的众多化身 / puṇyā—虔诚、净化 / vadhaḥ—杀死 / yatra—在那里 / ādi—在一千个年代循环的开始 / daityayoḥ—恶魔(黑冉亚克沙和黑冉亚卡希普)的

译文 在这段有关至尊人格首神奎师那的叙述中，既讲

述了至尊主的各种扩展或化身，也讲了杀死黑冉亚克沙和黑冉亚卡希普这两个恶魔的事。

要旨 所有的化身(avatāra)都是至尊人格首神奎师那——哥文达的扩展。《布茹阿玛·萨密塔》(Brahma-saṁhitā)第5章的第33节诗说：

advaitam acyutam anādim ananta-rūpam
ādyaṁ purāṇa-puruṣaṁ nava-yauvanaṁ ca
vedeṣu durlabham adurlabham ātma-bhaktau
govindam ādi-puruṣaṁ tam ahaṁ bhajāmi

“我崇拜至尊人格首神哥文达(Govinda)，祂是存在中的第一人，没有相对性、永不犯错且没有开始存在的时间。祂虽然扩展出无数的形象，却仍保持原本的状态不变；虽然最老，但总显得风华正茂。至尊主这些永恒、极乐且充满知识的形象，无法靠对韦达经作学术性研究加以理解，可却总是展示给纯洁无瑕的奉献者。”《布茹阿玛·萨密塔》对至尊主的众多化身给予了解释。事实上，权威的经典中都解释了所有的化身。没人能变成化身，尽管这在喀历(Kali)年代中是很流行的事。权威经典(śāstras)中描述了至尊主的化身，因此人在冒险将一个冒牌货接受为是化身之前，应该先参考权威经典的描述。权威经典中到处说奎师那是最初的人格首神，而祂有数不胜数的化身。在《布茹阿玛·萨密塔》中的另一个地方说：至尊人格首神有茹阿玛、尼尔星哈、瓦茹阿哈(Varāha)等许许多多一连串的化身(rāmādi-mūrtiṣu kalā-niyamena tiṣṭhan)。奎师那扩展出巴拉茹阿玛(Balarāma)，巴拉茹阿玛之后是桑卡尔珊(Saṅkarṣaṇa)，随后是阿尼如达(Aniruddha)、帕杜么纳(Pradyumna)、纳茹阿亚纳(Nārāyaṇa)，以及接下来的主宰化身(puruṣa-avatāras)，即玛哈·维施努(Mahā-Viṣṇu)、嘎尔博达卡沙依·维施努(Garbhodakaśāyī Viṣṇu)和祺柔达卡沙依·维施努(Kṣīrodakaśāyī Viṣṇu)。祂们都是化身。

我们必须聆听有关化身们的一切。对这些化身的叙述被称为对奎师那的扩展的描述(avatāra-kathā)。聆听并吟诵、吟唱这些叙述诗文是绝对虔诚的活动(sṛṇvatāṁ sva-kathāḥ kṛṣṇaḥ puṇya-śravaṇa-kīrtanaḥ)。聆听和吟诵、吟唱这些内容的人可以被净化(puṇya)，清除物质污染。

任何时候，只要有化身显现，宗教原则就得以确立，违抗奎师那的恶魔就会被消灭。奎师那意识运动在全世界蓬勃开展的目的有两个：一是确立奎师那作为至尊人格首神的地位，一是消灭所有自称为是化身的冒牌货。奎师那意识运动中肩负传播知识的人，必须十分谨慎地保持这一坚定的信仰，消灭那些以各种伪装后的方式诽谤至尊人格首神奎师那的恶魔。如果我们托庇于尼尔星哈戴瓦和帕拉德王，那么消灭违抗奎师那的恶魔，因而重建奎师那的至尊地位就容易得多。奎师那是至尊主、存在中的第一位至尊主(kṛṣṇas tu bhagavān svayam)。帕拉德王是我们的灵性导师(guru)，而奎师那是值得我们崇拜的神。正如圣柴坦亚·玛哈帕布所忠告的：凭借灵性导师和奎师那的仁慈，人得到奉爱服务的种子(guru-kṛṣṇa-prasāde pāya bhakti-latā-bīja)。我们倘若能成功地得到帕拉德王和主尼尔星哈戴瓦的仁慈，就能十分成功地推展我们的奎师那意识运动。

恶魔黑冉亚卡希普千方百计地企图成为神本人，而帕拉德王虽然遭到各种方式的折磨和威胁，但却坚定地拒绝将他那强有力的父亲接受为是神。我们应该向帕拉德王学习，拒绝所有冒充神的无赖们。我们必须接受奎师那和祂的化身，而不是其他人。

第 43—44 节

प्रह्लादस्यानुचरितं महाभागवतस्य च ।
भक्तिर्ज्ञानं विरक्तिश्च याथार्थ्यं चास्य वै हरेः ॥४३॥

सर्गस्थित्यप्ययेशस्य गुणकर्मानुवर्णनम् ।
परावरेषां स्थानानां कालेन व्यत्ययो महान् ॥४४॥

prahrādasyānucaritaṁ
mahā-bhāgavatasya ca
bhaktir jñānaṁ viraktiś ca
yāthārthyaṁ cāsya vai hareḥ

sarga-sthity-apyayeśasya
guṇa-karmānuvarṇanam
parāvareṣāṁ sthānānāṁ
kālena vyatyayo mahān

prahrādasya—帕拉德王的 / anucaritam—特征(通过阅读了解或描述他的活动) / mahā-bhāgavatasya—伟大、崇高的奉献者的 / ca—也 / bhaktiḥ—为至尊人格首神做奉爱服务 / jñānam—对超然存在(梵、超灵和至尊人格首神)完整的知识 / viraktiḥ—脱离物质存在 / ca—也 / yāthārthyam—为了完美地了解他们每一个 / ca—和 / asya—这个的 / vai—事实上 / hareḥ—总是与至尊人格首神有关 / sarga—创造的 / sthiti—维系 / apyaya—和毁灭 / īśasya—主人(至尊人格首神)的 / guṇa—超然品质和财富的 / karma—及活动 / anuvarṇanam—师徒传承内的描述* / para-avareṣām—被称为半神人和恶魔的不同类型的生物体的 / sthānānām—各种星球或住所的 / kālena—在适当的时候 / vyatyayaḥ—一切的毁灭 / mahān—虽然十分伟大

译文 这段叙述讲解了伟大、崇高的奉献者帕拉德的特点，他所做的忠诚、坚定的奉爱服务，他具有的完美知识，以及他绝对免于物质污染的状态。这段叙述还讲解了至尊人格首神作为创造、维系和毁灭的原因。帕拉德王在他的祈祷中描述了至尊主的超然品质，以及半神人和恶魔的各种居所

* 梵文 anu 一词的意思是“之后”。被授权的人士不杜撰任何东西，而是遵循前辈灵性导师的教导。

无论在物质上有多富裕，但却仅仅凭至尊主的指挥就被摧毁的情况。

要旨　《圣典博伽瓦谭》满载着对各种奉献者的品质的描述，而这一切都与至尊主的服务有关。这部韦达文献之所以被称为博伽瓦谭(Bhāgavatam)，是因为它论述的是至尊人格首神和祂的奉献者。在真正的灵性导师的指导下学习《圣典博伽瓦谭》，能使人完美地了解有关奎师那的科学，物质世界和灵性世界的本性，以及生命的目标。正如我们在《圣典博伽瓦谭》的一开篇所谈论的，《圣典博伽瓦谭》是毫无瑕疵的韦达文献(śrīmad-bhāgavatam amalaṁ purāṇam)。因此，仅仅靠理解《圣典博伽瓦谭》，人就能了解奉献者活动的科学、恶魔的活动，以及短暂和永恒的住所。透过《圣典博伽瓦谭》可以清楚地了解一切。

第45节

धर्मो भागवतानां च भगवान् येन गम्यते ।
आख्यानेऽस्मिन् समाम्नातमाध्यात्मिकमशेषतः ॥४५॥

dharmo bhāgavatānāṁ ca
bhagavān yena gamyate
ākhyāne 'smin samāmnātam
ādhyātmikam aśeṣataḥ

dharmaḥ—宗教原则 / bhāgavatānām—奉献者的 / ca—和 / bhagavān—至尊人格首神 / yena—通过…… / gamyate—一个人可以了解 / ākhyāne—在叙述中 / asmin—这 / samāmnātam—被完美地描述 / ādhyātmikam—超然存在 / aśeṣataḥ—没有保留

译文　能够真正使人了解至尊人格首神的宗教原则，被称为巴嘎瓦特·达尔玛。所以这段与这些原则有关的叙述，已经适当地描述了真正的超然性。

要旨 人可以透过宗教原则了解至尊人格首神、梵(至尊主不具人格特性的布茹阿曼)，以及超灵(至尊主在局部区域的展示)。十分了解这一切的人成为奉献者，遵守奉爱服务科学的原则(bhāgavata-dharma)。在师徒传承中的灵性导师帕拉德王忠告说，应该在教育学生的一开始就教导奉爱服务科学的原则(kaumāra ācaret prājño dharmān bhāgavatān iha)。使人了解有关至尊人格首神的科学，是教育的真正目的。人必须只是聆听和描述有关主维施努及祂各种化身的一切(śravaṇaṁ kīrtanaṁ viṣṇoḥ)。正因为如此，这段对帕拉德王和主尼尔星哈戴瓦的叙述，恰当地讲述了灵性、超然的主题。

第46节

य एतत्पुण्यमाख्यानं विष्णोर्वीर्योपबृंहितम् ।
कीर्तयेच्छ्रद्धया श्रुत्वा कर्मपाशैर्विमुच्यते ॥४६॥

ya etat puṇyam ākhyānaṁ
viṣṇor vīryopabṛṁhitam
kīrtayec chraddhayā śrutvā
karma-pāśair vimucyate

yaḥ—谁 / etat—这 / puṇyam—虔诚的 / ākhyānam—叙述 / viṣṇoḥ—主维施努的 / vīrya—至尊力量 / upabṛṁhitam—其中描述…… / kīrtayet—歌唱或重复 / śraddhayā—怀着巨大的信心 / śrutvā—在(从正确的来源)适当地聆听后 / karma-pāśaiḥ—从功利性活动的束缚 / vimucyate—得到解脱。

译文 谁聆听和歌唱这段对至尊人格首神维施努的全能的叙述，谁无疑必从物质的束缚中解脱出来。

第47节

एतद्य आदिपुरुषस्य मृगेन्द्रलीलां
दैत्येन्द्रयूथपवधं प्रयतः पठेत ।

दैत्यात्मजस्य च सतां प्रवरस्य पुण्यं
श्रुत्वानुभावमकुतोभयमेति लोकम् ॥४७॥

etad ya ādi-puruṣasya mṛgendra-līlāṁ
daityendra-yūtha-pa-vadhaṁ prayataḥ paṭheta
daityātmajasya ca satāṁ pravarasya puṇyaṁ
śrutvānubhāvam akuto-bhayam eti lokam

etat—这叙述 / yaḥ—……的任何人 / ādi-puruṣasya—最初的人格首神的 / mṛga-indra-līlām—作为半人半狮所从事的娱乐活动 / daitya-indra—魔王的 / yūtha-pa—如大象般强壮 / vadham—杀戮 / prayataḥ—很专注地 / paṭheta—阅读 / daitya-ātma-jasya—恶魔之子帕拉德王的 / ca—也 / satām—在进步的奉献者之间 / pravarasya—最优秀的 / puṇyam—虔诚 / śrutvā—聆听 / anubhāvam—活动 / akutaḥ-bhayam—在任何地方或时间都没有恐惧的地方 / eti—达到 / lokam—灵性世界

译文 帕拉德王在崇高的奉献者中最杰出。谁全神贯注地聆听这段对帕拉德王的活动、至尊人格首神尼尔星哈戴瓦的活动及杀死黑冉亚卡希普的叙述，谁就必到达没有焦虑的灵性世界。

第 48 节

यूयं नृलोके बत भूरिभागा
लोकं पुनाना मुनयोऽभियन्ति ।
येषां गृहानावसतीति साक्षाद्
गूढं परं ब्रह्म मनुष्यलिङ्गम् ॥४८॥

yūyaṁ nṛ-loke bata bhūri-bhāgā
lokaṁ punānā munayo 'bhiyanti
yeṣāṁ gṛhān āvasatīti sākṣād
gūḍhaṁ paraṁ brahma manuṣya-liṅgam

yūyam－你们全体(潘达瓦五兄弟) / nṛ-loke－在这个物质世界里 / bata－然而 / bhūri-bhāgāḥ－极其幸运 / lokam－所有的星球 / punānāḥ－能净化……的人 / munayaḥ－伟大、圣洁的人们 / abhiyanti－几乎总是来访 / yeṣām－……的 / gṛhān－房子 / āvasati－住在……中 / iti－如此 / sākṣāt－直接地 / gūḍham－十分机密的 / param brahma－至尊人格首神 / manuṣya-liṅgam－显得就像一个人

译文 纳茹阿达·牟尼继续道：我亲爱的尤帝士提尔王，你们(潘达瓦兄弟)极其幸运，因为至尊人格首神奎师那就像普通人一样住在你们的宫殿中。伟大、神圣的人很清楚这一点，因此不断地去拜访那房子。

要旨 聆听帕拉德王的活动后，纯粹奉献者就会很渴望追随他，但这样的奉献者有可能感到失望，认为并非每个奉献者都能达到帕拉德王的标准。这是纯粹奉献者的本性；纯粹奉献者总是认为自己水平最低、最没有能力、最没有资格。因此，聆听了对帕拉德王的活动的叙述后，与帕拉德王处在同一个奉爱服务层面上的尤帝士提尔王，也许认为自己不如帕拉德王。纳茹阿达·牟尼能明白尤帝士提尔王的内心，所以立即鼓励他说，潘达瓦兄弟(Pāṇḍavas)的好运并不比帕拉德王少；他们与帕拉德一样，因为尽管主尼尔星哈戴瓦为帕拉德而显现，但至尊人格首神却以祂原本的奎师那形象始终与他们住在一起。尽管潘达瓦兄弟在奎师那的内在错觉能量尤嘎玛亚(yogamāyā)的影响下，想不到自己有多么幸运，但包括伟大的圣人纳茹阿达在内的圣洁之人，都能明白这一点，所以不断地去拜访尤帝士提尔王。

一直不断地意识到主奎师那的纯粹奉献者，自然十分幸运。梵文“在物质世界里(nṛ-loke)”一词是指，在潘达瓦兄弟之前还有雅杜(Yadu)王朝的后代，以及瓦希施塔(Vasiṣṭha)、玛瑞祺(Marīci)、喀夏帕(Kaśyapa)、主布茹阿玛和主希瓦等许许多多奉献者；他们都

极其幸运。然而，潘达瓦五兄弟比他们都幸运，因为奎师那本人时常与他们住在一起。为此，纳茹阿达·牟尼特别谈到在这个物质世界里(nṛ-loke)，潘达瓦兄弟最幸运。

第49节

स वा अयं ब्रह्म महद्विमृग्य-
कैवल्यनिर्वाणसुखानुभूतिः ।
प्रियः सुहृद्वः खलु मातुलेय
आत्मार्हणीयो विधिकृद्गुरुश्च ॥४९॥

sa vā ayaṁ brahma mahad-vimṛgya-
kaivalya-nirvāṇa-sukhānubhūtiḥ
priyaḥ suhṛd vaḥ khalu mātuleya
ātmārhaṇīyo vidhi-kṛd guruś ca

saḥ—那(至尊人格首神奎师那) / vā—也 / ayam—这 / brahma—(奎师那放射出的)不具人格特征的梵 / mahat—有伟大的人物 / vi-mṛgya—寻找 / kaivalya—同一性 / nirvāṇa-sukha—超然快乐的 / anu-bhūtiḥ—实际体验的源头 / priyaḥ—非常非常亲爱的 / suhṛt—祝愿者 / vaḥ—你的 / khalu—事实上 / mātuleyaḥ—舅舅的儿子 / ātmā—完全就像躯体和灵魂在一起 / arhaṇīyaḥ—值得崇拜的(因为祂是至尊人格首神) / vidhi-kṛt—(但祂却像)一个信使(般侍奉你) / guruḥ—您至尊的忠告 / ca—也

译文 不具人格特征的梵就是奎师那本人，因为奎师那是非人格梵的源头。祂是伟大、圣洁之人所寻求的超然极乐之源，但这位至尊人，却是你们最亲密的朋友和永恒的祝愿者，并作为你们舅舅的儿子与你们密切相连。事实上，祂始终恰似你们的身体和灵魂。祂值得崇拜，但却有时像你们的仆人、有时像你们的灵性导师般行事。

要旨 世上始终存在着对绝对真理的不同看法。一类超然主义者认定，绝对真理不具人格特性；另一类超然主义者认定，绝对真理是一个人。在《博伽梵歌》中，绝对真理被说成是至尊人。事实上，至尊人——主奎师那，在《博伽梵歌》中亲口说：不具人格特征的梵是我的部分展示(brahmaṇo hi pratiṣṭhāham)；我是至高无上的真理(mattaḥ parataraṁ nānyat)。那同一位奎师那——至尊人格首神，作为潘达瓦五兄弟最好的朋友和亲属行事，有时甚至充当他们的信使，将潘达瓦兄弟的信带给兑塔瓦施陀(Dhṛtarāṣṭra)和杜尤丹(Duryodhana)。由于奎师那是潘达瓦兄弟的祝愿者，祂也当了阿尔诸纳的灵性导师。阿尔诸纳将奎师那接受为是自己的灵性导师(śiṣyas te 'haṁ śādhi māṁ tvāṁ prapannam)，奎师那有时还训斥他。例如，至尊主说：你一面说着有学问的话，一面为不值得悲伤的事情而悲伤(aśocyān anvaśocas tvaṁ prajñā-vādāṁś ca bhāṣase)。至尊主还说："我亲爱的阿尔诸纳，你怎么会染上这些乌七八糟的东西(kutas tvā kaśmalam idaṁ viṣame samupasthitam)？"潘达瓦兄弟和奎师那之间的关系就是这样亲密。同样，至尊主的纯粹奉献者在任何情况下都总是与奎师那在一起，奎师那就是他们生活的一切。这就是权威人士圣纳茹阿达·牟尼的说明。

第50节

न यस्य साक्षाद्भवपद्मजादिभी
रूपं धिया वस्तुतयोपवर्णितम् ।
मौनेन भक्त्योपशमेन पूजितः
प्रसीदतामेष स सात्वतां पतिः ॥५०॥

na yasya sākṣād bhava-padmajādibhī
rūpaṁ dhiyā vastutayopavarṇitam
maunena bhaktyopaśamena pūjitaḥ
prasīdatām eṣa sa sātvatāṁ patiḥ

na—不 / yasya—……的 / sākṣāt—直接地 / bhava—主希瓦 / padmaja—(从莲花诞生的)主布茹阿玛 / ādibhiḥ—由他们及其他人 / rūpam—形象 / dhiyā—甚至靠冥想 / vastutayā—如实地 / upavarṇitam—描述和感知 / maunena—透过深入地冥想(萨玛迪) / bhaktyā—靠奉爱服务 / upaśamena—通过弃绝 / pūjitaḥ—崇拜 / prasīdatām—愿祂满意 / eṣaḥ—这 / saḥ—祂 / sātvatām—优秀奉献者的 / patiḥ—主人

译文　就连主希瓦和主布茹阿玛等崇高的人物，都无法恰当地描述有关至尊人格首神奎师那的真实情况。这位至尊主被大圣人们视为是全体奉献者的保护者，并用遵守沉默誓言、冥想、做奉爱服务和弃绝等方式加以崇拜。愿祂对我们满意。

要旨　尽管不同的人以不同的方式追寻绝对真理，但祂始终是不可思议的。然而，像潘达瓦五兄弟、牧牛姑娘、牧牛童、雅首达(Yaśodā)母亲、南达王(Nanda Mahārāja)和温达文(Vṛndāvana)的全体居民那样的奉献者，都不需要为得到至尊人格首神而按常规的冥想程序练习，因为祂在任何情况下都与他们在一起。正因为如此，像纳茹阿达那样的圣人了解超然主义者与纯粹奉献者之间的区别，总是祈祷至尊主可以对自己满意。

第 51 节

स एष भगवान् राजन् व्यतनोद्विहतं यशः ।
पुरा रुद्रस्य देवस्य मयेनानन्तमायिना ॥५१॥

sa eṣa bhagavān rājan
vyatanod vihataṁ yaśaḥ
purā rudrasya devasya
mayenānanta-māyinā

saḥ eṣaḥ bhagavān—作为至尊梵的同一位人格首神奎师那 / rājan－我亲爱的君王 / vyatanot－扩展 / vihatam－失去 / yaśaḥ－声望 / purā－在过去的历史中 / rudrasya－(半神人中最强大的)主希瓦的 / devasya－半神人 / mayena－由一个名叫玛雅的恶魔 / ananta－无限制的 / māyinā－拥有科技知识

译文 我亲爱的尤帝士提尔王，很久很久以前，有个名叫玛雅·达纳瓦的精通科技知识的恶魔，损害了主希瓦的名声。至尊人格首神奎师那在那种情况下拯救了主希瓦。

要旨 主希瓦以最崇高的半神人玛哈戴瓦(Mahādeva)闻名于世。为此，维施瓦纳特·查夸瓦尔提·塔库尔说：尽管主布茹阿玛不了解至尊人格首神的荣耀，但主希瓦能了解。这个历史事件证明，主希瓦从至尊梵(Parabrahman)主奎师那那里得到力量。

第 52 节

राजोवाच
कस्मिन् कर्मणि देवस्य मयोऽहञ्जगदीशितुः ।
यथा चोपचिता कीर्तिः कृष्णेनानेन कथ्यताम् ॥५२॥

rājovāca
kasmin karmaṇi devasya
mayo 'hañ jagad-īśituḥ
yathā copacitā kīrtiḥ
kṛṣṇenānena kathyatām

rājā uvāca－尤帝士提尔王询问说 / kasmin－是什么原因 / karmaṇi－经由……活动 / devasya－主玛哈戴瓦(主希瓦)的 / mayaḥ－大恶魔玛雅·达纳瓦 / ahan－战胜 / jagat-īśituḥ－控制物质能量之力量而且是杜尔嘎女神的丈夫的主希瓦 / yathā－正如 / ca－和 / upacitā－再次扩展 / kīrtiḥ－名望 / kṛṣṇena－由主奎师那 / anena－这 / kathyatām－请描述

译文 尤帝士提尔王说：是什么原因造成恶魔玛雅·达纳瓦毁坏了主希瓦的名声？主奎师那如何拯救了主希瓦，并再次使他名声大振？请讲述这些事件。

第 53 节

श्रीनारद उवाच
निर्जिता असुरा देवैर्युध्यनेनोपबृंहितैः ।
मायिनां परमाचार्यं मयं शरणमाययुः ॥५३॥

śrī-nārada uvāca
nirjitā asurā devair
yudhy anenopabṛṁhitaiḥ
māyināṁ paramācāryaṁ
mayaṁ śaraṇam āyayuḥ

śrī-nāradaḥ uvāca—圣纳茹阿达·牟尼说 / nirjitāḥ—被打败 / asurāḥ—所有的恶魔 / devaiḥ—被半神人 / yudhi—在战场上 / anena—被主奎师那 / upabṛṁhitaiḥ—增强力量 / māyinām—全体恶魔的 / parama-ācāryam—最佳和最大的 / mayam—向玛雅·达纳瓦 / śaraṇam—庇护所 / āyayuḥ—取得

译文 纳茹阿达·牟尼说：当凭借主奎师那的仁慈而总是强有力的半神人们与恶魔作战时，恶魔被打败。他们于是去找最杰出的恶魔玛雅·达纳瓦，寻求他的庇护。

第 54—55 节

स निर्माय पुरस्तिस्रो हैमीरौप्यायसीर्विभुः ।
दुर्लक्ष्यापायसंयोगा दुर्वितर्क्यपरिच्छदाः ॥५४॥

ताभिस्तेऽसुरसेनान्यो लोकांस्त्रीन् सेश्वरान्नृप ।
स्मरन्तो नाशयां चक्रुः पूर्ववैरमलक्षिताः ॥५५॥

sa nirmāya puras tisro
  haimī-raupyāyasīr vibhuḥ
durlakṣyāpāya-saṁyogā
  durvitarkya-paricchadāḥ

tābhis te 'sura-senānyo
  lokāṁs trīn seśvarān nṛpa
smaranto nāśayāṁ cakruḥ
  pūrva-vairam alakṣitāḥ

saḥ—那(大恶魔玛雅·达纳瓦) / nirmāya—建造 / puraḥ—大住宅 / tisraḥ—三个 / haimī—金子制成 / raupyā—银子制成 / āyasīḥ—铁制成 / vibhuḥ—非常大、有力 / durlakṣya—不可估量的 / apāya-saṁyogāḥ—往来行动……的 / durvitarkya—不寻常的 / paricchadāḥ—拥有全部的设施 / tābhiḥ—由它们全部(类似飞机的三个住所) / te—他们 / asura-senā-anyaḥ—恶魔的指挥官们 / lokān trīn—三个世界 / sa-īśvarān—与他们的长官 / nṛpa—我亲爱的尤帝士提尔王 / smarantaḥ—记住 / nāśayām cakruḥ—开始消灭 / pūrva—以前的 / vairam—敌人 / alakṣitāḥ—不被任何人看见

译文 恶魔们的杰出领袖玛雅·达纳瓦，准备三个隐形的住所，将它们给了恶魔们。这些住所类似用金子、银子和铁制造的飞机，其中装满了神奇的用品和设备。我亲爱的尤帝士提尔王，恶魔们藏在这三个住所中让半神人始终看不见。怀恨在心的恶魔们利用这机会，攻陷了上、中、下三界中所有的星系。

第 56 节

ततस्ते सेश्वरा लोका उपासाद्येश्वरं नताः ।
त्राहि नस्तावकान्देव विनष्टांस्त्रिपुरालयैः ॥५६॥

tatas te seśvarā lokā
  upāsādyeśvaraṁ natāḥ

trāhi nas tāvakān deva
vinaṣṭāṁs tripurālayaiḥ

tataḥ－那之后 / te－他们(半神人) / sa-īśvarāḥ－与他们的统治者 / lokāḥ－星球 / upāsādya－接近 / īśvaram－主希瓦 / natāḥ－五体投地的投靠 / trāhi－请拯救 / naḥ－我们 / tāvakān－你亲近的及十分害怕的 / deva－至尊主啊 / vinaṣṭān－几乎结束的 / tripura-ālayaiḥ－被住在那三个飞机中的恶魔们

译文　那之后，当恶魔开始摧毁高等星系时，那里的星球统治者们去全心投靠主希瓦说，亲爱的主人，我们住在三界中的半神人就快被恶魔打垮了。我们是您的追随者，请救救我们。

第 57 节

अथानुगृह्य भगवान्मा भैष्टेति सुरान् विभुः ।
शरं धनुषि सन्धाय पुरेष्वस्त्रं व्यमुञ्चत ॥५७॥

athānugṛhya bhagavān
mā bhaiṣṭeti surān vibhuḥ
śaraṁ dhanuṣi sandhāya
pureṣv astraṁ vyamuñcata

atha－那之后 / anugṛhya－就为了向他们施恩 / bhagavān－最强大的 / mā－不要 / bhaiṣṭa－害怕 / iti－因此 / surān－向半神人 / vibhuḥ－主希瓦 / śaram－箭 / dhanuṣi－在弓上 / sandhāya－固定 / pureṣu－对准由恶魔们居住的那三个住所 / astram－武器 / vyamuñcata－放射

译文　最强大且最有才能的主希瓦让他们安心，并对他们说，“不必害怕。”接着，他将箭稳稳地搭在他的弓上，射向居住在三个隐形住所中的恶魔。

第 58 节

ततोऽग्निवर्णा इषव उत्पेतुः सूर्यमण्डलात् ।
यथा मयूखसन्दोहा नादृश्यन्त पुरो यतः ॥५८॥

tato 'gni-varṇā iṣava
utpetuḥ sūrya-maṇḍalāt
yathā mayūkha-sandohā
nādṛśyanta puro yataḥ

tataḥ－那之后 / agni-varṇāḥ－如火般明亮 / iṣavaḥ－箭 / utpetuḥ－发射 / sūrya-maṇḍalāt－从太阳球体 / yathā－正如 / mayūkha-sandohāḥ－光柱 / na adṛśyanta－无法被看见 / puraḥ－三个住所 / yataḥ－由于这(被主希瓦发射的箭罩住)

译文 主希瓦射出的箭恰似从太阳球体发出的火柱，罩住了三个住所型飞机，使人无法看见它们。

第 59 节

तैः स्पृष्टा व्यसवः सर्वे निपेतुः स्म पुरौकसः ।
तानानीय महायोगी मयः कूपरसेऽक्षिपत् ॥५९॥

taiḥ spṛṣṭā vyasavaḥ sarve
nipetuḥ sma puraukasaḥ
tān ānīya mahā-yogī
mayaḥ kūpa-rase 'kṣipat

taiḥ－被那些(燃烧般的箭) / spṛṣṭāḥ－被攻击或被触碰 / vyasavaḥ－没有生命 / sarve－全体恶魔 / nipetuḥ－倒地 / sma－以前 / pura-okasaḥ－作为上述三个住宅型飞机的居民 / tān－他们全体 / ānīya－带来 / mahā-yogī－伟大的神秘瑜伽师 / mayaḥ－玛雅·达纳瓦 / kūpa-rase－在(由伟大的神秘主义者玛雅制造的)甘露井中 / akṣipat－放置

译文　受到主希瓦发射的金箭的攻击，那三个飞机住所中的邪恶居民纷纷倒地丧命。具有非凡神通的玛雅·达纳瓦于是将恶魔放进他造的甘露井中。

要旨　恶魔一般都有瑜伽神通，所以都很强大有力。然而，正如《博伽梵歌》第6章的第47节诗记载，主奎师那说：

yogināṁ api sarveṣāṁ
mad-gatenāntarātmanā
śraddhāvān bhajate yo māṁ
sa me yuktatamo mataḥ

“在所有的瑜伽师中，谁信心坚定地总在内心想着我，为我做超然的爱心服务，谁就通过瑜伽与我紧密地连在一起，就是最高级的瑜伽师。这就是我的看法。”神秘瑜伽的真正目的是使自己全神贯注于人格首神奎师那，总是想着祂(mad-gatenāntarātmanā)。要得到神秘瑜伽的完美境界，人必须练哈塔瑜伽(haṭha-yoga)；练这种瑜伽的人可以得到一些非凡的神秘力量。然而，恶魔们(asura)不成为奎师那的奉献者，却为自己个人的感官享乐而利用这神秘力量。例如，玛雅·达纳瓦在这节诗中被说成是伟大的神秘主义者(mahā-yogī)，但所做的却是帮助恶魔。如今，我们亲眼看到世上就有迎合物质主义者感官享乐的瑜伽师，以及自称是神的冒牌货。玛雅·达纳瓦是恶魔中的神明，能做出一些神奇的事，其中一项是这节诗中所描述的：他造了一口充满甘露的井，并把恶魔们浸泡在那井中。那种甘露被称为起死回生甘露(mṛta-sanjīvayitari)。起死回生甘露也是阿尤尔·韦达(Āyur-veda)中的用药，它是一种甚至能使濒临死亡之人变得生气勃勃的液体。

第60节

सिद्धामृतरसस्पृष्टा वज्रसारा महौजसः ।
उत्तस्थुर्मेघदलना वैद्युता इव वह्नयः ॥६०॥

siddhāmṛta-rasa-spṛṣṭā
vajra-sārā mahaujasaḥ
uttasthur megha-dalanā
vaidyutā iva vahnayaḥ

siddha-amṛta-rasa-spṛṣṭāḥ—恶魔们被具有强大神秘力量的甘露触碰 / vajra-sārāḥ—他们的躯体变得用霹雳都无法征服 / mahā-ojasaḥ—极其强壮 / uttasthuḥ—再次起身 / megha-dalanāḥ—穿越云层的 / vaidyutāḥ—(刺穿云层的)闪电 / iva—如同 / vahnayaḥ—火一般的

译文 恶魔们的死尸一旦碰到甘露，就变得如霹雳般坚不可摧。被赋予了强大力量的他们，如穿透云层的闪电般站了起来。

第 61 节

विलोक्य भग्नसङ्कल्पं विमनस्कं वृषध्वजम् ।
तदायं भगवान् विष्णुस्तत्रोपायमकल्पयत् ॥६१॥

vilokya bhagna-saṅkalpaṁ
vimanaskaṁ vṛṣa-dhvajam
tadāyaṁ bhagavān viṣṇus
tatropāyam akalpayat

vilokya—看到 / bhagna-saṅkalpam—失望的 / vimanaskam—极不快乐 / vṛṣa-dhvajam—主希瓦 / tadā—那时 / ayam—这 / bhagavān—至尊人格首神 / viṣṇuḥ—主维施努 / tatra—有关甘露井 / upāyam—(如何阻止它的)方法 / akalpayat—考虑

译文 看到主希瓦愤愤不平而又失望沮丧的样子，至尊人格首神主维施努便考虑如何去除由玛雅·达纳瓦制造的这一困境。

第 62 节

वत्सश्चासीत्तदा ब्रह्मा स्वयं विष्णुरयं हि गौः ।
प्रविश्य त्रिपुरं काले रसकूपामृतं पपौ ॥६२॥

vatsaś cāsīt tadā brahmā
　svayaṁ viṣṇur ayaṁ hi gauḥ
praviśya tripuraṁ kāle
　rasa-kūpāmṛtaṁ papau

vatsaḥ—一头牛犊 / ca—也 / āsīt—成为 / tadā—那时 / brahmā—主布茹阿玛 / svayam—亲自地 / viṣṇuḥ—至尊人格首神主维施努 / ayam—这 / hi—事实上 / gauḥ—一头乳牛 / praviśya—进入 / tri-puram—三个住所 / kāle—中午 / rasa-kūpa-amṛtam—井内的甘露 / pa-pau—喝饮

译文　于是，主布茹阿玛变成一头牛犊，主维施努变形为一头乳牛，在中午时分进入恶魔的驻地，喝光了井里所有的甘露。

第63节

तेऽसुरा ह्यपि पश्यन्तो न न्यषेधन् विमोहिताः ।
तद्विज्ञाय महायोगी रसपालानिदं जगौ ।
स्मयन् विशोकः शोकार्तान् स्मरन्दैवगतिं च ताम् ॥६३॥

te 'surā hy api paśyanto
　na nyaṣedhan vimohitāḥ
tad vijñāya mahā-yogī
　rasa-pālān idaṁ jagau
smayan viśokaḥ śokārtān
　smaran daiva-gatiṁ ca tām

te—那些 / asurāḥ—恶魔 / hi—事实上 / api—虽然 / paśyantaḥ—看到(牛犊和乳牛喝饮甘露) / na—不 / nyaṣedhan—阻止它们 / vimo-hitāḥ—被假象和错觉所迷惑 / tat vijñāya—完全明白了 / mahā-yogī—伟大的神秘主义者玛雅·达纳瓦 / rasa-pālān—向看守甘露的恶魔们 / idam—这 / jagau—说 / smayan—被迷惑 / viśokaḥ—并不难过 / śoka-ārtān—极度悲伤 / smaran—记忆 / daiva-gatim—灵性力量 / ca—也 / tām—那

译文 恶魔看到了牛犊和乳牛，但至尊人格首神的能量所制造的假象，使恶魔们没能阻止他们。有着非凡神通的玛雅·达纳瓦注意到牛犊和乳牛正在喝甘露。他能明白这人们无法察觉的天意的力量。因此，他对极度悲伤的恶魔们说了如下一番话。

第64节

देवोऽसुरो नरोऽन्यो वा नेश्वरोऽस्तीह कश्चन ।
आत्मनोऽन्यस्य वा दिष्टं दैवेनापोहितुं द्वयोः ॥६४॥

devo 'suro naro 'nyo vā
neśvaro 'stīha kaścana
ātmano 'nyasya vā diṣṭaṁ
daivenāpohituṁ dvayoḥ

devaḥ－半神人们 / asuraḥ－恶魔们 / naraḥ－人类 / anyaḥ－或其他人 / vā－(两者之中)任何一个 / na－不 / īśvaraḥ－至尊控制者 / asti－是 / iha－在这个世界 / kaścana－任何人 / ātmanaḥ－自己的 / anyasya－另一个人的 / vā－(两者之中)任何一个 / diṣṭam－天命 / daivena－由至尊主给予的…… / apohitum－取消 / dvayoḥ－他们两者的

译文 玛雅·达纳瓦说：由至尊主为一个人、其他人或两者预先决定的一切，任何人在任何地方都无法加以改变，无论他是半神人、恶魔、人或其他什么生物体。

要旨 至尊主只有一个，那就是奎师那——维施努·塔特瓦。奎师那扩展出控制一切的许多个人扩展(svāṁśa)——维施努·塔特瓦(Viṣṇu-tattva)。玛雅·达纳瓦说：“无论你、我或我们怎么计划，至尊主有祂自己要事情如何发生的计划。没有至尊主的批准，没有谁的计划能获得成功。”我们也许会制定自己的各种计划，但除非至尊人格首神批准，否则没有计划能获得成功。所有种类的生物体都在制定成千上万的计划，但没有至尊主的批准，它们都将以失败告终。

第 65—66 节

अथासौ शक्तिभिः स्वाभिः शम्भोः प्राधानिकं व्यधात् ।
धर्मज्ञानविरक्त्यृद्धितपोविद्याक्रियादिभिः ॥६५॥

रथं सूतं ध्वजं वाहान्धनुर्वर्मशरादि यत् ।
सन्नद्धो रथमास्थाय शरं धनुरुपाददे ॥६६॥

athāsau śaktibhiḥ svābhiḥ
śambhoḥ prādhānikaṁ vyadhāt
dharma-jñāna-virakty-ṛddhi-
tapo-vidyā-kriyādibhiḥ

rathaṁ sūtaṁ dhvajaṁ vāhān
dhanur varma-śarādi yat
sannaddho ratham āsthāya
śaraṁ dhanur upādade

atha一那之后 / asau一祂(主奎师那) / śaktibhiḥ一被祂的各种能量 / svābhiḥ一个人的 / śambhoḥ一主希瓦的 / prādhānikam一原料 / vyadhāt一创造了 / dharma一宗教 / jñāna一知识 / virakti一弃绝 / ṛddhi一财富 / tapaḥ一苦修 / vidyā一教育 / kriyā一活动 / ādibhiḥ一由所有这些和其他的超然财富 / ratham一战车 / sūtam一战车的驾驭者 / dhvajam一旗子 / vāhān一马匹和大象 / dhanuḥ一弓 / varma一盾牌 / śara-ādi一利箭等等 / yat一需要的一切 / sannaddhaḥ一装备 / ratham一在战车上 / āsthāya一就座 / śaram一利箭 / dhanuḥ一向弓 / upādade一搭上

译文　纳茹阿达·牟尼继续说：那以后，主奎师那透过祂由宗教、知识、弃绝、财富、苦修、教育和活动构成的个人力量，用战车、战车驾驭者、旗帜、马匹、大象、弓、盾和利箭等必需品装备主希瓦。主希瓦这样全副武装好后，便携带弓箭坐上战车，与恶魔作战。

要旨 正如《圣典博伽瓦谭》第12篇第13章的第16节诗说明：主希瓦是主奎师那最优秀的奉献者——外士纳瓦(vaiṣṇavānāṁ yathā śambhuḥ)。事实上，他是精通外士纳瓦哲学的十二位权威人士中的一位(svayambhūr nāradaḥ śambhuḥ kumāraḥ kapilo manuḥ...)。主奎师那随时准备在各方面帮助这十二位权威人士(mahājana)及其他奉献者(kaunteya pratijānīhi na me bhaktaḥ praṇaśyati)。主希瓦虽然十分强大有力，但却在一场战斗中败给了恶魔，因此感到阴郁和沮丧。然而，由于他是至尊主最重要的奉献者之一，至尊主亲自用各种装备武装他，以使他能够赢得战争。所以，奉献者必须真诚地为至尊主服务，至尊主奎师那总是在幕后给予保护；如果需要，就会使其全副武装，以战胜敌人。对奉献者来说，传播奎师那意识运动根本不存在缺乏知识或物质所需的问题。

第67节

शरं धनुषि सन्धाय मुहूर्तेऽभिजितीश्वरः ।
ददाह तेन दुर्भेद्या हरोऽथ त्रिपुरो नृप ॥६७॥

śaraṁ dhanuṣi sandhāya
muhūrte 'bhijitīśvaraḥ
dadāha tena durbhedyā
haro 'tha tripuro nṛpa

śaram—箭 / dhanuṣi—在弓上 / sandhāya—连在一起 / muhūrte abhijiti—在中午 / īśvaraḥ—主希瓦 / dadāha—点燃 / tena—被它们(箭) / durbhedyāḥ—十分难刺穿 / haraḥ—主希瓦 / atha—就这样 / tripuraḥ—恶魔的三个住所 / nṛpa—尤帝士提尔王啊

译文　我亲爱的尤帝士提尔王，最强大有力的主希瓦搭弓射箭，在中午时分点燃恶魔所有的三个住所，以此方式消灭了他们。

第 68 节

दिवि दुन्दुभयो नेदुर्विमानशतसङ्कुलाः ।
देवर्षिपितृसिद्धेशा जयेति कुसुमोत्करैः ।
अवाकिरञ्जगुर्हृष्टा ननृतुश्चाप्सरोगणाः ॥६८॥

divi dundubhayo nedur
vimāna-śata-saṅkulāḥ
devarṣi-pitṛ-siddheśā
jayeti kusumotkaraiḥ
avākirañ jagur hṛṣṭā
nanṛtuś cāpsaro-gaṇāḥ

divi－在空中 / dundubhayaḥ－定音鼓 / neduḥ－回响 / vimāna－飞机 / śata－成百上千的 / saṅkulāḥ－赋予 / devarṣi－全体半神人和圣洁之人 / pitṛ－祖先星球的居民 / siddha－神秘仙星球的居民 / īśāḥ－所有伟大的人物 / jaya iti－呼喊着“胜利” / kusuma-utkaraiḥ－各种各样的鲜花 / avākiran－撒到主希瓦的头上 / jaguḥ－吟唱 / hṛṣṭāḥ－兴高采烈地 / nanṛtuḥ－起舞 / ca－和 / apsaraḥ-gaṇāḥ－天堂星球的美女

译文　高等星系中的居民，乘坐他们的飞机在空中敲响了许多定音鼓。半神人、圣人、祖先、神秘仙和各种伟大的人物纷纷将鲜花撒在主希瓦的头上，祝愿他战无不胜，天堂社交女郎则开始兴高采烈地歌唱起舞。

第 69 节

एवं दग्ध्वा पुरस्तिस्रो भगवान् पुरहा नृप ।
ब्रह्मादिभिः स्तूयमानः स्वं धाम प्रत्यपद्यत ॥६९॥

evaṁ dagdhvā puras tisro
bhagavān pura-hā nṛpa
brahmādibhiḥ stūyamānaḥ
svaṁ dhāma pratyapadyata

evam一因此 / dagdhvā一烧成灰烬 / puraḥ tisraḥ一恶魔的三个住所 / bhagavān一最强大的 / pura-hā一摧毁了恶魔住所的 / nṛpa一尤帝士提尔王啊 / brahma-ādibhiḥ一由主布茹阿玛和其他半神人 / stūyamānaḥ一被崇拜 / svam一到他自己的 / dhāma一住所 / pratyapadyata一返回

译文 尤帝施提尔王啊！主希瓦从此以歼灭恶魔的三个住所之人闻名于世，因为他将这些住所烧成了灰烬。受到以主布茹阿玛为首的半神人的崇拜后，主希瓦返回自己的居所。

第 70 节

एवं विधान्यस्य हरेः स्वमायया
विडम्बमानस्य नृलोकमात्मनः ।
वीर्याणि गीतान्यृषिभिर्जगद्गुरो-
र्लोकं पुनानान्यपरं वदामि किम् ॥७०॥

evaṁ vidhāny asya hareḥ sva-māyayā
viḍambamānasya nṛ-lokam ātmanaḥ
vīryāṇi gītāny ṛṣibhir jagad-guror
lokaṁ punānāny aparaṁ vadāmi kim

evam vidhāni一就这样 / asya一奎师那的 / hareḥ一至尊人格首神的 / sva-māyayā一凭祂各种超然的能量 / viḍambamānasya一像一个普通人般行事 / nṛ-lokam一在人类社会中 / ātmanaḥ一祂的 / vīryāṇi一超然的活动 / gītāni一叙述 / ṛṣibhiḥ一由伟大圣洁的人们 / jagat-guroḥ一至尊主人的 / lokam一所有的星系 / punānāni一净化 / aparam一还有什么 / vadāmi kim一我能说的

译文　至尊主圣奎师那显现为人类中的一分子，但却用祂自己的力量从事了许多非凡、神奇的娱乐活动。就述说祂的活动而言，伟大的圣洁之人已经说了很多，我哪有能力比他们说得还多呢？任何人只要从正确的来源聆听有关祂的活动，都会得到净化。

要旨　《博伽梵歌》等所有韦达文献都充分解释说，至尊人格首神奎师那虽然如一个普通人般显现在人类社会中，但却为造福全世界从事非凡的活动。我们不该被错觉能量所影响，认为主奎师那是普通人。真正在追寻绝对真理的人就会了解奎师那是一切(vāsudevaḥ samam iti)。这种伟大的灵魂十分罕见。尽管如此，人倘若学习整部《博伽梵歌原意》，就会很容易了解奎师那。奎师那意识运动努力让全世界了解奎师那是至尊人格首神(kṛṣṇas tu bhagavān svayam)。认真对待这场运动的人，其人生将获得成功。

到此为止，结束了巴克提韦丹塔对《圣典博伽瓦谭》第7篇第10章——“帕拉德——最杰出的崇高奉献者”所作的阐释。

第十一章

完美的社会：社会四阶层

这一章讲述了人，尤其是有志于在灵性生活中取得进步的人所遵循的、能使人变得完美的一般原则。

聆听帕拉德王(Prahlāda Mahārāja)的事迹，使尤帝士提尔王(Mahārāja Yudhiṣṭhira)感到格外高兴。他现在接着向纳茹阿达·牟尼(Nārada Muni)询问有关人类的真正宗教，尤其是标志着人类高度文明水平的社会四阶层和灵性四阶段制度(varṇāśrama-dharma)。当尤帝士提尔王向纳茹阿达·牟尼询问这些内容时，纳茹阿达·牟尼停止阐述自己的说明，而开始引述主纳茹阿亚纳(Nārāyaṇa)的说明，因为主纳茹阿亚纳是颁布宗教法规的最高权威(dharmaṁ tu sākṣād bhagavat-praṇītam)。每一个人都该培养如诚实、仁慈和苦行等三十项品质。遵守宗教原则的制度被称为是永恒的宗教体制(sanātana-dharma)。

社会四阶层和灵性四阶段制度将人类分为布茹阿玛纳(brāhmaṇa)、查锤亚(kṣatriya)、外夏(vaiśya)和庶铎(śūdra)四个阶层，还详尽地解释了净化仪式制度(saṁskāra)。高等阶层的人(dvijas)必须执行生育孩子的净化仪式(garbhādhāna saṁskāra)。执行生育孩子的净化仪式的人，是真正的“再生之人(dvijas)”，而违背社会四阶层和灵性四阶段原则，不执行生育孩子的净化仪式的人，被称为“再生者的朋友(dvija-bandhus)”。布茹阿玛纳的主要职责是崇拜神像、教导他人如何崇拜神像，学习韦达文献，教授韦达文献，接受他人的布施，以及再将布施给予他人。布茹阿玛纳应该靠履行这六项职责维持自己的生活。查锤亚的职责是保护国民并向他们征收税金，但禁止向布茹阿玛纳征税。因此，政府不该向奎师那意识运动的成员征税。外夏应该耕田、生产粮食并保护乳牛。由于天生的品质使自己无法成为布茹阿玛纳、查锤亚或外夏的庶铎，应该侍奉三个高等阶层的人并以此感到满足。为布茹阿玛纳规定的维持生活的其他方式是：在没有他人的帮助下维生(śālīna)、每天到稻田去乞讨(yāyāvara)、收集田地拥有者遗留在那里的稻谷(śila)和到谷物交易商的商店去收集一些食用谷物(uñchana)，其中每一种方式都比前一种好。

处在低等社会阶层中的人除非有必要，否则不能从事高等阶层成员从事的职业。再紧急的情况下，除了查锤亚，所有其他阶层的人都可以从事其他人的职业。除了查锤亚，其他人都可以接受从田地中收集谷物(ṛta)、在不乞讨的情况下收集谷物(amṛta)、乞讨谷物(mṛta)、耕地(pramṛta)和做贸易(satyānṛta)的维持生活的方式。对布茹阿玛纳或查锤亚来说，如果为外夏或庶铎服务，将被视为是在从事狗的职业。

纳茹阿达·牟尼(Nārada Muni)还讲解说：控制住的感官是布茹阿玛纳的表征，力量和名望是查锤亚的表征，为布茹阿玛纳和查锤亚服务是外夏的表征，为前面三个高等阶层服务是庶铎的表征。当十分忠诚、贞节的妻子是女人的好品质。就这样，纳茹阿达·牟尼描述了高等和低等阶层人员的特质，并忠告人应该遵守他所在阶层的原则，从事父亲传下的职业。人不能突然不从事他所习惯从事的职业，因此经典推荐人应该逐渐“觉醒”。布茹阿玛纳、查锤亚、外夏和庶铎的表征都很重要，人应该凭这些表征被命名，而不是凭出身。纳茹阿达·牟尼及所有伟大的人物都严禁人们只凭出身加以命名。

第 1 节

श्रीशुक उवाच

श्रुत्वेहितं साधु सभासभाजितं

महत्तमाग्रण्य उरुक्रमात्मनः ।
युधिष्ठिरो दैत्यपतेर्मुदान्वितः
पप्रच्छ भूयस्तनयं स्वयम्भुवः ॥१॥

śrī-śuka uvāca
śrutvehitaṁ sādhu sabhā-sabhājitaṁ
mahattamāgraṇya urukramātmanaḥ
yudhiṣṭhiro daitya-pater mudānvitaḥ
papraccha bhūyas tanayaṁ svayambhuvaḥ

śrī-śukaḥ uvāca－圣舒卡戴瓦·哥斯瓦米说／śrutvā－聆听／īhitam－那叙述／sādhu sabhā-sabhājitam－在主布茹阿玛和主希瓦那样伟大的奉献者聚会时所谈论的……／mahat-tama-agraṇyaḥ－最优秀的圣洁之人(尤帝士提尔)／urukrama-ātmanaḥ－始终全神贯注于活动永远非凡的至尊人格首神的他(帕拉德王)的／yudhiṣṭhiraḥ－尤帝士提尔王／daitya-pateḥ－恶魔的主人的／mudā-anvitaḥ－心情高兴地／papraccha－询问／bhūyaḥ－再次／tanayam－向儿子／svayambhuvaḥ－主布茹阿玛的

译文　舒卡戴瓦·哥斯瓦米继续说：帕拉德王的活动和特质在主布茹阿玛及主希瓦等伟大的人物中受到崇拜与传扬；听了他的活动及特质后，在崇高人物中最受尊重的尤帝士提尔王，心情格外高兴地再次向伟大的圣人纳茹阿达·牟尼发出询问。

第2节

श्रीयुधिष्ठिर उवाच
भगवन् श्रोतुमिच्छामि नृणां धर्मं सनातनम् ।
वर्णाश्रमाचारयुतं यत्पुमान् विन्दते परम् ॥२॥

śrī-yudhiṣṭhira uvāca
bhagavan śrotum icchāmi
nṛṇāṁ dharmaṁ sanātanam
varṇāśramācāra-yutaṁ
yat pumān vindate param

śrī-yudhiṣṭhiraḥ uvāca—尤帝士提尔王询问道 / bhagavan—我的导师啊 / śrotum—聆听 / icchāmi—我期望 / nṛṇām—人类社会的 / dharmam—规定职责 / sanātanam—(对每一个人来说)普通及永恒的 / varṇa-āśrama-ācāra-yutam—以社会四阶层和灵性四阶段的原则为基础 / yat—从……的 / pumān—人民大众 / vindate—可以十分平静地享受 / param—(能使人得到奉爱服务的)至高无上的知识

译文 尤帝士提尔王说：亲爱的导师，我想要听您讲述能使人达到做奉爱服务这一生命最高目标的宗教原则。我希望听与被称为社会四阶层和灵性四阶段制度有关的人类社会的一般职责、社会体系和灵性进步等内容。

要旨 永恒的宗教职责(sanātana-dharma)的意思是奉爱服务。梵文“萨纳坦(sanātana)”指的是在任何情况下都永恒持续不变的事物。就有关什么是生物的永恒职责的问题，我们已经解释过好几次。事实上，圣柴坦亚·玛哈帕布(Caitanya Mahāprabhu)对它作出解释说：生物真正的职责是侍奉至尊人格首神(jīvera 'svarūpa' haya-kṛṣṇera 'nitya-dāsa')。即使有人想要背离这原则，但由于那是他永恒的地位和状态，他还是保持仆人的状态，只不过是为物质的错觉能量玛亚(māyā)服务。因此，奎师那意识运动努力引导人类社会为人格首神服务，而不是为物质世界服务。为物质世界服务得不到丝毫真正的利益。我们的实际体验是：每一个人、动物、飞禽和走兽，事实上是每一个生物体，都在忙着做服务。即使人的身体或宗教信仰有可能改变，但每一个人都总是忙着在为某个或某些人服务。服务的心态被称为永恒的职责。这永恒的职责可以透过社会四阶层和灵性四阶段制度加以组织管理。这制度中有社会四阶层(布茹阿玛纳、查锺亚、外夏和庶铎)，以及贞守生阶段(brahmacarya)、居士阶段(gṛhastha)、退出家庭生活阶段(vānaprastha)和弃绝阶段(sannyāsa)这四个灵性阶段。为人类社会的利益着想，尤帝士提尔王向纳茹阿达·牟尼询问有关永恒宗教职责的原则。

第 3 节

भवान् प्रजापतेः साक्षादात्मजः परमेष्ठिनः ।
सुतानां सम्मतो ब्रह्मंस्तपोयोगसमाधिभिः ॥ ३ ॥

bhavān prajāpateḥ sākṣād
ātmajaḥ parameṣṭhinaḥ
sutānāṁ sammato brahmaṁs
tapo-yoga-samādhibhiḥ

bhavān—您阁下 / prajāpateḥ—生物体祖先(主布茹阿玛)的 / sākṣāt—直接地 / ātma-jaḥ—儿子 / parameṣṭhinaḥ—这个宇宙中的至尊人(主布茹阿玛)的 / sutānām—所有的儿子的 / sammataḥ—公认是最好的 / brahman—最优秀的布茹阿玛纳啊 / tapaḥ—靠苦修 / yoga—靠练神秘瑜伽 / samādhibhiḥ—以及靠全神贯注地冥想(在所有的方面你都是最佳的)

译文　最优秀的布茹阿玛纳啊！您是生物体祖先(主布茹阿玛)的亲生儿子。由于您从事的苦修、练的神秘瑜伽和所进入的全神贯注的冥想状态，您在主布茹阿玛所有的儿子中被视为是最优秀的。

第 4 节

नारायणपरा विप्रा धर्मं गुह्यं परं विदुः ।
करुणाः साधवः शान्तास्त्वद्विधा न तथापरे ॥ ४ ॥

nārāyaṇa-parā viprā
dharmaṁ guhyaṁ paraṁ viduḥ

karuṇāḥ sādhavaḥ śāntās
tvad-vidhā na tathāpare

nārāyaṇa-parāḥ—那些始终热爱至尊人格首神纳茹阿亚纳的人 / viprāḥ—最优秀的布茹阿玛纳 / dharmam—宗教原则 / guhyam—最机密的 / param—最高的 / viduḥ—知道 / karuṇāḥ—这样的人(奉献者)十分仁慈 / sādhavaḥ—行为十分崇高……的 / śāntāḥ—平静 / tvatvidhāḥ—像您阁下 / na—不 / tathā—那么 / apare—他人(奉爱服务之外的其他方法的追随者、奉行者)

译文 就平静生活和仁慈而言，没人超过您，也没人比您更清楚该如何做奉爱服务，如何成为最优秀的布茹阿玛纳。因此，您知道机密宗教生活中的一切原则，没人比您更清楚它们。

要旨 尤帝士提尔王知道纳茹阿达·牟尼是人类社会中最高的灵性导师，能引导人走上了解至尊人格首神的灵性解脱之途。事实上，正是为了这一目的，纳茹阿达·牟尼编辑了他的《奉爱经》(Bhakti-sūtra)，并在《纳茹阿达·潘查茹阿陀》中(Nārada-pañcarātra)给予指导。要得到有关宗教原则和生命完美境界的知识，人就必须从纳茹阿达·牟尼的师徒传承接受教导。我们的奎师那意识运动直接属于布茹阿玛传承(Brahma-sampradāya)。纳茹阿达·牟尼从主布茹阿玛(Brahmā)那里得到教导，并转而将教导传授给维亚萨戴瓦(Vyāsadeva)。维亚萨戴瓦教导了他儿子——讲述《圣典博伽瓦谭》(Śrīmad-Bhāgavatam)的舒卡戴瓦·哥斯瓦米(Śukadeva Gosvāmī)。这场奎师那意识运动以《圣典博伽瓦谭》和《博伽梵歌》(Bhagavad-gītā)为基础。由于《圣典博伽瓦谭》经由舒卡戴瓦·哥斯瓦米讲述，而《博伽梵歌》由奎师那讲述，它们之间没有区别。如果我们严格遵循师徒传承的原则，我们无疑就走在正确的灵性解脱之途上——永恒地致力于做奉爱服务。

第 5 节

श्रीनारद उवाच
नत्वा भगवतेऽजाय लोकानां धर्मसेतवे ।
वक्ष्ये सनातनं धर्मं नारायणमुखाच्छ्रुतम् ॥ ५ ॥

śrī-nārada uvāca
natvā bhagavate 'jāya
lokānāṁ dharma-setave
vakṣye sanātanaṁ dharmaṁ
nārāyaṇa-mukhāc chrutam

śrī-nāradaḥ uvāca—圣纳茹阿达·牟尼说 / natvā—致以我的敬意 / bhagavate—向至尊人格首神 / ajāya—永恒存在、永不经历出生的过程 / lokānām—遍及整个宇宙 / dharma-setave—保护宗教原则的 / vakṣye—我将解释 / sanātanam—永恒的 / dharmam—规定职责 / nārāyaṇa-mukhāt—从纳茹阿亚纳的嘴 / śrutam—我所听到的

译文　圣纳茹阿达·牟尼说：主奎师那是众生宗教原则的维护者；在先向衪致以顶礼之后，让我来解释永恒宗教体制的原则，而这一切都是我听纳茹阿亚纳亲口说的。

要旨　梵文"不经出生就存在者(aja)"是指奎师那，衪在《博伽梵歌》第4章的第6节诗中解释说："尽管我不经出生就存在，我超然的身体永不变质(ajo' pi sann avyayātmā)。"

第 6 节

योऽवतीर्यात्मनोंऽशेन दाक्षायण्यां तु धर्मतः ।
लोकानां स्वस्तयेऽध्यास्ते तपो बदरिकाश्रमे ॥ ६ ॥

yo 'vatīryātmano 'ṁśena
dākṣāyaṇyāṁ tu dharmataḥ
lokānāṁ svastaye 'dhyāste
tapo badarikāśrame

yaḥ—……的祂(主纳茹阿亚纳) / avatīrya—降临 / ātmanaḥ—祂自己的 / aṁśena—与一部分(纳茹阿) / dākṣāyaṇyām—在达克沙王的女儿达克沙雅妮的子宫中 / tu—事实上 / dharmataḥ—从达尔玛王 / lokānām—所有的人的 / svastaye—为了……的利益 / adhyāste—执行 / tapaḥ—苦行 / badarikāśrame—在被称为巴达瑞卡灵修所的地方

译文　主纳茹阿亚纳与祂的部分展示纳茹阿一起，经达克沙王的女儿穆尔缇的子宫显现在这世上。祂为了众生的利益经由达尔玛王生出。直到如今，祂仍在名叫巴达瑞卡的灵修所附近从事艰巨的苦行。

第 7 节

धर्ममूलं हि भगवान् सर्ववेदमयो हरिः ।
स्मृतं च तद्विदां राजन् येन चात्मा प्रसीदति ॥ ७ ॥

dharma-mūlaṁ hi bhagavān
sarva-vedamayo hariḥ
smṛtaṁ ca tad-vidāṁ rājan
yena cātmā prasīdati

dharma-mūlam—宗教原则的根 / hi—事实上 / bhagavān—至尊人格首神 / sarva-veda-mayaḥ—所有韦达知识的精华 / hariḥ—至尊生物 / smṛtam ca—和经典 / tat-vidām—那些了解至尊主的人的 / rājan—君王啊 / yena—靠(宗教原则)…… / ca—也 / ātmā—灵魂、心、身体和一切 / prasīdati—变得彻底满足

译文　至尊生物——人格首神，是一切韦达知识的本质、所有宗教原则的根基，以及伟大权威人士的记忆。尤帝士提尔王啊！这宗教原则被理解为是证据。在这宗教原则的基础上，一切都得到满足，包括一个人的心、灵魂，甚至身体。

要旨　正如阎罗王(Yamarāja)说明的：真正的宗教原则由至尊人格首神制定和颁布(dharmaṁ tu sākṣād bhagavat-praṇītam)。阎罗王作为至尊主的代表，负责在生物体死后判定那生物何时并如何更换躯体。他是权威人士；他说，由神给予的法律就是宗教原则。没人可以自创宗教，所以自创的宗教系统遭到遵循韦达原则的人的拒绝。《博伽梵歌》第15章的第15节诗说：研究韦达经的目的是要了解至尊人格首神奎师那(vedaiś ca sarvair aham eva vedyaḥ)。因此，讲述韦达经、经典、宗教及每一个人的规定职责的目的，是要让人了解至尊人格首神奎师那。为此，《圣典博伽瓦谭》第1篇第2章的第6节诗总结说：

sa vai puṁsāṁ paro dharmo
yato bhaktir adhokṣaje
ahaituky apratihatā
yayātmā suprasīdati

"能让人为超然的至尊主做奉爱服务的职责，才是全人类最崇高的职责(达尔玛)。要想彻底满足自我，就必须毫无自私动机、连续不断地做这样的奉爱服务。"换句话说，宗教原则的目的在于，学习如何为至尊主做超然的奉爱服务。那服务必须没有动机，也不受物质情况的阻碍。这将使人类社会在各方面感到快乐。

遵循韦达知识原则的经典(smṛti)，被视为是韦达原则的证据。遵守宗教原则的经典有二十种，其中玛努(Manu)和雅格亚瓦勒克亚(Yājñavalkya)的经典被视为是放之四海而皆准的权威典籍。《雅格亚瓦勒克亚经》(Yājñavalkya-smṛti)中说：

śruti-smṛti-sadācāraḥ
svasya ca priyam ātmanaḥ
samyak saṅkalpajaḥ kāmo
dharma-mūlam idaṁ smṛtam

人应该从韦达经(śruti)及遵循韦达原则的经典(smṛti)学习人类正确的行为。圣茹帕·哥斯瓦米(Rūpa Gosvāmī)在他写的《奉爱服务的纯粹甘露之洋》(Bhakti-rasāmṛta-sindhu)中说：

śruti-smṛti-purāṇādi-
pañcarātra-vidhiṁ vinā
aikāntikī harer bhaktir
utpātāyaiva kalpate

大意是：要成为奉献者，人必须遵循韦达经和遵守韦达原则的经典中规定的原则。人必须遵守往世书(purāṇa)和《潘查茹阿锤克伊·韦迪》(pāñcarātrikī-vidhi)。不遵循韦达经及遵守韦达原则的经典的教导，人无法成为纯粹奉献者，但遵循韦达经和遵守韦达原则的经典而不做奉爱服务，不可能引导人达到生命的完美境界。

因此，从所有的证据看，结论是：没有奉爱服务(bhakti)，就没有宗教原则可言。神是遵守宗教原则的核心。这个世界里以宗教的名义所进行的一切，几乎都缺乏奉爱服务的概念，因此遭到《圣典博伽瓦谭》的谴责。没有奉爱服务，所谓的宗教原则只不过是欺骗而已。

第8—12节

सत्यं दया तपः शौचं तितिक्षेक्षा शमो दमः ।
अहिंसा ब्रह्मचर्यं च त्यागः स्वाध्याय आर्जवम् ॥ ८ ॥

सन्तोषः समदृक्सेवा ग्राम्येहोपरमः शनैः ।
नृणां विपर्ययेहेक्षा मौनमात्मविमर्शनम् ॥ ९ ॥

अन्नाद्यादेः संविभागो भूतेभ्यश्च यथार्हतः ।
तेष्वात्मदेवताबुद्धिः सुतरां नृषु पाण्डव ॥१०॥

श्रवणं कीर्तनं चास्य स्मरणं महतां गतेः ।
सेवेज्यावनतिर्दास्यं सख्यमात्मसमर्पणम् ॥११॥

नृणामयं परो धर्मः सर्वेषां समुदाहृतः ।
त्रिंशल्लक्षणवान् राजन् सर्वात्मा येन तुष्यति ॥१२॥

satyaṁ dayā tapaḥ śaucaṁ
titikṣekṣā śamo damaḥ
ahiṁsā brahmacaryaṁ ca
tyāgaḥ svādhyāya ārjavam

santoṣaḥ samadṛk-sevā
grāmyehoparamaḥ śanaiḥ
nṛṇāṁ viparyayehekṣā
maunam ātma-vimarśanam

annādyādeḥ saṁvibhāgo
bhūtebhyaś ca yathārhataḥ
teṣv ātma-devatā-buddhiḥ
sutarāṁ nṛṣu pāṇḍava

śravaṇaṁ kīrtanaṁ cāsya
smaraṇaṁ mahatāṁ gateḥ
sevejyāvanatir dāsyaṁ
sakhyam ātma-samarpaṇam

nṛṇām ayaṁ paro dharmaḥ
sarveṣāṁ samudāhṛtaḥ
triṁśal-lakṣaṇavān rājan
sarvātmā yena tuṣyati

satyam－说真话(不扭曲、不背离事实) / dayā－对众生受苦感到同情 / tapaḥ－苦行(如每个月两次在艾卡达西时戒食) / śaucam－清洁(有规律地一天至少早晚两次沐浴并记着吟诵、吟唱神的圣名) / titikṣā－忍受(不受季节变化或环境不便的打扰) / īkṣā－区分好与坏 / śamaḥ－控制内心(不允许思想随意行事) / damaḥ－对感官的控制(不允许感官不受控制地行事) / ahiṁsā－非暴力(不致使任何生物承受三种苦) / brahmacaryam—节制自己或避免自己误用精子(不与不是自己妻子的人有性关系，以及不在禁止发生性关系的时候与自己的妻子发生性关系，例如：妻子的月经期) / ca—和 / tyāgaḥ—将自己收入的至少百分之五十用作布施 / svādhyāyaḥ—阅读《博伽梵歌》、《圣典博伽瓦谭》、《茹阿玛亚纳》和《玛哈巴茹阿特》等超然的文献(或者不属于韦达文化的人阅读《圣经》、《可兰经》等文献) / ārjavam—正直(免于口是心非) / santoṣaḥ—满足于不需要太艰苦的努力就能得到的一切 / samadṛk-sevā—侍奉那些不对生物体加以区分，而看每一个生物体都是灵性灵魂的圣洁之人(paṇḍitāḥ sama-darśinaḥ) / grāmya-īhā-uparamaḥ—不参与所谓的慈善活动 / śanaiḥ—逐渐地 / nṛṇām—在人类社会中 / viparyaya-īhā—不必要的活动 / īkṣā—讨论 / maunam—严肃且沉默 / ātma—自我 / vimarśanam—探究(自己究竟是躯体还是灵魂) / anna-ādya-ādeḥ—食物和饮料等的 / saṁvibhāgaḥ—平均分发 / bhūtebhyaḥ—向不同的生物体 / ca—也 / yathā-arhataḥ—适当的 / teṣu—所有的生物体 / ātma-devatā-buddhiḥ—接受为是自我或半神人 / su-tarām—初步的 / nṛṣu—在全体人类当中 / pāṇḍava—尤帝士提尔王啊 / śravaṇam—聆听 / kīrtanam—歌唱 / ca—也 / asya—祂(至尊主)的 / smaraṇam—铭记(祂的话语和活动) / mahatām—伟大的圣洁之人的 / gateḥ—是……庇护者 / sevā—服务 / ijyā—崇拜 / avanatiḥ—致以敬意 / dāsyam—接受服务 / sakhyam—视为是朋友 / ātma-samarpaṇam—将自己完全奉献 / nṛṇām—全体人类的 / ayam—这 / paraḥ—最高级的 / dharmaḥ—宗教原则 / sarveṣām—全部的 / samudāhṛtaḥ—详尽描述 / triṁśat-lakṣaṇa-vān—拥有三十项品质 / rājan—君王啊 / sarva-ātmā—至尊主——众生的超灵 / yena—由…… / tuṣyati—被满足

译文 全体人类该遵循的一般原则是：诚实；仁慈；苦行(在每个月的特定日子里遵守戒食规定)；一天沐浴两次；

忍受；区分对错；控制心；控制感官；非暴力；禁欲；布施；阅读经典；正直；知足；为圣洁之人服务；逐渐停止从事不必要的活动；观察人类社会从事不必要的活动有多么的毫无价值；保持沉默、严肃，避免没有必要的谈话；考虑人究竟是身体还是灵魂；平等向众生(人和动物)分发食物；看每一个灵魂(尤其在人体内)都是至尊主的一部分；聆听至尊人格首神(圣洁之人的保护者)从事的活动和给予的教导；吟诵、吟唱这些活动和教导；始终铭记这些活动和教导；努力为祂做服务；崇拜祂；向祂致敬；成为祂的仆人；成为祂的朋友，以及将自己全部交给祂。尤帝士提尔王啊！必须要在人体生命中获得这三十种品质。光是培养这些品质，就能使至尊人格首神满意。

要旨 为了使人类与动物区分开来，伟大的圣人纳茹阿达忠告说，每一个人都该受到教育，培养上述三十项品质。如今，全世界都在宣传一种概念，即：管理国家最好的方式是将政府管理与宗教分开，政府唯一要关心的是现世活动。然而，国民如果未受到适当的教育，以培养上述的好品质，怎么可能会快乐？例如：如果全民都不诚实，国家怎么可能有快乐？因此，一个人无论属于印度教、伊斯兰教、基督教、佛教还是其他宗教派别，都应该被教导要诚实。同样，每一个人都该受到教育，要慈悲为怀，要在一个月内的某些天里戒食。每个人都该一天沐浴两次，清洁自己的牙齿和外在的身体，并通过记忆至尊主的圣名清洁自己的内心。无论一个人信仰的是印度教、伊斯兰教还是基督教，至尊主都只有一位。所以，无论不同的语言发音是否各异，人都应该吟诵、吟唱至尊主的圣名。而且，所有的人都该受到教导要十分小心，不要毫无必要地释放自己的精液。这对全体人类来说十分重要。如果不毫无必要地释放精液，人的记忆力、决心、活动和身体精力就格外强。人们还应该受到教育要思想和情感单纯，身心知足。这些都是做人的一般品质。事实上并不存在非宗教国家或宗教国家。人除非受教育培养上述三十种品质，否则不可能有平静。经典最终推荐：

śravaṇaṁ kīrtanaṁ cāsya
smaraṇaṁ mahatāṁ gateḥ
sevejyāvanatir dāsyaṁ
sakhyam ātma-samarpaṇam

每一个人都应该成为至尊主的奉献者，因为成为至尊主奉献者的人，自然而然就会获得其他好品质。

yasyāsti bhaktir bhagavaty akiñcanā
sarvair guṇais tatra samāsate surāḥ
harāv abhaktasya kuto mahad-guṇā
manorathenāsati dhāvato bahiḥ

“培养出对至尊人格首神华苏戴瓦纯粹奉爱之心的人，身上将展示出全体半神人所具有的宗教、知识和弃绝等崇高品质。相反，不做奉爱服务却从事物质活动的人，不具备好品质。哪怕他精于练神秘瑜伽，或者努力诚实地维护他的家庭、供养他的亲属，他都必然会受到他主观臆测的驱使，忙于侍奉至尊主的外在能量。这种人怎么可能有什么好品质？”(《圣典博伽瓦谭》5.18.12)因此，我们的奎师那意识运动教导的内容包罗万象，文明人类应该认真地对待它，并且为了世界和平而遵守它所教导的原则。

第 13 节

संस्कारा यत्राविच्छिन्नाः स द्विजोऽजो जगाद यम् ।
इज्याध्ययनदानानि विहितानि द्विजन्मनाम् ।
जन्मकर्मावदातानां क्रियाश्चाश्रमचोदिताः ॥१३॥

saṁskārā yatrāvicchinnāḥ
sa dvijo 'jo jagāda yam

ijyādhyayana-dānāni
vihitāni dvijanmanām
janma-karmāvadātānāṁ
kriyāś cāśrama-coditāḥ

saṁskārāḥ—教化程序 / yatra—其中 / avicchinnāḥ—不中断地 / saḥ—这样一个人 / dvi-jaḥ—再生者 / ajaḥ—主布茹阿玛 / jagāda—批准 / yam—谁 / ijyā—崇拜 / adhyayana—学习韦达经 / dānāni—和布施 / vihitāni—规定的 / dvi-janmanām—被称为二次出生的人的 / janma—由出生 / karma—和活动 / avadātānām—被净化的人 / kriyāḥ—活动 / ca—也 / āśrama-coditāḥ—给属于四个灵性阶段的人推荐

译文　谁在吟诵、吟唱韦达·曼陀的情况下，经由不中断地举行授孕仪式和其他规定的教化方法改造自己，谁得到主布茹阿玛的认可，谁就是经过再生的人——兑佳。这种经由家庭传统和自己的所作所为得到净化的布茹阿玛纳、查锤亚和外夏，应该崇拜至尊主，学习韦达经并进行施舍。他们应该在这一系统中遵守灵性四阶段的原则(贞守生原则、居士原则、退出家庭生活者的原则及进入弃绝阶层之人的原则)。

要旨　纳茹阿达·牟尼在列出一个人应该具有的三十项好品质后，开始讲述社会四阶层(varṇas)和灵性四阶段(āśramas)的原则。人必须受到训练培养上述三十种品质，否则甚至都称不上是一个真正的人。接着，应该在具有这些品质的人当中介绍社会四阶层和灵性四阶段制度。在社会四阶层和灵性四阶段制度中，净化的第一个仪式是授孕仪式(garbhādhāna)，即：为了生育一个好孩子，要在过性生活前通过吟诵曼陀举行的仪式。按照改造法的规定，过性生活是为生孩子而不是为感官享乐的人，也被接受为是贞守生(brahmacārī)。人不该将精液浪费在感官享乐上，那违反韦达生活的原则。然而，只有在大众受到训练培养上述三十项品质时，控制性生活才会成为可能，否则根本没有可能。一个人即使出生在再生者(dvija)的家庭中，但如果不遵从改造程序，就会被称为是再生者的朋友(dvija-bandhu)，而不是再生者(dvija)。这整个系统的目的是造就素质良好的人。正如《博伽梵歌》中所说：当妇女被污染时，生下的孩子就都是要不得的后代(varṇa-saṅkara)，而当要不得的后代数量增加时，整个世界的情况就变得如地狱一般。正因为如此，所有的韦达文献都提出强烈的警告，反对制造要不得的后代。当有要不得的后代时，即使再有大型的立法委员会、国会、议会等体制，人们也无法在正常有序的情况下享受平静与繁荣。

第 14 节

विप्रस्याध्ययनादीनि षडन्यस्याप्रतिग्रहः ।
राज्ञो वृत्तिः प्रजागोप्तुरविप्राद्वा करादिभिः ॥१४॥

viprasyādhyayanādīni
ṣaḍ-anyasyāpratigrahaḥ
rājño vṛttiḥ prajā-goptur
aviprād vā karādibhiḥ

viprasya－布茹阿玛纳的 / adhyayana-ādīni－阅读韦达经等 / ṣaṭ－六项(学习韦达经、教导韦达经、崇拜神像、教导他人如何崇拜、接受布施及给予布施) / anyasya－那些不是布茹阿玛纳的人(查锤亚) / apratigrahaḥ－不接受他人的布施(查锤亚可以执行布茹阿玛纳的其他五项规定职责) / rājñaḥ－查锤亚的 / vṛttiḥ－生计 / prajāgop-tuḥ－赡养臣民的人 / aviprāt－从那些不是布茹阿玛纳的人 / vā－或者 / kara-ādibhiḥ－通过征收国民的税金、海关税，以及罚款等

译文 布茹阿玛纳要履行六项规定职责。查锤亚不该接受布施，但可以履行这些职责中的其他五项职责。君王或查

锤亚禁止向布茹阿玛纳征税，但可以向他的其他统治对象征收极少量的税金、各种海关税和罚金，以此维持他的生活。

要旨　就有关布茹阿玛纳和查锤亚的地位，维施瓦纳特·查夸瓦尔提·塔库尔(Viśvanātha Cakravartī Ṭhākura)这样解释到，布茹阿玛纳有六项职责，其中学习韦达经、崇拜神像和给予布施这三项是必须做的；靠教导他人崇拜神像、接受礼物，布茹阿玛纳得到生活所需。对此，《玛努·萨密塔》(Manu-saṁhitā)中也确认说：

ṣaṇṇāṁ tu karmaṇām asya
trīṇi karmāṇi jīvikā
yajanādhyāpane caiva
viśuddhāc ca pratigrahaḥ

在布茹阿玛纳的六项职责中，其中崇拜神像、学习韦达经和给予布施这三项职责是布茹阿玛纳必须要履行的职责。布茹阿玛纳应该接受布施以作为交换，而这应该是他维持生活的方式。布茹阿玛纳不能为维持自己的生活而受雇于他人。启示经典中尤其强调：声称自己是布茹阿玛纳的人，不能去侍奉他人，否则立刻从他的地位上坠落，成为庶铎。圣茹帕·哥斯瓦米(Rūpa Gosvāmī)和萨纳坦·哥斯瓦米(Sanātana Gosvāmī)出生在极受尊敬的家庭中，但由于侍奉地方行政长官胡森·沙，即使并非当普通办事员，而是当大臣，还是遭到布茹阿玛纳阶层的驱逐。事实上，他们当时变得像伊斯兰教徒一样，甚至还改了自己的名字。布茹阿玛纳除非自己十分纯净，否则不能接受他人的布施。应该把布施给予纯洁的布茹阿玛纳。一个人即使出生在布茹阿玛纳家庭，但如果行为如同庶铎，就不能接受布施，因为这是被严格禁止的。查锤亚虽然几乎与布茹阿玛纳一样有资格，都不能接受布施。这节诗中用梵文“不接受他人的布施(apratigraha)”一词，说明这是严格禁止的。甚至连查锤亚都绝对不能接受布施，就更不要说更低等的社会阶层成员了。君王或政府也许可以向国民征收国税、海关税及罚款等各种税金，以使君王有足够的资源能充分保护他的国民，确保他们生活和资产的安全。他除非能够给予保护，否则不能征税。但是，君王绝对不能向布茹阿玛纳和全身心投入地为奎师那做奉爱服务的外士纳瓦征收税金。

第 15 节

वैश्यस्तु वार्तावृत्तिः स्यान्नित्यं ब्रह्मकुलानुगः ।
शूद्रस्य द्विजशुश्रूषा वृत्तिश्च स्वामिनो भवेत् ॥१५॥

vaiśyas tu vārtā-vṛttiḥ syān
nityaṁ brahma-kulānugaḥ
śūdrasya dvija-śuśrūṣā
vṛttiś ca svāmino bhavet

vaiśyaḥ—商人团体 / tu—事实上 / vārtā-vṛttiḥ—致力于农耕、保护乳牛和做贸易 / syāt—必须 / nityam—总是 / brahma-kula-anugaḥ—遵从布茹阿玛纳的指导 / śūdrasya—第四阶层的人——劳工的 / dvija-śuśrūṣā—侍奉三个高等阶层之人(布茹阿玛纳、查锤亚和外夏) / vṛttiḥ—生计 / ca—和 / svāminaḥ—主人的 / bhavet—他必须

译文 商人们应该始终遵循布茹阿玛纳的指导，履行发展农业、做贸易，以及保护乳牛等规定职责。对庶铎来说，唯一的职责是接受高等社会阶层中的一员做主人，致力于为他做服务。

第 16 节

वार्ता विचित्रा शालीनयायावरशिलोञ्छनम् ।
विप्रवृत्तिश्चतुर्धेयं श्रेयसी चोत्तरोत्तरा ॥१६॥

vārtā vicitrā śālīna-
yāyāvara-śiloñchanam
vipra-vṛttiś caturdheyaṁ
śreyasī cottarottarā

vārtā一外夏的规定生计(农耕、保护和贸易) / vicitrā一各种类型 / śālīna一不吹灰飞之力的谋生方式 / yāyāvara一去农田乞讨一些稻谷 / śila一捡拾农田主人留在田地里的谷物 / uñchanam一捡拾商店里袋子中掉下的谷物 / vipra-vṛttiḥ一布茹阿玛纳的生计 / catur-dhā一四种不同类型 / iyam一这 / śreyasī一更好 / ca一也 / uttara-uttarā一后面的比前面的

译文　作为一种选择，布茹阿玛纳也可以履行外夏所履行的职责，即：发展农业、保护乳牛或做贸易。他可以依靠做这些的收入而不必乞讨。他可以每天到稻田去乞讨，可以收集田地拥有者遗留在那里的稻谷，或者到谷物交易商的商店去收集一些食用谷物。这些是布茹阿玛纳也可以采用的维持生活的四种方法。在谈到的这四种方法中，按照顺序，每一种方法都比前一种方法好。

要旨　人们有时会将土地和乳牛布施给布茹阿玛纳，因此他也可以像外夏那样做事，通过耕田、保护乳牛和将剩余物做交易维持自己的生活。然而，更好的做法是从田地或贸易商的商店里捡拾谷物而不必乞讨。

第 17 节

जघन्यो नोत्तमां वृत्तिमनापदि भजेन्नरः ।
ऋते राजन्यमापत्सु सर्वेषामपि सर्वशः ॥१७॥

jaghanyo nottamāṁ vṛttim
anāpadi bhajen naraḥ
ṛte rājanyam āpatsu
sarveṣām api sarvaśaḥ

jaghanyaḥ一低等(人) / na一不 / uttamām一高等 / vṛttim一生计 / anāpadi一在没有社会剧变时 / bhajet一可以接受 / naraḥ一一个人 / ṛte一除……之外 / rājanyam一查锤亚的职业 / āpatsu一紧急时 / sarveṣām－在每一种生活状态中的每一个人 / api－无疑地 / sarvaśaḥ－所有的职业或规定职责

译文 除了发生紧急情况，否则低等阶层的人不该履行高等阶层的成员所履行的职责。当然，如果有紧急情况发生，除了查锤亚，每一个人都可以采用其他人维持生活的方式。

要旨 社会低等阶层的人，尤其是外夏和庶铎，不该承担布茹阿玛纳的职责。例如：布茹阿玛纳的职责是教导韦达知识，除非有紧急情况，查锤亚、外夏或庶铎都不该承担这一职责。查锤亚除非在紧急情况下，否则不能承担布茹阿玛纳的职责，但即使他承担了布茹阿玛纳的职责，也不能从任何人那里接受布施。有些印度布茹阿玛纳反对我们奎师那意识运动在欧洲人或说食肉者(mlecchas)和不可触碰者(yavanas)中培养布茹阿玛纳。然而，《圣典博伽瓦谭》(Śrīmad-Bhāgavatam)这节诗的内容，支持奎师那意识运动的做法。如今，人类社会处在混乱的状态中，所有的人都不再过灵性生活，而灵修本是布茹阿玛纳尤其该做的事。由于全世界都已经不再有灵性文化，社会如今就处在紧急状态中，所以必须立刻训练那些被视为是低等和受谴责的人，以使他们能成为布茹阿玛纳，承担起推动人类社会灵性进步的使命。人类社会的灵性进步已经停止，这种情况应该被视为是紧急状况。纳茹阿达·牟尼在此给予被称为“奎师那意识”的运动以完全的支持。

第18—20节

ऋतामृताभ्यां जीवेत मृतेन प्रमृतेन वा ।
सत्यानृताभ्यामपि वा न श्ववृत्त्या कदाचन ॥१८॥

ऋतमुञ्छशिलं प्रोक्तममृतं यदयाचितम् ।
मृतं तु नित्ययाञ्चा स्यात्प्रमृतं कर्षणं स्मृतम् ॥१९॥

सत्यानृतं च वाणिज्यं श्ववृत्तिर्नीचसेवनम् ।
वर्जयेत्तां सदा विप्रो राजन्यश्च जुगुप्सिताम् ।
सर्ववेदमयो विप्रः सर्वदेवमयो नृपः ॥२०॥

ṛtāmṛtābhyāṁ jīveta
mṛtena pramṛtena vā
satyānṛtābhyām api vā
na śva-vṛttyā kadācana

ṛtam uñchaśilaṁ proktam
amṛtaṁ yad ayācitam
mṛtaṁ tu nitya-yācñā syāt
pramṛtaṁ karṣaṇaṁ smṛtam

satyānṛtaṁ ca vāṇijyaṁ
śva-vṛttir nīca-sevanam
varjayet tāṁ sadā vipro
rājanyaś ca jugupsitām
sarva-vedamayo vipraḥ
sarva-devamayo nṛpaḥ

ṛta-amṛtābhyām－被称为ṛta和amṛta的生计／jīveta－人可以靠……生活／mṛtena－借由名叫mṛta的职业／pramṛtena vā－或者借由名叫pramṛta的职业／satyānṛtābhyām api－甚至借由名叫satyānṛta的职业／vā－或者／na－永不／śva-vṛttyā－靠狗的职业／kadācana－任何时候／ṛtam－ṛta／uñchaśilam－捡拾被遗留在集市或田地中的谷物的维生方式／proktam－据说／amṛtam－名叫amṛta的职业／yat－……的／ayācitam－在未向他人乞讨的情况下得到／mṛtam－名叫mṛta的职业／tu－但是／nitya-yācñā－每天向农民乞讨谷物／syāt－应该是／pramṛtam－称为pramṛta的生计／karṣaṇam－耕种农田／smṛtam－是如此被记忆／satyānṛtam－名叫satyānṛta的职业／ca－和／vāṇijyam－贸易／śva-vṛttiḥ－狗的职业／nīca-sevanam－低等阶层之人(外夏和庶铎)的服务／varjayet－应该放弃／tām－那(狗的职业)／sadā－总是／vipraḥ－布茹阿玛纳／rājanyaḥ ca－和查锤亚／jugupsitām－令人憎恶

的 / sarva-veda-mayaḥ－精通所有的韦达智慧 / vipraḥ－布茹阿玛纳 / sarva-deva-mayaḥ－全体半神人的化身 / nṛpaḥ－查锤亚或君王

译文 在紧急情况中，人可以接受被称为瑞塔(ṛta)、阿姆瑞塔(amṛta)、姆瑞塔(mṛta)、帕姆瑞塔(pramṛta)和萨提央瑞塔(satyānṛta)等各种职业，但任何时候都不该从事狗的职业。从田地中收集谷物被称为瑞塔(ṛta)，在不乞讨的情况下收集谷物称为阿姆瑞塔(amṛta)，乞讨谷物称为姆瑞塔(mṛta)，耕地称为帕姆瑞塔(pramṛta)，而做贸易称为萨提央瑞塔(satyānṛta)。受雇于低阶层成员被称为狗的职业(śva-vṛtti)。尤其是布茹阿玛纳和查锤亚，不该侍奉庶铎，这是低等且令人憎恶的服务。布茹阿玛纳应该精通所有的韦达知识，查锤亚应该熟悉对半神人的崇拜。

要旨 正如《博伽梵歌》第4章的第13节诗说明：人类社会的四个阶层，是由至尊主按照人受物质自然三种属性影响的情况及工作性质创造的(cātur-varṇyaṁ mayā sṛṣṭaṁ guṇa-karma-vibhāgaśaḥ)。以前，将人类社会划分为布茹阿玛纳、查锤亚、外夏和庶铎这四个阶层的原则得到严格的遵守；但由于后来对社会四阶层和灵性四阶段制度的原则逐渐被忽视，要不得的人口(varṇa-saṅkara)日益增加，导致这一体制已不复存在。在这个喀历(Kali)年代里，几乎所有的人都是庶铎(kalau śūdra-sambhavāḥ)，很难找到一个布茹阿玛纳、查锤亚或外夏。奎师那意识运动虽然是布茹阿玛纳和外士纳瓦的运动，但却试图重建神圣的社会四阶层和灵性四阶段制度；因为没有这种对社会的划分，任何地方都不可能有和平与繁荣。

第21节

शमो दमस्तपः शौचं सन्तोषः क्षान्तिरार्जवम् ।
ज्ञानं दयाच्युतात्मत्वं सत्यं च ब्रह्मलक्षणम् ॥२१॥

śamo damas tapaḥ śaucaṁ
santoṣaḥ kṣāntir ārjavam
jñānaṁ dayācyutātmatvaṁ
satyaṁ ca brahma-lakṣaṇam

śamaḥ—控制心 / damaḥ—控制感官 / tapaḥ—苦修 / śaucam—清洁 / santoṣaḥ—知足 / kṣāntiḥ—宽恕(不受愤怒的刺激) / ārjavam—正直 / jñānam—知识 / dayā—仁慈 / acyuta-ātmatvam—承认自己是至尊主永恒的仆人 / satyam—诚实 / ca—也 / brahma-lakṣaṇam—布茹阿玛纳的表征

译文　布茹阿玛纳表现出的特征是：控制心，控制感官，苦修，清洁，知足，宽恕，正直，有知识，仁慈，诚实，以及全心投靠、服从至尊人格首神。

要旨　在社会四阶层和灵性四阶段制度中，布茹阿玛纳、查锤亚、外夏、庶铎、贞守生、居士、退出家庭生活之人和离家弃绝者的表征都有描述。最高的目标是永远想着至尊人格首神奎师那——维施努(acyutātmatvam)。要增强、提高奎师那意识，人必须成为一名有上述表征的布茹阿玛纳。

第22节

शौर्यं वीर्यं धृतिस्तेजस्त्यागश्चात्मजयः क्षमा ।
ब्रह्मण्यता प्रसादश्च सत्यं च क्षत्रलक्षणम् ॥२२॥

śauryaṁ vīryaṁ dhṛtis tejas
tyāgaś cātmajayaḥ kṣamā
brahmaṇyatā prasādaś ca
satyaṁ ca kṣatra-lakṣaṇam

śauryam—战斗中的力量 / vīryam—是不可征服的 / dhṛtiḥ—耐心(甚至在逆境时仍很深沉) / tejaḥ—战胜他人的能力 / tyāgaḥ—给予布施 / ca—和 / ātma-jayaḥ—不被躯体的所需征服 / kṣamā—宽恕 /

brahmaṇyatā－忠实于布茹阿玛纳原则 / prasādaḥ－在生活的任何情况中都保持愉快的心情 / ca－和 / satyam ca－及诚实 / kṣatra-lakṣaṇam－这些是查锤亚的表征

译文 在战场上有影响力，绝不屈服，耐心，有挑战精神，慷慨布施，控制躯体需求，愿意原谅，忠实于布茹阿玛纳原则，诚实，始终保持愉快的心情：这些是查锤亚表现出的特征。

第 23 节

देवगुर्वच्युते भक्तिस्त्रिवर्गपरिपोषणम् ।
आस्तिक्यमुद्यमो नित्यं नैपुण्यं वैश्यलक्षणम् ॥२३॥

deva-gurv-acyute bhaktis
tri-varga-paripoṣaṇam
āstikyam udyamo nityaṁ
naipuṇyaṁ vaiśya-lakṣaṇam

deva-guru-acyute－向半神人、灵性导师和主维施努 / bhaktiḥ－致力于奉爱服务 / tri-varga－虔诚生活的三项原则(宗教、经济发展和感官享乐)的 / paripoṣaṇam－执行 / āstikyam－对经典、灵性导师和至尊主有信心 / udyamaḥ－活跃 / nityam－不停止、一直不断 / naipuṇyam－熟练 / vaiśya-lakṣaṇam－外夏的表征

译文 始终忠于半神人、灵性导师和至尊人格首神维施努；为在遵守宗教原则、发展经济和感官享乐方面取得进步而努力；相信灵性导师和经典的话语；总是努力赚钱，而且也善于赚钱：这些都是外夏表现出的特征。

第 24 节

शूद्रस्य सन्नतिः शौचं सेवा स्वामिन्यमायया ।
अमन्त्रयज्ञो ह्यस्तेयं सत्यं गोविप्ररक्षणम् ॥२४॥

śūdrasya sannatiḥ śaucaṁ
sevā svāminy amāyayā
amantra-yajño hy asteyaṁ
satyaṁ go-vipra-rakṣaṇam

śūdrasya－庶民(人类社会第四阶层的成员——劳工)的 / sannatiḥ－服从更高阶层(布茹阿玛纳、查锤亚和外夏) / śaucam－清洁 / sevā－服务 / svāmini－对赡养他的主人 / amāyayā－没有口是心非 / amantra-yajñaḥ－仅仅靠致以敬礼(不吟诵曼陀)做祭祀 / hi－无疑地 / asteyam－练习不偷窃 / satyam－诚实 / go－乳牛 / vipra－布茹阿玛纳 / rakṣaṇam－保护

译文 向社会高阶层的成员(布茹阿玛纳、查锤亚和外夏)致敬；总是很干净；不口是心非；侍奉自己的主人；在不吟诵、吟唱曼陀的情况下参加祭祀；不偷盗；总是说真话；给乳牛和布茹阿玛纳以全面的保护：这些都是庶铎应有的表现。

要旨 人们的经验是：工人或仆人一般都有偷窃的习惯。不偷窃的仆人是极好的仆人。这节诗中说，一流的庶铎必须保持清洁、不偷窃和不说谎，必须总是为其主人做服务。庶铎也许会与他的主人一起参加祭祀和韦达仪式性典礼，但不该吟诵曼陀(mantra)，因为这些曼陀只能由社会更高阶层的成员吟诵、吟唱。人除非完全净化，被提升到布茹阿玛纳、查锤亚或外夏的层面上，换句话说除非是经过第二次出生，否则吟诵、吟唱曼陀不会有效果。

第 25 节

स्त्रीणां च पतिदेवानां तच्छुश्रूषानुकूलता ।
तद्बन्धुष्वनुवृत्तिश्च नित्यं तद्व्रतधारणम् ॥२५॥

strīṇāṁ ca pati-devānāṁ
tac-chuśrūṣānukūlatā
tad-bandhuṣv anuvṛttiś ca
nityaṁ tad-vrata-dhāraṇam

strīṇām—女人的 / ca—也 / pati-devānām—将丈夫视为是值得崇拜的 / tat-śuśrūṣā—愿意为她的丈夫做服务 / anukūlatā—善待她的丈夫 / tat-bandhuṣu—向丈夫的朋友和亲人 / anuvṛttiḥ—同样的（为了满足丈夫而善待他们）/ ca—和 / nityam—有规律地 / tat-vrata-dhāraṇam—接受丈夫的誓言或完全按照丈夫做的去做

译文 为丈夫做服务；总是善待丈夫；同样善待丈夫的亲戚和朋友；遵从丈夫所发的誓言：遵守这四项原则的女人，被描述为是贞洁的女子。

要旨 妇女遵从丈夫所发的誓言对过平静的居士生活来说十分重要。与丈夫的誓言不一致将使家庭生活出现裂痕。就有关这一点，查纳克亚·潘迪特(Cāṇakya Paṇḍita)给予十分宝贵的训示说：幸运女神自动到丈夫和妻子不吵架的家去(dampatyoḥ kalaho nāsti tatra śrīḥ svayam āgatāḥ)。应该按照这节诗中的指导给予妇女以教育。对一名贞洁的妇女来说，最基本的原则始终是，要善待丈夫。《博伽梵歌》第1章的第40节诗中说：妇女一旦堕落，就会带来要不得的后代(strīṣu duṣṭāsu vārṣṇeya jāyate varṇa-saṅkaraḥ)。在现代词汇中，要不得的后代(varṇa-saṅkara)就是嬉皮士，他们不遵守任何规定原则。另一种解释是：当大众都是要不得的后代时，没人能知道谁在什么层面上。社会四阶层和灵性四阶段制度将社会科学地划分为四个社会阶层和四个灵性阶段，但在由要不得的后代组成的社会中，这种区分就不存在了；没人能知道谁是谁。在这样一个社会中，没人能辨别出布茹阿玛纳、查锤亚、外夏和庶铎的区别。为了物质世界中的和平与快乐，必须引介社会四阶层和灵性四阶段制度。一个人的活动表征必须清晰，人必须受到相应的教育。这样才有可能自然而然取得灵性的进步。

第 26—27 节

सम्मार्जनोपलेपाभ्यां गृहमण्डनवर्तनैः ।
स्वयं च मण्डिता नित्यं परिमृष्टपरिच्छदा ॥२६॥

कामैरुच्चावचैः साध्वी प्रश्रयेण दमेन च ।
वाक्यैः सत्यैः प्रियैः प्रेम्णा काले काले भजेत्पतिम् ॥२७॥

sammārjanopalepābhyāṁ
gṛha-maṇḍana-vartanaiḥ
svayaṁ ca maṇḍitā nityaṁ
parimṛṣṭa-paricchadā

kāmair uccāvacaiḥ sādhvī
praśrayeṇa damena ca
vākyaiḥ satyaiḥ priyaiḥ premṇā
kāle kāle bhajet patim

sammārjana—靠清洁 / upalepābhyām—通过涂抹水或其他清洁液 / gṛha—家 / maṇḍana—装饰 / vartanaiḥ—留在家中并履行这类责任 / svayam—亲自地 / ca—也 / maṇḍitā—优雅地穿着 / nityam—总是 / parimṛṣṭa—清洁 / paricchadā—衣服和居家用品 / kāmaiḥ—按照丈夫的意愿 / ucca-avacaiḥ—大和小两者 / sādhvī—贞洁的妇女 / praśrayeṇa—虚心地 / damena—靠控制感官 / ca—也 / vākyaiḥ—通过说话 / satyaiḥ—诚实的 / priyaiḥ—很讨人喜欢 / premṇā—怀着爱 / kāle kāle—在适当的时间 / bhajet—应该崇拜 / patim—她的丈夫

译文　贞洁的女子必须穿戴整洁、漂亮，为取悦自己的丈夫而穿戴金首饰。她应该始终穿着干净且有吸引力的服装，应该用水和其他液体打扫家中的一切，使整个房子总保持纯净的状态。她应该收集居家用品，用熏香和鲜花使房子始终香气宜人；必须准备按照丈夫的意愿做事。贞洁的女子应该端庄、诚实、控制自己的感官，说甜美的话，怀着爱心根据不同的时间和情况侍奉丈夫。

第28节

सन्तुष्टालोलुपा दक्षा धर्मज्ञा प्रियसत्यवाक् ।
अप्रमत्ता शुचिः स्निग्धा पतिं त्वपतितं भजेत् ॥२८॥

santuṣṭālolupā dakṣā
dharma-jñā priya-satya-vāk
apramattā śuciḥ snigdhā
patiṁ tv apatitaṁ bhajet

santuṣṭā一总是满足 / alolupā一不贪婪 / dakṣā一擅长做服务 / dharma-jñā一十分精通宗教原则 / priya一令人愉快的 / satya一诚实的 / vāk一说话时 / apramattā一专心为她丈夫服务 / śuciḥ一总是清洁和纯净 / snigdhā一温柔亲切的 / patim一丈夫 / tu一但是 / apatitam一没堕落的人 / bhajet一应该崇拜

译文 贞洁的女子不该贪婪，而该在所有的情况下都知足。她必须很精通操持家务，应该十分熟悉宗教原则。她说话应该真诚，让人听了高兴；处理事情应该小心谨慎，且始终保持清洁和纯净。就这样，贞洁的女子应该温柔亲切地为没有堕落的丈夫做服务。

要旨 宗教原则方面的权威人士雅格亚瓦勒克亚(Yājñavalkya)教导说：人在还没有按照十个净化程序(daśa-vidhā-saṁskāra)净化自己时，被视为是被罪恶活动的反应所污染的(āśuddheḥ samprati-kṣyo hi mahāpātaka-dūṣitaḥ)。但是，《博伽梵歌》中记载，至尊主说："不皈依我的无赖们是最低等的人(na māṁ duṣkṛtino mūḍhāḥ prapadyante narādhamāḥ)。"梵文narādhama的意思是"非奉献者"。圣柴坦亚·玛哈帕布也说：是奉献者的人都没有罪，不是奉献者的人最堕落和有罪(yei bhaje sei baḍa, abhakta-hīna chāra)。为此，经典推荐说：贞洁的女人不与堕落的丈夫接触。堕落的丈夫是指那些对非法性生活、食肉、赌博和麻醉自我这四项罪恶活动上瘾的人。尤其是那些不投靠至尊人格首神的人，被认为是受污染的人。所以，贞洁的妇女受到忠告，不要同意侍奉这样一个丈夫。当丈夫是最低贱的人时，贞洁的女人不该像个奴隶一样侍奉他。尽管女人的责任不同于男人的责任，但贞洁的女人不该侍奉堕落的丈夫。如果她的丈夫是堕落的，经典推荐她放弃与他的接触。但是，不与这样的丈夫交往，并不等于女人该再次结婚，像个妓女一样放纵自己。如果一个贞洁的女人不幸嫁给了一个堕落的丈夫，那就该与他分居。同样，当丈夫的也可以与按启示经典中的描述是不贞洁的女人分居。结论是：丈夫应该是纯洁的外士纳瓦(Vaiṣṇava)，女人应该是经典描述的具有所有贞洁表征的妻子。这样，夫妻两人就会快乐，在培养奎师那意识的路途上不断取得灵性进步。

第 29 节

या पतिं हरिभावेन भजेत्श्रीरिव तत्परा ।
हर्यात्मना हरेर्लोके पत्या श्रीरिव मोदते ॥२९॥

yā patiṁ hari-bhāvena
　bhajet śrīr iva tat-parā
hary-ātmanā harer loke
　patyā śrīr iva modate

yā—……的妇女 / patim—她丈夫 / hari-bhāvena—心里接受他等同于至尊人格首神哈尔依 / bhajet—对……崇拜或做服务 / śrīḥ iva—完全就像幸运女神 / tat-parā—献身的 / hari-ātmanā—全神贯注地想着哈尔依 / hareḥ loke—在灵性世界外琨塔星球中 / patyā—与她丈夫 / śrīḥ iva—完全就像幸运女神 / modate—享受灵性、永恒的生活

译文 严格以幸运女神为榜样，为自己丈夫服务的女子，必将与她的奉献者丈夫一起回归家园，回到首神身边，在外琨塔星球幸福地生活。

要旨 忠贞的幸运女神是贞洁女子的典范。《布茹阿玛·萨密塔》(Brahma-saṁhitā)第5章的第29节诗说：在外琨塔星球上，主维施努受到成千上万幸运女神的崇拜；在哥珞卡·温达文(Goloka Vṛndāvana)，主奎师那受到成千上万牧牛姑娘的崇拜，而她们都是幸运女神(lakṣmī-sahasra-śata-sambhrama-sevyamānam)。女人应该像幸运女神一样忠贞地侍奉自己的丈夫。男人应该是至尊主的理想的仆人，女人应该是像幸运女神一样理想的妻子。这样，夫妻两人就会是彼此那么忠诚和关系牢固，以致无疑将通过共同的努力回归家园，回到首神身边。就有关这一点，圣玛德瓦查尔亚(Madhvācārya)谈到他的看法说：

harir asmin sthita iti
strīṇāṁ bhartari bhāvanā
śiṣyāṇāṁ ca gurau nityaṁ
śūdrāṇāṁ brāhmaṇādiṣu
bhṛtyānāṁ svāmini tathā
hari-bhāva udīritaḥ

女人应该将她丈夫视为是至尊主。同样，门徒应该将灵性导师视为是至尊人格首神，庶铎应该将布茹阿玛纳视为是至尊人格首神，仆人应该将自己的主人视为是至尊人格首神。这样，所有的人都将自然而然地成为至尊主的奉献者。换句话说，通过这样想，所有的人都将具有奎师那意识。

第 30 节

वृत्तिः सङ्करजातीनां तत्तत्कुलकृता भवेत् ।
अचौराणामपापानामन्त्यजान्तेवसायिनाम् ॥३०॥

vṛttiḥ saṅkara-jātīnāṁ
tat-tat-kula-kṛtā bhavet
acaurāṇām apāpānām
antyajāntevasāyinām

vṛttiḥ—职责 / saṅkara-jātīnām—混合阶层(四个社会阶层之外)的人的 / tat-tat—按照他们各自的 / kula-kṛtā—家庭传统 / bhavet—应该 / acaurāṇām—不以偷窃为职业 / apāpānām—无罪的 / antyaja—较低阶层 / antevasāyinām—被称为安特瓦萨依或昌达拉

译文　在不同阶层成员通婚生育的被称为桑卡尔的后代中，那些不是盗贼的人被称为安特瓦萨依或昌达拉。他们也有他们的习俗。

要旨　上文已经解释了布茹阿玛纳、查锺亚、外夏和庶铎这四个人类社会的主要阶层，现在这节诗文中描述的是混合阶层的人(antyaja)。混合阶层分两类，分别被称为帕提珞玛佳(pratilomaja)和阿努珞玛佳(anulomaja)。高等阶层的女人嫁给低等阶层的男人，其结合被称为帕提珞；低等阶层的女人嫁给高等阶层的男人，其结合被称为阿努珞。这种家族的后代有他们的传统职业，如：理发师和洗衣工等。在混合阶层的人当中，那些还有些纯洁本性的人不偷窃，也不沉溺于吃肉、喝酒、过非法性生活和赌博，他们被称为安特瓦萨依(antevasāyī)。在低等阶层人当中，近亲结婚及喝酒受到允许，这些人不认为他们的这种行为是罪恶的。

第 31 节

प्रायः स्वभावविहितो नृणां धर्मो युगे युगे ।
वेददृग्भिः स्मृतो राजन् प्रेत्य चेह च शर्मकृत् ॥३१॥

prāyaḥ sva-bhāva-vihito
nṛṇāṁ dharmo yuge yuge
veda-dṛgbhiḥ smṛto rājan
pretya ceha ca śarma-kṛt

prāyaḥ—一般地 / sva-bhāva-vihitaḥ—按照一个人受物质自然三种属性的影响所规定的 / nṛṇām—人类社会的 / dharmaḥ—职责 / yuge yuge—在每一个年代 / veda-dṛgbhiḥ—被精通韦达知识的布茹阿玛纳 / smṛtaḥ—断言 / rājan—君王啊 / pretya—死亡后 / ca—和 / iha—这里(在这个躯体中) / ca—也 / śarma-kṛt—吉祥

译文 我亲爱的君王，精通韦达知识的布茹阿玛纳发表他们的意见说，在所有的年代中，不同阶层的人只要按照自己的物质属性行为处世，就会在有生之年和死后都吉祥。

要旨 《博伽梵歌》第3章的第35节诗中说："履行自己的规定职责即使有差错，也比完美地履行别人的职责强(śreyān sva-dharmo viguṇaḥ para-dharmāt svanuṣṭhitāt)。"低等阶层的人(antyaja)习惯偷窃、喝酒及过非法性生活，但那不被认为是罪恶的。例如：一只老虎杀死人不算罪恶，但如果一个人杀死另一个人就被认为是罪恶的，杀人者就会被吊死。动物间每天从事的活动如果在人类社会中进行，就被认为是罪恶的。因此，高等社会阶层和低等社会阶层的成员，该履行的职责各不相同。按照精通韦达知识的专家的意见，这些职责规定也考虑到年代的因素。

第 32 节

वृत्त्या स्वभावकृतया वर्तमानः स्वकर्मकृत् ।
हित्वा स्वभावजं कर्म शनैर्निर्गुणतामियात् ॥३२॥

vṛttyā sva-bhāva-kṛtayā
vartamānaḥ sva-karma-kṛt

hitvā sva-bhāva-jaṁ karma
śanair nirguṇatām iyāt

vṛttyā－职业 / sva-bhāva-kṛtayā－按照一个人受物质自然属性等影响所从事 / vartamānaḥ－现存的 / sva-karma-kṛt－做他自己的工作 / hitvā－放弃 / sva-bhāva-jam－产自一个人自己的物质属性 / karma－活动 / śanaiḥ－逐渐地 / nirguṇatām－超然的状态 / iyāt－能获得

译文　如果一个人按照自己受物质自然属性影响的状态履行自己的职责，并逐渐停止从事这些活动，他就会达到没有物质欲望的阶段。

要旨　人如果逐渐放弃与出身有关的习俗和责任，努力按照自己原本的地位侍奉至尊人格首神，就能逐渐完全停止那些活动，达到没有物质欲望的阶段(niṣkāma)。

第 33－34 节

उप्यमानं मुहुः क्षेत्रं स्वयं निर्वीर्यतामियात् ।
न कल्पते पुनः सूत्यै उप्तं बीजं च नश्यति ॥३३॥

एवं कामाशयं चित्तं कामानामतिसेवया ।
विरज्येत यथा राजन्नग्निवत्कामबिन्दुभिः ॥३४॥

upyamānaṁ muhuḥ kṣetraṁ
svayaṁ nirvīryatām iyāt
na kalpate punaḥ sūtyai
uptaṁ bījaṁ ca naśyati

evaṁ kāmāśayaṁ cittaṁ
kāmānām atisevayā
virajyeta yathā rājann
agnivat kāma-bindubhiḥ

upyamānam－被培养 / muhuḥ－一次又一次 / kṣetram－一块田地 / svayam－它本身 / nirvīryatām－不毛之地 / iyāt－能得到 / na kalpate－不适合 / punaḥ－再次 / sūtyai－为了长出庄稼 / uptam－播

下 / bījam—种子 / ca—和 / naśyati—被毁坏的 / evam—就这样 / kāma-āśayam—充满了色欲 / cittam—内心深处 / kāmānām—想要的对象的 / ati-sevayā—通过再三地享受 / virajyeta—能变得超脱 / yathā—正如 / rājan—君王啊 / agni-vat——堆火 / kāma-bindubhiḥ—靠一小滴纯净酥油

译文 我亲爱的君王，如果反复耕种一块农田，那块农田的生产力就会降低，无论撒下什么种子，都会是浪费。正如数滴纯净酥油永远扑灭不了火，但大量的酥油就会将火熄灭；同样，过度纵欲就会彻底平息这样的欲望。

要旨 如果人一直不断地往一堆火上淋几滴纯净酥油，火不会被熄灭，但如果人突然将大量的酥油泼到火上，火就有可能完全被扑灭。同样道理，那些太罪恶，从而出生在低等阶层的人被允许彻底享受罪恶活动，因为那将使其有可能变得厌恶那些活动，从而有机会净化自己。

第35节

यस्य यल्लक्षणं प्रोक्तं पुंसो वर्णाभिव्यञ्जकम् ।
यदन्यत्रापि दृश्येत तत्तेनैव विनिर्दिशेत् ॥३५॥

yasya yal lakṣaṇaṁ proktaṁ
puṁso varṇābhivyañjakam
yad anyatrāpi dṛśyeta
tat tenaiva vinirdiśet

yasya—谁的 / yat—……的 / lakṣaṇam—表征 / proktam—上述 / puṁsaḥ—个人的 / varṇa-abhivyañjakam—表明类别(布茹阿玛纳、查锤亚、外夏、庶铎等) / yat—如果 / anyatra—在别处 / api—也 / dṛśyeta—被看到 / tat—那 / tena—由那表征 / eva—无疑地 / vinirdiśet—人应该称呼

译文　如果有人展现出上述布茹阿玛纳、查锤亚、外夏和庶铎的特征，哪怕他出现在与他展现的特征不符的阶层，也应该按照他所展现的阶层特征接受他。

要旨　在这节诗文中，纳茹阿达·牟尼明确地说明，不该按照出身将人接受为是布茹阿玛纳、查锤亚、外夏或庶铎。即使人们现在就是这样做的，但启示经典并不接受这种做法。正如《博伽梵歌》第4章的第13节诗说明：根据物质自然的三种属性和与它们有关的不同活动，我把人类社会划分为四个阶层(cātur-varṇyaṁ mayā sṛṣṭaṁ guṇa-karma-vibhāgaśaḥ)。布茹阿玛纳、查锤亚、外夏和庶铎这四个阶层，就是这样按照人的品质和活动被确定下来。人如果生在布茹阿玛纳家庭中，而且具有布茹阿玛纳的品质，他就被接受为是布茹阿玛纳；否则，他就会被视为是布茹阿玛纳的朋友(brahma-bandhu)。同样，如果一个出生在庶铎家庭中的人具有布茹阿玛纳的品质，那他就不是庶铎；他因为培养了布茹阿玛纳的品质而应该被接受为是布茹阿玛纳。奎师那意识运动就为了使人培养这些布茹阿玛纳品质。无论一个人出生在什么阶层中，只要他培养了布茹阿玛纳的品质，就该被视为是布茹阿玛纳，接着就可以让他进入弃绝阶层(sannyāsa)。人除非具有布茹阿玛纳的品质和表征，否则不能进入弃绝阶层。在看一个人是布茹阿玛纳、查锤亚、外夏还是庶铎时，出生并不是必不可少的因素。这一理解十分重要。纳茹阿达·牟尼在此说：人如果有相应的品质，那么按照出生接受他的地位是可以的，否则则不该按照出生论断。获得布茹阿玛纳品质的人，无论是否出生在布茹阿玛纳家庭中，都该被视为是布茹阿玛纳。同样，如果人培养了庶铎或吃狗肉者(caṇḍāla)的品质，那么无论他出生在什么家庭，都必须按照他表现出的品质看待他的身份。

到此为止，结束了巴克提韦丹塔对《圣典博伽瓦谭》第7篇第11章——“完美的社会：社会四阶层”所作的阐释。

第十二章

完美的社会：灵性四阶段

这一章具体讲述了贞守生(brahmacāri)和处在退出家庭生活阶段的人(vānaprastha)，同时还对贞守生阶段(brahmacarya)、居士阶段(gṛhastha)、退出家庭生活阶段(vānaprastha)和弃绝阶段(sannyāsa)这四个灵性生活阶段(āśramas)给予了大体的描述。在前一章中，伟大、圣洁的纳茹阿达·牟尼(Nārada Muni)讲述了人类社会的阶级结构(varṇa)；在这一章中，他将描述人在贞守生、居士、退出家庭生活和弃绝这四个灵性阶段中的灵性进步状态。

贞守生应该在真正的灵性导师的照顾下生活，向灵性导师致以真诚的敬意和顶礼，当灵性导师的卑微的仆人，始终执行灵性导师的命令。贞守生应该致力于从事灵性的活动，在灵性导师的指导下学习韦达文献。按照贞守生体制，他应该佩戴一条腰带、穿鹿皮、头发纠结缠在头顶；应该携带一根棍子(daṇḍa)、水壶和佩戴圣线。他应该每天早晨去收集布施，晚上将收集到的一切供奉给灵性导师。贞守生应该在得到灵性导师的命令后才进食帕萨达(prasāda)；如果灵性导师有时忘记命令门徒进食，门徒就不该主动进食，相反应该断食。贞守生应该受到训练，满足于只吃需要进食的食物；应该很善于履行自己的责任；应该忠诚；还应该控制自己的感官，尽最大的努力回避与女人接触。贞守生应该禁止与女人住在一起，不该与居士及太迷恋女人的人交往，也不该在僻静处与女人讲话。

这样完成贞守生的训练、教育后，人应该怀着感恩的心向自己的灵性导师(guru)献上谢礼(dakṣiṇā)，随后可以返家，进入下一个灵性阶段——居士阶段(gṛhastha-āśrama)，或者继续过贞守生生活(brahmacarya-āśrama)。启示经典中描述了居士、贞守生及进入弃绝阶层之人(sannyāsī)的责任。居士不该无限制地享受性生活。事实上，韦达式生活的整体目的，是为了使人摆脱性生活。各个灵性阶段的生活都是为了使人取得灵性进步，所以尽管居士生活阶段允许人可以在一段时间内过性生活，但并没有允许不受限制的性生活。因此，在居士生活中也不该有非法性生活。居士不该为了性享乐而接受女人。浪费精液的性生活也是非法的。

居士生活阶段之后是被称为退出家庭生活阶段的生活(vānaprastha)，这个阶段的生活介于居士和进入弃绝阶层之间。处在退出家庭生活阶段的人，在进食食用谷物方面受到限制，而且禁止吃树上还没有成熟的水果。他不该用火烹煮食物，尽管他被允许进食供奉到祭祀之火中的谷物(caru)。他也可以进食自然成熟的谷物和水果。退出家庭生活的人应该住在茅草屋中，忍受各种冷和热。他不该剪指甲或头发，应该停止清洁自己的身体和牙齿。他应该穿树皮，持棍子(daṇḍa)，练习在森林里生活，发誓在那儿生活十二年、八年、四年、二年或至少一年。最后，当他老到不能再从事任何退出家庭之人该从事的活动时，他就该逐渐停止一切，以此方式放弃他的躯体。

第 1 节

श्रीनारद उवाच
ब्रह्मचारी गुरुकुले वसन्दान्तो गुरोर्हितम् ।
आचरन्दासवन्नीचो गुरौ सुदृढसौहृदः ॥ १ ॥

śrī-nārada uvāca
brahmacārī guru-kule
vasan dānto guror hitam
ācaran dāsavan nīco
gurau sudṛḍha-sauhṛdaḥ

śrī-nāradaḥ uvāca－圣纳茹阿达·牟尼说 / brahmacārī－住在灵性导师住所的学生——贞守生 / guru-kule－在灵性导师的住所 / vasan－靠生活 / dāntaḥ－一直不断地带练习控制感官 / guroḥ hitam－仅仅是为了灵性导师的利益(不是为了个人的利益) / ācaran－练习 / dāsa-vat－像个奴隶一样十分谦卑地 / nīcaḥ－恭顺的、服从的 / gurau－向灵性导师 / su-dṛḍha－坚定地 / sauhṛdaḥ－友好地或善意地

译文　纳茹阿达·牟尼说：学生应该练习完全控制自己的感官。他应该恭顺服从，应该对灵性导师有稳固的友好态度。独身禁欲的贞守生，应该郑重发下誓言，仅仅为灵性导师的利益而住在灵性导师开设的学校内。

第2节

सायं प्रातरुपासीत गुर्वग्न्यर्कसुरोत्तमान् ।
सन्ध्ये उभे च यतवाग्जपन् ब्रह्म समाहितः ॥२॥

sāyaṁ prātar upāsīta
gurv-agny-arka-surottamān
sandhye ubhe ca yata-vāg
japan brahma samāhitaḥ

sāyam－在傍晚 / prātaḥ－在早晨 / upāsīta－他应该崇拜 / guru－灵性导师 / agni－火(靠火祭) / arka－太阳 / sura-uttamān－和主维施努、菩茹首塔玛、最杰出的人物 / sandhye－清晨和傍晚 / ubhe－两者 / ca－也 / yata-vāk－没有谈话、沉默 / japan－喃喃声 / brahma－嘎亚垂·曼陀 / samāhitaḥ－全神贯注的

译文　在白昼和夜晚的两次交接时刻，也就是清晨和傍晚，他应该全神贯注地想着灵性导师、火、太阳神和主维施努，并通过吟诵嘎亚垂·曼陀崇拜他们。

第 3 节

छन्दांस्यधीयीत गुरोराहूतश्चेत्सुयन्त्रितः ।
उपक्रमेऽवसाने च चरणौ शिरसा नमेत् ॥ ३ ॥

chandāṁsy adhīyīta guror
āhūtaś cet suyantritaḥ
upakrame 'vasāne ca
caraṇau śirasā namet

chandāṁsi－哈瑞奎师那曼陀和嘎亚垂·曼陀等韦达经中的曼陀 / adhīyīta－人应该有规律地吟诵、吟唱或阅读 / guroḥ－从灵性导师 / āhūtaḥ－被(他)称呼或呼唤 / cet－如果 / su-yantritaḥ－忠诚的、举止良好 / upakrame－在开始时 / avasāne－(阅读韦达赞歌)结束时 / ca－也 / caraṇau－在莲花足旁 / śirasā－用头 / namet－人应该致以敬意

译文 学生应该被灵性导师召去定期学习韦达·曼陀。每天在学习前和学习后，学生应该恭敬地向灵性导师顶礼。

第 4 节

मेखलाजिनवासांसि जटादण्डकमण्डलून् ।
बिभृयादुपवीतं च दर्भपाणिर्यथोदितम् ॥ ४ ॥

mekhalājina-vāsāṁsi
jaṭā-daṇḍa-kamaṇḍalūn
bibhṛyād upavītaṁ ca
darbha-pāṇir yathoditam

mekhalā－用稻草编的腰带 / ajina-vāsāṁsi－用鹿皮制成的衣服 / jaṭā－纠结在一起的头发 / daṇḍa－棒子 / kamaṇḍalūn－和一个被称为卡曼达露的水壶 / bibhṛyāt－他(贞守生)应该有规律地携带或穿着 / upavītam ca－和一条圣线 / darbha-pāṇiḥ－手持净化了的库沙草 / yathā uditam－就如启示经典中所推荐的

译文　贞守生应该手持纯净的库沙草，一丝不苟地穿戴上鹿皮制的衣服和一条稻草编的腰带。他应该按照经典中的推荐，顶着纠结在一起的头发，携带一根棍子和一个水壶，佩戴一条圣线。

第5节

सायं प्रातश्चरेद्भैक्ष्यं गुरवे तन्निवेदयेत् ।
भुञ्जीत यद्यनुज्ञातो नो चेदुपवसेत्क्वचित् ॥ ५ ॥

sāyaṁ prātaś cared bhaikṣyaṁ
gurave tan nivedayet
bhuñjīta yady anujñāto
no ced upavaset kvacit

sāyam－在傍晚 / prātaḥ－在清晨 / caret－应该出去 / bhaikṣyam－化缘 / gurave－向灵性导师 / tat－化缘 / nivedayet－应该供奉 / bhuñjīta－他应该吃 / yadi－如果 / anujñātaḥ－(被灵性导师)命令 / no－否则 / cet－如果 / upavaset－应该断食 / kvacit－有时

译文　贞守生应该早晚出去化缘，应该将收集到的一切献给灵性导师。他应该只有在灵性导师命令他进食时才进食；否则，如果灵性导师有时没给他这一指令，他就该断食。

第6节

सुशीलो मितभुग्दक्षः श्रद्दधानो जितेन्द्रियः ।
यावदर्थं व्यवहरेत्स्त्रीषु स्त्रीनिर्जितेषु च ॥ ६ ॥

suśīlo mita-bhug dakṣaḥ
śraddadhāno jitendriyaḥ
yāvad-arthaṁ vyavaharet
strīṣu strī-nirjiteṣu ca

su-śīlaḥ一十分有礼貌且举止得体 / mita-bhuk一只吃他所需要吃的，既不多也不少 / dakṣaḥ一精明强干或不懒惰、勤劳 / śraddadhānaḥ一对启示经典和灵性导师的教导充满信心 / jita-indriyaḥ一完全控制住感官 / yāvat-artham一所需要的那么多 / vyavaharet一外在的举止应该…… / strīṣu一向女人 / strī-nirjiteṣu一惧内的、被女人控制住的男人 / ca一也

译文 贞守生应该行为举止端正良好、温文儒雅，不该吃超过身体所需的量或收集超过实际所需的布施。他必须始终勤勉、能干，对灵性导师和经典的教导充满信心。他应该完全控制住自己的感官，只在必要时才与女人或受女人控制的男性打交道。

要旨 贞守生应该十分小心不与女人或迷恋女人的男人交往。尽管他在出去乞讨布施时需要与女人和非常依恋女人的男人交谈，但这种接触应该十分短暂，应该只是为了乞讨布施而与他们交谈，而不谈更多的内容。贞守生在接触那些十分依恋女人的男人时要十分谨慎。

第 7 节

वर्जयेत्प्रमदागाथामगृहस्थो बृहद्व्रतः ।
इन्द्रियाणि प्रमाथीनि हरन्त्यपि यतेर्मनः ॥ ७ ॥

varjayet pramadā-gāthām
agṛhastho bṛhad-vrataḥ
indriyāṇi pramāthīni
haranty api yater manaḥ

varjayet一必须放弃 / pramadā-gāthām一与女人交谈 / agṛhasthaḥ一不属于居士生活阶段的人(贞守生或弃绝者) / bṛhat-vrataḥ一始终遵守独身禁欲誓言 / indriyāṇi一感官 / pramāthīni一几乎总是不可征服的 / haranti一牵着走 / api一甚至 / yateḥ一弃绝者 / manaḥ一内心

译文　贞守生或还没接受居士生活的人，必须严格避免与女性交谈，或谈论有关女人的话题，因为感官是如此强大，甚至可以刺激进入弃绝阶层之人的心。

要旨　贞守生阶段的生活从本质上讲，是发誓不结婚而要严格地过独身禁欲的生活(bṛhad-vrata)。贞守生或进入弃绝阶层的人(sannyāsī)，应该避免与女人交谈或阅读含有谈论男女交谈内容的作品。限制与女人交往的训喻，是灵性生活的基本原则。所有的韦达文献都从不建议想过灵性生活的男人去与女人交往或交谈。整个韦达系统都是教导人要避免性生活，以便可以使自己逐渐从贞守生的阶段过渡到居士阶段，从居士阶段过渡到退出家庭生活的阶段，从退出家庭生活的阶段过渡到进入弃绝阶层的生活阶段，最后停止物质享乐，而物质享乐正是使人被捆绑在这个物质世界里的最初原因。梵文“始终遵守独身禁欲誓言(bṛhad-vrata)”一句，是指决定不结婚的人；或者，换句话说，决定一生都不过性生活的人。

第 8 节

केशप्रसाधनोन्मर्दस्नपनाभ्यञ्जनादिकम् ।
गुरुस्त्रीभिर्युवतिभिः कारयेन्नात्मनो युवा ॥८॥

keśa-prasādhanonmarda-
snapanābhyañjanādikam
guru-strībhir yuvatibhiḥ
kārayen nātmano yuvā

keśa-prasādhana－梳头发 / unmarda－按摩身体 / snapana－沐浴 / abhyañjana-ādikam－用油按摩身体等 / guru-strībhiḥ－被灵性导师的妻子 / yuvatibhiḥ－十分年轻 / kārayet－应该允许做 / na－从不 / ātmanaḥ－为个人服务 / yuvā－如果学生是个年轻人

译文 如果灵性导师有一个年轻的妻子，那么年轻的贞守生就不该允许她照料他的头发、用油按摩他的身体，或如同母亲般满怀深情地帮他洗澡。

要旨 学生或门徒与灵性导师妻子之间的关系，就像儿子与母亲之间的关系。母亲有时会用为儿子梳理头发、用油按摩身体或帮助洗澡的方式照顾儿子。灵性导师的妻子也是母亲(guru-patnī)，所以有可能也会以母亲的方式照顾丈夫的门徒。然而，如果灵性导师的妻子是年轻女子，那么年轻的贞守生就不该允许这样一位母亲碰自己。这是被严格禁止的。母亲分七类：

ātma-mātā guroḥ patnī
brāhmaṇī rāja-patnikā
dhenur dhātrī tathā pṛthvī
saptaitā mātaraḥ smṛtāḥ

她们分别是：生身母亲，灵性导师或老师的妻子，布茹阿玛纳的妻子，君王的妻子，母牛、保姆及大地。不必要地与女人交往，哪怕是自己的母亲、姐妹或女儿，都受到严格的禁止。这是人类文明。允许男人不受限制地与女人在一起的文明是动物文明。在喀历年代中，人们极其随便，但与女人随意交往其实是在架构一种不文明的生活方式。

第9节

नन्वग्निः प्रमदा नाम घृतकुम्भसमः पुमान् ।
सुतामपि रहो जह्यादन्यदा यावदर्थकृत् ॥ ९ ॥

nanv agniḥ pramadā nāma
ghṛta-kumbha-samaḥ pumān
sutām api raho jahyād
anyadā yāvad-artha-kṛt

nanu—无疑地 / agniḥ—火 / pramadā—(迷惑男人的心的)女人 /

nāma－那个名字 / ghṛta-kumbha－一罐黄油 / samaḥ－如同 / pumān－一个男人 / sutām api－甚至是自己的女儿 / rahaḥ－在一个僻静的地方 / jahyāt－不应该与……交往 / anyadā－与其他女人 / yāvat－只……才…… / artha-kṛt－必需的

译文　女人被比作火，男人被比作黄油罐。因此，男人应该甚至避免与自己的女儿在隐蔽的地方相处。同样，他也应该避免与其他女性交往。人应该只在事关重大时才与女性交往，否则该避免接触。

要旨　如果把一罐黄油和火放在一起，罐子里的黄油无疑就会熔化。女人被比作火，男人被比作是一罐黄油。无论一个高等人如何努力克制自己的感官，对男人来说，要在女人面前，哪怕是自己的女儿、母亲或姐妹面前，使自己保持受控的状态，几乎都是不可能的。事实上，哪怕是处在弃绝阶层的人的心，都受到刺激。因此，韦达文明谨慎地规定男女之间要保持距离。不能明白男女之间交往的基本限制原则的人，被视为是动物。这就是这节诗文所要阐述的内容。

第 10 节

कल्पयित्वात्मना यावदाभासमिदमीश्वरः ।
द्वैतं तावन्न विरमेत्ततो ह्यस्य विपर्ययः ॥१०॥

kalpayitvātmanā yāvad
ābhāsam idam īśvaraḥ
dvaitaṁ tāvan na viramet
tato hy asya viparyayaḥ

kalpayitvā－明确地查清 / ātmanā－靠觉悟自我 / yāvat－只要 / ābhāsam－(原本的身体和感官的)投影 / idam－这(身体和感官) / īśvaraḥ－完全不受错觉的支配 / dvaitam－相对性 / tāvat－在那么长

的时间 / na－不 / viramet－看 / tataḥ－被这种相对性 / hi－事实上 / asya－人的 / viparyayaḥ－反作用

译文 生物的物质躯体只不过是其原本躯体和感官的投影，只要生物还没有完全认清自我，只要他还受与自己躯体认同的错误概念的制约，他就无法摆脱相对性的概念，而男人和女人是相对性概念最突出的体现。因此，由于他的智力被迷惑，他随时有机会堕落。

要旨 这节诗文给予另一个重要警告说：一个男人必须拯救自己，使自己不依恋女人。人除非觉悟了自我，完全不受“自己是物质躯体”的错觉性概念的影响，否则必然会继续以相对性的眼光看待男女；然而，真正觉悟了自我的人不再有这种分别心。

vidyā-vinaya-sampanne
brāhmaṇe gavi hastini
śuni caiva śvapāke ca
paṇḍitāḥ sama-darśinaḥ

“谦卑的圣人凭真正的知识，用平等的眼光看待乳牛、大象、狗和吃狗肉的人(不属于四个社会阶层的人)，以及博学、温和的布茹阿玛纳。”(《博伽梵歌》5.18)处在灵性层面上的博学之人，不但停止用相对性的眼光看待男女，也不再怀着分别心看待人和动物。这是对是否真正觉悟自我的检测。人必须彻底认识到，生物是灵性的灵魂，只是在体验不同类型的物质躯体而已。人们也许从理论上了解这一点，当人对此有实际觉悟时，他就真正成了有知识的人(paṇḍita)。直到那时为止，人的相对性概念才会停止，对男人和女人的区分也才会停止。在目前这种阶段，男人应该十分谨慎地不要与女人混在一起。没人应该以为自己很完美，因而忘记启示经典的教导是：要十分小心，甚至不要与自己的女儿、母亲或姐妹单独相处，更不要说其他女人了。就有关这一点，圣玛德瓦查尔亚引述以下两节诗文说：

bahutvenaiva vastūnāṁ
　yathārtha-jñānam ucyate
advaita-jñānam ity etad
　dvaita-jñānaṁ tad-anyathā

yathā jñānaṁ tathā vastu
　yathā vastus tathā matiḥ
naiva jñānārthayor bhedas
　tata ekatva-vedanam

大意是：单一性存在于多样性之中是真正的知识，因此人为地不承认多样性并不反映一元论的完美知识。按照圣柴坦亚·玛哈帕布(Caitanya Mahāprabhu)的“既是一体又有区别(acintya-bhedābheda)”的哲学：存在着多样性，但所有的多样性构成一个整体。这样的知识是对完美的单一性的认识。

第 11 节

एतत्सर्वं गृहस्थस्य समाम्नातं यतेरपि ।
गुरुवृत्तिर्विकल्पेन गृहस्थस्यर्तुगामिनः ॥११॥

etat sarvaṁ gṛhasthasya
　samāmnātaṁ yater api
guru-vṛttir vikalpena
　gṛhasthasyartu-gāminaḥ

etat—这 / sarvam—所有的 / gṛhasthasya—一个居士的 / samāmnātam—被描述 / yateḥ api—甚至在弃绝阶层的人的 / guru-vṛttiḥ vikalpena—听从灵性导师的命令 / gṛhasthasya—居士的 / ṛtu-gāminaḥ—只有在适合怀孕的期间才过性生活

译文　所有的规范守则都同样适用于居士和进入人生弃绝阶层的成员。然而，灵性导师允许居士在其妻子适合怀孕期间纵情享受性生活。

要旨 人们有时误以为，居士(gṛhastha)被允许可以随时享受性生活。这是对居士生活的错误概念。在灵性生活中，无论一个人是居士、退出家庭生活的人(vānaprastha)、进入弃绝阶层的人(sannyāsī)还是贞守生(brahmacārī)，都受灵性导师的管理。对贞守生和进入弃绝阶层的人来说，性生活是受到严格禁止的。同样，对居士来说也有严格的限制规定。居士应该只依照灵性导师的指示过性生活。因此这节诗中谈道，人必须听从灵性导师的命令(guruvṛttir vikalpena)。当灵性导师下命令时，居士才可以过性生活。对此，《博伽梵歌》第7章的第11节诗证实说：宗教原则是在不违反宗教规定的情况下享受性生活(dharmāviruddho bhūteṣu kāmo 'smi)。居士被允许在适合怀孕的期间内，依照灵性导师的命令享受性生活。如果灵性导师的命令是允许居士在特定的时间内过性生活，那么居士就可以这样做；否则，如果灵性导师反对，居士就该服从灵性导师的命令。居士必须在得到灵性导师的许可后举行授孕净化仪式(garbhādhāna-saṁskāra)，之后才接近妻子生育孩子，否则不过性生活。布茹阿玛纳通常一生都当贞守生，但即使有的布茹阿玛纳成为居士，享受性生活，也是完全在灵性导师的指导下做事。查锤亚被允许娶一个以上的妻子，但这也必须是依照灵性导师的指示行事。并不是因为一个人是居士，就可以随心所欲地想结婚多少次就结婚多少次，想享受性生活就享受性生活。这不是灵性生活。在灵性生活中，人必须在灵性导师的指导下管理自己的一生。只有在灵性导师的指导下过灵性生活的人，才能得到奎师那的仁慈(yasya prasādād bhagavat-prasādaḥ)。如果一个人想在灵性生活中取得进步，但却异想天开地行事，不遵守灵性导师的命令，那他就得不到庇护。没有灵性导师的仁慈，我们无法取得进步(yasyāprasādān na gatiḥ kuto 'pi)。所以，没有灵性导师的命令，就连居士也不该享受性生活。

第 12 节

अञ्जनाभ्यञ्जनोन्मर्दस्त्र्यवलेखामिषं मधु ।
स्रग्गन्धलेपालङ्कारांस्त्यजेयुर्ये बृहद्व्रताः ॥१२॥

añjanābhyañjanonmarda-
stry-avalekhāmiṣaṁ madhu
srag-gandha-lepālaṅkārāṁs
tyajeyur ye bṛhad-vratāḥ

añjana—化眼睛的软膏或粉末 / abhyañjana—按摩头部 / unmarda—按摩身体 / strī-avalekha—看女人或女人的画像 / āmiṣam—吃肉 / madhu—喝酒或蜂蜜 / srak—用鲜花花环装饰身体 / gandha-lepa—用香膏涂抹身体 / alaṅkārān—用装饰品装扮身体 / tyajeyuḥ—必须停止 / ye—……的 / bṛhat-vratāḥ—发誓禁欲

译文　贞守生或如上所述发誓禁欲的居士，不该放纵自己做如下的事，即：在眼睛上涂眼影或眼膏，用手按摩身体，看女人或画女人的像，吃肉，喝酒，用花环装饰身体，往身上涂抹香膏或用装饰品装扮身体。他们应该停止做这些事。

第 13—14 节

उषित्वैवं गुरुकुले द्विजोऽधीत्यावबुध्य च ।
त्रयीं साङ्गोपनिषदं यावदर्थं यथाबलम् ॥१३॥

दत्त्वा वरमनुज्ञातो गुरोः कामं यदीश्वरः ।
गृहं वनं वा प्रविशेत्प्रव्रजेत्तत्र वा वसेत् ॥१४॥

uṣitvaivaṁ guru-kule
dvijo 'dhītyāvabudhya ca
trayīṁ sāṅgopaniṣadaṁ
yāvad-arthaṁ yathā-balam

dattvā varam anujñāto
guroḥ kāmaṁ yadīśvaraḥ

gṛhaṁ vanaṁ vā praviśet
pravrajet tatra vā vaset

uṣitvā－居住 / evam－以此方式 / guru-kule－在灵性导师的照顾下 / dvi-jaḥ－布茹阿玛纳、查锤亚和外夏这些再生者 / adhītya－学习韦达知识 / avabudhya－正确地理解它 / ca－和 / trayīm－韦达文献 / sa-aṅga－与补充的部分 / upaniṣadam－以及奥义书 / yāvat-artham－尽可能 / yathā-balam－尽一个人最大的能力 / dattvā－给予 / varam－报酬 / anujñātaḥ－被要求 / guroḥ－灵性导师的 / kāmam－愿望 / yadi－如果 / īśvaraḥ－有能力的 / gṛham－居士生活 / vanam－退休生活 / vā－(两者之中)任何一个 / praviśet－人应该进入 / pravrajet－或从……退出 / tatra－那里 / vā－(两者之中)任何一个 / vaset－应该居住

译文 按照上述谈到的规范原则，布茹阿玛纳、查锤亚和外夏这些经过再生的人，应该住进灵性导师开设的学校，由灵性导师照看。在那里，他按照自己的学习能力，学习和研究所有的韦达经及其补充文献、奥义书。学生或门徒应该尽量按照灵性导师的要求，给灵性导师报酬。随后，门徒应该遵照导师的命令离开学校，按照自己的意愿接受另一个阶段的生活，即：居士生活、退出家庭的生活或进入弃绝阶层的生活。

要旨 当然，要学习韦达经并理解其中的内容，需要一些特殊的智慧，但布茹阿玛纳、查锤亚和外夏这三个社会高等阶层中的成员，必须按自己的能力和理解力学习韦达文献。换句话说，除了庶铎(śūdra)和四社会阶层之外的人(antyajas)，每一个人都必须学习韦达文献。韦达文献中所给予的知识，可以引导人了解绝对真理，即：梵(Brahman)、超灵(Paramātmā)或至尊人格首神(Bhagavān)。改造教育机构(guru-kula)，应该只被用来了解韦达知识。如今，有许多教育机构给人以培训和技术训练，但这样的知识与了

解绝对真理毫无关系。技术是庶铎该掌握的，而韦达经是再生之人(dvija)该学习的。因此这节诗文中说：布茹阿玛纳、查锤亚和外夏这些经过再生的人，应该按照各自的能力学习韦达经，并正确地理解其内容(dvijo ’dhītyāvabudhya ca trayīṁ sāṅgopaniṣadam)。在如今这个喀历年代中，几乎所有的人都是庶铎，而没人是经过再生的人。正因为如此，社会情况十分恶劣。

我们在这节诗中看到的另一个重点是：一个人可以从贞守生阶段直接进入弃绝阶层，也可以进入退出家庭生活阶段或居士阶段。贞守生并非必须成为居士。由于最终的目的是为了了解绝对真理，依次经历不同的阶段就并不是必须做的。所以，人可以直接从贞守生阶段进入弃绝阶层。圣巴克提希丹塔·萨茹阿斯瓦提·塔库尔(Bhaktisiddhānta Sarasvatī Ṭhākura)，就是直接从贞守生阶段进入弃绝阶层的。换句话说，圣恩巴克提希丹塔·萨茹阿斯瓦提·塔库尔，并不认为进入居士阶段或退出家庭生活阶段是必须做的事。

第 15 节

अग्नौ गुरावात्मनि च सर्वभूतेष्वधोक्षजम् ।
भूतैः स्वधामभिः पश्येदप्रविष्टं प्रविष्टवत् ॥१५॥

agnau gurāv ātmani ca
sarva-bhūteṣv adhokṣajam
bhūtaiḥ sva-dhāmabhiḥ paśyed
apraviṣṭaṁ praviṣṭavat

agnau—在火中 / gurau—在灵性导师中 / ātmani—在自我中 / ca—也 / sarva-bhūteṣu—在每一个生物体中 / adhokṣajam—用物质的眼睛或其他物质感官所看不到或感知不到的至尊人格首神 / bhūtaiḥ—与众生 / sva-dhāmabhiḥ—与祂圣上的随身用品及随员一起 / paśyet—人应该看 / apraviṣṭam—不进入 / praviṣṭa-vat—也进入

译文 人应该认识到，在火中，在灵性导师体内、自己体内及全体众生体内，在所有的环境和情况中，至尊人格首神维施努都同时既进入又没进入。祂作为一切的绝对控制者，同时存在于内在和外在。

要旨 对至尊人格首神的全能的认识，是通过学习韦达文献能得到的对绝对真理的完美认知。正如《布茹阿玛-萨密塔》(Brahma-saṁhitā)第5章的第35节诗中说：至尊主既处在宇宙中、每一个生物体的心中，也处在原子中(aṇḍāntara-stha-paramāṇu-cayāntara-stham)。我们应该了解，至尊人格首神无论何时出现，都与包括祂的名字、形象、同伴和仆人在内的随员及随身用品等一切一起出现。生物是至尊人格首神不可缺少的一部分，因此我们应该明白：既然至尊主进入原子，生物也就在那里。人必须接受至尊人格首神具有不可思议的特性这一点，因为没人能从物质的角度理解“至尊主无所不在，但仍住在祂自己的住所哥珞卡·温达文中”这一点。人只有严格遵从各个灵性生活阶段(贞守生、居士、退出家庭生活阶段和弃绝阶段)的规定原则，才有可能了解这一点。就有关这一点，圣玛德瓦查尔亚说：

apraviṣṭaḥ sarva-gataḥ
praviṣṭas tv anurūpavān
evaṁ dvi-rūpo bhagavān
harir eko janārdanaḥ

至尊人格首神并没有以祂的原本形象进入一切(apraviṣṭaḥ)，而是以祂的不具人格特性的形象进入一切(praviṣṭaḥ)。祂就这样同时进入又没进入。对此，《博伽梵歌》第9章的第4节诗也解释，至尊主说：

mayā tatam idaṁ sarvaṁ
jagad avyakta-mūrtinā
mat-sthāni sarva-bhūtāni
na cāhaṁ teṣv avasthitaḥ

“我以不展示的形象遍布整个宇宙。众生都在我之中，我却不在他们中。”至尊主可以向祂自己挑战。正因为如此，才有多样性在一体中(ekatvaṁ bahutvam)。

第 16 节

एवं विधो ब्रह्मचारी वानप्रस्थो यतिर्गृही ।
चरन् विदितविज्ञानः परं ब्रह्माधिगच्छति ॥१६॥

evaṁ vidho brahmacārī
vānaprastho yatir gṛhī
caran vidita-vijñānaḥ
paraṁ brahmādhigacchati

evam vidhaḥ一就这样 / brahmacārī一无论人是否贞守生 / vānaprasthaḥ一还是人在退出家庭生活的阶段 / yatiḥ一还是在弃绝阶层阶段 / gṛhī一还是在居士生活阶段 / caran一通过练习认识自我及了解绝对真理 / vidita-vijñānaḥ一完全精通有关绝对真理的科学 / param一至尊者 / brahma一绝对真理 / adhigacchati一人可以了解

译文　以这种方式实践，一个人无论处在贞守生阶段、居士阶段、退出家庭生活阶段，还是弃绝阶层，都必须始终认识到至尊主无所不在，因为这样才能了解绝对真理。

要旨　这是认识自我的开始。人必须首先了解梵是如何无所不在的，以及祂是如何行事的。这教育被称为“对绝对真理的探求(brahma jijñāsā)”，是人类生活真正重要的事。没有这样的知识，人不能声称自己是个人，而是停留在动物的王国中。正如经典所说：没有这样的知识，人不比乳牛或驴强(sa eva go-kharaḥ)。

第 17 节

वानप्रस्थस्य वक्ष्यामि नियमान्मुनिसम्मतान् ।
यानास्थाय मुनिर्गच्छेदृषिलोकमुहाञ्जसा ॥१७॥

vānaprasthasya vakṣyāmi
niyamān muni-sammatān
yān āsthāya munir gacched
ṛṣi-lokam uhāñjasā

vānaprasthasya—在退出家庭生活阶段中的人的 / vakṣyāmi—我现在要解释 / niyamān—规范原则 / muni-sammatān—被伟大的牟尼、哲学家和圣洁之人所确认的…… / yān—……的 / āsthāya—处在……中，或者实践 / muniḥ—一个圣洁的人 / gacchet—被提升 / ṛṣi-lokam—去先知和牟尼所去的星系(玛哈尔珞卡) / uha—君王啊 / añjasā—轻易地

译文 君王啊！我现在要叙述被称为瓦纳帕斯塔的退出家庭生活之人该具有的品质。严格遵守退出家庭生活之人该遵守的规范原则，可以使人轻易地被提升到名叫玛哈尔珞卡的上等星系。

第 18 节

न कृष्टपच्यमश्नीयादकृष्टं चाप्यकालतः ।
अग्निपक्वमथामं वा अर्कपक्वमुताहरेत् ॥१८॥

na kṛṣṭa-pacyam aśnīyād
akṛṣṭaṁ cāpy akālataḥ
agni-pakvam athāmaṁ vā
arka-pakvam utāharet

na—不 / kṛṣṭa-pacyam—靠耕田长出的谷物 / aśnīyāt—人应该吃 / akṛṣṭam—在没有耕田的情况下长出的谷物 / ca—和 / api—也 / akālataḥ—早熟 / agni-pakvam—在火上烹煮过的谷物 / atha—以及 / āmam—芒果 / vā—(两者之中)任何一个 / arka-pakvam—因阳光的照射而自然成熟的食物 / uta—这样规定 / āharet—退出家庭生活的人应该吃

译文　处在退出家庭生活阶段的人不该吃靠耕田收获的谷物，也不该吃在野地里生长，但没完全成熟的谷物。不仅如此，退出家庭生活的人还不该吃用火煮过的食物。事实上，他应该只吃靠阳光照射成熟了的水果。

第 19 节

वन्यैश्चरुपुरोडाशान्निर्वपेत्कालचोदितान् ।
लब्धे नवे नवेऽन्नाद्ये पुराणं च परित्यजेत् ॥१९॥

vanyaiś caru-puroḍāśān
nirvapet kāla-coditān
labdhe nave nave 'nnādye
purāṇaṁ ca parityajet

vanyaiḥ—靠在森林里的未经耕种而产出的水果和谷物 / caru—供奉到祭祀之火中的谷物 / puroḍāśān—用供奉到祭祀之火中的谷物准备的糕饼 / nirvapet—人应该履行 / kāla-coditān—自然生长的…… / labdhe—靠得到 / nave—新的 / nave anna-ādye—新产出的谷物 / purāṇam—储藏的陈旧谷物 / ca—和 / parityajet—人应该放弃

译文　退出家庭生活的人应该用水果和自然生长在森林中的谷物做成糕饼，在祭祀中供奉。他一旦得到些新的谷物，就该放弃储存的旧谷物。

第 20 节

अग्न्यर्थमेव शरणमुटजं वाद्रिकन्दरम् ।
श्रयेत हिमवाय्वग्निवर्षार्कातपषाट् स्वयम् ॥२०॥

agny-artham eva śaraṇam
uṭajaṁ vādri-kandaram
śrayeta hima-vāyv-agni-
varṣārkātapa-ṣāṭ svayam

agni—火 / artham—保存 / eva—只有 / śaraṇam—茅草屋 / uṭajam—用草盖成 / vā—或者 / adri-kandaram——个山洞 / śrayeta—退出家庭生活的人应该托庇于 / hima—雪 / vāyu—风 / agni—火 / varṣa—雨 / arka—太阳的 / ātapa—照射 / ṣāṭ—忍受 / svayam—亲自

译文 退出家庭生活的人应该盖一个草房或在山里找一个借以栖身的山洞，其中只保留一堆圣火。但他自己应该练习在外忍受下雪、刮风、火、下雨和阳光的暴晒。

第21节

केशरोमनखश्मश्रुमलानि जटिलो दधत् ।
कमण्डल्वजिने दण्डवल्कलाग्निपरिच्छदान् ॥२१॥

keśa-roma-nakha-śmaśru-
malāni jaṭilo dadhat
kamaṇḍalv-ajine daṇḍa-
valkalāgni-paricchadān

keśa—头发 / roma—体毛 / nakha—指甲 / śmaśru—胡子 / malāni—和身体上的污垢 / jaṭilaḥ—及纠结在一起的头发 / dadhat—人应该保持 / kamaṇḍalu——个水壶 / ajine—和一块鹿皮 / daṇḍa—棍子 / valkala—树皮 / agni—火 / paricchadān—用具

译文 退出家庭生活的人应该头顶蓬乱成缕的头发，任凭身体的毛发、指甲和胡须自由生长，而且不该清理身上的尘土。他应该给自己留一个水罐、一块鹿皮和一根棍子，应该用树皮裹身，携带做火祭需要的用具。

第22节

चरेद्वने द्वादशाब्दानष्टौ वा चतुरो मुनिः ।
द्वावेकं वा यथा बुद्धिर्न विपद्येत कृच्छ्रतः ॥२२॥

cared vane dvādaśābdān
aṣṭau vā caturo muniḥ
dvāv ekaṁ vā yathā buddhir
na vipadyeta kṛcchrataḥ

caret—应该留下 / vane—在森林中 / dvādaśa-abdān—十二年 / aṣṭau—八年 / vā—或者 / caturaḥ—四年 / muniḥ—一个圣洁、有思想的人 / dvau—二 / ekam—一 / vā—或者 / yathā—只要 / buddhiḥ—智力 / na—不 / vipadyeta—被迷惑 / kṛcchrataḥ—因为艰难的苦行

译文 退出家庭生活的人应该在富有思想的情况下，在森林中住上十二年、八年、四年、两年或至少一年。他行为处世的方式应该使他不受太多苦行的打扰。

第 23 节

यदाकल्पः स्वक्रियायां व्याधिभिर्जरयाथवा ।
आन्वीक्षिक्यां वा विद्यायां कुर्यादनशनादिकम् ॥२३॥

yadākalpaḥ sva-kriyāyāṁ
vyādhibhir jarayāthavā
ānvīkṣikyāṁ vā vidyāyāṁ
kuryād anaśanādikam

yadā—当……时 / akalpaḥ—无法履行 / sva-kriyāyām—自己的规定职责 / vyādhibhiḥ—由于疾病 / jarayā—或因为老年 / athavā—或者 / ānvīkṣikyām—在灵性进步中 / vā—或者 / vidyāyām—在知识的提高中 / kuryāt—人必须 / anaśana-ādikam—不进食

译文 当疾病或老年使人无法为提升灵性意识而履行规定职责或学习韦达经时，他应该练习断食，不吃任何食物。

第 24 节

आत्मन्यग्नीन् समारोप्य सन्न्यस्याहं ममात्मताम् ।
कारणेषु न्यसेत्सम्यक्सङ्घातं तु यथार्हतः ॥२४॥

ātmany agnīn samāropya
sannyasyāhaṁ mamātmatām
kāraṇeṣu nyaset samyak
saṅghātaṁ tu yathārhataḥ

ātmani—在自我中 / agnīn—体内的火元素 / samāropya—正确地放置 / sannyasya—放弃 / aham—错误的认同 / mama—错误的概念 / ātmatām—与身体认同或认为身体是自己的…… / kāraṇeṣu—在构成物质躯体的五种元素中 / nyaset—人应该融入 / samyak—完全地 / saṅghātam—结合体 / tu—但是 / yathā-arhataḥ—适当地

译文 他应该将火元素正确地置于自己体内，以此停止与躯体的认同，这种认同使人认为躯体就是真正的自我。人应该逐渐将肉身融入五种元素(土、水、火、气和空间)。

要旨 粗糙的躯体是五种物质元素(土、水、火、气和空间)这一原因产生的结果。换句话说，人应该十分清楚，粗糙的物质躯体只不过是五种元素的组合。这知识包括合并物质躯体和五种物质元素。怀着完美的知识融入梵，意味着完美地理解人不是躯体，而是灵性的灵魂。

第 25 节

खे खानि वायौ निश्वासांस्तेजःसूष्माणमात्मवान् ।
अप्स्वसृक्श्लेष्मपूयानि क्षितौ शेषं यथोद्भवम् ॥२५॥

khe khāni vāyau niśvāsāṁs
tejaḥsūṣmāṇam ātmavān
apsv asṛk-śleṣma-pūyāni
kṣitau śeṣaṁ yathodbhavam

khe—在空中 / khāni—躯体孔洞 / vāyau—在空气中 / niśvāsān—在体内运行的所有不同种类的气(prāṇa、apāna等) / tejaḥsu—在火

中 / uṣmāṇam—躯体的热度 / ātma-vān—了解自我的人 / apsu—在水中 / asṛk—血 / śleṣma—黏液 / pūyāni—和尿液 / kṣitau—在土中 / śeṣam—其余的(皮肤、骨头和身体中的其他坚固的东西) / yathā-udbhavam—它们生长的源头

译文 清醒且觉悟了自我、具有完整知识的人，应该将身体的各个部分并入它们原本的来源。躯体的孔洞由空间产生，呼吸的过程由气引起，身体的热度由火产生，精液、血液和黏液由水产生。皮肤、肌肉和骨头等身体有硬度的实体，由土产生。就这样，躯体所有的构造都由不同的元素产生，应该把它们重新并入那些元素。

要旨 要觉悟自我，人就必须了解构成躯体的各种元素的最初来源。躯体是皮肤、骨头、黏液、血液、精液、尿液、粪便、热度和呼吸等的组合体，而这一切都来自土、水、火、气和空间。人必须熟悉躯体所有结构的来源。这样，人就成为一个觉悟了自我的人——了解自我的人(ātmavān)。

第26—28节

वाचमग्नौ सवक्तव्यामिन्द्रे शिल्पं करावपि ।
पदानि गत्या वयसि रत्योपस्थं प्रजापतौ ॥२६॥

मृत्यौ पायुं विसर्गं च यथास्थानं विनिर्दिशेत् ।
दिक्षु श्रोत्रं सनादेन स्पर्शेनाध्यात्मनि त्वचम् ॥२७॥

रूपाणि चक्षुषा राजन् ज्योतिष्यभिनिवेशयेत् ।
अप्सु प्रचेतसा जिह्वां घ्रेयैर्घ्राणं क्षितौ न्यसेत् ॥२८॥

vācam agnau savaktavyām
indre śilpaṁ karāv api
padāni gatyā vayasi
ratyopasthaṁ prajāpatau

mṛtyau pāyuṁ visargaṁ ca
  yathā-sthānaṁ vinirdiśet
dikṣu śrotraṁ sa-nādena
  sparśenādhyātmani tvacam

rūpāṇi cakṣuṣā rājan
  jyotiṣy abhiniveśayet
apsu pracetasā jihvāṁ
  ghreyair ghrāṇaṁ kṣitau nyaset

vācam—说话能力 / agnau—在火神(控制火的神明)中 / sa-vaktavyām—与讲述的主题 / indre—向因铎王 / śilpam—用手工作的能力和技巧 / karau—以及手 / api—事实上 / padāni—腿 / gatyā—与行动的力量 / vayasi—向主维施努 / ratyā—性欲 / upastham—与生殖器 / prajāpatau—向生物体祖先 / mṛtyau—向名叫姆瑞提尤的半神人 / pāyum—直肠 / visargam—与它的活动——排泄 / ca—也 / yathā-sthānam—在适当的地方 / vinirdiśet—人应该指出 / dikṣu—向不同的方向 / śrotram—听的感官 / sa-nādena—与声音震荡 / sparśena—与触碰 / adhyātmani—向风神 / tvacam—触碰的感官 / rūpāṇi—形象 / cakṣuṣā—与视力 / rājan—君王啊 / jyotiṣi—在太阳中 / abhiniveśayet—应该使……进入 / apsu—向水 / pracetasā—与被称为瓦茹纳的半神人 / jihvām—舌头 / ghreyaiḥ—与嗅的对象 / ghrāṇam—嗅的力量 / kṣitau—在土中 / nyaset—人应该给予

译文 那之后，应该把说话的内容与说话的感官(舌头)供奉给火；把技能和双手献给半神人因铎。应该将移动的能力和双腿奉献给主维施努；将感官享乐及生殖器献给生物体祖先；直肠和排泄的力量置于适合它的地方——献给死神姆瑞提尤。应该将听觉器官和声音震荡献给主管各个方向的神明；将触碰器官和触碰的感官对象献给风神瓦尤，将形象及看的能力献给太阳。应该将舌头和滋味献给水神瓦茹纳，将嗅觉和气味献给土和阿施维尼-库玛尔这两位半神人。

第 29—30 节

मनो मनोरथैश्चन्द्रे बुद्धिं बोध्यैः कवौ परे ।
कर्माण्यध्यात्मना रुद्रे यदहं ममताक्रिया ।
सत्त्वेन चित्तं क्षेत्रज्ञे गुणैर्वैकारिकं परे ॥२९॥

अप्सु क्षितिमपो ज्योतिष्यदो वायौ नभस्यमुम् ।
कूटस्थे तच्च महति तदव्यक्तेऽक्षरे च तत् ॥३०॥

mano manorathaiś candre
buddhiṁ bodhyaiḥ kavau pare
karmāṇy adhyātmanā rudre
yad-ahaṁ mamatā-kriyā
sattvena cittaṁ kṣetra-jñe
guṇair vaikārikaṁ pare

apsu kṣitim apo jyotiṣy
ado vāyau nabhasy amum
kūṭasthe tac ca mahati
tad avyakte 'kṣare ca tat

manaḥ—内心 / manorathaiḥ—与物质欲望 / candre—向月亮神昌铎 / buddhim—智力 / bodhyaiḥ—与智力的内容 / kavau pare—向最高的博学之人主布茹阿玛 / karmāṇi—物质活动 / adhyātmanā—与错误的自我意识 / rudre—向主希瓦(茹铎) / yat—在那里 / aham—我是物质躯体 / mamatā—属于物质躯体的一切都是我的 / kriyā—这样的活动 / sattvena—与存在的概念 / cittam—意识 / kṣetra-jñe—向个体灵魂 / guṇaiḥ—与由物质属性引起的物质活动 / vaikārikam—受物质自然属性影响的生物 / pare—在至尊生物中 / apsu—在水中 / kṣitim—土 / apaḥ—水 / jyotiṣi—在发光体中，尤其是太阳中 / adaḥ—光辉 / vāyau—在空气中 / nabhasi—在空中 / amum—那 / kūṭasthe—在生命的物质概念中 / tat—那 / ca—也 / mahati—在总体物质能量玛哈-塔特瓦中 / tat—那 / avyakte—在没有展示之中 / akṣare—在超灵中 / ca—也 / tat—那

译文 应该将心与所有的物质欲念一起并入月神；将智力的一切主题与智力本身融入主布茹阿玛。受物质自然属性影响的错误的自我意识，引诱人去想“我是这个躯体，与这躯体有关的一切都是我的”，应该将其与物质活动一起，并入掌管假我的神明茹铎体内。应该将物质意识及思想的目标融入个体生物；将在物质自然属性的控制下做事的半神人，与邪恶的生物体一起并入至尊生物。应该将土融入水，将水融入太阳的光辉，将这光辉融入气，将气融入空间，将空间融入假我，将假我融入整体物质能量，将整体物质能量并入不展示的原材料(物质能量的帕丹特征)，最后将物质展示的原材料特征融入超灵。

第 31 节

इत्यक्षरतयात्मानं चिन्मात्रमवशेषितम् ।
ज्ञात्वाद्वयोऽथ विरमेद्दग्धयोनिरिवानलः ॥३१॥

ity akṣaratayātmānaṁ
cin-mātram avaśeṣitam
jñātvādvayo 'tha viramed
dagdha-yonir ivānalaḥ

iti－如此 / akṣaratayā－因为是灵性的 / ātmānam－自我(个体灵魂) / cit-mātram－完全灵性的 / avaśeṣitam－剩下的(在物质元素一个接一个地融入原本的超灵中后) / jñātvā－理解 / advayaḥ－没有区别或说与超灵具有同样品质的 / atha－这样 / viramet－人应该停止物质存在 / dagdha-yoniḥ－源头(木头)被烧着…… / iva－如同 / analaḥ－火焰

译文 当所有的物质称号就这样与它们各自的物质元素合并后，所有最终完全是灵性且在质上与至尊生物一样的普通生物，就会停止他们的物质存在，恰似木柴烧尽后不再有火焰一样。当物质躯体被还原到构成它的各种物质元素时，剩下的就只有灵性的生物了。这灵性的生物是梵，在质上与至尊梵一样。

到此为止，结束了巴克提韦丹塔对《圣典博伽瓦谭》第7篇第12章——“完美的社会：灵性四阶段”所作的阐释。

第十三章
完美之人的行为

这第十三章讲述了进入弃绝阶层的人(sannyāsī)所该遵守的规范原则，也讲述了一位阿瓦杜塔(avadhūta)的历史，最后以讲述学生取得灵性进步所能达到的完美境界为结束。

圣纳茹阿达·牟尼(Nārada Muni)描述了各个社会阶层和灵性阶段的表征。现在，在这一章中，他特别讲述了由进入弃绝阶层的人所遵循的规范原则。在进入退出家庭生活的阶段(vānaprastha)后，人必须正式接受躯体是自己生存的工具这一事实，但逐渐要忘记躯体方面的需求。在经历了退出家庭生活的阶段离开家后，人应该作为进入弃绝阶层的人到各地去旅行，不考虑身体的舒适，不为躯体的需要而依赖任何人。他应该在几乎什么都不穿或实际上是裸体的情况下到处旅行。他应该在不与普通人类社会交往的情况下乞讨布施，始终在自我中感到满足。人应该当众生的朋友，因沉浸在奎师那意识中而十分平静。进入弃绝阶层的人应该以上述方式独自旅行，不在乎生死，等待即将离开物质躯体的时刻到来。他不该去读不该读的书或从事占星等职业，也不该试图成为杰出的演讲家。他应该停止不必要的争论，在任何情况下都不该依靠任何人。他不该为增加自己门徒的数量而去吸引人们当他的门徒。他应该去除为维生而阅读许多书并加以讲解的习惯，不该为增加庙宇或灵修所(maṭha)的数量而努力。当进入弃绝阶层的人因此而变得完全自主、平静和平衡时，他就可以选择死后想要去的目的地，遵守要达到那目的地而该遵守的原则。尽管十分有学问，他应该像个哑巴一样始终保持沉默，像个停不下来的孩子一样到处旅行。

就有关这一点，纳茹阿达·牟尼讲述了帕拉德(Prahlāda)与一个采用蟒蛇生活方式的沉默之人的会面。他就这样描述了至尊天鹅(paramahaṁsa)的表征。达到至尊天鹅阶段的人很清楚物质与灵魂的区别。他对满足物质感官毫无兴趣，因为他总是从为至尊主所做的奉爱服务中得到满足。他不为保护自己的物质躯体而焦虑。他满足于靠至尊主的恩典所得到的一切，完全不受物质苦乐的影响，因而超越一切规范原则。他有时接受艰难的苦行，有时接受物质财富。他唯一想的是如何取悦奎师那；为达到那目的，他什么都可以做，而不顾忌规范守则。我们永远都不该把这样的人视为是物质主义者。

第 1 节

श्रीनारद उवाच
कल्पस्त्वेवं परिव्रज्य देहमात्रावशेषितः ।
ग्रामैकरात्रविधिना निरपेक्षश्चरेन्महीम् ॥१॥

śrī-nārada uvāca
kalpas tv evaṁ parivrajya
deha-mātrāvaśeṣitaḥ
grāmaika-rātra-vidhinā
nirapekṣaś caren mahīm

śrī-nāradaḥ uvāca—圣纳茹阿达·牟尼说 / kalpaḥ—有能力经受弃绝阶层生活之苦行或研究超然知识的人 / tu—但是 / evam—就这样(如前面讲述的) / parivrajya—完全了解自己的灵性身份，以此从一个地方旅行到另一个地方 / deha-mātra—只保持身体 / avaśeṣitaḥ—最后 / grāma—在一个村庄里 / eka—只是一个 / rātra—过一夜的 / vidhinā—在过程中 / nirapekṣaḥ—不依赖任何物质事物 / caret—应该从一个地方移到另一个地方 / mahīm—在地球上

译文　圣纳茹阿达·牟尼说：能够培养灵性知识的人应该断绝一切物质联系，只将身体保持在灵魂可居住的状态；应该一个地方接一个地方地不断旅行，在每一个村庄只住一晚。进入弃绝阶层的人应该以此方式在全世界旅行，不按躯体提出的需求行事。

第2节

विभृयाद्यद्यसौ वासः कौपीनाच्छादनं परम् ।
त्यक्तं न लिङ्गाद्दण्डादेरन्यत्किञ्चिदनापदि ॥ २ ॥

bibhṛyād yady asau vāsaḥ
kaupīnācchādanaṁ param
tyaktaṁ na liṅgād daṇḍāder
anyat kiñcid anāpadi

bibhṛyāt—人应该用 / yadi—如果 / asau—处在弃绝阶层中的人 / vāsaḥ—一件衣服或覆盖物 / kaupīna—腰布(为了遮住私处) / ācchādanam—为了遮盖 / param—只是那么多 / tyaktam—放弃 / na—不 / liṅgāt—弃绝者的标志 / daṇḍa-ādeḥ—如棒子(三棒) / anyat—其他 / kiñcit—任何事物 / anāpadi—在一般不受干扰的时间

译文　在人生弃绝阶段的人甚至会努力避免穿衣遮体。如果一定要穿，就该只戴一条遮羞腰布。这样的人在不必要的情况下，甚至连一根棒子都不拿。除了一根棒子和水罐，弃绝者应该避免携带任何东西。

第3节

एक एव चरेद्भिक्षुरात्मारामोऽनपाश्रयः ।
सर्वभूतसुहृच्छान्तो नारायणपरायणः ॥ ३ ॥

eka eva cared bhikṣur
ātmārāmo 'napāśrayaḥ
sarva-bhūta-suhṛc-chānto
nārāyaṇa-parāyaṇaḥ

ekaḥ—单独的 / eva—唯一的 / caret—可以移动 / bhikṣuḥ—化缘的弃绝者 / ātma-ārāmaḥ—在自我中感到完全的满足 / anapāśrayaḥ—不依靠任何事物 / sarva-bhūta-suhṛt—成为众生的祝愿者 / śāntaḥ—完全平静 / nārāyaṇa-parāyaṇaḥ—变得绝对依靠纳茹阿亚纳并成为祂的奉献者

译文 在自我中感到心满意足的弃绝者，应该靠挨家挨户地乞讨维持生命。他不该依赖任何人或地方，应该始终当众生友好的祝愿者，当纳茹阿亚纳的一个平静、纯粹的奉献者。他应该这样从一地旅行到另一地。

第4节

पश्येदात्मन्यदो विश्वं परे सदसतोऽव्यये ।
आत्मानं च परं ब्रह्म सर्वत्र सदसन्मये ॥ ४ ॥

paśyed ātmany ado viśvaṁ
pare sad-asato 'vyaye
ātmānaṁ ca paraṁ brahma
sarvatra sad-asan-maye

paśyet—人应该看 / ātmani—在至尊灵魂中 / adaḥ—这 / viśvam—宇宙 / pare—在……之外 / sat-asataḥ—创造或创造的原因 / avyaye—在从不退化的绝对者中 / ātmānam—他自己 / ca—也 / param—至尊者 / brahma—绝对的 / sarvatra—到处 / sat-asat—在原因中和在结果中 / maye—遍及的

译文 处在弃绝阶段的人应该始终努力看至尊者存在于一切中，看包括这个宇宙在内的一切都栖息在至尊者身上。

第5节

सुप्तिप्रबोधयोः सन्धावात्मनो गतिमात्मदृक् ।
पश्यन् बन्धं च मोक्षं च मायामात्रं न वस्तुतः ॥ ५ ॥

supti-prabodhayoḥ sandhāv
ātmano gatim ātma-dṛk
paśyan bandhaṁ ca mokṣaṁ ca
māyā-mātraṁ na vastutaḥ

supti－在无意识的状态中／prabodhayoḥ－和在有意识的状态中／sandhau－在边缘存在的状态中／ātmanaḥ－自己的／gatim－运动／ātma-dṛk－能真正看到自我的人／paśyan－总是努力看或了解／bandham－生命的受制约状态／ca－和／mokṣam－生命的解脱状态／ca－也／māyā-mātram－只有错觉／na－不／vastutaḥ－事实上

译文　他应该在有意识、无意识及两种状态之间努力了解自我，在自我中感到彻底满足。他应该以此方式认识到生命的受制约阶段和解脱阶段都是错觉假象，都不是真正的事实。他应该带着这种更高层次的理解看到，只有绝对真理遍布一切。

要旨　无意识状态不是别的，只不过是愚昧、无知或物质存在的状态而已。人在有意识的状态中是清醒的。有意识和无意识状态之间的边缘状态始终是短暂的。因此，在了解自我中取得进步的人应该明白：无意识和有意识都是错觉，因为从根本上说，两者并不存在。唯一存在的是至尊绝对真理。正如《博伽梵歌》第9章的第4节诗记载，至尊主确认说：

mayā tatam idaṁ sarvaṁ
jagad avyakta-mūrtinā
mat-sthāni sarva-bhūtāni
na cāhaṁ teṣv avasthitaḥ

“我以不展示的形象遍布整个宇宙。众生都在我之中，我却不在他们中。”一切都存在于奎师那的非人格特征的基础之上；没有奎师那，什么都不能存在。正因为如此，奎师那的进步奉献者没有错觉，可以看到至尊主无所不在。

第6节

नाभिनन्देद् ध्रुवं मृत्युमध्रुवं वास्य जीवितम् ।
कालं परं प्रतीक्षेत भूतानां प्रभवाप्ययम् ॥६॥

nābhinanded dhruvaṁ mṛtyum
adhruvaṁ vāsya jīvitam
kālaṁ paraṁ pratīkṣeta
bhūtānāṁ prabhavāpyayam

na—不 / abhinandet—人应该赞美 / dhruvam—确定 / mṛtyum—死亡 / adhruvam—不确定 / vā—或者 / asya—这个躯体的 / jīvitam—寿命 / kālam—永恒的时间 / param—最高的 / pratīkṣeta—人必须奉行 / bhūtānām—生物的 / prabhava—展示 / apyayam—隐迹

译文 既然物质躯体必被击败，人的寿命并不固定，那么生与死就都不值得赞美。相反，人应该注意到永恒的时间因素，生物在其间展示自己，随后消失。

要旨 物质世界里的生物不仅是现在，甚至在过去就已经一直在努力解决生与死的问题。有些人强调死，指出物质的一切都是幻象和错觉；有些人则强调生，试图永远保持生的状态，尽自己最大的能力享受它。这两种人都是傻瓜和无赖。经典忠告说，要注意到永恒的时间因素，它是物质躯体出现和消失的原因；要注意到生物被这时间因素所束缚。为此，圣巴克提维诺德·塔库尔(Bhaktivinoda Ṭhākura)在他的《歌集》(Gītāvalī)中歌唱道：

anādi karama-phale, padi 'bhavārṇava-jale,
taribāre nā dekhi upāya

人应该观察永恒时间的活动，是它引起了生与死。在现在这个一千个年代循环的创造之前，生物处在时间因素的影响下，物质世界在这时间因素的作用下进入存在并再次毁灭。经典中说，反复出生并被毁灭(bhūtvā bhūtvā pralīyate)。在时间因素的控制下，生物一生复一生地出生和死亡。这时间因素是至尊人格首神不具人格特征的代表，至尊人格首神给予受物质自然制约的生物以机会，使他们通过投靠祂摆脱物质自然。

第 7 节

नासच्छास्त्रेषु सज्जेत नोपजीवेत जीविकाम् ।
वादवादांस्त्यजेत्तर्कान् पक्षं कंच न संश्रयेत् ॥ ७ ॥

nāsac-chāstreṣu sajjeta
nopajīveta jīvikām
vāda-vādāṁs tyajet tarkān
pakṣaṁ kaṁca na saṁśrayet

na－不 / asat-śāstreṣu－报纸、剧本和小说 / sajjeta－人应该喜爱阅读 / na－也不 / upajīveta－人应该尝试靠……维生 / jīvikām－靠写作谋生 / vāda-vādān－不必要地对哲学的不同方面进行争论 / tyajet－人应该放弃 / tarkān－争论和反驳 / pakṣam－派别 / kaṁca－任何 / na－不 / saṁśrayet－应该托庇于

译文　文学作品只不过是浪费时间；换句话说，应该拒不阅读使人得不到灵性利益的文学作品。人不该为赚取生活费用而去当职业教师，不该热衷于辩论和反驳，也不该参与任何事业、宗派或小集团。

要旨　想要提高灵性理解的人，应该极其小心避免阅读世俗的文学作品。世俗的文学作品中充满使人心受到不必要刺激的文字。包括报纸、剧本、小说和杂志在内的这类文学，并不能使人提高灵性知识。事实上，它们被描述为是乌鸦享乐的地方(tad vāyasaṁ tīrtham)。努力培养灵性知识的人，必须拒绝阅读这类文学。此外，人不该让各种逻辑或哲学结论影响到自己。当然，传播知

识的人有时需要与反对的论点进行辩论，但还是应该尽量避免好辩论的态度。就有关这一点，圣玛德瓦查尔亚(Madhvācārya)说：

aprayojana-pakṣaṁ na saṁśrayet
nāprayojana-pakṣī syān
na vṛthā śiṣya-bandha-kṛt
na codāsīnaḥ śāstrāṇi
na viruddhāni cābhyaset

na vyākhyayopajīveta
na niṣiddhān samācaret
evam-bhūto yatir yāti
tad-eka-śaraṇo harim

“没有必要托庇于多余的文献，或在乎许多所谓的无益于灵性进步的哲学家和思想家。人也不该为扩大声望而接受门徒。我们应该对这些所谓的经典无动于衷，既不反对也不喜爱。人不该靠解释经典赚钱，以此获取生活费用。处在弃绝阶层的人必须总是保持中立，寻找在灵性生活中取得进步的方法，完全托庇在至尊主的莲花足下。”

第8节

न शिष्याननुबध्नीत ग्रन्थान्नैवाभ्यसेद्बहून् ।
न व्याख्यामुपयुञ्जीत नारम्भानारभेत्क्वचित् ॥ ८ ॥

na śiṣyān anubadhnīta
granthān naivābhyased bahūn
na vyākhyām upayuñjīta
nārambhān ārabhet kvacit

na—不 / śiṣyān—门徒 / anubadhnīta—人该施以物质利诱 / granthān—多余的文学 / na—不 / eva—无疑地 / abhyaset—应该努力了解或培养 / bahūn—许多 / na—也不 / vyākhyām—演讲 / upayuñjīta—应该将其作为谋生的一种手段 / na—也不 / ārambhān—多余的财富 / ārabhet—应该努力增加 / kvacit—在任何时间

译文　在人生弃绝阶段的人绝不该为收罗许多门徒而施以物质利诱，不该没有必要地阅读许多书或为谋生而四处演讲。他必须永不试图毫无必要地增加物质财富。

要旨　所谓的斯瓦米(svāmī)和瑜伽师(yogī)，一般都是通过用物质利益诱惑人去收罗门徒。有许多所谓的上师(guru)通过许诺给门徒治病或制造金子增加其物质财富去吸引门徒。这些对没有智慧的人来说都是有利可图的诱惑。处在弃绝阶层的人绝不可以通过这类物质诱惑收罗门徒。托钵僧们有时通过毫无必要地兴建许多庙宇和灵修所享受物质财富，但实际上应该避免这种努力。应该为传播灵性意识或奎师那意识兴建庙宇和灵修所，而不是为那些对达到物质和灵性目的都毫无用处的人提供免费旅馆。庙宇和灵修所应该严禁成为毫无价值的疯狂之人的俱乐部。在奎师那意识运动中，我们欢迎至少愿意遵守这个运动制定的规范原则的每一个人，而规范原则是：不过非法性生活、不麻醉自我、不吃肉和不赌博。在庙宇和灵修所中，应该严格禁止收罗被社会拒绝的多余、懒惰的家伙。庙宇和灵修所应该只提供给认真要通过培养奎师那意识取得灵性进步的奉献者使用。圣维施瓦纳特·查夸瓦尔提·塔库尔(Viśvanātha Cakravartī Ṭhākura)解释梵文ārambhān的意思是“试图兴建庙宇和灵修所(maṭhādi-vyāpārān)”。进入弃绝阶层之人的首要职责是传播奎师那意识，但如果靠奎师那的恩典，一切条件具备，那他就可以兴建庙宇和灵修所，给予认真培养奎师那意识的学生以保护；否则，就不需要有这样的庙宇和灵修所。

第9节

न यतेराश्रमः प्रायो धर्महेतुर्महात्मनः ।
शान्तस्य समचित्तस्य बिभृयादुत वा त्यजेत् ॥९॥

na yater āśramaḥ prāyo
dharma-hetur mahātmanaḥ
śāntasya sama-cittasya
bibhṛyād uta vā tyajet

na—不 / yateḥ—弃绝者的 / āśramaḥ—象征性的服饰(棒子和水罐) / prāyaḥ—几乎总是 / dharma-hetuḥ—在灵性生活中取得进步的原因 / mahā-ātmanaḥ—实际上是崇高和进步的人 / śāntasya—平静的人 / sama-cittasya—达到平衡和平静状态的人 / bibhṛyāt—人也许接受(这样的象征性标志) / uta—事实上 / vā—或者 / tyajet—人也许放弃

译文 真正具有高度灵性意识的平静且态度中立的人，绝不会毫无必要地携带棒子或水罐等弃绝者的标志物。他也许根据需要有时携带那些标志物，有时则不携带它们。

要旨 进入弃绝阶层的人还分四个阶段，分别是：靠家人施舍出家灵修者(kuṭīcaka)、托钵僧(bahūdaka)、四处周游传教者(parivrājakācārya)和至尊天鹅(paramahaṁsa)。《圣典博伽瓦谭》的这节诗，将至尊天鹅视为是弃绝者中的一类成员。假象宗派(Māyāvādī)的非人格神主义托钵僧无法达到至尊天鹅的阶段。这是因为他们认为绝对真理不具人格特征。可以从梵、超灵和至尊人格首神这三个方面了解绝对真理(brahmeti paramātmeti bhagavān iti śabdyate)，其中对至尊人格首神(bhagavān)的认识是至尊天鹅才有的。事实上，《圣典博伽瓦谭》本身就是为至尊天鹅而编纂(paramo nirmatsarāṇāṁ satām)。人除非处在至尊天鹅的阶段，否则没资格了解《圣典博伽瓦谭》。对至尊天鹅或说外士纳瓦(Vaiṣṇava)层面上的弃绝者来说，首要的责任是传播有关绝对真理的知识。为达到这一目的，这样的弃绝者也许携带棒子(daṇḍa)和水罐(kamaṇḍalu)等弃绝阶层之人的标志物，有时也许不携带。外士纳瓦弃绝者(Vaiṣṇava sannyāsī)作为至尊天鹅，一般自然被称为巴巴吉(bābājī)，他们不携带水罐或棒子。这种处在弃绝阶层的人，可以自由选择携带或不携带弃绝阶层之人的标志物。他唯一想的是，“那里有机会传播奎师那意识？”奎师那意识运动有时派进入弃绝阶层的代表去外国传播有关奎师那意识的知识，而那些国家并不能欣赏棒子和水罐。于是，我们便派我们那些传播知识的代表穿着普通的衣服去介绍我们的书籍和哲学。我们唯一考虑是，吸引人们培养奎师那意识。这么做时，我们也许穿弃绝阶层之人的衣服，也许只穿绅士们的普通衣服。我们唯一关心的内容是：将奎师那意识的利益带给大众。

第 10 节

अव्यक्तलिङ्गो व्यक्तार्थो मनीष्युन्मत्तबालवत् ।
कविर्मूकवदात्मानं स दृष्ट्या दर्शयेन्नृणाम् ॥१०॥

avyakta-liṅgo vyaktārtho
manīṣy unmatta-bālavat
kavir mūkavad ātmānaṁ
sa dṛṣṭyā darśayen nṛṇām

avyakta-liṅgaḥ－弃绝者征象还未展示的…… / vyakta-arthaḥ－目的已经表明……的 / manīṣī－这样一位伟大圣洁的人 / unmatta－静不下来的 / bāla-vat－像一个男孩 / kaviḥ－伟大的诗人或演说家 / mūka-vat－如同一个哑巴 / ātmānam－自己 / saḥ－他 / dṛṣṭyā－以身作则 / darśayet－应该呈现 / nṛṇām－向人类社会

译文 尽管圣洁之人也许并不向人类社会揭示自己，但他的作为会揭露他的目的。对人类社会，他应该让自己显得像是个静不下来的孩子；他虽然是思想最深刻的雄辩家，但应该让自己看上去像个哑巴。

要旨 具有高度奎师那意识的伟大人物，也许并不透过弃绝阶层之人的标志揭示自己。为了掩饰自己，他也许表现的像个静不下来的孩子或哑巴，尽管他是最优秀的演讲家或诗人。

第 11 节

अत्राप्युदाहरन्तीममितिहासं पुरातनम् ।
प्रह्लादस्य च संवादं मुनेराजगरस्य च ॥११॥

atrāpy udāharantīmam
itihāsaṁ purātanam
prahrādasya ca saṁvādaṁ
muner ājagarasya ca

atra—于此 / api—虽然不向普通人揭示自己 / udāharanti—博学的圣人朗诵以作示范 / imam—这 / itihāsam—历史事件 / purātanam—非常、非常老的 / prahrādasya—帕拉德王的 / ca—也 / saṁvādam—谈话 / muneḥ—伟大圣洁之人的 / ājagarasya—像蟒蛇一样行事的人 / ca—也

译文 对此，作为这方面的历史性实证，博学的圣人们会讲述古时发生在帕拉德王和一个像蟒蛇一样吃东西的大圣人之间的谈话。

要旨 帕拉德王(Prahlāda Mahārāja)遇到的沉默之人，正在经历蟒蛇类的生活状态(ājagara-vṛtti)，即：不去任何地方，而是多年只坐在一个地方，只吃自动到来的一切。帕拉德王与他的同伴一起，遇到这位伟大的圣人，对他说了如下一番话。

第 12—13 节

तं शयानं धरोपस्थे कावेर्यां सह्यसानुनि ।
रजस्वलैस्तनूदेशैर्निगूढामलतेजसम् ॥१२॥

ददर्श लोकान् विचरन्लोकतत्त्वविवित्सया ।
वृतोऽमात्यैः कतिपयैः प्रह्रादो भगवत्प्रियः ॥१३॥

tam̐ śayānam̐ dharopasthe
　kāveryām̐ sahya-sānuni
rajas-valais tanū-deśair
　nigūḍhāmala-tejasam

dadarśa lokān vicaran
　loka-tattva-vivitsayā
vṛto 'mātyaiḥ katipayaiḥ
　prahrādo bhagavat-priyaḥ

tam－那(圣洁之人) / śayānam－躺下 / dharā-upasthe－在地上 / kāveryām－在卡维瑞河的河岸上 / sahya-sānuni－在萨赫亚山的山脊上 / rajaḥ-valaiḥ－被尘土和灰尘所覆盖 / tanū-deśaiḥ－身体所有的部位 / nigūḍha－十分严肃和深沉 / amala－纯洁无瑕的 / tejasam－灵性力量……的 / dadarśa－他看到 / lokān－对所有不同的星球 / vicaran－旅行的 / loka-tattva－生物的本性(尤其是那些努力提高奎师那意识的人) / vivitsayā－努力了解 / vṛtaḥ－围绕 / amātyaiḥ－王室的同伴 / katipayaiḥ－少数的 / prahrādaḥ－帕拉德王 / bhagavat-priyaḥ－至尊人格首神始终极其喜爱的人

译文　至尊人格首神最心爱的仆人帕拉德王，为了研究、学习圣洁之人的本性，有一次与他信赖的一些同伴出门去周游宇宙。他就这样到了卡维瑞河的岸边，那里有座名叫萨赫亚的高山。他在那里找到一位正躺在地上的大圣人；那圣人浑身污垢、布满灰尘，但灵性上却高度进步。

第 14 节

कर्मणाकृतिभिर्वाचा लिङ्गैर्वर्णाश्रमादिभिः ।
न विदन्ति जना यं वै सोऽसाविति न वेति च ॥१४॥

karmaṇākṛtibhir vācā
　liṅgair varṇāśramādibhiḥ
na vidanti janā yam̐ vai
　so 'sāv iti na veti ca

karmaṇā－靠活动 / ākṛtibhiḥ－从身体特征 / vācā－从话语 / liṅgaiḥ－从征象 / varṇa-āśrama－与社会四阶层和灵性四阶段的具体的物质和灵性部分有关 / ādibhiḥ－而且由其他征象 / na vidanti－不能了解 / janāḥ－人民大众 / yam－谁 / vai－事实上 / saḥ－那个人是否 / asau－同一个人 / iti－如此 / na－不 / vā－或者 / iti－如此 / ca－也

译文 从那圣人的活动、身体特征、言语或在社会四阶层及灵性四阶段中的身份表征，人们无法了解他曾是他们熟知的同一个人。

要旨 在萨赫亚山谷中卡维瑞河岸边那个地方的居民，无法了解那位圣人是否就是他们知道的同一个人。正因为如此，经典中说：灵性上高度进步的外士纳瓦以没人能了解他真实身份的方式生活(vaiṣṇavera kriyā mudrā vijñe nā bhujhaya)。人也不该试图去了解一位外士纳瓦的过去。所以，帕拉德王并没有询问那位圣洁之人过去的生活，而是立刻恭恭敬敬地向他顶礼。

第 15 节

तं नत्वाभ्यर्च्य विधिवत्पादयोः शिरसा स्पृशन् ।
विवित्सुरिदमप्राक्षीन्महाभागवतोऽसुरः ॥१५॥

tam̐ natvābhyarcya vidhivat
pādayoḥ śirasā spṛśan
vivitsur idam aprākṣīn
mahā-bhāgavato 'suraḥ

tam－他(圣洁之人) / natvā－向……致以敬礼后 / abhyarcya－和崇拜 / vidhi-vat－就有关礼仪的规范原则 / pādayoḥ－圣洁之人的莲花足 / śirasā－用头 / spṛśan－触碰 / vivitsuḥ－想要了解有关他(圣洁之人) / idam－接下来的话语 / aprākṣīt－询问 / mahā-bhāgavataḥ－至尊主的十分进步的奉献者 / asuraḥ－虽然出生在一个恶魔的家中

译文 进步的奉献者帕拉德王，合乎礼仪地崇拜那位用蟒蛇方式维生的圣洁之人，向他顶礼。在崇拜那位圣洁之人并用自己的头触碰其莲花足后，帕拉德王为了解他而十分恭顺地向他询问了如下的内容。

第 16—17 节

बिभर्षि कायं पीवानं सोद्यमो भोगवान् यथा ॥१६॥

वित्तं चैवोद्यमवतां भोगो वित्तवतामिह ।
भोगिनां खलु देहोऽयं पीवा भवति नान्यथा ॥१७॥

bibharṣi kāyaṁ pīvānaṁ
sodyamo bhogavān yathā

vittaṁ caivodyamavatāṁ
bhogo vittavatām iha
bhogināṁ khalu deho 'yaṁ
pīvā bhavati nānyathā

bibharṣi—你拥有 / kāyam—躯体 / pīvānam—胖 / sa-udyamaḥ—努力之人 / bhogavān—享受之人 / yathā—正如 / vittam—金钱 / ca—也 / eva—无疑地 / udyama-vatām—总是致力于赚钱的人的 / bhogaḥ—感官享乐 / vitta-vatām—对拥有相当多钱财的人 / iha—在这个世界里 / bhoginām—享受者、功利性活动者的 / khalu—事实上 / dehaḥ—躯体 / ayam—这 / pīvā—非常胖 / bhavati—变成 / na—不 / anyathā—否则

译文 看到那圣洁之人相当肥胖，帕拉德王说：我亲爱的先生，你不为赚取生活所需而努力，但却完全像个物质主义享乐者一样有个肥壮的身躯。我知道，如果一个人很富有、没事做，他就会因为整天吃饭、睡觉、无所事事而变得极度肥胖。

要旨 圣巴克提希丹塔·萨茹阿斯瓦提·塔库尔(Bhaktisiddhānta Sarasvatī Ṭhākura)不喜欢他的门徒变得十分肥胖。他很担心看到他的胖门徒变成感官享乐者(bhogī)。这种态度在此得到帕拉德王的确认；帕拉德王看到一位圣洁之人采用蟒蛇式的生活方式(ājagara-vṛtti)并变得十分肥胖时感到很惊讶。在物质世界里，我们一般会看到，当一个贫穷、瘦弱的人靠努力做生意或其他方式逐渐赚到钱后，就会竭力享受感官的满足，结果变得肥胖。因此，在灵性进步的过程中，变得肥胖并不令人满意。

第 18 节

न ते शयानस्य निरुद्यमस्य
ब्रह्मन्नु हार्थो यत एव भोगः ।
अभोगिनोऽयं तव विप्र देहः
पीवा यतस्तद्वद नः क्षमं चेत् ॥१८॥

na te śayānasya nirudyamasya
brahman nu hārtho yata eva bhogaḥ
abhogino 'yaṁ tava vipra dehaḥ
pīvā yatas tad vada naḥ kṣamaṁ cet

na—不 / te—你的 / śayānasya—躺下 / nirudyamasya—没有活动 / brahman—圣洁之人啊 / nu—事实上 / ha—明显地 / arthaḥ—金钱 / yataḥ—从……的 / eva—事实上 / bhogaḥ—感官享乐 / abhoginaḥ—不进行感官享乐之人的 / ayam—这 / tava—你的 / vipra—博学的布茹阿玛纳啊 / dehaḥ—躯体 / pīvā—胖 / yataḥ—怎么会 / tat—那事实 / vada—请告诉 / naḥ—我们 / kṣamam—原谅 / cet—如果我问了一个无礼的问题

译文 布茹阿玛纳啊！满怀超然知识的您没事做，所以就这样躺着。也可以理解，您没钱进行感官享乐。既然这样，您的身体怎么变得如此肥胖？如果您不认为我提的问题冒失无礼，就请您解释事情怎么会是这样的。

要旨　致力于灵性进步的人一般一天只吃一次食物，吃的时间要么是在下午，要么是在傍晚。人如果一天只吃一次，自然就不会变胖。然而，这位博学之人相当胖，因此帕拉德王很惊讶。由于对觉悟自我深有体悟，超然主义者无疑变得面庞发亮。在觉悟自我的路途上十分进步的人，必然被认为是拥有一个布茹阿玛纳(brāhmaṇa)的身体。那位脸庞发亮的圣洁之人躺在地上不工作，但却相当肥胖，这使得帕拉德王十分困惑，所以想向他询问其中的缘由。

第19节

कविः कल्पो निपुणदृक्चित्रप्रियकथः समः ।
लोकस्य कुर्वतः कर्म शेषे तद्वीक्षितापि वा ॥१९॥

kaviḥ kalpo nipuṇa-dṛk
citra-priya-kathaḥ samaḥ
lokasya kurvataḥ karma
śeṣe tad-vīkṣitāpi vā

kaviḥ—十分博学 / kalpaḥ—精明强干 / nipuṇa-dṛk—明智的 / citra-priya-kathaḥ—能够说令人心愉快的动听话语 / samaḥ—平静 / lokasya—人民大众的 / kurvataḥ—致力于 / karma—功利性活动 / śeṣe—你躺下 / tat-vīkṣitā—看他们大家 / api—虽然 / vā—或者

译文　您看上去从所有的方面都很博学、有经验、有智慧。您可以给予精彩的演讲，讲述让人听了心中愉快的事。您看到人们都在忙于功利性活动，但自己却躺在这里不做任何事。

要旨 帕拉德王研究圣洁之人的身体特征；利用相面术，帕拉德王可以了解那位圣人虽然躺在地上不做任何事，但却是个有智慧、经验丰富之人。所以很自然，帕拉德想问他为什么躺在那里什么都不做。

第 20 节

श्रीनारद उवाच
स इत्थं दैत्यपतिना परिपृष्टो महामुनिः ।
स्मयमानस्तमभ्याह तद्वागमृतयन्त्रितः ॥२०॥

śrī-nārada uvāca
sa ittham daitya-patinā
paripṛṣṭo mahā-muniḥ
smayamānas tam abhyāha
tad-vāg-amṛta-yantritaḥ

śrī-nāradaḥ uvāca—伟大的圣人纳茹阿达·牟尼说 / saḥ—那(躺着的)圣洁之人 / ittham—就这样 / daitya-patinā—由戴提亚的君王(帕拉德王) / paripṛṣṭaḥ—充分地问问题 / mahā-muniḥ—伟大的圣洁之人 / smayamānaḥ—微笑 / tam—向他(帕拉德王) / abhyāha—准备给予回答 / tat-vāk—他话语的 / amṛta-yantritaḥ—被……的甘露所迷住

译文 纳茹阿达·牟尼继续道：戴提亚的君王帕拉德这样询问那位圣洁之人时，圣洁之人感到沐浴在他这番甘露般的话语中很受吸引，于是微笑着回答帕拉德王提出的问题。

第 21 节

श्रीब्राह्मण उवाच
वेदेदमसुरश्रेष्ठ भवान्नन्वार्यसम्मतः ।
ईहोपरमयोर्नृणां पदान्यध्यात्मचक्षुषा ॥२१॥

śrī-brāhmaṇa uvāca
vededam asura-śreṣṭha
bhavān nanv ārya-sammataḥ
īhoparamayor nṝṇāṁ
padāny adhyātma-cakṣuṣā

śrī-brāhmaṇaḥ uvāca－布茹阿玛纳回答道 / veda－很清楚地知道 / idam－所有这些事情 / asura-śreṣṭha－恶魔中最优秀的人啊 / bhavān－你 / nanu－事实上 / ārya-sammataḥ－其活动受到文明之人的认可 / īhā－倾向的 / uparamayoḥ－减少的 / nṝṇām－人民大众的 / padāni－不同的阶段 / adhyātma-cakṣuṣā－经由超然的眼睛

译文 圣洁的布茹阿玛纳说：啊，恶魔中最优秀的人，受到进步的文明人赞美的帕拉德王！你内在超然的眼睛使你意识到生命的不同阶段，用那眼睛，你可以看到人的品性、资格，从而清楚地知道对事物接受和拒绝的真正结果。

要旨 像帕拉德王那样纯粹的奉献者，因为做奉爱服务而具有纯净的视力，所以能明白他人的想法。像帕拉德王那样的奉献者，能够毫不困难地研究他人的品质和性格。

第 22 节

यस्य नारायणो देवो भगवान् हृद्गतः सदा ।
भक्त्या केवलयाज्ञानं धुनोति ध्वान्तमर्कवत् ॥२२॥

yasya nārāyaṇo devo
bhagavān hṛd-gataḥ sadā
bhaktyā kevalayājñānaṁ
dhunoti dhvāntam arkavat

yasya－谁的 / nārāyaṇaḥ devaḥ－至尊人格首神纳茹阿亚纳 / bhagavān－至尊主 / hṛt-gataḥ－在内心深处 / sadā－总是 / bhaktyā－靠奉爱服务 / kevalayā－仅仅 / ajñānam－愚昧 / dhunoti－清除 / dhvāntam－黑暗 / arka-vat－如同太阳

译文 由于你是纯粹奉献者，绝对拥有一切财富的至尊人格首神纳茹阿亚纳在你心中占主导地位。祂总是驱散一切愚昧的黑暗，恰似太阳驱散宇宙的黑暗。

要旨 梵文“仅仅靠奉爱服务(bhaktyā kevalayā)”一句表明，仅仅靠做奉爱服务，人就能完整地了解所有的知识。奎师那是一切知识的主人(aiśvaryasya samagrasya vīryasya yaśasaḥ śriyaḥ)。至尊主处在每一个生物体的心中(īśvaraḥ sarva-bhūtānāṁ hṛd-deśe ’rjuna tiṣṭha-ti)，当祂对某个奉献者感到满意时，祂就会给予那奉献者指示。然而，至尊主只给奉献者以指示，使其能够在奉爱服务中变得越来越进步。对非奉献者，至尊主根据他们投靠的方式给予指导。“仅仅靠奉爱服务(bhaktyā kevalayā)”一句，是在说纯粹奉献者。圣维施瓦纳特·查夸瓦尔提·塔库尔解释说，“仅仅靠奉爱服务”的意思是：不混杂功利性活动或知识思辨的服务(jñāna-karmādy-amiśrayā)”。只投靠在至尊主的莲花足旁，可以使奉献者得到一切启明和体悟。

第 23 节

तथापि ब्रूमहे प्रश्नांस्तव राजन् यथाश्रुतम् ।
सम्भाषणीयो हि भवानात्मनः शुद्धिमिच्छता ॥२३॥

tathāpi brūmahe praśnāṁs
tava rājan yathā-śrutam
sambhāṣaṇīyo hi bhavān
ātmanaḥ śuddhim icchatā

tathāpi—仍然 / brūmahe—我应该回答 / praśnān—所有的问题 / tava—你的 / rājan—君王啊 / yathā-śrutam—按我从权威人士那里学到的 / sambhāṣaṇīyaḥ—适合对……说话 / hi—事实上 / bhavān—你 / ātmanaḥ—自我的 / śuddhim—净化 / icchatā—经由渴望之人

译文　我亲爱的君王，你虽然知道一切，但却还是问问题，我将尽量按我从权威人士那里听来的给予回答。在这种情况下，我无法保持沉默，因为想要净化自我的人就适合对你这样的人说话。

要旨　圣洁之人不想要对随便什么人说话，因此显得严肃和沉默。普通人一般并不需要人给予忠告。尽管有时出于巨大的仁慈，圣洁之人会对普通人说话，但经典中说，人除非准备接受教导，否则圣洁之人不该对他说话。但至于帕拉德王，由于他并非普通人，所以他无论问什么问题，都应该给予回答，即使问的对象是伟大、崇高的人物也不例外。正因为如此，那位圣洁的布茹阿玛纳没有再继续保持沉默，而是开始作答。但是，他所给予的回答并不是他自己杜撰的。他通过说“如我从权威人士那里听说的(yathā-śrutam)”一句加以说明。在师徒传承(paramparā)中，当问题是有诚意的真正问题时，得到的回答也是真正有权威性的。没人该试图自编答案。人必须参考启示经典(śāstra)，按照韦达知识给予回答。梵文“就如我从权威人士那里学到的(yathā-śrutam)”一句，是指韦达知识。韦达经(Vedas)之所以被称为施茹提(śruti)，是因为那知识是从权威人士那里接收到的。韦达经中的说明被称为靠聆听权威人士的讲述所得到的证据(śruti-pramāṇa)。我们应该从韦达经或韦达文献(śruti)中引述证据；这样，我们所说的话就会是正确的；否则，人所说的话只是内心杜撰出的。

第24节

तृष्णया भववाहिन्या योग्यैः कामैरपूर्यया ।
कर्माणि कार्यमाणोऽहं नानायोनिषु योजितः ॥२४॥

tṛṣṇayā bhava-vāhinyā
yogyaiḥ kāmair apūryayā
karmāṇi kāryamāṇo 'haṁ
nānā-yoniṣu yojitaḥ

tṛṣṇayā－因物质欲望 / bhava-vāhinyā－在物质自然法律的控制下 / yogyaiḥ－恰当地 / kāmaiḥ－由物质欲望 / apūryayā－一个接一个地没有止境 / karmāṇi－活动 / kāryamāṇaḥ－一直被迫从事 / aham－我 / nānā-yoniṣu－在各种生命形式中 / yojitaḥ－为生存而苦苦挣扎

译文 贪得无厌的物质欲望使我在物质自然的浪涛中随波逐流，从而忙于各种活动，在不同的生命形式中为生存而苦苦挣扎。

要旨 生物只要还想满足各种各样的物质欲望，就必然会一个接一个不断地更换躯体。圣维施瓦纳特・查夸瓦尔提・塔库尔解释说，正如一根小草掉进河水，随着各种木头和树枝在水中漂流，生物在物质存在的海洋中漂流，在物质处境中颠沛流离，遭到猛烈的撞击。这称为在物质存在中苦苦挣扎。一种功利性活动导致生物接收一类躯体，并因为在那个躯体中所从事的活动而制造出另一种躯体。因此，我们必须停止从事这些物质活动，而人体生命形式就给了我们这个机会。我们尤其应该用自己的精力为至尊主做服务，因为这样做，物质主义的活动自然就会停止。人必须通过投靠、服从至尊主实现自己的愿望，因为至尊主知道如何满足那些愿望。人即使有物质欲望，也应该致力于为至尊主做奉爱服务。那将净化一个人，使其不再为生存而苦苦挣扎。

akāmaḥ sarva-kāmo vā
　moksa-kāma udāra-dhīḥ
tīvreṇa bhakti-yogena
　yajeta puruṣaṁ param

“有高度智慧的人，无论内心是充满各种物质欲望，是根本没有物质欲望，还是想要得到解脱，都必须用尽所有的方法崇拜至尊的整体——人格首神。”(《圣典博伽瓦谭》2.3.10)

anyābhilāṣitā-śūnyaṁ
　jñāna-karmādy-anāvṛtam

ānukūlyena kṛṣṇānu-
śīlanaṁ bhaktir uttamā

“人应该善意地为至尊主奎师那做超然的爱心服务，而不想靠从事功利性活动或哲学思辨得到物质利益。那称为纯粹的奉爱服务。”(《奉爱服务的纯粹甘露之洋》1.1.11)

第25节

यदृच्छया लोकमिमं प्रापितः कर्मभिर्भ्रमन् ।
स्वर्गापवर्गयोर्द्वारं तिरश्चां पुनरस्य च ॥२५॥

yadṛcchayā lokam imaṁ
prāpitaḥ karmabhir bhraman
svargāpavargayor dvāraṁ
tiraścāṁ punar asya ca

yadṛcchayā—被物质自然的波浪携带 / lokam—人体 / imam—这 / prāpitaḥ—获得 / karmabhiḥ—受各种功利性活动的影响 / bhraman—从一种生命形式游荡到另一种生命形式 / svarga—到天堂星球 / apavargayoḥ—解脱 / dvāram—大门 / tiraścām—低等生命物种 / punaḥ—再次 / asya—人类的 / ca—和

译文　在由不值得要的物质感官享乐引起的功利性活动所导致的进化过程中，我得到了这个人体。这个人体既可以将我引向天堂星球，使我解脱，也可以使我进入低等物种或在人类中重新出生。

要旨　这个物质世界里的众生都在物质自然法律的裁定下经历生死轮回。这种在不同的物种中与生死奋争的过程，可以被称为进化过程。然而在西方世界，这种过程遭到错误的解释。达尔文的“从动物演化到人”的进化论并不完整，因为那理论并没有谈到反方向的变化，也就是：从人下降到动物。但这节诗文基于韦达权威知识，对进化论作出清晰的解释。在进化过程中得到的人体生命，使生物既有机会提升(svargāpavarga)，也有机会坠落(tiraścām punar asya ca)。人如果正确地运用这个人体，就能使自己提升到高等星系去，在那里要么享受比这个星球能得到的大千万倍的物质快乐；要么培养能使自己跳脱进化程序，恢复自己原本的灵性生活的知识。这称为解脱(apavarga)。

物质生活被称为帕瓦尔嘎(pavarga)，因为我们处在以pa、pha、ba、bha和ma这五个梵文字母为代表的五种痛苦状态中。梵文字母pa的意思是辛苦劳作(pariśrama)。Pha的意思是口吐白沫(phena)，例如：我们有时会看到马匹因为沉重的体力劳动而口吐白沫。Ba的意思是沮丧(byarthatā)；尽管我们辛苦劳作，但到头来却感到很沮丧。Bha的意思是恐惧(bhaya)。在物质生活中，人总是身处恐惧的烈火中，因为没人知道下一步会发生什么。最后，ma的意思是死亡(mṛtyu)。人以正确的方式努力消除辛苦劳作、口吐白沫、沮丧、恐惧和死亡这五种痛苦的生活状态时，就会从物质存在的惩罚中得到解脱(apavarga)。

梵文“低等生命物种(tiraścām)”是指堕落的生活。当然，人体生命给生物提供一个得到最佳生活状况的机会。正如西方人以为，从猴子演变成人类，而人类的生活状况更舒适。但是，倘若生物不利用人体生命争取提升(svarga)和解脱(apavarga)，他就会再次堕落，过狗和猪那样的动物生活。因此，明智之人必须考虑自己是要提升自己到更高的星球，准备使自己摆脱进化程序，还是再次经历在高等或低等生命形式中的进化过程。人如果虔诚活动，就可以被提升到高等星系或得到解脱，返回家园，回到首神身边；否则，人就会被降级，过狗和猪等的生活。正如《博伽梵歌》第9章的第25节诗所解释的：崇拜半神人的人，将在半神人中投生(yānti deva-vratā devān)。那些有志于被提升到高等星系(Devaloka或Svargaloka)的人，必须准备这样做。同样，人如果想要解脱，想要回归家园，回到首神身边，就应该为达到这一目的而努力。

我们的奎师那意识运动教导人们如何回归家园，回到首神身边，因此是可以为人类社会提供最高利益的运动。《博伽梵歌》第13章的第22节诗中明确地说：与物质自然三种属性的接触，使生物得到不同种类的躯体(kāraṇaṁ guṇa-saṅgo 'sya sad-asad-yoni janmasu)。人在这一生与善良、激情和愚昧这三种物质属性的接触，使其在下一生得到相应的躯体。现代文明不知道生物虽然永恒，但却因为与物质自然属性的接触而被置于不同的疾病状态中，也就是许多不同的物种中。现代文明对自然法律一无所知。

prakṛteḥ kriyamāṇāni
guṇaiḥ karmāṇi sarvaśaḥ
ahaṅkāra-vimūḍhātmā
kartāham iti manyate

“灵魂受假我的迷惑，以为是自己在活动，却不知道，其实是物种自然的三种属性在活动。”(《博伽梵歌》3.27)众生都完全处在物质自然严厉律法的控制下。但无赖们认为他们是独立的。他们根本不能独立自主。认为自己可以独立自主是愚蠢的想法。愚蠢的文明极其危险；为此，奎师那意识运动努力使人们了解他们完全处在物质自然严厉法律的控制下；努力拯救人们，使他们不成为奎师那强大的外在能量玛亚(māyā)的受害者。在物质法律背后的，是至高无上的控制者奎师那(mayādhyakṣeṇa prakṛtiḥ sūyate sacarācaram)。正因为如此，人如果投靠奎师那(mām eva ye prapadyante māyām etāṁ taranti te)，就可以立刻摆脱物质自然的控制(sa guṇān samatītyaitān brahma-bhūyāya kalpate)。这应该是生活的目标。

第26节

तत्रापि दम्पतीनां च सुखायान्यापनुत्तये ।
कर्माणि कुर्वतां दृष्ट्वा निवृत्तोऽस्मि विपर्ययम् ॥२६॥

tatrāpi dam-patīnāṁ ca
sukhāyānyāpanuttaye
karmāṇi kurvatāṁ dṛṣṭvā
nivṛtto 'smi viparyayam

tatra—那里 / api—也 / dam-patīnām—通过结婚在一起的男人和女人的 / ca—和 / sukhāya—为了享乐，尤其是性生活的享乐 / anyāpanuttaye—为回避痛苦 / karmāṇi—功利性活动 / kurvatām—总是致力于 / dṛṣṭvā—通过观察 / nivṛttaḥ asmi—我现在停止(这类活动) / viparyayam—相反的

译文 在这个人体生命形式中，男人和女人为性享乐而结合，但我们透过实际经验观察到，他们没人真正感到快乐。看到这事与愿违的结果，我不再参与物质活动。

要旨 正如帕拉德王所说：以谈论性、阅读描写性的文字或享受性生活为表现，以依恋家庭、社会、友情等为基础的各种物质快乐，其实都毫无价值(yan maithunādi-gṛhamedhi-sukhaṁ hi tuc-cham)。男人和女人都追求性享乐；当他们通过举行结婚典礼结合在一起时，他们在一段时间内感到快乐，但最终就会彼此争吵。正因为如此，社会上有那么多的分居和离婚案件。尽管事实上所有的男人和女人都渴望通过性结合享受生活，但结果却是分开和苦恼。推荐男女结婚是一种让步，以便对性生活加以限制。至尊人格首神在《博伽梵歌》中也推荐这种做法说：不违反宗教原则的性生活是奎师那(dharmāviruddho bhūteṣu kāmo 'smi)。每一个生物体都总是渴望享受性生活，因为物质主义者的生活就是由吃、睡、性和恐惧构成。在动物生活中，吃、睡、性享乐和恐惧无法受到管理控制，但对人类社会的计划是：尽管人像动物一样必须吃、睡、享受性生活和防卫自己，但这些活动应该受到管理控制。就有关吃，韦达文明推荐说：人应该吃给奎师那供奉过的食

物(yajña-śiṣṭa)——帕萨达(prasāda)。《博伽梵歌》第3章的第13节诗说："至尊主的奉献者免于一切罪恶，因为他们吃供奉过的食物。其他为满足个人感官而准备食物的人，吃的实际只是罪恶(yajña-śiṣṭāśinaḥ santo mucyante sarva-kilbiṣaiḥ)。"在物质生活中，人们从事罪恶活动，尤其是在吃这方面，结果因为罪恶活动而受到自然法律的制裁，接受另一个作为惩罚所强制给予的躯体。性和吃都是必不可少的，因此它们在有韦达方式约束的情况下提供给人类社会，以便人们按照韦达训谕吃、睡、享受性生活及受保护免于恐惧，从而逐渐得到提升，从被物质存在的惩罚中解脱出去。为此，作为一种让步，韦达训谕规定人类社会有婚姻制，以便让男人和女人通过婚姻仪式结合在一起，互相帮助，在灵性生活中共同取得进步。不幸的是，尤其在这个年代中，男人和女人的结合是为了不受制约地进行性享乐。他们就这样遭受痛苦，被迫投生到动物的躯体中，以满足他们动物性的倾向。正因为如此，韦达训谕警告说：在所有接受了这个世界里的物质躯体的生物中，被赐予人体的生物不该只为获得就连狗和吃粪便的猪都能得到的感官享乐而夜以继日地辛勤工作(nāyaṁ deho deha-bhājāṁ nṛloke kaṣṭān kāmān arhate viḍ-bhujāṁ ye)。人不该像猪一样享受性生活，而且什么都吃，甚至到了吃粪便的程度。人应该吃给神像供奉过的食物帕萨达，应该按照韦达训谕的规定享受性生活。他应该致力于培养奎师那意识，应该使自己从物质存在的可怕处境中得到拯救，睡觉应该只是为了让辛勤工作后劳累的身体恢复体力。

那位博学的布茹阿玛纳说：既然一切都被功利性活动者所误用，他便退出了所有的功利性活动。

第27节

सुखमस्यात्मनो रूपं सर्वेहोपरतिस्तनुः ।
मनःसंस्पर्शजान्दृष्ट्वा भोगान् स्वप्स्यामि संविशन् ॥२७॥

sukham asyātmano rūpaṁ
sarvehoparatis tanuḥ
manaḥ-saṁsparśajān dṛṣṭvā
bhogān svapsyāmi saṁviśan

sukham—快乐 / asya—他的 / ātmanaḥ—生物的 / rūpam—自然状态 / sarva—一切 / īha—物质活动 / uparatiḥ—完全停止 / tanuḥ—它展示的媒介 / manaḥ-saṁsparśa-jān—产自对感官享乐的要求 / dṛṣṭvā—看后 / bhogān—感官享乐 / svapsyāmi—我沉默地坐着，深入思考有关这些物质活动 / saṁviśan—进入这样的活动

译文 对生物来说，灵性的快乐——真正的快乐，是生命的真正形式。这种快乐只有在人停止一切物质活动后才能得到。物质的感官享乐只不过是一种想象。考虑到这一点，我停止一切物质活动，躺在了这里。

要旨 这节诗文解释了假象宗(Māyāvādī)哲学和外士纳瓦(Vaiṣṇava)哲学之间的区别。假象宗人士和外士纳瓦都知道，物质性的活动没有快乐。因此，假象宗哲学坚持说，只有梵是真实的，物质世界是假的(brahma satyaṁ jagan mithyā)，所以要避免从事不真实的物质性活动。他们想要停止一切活动，融入至尊梵(Brahman)。然而，按照外士纳瓦哲学，如果仅仅是停止物质性的活动，人不可能长时间保持不活动的状态，所以每一个人都该致力于从事灵性活动；那将最终解决在这个物质世界中受苦的问题。因此，经典中说，假象宗哲学家们虽然努力避免物质性的活动，争取融入梵光，但哪怕他们真的融入了梵光，也会因为没有活动而再次坠落，从事物质性的活动(āruhya kṛcchreṇa paraṁ padaṁ tataḥ patanty adhaḥ)。所以，所谓的弃绝者无法保持一直不断地冥想梵，于是便通过开设医院和兴办学校等回头从事物质性的活动。正因为如此，仅仅靠培养“物质性的活动无法给人快乐，所以应该停止这种活动”的知识，并不足够。人应该停止物质性的活动，开始从

事灵性活动。这样才能根本解决问题。灵性活动是按照至尊主奎师那的命令从事的活动(ānukūlyena kṛṣṇānuśīlanam)。人如果按照奎师那所说的一切活动，他的活动就不是物质性的。例如：当阿尔诸纳(Arjuna)遵从奎师那的命令作战时，他的活动便不是物质性的。为感官享乐而奋斗是物质性的活动，但按照奎师那的命令而奋斗是灵性的活动。从事灵性的活动使人变得有资格回归家园，回到首神身边，在那里享受永恒极乐的生活。这个物质世界里的一切都不过是内心杜撰出的，所以不会给我们以真正的快乐。因此，解决问题的实际方式是，停止从事物质性活动，致力于从事灵性活动。《博伽梵歌》中说：应该把活动当祭祀奉献给维施努，否则活动就会把人捆绑在物质世界里(yajñārthāt karmaṇo 'nyatra loko 'yaṁ karma-bandhanaḥ)。我们工作的目的如果是为了取悦至尊主雅格亚(Yajña)——维施努(Viṣṇu)，那我们过的就是解脱了的生活。不能这样做的人，继续过受制约的生活。

第 28 节

इत्येतदात्मनः स्वार्थं सन्तं विस्मृत्य वै पुमान् ।
विचित्रामसति द्वैते घोरामाप्नोति संसृतिम् ॥२८॥

ity etad ātmanaḥ svārthaṁ
santaṁ vismṛtya vai pumān
vicitrām asati dvaite
ghorām āpnoti saṁsṛtim

iti—就这样 / etat—受物质制约的人 / ātmanaḥ—他自己的 / sva-artham—自己的兴趣 / santam—存在于自我之中 / vismṛtya—忘记 / vai—事实上 / pumān—生物 / vicitrām—有吸引力的虚假的多样化 / asati—在物质世界里 / dvaite—除了自我 / ghorām—十分可怕(由于一直不断地生与死) / āpnoti—变得纠缠不清 / saṁsṛtim—在物质存在中

译文　住在躯体中的受制约的灵魂，因为与躯体认同而就这样忘记自己的真正利益。由于躯体是物质的，他自然也就受物质世界多样化的吸引。这使生物受物质存在痛苦的折磨。

要旨　每一个生物都在为快乐而努力，因为正如前一节诗所解释的：生物在他原本的灵性形象中自然是快乐的(sukham asyātmano rūpaṁ sarvehoparatis tanuḥ)。对灵性的生物来说，根本就不存在痛苦的问题。正如奎师那永远是快乐的，作为祂不可缺少的一部分的生物，本性使然也是快乐的；但由于被置于这个物质世界中，忘了他们与奎师那永恒的关系，他们遗忘了自己真正的本性。由于我们每一个人都是奎师那所属的一部分，我们与祂有着充满深情的关系。但我们因为忘了自己的真实身份，把物质躯体当做是自我，所以备受由生老病死引起的一切烦恼的折磨。这种错误的物质化的生命概念，直到人了解自己与奎师那的关系后才得以去除。正如下一节诗文所解释的，受制约的灵魂所追寻的快乐，无疑不过是错觉而已。

第29节

जलं तदुद्भवैश्छन्नं हित्वाज्ञो जलकाम्यया ।
मृगतृष्णामुपाधावेत्तथान्यत्रार्थदृक्स्वतः ॥२९॥

jalaṁ tad-udbhavaiś channaṁ
hitvājño jala-kāmyayā
mṛgatṛṣṇām upādhāvet
tathānyatrārtha-dṛk svataḥ

jalam—水 / tat-udbhavaiḥ—被从水中生长出的草 / channam—覆盖住的 / hitvā—放弃 / ajñaḥ——头愚蠢的动物 / jala-kāmyayā—想要喝水 / mṛgatṛṣṇām—海市蜃楼 / upādhāvet—追逐 / tathā—同样地 / anyatra—在其他地方 / artha-dṛk—自我的利益 / svataḥ—在自我中

译文　正如一头鹿因为无知而看不到被草盖住井口的井里有水，却跑到其他地方去找水；被物质躯体包裹住的生物，看不到自己内在的快乐，而是在物质世界里追求快乐。

要旨　这个例子精确地描述了生物是如何因为缺乏知识而在自己之外寻求快乐的。人一旦了解自己作为灵性生物的真实身份，就能了解至高无上的灵性生物奎师那，以及自我与奎师那之间交流的真正快乐。值得注意的是：这节诗指出，物质躯体从灵性的灵魂发展而来。现代物质主义科学家以为生命来自物质，但事实真相是，物质来自生命。生命——灵性的灵魂，在此被比喻为是水，从水中长出草丛——物质团块。不了解有关灵性灵魂的科学知识的人，就像不知道草下有水而去沙漠中寻找水的鹿一样，不向身体的内在去寻找灵魂的快乐，而是向外寻求快乐。奎师那意识运动努力去除试图在生命之外寻找水的被误导之人的愚昧。奎师那是一切甜美滋味的源头(raso vai saḥ)。水的滋味是奎师那(raso 'ham apsu kaunteya)。要解渴的人必须通过与奎师那接触品尝水的滋味。这是韦达训谕。

第 30 节

देहादिभिर्दैवतन्त्रैरात्मनः सुखमीहतः ।
दुःखात्ययं चानीशस्य क्रिया मोघाः कृताः कृताः ॥३०॥

dehādibhir daiva-tantrair
ātmanaḥ sukham īhataḥ
duḥkhātyayaṁ cānīśasya
kriyā moghāḥ kṛtāḥ kṛtāḥ

deha-ādibhiḥ一用身、心、假我和智力 / daiva-tantraiḥ一在更高力量的控制下 / ātmanaḥ一自我的 / sukham一快乐 / īhataḥ一追寻 / duḥkha-atyayam一痛苦情况的减少 / ca一也 / anīśasya一完全受物质自

然控制的生物的 / kriyāḥ－计划和活动 / moghāḥ kṛtāḥ kṛtāḥ－变得一再受挫

译文 生物试图得到快乐，使自己摆脱痛苦的根源，但得到的各种躯体因为都完全处在物质自然的控制下，所以在不同的躯体中制定的全部计划都一个接一个地以失败而告终。

要旨 物质主义者因为对物质自然法律按照他从事的功利性活动而作出裁决这一点一无所知，所以错误地制定计划，要通过所谓的经济发展、积累功德，以便被提升到更高星系去等多种方法，使自己在人体生命形式中享受躯体的舒适。然而事实是：他成为自己从事的功利性活动所引发的反应的受害者。至尊人格首神作为超灵处在众生的内心深处。正如《博伽梵歌》第15章的第15节诗记载，至尊主说：

sarvasya cāhaṁ hṛdi sanniviṣṭo
mattaḥ smṛtir jñānam apohanaṁ ca

“我在众生的心中。记忆、知识和遗忘都来自我。”超灵作为监督者(upadraṣṭā)观察生物的欲望和活动，并命令物质自然满足生物的各种欲望。正如《博伽梵歌》第18章的第61节诗明确地说：

īśvaraḥ sarva-bhūtānāṁ
hṛd-deśe 'rjuna tiṣṭhati
bhrāmayan sarva-bhūtāni
yantrārūḍhāni māyayā

至尊主处在每一个人的心中，按照生物的欲望赐予各种类型的如机器般的躯体。生物乘坐着这样的机器，在物质自然和其不同属性的控制下，于宇宙各处游荡。因此，生物根本不能自由行事，而是完全在物质自然的控制下行事，物质自然则完全受至尊人格首神的控制。

生物只要还受想主宰物质自然的物质欲望的欺骗，就会受听命于至尊主的物质自然的控制。结果是：人一再地制定计划，一再地被挫败。然而，这种愚蠢之人看不到自己被挫败的原因。《博伽梵歌》中明确地谈到这原因说：人因为不投靠至尊人格首神，所以必然在物质自然及其严厉律法的控制下做事(daivī hy eṣā guṇa-mayī mama māyā duratyayā)。摆脱这束缚的唯一方法是投靠至尊主。在人体生命形式中，生物必须接受至尊人奎师那的指示，即："不要为得到快乐和去除痛苦而制定任何计划；你永远都不会获得成功。你唯一做的应该是投靠、服从我(sarva-dharmān parityajya mām ekaṁ śaraṇaṁ vraja)。"但不幸的是，生物不接受至尊主透过《博伽梵歌》所给予的明确指示，结果便无限期地受物质自然法律的控制。

《博伽梵歌》中说：应该把活动当祭祀奉献给维施努，否则活动就会把人捆绑在物质世界里(yajñārthāt karmaṇo 'nyatra loko 'yaṁ karma-bandhanaḥ)。人如果不为取悦被称为雅格亚或维施努的主奎师那而做事，就必然受到功利性活动反应的束缚。这些活动和反应分罪恶的(pāpa)和虔诚的(puṇya)。借由虔诚的活动，人被提升到高等星系，而不虔诚的活动使人坠入低等生命物种，在其中承受自然法律的惩罚。在低等生命物种内有进化程序，当生物被囚禁其中所该遭受的惩罚结束时，他就再次被赐予人体生命，获得可以决定自己命运的机会。如果他再次错失良机，那他就再次被置于生死轮回圈内，在物质存在之轮(saṁsāra-cakra)中旋转，有时上升，有时下降。正如轮子的各个部分有时下降、有时上升，物质自然的严厉律法，使物质存在内的生物时而快乐、时而痛苦。下一节诗中描述了生物是如何在苦乐的循环中受苦的。

第 31 节

आध्यात्मिकादिभिर्दुःखैरविमुक्तस्य कर्हिचित् ।
मर्त्यस्य कृच्छ्रोपनतैरर्थैः कामैः क्रियेत किम् ॥३१॥

ādhyātmikādibhir duḥkhair
avimuktasya karhicit
martyasya kṛcchropanatair
arthaiḥ kāmaiḥ kriyeta kim

ādhyātmika-ādibhiḥ一由自己的身心造成的痛苦(adhyātmika)、由大自然造成的痛苦(adhidaivika)和由其他生物体造成的痛苦(adhibhautika) / duḥkhaiḥ一被物质生活的三重痛苦 / avimuktasya一没有摆脱这类痛苦处境的人的(或受制于生老病死的人的) / karhicit一有时 / martya-sya一受死亡控制的生物体的 / kṛcchra-upanataiḥ一因剧烈的痛苦而得到的事物 / arthaiḥ一即使得到一些利益 / kāmaiḥ一可以实现一个人的物质欲望的…… / kriyeta一他们做什么 / kim一及这类痛苦有什么价值

译文 物质主义者的活动，总是与身心造成的痛苦、其他生物体制造的痛苦及大自然造成的痛苦这三种痛苦混在一起。因此，即使靠从事这类活动获得成功，那成功又有什么益处？他仍受到生、老、病、死及自己业报的控制。

要旨 按照物质性的生命概念判断：一个穷人倘若在辛辛苦苦地劳作后，在人生结束时得到一些物质利益，即使正在承受由自己的身心造成的痛苦(adhyātmika)、其他生物体造成的痛苦(adhibhautika)和大自然制造的痛苦(adhidaivika)时再次死亡，也被认为是成功的。没人能逃脱与自己的身心有关的痛苦，由社会、团体、国家和其他生物体制造的痛苦，以及地震、饥荒、干旱、洪水和传染病等自然打击造成的痛苦折磨。如果一个人辛辛苦苦地工作，同时承受这三种苦，随后成功地得到一点点利益，那么这样的利益有什么价值可言？除此之外，功利性活动者(karmī)即使成功地积累一些物质财富，也还是不能享受它，因为他必然会悲愤不平地死去。我甚至看到一个将死之人祈求医生努力将他的寿

命延长四年，以便他能够完成自己的物质计划。当然，医生并没能成功地延长那人的寿命，那人于是十分悲愤不平地死去。所有的人都必然会这样死去，物质自然考虑到人的内心状态后，就给予其在另一个不同的躯体中实现自己愿望的另一次机会。为物质快乐而制定的物质计划没有价值，但我们却在错觉能量的迷惑下认为它们极有价值。世上有许多政治家、社会改革家和哲学家，在没有从他们的计划中得到任何具体价值的情况下十分痛苦地死去。因此，头脑清醒的明智之人从不想在承受三种苦的情况下辛苦工作，只是为了沮丧地死去。

第 32 节

पश्यामि धनिनां क्लेशं लुब्धानामजितात्मनाम् ।
भयादलब्धनिद्राणां सर्वतोऽभिविशङ्किनाम् ॥३२॥

paśyāmi dhanināṁ kleśaṁ
lubdhānām ajitātmanām
bhayād alabdha-nidrāṇāṁ
sarvato 'bhiviśaṅkinām

paśyāmi－我可以实际看到 / dhaninām－十分富有之人的 / kleśam－痛苦 / lubdhānām－极度贪婪的人 / ajita-ātmanām－是自己感官的受害者的人 / bhayāt－由于恐惧 / alabdha-nidrāṇām－承受失眠之苦的人 / sarvataḥ－从所有的方面 / abhiviśaṅkinām－尤其恐惧的

译文　那位布茹阿玛纳继续说：我亲眼看到一个成为自己感官受害者的富人，贪婪地积累钱财，结果即使腰缠万贯，却因为处处害怕而遭受失眠的痛苦。

要旨　贪婪的资本家在承受许多痛苦的情况下积累财富，结果是：由于他们用不诚实的手段积累金钱，他们的心总是很不安宁。这使他们在夜晚无法入睡，他们必须吃安眠药使自己的心平静下来以便能够入睡；有时就连药物都不起作用。因此，费心费力积累起的金钱无疑并没有使他们感到快乐，相反只感到痛苦。如果一个人内心总是很乱，那么获得一个舒适的环境有什么用？为此，纳若塔玛·达斯·塔库尔(Narottama dāsa Ṭhākura)歌唱道：

saṁsāra-biṣānale, dibāniśi hiyā jvale,
juḍāite nā kainu upāya

“物质享乐毒药般的结果使我受苦。我的心因此而总在燃烧，几乎到达崩溃的边缘。”贪婪的资本家毫无必要地积累财富的结果是：他必须承受被焦虑的大火烧灼的痛苦，一直不断地想着该如何保住他的金钱，并以正确的方式投资，以便得到更多的金钱。这样一种生活无疑不是很快乐，但物质主义者在错觉能量的迷惑下却致力于这样的活动。

谈到我们的奎师那意识运动，我们靠神的恩典，通过销售我们的文献，自然得到金钱。销售这文献并不是为了我们自己的感官享乐。为了拓展奎师那意识运动，我们需要许多资源，奎师那于是为我们提供我们完成这使命所需要的资金。奎师那的使命是将奎师那意识运动扩展至全世界，为了达到这一目的，我们当然需要足够的资金。因此，按照圣茹帕·哥斯瓦米·帕布帕德(Rūpa Gosvāmī Prabhupāda)的忠告，我们不该嫌弃能够帮助我们拓展奎师那意识运动的金钱。圣茹帕·哥斯瓦米在他的《奉爱服务的纯粹甘露之洋》(Bhakti-rasāmṛta-sindhu)第1篇第2章的第256节诗中说：

prāpañcikatayā buddhyā
hari-sambandhi-vastunaḥ
mumukṣubhiḥ parityāgo
vairāgyaṁ phalgu kathyate

“当人急切地想要获得解脱，因而抛弃与至尊人格首神有关的事物时，尽管那些事物是物质的，他们的做法也被称为是不彻底的弃绝。”能够帮助拓展奎师那意识运动的金钱，不再是物质世界的一部分，我们不该放弃它，认为它是物质的。圣茹帕·哥斯瓦米建议说：

anāsaktasya viṣayān
　yathārham upayuñjataḥ
nirbandhaḥ kṛṣṇa-sambandhe
　yuktaṁ vairāgyam ucyate

“当人什么都不依恋，但同时又接受与奎师那有关的一切时，人就正确地处在超越拥有感的状态中。”(《奉爱服务的纯粹甘露之洋》1.2.255)金钱无疑会大量地到来，但我们不该为感官享乐而依恋这金钱；每一分钱都该用于拓展奎师那意识运动，而不是为了感官享乐。传播知识的人在得到大量的金钱后，一旦将收集来的哪怕一分钱用于个人的感官享乐，就将面临成为错觉能量受害者的危险。奎师那意识运动中负责传播知识的人，应该十分谨慎地不误用拓展这场运动所需要的大量金钱。我们不要让这钱成为我们痛苦的根源；它应该被用来为奎师那做服务，那将使我们得到永恒的快乐。金钱是至尊主纳茹阿亚纳(Nārāyaṇa)的伴侣幸运女神拉珂施蜜(Lakṣmī)。拉珂施蜜必须永远与纳茹阿亚纳在一起，那样就不需要害怕堕落了。

第33节

राजतश्चौरतः शत्रोः स्वजनात्पशुपक्षितः ।
अर्थिभ्यः कालतः स्वस्मान्नित्यं प्राणार्थवद्भयम् ॥३३॥

rājataś cauratah śatroḥ
　sva-janāt paśu-pakṣitaḥ
arthibhyaḥ kālataḥ svasmān
　nityaṁ prāṇārthavad bhayam

rājataḥ—从政府 / cauratah—从盗贼和恶棍 / śatroḥ—从敌人 / sva-janāt—从亲戚 / paśu-pakṣitaḥ—从走兽和飞禽 / arthibhyaḥ—从乞丐和寻求布施的人 / kālataḥ—从时间因素 / svasmāt—以及从个人 /

nityam一总是 / prāṇa-artha-vat一对一个有生命或金钱的人 / bhayam一害怕

译文　那些被视为是在物质上有钱有势的人，总是因为政府法律、盗贼、骗子、敌人、家庭成员、走兽、飞禽、要求布施之人、不可避免的时间因素，甚至自己等各种原因，而心中充满焦虑。他们就这样始终处在恐惧的状态中。

要旨　梵文“从自己(svasmāt)”是指，富有之人因为依恋金钱，甚至害怕他自己。他害怕自己也许把钱锁在了一个不安全的地方，或者也许自己犯了什么错误。除了政府及其所得税，以及盗贼，就连富人自己的亲戚也总是想着如何利用他，拿走他的钱。这些亲戚有时被描述为是“装扮成亲戚的流氓和盗贼(sva janaka-dasyu)”。因此，根本没有必要积累钱财或为了得到越来越多的钱财而努力。人生真正该做的事情是询问“我是谁？”以及了解真正的自我。人应该了解生物在这个物质世界中的地位，了解该如何回归家园，回到首神身边。

第 34 节

शोकमोहभयक्रोधरागक्लैब्यश्रमादयः ।
यन्मूलाः स्युर्नृणां जह्यात्स्पृहां प्राणार्थयोर्बुधः ॥३४॥

śoka-moha-bhaya-krodha-
rāga-klaibya-śramādayaḥ
yan-mūlāḥ syur nṛṇāṁ jahyāt
spṛhāṁ prāṇārthayor budhaḥ

śoka一悲叹 / moha一错觉 / bhaya一恐惧 / krodha一愤怒 / rāga一依恋 / klaibya一贫穷 / śrama一没有必要的劳动 / ādayaḥ一等等 / yatmūlāḥ一这一切的最初原因 / syuḥ一成为 / nṛṇām一人类的 / jahyāt一应该放弃 / spṛhām一欲望 / prāṇa一为了身体的力量或名望 / arthayoḥ一和积累金钱 / budhaḥ一一个智者

译文 人类社会中有智慧的人，应该去除导致悲伤、错觉、恐惧、愤怒、依恋、贫苦及不必要的劳作之根源。这一切的根源就是，想要得到无益的声望和多余的钱财。

要旨 这就是韦达文明与现代邪恶文明之间的区别。韦达文明关心的是如何使人获得对自我的认识，并建议人为此有一点点用以维生的收入即可。人类生活曾被划分为布茹阿玛纳、查锤亚、外夏和庶铎，社会中的成员都会根据自己的基本需要限制自己的努力；尤其是布茹阿玛纳，应该没有物质欲望。查锤亚因为要统治国民，所以需要有金钱和声望。但外夏会满足于生产粮食和牛奶，如果产量超过自己的所需，就被允许做贸易。庶铎也很快乐，因为他们可以从三个更高阶层的成员那里得到食物和保护。然而，在现代邪恶的文明中，根本没有布茹阿玛纳或查锤亚，有的只是所谓的劳工和根本没有生命目标的有钱、浮夸的商人。

按照韦达文明，人生最高的完美是进入弃绝阶层(sannyāsa)，但如今的人们不知道为何要进入弃绝阶层。误解使他们以为出家当和尚是为了逃避社会责任。但事实并非如此。人一般是在灵性生活的第四个阶段进入弃绝阶层。人首先是当贞守生(brahmacārī)，然后成为居士(gṛhastha)，接着退出家庭生活(vānaprastha)，最终进入弃绝阶层(sannyāsī)，通过全心致力于觉悟自我充分利用人的一生。进入弃绝阶层并不意味着挨门挨户地乞讨，为感官享乐而积累金钱。然而，由于喀历年代(Kali-yuga)中的人都或多或少地倾向于感官享乐，经典便不建议人在未完全成熟的时候进入弃绝阶层。圣茹帕·哥斯瓦米在他的《教诲的甘露》中写道：

atyāhāraḥ prayāsaś ca
prajalpo niyamāgrahaḥ
jana-saṅgaś ca laulyaṁ ca
ṣaḍbhir bhaktir vinaśyati

“人从事以下六种活动，会破坏他所做的奉爱服务：(一)吃得过量或积累超过实际需要的钱财；(二)努力追求很难得到的世俗事物；(三)闲扯世俗话题；(四)不是为了灵性进步的缘故，而是仅仅为了遵守而机械地遵守经典规定的规范守则，或者不遵守经典规定的规范守则，随心所欲地独立行事；(五)与满脑子世俗观念、对奎师那意识不感兴趣的人联谊；(六)贪图世俗的成就。”弃绝者应该为传播奎师那意识而建立一个机构，不需要为自己积累金钱。我们建议，我们奎师那意识运动一旦积累起金钱，就该用百分之五十去印刷书籍，另外的百分之五十用以机构的开支，尤其是在全世界建立中心。就有关这一点，奎师那意识运动的管理者们应该极其谨慎。否则，金钱将导致人的悲伤、错觉、恐惧、愤怒、物质性的执著和贫穷，以及不必要的辛苦工作。当我独自在温达文时，我从未尝试兴建庙宇(maṭhā)，而是完全满足于从销售“回归首神”杂志得到的一点点收入，用这些收入维持自己的生活，以及印刷韦达文献。当我去其他国家时，我按照同样的原则生活，但当欧洲人和美国人开始大量地给钱时，我便开始兴建庙宇，建立神像崇拜。大家应该遵守同样的原则。所收集的金钱应该都用来为奎师那做服务，不该花哪怕一分钱进行感官享乐。这是奉爱服务(Bhāgavata)原则。

第 35 节

मधुकारमहासर्पौ लोकेऽस्मिन्नो गुरूत्तमौ ।
वैराग्यं परितोषं च प्राप्ता यच्छिक्षया वयम् ॥३५॥

madhukāra-mahā-sarpau
loke 'smin no gurūttamau
vairāgyaṁ paritoṣaṁ ca
prāptā yac-chikṣayā vayam

madhukāra—从一朵花飞到另一朵花采集花蜜的蜜蜂 / mahā-sarpau—大蛇(不从一个地方移动到另一个地方的蟒蛇) / loke—在世界里 / asmin—这 / naḥ—我们的 / guru—灵性导师 / uttamau—一流的 / vairāgyam—弃绝 / paritoṣam ca—和满足 / prāptāḥ—获得 / yat-śikṣayā—从其教导 / vayam—我们

译文　就有关如何满足于只收集少量所需且留在一地不动，蜜蜂和蛇是以身作则教导我们的两位杰出的灵性导师。

第 36 节

विरागः सर्वकामेभ्यः शिक्षितो मे मधुव्रतात् ।
कृच्छ्राप्तं मधुवद्वित्तं हत्वाप्यन्यो हरेत्पतिम् ॥३६॥

virāgaḥ sarva-kāmebhyaḥ
śikṣito me madhu-vratāt
kṛcchrāptaṁ madhuvad vittaṁ
hatvāpy anyo haret patim

virāgaḥ—超脱 / sarva-kāmebhyaḥ—从所有的物质欲望 / śikṣitaḥ—被教导 / me—对我 / madhu-vratāt—从大黄蜂 / kṛcchra—有巨大的困难 / āptam—获得 / madhu-vat—与蜂蜜一样(“金钱就是蜂蜜”) / vittam—金钱 / hatvā—杀死 / api—甚至 / anyaḥ—另一个 / haret—拿走 / patim—拥有者

译文　从大黄蜂那里，我学到不执著于积累金钱，因为尽管金钱就如同蜂蜜，但谁都有可能杀死拥有金钱的人，将钱拿走。

要旨　堆积在蜂巢内的蜂蜜被强行拿走。这应该使积累金钱的人认识到，他也许会受到政府或盗贼不断的骚扰，甚至还会被对手杀死。经典中说，尤其是在这个喀历年代中，政府不但不保护国民的钱财，相反本身会运用法律的力量拿走国民的钱财。正因为如此，博学的布茹阿玛纳决定，不积累任何金钱。人应该拥有自己立刻需要的金钱量，而不需要保有大量的银行存款，同时害怕它有可能被政府或盗贼夺走。

第 37 节

अनीहः परितुष्टात्मा यदृच्छोपनतादहम् ।
नो चेच्छये बह्वहानि महाहिरिव सत्त्ववान् ॥३७॥

anīhaḥ parituṣṭātmā
yadṛcchopanatād aham
no cec chaye bahv-ahāni
mahāhir iva sattvavān

anīhaḥ—不想要拥有更多 / parituṣṭa—十分满足 / ātmā—自我 / yadṛcchā—自行到来、没有努力 / upanatāt—被拥有的一切 / aham—我 / no—不 / cet—如果 / śaye—我躺下 / bahu—许多 / ahāni—天 / mahā-ahiḥ—一条蟒蛇 / iva—如同 / sattva-vān—耐心

译文 我不为得到什么而努力，只是满足于自行到来的一切。我得不到食物时，就如蛇一般耐心、不受刺激和打扰地这样躺上好几天。

要旨 人应该向蜜蜂学习不执著，因为它们从各处采集几滴蜂蜜，将蜂蜜保存在他们的蜂巢中，但接着便有人来强行将所有的蜂蜜拿走，一点儿都不给蜜蜂留下。因此，人应该从蜂蜜的例子学到不要保留超过自己所需的金钱。同样，人应该学习蟒蛇在许多天没有食物吃的情况下留在一地，只吃自动到来的东西。这就是那位博学的布茹阿玛纳根据他从蜜蜂和蟒蛇这两种生物体那里学到的经验教训所给予的指示。

第 38 节

क्वचिदल्पं क्वचिद्भूरि भुञ्जेऽन्नं स्वाद्वस्वादु वा ।
क्वचिद्भूरि गुणोपेतं गुणहीनमुत क्वचित् ।
श्रद्धयोपहृतं क्वापि कदाचिन्मानवर्जितम् ।
भुञ्जे भुक्त्वाथ कस्मिंश्चिद्दिवा नक्तं यदृच्छया ॥३८॥

kvacid alpaṁ kvacid bhūri
bhuñje 'nnaṁ svādv asvādu vā
kvacid bhūri guṇopetaṁ
guṇa-hīnam uta kvacit
śraddhayopahṛtaṁ kvāpi
kadācin māna-varjitam
bhuñje bhuktvātha kasmiṁś cid
divā naktaṁ yadṛcchayā

kvacit－有时 / alpam－很少 / kvacit－有时 / bhūri－大量 / bhuñje－我吃 / annam－食物 / svādu－美味 / asvādu－不新鲜 / vā－(两者之一)任何一个 / kvacit－有时 / bhūri－非常 / guṇa-upetam－美好的味道 / guṇa-hīnam－没有味道 / uta－无论是 / kvacit－有时 / śraddhayā－恭敬地 / upahṛtam－某人带来 / kvāpi－有时 / kadācit－有时 / māna-varjitam－不尊敬地给 / bhuñje－我吃 / bhuktvā－吃后 / atha－像这样 / kasmin cit－有时，在某地 / divā－在白天 / naktam－或在夜晚 / yadṛcchayā－自行到来地

译文　我有时吃得很少，有时吃很多。食物有时很美味，有时不新鲜。人们有时满怀敬意地给我帕萨达，有时则漫不经心地给我食物。我有时白天吃，有时晚上才吃。我就这样吃毫不费力得到的食物。

第 39 节

क्षौमं दुकूलमजिनं चीरं वल्कलमेव वा ।
वसेऽन्यदपि सम्प्राप्तं दिष्टभुक्तुष्टधीरहम् ॥३९॥

kṣaumaṁ dukūlam ajinaṁ
cīraṁ valkalam eva vā
vase 'nyad api samprāptaṁ
diṣṭa-bhuk tuṣṭa-dhīr aham

kṣaumam—用亚麻织成的布 / dukūlam—丝或棉 / ajinam—鹿皮 / cīram—腰布 / valkalam—树皮 / eva—不管 / vā—或者 / vase—我穿上 / anyat—其他 / api—虽然 / samprāptam—根据能得到的 / diṣṭa-bhuk—因命运 / tuṣṭa—满足 / dhīḥ—心 / aham—我是

译文 我用得到的东西遮盖我的身体，不管它是亚麻布、丝绸、棉布、树皮或鹿皮，我顺从自己的命运，感到心满意足，不受打扰和刺激。

第40节

क्वचिच्छये धरोपस्थे तृणपर्णाश्मभस्मसु ।
क्वचित्प्रासादपर्यङ्के कशिपौ वा परेच्छया ॥४०॥

kvacic chaye dharopasthe
tṛṇa-parṇāśma-bhasmasu
kvacit prāsāda-paryaṅke
kaśipau vā parecchayā

kvacit—有时 / śaye—我躺下 / dhara-upasthe—在地上 / tṛṇa—在草上 / parṇa—叶子 / aśma—石头 / bhasmasu—或一堆灰烬 / kvacit—有时 / prāsāda—在宫殿中 / paryaṅke—在质量上等的床上 / kaśipau—在枕头上 / vā—或者 / para—他人的 / icchayā—意愿

译文 我有时躺在地上，有时躺在叶子、草或石头上，有时躺在一堆灰烬上，有时则因为他人的意愿而躺到宫殿中的有枕头的高级睡床上。

要旨 那位博学的布茹阿玛纳的讲述说明了不同形式的出生，因为生物按自己得到的躯体躺下。生物有时投生为动物，有时投生为君王。当他投生为动物时，他就必须躺在地上。当他投生为君王或有钱人时，他就被允许躺在大宫殿中摆满了床和其他家具的豪华房间内。然而，这样的设施并非根据生物自己的甜美意愿就能得到，而是要靠至尊主的意愿(parecchayā)或错觉能量玛亚的安排才能得到。正如《博伽梵歌》第18章的第61节诗中说：

īśvaraḥ sarva-bhūtānāṁ
hṛd-deśe 'rjuna tiṣṭhati
bhrāmayan sarva-bhūtāni
yantrārūḍhāni māyayā

“阿尔诸纳啊！每个生物都坐在一台由物质能量制成的机器上，至尊主处在他们心中，指导他们周游四方。”生物按照其物质欲望得到不同类型的躯体，而那些躯体不是别的，只不过是物质自然按照至尊人格首神的命令所给予的各种机器而已。至尊主的意愿使生物必须接受以各种方式躺下的躯体。

第41节

क्वचित्स्नातोऽनुलिप्ताङ्गः सुवासाः स्रग्व्यलङ्कृतः ।
रथेभाश्वैश्चरे क्वापि दिग्वासा ग्रहवद्विभो ॥४१॥

kvacit snāto 'nuliptāṅgaḥ
suvāsāḥ sragvy alaṅkṛtaḥ
rathebhāśvaiś care kvāpi
dig-vāsā grahavad vibho

kvacit—有时 / snātaḥ—很好地沐浴 / anulipta-aṅgaḥ—用檀香浆涂遍身体 / su-vāsāḥ—穿上优质的衣服 / sragvī—用鲜花花环装饰 / alaṅkṛtaḥ—用各种类型的装饰品点缀 / ratha—在一辆双轮马车上 / ibha—在一头大象身上 / aśvaiḥ—或在马背上 / care—我游荡 / kvāpi—有时 / dik-vāsāḥ—全身赤裸 / graha-vat—就像是被鬼魂附体 / vibho—大人啊

译文 阁下啊！有时，我仔细地将自己清洗干净，用檀香浆涂抹全身，挂上鲜花花环，穿戴上优质、漂亮的衣服和首饰。随后，像君王一样骑着大象、马匹或乘车旅行。但有时，我像一个被鬼魂附体的人一样赤身露体地旅行。

第 42 节

नाहं निन्दे न च स्तौमि स्वभावविषमं जनम् ।
एतेषां श्रेय आशासे उतैकात्म्यं महात्मनि ॥४२॥

nāhaṁ ninde na ca staumi
sva-bhāva-viṣamaṁ janam
eteṣāṁ śreya āśāse
utaikātmyaṁ mahātmani

na一不 / aham一我 / ninde一亵渎 / na一也不 / ca一也 / staumi一表扬 / sva-bhāva一本性…… / viṣamam一矛盾的 / janam一一个生物体或人 / eteṣām一他们全体的 / śreyaḥ一最高的利益 / āśāse一我为……祈祷 / uta一事实上 / aikātmyam一一体 / mahā-ātmani一在超灵——至尊梵(奎师那)中

译文 不同的人心态也不一样。因此，表扬或咒骂他们都不是我的事。我只期望他们幸福，希望他们会同意与至尊人格首神奎师那——超灵，紧密地连接起来。

要旨 人一旦上升到奉爱瑜伽(bhakti-yoga)的层面，就能完全明白至尊人格首神华苏戴瓦(Vāsudeva)是生命的目标(vāsudevaḥ samam iti sa mahātmā sudurlabhaḥ)。研习韦达经的目的是要知道我(vedaiś ca sarvair aham eva vedyaḥ)；抛弃一切宗教，只向我皈依(sarva dharmān parityajya māṁ ekaṁ śaraṇaṁ vraja)：这是所有韦达文献的教导。因某人具备某些物质资格而赞美他，或因为某人不具备某些物质资格而辱骂他，都根本没有用。在物质世界里，好与坏都没有意义，因为好人有可能被升上高等星系，坏人有可能被降到低等星系。不同心态的人有时被提升，有时被降级，但这并非生命的目标。相反，生命的目标是培养奎师那意识，停止被提升或降级。正因为如此，圣洁之人不对有可能是好或坏的人事物作区分，而是希望所有的人都因培养奎师那意识达成这一生命的最高目的而快乐。

第 43 节

विकल्पं जुहुयाच्चित्तौ तां मनस्यर्थविभ्रमे ।
मनो वैकारिके हुत्वा तं मायायां जुहोत्यनु ॥४३॥

vikalpaṁ juhuyāc cittau
tāṁ manasy artha-vibhrame
mano vaikārike hutvā
taṁ māyāyāṁ juhoty anu

vikalpam—区别(好与坏，一个人和另一个人，一个国家和另一个国家，以及类似的区别) / juhuyāt—人应该作为奉献物供奉 / cittau—在意识之火中 / tām—那意识 / manasi—在内心中 / artha-vibhrame—所有接受和拒绝的根源 / manaḥ—那心 / vaikārike—在错误的自我意识中，将自我认同于物质 / hutvā—作为奉献物供奉 / tam—这错误的自我意识 / māyāyām—在物质能量总体中 / juhoti—作为奉献物供奉 / anu—遵循这原则

译文 应该把辨别好坏的心智杜撰当做一个单位，然后将其投进内心，接下来再投进错误的自我意识。应该把错误的自我意识投进总体物质能量。这是与错误的分别心作战的程序。

要旨 这节诗文讲述的是一个瑜伽师(yogī)如何能免于物质的影响。由于受物质的吸引，功利性活动者无法看清自己。知识思辨者(jñānī)可以区分物质和灵性。但瑜伽师，尤其是其中最优秀的奉爱瑜伽师(bhakti-yogī)，则想要回归家园，回到首神身边。

功利性活动者总是处在错觉和假象中，知识思辨者既没有错觉，也没有正面的知识；但瑜伽师，尤其是奉爱瑜伽师，完全处在灵性的层面上。正如《博伽梵歌》第14章的第26节诗所证实：

māṁ ca yo 'vyabhicāreṇa
  bhakti-yogena sevate
sa guṇān samatītyaitān
  brahma-bhūyāya kalpate

“在任何情况下都全心全意地做奉爱服务，就能立刻超越物质自然属性，达到梵的层面。”因此，奉献者的处境很安全。奉献者立刻被提升到灵性的层面上。其他人，如知识思辨者和哈塔·瑜伽师(haṭha-yogī)，都只能靠去除心中的物质分别心，进而去除使人想“我是这个躯体，是物质产物”的错误的自我意识，逐渐上升到灵性的层面。人必须将错误的自我意识(假我)融入总体物质能量，将总体物质能量融入拥有能量的至尊者。这是使人免受物质吸引的渐进程序。

第 44 节

आत्मानुभूतौ तां मायां जुहुयात्सत्यदृङ मुनिः ।
ततो निरीहो विरमेत्स्वानुभूत्यात्मनि स्थितः ॥४४॥

ātmānubhūtau tāṁ māyāṁ
  juhuyāt satya-dṛṅ muniḥ
tato nirīho viramet
  svānubhūty-ātmani sthitaḥ

ātma-anubhūtau—对觉悟自我 / tām—那 / māyām—物质存在的错误的自我意识 / juhuyāt—应该作为奉献物供奉 / satya-dṛk—真正觉悟到最高真理的人 / muniḥ—这样一个有思想的人 / tataḥ—由于对自我的认识 / nirīhaḥ—没有物质欲望 / viramet—人必须完全退出物质活动 / sva-anubhūti-ātmani—在觉悟自我中 / sthitaḥ—就这样处在

译文　博学而有思想的人必须认识到，物质存在是错觉。这只有靠认识自我才能做到。真正看到真相的觉悟了自我的人，应该从所有的物质活动中退出，处在对自我认识的状态中。

要旨　靠对整个身体结构的分析性研究，人无疑可以得到“灵魂不同于由土、水、火和气等物质元素构成的躯体”这一结论。因此，有思想的人(manīṣī或muni)可以认识到物质躯体与灵魂之间的区别。对个体的灵性灵魂有这样的认识后，人可以很容易就了解至尊的灵性灵魂。如果人就此认识到个体灵魂从属于至尊灵魂，他就得到对自我的正确认识。正如《博伽梵歌》第13章所解释的，在躯体中有两个灵魂。躯体被称为场所(kṣetra)，住在躯体中的有两个场所知悉者(kṣetra-jña)，分别是超灵(Paramātmā)和个体灵魂。超灵和个体灵魂恰似坐在同一棵树(物质躯体)上的两只鸟儿，其中那只健忘的个体灵魂鸟儿，正在吃树上的果实，根本不听另一只鸟儿的教导；另一只鸟儿作为他的朋友只是见证着他的活动。当健忘的鸟儿终于明白他最好的朋友总是与他在一起，并在不同的躯体中都努力给予他指导时，他就会托庇在那只至尊鸟儿的莲花足旁。瑜伽师总是在心中想着至尊主(dhyānāvasthita-tad-gatena manasā paśyanti yaṁ yoginaḥ)。正如瑜伽程序中所解释的：当人真正成为完美的瑜伽师时，他就可以通过冥想看到自己至尊的朋友并投靠祂。这是奉爱瑜伽——具有奎师那意识的真实生活的开始。

第45节

स्वात्मवृत्तं मयेत्थं ते सुगुप्तमपि वर्णितम् ।
व्यपेतं लोकशास्त्राभ्यां भवान् हि भगवत्परः ॥४५॥

svātma-vṛttaṁ mayetthaṁ te
suguptam api varṇitam
vyapetaṁ loka-śāstrābhyāṁ
bhavān hi bhagavat-paraḥ

sva-ātma-vṛttam－觉悟自我的历史资料 / mayā－由我 / ittham－就这样 / te－向你 / su-guptam－极为机密的 / api－虽然 / varṇitam－解释了 / vyapetam－没有 / loka-śāstrābhyām－普通人或普通文学的见解 / bhavān－你自己 / hi－事实上 / bhagavat-paraḥ－完全认识到人格首神

译文 帕拉德王，你无疑是觉悟了自我的灵魂、至尊主的奉献者。你根本不在乎大众的看法或所谓的经典。正因为如此，我毫不犹豫地给你讲述了我认识自我的经历。

要旨 真正是奎师那的奉献者的人，不会在乎所谓的公众意见和韦达文献及其他哲学文献。帕拉德王是这样一位奉献者；他总是违抗他父亲及受委派教他的所谓教师们的错误指示。相反，他只遵从他的灵性导师(guru)纳茹阿达·牟尼的指示，因而始终是一位坚定的奉献者。这是有智慧的奉献者的本色。《圣典博伽瓦谭》(Śrīmad-Bhāgavatam)中教导说：在这个喀历年代中，有智慧的人通过集体歌唱神的圣名崇拜那位一直不断歌唱奎师那圣命的首神化身(yajñaiḥ saṅkīrtana-prāyair yajanti hi sumedhasaḥ)。真正很有智慧的人必然参加奎师那意识运动，认识到自己真实的自我是奎师那永恒的仆人，因此练习一直不断地吟诵、吟唱至尊主的圣名：哈瑞·奎师那 哈瑞·奎师那 奎师那·奎师那 哈瑞·哈瑞/哈瑞·茹阿玛 哈瑞·茹阿玛 茹阿玛·茹阿玛 哈瑞·哈瑞(Hare Kṛṣṇa, Hare Kṛṣṇa, Kṛṣṇa Kṛṣṇa, Hare Hare/ Hare Rāma, Hare Rāma, Rāma Rāma, Hare Hare)。

第 46 节

श्रीनारद उवाच
धर्मं पारमहंस्यं वै मुनेः श्रुत्वासुरेश्वरः ।
पूजयित्वा ततः प्रीत आमन्त्र्य प्रययौ गृहम् ॥४६॥

śrī-nārada uvāca
dharmaṁ pāramahaṁsyaṁ vai
muneḥ śrutvāsureśvaraḥ
pūjayitvā tataḥ prīta
āmantrya prayayau gṛham

śrī-nāradaḥ uvāca－圣纳茹阿达·牟尼说 / dharmam－规定职责 / pāramahaṁsyam－至尊天鹅——最完美的人的 / vai－事实上 / muneḥ－从圣洁之人 / śrutvā－这样聆听 / asura-īśvaraḥ－恶魔的君王帕拉德王 / pūjayitvā－靠崇拜圣洁之人 / tataḥ－之后 / prītaḥ－非常满意 / āmantrya－得到允许 / prayayau－离开那地方 / gṛham－向他的家

译文　纳茹阿达·牟尼继续说：恶魔的君王——帕拉德王，听了那圣人的这番教导后，明白了完美之人(至尊天鹅)的职责。于是，他合乎礼仪地崇拜那位圣人后，征得圣人的许可，启程返家。

要旨　正如《永恒的柴坦亚经》(Caitanya-caritāmṛta)中篇第8章的第128节诗记载，圣柴坦亚·玛哈帕布(Caitanya Mahāprabhu)说：

kibā vipra, kibā nyāsī, śūdra kene naya
yei kṛṣṇa-tattva-vettā sei 'guru' haya

任何人只要精通奎师那的科学，就能成为灵性导师——古茹(guru)。所以，尽管帕拉德王是一位统治恶魔的居士，但却是最杰出的人——至尊天鹅，所以是我们的灵性导师。正因为如此，在灵性导师——权威人士的名单中，提到了帕拉德王。

svayambhūr nāradaḥ śambhuḥ
kumāraḥ kapilo manuḥ
prahlādo janako bhīṣmo
balir vaiyāsakir vayam

(《圣典博伽瓦谭》6.3.20)

结论是：崇高的奉献者(bhagavat-priya)是至尊天鹅。这样一位至尊天鹅也许处在贞守生、居士、退出家庭生活或弃绝阶层等生命的任何阶段，但都同样是解脱、崇高的。

到此为止，结束了巴克提韦丹塔对《圣典博伽瓦谭》第7篇第13章——“完美之人的行为”所作的阐释。

第十四章

理想的家庭生活

这一章讲述的是：居士按照时间、地点所该履行的规定职责。当尤帝士提尔王(Yudhiṣṭhira Mahārāja)对居士的规定职责感到很好奇时，纳茹阿达·牟尼(Nārada Muni)忠告他，居士(gṛhastha)的首要责任是完全依靠主华苏戴瓦(Vāsudeva)——奎师那(Kṛṣṇa)，并努力通过做规定给自己的奉爱服务，从所有的方面取悦祂。这奉爱服务将有赖于权威人士的指示，以及真正致力于做奉爱服务的奉献者的联谊。奉爱服务始于聆听(śravaṇam)。人必须聆听觉悟了自我的灵魂说出的话。这将使居士对自己妻子和孩子的依恋逐渐减弱。

谈到居士要赡养家人的问题：在赚取生活所需要的费用时，居士必须十分诚实、谨慎，不要仅仅为了积累金钱和不必要地增加物质舒适度而过度努力。尽管居士应该从外在看十分积极地在赚取生活费用，但内在，他应该是个完全觉悟自我的人，根本不依恋物质所得。他与家人或朋友的交往，应该仅仅是为了满足他们的愿望；他自己不该在这方面太过投入。居士应该表面上接受家人和社会的指导，但实际上却在灵性导师和经典(śāstra)的指导下履行其规定职责。居士尤其应该靠务农赚钱。正如《博伽梵歌》(Bhagavad-gītā)第18章的第44节诗所说明的：保护乳牛和做贸易是居士的特殊责任(kṛṣi-go-rakṣya-vāṇijyam)。如果意外地或凭至尊主的恩典得到更多的金钱收入，就应该正确地用它来帮助奎师那意识运动的推展。人不该仅仅为感官享乐而急切地赚更多的钱。居士应该始终记住，努力积累超过实际所需的钱数的人，被认为是贼，将受到自然法律的惩罚。

居士应该对低等动物、飞鸟和蜜蜂十分温柔亲切，对待它们就像对待自己的孩子。居士不该为感官享乐而放纵自己去杀走兽或飞禽。他应该甚至给狗和最低等的生物体提供生活所需，而不该为了感官享乐去剥削其他生物体。事实上，按照《圣典博伽瓦谭》(Śrīmad-Bhāgavatam)的教导，所有的居士都该是为众生提供生活所需的共产主义者。居士无论拥有什么，都该不带分别心地平等分配给众生。而最好的做法就是派发给至尊神供奉过的素食——帕萨达(prasāda)。

居士不该太依恋自己的妻子，而应该让自己的妻子全心全意地侍奉客人。居士凭借神的恩典所积累起的金钱，应该用于五种活动，即：崇拜至尊人格首神；接待外士纳瓦和圣洁之人；向大众和所有的生物体派发给神供奉过的素食帕萨达；给自己的祖先供奉帕萨达；也将帕萨达给予自我。居士应该总是准备如上面谈到的那样敬爱众生。居士不该吃没有给至尊人格首神供奉过的食物。正如《博伽梵歌》第3章的第13节诗所说："至尊主的奉献者免于一切罪恶，因为他们吃供奉过的食物(yajña-śiṣṭāśinaḥ santo mucyante sarva-kilbiṣaiḥ)。"居士还应该拜访往世书(purāṇa)中谈到的朝圣之地。按照上述的内容去做，将使他全心致力于崇拜至尊人格首神，从而造福他的家庭、社会、国家，以及全人类。

第 1 节

श्रीयुधिष्ठिर उवाच
गृहस्थ एतां पदवीं विधिना येन चाञ्जसा ।
यायाद्देवऋषे ब्रूहि मादृशो गृहमूढधीः ॥१॥

śrī-yudhiṣṭhira uvāca
gṛhastha etāṁ padavīṁ
vidhinā yena cāñjasā
yāyād deva-ṛṣe brūhi
mādṛśo gṛha-mūḍha-dhīḥ

śrī-yudhiṣṭhiraḥ uvāca－尤帝士提尔王说 / gṛhasthaḥ－与自己家人生活在一起的人 / etām－这(前一章谈到的程序) / padavīm－解脱的状态 / vidhinā－按照韦达经典的教导 / yena－经由…… / ca－也 / añjasā－容易地 / yāyāt－可能得到 / deva-ṛṣe－半神人中的伟大的圣人啊 / brūhi－请解释 / mādṛśaḥ－像我这样的 / gṛha-mūḍha-dhīḥ－对生命的目标一无所知

译文 尤帝士提尔王向纳茹阿达·牟尼询问道：啊！我的导师，伟大的圣人！请解释一下，按照韦达经的教导，我们这些不了解人生目标的过居家生活的人，怎么才能也轻易获得解脱呢？

要旨 伟大的圣人纳茹阿达在前一章中解释了贞守生(brahmacārī)、退出家庭生活的人(vānaprastha)及进入弃绝阶层的人(sannyāsī)应该如何行为处世。他之所以首先解释贞守生、退出家庭生活之人和进入弃绝阶层之人的行为准则，是因为这三种生活状态(āśrama)对实现生命目标来说极其重要。人应该注意到：在贞守生阶段、退出家庭生活阶段和进入弃绝阶层阶段中，性生活是被严格禁止的，只有居士(gṛhastha)才得到允许在遵守规范原则的情况下享受性生活。所以，纳茹阿达·牟尼首先描述贞守生、退出家庭生活之人和进入弃绝阶层之人的行为准则，因为他想要强调：尽管一个十分需要性生活的人被允许过有经典和灵性导师指导的居士生活，但人生实际上根本就不需要性生活。尤帝士提尔王能够明白这一切。因此，作为居士，他将自己表现为是个对人生目标一无所知的人(gṛha-mūḍha-dhīḥ)。一直留在家庭生活中当居士的人，无疑不了解人生的目标，并不是很有智慧。人一旦有可能，就该放弃他在家中的所谓的舒适生活，准备经历苦修(tapasya)。按照瑞沙巴戴瓦(Ṛṣabhadeva)给祂儿子们的教导，人不该营造所谓舒适的生存环境，而应该准备苦修(tapo divyaṁ putrakā)。人所过的实现生命最高目标的真实生活，就该如此。

第 2 节

श्रीनारद उवाच
गृहेष्ववस्थितो राजन् क्रियाः कुर्वन् यथोचिताः ।
वासुदेवार्पणं साक्षादुपासीत महामुनीन् ॥ २ ॥

śrī-nārada uvāca
gṛheṣv avasthito rājan
　kriyāḥ kurvan yathocitāḥ
vāsudevārpaṇaṁ sākṣād
　upāsīta mahā-munīn

śrī-nāradaḥ uvāca—圣纳茹阿达·牟尼回答 / gṛheṣu—在家 / avasthitaḥ—留在(居士通常与自己的妻子和孩子留在家中) / rājan—君王啊 / kriyāḥ—活动 / kurvan—从事 / yathocitāḥ—合适的(如灵性导师和经典所教导的) / vāsudeva—向主华苏戴瓦 / arpaṇam—奉献 / sākṣāt—直接地 / upāsīta—应该崇拜 / mahā-munīn—伟大的奉献者们

译文　纳茹阿达·牟尼回答道：我亲爱的君王，留在家中的居士必须为维持他们的生计而工作；他们不该试图自己享受他们的工作结果，而应该把这些结果献给奎师那——华苏戴瓦。人可以通过与至尊主优秀的奉献者联谊，了解如何在这一生中取悦华苏戴瓦。

要旨　过居士生活的方式，应该是安排把一切献给至尊人格首神。《博伽梵歌》第6章的第1节诗说：

anāśritaḥ karma-phalaṁ
　kāryaṁ karma karoti yaḥ
sa sannyāsī ca yogī ca
　na niragnir na cākriyaḥ

“谁不执著活动的结果，出于义务而活动，谁就是弃绝者。真正的神秘主义者是他，而不是不生活、不尽责的人。”一个人无论以贞守生、居士、退出家庭生活之人还是进入弃绝阶层之人的身份行事，都必须做到：所做的一切只是为了取悦至尊人格首神华苏戴瓦·奎师那(Vāsudeva-Kṛṣṇa)——瓦苏戴瓦(Vasudeva)的儿子。这应该是每一个人的生活原则。纳茹阿达·牟尼已经讲述了贞守生、退出家庭生活之人和进入弃绝阶层之人的生活原则，现在则是在讲述居士应该如何生活。基本原则是：要让至尊人格首神感到满意。

这里的“应该直接崇拜伟大的奉献者(sākṣād upāsīta mahā-munīn)”一句，可以让我们学到取悦至尊主的科学，其中梵文mahā-munīn就是指伟大圣洁的人或奉献者。圣洁之人一般都被称为牟尼(muni)或思考超然主题的富有思想的哲学家，而玛哈·牟尼指的是那些不仅深思生命目标，而且实际上致力于取悦至尊人格首神华苏戴瓦的人。这些人被称为奉献者。人除非与这样的奉献者交往、联谊，否则无法学到将一生献给至尊人格首神华苏戴瓦·奎师那的科学(vāsudevārpaṇa)。

在印度，人们曾严格地遵守这门科学的原则。即使是在五十年前，我看到在孟加拉的村庄中和加尔各答城市周围，人们每天都在结束一天的活动后或至少在上床睡觉前聆听《圣典博伽瓦谭》。每一个人都会听《博伽瓦谭》。每一个村庄都会举办《博伽瓦谭》的讲课，以使人们能够聆听到《圣典博伽瓦谭》，而《圣典博伽瓦谭》所讲述的一切都与人生的目标——解脱和救赎有关。这将在下一节诗中有明确的解释。

第 3—4 节

शृण्वन् भगवतोऽभीक्ष्णमवतारकथामृतम् ।
श्रद्दधानो यथाकालमुपशान्तजनावृतः ॥ ३ ॥

सत्सङ्गाच्छनकैः सङ्गमात्मजायात्मजादिषु ।
विमुञ्चेन्मुच्यमानेषु स्वयं स्वप्नवदुत्थितः ॥ ४ ॥

śṛṇvan bhagavato 'bhīkṣṇam
avatāra-kathāmṛtam
śraddadhāno yathā-kālam
upaśānta-janāvṛtaḥ

sat-saṅgāc chanakaiḥ saṅgam
ātma-jāyātmajādiṣu
vimuñcen mucyamāneṣu
svayaṁ svapnavad utthitaḥ

śṛṇvan－聆听 / bhagavataḥ－至尊主的 / abhīkṣṇam－总是 / avatāra－化身的 / kathā－讲述 / amṛtam－甘露 / śraddadhānaḥ－很忠诚地聆听有关至尊人格首神 / yathā-kālam－按照时间(居士一般可以在傍晚或下午找到时间) / upaśānta－根本不再从事物质活动 / jana－被人们 / āvṛtaḥ－被包围 / sat-saṅgāt－从这样良好的联谊 / śanakaiḥ－逐渐地 / saṅgam－交往 / ātma－在身体中 / jāyā－妻子 / ātma-ja-ādiṣu－也在孩子中 / vimuñcet－人应该摆脱对这种联谊的依恋 / mucyamāneṣu－被切断(从他) / svayam－亲自 / svapna-vat－如同一个梦 / utthitaḥ－醒来

译文 居士必须不断地与圣人联谊，必须满怀敬意地聆听《圣典博伽瓦谭》和其他往世书中描述的至尊主及祂化身活动的甘露。人应该以此方式像从梦中醒来那样，逐渐地超脱对妻子和孩子的情感。

要旨 奎师那意识运动的建立，给全世界的居士们提供一个尤其是聆听《圣典博伽瓦谭》和《博伽梵歌》的机会。正如我们以各种方式所阐明的，这种方式是聆听和吟诵、吟唱的一种(śṛṇvatāṁ sva-kathāḥ kṛṣṇaḥ puṇya-śravaṇa-kīrtanaḥ)。我们应该为每一个人，尤其是对人生目标一无所知的居士(mūḍha-dhī)，提供聆听有关奎师那的机会。仅仅靠聆听，靠参加奎师那意识运动各个中心举办的谈论《博伽梵歌》和《圣典博伽瓦谭》中有关奎师那话题的讲座，可以净化人们那一直放纵从事非法性生活、吃肉、麻醉自我和赌博这些如今已成为世界主流活动的罪恶倾向。这将使他们能够提升至光明的状态。仅仅靠参加集体歌唱神的圣名，哈瑞·奎师那、哈瑞·奎师那　奎师那·奎师那　哈瑞·哈瑞/ 哈瑞·茹阿玛　哈瑞·茹阿玛　茹阿玛·茹阿玛　哈瑞·哈瑞(Hare Kṛṣṇa, Hare Kṛṣṇa, Kṛṣṇa Kṛṣṇa, Hare Hare/ Hare Rāma, Hare Rāma, Rāma Rāma, Hare Hare)，靠聆听奎师那在《博伽梵歌》中给予的教导(puṇya-śravaṇa-kīrtanaḥ)，特别是如果还进食给至尊主供奉过的食物，人必然就会被净化。这一切都在奎师那意识运动中进行着。

这节诗文中谈到的另一个具体的做法是："总是聆听对至尊主及其化身的描述的甘露(śṛṇvan bhagavato 'bhīkṣṇam avatāra-kathāmṛtam)"。并不是人一旦聆听过一遍《博伽梵歌》就不必在聆听它了。梵文"总是(abhīkṣṇam)"一词十分重要。我们应该再三地聆听，根本就不存在停止的问题。一个人哪怕阅读这样的主题已经很多次，都应该继续再三阅读下去，因为奎师那的话语及奎师那的奉献者讲述有关奎师那的话语，都是甘露。人越多地喝饮这甘露，在自己永恒的生活中就越进步。

人体生命是为生物解脱用的，但不幸的是，在喀历年代(Kali-yuga)的影响下，居士们每天像驴一样辛苦地工作着。一清早，他们就起床赶到甚至是一百英里之外的地方去赚取买面包的钱。尤其是在西方国家，我看到人们五点钟醒来去办公室和工厂上班，以赚取维持生活的费用。在加尔各答和孟买的人每天也是这么做的。他们在办公室或工厂里辛辛苦苦地工作，然后再花三四个小时乘坐各种交通工具回家。他们十点钟就寝，第二天再次一清早起床去办公室和工厂。经典中说这种辛苦工作的生活就像猪等吃粪便的生物体的生活一样。《圣典博伽瓦谭》第5篇第5章的第1节诗中说："在所有接受了这个世界里的物质躯体的生物中，被赐予人体的生物不该只为获得就连狗和吃粪便的猪都能得到的感官享乐而夜以继日地辛勤工作(nāyaṁ deho deha-bhājāṁ nṛloke kaṣṭān kāmān arhate vid-bhujāṁ ye)。"人必须找出时间聆听《圣典博伽瓦谭》和《博伽梵歌》。这是韦达文化。居士应该每天最多工作八小时，以赚取生活所需的费用，然后在下午和晚上与奉献者联谊，聆听有关奎师那的活动、祂的化身，以此逐渐摆脱错觉能量玛亚(māyā)的钳制。然而不幸的是，如今世上的居士们不找时间聆听有关奎师那和祂的活动，而是在办公室和工厂里辛苦工作后，找时间去餐厅或俱乐部，很开心地去听恶魔和非奉献者们从事的政治活动，去享受性、酒、女人和肉，以这种方式浪费他们的时间。这不是居士生活，而是恶魔式的生活。奎师那意识运动与它在世界各地开设的中心，为这种堕落、有罪的人提供聆听有关奎师那的机会。

我们在睡梦中编造一个友谊和爱的社会，但当我们醒来时，它便不复存在。同样，我们现在所身处的社会、家庭和感受到的爱，也只不过是一场梦；人一旦死去，这场梦就结束了。因此，无论一个人是在睡觉时做梦，还是做白日梦，这些梦都是短暂的、不真实的。我们真正该做的事情是：了解自己是灵魂(ahaṁ brahmāsmi)，因此应该从事不同于做梦的活动。这将使人感到快乐。

brahma-bhūtaḥ prasannātmā
na śocati na kāṅkṣati
samaḥ sarveṣu bhūteṣu
mad-bhaktiṁ labhate parām

"这样处在超然境界中的人，立刻觉悟至尊梵，变得充满喜悦。他永不悲伤，不再想得到什么。他平等对待众生。在这种情况下，他达到为我做奉爱服务的境界。”(《博伽梵歌》18.54)致力于做奉爱服务的人，可以轻易地从物质生活的梦中醒来。

第 5 节

यावदर्थमुपासीनो देहे गेहे च पण्डितः ।
विरक्तो रक्तवत्तत्र नृलोके नरतां न्यसेत् ॥ ५ ॥

yāvad-artham upāsīno
dehe gehe ca paṇḍitaḥ
virakto raktavat tatra
nṛ-loke naratāṁ nyaset

yāvat-artham—为够生活所需而努力 / upāsīnaḥ—赚取 / dehe—在躯体中 / gehe—在家庭事务中 / ca—也 / paṇḍitaḥ—有学问的人 / viraktaḥ—一点都不执著 / rakta-vat—好像很依恋 / tatra—在这 / nṛ-loke—人类社会中 / naratām—人体生命形式 / nyaset—人应该描述

译文　在为赚取够维持生命所需之际，真正有学位的人应该在表面投入家庭事务但其实并不依恋的情况下，在人类社会中生活。

要旨　这是理想的家庭生活的画面。当圣柴坦亚·玛哈帕布(Caitanya Mahāprabhu)问茹阿玛南达·若依(Rāmānanda Rāya)有关人生的目标时，茹阿玛南达·若依按照启示经典的推荐以各种方式作出阐释。最后，圣茹阿玛南达·若依解释说：人可以作为布茹阿玛纳、庶铎和进入弃绝阶层的人等，继续保持自己的身份，但必须努力询问有关人生的目标(athāto brahma jijñāsā)。这是对人体生命的正确运用。人一旦误用人体生命这一礼物去放纵从事吃、睡、交配和防卫这些动物性的活动，而不努力挣脱使自己重复生老病死的玛亚的钳制，就会再次受到惩罚，被迫降到低等物种中，按照自然法律经历进化程序。其实一切都是物质自然三种属性活动的结果(prakṛteḥ kriyamāṇāni guṇaiḥ karmāṇi sarvaśaḥ)。生物在物质自然的钳制下，必须再次从低等物种向高等物种进化，直到最后重返人体生命，得到摆脱物质自然钳制的机会。然而，明智之人从经典(śāstra)和灵性导师(guru)那里了解到，我们生物都是永恒的，但因为在物质自然法律的控制下与不同的物质属性接触而被置于令人烦恼的困境中。他因此得出结论：他将不在人体生命形式中为不必要的需求而努力，相反应该过一种非常简单的生活，只要能维持生命就可以了。人无疑需要某种维生的方法，而经典中已经规定了身处不同社会阶层和灵性阶段的人维持生活的不同方法。人应该对此感到满足。正因为如此，至尊主真诚的奉献者不渴望得到越来越多的钱财，而是寻找可以维生的方法；当他这样做时，奎师那就帮助他。所以，赚取维生需要的费用并不是问题。真正的问题是：如何摆脱生、老、死的束缚。要获得这种自由，而不制造不必要的需求，是韦达文明的基本原则。人应该满足于自动到来的维生所需要的一切。现代物质文明与这种理想的文明恰恰相反，现代社会的所谓领袖们每天虚构出一些麻烦的生活方式，结果使人们越来越深地卷入生老病死的轮回。

第6节

ज्ञातयः पितरौ पुत्रा भ्रातरः सुहृदोऽपरे ।
यद्वदन्ति यदिच्छन्ति चानुमोदेत निर्ममः ॥ ६ ॥

jñātayaḥ pitarau putrā
bhrātaraḥ suhṛdo 'pare
yad vadanti yad icchanti
cānumodeta nirmamaḥ

jñātayaḥ－亲戚、家庭成员 / pitarau－父母 / putrāḥ－孩子 / bhrātaraḥ－兄弟 / suhṛdaḥ－朋友 / apare－和其他人 / yat－无论什么 / vadanti－他们建议(就有关个人的生计) / yat－无论什么 / icchanti－

他们期望 / ca－和 / anumodeta－他应该同意 / nirmamaḥ－不要把它们太当真

译文 人类社会中有智慧的人应该尽量简化自己的活动。如果他的朋友、孩子、父母、兄弟或其他人给他建议，他应该表面上同意说，“对，你说的对”，但内在下定决心不要过使人生目的无法得以实现的太麻烦的生活。

第 7 节

दिव्यं भौमं चान्तरीक्षं वित्तमच्युतनिर्मितम् ।
तत्सर्वमुपयुञ्जान एतत्कुर्यात्स्वतो बुधः ॥७॥

divyaṁ bhaumaṁ cāntarīkṣaṁ
vittam acyuta-nirmitam
tat sarvam upayuñjāna
etat kuryāt svato budhaḥ

divyam－因为天上降雨而轻易得到 / bhaumam－从矿山和海洋得到 / ca－和 / āntarīkṣam－意外得到 / vittam－所有的资产 / acyuta-nirmitam－由至尊人格首神创造 / tat－那些事物 / sarvam－全部 / upayuñjāna－(为整个人类社会或众生)利用 / etat－这(维持生命) / kuryāt－人必须做 / svataḥ－在没做额外努力的情况下自行得到 / budhaḥ－智者

译文 至尊人格首神创造的自然产物应被用来维持众生的生命。生存有三种需求，即：来自天空(从降雨得到)的产物，来自大地(矿山、海洋或田地)的产物，凭空而降(意外得到)的物质。

要旨 我们这些以各种形象展现的生物，都是至尊人格首神的孩子。正如《博伽梵歌》第14章的第4节诗证实说：

sarva-yoniṣu kaunteya
mūrtayaḥ sambhavanti yāḥ
tāsāṁ brahma mahad-yonir
ahaṁ bīja-pradaḥ pitā

“琨缇的儿子啊！应该理解：各种生物体之所以能在这个物质自然中出生，是因为有我这个播种的父亲。”至尊主奎师那是所有不同物种、不同形象的生物体的父亲。有智慧的人能够看到在八百四十万种类型躯体中的众生，都是至尊人格首神所属的一部分，都是祂的孩子。物质世界和灵性世界中的一切，都是至尊主的财产(īśāvāsyam idaṁ sarvam)，所以一切都与祂有关。对此，圣茹帕·哥斯瓦米说：

prāpañcikatayā buddhyā
hari-sambandhi-vastunaḥ
mumukṣubhiḥ parityāgo
vairāgyaṁ phalgu kathyate

“在不了解一切都与奎师那有关的情况下否定或排斥，是不彻底的弃绝。”(《奉爱服务的纯粹甘露之洋》1.2.256)。尽管假象宗哲学家(Māyāvādī)说物质创造是假的，可它实际上并不是假的；它是真实的存在，认为“一切都属于人类社会”是错误的想法。一切属于至尊人格首神，因为一切都是祂创造的。众生作为至尊主的孩子、祂永恒的所属部分，有权在物质自然的安排下使用他们父亲的资产。正如奥义书(Upaniṣad)中所说：每一个人都该满足于由至尊人格首神分配给他的一切，而不该侵占他人的财产或侵犯他人的权利(tena tyaktena bhuñjīthā mā gṛdhaḥ kasya svid dhanam)。

《博伽梵歌》中说：

annād bhavanti bhūtāni
parjanyād anna-sambhavaḥ
yajñād bhavati parjanyo
yajñaḥ karma-samudbhavaḥ

“众生的躯体靠五谷滋养，五谷靠雨水生长。雨水因祭祀的举行而降，祭祀则来自规定职责。”（《博伽梵歌》3.14）粮食产量足够时，动物和人都能毫不费力地得到滋养，维持自己的生命。这是大自然的安排。众生都在物质自然的影响下行事(prakṛteḥ kriyamāṇa-ni guṇaiḥ karmāṇi sarvaśaḥ)，只有傻瓜认为自己可以改善神所创造的一切。居士尤其有责任看到至尊人格首神的法律得到维护，看到人之间、团体之间、社会之间和国家之间没有争斗。人类社会应该正确地利用神的礼物，尤其是依赖天降雨生长的食用谷物。正如《博伽梵歌》中所说：雨水因祭祀的举行而降(yajñād bhavati parjanyaḥ)。所以，人们举行祭祀(yajña)，降雨就会受到控制。以前举行祭祀要供奉酥油和食用谷物等供品，但在这个年代中，这一切无疑都不再有可能；原因是：酥油和食用谷物的生产因为人类社会的罪恶活动而减少。尽管如此，人们应该培养奎师那意识，按照启示经典中的忠告吟诵、吟唱哈瑞·奎师那曼陀(yajñaiḥ saṅkīrtana-prāyair yajanti hi sumedhasaḥ)。如果全世界的人都培养奎师那意识，吟诵、吟唱至尊人格首神的超然圣名，世上就不会有雨水不足的问题。这样，食用谷物、水果和鲜花就都会正常产出，人们将能够轻易地得到生活所需的一切。居士应该承担起安排这种自然生产的责任。正因为如此，经典中说：有智慧的人应该努力通过吟诵、吟唱至尊主的圣名传播奎师那意识(tasyaiva hetoḥ prayateta kovidaḥ)。这样做，生活所需的一切就会自动到来。

第 8 节

यावद् भ्रियेत जठरं तावत्स्वत्वं हि देहिनाम् ।
अधिकं योऽभिमन्येत स स्तेनो दण्डमर्हति ॥८॥

yāvad bhriyeta jaṭharaṁ
tāvat svatvaṁ hi dehinām

adhikaṁ yo 'bhimanyeta
sa steno daṇḍam arhati

yāvat—那么多 / bhriyeta—填满 / jaṭharam—胃 / tāvat—那么多 / svatvam—所有权 / hi—事实上 / dehinām—生物的 / adhikam—比那多 / yaḥ—……的任何人 / abhimanyeta—接受 / saḥ—他 / stenaḥ—盗贼 / daṇḍam—惩罚 / arhati—应得

译文 人可以声称对维持生命所需钱财的拥有权，但想要拥有过多钱财的人必被视为是盗贼，应受到自然法律的制裁。

要旨 凭借神的恩典，我们有时得到大量的食物或突然得到一些捐助，或者很意外地得到生意上的利润。就这样，我们也许得到比实际需要的还要多。因此，该怎么花那些钱呢？完全没有必要为了增加银行存款而积累金钱。这样的心态在《博伽梵歌》第16章的第13节诗中被说成是邪恶的(asuric)。

idam adya mayā labdham
imaṁ prāpsye manoratham
idam astīdam api me
bhaviṣyati punar dhanam

"邪恶之徒想：'我今天拥有这样多财富，按我的计划还会得到更多。现在这么多都是我的，将来会越来越多。'"恶魔考虑的都是今天银行里有多少钱财，明天如何去增加。但无论是经典还是如今的政府，都不允许人无限度地积累财富。事实上，如果一个人有超过他实际所需的，就该把多余的钱用来花在奎师那身上。按照韦达文明，应该把它全部献给奎师那意识运动。正如《博伽梵歌》第9章的第27节诗记载，至尊主本人发布命令说：

yat karoṣi yad aśnāsi
yaj juhoṣi dadāsi yat

yat tapasyasi kaunteya
tat kuruṣva mad-arpaṇam

“琨缇的儿子啊！无论你做什么，吃什么，供奉或施舍什么，从事什么苦行，都应该把它们当做给我的供奉去做。”居士应该把剩下的钱都用于拓展奎师那意识运动。

居士应该给在全世界兴建至尊主的庙宇、宣传圣典《博伽梵歌》、传播奎师那意识捐款。居士必须不断地与圣人联谊，必须满怀敬意地聆听《圣典博伽瓦谭》和其他往世书中描述的至尊主及祂化身活动的甘露(śṛṇvan bhagavato'bhīkṣṇam avatāra-kathāmṛtam)。在往世书和其他韦达文献中，有许多对至尊人格首神的超然活动的描述，每一个人都该再三地聆听那些内容。例如：哪怕我们每天都阅读共有十八章的整部《博伽梵歌》，在每一次阅读中，我们都会发现新的内涵。这就是超然文献的本质。因此，奎师那意识运动给人提供机会，用他多余的钱传播奎师那意识，以此利益整个人类社会。在印度，我们尤其看到有上百上千的庙宇，那些庙宇都是由不想被称为盗贼并受到惩罚的社会上的有钱人捐款兴建的。

这节诗文十分重要。正如这里说明的，积累超过自己实际所需的金钱的人是贼，将受到自然法律的制裁。积累超过实际所需金钱的人变得想要享受越来越多的物质舒适设施。物质主义者们设计出那么多的非自然需求，那些有钱人受到这类需求的诱惑，试图积累更多的钱，以拥有越来越多的舒适条件。这就是现代经济发展的观念。所有的人都致力于赚钱，然后把钱存进银行，银行再把钱借出去。在这种活动循环中，每一个人都忙于获取更多的金钱，就这样失去了人生的理想目标。简而言之，可以说每一个人都是贼，都有可能受到惩罚。物质自然法律所给予的制裁发生在生死循环圈中。没人因为实现了物质欲望而心满意足地死去，因为那是不可能的。所以，当死亡的时刻到来时，人总是很遗憾没能实现自己的愿望。在物质自然法律的裁定下，生物得到另一个躯体，以满足他没有实现的愿望。由于再次投生，接受另一个物质躯体，生物“自愿”接受物质生活三种苦的折磨。

第9节

मृगोष्ट्रखरमर्काखुसरीसृप्खगमक्षिकाः ।
आत्मनः पुत्रवत्पश्येत्तैरेषामन्तरं कियत् ॥ ९ ॥

mṛgoṣṭra-khara-markākhu-
sarīsṛp khaga-makṣikāḥ
ātmanaḥ putravat paśyet
tair eṣām antaraṁ kiyat

mṛga—鹿 / uṣṭra—骆驼 / khara—驴 / marka—猴子 / ākhu—老鼠 / sarīsṛp—蛇 / khaga—飞鸟 / makṣikāḥ—苍蝇 / ātmanaḥ—自己的 / putra-vat—如同儿子们 / paśyet—人应该看 / taiḥ—与那些儿子们 / eṣām—这些动物的 / antaram—区别 / kiyat—多么小

译文 人应该像对待自己的孩子一样对待鹿、骆驼、驴、猴子、老鼠、蛇、飞鸟及苍蝇。小孩子与这些无辜动物之间的区别实在太小了。

要旨 具有奎师那意识的人了解动物与自己家中无辜的孩子之间没有区别。我们实际看到，即使在普通人的生活中，居士也是同等对待家中的猫或狗，以及自己的小孩子，心中不存任何恶意。就像小孩子一样，无知的动物也是至尊人格首神的孩子，因此有奎师那意识的人，包括居士，不该对孩子和可怜的动物加以区分。不幸的是，现代社会设计出杀害形象各异的动物的许多方法。例如：在农田中有许多老鼠、苍蝇和其他生物体干扰粮食的生产，结果有时就被杀虫剂杀死。但这节诗中说，这样的杀是被禁止的。所有的生物体都该得到至尊人格首神所给予的食物的滋养。人类社会不该认为只有自己是神的一切资产的享用者。相反，人应该明白：所有其他的动物也都有享受神的资产的权利。这节诗中甚至提到了蛇，以表明居士甚至不该对蛇怀有敌意。如果大家都满足于吃神作为礼物所给予的食物，生物体之间为什么要忌妒彼此，互相心怀恶意呢？现代人很倾向共产主义社会的理念，但我们不想想，还有比《圣典博伽瓦谭》这节诗中所解释的更好的共产主义理想吗？甚至在如今的共产主义国家中，可怜的动物还是被毫不犹豫地杀死，尽管它们也有靠吃分配给它们的食物活下去的权利。

第 10 节

त्रिवर्गं नातिकृच्छ्रेण भजेत गृहमेध्यपि ।
यथादेशं यथाकालं यावद्दैवोपपादितम् ॥१०॥

tri-vargaṁ nātikṛcchreṇa
bhajeta gṛha-medhy api
yathā-deśaṁ yathā-kālaṁ
yāvad-daivopapāditam

tri-vargam—笃信宗教、发展经济和感官享乐的这三项原则 / na—不 / ati-kṛcchreṇa—靠十分艰苦的努力 / bhajeta—应该执行 / gṛha-medhī—只对家庭生活感兴趣的人 / api—虽然 / yathā-deśam—按照地方 / yathā-kālam—根据时间 / yāvat—那么多 / daiva—靠至尊主的恩典 / upapāditam—获得

译文　一个人即使是居士，而非贞守生、退出家庭生活的人或进入弃绝阶层的人，也不该为笃信宗教、发展经济和感官享乐而过于努力。哪怕是在居士生活中，人也应该满足于靠至尊主的恩典，根据时间和地点用最少的努力能得到的维持生命的必需品。人不该让自己卷入可怕的活动。

要旨 人类生活中有四项要从事的主要活动，那就是：笃信宗教(dharma)、发展经济(artha)、感官享乐(kāma)和解脱(mokṣa)。人首先应该有宗教心，遵守各种规范原则，随后必须赚钱以维持自己的家庭，同时满足自己的感官。婚姻生活是感官享乐最主要的形式之一，因为性生活是物质躯体的主要需求之一(yan maithunādi-gṛhamedhi-sukhaṁ hi tuccham)。尽管性生活在生活中并非是十分高尚的需求，但动物和人都因为有物质的倾向而需要这种感官享乐。人应该满足于婚姻生活，而不要花精力去追求额外的感官享乐或性生活。

至于经济发展，这一责任主要是交由外夏(vaiśya)和居士(gṛhastha)去承担。人类社会应该划分为布茹阿玛纳(brāhmaṇa)、查锤亚(kṣatriya)、外夏(vaiśya)和庶铎(śūdra)这四个社会阶层(var-ṇas)，以及贞守生(brahmacarya)、居士(gṛhastha)、退出家庭生活(vānaprastha)和进入弃绝阶层(sannyāsa)这四个灵性阶段(āśramas)。经济发展对居士来说是需要的。作为布茹阿玛纳的居士，应该满足于当博学的学者(adhyayana)、教导他人成为学者(adhyāpana)、学习如何崇拜至尊人格首神维施努(yajana)，也教导他人如何崇拜主维施努或甚至半神人(yājana)。布茹阿玛纳应该在不要求报酬的情况下做这些，但被允许接受他所教导如何做人的人所给予的布施。谈到查锤亚，他们应该是土地的君王，而土地应该分发给外夏去耕种、养育乳牛和做贸易。庶铎必须工作；他们应该从事制作衣服、编织、铁匠、金匠和铜匠等职业，或者在农田中干粗重的体力活。

世上有不同的职业能让人维持生计，人类社会应该以此方式保持单纯。但如今，所有的人都忙于被《博伽梵歌》描述为是“艰苦努力(ugra-karma)”的科技发展。这种艰苦的努力是导致人心动荡不安的原因。人们从事许多罪恶的活动，因开设屠宰场、酿酒厂、制烟厂及夜总会等感官享乐的场所而堕落。他们就这样糟蹋了自己的生活。当然，居士们都被卷入到这些活动中。因此，这节诗中用梵文“虽然(api)”一词说明，一个人即使是居士，也不该让自己陷入这种严重的困境。人维持生活的方式应该极其简单。至于贞守生、退出家庭生活的人和进入弃绝阶层的人等不是居士的其他人，除了努力在灵性生活中争取进步外，不需要做其他的事。这意味着整个人口中有四分之三的人应该停止感官享乐，一心一意地为增进奎师那意识而努力。只有四分之一的人应该是居士，可以按照法律有限制地进行感官享乐。贞守生、居士、退出家庭生活的人和进入弃绝阶层的人，应该共同努力，集合起大家的能量，使自己变得具有奎师那意识。这种文明被称为神性的社会四阶层和灵性四阶段制度(daiva-varṇāśrama)。奎师那意识运动的其中一个目标就是建立这样的文明，而不是鼓励不符合科学划分的所谓的阶级制度。

第 11 节

आश्वाघान्तेऽवसायिभ्यः कामान् संविभजेद्यथा ।
अप्येकामात्मनो दारां नृणां स्वत्वग्रहो यतः ॥११॥

āśvāghānte 'vasāyibhyaḥ
kāmān saṁvibhajed yathā
apy ekām ātmano dārāṁ
nṛṇāṁ svatva-graho yataḥ

ā－甚至 / śva－狗 / agha－罪恶的动物或生物体 / ante avasāyibhyaḥ－对最低等的人昌达拉(吃狗肉和猪肉者) / kāmān－生活所需 / saṁvibhajet－应该分享 / yathā－如(应得的)一样多 / api－甚至 / ekām－一个人 / ātmanaḥ－自己的 / dārām－妻子 / nṛṇām－大众的 / svatva-grahaḥ－被视为是与自己同体的妻子 / yataḥ－由于……

译文 狗、堕落之人和包括吃狗肉者在内的不可触碰的人，都应该在居士的资助下得到他们维生的必需品。哪怕是自己最亲近、依赖的妻子，都该愿意让她招待客人和普通人。

要旨 尽管现代社会中的狗被接受为是居士家中的成员，但在韦达制度的居士生活中，狗是不可触碰的。正如这节诗中谈到的，可以给一条狗适当的食物。但是，不能允许狗进入自己的房子，更不要说进卧室了。居士还应该为四个社会阶层之外的人或不可触碰的吃狗肉者(caṇḍāla)提供生活所需，就有关这一点诗文中用了梵文“应得的那么多(yathā)”一词。不该给不属于四个社会阶层的人金钱，否则他们就会误用金钱放纵自己。例如：如今的低等人一般都得到相当高的薪资，但他们不用钱去培养知识，争取在灵性生活中取得进步，而是用余下的钱去从事喝酒等罪恶活动。正如《博伽梵歌》第4章的第13节诗所谈到的：必须按照人的工作和品质将人类社会分为四个阶层(cātur-varṇyaṁ mayā sṛṣṭaṁ guṇa-karma-vibhāgaśaḥ)。品质低劣的人不能做需要有高度智慧的工作。然而，不仅这一阶层的人必须按照他们的品性和工作生存，这节诗文中说，每一个生物体都必须能得到生活所需。如今的共产主义者赞成为每一个人提供生活所需，但他们只考虑人类，却没有考虑低等动物。可是，《圣典博伽瓦谭》中所谈的道义范围十分广泛，推荐要给包括人或动物在内的一切众生提供生活所需，不论其品性好与坏。

之所以建议居士甚至让自己的妻子为公众做服务，是因为：一个人如果跟自己的妻子有亲密的关系或特别依恋自己的妻子，就会认为妻子是自己最好的配偶或认为妻子就是自己；人必须逐渐去除这种依恋。正如前面所建议的，必须放弃拥有的概念，哪怕是认为拥有自己家庭的概念也该放弃。物质生活之梦是使人承受生死轮回束缚的根源，因此人应该停止做这种梦。当然，正如这节诗所建议的，应该在人体生命中停止对自己妻子的依恋。

第 12 节

जह्याद्यदर्थे स्वान् प्राणान् हन्याद्वा पितरं गुरुम् ।
तस्यां स्वत्वं स्त्रियां जह्याद्यस्तेन ह्यजितो जितः ॥१२॥

jahyād yad-arthe svān prāṇān
hanyād vā pitaraṁ gurum
tasyāṁ svatvaṁ striyāṁ jahyād
yas tena hy ajito jitaḥ

jahyāt－人也许放弃 / yat-arthe－为谁 / svān－自己 / prāṇān－生命 / hanyāt－人也许杀 / vā－或者 / pitaram－父亲 / gurum－教师或灵性导师 / tasyām－对她 / svatvam－所有权 / striyām－对妻子 / jahyāt－人必须放弃 / yaḥ－……的(至尊人格首神) / tena－由他 / hi－事实上 / ajitaḥ－无法被征服 / jitaḥ－征服

译文　人过于把自己的妻子当做是自己私有的，以致有时为她而自杀，或甚至杀死包括父母、灵性导师、教师在内的其他人。所以，如果有人能放弃他对这样一位妻子的眷恋，他就能征服从不被任何人所征服的至尊人格首神。

要旨　每一个丈夫都太依恋自己的妻子，因此要切断自己与妻子的关系极其困难。然而，如果人为了侍奉至尊人格首神而以某种方式切断它，那么至尊主本人虽然没人能征服，但却会乐意接受这种奉献者的控制。如果至尊主对一个奉献者满意了，这个奉献者还有什么是得不到的呢？那么，人为什么不停止对他妻子和孩子的情感而托庇于至尊人格首神呢？物质上有什么损失？居士生活意味着对自己妻子的依恋，进入弃绝阶层意味着不再依恋自己的妻子，而依恋奎师那。

第 13 节

कृमिविड्भस्मनिष्ठान्तं केदं तुच्छं कलेवरम् ।
क्व तदीयरतिर्भार्या क्वायमात्मा नभश्छदिः ॥१३॥

kṛmi-viḍ-bhasma-niṣṭhāntaṁ
kvedaṁ tucchaṁ kalevaram
kva tadīya-ratir bhāryā
kvāyam ātmā nabhaś-chadiḥ

kṛmi－昆虫、微生物 / viṭ－粪便 / bhasma－灰烬 / niṣṭha－依恋 / antam－结束时 / kva－什么是 / idam－这(躯体) / tuccham－微不足道 / kalevaram－物质的临时居所 / kva－什么是 / tadīya-ratiḥ－依恋那躯体 / bhāryā－妻子 / kva ayam－这个躯体的价值是什么 / ātmā－至尊灵魂 / nabhaḥ-chadiḥ－如天空般遍布各处

译文 人应该在深思熟虑后放弃对妻子身体的依恋，因为那躯体最终将化为小昆虫、粪便或灰烬。这个微不足道的躯体有什么价值？如天空般无所不在的至尊生物多么伟大？！

要旨 这节诗也强调了同样的重点，即：人应该停止依恋自己的妻子；或换句话说，是对性生活的依恋。人如果有智慧，就会想他妻子的躯体只不过是最终将转化为小虫、粪便或灰烬的一堆肉。在人类社会中，文化背景各不相同的人，在葬礼上对待尸体的方式不同。有的地方将尸体交给秃鹰吃，尸体于是最终成为秃鹰的粪便。有时尸体被直接弃置不管，在这样的情况下尸体就会被小虫子吃掉。在有些地方，人们直接将尸体烧掉；这样，尸体就变成灰烬。无论如何，人如果明智地考虑躯体的结构及灵魂超越躯体，就会明白这躯体没什么价值。躯体随时会死，但灵魂是永恒的(antavanta ime dehā nityasyoktāḥ śarīriṇaḥ)。人如果停止对躯

体的依恋，增加对灵性灵魂的依恋，他的人生就成功了。这是一个需要深思熟虑的问题。

第 14 节

सिद्धैर्यज्ञावशिष्टार्थैः कल्पयेद् वृत्तिमात्मनः ।
शेषे स्वत्वं त्यजन् प्राज्ञः पदवीं महतामियात् ॥१४॥

siddhair yajñāvaśiṣṭārthaiḥ
kalpayed vṛttim ātmanaḥ
śeṣe svatvaṁ tyajan prājñaḥ
padavīṁ mahatām iyāt

siddhaiḥ－凭借至尊主的恩典得到的事物 / yajñā-avaśiṣṭa-arthaiḥ－举行献给至尊主的祭祀或被推荐的潘查·苏纳祭祀后得到的事物 / kalpayet－人应该考虑 / vṛttim－生计 / ātmanaḥ－为自己 / śeṣe－在结束时 / svatvam－对妻子、孩子、家和生意等的所谓拥有权 / tyajan－放弃 / prājñaḥ－明智的人 / padavīm－地位 / mahatām－怀着灵性意识而感到心满意足的伟大人物们的 / iyāt－应该达到

译文　有智慧的人应该满足于进食给至尊主供奉过的食物(帕萨达)，或举行五种不同的祭祀。从事这种活动可以使人放弃对躯体和与躯体有关的所谓拥有物的依恋。能这样做的人，是伟大、坚定的灵魂。

要旨　大自然已经作出赡养我们的安排；按照至尊人格首神的命令，她给八百四十万种生命形式中的每一种生物体都安排好了可吃的食物。每一个生物体都需要吃些东西，而事实上至尊人格首神已经为每一个生物体提供了生活所需(eko bahūnāṁ yo vidadhāti kāmān)。至尊主为大象和蚂蚁都提供了食物。众生都依靠至尊主而生存，因此明智之人不该为得到物质上的舒适条件而辛苦工作。相反，人应该将节省下来的精力用于增强奎师那意识。在

空中、气体中、陆地上和海洋中的一切被创造物，都属于至尊人格首神，而每一个生物体都得到食物供给。因此，人不该为经济发展而焦虑，并冒着坠入生死轮回的危险，不必要地浪费时间和精力。

第 15 节

देवानृषीन्नृभूतानि पितॄनात्मानमन्वहम् ।
स्ववृत्त्यागतवित्तेन यजेत पुरुषं पृथक् ॥१५॥

devān ṛṣīn nṛ-bhūtāni
pitṝn ātmānam anvaham
sva-vṛttyāgata-vittena
yajeta puruṣaṁ pṛthak

devān—对半神人 / ṛṣīn—对伟大的圣人 / nṛ—对人类社会 / bhūtāni—对一般生物体 / pitṝn—对祖先 / ātmānam—自我或至尊自我 / anvaham—每日 / sva-vṛttyā—借由个人的生计 / āgata-vittena—自动到来的金钱 / yajeta—人应该崇拜 / puruṣam—处在众生心中的人 / pṛthak—分别地

译文 人应该每天崇拜处在众生心中的至尊生物，并在此基础上敬重每一个半神人、圣洁之人、普通人、祖先、自己本人和其他生物体。这样做的人，能够崇拜处在众生心中的至尊生物。

第 16 节

यर्ह्यात्मनोऽधिकाराद्याः सर्वाः स्युर्यज्ञसम्पदः ।
वैतानिकेन विधिना अग्निहोत्रादिना यजेत् ॥१६॥

yarhy ātmano 'dhikārādyāḥ
sarvāḥ syur yajña-sampadaḥ
vaitānikena vidhinā
agni-hotrādinā yajet

yarhi－当……时 / ātmanaḥ－自己的 / adhikāra-ādyāḥ－在他完全能控制的情况下拥有的事物 / sarvāḥ－一切 / syuḥ－成为 / yajña-sampadaḥ－为举行祭祀用的一切用品，或者取悦至尊人格首神的各种方法 / vaitānikena－用指导祭祀举行的权威性书籍 / vidhinā－按照规范原则 / agni-hotra-ādinā－靠向火中供奉祭品等 / yajet－人应该崇拜至尊人格首神

译文　当人因为掌握了知识和钱财而变得富有，并能用这一切举行祭祀或取悦至尊人格首神时，人就必须举行祭祀，按照经典的指示向祭祀之火中供奉祭品。人应该以此方式崇拜至尊人格首神。

要旨　居士如果得到足够的有关韦达知识的教育，并变得足够富有，可以通过献上崇拜取悦至尊人格首神时，就必须按照权威经典的指导举行祭祀(yajña)。《博伽梵歌》第3章的第9节诗明确地说：每一个人都要履行自己的规定职责，但要为取悦至尊主而把活动当祭祀献给祂(yajñārthāt karmaṇo 'nyatra loko 'yaṁ karma-bandhanaḥ)。人如果足够幸运地既拥有超然的知识又有钱财可以举行祭祀，就必须按照启示经典中所给予的指导去这么做。《圣典博伽瓦谭》第12篇第3章的第52节诗说：

kṛte yad dhyāyato viṣṇuṁ
　tretāyāṁ yajato makhaiḥ
dvāpare paricaryāyāṁ
　kalau tad dhari-kīrtanāt

整个韦达文明的目标是使至尊人格首神满意。为了能达到这一目标，萨提亚年代(Satya-yuga)的人在自己的心中冥想至尊主；特瑞塔年代(Tretā-yuga)的人举行花费昂贵的祭祀；杜瓦帕尔年代(Dvāpara-yuga)的人在神庙中崇拜至尊主；喀历年代(Kali-yuga)的人举行集体歌唱神的圣名祭祀(saṅkīrtana-yajña)。因此，受过教育且富有的

人，必须用这些来帮助已经开始了的集体歌唱神的圣名运动——哈瑞·奎师那运动或称奎师那意识运动，以此取悦至尊人格首神。既然教育和钱财是专门用来为至尊人格首神服务的，那么所有受过教育且富有的人就都必须参加这一运动。钱财和教育这些有价值的资源如果不被用来为至尊主服务，就必然被用于为错觉能量玛亚服务。所谓的科学家、哲学家和诗人们所受的教育，如今就都被用在为玛亚的服务中；有钱人的钱财也被用在为玛亚的服务中。然而，为玛亚服务的结果是：整个世界一片混乱。所以，有钱人和受过教育的人，应该为取悦至尊主奉献他们的知识和钱财，并亲自参加这场集体歌唱神的圣名运动（yajñaiḥ saṅkīrtanaprāyair yajanti hi sumedhasaḥ）。

第 17 节

न ह्यग्निमुखतोऽयं वै भगवान् सर्वयज्ञभुक् ।
इज्येत हविषा राजन् यथा विप्रमुखे हुतैः ॥१७॥

na hy agni-mukhato 'yaṁ vai
bhagavān sarva-yajña-bhuk
ijyeta haviṣā rājan
yathā vipra-mukhe hutaiḥ

na－不 / hi－事实上 / agni－火 / mukhataḥ－从嘴或火焰 / ayam－这 / vai－肯定地 / bhagavān－圣主奎师那 / sarva-yajña-bhuk－一切种类祭祀的结果的享受者 / ijyeta－被崇拜 / haviṣā－通过供奉纯净酥油 / rājan－君王啊 / yathā－同样地 / vipra-mukhe－通过布茹阿玛纳的嘴 / hutaiḥ－靠供奉给他一流的食物

译文 至尊人格首神圣奎师那，是祭祀供品的享受者。尽管如此，我亲爱的君王啊！当有用谷物和纯净酥油烹煮的美味佳肴透过有资格的布茹阿玛纳的嘴供奉给祂时，那比吃供奉到火中的祭品更令祂圣上满意。

要旨 正如《博伽梵歌》第3章的第9节诗中说明：应该把一切活动当祭祀，为取悦奎师那而从事(yajñārthāt karmaṇo 'nyatra loko 'yaṁ karma-bandhanaḥ)。《博伽梵歌》第5章的第29节诗中说：祂是至尊主和一切的享受者(bhoktāraṁ yajña-tapasāṁ sarva-loka-maheśvaram)。然而，尽管祭祀是献给奎师那的，但当人用谷物和纯酥油准备给神供奉的食物并分发给布茹阿玛纳，接着是其他人时，那比直接供奉到火中更让奎师那高兴。这种做法最能取悦奎师那。此外，如今极少有机会以“把食用谷物和纯净酥油等祭品大量倾泻到火中”的方式供奉祭祀。尤其是现在的印度，几乎已经没有酥油了；而由于一切都该用酥油，人们便用某种类型的油制品代替。但经典从没推荐要将油供奉到火中。在喀历年代中，食用谷物和酥油的有效品质在逐渐下降，无法生产足量的酥油和食用谷物使人们感到窘迫。在这样的情况下，经典推荐说：在这个年代，有智慧的人通过开展集体歌唱神的圣名运动举行祭祀(yajñaiḥ saṅkīrtana-prāyair yajanti hi sumedhasaḥ)。大家都应该参加集体歌唱神的圣名运动，将自己的知识和钱财作为祭品供奉到这运动之火中。在我们的集体歌唱神的圣名运动——哈瑞·奎师那运动中，我们将丰盛美味的食物供奉给神像，随后将给神像供奉过的食物帕萨达分发给布茹阿玛纳、外士纳瓦，接着是分发给一般大众。“吟唱哈瑞·奎师那曼陀加分发帕萨达”这一祭祀，是最完美的供奉祭祀的真正方法，最能取悦雅格亚——维施努。

第18节

तस्माद् ब्राह्मणदेवेषु मर्त्यादिषु यथार्हतः ।
तैस्तैः कामैर्यजस्वैनं क्षेत्रज्ञं ब्राह्मणाननु ॥१८॥

tasmād brāhmaṇa-deveṣu
martyādiṣu yathārhataḥ

tais taiḥ kāmair yajasvainaṁ
kṣetra-jñaṁ brāhmaṇān anu

tasmāt－因此 / brāhmaṇa-deveṣu－透过布茹阿玛纳和半神人 / martya-ādiṣu－透过普通人和其他生物体 / yathā-arhataḥ－按照你的能力 / taiḥ taiḥ－用所有那些 / kāmaiḥ－美味佳肴、鲜花花环和檀香浆等各种享受物 / yajasva－你应该崇拜 / enam－这 / kṣetra-jñam－处在众生心中的至尊主 / brāhmaṇān－布茹阿玛纳们 / anu－之后

译文 因此，我亲爱的君王，首先将帕萨达供奉给布茹阿玛纳和半神人，在让他们吃饱喝足后，你可以按照自己的能力将帕萨达分发给其他生物体。这样做将使你能够崇拜众生；换句话说，能够崇拜在每一个生物体心中的至尊生物。

要旨 向众生分发帕萨达的程序是：我们必须先将帕萨达供奉给布茹阿玛纳和外士纳瓦，因为半神人们由布茹阿玛纳做代表。这样做将使处在众生心中的至尊人格首神受到崇拜。这是供奉帕萨达的韦达方式。只要有分发帕萨达的仪式，就该把帕萨达先供奉给布茹阿玛纳，随后是孩子和老人，接着是妇女，最后才是狗和其他家养的动物。经典说至尊生物纳茹阿亚纳处在每一个人的心中时，并不意味着每一个人就都变成了纳茹阿亚纳或某个穷人变成了纳茹阿亚纳。这节诗文的内容驳斥了那种结论。

第 19 节

कुर्यादपरपक्षीयं मासि प्रौष्ठपदे द्विजः ।
श्राद्धं पित्रोर्यथावित्तं तद्बन्धूनां च वित्तवान् ॥१९॥

kuryād apara-pakṣīyaṁ
māsi prauṣṭha-pade dvijaḥ
śrāddhaṁ pitror yathā-vittaṁ
tad-bandhūnāṁ ca vittavān

kuryāt－人应该举行 / apara-pakṣīyam－在月渐黑的两个星期内 / māsi－在十月到十一月(Āśvina)间 / prauṣṭha-pade－在八月至九月(Bhādra)间 / dvijaḥ－再生者 / śrāddham－祭品 / pitroḥ－向祖先 / yathāvittam－根据个人经济能力 / tat-bandhūnām ca－以及祖先的亲戚 / vitta-vān－足够富裕的人

译文 足够富有的布茹阿玛纳，必须在巴铎月末期月渐黑的十四天内向祖先供奉祭品。同样，他应该在阿施维尼月举行玛哈拉亚仪式期间，向祖先的亲戚供奉祭品*。

第 20－23 节

अयने विषुवे कुर्याद्व्यतीपाते दिनक्षये ।
चन्द्रादित्योपरागे च द्वादश्यां श्रवणेषु च ॥२०॥

तृतीयायां शुक्लपक्षे नवम्यामथ कार्तिके ।
चतसृष्वप्यष्टकासु हेमन्ते शिशिरे तथा ॥२१॥

माघे च सितसप्तम्यां मघाराकासमागमे ।
राकया चानुमत्या च मासर्क्षाणि युतान्यपि ॥२२॥

द्वादश्यामनुराधा स्याच्छ्रवणास्तिस्र उत्तराः ।
तिसृष्वेकादशी वासु जन्मर्क्षश्रोणयोगयुक् ॥२३॥

ayane viṣuve kuryād
　vyatīpāte dina-kṣaye
candrādityoparāge ca
　dvādaśyāṁ śravaṇeṣu ca

tṛtīyāyāṁ śukla-pakṣe
　navamyām atha kārtike

---

* 玛哈拉亚节日在十月到十一月(Āśvina)间月渐暗的第十五天举行，标志着韦达月历一年的最后一天。

catasṛṣv apy aṣṭakāsu
hemante śiśire tathā

māghe ca sita-saptamyāṁ
maghā-rākā-samāgame
rākayā cānumatyā ca
māsarkṣāṇi yutāny api

dvādaśyām anurādhā syāc
chravaṇas tisra uttarāḥ
tisṛṣv ekādaśī vāsu
janmarkṣa-śroṇa-yoga-yuk

ayane－在太阳开始向北运行的那一天(Makara-saṅkrānti)和在太阳开始向南运行的那一天(Karkaṭa-saṅkrānti) / viṣuve－在Meṣa-saṅkrānti和Tulā-saṅkrānti / kuryāt－应该举行 / vyatīpāte－以名为维亚提帕塔的月亮与太阳的关系 / dina-kṣaye－在三个阴历天结合的那一天 / candra-āditya-uparāge－在日食或月食的时候 / ca－以及 / dvāda-śyām śravaṇeṣu－在阴历的第十二天和刷瓦纳宫中 / ca－和 / tṛtīyā-yām－在Akṣaya-tṛtīyā日 / śukla-pakṣe－在一个月的月明的十四天中 / nava-myām－在阴历的第九天 / atha－也 / kārtike－在十月至十一月(Kārti-ka)中 / catasṛṣu－在四个的 / api－也 / aṣṭakāsu－在月圆后的第八天 / hemante－在冬季前 / śiśire－在冬季中 / tathā－以及 / mā-ghe－在一月至二月(玛格哈)的那个月中 / ca－和 / sita-saptamyām－在阴历月明的第七天 / maghā-rākā-samāgame－在玛格哈宫和满月那一天的连接点 / rākayā－与月亮最圆满的一天 / ca－和 / anumatyā－在月亮差一点就最圆满的满月天 / ca－和 / māsa-ṛkṣāṇi－是不同月份名字来源的那些宫 / yutāni－结合 / api－也 / dvādaśyām－在阴历的第十二天 / anurādhā－在阿努茹阿达宫 / syāt－也许发生 / śrava-ṇaḥ－在刷瓦纳宫 / tisraḥ－三个(宫) / uttarāḥ－乌塔茹阿-帕勒古尼宫、乌塔茹阿沙达宫或乌塔茹阿 · 巴铎帕达宫 / tisṛṣu－在三个……上 / ekādaśī－阴历第十一天 / vā－或者 / āsu－在这些……上 / jan-maṛkṣa－一个人自己的诞生星球(janma-nakṣatra) / śroṇa－刷瓦纳宫的 / yoga－靠连接 / yuk－有

译文 在冬至或夏至的那一天，人应该举行刷达仪式。在春分和秋分的那一天，在被称为维亚提帕塔的星球重叠现象发生时，在阳历中出现三个阴历日合并的那一天，在月食或日食期间，在按阴历计算月亮在刷瓦纳宫中的第十二天，人也应该举行这仪式。在被称为阿克沙亚·特瑞提亚的那一天，在卡尔提卡月月渐圆那十四天中的第九天，在冬季和寒冷的季节中的四个月圆后的第八天，在玛格哈月月渐圆那十四天中的第七天，在玛格哈宫与满月天的交接期，在月亮最圆或不十分圆的那些天，在这些天与各个宫结合因而得出特定月份的名称时，人都应该举行这些仪式。在阴历的一个月的第十二天与阿努茹阿达宫、刷瓦纳宫、乌塔茹阿·帕勒古尼宫、乌塔茹阿沙达宫或乌塔茹阿·巴铎帕达宫交接时，人也应该举行刷达仪式。此外，在阴历的一个月的第十一天与乌塔茹阿·帕勒古尼宫、乌塔茹阿沙达宫或乌塔茹阿·巴铎帕达宫交接时，人应该举行这仪式。最终，在与自己的诞生星球或刷瓦纳宫连接的那些天，人应该举行这仪式。

要旨 梵文ayana的意思是“路途”或“去到”。太阳向北方运行的六个月被称为向北方的轨道(uttarāyaṇa)，向南方运行的六个月被称为向南方的轨道(dakṣiṇāyana)。《博伽梵歌》第8章的第24—25节诗中谈到了这些。太阳开始向北方运行的第一天和进入黄道带的摩羯宫，被称为makara-saṅkrānti；太阳开始向南方运行的第一天和进入巨蟹宫，被称为karkaṭa-saṅkrānti。人应该在一年的这两天里举行刷达(śrāddha)仪式。

Viṣuva或Viṣuva-saṅkrānti的意思是太阳进入白羊宫的那一天(meṣa-saṅkrānti)。Tulā-saṅkrānti是指太阳进入天秤宫的那一天。这两天在一年当中各只有一次。诗文中的“尤嘎(yoga)”一词是指太阳与月亮在天空中运行时彼此间具有的一定的关系。这种关系共有二十七种，其中第十七种被称为维亚提帕塔(Vyatīpāta)。当这一天发生时，人应该举行名叫刷达(śrāddha)的净化仪式。阴历的一天(tithi)构成太阳和月亮的经度之间的距离。有时阴历的一天少于二十四小时。当它始于太阳升起后的那一天，止于第二天太阳升起前时，阴历中前一个天和接下来的一天都在太阳升起之间“触碰”到了二十四小时的一天。这称为被阴历中的特定的三天触碰到的一天(tryaha-sparśa)。

圣吉瓦·哥斯瓦米(Jīva Gosvāmī)引用许多经典的内容说明道：不该在阴历的艾卡达西(Ekādaśī)的那一天为祖先举行刷达仪式。当死亡纪念日碰巧是阴历的艾卡达西日时，就应该在被称为德瓦达西的(dvādaśī)第二天举行刷达仪式，而不该在艾卡达西当天举行。《布茹阿玛·外瓦尔塔往世书》(Brahma-vaivarta Purāṇa)中说：

ye kurvanti mahīpāla
śrāddhaṁ caikādaśi-dine
trayas te narakaṁ yānti
dātā bhoktā ca prerakaḥ

人如果在阴历艾卡达西的那一天为祖先举行刷达仪式，那么举办者和为之举行刷达仪式的那些祖先，以及鼓励举行仪式的家庭祭司，就都会去地狱。

第 24 节

त एते श्रेयसः काला नृणां श्रेयोविवर्धनाः ।
कुर्यात्सर्वात्मनैतेषु श्रेयोऽमोघं तदायुषः ॥२४॥

ta ete śreyasaḥ kālā
nṛṇāṁ śreyo-vivardhanāḥ
kuryāt sarvātmanaiteṣu
śreyo 'moghaṁ tad-āyuṣaḥ

te—因此 / ete—所有这些(对占星学计算的描述) / śreyasaḥ—吉祥的 / kālāḥ—时间 / nṝṇām—对人类 / śreyaḥ—吉祥 / vivardhanāḥ—增加 / kuryāt—人应该举行 / sarva-ātmanā—通过其他活动(不仅是刷达仪式) / eteṣu—在这些(季节) / śreyaḥ—(使)吉祥 / amogham—和成功 / tat——个人的 / āyuṣaḥ—寿命的

译文 所有这些时间都被视为是对人类格外吉祥的时间。在这些时间里，人应该从事所有的吉祥活动，因为这些活动能使人在短暂的一生中获得成功。

要旨 生物通过自然进化程序得到人体时，必须为进一步的提升负起责任。正如《博伽梵歌》第9章的第25节诗所说：崇拜半神人的人可以被提升到半神人的星球去(yānti deva-vratā devān)；而为至尊主做奉爱服务的人，则回归家园，回到首神身边(yānti madyājino 'pi mām)。因此，在人体生命中的生物，应该为回归家园、回到首神身边从事吉祥的活动。奉爱服务并不依赖物质情况(ahaituky apratihatā)。当然，对那些在物质的层面上致力于功利性活动的人来说，上面谈到的时间和季节格外适合做奉爱服务。

第25节

एषु स्नानं जपो होमो व्रतं देवद्विजार्चनम् ।
पितृदेवनृभूतेभ्यो यद्दत्तं तद्ध्यनश्वरम् ॥२५॥

eṣu snānaṁ japo homo
vrataṁ deva-dvijārcanam
pitṛ-deva-nṛ-bhūtebhyo
yad dattaṁ tad dhy anaśvaram

eṣu—在所有这些(季节性的时间)内 / snānam—在恒河、雅沐娜河或其他神圣的地方沐浴 / japaḥ—吟诵 / homaḥ—举行火祭 / vratam—遵守誓言 / deva—至尊主 / dvija-arcanam—崇拜布茹阿玛纳或

外士纳瓦 / pitṛ－对祖先 / deva－半神人 / nṛ－人民大众 / bhūte-bhyaḥ－及所有其他生物体 / yat－无论什么 / dattam－供奉 / tat－那 / hi－确实 / anaśvaram－永久的利益

译文 在这些季节交替期内，人如果在恒河、雅沐娜河或其他圣地中沐浴，如果吟诵、吟唱曼陀、供奉火祭或遵守誓言，或者如果崇拜至尊主、布茹阿玛纳、祖先、半神人和普通众生，那么无论他给予什么样的布施，他都能得到永久的利益。

第 26 节

संस्कारकालो जायाया अपत्यस्यात्मनस्तथा ।
प्रेतसंस्था मृताहश्च कर्मण्यभ्युदये नृप ॥२६॥

saṁskāra-kālo jāyāyā
apatyasyātmanas tathā
preta-saṁsthā mṛtāhaś ca
karmaṇy abhyudaye nṛpa

saṁskāra-kālaḥ－在指明要举行韦达改造仪式的恰当时间 / jāyā-yāḥ－为妻子 / apatyasya－为孩子 / ātmanaḥ－和个人 / tathā－以及 / preta-saṁsthā－丧葬仪式 / mṛta-ahaḥ－一年一次的忌辰仪式 / ca－和 / karmaṇi－功利性活动的 / abhyudaye－为促进 / nṛpa－君王啊

译文 尤帝士提尔王啊！要使从事的功利性活动获得成就，人必须在规定举行改造自己和妻儿的仪式性典礼期间，或在举行葬礼及忌辰典礼期间，从事上述的吉祥活动。

要旨 韦达经(Vedas)推荐了居士可以在自己孩子的生日或在葬礼期间举行的许多仪式性典礼，还有启迪仪式等个人改造方法。这些都是必须按时间、环境和经典的指导从事的活动。《博伽梵歌》强调，一切都必须按照经典中给予的指示做(jñātvā śāstravidhānoktam)。就有关喀历年代，经典的训示是：要一直不断地举行集体歌唱神的圣名祭祀(kīrtanīyaḥ sadā hariḥ)。经典中推荐的所有的仪式性典礼，都必须在举行前和举行后有集体歌唱神的圣名。这是圣吉瓦·哥斯瓦米的建议。

第 27—28 节

अथ देशान् प्रवक्ष्यामि धर्मादिश्रेयआवहान् ।
स वै पुण्यतमो देशः सत्पात्रं यत्र लभ्यते ॥२७॥

बिम्बं भगवतो यत्र सर्वमेतच्चराचरम् ।
यत्र ह ब्राह्मणकुलं तपोविद्यादयान्वितम् ॥२८॥

atha deśān pravakṣyāmi
dharmādi-śreya-āvahān
sa vai puṇyatamo deśaḥ
sat-pātraṁ yatra labhyate

bimbaṁ bhagavato yatra
sarvam etac carācaram
yatra ha brāhmaṇa-kulaṁ
tapo-vidyā-dayānvitam

atha—接着 / deśān—地方 / pravakṣyāmi—我要描述 / dharma-ādi—宗教仪式等 / śreya—吉祥 / āvahān—能带来……的 / saḥ—那 / vai—的确 / puṇya-tamaḥ—最神圣的 / deśaḥ—地方 / sat-pātram—一位外士纳瓦 / yatra—在那里 / labhyate—可找到 / bimbam—神像(在庙宇中) / bhagavataḥ—(作为……的支撑)至尊人格首神的 / yatra—哪里 / sarvam etat—整个宇宙展示的 / cara-acaram—与一切动与不动的生物体 / yatra—在那里 / ha—事实上 / brāhmaṇa-kulam—与布茹阿玛纳交往 / tapaḥ—苦行 / vidyā—教育 / dayā—仁慈 / anvitam—具有……

译文 纳茹阿达·牟尼继续道：我现在要描述可以很好地举行宗教仪式的地点。能找到外士纳瓦的地方是从事一切吉祥活动的绝佳之地。至尊人格首神是这整个宇宙展示，及其中动与不动的生物体的支撑和维系者，所以安置了至尊主神像的庙宇是最神圣的地方。除此之外，博学的布茹阿玛纳通过苦修、教育和仁慈奉行韦达原则的地方，也是最吉祥、最神圣的地方。

要旨 这节诗中指出，至尊人格首神奎师那受到崇拜的外士纳瓦庙宇，以及外士纳瓦们致力于为至尊主做服务的地方，都是举行宗教仪式的最佳场所。如今，尤其是在特别大的城市，人们都住在小公寓中，没有能力安置神像或设立庙宇。在这种情况下，由奎师那意识运动兴建的中心和庙宇都是最佳的举行宗教仪式的地点。尽管人民大众对宗教仪式或神像崇拜不再有兴趣，但奎师那意识运动给每一个人提供机会，可以通过变得具有奎师那意识在灵性生活中取得进步。

第29节

यत्र यत्र हरेरर्चा स देशः श्रेयसां पदम् ।
यत्र गङ्गादयो नद्यः पुराणेषु च विश्रुताः ॥२९॥

yatra yatra harer arcā
sa deśaḥ śreyasāṁ padam
yatra gaṅgādayo nadyaḥ
purāṇeṣu ca viśrutāḥ

yatra yatra—无论何地 / hareḥ—至尊人格首神奎师那的 / arcā—神像受到崇拜 / saḥ—那 / deśaḥ—地方、国家或邻近地区 / śreyasām——切吉祥的 / padam—地方 / yatra—无论什么地方 / gaṅgā-ādayaḥ—如同恒河、雅沐娜、纳尔玛妲及卡维瑞 / nadyaḥ—圣河 / purāṇeṣu—在往世书(韦达补充文献)中 / ca—也 / viśrutāḥ—是著名的

译文　事实上，哪里有至尊人格首神奎师那得到恰当崇拜的神庙，哪里有往世书和韦达补充文献中提到的著名圣河在流动，哪里就是吉祥地；在那些地方从事的任何灵性活动，都无疑十分有效。

要旨　世上有许多无神论者反对在神庙中崇拜至尊人格首神的神像。但这节诗中具有权威性地说明，崇拜神像的地方是超然的，不属于物质世界。经典中也说森林是受善良属性影响的地方，因此建议那些想要过灵性生活的人到森林去(vanaṁ gato yad dharim āśrayeta)。但是，人不该到森林中去只是像猴子一样过活。猴子和其他凶猛的野兽也住在森林中，但为取得灵性进步去森林的人，必须托庇于至尊人格首神的莲花足(vanaṁ gato yad dharim āśrayeta)。人不该仅仅满足于去了森林，而必须托庇于至尊人格首神的莲花足。因此，在这个年代中，由于去森林培养灵性的意识是不可能的，经典便推荐人们作为奉献者住在以庙宇为中心的社区内，有规律地崇拜神像，遵守规范原则，以此将自己的居住地营造成像灵性世界外琨塔一样的地方。即使森林受善良属性的影响，城市和村庄受激情属性的影响，妓院、饭店和餐厅受愚昧属性的控制，但当人住在以神庙为中心的社区内，就是住进了外琨塔。正因为如此，这节诗中说，那是最佳、最吉祥的地方(śreya-sāṁ padam)。

我们在全世界的许多地方都兴建了这样的社区，给奉献者们以庇护，让他们可以在庙里崇拜神像。只有奉献者才能崇拜神像。只注重在庙里崇拜神像，但不重视奉献者的人，是三流的奉献者。他们是在灵性生活中处在初级阶段的奉献者(kaniṣṭha-adhikārī)。正如《圣典博伽瓦谭》第11篇第2章的第47节诗说：

arcāyām eva haraye
　pūjāṁ yaḥ śraddhayehate
na tad-bhakteṣu cānyeṣu
　sa bhaktaḥ prākṛtaḥ smṛtaḥ

“忠实地在庙里忙着崇拜神像，但却不知道该如何正确对待奉献者或一般大众的人，被称为物质主义奉献者(prākṛta-bhakta)——初级奉献者(kaniṣṭha-adhikārī)。”因此，庙里必须有至尊主的神像，而至尊主应该受到奉献者的崇拜。奉献者与神像的这种结合，创造了一流的超然之地。

除此之外，居士奉献者如果在家崇拜神像的形象——沙拉卦么·希拉(śālagrāma-śilā)，那他的家也就变成十分了不起的地方。所以，布茹阿玛纳、查锤亚和外夏这三个高等阶层的成员，过去都有在自己家崇拜沙拉卦么·希拉，以及茹阿达·奎师那(Rādhā-Kṛṣṇa)或悉塔·茹阿玛(Sītā-Rāma)的小神像的习惯。这使一切都变得吉祥。然而，他们现在停止了神像崇拜。人们都变得很“现代化”，放纵自己从事所有种类的罪恶活动，因而都极不快乐。

按照韦达文明，朝圣之地被视为是最神圣的地方，世上至今仍有像佳干纳特·普瑞(Jagannātha Purī)、温达文(Vṛndāvana)、哈尔德瓦尔(Hardwar)、茹阿梅施瓦尔(Rāmeśvara)、帕亚嘎(Prayāga)和玛图茹阿(Mathurā)那样的成百上千的圣地。印度是崇拜或说培养灵性生活的地方。奎师那意识运动不作种姓或信仰的区分，而是邀请全世界每一个人到我们中心来学习完美的灵性生活。

第 30—33 节

सरांसि पुष्करादीनि क्षेत्राण्यर्हाश्रितान्युत ।
कुरुक्षेत्रं गयशिरः प्रयागः पुलहाश्रमः ॥३०॥

नैमिषं फाल्गुनं सेतुः प्रभासोऽथ कुशस्थली ।
वाराणसी मधुपुरी पम्पा बिन्दुसरस्तथा ॥३१॥

नारायणाश्रमो नन्दा सीतारामाश्रमादयः ।
सर्वे कुलाचला राजन्महेन्द्रमलयादयः ॥३२॥

एते पुण्यतमा देशा हरेरर्चाश्रिताश्च ये ।
एतान्देशान्निषेवेत श्रेयस्कामो ह्यभीक्ष्णशः ।
धर्मो ह्यत्रेहितः पुंसां सहस्राधिफलोदयः ॥३३॥

sarāṁsi puṣkarādīni
kṣetrāṇy arhāśritāny uta
kurukṣetraṁ gaya-śiraḥ
prayāgaḥ pulahāśramaḥ

naimiṣaṁ phālgunaṁ setuḥ
prabhāso 'tha kuśa-sthalī
vārāṇasī madhu-purī
pampā bindu-saras tathā

nārāyaṇāśramo nandā
sītā-rāmāśramādayaḥ
sarve kulācalā rājan
mahendra-malayādayaḥ

ete puṇyatamā deśā
harer arcāśritāś ca ye
etān deśān niṣeveta
śreyas-kāmo hy abhīkṣṇaśaḥ
dharmo hy atrehitaḥ puṁsāṁ
sahasrādhi-phalodayaḥ

sarāṁsi—湖泊 / puṣkara-ādīni—例如菩施卡尔 / kṣetrāṇi—圣地(例如：库茹柴陀、嘎亚和佳干纳特・普瑞) / arha—为值得崇拜的圣洁之人 / āśritāni—避难的地方 / uta—著名的 / kurukṣetram——个特定的圣地(达尔玛・柴陀) / gaya-śiraḥ—名叫嘎亚的地方——嘎亚魔在那里托庇于主维施努的莲花足 / prayāgaḥ—在恒河与雅沐娜这两条圣河汇合处的阿拉哈巴德 / pulaha-āśramaḥ—菩拉哈・牟尼的住所 / naimiṣam—名叫奈弥沙冉亚的地方(在勒克瑙附近) / phālgunam—法勒古河流淌之地 / setuḥ—主茹阿玛禅铎在印度和兰卡之间建桥的地方赛图班达 / prabhāsaḥ—帕巴萨柴陀 / atha—以及 / kuśasthalī—杜瓦尔卡 / vārāṇasī—贝拿勒斯 / madhu-purī—玛图茹阿 /

pampā－有个名叫潘帕湖的地方 / bindu-saraḥ－宾杜湖所在地 / tathā－哪里 / nārāyaṇa-āśramaḥ－被称为巴达瑞卡刷玛 / nandā－南达河流淌的地方 / sītā-rāma－主茹阿玛禅铎和悉塔母亲的 / āśrama-ādayaḥ－像祺陀库塔那样的避难地 / sarve－全部(这样的地方) / kulācalāḥ－丘陵地带 / rājan－君王啊 / mahendra－名叫玛汉铎 / malaya-ādayaḥ－及玛拉亚查拉等其他地方 / ete－它们全部 / puṇya-tamāḥ－极其神圣 / deśāḥ－地方 / hareḥ－至尊人格首神的 / arca-āśritāḥ－崇拜茹阿妲·奎师那神像的地方(例如：纽约、洛杉矶和旧金山等美国大城市，以及伦敦、巴黎等欧洲城市，或有奎师那意识中心的地方) / ca－以及 / ye－……的那些 / etān deśān－所有这些国家 / niṣeveta－应该崇拜或拜访 / śreyaḥ-kāmaḥ－期望吉祥的人 / hi－事实上 / abhīkṣṇaśaḥ－再三 / dharmaḥ－宗教活动 / hi－从…… / atra－在这些地方 / īhitaḥ－从事 / puṁsām－人们的 / sahasra-adhi－大于一千倍 / phala-udayaḥ－有效的

译文 像菩施卡尔那样的圣湖，库茹柴陀、嘎亚、帕亚嘎、菩拉哈刷玛、奈弥沙冉亚、法勒古河岸、赛图班达、帕巴萨、杜瓦尔卡、瓦茹阿纳西、玛图茹阿、潘帕、宾杜湖、巴达瑞卡刷玛(纳茹阿亚纳刷玛)等有圣洁之人居住的圣地，以及南达河流经之处、祺陀库塔等主茹阿玛禅铎及悉塔母亲的避难地，还有被称为玛汉铎和玛拉亚的丘陵地带：所有这些地方都被认为是最虔诚、最神圣的地方。同样，想要取得灵性进步的人，都必须拜访和崇拜印度之外那些有奎师那意识运动中心及茹阿妲·奎师那神像受到崇拜的地方。想要在灵性生活中取得进步的人，如果朝拜所有这些地方并在其中举行仪式性典礼，就会得到比在其他地方从事同样的活动强一千倍的效果。

要旨 这些诗及第29节诗都强调了一个重点，即：有奉献者崇拜至尊人格首神神像的地方最重要(harer arcāśritāś ca ye或harer arcā)。奎师那意识运动给全世界的人一个透过国际奎师那意识协会的中心提高奎师那意识的机会，在那里，人们可以崇拜神像，吟诵、吟唱哈瑞·奎师那这一伟大的曼陀(mahā-mantra)，以此得到功效强一千倍的结果。这些活动是给人类社会带来最大福利的活动。正如《永恒的柴坦亚经》(Caitanya-bhāgavata)末篇第4章的第126节诗中记载，圣柴坦亚·玛哈帕布本人预言祂的使命说：

pṛthivīte āche yata nagarādi-grāma
sarvatra pracāra haibe mora nāma

圣柴坦亚·玛哈帕布想要包含有安置神像这些内容的哈瑞·奎师那运动，传遍全世界的每一个乡村和城镇，以便世上的每一个人都可以借由这场运动，过上全面吉祥的灵性生活。没有灵性生活，什么都不吉祥。《博伽梵歌》第9章的第12节诗中说，他们对解脱的希望会落空，他们的功利性活动会失败，他们培养的知识毫无用途(moghāśā mogha-karmāṇo mogha jñānā vicetasaḥ)。在没有奎师那意识的情况下，没人可以在功利性活动或知识思辨的领域中获得成功。正如启示经典中推荐的，每一个人都应该渴望参加奎师那意识运动，了解灵性生活的价值。

第 34 节

पात्रं त्वत्र निरुक्तं वै कविभिः पात्रवित्तमैः ।
हरिरेवैक उर्वीश यन्मयं वै चराचरम् ॥३४॥

pātraṁ tv atra niruktaṁ vai
kavibhiḥ pātra-vittamaiḥ
harir evaika urvīśa
yan-mayaṁ vai carācaram

pātram－真正有资格接受布施的人 / tu－但是 / atra－在这个世界中 / niruktam－决定 / vai－事实上 / kavibhiḥ－由博学的学者 / pātra-vittamaiḥ—善于找到有资格接受布施的人的 / hariḥ—至尊人格首神 / eva—事实上 / ekaḥ—唯一的 / urvī-īśa—地球的君王啊 / yat-mayam——一切都栖息在……中 / vai——一切来源于……的 / cara-acaram—这个宇宙中一切动与不动的

译文 大地之王啊！经验丰富且博学的学者们断定，必须为之献上一切的最佳人选，就是那位动与不动的一切都止息在祂之中，而一切又都来自祂的至尊人格首神奎师那。

要旨 无论何时，只要我们从事与笃信宗教(dharma)、经济发展(artha)、感官享乐(kāma)和解脱(mokṣa)有关的一些宗教活动，我们就必须按照时间(kāla)、地点(deśa)和人(pātra)的情况去做。纳茹阿达·牟尼已经对时间、地点和人的情况做了阐述。对时间的阐述，包含在以梵文“在太阳开始向北方运行的那一天或太阳开始向南方运行的那一天(ayane viṣuve kuryād vyatīpāte dina-kṣaye)”一句为开始的第20—24节诗文中。对于给予布施或举行仪式性典礼的地点的阐释，包含在以梵文“像普施卡尔那样的圣湖等有圣洁之人居住的圣地(sarāṁsi puṣkarādīni kṣetrāṇy arhāśritāny uta)”为开始的第30—33节诗中。至于应该将一切给予谁，这节诗告诉我们：至尊人格首神奎师那是一切的根源，因此祂是那位必须为之献上一切的最佳人物(harir evaika urvīśa yan-mayaṁ vai carācaram)。《博伽梵歌》第5章的第29节诗中说：

bhoktāraṁ yajña-tapasāṁ
sarva-loka-maheśvaram
suhṛdaṁ sarva-bhūtānāṁ
jñātvā māṁ śāntim ṛcchati

“完全意识到我的人知道我是一切祭祀和苦行的最终受益者，是一切星球和半神人的至尊主，是众生的恩人和祝愿者，因此获得平静，不再受物质痛苦的折磨。”人若想要享受真正的平静和成功，就必须把一切献给奎师那，祂是真正的享受者、真正的朋友和真正的拥有者。因此说：

yathā taror mūla-niṣecanena
tṛpyanti tat-skandha-bhujopaśākhāḥ
prāṇopahārāc ca yathendriyāṇāṁ
tathaiva sarvārhaṇam acyutejyā

“正如往树根浇水，供给树干、树枝和嫩枝等树的各个部分以能量，给胃提供食物使感官和身体四肢充满活力，仅仅靠做奉爱服务崇拜至尊人格首神，作为至尊人物各个部分的半神人们自然就满意了。”（《圣典博伽瓦谭》4.31.14)正如只要往树根处浇水，树的枝叶和鲜花都得到滋养，把食物送进胃里，身体所有的感官都感到满足一样，靠崇拜或取悦阿秋塔(Acyuta)——至尊人格首神奎师那，人可以使众生都满意。正因为如此，奉献者只是把一切都献给至尊人格首神，就得到了布施、从事宗教活动、感官享乐，甚至是解脱的最佳结果。

第35节

देवर्ष्यर्हत्सु वै सत्सु तत्र ब्रह्मात्मजादिषु ।
राजन् यदग्रपूजायां मतः पात्रतयाच्युतः ॥३५॥

devarṣy-arhatsu vai satsu
tatra brahmātmajādiṣu
rājan yad agra-pūjāyāṁ
mataḥ pātratayācyutaḥ

deva-ṛṣi－在半神人和包括纳茹阿达·牟尼在内的伟大圣洁之人中／arhatsu－最可敬和最值得崇拜的人物／vai－的确／satsu－伟大的奉献者们／tatra－那里(在茹阿佳苏亚祭祀)／brahma-ātma-jādiṣu－以及主布茹阿玛的儿子们(萨纳卡、萨南丹、萨纳特和萨纳坦等)／rājan－君王啊／yat－从谁／agra-pūjāyām－该崇拜的第一位／mataḥ－决定 / pātratayā－被选出当茹阿佳苏亚祭祀的主席的最佳人选 / acyutaḥ－奎师那

译文 尤帝士提尔王啊！半神人、许多伟大的圣哲贤人，甚至包括主布茹阿玛的四个儿子和我本人，都参加了你举行的茹阿佳苏亚祭祀典礼，但当有人提问谁该是第一位受崇拜的人时，大家一致决定是主奎师那——至尊人。

要旨 这里谈到了由尤帝士提尔王举行的茹阿佳苏亚(Rājasūya)祭祀。在那次盛会中，为选举出一位该最先受到崇拜的最佳人选而发生了一场大混乱。每一个人都决定要崇拜圣奎师那，只有锡舒帕勒(Śiśupāla)提出反对。由于他激烈地对抗，至尊人格首神杀死了他。

第 36 节

जीवराशिभिराकीर्ण अण्डकोशाङ्घ्रिपो महान् ।
तन्मूलत्वादच्युतेज्या सर्वजीवात्मतर्पणम् ॥३६॥

jīva-rāśibhir ākīrṇa
　anḍa-kośāṅghripo mahān
tan-mūlatvād acyutejyā
　sarva-jīvātma-tarpaṇam

jīva-rāśibhiḥ－由千百万的生物体 / ākīrṇaḥ－充满或是遍布 / anḍa-kośa－整个宇宙 / aṅghripaḥ－如同一棵树 / mahān－非常、非常大的 / tat-mūlatvāt－因为是这棵树的根 / acyuta-ijyā－对至尊人格首神的崇拜 / sarva－全部的 / jīva-ātma－生物 / tarpaṇam－满足

译文 充满生物体的整个宇宙，恰似一棵大树，它的根就是至尊人格首神阿秋塔(奎师那)。因此，人只要崇拜主奎师那，就能使所有的生物都受到崇拜。

要旨　《博伽梵歌》第10章的第8节诗记载，主奎师那说：

ahaṁ sarvasya prabhavo
mattaḥ sarvaṁ pravartate
iti matvā bhajante māṁ
budhā bhāva-samanvitāḥ

“我是灵性世界和物质世界的源头。一切都来自我。通晓这一点的明智之人为我做奉爱服务，诚心诚意地崇拜我。”人们都很渴望为其他生物体服务，尤其是为贫穷之人服务。但尽管大家编出许多方法给予帮助，但实际上却很精于杀可怜的生物体。韦达知识中并没有推荐这类服务或仁慈。正如前一节诗说明，经验丰富的圣洁之人断定(niruktam)：正如向树根部浇水，就会满足树的枝枝叶叶；奎师那是一切的根源，崇拜奎师那就崇拜了众生。

另一个要点是：这个宇宙从上到下以及每一个星球上，都充满生物体(jīva-rāśibhir ākīrṇaḥ)。现代科学家和所谓的学者们认为，除了我们所居住的地球，其他星球上没有生物。他们最近说他们去了月亮，但没发现那里有生物体。然而，《圣典博伽瓦谭》和其他韦达文献并不赞同这种愚蠢的概念。到处都有生物体存在，而且不仅是只有一个、两个，而是有千百万个(jīva-rāśibhiḥ)。就连太阳上都有生物体，尽管太阳是个火一般的星球。经典中说，太阳上负责主管的生物体名叫维瓦斯万(imaṁ vivasvate yogaṁ proktavān aham avyayam)。所有不同的星球上都住满了适合居住在不同环境中的各种类型的生物体。“只有这个星球上住满了生物体，但其他星球上却是空的”这种说法是愚蠢的，暴露了说话之人缺乏真正的知识。

第 37 节

पुराण्यनेन सृष्टानि नृतिर्यगृषिदेवताः ।
शेते जीवेन रूपेण पुरेषु पुरुषो ह्यसौ ॥३७॥

purāṇy anena sṛṣṭāni
nṛ-tiryag-ṛṣi-devatāḥ
śete jīvena rūpeṇa
pureṣu puruṣo hy asau

purāṇi—居住地或躯体 / anena—被祂(至尊人格首神) / sṛṣṭāni—在那些创造中 / nṛ—人 / tiryak—除了人类(走兽和飞禽等) / ṛṣi—圣洁之人 / devatāḥ—和半神人 / śete—躺下 / jīvena—与生物体 / rūpeṇa—以超灵的形式 / pureṣu—在这些居住地或躯体中 / puruṣaḥ—至尊主 / hi—事实上 / asau—祂(人格首神)

译文 至尊人格首神创造了人类的躯体、飞禽走兽的躯体和半神人的躯体等许多住所。在所有这些数不胜数的各类躯体中，至尊主作为超灵与个体生物住在一起。为此，祂被称为主宰化身。

要旨 《博伽梵歌》第18章的第61节诗说：

īśvaraḥ sarva-bhūtānāṁ
hṛd-deśe 'rjuna tiṣṭhati
bhrāmayan sarva-bhūtāni
yantrārūḍhāni māyayā

"阿尔诸纳啊！每个生物都坐在一台由物质能量制成的机器上，至尊主处在他们心中，指导他们周游四方。"作为至尊人格首神不可缺少的一部分的生物，依赖总是与他一起住在各类躯体中的至尊主的仁慈而存在。生物想要某种物质享乐，至尊主就为他提供一个适合那种享乐的如机器般的躯体。为了使他在那个躯体中保持活力，至尊主就以超灵(Kṣīrodakaśāyī Viṣṇu)的形象与他同在。对此，《布茹阿玛·萨密塔》(Brahma-saṁhitā)第5章的第35节诗也证实说：

eko 'py asau racayituṁ jagad-aṇḍa-koṭiṁ
yac-chaktir asti jagad-aṇḍa-cayā yad-antaḥ

aṇḍāntara-stha-paramāṇu-cayāntara-sthaṁ
govindam ādi-puruṣaṁ tam ahaṁ bhajāmi

“我崇拜人格首神哥文达(Govinda)，祂以祂的完整扩展进入每一个宇宙和原子中，以此通过物质存在展示祂无限的能量。”生物作为至尊主不可缺少的一部分，被称为个体灵魂(jīva)。至尊主菩茹沙一直与个体灵魂在一起，以使他能够享受物质的便利条件。

第38节

तेष्वेव भगवान् राजंस्तारतम्येन वर्तते ।
तस्मात्पात्रं हि पुरुषो यावानात्मा यथेयते ॥३८॥

teṣv eva bhagavān rājaṁs
tāratamyena vartate
tasmāt pātraṁ hi puruṣo
yāvān ātmā yatheyate

teṣu－在不同类型的躯体中(半神人、人类、走兽和飞鸟等) / eva－的确 / bhagavān－至尊人格首神以祂的超灵特征 / rājan－君王啊 / tāratamyena－对比地、或多或少地 / vartate－处在 / tasmāt－因此 / pātram－至尊人 / hi－事实上 / puruṣaḥ－超灵 / yāvān－至于…… / ātmā－理解的程度 / yathā－苦行和苦修的进展 / īyate－在展示

译文 尤帝士提尔王啊！在每一个躯体中的超灵，按照个体灵魂的理解力给予智慧。因此，超灵是躯体中的主管。超灵按照个体灵魂具有的知识、赎罪苦行和苦修的程度相应地展示祂自己。

要旨 《博伽梵歌》第15章的第15节诗中说：至尊人格首神以祂在局部区域的展示，按照个体灵魂能领会的程度赐予他智慧(mattaḥ smṛtir jñānam apohanaṁ ca)。正因为如此，我们看到个体灵

魂处在高低不同的状态中。有着飞鸟或走兽躯体的生物，无法像住在人体中的生物那样领会至尊灵魂给予的指示。因此，宇宙中所有的躯体都有高低之分。在人类社会中，完美的布茹阿玛纳应该具有最高等的灵性意识，而比布茹阿玛纳更进步的是外士纳瓦。因此，最优秀的人是外士纳瓦和维施努。当要给予施舍时，人应该听从《博伽梵歌》第17章的第20节诗中的教导：

dātavyam iti yad dānaṁ
dīyate 'nupakāriṇe
deśe kāle ca pātre ca
tad dānaṁ sāttvikaṁ smṛtam

"善良型的施舍是在适当的时间和地点，对恰当的人给予出于义务、不求回报的施舍。"我们应该给布茹阿玛纳和外士纳瓦布施，因为至尊人格首神将会以此方式受到崇拜。就有关这一点，圣玛德瓦查尔亚评论说：

brahmādi-sthāvarānteṣu
na viśeṣo hareḥ kvacit
vyakti-mātra-viśeṣeṇa
tāratamyaṁ vadanti ca

从布茹阿玛下到小蚂蚁，众生都受超灵的引领(īśvaraḥ sarva-bhūtānāṁ hṛd-deśe 'rjuna tiṣṭhati)。但具有高度灵性意识的人被认为是重要人物。正因为如此，布茹阿玛纳·外士纳瓦是重要人物，而在一切之上的超灵——人格首神，是最重要的人物。

第39节

दृष्ट्वा तेषां मिथो नृणामवज्ञानात्मतां नृप ।
त्रेतादिषु हरेरर्चा क्रियायै कविभिः कृता ॥३९॥

dṛṣṭvā teṣāṁ mitho nṛṇām
avajñānātmatāṁ nṛpa

tretādiṣu harer arcā
kriyāyai kavibhiḥ kṛtā

dṛṣṭvā－在亲眼看到后 / teṣām－在布茹阿玛纳和外士纳瓦中间 / mithaḥ－彼此 / nṛṇām－人类社会的 / avajñāna-ātmatām－彼此不尊敬的行为 / nṛpa－君王啊 / tretā-ādiṣu－从特瑞塔年代开始 / hareḥ－至尊人格首神的 / arcā－神像崇拜(在庙宇中) / kriyāyai－为了介绍崇拜的方式 / kavibhiḥ－由博学之人 / kṛtā－做了

译文　我亲爱的君王，伟大的圣哲贤人们发现，特瑞塔年代初期，人们相互交往时彼此缺乏尊重，于是便介绍了在庙里崇拜神像及所有相关的一切。

要旨　正如《圣典博伽瓦谭》第12篇第3章的第52节诗说：

kṛte yad dhyāyato viṣṇuṁ
tretāyāṁ yajato makhaiḥ
dvāpare paricaryāyāṁ
kalau tad dhari-kīrtanāt

“在萨提亚年代冥想主维施努、在特瑞塔年代举行祭祀、在杜瓦帕尔年代侍奉至尊主的莲花足所得到的一切结果，在喀历年代中只要吟诵、吟唱哈瑞·奎师那这一伟大的曼陀就能得到。”在萨提亚年代中，每一个人都在灵性上高度进步，伟大的人物之间根本就没有彼此忌妒的问题。但逐渐地，由于随着年代的推进，物质污染逐渐加重，甚至在布茹阿玛纳和外士纳瓦之间相互交往时都出现了不尊重彼此的问题。事实上，应该比尊重维施努还要尊重进步的外士纳瓦。《莲花往世书》(Padma Purāṇa)中说，在所有种类的崇拜中，对主维施努的崇拜最好(ārādhanānāṁ sarveṣāṁ viṣṇor ārādhanaṁ param)；而比崇拜维施努更受推荐的是崇拜外士纳瓦(tasmāt parataraṁ devi tadīyānāṁ samarcanam)。

以前，人所从事的一切活动都与主维施努有关；但萨提亚年代后出现了外士纳瓦之间交往缺乏彼此尊重的问题。圣巴克提维诺德·塔库尔(Bhaktivinoda Ṭhākura)说，帮助他人成为外士纳瓦的人是外士纳瓦。使许多人成为外士纳瓦的一个典范人物就是纳茹阿达·牟尼。使他人成为外士纳瓦的强有力的外士纳瓦，应该受到崇拜，但物质的污染使他人和不成熟的外士纳瓦有时并不尊重这样一位崇高的外士纳瓦。伟大的圣洁之人看到这种污染后，便介绍了在庙里对神像的崇拜。始于特瑞塔年代的这一切，在杜瓦帕尔年代变得尤其突出(dvāpare paricaryāyāṁ)。然而，在喀历年代中，崇拜神像越来越受到人们的忽视。因此，在这个年代中，吟诵、吟唱哈瑞·奎师那曼陀，比神像崇拜更强大有力。对此，圣柴坦亚·玛哈帕布树立了具体的榜样；祂没有建庙，也没有强调神像崇拜，但却大力推荐集体歌唱神的圣名运动。所以，传播有关奎师那意识的知识的人，应该更注重集体歌唱神的圣名运动，尤其是要越来越多地派发超然的文献。这将帮助集体歌唱神的圣名运动的扩展。在有可能崇拜神像的时候，我们就可以建立许多中心，但应该逐渐更多地强调对超然文献的派发，因为这将更能说服人们培养奎师那意识。

《圣典博伽瓦谭》第11篇第2章的第47节诗说：

arcāyām eva haraye
pūjāṁ yaḥ śraddhayehate
na tad-bhakteṣu cānyeṣu
sa bhaktaḥ prākṛtaḥ smṛtaḥ

“忠实地在庙里忙着崇拜神像，但却不知道该如何正确对待奉献者或一般大众的人，被称为物质主义奉献者(prākṛta-bhakta)——初级奉献者(kaniṣṭha-adhikārī)。”初级奉献者——物质主义奉献者(prākṛta devotee)，仍处在物质的层面上。他无疑忙于崇拜神像，但却无法欣赏纯粹奉献者的活动。在实际情况中甚至可以看到，哪怕是被授权的奉献者致力于通过传播奎师那意识的使命为至尊主服务，有时都受到初级奉献者的批评。维施瓦纳特·查夸瓦尔提·塔库尔谈到这样的初级奉献者说：圣人们看到人们因为彼此不尊重而不能恰当地尊敬众生的主人时，便介绍了崇拜神像的程序(sarva-prāṇi-sammānanāsamarthānām avajñā spardhādimatāṁ tu bhagavat-pratimaiva pātram ity āha)。对那些不能正确欣赏被授权的奉献者从事的活动的人来说，神像崇拜是他们取得灵性进步的唯一方法。《永恒的柴坦亚经》末篇第7章的第11节诗明确地说：没得到奎师那授权的人，无法在全世界传播至尊主的圣名(kṛṣṇa-śakti vinā nahe tāra pravartana)。尽管如此，这样做的奉献者却受到处在奉爱服务较低层面的初级奉献者(kaniṣṭha-adhikārī)的批评。经典强力推荐那些初级奉献者崇拜神像。

第 40 节

ततोऽर्चायां हरिं केचित्संश्रद्धाय सपर्यया ।
उपासत उपास्तापि नार्थदा पुरुषद्विषाम् ॥४०॥

tato 'rcāyāṁ hariṁ kecit
  saṁśraddhāya saparyayā
upāsata upāstāpi
  nārthadā puruṣa-dviṣām

tataḥ—那之后 / arcāyām—神像 / harim—至尊人格首神(至尊主的形象与至尊主本人一样) / kecit—某人 / saṁśraddhāya—怀着巨大的信心 / saparyayā—并用所需要的一切崇拜的用品 / upāsate—崇拜 / upāstā api—虽然(怀着信心并有规律地)崇拜神像 / na—不 / arthadā—有益的 / puruṣa-dviṣām—对那些忌妒主维施努和祂的奉献者的人

译文 有时，初级奉献者用崇拜所需要用的一切用品崇拜至尊主，但由于他虽然在崇拜至尊主的神像，却忌妒主维施努授权的奉献者，致使至尊主对他做的奉爱服务从不感到满意。

要旨 神像崇拜尤其是为了净化初级奉献者。但传播知识其实更重要。《博伽梵歌》第18章的第69节诗说：想要得到至尊人格首神认可的人，必须传播至尊主的荣耀(na ca tasmān manuṣyeṣu kaścin me priya-kṛttamaḥ)。因此，崇拜神像的人必须极其尊重传播知识的人；否则，只崇拜神像将使人一直停留在奉爱服务的较低阶段。

第 41 节

पुरुषेष्वपि राजेन्द्र सुपात्रं ब्राह्मणं विदुः ।
तपसा विद्यया तुष्ट्या धत्ते वेदं हरेस्तनुम् ॥४१॥

puruṣeṣv api rājendra
supātraṁ brāhmaṇaṁ viduḥ
tapasā vidyayā tuṣṭyā
dhatte vedaṁ hares tanum

puruṣeṣu－在人们中间 / api－的确 / rāja-indra－最优秀的君王啊 / su-pātram－最优秀的人 / brāhmaṇam－有资格的布茹阿玛纳 / viduḥ－应该知道 / tapasā－由于苦修 / vidyayā－教育 / tuṣṭyā－和满足 / dhatte－他取得 / vedam－被称为韦达的超然知识 / hareḥ－至尊人格首神的 / tanum－身体、代表

译文 我亲爱的君王，在所有的人当中，有资格的布茹阿玛纳必须被视为是这个物质世界最优秀的人，因为这样的布茹阿玛纳通过苦修、知足和研读作为至尊主身体的韦达经，已经成为至尊人格首神的代表。

要旨 从韦达经我们了解到，人格首神是至尊人。每一个生物都是一个个体的人，至尊人格首神奎师那是至尊人。完全精通韦达知识和超然主题的布茹阿玛纳，成为至尊人格首神的代表，

所以人应该崇拜这样的布茹阿玛纳或外士纳瓦。外士纳瓦高于布茹阿玛纳，因为尽管布茹阿玛纳了解自己不是物质而是梵(Brahman)，但外士纳瓦却知道自己不仅是梵，而且是至尊梵的永恒的仆人。因此，崇拜外士纳瓦优于崇拜庙里的神像。维施瓦纳特·查夸瓦尔提·塔库尔说：所有的经典都把灵性导师——最优秀的布茹阿玛纳、最优秀的外士纳瓦，视为是与至尊人格首神本人一样。然而，这并不意味着外士纳瓦认为自己是神，因为这是在亵渎。尽管布茹阿玛纳或外士纳瓦受到与崇拜至尊人格首神一样的崇拜，但自己却永远当至尊主的忠心耿耿的仆人，从不试图去享受当至尊主的代表有可能得到的名望。

第 42 节

नन्वस्य ब्राह्मणा राजन् कृष्णस्य जगदात्मनः ।
पुनन्तः पादरजसा त्रिलोकीं दैवतं महत् ॥४२॥

nanv asya brāhmaṇā rājan
kṛṣṇasya jagad-ātmanaḥ
punantaḥ pāda-rajasā
tri-lokīṁ daivataṁ mahat

nanu－但是 / asya－被祂 / brāhmaṇāḥ－有资格的布茹阿玛纳 / rājan－君王啊 / kṛṣṇasya－由主奎师那——至尊人格首神 / jagat-ātmanaḥ－是整个创造的生命之魂的 / punantaḥ－神圣化 / pāda-rajasā－被他们莲花足上的尘土 / tri-lokīm－三个世界 / daivatam－可崇拜的 / mahat－最崇高的

译文　亲爱的尤帝施提尔王，布茹阿玛纳，尤其是那些在全世界传播至尊主荣耀的布茹阿玛纳，受到作为整个创造之魂的至尊人格首神的认可和崇拜。这样的布茹阿玛纳通过传播真知，用他们莲花足上的尘土圣化三个世界，所以甚至受到奎师那的崇拜。

要旨 正如主奎师那在《博伽梵歌》第18章的第69节诗所承认的：在这个世界上，没有一个仆人比他更让我珍爱(na ca tasmān manuṣyeṣu kaścin me priya-kṛttamaḥ)。布茹阿玛纳在整个世界传播奎师那意识，因此尽管他们崇拜至尊人格首神奎师那，但至尊主却认定他们是值得崇拜的。这种关系是相互的。布茹阿玛纳想要崇拜奎师那，而奎师那同样想要崇拜这些布茹阿玛纳。因此结论是：致力于传播至尊主荣耀的布茹阿玛纳和外士纳瓦，必须受到宗教人士、哲学家和大众的崇拜。在尤帝士提尔王举行的茹阿佳苏亚祭祀(Rājasūya-yajña)上，有成百上千的布茹阿玛纳，但大家还是选奎师那作为第一个该受到崇拜的人。因此，奎师那永远是至尊人，但祂却出于没有缘故的仁慈，认定布茹阿玛纳是祂最爱的人。

到此为止，结束了巴克提韦丹塔对《圣典博伽瓦谭》第7篇第14章——“理想的家庭生活”所作的阐释。

第十五章

给文明人类的教导

在前一章中，圣纳茹阿达·牟尼(Nārada Muni)证明了布茹阿玛纳(brāhmaṇa, 婆罗门)在社会中的重要性。在这第十五章中，他将阐述不同等级的布茹阿玛纳的区别。布茹阿玛纳中有些是居士；他们主要执著于功利性活动或改善社会处境。比他们高级的是退出家庭生活、喜欢苦修的布茹阿玛纳。他们被称为瓦纳帕斯塔(vānaprastha)。其他布茹阿玛纳对研究韦达经及向他人解释韦达经的含义很感兴趣。这样的布茹阿玛纳被称为贞守生(brahmacārī)。还有一些布茹阿玛纳致力于练不同的瑜伽(yoga)，尤其是奉爱瑜伽(bhakti-yoga)和知识思辨瑜伽(jñāna-yoga)。这样的布茹阿玛纳几乎都是进入弃绝阶层的人(sannyāsī)。

谈到居士，他们忙于经典推荐的各种活动，尤其是给他们的祖先供奉祭品，向其他参加这种祭祀的布茹阿玛纳布施。布施通常都给予进入弃绝阶层的那些布茹阿玛纳。如果没有这样的布茹阿玛纳在场，他们就会给致力于功利性活动的居士布茹阿玛纳布施。

人不该为给自己的祖先举行供奉祭品的刷达(śrāddha)仪式而做太复杂的安排。对刷达仪式来说最好的做法是：向自己所有的祖先和亲戚分发首先给至尊主奎师那供奉过的食物(bhāgavata-prasāda)。这将使刷达仪式成为一流的仪式。在刷达仪式中不需要供奉肉或吃肉；必须避免毫无必要地杀害动物。社会低阶层的人喜欢在举行祭祀时杀动物，但具有高等知识的人必须避免从事这种毫无必要的暴力行为。

布茹阿玛纳应该履行他们在对主维施努(Viṣṇu)的崇拜中的规定责任。那些在宗教原则方面具有高度知识的人，必须回避被称为反宗教(vidharma)、遵守不属于自己该遵守的宗教原则(paradharma)、矫饰的宗教(dharmābhāsa)、似是而非的宗教(upadharma)和欺骗人的宗教(chala-dharma)这五种非宗教。人必须按照符合他的原本地位和状态的宗教原则行事，而不是说每一个人必须拥护同一种宗教。普遍的原则是：穷人不该毫无必要地努力赚钱。避免做这种努力但却致力于做奉爱服务的人，情况最吉祥。

不知足的人必然会堕落。人必须战胜贪图物质享乐的欲望、愤怒、贪婪、恐惧、悲伤、错觉、骄傲和暴力倾向，以及没有必要地谈论世俗话题的倾向；战胜物质存在的四种苦和物质自然三种属性。那是人生的目的。对与圣奎师那一样的灵性导师没有信心的人，无法通过阅读启示经典(śāstra)得到任何好处。人永远都不该认为灵性导师是普通人，尽管灵性导师的家人也许会这样想他。冥想和其他苦行程序只有在帮助人增强奎师那意识的情况下才有用，否则只不过是浪费时间和体力。对不是奉献者的人来说，这样的冥想和苦行只会导致堕落。

每一位居士都应该十分小心，因为居士虽然也许在努力克制自己的感官，但还是有可能成为与亲属联谊的受害者而最终堕落。正因为如此，居士(gṛhastha)必须退出家庭生活(vānaprastha)或进入弃绝阶层(sannyāsī)，住在一个僻静的地方，满足于挨家挨户乞讨得到的食物。他必须吟诵欧么卡尔(oṁkāra)或哈瑞·奎师那(Hare Kṛṣṇa)这些曼陀(mantra)。这将使他感受到内在的超然极乐。然而，进入弃绝阶层后的人如果回头过居士生活，就被称为“吃自己呕吐物的人(vāntāśī)”这样的人不知廉耻。居士不该停止举行仪式性典礼，进入弃绝阶层的人不该住在社会中。进入弃绝阶层的人如果受到感官的刺激，就是受激情和愚昧属性影响的骗子。当人通过开始从事慈善和利他活动扮演善良型的角色时，这样的活动便成为奉爱服务之途上的障碍。

在奉爱服务中取得进步的最佳程序是执行灵性导师的命令，

因为只有靠灵性导师的指导，人才能战胜感官。人的意识除非完全是奎师那意识，否则人就有机会堕落。当然，在举行仪式性典礼和从事其他功利性活动的过程中，每时每刻也有很多危险。功利性活动分十二个部分。如果要从事被称为“达尔玛(dharma)之途”的功利性活动，人就必须接受生死轮回。然而，人一旦走上在《博伽梵歌》(Bhagavad-gītā)中被描述为崇拜神像(arcanā-mārga)的解脱(mokṣa)之途时，就能摆脱生死轮回。韦达经(Vedas)将这两种途径描述为是通向祖先之途(pitṛ-yāna)和通向神明之途(deva-yāna)。走通向祖先之途和通向神明之途的人永不被迷惑，甚至在物质躯体中也不会被迷惑。对感官逐渐加以控制的一元论哲学家，了解所有不同种类的人生阶段(āśrama)，其目标都是解脱、救赎。人必须按照启示经典的指导生活和做事。

如果举行韦达仪式性典礼的人成为奉献者，哪怕他是一名居士，他都能得到奎师那没有缘故的仁慈。奉献者的目标是回归家园，回到首神身边。这样的奉献者哪怕是举行仪式性典礼，都会凭借人格首神的至尊意愿提升其灵性意识。凭借奉献者的仁慈，人可以真正成功地提升灵性意识；而不尊重奉献者，可以使人的灵性意识下降。就有关这一点，纳茹阿达·牟尼讲述了他曾经如何从歌仙(Gandharva)王国坠落，如何投生在一个庶铎(śūdra)家庭中，如何靠侍奉崇高的布茹阿玛纳而成为主布茹阿玛(Brahmā)的儿子并恢复他超然的地位和状态的历史。纳茹阿达·牟尼讲述所有这些历史故事后，颂扬潘达瓦五兄弟(Pāṇḍavas)从至尊主那里得到的仁慈。聆听纳茹阿达的叙述后，尤帝士提尔王(Mahārāja Yudhiṣṭhira)沉浸在对奎师那的如痴如醉的爱中，而纳茹阿达·牟尼则离开那地方，返回自己的住所。就这样，舒卡戴瓦·哥斯瓦米(Śukadeva Gosvāmī)讲述了达克沙(Dakṣa)的女儿们的各种后裔，结束了《圣典博伽瓦谭》(Śrīmad-Bhāgavatam)的第7篇。

第 1 节

श्रीनारद उवाच
कर्मनिष्ठा द्विजाः केचित्तपोनिष्ठा नृपापरे ।
स्वाध्यायेऽन्ये प्रवचने केचन ज्ञानयोगयोः ॥१॥

śrī-nārada uvāca
karma-niṣṭhā dvijāḥ kecit
tapo-niṣṭhā nṛpāpare
svādhyāye 'nye pravacane
kecana jñāna-yogayoḥ

śrī-nāradaḥ uvāca－纳茹阿达·牟尼说 / karma-niṣṭhāḥ－执著于仪式性典礼(按照人作为布茹阿玛纳、查锤亚、外夏或庶铎的社会地位) / dvi-jāḥ－再生者(尤其是布茹阿玛纳) / kecit－有些 / tapaḥ-niṣṭhāḥ－十分依恋苦行 / nṛpa－君王啊 / apare－其他人 / svādhyāye－在学习韦达文献方面 / anye－其他人 / pravacane－宣讲韦达文献 / kecana－有些 / jñāna-yogayoḥ－在培养知识和练奉爱瑜伽方面

译文 纳茹阿达·牟尼继续说：我亲爱的君王，有些布茹阿玛纳很依恋功利性活动，有些很执著于赎罪苦行和苦修，有些则研习韦达文献；但有些，尽管人数很少，却培养知识，练各种瑜伽，尤其是奉爱瑜伽。

第 2 节

ज्ञाननिष्ठाय देयानि कव्यान्यानन्त्यमिच्छता ।
दैवे च तदभावे स्यादितरेभ्यो यथार्हतः ॥२॥

jñāna-niṣṭhāya deyāni
kavyāny ānantyam icchatā
daive ca tad-abhāve syād
itarebhyo yathārhataḥ

jñāna-niṣṭhāya－对非人格神主义者或想要融入至尊者的超然主义者 / deyāni－该给……布施的 / kavyāni－给祖先供奉的供品 / ānantyam－摆脱物质束缚 / icchatā－被想要……的人 / daive－供奉给半神人的祭品 / ca－也 / tat-abhāve－在这种进步的超然主义者不在的情况下 / syāt－应该 / itarebhyaḥ－向他人(那些沉溺于功利性活动的人) / yathā-arhataḥ－对比地或带着区别

译文　想要使自己和自己的祖先得解脱的人，应该给信奉非人格神主义一元论的布茹阿玛纳布施。如果没有找到这样一位高级的布茹阿玛纳，就可以把施舍给予热衷于功利性活动的布茹阿玛纳。

要旨　摆脱物质束缚的程序有两种：一种与知识思辨(jñāna-kāṇḍa)和功利性活动(karma-kāṇḍa)有关，另一种与崇拜至尊人格首神(upāsanā-kāṇḍa)有关。外士纳瓦永远都不想融入至尊者的存在，而是想永恒当至尊主的仆人，为祂做爱心服务。在这节诗中，梵文“摆脱物质束缚(ānantyam icchatā)”一句指的是，想要融入至尊主存在的人。然而，想与至尊主本人联谊的奉献者，不想从事韦达经功利性活动之部和知识思辨之部介绍的活动，因为纯粹的奉爱服务超越那些活动。纯粹奉爱服务中甚至不含丝毫的知识思辨或功利性活动(anyābhilāṣitā-śūnyaṁ jñāna-karmādy-anāvṛtam)。因此，外士纳瓦给予施舍时不需要去找从事知识思辨或功利性活动的布茹阿玛纳。就有关这一点，阿兑塔·哥斯瓦米(Advaita Gosvāmī)树立了最佳的榜样。他为他父亲举行刷达仪式后，向哈瑞达斯·塔库尔(Haridāsa Ṭhākura)布施，尽管大家都知道哈瑞达斯·塔库尔出生在穆斯林家庭，而不是布茹阿玛纳家庭，而且对思辨知识或功利性活动毫无兴趣。

因此，应该把布施给予一流的超然主义者——奉献者，因为经典推荐说：

muktānām api siddhānāṁ
nārāyaṇa-parāyaṇaḥ

sudurlabhaḥ praśāntātmā
koṭiṣv api mahā-mune

“伟大的圣人啊！在好几百万这样解脱并对解脱有完整知识的人当中，也许只有一位是主纳茹阿亚纳——奎师那的奉献者。这种绝对平静的奉献者极为稀有。”(《圣典博伽瓦谭》6.14.5)外士纳瓦的地位比知识思辨者高，所以阿兑塔·阿查尔亚选择哈瑞达斯·塔库尔作为接受祂布施的人。至尊主也说：

na me 'bhaktaś catur-vedī
mad-bhaktaḥ śva-pacaḥ priyaḥ
tasmai deyaṁ tato grāhyaṁ
sa ca pūjyo yathā hy aham

“哪怕一个人是十分博学的梵文韦达文献的学者，只要他在奉爱服务中不十分纯粹，就不被接受为是我的奉献者。然而，即使一个人出生在吃狗肉者的家庭，如果他是纯粹的奉献者，毫无享受功利性活动或主观推测结果的动机，我就会十分喜爱他。事实上，应该十分尊重他，接受他所给予的一切。这样的奉献者值得受到对我一样的崇拜。”(《对主哈尔依的奉爱之美》10.127)因此，奉献者即使没出生在布茹阿玛纳家庭，也因为他为至尊主所做的奉爱服务而超越所有种类的布茹阿玛纳，无论是从事功利性活动的布茹阿玛纳，还是思辨知识的布茹阿玛纳都不例外。

就有关这一点，据说温达文境内从事功利性活动和知识思辨的布茹阿玛纳有时拒绝我们庙里发出的邀请，说我们的庙是英国式的庙(aṅgarejī temple)。但按照启示经典(śāstra)的说明及阿兑塔·阿查尔亚树立的榜样，我们会把给奎师那供奉过的食物帕萨达分发给奉献者，而不管他们来自印度、欧洲还是美国。启示经典的结论是：与其给许多进行知识思辨或功利性活动的布茹阿玛纳提供食物，不如将帕萨达给予一位纯粹的外士纳瓦，而不管他来自何方。对此，《博伽梵歌》第9章的第30节诗证实说：

api cet sudarācāro
　bhajate mām ananya-bhāk
sādhur eva sa mantavyaḥ
　samyag vyavasito hi saḥ

“一个人即使从事过最令人憎恶的活动，但如果做奉爱服务，也就被认为是圣洁的，因为他下的决心是正确的。”因此，无论一个奉献者是来自布茹阿玛纳家庭，还是非布茹阿玛纳家庭；如果他对奎师那充满奉爱之情，他就是一位圣洁之人(sādhu)。

第3节

द्वौ दैवे पितृकार्ये त्रीनेकैकमुभयत्र वा ।
भोजयेत्सुसमृद्धोऽपि श्राद्धे कुर्यान्न विस्तरम् ॥ ३ ॥

dvau daive pitṛ-kārye trīn
　ekaikam ubhayatra vā
bhojayet susamṛddho 'pi
　śrāddhe kuryān na vistaram

dvau－两个 / daive－给半神人供奉祭品之际 / pitṛ-kārye－在给祖先供奉祭品的刷达仪式中 / trīn－三个 / eka－一个 / ekam－一个 / ubhayatra－在两个重大活动中 / vā－两者中任一的 / bhojayet－应该请……吃饭 / su-samṛddhaḥ api－即使人很富有 / śrāddhe－当给祖先供奉祭品时 / kuryāt－应该做 / na－不 / vistaram－花费十分昂贵的安排

译文　在给半神人们供奉祭品时，人应该只邀请两位布茹阿玛纳；在给祖先供奉祭品时，人应该邀请三位布茹阿玛纳。或者，在任何一种情况中，一位布茹阿玛纳就足够了。人即使很富有，也不该力图邀请更多的布茹阿玛纳，或在那些仪式中铺张浪费。

要旨　正如我们谈到的，圣阿兑塔·阿查尔亚在举行给祖先供奉祭品的仪式期间，只邀请哈瑞达斯·塔库尔。他以此方式遵循至尊主定下的这样一条原则，即："成为我奉献者(bhakta)的人并不需要先精通韦达知识。哪怕一个人出生在吃狗肉者的家中，他都可以成为我的奉献者，得到我的珍爱。所以，应该将供奉过的祭品给予我的奉献者，并且接受我的奉献者给我供奉过的祭品(na me'bhaktaś catur-vedī mad-bhaktaḥ śva-pacaḥ priyaḥ)。"遵循这条原则，在举行给自己的祖先供奉祭品的刷达仪式上，人应该邀请一流的布茹阿玛纳或外士纳瓦——觉悟了自我的灵魂，将给至尊主供奉过的食物给予这样的灵魂。

第 4 节

देशकालोचितश्रद्धाद्रव्यपात्रार्हणानि च ।
सम्यग्भवन्ति नैतानि विस्तरात्स्वजनार्पणात् ॥ ४ ॥

deśa-kālocita-śraddhā-
dravya-pātrārhaṇāni ca
samyag bhavanti naitāni
vistarāt sva-janārpaṇāt

deśa－地方 / kāla－时间 / ucita－正确的 / śraddhā－尊敬 / dravya－原料 / pātra－一个适合的人 / arhaṇāni－崇拜用的一切 / ca－和 / samyak－适当的 / bhavanti－是 / na－不 / etāni－所有这些 / vistarāt－由于扩展 / sva-jana-arpaṇāt－或者因为邀请亲戚

译文 如果安排在刷达仪式期间宴请布茹阿玛纳或亲戚，就会有时间、地点、受尊敬的程度、烹饪材料、被崇拜的人和献上崇拜的方法等差异。

要旨 纳茹阿达·牟尼禁止人们在举行刷达仪式期间，以铺张浪费的形式让亲属或布茹阿玛纳大吃大喝。那些在物质上富有的人容易在仪式期间铺张浪费。在孩子出生时、结婚时和举行刷达仪式这三种情况发生时，印度人尤其会大量地花钱。然而，启示经典禁止人们通过邀请许多布茹阿玛纳和亲属，尤其是在刷达仪式期间铺张浪费。

第 5 节

देशे काले च सम्प्राप्ते मुन्यन्नं हरिदैवतम् ।
श्रद्धया विधिवत्पात्रे न्यस्तं कामधुगक्षयम् ॥ ५ ॥

deśe kāle ca samprāpte
muny-annaṁ hari-daivatam
śraddhayā vidhivat pātre
nyastaṁ kāmadhug akṣayam

deśe—在适合的地点，也就是朝圣之地 / kāle—在吉祥的时刻 / ca—也 / samprāpte—当可得到时 / muni-annam—用酥油和适合伟大的圣人吃的食物 / hari-daivatam—向至尊人格首神哈尔依 / śrad-dhayā—怀着爱和深情 / vidhi-vat—按照灵性导师和经典的指示 / pātre—向合适的人 / nyastam—如果这样供奉 / kāmadhuk—变成繁荣的根源 / akṣayam—永远的

译文　人在得到时间和地点都合适且吉祥的机会时，应该怀着爱，把用纯净酥油准备的食物供奉给至尊人格首神的神像，然后将帕萨达给予合适的人——外士纳瓦或布茹阿玛纳。这将使人获得永久的成功。

第 6 节

देवर्षिपितृभूतेभ्य आत्मने स्वजनाय च ।
अन्नं संविभजन् पश्येत्सर्वं तत्पुरुषात्मकम् ॥ ६ ॥

devarṣi-pitṛ-bhūtebhya
ātmane sva-janāya ca
annaṁ saṁvibhajan paśyet
sarvaṁ tat puruṣātmakam

deva－向半神人 / ṛṣi－圣洁之人 / pitṛ－祖先 / bhūtebhyaḥ－普通生物体 / ātmane－亲戚 / sva-janāya－家庭成员和朋友 / ca－以及 / annam－食物(帕萨达) / saṁvibhajan－供奉 / paśyet－应该看 / sarvam－全部 / tat－他们 / puruṣa-ātmakam－与至尊人格首神有关

译文 人应该将帕萨达献给半神人、圣洁之人、自己的祖先、自己的亲戚和朋友，以及其他众生，将他们视为是至尊人格首神的奉献者。

要旨 经典如上所述地推荐要向众生分发帕萨达(prasāda)，将每一个生物体都视为是至尊主不可缺少的一部分。即使是在给穷人布施食物时，也要分发给至尊主供奉过的食物帕萨达。喀历年代中几乎每年都有食物匮乏问题，慈善家们花费大量的金钱去为穷人提供食物。为此，他们发明了“为贫穷的纳茹阿亚纳服务(daridra-nārāyaṇa-sevā)”的口号。这是被禁止的。人应该派发大量的给至尊主奎师那供奉过的食物帕萨达，将众生视为是至尊主所属的一部分，但不该玩文字游戏，说贫穷之人是纳茹阿亚纳(Nārāyaṇa)。每一个生物都与至尊主有关，但人不该错误地以为，生物因为与至尊人格首神有关就变成了至尊人格首神纳茹阿亚纳。这种假象宗哲学(Māyāvāda)极其危险，尤其在奉献者看来更是可怕。圣柴坦亚·玛哈帕布(Caitanya Mahāprabhu)为此严格禁止我们与假象宗哲学家(Māyāvādī)交往、联谊。人若接触假象宗哲学，其虔诚生活就毁了(māyāvādi-bhāṣya śunile haya sarva-nāśa)。

第7节

न दद्यादामिषं श्राद्धे न चाद्याद्धर्मतत्त्ववित् ।
मुन्यन्नैः स्यात्परा प्रीतिर्यथा न पशुहिंसया ॥ ७ ॥

na dadyād āmiṣaṁ śrāddhe
na cādyād dharma-tattvavit

muny-annaiḥ syāt parā prītir
yathā na paśu-hiṁsayā

na－永不 / dadyāt－应该供奉 / āmiṣam－肉、鱼和蛋等 / śrāddhe－在举行刷达仪式的过程中 / na－也不 / ca－也 / adyāt－自己应该吃 / dharma-tattva-vit－精通宗教活动的人 / muni-annaiḥ－为圣洁之人制作的用酥油准备的食物 / syāt－应该是 / parā－一流的 / prītiḥ－满足 / yathā－为了祖先和至尊人格首神 / na－不 / paśu-hiṁsayā－靠不必要地杀害动物

译文　完全清楚宗教原则的人，永远都不该在刷达仪式中供奉肉、蛋和鱼；哪怕一个人是查锤亚，他本人都不该吃这种东西。把用纯净酥油准备的食物供奉给圣洁之人，就会取悦祖先和至尊主；但以祭祀为名杀动物，永远都不会使他们高兴。

第 8 节

नैतादृशः परो धर्मो नृणां सद्धर्ममिच्छताम् ।
न्यासो दण्डस्य भूतेषु मनोवाक्कायजस्य यः ॥८॥

naitādṛśaḥ paro dharmo
nṛṇāṁ sad-dharmam icchatām
nyāso daṇḍasya bhūteṣu
mano-vāk-kāyajasya yaḥ

na－永不 / etādṛśaḥ－如同这 / paraḥ－至高或更高的 / dharmaḥ－宗教 / nṛṇām－人们的 / sat-dharmam－更高的宗教 / icchatām－想要 / nyāsaḥ－放弃 / daṇḍasya－因为忌妒而导致麻烦 / bhūteṣu－想其他生物 / manaḥ－就心念而言 / vāk－话语 / kāya-jasya－和身体 / yaḥ－……的

译文　想要在高级宗教中取得进步的人，受到忠告要停

止透过身体、话语和心念伤害所有其他的生物体。没有比这更高的宗教了。

第 9 节

एके कर्ममयान् यज्ञान् ज्ञानिनो यज्ञवित्तमाः ।
आत्मसंयमनेऽनीहा जुह्वति ज्ञानदीपिते ॥ ९ ॥

eke karmamayān yajñān
jñānino yajña-vittamāḥ
ātma-saṁyamane 'nīhā
juhvati jñāna-dīpite

eke—有些 / karma-mayān—导致反应(如杀害动物) / yajñān—祭祀 / jñāninaḥ—具有高级知识的人 / yajña-vit-tamāḥ—十分清楚祭祀目的的人 / ātma-saṁyamane—靠自我控制 / anīhāḥ—没有欲望的人 / juhvati—执行祭祀 / jñāna-dīpite—受到完美知识的启明

译文 由于灵性知识的觉醒，真正了解宗教原则、祭祀目的并清除了物质欲望的人，在灵性知识之火或有关绝对真理的知识之火中控制自我。他们将停止举行仪式性典礼。

要旨 人们一般都对韦达经介绍功利性活动部分中推荐的、为提升到高等星系而举行的仪式性典礼感兴趣。然而，人的灵性知识一旦觉醒，人就开始对这类提升失去兴趣，转而全心致力于知识思辨，以寻找人生的目的。人生的目的是彻底停止生死之苦，回归家园，回到首神身边。当人为此目的培养知识时，他就被认为是比致力于从事功利性活动的人处在更高的层面上。

第 10 节

द्रव्ययज्ञैर्यक्ष्यमाणं दृष्ट्वा भूतानि बिभ्यति ।
एष माकरुणो हन्यादतज्ज्ञो ह्यसुतृप्ध्रुवम् ॥१०॥

dravya-yajñair yakṣyamāṇaṁ
dṛṣṭvā bhūtāni bibhyati
eṣa mākaruṇo hanyād
ataj-jño hy asu-tṛp dhruvam

dravya-yajñaiḥ－用动物和其他可吃的东西 / yakṣyamāṇam－做这种祭祀的人 / dṛṣṭvā－靠看 / bhūtāni－生物体(动物) / bibhyati－变得害怕 / eṣaḥ－这人(祭祀的举行者) / mā－我们 / akaruṇaḥ－残忍和无情的人 / hanyāt－将杀害 / a-tat-jñaḥ－最无知的 / hi－的确 / asu-tṛp－靠杀害其他生物体而感到心满意足的人 / dhruvam－无疑地

译文　将被献祭的动物看到人们致力于举行祭祀感到格外害怕，心想，“这个冷酷无情地举行祭祀的人，由于不了解祭祀的目的且满足于杀害其他生物体，必将会杀死我们。”

要旨　如今，世上的几乎每一个宗教团体，都在打着宗教的名义举行动物祭祀。据说耶稣基督在十二岁时震惊地看到犹太人在犹太教的教堂内献祭鸟儿和动物，从此拒绝接受犹太教的宗教体系，开创基督教的宗教体系，坚持《圣经》旧约中的戒律“汝不该杀”。但如今，人们不仅打着宗教的名义杀动物，而且因为大量地开设屠宰场而无数倍地增加了动物被杀的数量。无论是以宗教的名义还是为了吃而宰杀动物，都是最可恶的，在这节诗中受到谴责。只有残酷无情的人才会以宗教的名义或为了吃而牺牲动物。

第 11 节

तस्माद्दैवोपपन्नेन मुन्यन्नेनापि धर्मवित् ।
सन्तुष्टोऽहरहः कुर्यान्नित्यनैमित्तिकीः क्रियाः ॥११॥

tasmād daivopapannena
muny-annenāpi dharmavit

santuṣṭo 'har ahaḥ kuryān
nitya-naimittikīḥ kriyāḥ

tasmāt－因此 / daiva-upapannena－靠至尊主的恩典很容易得到的 / muni-annena－(用酥油准备并献给至尊主的)食物 / api－事实上 / dharma-vit－在宗教原则方面实际上很进步的人 / santuṣṭaḥ－十分快乐 / ahaḥ ahaḥ－一天接一天 / kuryāt－应该从事 / nitya-naimittikīḥ－有规律的和偶尔的 / kriyāḥ－责任

译文 因此，真正了解宗教原则，不是穷凶极恶地对可怜的动物怀有敌意的人，就该天天快乐地举行日常祭祀及偶尔要举行的仪式，供奉凭至尊主的恩典就可以轻松得到的食物。

要旨 梵文"了解宗教真正目的的人(dharmavit)"一词十分重要。正如《博伽梵歌》第18章的第66节诗中说：变得具有奎师那意识是对宗教原则的最高理解阶段(sarva-dharmān parityajya mām ekaṁ śaraṇaṁ vraja)。达到这一阶段的人，就会做崇拜神像这项奉爱服务。任何人，无论是居士还是进入弃绝阶层的人，都可以携带适合装在行李中的小神像，或者如果有可能，安置并崇拜茹阿妲·奎师那(Rādhā-Kṛṣṇa)、悉塔·茹阿玛(Sītā-Rāma)、拉珂施蜜·纳茹阿亚纳(Lakṣmī-Nārāyaṇa)、主佳干纳特(Jagannātha)或圣柴坦亚·玛哈帕布(Caitanya Mahāprabhu)的神像，并作为每日的责任，给神像供奉用酥油准备的食物，随后再将神圣的帕萨达给予祖先、半神人和其他生物体。奎师那意识运动的每一个中心都有对神像的出色崇拜，其中包括给神像供奉食物并在之后分发给一流的布茹阿玛纳和外士纳瓦，甚至普通人。举行这样的祭祀带给人们彻底的满足。奎师那意识运动的成员每天都在从事这样的超然活动。我们的奎师那意识运动根本不存在杀害动物的问题。

第 12 节

विधर्मः परधर्मश्च आभास उपमा छलः ।
अधर्मशाखाः पञ्चेमा धर्मज्ञोऽधर्मवत्त्यजेत् ॥१२॥

vidharmaḥ para-dharmaś ca
ābhāsa upamā chalaḥ
adharma-śākhāḥ pañcemā
dharma-jño 'dharmavat tyajet

vidharmaḥ—非宗教 / para-dharmaḥ—他人遵守的宗教原则 / ca—和 / ābhāsaḥ—矫饰的宗教原则 / upamā—似是而非的宗教原则 / chalaḥ—欺骗的宗教 / adharma-śākhāḥ—是非宗教的不同种类 / pañca—五种 / imāḥ—这些 / dharma-jñaḥ—了解宗教原则的人 / adharmavat—将它们视为非宗教 / tyajet—应该放弃

译文　非宗教分五种，确切地被称为反宗教(维达尔玛)、遵守不属于自己该遵守的宗教原则(帕茹阿·达尔玛)、矫饰的宗教(阿巴萨)、似是而非的宗教(乌帕达尔玛)和欺骗人的宗教(查拉·达尔玛)。了解真正宗教原则的人必须远离这五种非宗教。

要旨　真正的宗教原则是：要投靠至尊人格首神奎师那的莲花足。任何违反这一原则的所谓宗教原则，都被视为是不和法或欺骗的。真正有志于信奉宗教的人，必须拒绝接受那些所谓的宗教原则。人应该只遵循奎师那的指示，投靠、服从祂。当然，要做到这一点，需要人有良好的智力，而这种智力也许在生生世世与奉献者的良好联谊并练习培养奎师那意识后才被唤醒。除了遵守奎师那推荐的"抛弃一切种类的宗教，只向我皈依(sarva-dhar-mān parityajya mām ekaṁ śaraṇaṁ vraja)"的宗教原则，其他的一切都该被当做非宗教予以抛弃。

第 13 节

धर्मबाधो विधर्मः स्यात्परधर्मोऽन्यचोदितः ।
उपधर्मस्तु पाखण्डो दम्भो वा शब्दभिच्छलः ॥१३॥

dharma-bādho vidharmaḥ syāt
para-dharmo 'nya-coditaḥ
upadharmas tu pākhaṇḍo
dambho vā śabda-bhic chalaḥ

dharma-bādhaḥ—妨碍遵守自己的宗教原则 / vidharmaḥ—违反宗教原则 / syāt—应该是 / para-dharmaḥ—自己不配遵守某些宗教原则但却模仿他人去遵守那些原则 / anya-coditaḥ—由其他人介绍的 / upadharmaḥ—捏造宗教原则 / tu—事实上 / pākhaṇḍaḥ—由反对韦达经——标准经典的原则的人 / dambhaḥ—虚伪的骄傲之人 / vā—或者 / śabda-bhit—靠玩文字游戏 / chalaḥ—欺骗的宗教系统

译文 阻碍人信奉自己的宗教的宗教原则，被称为反宗教(维达尔玛)。自己虽然不配遵守他人遵守的宗教原则，但却模仿他人去遵守，被称为遵守不属于自己该遵守的宗教原则(帕茹阿·达尔玛)。由虚伪的骄傲之人和反对韦达经原则的人自创的新型宗教，被称为似是而非的宗教(乌帕达尔玛)。靠玩文字游戏对宗教原则所作的解释，被称为欺骗人的宗教(查拉-达尔玛)。

要旨 在这个年代中，自创新型宗教已是一种时髦的做法。所谓的斯瓦米(svāmī)和瑜伽师(yogī)告诉大家说，人们可以根据自己的选择信奉任何种类的宗教，因为所有的体系最终都是一样的。然而，《圣典博伽瓦谭》中将这种时髦的概念称之为是反宗教(vidharma)，因为它们违反一个人自己信奉的宗教。至尊人格首神说真正的宗教体系是：只投靠祂的莲花足(sarva-dharmān parityajya māṁ ekaṁ śaraṇaṁ vraja)。《圣典博伽瓦谭》第6篇描述的有关阿佳弥勒(Ajāmila)的救赎中，记载阎罗王(Yamarāja)说：真正的宗教是由至尊人格首神给予的(dharmaṁ tu sākṣād bhagavat-praṇītam)。正如真正的法律是由政府制定的；没人能在家中制定出真正的法律，也没人能在家中制定出真正的宗教。《圣典博伽瓦谭》的其他地方也说：使人成为至尊主的奉献者的宗教体系，是真正的宗教体系(sa vai puṁsāṁ paro dharmo yato bhaktir adhokṣaje)。因此，妨碍人增进奎师那意识的宗教体系都被称为反宗教(vidharma)、遵守不属于自己该遵守的宗教原则(para-dharma)、似是而非的宗教(upadharma)或欺骗人的宗教(chala-dharma)。对《博伽梵歌》的曲解被称为欺骗人的宗教。有些无赖将奎师那直接说的话曲解为另外的意思，这称为欺骗人的宗教(chala-dharma)或玩文字游戏(śabdabhit)。人应该格外小心，以回避这类欺骗性的宗教。

第 14 节

यस्त्विच्छया कृतः पुम्भिराभासो ह्याश्रमात्पृथक् ।
स्वभावविहितो धर्मः कस्य नेष्टः प्रशान्तये ॥१४॥

yas tv icchayā kṛtaḥ pumbhir
ābhāso hy āśramāt pṛthak
sva-bhāva-vihito dharmaḥ
kasya neṣṭaḥ praśāntaye

yaḥ－……的 / tu－的确 / icchayā－随心所欲地 / kṛtaḥ－举行 / pumbhiḥ－被人们 / ābhāsaḥ－模糊的影像 / hi－事实上 / āśramāt－自己的生命阶段 / pṛthak－不同于 / sva-bhāva－按照自己的本性 / vihitaḥ－规范的 / dharmaḥ－宗教原则 / kasya－有关哪一方面 / na－不 / iṣṭaḥ－有能力的 / praśāntaye－为解除所有种类的痛苦

译文 忽视自己所在的生命阶段和社会阶层的规定职责，随心所欲地杜撰出一门矫饰的宗教，被称为阿巴萨(模糊的影像或似是而非)。但履行自己所在的生命阶段和社会阶层的规定职责，难道不足以使人减少物质痛苦吗？

要旨 这节诗文中说明，每一个人都该严格遵守经典中介绍的社会四阶层(varṇa)和灵性四阶段(āśrama)的原则。《维施努往世书》(Viṣṇu Purāṇa)第3篇第8章的第9节诗说：

varṇāśramācāravatā
puruṣeṇa paraḥ pumān
viṣṇur ārādhyate panthā
nānyat tat-toṣa-kāraṇam

人应该为进步而专注于“发展奎师那意识”这一目标。这是所有社会阶层和灵性阶段的最高目标。然而，不了解这一制度的最高目标是崇拜维施努的那些所谓的追随者们，捏造出一个神。这在如今已成为一种流行的做法，因为任何无赖或傻瓜都可以被选为是神。有许多所谓的传教者都在捏造他们自己的神明，以此放弃他们与正直的至尊人格首神的关系。《博伽梵歌》中明确地说，崇拜半神人的人失去了智慧。尽管如此，我们还是发现，竟然有失去一切智慧的知识浅薄之人被选举为是神。那种人虽然有庙，但里面住的却是吃肉的出家人，而且在干着许多骯脏的勾当。这类误导可怜的追随者的宗教门派，是经典严格禁止的。应该立刻查封所有这类矫饰的宗教。

真正宗教体系的规定是：被称为布茹阿玛纳的人应该真正具备布茹阿玛纳的资格，而不是仅仅出生在布茹阿玛纳的家庭。没有出生在布茹阿玛纳家庭，但却具有布茹阿玛纳资格的人，必须被视为是布茹阿玛纳。严格地追随这一宗教体系，可以使人不需要额外的努力就能获得快乐(sva-bhāva-vihito dharmaḥ kasya neṣṭaḥ praśāntaye)。人生真正的目的是解除痛苦，而遵循启示经典中的上述原则，可以使人十分轻易地做到这一点。

第 15 节

धर्मार्थमपि नेहेत यात्रार्थं वाधनो धनम् ।
अनीहानीहमानस्य महाहेरिव वृत्तिदा ॥१५॥

dharmārtham api neheta
yātrārthaṁ vādhano dhanam
anīhānīhamānasya
mahāher iva vṛttidā

dharma-artham－在宗教和经济发展中／api－的确／na－不／īheta－应该尝试得到／yātrā-artham－只是为了维持生命／vā－(两者中)任一的／adhanaḥ－没有钱财的人／dhanam－金钱／anīhā－无欲／anīhamānasya－甚至不为自己的生计而努力的人的／mahā-aheḥ－被称为蟒的大蛇／iva－如同／vṛtti-dā－不需努力就得到它的维生所需的……

译文 一个人即使贫穷，也不该为维持生命或成为著名的宗教家而力图增加经济收入。正如巨大的蟒蛇虽然躺在一处，在不为生计而努力的情况下照样能得到维持生命所需的食物，无欲之人也会在不努力的情况下得到他维持生命的必需品。

要旨 培养奎师那意识是人类生活的唯一目的。人甚至不需要为赚取生活所需而努力。这节诗文用巨蟒的例子加以说明，巨蟒躺在一处，从不为维持自己的生命而到处去奋争，但却可以靠至尊主的恩典维持生命。正如《圣典博伽瓦谭》第1篇第5章的第18节诗记载，纳茹阿达·牟尼告诫说：人应该只为增强自己的奎师那意识而努力(tasyaiva hetoḥ prayateta kovidaḥ)。除此之外，人不该想要做其他事情，甚至是去赚取自己的生活所需。有许许多多典范人物展示了这种生活态度。例如：玛达文铎·普瑞(Mādhavendra Purī)就从不去向任何人要求食物；舒卡戴瓦·哥斯瓦米(Śukadeva Gosvāmī)也说，博学的圣人为何要去奉承那些为辛苦赚得的钱财而陶醉的人(kasmād bhajanti kavayo dhana-durmadāndhān)。我们为什么要去找那些被钱财蒙蔽了双眼的人？恰恰相反，我们应该依靠奎师那，祂会给予一切。我们奎师那意识协会的全体成员，无论是居士还是进入弃绝阶层的人，都该下定决心拓展奎师那意识运动，奎师那就会提供一切所需。就有关这一点，蟒蛇维生的方法(ājagara-vṛtti)很受到欣赏。人即使很贫穷，也该只是为提升奎师那意识而努力，不必为赚取生活所需而奋争。

第 16 节

सन्तुष्टस्य निरीहस्य स्वात्मारामस्य यत्सुखम् ।
कुतस्तत्कामलोभेन धावतोऽर्थेहया दिशः ॥१६॥

santuṣṭasya nirīhasya
svātmārāmasya yat sukham
kutas tat kāma-lobhena
dhāvato 'rthehayā diśaḥ

santuṣṭasya—在奎师那意识中感到彻底满足的人的 / nirīhasya—不为自己的生计而努力的人 / sva—自己的 / ātma-ārāmasya—在自我中感到满足的人 / yat—那 / sukham—快乐 / kutaḥ—在哪里 / tat—这样的快乐 / kāma-lobhena—受色欲和贪婪的驱使 / dhāvataḥ—到处游荡的人的 / artha-īhayā—带着要积累钱财的欲望 / diśaḥ—在所有的方向

译文 知足并将自己的活动与处在众生心中的至尊人格首神相连的人，在不为自己的生计而努力的情况下享受超然的快乐。欲壑难填并因而怀着积累财富的欲念四处奔波的物质主义者，哪能得到这种快乐？

第 17 节

सदा सन्तुष्टमनसः सर्वाः शिवमया दिशः ।
शर्कराकण्टकादिभ्यो यथोपानत्पदः शिवम् ॥१७॥

sadā santuṣṭa-manasaḥ
sarvāḥ śivamayā diśaḥ

śarkarā-kaṇṭakādibhyo
yathopānat-padaḥ śivam

sadā—总是 / santuṣṭa-manasaḥ—对在自我中感到满足的人来说 / sarvāḥ—一切 / śiva-mayāḥ—吉祥 / diśaḥ—在所有的方向 / śarkarā—从小卵石 / kaṇṭaka-ādibhyaḥ—和荆棘等 / yathā—正如 / upānat-padaḥ—对有合适的鞋子的人来说 / śivam—没有危险(吉祥)

译文　穿上合脚的鞋子的人，哪怕是走在卵石和荆棘上都不会有危险。对他来说，一切都是吉祥的。同样道理，永远在自我中得到满足的人没有苦恼；事实上，他无论在哪里都感到快乐。

第 18 节

सन्तुष्टः केन वा राजन्न वर्तेतापि वारिणा ।
औपस्थ्यजैह्व्यकार्पण्याद् गृहपालायते जनः ॥१८॥

santuṣṭaḥ kena vā rājan
na vartetāpi vāriṇā
aupasthya-jaihvya-kārpaṇyād
gṛha-pālāyate janaḥ

santuṣṭaḥ—总是在自我中感到满足的人 / kena—为什么 / vā—或者 / rājan—君王啊 / na—不 / varteta—应该(快乐地)生活 / api—甚至 / vāriṇā—靠喝水 / aupasthya—因生殖器 / jaihvya—和舌头 / kārpaṇyāt—由于不幸的或痛苦的情况 / gṛha-pālāyate—他变得就像一条家犬一样 / janaḥ—这样一个人

译文　我亲爱的君王，在自我中得到满足的人，甚至只喝水就能感到快乐。然而，受感官，尤其是舌头和生殖器驱使的人，必会为满足自己的感官而去当一条家犬。

要旨　按照启示经典的说法，布茹阿玛纳或具有奎师那意识的有识之士，不会为维持自己的生命，尤其是满足自己的感官而去侍奉他人。真正的布茹阿玛纳总是知足。哪怕他没东西吃，他都能只喝一点水并因而感到满足。经过适当练习的人都可以做到这一点。但不幸的是，没人受到教育该如何在认识自我的过程中感到满足。如上所述，奉献者因为感到超灵就在自己心中并一天二十四小时地想着祂而总是心满意足。这才是真正的快乐。奉献者从不受舌头及生殖器命令的驱使，所以永远不会成为物质自然法律的受害者。

第 19 节

असन्तुष्टस्य विप्रस्य तेजो विद्या तपो यशः ।
स्रवन्तीन्द्रियलौल्येन ज्ञानं चैवावकीर्यते ॥१९॥

asantuṣṭasya viprasya
tejo vidyā tapo yaśaḥ
sravantīndriya-laulyena
jñānaṁ caivāvakīryate

asantuṣṭasya－不在自我中寻求满足的人 / viprasya－这样一个布茹阿玛纳的 / tejaḥ－力量 / vidyā－教育 / tapaḥ－苦修 / yaśaḥ－名望 / sravanti－逐渐减少 / indriya－感官的 / laulyena－由于贪婪 / jñānam－知识 / ca－和 / eva－无疑地 / avakīryate－逐渐消失

译文　贪婪地追求感官享乐，将使不在自我中寻求满足的奉献者或布茹阿玛纳具有的灵性力量、教育、苦修和声望日益减少，他的知识会逐渐消失。

第 20 节

कामस्यान्तं हि क्षुत्तृड्भ्यां क्रोधस्यैतत्फलोदयात् ।
जनो याति न लोभस्य जित्वा भुक्त्वा दिशो भुवः ॥२०॥

kāmasyāntaṁ hi kṣut-tṛḍbhyāṁ
krodhasyaitat phalodayāt

jano yāti na lobhasya
jitvā bhuktvā diśo bhuvaḥ

kāmasya—感官享乐的欲望或躯体需求的催逼 / antam—结束 / hi—事实上 / kṣut-tṛḍbhyām—被十分饥渴的人 / krodhasya—愤怒的 / etat—这 / phala-udayāt—通过惩罚 / janaḥ——个人 / yāti—跨越 / na—不 / lobhasya—贪心 / jitvā—征服 / bhuktvā—享受 / diśaḥ—所有的方向 / bhuvaḥ—全球的

译文 人一旦进食，无疑就会满足由饥渴造成的人体强烈的渴求和需要。同样，如果人感到很愤怒，那么靠惩罚愤怒的对象就可以消除愤怒。但就贪婪而言，贪婪之人哪怕是征服了全世界，或享受到整个世界的一切，都不会感到满足。

要旨 《博伽梵歌》第3章的第37节诗中说，物质享乐欲望、愤怒及贪婪是致使受制约的灵魂被捆绑在这个物质世界里的原因(kāma eṣa krodha eṣa rajo-guṇa-samudbhavaḥ)。人一旦产生贪图感官享乐的强烈欲望，就会变得愤怒。这愤怒可以通过谴责自己的敌人得到满足。然而，当由激情属性(rajo-guṇa)这一最大的敌人所导致的贪婪(lobha)越来越强烈时，人怎么可能增强自己的奎师那意识？

很贪心地想要增强自己的奎师那意识是非凡的恩惠(tatra laulyam ekalaṁ mūlam)。这是可以使人取得灵性进步的最佳状态。

第21节

पण्डिता बहवो राजन् बहुज्ञाः संशयच्छिदः ।
सदसस्पतयोऽप्येके असन्तोषात्पतन्त्यधः ॥२१॥

paṇḍitā bahavo rājan
bahu-jñāḥ saṁśaya-cchidaḥ

sadasas patayo 'py eke
asantoṣāt patanty adhaḥ

paṇḍitāḥ－非常博学的学者 / bahavaḥ－许多 / rājan－君王(尤帝士提尔)啊 / bahu-jñāḥ－有各种经验的人 / saṁśaya-cchidaḥ－精通法律的人 / sadasaḥ patayaḥ－有资格成为博学者聚会中的主席的人 / api－甚至 / eke－因为一个缺点 / asantoṣāt－仅仅因不满足或贪婪 / patanti－坠落 / adhaḥ－进入地狱般的生活环境

译文 尤帝士提尔王啊！许多有各种经验的人、许多法律顾问、许多博学的学者和许多有资格成为学者集会领袖的人，都因为不满足他们已得到的一切而坠落，过地狱般的生活。

要旨 人应该为取得灵性上的进步而在物质方面保持知足的状态，因为不满足物质所得的人将贪图物质方面的发展，结果使自己无法在灵性上取得进步。有两件事情会抵消人的美好品质，其中一件是贫穷(daridra-doṣo guṇa-rāśi-nāśī)。受贫穷困扰的人所具有的一切美好品质都失去效用。同样，变得欲壑难填的人，失去所有的美好品质。因此要做的调整是：使自己既不要太贫穷，也必须完全满足得到最基本的生活必需品，做到不贪婪。对想取得灵性进步的奉献者来说，最佳的忠告是："要满足于得到最基本的生活必需品"。正因为如此，奉爱生活方面的博学权威人士忠告说：人无须为增加庙宇和中心(maṭha)的数量而努力。只有善于宣传奎师那意识运动的奉献者们才可以从事这样的活动。在南印度，所有的灵性导师(ācāryas)，尤其是圣茹阿玛努佳查尔亚(Rāmānujācārya)，兴建了许多大型神庙。在北印度，温达文(Vṛndāvana)的哥斯瓦米们也兴建了大型神庙。圣巴克提希丹塔·萨茹阿斯瓦提·塔库尔(Bhaktisiddhānta Sarasvatī Ṭhākura)同样建立了名叫高迪亚·玛特(Maṭha)的大型中心。所以，如果实际情况有利于传播奎师那意识，那么在那种情况下兴建庙宇就并非坏事。哪怕这种努力被视为是贪婪，但这贪婪是想要取悦奎师那，所以这种努力是灵性的活动。

第22节

असङ्कल्पाज्जयेत्कामं क्रोधं कामविवर्जनात् ।
अर्थानर्थेक्षया लोभं भयं तत्त्वावमर्शनात् ॥२२॥

asaṅkalpāj jayet kāmaṁ
krodhaṁ kāma-vivarjanāt
arthānarthekṣayā lobhaṁ
bhayaṁ tattvāvamarśanāt

asaṅkalpāt—凭决心 / jayet—应该征服 / kāmam—贪图物质享乐的欲望 / krodham—愤怒 / kāma-vivarjanāt—靠放弃感官欲望的对象 / artha—积累钱财 / anartha—烦恼的原因 / īkṣayā—通过考虑 / lobham—贪心 / bhayam—恐惧 / tattva—事实 / avamarśanāt—通过考虑

译文　应该下定决心摒弃贪图感官享乐的物质欲望。同样，应该靠戒绝忌妒克服愤怒，借详述积累钱财的害处去除贪婪，通过讨论真相停止恐惧。

要旨　就如何能战胜贪图感官享乐的欲望，圣维施瓦纳特·查夸瓦尔提·塔库尔提出他的建议。人无法停止想女人，因为这本是很自然的事；即使在街上散步时，人也会看到许许多多女人。然而，如果一个人已经下定决心不与女人生活在一起，那么哪怕他看到一个女人，也不会变得好色。人只要下定决心不过性生活，自然就能战胜色欲。就有关这一点所举的例子是：人如果下决心在特定的日子里禁食，那么即使感到饥饿，也自然能战胜饥渴感的打扰。人如果下定决心不忌妒任何人，自然就能战胜愤怒。同样道理，我们可以仅仅靠思考有关要维护已拥有的钱财是多么困难的一件事，来放弃想积累财富的欲望。人如果随身携带大量的现金，就会始终担心该如何妥当地保管它。因此，讨论积累钱财的害处，能使人毫不困难、自然而然地放弃积累钱财的欲望。

第23节

आन्वीक्षिक्या शोकमोहौ दम्भं महदुपासया ।
योगान्तरायान्मौनेन हिंसां कामाद्यनीहया ॥२३॥

ānvīkṣikyā śoka-mohau
dambhaṁ mahad-upāsayā
yogāntarāyān maunena
hiṁsāṁ kāmādy-anīhayā

ānvīkṣikyā－通过深思物质和灵性的主题 / śoka－悲伤 / mohau－和错觉 / dambham－虚伪的骄傲 / mahat－一位外士纳瓦 / upāsayā－靠侍奉 / yoga-antarāyān－瑜伽之途上的障碍 / maunena－靠沉默 / hiṁsām－忌妒 / kāma-ādi－为感官享乐 / anīhayā－没有努力

译文 讨论灵性知识可以使人征服悲伤与错觉；侍奉优秀的奉献者可以使人变得谦卑；保持沉默可以使人避开神秘瑜伽路途上的障碍；停止感官享乐可以使人战胜忌妒。

要旨 如果自己的亲生儿子死去，人无疑就会受到悲伤和错觉的影响，就会为死去的儿子而哭泣。但人可以靠思考《博伽梵歌》如下这节诗征服悲伤和错觉，即：

jātasya hi dhruvo mṛtyur
dhruvaṁ janma mṛtasya ca

“出生后必然要死亡，死亡后必然会再生。”灵魂轮回时，投生的灵魂必须放弃现有的躯体，接受另一个躯体。正因为如此，主奎师那说：清醒的人不会为这种变化所迷惑(dhīras tatra na muhyati)。清醒(dhīra)且真正具有渊博的哲学知识的人，在灵魂转生时不会感到痛苦。

第 24 节

कृपया भूतजं दुःखं दैवं जह्यात्समाधिना ।
आत्मजं योगवीर्येण निद्रां सत्त्वनिषेवया ॥२४॥

kṛpayā bhūtajaṁ duḥkhaṁ
daivaṁ jahyāt samādhinā
ātmajaṁ yoga-vīryeṇa
nidrāṁ sattva-niṣevayā

kṛpayā—靠同情其他生物体 / bhūta-jam—由于其他生物体 / duḥ-kham—痛苦 / daivam—由天意施加的痛苦 / jahyāt—人应该放弃 / samādhinā—通过全神贯注或冥想 / ātma-jam—躯体和内心带来的痛苦 / yoga-vīryeṇa—靠练哈塔·瑜伽和练习呼吸等 / nidrām—睡觉 / sattva-niṣevayā—靠发展布茹阿玛纳的品质或善良属性

译文　应该靠良好的行为和不忌妒减少由其他生物体引起的痛苦；靠全神贯注地冥想减轻天意所导致的痛苦；靠练哈塔瑜伽和呼吸等抵消由身心引起的痛苦。同样，应该靠培养善良属性，尤其是透过进食，征服睡眠。

要旨　人应该靠实际练习，养成一种不导致其他生物体受苦的进食习惯。己所不欲，勿施于人。既然其他生物体挤压或杀死我时会使我痛苦，我就不该试图挤压或杀害其他生物体。人们不知道，杀害无辜的动物将使他们自己承受物质自然的强烈反弹所造成的痛苦。凡有人们放纵自己毫无必要地杀害动物的那些国家，必会遭受物质自然所施加的战争和瘟疫之苦。因此，将心比心，人应该善待一切众生。没人能逃避天意所致的痛苦，所以当痛苦降临时，人应该全神贯注地吟诵、吟唱哈瑞·奎师那曼陀。练哈塔瑜伽(haṭha-yoga)可以使人避免身心的痛苦。

第25节

रजस्तमश्च सत्त्वेन सत्त्वं चोपशमेन च ।
एतत्सर्वं गुरौ भक्त्या पुरुषो ह्यञ्जसा जयेत् ॥२५॥

rajas tamaś ca sattvena
sattvaṁ copaśamena ca
etat sarvaṁ gurau bhaktyā
puruṣo hy añjasā jayet

rajaḥ tamaḥ－激情和愚昧属性 / ca－和 / sattvena－通过发展善良属性 / sattvam－善良属性 / ca－也 / upaśamena－通过停止依恋 / ca－和 / etat－这些 / sarvam－全部 / gurau－向灵性导师 / bhaktyā－通过做奉爱服务 / puruṣaḥ－一个人 / hi－事实上 / añjasā－轻易地 / jayet－可以征服

译文 必须靠培养物质善良属性征服激情和愚昧属性，随即再通过提升自我到纯粹善良属性的层面，脱离物质善良属性。怀着奉爱之情忠心耿耿地为灵性导师服务，就能自然而然地做到这一切。这可以使人战胜物质自然属性的影响。

要旨 对付导致疾病的根源，可以使人征服所有身体的病痛。同样道理，对灵性导师忠心耿耿、信心坚定的人，能轻易地战胜善良属性(sattva-guṇa)、激情属性(rajo-guṇa)和愚昧属性(tamo-guṇa)的影响。瑜伽师(yogī)和知识思辨者(jñānī)以多种方式练习要征服感官，但奉献者却立刻透过灵性导师的恩赐得到至尊人格首神的仁慈(yasya prasādād bhagavat-prasādo)。取悦了灵性导师的人自然得到至尊主的仁慈，而凭借至尊主的仁慈，人立刻变得超然，战胜这个物质世界里善良、激情和愚昧属性的一切影响。对此，《博伽梵歌》证实说：在任何情况下都全心全意地做奉爱服务，就能立刻超越物质自然属性，达到梵的层面(sa guṇān samatītyaitān brahma-bhūyāya kalpate)。在灵性导师的指导下行事的纯粹奉献者，很容易得到至尊主的仁慈，从而立刻处在超然的层面上。下一节诗文将对此作出解释。

第 26 节

यस्य साक्षाद्भगवति ज्ञानदीपप्रदे गुरौ ।
मर्त्यासद्धीः श्रुतं तस्य सर्वं कुञ्जरशौचवत् ॥२६॥

yasya sākṣād bhagavati
jñāna-dīpa-prade gurau
martyāsad-dhīḥ śrutaṁ tasya
sarvaṁ kuñjara-śaucavat

yasya－……的人 / sākṣāt－直接地 / bhagavati－至尊人格首神 / jñāna-dīpa-prade－用知识的火炬给予启发的 / gurau－向灵性导师 / martya-asat-dhīḥ－认为灵性导师像一个普通人一样并保持这种不利的态度 / śrutam－韦达知识 / tasya－对他来说 / sarvam－一切 / kuñ-jara-śauca-vat－恰似一头大象在湖中沐浴

译文 灵性导师传授启发我们的超然知识，所以应该将灵性导师视为是至尊主。因此，持有认为灵性导师是普通人这种物质概念的人，所做的一切都会被挫败；他所受到的启发、对韦达经的研究和了解，都如同大象洗澡一般。

要旨 所有的经典都指示我们要像尊敬至尊人格首神一样地尊敬灵性导师(sākṣād dharitvena samasta-śāstraiḥ)。人应该将灵性导师视为与至尊人格首神一样(ācāryaṁ māṁ vijānīyāt)。在了解所有这些教导的情况，人如果还是将灵性导师视为普通人，就会厄运当头。他对韦达经(Vedas)的学习，他的苦行及为了得到启明而从事的苦修，都会像大象洗澡一样毫无用处。大象在湖水中沐浴时相当认真，可一旦上岸就把地上的土撒得浑身都是。因此，大象的沐浴毫无意义。有人也许会争论说，既然灵性导师的亲戚和邻居都认为灵性导师是普通人，那灵性导师的门徒认为自己的灵性导师是普通人又有什么错？这在下一节诗文中将给予解释。但经典的训示是：永远都不该将灵性导师视为是普通人。人应该严格执行灵性导师的命令，因为如果取悦了灵性导师，至尊人格首神无疑就会感到高兴(yasya prasādād bhagavat-prasādo yasyāprasādān na ga-tiḥ kuto ’pi)。

第 27 节

एष वै भगवान् साक्षात्प्रधानपुरुषेश्वरः ।
योगेश्वरैर्विमृग्याङ्घ्रिर्लोको यं मन्यते नरम् ॥२७॥

eṣa vai bhagavān sākṣāt
pradhāna-puruṣeśvaraḥ
yogeśvarair vimṛgyāṅghrir
loko yaṁ manyate naram

eṣaḥ－这 / vai－的确 / bhagavān－至尊人格首神 / sākṣāt－直接地 / pradhāna－物质自然的主要原因 / puruṣa－众生的或主维施努(puruṣāvatāra)的 / īśvaraḥ－至尊控制者 / yoga-īśvaraiḥ－由伟大圣洁的人、瑜伽师 / vimṛgya-aṅghriḥ－被寻找的主奎师那的莲花足 / lokaḥ－人民大众 / yam－祂 / manyate－考虑 / naram－一个人

译文 至尊人格首神——主奎师那，是所有其他生物及物质自然的主人。维亚萨等伟大的圣洁之人都追寻和崇拜祂的莲花足。尽管如此，还是有愚蠢之人认为主奎师那是普通生物。

要旨 为使人了解灵性导师的地位，以奎师那是至尊人格首神为例加以说明是恰当的。灵性导师被称为仆人·人格首神(sevaka-bhagavān)，而奎师那被称为被崇拜的至尊人格首神(sevya-bhagavān)。灵性导师是崇拜神的人，而至尊人格首神奎师那是值得崇拜的神。这就是灵性导师和至尊人格首神之间的区别。

另一个重点是：灵性导师毫无偏差地如实呈献由至尊人格首神的教导构成的《博伽梵歌》，所以灵性导师就体现了绝对真理。正如这一章的第26节诗文明确说明，用知识的火炬给予启发的人(jñāna-dīpa-prade)。至尊人格首神将真正的知识给予全世界；作为至尊首神的代表，灵性导师则将知识传遍全世界。所以，在绝对的层面上，灵性导师和至尊人格首神之间没有区别。即使有人将至尊人奎师那(Kṛṣṇa)或主茹阿玛禅铎(Rāmacandra)视为是普通人，也并不意味着至尊主就因此而变成普通人了。同样，灵性导师的家人，将作为至尊人格首神真正代表的灵性导师视为是普通人，并不意味着灵性导师就真变成普通人了。灵性导师与至尊人格首神一样，所以十分认真地要取得灵性进步的人，必须这样看待灵性导师。对这一点的理解哪怕有丝毫偏差，都能造成门徒在学习韦达文献和苦修方面的灾难。

第28节

षड्वर्गसंयमैकान्ताः सर्वा नियमचोदनाः ।
तदन्ता यदि नो योगानावहेयुः श्रमावहाः ॥२८॥

ṣaḍ-varga-saṁyamaikāntāḥ
sarvā niyama-codanāḥ
tad-antā yadi no yogān
āvaheyuḥ śramāvahāḥ

ṣaṭ-varga－五个工作感官和内心这六种元素 / saṁyama-ekāntāḥ－征服的最高目标 / sarvāḥ－所有这类活动 / niyama-codanāḥ－目的是控制感官和内心的规范原则 / tat-antāḥ－这类活动的最终目标 / yadi－如果 / no－不 / yogān－与至尊者的确实连接 / āvaheyuḥ－确实导向 / śrama-āvahāḥ－浪费时间和劳动

译文　仪式性典礼、规范守则、苦修和练瑜伽，都是为了控制感官和心而设。然而，人即使控制住了感官和心，但如果最终不冥想至尊主，所有上述活动都只不过是将以失败而告终的劳动而已。

要旨 有人也许争辩说，人即使不对灵性导师忠心耿耿，也可以靠系统地练瑜伽和按照韦达原则举行仪式达到人生的最高目标——认识到超灵。但事实是：人必须通过练瑜伽上升到冥想至尊人格首神的层面。正如经典中说明：冥想之人在能看到至尊人格首神时，达到练瑜伽的完美境界(dhyānāvasthita-tad-gatena manasā paśyanti yaṁ yoginaḥ)。靠各种练习，人也许能够做到控制感官，但仅仅控制住感官并不没有使人得到具有实质性的成就。然而，对灵性导师和至尊人格首神忠心耿耿，不仅使人可以控制住感官，还可以觉悟到至尊主。

yasya deve parā bhaktir
yathā deve tathā gurau
tasyaite kathitā hy arthāḥ
prakāśante mahātmanaḥ

“韦达知识的所有含义都只向那些对至尊主和灵性导师有绝对信心的伟大灵魂自动揭示出来。”(《水塔刷塔尔奥义书》6.23)。经典进一步说明：忠心耿耿地侍奉灵性导师就会取悦奎师那(tuṣyeyaṁ sarva-bhūtātmā guru-śuśrūṣayā)，轻而易举地跨越物质存在之洋(taranty añjo bhavārṇavam)。仅仅靠为灵性导师做服务，就可以使人跨越无知之洋，回归家园，回到首神身边。这样做的人逐渐可以面对面地看到至尊主，享受与至尊主联谊的生活。瑜伽的最高目标是与至尊人格首神联系上。除非做到这一点，否则练瑜伽只不过是没有任何利益的劳动而已。

第 29 节

यथा वार्तादयो ह्यर्था योगस्यार्थं न बिभ्रति ।
अनर्थाय भवेयुः स्म पूर्तमिष्टं तथासतः ॥२९॥

yathā vārtādayo hy arthā
yogasyārthaṁ na bibhrati
anarthāya bhaveyuḥ sma
pūrtam iṣṭaṁ tathāsataḥ

yathā－正如 / vārtā-ādayaḥ－职业或职责类的活动 / hi－无疑地 / arthāḥ－(从这类职责获得的)收入 / yogasya－为认识自我的神秘力量的 / artham－利益 / na－不 / bibhrati－帮助 / anarthāya－没有价值(把人束缚在这个物质世界重复生死) / bhaveyuḥ－他们是 / sma－在所有的时间 / pūrtam iṣṭam－韦达仪式性典礼 / tathā－同样地 / asataḥ－物质主义非奉献者的

译文　正如职业利益或商业利润不过是物质束缚的根源，并不能使人取得灵性进步，韦达仪式性典礼无法帮助并非是至尊人格首神奉献者的人。

要旨　人即使靠从事职业活动、做贸易或务农变得很富有，也并不意味着在灵性上取得了进步。灵性进步不同于物质富有。尽管人生的目的是要在灵性上变得富有，但被误导的不幸之人，总是试图在物质上变得富有。然而，这样忙于物质活动，并不能帮助人真正实现做人的使命。相反，致力于物质活动使人受许多不必要的需求的吸引，随之而来的是使人遭受投生于低等环境的危险。正如《博伽梵歌》第14章的第18节诗证实说：

ūrdhvaṁ gacchanti sattva-sthā
madhye tiṣṭhanti rājasāḥ
jaghanya-guṇa-vṛtti-sthā
adho gacchanti tāmasāḥ

“受制于善良属性的人，逐渐走向更高的星球；受制于激情属性的人，生活在与地球相似的星球上；受制于可恶的愚昧属性的人，坠入地狱般的世界。”尤其是在这个喀历年代(Kali-yuga)，物质进步意味着堕落和受许多导致低等心态的要不得之需求的吸引。

因此，由于人们受到低等属性的污染(jaghanya-guṇa-vṛtti-sthā)，那些属性就会导致人们在来生当动物或过另一种堕落形式的生活。在没有奎师那意识的情况下扮演成宗教人士，也许可以受到没有智慧之人的欢迎，但这种表现灵性进步的物质主义做法，对人毫无帮助，并不能防止人错失人生的目标。

第30节

यश्चित्तविजये यत्तः स्यान्निःसङ्गोऽपरिग्रहः ।
एको विविक्तशरणो भिक्षुर्भैक्ष्यमिताशनः ॥३०॥

yaś citta-vijaye yattaḥ
syān niḥsaṅgo 'parigrahaḥ
eko vivikta-śaraṇo
bhikṣur bhaikṣya-mitāśanaḥ

yaḥ—……的人 / citta-vijaye—征服心 / yattaḥ—致力于 / syāt—必须 / niḥsaṅgaḥ—没有污染的联谊 / aparigrahaḥ—不依靠(家庭) / ekaḥ—独自 / vivikta-śaraṇaḥ—托庇于一个僻静地 / bhikṣuḥ——个弃绝之人 / bhaikṣya—靠乞讨只够维持生命的施舍 / mita-aśanaḥ—节制吃

译文 想要征服心的人必须离开家人的陪伴，到偏僻的地方去居住，避免使人被污染的交往。他应该为维持生命而乞讨，但绝不超过生存最基本的需要。

要旨 这是使人战胜内心纷乱的做法。经典推荐人要离开自己的家庭独自生活，靠乞讨施舍物、只吃让自己活下去所需要的量维持生命。不这样做，人无法战胜贪图物质享乐的欲望。进入弃绝阶层(sannyāsa)意味着过乞讨的生活，这种生活使人自然十分谦卑、柔顺，免除贪图物质享乐的欲望。就有关这一点，韦达文献(Smṛti)中有如下诗文说：

dvandvāhatasya gārhasthyaṁ
　dhyāna-bhaṅgādi-kāraṇam
lakṣayitvā gṛhī spaṣṭaṁ
　sannyased avicārayan

在这个相对的世界里，家庭生活破坏人的灵性生活或冥想。明确了解这一事实的人，应该毫不犹豫地过弃绝阶层的生活。

第 31 节

देशे शुचौ समे राजन् संस्थाप्यासनमात्मनः ।
स्थिरं सुखं समं तस्मिन्नासीतर्ज्वङ्ग ओमिति ॥३१॥

deśe śucau same rājan
　saṁsthāpyāsanam ātmanaḥ
sthiraṁ sukhaṁ samaṁ tasminn
　āsītarjv-aṅga om iti

deśe－在一个地方 / śucau－很神圣 / same－平的 / rājan－君王啊 / saṁsthāpya－放置 / āsanam－在坐位上 / ātmanaḥ－自己 / sthiram－很稳定 / sukham－舒服地 / samam－平静 / tasmin－在坐的地方 / āsīta－应该坐下 / ṛju-aṅgaḥ－身体挺直 / oṁ－韦达曼陀“欧么” / iti－以此方式

译文　我亲爱的君王，人应该在神圣的圣地选择一个练瑜伽的地方。那地方必须平坦，不太高也不太低。人应该在那里平衡、稳定、舒适地坐好，将身体挺直，随后开始吟诵韦达曼陀“欧么”。

要旨　由于人们一开始无法了解人格首神，所以经典一般都推荐人们吟诵“欧么(oṁ)”。正如《圣典博伽瓦谭》第1篇第2章的第11节诗说：

vadanti tat tattva-vidas
　tattvaṁ yaj jñānam advayam

brahmeti paramātmeti
bhagavān iti śabdyate

“博学的超然主义者了解绝对真理，把这没有相对性的实体称为梵(布茹阿曼)、超灵(帕茹阿玛特玛)或人格首神(巴嘎万)。”人除非对至尊人格首神坚信不疑，否则就会倾向于成为在内心寻找至尊主的持非人格神观念的瑜伽师(dhyānāvasthita-tad-gatena manasā paśyanti yaṁ yoginaḥ)。这节诗文之所以推荐吟诵“欧么卡尔(oṁkāra)”，是因为在具有超然觉悟的起始阶段，人可以吟诵“欧么卡尔(praṇava)”，而不一定要吟诵、吟唱哈瑞·奎师那这一伟大的曼陀(mahā-mantra)。哈瑞·奎师那这一伟大的曼陀与“欧么卡尔”都是至尊人格首神的声音代表，因此彼此之间没有区别。“欧么卡尔”这一声音震荡是所有韦达文献的开始(praṇavaḥ sarva-vedeṣu)。例如oṁ namo bhagavate vāsudevāya。吟诵“欧么卡尔”和吟诵、吟唱哈瑞·奎师那曼陀之间的区别是：吟诵、吟唱哈瑞·奎师那曼陀不需要按照《博伽梵歌》第6章的第11节诗的推荐，考虑地点或做特殊的安排：

śucau deśe pratiṣṭhāpya
sthiram āsanam ātmanaḥ
nāty-ucchritaṁ nātinīcaṁ
cailājina-kuśottaram

“要练瑜伽就必须到一个圣地，在僻静处的地上铺上库沙草，再铺上鹿皮和软布，安排一个不高不低的座位。瑜伽师随后应该稳稳地坐在座位上练瑜伽，通过控制自己的心念、感官和活动，把注意力集中在一点上，达到净化内心的目的。”任何人都可以吟诵、吟唱哈瑞·奎师那曼陀，而无须考虑地点或该如何坐的问题。圣柴坦亚·玛哈帕布公开宣布：吟诵、吟唱哈瑞·奎师那曼陀没有具体规定人该坐在什么地方(niyamitaḥ smaraṇe na kālaḥ)。“没有硬性的规定(niyamitaḥ smaraṇe na kālaḥ)”这条训示包括地点(deśa)、时间(kāla)和个人(pātra)。因此，任何人都能吟诵、吟唱哈瑞·奎师那，而不需要考虑时间和地点。尤其是在如今这个年代—— 喀历年代，要按照《博伽梵歌》的推荐找到一个合适的地方极其困难。然而，哈瑞·奎师那曼陀在任何地点和时间吟诵、吟唱都可以，都将快速地产生效果。尽管如此，在吟诵、吟唱哈瑞·奎师那曼陀的时候，人还是要遵守规范原则。因此在坐着吟诵、吟唱时，人可以让身体挺直，这将有助于人吟诵、吟唱，否则有可能会感到昏昏欲睡。

第 32—33 节

प्राणापानौ सन्निरुन्ध्यात्पूरकुम्भकरेचकैः ।
यावन्मनस्त्यजेत्कामान् स्वनासाग्रनिरीक्षणः ॥३२॥

यतो यतो निःसरति मनः कामहतं भ्रमत् ।
ततस्तत उपाहृत्य हृदि रुन्ध्याच्छनैर्बुधः ॥३३॥

prāṇāpānau sannirundhyāt
pūra-kumbhaka-recakaiḥ
yāvan manas tyajet kāmān
sva-nāsāgra-nirīkṣaṇaḥ

yato yato niḥsarati
manaḥ kāma-hataṁ bhramat
tatas tata upāhṛtya
hṛdi rundhyāc chanair budhaḥ

prāṇa－进来的气 / apānau－呼出的气 / sannirundhyāt－应该停止 / pūra-kumbhaka-recakaiḥ－靠吸气(pūraka)、呼气(kumbhaka)和屏气(recaka) / yāvat－如此长 / manaḥ－内心 / tyajet－应该放弃 / kāmān－一切物质欲望 / sva－自己的 / nāsa-agra－鼻尖 / nirīkṣaṇaḥ－凝视 / yataḥ yataḥ－无论什么对象或什么方向 / niḥsarati－拉回 / manaḥ－内心 / kāma-hatam－被贪图享乐的物质欲望所击败 / bhramat－游荡 / tataḥ tataḥ－到处 / upāhṛtya－把它带回后 / hṛdi－在内心深处 / rundhyāt－应该制止（心念）/ śanaiḥ－靠练习逐渐地 / budhaḥ－一个博学的瑜伽师

译文 博学的瑜伽师一边凝视鼻尖，一边练习吸气，呼气和屏气。瑜伽师以此方式约束内心产生物质性的依恋，放弃心中所有的欲念。注意力一旦被贪图享乐的物质欲望所战胜，就会转而去感受感官享乐；瑜伽师应该立刻将注意力拉回，关在心底深处。

要旨 这节诗文对瑜伽练习给予了简洁的解释。练瑜伽达到完美境界时，瑜伽师可以看到处在自己心中的至尊人格首神的超灵(Paramātmā)形象。然而，《博伽梵歌》第6章的第47节诗记载，至尊主说：

yogīnām api sarveṣām
mad-gatenāntarātmanā
śraddhāvān bhajate yo māṁ
sa me yuktatamo mataḥ

“在所有的瑜伽师中，谁信心坚定地总在内心想着我，为我做超然的爱心服务，谁就通过瑜伽与我最紧密地连在一起，就是最高级的瑜伽师。这就是我的看法。”奉献者之所以可以立刻成为完美的瑜伽师，是因为练习将至尊主奎师那一直保留在自己心中。这是一种很轻松的练瑜伽的方式。正如至尊主所说：

man-manā bhava mad-bhakto
mad-yājī māṁ namaskuru

“永远想着我，崇拜我，向我致敬，成为我的奉献者。”（《博伽梵歌》18.65）一个人如果靠始终在自己的心中想着奎师那(man-manāḥ)做奉爱服务，就立刻成为一流的瑜伽师。对奉献者来说，将奎师那留在自己的心中并不是一件难事。对持有躯体化物质概念的普通人来说，练瑜伽也许有帮助；但立刻开始做奉爱服务的人，则可以立刻毫不困难地成为完美的瑜伽师。

第 34 节

एवमभ्यस्यतश्चित्तं कालेनाल्पीयसा यतेः ।
अनिशं तस्य निर्वाणं यात्यनिन्धनवह्निवत् ॥३४॥

evam abhyasyataś cittaṁ
kālenālpīyasā yateḥ
aniśaṁ tasya nirvāṇaṁ
yāty anindhana-vahnivat

evam—以此方式 / abhyasyataḥ—按照这瑜伽系统练习的人的 / cittam—心 / kālena—在适当的时间 / alpīyasā—很短地 / yateḥ—练瑜伽之人的 / aniśam—没有停止 / tasya—他的 / nirvāṇam—净化所有的物质污染 / yāti—达到 / anindhana—没有火焰或烟 / vahnivat—正如一堆火

译文　这样经常练习的瑜伽师，会在很短的时间内变得内心稳定，不受打扰，恰似没有火焰和烟的火一样。

要旨　涅槃(Nirvāṇa)的意思是停止一切物质的欲念。有些人认为，无欲是指内心活动的结束，但这是不可能的。生物体有感官，如果感官停止工作，生物体就不是生物体了，而完全像石头或木头一样。这是不可能的。由于他是活的，他永恒地有感知力(nitya和cetana)。对灵性上不是很进步的人，经典推荐其练瑜伽，以使内心不再受物质欲望的刺激。然而，人如果将注意力集中在奎师那的莲花足上，内心自然很快就变得平静。《博伽梵歌》第5章的第29节诗描述这种平静说：

bhoktāraṁ yajña-tapasāṁ
sarva-loka-maheśvaram

suhṛdaṁ sarva-bhūtānāṁ
jñātvā māṁ śāntim ṛcchati

“完全意识到我的人知道我是一切祭祀和苦行的最终受益者，是一切星球和半神人的至尊主，是众生的恩人和祝愿者，因此获得平静，不再受物质痛苦的折磨。”人如果能了解奎师那是至尊享乐者、一切的拥有者和众生最好的朋友，心中就会平静，不再感受物质性的刺激。然而，对不了解至尊人格首神的人来说，就要推荐他们练瑜伽了。

第 35 节

कामादिभिरनाविद्धं प्रशान्ताखिलवृत्ति यत् ।
चित्तं ब्रह्मसुखस्पृष्टं नैवोत्तिष्ठेत कर्हिचित् ॥३५॥

kāmādibhir anāviddhaṁ
praśāntākhila-vṛtti yat
cittaṁ brahma-sukha-spṛṣṭaṁ
naivottiṣṭheta karhicit

kāma-ādibhiḥ－由各种贪图物质享乐的欲望 / anāviddham－不受影响的 / praśānta－镇定和平静 / akhila-vṛtti－在每一个方面或在所有的活动中 / yat－……的 / cittam－意识 / brahma-sukha-spṛṣṭam－因为处在永恒极乐的超然层面上 / na－不 / eva－事实上 / uttiṣṭheta－可以出来 / karhicit－在任何时候

译文 人的意识不受贪图物质享乐的欲望污染时，人就处在永恒喜乐的生活状态中，就会在所有的活动中显得镇定、平静。人一旦升上那层面，便不会再回头从事物质性的活动。

要旨 《博伽梵歌》第18章的第54节诗也描述“因为处在永恒极乐的超然层面上(brahma-sukha-spṛṣṭam)”一句说：

brahma-bhūtaḥ prasannātmā
na śocati na kāṅkṣati
samaḥ sarveṣu bhūteṣu
mad-bhaktiṁ labhate parām

“这样处在超然境界中的人，立即觉悟至尊梵，变得充满喜悦。他永不悲伤，不再想得到什么。他平等对待众生。在这种状态下，他达到为我做奉爱服务的境界。”通常，人一旦上升到超然极乐(brahma-sukha)的层面，就永远不会坠落了。但不致力于做奉爱服务的人，还是有机会降回到物质的层面。经典中说：人可以上升到超然极乐的层面，但如果不让自己做奉爱服务，就甚至有可能从那个层面坠落到物质层面(āruhya kṛcchreṇa paraṁ padaṁ tataḥ patanty adho ’nādṛta-yuṣmad-aṅghrayaḥ)。

第 36 节

यः प्रव्रज्य गृहात्पूर्वं त्रिवर्गावपनात्पुनः ।
यदि सेवेत तान् भिक्षुः स वै वान्ताश्यपत्रपः ॥३६॥

yaḥ pravrajya gṛhāt pūrvaṁ
tri-vargāvapanāt punaḥ
yadi seveta tān bhikṣuḥ
sa vai vāntāśy apatrapaḥ

yaḥ—……的人 / pravrajya—永久地结束并立刻去森林(处在超然的极乐中) / gṛhāt—从家 / pūrvam—最初 / tri-varga—宗教、经济发展和感官享乐这三项主要活动 / āvapanāt—从播下种子的领域 / punaḥ—再次 / yadi—如果 / seveta—应该接受 / tān—物质主义活动 / bhikṣuḥ—进入弃绝阶层的人 / saḥ—那人 / vai—的确 / vāntāśī—吃自己呕吐物的人 / apatrapaḥ—不感到羞耻

译文　进入弃绝阶层的人停止从事在居士生活领域中致力于从事的三种物质性的活动，即笃信宗教、发展经济和

感官享乐。先进入弃绝阶层，但随后又回头从事这类物质活动的人，被称为吃自己呕吐物的人。他实际上是个无耻之徒。

要旨 物质性的活动受到社会四阶层和灵性四阶段制度(varṇāśrama-dharma)的控制、管理。没有包括布茹阿玛纳(brāhmaṇa)、查锤亚(kṣatriya)、外夏(vaiśya)、庶铎(śūdra)、贞守生阶段(brahmacarya)、居士阶段(gṛhastha)、退出家庭生活阶段(vānaprastha)和进入弃绝阶层阶段(sannyāsa)在内的社会四阶层和灵性四阶段制度，物质性活动只能使人过动物般的生活。但即使在人类生活中，人在遵守社会四阶层和灵性四阶段制度的原则时，也必须在最终进入弃绝阶层，因为只有进入弃绝阶层，才能使人处在超然极乐的状态中。处在超然极乐状态中的人，不再受贪图物质享乐欲望的吸引。事实上，当人不再受打扰，尤其不受沉溺于性享乐的色欲打扰时，就有资格进入弃绝阶层，否则不该进入弃绝阶层。一个人如果在还不成熟的阶段进入弃绝阶层，就会很有可能受到女性和色欲的吸引，再次成为所谓的居士或女人的受害者。这样的人最无耻，被说成是进食自己吐出的食物(vāntāśī)。他过的无疑是一种受到谴责的生活。正因为如此，我们奎师那意识运动忠告进入弃绝阶层的人和贞守生，要严格避开与女人的交往、联谊，以使自己没有机会再次堕落，成为色欲的受害者。

第 37 节

यैः स्वदेहः स्मृतोऽनात्मा मर्त्यो विट्कृमिभस्मवत् ।
त एनमात्मसात्कृत्वा श्लाघयन्ति ह्यसत्तमाः ॥३७॥

yaiḥ sva-dehaḥ smṛto 'nātmā
martyo viṭ-kṛmi-bhasmavat
ta enam ātmasāt kṛtvā
ślāghayanti hy asattamāḥ

yaiḥ－被……的进入弃绝阶层的人 / sva-dehaḥ－自己的躯体 / smṛtaḥ－认为 / anātmā－不同于灵魂 / martyaḥ－死亡的对象 / viṭ－成为粪便 / kṛmi－寄生虫 / bhasmavat－或灰烬 / te－这样的人 / enam－这躯体 / ātmasāt kṛtvā－再次与自我认同 / ślāghayanti－作为十分重要的去赞美 / hi－事实上 / asat-tamāḥ－最大的无赖

译文　那些先是认为躯体必死且必将转化为粪便、昆虫或灰烬的进入弃绝阶层的人，如果再次看重躯体，将其作为真正的自我去赞美，就被视为最大的无赖。

要旨　进入弃绝阶层的人，是透过培养知识明确地了解自己(梵)是灵魂而不是躯体的人。有这种理解的人可以进入弃绝阶层，因为他处在“我是梵(ahaṁ brahmāsmi)”的状态中。经典中说：这样处在超然境界中的人，立刻觉悟至尊梵，变得充满喜悦(brahma-bhūtaḥ prasannātmā na śocati na kāṅkṣati)。这样的人不再悲伤或渴望维护自己的躯体，他能够接受所有的生物体都是灵性的灵魂这一事实，接着便能开始为至尊主做奉爱服务。然而，如果有谁人为地将自己视为梵(Brahman)或纳茹阿亚纳(Nārāyaṇa)，不十分了解灵魂和躯体的区别，谁无疑就会坠落(patanty adhaḥ)。这种人再次看重躯体。印度有许多进入弃绝阶层的人强调躯体的重要性。他们中的有些人尤其强调贫穷之人的躯体的重要性，将穷人称为是“贫穷的纳茹阿亚纳(daridra-nārāyaṇa)，就好像纳茹阿亚纳有个物质躯体似的。有许多其他进入弃绝阶层的人，强调躯体作为布茹阿玛纳、查锤亚、外夏或庶铎的社会地位的重要性。这种“弃绝者”被视为是最大的无赖(asattamāḥ)。他们还不明白躯体与灵魂之间的区别，于是将布茹阿玛纳的躯体当做是布茹阿玛纳，因此不知羞耻。所谓的“婆罗门教”由与梵(Brahman)有关的知识构成。但布茹阿玛纳的躯体其实并非梵。同样道理，躯体既不富有也不贫穷。如果贫穷之人的躯体是贫穷的纳茹阿亚纳(daridra-nārāyaṇa)，那么富有之人的躯体就必然是富有的纳茹阿亚纳(dhanī-nārāyaṇa)了。为此，不知道纳茹阿亚纳的含义而将躯体看作是梵或纳茹阿亚的 “弃绝者”们，在此被说成是最可恶的无赖(asattamāḥ)。把持生命的躯体化概念的“弃绝者”，设计出各种侍奉躯体的方案。他们引领由所谓的宗教活动构成的滑稽使命，误导人类社会。这些“弃绝者”在此被描述为毫无廉耻(apatrapaḥ)及从灵性生活的层面上坠落(asattamāḥ)。

第 38—39 节

गृहस्थस्य क्रियात्यागो व्रतत्यागो वटोरपि ।
तपस्विनो ग्रामसेवा भिक्षोरिन्द्रियलोलता ॥३८॥

आश्रमापसदा ह्येते खल्वाश्रमविडम्बनाः ।
देवमायाविमूढांस्तानुपेक्षेतानुकम्पया ॥३९॥

gṛhasthasya kriyā-tyāgo
vrata-tyāgo vaṭorapi
tapasvino grāma-sevā
bhikṣor indriya-lolatā

āśramāpasadā hy ete
khalv āśrama-viḍambanāḥ
deva-māyā-vimūḍhāṁs tān
upekṣetānukampayā

gṛhasthasya—对居士来说 / kriyā-tyāgaḥ—放弃居士的责任 / vrata-tyāgaḥ—放弃誓言和苦行 / vaṭoḥ—对一个贞守生来说 / api—也 / tapasvinaḥ—对一个退出家庭生活，过苦修生活的人来说 / grāma-sevā—住在一个村庄中并侍奉那里的人们 / bhikṣoḥ—对一个靠乞讨维生的托钵僧来说 / indriya-lolatā—沉溺于感官享乐 / āśrama—灵性生活的阶段的 / apasadāḥ—最可恶的 / hi—事实上 / ete—所有这

些 / khalu－事实上 / āśrama-viḍambanāḥ－模仿并因此而欺骗各个灵性阶段的人 / deva-māyā-vimūḍhān－被至尊主的外在能量迷惑的人 / tān－他们 / upekṣeta－人应该拒绝和不接受为是真正的 / anu-kampayā－或者凭同情(教导他们真正的生活)

译文　在家生活却不遵守规范守则的居士，接受灵性导师的照管却不信守誓言的贞守生，在村里生活却从事所谓的社交活动的退出家庭生活之人，以及进入弃绝阶层却沉溺于感官享乐的人，都十分可恶。这样为人处世的人被视为是最低贱的变节者。这种冒牌货被至尊人格首神的外在能量所迷惑，其他人应该抵制他，或者如果有可能，就同情、教化他。

要旨　我们再三强调，除非人们采用社会四阶层和灵性四阶段制度(varṇāśrama-dharma)，否则人类文化没有开始可言。尽管居士生活对享受性生活这一点有所让步，但人们不该在不遵守规范原则的情况下享受性生活。此外，正如已经教导过的，贞守生必须在灵性导师的照顾下生活(brahmacārī guru-kule vasan dānto guror hitam)。如果贞守生不在灵性导师(guru)的教导下生活，退出家庭生活的人致力于从事普通活动，或者进入弃绝阶层的人贪婪并为满足自己的舌头而进食肉、蛋等不该吃的东西，那他们就是骗子，应该立刻被当做微不足道的人予以拒绝。应该向这种人表示同情；有足够力量的人还应该教导他们停止在人生中继续走错误之途。否则，人就应该拒绝那种人，根本不理会他们。

第 40 节

आत्मानं चेद्विजानीयात्परं ज्ञानधुताशयः ।
किमिच्छन् कस्य वा हेतोर्देहं पुष्णाति लम्पटः ॥४०॥

ātmānaṁ ced vijānīyāt
param jñāna-dhutāśayaḥ
kim icchan kasya vā hetor
dehaṁ puṣṇāti lampaṭaḥ

ātmānam－灵魂和超灵 / cet－如果 / vijānīyāt－能了解 / param－超然、超越这物质世界的 / jñāna－通过知识 / dhuta-āśayaḥ－净化了自己的意识的人 / kim－什么 / icchan－想要物质的舒适 / kasya－为谁 / vā－或者 / hetoḥ－为什么原因 / deham－物质躯体 / puṣṇāti－他维持 / lampaṭaḥ－不正当地沉溺于感官享乐

译文 人体生命形式专为生物了解超然处之的自我及至尊自我——至尊人格首神而设。当愚蠢、贪婪的人被高等知识净化后能了解这两者时，他们还有何理由并为了谁要为感官享乐而维护躯体呢？

要旨 当然，这个物质世界里的每一个人都致力于为感官享乐而维护躯体。但培养知识将使人逐渐明白，躯体并非自我。灵魂和超灵都超越于物质世界。在人体生命形式中的生物，尤其是进去弃绝阶层的人，都该清楚这一事实。认清自我的人——弃绝者(sannyāsī)，应该致力于提升自我并与至尊自我连接。我们的奎师那意识运动是为提生生物回归家园、回到首神身边而展开的。追求这样的提升，是在人体生命形式中生存的生物所该履行的责任。人除非履行这一责任，否则为什么要维护躯体？尤其是，如果一个作为弃绝者的出家人、托钵僧，不仅用普通方式维护自己的躯体，而且为保养身体用尽各种方法，甚至包括吃肉和做其他可憎的事情，那他必然是只进行感官享乐的贪婪之人(lampaṭaḥ)。进入弃绝阶层的人必须做到完全不受舌头、肚腹和生殖器的刺激，而这些都会打扰那些没彻底了解“躯体与灵魂是分开的”这一事实的人。

第 41 节

आहुः शरीरं रथमिन्द्रियाणि
हयानभीषून्मन इन्द्रियेशम् ।
वर्त्मानि मात्रा धिषणां च सूतं
सत्त्वं बृहद्बन्धुरमीशसृष्टम् ॥४१॥

āhuḥ śarīraṁ ratham indriyāṇi
hayān abhīṣūn mana indriyeśam
vartmāni mātrā dhiṣaṇāṁ ca sūtaṁ
sattvaṁ bṛhad bandhuram īśa-sṛṣṭam

āhuḥ－据说 / śarīram－躯体 / ratham－马车 / indriyāṇi－感官 / hayān－马匹 / abhīṣūn－缰绳 / manaḥ－内心 / indriya－感官的 / īśam－主人 / vartmāni－目的地 / mātrāḥ－感官对象 / dhiṣaṇām－智力 / ca－和 / sūtam－马车夫 / sattvam－意识 / bṛhat－强大的 / bandhuram－束缚 / īśa－被至尊人格首神 / sṛṣṭam－创造

译文 有进步知识的超然主义者，把按至尊人格首神的命令制成的躯体比作一辆马车。感官好比马匹；感官的主人——内心，好比缰绳；感官对象是目的地；智力是马车驾驭者，而遍布全身的意识是生物被捆绑在这个物质世界的原因。

要旨 对因为以物质主义生活方式生活而倍感迷惑的人来说，忙于进行感官享乐的心和感官，是使人受制于生老病死的原因。但对有高度灵性知识的人来说，同样的身体、感官和心则是解脱的原因。对此，《喀塔奥义书》(Kaṭha Upaniṣad)第1篇第3章的第3—4节诗和第9节诗作出如下证实说：

ātmānaṁ rathinaṁ viddhi
śarīraṁ ratham eva ca
buddhiṁ tu sārathiṁ viddhi
manaḥ pragraham eva ca

indriyāṇi hayān āhur
　viṣayāṁs teṣu gocarān
so 'dhvanaḥ pāram āpnoti
　tad viṣṇoḥ paramaṁ padam

在躯体之车中，灵魂是居住者，智力是车的驾驭者，心是达到目的地的决心，感官是马匹，感官对象是作为马匹的感官所走的路。善用躯体之车，可以使人达到目的地——生命的最高目标维施努(paramaṁ padam)。在受制约的生命中，于躯体内的意识是受束缚的原因，但当那意识转变为奎师那意识时，就成为灵魂回归家园，回到首神身边的原因。

因此，可以有两种方式利用人体，即用它去往愚昧无知的黑暗区域；或者用它回归家园，回到首神身边。找一位觉悟了自我的灵性导师(mahat-sevā)，是回归家园、回到首神身边的必经之途。经典中说：为灵性上高度进步的人服务，是唯一的解脱之途(mahat-sevāṁ dvāram āhur vimukteḥ)。想要获得解脱的人，应该接受经授权的奉献者的指导，那样的奉献者真正能将完美的知识给予人。另外，想要去物质存在黑暗区域的人(tamo-dvāraṁ yoṣitāṁ saṅgi-saṅgam)，会继续与依恋女人的人交往(yoṣitāṁ saṅgi-saṅgam)。梵文yoṣit的意思是"女人"。十足的物质主义者依恋女人。

因此，奥义书中说，躯体恰似载人去向任何地方的马车(ātmānaṁ rathinaṁ viddhi śarīraṁ ratham eva ca)。人可以熟练地驾驭它；或者异想天开地驾驭它，结果很有可能出车祸，坠入壕沟。换句话说，人如果听取经验丰富的灵性导师的教导，就能回归家园，回到首神身边；否则，就会回到生死轮回圈中。正因为如此，奎师那亲自忠告说：

aśraddadhānāḥ puruṣā
　dharmasyāsya parantapa
aprāpya māṁ nivartante
　mṛtyu-saṁsāra-vartmani

“征服敌人的人啊！不怀着信心做奉爱服务的人，到不了我那里，因此会回到物质世界的生死轮回中。”（《博伽梵歌》9.3）至尊人格首神奎师那就如何回归家园、回到首神身边给予了指示，但如果人们对祂的指示充耳不闻，那么结果将是：永远回不到首神身边，继续在物质存在中过这种重复生死的痛苦生活(mṛtyu-saṁsāra-vartmani)。

为此，有经验的超然主义者忠告我们：要为达到生命的最高目标(svārtha-gatim)充分利用这个躯体。生命的真正利益或该追求的目标是：回归家园，回到首神身边。为使人实现这一目标，至尊主和圣人们给我们准备了那么多的韦达文献，其中包括《韦丹塔经》(Vedānta-sūtra)、奥义书(Upaniṣads)、《博伽梵歌》(Bhagavad-gītā)、《玛哈巴茹阿特》(Mahābhārata)和《茹阿玛亚纳》(Rāmāyaṇa)。人应该学习这些韦达文献，学习如何走弃绝之途(nivṛtti-mārga)。这将使人生达到完美境界。有意识在时，躯体才是重要的。没有意识，躯体只不过是一团物质而已。所以，要想回归家园，回到首神身边，人就必须将自己的意识从物质意识转变为奎师那意识。错误的自我意识是使人受物质束缚的原因，但如果靠练奉爱瑜伽(bhakti-yoga)净化这意识，人就能随之明白自己所具有的印度人、美国人、印度教徒、伊斯兰教徒、基督教徒等称号(upādhi)是多么的虚幻不实。我们必须忘记这些称号，只用这意识为奎师那做服务(sarvopādhi-vinirmuktaṁ tat-paratvena nirmalam)。对奎师那意识运动善加利用的人，其人生无疑会成功。

第 42 节

अक्षं दशप्राणमधर्मधर्मौ
　　चक्रेऽभिमानं रथिनं च जीवम् ।
धनुर्हि तस्य प्रणवं पठन्ति
　　शरं तु जीवं परमेव लक्ष्यम् ॥४२॥

akṣaṁ daśa-prāṇam adharma-dharmau
cakre 'bhimānaṁ rathinaṁ ca jīvam
dhanur hi tasya praṇavaṁ paṭhanti
śaraṁ tu jīvaṁ param eva lakṣyam

akṣam－(马车轮子上的)轮辐 / daśa－十 / prāṇam－身体中流动的十种气 / adharma－非宗教 / dharmau－宗教(轮子的上下两边) / cakre－在轮子中 / abhimānam－错误的认同 / rathinam－马车夫或躯体的主人 / ca－也 / jīvam－生物 / dhanuḥ－弓 / hi－事实上 / tasya－他的 / praṇavam－韦达·曼陀欧么卡尔 / paṭhanti－据说 / śaram－箭 / tu－但是 / jīvam－生物 / param－至尊主 / eva－的确 / lakṣyam－靶子

译文 在体内运作的十种气被比作是马车车轮的轮辐，轮子本身的顶部和底部被分别称为宗教与非宗教。受躯体化生命概念影响的生物，是马车的拥有者。韦达·曼陀“欧么”是弓，纯洁的生物本身是箭，而射箭的目标是至尊生物。

要旨 物质躯体内始终有十种生命之气在流动，它们分别是经由鼻孔进出的主气(prāṇa)、从肛门排出的体内之气(apāna)、平衡之气(samāna)、收缩和扩张之气(vyāna)、上行气(udāna)、协助嘴和眼睛等张开的气(nāga)、促进收缩的气(kūrma)、增进食欲的气(kṛkala)、帮助机体放松的气(devadatta)和维持生命的气(dhanañjaya)。这节诗文把它们比喻为是马车车轮的轮辐。生命之气是生物赖以从事一切活动的能量。人们从事的活动有时是宗教活动，有时是非宗教活动，所以宗教和非宗教被说成是马车车轮上的上部和下部。生物一旦决定要回归家园，回到首神身边时，其追求的目标就是主维施努——至尊人格首神。在生命受制约的状态中，试图在这个物质世界寻找快乐的人，不了解生命的目标是至尊主(na te viduḥ svārtha-gatiṁ hi viṣṇuṁ durāśayā ye bahir-artha-māninaḥ)。但人在得到净化后，就会放弃所持有的躯体化的生命概念，以及认为自己属于特定的团体、国家、社会和家庭等错误的认同(sarvopādhi-vinirmuktaṁ tat-paratvena nirmalam)。接下来，他拿起得到净化的生命这支箭，在超然吟诵欧么或哈瑞·奎师那曼陀这把弓的帮助下，将自己射向至尊人格首神。

圣维施瓦纳特·查夸瓦尔提·塔库尔评论道：由于这节诗文中用了弓和箭这两个词，人也许争论说，至尊人格首神和生物成了敌人。然而，尽管至尊人格首神也许成了生物的所谓的敌人，但这是祂作为骑士般的快乐。例如，至尊主与彼士玛(Bhīṣma)在库茹柴陀(Kurukṣetra)战场上作战；当彼士玛向至尊主的身体射箭时，是生物与至尊主具有的十二种关系中的一种表现。当受制约的灵魂试图通过向至尊主射箭到达祂身边时，至尊主从中取乐，而生物则得到回归家园，回到首神身边的好处。就有关这一点所举的另一个例子，是阿尔诸纳(Arjuna)的例子：他射中了在一个轮子中的鱼(ādhāra-mīna)，结果得到珍贵的朵帕蒂(Draupadī)。同样，如果用吟诵、吟唱至尊主的圣名这支箭，射中主维施努的莲花足，人就可以凭借奉爱服务中的这一英雄活动，得到回归家园，回到首神身边的利益。

第 43—44 节

रागो द्वेषश्च लोभश्च शोकमोहौ भयं मदः ।
मानोऽवमानोऽसूया च माया हिंसा च मत्सरः ॥४३॥

रजः प्रमादः क्षुन्निद्रा शत्रवस्त्वेवमादयः ।
रजस्तमःप्रकृतयः सत्त्वप्रकृतयः क्वचित् ॥४४॥

rāgo dveṣaś ca lobhaś ca
śoka-mohau bhayaṁ madaḥ
māno 'vamāno 'sūyā ca
māyā hiṁsā ca matsaraḥ

rajaḥ pramādaḥ kṣun-nidrā
śatravas tv evam ādayaḥ
rajas-tamaḥ-prakṛtayaḥ
sattva-prakṛtayaḥ kvacit

rāgaḥ－依恋 / dveṣaḥ－敌意 / ca－也 / lobhaḥ－贪心 / ca－也 / śoka－悲伤 / mohau－错觉 / bhayam－恐惧 / madaḥ－疯狂 / mānaḥ－虚荣 / avamānaḥ－侮辱 / asūyā－寻找他人的错误 / ca－也 / māyā－欺骗 / hiṁsā－忌妒 / ca－也 / matsaraḥ－不宽容 / rajaḥ－激情 / pramādaḥ－迷惑 / kṣut－饥饿 / nidrā－睡眠 / śatravaḥ－敌人 / tu－事实上 / evam ādayaḥ－甚至其他这类生命概念 / rajaḥ-tamaḥ－由于激情型和愚昧型的观念 / prakṛtayaḥ－来源于 / sattva－由于善良型的观念 / prakṛtayaḥ－来源于 / kvacit－有时

译文 在受制约的阶段，人所持有的对生命的概念，有时被物质自然的激情和愚昧属性所污染，表现为执著、怀有敌意、贪婪、悲伤、错觉、恐惧、疯狂、虚荣、侮辱他人、挑剔、欺诈、忌妒、不容忍、激情、迷惑、饥饿和睡眠。所有这些都是敌人。有时，人的生命概念也受物质善良属性的污染。

要旨 生命的真正目标是回归家园、回到首神身边，但物质自然三种属性给我们设置了许多障碍；这些障碍有时由物质的激情(rajo-guṇa)和愚昧属性(tamo-guṇa)结合构成，有时由物质的善良属性构成。在物质世界里，哪怕一个人是慈善家、爱国主义者，从物质角度判断是个好人，可所有这些躯体化的生命概念都形成灵性进步的障碍。那么，更不要说敌意、贪婪、错觉、悲伤和太依恋物质享乐等，究竟会构成多大的障碍了。要想向维施努这一目标迈进，而这是我们真正的自我利益，人必须变得十分强有力，以便能征服这种种障碍或敌人。换句话说，人不该执著于在这个世界里当一个好人或坏人。

在这个物质世界里，所谓的好与坏都一样，因为都由物质自然三种属性所构成。人必须超越物质自然。其实就连韦达仪式都由物质自然三种属性所构成。正因为如此，奎师那告诫阿尔诸纳说：

traiguṇya-viṣayā vedā
nistraiguṇyo bhavārjuna
nirdvandvo nitya-sattva-stho
niryoga-kṣema ātmavān

“韦达经论述的主要是物质自然的三种属性。阿尔诸纳啊！超越这三种属性，摆脱一切相对性，不为利益和安全焦虑，稳定地处在觉悟自我的层面上。”(《博伽梵歌》2.45)《博伽梵歌》的另一处记载，至尊主说：人如果成为非常好的人，或说受善良属性的影响，就有可能被提升到高等星系(ūrdhvaṁ gacchanti sattva-sthāḥ)。同样，受激情属性和愚昧属性污染的人，会留在这个世界里或坠入动物王国。但所有这些情况都是灵性救赎之途上的障碍。为此，圣柴坦亚・玛哈帕布说：

brahmāṇḍa bhramite kona bhāgyavān jīva
guru-kṛṣṇa-prasāde pāya bhakti-latā-bīja

人如果足够幸运地能超越这所谓的好与坏，并依靠奎师那和灵性导师的仁慈达到做奉爱服务的层面，其生命就获得了成功。就有关这一点，我们必须十分勇敢，以使自己能够战胜培养奎师那意识过程中所遇到的这些敌人。我们必须不在乎这个物质世界的好与坏，勇敢地传播奎师那意识。

第 45 节

यावन्नृकायरथमात्मवशोपकल्पं
धत्ते गरिष्ठचरणार्चनया निशातम् ।
ज्ञानासिमच्युतबलो दधदस्तशत्रुः
स्वानन्दतुष्ट उपशान्त इदं विजह्यात् ॥४५॥

yāvan nṛ-kāya-ratham ātma-vaśopakalpaṁ
dhatte gariṣṭha-caraṇārcanayā niśātam
jñānāsim acyuta-balo dadhad asta-śatruḥ
svānanda-tuṣṭa upaśānta idaṁ vijahyāt

yāvat—只要 / nṛ-kāya—这个人体 / ratham—被视为一辆战车 / ātma-vaśa—有赖于自己的控制 / upakalpam—其中有许多其他次要部分 / dhatte—人拥有 / gariṣṭha-caraṇa—上级(灵性导师和他的前辈)的莲花足 / arcanayā—靠侍奉 / niśātam—使锋利 / jñāna-asim—宝剑或知识之武器 / acyuta-balaḥ—凭借奎师那的超然力量 / dadhat—把持 / asta-śatruḥ—直到敌人被打败 / sva-ānanda-tuṣṭaḥ—超然的极乐使自我完全满足 / upaśāntaḥ—清除了一切物质污染的意识 / idam—这个躯体 / vijahyāt—应该放弃

译文 人只要还不得不接受物质躯体及它不受控制的各个部分和各种设施，就必须托庇于他的灵性导师和前辈灵性导师的莲花足。靠他们的仁慈，人才能将知识之剑磨利，随后凭借至尊人格首神仁慈的力量征服上述敌人。这样，奉献者才能融入自己的超然极乐，之后才有可能放弃物质躯体，恢复灵性身份。

要旨 《博伽梵歌》第4章的第9节诗记载，至尊主说：

janma karma ca me divyam
evaṁ yo vetti tattvataḥ
tyaktvā dehaṁ punar janma
naiti mām eti so 'rjuna

“阿尔诸纳啊！谁能了解我显现和活动的超然本质，谁就在离开躯体后到达我永恒的住所，不再投生于这个物质世界。”这是人生最高的完美境界，而人体就是为实现这一目的而设的。《圣典博伽瓦谭》第11篇第20章的第17节诗说：

nṛ-deham ādyaṁ sulabhaṁ sudurlabhaṁ
plavaṁ sukalpaṁ guru-karṇadhāram
mayānukūlena nabhasvateritaṁ
pumān bhavābdhiṁ na taret sa ātma-hā

这个人体是最珍贵的船，灵性导师是指导这艘船跨越无知之洋的船长(guru-karṇadhāram)，而奎师那的教导是顺风。人必须善用所有这些便利条件跨越无知之洋。由于灵性导师是船长，我们必须十分真诚地为船长服务，以便依靠船长的仁慈能得到至尊主的仁慈。

这节诗文中的一个重要的梵文词是“凭借奎师那的超然力量(acyuta-balaḥ)”。灵性导师对自己的门徒无疑十分仁慈，因此靠取悦灵性导师，奉献者就会得到至尊人格首神的力量。所以，圣柴坦亚·玛哈帕布说：人必须先取悦灵性导师，随后自然就取悦了奎师那，获得跨越无知之洋的力量(guru-kṛṣṇa-prasāde pāya bhakti-latābīja)。

我们如果真诚地想要回归家园，回到首神身边，就必须靠取悦灵性导师变得足够坚强；因为这将使我们得到用以战胜敌人的武器，也得到奎师那的恩典。只得到知识(jñāna)武器还不够，我们必须靠侍奉灵性导师和坚定地执行他的教导磨利那武器。这之后，我们就会得到至尊人格首神的仁慈。在战争中，为了战胜敌人，战士通常要借助于战车和马匹的帮助。等战胜敌人后，战士就会离开战车及随车用具。同样道理，我们在有人体的时候，应该充分利用它来达到生命的最高完美境界，即回归家园，回到首神身边。

变得超然处之(brahma-bhūta)无疑是具有知识的完美境界。正如《博伽梵歌》第18章的第54节诗记载，至尊主说：

brahma-bhūtaḥ prasannātmā
na śocati na kāṅkṣati

samaḥ sarveṣu bhūteṣu
mad-bhaktiṁ labhate parām

“这样处在超然境界中的人，立即觉悟至尊梵，变得充满喜悦。他永不悲伤，不再想得到什么。他平等对待众生。在这种状态下，他达到为我做奉爱服务的境界。”仅仅像非人格神主义者所做的那样去培养知识，并不能使人挣脱错觉能量玛亚的钳制。人必须达到做奉爱服务的层面。《博伽梵歌》第18章的第55节诗说：

bhaktyā mām abhijānāti
yāvān yaś cāsmi tattvataḥ
tato māṁ tattvato jñātvā
viśate tad-anantaram

“只有做奉爱服务，才能如实地了解作为至尊人格首神的我。当人充满奉爱之情地全然意识到我时，他就能进入神的王国。”灵魂除非达到做奉爱服务的阶段，得到灵性导师和奎师那的仁慈，否则就有可能坠落，再次接受物质之躯。为此，在《博伽梵歌》第4章的第9节诗中，奎师那强调说：

janma karma ca me divyam
evaṁ yo vetti tattvataḥ
tyaktvā dehaṁ punar janma
naiti mām eti so 'rjuna

“阿尔诸纳啊！谁能了解我显现和活动的超然本质，谁就在离开躯体后到达我永恒的住所，不再投生于这个物质世界。”

梵文“在实际存在中(tattvataḥ)”一词十分重要。人除非凭借灵性导师的仁慈如实地了解奎师那(tato māṁ tattvato jñātvā)，否则不可能摆脱束缚，放弃自己的物质躯体。正如经典所说：忽视侍奉奎师那莲花足的人，无法仅仅靠知识摆脱物质钳制(āruhya kṛcchreṇa paraṁ padaṁ tataḥ patanty adho 'nādṛta-yuṣmad-aṅghrayaḥ)。生物即使达到融入梵的阶段(brahma-padam)，如果没有为至尊主做奉爱服务，也有坠落的倾向。必须十分小心地避免再次坠入物质束缚的危险。上升到做奉爱服务的层面，是唯一可以确保灵魂不再坠落的安全保证。那样，灵魂就摆脱了在物质世界里的活动。总之，正如圣柴坦亚·玛哈帕布说明，我们必须接触来自教导奎师那意识的师徒传承(paramparā)中的真正的灵性导师，因为这样的灵性导师的仁慈和教导，可以使人得到奎师那的力量。这样，人就会致力于做奉爱服务，达到生命的最高目标——维施努的莲花足。

这节诗中“知识的宝剑凭借奎师那的超然力量(jñānāsim acyutabalaḥ)”一句意义重大。奎师那给予我们知识的宝剑，当我们为抓住奎师那教导的宝剑而侍奉灵性导师和奎师那时，巴拉茹阿玛(Balarāma)就会给予我们力量。巴拉茹阿玛就是尼提阿南达(Nityānanda)。经典中说：这位巴拉(巴拉茹阿玛)与圣柴坦亚·玛哈帕布一同前来；祂们两人是如此仁慈，使这个喀历年代中的人很容易托庇于祂们的莲花足(vrajendra-nandana yei, śacī-suta haila sei, balarāma haila nitāi)。他们特别来此拯救这个年代中的堕落灵魂(pāpī tāpī yata chila, hari-nāme uddhārila)。他们的武器是集体歌唱神的圣名(saṅkīrtana)——哈瑞·纳玛(hari-nāme)。所以，我们应该接受主奎师那给我们的知识宝剑，借由巴拉茹阿玛的仁慈变得强劲有力。为此，我们在温达文(Vṛndāvana)崇拜奎师那·巴拉茹阿玛。《蒙达卡奥义书》第3篇第2章的第4节诗中说：

nāyam ātmā bala-hīnena labhyo
　na ca pramādāt tapaso vāpy aliṅgāt
etair upāyair yatate yas tu vidvāṁs
　tasyaiṣa ātmā viśate brahma-dhāma

没有巴拉茹阿玛的仁慈，没人能达到生命的目标。正因为如此，圣纳若塔玛·达斯·塔库尔(Narottama dāsa Ṭhākura)说，人一旦得到巴拉茹阿玛(尼提阿南达)的仁慈，就能很容易地到达茹阿妲(Rādhā)和奎师那(Kṛṣṇa)的莲花足旁(nitāiyera karuṇā habe, vraje rādhā-kṛṣṇa pābe)。

se sambandha nāhi yāra, bṛthā janma gela tāra,
vidyā-kule hi karibe tāra

没有与尼泰(Nitāi) ——巴拉茹阿玛联系上的人，即使是很博学的学者(jñānī)，或者出生在很值得尊敬的家庭中，也无济于事。所以，我们必须用从巴拉茹阿玛那里得到的力量，战胜我们在培养奎师那意识的路途中所遇到的敌人。

第 46 节

नोचेत्प्रमत्तमसदिन्द्रियवाजिसूता
नीत्वोत्पथं विषयदस्युषु निक्षिपन्ति ।
ते दस्यवः सहयसूतममुं तमोऽन्धे
संसारकूप उरुमृत्युभये क्षिपन्ति ॥४६॥

nocet pramattam asad-indriya-vāji-sūtā
nītvotpathaṁ viṣaya-dasyuṣu nikṣipanti
te dasyavaḥ sahaya-sūtam amuṁ tamo 'ndhe
saṁsāra-kūpa uru-mṛtyu-bhaye kṣipanti

nocet－如果我们不遵守阿秋塔(奎师那)的教导，不托庇于巴拉茹阿玛 / pramattam－漫不经心的、粗心的 / asat－总是倾向于物质意识的 / indriya－感官 / vāji－如马匹般行事 / sūtāḥ－马车驾驭者(智力) / nītvā－带来 / utpatham－向物质欲望之途 / viṣaya－感官对象 / dasyuṣu－在掠夺者的手中 / nikṣipanti－抛掷 / te－那些 / dasyavaḥ－掠夺者 / sa－与…… / haya-sūtam－马匹和马车驾驭者 / amum－他们全部 / tamaḥ－黑暗的 / andhe－看不见的 / saṁsāra-kūpe－进入物质存在的井中 / uru－绝大的 / mṛtyu-bhaye－害怕死亡 / kṣipanti－抛掷

译文　否则，如果不托庇于阿秋塔和巴拉戴瓦，如马匹般行动的感官和如驾驭者般行事的智力，就容易受到物质污染，漫不经心地将如马车般运作的躯体驶向感官享乐之途。当人这样再次受到吃、睡和交配等感官对象恶棍的吸引时，马匹及驾驭者就会坠入物质存在那被遮住的黑井中，使灵魂再次被置于重复生死的极度可怕的险境中。

要旨　没有高茹阿·尼泰(Gaura-Nitāi)，也就是奎师那和巴拉茹阿玛的保护，我们无法从物质存在的愚昧黑井中脱身。对此，这节诗中用梵文nocet 一词表明，灵魂将永远留在物质存在的黑井中。生物必须从高茹阿·尼泰——奎师那·巴拉茹阿玛那里得到力量。没有高茹阿·尼泰的仁慈，我们不可能从愚昧的黑井中脱身。正如《永恒的柴坦亚经》首篇第1章的第2节诗说：

vande śrī-kṛṣṇa-caitanya-
　nityānandau sahoditau
gauḍodaye puṣpavantau
　citrau śandau tamo-nudau

“我向圣奎师那·柴坦亚和主尼提阿南达致以恭敬的顶礼，祂们好比太阳和月亮。祂们同时在高达(Gauḍa)的地平线上升起，驱除愚昧的黑暗，以此方式神奇地将祝福赐予众生。”这个物质世界是愚昧的黑井。坠入这黑井中的灵魂必须托庇于高茹阿·尼泰的莲花足，因为这使其能够轻易地摆脱物质存在。不靠祂们的力量而只凭对知识的推敲，不足以使人摆脱物质的钳制。

第 47 节

प्रवृत्तं च निवृत्तं च द्विविधं कर्म वैदिकम् ।
आवर्तते प्रवृत्तेन निवृत्तेनाश्नुतेऽमृतम् ॥४७॥

pravṛttaṁ ca nivṛttaṁ ca
　dvi-vidhaṁ karma vaidikam

āvartate pravṛttena
nivṛttenāśnute 'mṛtam

pravṛttam－倾向于物质享乐 / ca－和 / nivṛttam－停止物质享乐 / ca－和 / dvi-vidham－这两种 / karma－活动的 / vaidikam－韦达经中推荐 / āvartate－在生死轮回圈中上下旅行 / pravṛttena－因享受物质活动的倾向 / nivṛttena－但靠停止这类活动 / aśnute－享受 / amṛtam－永恒的生活

译文 按照韦达经的教导，活动分两种——物质享乐和停止物质享乐。物质享乐活动使人忙于将自我从低等受制约的物质生活提升到高等受制约的生活中，但停止物质享乐意味着停止物质欲念。物质享乐活动使人承受物质捆绑的痛苦，而停止物质享乐的活动使人得到净化，变得有资格享受永恒、极乐的生活。

要旨 正如《博伽梵歌》第16章的第7节诗证实：非奉献者(asura)无法分清感官享乐活动和停止感官享乐活动(pravṛttiṁ ca nivṛttiṁ ca janā na vidur āsurāḥ)。他们随心所欲地做事。这种人认为自己不受强大的物质自然的控制，因此没有责任感，不在乎要虔诚地从事活动。事实上，他们分不清什么是虔诚活动，什么是罪恶活动。当然，奉爱服务并不依靠虔诚或不虔诚的活动。正如《圣典博伽瓦谭》第1篇第2章的第6节诗文说：

sa vai puṁsāṁ paro dharmo
yato bhaktir adhokṣaje
ahaituky apratihatā
yayātmā suprasīdati

“能让人为超然的至尊主做奉爱服务的职责，才是全人类最崇高的职责(达尔玛)。要想彻底满足自我，就必须毫无自私动机、连续不断地做这样的奉爱服务。”尽管如此，从事虔诚活动的人还是有更多的机会成为奉献者。《博伽梵歌》第7章的第16节诗记载，主奎师那说："阿尔诸纳啊！有四种虔诚的人开始为我做奉爱服务(catur-vidhā bhajante māṁ janāḥ sukṛtino 'rjuna)。"做奉爱服务的人即使怀有某种物质动机，也被认为是虔诚的，因为他来找奎师那，他就会逐渐上升到具有奉爱之情的层面。接着，就像杜茹瓦王(Dhruva Mahārāja)一样，他将拒绝至尊主所给予的物质利益(svāmin kṛtārtho 'smi varaṁ na yāce)。因此，一个人即使有物质的倾向，但只要托庇于奎师那和巴拉茹阿玛(高茹阿・尼泰)的莲花足，就会很快被净化，清除所有的物质欲望(kṣipraṁ bhavati dharmātmā śaśvac chāntiṁ nigacchati)。人一旦去除从事虔诚和不虔诚活动的倾向，就成为回归家园、回到首神身边的完美的候选人。

第48—49节

हिंस्रं द्रव्यमयं काम्यमग्निहोत्राद्यशान्तिदम् ।
दर्शश्च पूर्णमासश्च चातुर्मास्यं पशुः सुतः ॥४८॥

एतदिष्टं प्रवृत्ताख्यं हुतं प्रहुतमेव च ।
पूर्तं सुरालयारामकूपाजीव्यादिलक्षणम् ॥४९॥

himsraṁ dravyamayaṁ kāmyam
agni-hotrādy-aśāntidam
darśaś ca pūrṇamāsaś ca
cāturmāsyaṁ paśuḥ sutaḥ

etad iṣṭaṁ pravṛttākhyaṁ
hutaṁ prahutam eva ca
pūrtaṁ surālayārāma-
kūpājīvyādi-lakṣaṇam

himsram－杀死和献祭动物／dravyamayam－需要大量繁复的祭祀物／kāmyam－充满无限的物质欲望／agni-hotra-ādi－如火祭等仪式典礼／aśānti-dam－引起焦虑／darśaḥ－新月祭祀仪式／ca－和／

pūrṇamāsaḥ－满月祭祀仪式 / ca－还有 / cāturmāsyam－遵守四个月的规范原则 / paśuḥ－献祭动物的仪式 / sutaḥ－月露祭祀 / etat－所有这些的 / iṣṭam－目标 / pravṛtta-ākhyam－被称为物质依恋 / hutam－至尊人格首神的一个化身外施瓦戴瓦 / prahutam－名叫巴利哈冉纳的仪式 / eva－事实上 / ca－也 / pūrtam－为了大众的利益 / sura-ālaya－为半神人盖庙 / ārāma－供休息的房子和花园 / kūpa－挖井 / ājīvya-ādi－分发食物和水等活动 / lakṣaṇam－特点

译文 被称为火祭、新月祭祀仪式、满月祭祀仪式、四个月祭祀、献祭动物祭祀和月露祭祀仪式，都需要以杀死动物及焚烧许多贵重物品，尤其是食用谷物为表现形式，都是为了实现物质欲望，结果却引起焦虑。举行这类祭祀，崇拜外施瓦戴瓦，举行巴利哈冉纳典礼，被认为是人生的目标。但这些再加上为半神人盖庙，兴建休息用住宅和花园，为分发水而挖井，摆设分发食物的摊位，从事为大众谋福利的活动，其实都是执著于物质欲望的表现。

第 50－51 节

द्रव्यसूक्ष्मविपाकश्च धूमो रात्रिरपक्षयः ।
अयनं दक्षिणं सोमो दर्श ओषधिवीरुधः ॥५०॥

अन्नं रेत इति क्ष्मेश पितृयानं पुनर्भवः ।
एकैकश्येनानुपूर्वं भूत्वा भूत्वेह जायते ॥५१॥

dravya-sūkṣma-vipākaś ca
dhūmo rātrir apakṣayaḥ
ayanaṁ dakṣiṇaṁ somo
darśa oṣadhi-vīrudhaḥ

annaṁ reta iti kṣmeśa
pitṛ-yānaṁ punar-bhavaḥ
ekaikaśyenānupūrvaṁ
bhūtvā bhūtveha jāyate

dravya-sūkṣma-vipākaḥ－拌上纯酥油的谷物等作为祭品供奉到火中／ca－和／dhūmaḥ－转为烟或掌管烟的半神人／rātriḥ－掌管夜晚的半神人／apakṣayaḥ－在月渐黑的十四天中／ayanam－掌管太阳通行……的半神人／dakṣiṇam－在南部区域中／somaḥ－月亮／darśaḥ－返回／oṣadhi－(地球上的)植物生命／vīrudhaḥ－植物(悲伤的诞生)／annam－谷物／retaḥ－精液／iti－就这样／kṣma-īśa－地球的君主尤帝士提尔王啊／pitṛ-yānam－从父亲的精子诞生的方式／punaḥbhavaḥ－再三／eka-ekaśyena－一个接一个／anupūrvam－按照不同程度连续地／bhūtvā－投生／bhūtvā－再次投生／iha－在这个物质世界里／jāyate－以物质主义生活的方式生存

译文　我亲爱的尤帝士提尔王，当纯净酥油和大麦、芝麻类食用谷物等祭品被供奉到祭祀之火中时，它们转化为神圣的烟，将人成功地携带到杜玛王国、茹阿特瑞王国、奎师那帕克沙王国、达克辛纳么王国及最终是月亮的高等星系。然而，祭祀的举行者们随后会再次降回地球，变成草药、匍匐植物、蔬菜和食用谷物。这些被不同的生物体吃下后转变成精液，然后被注入女性体内。生物就这样再三投生。

要旨　对此，《博伽梵歌》第9章的第21节诗解释说：

te taṁ bhuktvā svarga-lokaṁ viśālaṁ
kṣīṇe puṇye martya-lokaṁ viśanti
evaṁ trayī-dharmam anuprapannā
gatāgataṁ kāma-kāmā labhante

“他们就这样享受天堂星球巨大的感官快乐，在耗尽自己虔诚活动的结果后，重新回到这个终有一死的星球来。因此，凭遵守三部韦达经的原则寻求感官享乐的人，得到的只是生死轮回。”走感官享乐之途(pravṛtti-mārga)的生物，想要被提升到高等星系去，于是有规律地举行祭祀。就有关这样的生物是如何上升又如何再次下降的，《博伽梵歌》和《圣典博伽瓦谭》的这节诗都作了描述。经典中还说，“韦达经谈论的主要是物质自然三种属性(traiguṇya-viṣayā vedāḥ)”。韦达经，尤其是被称为《萨玛》(Sāma)、《亚诸尔》(Yajur)和《瑞歌》(Ṛk)的三部韦达经，都生动地描述了上升到高等星系及返回的程序。但奎师那忠告阿尔诸纳说：人必须超越这三种物质自然属性；这之后将摆脱生死轮回(traiguṇya-viṣayā vedā nistraiguṇyo bhavārjuna)。否则，人即使被提升到月亮等高等星球上，也必然再次降回到地球(kṣīṇe puṇye martya-lokaṁ viśanti)。生物将功德享受尽后，就必须随降雨返回这个地球，先投生为植物或匍匐植物，在被人类或各种动物吃下后，转化为精液。这精液被注入女性或雌性体内；生物以此方式投生。这样返回地球投生的生物，特别投生到布茹阿玛纳等高等阶层家庭中。

就有关这一点也许可以评论说：就连如今去了月亮的所谓科学家们都无法留在月亮上，而是返回了他们的实验室；因此，人无论是靠操作现代宇航器还是从事虔诚活动，都必须返回这个地球。对此，这节诗和《博伽梵歌》中都给予了明确的说明。人即使到高等星系去(yānti deva-vratā devān)，在那里的地位也不牢固。不要说到月亮去了，即使到布茹阿玛的星球去，生物也必须返回这个有生死的地球(ābrahma-bhuvanāl lokāḥ punar āvartino 'rjuna)。然而，回归家园、回到首神身边的生物，则不需要返回这个物质世界(yaṁ prāpya na nivartante tad dhāma paramaṁ mama)。

第 52 节

निषेकादिश्मशानान्तैः संस्कारैः संस्कृतो द्विजः ।
इन्द्रियेषु क्रियायज्ञान् ज्ञानदीपेषु जुह्वति ॥५२॥

niṣekādi-śmaśānāntaiḥ
saṁskāraiḥ saṁskṛto dvijaḥ
indriyeṣu kriyā-yajñān
jñāna-dīpeṣu juhvati

niṣeka-ādi－人生的开始(当父亲通过将精液射入母亲子宫生孩子时执行的授孕净化程序) / śmaśāna-antaiḥ－和在躯体被送进火葬场被烧成灰烬的死亡之际 / saṁskāraiḥ－靠这种净化程序 / saṁskṛtaḥ－被净化 / dvijaḥ－经过再生的布茹阿玛纳 / indriyeṣu－向感官 / kriyā-yajñān－(将人提升到更高星系的)活动和祭祀 / jñāna-dīpeṣu－靠真正知识的启明 / juhvati－给予

译文　经过再生的布茹阿玛纳通过授孕净化程序经由父母获得一生；在到生命结束举行葬礼期间，还会经历许多净化仪式。这样，在适当的时候，有资格的布茹阿玛纳变得不再关心物质性的活动和祭祀，而是在具有完整知识的情况下，将感官活动供奉到被知识之火照亮的工作感官中。

要旨　对物质性活动感兴趣的人留在生死轮回圈中。前面的诗文解释了感官享乐之途(pravṛtti-mārga)——想留在物质世界里享受各种感官享乐的意向。现在，这节诗中解释，有完美的布茹阿玛纳知识的人，拒绝能使人升上高等星球的程序，接受解脱之途(nivṛtti-mārga)。换句话说，这样的人准备自己，使自己具备回归家园、回到首神身边的资格。不是布茹阿玛纳而是无神论者的人，不知道什么是感官享乐之途(pravṛtti-mārga)，什么是解脱之途(nivṛtti-mārga)；他们只想要不惜任何代价地享乐。正因为如此，我们奎师那意识运动训练奉献者放弃感官享乐的欲望，为回归家园、回到首神身边而走解脱之途。这似乎有点儿难理解，但如果真诚地培养奎师那意识，努力了解奎师那，就变得很容易理解了。有奎师那意识的人能了解：按照韦达经功利性活动之部(karma-kāṇḍa)中推荐的方法举行祭祀(yajña)，不过是在浪费时间做无用功，而仅仅停止从事功利性活动去接受思辨知识的程序也没有效益。为此，纳若塔玛·达斯·塔库尔在他的《奉爱的月光》中歌唱道：

karma-kāṇḍa, jñāna-kāṇḍa, kevala viṣera bhāṇḍa
'amṛta' baliyā yebā khāya

nānā yoni sadā phire, kadarya bhakṣaṇa kare,
tāra janma adhaḥ-pāte yāya

功利性活动之部或知识思辨之部(jñāna-kāṇḍa)所推荐的生活恰似毒液罐，过这种生活的人注定会失败。从事功利性活动的人，注定再三重复生死。同样，进行知识思辨的人会再次坠入这个物质世界。只有崇拜至尊人才能使人安全地回归家园，回到首神身边。

第 53 节

इन्द्रियाणि मनस्यूर्मौ वाचि वैकारिकं मनः ।
वाचं वर्णसमाम्नाये तमोंकारे स्वरे न्यसेत् ।
ॐकारं बिन्दौ नादे तं तं तु प्राणे महत्यमुम् ॥५३॥

indriyāṇi manasy ūrmau
vāci vaikārikaṁ manaḥ
vācaṁ varṇa-samāmnāye
tam oṁkāre svare nyaset
oṁkāraṁ bindau nāde taṁ
taṁ tu prāṇe mahaty amum

indriyāṇi－(活动和收集知识的)感官 / manasi－在心中 / ūrmau－在接受与拒绝的波涛中 / vāci－在话语中 / vaikārikam－受变化的影响 / manaḥ－心 / vācam－话语 / varṇa-samāmnāye－在所有字母的组合中 / tam－那(所有字母的组合) / oṁkāre－在欧么卡尔的简洁形式中 / svare－在震荡中 / nyaset－应该放弃 / oṁkāram－简洁的声音震荡 / bindau－在欧么卡尔一词中的小点上 / nāde－在声音震荡中 / tam－那 / tam－那(声音震荡) / tu－事实上 / prāṇe－在生命之气中 / mahati－向至尊者 / amum－生物

译文　心总是受到接受与拒绝之浪涛的拍打刺激。因此，该将所有的感官活动供奉给心，而心应该被供奉到人的言语中。接着，该把人的言语供奉给所有字母的集合体，而那集合体应被供奉到简洁的欧么卡尔中。欧么卡尔该被供奉到被称为"宾杜"的一点内，这个点该被供奉到声音震荡中，接着再把那声音供奉到生命之气内。随后，应该把最后剩下的生物，置于梵——至尊者之中。这就是祭祀的程序。

要旨　心总是受到接受与拒绝的刺激，所以接受和拒绝被比喻为是不断在激荡翻滚的内心波涛。生物因为自己的遗忘而漂浮在物质存在的浪涛中。为此，圣巴克提维诺德·塔库尔(Bhaktivinoda Ṭhākura)在他的《歌集》中歌唱道："我亲爱的心，在玛亚的影响下，你在拒绝和接受的波涛中随波逐流。完全托庇于奎师那吧(miche māyāra vaśe, yāccha bhese', khāccha hābuḍubu, bhāi)。如果我们只将奎师那的莲花足视为是我们最终的庇护地，我们就会从玛亚掀起的所有展现为心理和感官活动及拒绝与接受等刺激的波涛中得救(jīva kṛṣṇa-dāsa, ei viśvāsa, karle ta' āra duḥkha nāi)。"《博伽梵歌》第18章的第66节诗记载，奎师那教导说：

sarva-dharmān parityajya
　mām ekaṁ śaraṇaṁ vraja
ahaṁ tvāṁ sarva-pāpebhyo
　mokṣayiṣyāmi mā śucaḥ

"抛弃一切种类的宗教，只向我皈依。我将把你从所有的恶报中解救出来。不必害怕！"所以，只要我们通过培养奎师那意识将自己置于奎师那的莲花足旁，靠吟诵、吟唱哈瑞·奎师那曼陀始终保持与祂的接触，我们就不需要为回到灵性世界而费力做太多的安排了。凭借圣柴坦亚·玛哈帕布的仁慈，一切变得很容易。

harer nāma harer nāma
　harer nāmaiva kevalam

kalau nāsty eva nāsty eva
nāsty eva gatir anyathā

第 54 节

अग्निः सूर्यो दिवा प्राह्णः शुक्लो राकोत्तरं स्वराट ।
विश्वोऽथ तैजसः प्राज्ञस्तुर्य आत्मा समन्वयात् ॥५४॥

agniḥ sūryo divā prāhṇaḥ
śuklo rākottaraṁ sva-rāṭ
viśvo 'tha taijasaḥ prājñas
turya ātmā samanvayāt

agniḥ－火 / sūryaḥ－太阳 / divā－白昼 / prāhṇaḥ－白昼的结束 / śuklaḥ－月亮渐明的十四天中 / rāka－月亮渐明的十四天结束时的满月 / uttaram－太阳经过北方期间 / sva-rāṭ－至尊梵或主布茹阿玛 / viśvaḥ－粗糙的称号 / atha－布茹阿玛星球——物质享受的顶峰 / taijasaḥ－精微的称号 / prājñaḥ－原因称号中的见证者 / turyaḥ－超然的 / ātmā－灵魂 / samanvayāt－作为自然的结果

译文 逐渐进步的生物在提升的路途上，与各个世界的主管神明一起，逐一进入火、太阳、白天、白天结束时、月亮渐明的十四天、满月，以及太阳在北方的运行等不同的领域。他进入布茹阿玛星球，在那里享受千百万年后，他的粗糙称号终于结束。接着，他达到精微称号的状态，进而再达到原因称号的阶段，看到以前经历过的一切状态。在消灭这个原因状态后，他达到本质上与超灵一样的纯净状态。生物就这样变得超然。

第 55 节

देवयानमिदं प्राहुर्भूत्वा भूत्वानुपूर्वशः ।
आत्मयाज्युपशान्तात्मा ह्यात्मस्थो न निवर्तते ॥५५॥

deva-yānam idaṁ prāhur
bhūtvā bhūtvānupūrvaśaḥ

ātma-yājy upaśāntātmā
hy ātma-stho na nivartate

deva-yānam－通向神明的提升程序 / idam－在这(路途)之上 / prāhuḥ－据说 / bhūtvā bhūtvā－重复出生 / anupūrvaśaḥ－连续地 / ātma-yājī－渴望觉悟自我的人 / upaśānta-ātmā－完全没有物质欲望 / hi－事实上 / ātma-sthaḥ－处在自我中 / na－不 / nivartate－返回

译文　这个渐进的觉悟自我的程序，专为真正了解绝对真理的人而设。在这条被称为通向神明的路途上重复出生后，生物逐一达到这一连串的状态。完全没有物质欲望的人，不需要走这条重复生死的路。

第 56 节

य एते पितृदेवानामयने वेदनिर्मिते ।
शास्त्रेण चक्षुषा वेद जनस्थोऽपि न मुह्यति ॥५६॥

ya ete pitṛ-devānām
ayane veda-nirmite
śāstreṇa cakṣuṣā veda
jana-stho 'pi na muhyati

yaḥ－……的人 / ete－在这条路上(如上面推荐的) / pitṛ-devānām－通向祖先和神明的 / ayane－在这条路上 / veda-nirmite－在韦达经中推荐 / śāstreṇa－靠有规律地学习经典 / cakṣuṣā－透过被启亮的眼睛 / veda－是完全明了的 / jana-sthaḥ－处在物质躯体中的人 / api－尽管 / na－从不 / muhyati－被迷惑

译文　完全清楚名叫通向祖先和通向神明的途径，从而被韦达知识启亮双眼的人，尽管住在物质躯体中，但在这个物质世界里永不迷惑。

要旨　接受真正的灵性导师指导的人，知道记载着绝对正确知识之标准的韦达经中所说明的一切(ācāryavān puruṣo veda)。正如《博伽梵歌》推荐：人必须为获得真正的知识去找灵性导师(ācāryopāsanam)。人必须接近灵性导师，因为只有这样，人才能得到完美的知识(tad-vijñānārthaṁ sa gurum evābhigacchet)。得到灵性导师指导的人，达到生命的最高目标。

第 57 节

आदावन्ते जनानां सद्बहिरन्तः परावरम् ।
ज्ञानं ज्ञेयं वचो वाच्यं तमो ज्योतिस्त्वयं स्वयम् ॥५७॥

ādāv ante janānāṁ sad
bahir antaḥ parāvaram
jñānaṁ jñeyaṁ vaco vācyaṁ
tamo jyotis tv ayaṁ svayam

ādau－在开始时 / ante－在结束时 / janānām－众生的 / sat－始终存在 / bahiḥ－外在地 / antaḥ－内在地 / para－超然地 / avaram－物质的 / jñānam－知识 / jñeyam－知识的对象 / vacaḥ－表达 / vācyam－最终目标 / tamaḥ－黑暗 / jyotiḥ－光亮 / tu－事实上 / ayam－这个人(至尊主) / svayam－祂自己

译文 作为一切的享受对象和享受者、上级和下属，存在于众生及万事万物内在和外在，以及开始与结束的，是绝对真理。祂始终以知识及知识的目标，言语及认识对象，黑暗与光明存在着。因此，祂——至尊主，就是一切。

要旨 这节诗文解释了韦达箴言“一切都是梵(sarvaṁ khalv idaṁ brahma)”一句。《圣典博伽瓦谭》的四节诗文(catuḥ-ślokī)也对它作出解释。唯一存在的是至尊人格首神(aham evāsam evāgre)。至尊主一开始就存在；祂存在于创造之后并维系着一切，毁灭后一切进入祂体内(prakṛtiṁ yānti māmikām)。因此，至尊主其实是一切。在受制约的状态中，我们因我们的理解而感到迷惑，但在解脱的完美状态中，我们能了解奎师那是一切的起因。

īśvaraḥ paramaḥ kṛṣṇaḥ
sac-cid-ānanda-vigrahaḥ
anādir ādir govindaḥ
sarva-kāraṇa-kāraṇam

“被称为哥文达的奎师那，是至尊控制者。祂有一个永恒、极乐的灵性身体。祂是一切的起源。祂没有其他起源，因为祂就是一切原因的最初起因。”(《布茹阿玛·萨密塔》5.1)这是完美的知识。

第 58 节

आबाधितोऽपि ह्याभासो यथा वस्तुतया स्मृतः ।
दुर्घटत्वादैन्द्रियकं तद्वदर्थविकल्पितम् ॥५८॥

ābādhito 'pi hy ābhāso
yathā vastutayā smṛtaḥ
durghaṭatvād aindriyakaṁ
tadvad artha-vikalpitam

ābādhitaḥ－被拒绝 / api－虽然 / hi－无疑 / ābhāsaḥ－影像 / yathā－作为 / vastutayā－真实的一个形象 / smṛtaḥ－被接受 / durghaṭatvāt－由于很难证明真实存在 / aindriyakam－自感官得到的知识 / tadvat－同样地 / artha－真实存在 / vikalpitam－被推测或可疑的

译文　尽管人们也许认为镜子里的太阳影像并非真实，但它有其真实的存在。因此，要通过推测证明没有真实存在是很难的。

要旨　非人格神主义者努力证明多样化的万物在经验主义哲学家的眼里都是假的。非人格神哲学一般会引用“将一条绳子当做是一条蛇(vivarta-vāda)”的例子加以说明。按照这个例子，正如一条绳子被看作是一条蛇是幻觉，我们所看到的一切都是假的。但外士纳瓦们说：尽管视绳为蛇是错觉，但蛇不是假的；看到过真蛇的人知道，虽然把绳子视为蛇是错误的或幻觉，但现实中确实有蛇。同样，这个充满多样化事物的世界并非虚假，而是灵性世界外琨塔(Vaikuṇṭha)中真实存在的影像。

镜子里反射出的太阳的影像只不过是黑暗中的光。因此，尽管它并非完全是太阳光，但没有太阳光芒的存在，是不可能有影像的。同样道理，除非在灵性世界中有真正的原型事物，否则这个世界里的多样化事物不可能存在。假象宗(Māyāvādī)哲学家无法了解这一点，但真正的哲学家必然确信，没有真正的太阳光就根本不可能有镜子里的光芒存在。所以，假象宗哲学家靠玩文字游戏证明这个物质世界是假的，只能让没有经验的孩子们感到惊奇；但有完整知识的成年人清楚地知道：没有奎师那，一切都不可能存在。正因为如此，外士纳瓦强调，无论如何都要接受奎师那(tasmāt kenāpy upāyena manaḥ kṛṣṇe niveśayet)。

当我们提升自己的信心，变得对奎师那的莲花足坚信不疑时，一切就被揭示出来。《博伽梵歌》第7章的第1节诗记载，奎师那说：

mayy āsakta-manāḥ pārtha
yogaṁ yuñjan mad-āśrayaḥ
asaṁśayaṁ samagraṁ māṁ
yathā jñāsyasi tac chṛṇu

“普瑞塔的儿子啊！现在听我讲，你只要全神贯注于我，完全意识到我，就能通过这样练瑜伽彻底了解我，摆脱诱惑。”仅仅靠培养出对奎师那和祂的教导坚定不移的信心，人就能毫无疑问地了解真实存在(asaṁśayaṁ samagraṁ māṁ)。我们可以明白奎师那的物质能量和灵性能量是如何运作的；明白虽然一切不是祂，但祂是如何无所不在的。这不可思议的“既是一体又有区别(acintya-bhedābheda)”的哲学，是外士纳瓦们发表的尽善尽美的哲学。尽管一切都由奎师那发散出，但并非一切就因此而必须受到崇拜。主观臆测出的知识无法让我们如实地了解真实存在，反而将会继续保持邪恶的残缺状态。所谓的科学家试图证明没有神的存在，一切仅仅因大自然的定律而发生。但这是不完整的认知，因为事实是：没有至尊人格首神的指挥，一切都不能运作。对此，《博伽梵歌》第9章的第10节诗记载，至尊主本人解释说：

mayādhyakṣeṇa prakṛtiḥ
sūyate sacarācaram
hetunānena kaunteya
jagad viparivartate

“琨缇的儿子啊！物质自然是我的一种能量，在我的指挥下活动，产生动与不动的一切。在物质自然的控制下，这个展示被再三地创造和毁灭。”就有关这一点，圣玛德瓦查尔亚给予这样的注释说：由于物质感官所感知的各种现象不可能是假的，它们必是至尊主创造的，而且是真实存在(durghaṭatvād arthatvena parameśvareṇaiva kalpitam)。至尊人格首神华苏戴瓦(Vāsudeva)是一切的远因。有完美知识的伟大灵魂(mahātmā)可以了解这一点(vāsudevaḥ sarvam iti sa mahātmā sudurlabhaḥ)。这样的伟大灵魂极其罕见。

第 59 节

क्षित्यादीनामिहार्थानां छाया न कतमापि हि ।
न सङ्घातो विकारोऽपि न पृथङ नान्वितो मृषा ॥५९॥

kṣity-ādīnām ihārthānāṁ
chāyā na katamāpi hi
na saṅghāto vikāro 'pi
na pṛthaṅ nānvito mṛṣā

kṣiti-ādīnām－以土为开始的五种元素的 / iha－在这个世界中 / arthānām－那五种元素的 / chāyā－阴影 / na－两者都不 / katamā－他们的…… / api－事实上 / hi－无疑地 / na－也不 / saṅghātaḥ－结合 / vikāraḥ－转变 / api－虽然 / na pṛthak－也不分开 / na anvitaḥ－也不是……固有的 / mṛṣā－所有这些理论都没有实质

译文 这个世界里有土、水、火、气和空间这五种元素，但躯体既不是它们的影像，不是它们的结合，也不是它们的转化。由于躯体和构成它的材料既无区别，又没混合，所有这类理论都不具实质。

要旨 一座森林无疑是土的一种变化，但一棵树并不依赖另一棵树；当一棵树被砍倒时，并不意味着其他树木也要倒下。因此，森林既不是树的结合体，也不是树的转化。对此，奎师那本人给予了最好的解释：

mayā tatam idaṁ sarvaṁ
jagad avyakta-mūrtinā
mat-sthāni sarva-bhūtāni
na cāhaṁ teṣv avasthitaḥ

“我以不展示的形象遍布整个宇宙。众生都在我之中，我却不在他们中。”(《博伽梵歌》9.4)一切都是奎师那的能量的扩展。正如经典所说：至尊主有多种能量，那些能量都以不同的方式扩展(parāsya śaktir vividhaiva śrūyate)。能量存在着，至尊人格首神也同时存在着；而由于一切都是祂的能量，祂与一切既是一体，同时又不同于一切。所以，我们主观臆测出的“生命力(ātmā)是物质的组合”、“物质是灵魂的转化”或者“躯体是灵魂的一部分”等理论，都没有实质意义。

既然至尊主的多种能量都同时存在着，人就得了解至尊人格首神。但尽管祂是一切，祂本人却保持独立存在的形式。必须崇拜奎师那的原本形象。祂也能使自己出现在祂扩展出的多种能量中。当我们在庙里崇拜至尊主的神像时，神像看来好像是石头或木头的。但我们要明白：由于至尊主没有物质躯体，祂不是石头或木头，但石头和木头与祂又没有区别。所以，只崇拜石头或木头，我们得不到结果，但当石头和木头被用来呈现至尊主的原本形象时，靠崇拜神像，我们就能得到所渴望的结果。这一点得到圣柴坦亚·玛哈帕布的“既是一体又有区别(acintya-bhedābheda)”哲学的支持。这哲学解释了至尊主是如何能以祂的能量的形式在任何地方出现，接受奉献者服务的。

第 60 节

धातवोऽवयवित्वाच्च तन्मात्रावयवैर्विना ।
न स्युर्ह्यसत्यवयविन्यसन्नवयवोऽन्ततः ॥६०॥

dhātavo 'vayavitvāc ca
tan-mātrāvayavair vinā
na syur hy asaty avayaviny
asann avayavo 'ntataḥ

dhātavaḥ－五种元素 / avayavitvāt－作为导致躯体化概念的原因 / ca－和 / tat-mātra－感官对象(声音、滋味、触碰物等) / avaya-vaiḥ－精微的部分 / vinā－没有 / na－不 / syuḥ－能存在 / hi－事实上 / asati－不真实 / avayavini－在躯体的组成中 / asan－不存在 / avayavaḥ－躯体的部分 / antataḥ－在结束时

译文　物质躯体由五种元素构成，所以不可能在没有精微的感官对象的情况下存在。因此，既然躯体是不真实的，感官对象也自然是虚幻或短暂的。

第 61 节

स्यात्सादृश्यभ्रमस्तावद्विकल्पे सति वस्तुनः ।
जाग्रत्स्वापौ यथा स्वप्ने तथा विधिनिषेधता ॥६१॥

syāt sādṛśya-bhramas tāvad
vikalpe sati vastunaḥ
jāgrat-svāpau yathā svapne
tathā vidhi-niṣedhatā

syāt—也许 / sādṛśya—相似 / bhramaḥ—错误 / tāvat—只要 / vikalpe—在分离中 / sati—部分 / vastunaḥ—从实体 / jāgrat—清醒的 / svāpau—睡着的 / yathā—正如 / svapne—在一场梦中 / tathā—同样地 / vidhi-niṣedhatā—由训令和禁令构成的规范守则

译文 当一个物体与它的各个部分分开时，认为物体本身与各个部分一样，被称为错觉。做梦时，人制造出被称为醒觉和沉睡之间的分隔状态。经典中由指令和禁令构成的规范守则，就推荐给内心的这种状态。

要旨 物质存在中有许多规范守则和礼节。物质存在虽然与灵性世界类似，但如果物质存在是短暂或虚假的，并不意味着灵性世界也是虚假的。生物体的物质躯体是假的或短暂的，并不意味着至尊主的身体也是假的或短暂的。灵性世界是真的，物质世界与它类似。例如，我们在沙漠中有时会看到海市蜃楼，但尽管海市蜃楼中的水是假的，却并不意味着没有真实存在的水。水是有的，只不过不在沙漠中。同样，这个物质世界里的一切都是影像，实体在灵性世界中。至尊主的形象和祂的住所——灵性世界外琨塔中的哥珞卡·温达文(Goloka Vṛndāvana)，都是永恒的真实存在。

从《博伽梵歌》中我们了解到，有另一个自然(prakṛti)是真正的。对此，《博伽梵歌》第8章的第19—21节诗记载，至尊主本人说：

bhūta-grāmaḥ sa evāyaṁ
bhūtvā bhūtvā pralīyate
rātry-āgame 'vaśaḥ pārtha
prabhavaty ahar-āgame

paras tasmāt tu bhāvo 'nyo
'vyakto 'vyaktāt sanātanaḥ
yaḥ sa sarveṣu bhūteṣu
naśyatsu na vinaśyati

avyakto 'kṣara ity uktas
tam āhuḥ paramāṁ gatim
yaṁ prāpya na nivartante
tad dhāma paramaṁ mama

"普瑞塔的儿子啊！一次又一次，布茹阿玛的白天来临时，众生展示出来；布茹阿玛的夜晚降临时，众生无助地遭毁灭。超出这个展示和不展示的物质，还有一个永恒的、不展示的自然。它至高无上，永不毁灭。当这个世界里的一切都被毁灭时，那个永恒的自然依旧存在着。那个被韦丹塔主义者描述为是不展示和绝无错误的自然，那个被称为至高无上的目的地，那个到达后永不返回的地方，就是我至高无上的住所。"物质世界是灵性世界的倒影。物质世界短暂、虚幻，灵性世界则是永恒的真实存在。

第 62 节

भावाद्वैतं क्रियाद्वैतं द्रव्याद्वैतं तथात्मनः ।
वर्तयन् स्वानुभूत्येह त्रीन् स्वप्नान्धुनुते मुनिः ॥६२॥

bhāvādvaitaṁ kriyādvaitaṁ
dravyādvaitaṁ tathātmanaḥ
vartayan svānubhūtyeha
trīn svapnān dhunute muniḥ

bhāva-advaitam－生命概念中的同一性 / kriyā-advaitam－活动中的同一性 / dravya-advaitam－不同事物的同一性 / tathā－以及 / ātmanaḥ－灵魂的 / vartayan－考虑到 / sva－自己 / anubhūtyā－按照觉悟 / iha－在这个物质世界里 / trīn－三个 / svapnān－生命状态(清醒、做梦和睡眠) / dhunute－放弃 / muniḥ－哲学家或主观臆测者

译文 考虑到存在、活动和所有相关的事物，并认识到自我与一切活动及活动反应不同后，心智思辨者按自己的觉悟摆脱清醒、做梦和睡眠这三种状态。

要旨 下面的诗文对梵文“人的生命概念中的同一性(bhāvādvaita)”、“活动中的同一性(kriyādvaita)”和“不同事物的同一性(dravyādvaita)”这三个词作了解释。然而，人必须放弃物质世界里一切哲学生活的非相对性，为达到完美而进入灵性世界真实存在中的真正生活。

第63节

कार्यकारणवस्त्वैक्यदर्शनं पटतन्तुवत् ।
अवस्तुत्वाद्विकल्पस्य भावाद्वैतं तदुच्यते ॥६३॥

kārya-kāraṇa-vastv-aikya-
darśanaṁ paṭa-tantuvat
avastutvād vikalpasya
bhāvādvaitaṁ tad ucyate

kārya—结果 / kāraṇa—原因 / vastu—实体 / aikya——体 / darśanam—观察 / paṭa—布料 / tantu—线 / vat—如同 / avastutvāt—由于最终的不真实 / vikalpasya—区别的 / bhāva-advaitam——体的概念 / tat ucyate—称为

译文 当人明白因果是一体，那相对性最终并非真实，恰似认为织布上的线条不同于织布本身一样，人就得到被称为“人的生命概念中的同一性”的一体概念。

第64节

यद् ब्रह्मणि परे साक्षात्सर्वकर्मसमर्पणम् ।
मनोवाक्तनुभिः पार्थ क्रियाद्वैतं तदुच्यते ॥६४॥

yad brahmaṇi pare sākṣāt
sarva-karma-samarpaṇam
mano-vāk-tanubhiḥ pārtha
kriyādvaitaṁ tad ucyate

yat—……的 / brahmaṇi—在至尊梵中 / pare—超然的 / sākṣāt—直接地 / sarva—全部的 / karma—活动 / samarpaṇam—奉献 / manaḥ—由心 / vāk—话语 / tanubhiḥ—和身体 / pārtha—尤帝士提尔王啊 / kriyā-advaitam—活动中的一体性 / tat ucyate—称为

译文　我亲爱的尤帝士提尔(帕尔塔)，当人决定将自己借由身、心和话语从事的一切活动都直接用于侍奉至尊人格首神时，人就达到被称为“活动中的同一性”的状态。

要旨　奎师那意识运动教育人们如何达到将一切都用于为至尊人格首神服务的阶段。《博伽梵歌》第9章的第27节诗记载，主奎师那说：

yat karoṣi yad aśnāsi
yaj juhoṣi dadāsi yat
yat tapasyasi kaunteya
tat kuruṣva mad-arpaṇam

“琨缇的儿子啊！无论你做什么，吃什么，供奉或施舍什么，从事什么苦行，都应该把它们当做给我的供奉去做。”如果我们无论做什么、吃什么或计划什么，都是为了推动奎师那意识运动的深入开展，那这就是同一性。为增强奎师那意识而吟诵、吟唱或工作，彼此没有区别。在超然的层面上，这些活动是一样的。但有关同一性的问题，我们必须接受灵性导师的指导，而不是自己编造出自己的同一性。

第 65 节

आत्मजायासुतादीनामन्येषां सर्वदेहिनाम् ।
यत्स्वार्थकामयोरैक्यं द्रव्याद्वैतं तदुच्यते ॥६५॥

ātma-jāyā-sutādīnām
anyeṣāṁ sarva-dehinām
yat svārtha-kāmayor aikyaṁ
dravyādvaitaṁ tad ucyate

ātma－自己的 / jāyā－妻子 / suta-ādīnām－和孩子 / anyeṣām－亲戚等 / sarva-dehinām－所有其他生物体的 / yat－无论什么 / sva-artha-kāmayoḥ－最终的目标和利益的 / aikyam－一体 / dravya-advaitam－利益的一致 / tat ucyate－称为

译文 当一个人自己与他妻子、孩子、亲戚和所有其他有躯体的生物最终的目标和兴趣都一致时，就称为利益一致——在不同有关事物中的同一性。

要旨 众生真正的利益，其实是生命目标，就是回归家园，回到首神身边。这是人自己，以及人的妻子、孩子、门徒、朋友、亲戚、国人和整个人类的利益。奎师那意识运动能够就可以使人参加培养奎师那意识的活动及达到最高目标(svārtha-gatim)的管理给予指导。每一个生物关注的目标其实都是维施努(Viṣṇu)，但人们因为不知道这一点(na te viduḥ svārtha-gatiṁ hi viṣṇum)，所以都忙着制定各种计划，以期实现生活中杜撰出的许多“利益”。奎师那意识运动努力带给每一个人最高的利益。也许有不同的名称称呼那程序，但如果目标是一个，人们就该按照那程序去做，以达到生命的最高目标。不幸的是，人们想要得到其他的利益，而盲目的领袖们就误导他们。人们因为不知道什么是完全的快乐，所以每个人都试图达到物质上完全快乐的目标，于是注意力被引向不同的物质利益。

第 66 节

यद्यस्य वानिषिद्धं स्याद्येन यत्र यतो नृप ।
स तेनेहेत कार्याणि नरो नान्यैरनापदि ॥६६॥

yad yasya vāniṣiddhaṁ syād
yena yatra yato nṛpa
sa teneheta kāryāṇi
naro nānyair anāpadi

yat－无论如何 / yasya－一个人的 / vā－两者中的任何一个 / aniṣiddham－不禁止 / syāt－它是如此 / yena－靠……的方法 / yatra－在地点和时间中 / yataḥ－从……的 / nṛpa－君王啊 / saḥ－这样的人 / tena－由这样一种程序 / īheta－应该举行 / kāryāṇi－规定的活动 / naraḥ－一个人 / na－不 / anyaiḥ－用其他方法 / anāpadi－在没有危险时

译文　尤帝士提尔王啊！在正常情况下，在没有危险时，人应该按照自己的生活状况，根据他被允许有的东西、努力、程序和居住地，履行他的规定职责，而不是用其他方法。

要旨　这一教导给予处在生活所有状况中的人。人类社会一般分为布茹阿玛纳(brāhmaṇa)、查锤亚(kṣatriya)、外夏(vaiśya)和庶铎(śūdra)这四个阶层，以及贞守生(brahmacārī)、居士(gṛhastha)、退出家庭生活(vānaprastha)和进入弃绝阶层(sannyāsī)这四个阶段。每一个都必须按照自己的处境取悦至尊人格首神，因为这样才能使自己的人生获得成功。这一教导是在奈弥沙冉亚森林(Naimiṣāraṇya)中讲出的：

ataḥ pumbhir dvija-śreṣṭhā
varṇāśrama-vibhāgaśaḥ
svanuṣṭhitasya dharmasya
saṁsiddhir hari-toṣaṇam

“再生者中最优秀的人啊！结论是，履行按社会阶层和灵性阶段制度规定给自己的职责，所能得到的最高完美成就，就是取悦人格首神。”(《圣典博伽瓦谭》1.2.13)每一个人都该根据自己的规定职责取悦至尊人格首神。这样，每一个人就都会快乐。

第 67 节

एतैरन्यैश्च वेदोक्तैर्वर्तमानः स्वकर्मभिः ।
गृहेऽप्यस्य गतिं यायाद्राजंस्तद्भक्तिभाङ् नरः ॥६७॥

etair anyaiś ca vedoktair
vartamānaḥ sva-karmabhiḥ
gṛhe 'py asya gatiṁ yāyād
rājaṁs tad-bhakti-bhāṅ naraḥ

etaiḥ－通过这些方法 / anyaiḥ－通过其他方法 / ca－和 / veda-uktaiḥ－如韦达文献中所指导的 / vartamānaḥ－遵守 / sva-karmabhiḥ－通过一个人的职责 / gṛhe api－甚至在家 / asya－主奎师那的 / gatim－目的地 / yāyāt－能达到 / rājan－君王啊 / tat-bhakti-bhāk－为至尊人格首神做奉爱服务的 / naraḥ－任何人

译文 君王啊！人应该按照这些教导及韦达文献中给予的其他教导履行其规定职责，使自己总能当主奎师那的奉献者。这样，人哪怕是在家中，都可以达到目标。

要旨 生命的最高目标是维施努——奎师那。因此，无论是通过遵守韦达经中的规定原则，还是靠从事物质活动，人只要努力朝奎师那这一目标迈进，就是迈向生命的完美境界。应该把奎师那作为追求的目标，每一个人，无论处在人生的哪种境况中，都该努力接近奎师那。

奎师那接受任何人为祂做的服务。《博伽梵歌》第9章的第32节诗记载，奎师那说：

māṁ hi pārtha vyapāśritya
ye 'pi syuḥ pāpa-yonayaḥ
striyo vaiśyās tathā śūdrās
te 'pi yānti parāṁ gatim

“普瑞塔的儿子啊！托庇于我的人，即使是妇女、外夏(商人）、庶铎（劳工）或出身低贱的人，也能到达至高无上的目的地。”一个人的身份、地位如何并不重要；只要人的目标是通过在灵性导师的指导下履行规定职责去接近奎师那，其人生就是成功的。并非只有进入弃绝阶层的人、退出家庭生活的人和贞守生才能接近奎师那。居士只要成为没有物质欲望的纯粹奉献者，一样可以到奎师那身边去。对此，下一节诗文举了个例子。

第68节

यथा हि यूयं नृपदेव दुस्त्यजा-
दापद्गणादुत्तरतात्मनः प्रभोः ।
यत्पादपङ्केरुहसेवया भवा-
नहारषीन्निर्जितदिग्गजः क्रतून् ॥६८॥

yathā hi yūyaṁ nṛpa-deva dustyajād
āpad-gaṇād uttaratātmanaḥ prabhoḥ
yat-pāda-paṅkeruha-sevayā bhavān
ahāraṣīn nirjita-dig-gajaḥ kratūn

yathā－正如／hi－事实上／yūyam－你们全体（潘达瓦五兄弟）／nṛpa-deva－君王们、人类和半神人的统治者啊／dustyajāt－无法克服的／āpat－危险处境／gaṇāt－从所有的／uttarata－逃脱／ātmanaḥ－自己的／prabhoḥ－至尊主的／yat-pāda-paṅkeruha－祂的莲花足／sevayā－靠侍奉／bhavān－你自己／ahāraṣīt－从事／nirjita－打败／dikgajaḥ－如大象般最强大的敌人／kratūn－仪式典礼

译文　尤帝士提尔王啊！由于你们潘达瓦五兄弟为至尊主所做的奉爱服务，你们渡过了由许多君王和半神人给你们制造的最危险的处境。靠为主奎师那的莲花足做服务，你们战胜了如大象般非同寻常的敌人，就这样为祭祀收集祭祀用品。凭奎师那的恩典，愿你们从物质的纠缠中被拯救出来。

要旨 尤帝士提尔王将自己置于普通居士的地位上，向纳茹阿达·牟尼询问，忙着过居士生活并因而继续当一个傻瓜的人(gṛha-mūḍha-dhī)，如何得到拯救。纳茹阿达·牟尼鼓励尤帝士提尔王说：“你和你的全家人当了奎师那的纯粹奉献者，因此你们已经是安全的了。”凭借奎师那的恩典，潘达瓦五兄弟在库茹柴陀战斗中取得了胜利；从众君王，甚至有时是半神人制造的许多险境中被救出。就有关如何凭借奎师那的恩典过上安全、平安的生活，他们的情况是一个实际的例子。潘达瓦五兄弟向我们展现了如何靠奎师那的恩典得到拯救，我们都应该以他们为榜样。我们的奎师那意识运动想要教导每一个人如何能够在这个物质世界中平静生活，并在此生结束时回归家园，回到首神身边。在物质世界里，每走一步都随时有危险(padaṁ padaṁ yad vipadāṁ na teṣām)。尽管如此，如果我们毫不犹豫地托庇于奎师那，使自己始终在奎师那的保护下，我们就能轻易地跨越无知的汪洋。对奉献者来说，这无知的汪洋变得就像乳牛蹄印中的一洼水一样(samāśritā ye pada-pallava-plavaṁ mahat-padaṁ puṇya-yaśo murāreḥ)。纯粹奉献者不会因为试图用众多方式提升到高等星球去而使自己为难，相反始终要当奎师那的仆人，使自己处在最安全的状态中。因此毫无疑问，纯粹奉献者的生活永远是安全的。

第69节

अहं पुराभवं कश्चिद्गन्धर्व उपबर्हणः ।
नाम्नातीते महाकल्पे गन्धर्वाणां सुसम्मतः ॥६९॥

aham purābhavaṁ kaścid
gandharva upabarhaṇaḥ
nāmnātīte mahā-kalpe
gandharvāṇāṁ susammataḥ

aham－我自己 / purā－以前 / abhavam－如……存在 / kaścit gandharvaḥ－歌仙星球上的居民之一 / upabarhaṇaḥ－乌帕巴尔汉 / nāmnā－名叫 / atīte－很久很久以前 / mahā-kalpe－在布茹阿玛的一生中 / gandharvāṇām－在歌仙当中 / su-sammataḥ－极受尊敬的人

译文　很久很久以前，在另一个布茹阿玛的一生中(玛哈·卡勒帕)，我以名叫乌帕巴尔汉的歌仙存在于世，其他的歌仙和音乐仙那时都很尊敬我。

要旨　圣纳茹阿达·牟尼举了个他过去生活的实际例子。从前，在主布茹阿玛的前世中，纳茹阿达·牟尼曾是歌仙星球(Gandharvaloka)中的一个居民，但正如他将解释的是：他不幸地从那个居民们都极其美丽且精通歌唱艺术的歌仙星球里崇高的地位上坠落，变成一名庶铎。尽管如此，他与奉献者的联谊使他变得比在歌仙星球还更幸运。他虽然遭到祖先们的诅咒，但还是在来生当了主布茹阿玛的儿子。

圣玛德瓦查尔亚将梵文“玛哈·卡勒帕(mahā-kalpe)”描述为是“在前一个布茹阿玛的一生中(atīta-brahma-kalpe)”。布茹阿玛在过上许多百万年后就会死亡。有关布茹阿玛的一天，《博伽梵歌》第8章的第17节诗中这样描述说：

sahasra-yuga-paryantam
ahar yad brahmaṇo viduḥ
rātriṁ yuga-sahasrāntāṁ
te 'ho-rātra-vido janāḥ

“人类的一千个年代之和等于布茹阿玛的一个白天，祂的一个夜晚是同样长的一段时间。”至尊人格首神圣奎师那能记住千百万年前发生的事。同样，纳茹阿达·牟尼等祂纯粹的奉献者，也能记住千百万年前的过往生世中所发生的事情。

第 70 节

रूपपेशलमाधुर्यसौगन्ध्यप्रियदर्शनः ।
स्त्रीणां प्रियतमो नित्यं मत्तः स्वपुरलम्पटः ॥७०॥

rūpa-peśala-mādhurya-
saugandhya-priya-darśanaḥ
strīṇāṁ priyatamo nityaṁ
mattaḥ sva-pura-lampaṭaḥ

rūpa—美丽 / peśala—身体结构 / mādhurya—魅力 / saugandhya—因为用各种鲜花花环和檀香浆装饰而很香 / priya-darśanaḥ—看上去很美 / strīṇām—女人们的 / priya-tamaḥ—自然地吸引 / nityam—每日 / mattaḥ—像个疯子般地骄傲 / sva-pura—在他自己的城市里 / lampaṭaḥ—色欲使然而深受女人的吸引

译文 我长相俊美，体格令人喜爱，很有吸引力。我身戴鲜花花环，涂抹着檀香浆，在我所在的城市中最讨女人喜欢。这使我备受迷惑，总感到性欲的冲动。

要旨 从纳茹阿达·牟尼对他当歌仙星球居民时所具有的美貌的描述看，那个星球的每一个居民都极其美丽、愉快，总是用鲜花和檀香浆打扮自己。乌帕巴尔汉(Upabarhaṇa)是纳茹阿达·牟尼那一生的名字。乌帕巴尔汉尤其擅长打扮自己，吸引女性的注意。这使他像下一节诗解释的那样，成了一个花花公子。这一生当花花公子是很不幸的，因为过度受女人的吸引将使自己堕落与庶铎为伍。庶铎可以随便与女人交往。在如今这个喀历年代中，当人们都因为有庶铎的心态而品质低劣时(mandāḥ sumanda-matayaḥ)，这种随便与女人混在一起的现象随处可见。在布茹阿玛纳、查锤亚和外夏这些高等阶层人士中，男人没机会无拘无束地与女人交往，但在庶铎的团体中就可以随便与女人混在一起。由于这个喀历年代中没有文化教育，大家都没有受到灵性方面的训练，因此都被视为庶铎(aśuddhāḥ śūdra-kalpā hi brāhmaṇāḥ kali-sambhavāḥ)。当所有的人都变成庶铎时，整体素质自然十分低劣(mandāḥ sumanda-matayaḥ)。他们因此而编造出自己的生活方式，结果使自己逐渐沦落，变得越来越不幸(manda-bhāgyāḥ)，身陷总是受各种处境打扰的状态中。

第 71 节

एकदा देवसत्रे तु गन्धर्वाप्सरसां गणाः ।
उपहूता विश्वसृग्भिर्हरिगाथोपगायने ॥७१॥

ekadā deva-satre tu
gandharvāpsarasāṁ gaṇāḥ
upahūtā viśva-sṛgbhir
hari-gāthopagāyane

ekadā－有一次 / deva-satre－在半神人的一次聚会中 / tu－事实上 / gandharva－歌仙星球的居民的 / apsarasām－和天堂舞女星球的居民 / gaṇāḥ－全体 / upahūtāḥ－被邀请 / viśva-sṛgbhiḥ－被称为生物体祖先的伟大半神人 / hari-gātha-upagāyane－在一个赞美至尊主的歌唱现场

译文　一次，在半神人的一个聚会中，举行了一场赞美至尊主的集体歌唱神的圣名节日，祖先们邀请歌仙、音乐仙和天堂舞女们都去参加。

要旨　梵文“桑克伊尔坦(saṅkīrtana)”的意思是吟唱至尊主的圣名。哈瑞·奎师那运动并非像人们有时错误理解的那样是个新兴的运动。哈瑞·奎师那运动在主布茹阿玛一生中的每一个千年循环内都有；而且，包括布茹阿玛星球(Brahmaloka)和月亮(Candraloka)等所有的高等星球上都吟唱圣名，更不用说歌仙星球和舞女星球了。这个地球上的集体歌唱神的圣名运动由圣柴坦亚·玛哈帕布在五百年前发起，因此并非新兴的运动。有时，由于我们的不幸，这个运动被停止下来，但圣柴坦亚·玛哈帕布和祂的仆人们，为整个世界或其实是整个宇宙的利益而再次将其发动起来。

第 72 节

अहं च गायंस्तद्विद्वान् स्त्रीभिः परिवृतो गतः ।
ज्ञात्वा विश्वसृजस्तन्मे हेलनं शेपुरोजसा ।
याहि त्वं शूद्रतामाशु नष्टश्रीः कृतहेलनः ॥७२॥

ahaṁ ca gāyaṁs tad-vidvān
strībhiḥ parivṛto gataḥ
jñātvā viśva-sṛjas tan me
helanaṁ śepur ojasā
yāhi tvaṁ śūdratām āśu
naṣṭa-śrīḥ kṛta-helanaḥ

aham－我本人 / ca－和 / gāyan－歌唱其他半神人的荣耀而不是至尊主的荣耀 / tat-vidvān－精通歌唱艺术 / strībhiḥ－由女人们 / parivṛtaḥ－围绕着 / gataḥ－去那里 / jñātvā－很清楚 / viśva-sṛjaḥ－向被委托管理宇宙事务的生物体祖先们 / tat－我唱歌的态度 / me－我的 / helanam－玩忽职守 / śepuḥ－诅咒 / ojasā－用巨大的力量 / yāhi－变成 / tvam－你 / śūdratām－一个庶铎 / āśu－立刻 / naṣṭa－缺乏 / śrīḥ－美丽 / kṛta-helanaḥ－因违反礼节

译文 纳茹阿达·牟尼继续说：受到邀请的我也参加了那节日；由女人们围绕着，我开始声音动听地歌唱半神人的荣耀。为此，掌管宇宙事务的重要半神人——生物体祖先们，这样强有力地诅咒我说：“你的冒犯行为使你立刻变成一个长相不美的庶铎。”

要旨 谈到克伊尔坦(kīrtana)，经典中说，人应该歌唱至尊主的荣耀和圣名(śravaṇaṁ kīrtanaṁ viṣṇoḥ)。这是很明确的说明。人应该歌唱主维施努的荣耀和圣名(śravaṇaṁ kīrtanaṁ viṣṇoḥ)，而不是半神人的。不幸的是，就有那么些愚蠢之人，发明出歌唱半神人名字的程序。这是冒犯。克伊尔坦的意思是赞美至尊主，而不是任何半神人。人们有时发明出卡莉·克伊尔坦(kālī-kīrtana)或希瓦·克伊尔坦(śiva-kīrtana)；甚至有些假象宗派的大托钵僧说：人随便唱什么名字，仍可以得到同样的结果。但我们在这节诗文中看到：千百万年前，纳茹阿达·牟尼在曾经是歌仙时，因为与女人联谊而丧心病狂，不理会要赞美至尊主的命令，却开始歌唱其他的内容；结果使自己受到诅咒，变成一个庶铎。他的一个错误是，想要在好色女人的陪伴下参加集体歌唱神的圣名活动；另一个错误是，认为普通歌曲(如电影歌曲、流行歌曲)等同于集体歌唱神的圣名。由于这些冒犯，他被惩罚变成一个庶铎。

第 73 节

तावद्दास्यामहं जज्ञे तत्रापि ब्रह्मवादिनाम् ।
शुश्रूषयानुषङ्गेण प्राप्तोऽहं ब्रह्मपुत्रताम् ॥७३॥

tāvad dāsyām ahaṁ jajñe
　tatrāpi brahma-vādinām
śuśrūṣayānuṣaṅgeṇa
　prāpto 'haṁ brahma-putratām

tāvat—由于被诅咒 / dāsyām—在女仆的子宫中 / aham—我 / jajñe—投生 / tatrāpi—虽然(当一个庶铎) / brahma-vādinām—向精通韦达知识的人 / śuśrūṣayā—靠做服务 / anuṣaṅgeṇa—同时地 / prāptaḥ—得到 / aham—我 / brahma-putratām—(在这一生)作为主布茹阿玛之子的出身

译文　我虽然投生在一个女仆的子宫中当了庶铎，但却为精通韦达知识的外士纳瓦们做了服务。结果，在这一生中我得到机会，投生为主布茹阿玛的儿子。

要旨 《博伽梵歌》第9章的第32节诗记载，至尊人格首神说：

mām hi pārtha vyapāśritya
ye 'pi syuḥ pāpa-yonayaḥ
striyo vaiśyās tathā śūdrās
te 'pi yānti paraṁ gatim

"普瑞塔的儿子啊！托庇于我的人，即使是妇女、外夏(商人)、庶铎(劳工)或出身低贱的人，也能到达至高无上的目的地。"一个人出生为庶铎、女人还是外夏并不重要；只要能再三或一直与奉献者交往、联谊(sādhu-saṅgena)，就能被提升到最高的完美境界。纳茹阿达·牟尼用自己的生活实例解释了这一点。集体歌唱神的圣名(saṅkīrtana)运动十分重要，因为一个人无论是庶铎、外夏、食肉者(mleccha)、不可触碰的人(yavana)还是什么，只要与纯粹的奉献者联谊，按照纯粹奉献者的指示做，侍奉纯粹的奉献者，其人生就是成功的。这就是奉爱(bhakti)。奉爱由很善意地为奎师那和祂的奉献者服务构成(ānukūlyena kṛṣṇānuśīlanam)。人如果除了想要侍奉奎师那和祂的奉献者没其他欲望(anyābhilāṣitā-śūnyam)，其生命就成功了。就有关这一点，纳茹阿达·牟尼用自己的实例作出了解释。

第 74 节

धर्मस्ते गृहमेधीयो वर्णितः पापनाशनः ।
गृहस्थो येन पदवीमञ्जसा न्यासिनामियात् ॥७४॥

dharmas te gṛha-medhīyo
varṇitaḥ pāpa-nāśanaḥ
gṛhastho yena padavīm
añjasā nyāsinām iyāt

dharmaḥ－那宗教程序 / te－向你 / gṛha-medhīyaḥ－虽然依恋居士生活 / varṇitaḥ－(由我)解释 / pāpa-nāśanaḥ－恶报的摧毁 / gṛhasthaḥ－过居士生活的人 / yena－靠…… / padavīm－地位 / añjasā－非常容易 / nyāsinām－那些在人生弃绝阶段的 / iyāt－可以得到

译文　吟诵、吟唱至尊主的圣名这一程序如此强大有力，以致就连居士都能靠这吟诵、吟唱轻易地得到在弃绝阶层中的人才能得到的最高结果。尤帝士提尔王，现在，我已经给你解释了宗教的程序。

要旨　这是对奎师那意识运动的确认和肯定。参加这场运动的人无论身份、地位如何，都能够得到由完美的弃绝阶层之人所能获得的最高成就——灵性知识(brahma jñāna)。更重要的是，参与之人能通过做奉爱服务取得进步。尤帝士提尔王认为自己因为是居士，所以没希望得到解脱，于是问纳茹阿达·牟尼他如何才能摆脱物质束缚。但纳茹阿达·牟尼通过引用自己的生活实例明确说明，“靠与奉献者联谊和吟诵、吟唱哈瑞·奎师那曼陀，处在任何生活处境中的任何人，都无疑能达到最高的完美境界”这一事实。

第75节

यूयं नृलोके बत भूरिभागा
　लोकं पुनाना मुनयोऽभियन्ति ।
येषां गृहानावसतीति साक्षाद्
　गूढं परं ब्रह्म मनुष्यलिङ्गम् ॥७५॥

yūyaṁ nṛ-loke bata bhūri-bhāgā
　lokaṁ punānā munayo 'bhiyanti
yeṣāṁ gṛhān āvasatīti sākṣād
　gūḍhaṁ paraṁ brahma manuṣya-liṅgam

yūyam－你们潘达瓦五兄弟全体 / nṛ-loke－在这个物质世界里 / bata－事实上 / bhūri-bhāgāḥ－极其幸运 / lokam－宇宙中所有的

星球 / punānāḥ－能净化……的 / munayaḥ－伟大的圣洁之人 / abhi-yanti－(如同普通人般)来拜访 / yeṣām－……的 / gṛhān－潘达瓦五兄弟的住宅 / āvasati－居住 / iti－如此 / sākṣāt－直接地 / gūḍham－十分机密的 / param－超然的 / brahma－至尊梵奎师那 / manuṣya-liṅgam－好似一个普通人

译文 我亲爱的尤帝士提尔王，你们潘达瓦五兄弟在这世上真是太幸运了；有许许多多能净化宇宙中所有星球的大圣人，都如同普通访客一样来到你们家。不仅如此，至尊人格首神奎师那像你们的兄弟般，在你们住宅中与你们亲密地生活在一起。

要旨 这节诗文是赞扬外士纳瓦(Vaiṣṇava)的说明。在人类社会中，布茹阿玛纳是最受尊敬的人。布茹阿玛纳是能了解梵的非人格特征的人。很少有人能了解被阿尔诸纳在《博伽梵歌》中描述为是至尊梵(paraṁ brahma)的至尊人格首神。布茹阿玛纳也许极其幸运地得到灵性知识(brahma jñāna)，但潘达瓦五兄弟是如此崇高，以致至尊梵——至尊人格首神，曾经像普通人一样住在他们家中。梵文“极其幸运(bhūri-bhāgāḥ)”一词表明，潘达瓦五兄弟比贞守生和布茹阿玛纳的地位还要高。在下面的诗文中，纳茹阿达·牟尼再三赞美潘达瓦五兄弟的地位和状态。

第 76 节

स वा अयं ब्रह्म महद्विमृग्य-
कैवल्यनिर्वाणसुखानुभूतिः ।
प्रियः सुहृद्वः खलु मातुलेय
आत्मार्हणीयो विधिकृद्गुरुश्च ॥७६॥

sa vā ayaṁ brahma mahad-vimṛgya-
kaivalya-nirvāṇa-sukhānubhūtiḥ

priyaḥ suhṛd vaḥ khalu mātuleya
ātmārhaṇīyo vidhi-kṛd guruś ca

saḥ－那位至尊人格首神 / vā－两者中任一的 / ayam－奎师那 / brahma－至尊梵 / mahat-vimṛgya－伟大的圣洁之人(奎师那的奉献者)所追求 / kaivalya-nirvāṇa-sukha－解脱和超然极乐的 / anubhūtiḥ－为领悟 / priyaḥ－很亲 / suhṛt－祝福者 / vaḥ－你们潘达瓦五兄弟全体的 / khalu－以……著名的 / mātuleyaḥ－你们舅舅的儿子 / ātmā－心脏和灵魂 / arhaṇīyaḥ－最值得崇拜的人 / vidhi-kṛt－给予指导 / guruḥ－你们的灵性导师 / ca－和

译文　非凡的大圣人们为获得解脱和超然的极乐而一直在追寻的至尊人格首神——至尊梵奎师那，以你们的最高祝愿者、好朋友、表兄弟、生命之魂、值得崇拜的主管和灵性导师的身份行事；这多么奇妙非凡啊！

要旨　奎师那可以成为任何真诚想要得到祂仁慈的人的指导者和灵性导师。至尊主派灵性导师来训练奉献者，当奉献者取得进步时，至尊主就作为灵性导师在奉献者心中行事。

teṣāṁ satata-yuktānāṁ
ābhajatāṁ prīti-pūrvakam
dadāmi buddhi-yogaṁ taṁ
yena mām upayānti te

“对一直以爱心侍奉我的人，我赐予他们理解力，使他们来到我这里。”除非一个人得到代表奎师那的灵性导师的训练，否则奎师那不会直接成为这个人的灵性导师。因此，正如我们已经谈论过的，至尊主的代表——灵性导师，不该被视为是普通人。代表奎师那的灵性导师，永远都不给自己的门徒以错误的知识，而是给予完美的知识。正因为如此，这样的灵性导师是奎师那的代表。奎师那作为灵性导师(guru)在一个人的内在和外给予帮助。

从外在，祂透过祂的代表帮助奉献者；从内在，祂亲自对纯粹的奉献者讲话，指导奉献者回归家园，回到首神身边。

第 77 节

न यस्य साक्षाद्भवपद्मजादिभी
रूपं धिया वस्तुतयोपवर्णितम् ।
मौनेन भक्त्योपशमेन पूजितः
प्रसीदतामेष स सात्वतां पतिः ॥७७॥

na yasya sākṣād bhava-padmajādibhī
rūpaṁ dhiyā vastutayopavarṇitam
maunena bhaktyopaśamena pūjitaḥ
prasīdatām eṣa sa sātvatāṁ patiḥ

na－不 / yasya－(圣主奎师那)的 / sākṣāt－直接地 / bhava－由主希瓦 / padma-ja-ādibhiḥ－主布茹阿玛和其他人 / rūpam－形象 / dhiyā－靠冥想 / vastutayā－确实地 / upavarṇitam－可以被解释 / maunena－靠沉默 / bhaktyā－靠奉爱服务 / upaśamena－靠停止从事所有的物质活动 / pūjitaḥ－被如此崇拜的人 / prasīdatām－愿对我们满意 / eṣaḥ－这 / saḥ－同一位人格首神 / sātvatām－奉献者的 / patiḥ－是维系者、主人和指导者的人

译文　现在在这儿的，就是那位连主布茹阿玛和主希瓦等非凡的大人物都无法明白祂真正形象的同一位至尊人格首神。奉献者们之所以能觉悟到祂，是因为坚定的皈依。祂维护祂的奉献者，被奉献者通过沉默、奉爱服务和停止从事物质活动等方式加以崇拜；愿那同一位人格首神对我们满意。

要旨　就连主希瓦和主布茹阿玛这样崇高的人物都无法正确了解主奎师那，更不要说普通人了。然而，奎师那出于没有缘故的仁慈，赐予祂的奉献者们做奉爱服务的祝福，使他们能借此如实地

了解祂。祂说：只有做奉爱服务，才能如实地了解作为至尊人格首神的我(bhaktyā mām abhijānāti yāvān yaś cāsmi tattvataḥ)。这个宇宙里没人能真正了解奎师那，但如果有谁致力于做奉爱服务，就能完全清楚地了解祂。对此，《博伽梵歌》第7章的第1节诗记载，至尊主也证实说：

mayy āsakta-manāḥ pārtha
yogaṁ yuñjan mad-āśrayaḥ
asaṁśayaṁ samagraṁ māṁ
yathā jñāsyasi tac chṛṇu

“普瑞塔的儿子啊！现在听我讲，你只要全神贯注于我，完全意识到我，就能通过这样练瑜伽彻底了解我，摆脱迷惑。”主奎师那亲自教我们如何能够没有疑惑地、完全清楚地了解祂。不仅潘达瓦五兄弟，而是所有真诚接受奎师那的教导的人，都能如实地了解至尊人格首神。纳茹阿达·牟尼在教导尤帝士提尔王之后，祈祷至尊主的祝福，愿祂对每一个人满意；愿每一个人都能具有完美的神意识，从而回归家园，回到首神身边。

第 78 节

श्रीशुक उवाच
इति देवर्षिणा प्रोक्तं निशम्य भरतर्षभः ।
पूजयामास सुप्रीतः कृष्णं च प्रेमविह्वलः ॥७८॥

śrī-śuka uvāca
iti devarṣiṇā proktaṁ
niśamya bharatarṣabhaḥ
pūjayām āsa suprītaḥ
kṛṣṇaṁ ca prema-vihvalaḥ

śrī-śukaḥ uvāca—圣舒卡戴瓦·哥斯瓦米说 / iti—就这样 / devarṣiṇā—由伟大的圣人(纳茹阿达·牟尼) / proktam—所描述 / niśamya—聆听 / bharata-ṛṣabhaḥ—巴茹阿特王的王朝中最优秀的后代尤

帝士提尔王 / pūjayām āsa－崇拜 / su-prītaḥ－极为高兴 / kṛṣṇam－向主奎师那 / ca－也 / prema-vihvalaḥ－在爱奎师那的狂喜中

译文 圣舒卡戴瓦·哥斯瓦米说：尤帝士提尔王——巴茹阿特王朝最优秀的成员，这样靠聆听纳茹阿达·牟尼的讲述了解了一切。聆听这些教导后，他感到心花怒放，于是怀着巨大的狂喜、爱和深情崇拜主奎师那。

要旨 当了解到属于自己家族的某个人十分伟大、非凡时，我们很自然就会沉浸在爱的狂喜中，心想："啊！这样一个伟大的人物竟然是我们的亲戚！"当潘达瓦五兄弟已经熟悉的圣奎师那被纳茹阿达·牟尼进一步描述为至尊人格首神时，潘达瓦五兄弟自然会惊奇地想："至尊人格首神作为我们的表兄弟与我们在一起！"他们的狂喜必定非同寻常。

第 79 节

कृष्णपार्थावुपामन्त्र्य पूजितः प्रययौ मुनिः ।
श्रुत्वा कृष्णं परं ब्रह्म पार्थः परमविस्मितः ॥७९॥

kṛṣṇa-pārthāv upāmantrya
pūjitaḥ prayayau muniḥ
śrutvā kṛṣṇaṁ paraṁ brahma
pārthaḥ parama-vismitaḥ

kṛṣṇa－主奎师那 / pārthau－和尤帝士提尔王 / upāmantrya－告辞 / pūjitaḥ－被他们崇拜 / prayayau－离开(那地方) / muniḥ－纳茹阿达·牟尼 / śrutvā－聆听后 / kṛṣṇam－有关奎师那 / param brahma－作为至尊人格首神 / pārthaḥ－尤帝士提尔王 / parama-vismitaḥ－惊讶万分

译文 纳茹阿达·牟尼受到奎师那和尤帝士提尔王的崇

拜后，向他们道别离开。尤帝士提尔王听说他的表弟奎师那是至尊人格首神，不禁惊讶万分。

要旨　听了纳茹阿达·牟尼和尤帝士提尔的对话后，还在怀疑奎师那是至尊人格首神的人，就该立刻去除那些疑问(asaṁśayaṁ samagram)。我们应该坚定不移地明白奎师那是至尊人格首神，因此投靠在祂的莲花足旁。普通人不这么做，甚至在聆听了所有的韦达经后都不这么做；但如果一个人幸运，那么哪怕是经历了许许多多生世后，都会得出要皈依祂的结论(bahūnāṁ janmanāṁ ante jñānavān māṁ prapadyate)。

第80节

इति दाक्षायणीनां ते पृथग्वंशाः प्रकीर्तिताः ।
देवासुरमनुष्याद्या लोका यत्र चराचराः ॥८०॥

iti dākṣāyaṇīnāṁ te
pṛthag vaṁśāḥ prakīrtitāḥ
devāsura-manuṣyādyā
lokā yatra carācarāḥ

iti－这样 / dākṣāyaṇīnām－阿迪缇和迪缇等达克沙女儿们的 / te－向你 / pṛthak－分别地 / vaṁśāḥ－王朝 / prakīrtitāḥ－(由我)描述 / deva－半神人们 / asura－恶魔们 / manuṣya－和人类 / ādyāḥ－等等 / lokāḥ－这个宇宙中的所有的星球 / yatra－在……内 / cara-acarāḥ－动与不动的生物体

译文　在这个宇宙内所有的星球上，包括半神人、恶魔和人类在内的动与不动的各种生物体，都是达克沙王的女儿们生育的。我现在已经描述了他们及其各自不同的王朝。

到此为止，结束了巴克提韦丹塔对《圣典博伽瓦谭》第7篇第15章——“给文明人类的教导”所作的阐释。

凭借圣奎师那·柴坦亚(Śrī Kṛṣṇa Caitanya)、帕布·尼提阿南达(Prabhu Nityānanda)、圣阿兑塔(Śrī Advaita)、嘎达达尔(Gadādhara)和施瑞瓦斯(Śrīvāsa)的仁慈，这一篇在 1976 年 5 月 10 日外沙克伊·舒克拉·艾卡达西(Vaiśākhī Śukla Ekādaśī)的夜晚，于美国檀香山(新纳瓦兑帕)五圣体庙内完成。因此，我们可以高兴地吟唱哈瑞·奎师那 哈瑞·奎师那 奎师那·奎师那 哈瑞·瑞/哈瑞·茹阿玛 哈瑞·茹阿玛 茹阿玛·茹阿玛 哈瑞·哈瑞(Hare Kṛṣṇa, Hare Kṛṣṇa, Kṛṣṇa Kṛṣṇa, Hare Hare/ Hare Rāma, Hare Rāma, Rāma Rāma, Hare Hare)。

【第七篇终】

圣帕布帕德小传

圣恩 A.C.巴克提韦丹塔 · 斯瓦米 · 帕布帕德于 1896 年在印度的加尔各答显世。

1922 年，帕布帕德在加尔各答首次与他的灵性导师圣巴克提希丹塔 · 萨茹阿斯瓦提 · 哥斯瓦米会面。巴克提希丹塔 · 萨茹阿斯瓦提作为一位杰出的宗教学者，在他的一生中创建了 64 所名为高迪亚 · 玛特的传播韦达文化的机构。巴克提希丹塔非常喜爱这位受过教育的年轻人，于是便说服他献身于传播韦达知识。帕布帕德成了巴克提希丹塔 · 萨茹阿斯瓦提的学生，并于 11 年后(1933 年)在阿拉哈巴接受了他的启迪，正式成为他的门徒。

在他们第一次会面时，巴克提希丹塔 · 萨茹阿斯瓦提曾要求帕布帕德用英语去传播韦达知识。为此，帕布帕德在随后的日子里用英文翻译、评注了《博伽梵歌》，参加高迪亚 · 玛特的传教工作，并在 1944 年独自创办了英语“回归首神”双月刊杂志。他自己编辑，打出原稿，校样，甚至逐本赠送、售卖，为维持杂志的出版艰苦奋斗。“回归首神”杂志自创刊后从未停刊，目前在西方正由他的门徒用 30 多种语言继续出版着。

高迪亚 · 外士纳瓦协会对帕布帕德的哲学造诣及奉爱精神推崇备至，于 1947 年授予他巴克提韦丹塔的称号。

1950 年，圣帕布帕德在他 54 岁时退出家庭生活，以便用更多的时间进行研究和写作。他到了圣地温达文，住在历史上著名的中世纪神庙——茹阿妲 · 达摩达尔庙，过着简朴的生活。在那里，他花了好几年的时间进行写作和深入的研究工作。

1959 年，圣帕布帕德在茹阿妲 · 达摩达尔庙接受萨尼亚希(托钵僧)称号，进入弃绝阶层。接着，他开始翻译、评注含有一万八千节诗的卷帙浩繁的《圣典博伽瓦谭》(《博伽梵往世书》)。这是他生活中的一部杰作。他还撰写了《简易的星际旅行》。

圣帕布帕德在出版了三篇《圣典博伽瓦谭》后，于 1965 年 9 月去了美国，以完成他灵性导师交给他的使命。在随后的岁月里，他写下的权威性翻译、评注和对有关印度哲学及宗教经典作品的综合研究论文，共有 60 多册。

圣帕布帕德乘货轮第一次到纽约时，几乎身无分文。仅仅一年后，他便克服巨大的困难，于 1966 年 7 月建立了国际奎师那意识协会。在 1977 年 11 月 14 日他离世前，他一直指导着协会，看着它成长为一个在全世界有超过一百所灵修所、学校、神庙、研究机构和集体农庄的联合体。

1968 年，圣帕布帕德在美国加利福尼亚州的一个山坡上创办了新温达文——实验性韦达社区。新温达文成了一个繁荣的、有超过两千英亩土地的集体农庄。新温达文的成功激励了圣帕布帕德的门徒。他们在美国和其他国家相继成立了几个同样的集体农庄。

1972 年，圣帕布帕德通过在美国得克萨斯州的达拉斯市创办灵性导师学校，把韦达制度的初级和中级教育引介给西方社会。从那以后，在他的监督、指导下，他的门徒在美国和世界其他地区开设了同样的儿童学校，其主要的教育中心设在印度的温达文。

圣帕布帕德还促成了几个规模宏大的国际文化中心在印度的兴建。坐落在印度西孟加拉圣玛亚普尔的中心，是计划中的灵性城市。这是一个雄心勃勃的计划，需要许多年才能实现、完成。在印度的温达文有宏伟的奎师那·巴拉茹阿玛庙宇、国际宾馆、圣帕布帕德纪念馆和博物馆，在孟买有文化和教育主中心。别的中心计划建在印度其他十二个重要地区。

然而，圣帕布帕德最重要的贡献是他的书籍。这些书籍因其深刻、清晰、具权威性而受到学术界的高度敬重，并在为数众多的学院里被当做典范性的教科书使用。他的著作以 50 多种语言翻译出版。于 1972 年成立的巴帝维丹达书籍信托基金会，负责出版圣帕布帕德翻译、评注、撰写的书籍。它目前已成为世上最大的、出版有关印度宗教及哲学书籍的出版机构。

圣帕布帕德不顾自己年事已高，仅仅在 12 年里就进行了 14 次环球旅行，走遍 6 大洲不断演讲。尽管旅程安排得如此紧凑，圣帕布帕德仍翻译、评注、撰写了大量的书籍。他的著作构成了一个名副其实的韦达哲学、宗教、文学和文化的图书馆。

圣帕布帕德著作一览表

《博伽梵歌原意》
《圣典博伽瓦谭》第 1—10 篇
《永恒的柴坦亚经》共 17 篇
《奎师那——快乐的泉源》共 2 卷
《主柴坦亚的教导》
《奉爱的甘露》
《教诲的甘露》
《至尊奥義书》
《博伽梵之光》
《简易星际旅行》
《主卡皮拉的教导》
《琨缇王后的教导》
《首神的讯息》
《觉悟自我的科学》
《瑜伽的完美境界》
《超越生死》
《通向奎师那之道》
《知识之王》
《培养奎师那意识》
《奎师那意识——无与伦比的礼物》
《奎师那意识——瑜伽体系的顶峰》
《完美的问答录》
《生命来自生命》
《回归首神杂志》（创办人）

对圣帕布帕德生前教导的汇编性书籍

《追求解脱》
《第二次机会》
《自我发现之旅》
《文明与超越》
《大自然的法律》
《凭智慧弃绝》
《寻求启发》
《通向超然存在之途》
《超越错觉、假象和疑惑》
《哈瑞·奎师那的挑战》

参考书籍

圣帕布帕德是根据公认的权威经典写作《圣典博伽瓦谭》要旨的，以下是他引用过的经典名称：

《阿迪·瓦茹阿哈往世书》 (Ādi-varāha Purāṇa)

《阿嘎斯提亚·萨密塔》 (Agastya-saṁhitā)

《博伽梵歌》 (Bhagavad-gītā)

《论巴嘎瓦特》 (Bhāgavata-sandarbha)

《奉爱服务的纯粹甘露之洋》 (Bhakti-rasāmṛta-sindhu)

《巴克提·维瓦卡》 (Bhakti-viveka)

《布茹阿曼达往世书》 (Brahmāṇḍa Purāṇa)

《布茹阿玛·萨密塔》 (Brahma-saṁhitā)

《布茹阿玛·塔尔卡》 (Brahma-tarka)

《布茹阿玛·外瓦尔塔往世书》 (Brahma-vaivarta Purāṇa)

《圣柴坦亚·巴嘎瓦特》 (Caitanya-bhāgavata)

《永恒的柴坦亚经》 (Caitanya-caritāmṛta)

《高塔弥亚·坦陀》 (Gautamīya Tantra)

《歌集》 (Gītavalī)

《哥帕拉·塔帕尼奥义书》 (Gopāla-tāpani Upaniṣad)

《对主哈尔依的奉爱甘露》 (Hari-bhakti-sudhodaya)

《对主哈尔依的奉爱之美》 (Hari-bhakti-vilāsa)

《益世嘉言》 (Hitopadeśa)

《至尊奥义书》 (Īśopaniṣad)

《喀塔奥义书》 (Kaṭha Upaniṣad)

《玛哈巴茹阿特》(《摩诃婆罗多》) (Mahābhārata)

《玛努法典》(《摩奴法典》) (Manu-saṁhitā)

《蒙达卡奥义书》 (Muṇḍaka Upaniṣad)

《纳玛·考牟迪》 (Nāma-kaumudī)

《纳茹阿达·潘查茹阿陀》 (Nārada-pañcarātra)

《莲花往世书》 (Padma Purāṇa)

《奉爱的月光》 (Prema-bhakti-candrikā)

《对神的爱所引发的转变》 (Prema-vivarta)

《八训规》 (Śikṣāṣṭaka)

《斯康达往世书》	(Skanda Purāṇa)
韦达文献	(Smṛti-śāstras)
《圣典博伽瓦谭》	(Śrīmad-Bhāgavatam)
《水塔刷塔尔奥义书》	(Śvetāśvatara Upaniṣad)
《泰缇瑞亚奥义书》	(Taittirīya Upaniṣad)
众奥义书	(Upaniṣads)
《瓦茹阿哈往世书》	(Varāha Purāṇa)
《韦丹塔·苏陀》	(Vedānta-sūtra)
韦达经	(Vedas)
《维施努往世书》	(Viṣṇu Purāṇa)
《雅格亚瓦勒克亚经》	(Yājñavalkya-smṛti)

词　表

- A -

Ācārya — 以身作则，为整个人类树立灵修榜样的灵性导师。

Ācintya-bhedābheda-tattva — “不可思议的既是同一个个体又有区别论”。它是主柴坦亚(Caitanya)对神及其能量所作的论述。

Aṇimā — 变得比原子还小的神通。

Antaryāmī — 至尊主作为超灵处在众生心中的扩展。

Antyajas — 不属于社会四阶层的人。

Anubhāva — 奉献者对奎师那的爱的情感表现。

Ārati — 迎接和崇拜至尊人格首神的一种仪式。在这个仪式中要一边吟唱至尊主的圣名，一边摇铃，一边向至尊主供奉香，点燃用纯净黄油做灯芯的油灯和用樟脑为燃料的灯，以及供奉盛在海螺中的水、一块精美的手帕、芬芳的鲜花、牛尾毛做的拂尘和孔雀羽毛扇。

Arcanā — 崇拜神像的奉爱程序。

Artha — 经济发展。

Āśrama — 一生中四个灵性阶段中的其中一个阶段，它们分别是：独身禁欲的学生生活阶段、居士阶段、逐渐退出家庭生活阶段和出家当托钵僧的完全弃绝阶段。

Aṣṭakā — 月圆后的第八天。

Asura — 无神论者、十足的物质主义者等不按经典原则做事的恶魔；嫉妒神，无视至高无上的绝对真理，反对为至尊主奎师那服务的人。

Ātmā — 自我(灵魂)。阿特玛还可以指躯体、心、智力或至尊灵魂，然而一般指个体灵魂。

Ātmārāma — 免于物质欲望并因认识自我而感到满足的人。

Avatāra — 至尊主降临到物质世界里的化身。

- B -

Bhagavad-gītā — 《博伽梵歌》，至尊主奎师那与祂的奉献者阿尔诸纳在一场大战即将开始前的谈话，其中详细地解释说，奉爱服务既是最重要的灵修方法，也是最高级的灵性完美境界。

Bhāgavata-dharma — 为至尊主做奉爱服务的科学；由至尊主宣布的宗教原则。

Bhakta — 至尊主的奉献者。

Bhakti — 为至尊主所做的奉爱服务。

Bhakti-yoga — 通过做奉爱服务与至尊主相连的方法。

Bhāva — 因为爱至尊神而产生的初步的心醉神迷状态。

Bhūti — 财富。

Brahma-bandhu — 出生在布茹阿玛纳的家庭中，但却缺乏布茹阿玛纳品格的人。

Brahmacarya — 独身禁欲的学生生活，韦达制度中人生的第一个灵性阶段。

Brahma-jijñāsā — 对绝对真理的询问。

Brahman — 绝对真理，特别指绝对真理不具人格特征的方面。

Brāhmaṇa — 婆罗门，知识分子及祭司阶层。韦达社会制度中的最高阶层。

- C -

Caṇḍāla — 不可触碰或低于韦达社会中社会四阶层人士的人；吃狗肉的人。

- D-

Daṇḍa — 进入弃绝阶层之人所持的棒子。

Daśa-vidha-saṁskāra — 为使人得到净化而从怀孕开始直到死亡期间，逐一举行的十个韦达仪式。

Dāsya-rasa — 与至尊主的关系是仆人对主人的关系。

Dhāma — 住所、居住的地方；通常是指至尊主的住地。

Dharma — 宗教原则，人的天职，尤其指每一个灵魂的服务本性。

Duṣkṛtī — 恶棍、无赖。

- E -

Ekādaṣī — 用来增加对奎师那的想念的特殊日子，是满月和新月后的第十一天。经典规定在这一天禁食谷类和豆类。

- G -

Ghee — 纯净的黄油，又称酥油。

Goloka Vṛndāvana (Kṛṣṇaloka) — 最高的灵性星球，主奎师那的私人住所。

Gopīs — 奎师那的牧牛姑娘朋友，是祂最顺从、最亲密的奉献者。

Gosvāmī — 控制住自己的心和感官的人；弃绝阶层中的人的称号。

Gṛhamedhī — 物质主义居士。

Gṛhastha — 按经典的规定过有节制的居士生活的人；韦达灵性生活的第二个阶段。

Guru — 灵性导师。

Guru-kula — 学习韦达知识的学校。男孩从五岁开始，作为贞守生在灵性导师的指导下学习。

- H -

Hare Kṛṣṇa mantra — 请看Mahā-mantra。

- J -

Jīva(Jīvātmā) — 作为永恒个体灵魂的生物，是至尊主不可缺少的一部分。

Jīva-tattva — 个体生物，至尊主的微粒部分。

Jñāna — 知识。

Jñāna-kāṇḍa — 韦达经中包含梵的知识，也就是灵性知识的部分。

Jñānī — 通过经验性思辨培养知识的人。

- K -

Kali-yuga — “纷争、伪善的年代”，是大周期循环中的第四个年代，也是最后一个年代，从五千年前开始。

Kāma — 贪图物质享乐的欲望。

Kamaṇḍalu — 进入弃绝阶层的人所携带的水罐。

Karatālas — 在集体歌唱神的圣名时用手敲击节奏的铙钹。

Karma — 物质、功利性的活动及其报应。

Karma-kāṇḍa — 韦达经中描述为获得物质利益而举行各种仪式的部分。

Karmī — 从事功利性活动的人；物质主义者。

Kīrtana — 吟唱至尊主的圣名并赞美至尊主的奉爱服务程序。

Kṛṣṇaloka — 参看Goloka Vṛndāvana。

Kṣatriya — 战士或管理者；韦达社会的第二个阶层。

Kuṭīcaka — 处在弃绝阶层中的第一个阶段的弃绝者。这样的弃绝者住在他所在的村庄附近的茅草屋内，他的家人给他带去食物。

- L -

Laghimā — 可以使自己变得很轻的神通。

Līlā — 至尊主进行的超然的逍遥活动。

Līlā-śakti — 奎师那的能量，帮助祂娱乐活动的上演。

- M -

Mādhurya-rasa — 至尊主和祂的奉献者作为情人彼此交流的灵性恋爱关系。

Mahā-bhāgavata —至尊主的纯粹奉献者——一流的奉献者。

Mahājana — 觉悟了自我的伟大灵魂，奎师那意识科学的权威人士。

Mahā-mantra — 为得到拯救而吟诵、吟唱的伟大的曼陀：

哈瑞・奎师那　哈瑞・奎师那　奎师那・奎师那　哈瑞・哈瑞
哈瑞・茹阿玛　哈瑞・茹阿玛　茹阿玛・茹阿玛　哈瑞・哈瑞

Mahāmāyā — 至尊主的物质能量——错觉。

Mahātmā — 伟大的灵魂，主奎师那崇高的奉献者。

Mantra — 超然的声音振荡或韦达赞歌，它们可以使人摆脱心中的错觉。

Maṭhas — 修道院、僧院。

Mathurā — 主奎师那的住所及五千年前显现的地方，温达文就在那一区域内。主奎师那在温达文从事过孩提时期的娱乐活动后，又回到那里。

Mauṣala-līlā — 雅杜王朝离开地球的娱乐活动。

Māyā — 至尊主的低等、错觉能量，负责统治这个物质创造并迷惑生物，使其遗忘自己与奎师那的关系。

Māyā-sukha — 短暂且错觉性的物质快乐。

Māyāvādī — 持非人格神哲学观念的人。他们以为绝对真理最终没有形象，个体生物与神是平等的。

Mleccha — 不遵守韦达社会制度的野蛮人，通常是食肉者。

Mokṣa — 摆脱物质的束缚。

Mṛdaṅga — 用黏土制作的鼓，在集体吟唱神的圣名时作伴奏用。

- P -

Pañca-mahāyajñā —为了清除在不是故意的情况下犯的罪，居士每天举行的五种祭祀。

Pāñcarātrika-vidhi — 崇拜神像这一奉爱服务的程序，以及韦达文献Pañcarātra中记载的赞歌(mantra)冥想。

Parakīya-rasa — 已婚妇女和她的情人之间的关系；尤其是指温达文的少女与奎师那之间的关系。

Paramahaṁsa — 至尊主天鹅般最高级的奉献者；托钵僧的最高阶段。

Paramātmā — 维施努展现在每一个受制约的生物体心中并遍布物质自然的超灵形象。

Paramparā — 师徒传承，灵性知识经由传承中有资格的灵性导师传递下来。

Parivrājakācārya — 弃绝阶层中的第三个阶段，身处这一阶段的奉献者一直不断地在旅行和传播有关绝对真理的知识。

Pradhāna — 整体物质能量不展示的状态。

Prakṛti — 至尊主的能量物质自然；被享受者。

Prāṇayāma — 瑜伽练习，尤其是八部瑜伽练习中的呼吸控制法。

Prasādam — 主奎师那的仁慈；以爱心供奉给至尊主后被灵性化了的食物或其他东西。

Purāṇas — 往世书；十八部韦达补充文献，记载历史的典籍。

- R -

Rāga-mārga — 达到对首神自发的爱的途径。

Rākṣasas — 食人魔。

Rṣi — 圣人。

- S -

Sac-cid-ānanda-vigraha — 至尊主的永恒、极乐、充满知识的超然形象。

Sādhu — 圣洁的人。

Sakhya-rasa — 与至尊主的忠诚的朋友关系。

Śālagrāma-śilā — 至尊主以石头的形象展现的一种神像化身。

Sālokya — 到至尊主居住的星球上去居住的解脱。

Samādhi —灵性的出神入定，全神贯注于神意识。

Sāmīpya — 成为至尊主的一个同伴的解脱。

Saṁsāra — 在物质世界里重复生死的轮回。

Sāṅkhya — 分析灵性与物质之间的区别，由黛瓦瑚缇的儿子——主卡皮拉，所讲解的奉爱服务之途。

Saṅkīrtana — 聚众或集体赞美至尊主奎师那，特别是用吟唱至尊主的圣名的方法。

Sannyāsa — 韦达灵性生活中的第四个阶段；弃绝的生活。

Sārṣṭi — 得到与至尊主有同样财富的解脱。

Sārūpya — 物质自然的善良属性。

Śāstra — 像韦达经典那样的启示经典。

Sāyujya — 融入至尊主放射出的灵性光芒的解脱。

Smṛti — 启示经典，属于韦达经和奥义书等原本的韦达文献(śruti)的补充文献。

Śrāddha — 为自己的祖先奉上的仪式，以此使他们免于痛苦。

Śravaṇaṁ kīrtanaṁ viṣṇoḥ — 聆听和吟诵、吟唱有关主奎师那(维施努)的一切的奉爱方法。

Śruti — 经由聆听得到的知识；由至尊主直接给予的最初的韦达经典(韦达经和奥义书)。

Śūdra — 韦达社会制度中第四阶层的人——为其他阶层做服务的劳动者。

Svāmī — 控制住自己的感官和心念的人；对托钵僧这种弃绝的人的称呼。

- T -

Tantras — 主要是为在愚昧属性控制下的人介绍各种仪式的次要经典。

Tapasya — 苦修；为了取得灵性进步自愿承受某种物质的不便。

Tilaka — 奉献者用圣泥在前额和身体的其他部位所画的标志。

- U -

Upāsanā-kāṇḍa — 韦达经中介绍崇拜，尤其是半神人崇拜的部分。

- V -

Vaikuṇṭha — 灵性世界，在那里没有焦虑。
Vaiṣṇava — 至尊主维施努(Viṣṇu, 奎师那)的奉献者。
Vaiśyas — 韦达社会制度中的第三阶层的人，即农场主和商人。
Vānaprastha — 退出家庭生活的人，韦达灵性生活的第三个阶段。
Varṇa — 韦达社会制度中的四个阶层，由人所从事的工作性质和受哪一种物质属性影响所区分。请看Brāhmaṇa，Kṣatriya，Vaiśya，Śūdra。
Varṇa-saṅkara —没有按照韦达宗教原则生育的孩子，因此是要不得的后代。
Varṇāśrama-dharma — 韦达社会制度中的四个社会阶层和四个灵性阶段。请看Varṇa和Āśrama。
Vātsalya-rasa — 怀着父母般的奉爱之情与至尊主奎师那建立的父母与孩子的爱的关系。
Vedas — 由主奎师那最先讲述的原始启示经典。
Vibhūti — 至尊主的财富和力量。
Viṣṇu — 至尊人格首神为了创造和维系物质宇宙而扩展出的四臂形象。
Viṣṇu-tattva —首神的范畴；适用于至尊主的主要扩展。
Viṣṇudutas — 主维施努的使者，负责在完美的奉献者死亡时前来将其带回灵性世界。
Viṣṇuloka — 至尊人格首神主维施努的住所。
Vṛndāvana — 奎师那永恒的住所，祂在那里完全展示了祂甜美的质量；这个地球上的一个村庄，至尊主奎师那五千年前在那里演出了祂孩提时的娱乐活动。
Vyāsadeva — 主奎师那的文学化身，为人类编纂了韦达经(Vedas)、往世书(Purāṇas)、《韦丹塔·苏陀》(Vedānta-sūtra)和《玛哈巴茹阿特》(Mahābhārata)等韦达文献。

- Y -

Yajña — 韦达祭祀；也是一切祭祀的目的和享受者至尊主的名字，意思是祭祀的人格体现。

Yamarāja — 负责掌管死亡和惩罚罪犯的半神人。

Yavana — 低等人，一般是肉食者；野蛮人。

Yoga-nidrā — 主维施努的神秘睡眠。

Yogamāyā — 至尊主的内在、灵性能量；也化身为奎师那的妹妹。

Yogī — 以某种方法努力与至尊者相连的超然主义者。

Yugas — 计算宇宙寿命的年代，四个年代循环往复。

梵文发音指导

人们历来用不同的字母来代表梵文，但在印度被最广泛采用的是戴瓦讷嘎瑞(devanāgarī)字母。戴瓦讷嘎瑞的意思是，半神人的城市文字。戴瓦讷嘎瑞共含有 48 个字母；13 个元音，35 个辅音。古代的梵文语法家根据方便、实用的语言学原则，把这些字母加以排列，其排列顺序被所有的现代语言学者所接受。本书所用的拉丁语字母拼音系统，50 年以来一直被语言学家所采用。

元音

अ a　आ ā　इ i　ई ī　उ u　ऊ ū　ऋ ṛ
ॠ ṝ　ऌ ḷ　ए e　ऐ ai　ओ o　औ au

辅音

喉　音：	क	ka	ख	kha	ग	ga	घ	gha	ङ	ṅa
颚　音：	च	ca	छ	cha	ज	ja	झ	jha	ञ	ña
卷舌音：	ट	ṭa	ठ	ṭha	ड	ḍa	ढ	ḍha	ण	ṇa
齿　音：	त	ta	थ	tha	द	da	ध	dha	न	na
唇　音：	प	pa	फ	pha	ब	ba	भ	bha	म	ma
半元音：	य	ya	र	ra	ल	la	व	va		
丝　音：	श	śa	ष	ṣa	स	sa				

送气音：ह ha　　鼻后音(anusvāra)：ं ṁ
无声音(visarga)：ः ḥ　　省字号(avagraha)：ऽ

数词

० -0　१-1　२-2　३-3　४-4　५-5　६-6　७-7　८-8　९-9

辅音后元音的写法

ा ā　ि i　ी ī　ु u　ू ū　ृ ṛ　ॄ ṝ　े e　ै ai　ो o　ौ au

例如：क ka　का kā　कि ki　की kī　कु ku　कू kū
कृ kṛ　कॄ kṝ　के ke　कै kai　को ko　कौ kau

一般来说当辅音是两个或两个以上一起时有特殊的写法，例如：क्ष kṣa त्र tra。

在辅音后没有标出元音时，应该当作有元音 a 来念。

当出现符号(्)时，表示没有元音，例如：क्。

元音发音

a —如英语 but 中的 u

ā —如英语 far 的 a 而两倍长于 a

ai —如英语 aisle 中的 ai

au —如英语 how 中的 ow

e —如英语 they 中的 e

i —如英语 pin 中的 i

ī —如英语 pique 中的 i 而两倍长于 i

ḷ —如 lree

o —如英语 go 中的 o

ṛ —如英语 rim 中的 ri

ṝ —如英语 reed 中的 ree 而两倍长于

u —如英语 push 中的 u

ū —如英语 rule 中的 u 而两倍长于 u

辅音发音

喉音

k —如英语 kite 中的 i

kh —如英语 Eckhart 中的 kh

g —如英语 give 中的 g

gh —如英语 dig-hard 中的 g-h

ṅ —如英语 sing 中的 ng

唇音

p —如英语 pine 中的 p

ph —如英语 up-hill 中的 p-h

b —如英语 bird 中的 b

bh —如英语 rub-hard 中的 b-h

m —如英语 mother 中的 m

卷舌音

ṭ —如英语 tub 中的 t

ṭh —如英语 light-heart 中的 t-h

ḍ —如英语 dove 中的 d

ḍh —如英语 red-hot 中的 d-h

ṇ —如英语 sing 中的 n

颚音

c —如英语 chair 中的 ch

ch —如英语 staunch-heart 中的 ch-h

j —如英语 joy 中的 j

jh —如英语 hedgehog 中的 dgeh

ñ —如英语 canyon 中的 n

齿音

t —如英语 tub 中的 t

th —如英语 light-heart 中的 t-h

d —如英语 dove 中的 d

dh —如英语 red-hot 中的 d-h

n —如英语 nut 中的 n

半元音

y —如英语 yes 中的 y

r —如英语 run 中的 r

l —如英语 light 中的 l

v —如英语 vine 中的 v

丝音

ś —如德语 sprechen 中的 s

ṣ —如英语 shine 中的 sh

s —如英语 sun 中的 s

送气音

h —如英语 home 中的 h

鼻后音(anusvāra)

ṁ —如法语 bon 中的 n

无声音(visarga)

ḥ —字尾的 h 音（aḥ 发音如 aha；iḥ 发音如 ihi）

梵文音节的声调没有明显的起伏，在一行中字与字之间也没有间单，有的只是一个音节接着一个音节连绵不断地连接。有的音节短，有的音节长，而长音节的长度是短音节的二倍。长音节含有长元音(ā, ai, au, e, ī, o, ṝ ,ū)或短元音后加一个以上的辅音(包括 ḥ 和 ṁ)。丝音辅音——后面带 h 的辅音，只算单辅音。

梵文诗句索引

- A -

ābādhito 'pi hy ābhāso 15.58
abhakṣyamāṇā abalā vṛkādibhiḥ 2.38
abhivyanag jagad idaṁ 3.26
abhogino 'yaṁ tava vipra dehaḥ 13.18
ācaran dāsavan nīco 12.1
acaurāṇām apāpānām 11.30
adānta-gobhir viśatāṁ tamisraṁ 5.30
ādāv ante janānāṁ sad 15.57
adharma-śākhāḥ pañcemā 15.12
adhikaṁ yo 'bhimanyeta 14.8
adhikāra-sthitāś caiva 1.38
adhokṣajālambham ihāśubhātmanaḥ 7.37
adhunā śāpa-nirmuktau 1.46
adhyāste sarva-dhiṣṇyebhyaḥ 3.9
ādhyātmikādibhir duḥkhair 13.31
adrākṣam aham etaṁ te 3.18
adṛṣṭāśruta-pūrvatvāt 9.2
adṛśyaḥ sarva-bhūtānāṁ 10.31
adṛśyatātyadbhuta-rūpam udvahan 8.17
adyaitad dhari-nara-rūpam adbhutaṁ te 8.56
ādy-antavanta urugāya vidanti hi tvām 9.49
agnau gurāv ātmani ca 12.15
agniḥ sūryo divā prāhṇaḥ 15.54
agni-pakvam athāmaṁ vā 12.18
agny-artham eva śaraṇam 12.20
āha cedaṁ ruṣā pūrṇaḥ 2.2
āha tān bālako bhūtvā 2.36
ahaṁ ca gāyaṁs tad-vidvān 15.72
ahaṁ mamety asad-bhāvaṁ 7.20
ahaṁ purābhavaṁ kaścid 15.69
ahaṁ tv akāmas tvad-bhaktas 10.6
āhāmarṣa-ruṣāviṣṭaḥ 5.34
ahan samastān nakha-śastra-pāṇibhir 8.31
āhekṣamāṇaḥ pāpena 8.4
ahiṁsā brahmacaryaṁ ca 11.8
aho akaruṇo devaḥ 2.53
aho amīṣāṁ vayasādhikānāṁ 2.37
aho aty-adbhutaṁ hy etad 1.16
aho vayaṁ dhanyatamā yad atra 2.38
aho vidhātrākaruṇena naḥ prabho 2.33
āhuḥ śarīraṁ ratham indriyāṇi 15.41
ājīvyāṁś cicchidur vṛkṣān 2.15
ajñāna-mūlo 'pārtho 'pi 7.27
ākhyāne 'smin samāmnātam 10.45
ākhyātaṁ sarvam etat te 10.41
akṛṣṭa-pacyā tasyāsīt 4.16
akṣaṁ daśa-prāṇam adharma-dharmau 15.42
alakṣita-dvairatham atyamarṣaṇaṁ 8.34
alakṣito 'gnau patitaḥ pataṅgamo 8.24
ālakṣya bhītas tvarito 8.2
amantra-yajño hy asteyaṁ 11.24
ambāmba he vadhūḥ putrā 2.20
ambhasy ananta-śayanād viramat-samādher 9.33
ambhodhayaḥ śvāsa-hatā vicukṣubhur 8.32
ananta-priya-bhaktyainām 7.11
anantāvyakta-rūpeṇa 3.34
anarthair artha-saṅkāśair 7.45
anarthāya bhaveyuḥ sma 15.29
andhā yathāndhair upanīyamānās 5.31
andhīkṛtātmā svotsaṅgān 5.33
anicchatīnāṁ nirhāram 2.35
anīhaḥ parituṣṭātmā 13.37
anīhānīhamānasya 15.15
aniśaṁ tasya nirvāṇaṁ 15.34
ānīyatām are vetram 5.16
añjanābhyañjanonmarda- 12.12
añjas titarmy anugṛṇan guṇa-vipramukto 9.18
annādyādeḥ saṁvibhāgo 11.10
annaṁ reta iti kṣmeśa 15.51
annaṁ saṁvibhajan paśyet 15.6
antaḥ-sabhāyāṁ na dadarśa tat-padaṁ 8.16
antarvatnī sva-garbhasya 7.14
āntra-srajaḥ-kṣataja-keśara-śaṅku- 9.15
anvaya-vyatirekeṇa 7.24
ānvīkṣikyā śoka-mohau 15.23
ānvīkṣikyāṁ vā vidyāyāṁ 12.23
anya eṣa tathānyo 'ham 5.12
anyathedaṁ vidhāsye 'ham 3.11
anyatrālabdha-śaraṇāḥ 4.21
apramattā śuciḥ snigdhā 11.28
aprameyānubhāvo 'yam 5.47
apratidvandvatāṁ yuddhe 3.37
apsu kṣitim apo jyotiṣy 12.30
apsu pracetasā jihvāṁ 12.28
apsv asṛk-śleṣma-pūyāni 12.25
apy ekām ātmano dārāṁ 14.11
arcanaṁ vandanaṁ dāsyaṁ 5.23
āropyāṅkam avaghrāya 5.21
arthānarthekṣayā lobhaṁ 15.22
arthibhyaḥ kālataḥ svasmān 13.33
asādhv amanyanta hṛtaukaso 'marā 8.26
asaṅkalpāj jayet kāmaṁ 15.22
asantuṣṭasya viprasya 15.19
aśapan kupitā evaṁ 1.38
asāraṁ grāhito bālo 5.26

āśāsāno na vai bhṛtyaḥ 10.5
āsīnaḥ paryaṭann aśnan 4.38
āsīnaṁ cāhanañ śūlaiḥ 5.40
āsiñcan vikasad-vaktram 5.21
aspanda-praṇayānanda- 4.41
aśraddheya ivābhāti 1.34
āśramāpasadā hy ete 15.39
asṛg-lavāktāruṇa-keśarānano 8.30
asṛk-priyaṁ tarpayiṣye 2.8
aṣṭau prakṛtayaḥ proktās 7.22
astauṣīd dharim ekāgra- 9.7
āste 'syā jaṭhare vīryam 7.9
āstikyam udyamo nityaṁ 11.23
āśvāghānte 'vasāyibhyaḥ 14.11
āśvāsyehoṣyatāṁ vatse 7.12
āsyatāṁ yāvat prasavaṁ 7.9
ataḥ śocata mā yūyaṁ 2.60
atha daitya-sutāḥ sarve 8.1
atha deśān pravakṣyāmi 14.27
atha nityam anityaṁ vā 2.49
atha tāñ ślakṣṇayā vācā 5.55
athācārya-sutas teṣāṁ 8.2
athānugṛhya bhagavān 10.57
athāsau śaktibhiḥ svābhiḥ 10.65
ātmā nityo 'vyayaḥ śuddha 7.19
ātmajaṁ yoga-vīryeṇa 15.24
ātma-jāyā-sutādīnām 15.65
ātmanā tri-vṛtā cedaṁ 3.27
ātmanaḥ putravat paśyet 14.9
ātmānam apratidvandvam 3.1
ātmānaṁ ca paraṁ brahma 13.4
ātmānaṁ ced vijānīyāt 15.40
ātmano 'nyasya vā diṣṭaṁ 10.64
ātmānubhūtau tāṁ māyāṁ 13.44
ātmany agnīn samāropya 12.24
ātma-saṁyamane 'nīhā 15.9
ātmatvāt sarva-bhūtānāṁ 6.19
ātmaupamyena sarvatra 7.53
ātmavat sarva-bhūtānām 4.31
ātma-yājy upaśāntātmā 15.55
atraiva mṛgyaḥ puruṣo 7.23
atraivodāhṛtaḥ pūrvam 1.13
atrāpy udāharantīmam 2.27
atrāpy udāharantīmam 13.11
aupasthya-jaihvaṁ bahu-manyamānaḥ 6.13
aupasthya-jaihvya-kārpaṇyād 15.18
avākirañ jagur hṛṣṭā 10.68
āvartate pravṛttena 15.47
avastutvād vikalpasya 15.63
avatāra-kathā puṇyā 10.42
āveśya tad-aghaṁ hitvā 1.30
avikriyaḥ sva-dṛg hetur 7.19
avivekaś ca cintā ca 2.26
avyakta-liṅgo vyaktārtho 13.10
ayaṁ kupuruṣo naṣṭo 8.53
ayaṁ me bhrātṛ-hā so 'yaṁ 5.35
ayaṁ niṣkilbiṣaḥ sākṣān 7.10
ayanaṁ dakṣiṇaṁ somo 15.50
ayane viṣuve kuryād 14.20

- B -

baddhaḥ sva-karmabhir uśattama te 9.16
bālā adūṣita-dhiyo 5.56
bāla evaṁ pravadati 2.58
bālān ati kutas tubhyam 5.9
bālasya neha śaraṇaṁ pitarau nṛsiṁha 9.19
bālasyāntaḥpura-sthasya 6.30
bhagavan śrotum icchāmi 11.2
bhagavan-nindayā veno 1.17
bhagavat-tejasā spṛṣṭaṁ 1.43
bhagavaty akarod dveṣaṁ 4.4
bhajan mukunda-caraṇaṁ 7.50
bhajantaṁ bhajamānasya 2.7
bhajatānīhayātmānam 7.48
bhajaty utsṛjati hy anyas 2.46
bhaktir jñānaṁ viraktiś ca 10.43
bhakti-yogasya tat sarvam 10.1
bhaktyā kevalayājñānaṁ 13.22
bhaṇyatāṁ śrotu-kāmānāṁ 5.10
bhautikeṣu vikāreṣu 6.20
bhāvādvaitaṁ kriyādvaitaṁ 15.62
bhāvaḥ karoti vikaroti pṛthak svabhāvaḥ 9.20
bhāvam āsuram unmucya 6.24
bhavaṁ prajāpatīn devān 10.32
bhavān me khalu bhaktānāṁ 10.21
bhavān prajāpateḥ sākṣād 11.3
bhavān saṁsāra-bījeṣu 10.3
bhavanti puruṣā loke 10.21
bhavatā hare sa vṛjino 'vasādito 8.55
bhavatā khalaḥ sa upasaṁhṛtaḥ prabho 8.48
bhavatām api bhūyān me 7.17
bhavāya śreyase bhūtyai 3.13
bhayād alabdha-nidrāṇāṁ 13.32
bho bho dānava-daiteyā 2.4
bhogena puṇyaṁ kuśalena pāpaṁ 10.13
bhoginām khalu deho 'yaṁ 13.17
bhojayet susamṛddho 'pi 15.3
bhrātary evaṁ vinihate 2.1
bhrātṛ-heti mṛṣā-dṛṣṭis 10.16
bhrātṛvat sadṛśe snigdho 4.32
bhṛtya-lakṣaṇa-jijñāsur 10.3
bhuñje bhuktvātha kasmiṁś cid 13.38
bhuñjīta yady anujñāto 12.5

bhuṅkṣe sthito dhāmani pārameṣṭhye 3.33
bhūtaiḥ sva-dhāmabhiḥ paśyed 12.15
bhūtair mahadbhiḥ sva-kṛtaiḥ 7.49
bhūtānām iha saṁvāsaḥ 2.21
bhūtāni tais tair nija-yoni-karmabhir 2.41
bhūtebhyas tvad-visṛṣṭebhyo 3.35
bhūtendriya-mano-liṅgān 2.46
bibharṣi kāyaṁ pīvānaṁ 13.16
bibhṛyād upavītaṁ ca 12.4
bibhṛyād yady asau vāsaḥ 13.2
bīja-nirharaṇaṁ yogaḥ 7.28
bimbaṁ bhagavato yatra 14.28
brahma-bandho kim etat te 5.26
brahmacārī guru-kule 12.1
brahmādayaḥ sura-gaṇā munayo 'tha 9.8
brahmādibhiḥ stūyamānaḥ 10.69
brahmaṇyaḥ śīla-sampannaḥ 4.31
brahmaṇyatā prasādaś ca 11.22
brūhi me bhagavan yena 1.48
brūhy etad adbhutatamaṁ 1.21
buddher jāgaraṇaṁ svapnaḥ 7.25
buddhi-bhedaḥ para-kṛta 5.10
buddhiś ca puṁso vayasārya-sevayā 5.50

- C -

cakāra tad-vadhopāyān 5.42
cakre visṛṣṭam ajayeśvara ṣoḍaśāre 9.22
cakṣuṣā bhrāmyamāṇena 2.23
candrādityoparāge ca 14.20
candrāṁśu-gaurais churitaṁ tanūruhair 8.22
caran vidita-vijñānaḥ 12.16
cared vane dvādaśābdān 12.22
catasṛṣv apy aṣṭakāsu 14.21
chandāṁsy adhīyīta guror 12.3
chandomayaṁ yad ajayārpita-ṣoḍaśāraṁ 9.21
chindhi naḥ saṁśayaṁ saumya 6.30
chindyāt tad aṅgaṁ yad utātmano 'hitaṁ 5.37
cid-acic-chakti-yuktāya 3.34
cintāṁ dīrghatamāṁ prāptas 5.44
cittaṁ brahma-sukha-spṛṣṭaṁ 15.35
cittasya cittair mana-indriyāṇāṁ 3.29
cukṣubhur nady-udanvantaḥ 3.5

- D -

dadāha tena durbhedyā 10.67
dadarśa lokān vicaran 13.13
dadhāra loka-pālānām 4.18
daiteyā yakṣa-rakṣāṁsi 7.54
daiteya-candana-vane 5.17
daityānāṁ dānavānāṁ ca 10.33
daityātmajasya ca satāṁ pravarasya 10.47
daityendraṁ darśayām āsa 5.19
daityendra-tapasā taptā 3.6
daive ca tad-abhāve syād 15.2
daivenaikatra nītānām 2.21
damaghoṣa-sutādīnāṁ 10.41
damaghoṣa-sutaḥ pāpa 1.18
daṁśa-bhakṣita-dehasya 3.18
dāntendriya-prāṇa-śarīra-dhīḥ sadā 4.33
darśaś ca pūrṇamāsaś ca 15.48
dāsavat sannatāryāṅghriḥ 4.32
dasyūn purā ṣaṇ na vijitya lumpato 8.10
dattvā varam anujñāto 12.14
dehādibhir daiva-tantrair 13.30
dehas tu sarva-saṅghāto 7.23
deha-sambandha-sambaddham 1.35
dehendriyāsu-hīnānāṁ 1.35
deśa-kālocita-śraddhā- 15.4
deśe kāle ca samprāpte 15.5
deśe śucau same rājan 15.31
deva-devākhilādhyakṣa 10.26
deva-gurv-acyute bhaktis 11.23
deva-māyā-vimūḍhāṁs tān 15.39
devān ṛṣīn nṛ-bhūtāni 14.15
devarṣa etad icchāmo 4.44
devarṣi-pitṛ-bhūtānāṁ 2.11
devarṣi-pitṛ-bhūtebhya 15.6
devarṣi-pitṛ-siddheśā 10.68
devarṣy-arhatsu vai satsu 14.35
devāsura-manuṣyādyā 15.80
devāsura-manuṣyendra- 4.5
deva-yānam idaṁ prāhur 15.55
devo 'suro manuṣyo vā 7.50
devo 'suro naro 'nyo vā 10.64
devodyāna-śriyā juṣṭam 4.8
dhanur hi tasya praṇavaṁ paṭhanti 15.42
dharma-bādho vidharmaḥ syāt 15.13
dharmādayaḥ kim aguṇena ca kāṅkṣitena 6.25
dharma-jñāna-virakty-ṛddhi- 10.65
dharmam arthaṁ ca kāmaṁ ca 5.52
dharmaṁ bhāgavataṁ śuddhaṁ 6.28
dharmaṁ mahā-puruṣa pāsi yugānuvṛttaṁ 9.38
dharmaṁ pāramahaṁsyaṁ vai 13.46
dharma-mūlaṁ hi bhagavān 11.7
dharmārtha-kāma iti yo 'bhihitas tri- 6.26
dharmārtham api neheta 15.15
dharmas te gṛha-medhīyo 15.74
dharmasya tattvaṁ jñānaṁ ca 7.15
dharme mayi ca vidveṣaḥ 4.27
dharmo bhāgavatānāṁ ca 10.45
dharmo hy asyopadeṣṭavyo 5.51
dharmo hy atrehitaḥ puṁsāṁ 14.33
dhātavo 'vayavitvāc ca 15.60
dhātre vijñāpayām āsur 3.6
dhatte 'sāv ātmano liṅgaṁ 2.22

dig-gajair dandaśūkendrair 5.43
dig-vāsasaḥ śiśūn matvā 1.37
dikṣu śrotraṁ sa-nādena 12.27
dīnena jīvatā duḥkham 2.54
diṣṭyā tat-tanayaḥ sādhur 10.28
diṣṭyā te nihataḥ pāpo 10.26
divaṁ devāḥ parityajya 2.16
divi dundubhayo nedur 10.68
divi-spṛśat kāyam adīrgha-pīvara- 8.21
divyaṁ bhaumaṁ cāntarīkṣaṁ 14.7
dravya-sūkṣma-vipākaś ca 15.50
dravya-yajñair yakṣyamāṇaṁ 15.10
dṛṣṭā mayā divi vibho 'khila-dhiṣṇya- 9.23
dṛṣṭvā mahādbhutaṁ rājā 1.14
dṛṣṭvā māṁ na punar jantur 9.53
dṛṣṭvā teṣāṁ mitho nṛṇām 14.39
duḥkhātyayaṁ cānīśasya 13.30
duḥkhauṣadhaṁ tad api duḥkham atad- 9.17
durāpūreṇa kāmena 6.8
durāsadaṁ sarva-nijetarāyudha- 8.22
durghaṭatvād aindriyakaṁ 15.58
durlabhaṁ mānuṣaṁ janma 6.1
durlakṣyāpāya-saṁyogā 10.54
dvādaśyām anurādhā syāc 14.23
dvaitaṁ tāvan na viramet 12.10
dvāry ūrum āpatya dadāra līlayā 8.29
dvau daive pitṛ-kārye trīn 15.3
dvāv ekaṁ vā yathā buddhir 12.22
dyaus tat-saṭotkṣipta-vimāna-saṅkulā 8.33

- E -

ebhis tri-varṇaiḥ paryastair 7.26
eka eva cared bhikṣur 13.3
eka eva paro hy ātmā 6.21
ekadā brahmaṇaḥ putrā 1.36
ekadā deva-satre tu 15.71
ekadāsura-rāṭ putram 5.4
ekaikaśyenānupūrvaṁ 15.51
ekānta-bhaktir govinde 7.55
ekāntināṁ bhagavatas tad akiñcanānāṁ 6.27
ekāntitvād bhagavati 9.55
ekas tvam eva jagad etam amuṣya yat 9.30
eke karmamayān yajñān 15.9
eko vivikta-śaraṇo 15.30
enaḥ pūrva-kṛtaṁ yat tad 10.39
eṣa ātma-viparyāso 2.25
eṣā brahmaṇya-devasya 10.42
eṣa mākaruṇo hanyād 15.10
eṣa me bahv-asādhūkto 5.45
eṣa priyāpriyair yogo 2.25
eṣa vai bhagavān sākṣāt 15.27
eṣu snānaṁ japo homo 14.25
etābhyāṁ guru-putrābhyāṁ 6.29
etad bhrāmyati me buddhir 1.21
etad dvāro hi saṁsāro 7.27
etad iṣṭaṁ pravṛttākhyaṁ 15.49
etad vapus te bhagavan 10.29
etad veditum icchāmaḥ 1.17
etad ya ādi-puruṣasya mṛgendra-līlāṁ 10.47
etair anyaiś ca vedoktair 15.67
etair dvādaśabhir vidvān 7.20
etān deśān niṣeveta 14.33
etat kautūhalaṁ brahmann 4.46
etat sarvaṁ gṛhasthasya 12.11
etat sarvaṁ gurau bhaktyā 15.25
etāvad brāhmaṇāyoktvā 5.15
etāvad varṇita-guṇo 9.51
etāvān eva loke 'smin 7.55
ete puṇyatamā deśā 14.33
eteṣāṁ śreya āśāse 13.42
evam abhyasyataś cittaṁ 15.34
evam aiśvarya-mattasya 4.20
evaṁ bruvaṁs tv abhyapatad gadāyudho 8.23
evaṁ ca pārṣadau viṣṇoḥ 10.35
evaṁ dagdhvā puras tisro 10.69
evaṁ daitya-sutaiḥ pṛṣṭo 7.1
evaṁ duruktair muhur ardayan ruṣā 8.14
evaṁ guṇair bhrāmyamāṇe 2.24
evaṁ hi lokāḥ kratubhiḥ kṛtā amī 7.40
evaṁ janaṁ nipatitaṁ prabhavāhi-kūpe 9.28
evaṁ kāmāśayaṁ cittaṁ 11.34
evaṁ kṛṣṇe bhagavati 1.29
evaṁ kuliṅgaṁ vilapantam ārāt 2.56
evaṁ labdha-varo daityo 4.4
evaṁ nirjita-ṣaḍ-vargaiḥ 7.33
evaṁ pralobhyamāno 'pi 9.55
evaṁ sahasra-vadanāṅghri-śiraḥ-karoru- 9.36
evaṁ śaptau sva-bhavanāt 1.39
evaṁ surādayaḥ sarve 9.1
evaṁ sva-karma-patitaṁ bhava- 9.41
evaṁ vidhāny asya hareḥ sva-māyayā 10.70
evaṁ vidho brahmacārī 12.16
evaṁ vilapatīnāṁ vai 2.35
evaṁ viprakṛte loke 2.16
evaṁ vṛtaḥ śata-dhṛtir 4.1
evaṁ yūyam apaśyantya 2.57

- G -

gandharva-siddhā ṛṣayo 'stuvan muhur 4.14
ghrāṇo 'nyataś capala-dṛk kva ca karma- 9.40
gīyate paramaṁ puṇyam 1.5
gopāyeta haris tvādya 8.13

gopyaḥ kāmād bhayāt kaṁso 1.31
grāmaika-rātra-vidhinā 13.1
gṛham ānītam āhūya 5.8
gṛhaṁ vanaṁ vā praviśet 12.14
gṛhān manojñoru-paricchadāṁś ca 6.12
gṛhastha etāṁ padavīṁ 14.1
gṛhasthasya kriyā-tyāgo 15.38
gṛhastho yena padavīm 15.74
gṛhe 'py asya gatiṁ yāyād 15.67
gṛheṣv avasthito rājan 14.2
guṇair alam asaṅkhyeyair 4.36
guṇeṣu guṇa-sāmye ca 6.21
guruṇaivaṁ pratiprokto 5.29
guru-putram uvācedaṁ 5.25
guru-strībhir yuvatibhiḥ 12.8
guru-śuśrūṣayā bhaktyā 7.30
guru-vṛttir vikalpena 12.11

- H -

harau vairānubandhena 10.38
haraye 'dbhuta-siṁhāya 10.10
hare tavāṅghri-paṅkajaṁ 8.51
hariḥ sarveṣu bhūteṣu 7.32
harir evaika urvīśa 14.34
harṣāśru-pulakodbhedo 3.25
hary-ātmanā harer loke 11.29
hatāḥ sma nātheti karair uro bhṛśaṁ 2.31
hato hiraṇyakaśipur 1.41
hatvānayac chruti-gaṇāṁś ca rajas 9.37
he durvinīta mandātman 8.5
hima-vāyv-agni-salilaiḥ 5.44
hiṁsā tad-abhimānena 1.24
hiṁsraṁ dravyamayaṁ kāmyam 15.48
hiraṇyakaśipū rājan 2.1
hiraṇyakaśipū rājann 3.1
hiraṇyakaśipū rājann 4.43
hiraṇyakaśipuḥ putraṁ 1.42
hiraṇyakaśipur bhrātuḥ 2.17
hiraṇyakaśipur jyeṣṭho 1.40
hiraṇyākṣo dharoddhāre 1.41
hitvā sva-bhāva-jaṁ karma 11.32
hitvātma-pātaṁ gṛham andha-kūpaṁ 5.5
hṛdi sthitena hariṇā 10.35
hrīḥ śrīs tejaḥ smṛtiḥ satyaṁ 10.8

- I -

idaṁ śarīraṁ puruṣasya mohajaṁ 2.42
īḍire nara-śārdulaṁ 8.39
īhoparamayor nṝṇāṁ 13.21
ijyādhyayana-dānāni 11.13
ijyamāno havir-bhāgān 4.15
ijyeta haviṣā rājan 14.17
imaṁ tu pāśair varuṇasya baddhvā 5.50
indras tu rāja-mahiṣīṁ 7.6
indrasyārthe kathaṁ daityān 1.1
indriyāṇi manaḥ prāṇa 10.8
indriyāṇi manasy ūrmau 15.53
indriyāṇi pramāthīni 12.7
indriyeṣu kriyā-yajñān 15.52
iti bhūtāni manasā 7.32
iti daitya-pater vākyaṁ 2.61
iti dākṣāyaṇīnāṁ te 15.80
iti devarṣiṇā proktaṁ 15.78
iti naḥ sumahā-bhāga 1.3
iti puṁsārpitā viṣṇau 5.24
iti śuśruma nirbandhaṁ 3.12
iti tac-cintayā kiñcin 5.48
iti taṁ vividhopāyair 5.18
iti te bhartṛ-nirdeśam 2.13
iti te saṁyatātmānaḥ 4.23
iti vijñāpito devair 3.14
itthaṁ nṛ-tiryag-ṛṣi-deva-jhaṣāvatārair 9.38
ity akṣaratayātmānaṁ 12.31
ity etad ātmanaḥ svārthaṁ 13.28
ity uktā loka-guruṇā 4.29
ity uktas tāṁ vihāyendro 7.11
ity uktvā bhagavān rājaṁs 10.31
ity uktvādi-bhavo devo 3.22
ity uktvoparataṁ putraṁ 5.33

- J -

jaghanyo nottamāṁ vṛttim 11.17
jāgrat-svāpau yathā svapne 15.61
jagṛhur niravadyatvān 8.1
jagur mahendrāsanam ojasā sthitaṁ 4.14
jahāra loka-pālānāṁ 4.7
jahāsa buddhir bālānāṁ 5.6
jahus te 'nte tad-ātmānaḥ 10.39
jahy āsuraṁ bhāvam imaṁ tvam ātmanaḥ 8.9
jahyād yad-arthe svān prāṇān 14.12
jajñāte tau diteḥ putrau 1.40
jalaṁ tad-udbhavaiś channaṁ 13.29
janmādyāḥ ṣaḍ ime bhāvā 7.18
janma-karmāvadātānāṁ 11.13
jano yāti na lobhasya 15.20
jarayā grasta-dehasya 6.7
jaṭā-dīdhitibhī reje 3.3
jaya-kāle tu sattvasya 1.8
jighāṁsur akaron nānā 1.42
jihvaikato 'cyuta vikarṣati māvitṛptā 9.40
jitaṁ tvayaikena jagat-trayaṁ bhruvor 5.49
jitātmano jñasya samasya dehināṁ 8.10
jīva-rāśibhir ākīrṇa 14.36
jīvaty anātho 'pi tad-īkṣito vane 2.40
jñānaṁ dayācyutātmatvaṁ 11.21

jñānaṁ jñeyaṁ vaco vācyaṁ 15.57
jñānaṁ tad etad amalaṁ duravāpam āha 6.27
jñāna-niṣṭhāya deyāni 15.2
jñānāsim acyuta-balo dadhad asta-śatruḥ 15.45
jñātam etasya daurātmyaṁ 4.26
jñātayaḥ pitarau putrā 14.6
jñātayo hi suyajñasya 2.59
jñātayo menire sarvam 2.58
jñātvā viśva-sṛjas tan me 15.72
jñātvādvayo 'tha viramed 12.31
jyotir-ādir ivābhāti 1.9

- K -

ka ātmā kaḥ paro vātra 2.60
kāla-grastaṁ kiyad idam aho nātha 8.42
kālaṁ carantaṁ sṛjatīśa āśrayaṁ 1.11
kālaṁ paraṁ pratīkṣeta 13.6
kālanābhaṁ mahānābhaṁ 2.18
kālātmanoś ca nityatvāt 3.10
kalatra-putra-vittāptān 7.5
kālenaitāvatāyuṣman 5.22
kālo mahān vyatīyāya 4.20
kalpānte kāla-sṛṣṭena 3.26
kalpas tv evaṁ parivrajya 13.1
kalpayitvātmanā yāvad 12.10
kāmād dveṣād bhayāt snehād 1.30
kāmādibhir anāviddhaṁ 15.35
kāmair uccāvacaiḥ sādhvī 11.27
kāmaṁ nayatu māṁ devaḥ 2.54
kāmān kāmayate kāmyair 7.43
kāmānāṁ hṛdy asaṁrohaṁ 10.7
kamaṇḍalu-jalenaukṣad 3.22
kamaṇḍalv-ajine daṇḍa- 12.21
kāmasyāntaṁ hi kṣut-tṛḍbhyāṁ 15.20
kāmāturaṁ harṣa-śoka-bhayaiṣaṇārtaṁ 9.39
karāla-daṁṣṭraṁ karavāla-cañcala- 8.20
karāla-daṁṣṭrogra-dṛṣṭyā 2.3
kāraṇeṣu nyaset samyak 12.24
karmabhis tanute deham 7.47
karmaṇākṛtibhir vācā 13.14
karmāṇi kāryamāṇo 'haṁ 13.24
karmāṇi kurvatāṁ dṛṣṭvā 13.26
karma-niṣṭhā dvijāḥ kecit 15.1
karmāṇy adhyātmanā rudre 12.29
karmāṇy ārabhate dehī 7.47
karoty ato viparyāsam 7.41
karuṇāḥ sādhavaḥ śāntās 11.4
kārya-kāraṇa-vastv-aikya- 15.63
kasmin karmaṇi devasya 10.52
katamo 'pi na venaḥ syāt 1.32
kathā madīyā juṣamāṇaḥ priyās tvam 10.12
kathaṁ priyāyā anukampitāyāḥ 6.11
kathaṁ tasmin bhagavati 1.20
kathaṁ tv ajāta-pakṣāṁs tān 2.55
kaumāra ācaret prājño 6.1
kaviḥ kalpo nipuṇa-dṛk 13.19
kavir mūkavad ātmānaṁ 13.10
kecit khanitrair bibhiduḥ 2.15
keśa-prasādhanonmarda- 12.8
keśa-roma-nakha-śmaśru- 12.21
kevalānubhavānanda- 6.23
khaḍgaṁ pragṛhya yad avocad asad- 9.29
khaḍgaṁ pragṛhyotpatito varāsanāt 8.14
khagā mṛgāḥ pāpa-jīvāḥ 7.54
khe khāni vāyau niśvāsāṁs 12.25
kheṭa-kharvaṭa-ghoṣāṁś ca 2.14
kīdṛśaḥ kasya vā śāpo 1.34
kim anyaiḥ kāla-nirdhūtaiḥ 3.11
kim etair ātmanas tucchaiḥ 7.45
kim icchan kasya vā hetor 15.40
kim u vyavahitāpatya- 7.44
kim utānuvaśān sādhūṁs 4.46
kīrtayec chraddhayā śrutvā 10.46
kīrtiṁ viśuddhāṁ sura-loka-gītāṁ 10.13
kīṭaḥ peśaskṛtā ruddhaḥ 1.28
ko gṛheṣu pumān saktam 6.9
ko nv artha-tṛṣṇāṁ visṛjet 6.10
ko nv atra te 'khila-guro bhagavan 9.42
ko 'ti-prayāso 'sura-bālakā harer 7.38
kopa-kālo yugāntas te 8.41
kopāveśa-calad-gātraḥ 8.3
kopojjvaladbhyāṁ cakṣurbhyāṁ 2.2
kṛcchrāptaṁ madhuvad vittaṁ 13.36
kriyeta bhagavaty addhā 5.24
kṛmi-viḍ-bhasma-niṣṭhāntaṁ 14.13
kṛpaṇaṁ māṁ anuśocantyā 2.53
kṛpayā bhūtajaṁ duḥkhaṁ 15.24
kṛṣṇa-graha-gṛhītātmā 4.37
kṛṣṇa-pārthāv upāmantrya 15.79
kṛtvā kaṭodakādīni 2.17
kṛtvātmasāt surarṣiṇā bhagavan gṛhītaḥ 9.28
kṛtvāṭṭa-hāsaṁ kharam utsvanolbaṇaṁ 8.28
kruddhasya yasya kampante 8.6
kṣāra-sīdhu-ghṛta-kṣaudra- 4.17
kṣaumaṁ dukūlam ajinaṁ 13.39
kṣemāya bhūtaya utātma-sukhāya cāsya 9.13
kṣetreṣu deheṣu tathātma-yogair 7.21
kṣiptvā paruṣayā vācā 8.3
kṣity-ādīnām ihārthānāṁ 15.59
kūjadbhir nūpurair devyaḥ 4.11
kulāṅgārasya durbuddheś 5.16
kuliṅga-mithunaṁ tatra 2.51
kuliṅgas tāṁ tathāpannāṁ 2.52

kumbhakarṇa-daśa-grīvau 10.36
kuru tvaṁ preta-kṛtyāni 10.22
kurukṣetraṁ gaya-śiraḥ 14.30
kuryād apara-pakṣīyaṁ 14.19
kuryāt sarvātmanaiteṣu 14.24
kutas tat kāma-lobhena 15.16
kūṭa-stha ātmā parameṣṭhy ajo mahāṁs 3.31
kūṭasthe tac ca mahati 12.30
kutrāśiṣaḥ śruti-sukhā mṛgatṛṣṇi-rūpāḥ 9.25
kuṭumba-poṣāya viyan nijāyur 6.14
kva tadīya-ratir bhāryā 14.13
kvacic chaye dharopasthe 13.40
kvacid alpaṁ kvacid bhūri 13.38
kvacid bhūri guṇopetaṁ 13.38
kvacid dhasati tac-cintā- 4.39
kvacid rudati vaikuṇṭha- 4.39
kvacid utpulakas tūṣṇīm 4.41
kvacit prāsāda-paryaṅke 13.40
kvacit snāto 'nuliptāṅgaḥ 13.41
kvacit tad-bhāvanā-yuktas 4.40
kvāhaṁ rajaḥ-prabhava īśa tamo 'dhike 9.26
kvāsau yadi sa sarvatra 8.12

- L -

labdhe nave nave 'nnādye 12.19
lokā na yāvan naṅkṣyanti 3.7
lokānāṁ svastaye 'dhyāste 11.6
lokāś ca nirvṛtim itāḥ pratiyanti sarve 9.14
lokasya kurvataḥ karma 13.19
lubdhako vipine kaścit 2.50

- M -

mā bhaiṣṭa vibudha-śreṣṭhāḥ 4.25
mā māṁ pralobhayotpattyā 10.2
mac-chūla-bhinna-grīvasya 2.8
mad-aṅga-sparśanenāṅga 10.22
mad-darśanaṁ hi bhūtānāṁ 4.25
madhukāra-mahā-sarpau 13.35
māghe ca sita-saptamyāṁ 14.22
mahendra-bhavanaṁ sākṣān 4.8
mahīyasāṁ pāda-rajo-'bhiṣekaṁ 5.32
maivaṁ vibho 'surāṇāṁ te 10.30
mām aprīṇata āyuṣman 9.53
manaḥ-saṁsparśajān dṛṣṭvā 13.27
manavaḥ prajānāṁ patayo 8.38
manavo vayaṁ tava nideśa-kāriṇo 8.48
manda-bhāgyāḥ pratīkṣante 2.55
mano manorathaiś candre 12.29
mano vaikārike hutvā 13.43
māno 'vamāno 'sūyā ca 15.43
mano-vāk-tanubhiḥ pārtha 15.64
manyamāno hṛṣīkeśaṁ 10.1
manye dhanābhijana-rūpa-tapaḥ- 9.9
manye tad etad akhilaṁ nigamasya satyaṁ 6.26
manye tad-arpita-mano-vacanehitārtha- 9.10
martasya te hy amartasya 3.21
martyāsad-dhīḥ śrutaṁ tasya 15.26
martyasya kṛcchropanatair 13.31
matir na kṛṣṇe parataḥ svato vā 5.30
mat-prāṇa-rakṣaṇam ananta pitur vadhaś 9.29
mātṛ-ṣvasreyo vaś caidyo 1.33
mauna-vrata-śruta-tapo-'dhyayana-sva- 9.46
maunena bhaktyopaśamena pūjitaḥ 10.50
maunena bhaktyopaśamena pūjitaḥ 15.77
māyā manaḥ sṛjati karmamayaṁ balīyaḥ 9.21
māyābhiḥ sannirodhaiś ca 5.43
māyāmayaṁ sad-upalakṣita-sanniveśaṁ 9.36
māyayāntarhitaiśvarya 6.23
māyināṁ paramācāryaṁ 10.53
mayy āveśya manas tāta 10.23
mekhalājina-vāsāṁsi 12.4
mīmāṁsamānasya samutthito 'grato 8.19
mṛgatṛṣṇām upādhāvet 13.29
mṛgoṣṭra-khara-markākhu- 14.9
mṛtaṁ tu nitya-yācñā syāt 11.19
mṛtyau pāyuṁ visargaṁ ca 12.27
mūḍheṣu vai mahad-anugraha ārta-bandho 9.42
mugdhasya bālye kaiśore 6.7
muhuḥ śvasan vakti hare jagat-pate 7.35
muhyanti yad-vartmani veda-vādino 5.13
mumūrṣūṇāṁ hi mandātman 8.11
muñca muñca mahā-bhāga 7.8
muny-annaiḥ syāt parā prītir 15.7
mūrdhni baddhāñjali-puṭā 8.39

- N -

na bhūmau nāmbare mṛtyur 3.36
na brahmaṇo na tu bhavasya na vai 9.26
na ced guru-mukhīyaṁ te 5.29
na dadarśa praticchannaṁ 3.15
na dadyād āmiṣaṁ śrāddhe 15.7
na dānaṁ na tapo nejyā 7.52
na hy acyutaṁ prīṇayato 6.19
na hy agni-mukhato 'yaṁ vai 14.17
na hy asyārthaḥ sura-gaṇaiḥ 1.2
na kalpate punaḥ sūtyai 11.33
na kevalaṁ me bhavataś ca rājan 8.7
na kṛṣṭa-pacyam aśnīyād 12.18
na mat-praṇītaṁ na para-praṇītaṁ 5.28
na sādhu manasā mene 5.3
na sādhu mene tac-chikṣāṁ 5.53
na saṅghāto vikāro 'pi 15.59
na śaśāka yadā hantum 5.44
na śiṣyān anubadhnīta 13.8
na śrotā nānuvaktāyaṁ 2.45

na svāmī bhṛtyataḥ svāmyam 10.5
na syur hy asaty avayaviny 15.60
na tad vicitraṁ khalu sattva-dhāmani 8.24
na tasya cintyaṁ tava nātha cakṣvahe 5.49
na tathā bhakti-yogena 1.27
na tathā vindate kṣemaṁ 6.4
na tatra hātmā prakṛtāv api sthitas 2.41
na te 'dhunā pidhīyante 4.34
na te śayānasya nirudyamasya 13.18
na te viduḥ svārtha-gatiṁ hi viṣṇuṁ 5.31
na teṣāṁ yugapad rājan 1.7
na vidanti janā yaṁ vai 13.14
na vismarati me 'nāryaṁ 5.46
na vyākhyām upayuñjīta 13.8
na yasya sākṣād bhava-padmajādibhī 10.50
na yasya sākṣād bhava-padmajādibhī 15.77
na yater āśramaḥ prāyo 13.9
nābhinanded dhruvaṁ mṛtyum 13.6
nadanto bhairavaṁ nādaṁ 5.40
nadati kvacid utkaṇṭho 4.40
nāhaṁ bibhemy ajita te 'tibhayānakāsya- 9.15
nāhaṁ ninde na ca staumi 13.42
naikāntino me mayi jātv ihāśiṣa 10.11
naimiṣaṁ phālgunaṁ setuḥ 14.31
nainaṁ prāpsyatha śocantyaḥ 2.57
nairṛtās te samādiṣṭā 5.39
naiṣā parāvara-matir bhavato nanu syāj 9.27
naiṣāṁ matis tāvad urukramāṅghriṁ 5.32
naisargikīyaṁ matir asya rājan 5.28
naitādṛśaḥ paro dharmo 15.8
naitan manas tava kathāsu vikuṇṭha- 9.39
naitān vihāya kṛpaṇān vimumukṣa eko 9.44
naitat pūrvarṣayaś cakrur 3.19
naite guṇā na guṇino mahad-ādayo ye 9.49
naivāsurebhyo vidveṣo 1.2
naivātmanaḥ prabhur ayaṁ nija-lābha- 9.11
naivodvije para duratyaya-vaitaraṇyās 9.43
nakhāṅkurotpāṭita-hṛt-saroruhaṁ 8.31
nālaṁ dvijatvaṁ devatvam 7.51
nama ādyāya bījāya 3.28
nāmnātīte mahā-kalpe 15.69
nānā darpaṁ taṁ nakhair vidadāra 8.45
nanāma śirasā bhūmau 3.24
nāntar bahir divā naktam 3.36
nānusandhatta etāni 4.38
nanv agniḥ pramadā nāma 12.9
nanv asya brāhmaṇā rājan 14.42
nānyathā śakyate kartuṁ 2.49
nānyathā te 'khila-guro 10.4
nānyathehāvayor artho 10.6
nārādhanāya hi bhavanti parasya puṁso 9.9
nārādhituṁ puru-guṇair adhunāpi pipruḥ 9.8
nārāyaṇa-parā viprā 11.4
nārāyaṇāśramo nandā 14.32
nāsac-chāstreṣu sajjeta 13.7
nato 'smy anantāya duranta-śaktaye 8.40
natvā bhagavate 'jāya 11.5
natvā kṛṣṇāya munaye 1.5
nāvekṣyamāṇās tvaritāḥ 7.5
nāvindad abda-śatam apsu nimajjamāno 9.34
nāyaṁ mṛgo nāpi naro vicitram 8.18
necchāmi te vilulitān uruvikrameṇa 9.24
nīco 'jayā guṇa-visargam anupraviṣṭaḥ 9.12
nindana-stava-satkāra- 1.23
nipetuḥ sagrahās tārā 3.5
nirambur dhārayet prāṇān 3.19
nirdagdha-bījānuśayo mahīyasā 7.36
nirguṇo 'pi hy ajo 'vyakto 1.6
nirjitā asurā devair 10.53
nirūpyatām iha svārthaḥ 7.46
nirvairāya praśāntāya 4.28
nirvidyate na tu jano yad apīti vidvān 9.25
niśamya karmāṇi guṇān atulyān 7.34
niśāmya loka-traya-mastaka-jvaraṁ 8.35
niśamyaitat suta-vaco 5.25
niṣekādi-śmaśānāntaiḥ 15.52
niṣekādiṣv avasthāsu 7.46
niṣphalaṁ yad asau rātryāṁ 6.6
nītau punar hareḥ pārśvaṁ 1.47
nitya ātmāvyayaḥ śuddhaḥ 2.22
nīyamānāṁ bhayodvignāṁ 7.7
no cec chaye bahv-ahāni 13.37
nocet pramattam asad-indriya-vāji-sūtā 15.46
nodvigna-citto vyasaneṣu niḥspṛhaḥ 4.33
nopaitum aśakan manyu- 9.1
nṛṇām ayaṁ paro dharmaḥ 11.12
nṛṇāṁ viparyayehekṣā 11.9
nṛpāś caidyādayaḥ sātmyaṁ 10.40
nūnam etad-virodhena 5.47
nyāso daṇḍasya bhūteṣu 15.8
nyasta-krīḍanako bālo 4.37
nyasyedam ātmani jagad vilayāmbu-madhye 9.32
nyavartanta gatodvegā 4.29

- O -

oṁ namo bhagavate tubhyaṁ 10.10
oṁkāraṁ bindau nāde taṁ 15.53

- P -

padāni gatyā vayasi 12.26
pādayoḥ patitaṁ bālaṁ 5.20
pañca-ṣaḍḍhāyanārbhābhāḥ 1.37
paṇḍitā bahavo rājan 15.21

pāpena pāpo 'bhakṣīti 7.3
pāpiṣṭhām āsurīṁ yoniṁ 1.38
papraccha kathyatāṁ vatsa 5.4
papraccha vismita-manā 1.15
paraḥ svaś cety asad-grāhaḥ 5.11
parasya dama-kartur hi 1.25
parāvareṣāṁ sthānānāṁ 10.44
parāvareṣu bhūteṣu 6.20
pare brahmaṇy anirdeśye 5.41
pare 'vare 'mī sthira-jaṅgamā ye 8.7
pariṣvajya ciraṁ dorbhyāṁ 5.20
parito bhṛgu-dakṣādyair 3.14
paro 'py apatyaṁ hita-kṛd yathauṣadhaṁ 5.37
pārṣada-pravarau viṣṇor 1.33
pārṣṇi-grāheṇa hariṇā 2.6
paryupāsata rājendra 5.57
paśyāmi dhaninām kleśaṁ 13.32
paśyan bandhaṁ ca mokṣaṁ ca 13.5
paśyañ janaṁ sva-para-vigraha-vaira- 9.41
paśyatāṁ sarva-lokānāṁ 1.20
paśyed ātmany ado viśvaṁ 13.4
pāṭhayām āsatuḥ pāṭhyān 5.2
pathi cyutaṁ tiṣṭhati diṣṭa-rakṣitaṁ 2.40
pātraṁ tv atra niruktaṁ vai 14.34
paurohityāya bhagavān 5.1
payaḥ-phena-nibhāḥ śayyā 4.10
phalānām iva vṛkṣasya 7.18
pipīlikābhir ācīrṇaṁ 3.15
pipīlikair ahir iva 7.3
pitari prasthite 'smākaṁ 7.2
pitṛ-deva-nṛ-bhūtebhyo 14.25
pitṛvya-hantuḥ pādau yo 5.35
pitryaṁ ca sthānam ātiṣṭha 10.23
pituḥ putrāya yad dveṣo 4.46
prādahañ śaraṇāny eke 2.15
prādāt tat-tapasā prīto 4.1
pradhāna-parayo rājann 1.23
prāha naināṁ sura-pate 7.8
praharṣa-vegotkalitānanā muhuḥ 8.35
prahrāda bhadra bhadraṁ te 9.52
prahrāda tvaṁ vayaṁ cāpi 6.29
prahrādaṁ grāhayām āsa 5.18
prahrādaṁ praṇataṁ prīto 9.51
prahrādaṁ preṣayām āsa 9.3
prahrādānūcyatāṁ tāta 5.22
prahrādasya ca saṁvādaṁ 13.11
prahrādasyānucaritaṁ 10.43
prahrādāya yadā druhyed 4.28
prahrādāyocatū rājan 5.52
prahrādo 'bhūn mahāṁs teṣāṁ 4.30
prahrādo 'pi tathā cakre 10.24
prajeśā vayaṁ te pareśābhisṛṣṭā 8.49
prakīrṇa-keśaṁ dhvastākṣaṁ 2.30
prāṇāpānau sannirundhyāt 15.32
prāṇendriya-mano-buddhi- 3.28
prasāda-sumukhaṁ dṛṣṭvā 10.25
praśasya ślakṣṇayā vācā 5.8
praśrayāvanataṁ dāntaṁ 8.4
pratapta-cāmīkara-caṇḍa-locanaṁ 8.20
pratimānaṁ prakurvanti 4.35
pratinandya tato devāḥ 10.34
pratyag-ātma-svarūpeṇa 6.22
pratyānītāḥ parama bhavatā trāyatā naḥ 8.42
praviśya tripuraṁ kāle 10.62
pravṛttaṁ ca nivṛttaṁ ca 15.47
prāyaḥ paraṁ puruṣa te tv 9.46
prāyaḥ sva-bhāva-vihito 11.31
prayāse 'pahate tasmin 5.42
prāyeṇa deva munayaḥ sva-vimukti-kāmā 9.44
prāyeṇa me 'yaṁ hariṇorumāyinā 8.23
prema-gadgadayā vācā 9.7
preta-saṁsthā mṛtāhaś ca 14.26
pretyeha vāthāpy ajitendriyas tad 6.15
prīṇanāya mukundasya 7.51
prīṇanti hy atha māṁ dhīrāḥ 9.54
prītyā mahā-kratau rājan 1.13
priyaḥ suhṛd vaḥ khalu mātuleya 10.49
priyaḥ suhṛd vaḥ khalu mātuleya 15.76
prīyate 'malayā bhaktyā 7.52
proktau punar janmabhir vāṁ 1.39
pūjayām āsa suprītaḥ 15.78
pūjayitvā tataḥ prīta 13.46
pūjito 'sura-varyeṇa 4.3
puṁso varṣa-śataṁ hy āyus 6.6
punantaḥ pāda-rajasā 14.42
punaś ca vipra-śāpena 10.36
punas tam āsajjata khaḍga-carmaṇī 8.27
purā rudrasya devasya 10.51
pura-grāma-vrajodyāna- 2.14
purāṇy anena sṛṣṭāni 14.37
pūrtaṁ surālayārāma- 15.49
puruṣeṣv api rājendra 14.41
pūtas te 'pāṅga-sandṛṣṭas 10.17
putrān smaraṁs tā duhitṝr hṛdayyā 6.12
putrān vipratikūlān svān 4.45
putra-śokaṁ kṣaṇāt tyaktvā 2.61

- R -

rāgo dveṣaś ca lobhaś ca 15.43
rajaḥ pramādaḥ kṣun-nidrā 15.44
rajaḥ-kuṇṭha-mukhāmbhojaṁ 2.30
rajaḥ-sattva-tamo-dhāmne 3.27
rājan yad agra-pūjāyāṁ 14.35
rajas tamaś ca sattvena 15.25
rajas-tamaḥ-prakṛtayaḥ 15.44
rajas-tamobhyāṁ rahite 1.38

rajas-valais tanū-deśair 13.12
rājataś cauratah śatroh 13.33
rājñas tad vaca ākarṇya 1.22
rājño vṛttiḥ prajā-goptur 11.14
rājya-kośa-gajāmātya- 7.44
rākayā cānumatyā ca 14.22
rāma-vīryaṁ śroṣyasi tvaṁ 1.45
rathaṁ sūtaṁ dhvajaṁ vāhān 10.66
rathebhāśvaiś care kvāpi 13.41
ratnākarāś ca ratnaughāṁs 4.17
ratna-sthalīṣu paśyanti 4.11
rāvaṇaḥ kumbhakarṇaś ca 1.44
rāyaḥ kalatraṁ paśavaḥ sutādayo 7.39
reme 'bhivandyāṅghri-yugaḥ surādibhiḥ 4.12
ripor abhimukhe ślāghyaḥ 2.20
ṛṣayaḥ pitaraḥ siddhā 8.37
ṛṣiḥ kāruṇikas tasyāḥ 7.15
ṛṣiṁ paryacarat tatra 7.14
ṛṣiṇānugṛhītaṁ māṁ 7.16
ṛtam uñchaśilaṁ proktam 11.19
ṛtāmṛtābhyāṁ jīveta 11.18
ṛte 'jitād ātmana utpathe sthitāt 8.9
ṛte rājanyam āpatsu 11.17
rudatya uccair dayitāṅghri-paṅkajaṁ 2.32
rūpāṇi cakṣuṣā rājan 12.28
rūpa-peśala-mādhurya- 15.70
rūpe ime sad-asatī tava veda-sṛṣṭe 9.47

- S -

sa eṣa ātmā sva-parety abuddhibhir 5.13
sa eṣa bhagavān rājan 10.51
sa eṣa nīto bhavatā daśām imāṁ 8.50
sa eṣa tvayā bhinna-vakṣā nu śete 8.49
sa eva taṁ śākunikaḥ śareṇa 2.56
sa eva varṇāśramibhiḥ 4.15
sa eva viśvaṁ paramaḥ sva-śaktibhiḥ 8.8
sa īśvaraḥ kāla urukramo 'sāv 8.8
sa itthaṁ daitya-patinā 13.20
sa itthaṁ nirjita-kakub 4.19
sa nirīkṣyāmbare devaṁ 3.24
sa nirmāya puras tisro 10.54
sa sattvam enaṁ parito vipaśyan 8.18
sa tasya hastotkalitas tadāsuro 8.26
sa tat kīcaka-valmīkāt 3.23
sa tat-kara-sparśa-dhutākhilāśubhaḥ 9.6
sa teneheta kāryāṇi 15.66
sa tepe mandara-droṇyāṁ 3.2
sa tu jana-paritāpaṁ tat-kṛtaṁ jānatā 8.52
sa tv ātma-yonir ativismita āśrito 9.35
sa tvaṁ hi nitya-vijitātma-guṇaḥ sva- 9.22
sa uttama-śloka-padāravindayor 4.42
sa vā ayaṁ brahma mahad-vimṛgya- 10.49
sa vā ayaṁ brahma mahad-vimṛgya- 15.76
sa vai dehas tu pārakyo 7.43
sa vai puṇyatamo deśaḥ 14.27
sa vijitya diśaḥ sarvā 4.5
sa vikraman putra-vadhepsur ojasā 8.16
sa yadānuvrataḥ puṁsāṁ 5.12
sa yena saṅkhye paśuvad dhatas taṁ 8.46
sabhāsu satreṣu tavāmalaṁ yaśo 8.54
sadā santuṣṭa-manasaḥ 15.17
sadāpnotīhayā duḥkham 7.42
sadasas patayo 'py eke 15.21
sādhavaḥ samudācārās 10.19
sādhu pṛṣṭaṁ mahārāja 1.4
ṣaḍ-varga-saṁyamaikāntāḥ 15.28
śailā droṇībhir ākrīḍaṁ 4.18
śailāḥ samutpetur amuṣya raṁhasā 8.33
sākṣāt śrīḥ preṣitā devair 9.2
śakuniṁ śambaraṁ dhṛṣṭiṁ 2.18
samaḥ priyaḥ suhṛd brahman 1.1
sambandhād vṛṣṇayaḥ snehād 1.31
sambhāṣaṇīyo hi bhavān 13.23
sambhavaś ca vināśaś ca 2.26
sammārjanopalepābhyāṁ 11.26
śamo damas tapaḥ śaucaṁ 11.21
sampraty amarṣī govinde 1.18
saṁrambha-bhaya-yogena 1.28
saṁrambha-duṣprekṣya-karāla-locano 8.30
saṁśayaḥ sumahāñ jātas 1.3
saṁsevayā surataror iva te prasādaḥ 9.27
saṁsevayā tvayi vineti ṣaḍ-aṅgayā kiṁ 9.50
saṁskārā yatrāvicchinnāḥ 11.13
saṁskāra-kālo jāyāyā 14.26
samyag bhavanti naitāni 15.4
samyag vidhāryatāṁ bālo 5.7
sanandanādayo jagmuś 1.36
ṣaṇḍāmarkau sutau tasya 5.1
śaṇḍāmarkāv auśanasau 5.48
sandhye ubhe ca yata-vāg 12.2
saṅgena sādhu-bhaktānām 7.30
sannādayantī kakubhaḥ 4.24
sannaddho ratham āsthāya 10.66
śāntasya sama-cittasya 13.9
santi hy asādhavo loke 5.27
santoṣaḥ samadṛk-sevā 11.9
santuṣṭaḥ kena vā rājan 15.18
santuṣṭālolupā dakṣā 11.28
santuṣṭasya nirīhasya 15.16
santuṣṭo 'har ahaḥ kuryān 15.11
sapatnair ghātitaḥ kṣudrair 2.6
sapatnair nihato yuddhe 2.28
śapator asakṛd viṣṇuṁ 1.19

śaraṁ dhanuṣi sandhāya 10.57
śaraṁ dhanuṣi sandhāya 10.67
sarāṁsi puṣkarādīni 14.30
śara-nirbhinna-hṛdayaṁ 2.29
sarga-sthity-apyayeśasya 10.44
śarīraṁ pauruṣaṁ yāvan 6.5
śarkarā-kaṇṭakādibhyo 15.17
sarpaḥ padāhata iva 8.4
sarva-bhūta-suhṛc-chānto 13.3
sarvair upāyair hantavyaḥ 5.38
sarvaṁ tvam eva saguṇo viguṇaś ca 9.48
sarva-sattva-patīñ jitvā 4.7
sarvātmanā na hiṁsanti 10.20
sarvato goptṛ santrāsān 10.29
sarvatra labhyate daivād 6.3
sarvatra tāpa-traya-duḥkhitātmā 6.14
sarvāvayava-sampanno 3.23
sarva-vedamayo vipraḥ 11.20
sarve hy amī vidhi-karās tava sattva- 9.13
sarve kulācalā rājan 14.32
sarve 'rtha-kāmāḥ kṣaṇa-bhaṅgurāyuṣaḥ 7.39
sarveṣām api bhūtānāṁ 7.49
sarveṣāṁ loka-pālānāṁ 3.38
sarveṣu bhūteṣv adhiyajñam īśaṁ 10.12
sāsajjata sicas tantryāṁ 2.52
śāstreṇa cakṣuṣā veda 15.56
śatabāho hayagrīva 2.4
saṭāvadhūtā jaladāḥ parāpatan 8.32
sat-saṅgāc chanakaiḥ saṅgam 14.4
sattvaṁ rajas tama iti 1.7
sattvaṁ vicitrāsu riraṁsur īśvaraḥ 1.10
sattvena cittaṁ kṣetra-jñe 12.29
satyaṁ dayā tapaḥ śaucaṁ 11.8
satyaṁ vidhātuṁ nija-bhṛtya-bhāṣitaṁ 8.17
satyānṛtābhyām api vā 11.18
satyānṛtaṁ ca vāṇijyaṁ 11.20
sauhṛdaṁ dustyajaṁ pitror 5.36
śauryaṁ vīryaṁ dhṛtis tejas 11.22
sāyaṁ prātar upāsīta 12.2
sāyaṁ prātaś cared bhaikṣyaṁ 12.5
śayānau yudhi nirbhinna- 10.37
śeṣaṁ gṛheṣu saktasya 6.8
śeṣe svatvaṁ tyajan prājñaḥ 14.14
śete jīvena rūpeṇa 14.37
sevejyāvanatir dāsyaṁ 11.11
siddha-cāraṇa-vidyādhrān 4.6
siddhair yajñāvaśiṣṭārthaiḥ 14.14
siddhāmṛta-rasa-spṛṣṭā 10.60
ślakṣṇayā deśa-kāla-jña 2.19
smaranto nāśayāṁ cakruḥ 10.55
smayamānas tam abhyāha 13.20
smayan viśokaḥ śokārtān 10.63
smṛtaṁ ca tad-vidāṁ rājan 11.7
snehād akalpaḥ kṛpaṇaḥ 2.52
sneha-pāśair dṛḍhair baddham 6.9
snehāt kāmena vā yuñjyāt 1.26
so 'haṁ priyasya suhṛdaḥ paradevatāyā 9.18
so 'haṁ vikatthamānasya 8.13
so 'yaṁ te vidhikara īśa vipra-śaptas 8.56
śoce tato vimukha-cetasa indriyārtha- 9.43
śoka-moha-bhaya-krodha- 13.34
śraddadhāno yathā-kālam 14.3
śrāddhaṁ pitror yathā-vittaṁ 14.19
śrāddhāni no 'dhibubhuje prasabhaṁ 8.44
śraddhayā tat-kathāyāṁ ca 7.31
śraddhayā vidhivat pātre 15.5
śraddhayopahṛtaṁ kvāpi 13.38
srag-gandha-lepālaṅkārāṁs 12.12
śravaṇaṁ kīrtanaṁ cāsya 11.11
śravaṇaṁ kīrtanaṁ viṣṇoḥ 5.23
sravantīndriya-laulyena 15.19
śrayeta hima-vāyv-agni- 12.20
śreyas-kāmā mahā-bhāga 9.54
śṛṇutānantaraṁ sarve 2.5
śṛṇvan bhagavato 'bhīkṣṇam 14.3
sṛṣṭvā carācaram idaṁ 3.9
sṛṣṭvā guṇa-vyatikaraṁ nija-māyayedaṁ 9.30
śrutam etan mayā pūrvaṁ 6.28
śrutvā kṛṣṇaṁ paraṁ brahma 15.79
śrutvā putra-giro daityaḥ 5.6
śrutvehitaṁ sādhu sabhā-sabhājitaṁ 11.1
śrūyatāṁ kiṁ na viditas 3.8
stabdhaṁ mac-chāsanodvṛttaṁ 8.5
stabdhordhva-karṇaṁ giri-kandarādbhuta- 8.21
sthiraṁ sukhaṁ samaṁ tasminn 15.31
strīṇāṁ ca pati-devānāṁ 11.25
strīṇāṁ priyatamo nityaṁ 15.70
stutvā vāgbhiḥ pavitrābhiḥ 10.25
sūdayadhvaṁ tapo-yajña- 2.10
śūdrasya dvija-śuśrūṣā 11.15
śūdrasya sannatiḥ śaucaṁ 11.24
suhṛl-liṅga-dharaḥ śatrur 5.38
suhṛtsu tat-sneha-sitaḥ śiśūnāṁ 6.11
sukham aindriyakaṁ daityā 6.3
sukham asyātmano rūpaṁ 13.27
sukhāya duḥkha-mokṣāya 7.42
śūlam udyamya sadasi 2.3
supti-prabodhayoḥ sandhāv 13.5
surānakā dundubhayo 'tha jaghnire 8.36
suśīlo mita-bhug dakṣaḥ 12.6
śuśrūṣayānuṣaṅgeṇa 15.73
sutām api raho jahyād 12.9
sutānāṁ sammato brahmaṁs 11.3
suyajño nanv ayaṁ śete 2.44
sva-bhāva-vihito dharmaḥ 15.14
sva-dhāmāni yayū rājan 10.34

svādhyāye 'nye pravacane 15.1
sva-māyā-guṇam āviśya 1.6
sva-pāda-mūle patitaṁ tam arbhakaṁ 9.5
sva-parābhiniveśena 2.60
svargāpavargayor dvāraṁ 13.25
svarga-sthāna-samāmnāyair 7.24
svarṇaṁ yathā grāvasu hema-kāraḥ 7.21
svarūpam ātmano budhyed 7.26
svasyātmanaḥ sakhyur aśeṣa-dehināṁ 7.38
svātma-vṛttaṁ mayetthaṁ te 13.45
sva-vṛttyāgata-vittena 14.15
svayaṁ ca maṇḍitā nityaṁ 11.26
śvitro na jāto jihvāyāṁ 1.19
syāt sādṛśya-bhramas tāvad 15.61

- T -

ta enam ātmasāt kṛtvā 15.37
ta ete śreyasaḥ kālā 14.24
tā yenaivānubhūyante 7.25
tābhis te 'sura-senānyo 10.55
tac-cittau jahatur dehaṁ 10.37
tad ahaṁ vardhamānena 3.10
tad brahma-nirvāṇa-sukhaṁ vidur budhās 7.37
tad vijñāya mahā-yogī 10.63
tad vipraluptam amunādya śaraṇya-pāla 8.43
tad yaccha manyum asuraś ca hatas 9.14
tadā pumān mukta-samasta-bandhanas 7.36
tadā vimānāvalibhir nabhastalaṁ 8.36
tadaiva tasmin ninado 'tibhīṣaṇo 8.15
tad-antā yadi no yogān 15.28
tadāyaṁ bhagavān viṣṇus 10.61
tad-bandhuṣv anuvṛttiś ca 11.25
tad-vakṣaḥ-pāṭanenāsāṁ 8.47
taiḥ spṛṣṭā vyasavaḥ sarve 10.59
tais taiḥ kāmair yajasvainaṁ 14.18
tais tair drohair asad-dharmair 5.45
tam aṅga mattaṁ madhunoru-gandhinā 4.13
taṁ manyamāno nija-vīrya-śaṅkitaṁ 8.27
taṁ natvābhyarcya vidhivat 13.15
taṁ sannibhartsya kupitaḥ 5.15
taṁ sarva-bhūtātma-bhūtaṁ 1.43
taṁ śayānaṁ dharopasthe 13.12
taṁ śyena-vegaṁ śata-candra-vartmabhiś 8.28
taṁ taṁ janapadaṁ yāta 2.12
taṁ vikramantaṁ sagadaṁ gadādharo 8.25
tamaso yakṣa-rakṣāṁsi 1.8
tān āha karuṇo maitro 5.57
tān ānīya mahā-yogī 10.59
tan-mātaraṁ ruṣābhānuṁ 2.19
tan-mūlatvād acyutejyā 14.36
tanvan parāṁ nirvṛtim ātmano muhur 4.42
tapantaṁ tapasā lokān 3.16
tapasā vidyayā tuṣṭyā 14.41
tapasvino grāma-sevā 15.38
tapo-niṣṭhena bhavatā 3.20
tapo-yoga-balonnaddhaḥ 10.27
tapo-yoga-prabhāvāṇāṁ 3.38
taptasya tat-pratividhir ya 9.19
tarhy eva puṇḍarīkākṣa 10.9
tasmād adṛṣṭa-śruta-dūṣaṇaṁ paraṁ 7.40
tasmād ahaṁ vigata-viklava īśvarasya 9.12
tasmād amūs tanu-bhṛtām aham āśiṣo 'jña 9.24
tasmād arthāś ca kāmāś ca 7.48
tasmād bhavadbhiḥ kartavyaṁ 7.28
tasmād brāhmaṇa-deveṣu 14.18
tasmād daivopapannena 15.11
tasmād vairānubandhena 1.26
tasmai bhavān haya-śiras tanuvaṁ hi 9.37
tasmāt kenāpy upāyena 1.32
tasmāt pātraṁ hi puruṣo 14.38
tasmāt pitā me pūyeta 10.17
tasmāt sarveṣu bhūteṣu 6.24
tasmiṁs tapas tapyamāne 3.3
tasmin kūṭe 'hite naṣṭe 2.9
tasmin mahā-bhāgavate 4.43
tasmin mahendra-bhavane mahā-balo 4.12
tasya copaśamaṁ bhūman 3.7
tasya daitya-pateḥ putrāś 4.30
tasya me 'bhītavan mūḍha 8.6
tasya mūrdhnaḥ samudbhūtaḥ 3.4
tasya śāntiṁ kariṣyāmi 4.26
tasya tyakta-svabhāvasya 2.7
tasyābalāḥ krīḍanam āhur īśituś 2.39
tasyai namo 'stu kāṣṭhāyai 4.22
tasyaiva te vapur idaṁ nija-kāla-śaktyā 9.33
tasyāṁ svatvaṁ striyāṁ jahyād 14.12
tasyāyaṁ kila saṅkalpaś 3.8
tasyodarān nakha-vidīrṇa-vapād ya 8.44
tasyogra-daṇḍa-saṁvignāḥ 4.21
tat sādhu manye 'sura-varya dehināṁ 5.5
tat sarvam upayuñjāna 14.7
tat te 'rhattama namaḥ stuti-karma- 9.50
tat tu kālasya dīrghatvāt 7.16
tata enaṁ gurur jñātvā 5.19
tāta praśamayopehi 9.3
tataḥ kāvyādibhiḥ sārdhaṁ 10.33
tataḥ sabhāyām upaviṣṭam uttame 8.34
tataḥ sampūjya śirasā 10.32
tatas ta āśiṣaḥ sarvā 3.21
tatas tata upāhṛtya 15.33
tatas tau rākṣasau jātau 1.44
tatas te seśvarā lokā 10.56
tāteme durlabhāḥ puṁsāṁ 4.2

tathā kāma-dughā gāvo 4.16
tathā me bhidyate cetaś 5.14
tathā na yasya kaivalyād 1.25
tathā prajānāṁ kadanaṁ 2.13
tathāpi brūmahe praśnāṁs 13.23
tathāpi manvantaram etad atra 10.11
tathāpi vitarāmy aṅga 4.2
tatheti guru-putroktam 5.51
tatheti śanakai rājan 9.4
tathety avātsīd devarṣer 7.13
tato 'bhipadyābhyahanan mahāsuro 8.25
tato 'gni-varṇā iṣava 10.58
tato harau bhagavati 7.53
tato jagāma bhagavān 4.3
tato me mātaram ṛṣiḥ 7.12
tato nirīho viramet 13.44
tato 'rcāyāṁ hariṁ kecit 14.40
tato vidūrāt parihṛtya daityā 6.18
tato viparyayaḥ kleśo 2.47
tato yateta kuśalaḥ 6.5
tat-pādāmburuha-dhyānāt 7.31
tat-pāda-padmaṁ hṛdi nirvṛto dadhau 9.6
tat-pratyanīkān asurān sura-priyo 1.12
tat-prayāso na kartavyo 6.4
tatra ha preta-bandhūnām 2.36
tatrānuyānaṁ tava vīra pādayoḥ 2.34
tatrāpi dam-patīnāṁ ca 13.26
tatrāpi rāghavo bhūtvā 1.45
tatrāsīnaṁ sura-ṛṣiṁ 1.15
tatropavrajya vibudhā 8.37
tatropāya-sahasrāṇām 7.29
tat-sambhavaḥ kavir ato 'nyad 9.34
tat-saṅga-bhīto nirviṇṇo 10.2
tat-sutaṁ pāhy upasṛtaṁ 8.41
tau rājñā prāpitaṁ bālaṁ 5.2
tāv atra kṣatriyau jātau 1.46
tāv ihātha punar jātau 10.38
tāvad dāsyām ahaṁ jajñe 15.73
tāvad yāta bhuvaṁ yūyaṁ 2.10
tavāsanaṁ dvija-gavāṁ 3.13
tayoḥ kuliṅgī sahasā 2.51
te dasyavaḥ sahaya-sūtam amuṁ tamo 15.46
te 'surā hy api paśyanto 10.63
te tu tad-gauravāt sarve 5.56
te viṣṇu-pārṣadāḥ sarve 8.39
tena taptā divaṁ tyaktvā 3.6
teṣām atibalodyogaṁ 7.4
teṣām āvirabhūd vāṇī 4.24
teṣām udety aghaṁ kāle 5.27
teṣv ātma-devatā-buddhiḥ 11.10
teṣv eva bhagavān rājaṁs 14.38
tigma-daṁṣṭra-karālāsyās 5.39
tīryag ūrdhvam adho lokān 3.4
tisṛṣv ekādaśī vāsu 14.23
trāhi nas tāvakān deva 10.56
trailokya-lakṣmy-āyatanam 4.8
trasto 'smy ahaṁ kṛpaṇa-vatsala 9.16
trayīṁ sāṅgopaniṣadaṁ 12.13
tretādiṣu harer arcā 14.39
triḥ-saptabhiḥ pitā pūtaḥ 10.18
triṁśal-lakṣaṇavān rājan 11.12
tri-vargaṁ nātikṛcchreṇa 14.10
tṛpyanti neha kṛpaṇā bahu-duḥkha-bhājaḥ 9.45
tṛṣṇayā bhava-vāhinyā 13.24
tṛtīyāyāṁ śukla-pakṣe 14.21
tuṣṭaḥ prāha tam ābhāṣya 1.22
tuṣṭe ca tatra kim alabhyam ananta ādye 6.25
tvām ātmanīśa bhuvi gandham 9.35
tvāṁ ca māṁ ca smaran kāle 10.14
tvam eka ātmātmavatām anādir 3.30
tvam eva kālo 'nimiṣo janānām 3.31
tvam īśiṣe jagatas tasthuṣaś ca 3.29
tvaṁ nas tapaḥ paramam āttha yad ātma- 8.43
tvaṁ sapta-tantūn vitanoṣi tanvā 3.30
tvaṁ vā idaṁ sadasad īśa bhavāṁs tato 9.31
tvaṁ vāyur agnir avanir viyad ambu 9.48
tvattaḥ paraṁ nāparam apy anejad 3.32
tvayā kṛtajñena vayaṁ mahī-pate 2.34
tvayā na prāpsyate saṁsthām 7.10
tvayā vimocito mṛtyor 10.28
tyajeta kośas-kṛd ivehamānaḥ 6.13
tyaktaṁ na liṅgād daṇḍāder 13.2

- U -

uccāvaceṣu daityendra 10.20
upadharmas tu pākhaṇḍo 15.13
upahūtā viśva-sṛgbhir 15.71
upakrame 'vasāne ca 12.3
upālabhante śikṣārthaṁ 4.45
upāsata upāstāpi 14.40
upāsatopāyana-pāṇibhir vinā 4.13
upatasthur hṛṣīkeśaṁ 4.23
upeta nārāyaṇam ādi-devaṁ 6.18
upetya bhuvi kāyena 9.4
upyamānaṁ muhuḥ kṣetraṁ 11.33
ūrdhva-bāhur nabho-dṛṣṭiḥ 3.2
uśīnarāṇām asi vṛttidaḥ purā 2.33
uśīnarendraṁ vidhinā tathā kṛtaṁ 2.31
uśīnareṣv abhūd rājā 2.28
uṣitvaivaṁ guru-kule 12.13
uttasthur megha-dalanā 10.60
utthāpya tac-chīrṣṇy adadhāt karāmbujaṁ 9.5
utthāya prāñjaliḥ prahva 3.25
utthitas tapta-hemābho 3.23
uttiṣṭhottiṣṭha bhadraṁ te 3.17
uvāca tān smayamānaḥ 7.1

uvāca vidvāṁs tan-niṣṭhāṁ 5.55

- V -

vācam agnau savaktavyām 12.26
vācaṁ varṇa-samāmnāye 15.53
vāda-vādāṁs tyajet tarkān 13.7
vadhyamānāḥ surair bhītā 7.4
vadhyatām āśv ayaṁ vadhyo 5.34
vairāgyaṁ paritoṣaṁ ca 13.35
vairānubandha-tīvreṇa 1.47
vaireṇa pūta-pāpmānas 1.29
vaiṣamyam iha bhūtānāṁ 1.24
vaiśāradī dhīḥ śraddhātaḥ 7.17
vaiśyas tu vārtā-vṛttiḥ syān 11.15
vaitānikena vidhinā 14.16
vakṣye sanātanaṁ dharmaṁ 11.5
vākyaiḥ satyaiḥ priyaiḥ premṇā 11.27
vānaprasthasya vakṣyāmi 12.17
vanyaiś caru-puroḍāśān 12.19
varado 'ham anuprāpto 3.17
varaḥ krūra-nisargāṇām 10.30
varaṁ varaya etat te 10.15
varaṁ vṛṇīṣvābhimataṁ 9.52
vārāṇasī madhu-purī 14.31
varjayet pramadā-gāthām 12.7
varjayet tāṁ sadā vipro 11.20
varṇāśramācāra-yutaṁ 11.2
vārtā vicitrā śālīna- 11.16
vartamāno 'vidūre vai 5.46
vartayan svānubhūtyeha 15.62
vartmāni mātrā dhiṣaṇāṁ ca sūtaṁ 15.41
vase 'nyad api samprāptaṁ 13.39
vāsudevārpaṇaṁ sākṣād 14.2
vāsudeve bhagavati 1.14
vāsudeve bhagavati 4.36
vāsudeve bhagavati 7.33
vāsudeve pare tattve 1.16
vatsa prahrāda bhadraṁ te 5.9
vatsaś cāsīt tadā brahmā 10.62
vayam anucara-mukhyāḥ karmabhis te 8.52
vayam īśa kinnara-gaṇās tavānugā 8.55
vayaṁ kimpuruṣās tvaṁ tu 8.53
vayaṁ vibho te naṭa-nāṭya-gāyakā 8.50
vayasyair bālakais tatra 5.54
veda-dṛgbhiḥ smṛto rājan 11.31
vededam asura-śreṣṭha 13.21
vicitrām asati dvaite 13.28
vidanty ātmānam ātma-sthaṁ 1.9
viddhāmarṣāśayaḥ sākṣāt 10.16
vidharmaḥ para-dharmaś ca 15.12
vidhatsvānantaraṁ yuktaṁ 3.12
vidvān apītthaṁ danujāḥ kuṭumbaṁ 6.16
vidveṣo dayite putre 1.48
vidyāḥ kalās te tanavaś ca sarvā 3.32
vidyāṁ pṛthag dhāraṇayānurāddhāṁ 8.46
vidyārtha-rūpa-janmāḍhyo 4.32
vikalpaṁ juhuyāc cittau 13.43
vikārāḥ ṣoḍaśācāryaiḥ 7.22
vilakṣya vismitaḥ prāha 3.16
vilokya bhagna-saṅkalpaṁ 10.61
vimocituṁ kāma-dṛśāṁ vihāra- 6.17
vimohita-dhiyāṁ dṛṣṭas 5.11
vimuñcati yadā kāmān 10.9
vimuñcen mucyamāneṣu 14.4
vipracitte mama vacaḥ 2.5
viprād dvi-ṣaḍ-guṇa-yutād aravinda- 9.10
viprasyādhyayanādīni 11.14
vipra-vṛttiś caturdheyaṁ 11.16
virāgaḥ sarva-kāmebhyaḥ 13.36
virajyeta yathā rājann 11.34
virakto raktavat tatra 14.5
vīryāṇi gītāny ṛṣibhir jagad-guror 10.70
viśīrṇa-ratna-kavacaṁ 2.29
viṣṇor vā sādhv asau kiṁ nu 5.36
viṣṇu-loka-sthitās teṣāṁ 1.38
viṣṇu-pakṣaiḥ praticchannair 5.7
viṣṇur dvija-kriyā-mūlo 2.11
visrasta-keśābharaṇāḥ śucaṁ nṛṇāṁ 2.32
viṣvak sphurantaṁ grahaṇāturaṁ harir 8.29
viśvasya sarga-sthiti-saṁyamān guṇaiḥ 8.40
viśvo 'tha taijasaḥ prājñas 15.54
viṭapā iva śuṣyanti 2.9
vitathābhiniveśo 'yaṁ 2.48
vitatya jālaṁ vidadhe 2.50
vittaṁ caivodyamavatāṁ 13.17
vitteṣu nityābhiniviṣṭa-cetā 6.15
vivitsur idam aprākṣīn 13.15
vṛto 'mātyaiḥ katipayaiḥ 13.13
vṛttiḥ saṅkara-jātīnāṁ 11.30
vṛttyā sva-bhāva-kṛtayā 11.32
vyaktaṁ tvaṁ martu-kāmo 'si 8.11
vyaktaṁ vibho sthūlam idaṁ śarīraṁ 3.33
vyalumpan rāja-śibiram 7.6
vyapetaṁ loka-śāstrābhyāṁ 13.45
vyāpya-vyāpaka-nirdeśyo 6.22
vyasubhir vāsumadbhir vā 3.37
vyavasāyena te 'nena 3.20

- Y -

ya eṣa rājann api kāla īśitā 1.12
ya etat kīrtayen mahyaṁ 10.14
ya etat puṇyam ākhyānaṁ 10.46

ya ete pitṛ-devānām 15.56
ya icchayeśaḥ sṛjatīdam avyayo 2.39
yā patiṁ hari-bhāvena 11.29
yad anindat pitā me 10.15
yad anyatrāpi dṛśyeta 11.35
yad ātmajāya śuddhāya 4.44
yad bhāgavata-māhātmyaṁ 1.4
yad brahmaṇi pare sākṣāt 15.64
yad eṣa sādhu-hṛc-chayas 8.51
yad eṣa sarva-bhūtānāṁ 6.2
yad gatvā na nivartante 4.22
yad īśvare bhagavati 7.29
yad vadanti yad icchanti 14.6
yad yaj jano bhagavate vidadhīta mānaṁ 9.11
yad yasya janma nidhanaṁ sthitir 9.31
yad yasya vāniṣiddhaṁ syād 15.66
yadā deveṣu vedeṣu 4.27
yadā graha-grasta iva kvacid dhasaty 7.35
yadā sisṛkṣuḥ pura ātmanaḥ paro 1.10
yadācāryaḥ parāvṛtto 5.54
yadākalpaḥ sva-kriyāyāṁ 12.23
yad-artha iha karmāṇi 7.41
yadātiharṣotpulakāśru-gadgadaṁ 7.34
yadi dāsyasi me kāmān 10.7
yadi dāsyasy abhimatān 3.35
yadi seveta tān bhikṣuḥ 15.36
yadṛcchayā lokam imaṁ 13.25
yadṛcchayāgatas tatra 7.7
yaḥ pravrajya gṛhāt pūrvaṁ 15.36
yaḥ śrotā yo 'nuvakteha 2.44
yaḥ svīya-pārakya-vibhinna-bhāvas 6.16
yāhi tvaṁ śūdratām āśu 15.72
yaiḥ sva-dehaḥ smṛto 'nātmā 15.37
yakṣāḥ kimpuruṣās tāta 8.38
yakṣa-rakṣaḥ-piśāceśān 4.6
yaṁ krīṇāty asubhiḥ preṣṭhais 6.10
yaṁ sādhu-gāthā-sadasi 4.35
yaṁ vai sva-dhiṣṇyopagataṁ tv ajādayaḥ 8.15
yama etad upākhyāya 2.59
yamasya preta-bandhūnāṁ 2.27
yān āsthāya munir gacched 12.17
yan maithunādi-gṛhamedhi-sukhaṁ hi 9.45
yan-mūlāḥ syur nṛṇāṁ jahyāt 13.34
yan-mūlonmūla-paraśor 5.17
yan-nibaddho 'bhimāno 'yaṁ 1.25
yarhy ātmano 'dhikārādyāḥ 14.16
yaś citta-vijaye yattaḥ 15.30
yas ta āśiṣa āśāste 10.4
yas tām anaiṣīd vaśam eṣa durjano 8.54
yas tv icchayā kṛtaḥ pumbhir 15.14
yas tv ihendriyavān ātmā 2.45
yas tvayā manda-bhāgyokto 8.12
yasmāt priyāpriya-viyoga-saṁyoga-janma- 9.17
yasmin mahad-guṇā rājan 4.34
yasmin yato yarhi yena ca yasya yasmād 9.20
yasya nārāyaṇo devo 13.22
yasya sākṣād bhagavati 15.26
yasya yal lakṣaṇaṁ proktaṁ 11.35
yat sādho 'sya kule jāto 10.18
yat svārtha-kāmayor aikyaṁ 15.65
yat tatra guruṇā proktaṁ 5.3
yathā bhrāmyaty ayo brahman 5.14
yathā copacitā kīrtiḥ 10.52
yathā hi puruṣasyeha 6.2
yathā hi yūyaṁ nṛpa-deva dustyajād 15.68
yathā manorathaḥ svapnaḥ 2.48
yathā mayūkha-sandohā 10.58
yathā nabhaḥ sarva-gataṁ na sajjate 2.43
yathā tri-vargaṁ gurubhir 5.53
yathā vairānubandhena 1.27
yathā vārtādayo hy arthā 15.29
yathā yathā bhagavato 10.40
yathā-deśaṁ yathā-kālaṁ 14.10
yathāha bhagavān rājann 10.24
yathāmbhasā pracalatā 2.23
yathānalo dāruṣu bhinna īyate 2.43
yathaudakaiḥ pārthiva-taijasair janaḥ 2.42
yathopajoṣaṁ bhuñjāno 4.19
yāti tat-sāmyatāṁ bhadre 2.24
yato na kaścit kva ca kutracid vā 6.17
yato yato niḥsarati 15.33
yat-pāda-paṅkeruha-sevayā bhavān 15.68
yatra citra-vitānāni 4.10
yatra gaṅgādayo nadyaḥ 14.29
yatra ha brāhmaṇa-kulaṁ 14.28
yatra sphāṭika-kuḍyāni 4.9
yatra vidruma-sopānā 4.9
yatra yatra ca mad-bhaktāḥ 10.19
yatra yatra dvijā gāvo 2.12
yatra yatra harer arcā 14.29
yatrāgatas tatra gataṁ manuṣyaṁ 2.37
yāvad bhriyeta jaṭharaṁ 14.8
yāvad daitya-patir ghorāt 7.13
yāvad-artham upāsīno 14.5
yāvad-arthaṁ vyavaharet 12.6
yāval liṅgānvito hy ātmā 2.47
yāvan manas tyajet kāmān 15.32
yāvan nṛ-kāya-ratham ātma-vaśopakalpaṁ 15.45
yāyād deva-ṛṣe brūhi 14.1
ye 'smat pituḥ kupita-hāsa-vijṛmbhita- 9.23

yena pāpena ratnāni 8.47
yeṣāṁ gṛhān āvasatīti sākṣād 10.48
yeṣāṁ gṛhān āvasatīti sākṣād 15.75
yo no gatiṁ yoga-siddhām asādhur 8.45
yo 'sau labdha-varo matto 10.27
yo 'vatīryātmano 'ṁśena 11.6
yogāntarāyān maunena 15.23
yogena mīlita-dṛg-ātma-nipīta-nidras 9.32
yogeśvarair vimṛgyāṅghrir 15.27
yuddhodyamaṁ paraṁ cakrur 7.2
yudhiṣṭhiro daitya-pater mudānvitaḥ 11.1
yuktāḥ samakṣam ubhayatra vicakṣante 9.47
yuktātmany aphalā āsann 5.41
yūyaṁ nṛ-loke bata bhūri-bhāgā 10.48
yūyaṁ nṛ-loke bata bhūri-bhāgā 15.75

中文译者简介

嘉娜娃（金磊），法籍华人，生于北京，医疗管理专科毕业。自1991年开始接触瑜伽后，深受印度古代文化的吸引，逐渐走上翻译这些经典的道路。迄今为止，她已经翻译、编辑了许多著名的古印度典籍，其中包括帕谭伽里的《瑜伽经》以及帕布帕德的《博伽梵歌原意》和《博伽梵往世书》（《圣典博伽瓦谭》）等40本印度古籍。此外，还有中国广大读者熟悉的《瑜伽的故事》和《瑜伽的艺术》（上、下）等。